矛 782
矢 782
石 784
示（礻） 796
禸 802
禾 803
穴 813
立 819
母（毋） 617
氺（水）
罒（网）
衤（衣）

【六畫】

竹
米
糸
缶
网

羊（⺶） 879
羽 883
老（耂） 888
而 890
耒 891
耳 892
聿 898
肉（月） 899
臣 920
922
924
926
928
930
930
933
934
934
975

虫 979
血 998
行 999
衣（衤） 1002
襾（西覀） 1014

【七畫】

見 1016
角 1021
言 1023
谷 1054
豆 1055
豕 1057
豸 1058
貝 1060
赤 1074
走 1075
足（⻊） 1079
身 1090

車 1092
辛 1102
辰 1104
辵（辶） 1105
邑（右阝） 1131
酉 1135
釆（采） 1142
里 1143

【八畫】

金 1146
長 1169
門 1170
阜（左阝） 1179
隶 1191
隹 1192
雨 1197
青 1206
非 1207

釆（采） 1142
飠（食） 1229

【九畫】

面 1208
革 1209
韋 1212
韭 1213
音 1213
頁 1215
風 1225
飛 1228
食（飠） 1229
首 1237
香 1237

【十畫】

馬 1238
骨 1248
高 1251

髟 1252
鬥 1254
鬯 1255
鬲 1256
鬼 1256

【十一畫】

魚 1258
鳥 1265
鹵 1273
鹿 1274
麥 1276
麻 1276

【十二畫】

黃 1277
黍 1278
黑 1278
黹 1282

【十三畫】

黽 1282
鼎 1283
鼓 1283
鼠 1284

【十四畫】

鼻 1285
齊 1285

【十五畫】

齒 1286

【十六畫】

龍 1288
龜 1289

【十七畫】

龠 1290

三民 國語小辭典

總審訂 陳佳君
學歷：國立臺灣師範大學國文博士
現職：國立臺北教育大學語文與創作學系教授

序

在小學課程中，所有的學習都奠基於國語文教育，有了紮實的基礎，閱讀與書寫才能事半功倍，學習就能無往不利。

這本三民國語小辭典，就是針對這個目標，替國小的小朋友量身打造。辭典中所收錄的字詞語彙，以實用豐富、淺白易懂、貼近日常生活為出發點，可以滿足小學的學習需求，讓小朋友們從中學到字詞精確的用法；所條列的大量近反義詞、衍生詞與例句，實用多元的附錄，提供字詞延伸的應用方式。

而在編排設計上，則以小開本、易於檢索為目標，搭配清楚明瞭的版面與雙色印刷，便於小朋友攜帶、使用。配合書前貼心安排的檢索示範與使用說明，讓開始學習翻查辭典的小朋友，輕鬆使用，

簡單上手。

我們希望這本三民國語小辭典，成為小朋友學習的第一本入門辭典，同時也是知識的好幫手。

三民書局辭典編輯委員會

二〇二一年三月

三民國語小辭典特色

＊字詞收錄，豐富實用

收錄常用單字五千餘字及詞條六千餘則，內容豐富實用，足供國小學童使用。

＊字體筆順，清晰正確

字體按照教育部常用國字標準字體表，筆順則依常用國字標準字體筆順手冊，一筆一畫套色呈現，清晰正確。

＊字音標示，精確無誤

字音以教育部國語一字多音審訂表為本，並附有漢語拼音，精確無誤。

＊用詞敘述，淺顯明白

用詞敘述，淺顯明白，一看就懂。

＊詞彙補充，豐富多樣

補充例詞例句、近反義詞與衍生詞，幫助理解與習作。

＊圖示說明，輕鬆上手

圖示說明本書體例與檢索方式，使用輕鬆上手。

＊開本適中，方便攜帶

開本大小適中，方便攜帶上學，輕巧不添負擔。

＊雙色印刷，版面清晰

版面簡潔大方，並採雙色印刷，重點立即掌握。

＊附錄資料，多元實用

多元附錄資料，完整實用，便於隨時查閱。

使用說明

一、符號說明

本辭典在字的解釋部分列有各種詞性，它們的排列順序與標示符號為：名詞(名)、代名詞(代)、形容詞(形)、動詞(動)、副詞(副)、數詞(數)、量詞(量)、介詞(介)、連接詞(連)、助詞(助)、專有名詞(專)。

此外，本辭典還使用其他幾個標示符號，包括：異體字(異)、例句(例)、近義詞(近)、反義詞(反)、衍生詞❋。其中「異體字」指的是某字為另一字的古字、俗字、簡字或本字。為了避免重複解釋，當A字為B字的異體字時，A字的標示方式為「(異)『B』的異體字」。如「踫」字標示為「(異)『碰』的異體字」。「衍生詞」則指該字出現在詞中或詞尾的常用詞。例如「甘」字，衍生詞就有「倒吃甘蔗」、「同甘共苦」。本辭典列舉的是較常用、常見的衍生詞，以使小朋友認識與該字有關的更多詞彙。

二、本書體例

單字先依部首順序歸類，再依筆畫數的多寡排列。

標明詞性，並附上例詞。

詞條依字數多少排列，字數相同的再按照第二字的筆畫數排列。

人

偏偏要吃牛肉麵。2表示與事實或願望相反。例上學已經快遲到了，偏偏又遇上塞車，真是急死人了。

【偏袒】不公正的維護某一方。例小宏身為班長，卻總是偏袒自己的好朋友，令許多人感到不服氣。

【偏遠】交通不便的邊遠地方。例那間房子位於偏遠的郊區，所以售價比較便宜。

【偏僻】少有人到的地方。例為了避免危險，最好不要一個人去校園偏僻的角落。

✽以偏概全、不偏不倚

偷 11/9 ㄊㄡ (tōu)

名竊取物品的人。如：小偷。形草率；敷衍。如：苟且偷生。動不事先告知就拿取別人的東西。如：偷竊。副暗中進行某事。如：偷聽。

【偷懶】逃避工作，不肯努力。例每次班上大掃除，小傑總是找機會偷懶。

【偷竊】暗中拿取別人東西的行為。例偷竊是一種違法的行為。近盜竊。

【偷工減料】不依照工程規定，暗中減少所需材料或工作程序。例這棟房屋會漏水是因為當初建造時偷工減料。

【偷偷摸摸】瞞著別人暗中進行某事。例弟弟偷偷摸摸的躲進房間，好像在藏什麼東西。近鬼鬼祟祟。反明目張膽。

傢 12/10 ㄐㄧㄚ (jiā)

見「傢伙」。

【傢伙】1通稱一切日常生活會用到的器具。例把打掃的傢伙準備好之後，就可以開始大掃除了。

以專名號標示專有名詞。

詞條補充近、反義詞，以擴大學習廣度。

以生動例句說明詞條的用法。

筆畫順序以套色方式呈現。

標明詞條注音。

使用時容易混淆的形、音、義或成語典故以辨析方式說明。

單字上方的數字表示總筆畫與部首以外的筆畫數。

單字標示國語注音及漢語拼音。當有兩個以上音讀時，以套色、分行齊頭方式呈現。標明（限讀）者，指這個音限定用在某些特殊用詞。

每頁標示部首及筆畫數。

當單字和詞條有兩種以上的解釋時，以1、2分別標注。

若單字本身無意義，而是在詞語中才有意義的，以「見『某某』」表示。

在單字及詞條之後附上常用衍生詞，用以擴充詞彙。

人

②對人親密或輕蔑的稱呼。例 叫外面那群小傢伙進來洗手吃飯吧！

辨析 「傢伙」在口語中讀作ㄐㄧㄚ ˙ㄏㄨㄛ。

12/10
傍
ㄅㄤˋ (bàng) 動 靠近；依附。如：依山傍水。
ㄅㄤ (bāng) 動 臨近。如：傍晚。

【傍晚】日落天將黑的時候。近 黃昏。

12/10
傅
ㄈㄨˋ (fù) 名 ①古代專門輔導官家子弟的官吏。如：太傅。②老師。如：師傅。

12/10
備
ㄅㄟˋ (bèi) 名 設施。如：配備。形 齊全的；完整的。如：完備。動 事先安排好待用。如：預備。

【備用】事先留著，等需要時使用。例 登山時要多帶乾糧備用。

【備份】將檔案資料複製起來，留待需要時使用。例 重要的資料最好隨時備份，以防遺失。

✽準備、設備、責備

12/10
傑
ㄐㄧㄝˊ (jié) 名 才智超越一般人的人。如：豪傑。形 出色的；優秀的。如：傑出。

【傑出】才智高超優秀。例 小萱在這次演講比賽中表現得非常傑出。近 卓越。

【傑作】出色、優秀的作品。

✽地靈人傑、識時務者為俊傑

12/10
傀
ㄎㄨㄟˇ (kuǐ) 見「傀儡」。

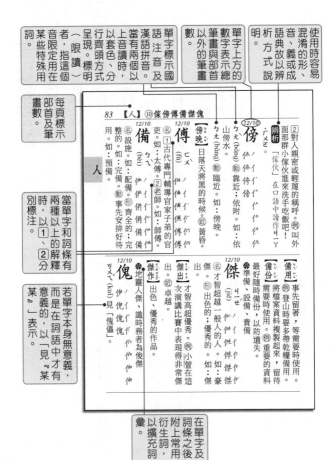

三、檢索方式

這本辭典提供讀者三種檢索方式：

（一）部首檢索

書前書後均附有部首索引及頁碼，您只需找出該字部首所在頁數，再以該字的部首外筆畫數查閱，就可以找到了。

例如：找「妊」字，妊屬三畫的女部，女部在索引上顯示為第二八四頁。翻到二八四頁後，算出妊的部首外筆畫數為四畫，在女部的四畫處即可找到「妊」字（二八九頁）。

（二）注音符號與漢語拼音檢索

書後附有「注音符號與漢語拼音對照檢字索引」，您若知道該字的讀音，就可以透過解說表的方式，找到想查閱的字。例如：找「利」字，「利」的注音為ㄌㄧˋ，漢語拼音為lì，在「注音符號與漢語拼音對照檢字索引」的ㄌㄧˋlì字列中，就可以找到「利」字及它所在的頁數（一二六頁）。

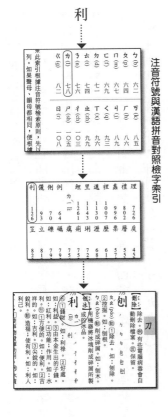

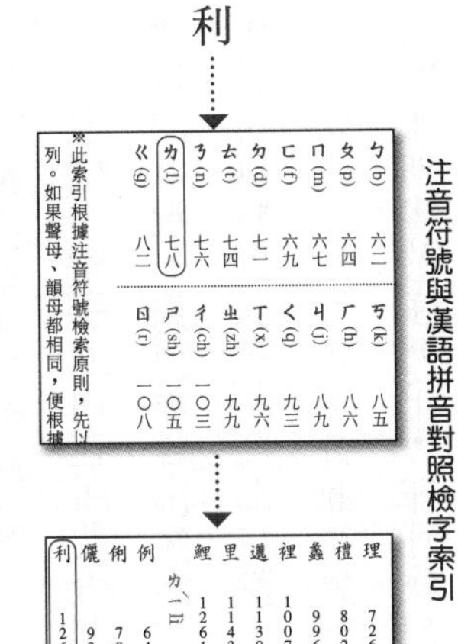

注音符號與漢語拼音對照檢字索引

（三）難檢字總筆畫檢索

難檢字索引適用在所要查閱的字較罕見，或不知道此字部首或讀音的狀況。您只需算出該字的總筆畫，在「難檢字總筆畫索引」中就可以找到該字所在的頁數。

例如：找「兢」字，計算其總筆畫為十四畫，在「難檢字總筆畫索引」十四畫的字列中，即可找到「兢」字（九九頁）。

兢 → 計算「兢」字的總筆畫 →

難檢字總筆畫索引

鼠	1284	愿	439	翡	8
十四畫		截	455	聚	8
兢	99	敲	529	聞	8
凳	116	斡	534	肇	8
匱	151	暨	551	腐	9
嘉	218	暢	551	膏	9
嘗	218	榮	590	臧	9
塵	256	熙	695	臺	9

→

一部

1/0

一 ㄧ (yī) 一

形 1單個。如：一本書。2全部。如：一身是汗。3相同。如：大小不一。4第一。如：一流。副 1專注。如：一心一意。2才；剛剛。如：天一亮。數 大寫作「壹」，阿拉伯數字作「1」。

辨析 一，單獨使用時讀ㄧ。在一、二、三聲之前讀ㄧˋ。在四聲之前讀ㄧˊ。

【一一】ㄧ ㄧ 一個接著一個。例 有了爸爸的指導，加上自己的努力，我很快就將暑假作業一一完成了。

【一分】㊀ㄧ ㄈㄣˋ 計算事物數量的用詞。也作「一份」。㊁ㄧˋ ㄈㄣ 1指一分鐘。例 考試前要更用功，一分一秒都不能浪費。2微小的數量。例 只要父母多一分關心，孩子就不會發生這件意外了。

【一切】ㄧˊ ㄑㄧㄝˋ 所有；全部。例 大華把一切事情都對我說了。反 部分。

【一手】ㄧˋ ㄕㄡˇ 1一隻手。例 他一手拿抹布，一手拿掃把，準備打掃房間。2一個人的力量。例 這次的晚會是由陳老師一手策劃的。3指一種技藝。例 爺爺寫得一手好書法。

【一旦】ㄧˊ ㄉㄢˋ 萬一有一天。表示假設。例 平時必須養成儲蓄的習慣，一旦有需要，就可以派上用場。

【一生】ㄧˋ ㄕㄥ 從出生到死亡的全部時間。例 他一生都為了達成理想而努力。

【一共】ㄧˊ ㄍㄨㄥˋ 全部加起來。例 房間裡一共有三張椅子。

【一再】ㄧˊ ㄗㄞˋ 一次又一次。例 經過一再的練習，我終於學會唱這首歌。

【一刻】ㄎㄜˋ ①十五分鐘。②比喻很短的時間。例救人性命，一刻也不能耽擱。

【一直】ㄓˊ ①連續而沒有間斷。例前幾天一直下雨，今天總算放晴了。近不斷。②向前直行。例沿著這條路一直走，就可以到學校。

【一律】ㄌㄩˋ 全部一樣。例在考卷還沒寫完前，所有學生一律不准離開教室。

【一致】ㄓˋ 一齊；相同。例小芳的提議，獲得全班一致贊成。

【一面】ㄇㄧㄢˋ ①一方。例要了解事實真相，不可只聽信一面之詞。②同時進行的動作之一。例妹妹一面吃飯，一面看電視。③見一次面。例許先生從臺北南下高雄，只是為了見女朋友一面。④計算平面物體的用詞。

【一般】ㄅㄢ ①通常。例一般說來，男生的力氣比女生大。反特殊。②一樣。例這裡的景色如仙境一般。

【一起】ㄑㄧˇ 一同。例每到假日，小榕全家常一起出去玩。

【一帶】ㄉㄞˋ 指某個地方及其附近區域。例沿海一帶的居民通常靠捕魚為生。

【一塊】ㄎㄨㄞˋ ①一起；一同。例每天中午老師都和我們一塊吃飯。②指單個塊狀或方形物體。③指錢幣一元。

【一道】ㄉㄠˋ ①一起。例我剛才看見她們一道走過去了。②計算長條形事物的用詞。③計算菜餚的用詞。

【一樣】ㄧㄤˋ ①相同。例這兩本書的價錢是一樣的。②一種。例哥哥買了一樣禮物，要送給嫂嫂。

【一口氣】ㄎㄡˇ ㄑㄧˋ ①動作快速而連續不斷。例他一口氣吃了兩盒便

當。②一種不服輸的心態。例為了爭一口氣，我一定要贏得這場比賽。

【一眨眼】形容極短的時間。例桌上的菜一眨眼就被吃光了。

【一陣子】一段時間。例才一陣子不見，小明就長高了許多。

【一會兒】一下子；片刻。例蝴蝶在花朵上停留一會兒後就飛走了。

【一團糟】形容事物很亂，無法收拾。例垃圾桶被流浪貓翻得一團糟。

【一輩子】一生。例小芬一輩子都致力於環境保護運動。

【一轉眼】比喻時間過得很快。例一轉眼我們就要畢業了，真是捨不得呀！

【一刀兩斷】比喻斷絕關係。例哥哥決定和壞朋友一刀兩斷，不再往來。

【一口咬定】非常堅持、肯定自己說的話。例靜芳一口咬定是美美偷了她的皮包。

【一五一十】詳細說明事情的經過，沒有遺漏。例班長把事情的經過一五一十的向老師報告。

【一心一意】心意專一。例阿鴻一心一意想成為美食家。近全心全意。

【一文不值】一點價值也沒有。例這本書被阿蘭批評得一文不值。近不值一錢。反價值連城。

【一目了然】一看就非常清楚明白。也作「一目瞭然」。例這座建築模型讓人對房子的架構一目了然。近一望而知。

【一成不變】只知遵守舊規而不知變通。例這家餐廳的菜色老是一成不變，難怪生意越來越差。反推陳出新。

【一技之長】具有某種專門的技術或專長。例職業學校的教育目標，就是要培養學生擁有一技之長。

【一步登天】突然達到很高的位置或境界。例你不要妄想一步登天，還是腳踏實地的努力吧！

【一見鍾情】第一次見面就很喜歡對方。例表姐和林大哥一見鍾情，很快就成為男女朋友。

【一拍即合】比喻人或事物一相遇就十分投合。例小強和小新都喜歡看推理小說，難怪兩人會一拍即合。

【一板一眼】形容人的言行嚴肅有條理。例王老師是個一板一眼的人，學生們都很敬畏他。

【一波三折】形容事情遇到很多阻礙，進行不順利。例這項工程一波三折，花兩年的時間才完成。近困難重重。反迎刃而解。

【一知半解】知道得不多，了解得不夠完全。例我對這件事也是一知半解，沒辦法告訴你答案。

【一針見血】比喻講話或文章能確切的指出要點。例陳教授一針見血的指出這篇文章的缺點，讓我十分佩服。

【一馬當先】比喻跑在最前面。例每次爬山，愛運動的弟弟總是一馬當先。

【一乾二淨】沒有剩餘。例我把媽媽煮的菜吃得一乾二淨。

【一敗塗地】形容失敗得非常徹底，無法收拾。例黃先生做生意之前沒有好好規劃，以至於一敗塗地。

【一望無際】形容景象廣大無邊。例看到一望無際的大海，心胸就會開闊許多。近無邊無際。

【一勞永逸】經過一次的辛苦就可以使事情獲得永久的解決。例小華的提議真是一勞永逸的好辦法。

【一朝一夕】一日一夜。形容時間短暫。例空氣汙染的問題不是一朝一夕可以解決的。

【一無是處】毫無優點。例這部電影被大家批評得一無是處。近一無可取。反十全十美。

【一絲一毫】形容非常細微。例警察辦案時，連一絲一毫的線索都不放過。

【一絲不苟】形容人做事非常認真，一點都不馬虎。例老師非常欣賞江同學做事一絲不苟的態度。反馬馬虎虎。

【一視同仁】全部一樣看待，沒有差別。例江老師對班上同學一視同仁，不管誰犯錯都要接受處罰。

【一塌糊塗】事情糟到無法收拾的地步。例小安考試前都不念書，難怪成績一塌糊塗。

辨析 塌，音ㄊㄚ，「垮落；下陷」的意思，不可讀作ㄊㄚˋ，也不可寫成床榻的「榻」或腳踏車的「踏」。

【一落千丈】形容退步得很厲害。例這家店自從大幅漲價後，生意一落千丈。反蒸蒸日上。

【一鼓作氣】趁著氣勢最盛的時候一口氣把事情完成。例他一鼓作氣，將三項作業全部寫好了。

【一塵不染】形容非常乾淨，一點灰塵都沒有。例為了迎接客人，我們把家裡打掃得一塵不染。

【一網打盡】指全部抓到，沒有遺漏。例這些壞人終於被警方一網打盡。

一

【一鳴驚人】一旦有所作為就有驚人的表現。㊄個性內向的小美竟然在演講比賽中一鳴驚人，奪得冠軍寶座。

【一箭雙鵰】比喻做一件事能得到兩種效果。㊄她終於想出一箭雙鵰的好辦法來解決這件事。

【一頭霧水】指搞不清楚狀況。㊄這件事情的經過，至今我仍是一頭霧水。

【一臂之力】一部分的力量。指幫助。㊄小明有困難，我們該助他一臂之力！

【一舉兩得】做一件事得到兩種收穫。㊄騎腳踏車上班不僅可以省油錢，而且有益身體健康，真是一舉兩得。

【一竅不通】比喻一點也不懂。㊄我對法文一竅不通。

【一覽無遺】形容看得很清楚，沒有遺漏。㊄登上峰頂，能將山下的風景一覽無遺。

【一日之計在於晨】早晨的時光是一天當中最寶貴的。勉勵人要把握時間。㊄一日之計在於晨，千萬別再賴床偷懶了。

【一失足成千古恨】犯一次錯而後悔一輩子。㊄阿榮因一時好奇而吸食毒品，現在身心都受到毒品的殘害，真是一失足成千古恨！㊅悔不當初。

✽萬一、唯一、始終如一

2/1

丁 ㄉㄧㄥ (dīng) 一 丁

㊔①天干的第四位。如：甲乙丙丁。②表示順序或等第的第四位。③男人或男孩。如：壯丁。④人口。如：人丁。⑤小塊狀。如：肉丁。

✽男丁、園丁、添丁

2/1

七 ㄑㄧ (qī)

一 七

數 大寫作「柒」，阿拉伯數字作「7」。

【七夕】ㄑㄧ ㄒㄧˋ 農曆七月七日晚上。相傳是牛郎與織女一年一度相會的日子。

【七情】ㄑㄧ ㄑㄧㄥˊ 指喜、怒、哀、懼、愛、惡、欲七種感情。

【七竅】ㄑㄧ ㄑㄧㄠˋ 人體頭部的七個孔洞，包含兩眼、兩耳、兩個鼻孔和嘴巴。

【七上八下】ㄑㄧ ㄕㄤˋ ㄅㄚ ㄒㄧㄚˋ 形容心情不安定。例 比賽結果公布前，每個人心裡都七上八下。近 心神不定。反 氣定神閒。

【七手八腳】ㄑㄧ ㄕㄡˇ ㄅㄚ ㄐㄧㄠˇ 形容做事時人多而忙亂的樣子。例 阿發在朝會時突然昏倒了，大家趕緊七手八腳的將他抬到保健室休息。

【七嘴八舌】ㄑㄧ ㄗㄨㄟˇ ㄅㄚ ㄕㄜˊ 形容人多口雜，意見不一。例 討論班刊的製作時，大家七嘴八舌，沒有共識。近 眾說紛紜。

【七竅生煙】ㄑㄧ ㄑㄧㄠˋ ㄕㄥ ㄧㄢ 形容非常生氣。例 奶奶被那個態度惡劣的店員氣得七竅生煙。近 怒氣衝天。

3/2

三 ㄙㄢ (sān)

一 二 三

形 表示多數。如：三番兩次。副 再三；屢次。如：三思而行。數 大寫作「參」，阿拉伯數字作「3」。

【三代】ㄙㄢ ㄉㄞˋ 1 指夏、商、周三代。2 祖父、父親、孫子合稱三代。

【三軍】ㄙㄢ ㄐㄩㄣ 陸、海、空軍的合稱。

【三峽】ㄙㄢ ㄒㄧㄚˊ 長江著名的三個峽谷，即瞿塘峽、巫峽、西陵峽。

【三國】ㄙㄢ ㄍㄨㄛˊ 指東漢末年三分天下的魏、蜀、吳三國。

【三角形】 ㄙㄢ ㄐㄧㄠˇ ㄒㄧㄥˊ 連接任何不在同一直線上的三點所成的圖形。

【三角板】 ㄙㄢ ㄐㄧㄠˇ ㄅㄢˇ 畫三角形的器具。

【三原色】 ㄙㄢ ㄩㄢˊ ㄙㄜˋ 三種最基本的顏色。光的三原色是紅、綠、藍；顏料的三原色是紅、黃、藍。

【三三兩兩】 ㄙㄢ ㄙㄢ ㄌㄧㄤˇ ㄌㄧㄤˇ 形容零散的樣子。例聽眾三三兩兩的進入音樂廳。

【三心二意】 ㄙㄢ ㄒㄧㄣ ㄦˋ ㄧˋ 形容猶豫不決。例你別再三心二意了，快點下個決定吧！近心猿意馬。

【三更半夜】 ㄙㄢ ㄍㄥ ㄅㄢˋ ㄧㄝˋ 形容夜深的時候。例你三更半夜還在路上閒逛，實在太危險了。

【三長兩短】 ㄙㄢ ㄔㄤˊ ㄌㄧㄤˇ ㄉㄨㄢˇ 指意外或不幸事故。例你若有個三長兩短，我該怎麼向你父母交代呀！

【三頭六臂】 ㄙㄢ ㄊㄡˊ ㄌㄧㄡˋ ㄅㄧˋ 形容神通廣大，本領高強。例就算小鵬有三頭六臂，也不可能在一夜之間把這一整份工作做完。

【三餐不繼】 ㄙㄢ ㄘㄢ ㄅㄨˋ ㄐㄧˋ 三餐無法接續。形容家境貧困。例大地震發生之後，許多災民面臨三餐不繼的困境。反家財萬貫。

【三顧茅廬】 ㄙㄢ ㄍㄨˋ ㄇㄠˊ ㄌㄨˊ 比喻求才非常誠懇。例看在老闆三顧茅廬的誠意上，李先生決定明天就去上班。

辨析 三國時期，劉備曾三次登門邀請諸葛亮幫助自己打天下，最後終於打動了諸葛亮。這便是「三顧茅廬」這則成語的由來。

【三寸不爛之舌】 ㄙㄢ ㄘㄨㄣˋ ㄅㄨˋ ㄌㄢˋ ㄓ ㄕㄜˊ 形容口才很好。例靠著三寸不爛之舌，阿明一下子就說服阿呆投資。

✽再三、接二連三、舉一反三

下 ㄒㄧㄚˋ (xià)

3/2

一 丅 下

(名)①低層；底層。如：樹下。②地位較低者。如：部下。(形)①低劣的；不好的。如：卑下。②位置較低的。如：下層。③次序在後的。如：下一位。(動)①泛指一切由高往低的動作。如：下山。②離開。如：下臺。③運用。如：對症下藥。④頒布。如：下命令。(副)①少於。如：不下數萬。②放在動詞之後表示動作的成果。如：打下基礎。③表示動作的趨向，與「來」、「去」連用。如：爬下來；走下去。(量)計算次數的單位。如：踢一下。

【下巴】ㄒㄧㄚˋ ㄅㄚ˙ 臉部嘴巴以下的部分。

【下手】ㄒㄧㄚˋ ㄕㄡˇ 動手去做。(例)這幾個小偷正在找尋可以下手的對象。

【下令】ㄒㄧㄚˋ ㄌㄧㄥˋ 發布命令。(例)警政署署長下令警方要在一個月內破了這件凶殺案。

【下肢】ㄒㄧㄚˋ ㄓ 人體從臀部到足部的部位。

【下流】ㄒㄧㄚˋ ㄌㄧㄡˊ ①同「下游」。②地位低賤或行為卑鄙。(例)他的行為下流，真令人不齒。

【下限】ㄒㄧㄚˋ ㄒㄧㄢˋ 最低的限度。(反)上限。

【下降】ㄒㄧㄚˋ ㄐㄧㄤˋ 往下或低處移動。(例)服過藥後，陳先生的血壓終於下降至正常範圍了。(反)上升。

【下風】ㄒㄧㄚˋ ㄈㄥ ①風向的下方。(例)乙班將帳篷搭在營區廁所的下風處，所以一直有怪味飄進他們帳篷裡。②居於弱勢。(例)這場比賽，甲隊一直處於下風。(反)上風。

【下場】㊀ㄒㄧㄚˋ ㄔㄤˇ ①表演完畢，走下舞臺。(例)歌手唱完一首歌

便下場了。2下一場。例下場考試，是最困難的科目。三ㄒㄧㄚˋ ·ㄔㄤ 收場；結局。例戲劇中，壞人通常沒有好的下場。

【下游】ㄒㄧㄚˋ ㄧㄡˊ 河流接近出海口的一段。反上游。

【下策】ㄒㄧㄚˋ ㄘㄜˋ 不高明的計策或方法。反上策。

【下筆】ㄒㄧㄚˋ ㄅㄧˇ 動筆書寫或繪畫。例他一下筆就展現出大師的風範。

【下落】ㄒㄧㄚˋ ㄌㄨㄛˋ 去處；著落。例因天氣惡劣而失去聯絡的登山客，至今仍下落不明。

【下載】ㄒㄧㄚˋ ㄗㄞˇ 將資訊從網路上載錄下來。例非法下載歌曲等同於偷竊的行為。反上傳。

【下臺】ㄒㄧㄚˋ ㄊㄞˊ 1走下舞臺或講臺。例他唱完一首歌便下臺了。2在政治或職務上失去權力和地位。例美國總統因為貪汙而下臺。反上臺。

【下藥】ㄒㄧㄚˋ ㄧㄠˋ 1醫生開列藥方或選擇藥材。例醫師若能對症下藥，病人一定很快就能痊癒。2在食物中放入毒藥。例喝了被壞人下藥的飲料後，小美馬上就昏倒了。

【下工夫】ㄒㄧㄚˋ ㄍㄨㄥ ·ㄈㄨ 努力用功；花費苦心。例若是想贏得比賽，就必須下工夫好好準備。

【下不為例】ㄒㄧㄚˋ ㄅㄨˋ ㄨㄟˊ ㄌㄧˋ 只此一次，下次無法如此辦理。例老師說：「今天忘記帶功課的同學就不處罰了，但是下不為例。」

※天下、七上八下、騎虎難下

3/2
丈 ㄓㄤˋ (zhàng) 一ナ丈

名對男性長輩的敬稱。如：老丈。動測量。如：丈量。量計算長度的單位。一公丈等於十公尺。

【丈人】ㄓㄤˋ ㄖㄣˊ 1對老先生的敬稱。2對妻子爸爸的稱呼。

一

【丈夫】(ㄓㄤˋ ㄈㄨ) 女子的配偶。

【丈母娘】(ㄓㄤˋ ㄇㄨˇ ㄋㄧㄤˊ) 妻子的母親。

❀姨丈、一落千丈、雄心萬丈

3/2

上

丨 ⺊ 上

ㄕㄤˋ (shàng) (名) 1 高處。如：上方。2 表面。如：水上。3 長輩或地位較高的人。如：長上。4 表示事物的範圍或某方面。如：路上；感情上。(形) 1 等級高的；好的。如：上品。2 之前的；較早的。如：上一位。(動) 1 泛指一切由低往高的動作。如：上山。2 進呈。如：上菜。3 到；往。如：上任。4 登載。如：上報。5 塗；抹。如：上藥。6 安裝；旋緊。如：上發條。(副) 1 表示動作的開始或繼續。如：睡上一覺。2 表示動作的發生或結束。如：關上門；考上大學。

ㄕㄤˇ (shǎng) (名) 漢語聲調之一。如：老、好、找等字的聲調。

【上下】(ㄕㄤˋ ㄒㄧㄚˋ) 1 上面和下面。2 指高低、好壞、強弱等。(例) 他們的表現都很優秀，實在難分上下。3 大概；大致。(例) 我猜他的體重在七十公斤上下。(近) 左右。

【上升】(ㄕㄤˋ ㄕㄥ) 往上或高處移動。(例) 飛機已經上升到一萬五千呎的高度。(反) 下降。

【上手】(ㄕㄤˋ ㄕㄡˇ) 1 容易操作。(例) 這臺機械的操作方式很簡單，非常容易上手。2 形容技術熟練。(例) 阿任對烹飪非常上手，你可別小看他唷！

【上古】(ㄕㄤˋ ㄍㄨˇ) 古老的時代。

【上司】(ㄕㄤˋ ㄙ) 指上級長官。(反) 屬下。

【上任】ㄕㄤˋ ㄖㄣˋ ①就任新的職務。例新的校長明天就要上任了。反下臺；卸任。②前一任。例上任校長為這個學校盡了許多心力，大家都很懷念他。

【上映】ㄕㄤˋ ㄧㄥˋ 電影開始上演。近上檔。反下檔；下片。

【上流】ㄕㄤˋ ㄌㄧㄡˊ ①同「上游」。反下游。②一流；上等。例上流社會的生活，是一般老百姓無法想像的。

【上風】ㄕㄤˋ ㄈㄥ ①風向的上方。例燒東西的時候，要站在上風處才不會被煙燻到。②占了優勢或有利的位置。例比賽一開始小花便占了上風，讓對手倍感壓力。反下風。

【上香】ㄕㄤˋ ㄒㄧㄤ 祭拜時點香，拜完後將香插入香爐裡。

【上場】ㄕㄤˋ ㄔㄤˇ ①登場表演。例舞者上場前會先暖身以保護身體。反下場。②事情開始。例好戲即將上場，我們等著看吧！

【上游】ㄕㄤˋ ㄧㄡˊ ①河川靠近發源處的一段。反下游。②比喻崇高領先的地位。例小鄭是一個力爭上游的好青年。

【上等】ㄕㄤˋ ㄉㄥˇ 高級的或品質極佳的。例這些布料是上等貨，所以價格也貴了許多。反下等。

【上進】ㄕㄤˋ ㄐㄧㄣˋ 努力向上求進步。例小王雖然家境不好，卻非常上進。反墮落。

【上當】ㄕㄤˋ ㄉㄤˋ 被人欺騙。例阿明常說謊，你要小心別上當。近受騙。

【上榜】ㄕㄤˋ ㄅㄤˇ 考試通過被錄取。例當小美知道自己上榜時，高興得哭了出來。反落榜。

【上漲】ㄕㄤˋ ㄓㄤˇ 水位或物價上升。例連日的大雨，讓許多河川的水位不斷上漲。反下降。

【上臺】ㄕㄤˋ ㄊㄞˊ ①走到臺上。例來賓上臺致詞後，獲得學生熱烈的掌聲。②擔任新的職務。例新任內政部部長上臺後，決心改善治安問題。反下臺。

【上癮】ㄕㄤˋ ㄧㄣˇ 對某種事物的依賴很深，到了不做身體就會難受的地步。例吸毒容易上癮，對身體將會造成很大的傷害。

【上氣不接下氣】ㄕㄤˋ ㄑㄧˋ ㄅㄨˋ ㄐㄧㄝ ㄒㄧㄚˋ ㄑㄧˋ 形容呼吸很急促。例娟娟剛剛跑步回來，還上氣不接下氣，就先別給她水喝吧！近氣喘如牛。

✽晚上、一擁而上、蒸蒸日上

4/3

丐

ㄍㄞˋ (gài) 一 丅 下 丐

名向人討飯、要錢過活的人。如：乞丐。

4/3

丑

ㄔㄡˇ (chǒu) ㇆ 刀 丑 丑

名①地支的第二位。②時辰名。指上午一點到三點。③戲劇中或馬戲團表演中的滑稽角色。如：小丑。

【丑角】ㄔㄡˇ ㄐㄩㄝˊ 戲劇中表演滑稽角色的人。

4/3

不

ㄅㄨˋ (bù) 一 ㄏ 不 不

副①表示「否定」、「非」、「相反」。如：不愛。②無；沒有。如：不才。③勿；禁止。如：不可以。助放在「好」字後，以加強語氣。如：好不快樂。

辨析 不，在第四聲之前要讀ㄅㄨˊ，其餘都要讀ㄅㄨˋ。

【不凡】ㄅㄨˋ ㄈㄢˊ 出色的；表現優秀的。例這次比賽，本校選手表現不凡。

【不只】ㄅㄨˋ ㄓˇ 超過。例阿丁已經不只一次沒交作業了。

【不平】ㄅㄨˋ ㄆㄧㄥˊ ①不光滑；高低不同。例這條山路高低不平，要小心慢

一

慢走。②憤怒不滿的情緒。例這場比賽由於裁判不公正，讓觀眾憤怒不平。

【不必】ㄅㄨˊ ㄅㄧˋ 不需要。例大祥太固執了，不必浪費時間勸他。

【不如】ㄅㄨˋ ㄖㄨˊ 比不上。例你沒有用心上課，成績當然不如人。

【不安】ㄅㄨˋ ㄢ ①不平安；不穩定。例出國旅遊要避免前往動盪不安的地區。②內心因害怕或緊張而不平靜。例陳先生懷著不安的心情，打開健康檢查報告。

【不但】ㄅㄨˊ ㄉㄢˋ 不僅；不只。例小玲不但功課好，品行也好。

【不免】ㄅㄨˋ ㄇㄧㄢˇ 不能避免；一定。例最近汽油不斷調漲，不免引起民眾的抱怨抗議。

【不利】ㄅㄨˊ ㄌㄧˋ ①不銳利。例這把菜刀已經不利了，需要磨一磨。②沒有好處；有害。例香菸不利於身體健康，你應該勸爸爸少抽一點才是。

【不肖】ㄅㄨˊ ㄒㄧㄠˋ ①指子孫品行不良或沒有出息。例呂大叔的子孫不肖，把家產都賭光了。②品德不良。例那個不肖商人為了多賺一點錢，想盡辦法欺騙顧客。

【不足】ㄅㄨˋ ㄗㄨˊ ①不夠。例因為參加的人數不足，所以課後美術班只好取消。反多餘。②不值得。例小明常常說謊騙人，所以他說的話不足採信。

【不宜】ㄅㄨˋ ㄧˊ ①不適合。例這部電影有些鏡頭是兒童不宜觀賞的。反恰當；適宜。②不應該。例在這種情形下，你實在不宜再刺激他。

【不幸】ㄅㄨˊ ㄒㄧㄥˋ ①運氣不好。例小強想要挑戰新紀錄，卻不幸失敗了。近倒楣。反幸運。②意外的災禍。多指死亡。例他在車禍中遭遇不幸，令家人悲痛不已。

【不服】ㄅㄨˋ ㄈㄨˊ ①不甘心；不順從。例小建雖然對這一球被判為出界感到不服，但也只能尊重裁判的判決。②不能適應。例許多人出國旅行時，都會發生水土不服的情況。

【不法】ㄅㄨˋ ㄈㄚˇ 違反法律的意圖或行為。例偷竊是不法的行為。反合法。

【不治】ㄅㄨˋ ㄓˋ 無法醫治。比喻死亡。例即使醫生盡了全力，他仍然因為傷重而不治。

【不屑】ㄅㄨˋ ㄒㄧㄝˋ 看不起；不想理會。例大家都不屑阿力考試作弊的行為。反重視。

【不料】ㄅㄨˋ ㄌㄧㄠˋ 沒想到。例珍珍本來只是抱著好玩的心情參加比賽，不料卻得了第一名。

【不時】ㄅㄨˋ ㄕˊ ①常常；隨時。例我和小雪畢業後仍不時聯絡，友情就像從前一樣好。②不在預料之中的。例平時最好養成儲蓄的習慣，以備不時之需。

【不配】ㄅㄨˋ ㄆㄟˋ ①不相稱；不適合。例她的衣服和帽子看起來一點都不配。②不夠資格。例像他這種不負責任的人，不配當我們的班長。

【不許】ㄅㄨˋ ㄒㄩˇ 不准；不可以。含有「禁止」的意思。例弟弟患了重感冒，所以媽媽不許他出去玩。反准許。

【不曾】ㄅㄨˋ ㄘㄥˊ 從來沒有過。例他不曾吃過這種餅乾，直呼好吃極了！近未曾；從不。

【不測】ㄅㄨˋ ㄘㄜˋ ①無法預測。例天有不測風雲，我們最好要有萬全的準備。②意外的情況。多指死亡。例上次出國旅行，他差點遭遇不測。

【不僅】ㄅㄨˋ ㄐㄧㄣˇ 不只；不但。例小美不僅功課好，連畫畫也很厲害。

【不愧】ㄅㄨˋ ㄎㄨㄟˋ 當得起；稱得上。例麗麗不愧是我們班的數學小老師，幾乎沒有題目可以難倒她。

【不禁】ㄅㄨˋ ㄐㄧㄣ 1忍不住。例聽完這個故事，我不禁笑了出來。2承受不住。例這座舊橋不禁幾天來大雨的沖刷，終於倒下來了。

【不過】ㄅㄨˊ ㄍㄨㄛˋ 1但是；然而。例芸芸雖然長得不漂亮，不過卻很有氣質。2只；才。例看大雄不過小學三年級，沒想到竟然是個心算高手。3不超過。例在演講的技巧上，我比不過他。

【不滿】ㄅㄨˋ ㄇㄢˇ 1不滿意。例我對於服務生的態度非常不滿。2不足；不到。例我今年還不滿十二歲。

【不管】ㄅㄨˋ ㄍㄨㄢˇ 1不論。例不管遇到多少困難，我們都要努力去克服。近無論。2不理會；不干涉。例這件事情我不管了！

【不論】ㄅㄨˊ ㄌㄨㄣˋ 不管。例不論要用多少時間，我都一定要將這件事做完。

【不齒】ㄅㄨˋ ㄔˇ 不願並列站在一起。表示輕視、看不起。例他的行為令人不齒，我才不想和他做朋友呢！

辨析 齒，有「依照順序排列」的意思；「不齒」就是「不想同列」。而「不恥」則是「不認為羞恥」之意，如：不恥下問。

【不錯】ㄅㄨˊ ㄘㄨㄛˋ 1不壞；好。例這幅畫看起來還不錯。2沒有錯。表示「肯定」的意思。例不錯，這件事是我做的。

【不斷】ㄅㄨˊ ㄉㄨㄢˋ 連續不停；一直。例小靜不斷的想著要怎麼解決這個問題。反間斷；中止。

【不顧】ㄅㄨˊ ㄍㄨˋ 1不照顧；不理會。例許多小狗因為被主人棄之不顧而變成流浪狗。2不顧忌；不考慮。例媽媽不顧身體的病痛，堅持要早起為家人準備早餐。

【不二價】(ㄅㄨˋ ㄦˋ ㄐㄧㄚˋ) 指商品一律按照標價出售，不能討價還價。

【不由得】(ㄅㄨˋ ㄧㄡˊ ㄉㄜˊ) ①不容許。例 證據都已經齊全了，不由得嫌犯否認。②忍不住；無法控制。例 看到廣闊的海洋，令人不由得發出讚嘆聲。

【不至於】(ㄅㄨˋ ㄓˋ ㄩˊ) 不會達到某種程度或不會發生某種情況。例 這只是個輕度颱風，不至於造成重大災害。

【不得了】(ㄅㄨˋ ㄉㄜˊ ㄌㄧㄠˇ) ①指事態嚴重。例 不得了啦！發生火災了！②形容極不尋常。例 小雄連續三年獲得桌球冠軍，球技真是厲害得不得了！

【不對勁】(ㄅㄨˋ ㄉㄨㄟˋ ㄐㄧㄣˋ) 和平常不太一樣。例 哥哥今天看起來有點不對勁，不曉得是不是生病了？

【不了了之】(ㄅㄨˋ ㄌㄧㄠˇ ㄌㄧㄠˇ ㄓ) 把還沒做完或無法處理的事隨便敷衍過去，不再追究後續發展或結果。例 因為大家的意見太多，星期六班遊的計畫最後只好不了了之。

【不二法門】(ㄅㄨˋ ㄦˋ ㄈㄚˇ ㄇㄣˊ) 指唯一的方法。例 努力不懈、堅持到底是成功的不二法門。

【不三不四】(ㄅㄨˋ ㄙㄢ ㄅㄨˋ ㄙˋ) 形容人態度輕浮、不規矩。例 小緯老是交一些不三不四的朋友，令人擔心。

【不以為然】(ㄅㄨˋ ㄧˇ ㄨㄟˊ ㄖㄢˊ) 不贊同或不支持他人的意見。例 大平對這項提議非常不以為然。近 嗤之以鼻。

【不可多得】(ㄅㄨˋ ㄎㄜˇ ㄉㄨㄛ ㄉㄜˊ) 形容非常珍貴且稀少。例 小明是這個行業中不可多得的人才。反 俯拾即是。

【不可收拾】(ㄅㄨˋ ㄎㄜˇ ㄕㄡ ㄕˊ) 形容事態嚴重，沒辦法挽救。例 這件事已經被你搞得不可收拾了，後果你自己承擔吧！

【不可思議】(ㄅㄨˋ ㄎㄜˇ ㄙ ㄧˋ) 難以想像的奧妙神奇。例 大強在這場意外中竟然毫髮無傷，真是不可思議。近

一

匪夷所思。反理所當然。

【不可限量】ㄅㄨˋ ㄎㄜˇ ㄒㄧㄢˋ ㄌㄧㄤˋ 形容發展的潛力很大，沒有止境。例阿琳非常聰明，如果好好栽培，將來的成就必定不可限量。

【不可理喻】ㄅㄨˋ ㄎㄜˇ ㄌㄧˇ ㄩˋ 指人態度蠻橫，不講道理。例阿育發起脾氣來就亂摔東西，簡直不可理喻。

【不甘示弱】ㄅㄨˋ ㄍㄢ ㄕˋ ㄖㄨㄛˋ 不甘心表現得比別人差。例在對手連得五分之後，我隊也不甘示弱的拿下了好幾分。

【不由自主】ㄅㄨˋ ㄧㄡˊ ㄗˋ ㄓㄨˇ 控制不住自己。例看到這感人的一幕，小雪不由自主的掉下淚來。近情不自禁。

【不合時宜】ㄅㄨˋ ㄏㄜˊ ㄕˊ ㄧˊ 不合當時的風氣或需求。例這套西裝已經不合時宜了，再買新的吧！

【不自量力】ㄅㄨˋ ㄗˋ ㄌㄧㄤˋ ㄌㄧˋ 指高估自己的能力，去做辦不到的事。例以他的球技想向國手挑戰，簡直是不自量力。近螳臂當車。反量力而為。

【不折不扣】ㄅㄨˋ ㄓㄜˊ ㄅㄨˋ ㄎㄡˋ 完完全全；根本就是。例阿勇是個不折不扣的小氣鬼，你別妄想他會請客了。

【不足為奇】ㄅㄨˋ ㄗㄨˊ ㄨㄟˊ ㄑㄧˊ 沒什麼好奇怪的。例小芳個性衝動，會發生在路上和人吵架這種事實在不足為奇。近司空見慣。反難得一見；聞所未聞。

【不屈不撓】ㄅㄨˋ ㄑㄩ ㄅㄨˋ ㄋㄠˊ 不管遇到什麼挫折都不退縮。例做事要有不屈不撓的精神，才會成功。近勇往直前；百折不撓。

【不知不覺】ㄅㄨˋ ㄓ ㄅㄨˋ ㄐㄩㄝˊ 沒有察覺；沒有感覺到。例這個暑假似乎過得特別快，不知不覺就結束了。

【不知所措】ㄅㄨˋ ㄓ ㄙㄨㄛˇ ㄘㄨㄛˋ 不知怎麼辦才好。例安安不小心打破爺爺心愛的花瓶，望著滿地碎片一時不知所

措。(近)手足無措。(反)處變不驚。

【不省人事】ㄅㄨˋ ㄒㄧㄥˇ ㄖㄣˊ ㄕˋ 昏迷而失去知覺。(例)他摔了一跤後，就不省人事了。

【不相上下】ㄅㄨˋ ㄒㄧㄤ ㄕㄤˋ ㄒㄧㄚˋ 分不出高低、好壞；差不多。(例)他們兩人的實力不相上下。(近)旗鼓相當。

【不約而同】ㄅㄨˋ ㄩㄝ ㄦˊ ㄊㄨㄥˊ 沒有事先約定，意見或行為卻一樣。(例)阿奇和小虎不約而同的來到這家餐廳。

【不計其數】ㄅㄨˋ ㄐㄧˋ ㄑㄧˊ ㄕㄨˋ 形容數目多到沒辦法計算。(例)天空裡的星星不計其數。(反)寥寥無幾。

辨析 「數」當名詞時音ㄕㄨˋ，在這裡指「數目」。

【不恥下問】ㄅㄨˋ ㄔˇ ㄒㄧㄚˋ ㄨㄣˋ 不會因為向地位比自己低的人請教而感到羞恥。(例)做研究要有不恥下問的精神。(反)目空一切。

【不能自已】ㄅㄨˋ ㄋㄥˊ ㄗˋ ㄧˇ 沒 容 了自己的腳踏

【不能自拔】ㄅㄨˋ ㄋㄥˊ ㄗˋ ㄅㄚˊ 陷在 辦法自 小凱整天沉迷在電 不能 自拔。

【不務正業】ㄅㄨˋ ㄨˋ ㄓㄥˋ ㄧㄝˋ 不做正當的工作。(例)小潔不務正業，整天在街上閒逛。(近)遊手好閒；無所事事。

【不動聲色】ㄅㄨˋ ㄉㄨㄥˋ ㄕㄥ ㄙㄜˋ 形容鎮定、冷靜的樣子。(例)小琴不動聲色，繼續觀察事情的發展。

【不勞而獲】ㄅㄨˋ ㄌㄠˊ ㄦˊ ㄏㄨㄛˋ 比喻不費力氣就得到成果。(例)成功要靠努力，不要妄想不勞而獲。(近)坐享其成。

【不勝枚舉】ㄅㄨˋ ㄕㄥ ㄇㄟˊ ㄐㄩˇ 形容數量很多。(例)唐朝優秀的詩人多得不勝枚舉。(反)屈指可數。

【不堪一擊】形容非常脆弱。例 別看小鈞塊頭很大，其實根本就不堪一擊。

【不期而遇】事先沒有約定而遇見。例 阿泰和小真在圖書館裡不期而遇。

【不虛此行】沒有白走這一趟。指有收穫、有價值。例 今天的校外教學非常有趣，真是不虛此行！反 徒勞而返；空手而回。

【不慌不忙】形容態度從容不慌張。例 阿呆今天特地早起，不慌不忙的將行李整理好，然後就出國玩了。近 從容不迫。

【不厭其煩】不覺得麻煩。例 經過黃老師不厭其煩的講解，大家都已經了解這道數學題的算法了。反 不堪其擾。

【不聞不問】一點也不關心。例 老吳對社區的事不聞不問，鄰居都不喜歡他。近 漠不關心。

【不遺餘力】形容為了完成目標而投入全部的心力。例 為了班刊的事，小婷不遺餘力的付出，受到老師的誇獎。近 全力以赴。

【不翼而飛】比喻東西突然不見。例 我的鉛筆剛剛還在桌上，怎麼馬上就不翼而飛了？近 不知去向。

【不懷好意】心裡藏有害人的……例 看大雄笑……怪，一定不懷好意。近……

【不辭辛勞】不怕辛苦……辛勞的……我們過更好的生活……

【不歡而散】各自……因為……堅持己見，這場……

✽可不、豈不……

一

丙 5/4 ㄅㄧㄥˇ (bǐng) 一 丆 冂 丙 丙

(名)①天干的第三位。②表示順序或等第的第三順位。

世 5/4 ㄕˋ (shì) 一 十 廿 廿 世

(名)①三十年為一世。②朝代；時代。如：清世。③一生；一輩子。如：一世英名。④人間。如：塵世。(形)①代代相傳的。如：世仇。②關於人間、社會的。如：世俗。

【世代】ㄕˋ ㄉㄞˋ ①三十年為一世代。②時代。③接連好幾代。(例)林家世代都是醫生。

【世交】ㄕˋ ㄐㄧㄠ 彼此有好幾代的深厚交情。(例)他們兩家是世交，關係非常密切。

【世界】ㄕˋ ㄐㄧㄝˋ ①地球上的所有地方。②某種事物存在的領域或範圍。(例)在小冰的內心世界裡，藏著許多祕密。

【世紀】ㄕˋ ㄐㄧˋ 計算歷史年代的單位。一百年為一世紀。

【世外桃源】ㄕˋ ㄨㄞˋ ㄊㄠˊ ㄩㄢˊ 原指與現實社會隔絕的人間天堂。後形容風景幽美，人煙稀少的地方。(例)這個村莊風景美麗、村民純樸，真是個世外桃源。(近)人間仙境。

【世風日下】ㄕˋ ㄈㄥ ㄖˋ ㄒㄧㄚˋ 指社會風氣日漸敗壞。(例)近來常發生詐騙事件，真是世風日下。(近)世衰道微。

✽來世、憤世嫉俗、不可一世

丕 5/4 ㄆㄧ (pī) 一 丆 不 不 丕

(形)大；偉大。如：丕業。

【丕變】ㄆㄧ ㄅㄧㄢˋ 很大的改變。(例)自從交到壞朋友後，阿民的個性丕變，說謊、偷竊都不當一回事。

且 5/4 ㄑㄧㄝˇ (qiě) 丨 ㄇ 冃 月 且

㊖ 1 同時做兩件事。如：且戰且走。2 暫時。如：暫且。㊎ 並；又。表示更進一層。如：而且。

【且慢】(ㄑㄧㄝˇ ㄇㄢˋ) 慢一點；等一下。㊑ 且慢！把話說清楚再走。

✽並且、況且、姑且

5/4
丘 ㄑㄧㄡ (qiū)

㊔ 小山；小土堆。如：山丘。

【丘陵】(ㄑㄧㄡ ㄌㄧㄥˊ) 高於平原、低於山岳，坡度起伏不大的小山。

✽土丘、沙丘

6/5
丟 ㄉㄧㄡ (diū)

㊋ 1 拋棄；不要。如：丟棄。2 遺失。如：丟了印章。3 放；擱置。如：丟在一旁。

【丟掉】(ㄉㄧㄡ ㄉㄧㄠˋ) 1 拋棄；不要。㊑ 把這些垃圾拿去丟掉。2 遺失。㊑ 他的皮包丟掉了，心裡著急得不得了。

【丟臉】(ㄉㄧㄡ ㄌㄧㄢˇ) 沒面子；出醜。㊑ 林叔叔因為犯法被抓而感到丟臉。

【丟三落四】(ㄉㄧㄡ ㄙㄢ ㄌㄚˋ ㄙˋ) 形容人的記憶力不好。㊑ 小真記性不好，做事常丟三落四。㊜ 忘東忘西。

6/5
丞 ㄔㄥˊ (chéng)

㊔ 古代輔佐帝王或正官的官員。如：縣丞。㊋ 佐助；輔助。如：丞輔。

【丞相】(ㄔㄥˊ ㄒㄧㄤˋ) 古代官名。幫助皇帝處理國家大事，也監督其他官員。

8/7
並 ㄅㄧㄥˋ (bìng)

㊋ 排在一起；合併。如：並攏。㊖ 1 一起；同時。如：並列。2 用在否定詞前，以加強語氣。如：並非。㊎ 表示平列。如：並且。

【並且】(ㄅㄧㄥˋ ㄑㄧㄝˇ) 表示更進一層的連接詞。㊑ 老師不但贊成我們的活動，

並且願意幫忙我們。㊅近而且。

【並重】ㄅㄧㄥˋ ㄓㄨㄥˋ 同等重要。㊅例現代教育的目標是德、智、體、群、美五育並重。

【並排】ㄅㄧㄥˋ ㄆㄞˊ 排在一起。㊅例遊行隊伍兩兩並排著向前進。

【並肩作戰】ㄅㄧㄥˋ ㄐㄧㄢ ㄗㄨㄛˋ ㄓㄢˋ 指雙方合作，共同對付外來的挑戰。㊅例這場球賽他們兩人並肩作戰，擊敗許多人。

【並駕齊驅】ㄅㄧㄥˋ ㄐㄧㄚˋ ㄑㄧˊ ㄑㄩ 比喻雙方的能力或地位不分高下。㊅例小明經過努力之後，成績已能和小華並駕齊驅。㊅近不相上下。㊅反天壤之別。

❀手腦並用、相提並論

ㄍㄨㄣˇ 丨 部

丫 3/2 ㄧㄚ (yā) 丶 丷 丫

㊅名 物體末端分岔的地方。如：樹丫。

【丫頭】ㄧㄚ ㄊㄡˊ 對小女孩的稱呼。

【丫鬟】ㄧㄚ ㄏㄨㄢˊ 婢女；女僕。㊅近女傭。

中 4/3 丨 ㄇ 口 中

ㄓㄨㄥ (zhōng) ㊅名 1和四邊或兩端距離相等的位置。如：中間。2裡面。如：家中。3某個時期。如：一生中。4中學的簡稱。如：高中。㊅形 1介於高低、大小、好壞、強弱之間。如：中等。2一半的。如：中途。3不偏向任何一邊的。如：中立。㊅副 1表示動作正在進行。如：上課中。2正好，剛好。如：適中。㊅專 中國的簡稱。

ㄓㄨㄥˋ (zhòng) ㊅動 1打中目標。如：射中。2感受；遭受。如：中暑。3符合。如：中意。4得到。如：

中獎。

【中心】ㄓㄨㄥ ㄒㄧㄣ ①正中央的位置。②地位重要的人或事。例臺北市是臺灣的政治、經濟和交通中心。近核心。③某種特定用途的主要場所。例這棟大樓是學校的教學中心。

【中央】ㄓㄨㄥ ㄧㄤ ①和四邊或兩端距離相等的位置。例圓心位在一個圓的中央。近中間。反邊緣。②政權或政黨的主要組織和機構。如：中央政府。反地方。

【中肯】ㄓㄨㄥˋ ㄎㄣˇ 說話的內容切合要點，而且恰到好處。例李老師說話中肯，所以大家都喜歡和他討論事情。

【中毒】ㄓㄨㄥˋ ㄉㄨˊ ①身體遭到有毒物質侵入。例表哥因為食物中毒，正在醫院急救。②思想受到不好的言論迷惑而改變。例阿文受到這個教派不當的觀念所迷惑，中毒太深，完全不理會他人的勸告。

【中風】ㄓㄨㄥˋ ㄈㄥ 腦溢血的俗稱。因為血管硬化、精神受刺激等，而引起腦血管破裂、血液溢出的疾病。會產生麻痺的症狀，造成行動不便，嚴重的甚至會死亡。

【中暑】ㄓㄨㄥˋ ㄕㄨˇ 因為天氣太熱或長久曝晒在太陽底下，人的身體無法調節體溫，引起頭暈、呼吸急促等症狀，嚴重的甚至會休克死亡。

【中意】ㄓㄨㄥˋ ㄧˋ 滿意。例知道媽媽很中意這件衣服，爸爸就將它買下來了。近合意。

【中斷】ㄓㄨㄥ ㄉㄨㄢˋ 中途停止。例因為忽然下起大雨，比賽只好暫時中斷。近間斷。

【中醫】ㄓㄨㄥ ㄧ ①中國傳統醫學。②以中國的傳統醫術幫人看病的人。也稱為「中醫師」。反西醫。

【中聽】ㄓㄨㄥˋ ㄊㄧㄥ 好聽；說的話讓人聽了高興。例小珍說話很中聽，難

怪長輩特別疼愛她。

【中央山脈】ㄓㄨㄥ ㄧㄤ ㄕㄢ ㄇㄞˋ 臺灣最長的山脈。縱貫於蘇澳和鵝鑾鼻之間。長約二百七十公里，寬約八十公里。

【中看不中用】ㄓㄨㄥ ㄎㄢˋ ㄅㄨˋ ㄓㄨㄥ ㄩㄥˋ 外表好看，其實一點也不實用。例這個杯子真是中看不中用，才用了沒幾天就出現裂痕！近虛有其表。

✽其中、集中、百發百中

丯 4/3

ㄈㄥ (fēng) 一 二 三 丯

名 風韻儀態。通「風」。如：丯神。形 容貌美好的樣子。異「豐」的異體字。

【丯采】ㄈㄥ ㄘㄞˇ 美好的風度、神采。例小美迷人的丯采，是源自於心中的自信。

串 7/6

ㄔㄨㄢˋ (chuàn) 串 丨 ㄇ 口 ㄖ 吕 吕

動 1 把東西連貫起來。如：串聯。2 互相勾結。如：串騙。3 扮演。如：客串。量 計算連成一長條物品的單位。如：一串項鍊。

【串供】ㄔㄨㄢˋ ㄍㄨㄥˋ 嫌犯事先彼此討論說詞，企圖用同樣的謊言，掩蓋事實。例警方為了避免這群嫌犯串供，所以將他們分開偵訊。

【串通】ㄔㄨㄢˋ ㄊㄨㄥ 相互勾結，使彼此言行或意見一致。多用於貶義。例他們串通好一起整我，真是太過分了。

✽貫串、一連串、大會串

丶部 ㄓㄨˇ

凡 3/2

ㄈㄢˊ (fán) 丿 几 凡

名 人間。如：凡塵。形 1 普通的。如：平凡。2 總括的。如：凡例。動 總計。如：凡四十人。

【凡人】(ㄈㄢˊ ㄖㄣˊ) 平常人。例我只是個凡人，你不要對我要求那麼多。近常人。

【凡事】(ㄈㄢˊ ㄕˋ) 不論什麼事。例小琳和媽媽感情很好，凡事都會先問過媽媽的意見。

【凡是】(ㄈㄢˊ ㄕˋ) 屬於某範圍的一切。例凡是本校學生都應遵守校規。

【凡夫俗子】(ㄈㄢˊ ㄈㄨ ㄙㄨˊ ㄗˇ) 平凡普通的人。例這些道理即使是凡夫俗子也能了解。近市井之徒。

❀平凡、不同凡響、自命不凡

3/2

丸 ㄨㄢˊ (wán) 丿 九 丸

名小而圓的東西。如：貢丸。量計算小型球狀物的單位。如：仙丹一丸。

❀藥丸、彈丸、定心丸

4/3

丹 ㄉㄢ (dān) 丿 刀 月 丹

名1顏料名。如：丹砂。2精心煉成的藥丸。如：仙丹。形1紅色的。如：丹楓。2熱誠的；真誠的。如：丹心。

【丹田】(ㄉㄢ ㄊㄧㄢˊ) 人的身體肚臍下三寸的地方。

❀牡丹、煉丹、萬靈丹

5/4

主 ㄓㄨˇ (zhǔ) 丶 亠 亠 丰 主

名1古代臣民對帝王的稱呼。如：君主。2權力或財物的擁有者。如：地主。3事件的當事人。如：失主。4接待別人的人。與「客」相對。如：賓主。5與「奴僕」身分相對的人。如：主僕。6教徒對神的稱呼。如：阿拉真主。形1最重要；首要。如：主力。2自己的。如：主權。動1掌管；負責。如：主辦。2提倡；贊成。如：主戰。

【主角】ㄓㄨˇ ㄐㄩㄝˊ ①指戲劇或文學作品中的主要人物。例 唐三藏、孫悟空、豬八戒、沙悟淨是西遊記中的主角。②指事件中的主要人物。例 小智的實力堅強，是決定比賽勝敗的主角。反 配角。

【主持】ㄓㄨˇ ㄔˊ 負責維持或執行。例 這場活動是由小劉主持。

【主要】ㄓㄨˇ ㄧㄠˋ 最重要的。例 這場活動主要是為增進同學間的感情。

【主席】ㄓㄨˇ ㄒㄧˊ 主持會議的人。

【主張】ㄓㄨˇ ㄓㄤ 對事物的看法或見解。例 林老師主張以「愛的教育」來教導學生。

【主意】ㄓㄨˇ ㄧˋ 意見；想法。例 小莉打定主意，明年一定要出國旅遊。

【主導】ㄓㄨˇ ㄉㄠˇ 主使引導。例 這次的同樂會從頭到尾都是康樂股長在主導進行。

✽民主、先入為主、不由自主

丿 ㄆㄧㄝ 部

2/1

乃 ㄋㄞˇ (nǎi)

丿 乃

代 你的；你們的。如：乃父。動 是；為。如：他乃名人。副 ①才。如：天明乃至。②竟然。如：乃至於此。

✽木乃伊、康乃馨、有容乃大

3/2

久 ㄐㄧㄡˇ (jiǔ)

丿 ク 久

名 時間的長短。如：他出去多久了？副 長時間的。如：久等。

【久違】ㄐㄧㄡˇ ㄨㄟˊ 分別很長的時間。例 小麗在路上遇見久違的朋友，讓她非常高興。

【久而久之】ㄐㄧㄡˇ ㄦˊ ㄐㄧㄡˇ ㄓ 經過一段長時間之後。例 由於海浪不斷的侵

丶

丿

蝕，久而久之，岸邊就出現了一個大洞。

❀永久、悠久、天長地久

3/2
么 ㄧㄠ (yāo)
丿 ㄠ 么

(名)一的俗稱。如：么兩三四。(形)排行最小的。如：么兒。

4/3
之 ㄓ (zhī)
丶 ㇇ ㇇ 之

(代)第三人稱代名詞。他；它。可借指人或事物。如：愛之深，責之切。(介)的。如：星星之火。(助)語助詞，無義。如：久而久之。

❀持之以恆、成人之美

4/3
尹 ㄧㄣˇ (yǐn)
㇕ ㇕ 彐 尹

(名)古代對長官的稱呼。如：縣尹。

5/4
乏 ㄈㄚˊ (fá)
丿 ㇒ 乏 乏 乏

(形)1疲勞。如：疲乏。2貧窮。如：貧乏。(動)缺少；沒有。如：缺乏。

【乏味】ㄈㄚˊ ㄨㄟˋ 缺少趣味；無聊。(例)這節目太乏味，看了就想睡。(反)精彩；有趣。

【乏人問津】ㄈㄚˊ ㄖㄣˊ ㄨㄣˋ ㄐㄧㄣ 比喻沒有人詢問打聽。(例)這件家具擺在店裡很久了，一直乏人問津。

【乏善可陳】ㄈㄚˊ ㄕㄢˋ ㄎㄜˇ ㄔㄣˊ 沒有什麼優點可以讚美。(例)這篇作文錯字連篇，文句又不通順，真是乏善可陳。

❀不乏、匱乏、分身乏術

5/4
乎 ㄏㄨ (hū)
丿 ㇒ ㇒ 乊 乎

(介)在。通「於」。如：介乎兩者之間。(助)用在文言句尾。1表示疑問。用法同「嗎」。如：子貢仁乎？2表示感嘆。用法同「啊」。如：悲乎！

❀在乎、幾乎、似乎

丿

乍 5/4

ㄓㄚˋ (zhà) 丿 𠂉 乍 乍 乍

副 1 突然。如：乍看之下。2 剛剛。如：乍到。

【乍見】ㄓㄚˋ ㄐㄧㄢˋ 忽然看見。例 隔壁的王太太換了一個新髮型，乍見之下幾乎認不出來。

【乍聽】ㄓㄚˋ ㄊㄧㄥ 忽然聽見。例 她的歌聲乍聽之下，很像鄧麗君。

✽新來乍到、曙光乍現

乓 6/5

ㄆㄤ (pāng) 丿 𠂆 𠂇 斤 丘 乓

見「乒乓」。

乒 6/5

ㄆㄧㄥ (pīng) 丿 𠂆 𠂇 斤 丘 乒

見「乒乓」。

【乒乓】ㄆㄧㄥ ㄆㄤ 形容物品碰撞的聲音。

【乒乓球】ㄆㄧㄥ ㄆㄤ ㄑㄧㄡˊ 即「桌球」。

乖 8/7

ㄍㄨㄞ (guāi) 丿 二 千 千 千 千 乖 乖

形 1 聽話不吵鬧。如：乖孩子。2 聰明靈巧。如：乖巧。3 性情奇怪、異常。如：乖張。動 違背。如：乖違。

【乖巧】ㄍㄨㄞ ㄑㄧㄠˇ 形容聽話聰明、討人喜歡。例 妹妹從小就是個乖巧的孩子。反 頑皮。

【乖僻】ㄍㄨㄞ ㄆㄧˋ 性情古怪孤僻，跟別人合不來。例 小芬個性有些乖僻，不喜歡與人來往。

【乖謬】ㄍㄨㄞ ㄇㄧㄡˋ 違反常理，不合邏輯。例 這部小說情節乖謬，一點都不合理。

乘 10/9

丿 二 千 千 千 千 乖 乖 乘 乘

ㄔㄥˊ (chéng) 名 數學運算法的一種。用來求某數的倍數。如：三乘二得六，六即為三的二倍，亦為二的三

倍。動 1 登；搭坐。如：乘車。2 憑藉；利用。如：乘勢。

ㄕㄥˋ (shèng) 名 古時稱由四匹馬拉的車子。量 古代計算車輛的單位。如：萬乘之國。

【乘涼】ㄔㄥˊ ㄌㄧㄤˊ 在陰涼透風的地方納涼。例 前人種樹，後人乘涼。

【乘機】ㄔㄥˊ ㄐㄧ 利用機會。例 媽媽炒菜的時候，弟弟乘機偷吃了一口。

【乘風破浪】ㄔㄥˊ ㄈㄥ ㄆㄛˋ ㄌㄤˋ 形容船隻在大海中航行，不怕風浪。比喻志向遠大，不畏艱難。例 即使任務艱難，我們仍要乘風破浪，努力向前。

【乘勝追擊】ㄔㄥˊ ㄕㄥˋ ㄓㄨㄟ ㄐㄧ 趁著戰勝的氣勢，繼續進攻。例 對手已漸漸失去鬥志，小強乘勝追擊，最後以三比零獲勝。

✽搭乘、騎乘、有機可乘

乙部

1/0 **乙** ㄧˇ (yǐ) 乙

名 1 天干的第二位。2 表示順序或等第的第二順位。代 人或地的代稱。如：某乙。

辨析 「乙」若用在公文、契約、公告等，代表「一」。如：乙件即一件。

2/1 **九** ㄐㄧㄡˇ (jiǔ) 丿九

形 比喻多數、多次。如：九死一生。數 大寫作「玖」，阿拉伯數字作「9」。

【九泉】ㄐㄧㄡˇ ㄑㄩㄢˊ 地下深處。指人死後的去處。例 爺爺在九泉下若知道叔叔功成名就，一定很高興。近 黃泉。

丿
乙

【九族】(ㄐㄧㄡˇ ㄗㄨˊ) ①指上下各推四代的直系親屬。包括高祖、曾祖、祖父、父親、自己、兒子、孫子、曾孫、玄孫。②指父族、母族、妻族三者的親屬。③指臺灣原住民族中，阿美、泰雅、排灣、布農、卑南、鄒、魯凱、賽夏、雅美（又稱達悟）九族。

辨析 行政院近年陸續公布邵族、噶瑪蘭族、太魯閣族、撒奇萊雅族、賽德克族、拉阿魯哇族及卡那卡那富族為臺灣原住民族，總計目前經官方認定的共有十六族。

【九牛一毛】(ㄐㄧㄡˇ ㄋㄧㄡˊ ㄧˋ ㄇㄠˊ) 比喻極大數量中的極少數。例這些錢對家境富裕的小倫來說，不過是九牛一毛而已。近滄海一粟。

【九死一生】(ㄐㄧㄡˇ ㄙˇ ㄧˋ ㄕㄥ) 形容非常危險的情形。例他歷經九死一生才從火場逃出來。

也 3/2

ㄧㄝˇ (yě) 乛 乜 也

副①表示同樣的意思。如：你走，我也走。②全；都。如：我什麼也不懂。③勉強可以。如：你這麼說也行。助①用在否定句中，加強語氣。如：他再也不會來了。②常用在文言文中的語尾。無義。如：仁者人也。

【也許】(ㄧㄝˇ ㄒㄩˇ) 或許。表示猜測的語氣。例他也許先走了。

乞 3/2

ㄑㄧˇ (qǐ) ノ 𠂉 乞

動①討取。如：乞食。②請求。如：乞和。

【乞丐】(ㄑㄧˇ ㄍㄞˋ) 向人討取金錢或食物的人。

【乞求】(ㄑㄧˇ ㄑㄧㄡˊ) 謙卑的請求。例小胖向上天乞求媽媽的病趕快好起來。

【乞討】(ㄑㄧˇ ㄊㄠˇ) 向人討取物品。㊎那個流浪漢沿街乞討，模樣十分可憐。

㊍施予；給予。

❋行乞、懇乞、搖尾乞憐

6/5

乩 ㄐㄧ (jī)

丨 ⺊ ⺊ 占 占 乩

㊔求神降臨指示的方式。由兩人扶一丁字木架或小木椅，等神靈降臨時，便能用木架或木椅在沙盤上畫字來解決疑難、治病、預示吉凶等。俗稱「扶乩」、「扶鸞」。

【乩童】(ㄐㄧ ㄊㄨㄥˊ) 經過特殊訓練，以求神靈附體傳達旨意的人。

8/7

乳 ㄖㄨˇ (rǔ)

丿 ⺈ ⺈ ⺈ 孚 孚 孚 乳

㊔ 1 雌性哺乳類動物分泌乳汁的器官。如：乳房。2 乳房中分泌出來的白色汁液。如：牛乳。3 類似奶水的液體。如：蜂王乳。㊏幼小的；剛出生的。如：乳鴿。

【乳名】(ㄖㄨˇ ㄇㄧㄥˊ) 小時候的暱稱。㊋小名。

【乳齒】(ㄖㄨˇ ㄔˇ) 嬰兒出生六、七個月之後長出的牙齒。共二十顆，到六、七歲時會自然脫落，再長出新的牙齒，就是恆齒。

【乳臭未乾】(ㄖㄨˇ ㄒㄧㄡˋ ㄨㄟˋ ㄍㄢ) 諷刺年輕人不夠成熟，經驗不多。㊎你這乳臭未乾的小子，竟敢跟老闆吵架！

❋鮮乳、煉乳、哺乳

11/10

乾 ㄍㄢ (gān)

一 十 𠂇 古 古 古 直 卓 卓 乾

㊔經過日晒或機器加工而脫去水分的食品。如：肉乾。㊏ 1 缺少水分。與「溼」相對。如：乾季。2 枯竭；空虛。如：外強中乾。3 沒有血緣關係，只是名義上的。如：乾媽。㊋竭盡；不剩。如：乾杯。㊖白白的；徒然。如：乾等。

ㄑㄧㄢˊ (qián) (名)易經卦名之一。代表「天」或「男性」。

【乾枯】ㄍㄢ ㄎㄨ 失去水分。(例)久沒澆水，院子裡的花草都乾枯了。

【乾脆】ㄍㄢ ㄘㄨㄟˋ 指說話或做事直接爽快。(例)他做事情很乾脆，答應的事一定做到。(反)猶豫。

【乾淨】ㄍㄢ ㄐㄧㄥˋ [1]清潔。(例)小美的房間非常乾淨。[2]一點都不剩。(例)媽媽要小美把碗裡的飯吃乾淨。

【乾燥】ㄍㄢ ㄗㄠˋ 缺乏水分。(例)冬天的空氣比較乾燥，容易引起皮膚發癢。

【乾淨俐落】ㄍㄢ ㄐㄧㄥˋ ㄌㄧˋ ㄌㄨㄛˋ 比喻做事或動作快速敏捷。(例)爸爸做家事乾淨俐落，三兩下就把碗盤洗得清潔溜溜。(反)拖泥帶水。

✽豆乾、餅乾、口乾舌燥

13/12

亂 ㄌㄨㄢˋ (luàn)

亂

(名)不好的行為。如：作亂。(形)混雜；沒有秩序。如：混亂。(動)[1]混淆。如：以假亂真。[2]破壞；違反。如：搗亂。(副)任意；隨便。如：亂動。

【亂流】ㄌㄨㄢˋ ㄌㄧㄡˊ 氣象學上指大氣中氣體不穩定的流動，包括渦動或垂直運動，容易影響到飛機的飛行。

【亂七八糟】ㄌㄨㄢˋ ㄑㄧ ㄅㄚ ㄗㄠ 毫無秩序的樣子。(例)媽媽叫弟弟今天要收拾好他那亂七八糟的房間。(近)雜亂無章。(反)井井有條。

✽戰亂、心亂如麻、臨危不亂

亅 部 ㄐㄩㄝˊ

2/1 了

㇇ 了

ㄌㄧㄠˇ (liǎo) 動 ①完畢；解決。如：了結。②明白。如：了解。副 ①完全。如：了無新意。②放在動詞後，與「得」、「不」連用。表示可能或不可能。如：去不了。

˙ㄌㄜ (le) 助 ①表示動作完成。如：吃了五碗飯。②用在句尾。表示肯定。如：他吃飽了。

【了解】ㄌㄧㄠˇ ㄐㄧㄝˇ 明白；理解。也作「瞭解」。例 爸爸常說我們年紀還小，無法了解大人的煩惱。近 清楚。反 不懂。

【了不起】ㄌㄧㄠˇ ㄅㄨˋ ㄑㄧˇ 稱讚人有特殊成就或表現突出。例 跆拳道選手為國家贏得二面金牌，真是了不起。

※終了、沒完沒了、草草了事

4/3 予

㇇ マ 乛 予

ㄩˊ (yú) 代 我。通「余」。

ㄩˇ (yǔ) 動 ①給與。通「與」。如：贈予。②許可；同意。如：准予。

【予取予求】ㄩˊ ㄑㄩˇ ㄩˊ ㄑㄧㄡˊ 形容任意求取。例 小平對阿元予取予求的強勢態度，令同學們都很看不過去。

※施予、授予、賦予

8/7 事

ㄕˋ (shì) 一 𠃍 ⼞ 㝵 㝵 亊 事

名 ①人類所進行的一切活動，或大自然呈現的一切現象。如：世事。②工作；職務。如：公事。③變故。如：出事。動 ①侍奉。如：事親。②做；為。如：不事生產。

【事件】ㄕˋ ㄐㄧㄢˋ 偶發的重大事情。例「九一一事件」對美國人民的生活影響很大。

【事先】(ㄕˋ ㄒㄧㄢ) 事情發生之前或處理事情之前。例她已事先訂好餐廳。

【事故】(ㄕˋ ㄍㄨˋ) 偶然發生的變故、意外。多指不幸的事情。

【事業】(ㄕˋ ㄧㄝˋ) 有條理、有規模，需要經營管理的事情。例李伯伯經過長時間的努力，終於創下一番事業。

【事實】(ㄕˋ ㄕˊ) 事情的真實情況。例請你先充分了解事實，再下評論。

【事不宜遲】(ㄕˋ ㄅㄨˋ ㄧˊ ㄔˊ) 事情緊急，需要馬上處理，不能拖延。例你如果想到阿里山上看日出，事不宜遲，我們現在就出發吧！

【事半功倍】(ㄕˋ ㄅㄢˋ ㄍㄨㄥ ㄅㄟˋ) 所花費的精神、力氣小，而所收到的成效很大。例他做事懂得使用方法，所以才事半功倍，又快又好。反事倍功半。

【事在人為】(ㄕˋ ㄗㄞˋ ㄖㄣˊ ㄨㄟˊ) 事情的成敗，關鍵在人有沒有決心去做。例爸爸時常勉勵我們，事在人為，沒有什麼事是辦不到的。

【事過境遷】(ㄕˋ ㄍㄨㄛˋ ㄐㄧㄥˋ ㄑㄧㄢ) 事情已經過去，情況也跟著改變了。例當年那件轟動社會的新聞，如今事過境遷，大家也逐漸淡忘了。近物換星移。

【事與願違】(ㄕˋ ㄩˇ ㄩㄢˋ ㄨㄟˊ) 事情的發展與心裡希望的不一樣。例他想盡辦法要當班長，可惜事與願違，總是選不上。近天不從人願。反如願以償；稱心如意。

❀本事、凡事、故事

二部 (ㄦˋ)

2/0 **二** ㄦˋ (èr) 一 二

形①第二。如：二月。②次等的。如：二流。③兩樣的；不同的。如：二心。數大寫作「貳」，阿拉伯數字作「2」。

亅
二

【二心】異心；不忠的心。例軍隊中的士兵不能懷有二心。

【二手貨】已使用過再拿出來賣的物品。

【二話不說】動。不多作說明便馬上行動。例大強聽到朋友遇到困難，他二話不說就趕去幫忙，真是個替朋友著想的人。

❀數一數二、三心二意

3/1
于 ㄩˊ (yú)

一 二 于

介在。通「於」。如：耿耿于懷。

助語助詞，無義。如：鳳凰于飛。

【于歸】女子出嫁。例今天是表姐于歸的大喜之日，大家都感到很開心。

4/2
云 ㄩㄣˊ (yún)

一 二 亍 云

動說。如：人云亦云。助用在句尾。有「如是」、「如此」的意思。

4/2
井 ㄐㄧㄥˇ (jǐng)

一 二 ナ 井

名1向下挖的洞穴。如：水井。2家鄉。如：離鄉背井。形整齊的。如：井井有條。

【井井有條】形容整齊劃一，很有條理。例小廷把房間整理得井井有條。近有條不紊。反雜亂無章。

【井底之蛙】比喻見識很少的人。例我們要廣泛學習各種知識，才不會成為井底之蛙。

❀天井、市井小民、臨渴掘井

4/2
互 ㄏㄨˋ (hù)

一 丆 互 互

副彼此。如：交互。

【互助】互相幫助。例互助合作，事情才容易成功。

【互相】彼此都以相同的態度和方式對待對方。例他們互相加油

打氣，希望能在比賽時贏得好成績。

【互動】(ㄏㄨˋ ㄉㄨㄥˋ) 指互相來往、影響的過程。例 父母和兒女之間的互動非常重要。

4/2
五 ㄨˇ (wǔ)
一 丆 万 五

數 大寫作「伍」，阿拉伯數字作「5」。

【五味】(ㄨˇ ㄨㄟˋ) 1 甜、酸、苦、辣、鹹五種味道。泛指各種味道。2 比喻各種感受。例 聽到別人在背後批評自己，小王心中不禁五味雜陳。

【五官】(ㄨˇ ㄍㄨㄢ) 眼、耳、鼻、口、心五種器官。也泛指人的長相、面貌。

【五穀】(ㄨˇ ㄍㄨˇ) 指稻、黍、稷、麥、菽五種穀物。也泛指各種穀物。

【五花八門】(ㄨˇ ㄏㄨㄚ ㄅㄚ ㄇㄣˊ) 比喻許多事物在眼前變化多端。例 電視節目五花八門，要慎選適合自己的節目。

【五顏六色】(ㄨˇ ㄧㄢˊ ㄌㄧㄡˋ ㄙㄜˋ) 形容色彩鮮豔多樣。例 櫃子裡五顏六色的糖果，吸引了弟弟的目光。

【五體投地】(ㄨˇ ㄊㄧˇ ㄊㄡˊ ㄉㄧˋ) 比喻非常佩服、崇拜。例 我對媽媽做菜的手藝佩服得五體投地。

❀ 銘感五內、四分五裂

6/4
亙 ㄍㄣˋ (gèn)
一 丆 万 万 亙 亙

動 從這端到那端，連續不斷。如：橫亙。

【亙古】(ㄍㄣˋ ㄍㄨˇ) 從古到今。例 亙古以來，人們都無法超越時間的限制。

8/6
亞 ㄧㄚˋ (yà)
一 ｜ 𠄌 亞 亞 亞 亞 亞

形 次等；位居第二的。如：亞軍。

專 亞洲的簡稱。

【亞洲】(ㄧㄚˋ ㄓㄡ) (Asia) 亞細亞洲的簡稱。大部分位於北半球，東臨太平洋，西與歐洲大陸相連，南臨印度洋，

二

西南與非洲之間隔著紅海。是全球面積最大，人口最多，氣候最複雜，物產最豐富的地區。

【亞軍】(ㄧㄚˋ ㄐㄩㄣ) 競賽中的第二名。

8/6

些

ㄒㄧㄝ (xiē)

丨 ⺊ 卜 止 止 此 此 些 些

形 微少；一點點。如：一些。助 置於詞尾以表示多數。如：那些。

【些微】(ㄒㄧㄝ ㄨㄟ) 少許；一點點。例 這場比賽，甲隊以些微差距輸給乙隊。

9/7

亟

一 丆 丂 丂 丙 丙 亟 亟 亟

ㄐㄧˊ (jí) 副 急迫。如：亟需。

ㄑㄧˋ (qì) 副 屢次。如：亟請。

亠部

ㄊㄡˊ

3/1

亡

丶 亠 亡

ㄨㄤˊ (wáng) 動 1死去。如：死亡。2逃走。如：逃亡。3消滅；喪失。如：亡國。

ㄨˊ (wú) 動 沒有。通「無」。

【亡命】(ㄨㄤˊ ㄇㄧㄥˋ) 逃亡。例 那名搶劫犯犯案後不得不亡命天涯。

【亡羊補牢】(ㄨㄤˊ ㄧㄤˊ ㄅㄨˇ ㄌㄠˊ) 丟了羊，就趕快修補柵欄，還不算晚。比喻出了差錯後，想辦法補救還來得及。例 哥哥第一次月考沒考好，爸爸要他趕緊亡羊補牢，努力準備第二次。

反 防患未然。

✽家破人亡、名存實亡

4/2

亢

ㄎㄤˋ (kàng)

丶 亠 亢 亢

形 1高。如：高亢。2高傲的；強硬的。如：不卑不亢。副 很；非常。如：亢旱。

【亢直】(ㄎㄤˋ ㄓˊ) 性格正直，不向惡勢力低頭。例 班長個性亢直，做事公平

公正，同學們都很信任他。

6/4
交 ㄐㄧㄠ (jiāo)

丶 亠 亣 六 亦 交

(名) [1]鄰近地區或前後時間的相會處。如：水陸之交。[2]朋友；友誼。如：知交。(動) [1]相會；接合。如：相交。[2]互相往來。如：交友。[3]繳；付。如：交錢。[4]貿易。如：成交。[5]為了繁殖下一代或滿足性欲所做的行為。如：交配。(副) [1]彼此。如：交談。[2]同時；一齊。如：風雨交加。

【交代】ㄐㄧㄠ ㄉㄞˋ [1]吩咐；叮嚀。(例)媽媽交代弟弟下課後要馬上回家。[2]解釋；說明。(例)這項傳聞的主角今天召開記者會，交代了整個事件的經過。

【交往】ㄐㄧㄠ ㄨㄤˇ [1]與人往來結交。(例)哥哥交往的都是些壞朋友，讓爸媽很擔心。[2]指談戀愛。(例)他們兩人已交往多年，最近準備要結婚了。

【交易】ㄐㄧㄠ ㄧˋ 買賣；做生意。(例)這筆交易的金額很龐大，必須謹慎。

【交手】ㄐㄧㄠ ㄕㄡˇ 打鬥；競賽。(例)這場球賽是兩校校隊二度交手。

【交流】ㄐㄧㄠ ㄌㄧㄡˊ 互相往來流通。(例)透過網路，讓世界各地的文化交流更加頻繁。

【交配】ㄐㄧㄠ ㄆㄟˋ 動、植物雌雄兩體進行受精或受粉的歷程。

【交通】ㄐㄧㄠ ㄊㄨㄥ [1]人與人的往來溝通。[2]指各種運輸通訊事業，像陸運、海運、空運及電信通訊等。

【交換】ㄐㄧㄠ ㄏㄨㄢˋ 互相調換。(例)老師要他們兩個交換座位。(近)互換。

【交頭接耳】ㄐㄧㄠ ㄊㄡˊ ㄐㄧㄝ ㄦˇ 彼此在耳邊低聲說話。(例)看表演時，在座位上和旁人交頭接耳是很不禮貌的行為。(近)竊竊私語。

✽外交、百感交集、不可開交

亥 6/4 ㄏㄞˋ (hài)

名 1 地支的第十二位。2 時辰名。指下午九點至十一點。

亦 6/4 一ˋ (yì)

副 也；又。如：人云亦云。

【亦步亦趨】本指學生跟隨老師學習，現多用來形容做事模仿他人。例 畫畫要發揮自己的創意，不要只會亦步亦趨，模仿他人。近 依樣畫葫蘆。反 別出心裁。

✽不亦樂乎、人云亦云

亨 7/5 ㄏㄥ (hēng)

形 順利；通暢。如：亨通。

享 8/6 ㄒㄧㄤˇ (xiǎng)

動 1 消受；受用。如：有福同享。2 獲得。如：享年。

【享用】享受使用。例 奶奶煮了滿桌的菜讓大家享用。

【享受】消受；受用。例 我們全家在海邊享受悠閒的夏日時光。

✽獨享、坐享其成、有福同享

京 8/6 ㄐㄧㄥ (jīng)

名 國都。如：京城。

【京劇】流行於北京，傳統戲曲的一種。又稱「平劇」、「國劇」、「京戲」。

亭 9/7 ㄊㄧㄥˊ (tíng)

名 1 有屋頂無牆的小屋，可用來休息。如：涼亭。2 一種用來辦公或營業的小型辦公室。如：售票亭。

形 高聳直立。如：亭亭玉立。

【亭亭玉立】形容女子挺立秀美的樣子。例 幾年不見，表姐已是亭亭玉立了。

9/7
亮 ㄌㄧㄤˋ (liàng) 亠 亣 亣 亩 亩 亭 亮 亮

形 1光明。如：明亮。2聲音宏大。如：嘹亮。動 表露；揭開。如：亮出底牌。

【亮相】ㄌㄧㄤˋ ㄒㄧㄤˋ 公開出現、露面。例 他羞澀的在媒體前亮相。

※光亮、漂亮、響亮

人部 ㄖㄣˊ

2/0
人 ㄖㄣˊ (rén) ノ 人

名 1具高等智慧，有靈性，腦容量大，能作抽象思考的哺乳類動物。如：人類。2籍貫；身分。如：高雄人。3百姓；人民。如：國人。4他人；別人。與「自己」相對。如：人溺己溺。形 像人形的。如：人參。

【人力】ㄖㄣˊ ㄌㄧˋ 1人的力量。2參與工作與事務的人數。例 蓋一棟房子需要用到很多人力。

【人口】ㄖㄣˊ ㄎㄡˇ 1居住在一定地區裡的總人數。2人的嘴巴。指言談、議論。例 小風的文章膾炙人口。

【人才】ㄖㄣˊ ㄘㄞˊ 有才能、學識的人。也作「人材」。

【人物】ㄖㄣˊ ㄨˋ 1人和物。2具有某些才能、聲望、代表性的人。例 我們的校長在教育界是很有名的人物。

【人為】ㄖㄣˊ ㄨㄟˊ 人力所做的。例 這場火可能是人為因素造成的。反 天然。

【人格】ㄖㄣˊ ㄍㄜˊ 1人的品格。例 陶先生是個人格高尚的學者。2人在適應環境時所形成的獨特個性。例 每個人的人格特質都不同。

【人氣】ㄖㄣˊ ㄑㄧˋ 指個人受歡迎的程度。例 這位歌手的人氣越來越旺。

【人參】(ㄖㄣˊ ㄕㄣ) 多年生草本植物，根的分枝形狀像人形，自古被中醫當作珍貴補品。也作「人蔘」。

【人瑞】(ㄖㄣˊ ㄖㄨㄟˋ) 指享有高壽的人。

【人緣】(ㄖㄣˊ ㄩㄢˊ) 與他人相處的關係，指受人喜愛或歡迎的情況。

【人人自危】(ㄖㄣˊ ㄖㄣˊ ㄗˋ ㄨㄟˊ) 每個人都認為自己處境危險。(例)附近有槍擊要犯出沒，住戶人人自危。

【人工智慧】(ㄖㄣˊ ㄍㄨㄥ ㄓˋ ㄏㄨㄟˋ) 人在所製作的機器中，使機器具有模擬如人類知覺、思考學習、判斷推理等能力，英文簡稱"AI"。

【人山人海】(ㄖㄣˊ ㄕㄢ ㄖㄣˊ ㄏㄞˇ) 形容人非常多。(例)總統府前人山人海，大家都來參加元旦升旗典禮。

【人才濟濟】(ㄖㄣˊ ㄘㄞˊ ㄐㄧˇ ㄐㄧˇ) 形容人才很多。(例)本班人才濟濟，常常得到各類比賽的冠軍。

【人云亦云】(ㄖㄣˊ ㄩㄣˊ ㄧˋ ㄩㄣˊ) 別人說什麼自己也跟著說什麼。形容一個人沒有主見。(例)老師要大家說出自己真正的感受，不要只是人云亦云。

【人心惶惶】(ㄖㄣˊ ㄒㄧㄣ ㄏㄨㄤˊ ㄏㄨㄤˊ) 形容人心驚恐不安的樣子。(例)因為物價不斷上漲，造成社會上人心惶惶。(反)氣定神閒。

【人仰馬翻】(ㄖㄣˊ ㄧㄤˇ ㄇㄚˇ ㄈㄢ) 1 形容情況混亂的樣子。(例)為了迎接新生兒的到來，全家人都忙得人仰馬翻。2 形容笑得無法控制的樣子。(例)這部喜劇片讓觀眾笑得人仰馬翻。(近)前仰後合。

【人定勝天】(ㄖㄣˊ ㄉㄧㄥˋ ㄕㄥˋ ㄊㄧㄢ) 人的力量能夠戰勝自然或命運。(例)阿強抱著人定勝天的信念，終於成功橫越這片沙漠。

【人滿為患】(ㄖㄣˊ ㄇㄢˇ ㄨㄟˊ ㄏㄨㄢˋ) 人數太多而造成困擾。(例)一到假日，遊樂場裡

就人滿為患，要小心別和爸媽走散了。

✽動人、借刀殺人、扣人心絃

4/2
仄
ㄗㄜˋ (zè)　一 厂 仄 仄

(名)漢語四聲調中的上聲（第三聲）、去聲（第四聲）、入聲（聲音短促）的總稱。

辨析 古人將語音分成平、上、去、入四種聲調，除了平聲之外，其餘的三種聲調統稱為仄聲。上聲等於現在的第三聲，如：語、體。去聲等於現在的第四聲，如：政、外。入聲讀起來短而急促，但要用方言（閩南語、客家話等）讀，才能分辨出來，如：日、月、樂、一。

4/2
仁
ㄖㄣˊ (rén)　ノ 亻 仁 仁

(名)1對人有同情心，能愛護別人、寬恕別人的一種思想感情。如：仁愛。2指果核中的種子。一般被皮、膜或殼包住。如：杏仁。3節肢動物硬殼裡的肉。如：蝦仁。(形)有感受的。如：麻木不仁。

【仁慈】ㄖㄣˊ ㄘˊ 形容人心地善良，對人寬厚慈愛。(例)黃爺爺平時待人仁慈，所以大家都很喜歡他。(反)凶暴；凶狠。

【仁義】ㄖㄣˊ ㄧˋ 形容人能關愛人和物，並且能夠分辨是非。(例)爸爸充滿仁義之心，時常幫助別人。

【仁心仁術】ㄖㄣˊ ㄒㄧㄣ ㄖㄣˊ ㄕㄨˋ 讚揚醫生心地慈善，醫術高明。(例)孫醫生是個仁心仁術的好醫生。(近)杏林之光。

✽見仁見智、壯烈成仁

4/2
仃
ㄉㄧㄥ (dīng)　ノ 亻 亻 仃

見「伶仃」。

4/2
什
ノ 亻 仁 什

人

ㄕˊ(shí) 形 雜多的。如：什錦。

ㄕㄣˊ(shén)（限讀）見「什麼」。

【什麼】ㄕㄣˊ·ㄇㄜ 1稱代詞。(1)表示疑問。例剛才班長宣布什麼？(2)表示不確定的指示。例我愛吃什麼，就吃什麼。2形容詞。(1)表示疑問。例今天要穿什麼衣服好呢？(2)表示不確定的。例不論我做什麼決定，爸爸都會支持我。

【什錦】ㄕˊ ㄐㄧㄣˇ 由多種不同的東西組合而成的。常指食物。例這盤什錦炒麵有肉絲、蝦仁，和兩種蔬菜。

4/2 仆 ㄆㄨ (pū) ノ亻仆仆

動 跌倒趴在地上。如：仆倒。

4/2 仍 ㄖㄥˊ (réng) ノ亻仍仍

動 沿襲。如：仍舊。副 依然；還是。如：他雖然失敗，仍不氣餒。

【仍舊】ㄖㄥˊ ㄐㄧㄡˋ 像往常一樣，沒有改變。例升上高年級之後，小愛的成績仍舊維持在班上前三名。近照舊；照樣。

4/2 仇 ㄔㄡˊ (chóu) ノ亻仇仇

名 1敵對的人。如：世仇。2怨恨。如：仇怨。形 敵對的。如：仇家。

ㄑㄧㄡˊ (qiú) 專 姓。

【仇恨】ㄔㄡˊ ㄏㄣˋ 把對方當作敵人而產生恨意。例只要每個人多一點愛心，少一點仇恨，世界就會越來越和平。

【仇敵】ㄔㄡˊ ㄉㄧˊ 仇人。

✽復仇、血海深仇、反目成仇

4/2 今 ㄐㄧㄣ (jīn) ノ人亼今

名 現在；現代。如：今昔。形 現在

的；當前的。如：今天。

【今生】(ㄐㄧㄣ ㄕㄥ) 這一輩子。

【今非昔比】(ㄐㄧㄣ ㄈㄟ ㄒㄧˊ ㄅㄧˇ) 現在和從前不能相比。指現在不如從前，或現在比以前更好。(例)爺爺年輕時力氣很大，但今非昔比，現在要他搬張小椅子都很困難。

❀如今、至今、古今中外

介 4/2 ㄐㄧㄝˋ (jiè)

ノ 人 介 介

(名)有甲殼的動物，像蝦、螃蟹等。如：介蟲。(形)正直的。如：耿介。(動)1在兩者間引進或傳達。如：介紹。2放在心裡。如：介意。

【介入】(ㄐㄧㄝˋ ㄖㄨˋ) 參與或插手某件事。(例)希望他不要介入這次的活動。

【介紹】(ㄐㄧㄝˋ ㄕㄠˋ) 為人引見或認識新的人、事、物。(例)大哥透過阿姨的介紹才認識了大嫂。

【介意】(ㄐㄧㄝˋ ㄧˋ) 把事情放在心裡不能忘記。多指不愉快的事。(例)既然對方已經誠心道歉，你就別再介意了。

(近)在意。

❀仲介、媒介、評介

以 5/3 ㄧˇ (yǐ)

丨 レ レ 以 以

(動)1用。如：以貌取人。2認為。如：以為。(副)表示空間或時間的界限。如：以上。(助)用於句中，無義。如：可以參加。

【以免】(ㄧˇ ㄇㄧㄢˇ) 免得；才不會。(例)騎車要遵守交通規則，以免發生危險。

【以後】(ㄧˇ ㄏㄡˋ) 之後。(例)爸爸規定弟弟放學回家以後，要先做完功課，才能看電視。(反)以前。

【以為】(ㄧˇ ㄨㄟˊ) 1認為。(例)我以為最適合當班長的人是婷婷。2當作。通常指與事實不符的論斷。(例)那袋食物被以為是垃圾丟了。

人

【以牙還牙】(ㄧˇ ㄧㄚˊ ㄏㄨㄢˊ ㄧㄚˊ) 別人怎麼對待自己，便用相同的方式對待別人。多用於報復或回擊時。例這樣以牙還牙的報復手段，只會讓彼此的怨恨加深而已。近以眼還眼。

【以卵擊石】(ㄧˇ ㄌㄨㄢˇ ㄐㄧ ㄕˊ) 比喻去做沒有勝算、一定失敗的冒險。例他有錢有勢，想要跟他作對，簡直是以卵擊石。近自不量力。

【以身作則】(ㄧˇ ㄕㄣ ㄗㄨㄛˋ ㄗㄜˊ) 端正自己的行為作他人的榜樣。例父母要以身作則，才能當孩子的榜樣。

【以訛傳訛】(ㄧˇ ㄜˊ ㄔㄨㄢˊ ㄜˊ) 將錯誤的訊息繼續傳播下去。例這件事經過長期以訛傳訛，現在已經沒有人知道真相了。

✽所以、全力以赴、習以為常

付 ㄈㄨˋ (fù) 5/3

丿 亻 仁 付 付

動 1花費；支出。如：付錢。2將東西交給別人。如：託付。3對待。如：對付。量計算成組器物的單位。通「副」。如：一付眼鏡。

【付與】(ㄈㄨˋ ㄩˇ) 拿出；交給。例他付與屋主一百萬，買下那間套房。

【付之一炬】(ㄈㄨˋ ㄓ ㄧˋ ㄐㄩˋ) 全部被燒毀。例那場大火來得又急又快，整座工廠就這樣付之一炬了。

【付諸東流】(ㄈㄨˋ ㄓㄨ ㄉㄨㄥ ㄌㄧㄡˊ) 比喻一切落空，前面的努力全都白費了。也作「付諸流水」。例多年的研究心血，就這樣付諸東流，真令人心痛。近前功盡棄。反大功告成。

✽支付、應付、給付

仕 ㄕˋ (shì) 5/3

丿 亻 仁 什 仕

形做官的。如：仕途。動做官。如：出仕。

【仕途】(ㄕˋ ㄊㄨˊ) 指做官的生涯。例李先生仕途很順利，短短幾年就從市

人

長升到總統的寶座。

仞 5/3
ㄖㄣˋ (rèn) ノ 亻 仞 仞 仞

(量) 古代長度單位。周朝以八尺為一仞，漢朝以七尺為一仞。

代 5/3
ㄉㄞˋ (dài) ノ 亻 仁 代 代

(名) ①歷史上一姓帝王統治的時期。如：唐代。②泛指某一段時間。如：古代。③輩分。如：上一代。(動) 替換；更換。如：替代。

【代步】ㄉㄞˋ ㄅㄨˋ 用其他交通工具代替走路。(例) 他上下班都以機車代步。

【代表】ㄉㄞˋ ㄅㄧㄠˇ ①表示。(例) 這份小禮物代表我的謝意。②被指定或選出來表示意見、執行工作的人。(例) 江叔叔是個盡職的鎮民代表。③擔任特定人選。(例) 小惠非常有語文天分，常代表學校參加各種語文競賽。

【代替】ㄉㄞˋ ㄊㄧˋ 將甲當成乙來使用。(例) 妹妹臨時找不到彩色筆，只好先用蠟筆代替。

【代價】ㄉㄞˋ ㄐㄧㄚˋ 在達成目的的過程中，所付出的金錢、時間、精神等。(例) 阿明因為貪小便宜而觸犯法律，付出了慘痛的代價。

✽時代、改朝換代、傳宗接代

他 5/3
ㄊㄚ (tā) ノ 亻 仂 仲 他

(代) 第三人稱代名詞。指你、我之外的第三人。(形) 別的；另外的。如：他鄉。

【他人】ㄊㄚ ㄖㄣˊ 別人。(例) 沒有經過同意，不要亂動他人的東西。

✽吉他、其他、顧左右而言他

仗 5/3
ㄓㄤˋ (zhàng) ノ 亻 仁 什 仗

(名) 戰爭。如：打仗。(動) 依靠；仰賴。如：仰仗。

【仗勢欺人】(ㄓㄤˋ ㄕˋ ㄑㄧ ㄖㄣˊ) 憑藉權勢欺負別人。例他仗勢欺人的行為，令人不齒。反抑強扶弱。

【仗義執言】(ㄓㄤˋ ㄧˋ ㄓˊ ㄧㄢˊ) 秉持著正義的精神，發表正直的言論。例王教授時常仗義執言，為弱勢團體爭取權益。

5/3
仔 ㄗˇ (zǐ)
ノ 亻 仃 仔 仔

名廣東方言。指幼小的東西。如：豬仔。形細密；謹慎。如：仔細。助閩南語中的助詞。無義。如：歌仔戲。

【仔細】(ㄗˇ ㄒㄧˋ) 1精細；周密。例這件手工毛衣的一針一線都非常仔細。2謹慎；認真。例阿朗做事很仔細，即使小細節也從不馬虎。

5/3
仙 ㄒㄧㄢ (xiān)
ノ 亻 亻| 仙 仙

名1道教稱修煉得道而長生不老的人。如：神仙。2比喻風格特異、成就非凡的人。如：詩仙。形超俗不凡的。如：仙風道骨。

【仙女】(ㄒㄧㄢ ㄋㄩˇ) 1仙界女子。2形容美麗且氣質脫俗的女子。

【仙境】(ㄒㄧㄢ ㄐㄧㄥˋ) 形容清幽舒適的環境。例這裡空氣清爽，風景優美，就像是人間仙境一樣。

❀水仙、八仙、飄飄欲仙

5/3
仟 ㄑㄧㄢ (qiān)
ノ 亻 仁 仟

數「千」的大寫。

5/3
令 ㄌㄧㄥˋ (lìng)
ノ 人 亼 今 令

名1上對下的指示、訓誡。如：指令。2法律。如：法令。3一種上級發給下級的公文，用於公布法規，或任免、獎懲官員。如：人事令。4時節。如：時令。形1美好的。如：令名。2對別人親友的尊稱。

如：令郎。動 1 派遣；指示。如：號令。2 使得。如：令人害怕。量 計算印刷用紙的單位。五百張為一令。

【令尊 ㄌㄧㄥˋ ㄗㄨㄣ】尊稱別人的父親。

【令嫒 ㄌㄧㄥˋ ㄞˋ】尊稱別人的女兒。也作「令愛」。

【令人髮指 ㄌㄧㄥˋ ㄖㄣˊ ㄈㄚˇ ㄓˇ】使人感到極度憤怒。例 他虐待小動物的行為真令人髮指。

❀口令、司令、禁令

6/4
仿
ㄈㄤˇ (fǎng) ノ 亻 亻` 仿 仿 仿

動 模擬；效法。如：模仿。副 相似。通「彷」。如：仿佛。

【仿冒 ㄈㄤˇ ㄇㄠˋ】假冒。例 仿冒他人的作品是觸犯法律的行為。

【仿照 ㄈㄤˇ ㄓㄠˋ】依照已有的樣式去做。例 小華仿照蒸汽火車的樣式，做了這個模型。

6/4
伉
ㄎㄤˋ (kàng) ノ 亻 亻` 亻亠 伉 伉

名 夫婦。如：伉儷。

【伉儷情深 ㄎㄤˋ ㄌㄧˋ ㄑㄧㄥˊ ㄕㄣ】形容夫妻間情感深厚。例 他們倆結婚已超過三十年，仍然伉儷情深，令人羨慕。

6/4
伙
ㄏㄨㄛˇ (huǒ) ノ 亻 亻` 亻ソ 伙 伙

名 1 家用雜物的通稱。如：傢伙。2 在一起工作或生活的人。通「夥」。如：同伙。3 膳食；餐飲。如：開伙。

【伙伴 ㄏㄨㄛˇ ㄅㄢˋ】一起工作或生活的人。近 同伴。

【伙食 ㄏㄨㄛˇ ㄕˊ】指每天所吃的飯菜。近 膳食。

6/4
任
ㄖㄣˋ (rèn) ノ 亻 亻 仁 仟 任

名 職責；職務。如：責

任。動 1 聽憑；不加約束。如：任性。2 派遣職務；託付委用。如：任命。3 信賴。如：信任。4 承受。如：任勞任怨。副 無論；不管。如：任何。量 計算職務任期的單位。如：連任。

ㄖㄣˊ (rén) 專 姓。

【任用】ㄖㄣˋ ㄩㄥˋ 授予人某種工作或職位。例 老闆任用小張當他的祕書。

【任性】ㄖㄣˋ ㄒㄧㄥˋ 不受拘束，只依照自己的想法行事。例 爸爸不買玩具給弟弟，弟弟就任性的賴在地上不走。

【任務】ㄖㄣˋ ㄨˋ 所負責的工作或使命。例 經過一番努力，小瓜終於完成了老師交付給他的任務。

【任意】ㄖㄣˋ ㄧˋ 依照自己心意行事；隨意。例 阿雅在客廳牆上任意塗鴉，被媽媽罵了一頓。

【任勞任怨】ㄖㄣˋ ㄌㄠˊ ㄖㄣˋ ㄩㄢˋ 不怕辛苦，忍受別人的抱怨。例 媽媽總是任勞任怨的為家庭付出。反 怨天尤人。

※放任、卸任、走馬上任

6/4

伕

ㄈㄨ (fū)

名 出賣勞力的男子。如：車伕。

6/4

伊

ㄧ (yī)

代 第三人稱代名詞。指他或她。

【伊索寓言】ㄧ ㄙㄨㄛˇ ㄩˋ ㄧㄢˊ 古希臘時代，由伊索口述，後人記錄並加以改編而成的寓言故事集。內容多以動物為主角，以諷刺貪心、惡毒的貴族階級為主題。

6/4

伍

ㄨˇ (wǔ)

名 1 軍隊中最小的單位，古代以五人為一伍。現在陸軍則以三人為一伍。2 軍隊。如：入伍。數「五」的大寫。

※退伍、落伍、隊伍

6/4
伎
ㄐㄧˋ (jì) 丿 亻 仁 什 伎 伎

(名) [1]技藝；才能。通「技」。如：伎藝。[2]古代稱歌女、舞女。通「妓」。如：歌伎。

【伎倆】ㄐㄧˋ ㄌㄧㄤˇ 巧妙的手段或花招。(例)妹妹為了不想上學而假裝肚子痛的伎倆，很快就被媽媽識破了。

6/4
仳
ㄆㄧˇ (pǐ) 丿 亻 仁 仳 仳 仳

(動)分離。如：仳離。

6/4
休
ㄒㄧㄡ (xiū) 丿 亻 仁 什 休 休

(名)快樂；美好。如：休戚與共。(動)[1]歇息。如：午休。[2]停止。如：爭論不休。[3]辭退職務。如：退休。(副)不可；不要。如：休想。

【休克】ㄒㄧㄡ ㄎㄜˋ 英語 shock 的音譯。身體受到劇烈刺激後，導致生理功能停止，甚至喪失意識等現象。

【休息】ㄒㄧㄡ ㄒㄧˊ 暫時停止工作或活動。(例)看書時，每三十分鐘就應該讓眼睛休息一下。

【休閒】ㄒㄧㄡ ㄒㄧㄢˊ 休息或娛樂的空閒時間。(例)游泳是她常做的休閒活動。

【休學】ㄒㄧㄡ ㄒㄩㄝˊ 學生因某些原因暫時停止上學，但仍保留學生身分。

✽罷休、不眠不休、喋喋不休

6/4
伏
ㄈㄨˊ (fú) 丿 亻 仁 什 伏 伏

(形)平順；妥當。如：伏貼。(動)[1]臉向下趴著。如：伏地挺身。[2]隱藏。如：埋伏。[3]承認；領受。如：伏罪。[4]低落；下降。如：起伏。

【伏法】ㄈㄨˊ ㄈㄚˇ 接受法律制裁而被處以死刑。(例)那名犯人在今天凌晨伏法了。

✽降伏、潛伏、高低起伏

6/4
伐
ㄈㄚ (fā) 丿 亻 仁 代 代 伐

動 1殺害。如：殺伐。2砍；劈。如：伐木。3攻打。如：討伐。
✽步伐、砍伐、口誅筆伐

6/4
仲
ㄓㄨㄥˋ (zhòng)　ノ　亻　仆　仲　仲　仲

形 1中間的；居中的。如：仲裁。2兄弟姐妹中，排行第二的。如：仲兄。3指四季中，每季的第二個月。如：仲春。

【仲介】ㄓㄨㄥˋ ㄐㄧㄝˋ 為買賣雙方介紹、提供商品資訊、協議價錢的行為。例透過陳阿姨的仲介，王媽媽終於把房子賣掉了。

【仲裁】ㄓㄨㄥˋ ㄘㄞˊ 雙方爭執無法有結論時，由第三人調和意見，並做出公正的決定。例究竟誰對誰錯，我們請老師來仲裁吧！

6/4
件
ㄐㄧㄢˋ (jiàn)　ノ　亻　仁　仵　件　件

名 指個別的事物。如：零件。量計算事物的單位。如：一件衣服。
✽事件、案件、條件

6/4
仰
ㄧㄤˇ (yǎng)　ノ　亻　亻　仰　仰　仰

動 1抬頭。如：仰望。2敬佩；佩服。如：敬仰。3依賴；依靠。如：仰賴。

【仰望】ㄧㄤˇ ㄨㄤˋ 抬頭往上看。例小秋想事情時，總是呆呆的仰望天空。

【仰慕】ㄧㄤˇ ㄇㄨˋ 敬佩且愛慕。例高老師很有學問，同學們都十分仰慕他。

【仰賴】ㄧㄤˇ ㄌㄞˋ 依賴；依靠。例想要成功，就不能只仰賴別人的幫助。
✽景仰、瞻仰、人仰馬翻

6/4
份
ㄈㄣˋ (fèn)　ノ　亻　仆　仒　份　份

名 全體中的一個單位。如：股份。
量 計算分配的數量或單件事物的單位。通「分」。如：一份作業。

企 6/4

ㄑㄧˋ (qì)

ノ 人 个 仒 佱 企

動 1提起腳跟。如：企望。2計劃。如：企劃。

【企望】ㄑㄧˋ ㄨㄤˋ 提起腳跟而望。表示非常盼望。例小敏每天都很努力練習，企望在比賽時能獲得好成績。

【企業】ㄑㄧˋ ㄧㄝˋ 各種以獲利為主要目標的經濟單位。

【企圖】ㄑㄧˋ ㄊㄨˊ 1打算進行某種行動。例小偷企圖趁著屋主睡覺時進屋偷東西。2心中的想法、念頭。例小咪忽然跑來巴結小佩，可能有不好的企圖。

佇 7/5

ㄓㄨˋ (zhù)

ノ 亻 亻' 亻宀 伫 佇

動 長久站立。如：佇足。

【佇立】ㄓㄨˋ ㄌㄧˋ 長久站立。例大家佇立在山頭等待日出。

佗 7/5

ㄊㄨㄛˊ (tuó)

ノ 亻 亻' 亻宀 佗 佗

動 負荷。如：佗負。

位 7/5

ㄨㄟˋ (wèi)

ノ 亻 亻' 亻亠 位 位

名 1人或事物所在的地方。如：方位。2人的身分、階級。如：地位。動 處於；在。如：位於西北方。量 計算人數的單位。如：共有十位。

【位置】ㄨㄟˋ ㄓˋ 1人或事物所在的地方。例那所學校的位置在山頂上，非常明顯。2指人的身分、階級。例經過多年的努力，他終於坐上了主管的位置。

✽即位、部位、就位

住 7/5

ㄓㄨˋ (zhù)

ノ 亻 亻' 亻亠 仨 住

動 1居留；宿。如：居住。2停止。如：住嘴。副 多用在動詞之後。表示穩固或得到。如：抓住。

人

【住手 ㄓㄨˋ ㄕㄡˇ】停止動手。例小鈞不達目的是不會住手的。

【住宅 ㄓㄨˋ ㄓㄞˊ】供人居住的房屋。

【住址 ㄓㄨˋ ㄓˇ】住所的地址。用居處所在的縣市、街道名稱、門牌號碼來表示。

【住院 ㄓㄨˋ ㄩㄢˋ】住在醫院接受治療或休養。例醫生要求小喬住院治療以免病情加重。

【住宿 ㄓㄨˋ ㄙㄨˋ】在外居住過夜。例明晚住宿在湖邊的小木屋。

❀困住、站住、記住

7/5
伴 ㄅㄢˋ (bàn)
伴 ノ 亻 亻' 亻'' 亻⺍ 亻⺍

名同在一起且能互相幫忙、照顧的人。如：伙伴。動陪同。如：陪伴。

【伴侶 ㄅㄢˋ ㄌㄩˇ】1同在一起的朋友。2生活在一起，關係非常親密的人。如：夫妻。

【伴奏 ㄅㄢˋ ㄗㄡˋ】用來襯托主要聲部以外的音樂。例這首樂曲是以小提琴演奏為主，配合鋼琴伴奏。

❀作伴、結伴、呼朋引伴

7/5
佞 ㄋㄧㄥˋ (nìng)
佞 ノ 亻 亻' 仁 佞

形善於說動聽的話來巴結人。如：佞臣。

7/5
何 ㄏㄜˊ (hé)
何 ノ 亻 仁 何 何

副1為什麼。如：何不。2多麼。表示感嘆。如：何等光榮。助什麼。表示疑問。如：何人。

【何必 ㄏㄜˊ ㄅㄧˋ】為什麼一定要。例何必把事情想得那麼複雜？

【何況 ㄏㄜˊ ㄎㄨㄤˋ】表示被比較的對象程度更深。例連爸爸都提不動這桶水了，何況是年幼的弟弟呢？

【何嘗】(ㄏㄜˊ ㄔㄤˊ) 哪裡曾經。表示不曾。例大家都是好朋友，我何嘗不關心大家呢？

✽如何、為何、奈何

7/5

伺

ノ 亻 们 伺 伺 伺 伺

ㄙˋ (sì) 動 暗中觀察、等待。如：窺伺。

ㄘˋ (cì) 動 照顧生活；侍奉。如：伺候。

【伺候】一 ㄘˋ·ㄏㄡ 服侍；照料。例王太太請看護伺候生病的母親。二 ㄙˋ ㄏㄡˋ 暗中觀察等候。例警察假扮成路人，伺候歹徒出現。

【伺機而動】(ㄙˋ ㄐㄧ ㄦˊ ㄉㄨㄥˋ) 暗中等待可以行動的時機。例警方埋伏在歹徒經常進出的大樓伺機而動。

7/5

佛

ノ 亻 仁 伫 佛 佛

ㄈㄛˊ (fó) 名 1 梵語佛陀音譯的簡稱。2 佛教的簡稱。

ㄅㄧˋ (bì) 動 輔助。通「弼」。專 姓。

【佛陀】(ㄈㄛˊ ㄊㄨㄛˊ) 梵語音譯。廣義指有大智慧、能自行覺悟進而使他人覺悟的聖者；狹義則指釋迦牟尼。

【佛祖】(ㄈㄛˊ ㄗㄨˇ) 開創佛教的始祖，即釋迦牟尼。

【佛教】(ㄈㄛˊ ㄐㄧㄠˋ) 由古印度釋迦牟尼所創的宗教。主張眾生平等，以普渡眾生，超渡死生為理想境界。和基督教、伊斯蘭教並稱世界三大宗教。

✽活佛、拜佛、借花獻佛

7/5

估

ㄍㄨ (gū)

ノ 亻 仁 什 估 估

動 推算物品的數量或價錢。如：預估。

【估計】(ㄍㄨ ㄐㄧˋ) 大約計算或推測。例主辦單位估計這場演唱會將有上萬人參加。

【估價】(ㄍㄨ ㄐㄧㄚˋ) 推測或計算商品的價格。㊀例 經過專家估價，那幅名畫價值百萬以上。

❀評估、低估、高估

7/5

伽

ノ イ 亻 伪 伽 伽 伽

ㄑㄧㄝˊ (qié) ㊔名 翻譯外文的常用字。多用於梵語。如：伽藍。

ㄐㄧㄚ (jiā) ㊔名 翻譯外文的常用字。如：瑜伽。

7/5

佐

ㄗㄨㄛˇ (zuǒ) 佐 ノ イ 亻 仁 仕 佐 佐

㊔名 助手；輔助的人。如：警佐。㊀動 輔助；幫助。如：輔佐。

【佐料】(ㄗㄨㄛˇ ㄌㄧㄠˋ) 調和食物味道的配料。如：鹽、糖、醋等。

【佐證】(ㄗㄨㄛˇ ㄓㄥˋ) 證據；憑據。㊀例 你的主張需要更多的佐證，才能說服大家相信。

7/5

佑

ㄧㄡˋ (yòu) 佑 ノ イ 仁 仕 佑 佑

㊀動 保護；幫助。如：庇佑。

❀保佑、神佑、天佑

7/5

佈

ㄅㄨˋ (bù) 佈 ノ イ 仁 仕 佑 佈

通「布」。㊀動 1 將事情用語言或文字宣告出來，使大眾知道。如：公佈。2 擺設；安排。如：佈置。

❀分佈、宣佈、頒佈

7/5

但

ㄉㄢˋ (dàn) 但 ノ イ 亻 仰 但 但

㊀副 只；僅。如：不但。㊀連 可是；不過。如：但是。

【但是】(ㄉㄢˋ ㄕˋ) 可是；不過。㊀例 你可以去玩，但是要先寫完作業才能去。

【但願】(ㄉㄢˋ ㄩㄢˋ) 希望。㊀例 但願我們的友誼永遠不變。

7/5

伸

ㄕㄣ (shēn) 伸 ノ イ 亻 们 们 伯

動1舒展。如：伸懶腰。2說明；表達。如：伸冤。

【伸冤】(ㄕㄣ ㄩㄢ) 伸訴洗刷冤屈。也作「申冤」。例包青天是歷史上記載能為民伸冤的好官。

【伸張】(ㄕㄣ ㄓㄤ) 發揚擴大。例這家報社的使命是為人民伸張正義。

✽延伸、平伸、能屈能伸

7/5
佃

ㄉㄧㄢˋ (diàn) 佃　ノ 亻 亻 仴 佃 佃 佃

名向地主租地耕種或替地主耕種的人。如：佃農。動耕作；耕種。如：佃作。

7/5
佔

ㄓㄢˋ (zhàn) 佔　ノ 亻 亻 仆 佔 佔 佔

通「占」。動1強力奪取。如：佔領。2取得；得到。如：佔便宜。

✽侵佔、霸佔、鳩佔鵲巢

7/5
似

ㄙˋ (sì) 似　ノ 亻 亻 亻 仦 似 似

動相像。如：類似。副好像。表示推測。如：似乎。

【似乎】(ㄙˋ ㄏㄨ) 好像。表示推測。例今天似乎變冷了。近彷彿。

【似曾相識】(ㄙˋ ㄘㄥˊ ㄒㄧㄤ ㄕˋ) 好像曾經見過，感覺熟悉卻又不太真實。例我覺得坐在那邊的女孩似曾相識，好像是我小學的同學。

✽疑似、如膠似漆、光陰似箭

7/5
作

ノ 亻 亻 仁 作 作 作

ㄗㄨㄛˋ (zuò) 名1指詩文、書畫之類的藝術品。如：佳作。2所做的事情。如：工作。動1興起；奮起。如：狂風大作。2創造。如：創作。3撰寫。如：作文。4為；做。如：作事。5表現。如：裝模作樣。6發生。如：發作。

ㄗㄨㄛˊ (zuó) 名調和食物味道的材料。如：作料。

【作用】ㄗㄨㄛˋ ㄩㄥˋ ①作為；行為。例植物白天進行光合作用製造養分。②所造成的影響、效果。例濫用藥物對身體會有許多不良的作用。

【作弄】ㄗㄨㄛˋ ㄋㄨㄥˋ 戲弄別人。例小華時常作弄同學，所以大家都不喜歡和他來往。

【作法】ㄗㄨㄛˋ ㄈㄚˇ ①製作或做事的方法。②指僧侶、道士、江湖術士施展法術。

【作品】ㄗㄨㄛˋ ㄆㄧㄣˇ 指一切創造、製作出的成品。

【作為】ㄗㄨㄛˋ ㄨㄟˊ ①行為；舉動。例小英不講理的作為令人生氣。②當作是。例他將老師的話，作為自己的座右銘。③成就；表現。例經過多年的努力，小方總算有一番作為了。

【作息】ㄗㄨㄛˋ ㄒㄧˊ 工作和休息。例奶奶的生活作息非常規律。

【作業】ㄗㄨㄛˋ ㄧㄝˋ ①老師交代給學生練習的課業。近功課。②經過規劃而分出步驟的工作。例這家工廠作業的程序，分為清洗、製作、包裝。

【作夢】ㄗㄨㄛˋ ㄇㄥˋ 也作「做夢」。①睡眠時由於潛意識影響而產生的幻象。②比喻空想、妄想。例以你的實力想拿冠軍？我勸你別作夢了！

【作弊】ㄗㄨㄛˋ ㄅㄧˋ 用不正當的方法獲取利益或達到目的。例考試應當要憑實力，作弊是不光榮的行為。

【作證】ㄗㄨㄛˋ ㄓㄥˋ 為人或為事做證明。例小華的朋友出來替他作證，證明他是冤枉的。

【作奸犯科】ㄗㄨㄛˋ ㄐㄧㄢ ㄈㄢˋ ㄎㄜ 指做盡壞事。也作「作姦犯科」。例作奸犯科的人必須接受法律制裁。

【作育英才】ㄗㄨㄛˋ ㄩˋ ㄧㄥ ㄘㄞˊ 培養、教導優秀的人才。例張老師作育英才多年，學生遍布各地。

【作賊心虛】因為做壞事而心中恐懼不安。㊀看他一副作賊心虛的模樣，不知幹了什麼壞事？

✽傑作、興風作浪、自作自受

7/5

佣

ㄩㄥˋ (yòng) 佣 ノ 亻 仈 们 仴 佣

㊋居中介紹生意而得的。如：佣金。

【佣金】介紹雙方達成買賣交易後，從中賺取的酬勞。

7/5

佝

ㄎㄡˋ (kòu) 佝 ノ 亻 亻' 竹 佝 佝

見「佝僂」。

【佝僂】背脊彎曲的樣子。㊀遠方那個佝僂的身影，應該是楊婆婆。

7/5

你

ㄋㄧˇ (nǐ) 你 ノ 亻 亻' 亻' 竹 你

㊉第二人稱代名詞。指對方。

【你死我活】形容爭鬥很激烈，一定要分出勝負。㊀這場比賽，雙方鐵定會拼個你死我活。

【你來我往】雙方相對往來。常用於形容辯論或爭吵。㊀他們為了正解，你來我往的爭論著。

7/5

伯

ㄅㄛˊ (bó) 伯 ノ 亻 亻' 亻' 伯 伯

㊔①稱父親的哥哥。②稱丈夫的哥哥。③對男性長者的通稱。如：老伯。④古代的爵位之一。㊋兄弟姐妹中，排行第一的。

【伯父】①稱父親的哥哥。②對男性長輩的尊稱。

【伯仲之間】形容兩人實力相當，難以分出優劣。㊀老張和老王的棋藝在伯仲之間，難分高下。

7/5

低

ㄉㄧ (dī) 低 ノ 亻 亻' 亻' 亻' 低

㊅旗鼓相當。

如：低頭。㊄不高；矮。如：低地。㊅下垂。

【低沉】①形容聲音低而厚。㊈他的嗓音非常低沉。㊇高亢。②降低下沉。㊈夕陽逐漸低沉，最後隱沒在大海之中。③指心情沉重。㊈阿明自從生病之後，情緒一直很低沉。㊇亢奮。

【低廉】價格低；便宜。㊈這些商品價格低廉，引起民眾的搶購。㊇昂貴。

【低潮】①指人的情緒低落的狀態。㊈小蓉最近碰到不少挫折而灰心難過，我們應該幫助她走出低潮。②潮汐作用中，海水因退潮而降低到最低水位。㊇高潮。

【低聲下氣】形容態度謙卑恭敬或懼怕的樣子。㊈以姐姐好強的性格，絕不可能低聲下氣去討好別人。㊇趾高氣揚。

✽貶低、壓低、眼高手低

伶
7/5
ㄌㄧㄥˊ (líng)
ノ 亻 亻' 仒 伶 伶

㊔演員。如：名伶。㊄①孤獨。如：伶仃。②聰明靈巧。如：機伶。

【伶仃】孤單沒有依靠的樣子。也作「零丁」。㊈自從父母過世，那間房子只剩阿彥一人伶仃的住著。

【伶俐】聰明靈巧又活潑。㊈小妹生得聰明伶俐，很討人喜愛。㊇笨拙。

【伶牙俐齒】形容說話流利敏捷。㊈專櫃小姐伶牙俐齒，說服媽媽多買了兩件衣服。

余
7/5
ㄩˊ (yú)
ノ 人 亼 亼 佘 佘 余

㊆第一人稱代名詞。指我。

來
8/6
ㄌㄞˊ (lái)
一 十 𠂇 木 𣎳 來 來 來

動 1 從別處到此處。如：過來。2 從以前某個時間到現在。如：自古以來。3 發生。如：事情來了。4 做某種動作。用來代替被省略的動詞。如：亂來。形 1 未到的；以後的。如：來年。2 約略；大概。如：三十來歲。助 用在動詞之後，表示做了某個動作。如：打開來。

【來源】ㄌㄞˊ ㄩㄢˊ 事物的出處、根源。例 他們一家的經濟來源僅靠著老母親在菜市場賣菜。

【來賓】ㄌㄞˊ ㄅㄧㄣ 到訪的客人。

【來臨】ㄌㄞˊ ㄌㄧㄣˊ 到來。例 家家戶戶忙著大掃除，準備迎接新年的來臨。

【來勢洶洶】ㄌㄞˊ ㄕˋ ㄒㄩㄥ ㄒㄩㄥ 比喻聲勢很大。例 這次的颱風來勢洶洶，很令人擔心。

【來路不明】ㄌㄞˊ ㄌㄨˋ ㄅㄨˋ ㄇㄧㄥˊ 不知從何處來的事物。例 這種來路不明的東西，最好別買。

【來龍去脈】ㄌㄞˊ ㄌㄨㄥˊ ㄑㄩˋ ㄇㄞˋ 比喻事情經過的全部過程。例 小珍今天終於把整件事的來龍去脈說明清楚了。近 前因後果。

✽將來、飛來橫禍、捲土重來

8/6

依 ㄧ (yi)

ノ 亻 亻 亻 亻 亻 依 依

動 1 倚靠。如：小鳥依人。2 根據。如：依法。3 順從。如：百依百順。副 仍然；照舊。如：依然。

【依序】ㄧ ㄒㄩˋ 按照順序。例 各校運動代表隊依序入場。

【依然】ㄧ ㄖㄢˊ 仍舊；仍然。例 小翠雖然生病，卻依然來上課。

【依照】ㄧ ㄓㄠˋ 按照。例 爺爺依照醫生的指示按時吃藥。

【依靠】ㄧ ㄎㄠˋ 1 靠著；倚著。例 媽媽喜歡依靠著椅背，把書捧在手上讀。2 仰賴。例 姐姐有了固定收入

人

後，便不用再依靠爸媽了。

【依賴】(一 ㄌㄞˋ) 需要別人照顧，無法獨立。例妹妹雖然已經二十歲了，生活上卻還是很依賴爸媽。

【依依不捨】(一 一 ㄅㄨˋ ㄕㄜˇ) 捨不得分開的樣子。例舉行畢業典禮時，班上的同學們都顯得依依不捨。

✽脣齒相依、無依無靠

8/6

佯 一ㄤˊ (yáng)

佯 ノ イ 亻' 亻'' 仜 佯 佯 佯

動假裝。如：佯死。

【佯裝】(一ㄤˊ ㄓㄨㄤ) 假裝。例弟弟打破杯子後，佯裝什麼事都沒發生。

8/6

併 ㄅㄧㄥˋ (bìng)

併 ノ イ 亻' 亻'' 仜 佯 併 併

動合在一起。如：合併。

【併吞】(ㄅㄧㄥˋ ㄊㄨㄣ) 侵占他人的財物或土地。也作「吞併」。例戰國末年，秦國併吞其他六國，統一天下。

【併攏】(ㄅㄧㄥˋ ㄌㄨㄥˇ) 合起來。例班長指揮大家把所有桌子併攏在一起，擺上茶會的點心。近合攏。

✽一併、兼併、裁併

8/6

侍 ㄕˋ (shì)

侍 ノ イ 仁 什 仕 仕 侍 侍

名陪伴或在旁被使喚的人。如：女侍。動伺候、奉養長輩。如：服侍。

【侍候】(ㄕˋ ㄏㄡˋ) 服侍；照顧。例他請了一位看護在家侍候生病的父親。

【侍衛】(ㄕˋ ㄨㄟˋ) 跟隨、保護重要人物的人。

✽陪侍、隨侍、奉侍

8/6

佳 ㄐㄧㄚ (jiā)

佳 ノ イ 仁 什 仕 佳 佳 佳

形美好。如：佳人。

【佳作】(ㄐㄧㄚ ㄗㄨㄛˋ) 好作品。例這幅田園風景畫真是一幅佳作。

【佳音】ㄐㄧㄚ ㄧㄣ 好消息。例你就安心在家等候我的佳音吧！反惡耗。

【佳節】ㄐㄧㄚ ㄐㄧㄝˊ 美好的節慶。例中秋佳節是家人團聚的好日子。

【佳話】ㄐㄧㄚ ㄏㄨㄚˋ 令人傳誦或稱讚的好事。例他為回饋鄉里而出錢建造醫院，在當地傳為佳話。近美談。

【佳餚】ㄐㄧㄚ ㄧㄠˊ 美好的菜餚。例滿桌的佳餚，令人胃口大開。

✽二八佳人、漸入佳境

8/6

使

ㄕˇ (shǐ) ノ 亻 仁 仁 佢 佢 使 使

名 奉命出國辦理外交事務的人。如：特使。動 ①差遣。如：唆使。②讓；令。如：使人感動。③用。如：使用。④放任。如：使性子。⑤奉命出國辦理外交事務。如：出使。副 假如。如：假使。

【使出】ㄕˇ ㄔㄨ 用。例小胖使出了渾身的力氣，才移開那塊巨大的石頭。

【使命】ㄕˇ ㄇㄧㄥˋ 泛指所負的責任、職務。例軍人的使命是保衛國家。

【使者】ㄕˇ ㄓㄜˇ 派遣到國外辦理外交相關事務的官員。

【使性子】ㄕˇ ㄒㄧㄥˋ ㄗ˙ 任意發脾氣。例小宏被寵壞了，一不高興便會使性子亂丟東西。

✽天使、指使、頤指氣使

8/6

佬

ㄌㄠˇ (lǎo) ノ 亻 亻 什 仕 仕 佬 佬

名 廣東方言。對成年男子的稱呼。有時含有輕視的意思。如：鄉巴佬。

8/6

供

ノ 亻 亻 仕 仕 仕 供 供

ㄍㄨㄥ (gōng) 名 被警察或法官審問時所回答的內容。如：口供。動 ①給。如：提供。②回答審問者問題。如：供稱。

ㄍㄨㄥˋ (gòng) 名 祭品。如：供品。動 ①奉養。如：供奉。②祭祀。如：

供神。

【供養】（ㄍㄨㄥˋ ㄧㄤˇ）①奉養親人。例張叔叔每個月都拿一半的薪水回家供養父母。②供奉神明。例外婆每日用鮮花素果供養菩薩。

【供應】（ㄍㄨㄥ ㄧㄥˋ）將物品提供給需要的人。例這座水庫供應全縣的用水。

【供不應求】（ㄍㄨㄥ ㄅㄨˋ ㄧㄥˋ ㄑㄧㄡˊ）所出產的量不足以應付需求量。例這項產品因價格便宜、使用方便，一上市就供不應求。

❀串供、翻供、筆供

例

8/6 ㄌㄧˋ (lì)

名①用來說明情況或可以作為標準的依據。如：範例。②規則。如：條例。

【例子】（ㄌㄧˋ ˙ㄗ）用來說明情況或可以作為標準的依據。

【例外】（ㄌㄧˋ ㄨㄞˋ）一般情況之外。例大家都必須遵守班規，誰也不能例外。

【例如】（ㄌㄧˋ ㄖㄨˊ）舉例時的常用語。近比如；譬如。

【例證】（ㄌㄧˋ ㄓㄥˋ）用作證明的實例。例演講者舉出許多例證來支持論點。

❀比例、破例、下不為例

佰

8/6 ㄅㄞˇ (bǎi)

數「百」的大寫。

侃

8/6 ㄎㄢˇ (kǎn)

形①正直；剛正。如：侃直。②從容不迫的樣子。如：侃侃而談。

【侃侃而談】（ㄎㄢˇ ㄎㄢˇ ㄦˊ ㄊㄢˊ）形容人談論事情時態度從容。例小雲在討論會上侃侃而談。近滔滔不絕。

佻

8/6 ㄊㄧㄠˊ (tiáo)

形行為不莊重。如：輕佻。

8/6
侏 ㄓㄨ (zhū) ノ亻亻亻件件件侏
㊍矮小。如：侏儒。
【侏儒】指身材異常矮小的人。大多是身體內分泌失調所引起。
㊎巨人。

8/6
侈 ㄔˇ (chǐ) ノ亻亻仢侈侈侈侈
㊍①誇大不實的。如：侈言。②鋪張浪費。如：奢侈。

8/6
佩 ㄆㄟˋ (pèi) ノ亻亻𠆢佩佩佩佩
㊔古代繫在衣帶上的玉飾。通「珮」。如：玉佩。㊓①繫掛在身上。如：佩劍。②尊敬服從。如：敬佩。
【佩服】對他人的行為或能力打從心裡敬仰、服從。㊕丁丁相當佩服小珍的口才。
【佩帶】將物品繫掛在身上。㊕小如今天佩帶了一串項鍊。
✽感佩、欽佩、讚佩

8/6
佾 ㄧˋ (yì) ノ亻亻亻价佾佾佾
㊔古代流傳下來一種方陣排列的樂舞，每一行、列的人數相同。如：八佾舞。

8/6
侖 ㄌㄨㄣˊ (lún) ノ人亼合合合侖侖
㊍有條理的。如：侖次。㊓浙江方言。自我反省。如：在肚裡侖一侖。

9/7
俎 ㄗㄨˇ (zǔ) ノ人ㄅ夕夕夕夕俎俎
㊔①古代祭典中，放置牲肉祭品的禮器。木製，外觀呈長方形。如：俎豆。②用來切肉的砧板。如：刀俎。

9/7
信 ㄒㄧㄣˋ (xìn) ノ亻亻亻亻仨信信信

名 1 誠實。如：誠信。2 消息；書札。如：音信。3 憑證。如：印信。動 1 聽從不懷疑。如：相信。2 崇拜；敬仰。如：迷信。副 隨意；任意。如：信口。

【信心】ㄒㄧㄣˋ ㄒㄧㄣ 相信一定能夠實現願望或達到預期的意念。

【信用】ㄒㄧㄣˋ ㄩㄥˋ 誠實不欺的美德。例 做人必須要守信用。

【信任】ㄒㄧㄣˋ ㄖㄣˋ 相信不疑。例 我很信任小明，所以將心裡的祕密告訴他。

【信仰】ㄒㄧㄣˋ ㄧㄤˇ 尊崇某種宗教或思想，而且將這種宗教或思想當成言行的準則。

【信徒】ㄒㄧㄣˋ ㄊㄨˊ 信仰某種宗教、思想或崇拜某人物的人。

【信口開河】ㄒㄧㄣˋ ㄎㄡˇ ㄎㄞ ㄏㄜˊ 指人隨口亂說話，毫無根據。也作「信口開合」。例 小強時常信口開河，所以我不太相信他的話。近 胡說八道。

【信誓旦旦】ㄒㄧㄣˋ ㄕˋ ㄉㄢˋ ㄉㄢˋ 以最誠懇的態度立下誓言。例 當初你信誓旦旦的答應我，現在怎麼又反悔了？

❀書信、自信、難以置信

9/7

侵

ㄑㄧㄣ (qīn)

丿 亻 亻 亻 伊 伊 伊 侵 侵

動 1 掠奪；奪取。如：侵占。2 攻打；進犯。如：入侵。

【侵犯】ㄑㄧㄣ ㄈㄢˋ 損害別人的權益。例 販賣盜版物品，是侵犯他人智慧財產權的行為。

【侵蝕】ㄑㄧㄣ ㄕˊ 物體或地表受到流水或風力接觸、侵入，所形成剝落或損害的現象。

【侵襲】ㄑㄧㄣ ㄒㄧˊ 侵犯襲擊。例 颱風侵襲過後，農作物損失慘重。

9/7

便

ㄅㄧㄢˋ (biàn)

丿 亻 亻 佰 佰 佰 便 便 便

名 動物排泄的糞、尿。如：糞便。形 1 有利；有好處。

如：方便。②簡單；日常。如：輕便。副就；立即。如：說了便做。
ㄆㄧㄢˊ (pián) 形①價格低廉。如：便宜。②見「便便」。

【便利】(ㄅㄧㄢˋ ㄌㄧˋ) 方便；順利。例住在市區，食衣住行都很便利。

【便宜】(ㄆㄧㄢˊ ㄧˊ) ①物品價格低廉。例百貨公司舉辦週年慶，推出許多便宜的商品。②獲得利益。例阿花老是占人便宜，自己卻小氣得不得了。

【便便】(ㄆㄧㄢˊ ㄆㄧㄢˊ) 形容肥胖的樣子。例隔壁鄰居是一個大腹便便的婦人。

✽簡便、隨便、順便

侯
9/7 ㄏㄡˊ (hóu)

名①古代的爵位之一。②春秋戰國時代小國的君主。如：諸侯。③泛指官宦人家。如：侯門。

俑
9/7 ㄩㄥˇ (yǒng)

名古代用來陪葬的木偶或泥偶。如：兵馬俑。

✽陶俑、秦俑、始作俑者

俠
9/7 ㄒㄧㄚˊ (xiá)

名為維護正義而助人的人。如：大俠。形勇於維護正義且幫助他人。如：俠義。

✽武俠、豪俠、行俠仗義

俏
9/7 ㄑㄧㄠˋ (qiào)

形①容貌美好。如：俊俏。②聰明活潑。如：俏皮。③東西價值可能會再提高。如：行情看俏。

【俏麗】(ㄑㄧㄠˋ ㄌㄧˋ) 形容女子美麗、可愛。例小惠今天打扮得十分俏麗。

✽花俏、老來俏、打情罵俏

俚
9/7 ㄌㄧˇ (lǐ)

形①粗俗；鄙陋。如：俚俗。②民

間流傳的。如：俚歌。

【俚語】(ㄌㄧˇ ㄩˇ) 民間廣為流傳的詞語或句子。

9/7
保

ㄅㄠˇ (bǎo)

丿 亻 … 保

㊍ 1 守衛；維護。如：保家衛國。2 負責。如：擔保。3 庇佑。如：保佑。

【保母】(ㄅㄠˇ ㄇㄨˇ) 替人照顧孩子的婦女。也作「保姆」。

【保存】(ㄅㄠˇ ㄘㄨㄣˊ) 收集、收藏物品，使其經過長時間後仍存在。㊄ 她童年的照片保存得相當完好。㊅ 留存。

【保守】(ㄅㄠˇ ㄕㄡˇ) 1 維持舊有樣式不願改變。㊄ 爸爸的觀念十分保守。㊇ 開明；前衛。2 守住；看守。㊄ 你要保守這件祕密，不要跟別人說。

【保育】(ㄅㄠˇ ㄩˋ) 對於自然界的所有事物，給予適當合理的維護。㊄ 為了保育森林，政府禁止人民隨意砍伐樹木。

【保持】(ㄅㄠˇ ㄔˊ) 維持原狀。㊄ 即使遭遇失敗，她仍保持樂觀的人生態度。

【保障】(ㄅㄠˇ ㄓㄤˋ) 防護使不受侵害。㊄ 政府這項規定的目的是在保障勞工的權益。

【保衛】(ㄅㄠˇ ㄨㄟˋ) 防守；守衛。㊄ 軍人的職責是保衛國家安全。㊅ 捍衛。

【保養】(ㄅㄠˇ ㄧㄤˇ) 調養、維護身體或機器，使其能夠盡量維持原本良好的狀態。㊄ 爺爺一向注重保養身體，所以很少生病。

【保險】(ㄅㄠˇ ㄒㄧㄢˇ) 1 可靠；妥當。㊄ 把貴重物品隨便亂放，實在太不保險了。2 甲方交付保費給乙方，在甲方遭遇到無法預防或無法避免的傷害時，乙方必須支付賠償金。

【保證】(ㄅㄠˇ ㄓㄥˋ) 擔保。㊄ 只要按時吃藥，保證過幾天感冒就好了。

【保護】(ㄅㄠˇ ㄏㄨˋ) 維護。(例) 在父母的保護下，我們才能安心成長。

✽確保、環保、自身難保

9/7

促 ㄘㄨˋ (cù)

(形) 短時間；急迫。如：匆促。(動) ① 靠近。如：促膝談心。② 催；督責。如：督促。

【促成】(ㄘㄨˋ ㄔㄥˊ) 造成。(例) 這件好事是張叔叔一手促成的。

【促進】(ㄘㄨˋ ㄐㄧㄣˋ) 推動人、事、物而使其有所進展。(例) 運動可以促進身體健康。

【促銷】(ㄘㄨˋ ㄒㄧㄠ) 廠商運用方法以刺激消費者購買商品。(例) 商人常利用降價的方式來促銷商品。

✽急促、催促、倉促

9/7

侶 ㄌㄩˇ (lǚ)

(名) 同伴。如：伴侶。

✽僧侶、情侶、愛侶

9/7

俘 ㄈㄨˊ (fú)

(名) 戰爭時被敵方活捉的人。如：戰俘。(動) 擄獲；捕獲。如：俘獲。

【俘虜】(ㄈㄨˊ ㄌㄨˇ) ① 戰爭時，被敵方擄獲的人。② 捕獲敵人。(例) 這次戰爭，我軍俘虜了好幾百名敵兵。

9/7

俗 ㄙㄨˊ (sú)

(名) ① 人群的習慣。如：風俗。② 世間；塵世。如：還俗。(形) ① 淺近易懂。如：通俗。② 粗鄙；不文雅。如：粗俗。

【俗氣】(ㄙㄨˊ ㄑㄧˋ) ① 不雅觀。(例) 王先生家的牆壁全部漆上金色，真是俗氣。② 不文雅的習慣、氣質。(例) 阿彬的行為粗魯俗氣，應該好好教導他。

(近) 庸俗。(反) 高雅。

【俗話】ㄙㄨˊ ㄏㄨㄚˋ 民間流行且定型的語句。

✽民俗、低俗、傷風敗俗

9/7

俟

ㄙˋ (sì)

ノ 亻 … 俟

動 等待。如：俟機。

【俟機】ㄙˋ ㄐㄧ 等待機會。例 獅子躲在草叢裡俟機捕捉獵物。

9/7

俊

ㄐㄩㄣˋ (jùn)

ノ 亻 … 俊

名 聰明才智過人的人。如：青年才俊。形 容貌秀美。如：英俊。

【俊俏】ㄐㄩㄣˋ ㄑㄧㄠˋ 形容男性長得英俊好看。例 小明長得很俊俏，難怪女孩們都喜歡他。

9/7

侮

ㄨˇ (wǔ)

ノ 亻 … 侮

動 ①不尊重。如：侮慢。②欺負。如：欺侮。

【侮辱】ㄨˇ ㄖㄨˋ 欺負；羞辱。例 罵髒話是一種侮辱人的行為。

✽外侮、輕侮、自侮

9/7

俐

ㄌㄧˋ (lì)

ノ 亻 … 俐

見「俐落」。

【俐落】ㄌㄧˋ ㄌㄨㄛˋ 說話或動作十分敏捷、乾脆，不拖拖拉拉。例 表哥炒菜的動作非常俐落，想必常常下廚。

9/7

俄

ㄜˊ (é)

ノ 亻 … 俄

副 不久；片刻。如：俄而。專 俄羅斯聯邦的簡稱。

9/7

係

ㄒㄧˋ (xì)

ノ 亻 … 係

名 關連。如：關係。動 ①是；為。如：確係。②綑綁。通「繫」。如：係頸。

9/7

俞

ㄩˊ (yú)

ノ 人 … 俞

(動)答應。如：俞允。

10/8
倌 ㄍㄨㄢˇ (guǎn)

(名)酒樓飯館的服務生。如：堂倌。

✽看倌、客倌、門倌

10/8
倥 ㄎㄨㄥˇ (kǒng)

見「倥傯」。

【倥傯】ㄎㄨㄥˇ ㄗㄨㄥˇ 指事情繁多而忙碌的樣子。(例)王將軍在兵馬倥傯之際仍不忘讀書，不愧是一代名將。

10/8
倍 ㄅㄟˋ (bèi)

(副)更加。如：每逢佳節倍思親。(量)計算照原數加上一個或數個全數的單位。如：十倍。

【倍增】ㄅㄟˋ ㄗㄥ 增加一倍以上。(例)吃完午餐，休息片刻後，大家都覺得體力倍增，繼續朝山頂走去。

✽加倍、百倍、事半功倍

10/8
倣 ㄈㄤˇ (fǎng)

(動)學習；效法。通「仿」。如：倣效。

10/8
俯 ㄈㄨˇ (fǔ)

(動)向下。如：俯伏。

【俯瞰】ㄈㄨˇ ㄎㄢˋ 從高處往下看。(例)站在這座高山的山頂可以俯瞰整個村落。(近)俯視。(反)仰望。

10/8
倦 ㄐㄩㄢˋ (juàn)

(動)疲累；厭煩。如：誨人不倦。

【倦怠】ㄐㄩㄢˋ ㄉㄞˋ 因厭煩或疲累而懈怠。(例)哥哥對於一成不變的工作內容感到倦怠。

【倦容】ㄐㄩㄢˋ ㄖㄨㄥˊ 沒有精神的樣子。(例)她為了考試而熬夜，難怪一臉倦容。

✽疲倦、厭倦、好學不倦

人

俸

10/8

ㄈㄥˋ (fèng) 丿亻仁仨仨佳佳佳佳俸

㊔酬勞；薪水。如：薪俸。

倩

10/8

ㄑㄧㄢˋ (qiàn) 丿亻仁仨佳佳佳倩倩倩

㊫1含笑的樣子。如：巧笑倩兮。2美好的。如：倩影。

【倩影ㄑㄧㄢˋ ㄧㄥˇ】形容美麗的身影。㊎自從上次見面後，她的倩影便深深印在我的腦海中。

倖

10/8

ㄒㄧㄥˋ (xìng) 丿亻仁什仕仕仕仕倖倖

㊫親近的；寵愛的。如：倖臣。㊙意外得到好處或免去災難。如：僥倖。

【倖存ㄒㄧㄥˋ ㄘㄨㄣˊ】意外的存活下來。㊎這個男孩是這場火災的倖存者。

【倖免ㄒㄧㄥˋ ㄇㄧㄢˇ】僥倖的避開災禍。㊎這次食物中毒事件，班上的同學無一倖免。

倀

10/8

ㄔㄤ (chāng) 丿亻仆仆仆仆仆倀倀倀

㊔傳說中，被老虎咬死後還留在老虎身邊幫牠作惡的鬼。如：為虎作倀。㊫狂妄。如：倀狂。

倆

10/8

ㄌㄧㄤˇ (liǎng) 見「伎倆」。

ㄌㄧㄚˇ (liǎ) ㊫兩個。使用時不必接量詞「個」。如：我倆。

丿亻仁佇佇俩俩俩倆倆

倨

10/8

ㄐㄩˋ (jù) 丿亻仁仁伊伊伊倨倨倨

㊫傲慢不恭敬的樣子。如：倨傲。

倔

10/8

ㄐㄩㄝˊ (jué) ㊫強硬固執。如：倔強。

ㄐㄩㄝˋ (juè) ㊫脾氣大、言語粗直強硬的樣子。如：脾氣很倔。

丿亻仁仁伊伊伊倔倔倔

【倔強ㄐㄩㄝˊ ㄐㄧㄤˋ】形容強硬、不肯屈服於他人的樣子。㊎姐姐的脾氣很倔

強，想要改變她的心意可不容易！

10/8
值 ㄓˊ (zhí)

ノ 亻 亻 什 佇 佰 佰 佰 值 值

名 1 物品的價錢。如：價值。2 運算後所得到的數字結果。如：數值。

動 1 物品相當多少價格。如：值一萬元。2 輪到做某事。如：值勤。

【值錢】ㄓˊ ㄑㄧㄢˊ 物品的價格很高。例 這個古董花瓶相當值錢。

10/8
借 ㄐㄧㄝˋ (jiè)

ノ 亻 亻 仁 什 供 供 借 借 借

動 1 把財物暫時給人使用，或暫時持有他人的財物。如：借車。2 利用；假託。通「藉」。如：借題發揮。

【借據】ㄐㄧㄝˋ ㄐㄩˋ 向他人借用財物時所留存的憑證。

【借鏡】ㄐㄧㄝˋ ㄐㄧㄥˋ 拿別人的言行或經驗當成自己的警惕。例 許多吸毒者悲慘的下場是那些想要去嘗試吸毒的人最好的借鏡。

【借刀殺人】ㄐㄧㄝˋ ㄉㄠ ㄕㄚ ㄖㄣˊ 利用別人的力量來消滅或陷害他人。例 像小胖那樣借刀殺人的行為，實在是太卑鄙了。

※出借、外借、假借

10/8
倚 ㄧˇ (yǐ)

ノ 亻 亻 仁 什 仕 佧 佮 倚 倚

動 1 仗著；憑藉。如：倚仗。2 靠著。如：倚著門。3 偏向一邊。如：不偏不倚。

【倚重】ㄧˇ ㄓㄨㄥˋ 信賴、看重他人的能力。例 班長的辦事能力很強，老師相當倚重他。

【倚靠】ㄧˇ ㄎㄠˋ 1 靠著某物。例 張太太倚靠在門邊等待她的丈夫回家。2 依賴。例 小王全家只倚靠他一人的薪水過生活。3 可以依賴或相伴的人。例 人老了，總得有個倚靠。

【倚老賣老】一ˇ ㄌㄠˇ ㄇㄞˋ ㄌㄠˇ 仗著年紀大或資歷久而自大。例老陳只會倚老賣老，其實沒有什麼才能。

倒 10/8

丿 亻 亻 仁 任 侄 侄 侄 倒 倒

ㄉㄠˇ (dǎo) 動 1跌下；塌下。如：摔倒。2失敗；垮臺。如：倒閉。3更換。如：倒閣。

ㄉㄠˋ (dào) 動 1上下位置互換。如：倒掛。2從容器中傾瀉物品。如：倒茶。3後退；反向進行。如：倒車。副反而。如：倒不如。

【倒閉】ㄉㄠˇ ㄅㄧˋ 公司或商店因賠錢而停止營業。

【倒塌】ㄉㄠˇ ㄊㄚ 建築物崩倒下來。例在強烈地震之後，許多老舊的房屋都倒塌了。

【倒楣】ㄉㄠˇ ㄇㄟˊ 比喻遇到不順利的事。也作「倒霉」。例一出門就跌倒，真是倒楣。

✽昏倒、排山倒海、東倒西歪

俺 10/8

ㄢˇ (ǎn) 丿 亻 亻 仆 伏 伏 佮 佮 俺 俺

代北方方言。指「我」。

倘 10/8

ㄊㄤˇ (tǎng) 丿 亻 亻 仆 仆 佾 佾 倘 倘 倘

連假使。如：倘如。

【倘若】ㄊㄤˇ ㄖㄨㄛˋ 假使；如果。例倘若弟弟肯努力，鋼琴一定彈得比我好。

俱 10/8

ㄐㄩˋ (jù) 丿 亻 亻 们 们 们 但 俱 俱 俱

副1全部；皆。如：父母俱在。2共同；一起。如：與生俱來。

✽兩敗俱傷、與日俱增

倡 10/8

丿 亻 亻 们 们 们 但 倡 倡 倡

ㄔㄤˋ (chàng) 動發動；引起。如：提倡。

ㄔㄤ (chāng) 名古時表演歌舞的人。如：倡優。

【倡導】(ㄔㄤˋ ㄉㄠˇ) 發動；引起。㊟例 政府正大力倡導垃圾分類，各界也紛紛響應。

們

10/8 ㄇㄣˊ (mén) ノ 亻 亻 亻 亻 亻 們 們 們 們

㊟代 用於名詞、代名詞之後。表示多數。如：我們。

辨析 「們」在口語中變讀作˙ㄇㄣ，但在河川名「圖們江」中仍讀作ㄇㄣˊ。

個

10/8 ㄍㄜˋ (gè) ノ 亻 亻 亻 亻 亻 亻 亻 個 個

㊟名 身材的高矮。如：矮個子。㊟形 單一的。如：個體。㊟量 計算人或物品的單位。如：三個人。

ㄍㄜˇ (gě) (限讀) 見「自個兒」。

辨析 「個」在口語中讀作˙ㄍㄜ。

【個人】(ㄍㄜˋ ㄖㄣˊ) 1 一個人。㊟例 組成社會的最小單位是個人。2 指自己。㊟例 個人認為這項計畫非常可行。

【個別】(ㄍㄜˋ ㄅㄧㄝˊ) 一個個分開、獨立的。㊟例 老師帶小明到辦公室進行個別輔導。

【個性】(ㄍㄜˋ ㄒㄧㄥˋ) 個人特有的性格、習性，包括先天的天賦和後天養成的習慣。㊟例 他們兄弟雖然是雙胞胎，但是哥哥活潑外向，弟弟內向害羞，個性完全不同。

候

10/8 ㄏㄡˋ (hòu) ノ 亻 亻 亻 亻 亻 亻 亻 候 候

㊟名 1 徵兆；症狀。如：症候。2 時令。如：節候。㊟動 1 等待。如：等候。2 探望。如：問候。

【候鳥】(ㄏㄡˋ ㄋㄧㄠˇ) 隨著季節變化，定期從出生地遷移到其他地方的鳥類。

【候補】(ㄏㄡˋ ㄅㄨˇ) 等待遞補缺額。㊟例 弟弟雖然只是候補球員，仍然很努力練球。

✽ 氣候、守候、稍候

人

10/8
修
ㄒㄧㄡ (xiū) 筆順：丿亻亻亻'亻'亻'亻攸修修修

㊆長；高。如：修長。㊍1整治；美化。如：修飾。2興建。如：修建。3培養學問和品行。如：修養。4學習；研習。如：修課。

【修正】ㄒㄧㄡ ㄓㄥˋ 改正。㊎寫錯的字要趕快修正。

【修改】ㄒㄧㄡ ㄍㄞˇ 將原有的事物改動，使它更接近完美。㊎這件褲子的腰圍需要修改一下。

【修訂】ㄒㄧㄡ ㄉㄧㄥˋ 修改訂正。多用於書籍、章程、計畫等的修正。㊎老師最近正在進行修訂古書的工作。

【修理】ㄒㄧㄡ ㄌㄧˇ 1調整；整治。㊎王伯伯專門替人修理皮鞋。2處罰；教訓。㊎弟弟把牆壁畫得一團糟，被爸媽修理了一頓。

【修養】ㄒㄧㄡ ㄧㄤˇ 1指人在文學、藝術、知識等方面所具有的能力。㊎媽媽的藝術修養相當高。2待人處事的態度。㊎爸爸修養很好，從不隨便發脾氣。㊄涵養。

【修身養性】ㄒㄧㄡ ㄕㄣ ㄧㄤˇ ㄒㄧㄥˋ 培養自己良好的品行，使言行舉止都能符合道德的要求。也作「修心養性」。㊎小胖的火爆脾氣，在多年的修身養性之後，變得成熟許多。

✽整修、自修、進修

10/8
俳
ㄆㄞˊ (pái) 筆順：丿亻亻亻亻亻俳俳俳俳

㊔古代稱演戲的人。如：俳優。

10/8
倭
ㄨㄛ (wō) 筆順：丿亻亻亻仟仟仟倭倭倭

㊔中國古代對日本人的稱呼。如：倭奴。

【倭寇】ㄨㄛ ㄎㄡˋ 指明朝時侵擾中國沿海地區的日本海盜。

10/8
倪
ㄋㄧˊ (ní) 筆順：丿亻亻亻亻伯伯伯伯倪

名頭緒。如：端倪。

俾 10/8

ㄅㄧˋ (bǐ) ノ 亻 亻 伯 伯 伯 伸 伸 俾

名好處。如：俾益。動使；令。如：俾使。

倫 10/8

ㄌㄨㄣˊ (lún) ノ 亻 亻 仒 仒 伶 伶 伶 倫 倫

名1人與人之間的合理關係。如：人倫。2類；輩。如：聰明絕倫。3順序。如：語無倫次。

【倫理】ㄌㄨㄣˊ ㄌㄧˇ 人和人相處時所應遵循的道理。例王家的人很重倫理，晚輩絕對不能和長輩頂嘴。

✽天倫、群倫、不倫不類

倉 10/8

ㄘㄤ (cāng) ノ 人 亼 今 今 今 今 今 倉 倉

名儲藏物品的地方。如：倉庫。形急忙。如：倉促。

【倉促】ㄘㄤ ㄘㄨˋ 急促匆忙的樣子。例她在倉促間忘了帶走這份資料。

【倉頡】ㄘㄤ ㄐㄧㄝˊ 相傳為黃帝的史官，中國文字的始創者。

【倉皇失措】ㄘㄤ ㄏㄨㄤˊ ㄕ ㄘㄨㄛˋ 形容慌亂不安，不知如何是好。例看她在臺上一副倉皇失措的樣子，真令人擔心。

✽穀倉、糧倉、貨倉

停 11/9

ㄊㄧㄥˊ (tíng) ノ 亻 亻 亻 亻 佇 佇 佇 佇 停

動1中止。如：停止。2暫時止住。如：停留。3放置。如：停放。

【停泊】ㄊㄧㄥˊ ㄅㄛˊ 船隻停靠岸邊。例許多船隻停泊在碼頭邊。

【停留】ㄊㄧㄥˊ ㄌㄧㄡˊ 止住不前進。例因為這裡風景優美，所以大家就多停留了一會。

【停頓】ㄊㄧㄥˊ ㄉㄨㄣˋ 暫時止住不繼續。例他停頓了一下，喝口水，繼續他的演講。反持續。

✽暫停、調停、馬不停蹄

人

人

11/9
偽
ㄨㄟˋ (wèi)

ノ 亻 亻' 伃 伪 伪 偽 偽 偽 偽 偽

(形) [1] 假的。如：偽鈔。[2] 不合法的。如：偽政權。

【偽造】ㄨㄟˋ ㄗㄠˋ 假造。(例) 偽造證件是違法的行為。

【偽裝】ㄨㄟˋ ㄓㄨㄤ 改扮外裝以掩飾真面目。(例) 警察偽裝成路邊的小販收集情報。

❀虛偽、真偽、欺偽

11/9
健
ㄐㄧㄢˋ (jiàn)

ノ 亻 亻ㄱ 亻彐 亻彐 亻彐 亻聿 亻聿 亻聿 健 健

(形) 強壯的。如：強健。(動) 善於；喜好。如：健談。

【健全】ㄐㄧㄢˋ ㄑㄩㄢˊ [1] 身體強壯，沒有毛病。(例) 四肢健全的人，只要肯吃苦，不怕找不到工作。[2] 事物完整無缺。(例) 這家公司的制度很健全，難怪有那麼多人想去應徵。

【健行】ㄐㄧㄢˋ ㄒㄧㄥˊ 徒步行走的戶外運動。(例) 這個週末，大寶打算參加陽明山健行活動。

【健忘】ㄐㄧㄢˋ ㄨㄤˋ 容易遺忘。(例) 隨著年齡的增長，爺爺變得越來越健忘。

【健康】ㄐㄧㄢˋ ㄎㄤ 身體強壯，沒有疾病。(例) 身體健康是人生最大的財富。

【健步如飛】ㄐㄧㄢˋ ㄅㄨˋ ㄖㄨˊ ㄈㄟ 形容人走路快且穩。(例) 張爺爺雖然已經八十歲了，仍健步如飛。

❀保健、復健、穩健

11/9
偃
ㄧㄢˇ (yǎn)

ノ 亻 亻一 亻𠃊 亻百 亻百 亻㔾 偃 偃 偃 偃

(動) [1] 臉朝上。如：偃臥。[2] 傾斜；倒下。如：偃仆。[3] 停止。如：偃兵。

【偃旗息鼓】ㄧㄢˇ ㄑㄧˊ ㄒㄧ ㄍㄨˇ 放倒軍旗，停敲戰鼓。指暗中行軍或停止戰爭。也比喻行事中斷或聲勢減弱。(例) 政府當年積極推動的海外投資，

隨著時空改變已漸漸偃旗息鼓。

偉 11/9 ㄨㄟˇ (wěi)

形 1超越一般人的；出眾的。如：奇偉。2盛大；高超。如：雄偉。

【偉人】ㄨㄟˇ ㄖㄣˊ 具有貢獻，值得尊敬的人。

【偉大】ㄨㄟˇ ㄉㄚˋ 形容人格或事蹟非凡盛大。例牛頓是偉大的科學家。

✽宏偉、魁偉、豐功偉業

做 11/9 ㄗㄨㄛˋ (zuò)

動 1製造。如：做衣服。2擔任某種職位。如：做官。3從事某種活動或工作。如：做事。

【做主】ㄗㄨㄛˋ ㄓㄨˇ 決定；裁決。也作「作主」。

【做作】ㄗㄨㄛˋ ㄗㄨㄛˋ 故意裝出來的行為。例他做作的舉止，讓我不想再多看一眼。近造作。

【做夢】ㄗㄨㄛˋ ㄇㄥˋ 也作「作夢」。

✽小題大做、好吃懶做

偕 11/9 ㄒㄧㄝˊ (xié)

副 共同；一起。如：白頭偕老。

假 11/9 ㄐㄧㄚˇ (jiǎ)

形 不真的。如：虛假。動 借。如：假手他人。連 如果。如：假使。

ㄐㄧㄚˋ (jià) 名 休息的日子。如：休假。

【假如】ㄐㄧㄚˇ ㄖㄨˊ 如果。例假如明天是晴天，爸爸就會帶我去玩。近倘若。

【假扮】ㄐㄧㄚˇ ㄅㄢˋ 為掩飾真面目而打扮成其他模樣。例張小姐假扮成老太婆，竟然沒人認出來。近偽裝。

【假裝】ㄐㄧㄚˇ ㄓㄨㄤ 故意裝成另一種模樣。例小香假裝生病以逃避考試。

人

【假公濟私】(ㄐㄧㄚˇ ㄍㄨㄥ ㄐㄧˋ ㄙ) 假借公事名義達成私人目的。例陳縣長因為假公濟私、圖利他人而被起訴。近徇私舞弊。反大公無私。

✽請假、度假、狐假虎威

11/9

側

ㄘㄜˋ (cè)

ノ 亻 仆 仴 伹 伹 俱 俱 側 側

名 1旁邊。如：兩側。2書法筆畫中的點。動 偏；斜。如：側耳。

【側目】(ㄘㄜˋ ㄇㄨˋ) 斜著眼睛看。表示敬畏、憤怒、輕視、驚訝等。例小村在街上大吼大叫，引起不少人側目。

【側面】(ㄘㄜˋ ㄇㄧㄢˋ) 1物體的側邊。2事物的另一面。例據側面了解，阿忠和小傑早就鬧翻了。

✽旁敲側擊、輾轉反側

11/9

偶

ㄡˇ (ǒu)

ノ 亻 们 們 們 們 偶 偶 偶 偶 偶

名 1用土或木等材料所製成的像。如：木偶。2伴侶。如：配偶。形 成雙數的。如：偶數。副 1意外的。如：偶遇。2不經常的。如：偶爾。

【偶然】(ㄡˇ ㄖㄢˊ) 1料想不到的。例今天和幼稚園同學偶然在公園相遇，聊了許多童年往事。2有時候；不是經常的。例在熱鬧的臺北街頭，偶然可見沿街行乞的人。

【偶像】(ㄡˇ ㄒㄧㄤˋ) 1用泥土、木頭、金屬或石材等原料製成的像。2受人崇拜的對象。例電視上的影歌星常成為青少年的偶像。

【偶爾】(ㄡˇ ㄦˇ) 有時候。例小明偶爾會約同學到他家玩。

✽佳偶、玩偶、人偶

11/9

偌

ㄖㄨㄛˋ (ruò)

ノ 亻 仁 仜 仜 仹 併 併 偌 偌 偌

副 這樣。如：偌大。

11/9

偵

ㄓㄣ (zhēn)

ノ 亻 亻 仆 仆 侦 侦 侦 侦 偵 偵

動 探查；暗中察看。如：偵查。

【偵查】ㄓㄣ ㄔㄚˊ ①暗中調查真相。例經過警方仔細偵查，終於破了這起竊盜案。②檢察官在刑事訴訟中進行收集證據、調查犯人的過程。

【偵探】ㄓㄣ ㄊㄢˋ 調查祕密事項或犯罪實情的人。

【偵察】ㄓㄣ ㄔㄚˊ 偵測觀察以獲得情報。例軍方派出間諜到敵方軍事基地進行偵察。

辨析 「偵查」和「偵察」都有暗中探查的意思。但「偵查」多指深入調查，常用在法律案件；「偵察」多指就事物表面的觀察，常用在軍事情報收集。

11/9
偎
ㄨㄟ (wēi)

動 靠著。如：依偎。

11/9
倏
ㄕㄨˋ (shù)

副 很急速。如：倏忽。

【倏忽】ㄕㄨˋ ㄏㄨ 忽然；很快的樣子。例原本停在樹梢的小鳥，倏忽之間就不見了。

11/9
偺
ㄗㄢˊ (zán)

代 北方方言。指「我」或「我們」。

11/9
偏
ㄆㄧㄢ (piān)

形 ①不正的。如：偏心。②邊遠的。如：偏僻。副 表示相反的意思。如：我偏不要。

【偏好】ㄆㄧㄢ ㄏㄠˋ 對某一方面有特別的愛好。例在所有的顏色中，小蘭偏好粉紅色。反嫌惡。

【偏見】ㄆㄧㄢ ㄐㄧㄢˋ 不公平或固執的看法。例小馨對我有偏見，所以說話的態度很差。近成見。

【偏偏】ㄆㄧㄢ ㄆㄧㄢ ①故意採取相反意見。例全家都同意晚餐吃水餃，姐姐

人

人

偏偏要吃牛肉麵。2表示與事實或願望相反。例上學已經快遲到了，偏偏又遇上塞車，真是急死人了。

【偏袒】(ㄆㄧㄢ ㄊㄢˇ) 不公正的維護某一方。例小宏身為班長，卻總是偏袒自己的好朋友，令許多人感到不服氣。

【偏遠】(ㄆㄧㄢ ㄩㄢˇ) 交通不便的邊遠地方。例那間房子位於偏遠的郊區，所以售價比較便宜。

【偏僻】(ㄆㄧㄢ ㄆㄧˋ) 少有人到的地方。例為了避免危險，最好不要一個人去校園偏僻的角落。

✽以偏概全、不偏不倚

11/9

偷 ㄊㄡ (tōu)

ノ 亻 亻 仒 仒 伶 伶 偷 偷 偷 偷

名竊取物品的人。如：小偷。形草率；敷衍。如：苟且偷生。動不事先告知就拿取別人的東西。如：偷竊。副暗中進行某事。如：偷聽。

【偷懶】(ㄊㄡ ㄌㄢˇ) 逃避工作，不肯努力。例每次班上大掃除，小傑總是找機會偷懶。

【偷竊】(ㄊㄡ ㄑㄧㄝˋ) 暗中拿取別人東西的行為。例偷竊是一種違法的行為。近盜竊。

【偷工減料】(ㄊㄡ ㄍㄨㄥ ㄐㄧㄢˇ ㄌㄧㄠˋ) 不依照工程規定，暗中減少所需材料或工作程序。例這棟房屋會漏水是因為當初建造時偷工減料。

【偷偷摸摸】(ㄊㄡ ㄊㄡ ㄇㄛ ㄇㄛ) 瞞著別人暗中進行某事。例弟弟偷偷摸摸的躲進房間，好像在藏什麼東西。近鬼鬼祟祟。反明目張膽。

12/10

傢 ㄐㄧㄚ (jiā)

ノ 亻 亻 亻 伫 伫 伫 傢 傢 傢

見「傢伙」。

【傢伙】(ㄐㄧㄚ ㄏㄨㄛˇ) 1通稱一切日常生活會用到的器具。例把打掃的傢伙準備好之後，就可以開始大掃除了。

②對人親密或輕蔑的稱呼。例 叫外面那群小傢伙進來洗手吃飯吧！

辨析 「傢伙」在口語中讀作ㄐㄧㄚ ˙ㄏㄨㄛ。

傍 12/10
ㄅㄤˋ ノ亻亻亻亻亻亻倅倅倅傍傍
ㄅㄤˋ (bàng) 動 靠近；依附。如：依山傍水。
ㄅㄤ (bāng) 動 臨近。如：傍晚。

【傍晚 ㄅㄤ ㄨㄢˇ】日落天將黑的時候。近 黃昏。

傅 12/10
ㄈㄨˋ (fù) ノ亻亻亻亻亻伂俌俌傅傅傅
名 ①古代專門輔導官家子弟的官吏。如：太傅。②老師。如：師傅。

備 12/10
ㄅㄟˋ (bèi) ノ亻亻亻亻亻伊伊伊俻備備
名 設施。如：配備。形 齊全的；完整的。如：完備。動 事先安排好待用。如：預備。

【備用 ㄅㄟˋ ㄩㄥˋ】事先留著，等需要時使用。例 登山時要多帶乾糧備用。

【備份 ㄅㄟˋ ㄈㄣˋ】將檔案資料複製起來，留待需要時使用。例 重要的資料最好隨時備份，以防遺失。

✽準備、設備、責備

傑 12/10
ㄐㄧㄝˊ (jié) ノ亻亻亻亻亻亻伢伢傑傑傑
名 才智超越一般人的人。如：豪傑。形 出色的；優秀的。如：傑出。

【傑出 ㄐㄧㄝˊ ㄔㄨ】才智高超優秀。例 小萱在這次演講比賽中表現得非常傑出。近 卓越。

【傑作 ㄐㄧㄝˊ ㄗㄨㄛˋ】出色、優秀的作品。

✽地靈人傑、識時務者為俊傑

傀 12/10
ㄎㄨㄟˇ (kuǐ) ノ亻亻亻亻伯伯伯伯傀傀傀 見「傀儡」。

ㄍㄨㄟ (guī) 形 奇異。如：傀奇。

【傀儡】ㄎㄨㄟˇ ㄌㄟˇ 1用木頭、泥土、金屬或皮革做成的玩偶，可用於表演偶戲。2比喻受人操縱、利用的人。例小新事事都聽小強的，叫他往東他就不敢往西，簡直是個傀儡。

12/10

傖

ㄘㄤ (cāng)

形 粗俗；低賤。如：寒傖。

12/10

傘

ㄙㄢˇ (sǎn)

名 1可張開來遮蔽日晒雨淋的器物。如：雨傘。2指形狀像傘的東西。如：降落傘。

✽撐傘、陽傘、洋傘

13/11

傭

ㄩㄥ (yōng)

名 受人雇用的人。如：傭工。

【傭人】ㄩㄥ ㄖㄣˊ 接受雇用，為人做事的人。

13/11

債

ㄓㄞˋ (zhài)

名 欠人家的財物。如：欠債。

【債主】ㄓㄞˋ ㄓㄨˇ 出借財物的人。

13/11

傲

ㄠˋ (ào)

形 態度驕縱。如：驕傲。動 輕視。如：恃才傲物。

【傲氣】ㄠˋ ㄑㄧˋ 自大的行事態度。例小杰認為自己的功課最好，總是傲氣十足，瞧不起那些功課差的同學。

【傲慢】ㄠˋ ㄇㄢˋ 態度驕傲，看不起人。例阿元因為對人的態度傲慢，所以被老師責備。反謙虛。

✽孤傲、狂傲、心高氣傲

傳 13/11

ㄔㄨㄢˊ (chuán) 形 世代繼承的。如：傳人。動 1 教導。如：傳授。2 散布；散播。如：宣傳。3 遞交；轉手。如：傳球。

ㄓㄨㄢˋ (zhuàn) 名 1 解釋經書的著作。如：左傳。2 記載生平事蹟的文字。如：自傳。

【傳言】ㄔㄨㄢˊ ㄧㄢˊ 四處流傳的消息。例 阿志返回球隊練習，粉碎了他要退出比賽的傳言。

【傳神】ㄔㄨㄢˊ ㄕㄣˊ 描繪或表演得生動逼真。例 阿寶模仿老師說話的樣子非常傳神。

【傳記】ㄓㄨㄢˋ ㄐㄧˋ 記載個人生平事蹟的作品。

【傳授】ㄔㄨㄢˊ ㄕㄡˋ 把知識、技能教導給別人。例 阿姨傳授我做出好吃蛋糕的祕訣。

【傳統】ㄔㄨㄢˊ ㄊㄨㄥˇ 自古沿襲下來，能被眾人接受的行為或觀念，包括風俗、習慣、思想、道德等。

【傳說】ㄔㄨㄢˊ ㄕㄨㄛ 1 間接傳述。例 傳說校長下個月要退休了。2 民間流傳的故事。

【傳播】ㄔㄨㄢˊ ㄅㄛ 廣泛的散布宣揚。例 這個消息透過媒體馬上傳播開來。

✽宣傳、謠傳、名不虛傳

僅 13/11

ㄐㄧㄣˇ (jǐn) 副 只；不過。如：絕無僅有。

【僅僅】ㄐㄧㄣˇ ㄐㄧㄣˇ 只有；不多。例 陳小妹僅僅五歲，便能熟練的運算加減乘除。近 單單。

傾 13/11

ㄑㄧㄥ (qīng) 動 1 歪斜；偏。如：傾斜。2 欽

佩；愛慕。如：傾慕。③倒塌。如：傾倒。副盡；全。如：傾訴。

【傾向】ㄑㄧㄥ ㄒㄧㄤˋ 內心的想法或事情的發展偏向某一方面。例小李有暴力傾向，只要起爭執，便會動手打人。

【傾倒】一ㄑㄧㄥ ㄉㄠˋ 倒出來。例這裡是水源保護區，禁止傾倒垃圾。二ㄑㄧㄥ ㄉㄠˇ ①跌倒；倒塌。例那棟大樓在地震時傾倒了。②佩服。例小貝高超的球技使得許多球迷為他傾倒。

【傾聽】ㄑㄧㄥ ㄊㄧㄥ 專心聽。例我們要學習傾聽他人意見。近聆聽。

【傾盆大雨】ㄑㄧㄥ ㄆㄣˊ ㄉㄚˋ ㄩˇ 形容雨勢很大。例今天下午下了一場傾盆大雨。反絲絲細雨。

13/11
僂
ㄌㄡˊ (lóu)
ノ 亻 … 僂

形駝背的。如：佝僂。

13/11
催
ㄘㄨㄟ (cuī)
ノ 亻 … 催

動促使人加快行動。如：催逼。

【催促】ㄘㄨㄟ ㄘㄨˋ 迫使加快或提早。例媽媽催促我快點起床。

【催眠】ㄘㄨㄟ ㄇㄧㄢˊ 經由放鬆、精神專注或暗示等方法，引導人進入一種特殊的精神狀態。

13/11
傷
ㄕㄤ (shāng)
ノ 亻 … 傷

名人體因外力導致破裂的地方。如：療傷。動①損害；敗壞。如：傷神。②得罪；冒犯。如：出口傷人。③悲痛。如：傷心。

【傷亡】ㄕㄤ ㄨㄤˊ 受傷和死亡。例這場地震，造成慘重的傷亡。

【傷害】ㄕㄤ ㄏㄞˋ 損傷殘害。例吃太辣的食物，容易傷害腸胃。

人

【傷痕 ㄕㄤ ㄏㄣˊ】①傷口癒合後所留下的痕跡。②比喻難以忘懷的心靈傷害或精神折磨。例初戀的失敗，在表姐心中留下深深的傷痕。

【傷天害理 ㄕㄤ ㄊㄧㄢ ㄏㄞˋ ㄌㄧˇ】形容行為殘忍凶惡。例那個犯人曾經做出許多傷天害理的事。近喪盡天良。

✽中傷、哀傷、兩敗俱傷

13/11

傻 ㄕㄚˇ (shǎ)

形①愚笨；不聰明。如：傻子。②受驚嚇後呆楞的樣子。如：嚇傻了。

【傻眼 ㄕㄚˇ ㄧㄢˇ】形容神情過於專注或因驚訝而發呆的樣子。例老師忽然在臺上昏倒，同學們都傻眼了。

13/11

傯 ㄗㄨㄥˇ (zǒng)

見「倥傯」。

14/12

僮 ㄊㄨㄥˊ (tóng) 名①未成年的人。通「童」。②僕人。如：書僮。ㄓㄨㄤˋ (zhuàng)（限讀）專即「壯族」。民族名。大多分布在廣西。

14/12

僧 ㄙㄥ (sēng)

名信奉佛教，剃髮出家，受戒律規範的男子。如：僧人。

【僧多粥少 ㄙㄥ ㄉㄨㄛ ㄓㄡ ㄕㄠˇ】比喻人數多，事物少，不夠分配。例由於僧多粥少，這次同樂會的獎品根本不夠發放。近供不應求。

14/12

僥 ㄐㄧㄠˇ (jiǎo)

見「僥倖」。

人

【僥倖】(ㄐㄧㄠˇ ㄒㄧㄥˋ) 意外獲得成功或免去災禍。例這次語文競賽，丁丁準備得並不充分，但卻僥倖得了冠軍。

14/12 僖

ㄒㄧ (xī) 丿 亻 亻 亻 亻 亻 僖 僖 僖 僖 僖 僖 僖

形喜樂；快樂。通「嬉」。

14/12 僭

ㄐㄧㄢˋ (jiàn) 丿 亻 亻 亻 亻 亻 僭 僭 僭 僭 僭 僭 僭

動超越職權或本分。如：僭越。

14/12 僚

ㄌㄧㄠˊ (liáo) 丿 亻 亻 亻 亻 亻 僚 僚 僚 僚 僚 僚 僚

名1古代對官吏的稱呼。如：官僚。2同在一起做事的人。如：同僚。

【僚屬】(ㄌㄧㄠˊ ㄕㄨˇ) 部下；屬下。

14/12 僕

ㄆㄨˊ (pú) 丿 亻 亻 亻 亻 亻 僕 僕 僕 僕 僕 僕 僕

名供人使喚的人。如：僕役。

【僕人】(ㄆㄨˊ ㄖㄣˊ) 受人雇用，供人差遣使喚的人。

✽主僕、公僕、風塵僕僕

14/12 像

ㄒㄧㄤˋ (xiàng) 丿 亻 亻 亻 亻 亻 像 像 像 像 像 像 像

名1形象；樣貌。如：影像。2模仿人物的樣貌而做成的作品。如：蠟像。動1相似。如：相像。2如同；譬如。如：像這種作法是最好的。

【像話】(ㄒㄧㄤˋ ㄏㄨㄚˋ) 指符合道理、規範。例你撞倒別人，要把對方扶起來，並跟他道歉，這才像話。

✽雕像、偶像、想像

僑

14/12

ㄑㄧㄠˊ (qiáo)

名 寄居在異地或國外的人。如：華僑。動 寄居在異地或國外。如：僑居。

【僑胞】ㄑㄧㄠˊ ㄅㄠ 居住在本國的人對旅居國外同胞的稱呼。

僱

14/12

ㄍㄨˋ (gù)

通「雇」。動 1 出錢請人做事。如：僱用。2 租用。如：僱車。

億

15/13

ㄧˋ (yì)

數 萬的一萬倍為億。

儀

15/13

ㄧˊ (yí)

名 1 禮節；程序；形式。如：禮儀。2 舉止風度。如：儀態。3 禮物。如：賀儀。4 器具。如：地球儀。動 欽慕；愛慕。如：心儀。

【儀式】ㄧˊ ㄕˋ 典禮進行的程序和形式。例 小玲和阿強在教堂裡舉行了結婚儀式。

【儀容】ㄧˊ ㄖㄨㄥˊ 儀態和容貌。例 出門在外，要注意儀容是否整齊乾淨。

【儀態】ㄧˊ ㄊㄞˋ 外表和態度。例 我們的音樂老師儀態端莊，非常有氣質。

✽司儀、威儀、奠儀

僵

15/13

ㄐㄧㄤ (jiāng)

形 死亡而不腐朽。通「殭」。如：僵屍。副 1 挺直不動。如：僵直。2 相持不下；無法妥協。如：僵持。

【僵局】ㄐㄧㄤ ㄐㄩˊ 彼此相持不下，不肯妥協，造成事態無法進展的局面。

人

例為了打破僵局，爸爸特別買了一束花向媽媽道歉。

【僵持】(ㄐㄧㄤ ㄔˊ) 彼此堅持自己的立場，不肯讓步。例為了搶最後一塊麵包，阿龍和小杰雙方僵持不下。

【僵硬】(ㄐㄧㄤ ㄧㄥˋ) 1不能靈活轉動。例爸爸因為太久沒運動，四肢變得很僵硬。2呆板；不靈活。例里長伯處事很僵硬，所以很多人不喜歡他。

15/13

價

ㄐㄧㄚˋ (jià)

丿 亻 亻 亻 伻 伻 価 価 価 價 價 價 價 價 價

名1物品所值的錢。如：市價。2人的資產或地位。如：身價。

【價值】(ㄐㄧㄚˋ ㄓˊ) 1泛指物品所值的錢。2事物的意義或功能。例雞蛋的營養價值相當高。

【價格】(ㄐㄧㄚˋ ㄍㄜˊ) 物品所值的錢。例這家店賣的文具價格便宜，生意很好。

【價錢】(ㄐㄧㄚˋ ㄑㄧㄢˊ) 物品所值的錢。例他希望能以高一點的價錢賣出這塊地。

【價廉物美】(ㄐㄧㄚˋ ㄌㄧㄢˊ ㄨˋ ㄇㄟˇ) 指物品價格便宜，且品質精美。例這家店賣的商品價廉物美，老闆又親切，因此吸引許多顧客上門。

❀評價、不二價、貨真價實

15/13

僻

ㄆㄧˋ (pì)

丿 亻 亻 㑭 㑭 佬 佬 佬 佬 佬 佬 僻 僻 僻 僻

形1偏遠、不熱鬧的。如：偏僻。2不正派的。如：邪僻。3不常見的。如：冷僻。4性情古怪的；不合群的。如：孤僻。

【僻靜】(ㄆㄧˋ ㄐㄧㄥˋ) 偏遠幽靜。例為了準備升學考試，小欣找了一個僻靜的地方專心讀書。反喧鬧。

15/13

儂

ㄋㄨㄥˊ (nóng)

丿 亻 亻 仲 仲 伷 伷 伷 伷 伷 伷 伷 儂 儂 儂

㊹代 1蘇、浙方言。指「我」。2泛指人。

儆 15/13 ㄐㄧㄥˇ (jǐng)

動 警戒。如：殺一儆百。

儉 15/13 ㄐㄧㄢˇ (jiǎn)

形 不浪費。如：節儉。

【儉樸 ㄐㄧㄢˇ ㄆㄨˊ】節省樸實。例 她生活儉樸，從不亂花一毛錢。

儈 15/13 ㄎㄨㄞˋ (kuài)

名 介紹客人做買賣，然後從中獲利的人。如：市儈。

儐 16/14 ㄅㄧㄣ (bīn)

名 引導賓客的人。如：儐相。

【儐相 ㄅㄧㄣ ㄒㄧㄤˋ】1幫助主人迎接賓客和輔助典禮進行的人。2指婚禮中的伴郎、伴娘。

儒 16/14 ㄖㄨˊ (rú)

名 1以孔子學說為主的學派。如：儒家。2學者。如：大儒。3人。如：侏儒。

【儒生 ㄖㄨˊ ㄕㄥ】1指專門修習孔子、孟子學說的讀書人。2泛指一般讀書人。

儔 16/14 ㄔㄡˊ (chóu)

名 伴侶；同類。如：儔侶。

儘 16/14 ㄐㄧㄣˇ (jǐn)

㊓ 1 極；盡。如：儘量。2 聽任；不管。如：儘管。

【儘快】ㄐㄧㄣˇ ㄎㄨㄞˋ 越快越好。㊞ 老師請同學儘快繳交畢業旅行的費用。

【儘量】ㄐㄧㄣˇ ㄌㄧㄤˋ 極盡能力。㊞ 課堂上，老師要同學有不懂處儘量發問。

【儘管】ㄐㄧㄣˇ ㄍㄨㄢˇ 1 消除顧慮，放心去做。㊞ 儘管放心去做，全班都會支持你們的科展計畫。2 即使；雖然。㊞ 儘管實踐夢想的道路上困難重重，阿信還是堅持到底。

儲

17/15

ㄔㄨˊ (chú)

ノ 亻 亻 亻 亻 亻 亻 亻 亻 亻 亻 亻 亻 儲 儲 儲 儲

㊔ 未來要當君王的人。如：王儲。㊍ 積存。如：儲藏。

【儲存】ㄔㄨˊ ㄘㄨㄣˊ 積存；保存。㊞ 過年前，媽媽在冰箱裡儲存了一個禮拜的食物。

【儲蓄】ㄔㄨˊ ㄒㄩˋ 將金錢或物品存起來以備不時之需。㊞ 媽媽從小訓練我們養成儲蓄的習慣。

優

17/15

ㄧㄡ (yōu)

ノ 亻 亻 亻 亻 亻 亻 亻 亻 亻 亻 優 優 優 優 優 優

㊔ 舊時稱演藝人員。如：俳優。㊎ 1 充足的。如：優渥。2 良好的。如：優越。3 占上風的。如：優勢。

【優先】ㄧㄡ ㄒㄧㄢ 在順序上較前面的。㊞ 哥哥因成績很好，所以被那所大學優先錄取。

【優秀】ㄧㄡ ㄒㄧㄡˋ 才能出眾。㊞ 阿輝是個優秀的學生，不管是老師還是同學都很喜歡他。㊅ 傑出。

【優良】ㄧㄡ ㄌㄧㄤˊ 良好。㊞ 今年西瓜的品質都非常優良。㊒ 低劣。

【優美】ㄧㄡ ㄇㄟˇ 美好。㊞ 小敏的舞姿十分優美，贏得了許多掌聲。

【優點】(一ㄡ ㄉㄧㄢˇ) 長處；美好的特點。例小英的優點是脾氣好。反缺點。

❋資優、品學兼優、養尊處優

17/15
償
ㄔㄤˊ (cháng)

名代價；回報。如：報償。動1歸還。如：償還。2酬賞；報答。如：補償。3抵換。如：得不償失。4實現；滿足。如：如願以償。

【償還】(ㄔㄤˊ ㄏㄨㄢˊ) 歸還。例黃奶奶為了償還債務，只好賣房子。近償付。

17/15
儡
ㄌㄟˇ (lěi)

見「傀儡」。

21/19
儷
ㄌㄧˋ (lì)

名配偶；夫婦。如：伉儷。形成雙的；成對的。如：儷人。

22/20
儼
ㄧㄢˇ (yǎn)

形1莊嚴；莊重。如：望之儼然。2整齊。如：屋舍儼然。

【儼然】(一ㄢˇ ㄖㄢˊ) 1莊嚴的樣子。例李教授儼然的外表，常令新同學不敢接近。2整齊的樣子。例這條街屋舍儼然，應該是經過特別設計的。3宛如；好像。例弟弟雖然才八歲，說話的口氣卻儼然是個成年人。

儿部 (ㄖㄣˊ)

3/1 兀 ㄨˋ (wù) 一 ㄏ 兀

㊝高而聳立的樣子。如：突兀。㊞還是。如：兀自。

4/2 元 ㄩㄢˊ (yuán) 一 二 テ 元

㊝①開始的；第一的。如：元旦。②領導的；為首的。如：元帥。③基本的。如：元素。㊢計算錢幣的單位。通「圓」。如：十元。㊕朝代名。(1279—1368) 由蒙古人忽必烈滅南宋所建立，後被朱元璋所滅。

【元旦】(ㄩㄢˊ ㄉㄢˋ) 一年的第一天。即一月一日。

【元首】(ㄩㄢˊ ㄕㄡˇ) 國家的最高領導人。

【元氣】(ㄩㄢˊ ㄑㄧˋ) 精神。㊉小胖今天看起來很沒元氣，大概是昨晚沒睡好。

✽單元、多元、西元

4/2 允 ㄩㄣˇ (yǔn) ㄥ ム ㄙ 允

㊝公平的；適當的。如：公允。㊗答應。如：允准。

【允許】(ㄩㄣˇ ㄒㄩˇ) 答應。㊉媽媽允許我寫完功課後可以出去玩。

【允諾】(ㄩㄣˇ ㄋㄨㄛˋ) 答應；承諾。㊉小芬允諾明天會把書還給我。

5/3 充 ㄔㄨㄥ (chōng) 一 亠 厶 产 充

㊝滿足的。如：充裕。㊗①阻塞；裝滿。如：填充。②假裝。如：冒充。③擔任。如：充當。

【充分】(ㄔㄨㄥ ㄈㄣˋ) ①足夠。㊉這次的鋼琴比賽，我已經有充分的準備。②完全。㊉這件衣服充分顯現了姐姐的好身材。

【充足】ㄔㄨㄥ ㄗㄨˊ 足夠。(例)有充足的睡眠，才會有健康的身體。(反)缺乏。

【充飢】ㄔㄨㄥ ㄐㄧ 吃東西來填飽肚子。(例)冰箱裡已經沒有食物了，我只好吃泡麵充飢。

【充實】ㄔㄨㄥ ㄕˊ 內容豐富。(例)這套童書內容充實，非常適合小學生閱讀。(反)空洞。

【充滿】ㄔㄨㄥ ㄇㄢˇ 填滿；塞滿。(例)對於老師的幫助，我心中充滿了感謝。

✽補充、擴充、汗牛充棟

兄

5/3 ㄒㄩㄥ (xiōng) 丶 ㄇ ㄇ ㄕ 兄

(名) [1]哥哥。如：長兄。[2]同輩之間的相互敬稱。如：仁兄。

【兄友弟恭】ㄒㄩㄥ ㄧㄡˇ ㄉㄧˋ ㄍㄨㄥ 兄弟之間相親相愛。(例)小俊和哥哥兄友弟恭，相處十分和樂。(近)手足情深。

✽弟兄、師兄、稱兄道弟

光

6/4 ㄍㄨㄤ (guāng) 丨 ⺌ ⺌ 业 屮 光

(名) [1]物體反射或本身發出的明亮。如：月光。[2]榮譽。如：為國爭光。[3]時間。如：時光。[4]景色。如：觀光。(形) [1]明亮的。如：光鮮。[2]平滑的。如：光滑。(動)露出。如：光著腳。(副) [1]只。如：光說不練。[2]盡；一點都沒有剩下。如：花光。

【光芒】ㄍㄨㄤ ㄇㄤˊ 向四周散發出的光線。(例)月亮在夜晚發出耀眼的光芒。

【光明】ㄍㄨㄤ ㄇㄧㄥˊ [1]明亮。(例)穿過陰暗的洞穴後，終於重見光明的世界。(反)黑暗。[2]坦白。(例)我做事一向光明，絕對不會偷偷摸摸。

【光陰】ㄍㄨㄤ ㄧㄣ 時間。(例)光陰如電，轉眼間我們就快畢業了。(近)歲月。

【光復】ㄍㄨㄤ ㄈㄨˋ 收回失去的土地；恢復。(近)收復。(反)淪陷；失守。

【光滑】ㄍㄨㄤ ㄏㄨㄚˊ 表面十分明亮平滑。例小嬰兒的皮膚摸起來十分光滑。反粗糙。

【光榮】ㄍㄨㄤ ㄖㄨㄥˊ 榮譽；美好的名聲。例小宇贏得全國作文比賽第一名，全校師生都覺得很光榮。

【光線】ㄍㄨㄤ ㄒㄧㄢˋ 明亮的程度。例看書時光線充足，才不會傷害眼睛。

【光臨】ㄍㄨㄤ ㄌㄧㄣˊ 敬稱客人的到來。近駕臨；蒞臨。

【光天化日】ㄍㄨㄤ ㄊㄧㄢ ㄏㄨㄚˋ ㄖˋ 大白天。比喻大家都看得見的地方。例那個歹徒膽子真大，居然在光天化日之下搶錢。近大庭廣眾。

【光明正大】ㄍㄨㄤ ㄇㄧㄥˊ ㄓㄥˋ ㄉㄚˋ 形容一個人內心坦白，行為正直。也作「正大光明」。例阿亮做事一向光明正大，從不偷偷摸摸。反鬼鬼祟祟。

【光陰似箭】ㄍㄨㄤ ㄧㄣ ㄙˋ ㄐㄧㄢˋ 比喻時間過得像射出去的箭一樣快。例光陰似箭，轉眼間我已經升上高年級了。近日月如梭。反度日如年。

✽目光、發揚光大、容光煥發

6/4

兇

ㄒㄩㄥ (xiōng)

動恐懼；懼怕。如：兇懼。異「凶」的異體字。

6/4

兆

ㄓㄠˋ (zhào)

名事情未發生之前顯露的跡象。如：預兆。數億的一萬倍為兆。

【兆頭】ㄓㄠˋ ˙ㄊㄡ 事情未發生之前所顯示的跡象。例古人認為看到烏鴉是不吉利的兆頭。

✽前兆、徵兆、瑞兆

6/4

先

ㄒㄧㄢ (xiān)

名1首要的事物。如：百善孝為先。2祖宗。如：祖先。形1順序在前的。如：先例。2對已去世者

的尊稱。如：先父。

【先人】1祖宗。2古代的人。例先人留下豐富的知識給我們。

【先生】1對男性的尊稱。2指老師。3女子的配偶。

【先例】之前發生過的事件。例根據先例，如果因為特殊原因而無法參加考試的學生，可以有補考的機會。

【先進】1前輩。例蔡伯伯是這個行業的先進，經驗非常豐富。2比較進步的。例臺灣電腦科技很先進，具世界級的水準。反落後。

【先見之明】可以預料事物的發展和結果的能力。例班長有先見之明，早已預料到月考會考這一題。

【先斬後奏】比喻先將事情處理完，再向上級報告。例小明先斬後奏，邀請了同學週末來家裡玩，回家才告訴媽媽。

【先睹為快】以先看到為快樂。形容很急切的想看見。例小伶投稿錄取了，刊登前她先拿原稿到學校，讓同學先睹為快。

❀優先、一馬當先、爭先恐後

7/5
克

ㄎㄜˋ (kè)

一 十 古 古 古 声 克

動1約束。如：克制。2戰勝。如：攻克。副能夠。如：不克前來。量質量單位「公克」的簡稱。

【克制】壓抑控制。例隨著年齡的增長，阿宏越來越懂得克制自己的脾氣。

【克服】努力改正缺點或解決困難。例經過不斷的練習，妹妹終於克服對數學的恐懼。

【克勤克儉】既勤勞又節儉。例奶奶克勤克儉，辛苦的拉拔六個孩子長大。近勤儉持家。反揮

霍無度。

✽以柔克剛、羅曼蒂克

7/5
兕

ㄙˋ (sì) 兕

(名)野獸名。形體像牛，顏色呈青色，獨角，皮堅硬且厚。

7/5
兌

ㄉㄨㄟˋ (duì) 兌

(動)交換。如：兌獎。

【兌現】ㄉㄨㄟˋ ㄒㄧㄢˋ [1]拿支票或其他有金額的票據換成現金。(例)媽媽拿著支票到銀行兌現。[2]實現之前說過的話。(例)爸爸今年暑假兌現他的諾言，帶著全家去環島旅行。

【兌換】ㄉㄨㄟˋ ㄏㄨㄢˋ 拿一種貨幣交換另一種貨幣。(例)小芬去美國之前，先把新臺幣兌換成美元。

7/5
免

ㄇㄧㄢˇ (miǎn) 免

(動)[1]逃脫。如：避免。[2]解除；除去。如：罷免。[3]不用；不要。如：免費。

【免疫】ㄇㄧㄢˇ ㄧˋ 身體對疾病產生抵抗力而不會被感染。

【免除】ㄇㄧㄢˇ ㄔㄨˊ 除去。(例)只要隨手刪除不明的電子郵件，就可以免除電腦中毒的困擾。(近)消去。

【免費】ㄇㄧㄢˇ ㄈㄟˋ 不用付錢。(例)這家店提供免費的飲料。(反)收費。

✽難免、未免、倖免

8/6
兔

ㄊㄨˋ (tù) 兔兔

(名)哺乳類。草食性。特徵是耳朵長、尾巴短，後腿比前腿長，擅長跳躍和奔跑，上嘴脣的中間裂開。

【兔死狗烹】ㄊㄨˋ ㄙˇ ㄍㄡˇ ㄆㄥ 兔子抓到之後，抓兔子的獵狗就沒有用了，也會被煮來吃。形容事情成功之後，殺掉有功勞的人。(例)歷史上，兔死狗烹的情形很常見，漢朝的韓信就

是一個例子。

❀脫兔、狡兔三窟、守株待兔

8/6 **兒**

ㄦˊ (ér) 名 1 孩子。如：幼兒。2 男孩。如：兒子。3 子女對父母的自稱或父母對子女的稱呼。如：孩兒。助 用在語尾。無義。在讀的時候，必須和前面的字合併成一個捲舌音，不能獨立念出來。如：小花兒。

ㄋㄧˊ (ní) 專 姓。

【兒女】 1 兒子和女兒。近 子女。2 男女。例 父母常會提醒孩子，別因為兒女之情，而使學業退步。

【兒孫】後代子孫。

❀妻兒、嬰兒、孤兒

9/7 **兗**

ㄧㄢˇ (yǎn)

專 地名。古代九州之一。在山東和河北一帶。

11/9 **兜**

ㄉㄡ (dōu)

名 掛在胸前的布巾。如：圍兜。動 1 環繞。如：兜圈子。2 招來。如：兜攬。3 用雙手或衣物攏住東西。如：兜在懷裡。

【兜風】坐車四處觀賞風景、玩樂。例 每到星期日，爸爸都會開車帶我們到處兜風。

【兜售】向人推銷東西。例 風景區常會看到攤販在兜售紀念品。

14/12 **兢**

ㄐㄧㄥ (jīng)

形 非常小心仔細的樣子。如：戰戰兢兢。

【兢兢業業】非常小心仔細、認真的樣子。例 爸爸做事兢兢業業，很少出錯，是老闆的好幫手。

入部

入

2/0

入 ㄖㄨˋ (rù)

ㄧ入

㊔1收得的金錢。如：收入。2漢語聲調之一。㊖1進到裡面。如：入房。2到達。如：入冬。3參加。如：入學。4適合；合於。如：入時。5深透；沉浸。如：入味。

【入門 ㄖㄨˋ ㄇㄣˊ】1學習某項知識或技藝的基本要領。多用為書名，如：園藝入門。2指剛學習某項技藝。㊑就插花來說，我還只是個剛入門的學生。3進入門內。㊑爸爸入門後，就被飛來的皮球擊中。

【入侵 ㄖㄨˋ ㄑㄧㄣ】侵犯攻擊。㊑伊拉克突然入侵科威特，引起各界的關注。㊅侵襲。

【入迷 ㄖㄨˋ ㄇㄧˊ】精神專注，沉迷其中。㊑張媽媽很會講故事，小朋友都聽得非常入迷。㊅著迷。

【入選 ㄖㄨˋ ㄒㄩㄢˇ】被選上。㊑阿芳以大方的儀態，入選為這次的親善大使。㊅中選。㊎落選。

【入不敷出 ㄖㄨˋ ㄅㄨˋ ㄈㄨ ㄔㄨ】指收入無法負擔支出。㊑阿翔花錢如流水，難怪總是入不敷出。㊅寅吃卯糧。

【入木三分 ㄖㄨˋ ㄇㄨˋ ㄙㄢ ㄈㄣ】1比喻書法筆力強勁。㊑他的楷書寫得入木三分，很有氣勢。2描寫或議論得很透徹。㊑這本小說對三、四十年代的貧困生活，描寫得入木三分。

【入境隨俗 ㄖㄨˋ ㄐㄧㄥˋ ㄙㄨㄟˊ ㄙㄨˊ】到一個地方就遵守當地的風俗。比喻適應新環境。㊑小張去西藏時，入境隨俗的喝了一碗酥油茶。

✽輸入、無孔不入、羊入虎口

4/2
內 ㄋㄟˋ (nèi)

丨 冂 冂 內

㊔ 1妻子。如：內人。2裡面。與「外」相對。如：校內。㊍ 熟悉。如：內行。

【內行 ㄋㄟˋ ㄏㄤˊ】對某方面很熟悉、很有經驗。㊟ 阿明從小跟著師父學習，對雕刻木偶非常內行。㊎ 外行。

【內疚 ㄋㄟˋ ㄐㄧㄡˋ】心裡覺得慚愧、不好意思。㊟ 陳叔叔因為開車撞傷了路人而感到非常內疚。㊗ 愧疚。

【內急 ㄋㄟˋ ㄐㄧˊ】急著想上廁所。㊟ 考試時，小明因為內急而提早交卷。

【內涵 ㄋㄟˋ ㄏㄢˊ】人的思想、氣質。㊟ 哥哥說他交女朋友的原則是內涵第一，外表其次。

【內幕 ㄋㄟˋ ㄇㄨˋ】事情內部的真實狀況。㊟ 真真並不清楚這整件事情的內幕，所以問她也沒有用。

❃分內、國內、銘感五內

6/4
全 ㄑㄩㄢˊ (quán)

丿 入 亼 仐 仝 全

㊒ 整個的；完整的。如：全部。㊖ 最；極。如：全盛時期。

【全力 ㄑㄩㄢˊ ㄌㄧˋ】所有的力量、力氣。㊟ 小強使出全力將鉛球推出去，結果獲得第一名。

【全面 ㄑㄩㄢˊ ㄇㄧㄢˋ】包含整體的、各個層面的。㊟ 百貨公司從今天起全面特價，吸引許多民眾前來。㊎ 片面。

【全能 ㄑㄩㄢˊ ㄋㄥˊ】什麼都會；樣樣都行。㊟ 張先生是位全能作家，詩、散文和小說都受讀者歡迎。㊗ 萬能。

【全球 ㄑㄩㄢˊ ㄑㄧㄡˊ】整個地球；世界。㊟ 由於人類的過度開發，全球的環境已漸漸惡化。

【全勤 ㄑㄩㄢˊ ㄑㄧㄣˊ】指上班或上學都沒有遲到、早退或請假的紀錄。㊟ 阿華小學六年都保持全勤的紀錄。

【全盤】ㄑㄩㄢˊ ㄆㄢˊ 全部。例在老師的詢問下，小可便將事情發生的經過全盤說出。近通盤。

【全體】ㄑㄩㄢˊ ㄊㄧˇ 整個；全部。例公司每年都會招待全體員工出國旅遊。

【全力以赴】ㄑㄩㄢˊ ㄌㄧˋ ㄧˇ ㄈㄨˋ 投入所有力量去做。例這次的英語演講比賽，小雯決定要全力以赴，好好表現一番。近不遺餘力。反敷衍了事。

【全軍覆沒】ㄑㄩㄢˊ ㄐㄩㄣ ㄈㄨˋ ㄇㄛˋ 比喻徹底的失敗。例校內國語文競賽，班上代表全軍覆沒，沒有得到任何名次。

【全神貫注】ㄑㄩㄢˊ ㄕㄣˊ ㄍㄨㄢˋ ㄓㄨˋ 集中所有的精神和力氣。例大家都全神貫注的看著電視轉播，期待阿輝能夠一棒擊出全壘打。近聚精會神。反心不在焉。

❋齊全、面目全非、十全十美

8/6

兩 ㄌㄧㄤˇ (liǎng)

一 丆 冂 帀 帀 帀 兩 兩

形 1成雙的；成對的。如：兩小無猜。2雙方的；彼此的。如：兩情相悅。量計算重量的單位。

辨析 1「兩」和「二」的意思相近，當作為數字和序數時，使用「二」，如：二十、第二。當在百、千、萬、億的前面或在單位詞的前面時，可以使用「兩」，如：兩千、兩公斤。2兩，中間為「入」字，不可寫成「人」字。

【兩極】ㄌㄧㄤˇ ㄐㄧˊ 1地球上南極和北極的合稱。2電池陽（正）極和陰（負）極的合稱。3指正反方或差距很大。例針對這件事情，小山和小綠有著兩極的意見。近對立。

【兩難】ㄌㄧㄤˇ ㄋㄢˊ 面對兩個選擇，覺得很難決定。例許多人在大學畢業後，都會面臨升學或就業的兩難情況。

【兩全其美】ㄌㄧㄤˇ ㄑㄩㄢˊ ㄑㄧˊ ㄇㄟˇ 處理事情時，可以使用兩方面都有好處或好結

果。例阿姨在外租屋，既想省錢又不想一個人住，兩全其美的辦法就是找人分租。近一舉兩得。反顧此失彼。

【兩敗俱傷】指雙方相爭，結果都受到傷害。例小志和大雄的體型、力氣都差不多，一旦打架，只會兩敗俱傷。

❀斤兩、三言兩語、一刀兩斷

八部

2/0

八 ㄅㄚ (bā) ノ八

形形容多方面。如：四通八達。數大寫作「捌」，阿拉伯數字作「8」。

【八字】中國的命理學中，將人出生時的年、月、日、時各用天干地支代表，共有八個字，可用來推算一生的命運。

【八卦】①易經中的八種符號。②沒有事實根據的話。近謠言。

【八德】指忠、孝、仁、愛、信、義、和、平八種美德。

【八面玲瓏】比喻處世很圓滑，各方面都很周到。例小玲做事八面玲瓏，從來不會得罪人。近面面俱到。

❀亂七八糟、胡說八道

4/2

六 ㄌㄧㄡˋ (liù) ㄌㄨˋ (lù) 丶亠六六

數大寫作「陸」，阿拉伯數字作「6」。專姓。

【六神無主】形容非常慌亂，沒有任何主意。例小惠聽到這個消息，一時之間六神無主，不知如何是好。近心慌意亂。

辨析 六神，指支配心、肝、肺、腎、脾、膽六臟的神。

八

【六親不認】(ㄌㄧㄡˋ ㄑㄧㄣ ㄅㄨˋ ㄖㄣˋ) 1形容人沒有情義，連自己的親戚都當作不認識。含有貶義。例小陸為了追求富貴，竟然六親不認，讓家人心痛不已。2形容人為了維護公平正義，就算是自己的親戚也不偏袒。例法官判案應該秉持著大公無私、六親不認的原則，以維護司法正義。

4/2
兮
ㄒㄧ (xī) 丿八八公兮

助用在語尾。相當於現在的「啊」。如：歸去來兮。

4/2
公
ㄍㄨㄥ (gōng) 丿八八公公

名1大眾；大多數的人。如：公認。2對丈夫之父的稱呼。如：公婆。3年紀大的男性。如：老公公。形1正直；沒有私心的。如：公正。2沒有顧忌的；不隱藏的。如：公然作弊。3共同的。如：公害。4雄性的。如：公牛。

【公子】(ㄍㄨㄥ ㄗˇ) 1富貴人家的兒子。2尊稱別人的兒子。

【公元】(ㄍㄨㄥ ㄩㄢˊ) 全世界通用的紀元方法。以耶穌出生那年為「公元元年」。又稱「西元」、「西曆」。

【公主】(ㄍㄨㄥ ㄓㄨˇ) 天子或國王的女兒。

【公布】(ㄍㄨㄥ ㄅㄨˋ) 公開宣布讓大家知道。例老師公布了獎勵方式，希望大家能在運動會中努力爭取好成績。

【公平】(ㄍㄨㄥ ㄆㄧㄥˊ) 平等的對待，不會偏向任何一邊。例由於比賽方式非常公平，因此對於結果大家都很服氣。

【公民】(ㄍㄨㄥ ㄇㄧㄣˊ) 具有一國國籍，並擁有公法上權利義務的人。

辨析 在臺灣，具有中華民國國籍的人只能稱為「國民」，還須年滿二十歲才能稱為「公民」。

【公共】 ㄍㄨㄥ ㄍㄨㄥˋ 大家共有的。例 公共事務需要大家熱心參與。

【公約】 ㄍㄨㄥ ㄩㄝ 1 共同的約定。例 班會時，全班同學一起訂定了十條班級公約。2 兩國以上，對特定事務共同訂定的條約。

【公害】 ㄍㄨㄥ ㄏㄞˋ 對大眾的健康或生活環境品質有危害的公共災害。如：水汙染、空氣汙染、噪音汙染等。

【公婆】 ㄍㄨㄥ ㄆㄛˊ 丈夫的父母。

【公寓】 ㄍㄨㄥ ㄩˋ 二層以上，可以讓多家住戶分層居住的建築物。住戶經由共用樓梯出入。

【公然】 ㄍㄨㄥ ㄖㄢˊ 完全不隱藏，沒有顧忌。例 大雄公然在上課時吃東西，被老師罵了一頓。反 暗地。

【公開】 ㄍㄨㄥ ㄎㄞ 1 開放；任何人都可以參與。例 這位名畫家的作品，將在文化中心公開展覽。2 在眾人面前發表，讓大家都知道。例 那名女星堅持不公開自己的真實年齡。

【公德心】 ㄍㄨㄥ ㄉㄜˊ ㄒㄧㄣ 維護大眾利益的道德觀念。

【公事公辦】 ㄍㄨㄥ ㄕˋ ㄍㄨㄥ ㄅㄢˋ 一切事情依照規定辦理，不講人情。例 風紀股長一向公事公辦，你想求情也沒有用。

✽充公、辦公、鐵公雞

6/4

共 ㄍㄨㄥˋ (gòng)

一 十 卄 廾 共 共

形 大家的。如：共識。動 總計。如：共八十元。副 一起。如：共存。

【共犯】 ㄍㄨㄥˋ ㄈㄢˋ 共同犯罪的人。

【共同】 ㄍㄨㄥˋ ㄊㄨㄥˊ 1 一起。例 班上的秩序需要同學們共同維持。2 大家都有的。例 出國留學是我和弟弟共同的心願。

【共享】ㄍㄨㄥˋ ㄒㄧㄤˇ 一起享用。例社區圖書館裡的資源，由居民共享。

【共鳴】ㄍㄨㄥˋ ㄇㄧㄥˊ ①發聲體受到與本身振動頻率相同的音波影響，而自動發出聲音的現象。②藝術或文學作品可以感動讀者，產生回應。例這本書描寫作者努力奮鬥的過程，引起許多讀者的共鳴。

【共識】ㄍㄨㄥˋ ㄕˋ 大家都有的想法、見解。例關於畢業旅行的計畫，希望在班會討論後能得到共識。

✽公共、同舟共濟、有目共睹

7/5 兵 ㄅㄧㄥ (bīng)

名①武器。如：兵器。②軍人。如：士兵。③戰爭；打仗。如：紙上談兵。動作戰。如：先禮後兵。

【兵法】ㄅㄧㄥ ㄈㄚˇ ①用兵打仗的方法；戰術。②泛指記載戰術和策略的書籍。如：孫子兵法。

【兵荒馬亂】ㄅㄧㄥ ㄏㄨㄤ ㄇㄚˇ ㄌㄨㄢˋ 形容戰爭造成的破壞與混亂不安的情況。也作「兵慌馬亂」。例戰爭發生時，到處兵荒馬亂，許多人因此逃離家園。反天下太平。

✽官兵、衛兵、草木皆兵

8/6 其 ㄑㄧˊ (qí)

代①第三人稱代名詞。指「他」或「他們」。②這；那。如：正逢其時。助用在語尾。無義。如：尤其。

【其中】ㄑㄧˊ ㄓㄨㄥ 在這裡面。例阿忠這次考試退步很多，其中必有原因。

【其實】ㄑㄧˊ ㄕˊ 事實上；真正的。例苗苗看起來文靜，其實個性很活潑。

【其貌不揚】ㄑㄧˊ ㄇㄠˋ ㄅㄨˋ ㄧㄤˊ 形容相貌難看。例小沈雖然長得其貌不揚，卻十分樂於助人。反一表人才。

【其樂融融】（ㄑㄧˊ ㄌㄜˋ ㄖㄨㄥˊ ㄖㄨㄥˊ）形容開心自得的樣子。㊟例 爺爺平日喜歡到廟口和鄰居下棋，生活過得其樂融融。

✽與其、名副其實、莫名其妙

具

8/6 ㄐㄩˋ (jù)

丨 冂 冃 月 目 且 且 具 具

㊔名 器物。如：玩具。㊕動 1有；擁有。如：頗具功效。2寫出來。如：具名。㊖量 計算器物或沒有生命的個體的單位。如：一具電話。

【具名】（ㄐㄩˋ ㄇㄧㄥˊ）寫出姓名。例 班會決定用具名投票的方式，選出班遊的地點。反 匿名。

【具備】（ㄐㄩˋ ㄅㄟˋ）擁有。例 阿妹的聲音優美，具備當歌手的條件。

【具體】（ㄐㄩˋ ㄊㄧˇ）實際存在，可以令人直接感受和了解。例 做事如果只是嘴上說說，而沒有具體行動，是永遠不會成功的。近 確實。反 抽象。

✽文具、雨具、工具

典

8/6 ㄉㄧㄢˇ (diǎn)

丨 冂 日 由 曲 曲 典 典

名 1可以作為依據和參考的書籍。如：字典。2制度。如：典章。3儀式。如：祭孔大典。4古代的故事、制度、文物。如：典故。形 高尚；端正。如：典雅。動 抵押。如：典當。

【典型】（ㄉㄧㄢˇ ㄒㄧㄥˊ）1模範。引申為標準。例 小馨尊敬師長，友愛同學，是典型的好學生。2具有某些共同的特性，可以代表一類事物。例 發燒、流鼻水是典型的感冒症狀。

【典雅】（ㄉㄧㄢˇ ㄧㄚˇ）高雅端正而不俗氣。例 這條項鍊造型典雅，十分適合媽媽佩戴。

【典範】（ㄉㄧㄢˇ ㄈㄢˋ）可以作為榜樣，而有示範作用的人或事物。例 青山年紀小小就懂得體諒父母的辛勞，幫忙照顧弟妹，是值得大家學習的典範。

【典禮】指正式的儀式。例這個週末，本校將舉行畢業典禮。
❋恩典、古典、經典

10/8
兼 ㄐㄧㄢ (jiān)
形加倍的。如：兼程趕路。動1同時做兩件事。如：兼職。2合在一起。如：兼併。

【兼任】除了本身的職務之外，同時還擔任其他職務。例張老師兼任註冊組組長後，工作變得更加忙碌。

【兼差】除了主要的工作之外，又利用時間做其他的工作。例為了能夠趕快存到出國留學的費用，小阿姨白天在公司上班，晚上則到餐廳兼差。

16/14
冀 ㄐㄧˋ (jì)
動希望。如：希冀。專河北的簡稱。

【冀望】希望；期望。例父母都冀望孩子可以平安健康的長大。

冂 ㄐㄩㄥ 部

5/3
冉 ㄖㄢˇ (rǎn)
見「冉冉」。

【冉冉】慢慢移動的樣子。例升旗典禮時，在全校師生的注視下，國旗冉冉上升。

5/3
冊 ㄘㄜˋ (cè)
名古代用竹片串成的書，後泛指書籍。如：畫冊。量計算書本的單位。如：這套書有十二冊。
❋註冊、帳冊、紀念冊

再 6/4 ㄗㄞˋ (zài) 一 丆 冂 冃 再 再

副 1又一次；第二次。如：再嫁。2重複。如：一再。3表示程度加深或持續。如：你可以再努力一點。4表示一個動作接在另一動作之後。如：先做功課再去玩。

【再三】ㄗㄞˋ ㄙㄢ 一次又一次。例 媽媽再三叮嚀，放學後要早點回家。近 屢次。

【再生】ㄗㄞˋ ㄕㄥ 1生物在喪失身體的某些部分後，能自行修復的功能。如：海星、蜥蜴等。2死而復活。例 人死不能再生，你就不要太難過了。3將廢棄資源重新加工利用，製成新產品。如：再生紙。

【再度】ㄗㄞˋ ㄉㄨˋ 又一次。例 這次拔河比賽，本班再度拿下冠軍。

【再接再厲】ㄗㄞˋ ㄐㄧㄝ ㄗㄞˋ ㄌㄧˋ 比喻繼續努力，絕不鬆懈。例 做任何事不要輕易放棄，只要再接再厲，最後一定能成功。近 百折不撓。

辨析 厲，原作「礪」，指粗的磨刀石。引申為磨利兵器，準備再度作戰，不可寫成勉勵的「勵」。

✽ 潘安再世、東山再起

冒 9/7 ㄇㄠˋ (mào) 丨 冂 冃 冃 冐 冐 冒 冒 冒

動 1衝撞；侵犯。如：冒犯。2假裝。如：假冒。3向上發散。如：冒煙。4不顧。如：冒險。5魯莽。如：冒昧。

【冒失】ㄇㄠˋ ㄕ 言行隨便、粗魯。例 小忠做事很冒失，經常出差錯。近 莽撞。

【冒犯】ㄇㄠˋ ㄈㄢˋ 衝撞；侵犯。例 小弟年輕不懂事，說話常冒犯別人。近 得罪。

【冒名】ㄇㄠˋ ㄇㄧㄥˊ 假借別人的名義。例 網路上常有冒名發表的文章，閱讀

時不要輕易相信。

【冒險】ㄇㄠˋ ㄒㄧㄢˇ 不管危險，勇敢向前進。例消防隊員冒險衝進火場，順利救出受困的人。

※仿冒、感冒、火冒三丈

冑 9/7

ㄓㄡˋ (zhòu)

名古代士兵所戴的頭盔。如：甲冑。

辨析「冑」下面是「月」，不可寫成「月」。

冕 11/9

ㄇㄧㄢˇ (miǎn)

名1古代官員所戴的頭冠。如：冠冕。2專指王冠。如：加冕。

最 12/10

ㄗㄨㄟˋ (zuì)

副至極。如：最棒。

【最近】ㄗㄨㄟˋ ㄐㄧㄣˋ 1不久前；離現在很近。指時間。例最近流感盛行，到公共場所記得戴上口罩以避免感染。2指距離不遠，很接近的地方。例離阿姨家最近的便利商店，就在路口的轉角處。

【最後】ㄗㄨㄟˋ ㄏㄡˋ 時間和次序在末端。例他有遲到的壞習慣，常常最後一個到學校。反最初。

冖部 ㄇㄧˋ

冗 4/2

ㄖㄨㄥˇ (rǒng)

形1不是必要的；多餘的。如：冗兵。2繁雜的。如：冗雜。

【冗長】ㄖㄨㄥˇ ㄔㄤˊ 多餘而沒有必要。例這場演講既冗長又無聊。反簡潔。

冠 9/7

ㄍㄨㄢ (guān) 名1帽子的總稱。如：整理衣冠。2位於頂端，形狀像帽

子的東西。如：雞冠。

ㄍㄨㄢˋ (guàn) 名 第一；首位。如：奪冠。動 附加。如：冠上罪名。

【冠軍】ㄍㄨㄢˋ ㄐㄩㄣ 比賽中的第一名。

【冠冕堂皇】ㄍㄨㄢ ㄇㄧㄢˇ ㄊㄤˊ ㄏㄨㄤˊ 表面上光明正大或高貴氣派的樣子。含有貶義。例 你有什麼冠冕堂皇的理由，可以不參加這場重要的活動？

❋皇冠、桂冠、怒髮衝冠

10/8 **冢** ㄓㄨㄥˇ (zhǒng)

名 1 高的墳墓。如：萬人冢。2 山頂。如：山冢。形 1 偉大的。如：冢君。2 排行第一的。如：冢子。

10/8 **冥** ㄇㄧㄥˊ (míng)

名 陰間；地獄。如：冥間。形 1 深入的。如：冥想。2 愚笨的。如：冥頑不靈。3 昏暗的。如：晦冥。

辨析 「冥」下方是「六」，不可寫成「大」。

【冥紙】ㄇㄧㄥˊ ㄓˇ 燒給死者在陰間使用的紙錢。

【冥想】ㄇㄧㄥˊ ㄒㄧㄤˇ 深沉的思考和想像。例 哥哥一個人坐在窗前冥想，連有人靠近都沒發現。近 沉思。

【冥冥之中】ㄇㄧㄥˊ ㄇㄧㄥˊ ㄓ ㄓㄨㄥ 人所不知道的時空。例 他經歷多次危險都能毫髮無傷，冥冥之中似乎有神明保佑。

【冥頑不靈】ㄇㄧㄥˊ ㄨㄢˊ ㄅㄨˋ ㄌㄧㄥˊ 愚昧固執又不明白事理。例 胖胖不聽大家勸告，卻相信沒有根據的減肥偏方，真是冥頑不靈。近 執迷不悟。

10/8 **冤** ㄩㄢ (yuān)

名 1 委屈。如：含冤。2 仇恨。如：結冤。

辨析 「冤」的字形是由「兔」在「冖」下組成，表示兔子被關在狹

小的空間，身體無法伸直。因此「冤」下方是「兔」，不可寫成「免」。

【冤枉】(ㄩㄢ ㄨㄤˇ) ①無罪卻被加上罪名。同「冤屈」。例沒有根據的事不要亂說，才不會冤枉了好人。②吃虧受騙。例因為一時疏忽，竟然多花一筆冤枉錢。

【冤家路窄】(ㄩㄢ ㄐㄧㄚ ㄌㄨˋ ㄓㄞˇ) 指仇人或不願相見的人，卻剛好碰到。例小強和大華一向不合，不料冤家路窄，他們今天在餐廳遇見了。

❀申冤、喊冤、不白之冤

16/14

冪

ㄇㄧˋ (mì)

丶 冖 冖 冖 冖 冖 罒 罒 罒 罒 罒 冥 冥 冪 冪

名①遮蓋食物或器具的布。②數學中同樣數字相乘而得的積。如：九是三的二次冪。

冫部 ㄅㄧㄥ

5/3

冬

ㄉㄨㄥ (dōng)

ノ ク 夂 冬 冬

名四季中的最後一季。相當於農曆的十、十一、十二月。

【冬至】(ㄉㄨㄥ ㄓˋ) 農曆的二十四節氣之一，在國曆十二月二十二日或二十三日。這天太陽直射地球南回歸線，所以北半球白天最短，夜晚最長，南半球則是夜晚最短，白天最長。

【冬眠】(ㄉㄨㄥ ㄇㄧㄢˊ) 某些動物在冬天氣溫下降時，呈現不吃不動的狀態，等到隔年的春天來臨時，才會恢復活動。如：蛇、青蛙等。

❀隆冬、過冬、寒冬

6/4

冰

ㄅㄧㄥ (bīng)

丶 冫 冫 冫 冰 冰

名水在攝氏零度以下凝結成固體

的型態。如：結冰。形寒冷的。如：冰涼。動用冰箱或冰塊保存食物，以防腐壞。如：把牛奶冰起來。

【冰河】ㄅㄧㄥ ㄏㄜˊ 高山上終年不化的積雪，結冰後因重力作用而沿著坡道慢慢向下滑動，形成好像河流一樣的冰層結構。近冰川。

【冰點】ㄅㄧㄥ ㄉㄧㄢˇ 1水凝結成冰時的溫度，為攝氏零度。2形容十分惡劣的情形。例小玉和小綠大吵一架之後，兩人的感情立刻降到冰點。

【冰山一角】ㄅㄧㄥ ㄕㄢ ㄧˋ ㄐㄧㄠˇ 比喻嚴重的問題只露出一小部分。例這次的抗議事件，只是這家公司所有問題的冰山一角而已。

【冰天雪地】ㄅㄧㄥ ㄊㄧㄢ ㄒㄩㄝˇ ㄉㄧˋ 指氣候非常寒冷的地方。例企鵝習慣生活在冰天雪地的環境裡。近天寒地凍。

【冰雪聰明】ㄅㄧㄥ ㄒㄩㄝˇ ㄘㄨㄥ ㄇㄧㄥˊ 稱讚一個人非常聰明。例小艾冰雪聰明，沒多久就解開這道難題。反笨頭笨腦。

※溜冰、退冰、冷冰冰

7/5
冶 ㄧㄝˇ (yě)

冶 丶 冫 冫 冶 冶 冶 冶

形美麗的。如：冶豔。動1將金屬熔化之後，再鑄造成東西。如：冶鐵。2培養；訓練。如：陶冶。

【冶煉】ㄧㄝˇ ㄌㄧㄢˋ 利用燒煉、電解等方法，將礦石和所含的金屬分離。

7/5
冷 ㄌㄥˇ (lěng)

冷 丶 冫 冫 冫 冷 冷 冷

形1溫度低的。與「熱」相對。如：寒冷。2不親切。如：冷淡。3不熱鬧。如：冷清。4不受重視的。如：冷門。5鎮定；不會感情用事。如：冷靜。副突然。如：冷不防。

【冷門】ㄌㄥˇ ㄇㄣˊ 形容很少人有興趣或重視的。例這是個冷門的比賽項目，報名參加的選手數量不多。

【冷卻】(ㄌㄥˇ ㄑㄩㄝˋ) ①使物體的溫度降低。例水才剛燒開，先讓它冷卻一下再喝。反加熱。②形容人的熱情和興趣消失了。例經過一個暑假，佳佳學習鋼琴的熱情已經冷卻不少。

【冷淡】(ㄌㄥˇ ㄉㄢˋ) 態度不親切、不關心。同「冷漠」。例小朱對人一向冷淡，所以很少知心的朋友。反熱情。

【冷清】(ㄌㄥˇ ㄑㄧㄥ) 不熱鬧。例下雨天的夜市顯得特別冷清，遊客很稀少。

【冷落】(ㄌㄥˇ ㄌㄨㄛˋ) 不受重視。例小欣被大家冷落在一旁，心裡感到很難受。

【冷靜】(ㄌㄥˇ ㄐㄧㄥˋ) 情緒鎮定；不感情用事。例這場意外讓他失去平日的冷靜，情緒顯得相當激動。反慌亂。

【冷不防】(ㄌㄥˇ ㄅㄨˋ ㄈㄤˊ) 突然。例他冷不防的在我背後拍一下，害我嚇一跳。

✽冰冷、淒冷、心灰意冷

8/6

冽

ㄌㄧㄝˋ (liè)

、 冫 冫 冽 冽 冽 冽 冽

形①寒冷。如：凜冽。②澄澈。如：清冽。

10/8

凍

ㄉㄨㄥˋ (dòng)

、 冫 冫 冫 冫 冫 凍 凍 凍 凍

名由液體凝結而成的食品。如：果凍。形寒冷的。如：天寒地凍。動①液體或含水分的物品遇冷凝結成固體。如：凍結。②感覺寒冷。如：凍得發抖。

【凍僵】(ㄉㄨㄥˋ ㄐㄧㄤ) 因為太寒冷而無法活動。例冬天騎車手指容易凍僵，要特別注意保暖。

✽冰凍、冷凍、解凍

10/8

凌

ㄌㄧㄥˊ (líng)

、 冫 冫 冫 冫 冫 冫 凌 凌 凌

形雜亂；沒有條理的。如：凌亂。動①欺負。如：欺凌。②逼近；接近。如：凌晨。③超越。如：凌駕。④上升。如：凌空。

【凌虐】ㄌㄧㄥˊ ㄋㄩㄝˋ 用殘暴的方式對待。例這名幼童遭到保母的凌虐，全身有多處傷痕。

【凌晨】ㄌㄧㄥˊ ㄔㄣˊ 1天快要亮的時候。2泛指半夜十二點以後。

【凌駕】ㄌㄧㄥˊ ㄐㄧㄚˋ 勝過。例妹妹彈琴的技巧早已凌駕姐姐之上。

【凌亂不堪】ㄌㄧㄥˊ ㄌㄨㄢˋ ㄅㄨˋ ㄎㄢ 雜亂、沒有次序到無法忍受。例弟弟的房間凌亂不堪，每次都找不到東西。

10/8

凋 ㄉㄧㄠ (diāo)

動1草木枯萎。如：凋謝。2衰敗。如：凋零。

【凋零】ㄉㄧㄠ ㄌㄧㄥˊ 1植物枯萎零落。同「凋謝」。例曇花盛開之後，很快便凋零了。2比喻衰老死亡。例王爺爺的同齡好友，如今都已凋零。

10/8

准 ㄓㄨㄣˇ (zhǔn)

動許可。如：批准。副一定。如：這件事准是他做的。

辨析 「准」和「準」意思有別：「准」只有「許可」、「一定」的意思；「準」則有「精確」、「法度」、「預先安排」的意思，如：準確、標準、準備等。

【准許】ㄓㄨㄣˇ ㄒㄩˇ 許可；答應。例媽媽准許妹妹參加夏令營。

✽允准、包准、不准

15/13

凜 ㄌㄧㄣˇ (lǐn)

形1寒冷。如：凜冽。2嚴肅的樣子。通「懍」。如：凜然。

【凜然】ㄌㄧㄣˇ ㄖㄢˊ 態度嚴肅、令人敬畏的樣子。例小聰在戲中飾演一名正氣凜然的法官。

【凜凜】ㄌㄧㄣˇ ㄌㄧㄣˇ 1非常寒冷。例寒風凜凜，讓人不禁拉緊衣服，快步行

冫

走。②嚴肅而令人敬畏的樣子。例總統府前的憲兵，個個都威風凜凜。

16/14
凝 ㄋㄧㄥˊ (níng)

丶 冫 冫 冫 冫 冫 凝 凝 凝 凝 凝 凝 凝

動 ①物質由氣體變成液體或是由液體變成固體。如：凝結。②聚集。如：凝神。

【凝重】ㄋㄧㄥˊ ㄓㄨㄥˋ 表情嚴肅沉重。例看老師凝重的神情，同學們就知道事態嚴重了。

【凝望】ㄋㄧㄥˊ ㄨㄤˋ 集中精神向遠處看。例小方呆立在窗前，凝望著遠方。

【凝視】ㄋㄧㄥˊ ㄕˋ 專注的看著。例小華凝視著牆上的畫，似乎有所感觸。

【凝聚】ㄋㄧㄥˊ ㄐㄩˋ 結合聚集。例這場比賽凝聚了全班的向心力。

几部 ㄐㄧ

2/0
几 ㄐㄧ (jī)

丿 几

名 低矮的小桌子。如：茶几。

11/9
凰 ㄏㄨㄤˊ (huáng)

丿 几 凡 凡 凡 凡 凰 凰 凰 凰 凰

名 傳說中一種吉祥的鳥。雄的稱為鳳，雌的稱為凰。

12/10
凱 ㄎㄞˇ (kǎi)

丨 山 山 山 屮 屮 豈 豈 豈 豈 豈 凱

名 指勝利時所演唱或演奏的樂曲。如：凱歌。動 戰勝歸來時演奏音樂。如：凱旋。

【凱旋】ㄎㄞˇ ㄒㄩㄢˊ 原指軍隊戰勝奏樂而歸。今泛指勝利回來。例棒球隊凱旋歸來，民眾聚集在街道上歡迎。

14/12
凳 ㄉㄥˋ (dèng)

ㄱ ㄱ ㄱ 癶 癶 癶 癶 登 登 登 登 登 登, 凳

名 沒有椅背和扶手的椅子。如：板凳。

＊圓凳、矮凳、坐冷板凳

凵部 ㄎㄢˇ

4/2
凶 ㄒㄩㄥ (xiōng) ノ㐅㐫凶

㊔災禍。如：逢凶化吉。㊏1農作物收成不好。如：凶年。2不吉利的。如：凶宅。3惡毒的；殘暴的。如：凶狠。

【凶手 ㄒㄩㄥ ㄕㄡˇ】殺人者。也作「兇手」。㊃殺害小王的凶手終於落網了。

【凶兆 ㄒㄩㄥ ㄓㄠˋ】不吉祥的預兆。㊃古人認為烏鴉的出現是凶兆。㊇吉兆。

【凶猛 ㄒㄩㄥ ㄇㄥˇ】凶惡殘暴。㊃獅子、老虎都是凶猛的大型動物。㊇溫馴。

【凶惡 ㄒㄩㄥ ㄜˋ】行為、性情或是長相凶狠可怕。㊃阿旺雖然看起來一臉凶惡，其實內心很善良。

【凶多吉少 ㄒㄩㄥ ㄉㄨㄛ ㄐㄧˊ ㄕㄠˇ】失敗或受害的機會大，成功或得福的機會少。指前途充滿了危機。㊃他落水失蹤已經三天，恐怕是凶多吉少！

＊元凶、吉凶、幫凶

5/3
凹 ㄠ (āo) 丨𠃊㇄凹凹

㊏陷進去的。如：凹透鏡。㊍低陷。如：凹下去。

【凹透鏡 ㄠ ㄊㄡˋ ㄐㄧㄥˋ】中間薄而邊緣厚的鏡片，可用來製造望遠鏡和近視眼鏡。

5/3
凸 ㄊㄨˊ (tú) 丨𠃌⺊凸凸

㊏高起的。如：凸面。㊍高起。如：凸出。

辨析 「凸出」和「突出」均有高起的意思。但「凸出」是指具體事物。如：這顆石頭凸出於水面。而「突出」則是指抽象事物或有優秀

的涵義。如：他的表現突出。

【凸透鏡】(ㄊㄨˊ ㄊㄡˋ ㄐㄧㄥˋ) 中間厚而邊緣薄的鏡片，可用來製造顯微鏡和老花眼鏡。

5/3

出 ㄔㄨ (chū) 丨 ㄐ 屮 𡳾 出

動 1由內到外。與「入」相對。如：出門。2發生。如：出事。3生產。如：出產。4付費。如：出錢。5顯露。如：水落石出。6超越。如：出軌。7發洩。如：出氣。8到達。如：出席。

【出口】(ㄔㄨ ㄎㄡˇ) 1發言；說話。例你怎麼可以隨便出口傷人呢？2往外面的通道。例進入電影院時，要留意出口的位置，以防萬一。3將貨品運送到國外。例臺灣的物品多半出口到美國。

【出色】(ㄔㄨ ㄙㄜˋ) 特別優秀。例小薇是出色的演員，不管什麼角色都能演。

【出沒】(ㄔㄨ ㄇㄛˋ) 忽隱忽現。指在一個地區活動。例廚房常有蟑螂出沒，讓媽媽頭痛不已。

【出身】(ㄔㄨ ㄕㄣ) 指個人的家世背景或最早的經歷。例小陳雖出身貧窮，卻很努力上進。

【出版】(ㄔㄨ ㄅㄢˇ) 將作品印製成書本、報紙或雜誌等，提供散發或販賣。

【出面】(ㄔㄨ ㄇㄧㄢˋ) 親自處理事情。例在老闆親自出面之後，終於解決了這場糾紛。

【出家】(ㄔㄨ ㄐㄧㄚ) 拋開世俗名利和家庭。指當僧侶或道士。

【出差】(ㄔㄨ ㄔㄞ) 離開上班的地方，到外地處理公事。例爸爸常常要到花蓮出差。

【出席】(ㄔㄨ ㄒㄧˊ) 到達席位上。指參加。例星期天的懇親會，老師希望每位家長都能出席。

凵

【出租】(ㄔㄨ ㄗㄨ) 把東西借人用，然後收取金錢。例 這附近有許多要出租的房子。

【出現】(ㄔㄨ ㄒㄧㄢˋ) 顯露；展現。例 雨後的天空，出現了一道彩虹。

【出產】(ㄔㄨ ㄔㄢˇ) 各地方天然生成或人工生產的物品。例 花蓮出產的大理石品質優良，是很好的建築材料。

【出處】(ㄔㄨ ㄔㄨˋ) 指人的來歷、物品的產地以及文章資料的來源。例「床前明月光，疑是地上霜」這二句的出處是李白的靜夜思。

【出路】(ㄔㄨ ㄌㄨˋ) 1 通往外面的道路。例 那輛卡車把社區的出路堵死了。2 未來的發展。例 畢業後的出路，是學生最關心的問題。

【出境】(ㄔㄨ ㄐㄧㄥˋ) 離開某一個國家或區域。例 他因為犯罪而被限制出境。

【出賣】(ㄔㄨ ㄇㄞˋ) 陷害別人。例 他被朋友出賣後，再也不相信任何人。

【出糗】(ㄔㄨ ㄑㄧㄡˇ) 發生丟臉的事。例 明星最怕當眾出糗。

【出殯】(ㄔㄨ ㄅㄧㄣˋ) 辦喪事時，把棺木或骨灰罈運送到埋葬或停放的地方。

【出爐】(ㄔㄨ ㄌㄨˊ) 1 剛烤好從烤爐拿出來。2 產生。例 國語文競賽的成績已經出爐了。

【出風頭】(ㄔㄨ ㄈㄥ ˙ㄊㄡ) 1 表現優秀，引人注意。例 阿偉拿下多個獎項，在頒獎典禮上大出風頭。2 故意炫耀自己的才能。例 小威愛出風頭的行為，很討人厭。

【出人頭地】(ㄔㄨ ㄖㄣˊ ㄊㄡˊ ㄉㄧˋ) 成就超出眾人。例 阿光發誓將來一定要出人頭地，不讓父母失望。反 庸庸碌碌。

【出口成章】(ㄔㄨ ㄎㄡˇ ㄔㄥˊ ㄓㄤ) 形容人口才好或才思敏捷。例 多讀書，自然就能出口成章。

【出其不意】(ㄔㄨ ㄑㄧˊ ㄅㄨˋ ㄧˋ) 行動超出對方的意料。例 阿榮常常出其不意。

的從門後衝出來嚇人。

【出奇制勝】(ㄔㄨ ㄑㄧˊ ㄓˋ ㄕㄥˋ) 利用奇特的方法獲得勝利。㊎甲隊以出奇制勝的戰略贏得這場比賽。

【出神入化】(ㄔㄨ ㄕㄣˊ ㄖㄨˋ ㄏㄨㄚˋ) 形容技藝十分高超。㊎媽媽的廚藝已經到了出神入化的地步。㊍爐火純青。

【出爾反爾】(ㄔㄨ ㄦˇ ㄈㄢˇ ㄦˇ) 說話矛盾，前後不一。㊎說話出爾反爾的人，永遠無法贏得別人的信任。㊍言而無信。㊌一諾千金。

【出類拔萃】(ㄔㄨ ㄌㄟˋ ㄅㄚˊ ㄘㄨㄟˋ) 比喻才能和見識超出眾人之上。㊎小青既聰明又用功，是個出類拔萃的學生。㊍鶴立雞群。

✽傑出、推出、挺身而出

8/6 **函** ㄏㄢˊ (hán) ㇇ 了 了 孑 丞 丞 函 函

㊔書信。如：來函。㊓把信封封起來。如：函封。

【函件】(ㄏㄢˊ ㄐㄧㄢˋ) 信件。

刀 ㄉㄠ 部

2/0 **刀** ㄉㄠ (dāo) ㇇ 刀

㊔用金屬或其他材質製成片狀，一側鋒利，可以切、割、削、斬的器具。如：菜刀。㊏①計算切割次數的單位。如：切了五刀。②計算成批紙張的單位，通常以一百張紙為一刀。

【刀鋒】(ㄉㄠ ㄈㄥ) 刀子鋒利的那一側。㊍刀刃。

✽剪刀、跨刀、牛刀小試

2/0 **刁** ㄉㄧㄠ (diāo) ㇇ 刁

㊏狡猾。如：刁頑。

【刁難】(ㄉㄧㄠ ㄋㄢˊ) 故意為難他人。例儘管上司百般刁難小陳，但他仍然不願辭職。近找碴。

【刁鑽】(ㄉㄧㄠ ㄗㄨㄢ) 奸詐狡猾。例這個歹徒非常刁鑽，警方一直抓不到他。反老實。

刃 3/1

ㄖㄣˋ (rèn)　㇆ 刀 刃

名刀劍最鋒利的部分。如：刀刃。動殺。如：手刃仇人。

切 4/2

一 七 切 切

ㄑㄧㄝˋ (qiè) 動1磨。如：咬牙切齒。2貼近；密合。如：貼切。副1務必；一定。如：切記。2全部的；所有的。如：一切。

ㄑㄧㄝ (qiē) 名數學上，直線與圓周或圓周與圓周只相交於一點叫「切」。動用利器把物品割開。如：切蛋糕。

【切身】(ㄑㄧㄝˋ ㄕㄣ) 和自己密切相關。例健康是每個人最切身的問題。

【切實】(ㄑㄧㄝˋ ㄕˊ) 非常實際。例小玉提出的建議都很切實，可以採納。近確實。反浮泛。

【切磋】(ㄑㄧㄝ ㄘㄨㄛ) 本指將骨角、象牙、玉石等雕磨成器物。後比喻互相觀摩討論。例小鋒經常和同學切磋球技，希望有天能代表學校去比賽。

✽急切、親切、不顧一切

刈 4/2

ㄧˋ (yì)　丿 㐅 乂 刈

動割取。如：刈麥。

分 4/2

丿 八 分 分

ㄈㄣ (fēn) 形旁支的。如：分店。動1區別。如：分段。2判別。如：是非不分。3離開。如：分離。量1計算長度的單位。一百公分為一公尺。2計算時間的單位。六十分

為一小時。3計算成績的單位。如：七十分。4計算程度深淺的單位。如：一分耕耘，一分收穫。

ㄈㄣˋ(fèn) 名 1地位。如：身分。2應盡的責任。如：本分。3情誼；關係。如：緣分。4全體中的局部。如：部分。量 計算定量事物的單位。通「份」。如：一分報紙；一分早餐。

【分心】ㄈㄣ ㄒㄧㄣ 不專心。例 平常上課認真的小明，今天卻因為操場上正進行的棒球比賽而分心了。

【分手】ㄈㄣ ㄕㄡˇ 1離別。例 每次放學，我和小布都在這個巷子口分手，各自回家。2指情人之間感情的結束。例 哥哥剛和女朋友分手，心情很不好。

【分外】ㄈㄣˋ ㄨㄞˋ 格外；特別。例 小玉開朗的笑容讓人覺得分外的親切。

【分別】ㄈㄣ ㄅㄧㄝˊ 1辨別。例 這對雙胞胎姐妹長得很像，一般人不容易分別出來。2離別。例 分別的時刻，總是讓人依依不捨。3差異。例 這兩篇文章幾乎沒什麼分別，其中有一篇一定是抄襲的。4個別的。例 這兩個學生的情況不同，最好分別輔導。

【分明】ㄈㄣ ㄇㄧㄥˊ 很清楚。例 斑馬身上有黑白分明的條紋。反 模糊。

【分析】ㄈㄣ ㄒㄧ 1解釋、辨別事理。例 經過老師的分析，我們終於明白垃圾分類的好處。2在化學實驗中將某種成分抽離出來。例 這種豆乾被分析出含有防腐劑。

【分娩】ㄈㄣ ㄇㄧㄢˇ 胎兒成熟脫離母體的過程。近 生產。

【分配】ㄈㄣ ㄆㄟˋ 個別給予。例 媽媽分配幾樣家事給我和弟弟。

【分散】ㄈㄣ ㄙㄢˋ 分離散開。例小朋友分散在操場的各個角落玩遊戲。

【分裂】ㄈㄣ ㄌㄧㄝˋ 1分開；割裂。例韓國在第二次世界大戰後分裂成南韓、北韓兩個國家。2細胞在繁殖時一分為二的過程。

【分量】ㄈㄣ ㄌㄧㄤˋ 1指物品的輕重大小。例這家餐廳的牛排分量很多。2指人的地位與權力高低、大小。例王教授的意見在藝術界很有分量。

【分擔】ㄈㄣ ㄉㄢ 分別負責。例我和弟弟一起分擔打掃的工作。

【分辨】ㄈㄣ ㄅㄧㄢˋ 判別；辨別。例今天老師教我們如何分辨積雲和卷雲。

【分離】ㄈㄣ ㄌㄧˊ 分開。例小毛因為搬家而必須和好朋友分離。

【分水嶺】ㄈㄣ ㄕㄨㄟˇ ㄌㄧㄥˇ 1在兩條河流之間，把兩個水系分開來的山嶺。2比喻事理的分界。例道德是善與惡的分水嶺。

【分工合作】ㄈㄣ ㄍㄨㄥ ㄏㄜˊ ㄗㄨㄛˋ 將一件事分給很多人去做，但彼此保持密切的聯繫，以完成共同的目的。例班級大掃除在大家的分工合作下，很快就完成了。反各自為政。

【分秒必爭】ㄈㄣ ㄇㄧㄠˇ ㄅㄧˋ ㄓㄥ 形容時間緊迫，毫不放鬆。例急救是分秒必爭，不能拖延的事。近刻不容緩。

✽評分、處分、天分

5/3

刊

ㄎㄢ (kān)

一 二 干 刊 刊

名書報雜誌。如：校刊。動1出版圖書。如：刊印。2改正。如：刊誤。

【刊物】ㄎㄢ ㄨˋ 指書報雜誌類的出版品。近書刊。

【刊登】ㄎㄢ ㄉㄥ 在報紙、雜誌上登載廣告、新聞或啟事。例百貨公司在報紙上刊登週年慶的消息。近刊載。

✽創刊、期刊、週刊

刀

6/4
刑 ㄒㄧㄥˊ (xíng)
一 二 ヂ 开 刑 刑

名 處罰方法的總稱。如：無期徒刑。

【刑法 ㄒㄧㄥˊ ㄈㄚˇ】規定犯罪行為與刑罰的法律。

【刑罰 ㄒㄧㄥˊ ㄈㄚˊ】1 根據法律對犯罪者所加的制裁。2 比喻受苦。例 去合歡山賞雪得先忍受好幾小時的塞車之苦，我才不受這種刑罰呢！

✽死刑、減刑、重刑

6/4
列 ㄌㄧㄝˋ (liè)
一 ア 歹 歹 歹 列

名 橫排叫「列」，直排叫「行」。如：行列。形 多數的。如：列強。動 1 展示。如：陳列。2 參與。如：列席。3 歸成某一類。如：列入。量 計算火車或成隊汽車的單位。如：一列火車。

【列舉 ㄌㄧㄝˋ ㄐㄩˇ】一一舉出。例 為了說服客戶，他詳細的列舉出這項產品的優點。近 羅列。

✽並列、排列、條列

6/4
划 ㄏㄨㄚˊ (huá)
一 七 戈 戈 戈 划

動 1 撥水。如：划船。2 猜拳。如：划拳。3 合算。如：划算。

【划算 ㄏㄨㄚˊ ㄙㄨㄢˋ】計算起來不會吃虧。例 這項超值組合很划算，不買可惜。近 合算。

6/4
刎 ㄨㄣˇ (wěn)
ノ 勹 勹 勿 勿 刎

動 用刀割頸。如：自刎。

【刎頸之交 ㄨㄣˇ ㄐㄧㄥˇ ㄓ ㄐㄧㄠ】能夠同生死、共患難的朋友。例 小明和小華是刎頸之交，不論有什麼困難，他們都會互相幫忙。近 生死之交。

7/5
判 ㄆㄢˋ (pàn)
丶 丷 ㄓ 兰 半 判

動 1 分辨。如：高下立判。2 決定。如：判決。

【判決】(ㄆㄢˋ ㄐㄩㄝˊ) 法院對審理的案件所做出的裁定。例 法官必須保持中立，才能做出公正的判決。近 審判。

【判斷】(ㄆㄢˋ ㄉㄨㄢˋ) 仔細思考觀察後，加以推理斷定。例 根據現場遺留的證據，警方判斷凶手應該是小華。

【判若兩人】(ㄆㄢˋ ㄖㄨㄛˋ ㄌㄧㄤˇ ㄖㄣˊ) 一個人的容貌或行為前後不同，好像是兩個人。例 王小姐在化妝前和化妝後簡直是判若兩人。

✽評判、談判、宣判

7/5

別 ㄅㄧㄝˊ (bié)

別 丶 ㄇ ㄇ 尸 另 別

名 1 差距。如：天淵之別。2 種類。如：性別。形 其他的；另外的。如：別人。動 1 區分。如：區別。2 分離。如：離別。3 用針把東西固定住。如：在外套上別了一朵胸花。副 1 不要。如：別動。2 另外。如：別有風味。

【別字】(ㄅㄧㄝˊ ㄗˋ) 錯字。例 小英的作文裡常會有許多別字。

【別致】(ㄅㄧㄝˊ ㄓˋ) 新奇特別，另有一番風味。也作「別緻」。例 這頂帽子的設計很別致。

【別出心裁】(ㄅㄧㄝˊ ㄔㄨ ㄒㄧㄣ ㄘㄞˊ) 指與眾不同的巧思與創意。例 市政府舉辦了一連串別出心裁的中秋節慶祝活動。近 匠心獨運。反 千篇一律。

【別開生面】(ㄅㄧㄝˊ ㄎㄞ ㄕㄥ ㄇㄧㄢˋ) 另闢風格；創新局面。例 他們舉行了一場別開生面的潛水婚禮。近 獨樹一幟。

✽告別、送別、生離死別

7/5

刪 ㄕㄢ (shān)

刪 丨 冂 冂 冊 冊 冊

動 削除。如：刪去。

【刪改】(ㄕㄢ ㄍㄞˇ) 刪削改正。例 這篇文章經過適當的刪改後，更加通順了。

【刪除】(ㄕㄢ ㄔㄨˊ) 除去。例有些電腦病毒會自動刪除檔案。反保留。

7/5
刨 丿 勹 勺 句 包 包 刨

ㄆㄠˊ (páo) 動 1除去。如：刨除。2挖掘。如：刨根。

ㄅㄠˋ (bào) 動 削成碎屑。如：刨木。

【刨冰】(ㄅㄠˋ ㄅㄧㄥ) 用機器將冰塊削成碎屑所製成的冰品。

7/5
利 ㄌㄧˋ (lì) 丿 二 千 禾 禾 利 利

名 1錢財。如：利祿。2好處。如：利益。3由本金生出的子錢。如：紅利。4功能；作用。如：水利。形 1方便的。如：便利。2吉祥的。如：吉利。3尖銳的。如：銳利。動 造福；使有利。如：利人利己。

【利用】(ㄌㄧˋ ㄩㄥˋ) 1使事物發揮功用。例水資源很珍貴，我們應該善加利用才對。近善用；使用。2用手段使人、事、物為自己謀利。多用於貶義。例他利用大家的同情心來賺錢，實在太過分了。

【利害】(ㄌㄧˋ ㄏㄞˋ) 益處和害處。例清楚事情的利害關係，才能做出正確的處理。

【利益】(ㄌㄧˋ ㄧˋ) 益處；好處。例商人絕不做對自己沒有利益的買賣。反壞處。

【利潤】(ㄌㄧˋ ㄖㄨㄣˋ) 營業所得扣除總開支後的餘錢。例許多攤販賣的東西看起來雖不起眼，利潤卻很高。

【利欲薰心】(ㄌㄧˋ ㄩˋ ㄒㄩㄣ ㄒㄧㄣ) 心智受金錢和欲望所蒙蔽。例陳先生就是因為利欲薰心，才會做出犯法的事。近財迷心竅。反見利思義。

❀權利、福利、無往不利

8/6
刻 ㄎㄜˋ (kè) 丶 亠 亡 方 亥 亥 亥 刻

㊔雕有圖文的物件。如：木刻。㊞①嚴酷。如：苛刻。②深入。如：深刻。㊎雕鏤。如：雕刻。㊐計算時間的單位。十五分鐘為一刻。

【刻苦】ㄎㄜˋ ㄎㄨˇ ①吃苦耐勞。㊄傳統婦女大都擁有刻苦的美德。②生活儉樸清苦。㊄那戶人家因為男主人過世，所以生活非常刻苦。

【刻畫】ㄎㄜˋ ㄏㄨㄚˋ 也作「刻劃」。①雕刻繪畫。㊄傳統廟宇的牆上，都刻畫著忠孝節義的故事，十分生動。②形容描寫非常深刻。㊄這本小說將人物刻畫得栩栩如生。㊅描繪。

【刻薄】ㄎㄜˋ ㄅㄛˊ 對人苛刻、不寬厚。㊄她對人很刻薄，所以交不到朋友。

【刻骨銘心】ㄎㄜˋ ㄍㄨˇ ㄇㄧㄥˊ ㄒㄧㄣ 比喻感受深刻，無法忘懷。㊄爺爺年輕的時候曾經談過一場刻骨銘心的戀愛。㊅永誌不忘。

✽時刻、立刻、無時無刻

券 8/6

ㄑㄩㄢˋ (quàn) 券 券

丶 丷 䒑 兰 龹 关

㊔①可以作為憑證的文件。如：入場券。②具有價值，可以買賣、轉讓的票據。如：禮券。

✽彩券、點券、優待券

刺 8/6

ㄘˋ (cì) 朿 刺

一 冖 冂 帀 市 朿 朿

㊔尖細的東西。如：魚刺。㊎①用尖銳東西插入。如：被針刺傷。②暗殺。如：刺殺。③譏諷。如：諷刺。④暗中打聽。如：刺探。⑤因外物刺激而產生不舒服的感覺。如：刺鼻。

【刺耳】ㄘˋ ㄦˇ ①形容聲音尖銳難聽。㊄隔壁工廠傳來陣陣刺耳的機械聲，吵得人心神不寧。②說話不中聽、刻薄傷人。㊄剛剛小蘭罵人的那番話真是刺耳，聽了令人感到十分不舒服。

【刺眼】ㄘˋ ㄧㄢˇ 1光線太強，刺激眼睛。例今天的陽光好刺眼，害我眼睛都張不開了。2不順眼；不想看。例這封充滿取笑意味的信，讓人看了覺得很刺眼。反順眼。

【刺激】ㄘˋ ㄐㄧ 1泛指能使身心產生特殊感應作用的一切情況與事物。2形容給人的感受非常強烈。例雲霄飛車是非常刺激的遊樂設施。3促進事情的發展。例百貨公司的折扣活動目的在刺激消費。

✽衝刺、行刺、眼中刺

刷 8/6

ㄕㄨㄚ (shuā)

名清除汙垢的工具。如：牙刷。動1清除；刮除。如：洗刷。2塗抹。如：粉刷。3感應；讀取。如：刷卡。

【刷洗】ㄕㄨㄚ ㄒㄧˇ 清洗；洗滌。例媽媽正在刷洗牆壁上的汙垢。

【刷新】ㄕㄨㄚ ㄒㄧㄣ 改寫；創新。例小傑的游泳成績刷新了本校的紀錄。

✽印刷、沖刷、雨刷

到 8/6

ㄉㄠˋ (dào)

形1嚴密的；周密的。如：周到。2普遍的。如：到處。動抵達；至。如：到場。

【到底】ㄉㄠˋ ㄉㄧˇ 1到盡頭。例你一定要堅持到底。2最終；終於。例敵人到底還是投降了。3究竟。例你到底做錯什麼事，惹她這麼生氣？

【到處】ㄉㄠˋ ㄔㄨˋ 四處；每個地方。例每到假日，百貨公司到處都擠滿人。

【到達】ㄉㄠˋ ㄉㄚˊ 抵達。例爬了一上午之後，我們終於到達山頂。

✽遲到、報到、得到

制 8/6

ㄓˋ (zhì)

名1法度；規章。如：規制。2為

父母守喪。如：守制。動 1造作。如：制定。2禁止。如：制止。3約束；管束。如：管制。4決斷；裁決。如：制裁。

【制止】ㄓˋ ㄓˇ 阻止；禁止。例 老師制止了阿純無禮的行為。

【制定】ㄓˋ ㄉㄧㄥˋ 訂立。例 我們要遵守國家所制定的法律。

【制度】ㄓˋ ㄉㄨˋ 人事或行事的準則。例 現在的教育制度，讓學生在升學時有更多的選擇。

【制訂】ㄓˋ ㄉㄧㄥˋ 擬訂。例 每學期初，班上都會制訂新的班規。

【制裁】ㄓˋ ㄘㄞˊ 利用法律或社會力量，對違法的人加以處罰。例 犯罪的人，就要接受法律的制裁。

❀節制、自制、強制

8/6

剁 ㄉㄨㄛˋ (duò)

ノ 几 凡 朵 朵 朵 朵 剁

動 用刀砍斷。如：剁肉。

8/6

刮 ㄍㄨㄚ (guā)

一 二 千 千 舌 舌 舌 刮

動 1用刀削平。如：刮鬍子。2擦拭。如：刮目相看。3吹起。通「颳」。如：刮風。

【刮目相看】ㄍㄨㄚ ㄇㄨˋ ㄒㄧㄤ ㄎㄢˋ 比喻人已和以前大不相同，令人不得不換另一種眼光看待。例 經過一番苦練，他在球場上的表現，令人刮目相看。

9/7

剃 ㄊㄧˋ (tì)

丶 丷 丷 当 当 弟 弟 弟 剃

動 用刀削除毛髮。如：剃頭。

9/7

前 ㄑㄧㄢˊ (qián)

丶 丷 䒑 广 广 广 前 前 前

形 1臉朝向的那一方。與「後」相對。如：前面。2過去的；已成歷史的。如：前人。3未來的。如：前程。4次序較先的。如：前三名。

動 行進。如：勇往直前。

刀

【前夕 ㄑㄧㄢˊ ㄒㄧˋ】①前一天的晚上。②指事情發生前的一段時間。㊀大戰前夕，兩國之間瀰漫著緊張氣氛。

【前科 ㄑㄧㄢˊ ㄎㄜ】從前犯罪而留下的判刑紀錄。

【前途 ㄑㄧㄢˊ ㄊㄨˊ】比喻未來的發展、情況。㊀小銘表現優秀，前途看好。

【前提 ㄑㄧㄢˊ ㄊㄧˊ】先決條件；應該先注意的部分。㊀媽媽從不反對我們出去玩，但前提是要先把作業寫完。

【前線 ㄑㄧㄢˊ ㄒㄧㄢˋ】戰爭時，與敵人最接近的地帶。

【前輩 ㄑㄧㄢˊ ㄅㄟˋ】①長輩。②尊稱資歷較深或年紀較大的人。㊁晚輩；後輩。

【前功盡棄 ㄑㄧㄢˊ ㄍㄨㄥ ㄐㄧㄣˋ ㄑㄧˋ】過去所有的努力都白費了。㊀為了參加朗讀比賽，小明勤奮的練習了一個月，卻因為感冒聲音沙啞而前功盡棄。㊂功虧一簣。㊁大功告成。

【前因後果 ㄑㄧㄢˊ ㄧㄣ ㄏㄡˋ ㄍㄨㄛˇ】事情發生的原因和結果。㊀他要我把整件事的前因後果講清楚。㊂來龍去脈。

【前所未有 ㄑㄧㄢˊ ㄙㄨㄛˇ ㄨㄟˋ ㄧㄡˇ】以前從沒發生過的。㊀今年民眾參加元旦升旗典禮的盛況可說是前所未有。㊂史無前例。

❀提前、大不如前、名列前茅

9/7

剌

ㄌㄚˋ (là) ㊆形容風聲。如：剌剌。
ㄌㄚˊ (lá) ㊅割；劃。如：剌開。

一 ㄧ 卂 币 申 束 束 剌

9/7

剋

ㄎㄜˋ (kè) ㊅勝過；制勝。通「克」。如：剋敵。

一 十 士 古 古 克 克 剋

【剋星 ㄎㄜˋ ㄒㄧㄥ】能制服對方的人或物。㊀警察是犯罪者的剋星。

9/7

削

ㄒㄩㄝ (xuè)

丨 ㄍ 屮 屮 肖 肖 肖 肖 削

動 1用刀斜刮。如：切削。2除去；刪除。如：削減。

辨析 「削」讀ㄒㄩㄝˋ或ㄒㄧㄠ皆可，但「刀削麵」、「削鉛筆」通常讀作ㄒㄧㄠ。

【削減】ㄒㄩㄝ ㄐㄧㄢˇ 刪除或減少。例因為經費不足，學校削減了部分運動器材的添購和更新。

9/7
則 ㄗㄜˊ (zé)

名 1法度；規定。如：法則。2榜樣；標準。如：以身作則。量計算成段文字的單位。如：一則新聞。連 1就。表示文句中前後的因果關係。如：不進則退。2卻。表示文句中轉折對比的語氣。如：欲速則不達。

❀原則、規則、否則

9/7
剎 ㄔㄚˋ (chà)

名佛寺。如：古剎。

【剎那】ㄔㄚˋ ㄋㄚˋ 梵語音譯。指非常短的時間。例攝影能夠捕捉剎那的美麗，使它成為一輩子難忘的回憶。

近瞬間。

10/8
剜 ㄨㄢ (wān)

動用刀挖取。如：剜肉補瘡。

10/8
剖 ㄆㄡˇ (pǒu)

動 1分割開。如：解剖。2分辨；分析。如：剖析。

【剖析】ㄆㄡˇ ㄒㄧ 分析；辨別。例經過老師的剖析後，同學們更加清楚這件事的因果關係。

10/8
剝 ㄅㄛ (bō)

動 1去除。如：剝皮。2榨取；壓榨。如：剝削。3脫落；分離。如：剝落。

【剝落】(ㄅㄛ ㄌㄨㄛˋ) 附著在物體表面的東西一片一片的脫落下來。例這座廟宇是百年古蹟，牆上的漆都已剝落。

【剝奪】(ㄅㄛ ㄉㄨㄛˊ) 以不正當的手法奪去他人的財物或權利。例即使別人說話再不中聽，我們也不可以剝奪他的發言權。

10/8
剛

ㄍㄤ (gāng)

丨 冂 冂 冃 冃 冈 岡 岡 剛 剛

形 1 強盛的；堅強的。如：血氣方剛。2 堅硬的。如：剛硬。副 1 不久之前；才。如：剛才。2 恰好。如：剛好。

【剛強】(ㄍㄤ ㄑㄧㄤˊ) 個性堅強，不畏困難。例小青個性剛強，從不輕易屈服。

【剛愎自用】(ㄍㄤ ㄅㄧˋ ㄗˋ ㄩㄥˋ) 指人個性強硬固執，以自己的心意為標準，完全不聽他人意見。例小榮為人剛愎自用，別人的建議他根本就聽不進去。反從善如流。

✽陽剛、外柔內剛、以柔克剛

10/8
剔

ㄊㄧ (tī)

丨 冂 日 日 旦 号 号 易 易 剔

動 1 把肉從骨頭上刮下來。如：剔骨頭。2 清除；去除。如：剔牙。

【剔除】(ㄊㄧ ㄔㄨˊ) 將不好的東西挑出來去除掉。例媽媽把發黃的菜葉都剔除了。

【剔透】(ㄊㄧ ㄊㄡˋ) 明亮清澈的樣子。例清晨的樹葉上布滿了剔透的露珠。

11/9
剪

ㄐㄧㄢˇ (jiǎn)

丶 丷 䒑 产 前 前 前 前 前 剪 剪

名 用兩片刀交叉而成的裁切工具。如：剪刀。動 1 切斷。如：剪掉。2 除掉。如：剪除。

【剪裁】(ㄐㄧㄢˇ ㄘㄞˊ) 1 用剪刀將布或紙等材料，剪成所要的形狀。2 寫文章時，對文句的取捨與安排。例這篇作文內容雜亂，需要再剪裁一下。

【剪綵】(ㄐㄧㄢˇ ㄘㄞˇ) 工程開工或機構開幕時，邀請名人以剪刀剪斷綵帶的儀式。具有求取吉利與宣傳的意思。㊄ 新大樓落成，特邀縣長來剪綵。

✽修剪、裁剪、指甲剪

11/9

副

ㄈㄨˋ (fù)

一 丆 戸 百 戸 畐 畐 畐 畐 畐 副

㊇ 次要的。如：副隊長。㊍ 相稱；符合。如：名副其實。㊐ 計算成組器物的單位。通「付」。如：一副眼鏡。

【副手】(ㄈㄨˋ ㄕㄡˇ) 在旁協助的人。㊄ 班長是老師最佳的副手。

【副作用】(ㄈㄨˋ ㄗㄨㄛˋ ㄩㄥˋ) 通常指使用藥物或某種治療方法後，在主要醫療功能外連帶產生的不良反應。

【副熱帶】(ㄈㄨˋ ㄖㄜˋ ㄉㄞˋ) 介於熱帶和溫帶之間的氣候區。又稱「亞熱帶」。

12/10

割

ㄍㄜ (gē)

丶 丶 宀 宀 宀 宇 宝 宝 害 害 害 割

㊍ 1 切斷。如：切割。2 劃分；分給。如：分割。3 捨棄。如：割捨。

【割捨】(ㄍㄜ ㄕㄜˇ) 捨棄。㊄ 阿銘無法割捨對初戀女友的思念。

【割愛】(ㄍㄜ ㄞˋ) 1 把心愛的東西轉讓給別人。㊄ 既然你那麼喜歡這幅畫，我也只好割愛了。2 捨棄次要的事物。㊄ 因為參加演講比賽的名額有限，即使像小明這樣優秀的選手，也只能忍痛割愛。

✽宰割、交割、心如刀割

12/10

剴

ㄎㄞˇ (kǎi)

丨 山 山 山 屮 岂 岂 岂 岂 豈 豈 剴

㊇ 切實。如：剴切。

12/10

創

ㄔㄨㄤˋ (chuàng)

ノ 人 今 今 今 今 刍 倉 倉 倉 倉 創

ㄔㄨㄤˋ (chuàng) ㊇ 首次的；獨特的。如：創見。㊍ 開始。如：開創。

ㄔㄨㄤ (chuāng) ㊔ 所受到的傷害。如：創傷。

刀

刀

【創作】ㄔㄨㄤˋ ㄗㄨㄛˋ 1用自己的心思所製造出來的作品。多指文學、藝術方面。例這本小說是他近年來最好的一部文學創作。2指製作文藝作品。例要創作出好的作品，除了靈感，最重要的是純熟的技巧。

【創造】ㄔㄨㄤˋ ㄗㄠˋ 開發出新事物或促成一個新情勢。例洪先生在四十歲時，創造了人生的事業高峰。

【創意】ㄔㄨㄤˋ ㄧˋ 新奇且從未有人想過的意見或方法。例有創意，才能設計出好的廣告。

【創新】ㄔㄨㄤˋ ㄒㄧㄣ 擺脫舊的習慣，創造出全新的事物或情況。例手機的功能不斷創新，使現代人在聯絡上越來越便利。反守舊。

【創舉】ㄔㄨㄤˋ ㄐㄩˇ 以前從沒有過的作為。例阿姆斯壯登陸月球的創舉，實現了人類長久以來的夢想。

✽獨創、自創、受創

12/10
剩

ㄕㄥˋ (shèng) 一 二 千 千 千 乖 乖 乘 乘 乘 剩

形多餘的。如：剩飯。

【剩下】ㄕㄥˋ ㄒㄧㄚˋ 多餘而留下來的。例昨晚剩下的飯菜都放在冰箱裡了。

13/11
剷

ㄔㄢˇ (chǎn) 丶 亠 亣 文 产 产 产 产 產 產 產 剷

動1削平。如：剷平。2割除。如：剷除。

【剷除】ㄔㄢˇ ㄔㄨˊ 除去。例雜草必須連根拔起，才能徹底剷除。

13/11
剽

ㄆㄧㄠˋ (piào) 一 丅 𠀃 襾 襾 襾 覀 覀 票 票 票 票 剽

形輕快敏捷。如：剽悍。動搶奪；竊取。如：剽竊。

【剽悍】ㄆㄧㄠˋ ㄏㄢˋ 形容敏捷勇猛的樣子。例這支游擊隊的隊員都很剽悍。

【剽竊】(ㄆㄧㄠˋ ㄑㄧㄝˋ) 偷取他人的財物、作品或見解，據為己有。例這篇論文剽竊了其他學者的研究報告。

13/11

剿

ㄐㄧㄠˇ (jiǎo) ㄑ 《 巛 巛 巛 巛 巛 巢 巢 巢 巢 巢 剿

動滅絕；消滅。通「勦」。如：圍剿。

【剿滅】(ㄐㄧㄠˇ ㄇㄧㄝˋ) 滅絕；清除乾淨。例爸爸想要剿滅花園內所有的蟻窩。

14/12

劃

ㄱ ㄱ ㄱ 聿 聿 聿 書 書 書 畫 畫 畫 劃

ㄏㄨㄚˋ (huà) 動①分開。如：劃分。②事先計劃。如：策劃。形整齊的。如：劃一。

ㄏㄨㄚˊ (huá) 動用物體在平面上擦過或分開。如：劃火柴。

【劃時代】(ㄏㄨㄚˋ ㄕˊ ㄉㄞˋ) 開啟新的時代。例電腦這項劃時代的發明，為人類帶來了便利的生活。

15/13

劈

ㄆㄧ (pī) ㄱ ㄱ 尸 尸 居 居 居 居 居 居 居 辟 辟 劈 劈

動①剖開；分開。如：劈柴。②當著；面對著。如：劈頭。③雷擊。如：天打雷劈。

【劈頭】(ㄆㄧ ㄊㄡˊ) 當頭；一見面。例李老師劈頭就教訓了同學們一頓。

15/13

劇

ㄐㄩˋ (jù) 丶 ㅏ 上 广 广 卢 卢 卢 虍 虍 虍 豦 豦 豦 劇

名戲。如：戲劇。副極；猛烈。如：劇毒。

【劇烈】(ㄐㄩˋ ㄌㄧㄝˋ) 非常強烈；非常猛烈。例心臟不好的人，不適合做劇烈運動。反柔和。

【劇場】(ㄐㄩˋ ㄔㄤˇ) 專門供戲劇或其他表演藝術演出的場所。

❋喜劇、惡作劇、連續劇

劍 15/13

ㄐㄧㄢˋ (jiàn) ノ 𠆢 亼 合 今 合 侖 侖 侖 侖 僉 僉 僉 劍

名 一種兩側有鋒利的刃、中間有脊的狹長兵器。

【劍鞘 ㄐㄧㄢˋ ㄑㄧㄠˋ】套在劍上，用來保護劍刃的外殼。

【劍及履及 ㄐㄧㄢˋ ㄐㄧˊ ㄌㄩˇ ㄐㄧˊ】形容做事堅決迅速的態度。例 張先生做事一向劍及履及，所以總是能獲得成功的先機。反 拖泥帶水。

✽刀劍、刻舟求劍、脣槍舌劍

劊 15/13

ㄎㄨㄞˋ (kuài) ノ 𠆢 亼 今 合 侖 侖 侖 侖 侖 侖 會 會 會 劊

動 用刀砍斷東西。

【劊子手 ㄎㄨㄞˋ ˙ㄗ ㄕㄡˇ】1 古代執行死刑的人。2 引申指屠殺人民的凶手。例 那個人是殺人不眨眼的劊子手。

劉 15/13

ㄌㄧㄡˊ (liú) ˊ ㄈ ㄈ 卬 卯 卯 丣 丣 丣 畱 畱 畱 畱 畱 劉

專 姓。

劑 16/14

ㄐㄧˋ (jì) 丶 亠 亠 文 文 产 产 亦 亦 亦 齐 齐 齊 齊 齊 劑

名 人工調配而成的東西。如：藥劑。動 調和。如：調劑。量 計算服用藥量的單位。如：一劑中藥。

力 部 ㄌㄧˋ

力 2/0

ㄌㄧˋ (lì) フ 力

名 1 體能。如：腕力。2 才能。如：智力。3 事物發揮的效能。如：電力；水力。4 從事使用體力勞動工作的人。如：苦力。副 積極；努力。如：力拚。

【力量】(ㄌㄧˋ ㄌㄧㄤˋ) 力氣或能力的大小程度。

【力爭上游】(ㄌㄧˋ ㄓㄥ ㄕㄤˋ ㄧㄡˊ) 努力上進以獲得更高的地位與成就。㊟老師鼓勵學生們力爭上游，勇往直前。㊔力求上進。㊒自甘墮落。

【力挽狂瀾】(ㄌㄧˋ ㄨㄢˇ ㄎㄨㄤˊ ㄌㄢˊ) 努力挽回已經頹敗的局勢。㊟雖然比數落後很多，乙隊的球員仍想力挽狂瀾。

✽魔力、想像力、不自量力

5/3

功 ㄍㄨㄥ (gōng)

一 丅 工 玎 功

㊔名 1成效；績效。如：徒勞無功。2貢獻；成就。如：功勞。3努力；心血。如：用功。

【功夫】(ㄍㄨㄥ ㄈㄨ) 1做某件事所花的時間與心血。也作「工夫」。㊟小英費了好大一番功夫才完成這幅畫。2本領。也作「工夫」。㊟陳媽媽烹飪的功夫不比大飯店的主廚差。3空閒的時間。也作「工夫」。㊟我可沒功夫陪你逛街，你還是找別人吧！4指武術。

【功用】(ㄍㄨㄥ ㄩㄥˋ) 物品的用處或所能產生的效能。㊔用途；效用。

【功勞】(ㄍㄨㄥ ㄌㄠˊ) 努力所得到的成就。㊟能夠抓到搶匪，大家都有功勞。

【功績】(ㄍㄨㄥ ㄐㄧ) 偉大的貢獻和成就。㊒罪過。

【功不可沒】(ㄍㄨㄥ ㄅㄨˋ ㄎㄜˇ ㄇㄛˋ) 功勞很大，無法埋沒。㊟我們能在這次班際拔河比賽中獲勝，力大如牛的小強功不可沒。

【功成名就】(ㄍㄨㄥ ㄔㄥˊ ㄇㄧㄥˊ ㄐㄧㄡˋ) 指人的事業有成就，也獲得了好名聲。㊟近年來，王博士的研究成果深受學術界肯定，真可說是功成名就。

【功虧一簣】(ㄍㄨㄥ ㄎㄨㄟ ㄧ ㄎㄨㄟˋ) 比喻做事不能堅持到底，最後還是無法成功。㊟減肥的人往往因為抗拒不了美

食的誘惑而功虧一簣。近前功盡棄。反大功告成。

✽氣功、好大喜功、馬到成功

加 5/3

ㄐㄧㄚ (jiā)

ㄱ 力 加 加 加

名數學運算法的一種。求兩個或兩個以上數字的和。如：一加一等於二。動1累積；增添。如：增加。2施予；給予。如：嚴加管教。3參與。如：參加。4穿戴。如：加冕。

【加油】ㄐㄧㄚ ㄧㄡˊ 1替機器或車輛補充油類燃料。2給人鼓勵打氣，使人振作的用語。例啦啦隊正在場邊大聲為我們加油。

【加冕】ㄐㄧㄚ ㄇㄧㄢˇ 歐洲各國君主在登上王位時，所舉行的一種戴上王冠的儀式。

【加強】ㄐㄧㄚ ㄑㄧㄤˊ 1增加強度，比原先更為強大。例爸爸把電扇的風速加強了。2使提升。例多閱讀可以加強寫作能力。

【加油添醋】ㄐㄧㄚ ㄧㄡˊ ㄊㄧㄢ ㄘㄨˋ 比喻在說明事情時誇大不實。例這件事經過大家的加油添醋後，變得越來越誇張。

✽更加、風雨交加、雪上加霜

劣 6/4

ㄌㄧㄝˋ (liè)

丨 ⺌ 小 少 劣 劣

形1低下；卑下。如：頑劣。2惡；不良。如：惡劣。

【劣等】ㄌㄧㄝˋ ㄉㄥˇ 品質不良的。例這些劣等商品必須全部退回。近下等。反優等；上等。

【劣勢】ㄌㄧㄝˋ ㄕˋ 處境較差的局勢。例甲班在球賽中位居劣勢。反優勢。

✽低劣、鄙劣、粗劣

劫 7/5

ㄐㄧㄝˊ (jié)

一 十 土 去 去 劫

名不幸的事件；災禍。如：浩劫。動用武力威脅或強取別人的財物。

如：搶劫。

【劫持】（ㄐㄧㄝˊ ㄔˊ）用武力逼迫對方聽令行事。㊎連續強盜犯劫持了路邊的婦人，要她將身上的錢交出來。

【劫後餘生】（ㄐㄧㄝˊ ㄏㄡˋ ㄩˊ ㄕㄥ）經過極大的災難後，還能保全生命。㊎經過這次的「滅蟑行動」，那些劫後餘生的蟑螂，全都逃走了。

※洗劫、攔劫、趁火打劫

劭
7/5 ㄕㄠˋ (shào) 劭

㊒美好。如：年高德劭。

助
7/5 ㄓㄨˋ (zhù) 助

㊍輔佐；幫忙。如：幫助。

【助手】（ㄓㄨˋ ㄕㄡˇ）幫忙別人做事的人。也作「副手」。

【助長】（ㄓㄨˋ ㄓㄤˇ）幫助增長。㊎強風助長了火勢的蔓延。

【助紂為虐】（ㄓㄨˋ ㄓㄡˋ ㄨㄟˋ ㄋㄩㄝˋ）指協助壞人做壞事。㊎小明雖然沒偷東西，但替小華把風，也算是助紂為虐。㊣為民除害。

※輔助、守望相助、愛莫能助

努
7/5 ㄋㄨˇ (nǔ) 努

㊍①勤奮。如：努力。②翹起。如：努嘴。

劬
7/5 ㄑㄩˊ (qú) 劬

㊍辛勞。如：劬勞。

劾
8/6 ㄏㄜˊ (hé) 劾

㊍檢舉他人的罪過。如：彈劾。

勃
9/7 ㄅㄛˊ (bó) 勃

㊒旺盛的。如：蓬勃。㊖突然。如：勃然大怒。

力

【勃發】ㄅㄛˊ ㄈㄚ 精神旺盛。例穿著軍服的哥哥，看起來英姿勃發。

【勃然大怒】ㄅㄛˊ ㄖㄢˊ ㄉㄚˋ ㄋㄨˋ 受到外界的刺激，忽然生氣而改變臉色。例姐姐看到弟弟用彩色筆亂畫她的作業本，當場勃然大怒。

勇

9/7 ㄩㄥˇ (yǒng)

形有膽量；什麼都不怕。如：英勇。副敢做敢當。如：勇於認錯。

【勇氣】ㄩㄥˇ ㄑㄧˋ 不怕困難和危險的氣概。

【勇敢】ㄩㄥˇ ㄍㄢˇ 有膽量，敢於作為。例承認自己的過錯，是勇敢的表現。

【勇往直前】ㄩㄥˇ ㄨㄤˇ ㄓˊ ㄑㄧㄢˊ 勇敢前進，一點也不害怕。例小華毅力十足，即使遇到挫折，也能勇往直前。反裹足不前。

✽神勇、自告奮勇、見義勇為

勁

9/7 ㄐㄧㄥˋ (jìng)

名1力氣。如：使勁。2精神。如：唱歌帶勁。3興趣。如：提不起勁。形強而有力的。如：強勁。

【勁敵】ㄐㄧㄥˋ ㄉㄧˊ 實力強大、難以對付的敵人或對手。例小明連續拿下三屆游泳比賽冠軍，是所有參賽者的勁敵。

✽差勁、醋勁、傻勁

勉

9/7 ㄇㄧㄢˇ (miǎn)

動1能力不夠，卻堅持要做。如：勉強。2努力；盡力。如：勤勉。3鼓勵。如：勉勵。

【勉強】ㄇㄧㄢˇ ㄑㄧㄤˇ 1能力不夠仍盡力去做。例小琳雖然沒有辦活動的經驗，但仍勉強負起籌劃的責任。2強迫別人做不願意做的事。例既然阿仁不願意參加，那就別勉強。3

不自然；不充分。例阿真的說法太勉強了，令人難以相信。近牽強。

【勉勵】ㄇㄧㄢˇ ㄌㄧˋ 鼓勵別人，使人繼續努力。例老師勉勵小玲，別因為同學不配合，就不想當班長。

✽共勉、訓勉、勸勉

11/9

勘

ㄎㄢ (kān)

一 十 卄 廿 甘 甘 其 其 甚 甚 勘

動 1校正；訂正。如：勘誤。2考察；探查。如：探勘。

【勘查】ㄎㄢ ㄔㄚˊ 實地調查測量。例研究人員每天都在勘查這座山的地形、土壤和生物。

【勘察】ㄎㄢ ㄔㄚˊ 實地觀察。例颱風過後，政府官員到災區勘察災情。

11/9

勒

ㄌㄜˋ (lè)

一 十 廿 廿 廿 苎 苫 苫 革 革 勒

動 1收住韁繩，使馬停止。如：懸崖勒馬。2強迫；強制。如：勒令退學。

ㄌㄟ (lēi) 動 以繩索捆住或套住後，再用力拉緊。如：勒緊。

【勒令】ㄌㄜˋ ㄌㄧㄥˋ 強制他人做某事。例這家餐廳因衛生不佳而被主管機關勒令停業。

【勒索】ㄌㄜˋ ㄙㄨㄛˇ 用非法的手段，威脅他人交出財物。例歹徒竊取公司機密資料，並向老闆勒索一千萬。

11/9

務

ㄨˋ (wù)

ㄱ ㄱ 又 予 矛 矛 矜 矜 務 務 務

名 事情；工作。如：公務。動 從事。如：不務正業。副 必須；一定。如：務必。

【務必】ㄨˋ ㄅㄧˋ 必須；一定。例明天我們要幫小珍慶生，請你務必要來。

【務實】ㄨˋ ㄕˊ 力求實在。例小鳳個性務實，從不做白日夢。

✽任務、服務、義務

11/9

動

ㄉㄨㄥˋ (dòng)

一 二 亍 台 台 台 亩 重 重 動 動

力

(名)行為；舉止。如：行動。(動)①發作。如：動怒。②改變原來的位置或狀態。與「靜」相對。如：變動。③使人的感情、情緒有所改變。如：感動。④開始做。如：動工。(副)往往。如：動不動就哭。

【動人】 ㄉㄨㄥˋ ㄖㄣˊ ①使人感動。(例)這部電影的情節非常動人。②引人注意、喜愛。(例)姐姐打扮得明媚動人，肯定是要去約會。

【動力】 ㄉㄨㄥˋ ㄌㄧˋ ①使物體運作的能源、力量。(例)太陽能是最環保的動力來源。②使事物繼續發展的力量。(例)爸爸說我們是他每天辛勤工作的最大動力。

【動心】 ㄉㄨㄥˋ ㄒㄧㄣ ①心志受到外界的影響而有所改變。(例)阿彩姨看到這麼大一筆錢，不由得動心了。②內心受到感動。(例)男主角真誠的告白，讓女主角十分動心。

【動手】 ㄉㄨㄥˋ ㄕㄡˇ ①開始行動。(例)他們一到露營區，便動手搭帳篷。(近)著手。②打鬥。(例)有話好好說，千萬別動手。

【動作】 ㄉㄨㄥˋ ㄗㄨㄛˋ 肢體的活動。(例)小明用誇張的動作引人注意。

【動身】 ㄉㄨㄥˋ ㄕㄣ 出發；啟程。(例)安安一早就動身前往機場了。

【動怒】 ㄉㄨㄥˋ ㄋㄨˋ 生氣。(近)發火。

【動員】 ㄉㄨㄥˋ ㄩㄢˊ 發動、鼓吹人們參加某項活動。(例)阿美動員全班同學去參加社區服務。

【動搖】 ㄉㄨㄥˋ ㄧㄠˊ 不堅定；不穩固。(例)經歷了多次失敗後，小青的信心開始動搖了。

【動態】 ㄉㄨㄥˋ ㄊㄞˋ ①事情變化發展的情形。(例)全國人民都很關心這件案子的最新動態。②活動或運動的情況。(例)阿發喜歡從事動態的休閒活動。

力

【動機】ㄉㄨㄥˋ ㄐㄧ 促使行為發生的原因。例警方在調查歹徒犯案的動機。

【動靜】㊀ㄉㄨㄥˋ ·ㄐㄧㄥ 1動作或說話的聲音。例這森林靜悄悄的，一點動靜都沒有。2消息；狀況。例敵人的動靜都在我方的掌控之中。㊁ㄉㄨㄥˋ ㄐㄧㄥˋ 運動與靜止。如：動靜皆宜。

【動聽】ㄉㄨㄥˋ ㄊㄧㄥ 非常好聽且引人注意。例姐姐的歌聲非常動聽。近悅耳。

【動人心弦】ㄉㄨㄥˋ ㄖㄣˊ ㄒㄧㄣ ㄒㄧㄢˊ 形容非常感人。例葉教授的演說動人心弦，引起很大的迴響。近感人肺腑。

❀主動、舉動、原封不動

12/10
勞

丶 丷 ⺌ 火 火 火 炏 炏 炏 炏 㶾 勞

ㄌㄠˊ (láo) 名功績；成就。如：功勞。動1辛勤；努力工作。如：操勞。2打擾；煩擾。用在請人幫忙時的客套話。如：勞駕。形辛苦。如：勤勞。ㄌㄠˋ (lào) 動慰問。如：慰勞。

【勞力】ㄌㄠˊ ㄌㄧˋ 用體力工作。例工人們靠勞力賺錢來養家活口。

【勞工】ㄌㄠˊ ㄍㄨㄥ 受人雇用從事勞動工作以賺取金錢的人。

【勞累】ㄌㄠˊ ㄌㄟˋ 因付出體力過度，而感到辛苦疲累。例生病時要多休息，不能太過勞累。

【勞苦功高】ㄌㄠˊ ㄎㄨˇ ㄍㄨㄥ ㄍㄠ 形容人辛苦的立下了功勞。例沒有這群勞苦功高的工人們，就沒有辦法建造出這麼雄偉的大橋。

【勞師動眾】ㄌㄠˊ ㄕ ㄉㄨㄥˋ ㄓㄨㄥˋ 形容耗費過多人力。例領取營養午餐何必要勞師動眾，只要請值日生去就夠了。

❀疲勞、吃苦耐勞、舉手之勞

12/10
勛

ㄒㄩㄣ (xūn)

丶 冖 口 口 吕 吕 員 員 員 員 勛 勛

名功績。如：功勛。

【勛章】(ㄒㄩㄣ ㄓㄤ) 國家頒贈給有特殊貢獻人員的獎章。

12/10
勝
丿 刀 月 月 月' 月'' 月'' 月'' 胖 朕 勝 勝

ㄕㄥˋ(shèng) ㊔風景優美的地方。如:名勝。㊍①贏;占優勢。與「敗」相對。如:勝利。②克服;制服。如:人定勝天。

ㄕㄥ(shēng) ㊍承受得了;禁得住。如:勝任。㊊窮盡。如:不可勝數。

【勝任】(ㄕㄥ ㄖㄣˋ) 能力足以擔任某項工作。㊄老師相信小敏一定能夠勝任班長的職務。

【勝利】(ㄕㄥˋ ㄌㄧˋ) 贏得所爭取的東西;成功。㊎失敗。

【勝算】(ㄕㄥˋ ㄙㄨㄢˋ) 能夠贏的可能性。㊄經過長期的練習,這次比賽,我們的勝算應該很大。

❋好勝、反敗為勝、略勝一籌

13/11
勢
ㄕˋ(shì)
一 十 土 𡈼 夫 去 坴 坴 坴 埶 埶 勢

㊔①權力;威力。如:權勢。②自然界一些動態現象的力量。如:風勢。③情況。如:局勢。④機會。如:乘勢而起。⑤姿態。如:姿勢。

【勢力】(ㄕˋ ㄌㄧˋ) 權力;權威。多指權柄、地位、經濟或軍事等力量。㊄郭老闆在商場上很有勢力。

【勢必】(ㄕˋ ㄅㄧˋ) 一定;必然。㊄經歷這次失敗,小莉以後勢必會更努力。

【勢不兩立】(ㄕˋ ㄅㄨˋ ㄌㄧㄤˇ ㄌㄧˋ) 指雙方敵對或仇恨非常深刻,不能共存。㊄阿青與阿紅自從上次吵過架之後,從此便勢不兩立。㊂水火不容。

【勢在必得】(ㄕˋ ㄗㄞˋ ㄅㄧˋ ㄉㄜˊ) 形容一定要得到某項事物的決心。㊄這場比賽的冠軍寶座,小張勢在必得。

【勢均力敵】ㄕˋ ㄐㄩㄣ ㄌㄧˋ ㄉㄧˊ 指雙方實力相當，難以分出高下。(例)這兩個球隊勢均力敵，比賽過程非常精彩。(近)旗鼓相當。

❀優勢、虛張聲勢、仗勢欺人

13/11

勤

ㄑㄧㄣˊ (qín)

一 十 廾 廾 芇 芇 苎 苎 苎 堇 堇 勤 勤

(名)職務；工作。如：值勤。(形)待人誠懇；周到。如：殷勤。(動)盡力去做。如：勤政愛民。(副)經常。如：勤洗手。

【勤勞】ㄑㄧㄣˊ ㄌㄠˊ 勞心盡力。(例)哥哥很勤勞，每天放學後都會將家裡打掃得很乾淨。(反)懶惰。

【勤奮】ㄑㄧㄣˊ ㄈㄣˋ 努力工作而不鬆懈。同「勤快」。(例)爸爸每天勤奮的工作，為了讓全家人過更好的生活。

【勤能補拙】ㄑㄧㄣˊ ㄋㄥˊ ㄅㄨˇ ㄓㄨㄛˊ 勤奮努力，便可以彌補天生資質的不足。(例)小新雖然記憶力不好，但是他勤能補拙，總是多背幾次把全部的課文記起來。

❀通勤、服勤、克勤克儉

13/11

募

ㄇㄨˋ (mù)

丶 丶 艹 艹 艹 芇 苩 苩 荁 莫 莫 募 募

(動)召集；徵求。如：召募。

【募捐】ㄇㄨˋ ㄐㄩㄢ 向眾人徵求捐助財物。(例)許多同學響應募捐，希望能夠幫助可憐的孤兒。

【募款】ㄇㄨˋ ㄎㄨㄢˇ 向眾人徵求捐助金錢。(例)這次辦慈善活動的目的，是為了替得到罕見疾病的孩童募款。

13/11

勦

〈 巜 巛 巛 巛 巛 巛 巢 巢 巢 勦 勦

ㄐㄧㄠˇ (jiǎo) (動)討伐；消滅。如：勦匪。

ㄔㄠ (chāo) (動)抄襲。如：勦襲。

17/15

勵 ㄌㄧˋ (lì)

一 厂 厂 厂 尸 尸 尸 屄 屄 屄 屄 屄 厲 厲 厲 厲 勵 勵

動 1勸勉。如：勉勵。2振奮。如：激勵。

【勵志】ㄌㄧˋ ㄓˋ 振奮心志，努力向上。例哥哥比賽失敗後，媽媽對他說了許多勵志的話。

【勵精圖治】ㄌㄧˋ ㄐㄧㄥ ㄊㄨˊ ㄓˋ 指人振作精神，努力把國家治理好。例越王句踐勵精圖治，終於重建了他的國家。

近 奮發圖強。反 萎靡不振。

✽獎勵、鼓勵、惕勵

20/18

勸 ㄑㄩㄢˋ (quàn)

丨 丶 丷 丷 艹 艹 艹 艹 艹 艹 艹 艹 艹 雚 雚 雚 勸 勸

動 1勉勵；鼓勵。如：勸勉。2用道理說服他人。如：規勸。

【勸告】ㄑㄩㄢˋ ㄍㄠˋ 用道理說服他人，使人能夠改變心意。例阿哲不聽朋友們的勸告，終於嘗到了失敗的後果。

【勸阻】ㄑㄩㄢˋ ㄗㄨˇ 說服他人不要做某事。例阿香在姐姐的勸阻下，打消了捉弄弟弟的念頭。反 慫恿。

【勸架】ㄑㄩㄢˋ ㄐㄧㄚˋ 阻止他人打架。例眼看他倆就要打起來了，我們趕緊出面勸架。

【勸導】ㄑㄩㄢˋ ㄉㄠˋ 用道理開導他人。例師長常勸導我不要出入不良場所。

✽苦勸、奉勸、好言相勸

勹 ㄅㄠ 部

3/1

勺 ㄕㄠˊ (sháo)

丿 勹 勺

名 舀水的器具。如：水勺。量 計算容量的單位。一百公勺等於一公升。

4/2

勻 ㄩㄣˊ (yún)

丿 勹 勺 勻

動 讓出。如：勻出一些給他。形 平

均。如：均匀。

【匀稱】（ㄩㄣˊ ㄔㄣˋ）均匀適當。㊖小阿姨的身材很匀稱，穿什麼衣服都好看。

勾 4/2
丿 勹 勺 勾

ㄍㄡ (gōu) ㊔ 1 彎曲的東西。如：魚勾。2 符號「✓」，表示答案正確或作記號。如：打勾。3 一種烹飪法。如：勾芡。㊍ 1 刪除；取消。如：一筆勾銷。2 牽動；引起。如：勾起回憶。3 描繪。如：勾畫。4 用彎曲的東西探取。如：勾取。

ㄍㄡˋ (gòu)（限讀）見「勾當」。

【勾引】（ㄍㄡ ㄧㄣˇ）引誘。㊖美麗的花朵勾引蝴蝶參加這場春天的舞會。

【勾勒】（ㄍㄡ ㄌㄜˋ）描繪出物體的邊緣線條，或描述事情的大概情況。㊖這本小說勾勒出採礦生活的辛苦。

【勾結】（ㄍㄡ ㄐㄧㄝˊ）暗中串通。通常指做壞事。㊖王董事長是正派的企業家，從來不做官商勾結的事。

【勾當】（ㄍㄡˋ ˙ㄉㄤ）多指不正當、不光明的事情。也作「句當」。㊖他們兩個頑皮鬼正在計劃捉弄人的勾當。㊒陰謀。

勿 4/2
丿 勹 勺 勿

ㄨˋ (wù) ㊓ 表示否定、不要。如：請勿插隊。

包 5/3
丿 勹 勺 匀 包

ㄅㄠ (bāo) ㊔ 1 裝物品的袋子。如：書包。2 用麵粉做成的食物。如：麵包。㊍ 1 把東西封裝起來。如：包紮。2 容忍。如：包涵。3 保證。如：包你中獎。4 承攬。如：承包。5 負責處理。如：包辦。6 圍住。如：包圍。㊕ 計算包裝物品的單位。如：一包糖果。

【包含】 ㄅㄠ ㄏㄢˊ 含有。例這本短篇小說集包含了多位作家的優秀作品。

【包涵】 ㄅㄠ ㄏㄢˊ 寬容。例小昌年紀小不懂事，還請你多多包涵。

【包括】 ㄅㄠ ㄍㄨㄚ 總括；含有。例這次校外旅行的行程，包括了日月潭、阿里山、墾丁等風景優美的地方。

【包容】 ㄅㄠ ㄖㄨㄥˊ 寬容。例兄弟姐妹要互相包容，和睦相處。

【包裝】 ㄅㄠ ㄓㄨㄤ 將物品封裝起來，以增加美觀或方便攜帶。例許多禮品店都有免費替客人包裝的服務。

【包裹】 ㄅㄠ ㄍㄨㄛˇ 1同「包裝」。2指包好成一件一件的物品。

【包羅萬象】 ㄅㄠ ㄌㄨㄛˊ ㄨㄢˋ ㄒㄧㄤˋ 包含各種事物。形容內容非常豐富。例百貨公司裡的商品包羅萬象，應有盡有。近無所不包。反寥寥無幾。

✽打包、無所不包、膽大包天

5/3 **匆** ㄘㄨㄥ (cōng) 丿 勹 勹 匆 匆

副急忙；急迫。如：匆匆。

【匆匆】 ㄘㄨㄥ ㄘㄨㄥ 急忙的樣子。例弟弟每天早上都是匆匆吃完早餐，就急忙出門上學。近倉促。反悠哉。

【匆忙】 ㄘㄨㄥ ㄇㄤˊ 急促忙碌。例現代人大多生活匆忙，精神緊張。

6/4 **匈** ㄒㄩㄥ (xiōng) 丿 勹 勺 匂 匈 匈

見「匈奴」。

【匈奴】 ㄒㄩㄥ ㄋㄨˊ 中國古代分布在內、外蒙古的游牧民族。

9/7 **匍** ㄆㄨˊ (pú) 丿 勹 勺 匀 匃 匃 匍 匍 匍

見「匍匐」。

【匍匐】 ㄆㄨˊ ㄈㄨˊ 手腳並用的在地上爬行移動。例十個月大的小弟弟，在地上匍匐前進。

11/9

匏

ㄆㄠˊ (páo)

一 ナ 大 大 夳 夸 夸 夸 夸 夸 匏

(名)葫蘆科，一年生草本植物。果實扁圓巨大，可供食用。外殼曬乾後可以當容器。

11/9

匐

ㄈㄨˊ (fú)

ノ 勹 勹 勹 句 句 訇 訇 訇 匐 匐

見「匍匐」。

匕部

ㄅㄧˇ

2/0

匕

ㄅㄧˇ (bǐ)

一 匕

(名)古人舀取食物的器具，就是今天的飯匙、湯匙等。

【匕首】ㄅㄧˇ ㄕㄡˇ 短劍。

4/2

化

ノ イ 亻 化

ㄏㄨㄚˋ (huà) (名)制度；習俗。如：文化。(動)1改變。如：千變萬化。2消除。如：止咳化痰。3物質改變形體或性質。如：融化。4向人乞討。如：化緣。5天地生成萬物。如：化育。6用在形容詞或名詞後面。表示轉變成某種狀態。如：科技化。

ㄏㄨㄚ (huā) （限讀）見「叫化子」。

【化石】ㄏㄨㄚˋ ㄕˊ 埋在地層中的古代生物遺骸，長久下來因自然界的作用而變成的石頭。

【化妝】ㄏㄨㄚˋ ㄓㄨㄤ 打扮；修飾儀容。(例)媽媽出門前都會先化妝。(反)卸妝。

【化裝】ㄏㄨㄚˋ ㄓㄨㄤ 改變裝扮。(例)在今天的同樂會上，有人化裝成老巫婆。

【化解】ㄏㄨㄚˋ ㄐㄧㄝˇ 消除；解決。(例)微笑可以化解人與人之間的冷漠。

【化險為夷】ㄏㄨㄚˋ ㄒㄧㄢˇ ㄨㄟˊ ㄧˊ 將原本危險的情況變得平安。(例)他每次遇到難關，總能化險為夷。(近)轉危為安。

✽進化、惡化、出神入化

北 5/3

ㄅㄟˇ (běi)

(名)方位名。與「南」相對。(形)北邊的。如：北極。(動)打敗仗。如：敗北。

【北風】ㄅㄟˇ ㄈㄥ 從北方吹來的風。指冬季的風。

【北極】ㄅㄟˇ ㄐㄧˊ 地球軸心最北的一端。

【北回歸線】ㄅㄟˇ ㄏㄨㄟˊ ㄍㄨㄟ ㄒㄧㄢˋ 地球北緯二十三·五度的緯線。是太陽能垂直照射的最北界線。

✽大江南北、天南地北

匙 11/9

ㄔˊ (chí) (名)舀取食物的用具。如：湯匙。

·ㄕ (shi) （限讀）(名)用來開鎖的工具。如：鑰匙。

匚部 ㄈㄤ

匝 5/3

ㄗㄚ (zā)

(動)繞一圈。如：交匝。

【匝道】ㄗㄚ ㄉㄠˋ 聯絡不同平面的道路，方便車輛進出的連接道路。如上下高速公路的交流道，或高架道路的引道。

匡 6/4

ㄎㄨㄤ (kuāng)

(動)1 糾正。如：匡正。2 輔助；救助。如：匡救。

【匡正】ㄎㄨㄤ ㄓㄥˋ 糾正；改正。(例)真正的好朋友要互相匡正彼此的壞習慣，努力向上。(反)放任。

匠 6/4

ㄐㄧㄤˋ (jiàng)

(名)1 指擁有技術的工人。如：木

匠。②指在某方面有特殊成就的人。如：文壇巨匠。

【匠心】(ㄐㄧㄤˋ ㄒㄧㄣ) 靈巧的心思。㊀例 這個模型連小地方也做得很仔細，可以看出作者的匠心。

【匠氣】(ㄐㄧㄤˋ ㄑㄧˋ) 形容藝術作品缺乏個人創造力，而流於呆板。㊀例 這名畫家近年來的作品流於匠氣，完全沒有創意。

✽巧匠、鐵匠、水泥匠

7/5

匣

ㄒㄧㄚˊ (xiá)

㊔名 放東西的小箱子。如：木匣。

✽琴匣、劍匣、墨水匣

10/8

匪

ㄈㄟˇ (fěi)

㊔名 盜賊。如：土匪。㊔副 不。表示否定。通「非」。如：匪懈。

【匪徒】(ㄈㄟˇ ㄊㄨˊ) 指犯法的壞人。㊀例 警方已逮捕這起綁架案的三名匪徒。

【匪夷所思】(ㄈㄟˇ ㄧˊ ㄙㄨㄛˇ ㄙ) 無法根據常理推測的。㊀例 地球繞著太陽轉的常識，對古人而言是匪夷所思的事。

✽搶匪、綁匪、劫匪

13/11

匯

ㄏㄨㄟˋ (huì)

㊔動 ①水流會合。如：匯流。②將貨幣從甲地移轉至乙地的支付過程，通常透過金融機構。如：匯款。

【匯合】(ㄏㄨㄟˋ ㄏㄜˊ) 水流聚合在一起。㊀例 基隆河、新店溪和大漢溪匯合成淡水河。

【匯集】(ㄏㄨㄟˋ ㄐㄧˊ) 聚集。㊀例 夜市是人潮匯集之地，好不熱鬧。

14/12

匱

ㄎㄨㄟˋ (kuì)

㊔形 缺乏。如：窮匱。

匚

【匱乏】ㄎㄨㄟˋ ㄈㄚˊ 貧困；缺乏。例小明家境富裕，吃穿從不匱乏。反充足；充裕。

匸 ㄒㄧˋ 部

4/2 匹 一 丆 兀 匹

ㄆㄧˇ (pǐ) 形單獨的。引申為一般的。如：匹夫。動1配合。如：匹配。2相當。如：匹敵。量計算布的單位。如：一匹布。

ㄆㄧ (pī) 量計算馬、騾、驢、狼等動物的單位。如：五匹馬。

【匹夫】ㄆㄧˇ ㄈㄨ 1平民；一般人。例國家興亡，匹夫有責。2沒有學問、才智的人。有輕視的意思。例何必跟這匹夫討論這麼多，反正他一定聽不懂。

【匹配】ㄆㄧˇ ㄆㄟˋ 1指男女結成夫妻。2相配。例小櫻的那頂帽子，和她全身素白的洋裝很匹配。

【匹夫之勇】ㄆㄧˇ ㄈㄨ ㄓ ㄩㄥˇ 意氣衝動而沒有經過太多思考的勇氣。例為了一點小事就和人打架，只是匹夫之勇而已。近血氣之勇。

11/9 匿 一 丅 丌 丌 丌 丌 丌 丌 匿

ㄋㄧˋ (nì) 動隱藏。如：隱匿。

【匿名】ㄋㄧˋ ㄇㄧㄥˊ 隱藏姓名。例曾婆婆為善不欲人知，常常匿名捐款給孤兒院。近不具名。反公開。

✽藏匿、逃匿、銷聲匿跡

11/9 區 一 丆 丅 丅 丅 丅 品 品 區

ㄑㄩ (qū) 名1有一定範圍的地方。如：地區。2直轄市和省轄市之下的地方自治單位。如：臺北市松山區。形微小的。如：區區。動分

辨。如：區分。

ㄡ (ōu) ㊕姓。

【區別】(ㄑㄩ ㄅㄧㄝˊ) 1分辨；分別。同「區分」。例這件仿冒的皮包做得很像真的，教人難以區別。2差異；不同。例這兩張卡片的區別是：一張右上角有緞帶，另一張則沒有。

【區區】(ㄑㄩ ㄑㄩ) 微小。例這區區小事，你就不用放在心上了。

✽分區、學區、保護區

11/9 **匾** ㄅㄧㄢˇ (biǎn) 一 𠂆 ㄕ 户 戶 戶 扁 扁 扁 扁 匾

名 掛在門牆上，上面題有大字的橫長木板。如：匾額。

十(ㄕˊ)部

2/0 **十** ㄕˊ (shí) 一 十

形 非常；極度。如：十分。數 大寫作「拾」，阿拉伯數字作「10」。

【十分】(ㄕˊ ㄈㄣ) 非常。例獲知兒子獲得奧運金牌，小木的父母十分高興。

【十全十美】(ㄕˊ ㄑㄩㄢˊ ㄕˊ ㄇㄟˇ) 形容非常完美，沒有任何缺點。例為了在校慶時有十全十美的表現，樂隊每天放學後都會留下來練習。

【十惡不赦】(ㄕˊ ㄜˋ ㄅㄨˋ ㄕㄜˋ) 形容罪惡深重到無法寬恕。例阿任並非十惡不赦的罪人，大家為何不肯原諒他？

【十萬火急】(ㄕˊ ㄨㄢˋ ㄏㄨㄛˇ ㄐㄧˊ) 形容非常緊急。例這件公文十萬火急，請趕緊送給市長過目。

✽雙十、合十、一五一十

3/1 **千** ㄑㄧㄢ (qiān) ノ 二 千

形 比喻極多。如：千山萬水。數 十的一百倍為千。大寫作「仟」。

【千金】(ㄑㄧㄢ ㄐㄧㄣ) 1尊稱別人家的女兒。近令嫒。2形容貴重或很多錢。

例這件貂皮大衣價值千金，可別弄髒了。近昂貴；珍貴。

【千萬】ㄑㄧㄢ ㄨㄢˋ ①數詞。是一萬的一千倍。②形容數目很多。例張先生樂善好施，數以千萬的人受過他的幫助。③務必；一定。例老師叮嚀小毛，比賽當天千萬不要遲到。

【千里馬】ㄑㄧㄢ ㄌㄧˇ ㄇㄚˇ ①一天能走千里的馬。指非常優良的馬。②比喻才能高超的人。例大雄是難得的千里馬，若好好栽培，前途將不可限量。

【千方百計】ㄑㄧㄢ ㄈㄤ ㄅㄞˇ ㄐㄧˋ 用盡所有方法。例大龍千方百計想要得到寶藏，最後卻失敗了。反無計可施。

【千辛萬苦】ㄑㄧㄢ ㄒㄧㄣ ㄨㄢˋ ㄎㄨˇ 形容非常辛苦。例小英費盡千辛萬苦，終於找到失散多年的母親。反反掌折枝。

【千里迢迢】ㄑㄧㄢ ㄌㄧˇ ㄊㄧㄠˊ ㄊㄧㄠˊ 形容路途非常遙遠。例田先生千里迢迢到美國探親。

【千奇百怪】ㄑㄧㄢ ㄑㄧˊ ㄅㄞˇ ㄍㄨㄞˋ 非常奇怪。例海中有許多千奇百怪的生物，是我們從未見過的。

【千真萬確】ㄑㄧㄢ ㄓㄣ ㄨㄢˋ ㄑㄩㄝˋ 形容事情的真實度很高。例小明要轉學的消息千真萬確，就在下個月。

【千鈞一髮】ㄑㄧㄢ ㄐㄩㄣ ㄧˋ ㄈㄚˇ 形容情況非常危急。也作「一髮千鈞」。例電影中主角在千鈞一髮之際救出人質，令觀眾鬆了口氣。近危如累卵。

【千載難逢】ㄑㄧㄢ ㄗㄞˇ ㄋㄢˊ ㄈㄥˊ 形容機會非常難得。例這可是一個千載難逢的好機會，你要好好把握。

【千篇一律】ㄑㄧㄢ ㄆㄧㄢ ㄧˊ ㄌㄩˋ 形容內容或形式都一樣，一點變化也沒有。例這些書的內容千篇一律，不值得買。近一成不變。反變化多端。

【千變萬化】ㄑㄧㄢ ㄅㄧㄢˋ ㄨㄢˋ ㄏㄨㄚˋ 形容變化多端，無法捉摸。例魔術表演千變萬化，令人充滿驚奇。

✽感慨萬千、一日千里

卅 4/2

ㄙㄚˋ (sà) 一 十 卄 卅

㊥三十。如：卅週年。

午 4/2

ㄨˇ (wǔ) ㊔ ①地支的第七位。②時辰名。指上午十一點到下午一點。③泛指白天或夜中的某個時段。如：上午。 ノ ㇉ 𠂉 午

·ㄏㄨㄛ (huo)（限讀）見「晌午」。

【午夜ㄨˇ ㄧㄝˋ】半夜。指晚上十一點到隔天凌晨一點的時間。

升 4/2

ㄕㄥ (shēng) ノ 𠂉 千 升

㊨由下而上。如：提升。㊧計算容量的單位。十公合為一公升，一公升等於一千毫升。

【升級ㄕㄥ ㄐㄧˊ】從低的級數升到高的級數。㊙小明的電腦太過老舊，必須全面升級。

【升遷ㄕㄥ ㄑㄧㄢ】指人的官位或職等提高。㊙一家好的公司，必須有合理的升遷制度，才能吸引人才。

【升學ㄕㄥ ㄒㄩㄝˊ】由低一等的學校畢業後，到較高一等的學校就讀。

✽上升、爬升、攀升

半 5/3

ㄅㄢˋ (bàn) 丶 丷 䒑 亠 半

㊔二分之一。如：一半。㊫①中間的。如：半夜。②一半的；部分的。如：一知半解。㊖一會兒。如：半晌。

【半島ㄅㄢˋ ㄉㄠˇ】三面臨海，一面與大陸相接的陸地。

【半徑ㄅㄢˋ ㄐㄧㄥˋ】指圓周到圓心的直線距離。

【半斤八兩ㄅㄢˋ ㄐㄧㄣ ㄅㄚ ㄌㄧㄤˇ】比喻情況相等，不相上下。㊙你們兩人是半斤八兩，一樣懶惰。㊜天壤之別。

十

十

【半信半疑】有點相信，也有點懷疑。指無法判定真假。例儘管阿本不斷強調這個皮包是真的名牌，阿力仍是半信半疑。

【半途而廢】事情做到一半就停止不做了。例李先生做事常常半途而廢，難怪都五十歲了還沒有什麼成就。近功虧一簣。反貫徹始終；持之以恆。

❋夜半、減半、事倍功半

卉 5/3 ㄏㄨㄟˋ (huì) 一 十 土 卉 卉

名草類植物的總稱。如：花卉。

卒 8/6 ㄗㄨˊ (zú) 丶 亠 亣 亣 亣 亣 亣 卒

名①供驅遣、差役的人。如：販夫走卒。②士兵。如：士卒。動①終止；結束。如：卒業。②死亡。如：暴卒。

ㄘㄨˋ (cù) 副突然。通「猝」。如：卒然。

❋倉卒、無名小卒

協 8/6 ㄒㄧㄝˊ (xié) 一 十 ⺘ 扐 协 协 協 協

動幫助。如：協助。副共同。如：協調。

【協助】幫助。例這件工作我不太熟悉，希望能得到你的協助。反破壞。

【協商】共同商討以取得相同的意見。例經過兩黨的協商之後，法案終於通過了。

【協議】共同商議後的決定。例小剛答應遵守我們的協議，絕不向其他人洩露祕密。

❋國協、妥協、同心協力

卓 8/6 ㄓㄨㄛˊ (zhuó) 丨 卜 ⺊ 占 占 卓 卓

形高超的；超凡的。如：卓見。

【卓越 ㄓㄨㄛˊ ㄩㄝˋ】表現優異而傑出。㊎陳教授卓越的研究成果獲得了眾人的肯定。

8/6
卑 ㄅㄟ (bēi)

㊒低下。如：卑微。㊍輕視；看不起。如：自卑。

【卑微 ㄅㄟ ㄨㄟˊ】地位很低、不高貴。㊎雖然他出身卑微，卻是一位很有見識的人。㊌高貴。

【卑鄙 ㄅㄟ ㄅㄧˇ】言行惡劣無恥。㊎阿蒼為了名利而陷害他人，真是卑鄙。㊌正派。

✽謙卑、尊卑、不卑不亢

9/7
南

ㄋㄢˊ (nán) ㊔方位名。與「北」相對。㊒南邊的。如：南岸。

ㄋㄚˊ (nā)（限讀）見「南無」。

【南無 ㄋㄚˊ ㄇㄛˊ】梵語音譯。指皈依、敬禮。

【南極 ㄋㄢˊ ㄐㄧˊ】地球軸心最南的一端。

【南轅北轍 ㄋㄢˊ ㄩㄢˊ ㄅㄟˇ ㄔㄜˋ】想要向南行，車子卻駛向北方。比喻想法、行為或個性相反。㊎小亭和小玲雖然是雙胞胎姐妹，但個性卻南轅北轍，一個內向害羞，一個外向活潑。

✽指南、天南地北、壽比南山

12/10
博 ㄅㄛˊ (bó)

㊒眾多；豐富。如：地大物博。㊍①換取。如：博得。②賭錢。如：賭博。

【博愛 ㄅㄛˊ ㄞˋ】廣大平等的愛心。㊎各大宗教都具有博愛的精神，教導世人要發揮愛心，幫助弱小。㊍兼愛。㊌偏愛。

【博學】(ㄅㄛˊ ㄒㄩㄝˊ) 學問豐富而廣大。(例) 大量的閱讀和深入的研究，可以幫助我們成為一個博學的人。

【博物館】(ㄅㄛˊ ㄨˋ ㄍㄨㄢˇ) 永久陳列與保存各種文物、典籍、標本、模型，以及提供學術研究與社會教育的場所。又稱「博物院」。

✽淵博、旁徵博引

卜 ㄅㄨˇ 部

卜 2/0 ㄅㄨˇ (bǔ) 丨 卜

(動) 1古人由燒灼龜殼、牛骨所產生的裂紋，推測事情的吉凶。如：占卜。2預測。如：生死未卜。3選擇。如：卜居。

【卜卦】(ㄅㄨˇ ㄍㄨㄚˋ) 用占卜的方式推測吉凶、預知事情的好壞。(例) 最近事事不順，真想請人卜卦一下，看看能不能趨吉避凶。

✽求神問卜、未卜先知

卞 4/2 ㄅㄧㄢˋ (biàn) 丶 亠 亣 卞

(形) 急躁。如：卞急。

卡 5/3 丨 ⺊ 上 卡 卡

ㄎㄚˇ (kǎ) (名) 1政府派兵駐守的關口或收稅的地方。如：關卡。2英語 card 的音譯。硬紙片。如：聖誕卡。(量) 見「卡路里」。

ㄑㄧㄚˇ (qiǎ)（限讀）(名) 夾住頭髮或物品的小夾子。如：卡子。

【卡司】(ㄎㄚˇ ㄙ) 英語 cast 的音譯。一齣戲的演員陣容或角色分配。(例) 這部擁有超強卡司的電影，預料將會有極高的票房。

【卡通】(ㄎㄚˇ ㄊㄨㄥ) 英語 cartoon 的音譯。將有故事情節的圖片拍成連續動作的影片，內容通常以趣味、誇張為

主，也是兒童最喜愛的節目。

【卡路里】英語 calorie 的音譯。計算熱量的單位。簡稱「卡」。即一克的純水升高攝氏一度所需的熱量。

✽賀卡、刷卡、信用卡

占 5/3

ㄓㄢ (zhān) 動 根據徵兆來推測吉凶。如：占星。

ㄓㄢˋ (zhàn) 動 據有。通「佔」。如：占有。

【占卜】用測字、卜卦的方式來預測吉凶好壞。

【占領】用強迫的方式奪得他人的土地。例 第二次世界大戰時，德軍占領了歐洲許多國家的土地。

【占便宜】讓別人損失，而自己能得到利益。例 大雄是個愛占便宜的人。反 吃虧。

【占為己有】將別人的東西霸占為自己所有。例 小田撿到我的鉛筆並占為己有，實在太過分了。

✽侵占、強占、竊占

卦 8/6

ㄍㄨㄚˋ (guà)

名 古代占卜用的符號，原本有八卦，後來擴充為六十四卦。

✽變卦、卜卦、八卦

卩部 ㄐㄧㄝˊ

卯 5/3

ㄇㄠˇ (mǎo)

名 1 地支的第四位。2 時辰名。指上午五點到七點。動 對上。如：卯上。

【卯足全勁】用盡全力。也作「卯足全力」。例 為了奪得冠軍，阿金卯足全勁向前衝刺。

卮 5/3

ㄓ (zhī) ノ 厂 𠂆 后 卮

名 一種圓形的盛酒器具。如：酒卮。

危 6/4

ㄨㄟˊ (wéi) ノ ⺈ 𠂊 产 厃 危

形 1 不安全的。如：危險。2 病重。如：病危。動 1 傷害。如：危害。2 擔憂害怕。如：人人自危。

【危害】ㄨㄟˊ ㄏㄞˋ 傷害。例 吸菸酗酒等不良習慣，會危害我們的健康。近 危及。反 保護。

【危險】ㄨㄟˊ ㄒㄧㄢˇ 不安全的。例 酒後開車是一件很危險的事。

【危在旦夕】ㄨㄟˊ ㄗㄞˋ ㄉㄢˋ ㄒㄧˋ 危險隨時會降臨。形容處境非常危險。例 戰火下的人民過著危在旦夕的生活。近 朝不保夕。反 穩若泰山。

【危言聳聽】ㄨㄟˊ ㄧㄢˊ ㄙㄨㄥˇ ㄊㄧㄥ 故意說一些嚇人的話讓人吃驚害怕。例 這則報導危言聳聽，不值得相信。近 駭人聽聞。

【危機四伏】ㄨㄟˊ ㄐㄧ ㄙˋ ㄈㄨˊ 到處都潛伏著危險。例 海邊戲水危機四伏，沒有救生員的地方，千萬不可下水。

✽臨危不亂、轉危為安

印 6/4

ㄧㄣˋ (yìn) ノ 𠂆 ⺁ 𠂎 印 印

名 1 用木頭或金石刻成的圖章。如：印章。2 痕跡。如：腳印。動 1 在物體上留痕跡。如：烙印。2 印刷。如：排印。3 符合。如：印證。

【印象】ㄧㄣˋ ㄒㄧㄤˋ 存留在心中，對某人或某事物的影像。例 在我的印象中，楊先生是一位彬彬有禮的男士。

【印證】ㄧㄣˋ ㄓㄥˋ 證明與事實符合。例 這篇文章引用了其他專家的話來印證自己的說法。近 證實。

✽手印、翻印、心心相印

7/5
即 ㄐㄧˊ (jí) 即
筆順：ㄱ ㅋ ㅋ 皀 艮 即

形 當下。如：即時。動 1 靠近；投向。如：若即若離。2 到；登上。如：即位。3 是；就是。如：半徑即直徑的一半。副 1 便；就。如：招之即來，揮之即去。2 立刻。如：立即出發。連 若；假使。如：即使。

【即日】ㄐㄧˊ ㄖˋ 當天；當日。近 今日。

【即使】ㄐㄧˊ ㄕˇ 就算是。例 考試作弊，即使得到一百分，也很不光榮。近 縱使。

【即時】ㄐㄧˊ ㄕˊ 1 立刻；即刻。例 緋聞見報後，那位明星即時發表聲明加以否認。近 馬上。2 當下；此刻。例 現在只要打開電視，就可以獲得即時的新聞資訊。反 過時。

【即將】ㄐㄧˊ ㄐㄧㄤ 快要；就要。例 這家新的百貨公司，即將在下星期開幕。近 將要。

【即興】ㄐㄧˊ ㄒㄧㄥˋ 對眼前事物產生感觸而引發興致。例 小靜在課堂上即興表演了魔術，大家都拍手叫好。

❋ 隨即、一拍即合、稍縱即逝

7/5
卵 ㄌㄨㄢˇ (luǎn) 卵
筆順：丿 𠂉 ㄗ 卯 卵 卵

名 蛋。如：魚卵。形 形狀像卵的。如：鵝卵石。

【卵子】ㄌㄨㄢˇ ㄗˇ 雌性動物從卵巢產生的生殖細胞，受精後能產生新的個體。

【卵生】ㄌㄨㄢˇ ㄕㄥ 動物在母體內還未發育完成，便以卵的狀態生出來，再經孵化後破殼而出。如烏龜、雞、鴨、鵝等，都是卵生動物。

❋ 殺雞取卵、以卵擊石

8/6
卷
丶 丷 䒑 ⺷ 𠔉 类 卷

ㄐㄩㄢˋ (juàn) ㊔ ①可以捲起來收藏的書畫。如：手不釋卷。②書籍的分篇。如：第三卷。③公私機構的公事文件。如：卷宗。④考試測驗的用紙。如：試卷。㊖計算字畫書籍的單位。如：三卷畫。

ㄐㄩㄢˇ (juǎn) 通「捲」。㊔形狀捲曲的東西。如：春卷。㊕把質地軟的東西折起來，或彎曲成圓筒狀。如：卷起袖子。㊖計算成卷物品的單位。如：五卷底片。

ㄑㄩㄢˊ (quán) ㊓彎曲的。如：卷曲。

✽交卷、考卷、蛋卷

8/6
卸
ㄒㄧㄝˋ (xiè) 丿 𠂉 𠂉 午 午 𠂤 𨥫 卸

㊕①放下。如：卸貨。②解除。如：卸妝。③推脫。如：推卸。

【卸下】ㄒㄧㄝˋ ㄒㄧㄚˋ 將東西放下。㊎阿丁將行李卸下，準備在旅館休息一晚。

【卸任】ㄒㄧㄝˋ ㄖㄣˋ 解除職位。㊎李院長卸任後，仍時常回育幼院探望院童。

㊜去職。㊍就任。

✽拆卸、脫卸、交卸

8/6
卹
ㄒㄩˋ (xù) 丿 𠂊 白 白 血 血 卹 卹

㊕①憐憫。如：體卹。②救濟。如：撫卹。

辨析 「卹」和「恤」音義都相同，但「撫卹金」一詞，多半用「卹」。

9/7
卻
ㄑㄩㄝˋ (què) 丿 八 𠆢 𠔁 谷 谷 谷 谷 卻

㊕退。如：退卻。㊒反；倒。如：我們要往東走，他卻要往西。㊐但。表示轉折的意思。如：這道菜不好看卻很好吃。㊑用在動詞之後。意思同於「掉」、「去」、「了」。如：拋卻。

【卻步】(ㄑㄩㄝˋ ㄅㄨˋ) 因害怕或厭惡而向後退。㊀這家小吃店髒亂不堪，令人望之卻步。

✽冷卻、忘卻、盛情難卻

10/8 **卿** ㄑㄧㄥ (qīng)

㊔古代官名。掌理國政的大臣。如：三公九卿。㊅1君主對臣下的敬稱。如：賢卿。2夫妻之間相互的暱稱。如：卿卿吾愛。

【卿卿我我】(ㄑㄧㄥ ㄑㄧㄥ ㄨㄛˇ ㄨㄛˇ) 形容男女之間親暱的樣子。㊀看那對情侶卿卿我我的模樣，感情應該很不錯。㊂你儂我儂。

厂 部 ㄏㄢˇ

4/2 **厄** ㄜˋ (è) 一 厂 厄

㊔困難；災難。如：解厄。㊆不幸的；困苦的。如：厄運。

【厄運】(ㄜˋ ㄩㄣˋ) 很壞的運氣。㊇好運。

9/7 **厚** ㄏㄡˋ (hòu) 一 厂 厚

㊔扁平物體從表面到底面的距離。㊆1不薄的。如：厚紙板。2重；大；深。如：厚愛。3忠實。如：忠厚。

【厚望】(ㄏㄡˋ ㄨㄤˋ) 很大的期望。㊀小明的父母對他寄予厚望，希望將來他能夠成功。

【厚此薄彼】(ㄏㄡˋ ㄘˇ ㄅㄛˊ ㄅㄧˇ) 重視或優待一方，輕視或怠慢另外一方。㊀班長對待同學厚此薄彼的作法，很讓人生氣。㊇一視同仁。

✽仁厚、憨厚、豐厚

10/8 **厝** ㄘㄨㄛˋ (cuò) 一 厂 厝

㊔房屋的俗稱。如：古厝。㊉停放

卩
厂

棺材。如：安厝。

10/8

原 ㄩㄢˊ (yuán)

名 1 根本。如：本原。2 廣大而平坦的土地。如：平原。形 最初的；本來的。如：原著。動 寬恕。如：原諒。副 本來。如：原是。

【原因】ㄩㄢˊ ㄧㄣ 事情的起因。例 警方正在調查這起火警發生的原因。

【原來】ㄩㄢˊ ㄌㄞˊ 1 本來。例 這張桌子原來是放在地下室的。2 推測事情原由的口氣。例 這件事原來是小紅做的。

【原始】ㄩㄢˊ ㄕˇ 最初。例 這個計畫的原始構想是阿芳提出來的。

【原則】ㄩㄢˊ ㄗㄜˊ 說話與行事所依據的法則或準則。例 媽媽教育孩子很有原則，賞罰分明。

【原料】ㄩㄢˊ ㄌㄧㄠˋ 用來製造物品的材料。反 成品。

【原諒】ㄩㄢˊ ㄌㄧㄤˋ 寬恕。例 李先生原諒了陷害過他的人。近 饒恕。反 記恨。

【原住民】ㄩㄢˊ ㄓㄨˋ ㄇㄧㄣˊ 最初在某一地區居住的人民。

【原形畢露】ㄩㄢˊ ㄒㄧㄥˊ ㄅㄧˋ ㄌㄨˋ 本來的面目完全暴露出來。例 經過這件事，他貪婪的本性已經原形畢露。

【原來如此】ㄩㄢˊ ㄌㄞˊ ㄖㄨˊ ㄘˇ 原來是這樣的。通常用來表示忽然了解事情本末。例 原來如此，小明昨天沒來上課是因為生病了。

【原封不動】ㄩㄢˊ ㄈㄥ ㄅㄨˋ ㄉㄨㄥˋ 保持原有的狀態或面貌。例 那盒不知誰送的禮物還原封不動的放在桌上。

※還原、情有可原、物歸原主

12/10

厥 ㄐㄩㄝˊ (jué)

代 他的；那個。如：大放厥詞。動 暈倒。如：昏厥。

14/12

厭

一 厂 厂 戸 戸 戸 戸 肙 肙 肙 肙 肙 厭 厭

ㄧㄢˋ (yàn) 動 1 不喜歡；沒有興趣。如：厭食。2 滿足。如：貪得無厭。

ㄧㄢ (yān) （限讀）見「厭厭」。

【厭倦】ㄧㄢˋ ㄐㄩㄢˋ 對事物感到疲倦而不喜歡。例 我對目前的生活感到非常厭倦。近 倦怠。反 熱中。

【厭惡】ㄧㄢˋ ㄨˋ 討厭憎恨。例 小珍非常厭惡蟑螂。反 熱愛。

【厭厭】ㄧㄢ ㄧㄢ 形容生病虛弱的樣子。例 妹妹說她肚子痛，病厭厭的躺在床上。

※討厭、喜新厭舊、百看不厭

15/13

厲

ㄌㄧˋ (lì)

一 厂 厂 厂 严 严 严 厝 厝 厝 厝 厲 厲 厲 厲

形 1 嚴肅。如：嚴厲。2 猛烈。如：厲害。3 凶惡的。如：厲鬼。動 奮起；振奮。如：厲精圖治。

【厲行】ㄌㄧˋ ㄒㄧㄥˊ 認真嚴格的施行。例 從這學期開始，老師厲行沒帶課本就必須要罰站的規定。

【厲害】ㄌㄧˋ ㄏㄞˋ 1 精明高超。例 小強的投籃技巧很厲害，是校隊的風雲人物。近 優秀。2 劇烈；嚴重。例 美美病得很厲害，好幾天都無法去上課。

辨析 「厲害」和「利害」讀音相同，但「厲害」用在強調程度上的高、強、猛烈或嚴重。「利害」則是指好處和壞處，如：利害得失、利害關係。

※淒厲、再接再厲、變本加厲

ㄙ部

5/3

去

ㄑㄩˋ (qù)

一 十 土 去 去

(名)漢語聲調之一。如重、大、綠等字的聲調。(形)過去的。如：去年。(動)①往；到。與「來」相對。如：去學校。②離開。如：去職。③死亡。如：去世。④除掉。如：去除。⑤失掉。如：大勢已去。(助)表示事情的進行。相當於「啊」、「了」。如：他吃飯去了。

【去處】ㄑㄩˋ ㄔㄨˋ ①地方；場所。(例)河濱公園是假日休閒的好去處。②所去的地方。(例)問遍了所有人，竟沒有人知道小強的去處。(近)去向。

【去蕪存菁】ㄑㄩˋ ㄨˊ ㄘㄨㄣˊ ㄐㄧㄥ 去除多餘、無用的，留下好的。(例)弟弟的作文太多廢話，需要再去蕪存菁才行。

※揚長而去、來龍去脈

11/9 **參**

ㄘㄢ (cān) (動)①加入。如：參政。②進謁。如：參見。③研究。如：參禪。

ㄕㄣ (shēn) (名)草藥名。如：人參。

ㄘㄣ (cēn) 見「參差」。

ㄙㄢ (sān) (數)「三」的大寫。通「三」。

【參天】ㄘㄢ ㄊㄧㄢ 高入天際。形容很高大。(例)森林裡有許多參天的大樹，相當壯觀。

【參加】ㄘㄢ ㄐㄧㄚ 加入。(例)小苗今年參加了兒童夏令營。(反)退出。

【參考】ㄘㄢ ㄎㄠˇ 以相關資料作為考查印證。(例)老師參考了相關書籍之後，自己編了一本講義。

【參差】ㄘㄣ ㄘ 不整齊的樣子。(例)髮型師把穎穎的頭髮剪得參差不齊，讓她氣壞了。

【參與】ㄘㄢ ㄩˇ 參加。(例)他為了參與這場盛大的宴會，特別打扮了一番。

【參觀】ㄘㄢ ㄍㄨㄢ 實地觀覽或考察。(例)今天老師帶我們去參觀故宮博物

院。㊣近遊覽。

又部

2/0
又 ㄧㄡˋ (yòu) ㇇ 又

副 1再一次。如：他又遲到了。2更加。如：陳先生的病情又加重了。連 1用來連接平行關係的詞。如：他又高又帥。2表示轉折的語氣。如：媽媽才誇讚弟弟乖巧，他現在又頑皮了。3表示數目的附加。如：三又二分之一。

3/1
叉 ㄔㄚ (chā) ㇇ 又 叉

名 1末端有分枝的器具。如：刀叉。2符號「×」，表示答案錯誤或作廢。如：打叉。形 分歧的。如：叉路。動 1交錯。如：兩手交叉。2插入。如：叉魚。

✽魚叉、打叉、夜叉

4/2
友 ㄧㄡˇ (yǒu) 一 ナ 方 友

名 意氣相投的人。如：朋友。形 有交情的；有良好關係的。如：友邦。動 1結交。如：友好。2相親相愛。如：兄友弟恭。

【友情 ㄧㄡˇ ㄑㄧㄥˊ】朋友間的感情。同「友誼」。

【友善 ㄧㄡˇ ㄕㄢˋ】親近而充滿善意。例 轉學的第一天，大家都對我很友善。

✽親友、良師益友、化敵為友

4/2
反 ㄈㄢˇ (fǎn) 一 厂 万 反

形 相反的。如：反面。動 1翻轉。如：易如反掌。2回來。如：往反。3背叛。如：造反。4類推。如：舉一反三。5翻案。如：平反。副 倒是。如：反倒是。

【反正】(ㄈㄢˇ ㄓㄥˋ) 不管怎樣；無論如何。(例) 我不想和大家去唱歌了，反正我也唱得不好聽。

【反抗】(ㄈㄢˇ ㄎㄤˋ) 反對且抵抗外來的壓迫。(例) 政府拆除違建時，受到住戶激烈的反抗。(近) 對抗。(反) 順從。

【反映】(ㄈㄢˇ ㄧㄥˋ) ①因為事物的狀態，而產生和它相關的現象。(例) 學生的程度普遍降低，反映出我們的教育可能出了問題。②對某事件表示意見。(例) 這項規定很不合理，老師決定向學校反映。

【反省】(ㄈㄢˇ ㄒㄧㄥˇ) 對自己的言論和行為重新思考檢討。(例) 小三從來不曾反省自己，只會責怪別人。

【反悔】(ㄈㄢˇ ㄏㄨㄟˇ) 對已做過或已決定的事感到後悔。(例) 你已經答應要參加比賽了，怎麼可以中途反悔？

【反感】(ㄈㄢˇ ㄍㄢˇ) 對事物感到不喜歡或排斥。(例) 陳大哥對抽菸的人很反感。(近) 厭惡。(反) 好感。

【反對】(ㄈㄢˇ ㄉㄨㄟˋ) 對事物表示不贊同。(例) 多數人反對小安今天在班會的提案。(反) 贊成；認同。

【反駁】(ㄈㄢˇ ㄅㄛˊ) 提出反對的理由，駁斥對方的意見。(例) 她話一出口，就遭到大家反駁。(近) 辯駁。(反) 默認。

【反應】(ㄈㄢˇ ㄧㄥˋ) ①物質受作用而引起的變化。(例) 將這兩種物質加在一起會發生化學反應。②受刺激而引起的身心活動。(例) 看到我被同學欺負，哥哥竟然一點反應也沒有，真是令人生氣。

辨析 「反應」與「反映」的意思有別：「反應」是指由刺激所引起的一切活動，較偏於生理的、物理的現象，如：過敏性反應、連鎖反應。「反映」則指陳述意見或呈現出某件事物所造成的影響。

【反目成仇】ㄈㄢˇ ㄇㄨˋ ㄔㄥˊ ㄔㄡˊ 原本關係良好的人，因關係惡化而成為仇人。㊣例 這兩位公司股東因為錢的問題而反目成仇。

【反敗為勝】ㄈㄢˇ ㄅㄞˋ ㄨㄟˊ ㄕㄥˋ 將原本即將失敗的情勢轉為勝利。例 本校籃球隊在比賽中反敗為勝，令人振奮。反 一敗塗地。

✽相反、違反、物極必反

及

4/2 ㄐㄧˊ (jí) ノ ア 乃 及

動 1 到；到達。如：推己及人。2 趕得上。如：及時。3 比得上。如：你不及他。4 牽涉。如：涉及。連 與；和。如：蘭花及梅花。

【及早】ㄐㄧˊ ㄗㄠˇ 趁早。例 癌症若能及早發現，就能及早治療。

【及時】ㄐㄧˊ ㄕˊ 把握時機；剛好趕上。例 在一路奔跑之下，小祥總算及時趕上末班公車。

✽措手不及、愛屋及烏

取

8/6 ㄑㄩˇ (qǔ) 一 丆 丌 耳 耳 耳 取 取

動 1 拿。如：取貨。2 得到。如：取信。3 選擇。如：取景。4 求；尋求。如：自取其辱。

【取代】ㄑㄩˇ ㄉㄞˋ 排除他人或同類事物，並代替其位置。例 陳小姐的職位被張小姐給取代了。近 替代。

【取消】ㄑㄩˇ ㄒㄧㄠ 放棄已經決定的事物。例 航空公司臨時取消今天飛往東京的班機。

【取笑】ㄑㄩˇ ㄒㄧㄠˋ 開玩笑。例 你老愛取笑別人，小心哪天惹人生氣。近 譏笑。

【取締】ㄑㄩˇ ㄉㄧˋ 對於某種言論或行為，藉由法律來加以限制、管理或監督。例 騎乘機車若不戴安全帽，將會受到警察取締。

✽索取、撈取、錄取

又

8/6
叔
ㄕㄨˊ (shú)

(名) 1稱父親的弟弟。2稱丈夫的弟弟。3稱和父親同輩而年紀較小的男子。

8/6
受
ㄕㄡˋ (shòu)

(動) 1收取；接獲。如：受之無愧。2容納；容忍。如：承受。3被；遭到。如：受害。

【受用】ㄕㄡˋ ㄩㄥˋ 受益。(例)蕭老師的建議我覺得很受用。(近)有用。

【受害】ㄕㄡˋ ㄏㄞˋ 遭受禍害。(例)這次毒奶粉事件有許多嬰兒受害。

【受騙】ㄕㄡˋ ㄆㄧㄢˋ 被人欺騙。(例)陳小姐很精明，沒那麼容易受騙。

【受寵若驚】ㄕㄡˋ ㄔㄨㄥˇ ㄖㄨㄛˋ ㄐㄧㄥ 受到特別的關愛時，驚喜得不知該如何是好。(例)老闆的重用，讓小鋼受寵若驚。

✽享受、飽受、感同身受

9/7
叛
ㄆㄢˋ (pàn)

(動) 背離；違背。如：反叛。

【叛逆】ㄆㄢˋ ㄋㄧˋ 背叛而不順從。(例)嚐嚐上了國中之後變得很叛逆。(近)反叛。

【叛亂】ㄆㄢˋ ㄌㄨㄢˋ 背叛作亂。(例)民國初年軍閥割據叛亂，讓人民陷入戰亂之中。(近)謀逆。

10/8
叟
ㄙㄡˇ (sǒu)

(名) 年老的男子。如：老叟。

11/9
曼
ㄇㄢˋ (màn)

(形) 美妙的。如：曼妙。

【曼妙】ㄇㄢˋ ㄇㄧㄠˋ 姿態柔美的樣子。(例)小愛曼妙的舞姿吸引了許多觀眾。(近)婀娜。

18/16
叢
ㄘㄨㄥˊ (cóng)

又

㊔聚集在一起的人或物。如：花叢。㊍聚集。如：叢聚。

【叢生 ㄘㄨㄥˊ ㄕㄥ】①草木聚生。㊟許久沒整理的花圃，如今已經雜草叢生了。②許多事情一起發生。㊟這家公司問題叢生，前途恐怕不樂觀。

【叢林 ㄘㄨㄥˊ ㄌㄧㄣˊ】茂密的樹林。

✽草叢、樹叢、百病叢生

ㄎㄡˇ 口 部

3/0

口 ㄎㄡˇ (kǒu) 丨冂口

㊔①嘴巴。如：張口。②出入的通道。如：巷口。③破裂的地方。如：傷口。④器物張開的地方。如：瓶口。⑤刀劍的鋒利處。如：刀口。㊖計算人、牲畜或具有口徑器物的單位。如：一家五口；一口井。

【口才 ㄎㄡˇ ㄘㄞˊ】說話、溝通的能力與技巧。

【口令 ㄎㄡˇ ㄌㄧㄥˋ】指揮動作的口號。㊟老師喊一個口令，我就做一個動作。

【口吃 ㄎㄡˇ ㄐㄧˊ】說話不流利，常有字音重複或詞句中斷的現象。㊟廖先生一緊張就會口吃。㊒結巴。

【口味 ㄎㄡˇ ㄨㄟˋ】①滋味。㊟小董偏好重口味的食物。②喜好。㊟玲玲不喜歡市面上那些迎合大眾口味的音樂。㊒愛好。

【口氣 ㄎㄡˇ ㄑㄧˋ】①口中所散發的氣味。②說話的語氣。㊟小珍剛剛說話的口氣很差，不知道在生誰的氣？

【口訣 ㄎㄡˇ ㄐㄩㄝˊ】口說的祕訣、訣竅。㊟燙傷急救的口訣是：沖、脫、泡、蓋、送。

【口碑 ㄎㄡˇ ㄅㄟ】眾人口頭讚揚而形成的評論。

【口頭禪】口頭常說的話。也作「口頭語」。

【口耳相傳】以口說耳聽的方式相互傳授。例在文字發明以前，人類的知識都是透過口耳相傳而來的。

【口沫橫飛】說話滔滔不絕、興致高昂的樣子。例老師在臺上說得口沫橫飛，學生卻在臺下昏昏欲睡。

【口是心非】說的話和內心想的不一樣。例你明明就不想參加這場比賽，為什麼還口是心非、滿口答應？近言不由衷。

【口乾舌燥】1指極度口渴。例夏天時天氣炎熱，容易口乾舌燥。2形容費盡脣舌的樣子。例即使父母勸得口乾舌燥了，但阿忠仍然不理會他們。

✽誇口、藉口、親口

5/2 可

一 丅 𠃍 可 可

ㄎㄜˇ (kě) 動1肯定。如：許可。2適宜。如：可口。副1能夠。如：可以。2表示疑問。如：你可了解？3真；確實。如：可謂英雄也。4值得。如：可貴。連但是。如：可是。助用在句中。表示加強語氣。如：你可回來了。

ㄎㄜˋ (kè) 見「可汗」。

【可口】合於人的口味。例餐桌上擺滿可口的菜餚。近美味。

【可以】1表示同意；允許。例媽媽說我可以跟同學去看電影。近答應。2能夠。例小陸可以連續翻三個筋斗。反不能；不行。3不錯；還好。例弟弟這次月考的分數，媽媽認為還可以。

【可汗】古代西域各國對君王的稱呼。

【可怕】ㄎㄜˇ ㄆㄚˋ 令人感到害怕。例這部恐怖片的情節很可怕，你最好不要看。近驚悚。

【可惜】ㄎㄜˇ ㄒㄧˊ 讓人惋惜。例小朱在比賽時因受傷而退場，真是可惜。

【可惡】ㄎㄜˇ ㄨˋ 令人厭惡。例有一個可惡的小偷，把我的照相機偷走了。近可恨。反討喜。

【可愛】ㄎㄜˇ ㄞˋ 令人喜愛。例張叔叔的小孩很可愛，大家都想抱抱他。

【可憐】ㄎㄜˇ ㄌㄧㄢˊ 1令人同情、憐憫。例小蓉是個可憐的孩子，出生沒多久，父母就因為車禍過世了。2令人喜愛。例小玲楚楚可憐的模樣，令許多男士著迷。

【可靠】ㄎㄜˇ ㄎㄠˋ 可以相信依賴。例這消息的來源很可靠，你大可相信。

❀模稜兩可、情有可原

5/2 叵 ㄆㄛˇ (pǒ)

一 丆 叵 叵 叵

副「不可」的合音。如：居心叵測。

【叵測】ㄆㄛˇ ㄘㄜˋ 不可測度。例競爭對手居心叵測，我們要小心防備才好。

5/2 司 ㄙ (sī)

㇆ ㇆ 司 司 司

名中央機關各部以下的組織單位。如：教育部高等教育司。動掌管。如：各司其職。

【司儀】ㄙ ㄧˊ 在典禮或儀式上，負責程序進行的人。

【司機】ㄙ ㄐㄧ 駕駛汽車、火車的人。

【司空見慣】ㄙ ㄎㄨㄥ ㄐㄧㄢˋ ㄍㄨㄢˋ 比喻事情很常見。例情侶當街親吻，現代人早已司空見慣。近習以為常。反少見多怪。

❀上司、公司、打官司

5/2 古 ㄍㄨˇ (gǔ)

一 十 十 古 古

口

(名)①過去久遠的年代，與「今」相對。如：古今中外。②過去的事物。如：貴古賤今。(形)①過去的；舊的。如：古物。②質樸。如：古樸。

【古老】 ㄍㄨˇ ㄌㄠˇ 年代久遠。(例)這是一個很古老的傳說故事。

【古典】 ㄍㄨˇ ㄉㄧㄢˇ ①古代流傳下來，具有典範性、代表性的事物。②泛指屬於過去或傳統風格的。(例)許多古典詩詞的佳作，到現在仍膾炙人口。

【古怪】 ㄍㄨˇ ㄍㄨㄞˋ 奇怪。(例)校門口站著一個看起來很古怪的男人，所以警衛走向前去探問。(近)奇異。

【古板】 ㄍㄨˇ ㄅㄢˇ 思想守舊，不知變通。(例)陳伯伯很古板，連手機也不想用。(近)保守。

【古董】 ㄍㄨˇ ㄉㄨㄥˇ ①可供鑑賞、研究的古代器物。也作「骨董」。②形容過時的東西或思想守舊的人。(例)你的電腦配備已經是老古董了！

【古蹟】 ㄍㄨˇ ㄐㄧ 具有文化價值的古老建築物、遺址或遺蹟。

【古今中外】 ㄍㄨˇ ㄐㄧㄣ ㄓㄨㄥ ㄨㄞˋ 古代和現代，中國和外國。泛指最廣泛的時間和空間。(例)放眼古今中外，沒有一個偉人的成功是偶然的。

【古色古香】 ㄍㄨˇ ㄙㄜˋ ㄍㄨˇ ㄒㄧㄤ 形容器物、書畫或建築物具有古雅的色彩和風味。(例)這家餐廳布置得古色古香。

✽中古、復古、人心不古

召

5/2 ㇇ 刀 刀 召 召

ㄓㄠˋ (zhào) (動)①呼喚。通常用於上對下。如：召喚。②引起。如：召禍。

ㄕㄠˋ (shào) (專)地名。在陝西。

【召見】 ㄓㄠˋ ㄐㄧㄢˋ 在上位的人約下屬前來見面。(例)總統特別召見今年選出的模範青年代表。

【召開】集合人員開會。例上週五學校召開了本學期的第一次校務會議。
✽感召、號召、徵召

5/2
右
ㄧㄡˋ (yòu)　一 ナ 才 右 右

名右手的那一邊。與「左」相對。
【右派】指政黨中比較保守的一派。近右翼。反左派。
✽左右、無出其右、左右為難

5/2
叮
ㄉㄧㄥ (dīng)　丶 口 口 叮 叮

形形容金屬、玉石碰撞的聲音。如：叮叮咚咚。動①蚊蟲咬人。如：叮咬。②吩咐。如：叮嚀。
【叮噹】形容金屬、玉石相碰撞的聲音。例窗口的風鈴被風吹得叮噹響。
【叮嚀】囑咐交代。例媽媽再三叮嚀我不能到河邊玩水。近吩咐。

5/2
叩
ㄎㄡˋ (kòu)　丶 口 口 叩 叩

動①敲。如：叩窗。②以頭碰地的禮儀。如：叩頭。
【叩頭】跪在地上，以額頭觸碰地面。是古代最敬重的禮節。
【叩謝】叩頭答謝。表示非常感謝的意思。例獲救的人質叩謝他們的救命恩人。

5/2
叨
ㄊㄠ (tāo)　丶 口 口 叨 叨

ㄊㄠ (tāo) 動受人好處。如：叨光。
ㄉㄠ (dāo) 見「嘮叨」。
副自稱的謙詞。如：叨陪末座。
【叨擾】打擾。例不好意思在您府上叨擾了那麼多天。

5/2
叼
ㄉㄧㄠ (diāo)　丶 口 口 叼 叼

動用嘴銜住。如：小狗叼著一塊骨頭。

口

5/2
另 ㄌㄧㄥˋ (lìng)

丨 ㄇ 口 号 另

形 別的。如：另日。副 再；分別。如：另外。

【另類】ㄌㄧㄥˋ ㄌㄟˋ 與眾不同的類別或風格。例 在西門町常可看到許多穿著很另類的人。近 特異。反 平凡。

【另眼相看】ㄌㄧㄥˋ ㄧㄢˇ ㄒㄧㄤ ㄎㄢˋ 用另外一種眼光看待。通常用在好的地方。例 自從小鳳贏得桌球比賽冠軍後，大家就對她另眼相看。

【另當別論】ㄌㄧㄥˋ ㄉㄤ ㄅㄧㄝˊ ㄌㄨㄣˋ 不同於一般情況，另外看待。例 爸爸每天早上都會去公園慢跑，但如果下雨就另當別論了。

5/2
叫 ㄐㄧㄠˋ (jiào)

丨 ㄇ 口 口ㄐ 叫

動 1 呼喊。如：他大叫一聲。2 稱作。如：他叫陳小明。3 鳥蟲獸類發出聲音。如：鳥叫；狗叫。4 使得。如：真叫人生氣。5 使喚；召喚。如：媽媽叫我去買菜。

【叫座】ㄐㄧㄠˋ ㄗㄨㄛˋ 指表演活動或事物有吸引力，受人歡迎喜愛。例 這一系列的電影非常叫座，每場都座無虛席。

【叫罵】ㄐㄧㄠˋ ㄇㄚˋ 大聲罵人。例 那兩輛汽車的駕駛因為車子擦撞，而在馬路上互相叫罵。

【叫賣】ㄐㄧㄠˋ ㄇㄞˋ 賣東西的人沿街喊叫以招攬顧客。例 梁婆婆推著手推車在路上叫賣豆花。

【叫化子】ㄐㄧㄠˋ ㄏㄨㄚˋ ˙ㄗ 乞丐。也作「叫花子」。

【叫苦連天】ㄐㄧㄠˋ ㄎㄨˇ ㄌㄧㄢˊ ㄊㄧㄢ 不斷大聲叫苦。形容非常痛苦、難過。例 颱風來襲，許多低窪地區的居民因為淹水而叫苦連天。

✽吼叫、喊叫、呼叫

只

5/2

丨 ㄇ 口 尸 只

ㄓˇ (zhǐ) 副 1僅僅。如：只有。2儘。如：你只管走。連 但；而。如：只是。

ㄓ (zhī) 量 計算器物的單位。通「隻」。如：一只茶杯。

【只好】除此之外，沒有別的方法。例 你那麼堅持，我也只好聽你的了。近 只能。

【只怕】恐怕。例 明天的郊遊只怕要因雨而取消了。

叱

5/2

ㄔˋ (chì)

丨 ㄇ 口 口ノ 叱

動 1大聲責罵。如：怒叱。2大聲呼喝。如：叱名。

【叱責】大聲責罵。例 阿諾做錯事，被媽媽叱責了一頓。反 讚賞。

【叱吒風雲】發出怒吼，風雲就會因此變色。比喻英雄的威武氣概，足以掌握大勢。例 項羽是秦朝末年叱吒風雲的人物。近 舉足輕重。

史

5/2

ㄕˇ (shǐ)

丨 ㄇ 口 中 史

名 1古代掌管文書和記事的官員。如：史官。2記載過去事蹟的書。如：史書。

【史記】漢朝司馬遷所撰寫的史書，共一百三十卷。記載上自黃帝，下至漢武帝間二千多年的史事。是中國第一部正史及紀傳體史書。

【史前時代】人類還沒有發明文字來記錄史事之前的時代。

【史無前例】在歷史上沒有相同的事例。指前所未有。例 這家公司史無前例的發放獎金給員工。近 亙古未有。

❀歷史、通史、羅曼史

叭 5/2

ㄅㄚ (bā) 丨 ㄇ 口 叭 叭

(形) 形容喇叭聲。

台 5/2

ㄊㄞˊ (tái) ㄥ ㄙ 厶 台 台

(名) 對人尊敬的稱呼。如：台端。(異)「臺」的異體字。

辨析 「台」、「臺」一般可通用，但在某些固定的書信用語中，不可寫成「臺」，如：台啟、台安等。

【台啟】ㄊㄞˊ ㄑㄧˇ 使用於信封正面中間，對收件人的敬語。通常用於平輩。(例) 信封上寫著「蘇大明先生台啟」。

【台端】ㄊㄞˊ ㄉㄨㄢ 對平輩的敬稱。

句 5/2

ノ 勹 勺 句 句

ㄐㄩˋ (jù) (名) 集合數個詞或短語，使具備完整意思的語言單位。如：句子。

ㄍㄡˋ (gòu) （限讀）同「勾當」的「勾」。見「勾當」。

ㄍㄡ (gōu) (動) 通「勾」。1 彎曲。如：句爪。2 搜取；捕捉。如：句魂。

(專) 人名用字。如：句踐。

【句號】ㄐㄩˋ ㄏㄠˋ 標點符號的一種，符號為「。」。用於句子的最後，表示句意完整。

【句點】ㄐㄩˋ ㄉㄧㄢˇ 1 同「句號」。2 比喻完成、結束。(例) 他們精彩的表演，為晚會劃下完美的句點。

✽例句、文句、佳句

吉 6/3

ㄐㄧˊ (jí) 一 十 士 吉 吉 吉

(形) 美好的；順利的。如：大吉大利。

【吉他】ㄐㄧˊ ㄊㄚ 英語 guitar 的音譯。絃樂器名。用手指撥絃彈奏，音色優美。

【吉利】(ㄐㄧˊ ㄌㄧˋ) 吉祥順利。例過年時，我們會說吉利的話祝福別人。

❋逢凶化吉、良辰吉日

6/3
吏 ㄌㄧˋ (lì) 一 𠃌 冖 冂 ... 吏

名官員；辦理公務的人。如：官吏。

6/3
吁 ㄒㄩ (xū) 丨 ㄇ 口 口 ... 吁

動嘆息。如：長吁短嘆。

6/3
吋 ㄘㄨㄣˋ (cùn) 丨 ㄇ 口 口 ... 吋

量英制的長度單位。一吋約等於二．五四公分。十二吋為一呎。

6/3
吐 ㄊㄨˇ (tǔ) 丨 ㄇ 口 口 ... 吐

ㄊㄨˇ (tǔ) 名言辭。如：談吐。動1東西從嘴裡出來。如：吐氣。2說出來。如：吐露。3發；開放。如：吐新芽。

ㄊㄨˋ (tù) 動1胃裡的東西，在自己無法控制下從嘴巴裡出來。如：嘔吐。2退還不合理取得的財物。如：吐出贓款。

【吐露】(ㄊㄨˇ ㄌㄨˋ) 說出。例阿泰向小真吐露愛意，卻沒有得到任何回應。

近傾訴。

【吐苦水】(ㄊㄨˇ ㄎㄨˇ ㄕㄨㄟˇ) 把心中煩悶或不愉快的事情說出。例小和不斷的向阿逸吐苦水，讓他快要受不了。近發牢騷。

❋吞雲吐霧、吞吞吐吐

6/3
同 ㄊㄨㄥˊ (tóng) 丨 冂 冂 同 同 同

名1和諧。如：世界大同。2契約。如：合同。形一樣的。如：同類；同行。動一齊分享、從事。如：同甘苦。副一起。如：有福同享。連和；與。如：我有事同你商量。

【同仁】ㄊㄨㄥˊ ㄖㄣˊ ①一起工作的人。同「同事」。②相同對待，沒有差別。例徐老師對學生都是一視同仁，沒有偏愛。

【同行】㈠ㄊㄨㄥˊ ㄒㄧㄥˊ 走在同一條路上。例既然你也要去香港，我們就一路同行吧！㈡ㄊㄨㄥˊ ㄏㄤˊ 同一種行業。例小娟和小玲是同行，都在保險公司上班。

【同伴】ㄊㄨㄥˊ ㄅㄢˋ 伙伴；同行或共事的人。

【同事】ㄊㄨㄥˊ ㄕˋ 一起工作的伙伴。

【同胞】ㄊㄨㄥˊ ㄅㄠ ①同父母所生。指親兄弟姐妹。②指同國或同民族的人。

【同情】ㄊㄨㄥˊ ㄑㄧㄥˊ 對別人的不幸遭遇感到憐憫與關懷。例那些年紀很小就失去父母的孩子，十分令人同情。

【同意】ㄊㄨㄥˊ ㄧˋ 答應。例阿金沒有經過我的同意，就騎走我的腳踏車，實在太過分了。近允許；許可。

【同學】ㄊㄨㄥˊ ㄒㄩㄝˊ 同校讀書或跟同一位老師學習的人。同「同窗」。

【同性戀】ㄊㄨㄥˊ ㄒㄧㄥˋ ㄌㄧㄢˋ 對同性別的人才會產生戀愛感受的人。反異性戀。

【同心協力】ㄊㄨㄥˊ ㄒㄧㄣ ㄒㄧㄝˊ ㄌㄧˋ 齊心合力，共同合作。例班際躲避球比賽，我們班靠著同心協力，終於獲勝。近團結一致。

【同甘共苦】ㄊㄨㄥˊ ㄍㄢ ㄍㄨㄥˋ ㄎㄨˇ 一起享受歡樂，一起承擔困苦。例夫妻之間要能同甘共苦，家庭才能和樂。近患難與共。

【同流合汙】ㄊㄨㄥˊ ㄌㄧㄡˊ ㄏㄜˊ ㄨ 跟著壞人一起做壞事。例阿建和學校附近的小流氓同流合汙，一起欺負弱小的同學。近隨波逐流。反潔身自愛。

【同病相憐】ㄊㄨㄥˊ ㄅㄧㄥˋ ㄒㄧㄤ ㄌㄧㄢˊ 指人因處境或遭遇相同而互相憐憫。例小敏和阿琪因為同病相憐而成為好朋友。

❀雷同、不同凡響、感同身受

吊 6/3

ㄉㄧㄠˋ (diào)

丶 ㄇ 口 口 吕 吊

動 懸掛。如：吊單槓。

【吊橋】ㄉㄧㄠˋ ㄑㄧㄠˊ 架於河川或山谷之間，以大鋼索吊掛的橋梁。

【吊胃口】ㄉㄧㄠˋ ㄨㄟˋ ㄎㄡˇ 故意引起別人的興趣，卻又不讓他滿足。例 小英話沒說完就不說了，簡直是故意在吊胃口嘛！

吃 6/3

丶 ㄇ 口 口' 口ᐟ 吃

ㄔ (chī) 動 1 在口中咀嚼。如：吃飯。2 擔負。如：吃重。3 受；承受。如：吃驚。

ㄐㄧˊ (jí)（限讀） 形 說話結巴的樣子。如：口吃。

【吃力】ㄔ ㄌㄧˋ 費力。例 我看你搬這張桌子顯得很吃力，讓我來幫你吧！反 輕易。

【吃苦】ㄔ ㄎㄨˇ 承受苦難。例 只要肯吃苦、不怕難，沒有什麼事是做不好的。反 享福。

【吃醋】ㄔ ㄘㄨˋ 嫉妒。例 在戀愛時，很多人會變得容易吃醋。

【吃虧】ㄔ ㄎㄨㄟ 遭受損失。例 丁丁的身材瘦小，所以在打籃球時比較吃虧。反 占便宜。

【吃驚】ㄔ ㄐㄧㄥ 感到驚訝。例 聽到家裡失火的消息時，小如吃驚得一句話都說不出來。近 驚愕。

【吃苦耐勞】ㄔ ㄎㄨˇ ㄋㄞˋ ㄌㄠˊ 能忍受勞苦。例 生活困苦的人，大都養成了吃苦耐勞的習性。反 嬌生慣養。

【吃裡扒外】ㄔ ㄌㄧˇ ㄆㄚˊ ㄨㄞˋ 比喻不忠於自己所屬的團體，反而私下幫助外人。例 小宏竟然把我們的計畫告訴別組的人，真是吃裡扒外。

❀小吃、偷吃、自討苦吃

口

吒 6/3

ㄓㄚˋ (zhà)

丶 ㄇ 口 口' 口˝ 吒

(動)惡聲責罵。如：叱吒。

吆 6/3

ㄧㄠ (yāo)

丶 ㄇ 口 口㇜ 口幺 吆

(動)大聲呼喊。如：吆喝。

【吆喝 ㄧㄠ ㄏㄜ˙】高聲喊叫。(例)攤販在路上大聲吆喝。(近)呼喝。

名 6/3

ㄇㄧㄥˊ (míng)

ノ ク タ タ 名 名

(名)[1]稱號。如：書名。[2]聲譽。如：名聲。(形)有名聲的。如：名人。(動)形容。如：莫名其妙。(量)[1]計算人數的單位。如：五名女子。[2]計算排名的單位。如：第一名。

【名言 ㄇㄧㄥˊ ㄧㄢˊ】著名且有價值的言論。(近)警言。(反)廢言。

【名氣 ㄇㄧㄥˊ ㄑㄧˋ】名聲。(例)李博士的演講精彩，所以名氣很大。(近)聲望。

【名堂 ㄇㄧㄥˊ ㄊㄤˊ】[1]花樣；手段。(例)阿明神祕兮兮的，不知道到底在搞什麼名堂？[2]成績；結果。(例)阿龍憑著信心與努力，終於在電影界闖出了名堂來。(近)成果。

【名產 ㄇㄧㄥˊ ㄔㄢˇ】當地出名的產品。(近)土產。

【名勝 ㄇㄧㄥˊ ㄕㄥˋ】風景優美的地方。(近)勝地。

【名著 ㄇㄧㄥˊ ㄓㄨˋ】有名的著作。(近)名作。

【名貴 ㄇㄧㄥˊ ㄍㄨㄟˋ】有名且貴重。(例)爸爸在情人節送給媽媽一只名貴的手錶。(近)珍貴。(反)便宜。

【名稱 ㄇㄧㄥˊ ㄔㄥ】事物的稱呼。(例)老闆找大家開會，為新產品取一個名稱。

【名額 ㄇㄧㄥˊ ㄜˊ】規定的人數。(例)本課程招生名額有限，請盡早報名。

【名譽 ㄇㄧㄥˊ ㄩˋ】好的名聲。(例)每個人都要好好珍惜自己的名譽。(反)惡名。

【名不虛傳】ㄇㄧㄥˊ ㄅㄨˋ ㄒㄩ ㄔㄨㄢˊ 名聲與實際相符。㊪小強的三分球十投九中，「神射手」的封號果然名不虛傳。㊲名實相副。㊦名不副實。

【名列前茅】ㄇㄧㄥˊ ㄌㄧㄝˋ ㄑㄧㄢˊ ㄇㄠˊ 成績優秀，名字列在前面。㊪弟弟在班上的成績名列前茅，令爸媽十分開心。㊲獨占鼇頭。

【名副其實】ㄇㄧㄥˊ ㄈㄨˋ ㄑㄧˊ ㄕˊ 名聲與實際一致。㊪小雪是名副其實的淑女。

✽報名、著名、一舉成名

各

6/3 ノ ク 夂 夂 各 各

ㄍㄜˋ (gè) ㊒ 1每。如：各個。2分別的。如：各有千秋。

ㄍㄜˇ (gě) (限讀) 通「個」。見「自個兒」。

【各種】ㄍㄜˋ ㄓㄨㄥˇ 各個種類。㊪櫥窗裡擺滿了各種產品。

【各有所長】ㄍㄜˋ ㄧㄡˇ ㄙㄨㄛˇ ㄔㄤˊ 各有優點或專長。㊪每個人都各有所長，要好好發揮自己的優點。

【各行各業】ㄍㄜˋ ㄏㄤˊ ㄍㄜˋ ㄧㄝˋ 各種行業。㊪只要肯努力，各行各業的人都能成功。

【各說各話】ㄍㄜˋ ㄕㄨㄛ ㄍㄜˋ ㄏㄨㄚˋ 各人堅持自己的看法。㊪爸媽各說各話，讓妹妹不知該聽誰的意見才好。

向

6/3 ノ 丨 冂 向 向 向

ㄒㄧㄤˋ (xiàng)

㊔ 1方位。如：方向。2意志的歸趨。如：志向。㊗ 1朝著。如：向前。2偏袒。如：外公總是向著哥哥。㊖ 一直以來。如：一向如此。

【向上】ㄒㄧㄤˋ ㄕㄤˋ 1朝上。2上進。㊪她是個懂得向上的好孩子。㊦墮落。

【向來】ㄒㄧㄤˋ ㄌㄞˊ 從來。㊪為了保持身體健康，爺爺向來不吃肥肉。㊲一向；素來。

口

口

【向心力】ㄒㄧㄤˋ ㄒㄧㄣ ㄌㄧˋ ①吸引物體趨向中心的力量。反離心力。②使大家團結在一起的力量。例乙班的同學很有向心力，每當有班際比賽，大家總是全力以赴。

✽外向、暈頭轉向、欣欣向榮

6/3
合
ノ 入 亼 亼 合 合

ㄏㄜˊ(hé) 形全部；整個。如：合家歡。動①和諧；融洽。如：百年好合。②閉上。如：合不攏嘴。③聚集。如：會合。④相符。如：合意。⑤折算。如：一臺斤合六百公克。

ㄍㄜˇ(gě) (限讀) 量計算容量的單位。十公合為一公升。

【合力】ㄏㄜˊ ㄌㄧˋ 共同出力。例小明和阿忠合力把大石頭搬走了。近齊力。反獨力。

【合作】ㄏㄜˊ ㄗㄨㄛˋ 在同一目標下，共同努力。例這個骨牌作品是由十個人合作完成的。

【合身】ㄏㄜˊ ㄕㄣ 指衣服大小適合身材。例這件外套的款式很新潮，穿起來也很合身。

【合併】ㄏㄜˊ ㄅㄧㄥˋ 將個別或分散的東西聚集起來。例這兩支球隊合併後，實力會更堅強。

【合格】ㄏㄜˊ ㄍㄜˊ 符合規定標準。例購買檢驗合格的商品，使用起來才會更加有保障。近及格。

【合理】ㄏㄜˊ ㄌㄧˇ 符合事物的道理。例這家餐廳價位合理，東西又好吃，所以常常客滿。

【合群】ㄏㄜˊ ㄑㄩㄣˊ 和群體團結合作，互相幫助。例班上的同學都很合群。

【合適】ㄏㄜˊ ㄕˋ 適宜。例小圓口齒清晰，發音標準，是參加朗讀比賽的合適人選。

✽組合、混合、志同道合

后

6/3 ㄏㄡˋ (hòu)

丿 厂 户 斤 后 后

(名) 對君王妻子的稱呼。如：皇后。

✽太后、母后、王后

吝

7/4 ㄌㄧㄣˋ (lìn) 吝

丶 亠 ㄅ 文 文 吝 吝

(形) 器量狹小。如：吝嗇。(動) 捨不得。如：吝惜。

【吝惜 ㄌㄧㄣˋ ㄒㄧˊ】過分的愛惜而不願拋棄。(例) 阿福對財物並不吝惜，時常捐錢給慈善機構。

【吝嗇 ㄌㄧㄣˋ ㄙㄜˋ】小氣。(例) 他很吝嗇，連鉛筆也不願意借同學。(反) 大方。

吞

7/4 ㄊㄨㄣ (tūn) 吞

一 二 チ 天 天 吞 吞

(動) ①嚥下。如：吞嚥。②兼併。如：併吞。③忍住不發洩。如：忍氣吞聲。

【吞沒 ㄊㄨㄣ ㄇㄛˋ】①淹沒。(例) 洪水吞沒了附近的農田。(近) 淹蓋。②把公有或別人的財物占為己有。(例) 那個官員吞沒了公家的錢，還來不及逃走就被捉到了。(近) 侵吞。

【吞吞吐吐 ㄊㄨㄣ ㄊㄨㄣ ㄊㄨˇ ㄊㄨˇ】說話有顧慮，想說卻不敢說的樣子。(例) 阿金吞吞吐吐，說了半天還是沒把事情交代清楚。(近) 欲言又止。

✽獨吞、狼吞虎嚥

君

7/4 ㄐㄩㄣ (jūn) 君

㇇ コ ヨ 尹 君 君

(名) ①國王。如：君主。②封號。如：孟嘗君。③對人的尊稱。如：夫君。

【君子 ㄐㄩㄣ ㄗˇ】指有才德的人。(反) 小人。

【君王 ㄐㄩㄣ ㄨㄤˊ】古代對帝王的稱呼。(近) 皇帝。

✽國君、暴君、正人君子、請君入甕

吾

7/4

ㄨˊ (wú) 一 丆 万 五 五 吾 吾

㊹代 我；我們的。如：吾愛吾家。

【吾輩】ㄨˊ ㄅㄟˋ 我們。例 吾輩若能專心向學，前途將一片光明。近 吾人。

否

7/4

一 丆 不 不 不 否 否

ㄈㄡˇ (fǒu) 副 不。如：否決權。

ㄆㄧˇ (pǐ) 名 1 易經卦名之一。2 壞；不好。如：否極泰來。動 批評。如：臧否。

【否決】ㄈㄡˇ ㄐㄩㄝˊ 不同意。例 這個提案在開會時被否決了。反 贊成。

【否則】ㄈㄡˇ ㄗㄜˊ 不然。例 請保管好隨身財物，否則後果自己負責。

【否認】ㄈㄡˇ ㄖㄣˋ 不承認。例 他被逮捕時，堅決否認偷竊財物。反 承認。

✽能否、是否、不置可否

吭

7/4

丶 ㄇ 口 口丶 口亠 吖 吭

ㄏㄤˊ (háng) 名 咽喉。如：引吭高歌。

ㄎㄥ (kēng) （限讀）見「吭聲」。

【吭聲】ㄎㄥ ㄕㄥ 發出聲音或說話。例 大家在討論功課時，阿牛從不吭聲。

呀

7/4

丶 ㄇ 口 口一 口匚 呀 呀

ㄧㄚ (yā) 形 形容開門聲或叫喊聲。如：書櫃呀的一聲打開了。

˙ㄧㄚ (ya) 助 用在句尾。表示驚訝或肯定。如：天呀！

ㄒㄧㄚ (xiā) 形 吃驚的樣子。如：呀然驚恐。

吱

7/4

ㄓ (zhī) 吱 丶 ㄇ 口 口一 口十 吱

形 1 形容小動物的叫聲。2 形容火燒物品的聲音。

【吱吱喳喳】ㄓ ㄓ ㄓㄚ ㄓㄚ 1 形容鳥叫聲。例 樹上的麻雀吱吱喳喳的叫著。2 形容聲音吵雜。例 學生們吱喳喳的說個不停。

7/4
呎
ㄔˇ (chǐ) 呎

筆順：丨 ㄇ 口 口ㄱ 口ㄱ 口ㄱ 叩 呎

量 英制的長度單位。一呎為十二吋，等於○・三○四八公尺。

7/4
吧
筆順：丨 ㄇ 口 口ㄱ 口ㄱ 口ㄱ 吧

ㄅㄚ (bā) 名 英語 bar 的音譯。供喝酒的場所。如：酒吧。

・ㄅㄚ (ba) 助 用在句尾。表示商量、請求、猜測。如：可能吧！

7/4
呆
ㄉㄞ (dāi) 呆

筆順：丨 ㄇ 口 口 旦 早 呆

形 1 愚笨。如：呆子。2 反應不靈敏。如：呆板。

【呆板】不知變通。例 小強個性呆板，和他相處很無聊。近 死板。反 靈活。

【呆滯】不靈敏。例 小耀眼神呆滯的看著窗外。

【呆頭呆腦】形容腦筋不靈活，不知變通的樣子。例 看到阿威一副呆頭呆腦、一問三不知的樣子，我就一肚子氣。近 笨頭笨腦。

✽發呆、書呆子、目瞪口呆

7/4
呃
ㄜˋ (è) 呃

筆順：丨 ㄇ 口 口一 叮 呃

形 打嗝所發出的聲音。

7/4
吠
ㄈㄟˋ (fèi) 吠

筆順：丨 ㄇ 口 口一 口ナ 吠

動 狗叫。如：蜀犬吠日。

7/4
吼
ㄏㄡˇ (hǒu) 吼

筆順：丨 ㄇ 口 口ㄱ 吖 吼

動 大聲喊叫。如：大吼。

7/4
吶
ㄋㄚˋ (nà) 吶

筆順：丨 ㄇ 口 口ㄇ 叨 吶

形 言語遲鈍。如：吶吶。動 喊叫。如：吶喊。

【吶喊】大聲喊叫的樣子。例 小明對著山谷吶喊，馬上就聽到了

回音。反細語。

吳 7/4 ㄨˊ (wú) 吳

專 1 古國名。周朝的諸侯國，傳到夫差的時候，被越王句踐所滅。2 朝代名。(1)(229－280)三國之一，為孫權所建立，後被晉朝所滅。(2)(902－937)五代十國之一。由楊行密所建，後被徐知誥所篡。3 地名。即蘇州，春秋時為吳國屬地。

吵 7/4 ㄔㄠˇ (chǎo) 吵

形 聲音雜亂。如：吵雜。動 1 言語上起衝突。如：吵架。2 攪擾。如：吵醒。

【吵架】ㄔㄠˇ ㄐㄧㄚˋ 爭執打架。例 父母昨天才吵架，今天就和好了。近 爭吵。

【吵鬧】ㄔㄠˇ ㄋㄠˋ 1 爭吵；爭論。例 他們為誰該付錢而吵鬧不休。近 爭執。2 聲音雜亂。例 這裡太吵鬧，不適合讀書。近 嘈雜。反 寧靜。

吮 7/4 ㄕㄨㄣˇ (shǔn) 吮

動 用口吸取。如：吸吮。

呈 7/4 ㄔㄥˊ (chéng) 呈

名 公文的一種。用在下級對上級時。動 1 出現。如：呈現。2 奉獻。如：呈獻。

【呈現】ㄔㄥˊ ㄒㄧㄢˋ 顯示。例 春天一到，大地呈現欣欣向榮的景象。反 隱藏。

✽奉呈、敬呈、面呈

吻 7/4 ㄨㄣˇ (wěn) 吻

名 嘴唇。如：脣吻。動 用嘴脣碰觸。如：親吻。

【吻合】ㄨㄣˇ ㄏㄜˊ 符合。例 這部電影的結局，和原著小說完全吻合。近 相符。反 牴觸。

✽接吻、飛吻、口吻

吸 7/4
ㄒㄧ (xī) 吸

動 1 將氣體或液體用口鼻吸入體內。如：呼吸。2 收取。如：吸取經驗。

【吸引】(ㄒㄧ ㄧㄣˇ) 1 物質相牽引。例 磁鐵有相互吸引的特性。反 排斥。2 讓人心動、嚮往。例 馬戲團的精彩表演，吸引了小朋友們的注意。

【吸收】(ㄒㄧ ㄕㄡ) 吸取；接受。例 學生在課堂上吸收新知。

吹 7/4
ㄔㄨㄟ (chuī) 吹

動 1 將氣體從口中呼出。如：吹氣。2 氣流流動。如：風吹草動。3 誇大。如：吹牛。

【吹牛】(ㄔㄨㄟ ㄋㄧㄡˊ) 說話誇張。例 小明很愛吹牛，老鼠都能被他說成是大象。

【吹灰之力】(ㄔㄨㄟ ㄏㄨㄟ ㄓ ㄌㄧˋ) 吹動灰塵的力量。比喻非常小的力量。例 這項作業阿丁不費吹灰之力就完成了。

✽風吹雨打、自吹自擂

呂 7/4
ㄌㄩˇ (lǚ) 呂

名 古代用來校正樂音的工具。如：律呂。

吟 7/4
ㄧㄣˊ (yín) 吟

動 1 因疼痛而發出聲音。如：呻吟。2 把音調拉長，有高低起伏的讀。如：吟詩作對。3 鳴叫。如：蟬吟。

✽低吟、沉吟、笑吟吟

吩 7/4
ㄈㄣ (fēn) 吩

見「吩咐」。

【吩咐】(ㄈㄣ ㄈㄨˋ) 用言語讓別人照自己的意思去做，含有命令的語氣。例

媽媽吩咐我要待在家裡照顧弟弟，不可以跑出去玩。(近)囑咐。

告 7/4

ㄍㄠˋ (gào) 告 ノ ㄣ 牛 生 牛 告

(名)①對大眾宣布的語言或文字。如：公告。②訴訟案件的當事人。如：原告。(動)①對人說明。如：不可告人。②控訴。如：控告。③請求。如：告老還鄉。④勸導。如：忠告。

【告白】ㄍㄠˋ ㄅㄞˊ 將自己的意思告訴他人。(例)大雄的真情告白，深深感動了女友。

【告示】ㄍㄠˋ ㄕˋ 政府機關向民眾公告的文書。(近)布告。

【告別】ㄍㄠˋ ㄅㄧㄝˊ 告辭；離開。(例)大學畢業後，忠穎告別父母，來到臺北找工作。(近)辭別。

【告狀】ㄍㄠˋ ㄓㄨㄤˋ ①向司法機關提出控告。②向人說明自己所受到的冤屈或別人的錯誤。(例)弟弟向爸爸告狀，我只好趕緊認錯。

【告訴】(一)ㄍㄠˋ ㄙㄨˋ 向法院提出控訴。(例)不甘被人毀謗，陳小姐決定提出告訴。(近)控訴。(二)ㄍㄠˋ ˙ㄙㄨ 向人說明。(例)姐姐告訴妹妹，要好好用功讀書。(近)訴說。

【告誡】ㄍㄠˋ ㄐㄧㄝˋ 勸誡。(例)老師告誡我們，千萬不要說謊。(近)規勸。

✽宣告、稟告、警告

含 7/4

ㄏㄢˊ (hán) 含 ノ 人 亼 今 今 含 含

(動)①銜在口中。如：含著喉糖。②包容。如：含蓄。③懷著某種感情或意思，卻不完全表達出來。如：含情。

【含義】ㄏㄢˊ ㄧˋ 包含的意義。也作「涵義」。(例)這個故事的含義在提醒我們不可貪心。

【含蓄】(ㄏㄢˊ ㄒㄩˋ) 蘊藏不顯露。例 阿飛的個性很含蓄，不太會表達自己的意見。近 內斂。

【含糊】(ㄏㄢˊ ㄏㄨˊ) 說話或做事不清楚或不切實。同「含混」。例 小白做事含糊，讓人無法信任。

【含血噴人】(ㄏㄢˊ ㄒㄧㄝˇ ㄆㄣ ㄖㄣˊ) 比喻假造事實，陷害別人。例 如果沒有證據，就不要含血噴人。近 血口噴人。反 指證歷歷。

【含辛茹苦】(ㄏㄢˊ ㄒㄧㄣ ㄖㄨˊ ㄎㄨˇ) 忍受辛勞與艱苦。例 父母含辛茹苦，好不容易才將我們撫養長大。近 千辛萬苦。

【含情脈脈】(ㄏㄢˊ ㄑㄧㄥˊ ㄇㄛˋ ㄇㄛˋ) 內心充滿情意而想表達出來的樣子。例 小可含情脈脈的看著小玉。近 深情款款。

【含飴弄孫】(ㄏㄢˊ ㄧˊ ㄋㄨㄥˋ ㄙㄨㄣ) 嘴裡含著糖並逗弄孫兒。比喻老人安享天倫之樂的樣子。例 李老先生和兒孫們同住，享受含飴弄孫的天倫之樂。

❀包含、蘊含、隱含

8/5

味

ㄨㄟˋ (wèi)

丨 ㄇ 口 口一 口二 口キ 口未 味

名 1 嘴嘗東西的感受。如：口味。2 鼻子聞東西的感受。如：香味。3 情致。如：趣味。動 體會；研究。如：品味。量 計算藥方或菜餚數量的單位。如：六味藥。

【味覺】(ㄨㄟˋ ㄐㄩㄝˊ) 味神經對滋味的感覺。例 小美是一位味覺敏銳的廚師。

【味如嚼蠟】(ㄨㄟˋ ㄖㄨˊ ㄐㄩㄝˊ ㄌㄚˋ) 比喻沒有味道。多指說話或文章內容枯燥乏味。例 這篇作文讀起來味如嚼蠟，讓我看了直想睡覺。近 索然無味。反 津津有味。

❀回味、耐人尋味、山珍海味

8/5

呵

丨 ㄇ 口 口一 口丆 口可 呵

ㄏㄜ (hē) 形 形容笑聲。如：呵呵大笑。動 1 大聲責罵。如：呵責。2

呼氣使暖和。如：呵氣。③吆喝。如：大呵一聲。(助) 表示驚訝。如：呵！雨真大。

ㄛ (ō) (助) 表示驚嘆。如：這麼多錢呵！

【呵欠】(ㄏㄜ ㄑㄧㄢˋ) 疲倦時張口呼吸的狀態。(例) 阿金因為沒睡飽，所以上課時頻頻打呵欠。

【呵護】(ㄏㄜ ㄏㄨˋ) 照顧保護。(例) 黃太太非常呵護子女，不希望他們受到任何傷害。(近) 疼愛。(反) 欺凌。

8/5

咂

ㄗㄚ (zā) 咂 咂

(動) 品嘗。如：咂一口酒。

8/5

呢

ㄋㄧˊ (ní) (名) 一種毛織物。如：呢絨。(形) 形容燕子的叫聲。如：呢喃。

˙ㄋㄜ (ne) (助) 用在句尾。表示疑問。如：他也要參加，你呢？

【呢喃】(ㄋㄧˊ ㄋㄢˊ) ①形容燕子的叫聲。②小聲而多話的樣子。(例) 那對情侶在月下低語呢喃。(近) 細語。

8/5

咕

ㄍㄨ (gū) 咕 咕

見「咕嚕」。

【咕嚕】(ㄍㄨ ㄌㄨ) ①形容話多而不清楚。②形容飢餓時肚子所發出的聲音。(例) 一看到美味的蛋糕，我的肚子就咕嚕咕嚕的叫了。③形容物體滾動的聲音。④形容水滾動的聲音。

8/5

咖

ㄎㄚ (kā) 咖 咖

見「咖哩」、「咖啡」。

【咖哩】(ㄎㄚ ㄌㄧˇ) 黃色粉末的調味品，味道香辣，起源地為印度。

【咖啡】(ㄎㄚ ㄈㄟ) 英語 coffee 的音譯。茜草科，常綠灌木或喬木。種子可製成飲料。

8/5
呸 ㄆㄟ (pēi)

㊀助 表示鄙斥或憤怒。

8/5
咀 ㄐㄩˇ (jǔ)

動 用牙齒磨碎食物。如：咀嚼。

【咀嚼 ㄐㄩˇ ㄐㄩㄝˊ】1在口中用牙齒磨碎食物。例吃飯時要慢慢的咀嚼，才能幫助消化。2體會；玩味。例讀詩必須細細咀嚼，才能體會其中的深意。

8/5
呷 ㄒㄧㄚˊ (xiá)

動 吸飲。如：呷一口茶。

8/5
呻 ㄕㄣ (shēn)

動 因為痛苦而發出聲音。如：呻吟。

【呻吟 ㄕㄣ ㄧㄣˊ】因病痛而發出聲音。例他摔斷了腿，躺在地上不斷呻吟。

8/5
咒 ㄓㄡˋ (zhòu)

名 驅鬼除邪或祈禱的口訣。如：大悲咒。動 毒罵他人。如：詛咒。

【咒罵 ㄓㄡˋ ㄇㄚˋ】用惡毒的話責罵別人。例那個流浪漢一喝醉，就在路上大聲咒罵。

✽符咒、魔咒、念咒

8/5
咄 ㄉㄨㄛˋ (duò)

形 形容感嘆或驚怪的聲音。如：咄咄。

【咄咄逼人 ㄉㄨㄛˋ ㄉㄨㄛˋ ㄅㄧ ㄖㄣˊ】形容言語很強硬，盛氣凌人的樣子。例和人說話時態度要客氣和善，不可以咄咄逼人。近氣勢洶洶。反心平氣和。

8/5
呼 ㄏㄨ (hū)

動 1吐氣。如：呼吸。2叫喊。如：呼叫。3招引。如：呼朋引伴。

㊒形容風吹的聲音。如：北風呼呼的吹。

【呼吸】ㄏㄨ ㄒㄧ 生物吸入空氣、吐出廢氣的過程。㊐小玲呼吸著早晨的新鮮空氣，感覺全身充滿了精力。

【呼喊】ㄏㄨ ㄏㄢˇ 大聲喊叫。㊐掉進河裡的晶晶，大聲呼喊救命。㊜低語。

【呼應】ㄏㄨ ㄧㄥˋ 彼此呼叫和應答。㊐夏夜裡，池塘裡的青蛙叫聲此起彼落，互相呼應。

【呼籲】ㄏㄨ ㄩˋ 公開請求或提倡。㊐政府呼籲人民要遵守法律。㊑籲請。

【呼呼大睡】ㄏㄨ ㄏㄨ ㄉㄚˋ ㄕㄨㄟˋ 形容睡得很熟。㊐阿福每晚一上床就呼呼大睡。㊜輾轉反側。

【呼朋引伴】ㄏㄨ ㄆㄥˊ ㄧㄣˇ ㄅㄢˋ 呼喚朋友，招引同伴。㊐花花呼朋引伴，一起到郊外烤肉。

✽歡呼、稱呼、大呼小叫

呶 8/5

ㄋㄠˊ (náo)

見「呶呶」。

【呶呶】ㄋㄠˊ ㄋㄠˊ 形容多話囉嗦的樣子。㊐隔壁的沈太太總是呶呶不休的責備小孩，真令人厭煩。

咋 8/5

ㄗㄜˊ (zé)

㊍咬。如：咋舌。

【咋舌】ㄗㄜˊ ㄕㄜˊ 咬舌。形容不敢說話或說不出話的樣子。㊐這件衣服的價位高得令人咋舌。

咆 8/5

ㄆㄠˊ (páo)

㊍怒吼。如：咆哮。

【咆哮】ㄆㄠˊ ㄒㄧㄠ 1野獸的吼叫聲。㊐那隻關在籠子裡的黑熊不斷向我咆哮。2人生氣時的叫鬧聲。㊐那個酒駕的男子不服取締而大聲咆哮。

8/5
咚
ㄉㄨㄥ (dōng) 咚 丨 口 口 口' 叹 叹 咚 咚

形 1 形容打鼓的聲音。如：咚咚。2 形容東西掉落地上的聲音。

8/5
咐
ㄈㄨˋ (fù) 咐 丨 口 口 口/ 口亻 口仁 咐 咐

見「吩咐」。

8/5
呱
丨 口 口 口' 叮 叮 呱 呱

ㄍㄨ (gū) 形 形容嬰兒的哭聲。

ㄍㄨㄚ (guā) 形 形容禽、獸的叫聲。如：鴨子呱呱叫。

【呱呱墜地】ㄍㄨ ㄍㄨ ㄓㄨㄟˋ ㄉㄧˋ 嬰兒剛剛出生。例 從我呱呱墜地的那一刻起，父母親就全心全意的照顧我。

8/5
周
ㄓㄡ (zhōu) 周 周 丿 冂 月 円 円 周 周

名 1 環繞區域的外圍部分。如：四周。2 滿一年。如：周歲。形 1 完密；嚴謹。如：周密。2 全部；整個。如：周身。動 1 環繞。如：周而復始。2 救濟；援助。如：周濟。副 普遍；全；都。如：眾所周知。量 計算環繞次數的單位。如：環島一周。專 朝代名。(1) (前1066—前256) 周武王滅商所建。分西周、東周。(2) (557—581) 宇文覺篡西魏所建。史稱「北周」。(3) (690—705) 唐高宗的皇后武則天廢中宗、睿宗稱帝。史稱「武周」。(4) (951—960) 郭威篡後漢所建。史稱「後周」。

【周年】ㄓㄡ ㄋㄧㄢˊ 滿一年。也作「週年」。

【周到】ㄓㄡ ㄉㄠˋ 面面顧到。例 這家店的服務很周到。

【周密】ㄓㄡ ㄇㄧˋ 周到細密。例 學校若有周密的安全措施，就能預防意外的發生。

【周圍】(ㄓㄡ ㄨㄟˊ) 四周。例這座公園的周圍種滿了椰子樹。

【周而復始】(ㄓㄡ ㄦˊ ㄈㄨˋ ㄕˇ) 一遍完了又重新開始。指循環不息。例四季周而復始，是大自然不變的定律。

和 8/5

丿 二 千 千 禾 和 和 和

ㄏㄜˊ (hé) 名 1 各數相加的總數。如：總和。2 和平；停戰。如：談和。形 1 溫順的；安詳的。如：和藹可親。2 溫暖的。如：風和日麗。動 敦睦。如：和好如初。專 日本為大和民族，簡稱「和」。

ㄏㄜˋ (hè) 動 附和。如：唱和。

ㄏㄨㄛˋ (huò) 動 混合。如：和麵。

ㄏㄢˋ (hàn) 連 與；跟。如：我和她一起去游泳。

·ㄏㄨㄛ (huo) 形 溫暖的。如：暖和。

ㄏㄨˊ (hú) （限讀）動 打牌時，稱牌張已湊齊成副而獲勝。如：和牌。

【和平】(ㄏㄜˊ ㄆㄧㄥˊ) 和諧安寧，沒有戰亂。例世界和平是大家共同的心願。反動亂。

【和好】(ㄏㄜˊ ㄏㄠˇ) 恢復友好的感情。例經過一番長談之後，小甲和小乙終於和好了。反決裂；翻臉。

【和尚】(ㄏㄜˊ ㄕㄤˋ) 佛教用以尊稱德高望重的出家人。後來泛指男性的出家人。

【和氣】(ㄏㄜˊ ㄑㄧˋ) 性情溫和，態度親切。例媽媽待人很和氣，所以鄰居們都很喜歡她。

【和諧】(ㄏㄜˊ ㄒㄧㄝˊ) 和順協調。例這首鋼琴和小提琴的合奏曲，樂聲悠揚而和諧。

【和顏悅色】(ㄏㄜˊ ㄧㄢˊ ㄩㄝˋ ㄙㄜˋ) 溫和愉悅的臉色與態度。例每次我問王老師問題時，他都和顏悅色的回答我。

【和藹可親】(ㄏㄜˊ ㄞˇ ㄎㄜˇ ㄑㄧㄣ) 態度親切溫和，容易使人親近。例校長和藹可

親，大家都喜歡她。㊍反盛氣凌人。

❀柔和、隨和、心平氣和

8/5
咎
ㄐㄧㄡˋ (jiù) ノ ク 夂 夂 処 処 咎 咎

名 1災禍。如：咎由自取。2罪過。如：引咎辭職。動 追究責任。如：既往不咎。

【咎由自取】(ㄐㄧㄡˋ ㄧㄡˊ ㄗˋ ㄑㄩˇ) 災禍是由自己造成的。例 他因為販毒而被捕，完全是咎由自取。近 自作自受。

❀愧咎、歸咎、難辭其咎

8/5
命
ㄇㄧㄥˋ (mìng) ノ 人 亼 亽 合 合 命 命

名 1生物生存的機能。如：性命。2先天已注定的禍福榮辱。如：命運。3上級對下級的指示。如：奉命。動 1下令；差遣。如：命人前往。2取定。如：命名。

【命中】(ㄇㄧㄥˋ ㄓㄨㄥˋ) 擊中目標。例 歹徒逃跑時，被警方一槍命中。近 打中。

【命令】(ㄇㄧㄥˋ ㄌㄧㄥˋ) 1下令。例 媽媽命令我們要在晚餐前寫完功課。2上級對下級的指示。例 班長依照老師的命令，把吵鬧的同學登記起來。

【命運】(ㄇㄧㄥˋ ㄩㄣˋ) 命裡已注定的遭遇。

❀使命、拚命、相依為命

9/6
哀
ㄞ (āi) 丶 亠 亠 亡 卣 卣 卣 哀 哀

名 悲痛憂傷的情緒。如：節哀。動 1憐憫。如：哀憐。2悲傷。如：哀傷。3悼念。如：哀悼。

【哀求】(ㄞ ㄑㄧㄡˊ) 苦苦的要求。例 弟弟哀求姐姐幫他做美勞作業，但姐姐怎麼也不肯答應。近 懇求；請求。

【哀悼】(ㄞ ㄉㄠˋ) 悲傷的追念。例 大家聚在一起哀悼已逝的親友。近 追思。

【哀傷】(ㄞ ㄕㄤ) 非常悲傷。例 看到家園地震後的殘破景象，阿妹哀傷不已。近 傷心。反 欣喜。

【哀號】ㄞ ㄏㄠˊ 悲傷的大聲哭叫。例失去孩子的母親在醫院裡哀號。

❀悲哀、默哀、致哀

9/6
咨
ㄗ (zī)
丶 冫 冫 冫 氵 次 次 次 咨 咨

名公文的一種。用於總統與立法院、監察院之間的往來。如：咨文。

動1商量。如：咨詢。2嗟嘆。如：咨爾多士。

9/6
哉
ㄗㄞ (zāi)
一 十 土 𡈼 吉 吉 𢦏 哉 哉

助1表示讚嘆。如：美哉中華！2表示感嘆。如：嗚呼哀哉！

9/6
咫
ㄓˇ (zhǐ)
ㄱ ㄱ 尸 尺 尺 尺 咫 咫 咫

量周朝計算長度的單位。八寸為一咫。

【咫尺】ㄓˇ ㄔˇ 形容距離很近。例小天家和學校近在咫尺，走路只要三分鐘就到了。

9/6
咸
ㄒㄧㄢˊ (xián)
一 厂 厂 斤 后 后 咸 咸 咸

副皆；都。如：咸宜。

【咸宜】ㄒㄧㄢˊ ㄧˊ 一切都適合。例這是一部老少咸宜的喜劇片。

9/6
咬
ㄧㄠˇ (yǎo)
丶 口 口 口' 口亠 口六 口六 口ナ 咬

動1用牙齒咀嚼或切斷東西。如：咬了一口。2發音。如：咬字不清。副認定不變。如：一口咬定。

ㄐㄧㄠ (jiāo)（限讀）形形容鳥叫的聲音。如：咬咬好音。

【咬文嚼字】ㄧㄠˇ ㄨㄣˊ ㄐㄧㄠˊ ㄗˋ 形容過分的斟酌字句。例丁丁說話總愛咬文嚼字，真令人討厭。

【咬牙切齒】ㄧㄠˇ ㄧㄚˊ ㄑㄧㄝ ㄔˇ 形容非常憤怒。例原本答應要幫忙大掃除的弟弟，竟然跑出去玩耍，讓哥哥氣得咬牙切齒。

9/6
咳

ㄎㄜˊ (ké) 動 1氣管受到刺激而發出聲音。如：咳嗽。2用力使氣管裡的異物吐出。如：咳痰。

ㄏㄞ (hāi) 動 嘆氣。如：咳聲嘆氣。

助 表示訝異。如：咳！你怎麼忘了。

【咳嗽】ㄎㄜˊ ㄙㄡˋ 氣管黏膜發炎，受痰或氣體的刺激而發出聲音。

9/6
咩

ㄇㄧㄝ (miē)

形 形容羊叫聲。

9/6
咪

ㄇㄧ (mī)

形 1形容貓叫聲。2形容微笑的樣子。如：笑咪咪。

9/6
咦

ㄧˊ (yí)

助 表示驚訝。如：咦！你要走啦？

9/6
哇

ㄨㄚ (wā)

形 1形容哭聲。如：哇哇大哭。2形容嘔吐聲。如：哇的一聲全吐出來。助 用在句尾。表示驚嘆。如：好哇！

9/6
哂

ㄕㄣˇ (shěn)

動 微笑。如：哂納。

9/6
哄

ㄏㄨㄥ (hōng) 形 眾人的聲音。如：一哄而散。

ㄏㄨㄥˇ (hǒng) 動 欺騙；勸誘。如：哄誘。

【哄騙】ㄏㄨㄥˇ ㄆㄧㄢˋ 欺騙。例 最近有歹徒假冒警察哄騙小孩，我們要小心。

近 詐騙；拐騙。

【哄堂大笑】ㄏㄨㄥ ㄊㄤˊ ㄉㄚˋ ㄒㄧㄠˋ 全場的人同時大笑。例 阿德說了一則笑話，使

口

得全班哄堂大笑。

咧

9/6 ㄌㄧㄝˇ (liě)

丨 ㄇ 口 口一 口丆 口歹 吵 吵 咧

動 向旁張開。如：咧著嘴笑。助 用在句尾。同「哩」、「哪」。如：快別哭咧！

【咧嘴】ㄌㄧㄝˇ ㄗㄨㄟˇ 張著嘴。例 一知道自己考了好成績，阿福咧嘴大笑，臉上滿是得意的表情。

品

9/6 ㄆㄧㄣˇ (pǐn)

丨 ㄇ 口 口 口 口 品 品 品

名 1物件。如：物品。2等級。如：極品。3德行。如：品德。4種類。如：品種。動 辨別評賞。如：品酒。

【品行】ㄆㄧㄣˇ ㄒㄧㄥˋ 品德與操行。例 我們要做一個品行良好的人。

【品味】ㄆㄧㄣˇ ㄨㄟˋ 1品嘗。例 讓我們一起來品味這道佳餚。2泛指格調與鑑賞力。例 小傑的穿著很有品味。

【品格】ㄆㄧㄣˇ ㄍㄜˊ 人品；人格。

【品嘗】ㄆㄧㄣˇ ㄔㄤˊ 嘗試食物的味道，並加以評論。也作「品嚐」。例 姐姐做好蛋糕後，先請媽媽品嘗。

【品質】ㄆㄧㄣˇ ㄓˊ 東西的質地與等級。例 這家公司的商品品質非常優良。

【品學兼優】ㄆㄧㄣˇ ㄒㄩㄝˊ ㄐㄧㄢ ㄧㄡ 品行和學問都很優秀。例 小華是品學兼優的模範生。

✽商品、珍品、補品

咽

9/6

丨 ㄇ 口 叮 叮 吶 咽 咽 咽

ㄧㄢ (yān) 名 喉嚨。如：咽喉。

ㄧㄝˋ (yè) 動 聲音堵塞。如：哽咽。

ㄧㄢˋ (yàn) 動 吞食。通「嚥」。如：咽下去。

【咽喉】ㄧㄢ ㄏㄡˊ 1口腔深處通往食道和氣管的部位。2比喻要害或形勢險要的地方。例 新加坡位於麻六甲

海峽的咽喉位置。㊅要塞。

9/6
哎

ㄞ (āi) ㊁ [1]表示驚愕。如：哎！糟了！[2]表示惋惜。如：哎！真可惜！

【哎喲】ㄞ ㄧㄠ 感嘆詞。表示疼痛或驚奇。㊄哎喲！你踩到我了！

9/6
哆

ㄉㄨㄛ (duō) 見「哆嗦」。

ㄔㄜˇ (chě) ㊃張口。如：哆著嘴。

【哆嗦】ㄉㄨㄛ ˙ㄙㄨㄛ 顫動發抖的樣子。㊄妹妹在寒風中冷得直打哆嗦。㊅顫抖。

9/6
咯

˙ㄌㄛ (lo) ㊁表示感嘆。或等同於「了」的意思。如：老咯！來咯！

ㄍㄜ (gē) ㊆形容雞叫聲。

ㄎㄚˇ (kǎ) ㊃嘔吐。如：咯血。

9/6
咱

ㄗㄢˊ (zán) ㊇我們。如：咱們。

ㄗㄚˊ (zá) ㊇我。如：咱家。

【咱們】ㄗㄢˊ ˙ㄇㄣ 我們。㊄咱們一塊到公園走走。

9/6
咻

ㄒㄧㄡ (xiū) ㊃喧嚷。如：咻咻。

ㄒㄩˇ (xǔ) 見「噢咻」。

9/6
哈

ㄏㄚ (hā) ㊆形容笑聲。如：哈哈大笑。㊃[1]張口噓氣。如：哈癢。[2]彎腰。如：哈腰。

ㄏㄚˇ (hǎ) 見「哈巴狗」。

【哈腰】ㄏㄚ ㄧㄠ 彎腰。㊄金先生對進出的客人鞠躬哈腰。

【哈巴狗】ㄏㄚˇ ㄅㄚ ˙ㄍㄡ [1]哺乳類。體型矮，毛長而蓬鬆。[2]比喻阿諛奉承

口

的人。例 阿峰最喜歡跟在老闆身邊拍老闆馬屁，真是隻哈巴狗。

唐

10/7 ㄊㄤˊ (táng)

丶 亠 广 户 庐 庐 庐 庚 唐 唐

形 誇大。如：荒唐。專 1 朝代名。(1)(前2297?—前2179?)堯所建。(2)(618—907)李淵滅隋所建。(3)(923—936)李存勗滅後梁所建。史稱「後唐」。(4)(937—975)五代十國之一。由李昪所建，後被宋所滅。史稱「南唐」。2 中國的別稱。如：唐裝。

【唐突】ㄊㄤˊ ㄊㄨˊ 冒犯；觸犯。例 小英為剛才唐突的行為向大家道歉。

【唐人街】ㄊㄤˊ ㄖㄣˊ ㄐㄧㄝ 外國城市中，華僑聚居的區域或街道。

哥

10/7 ㄍㄜ (gē)

一 丨 冖 可 可 可 哥 哥 哥 哥

名 1 弟妹對兄長的稱呼。如：哥哥。2 對男性同輩的尊稱。如：老哥。

※表哥、帥哥、阿兵哥

哲

10/7 ㄓㄜˊ (zhé)

一 十 才 扌 扩 扩 折 折 哲 哲

名 有智慧的人。如：先哲。形 明智的。如：哲人。

【哲理】ㄓㄜˊ ㄌㄧˇ 高深玄妙的道理。例 小敏說話一向很有哲理。

【哲學】ㄓㄜˊ ㄒㄩㄝˊ 研究宇宙人生的深層意義或根本問題的學問。

※聖哲、明哲、賢哲

唁

10/7 ㄧㄢˋ (yàn)

丨 口 口 口' 口亠 口亠 唁 唁 唁 唁

動 慰問死者的家屬。如：弔唁。

哼

10/7 ㄏㄥ (hēng)

丨 口 口 口' 口亠 口亠 哼 哼 哼 哼

動 用鼻音輕唱。如：哼一小段曲。助 表示不滿、憤恨、鄙視。如：哼！真是太過分了！

10/7
唧 ㄐㄧˊ (jí)

(名)抽水的用具。如：唧筒。(形)見「唧唧」。(動)汲水。如：唧水。

【唧唧 ㄐㄧˊ ㄐㄧˊ】①形容織布機發出的聲音。②形容蟲鳥鳴叫的聲音。(例)鄉下的夏天夜晚，到處是蟲鳴唧唧。

10/7
哪 ㄋㄚˇ (nǎ)

(代)表示疑問。如：哪些？

˙ㄋㄚ (na) (助)表示感嘆。如：天哪！

ㄋㄨㄛˊ (nuó)（限讀）見「哪吒」。

【哪吒 ㄋㄨㄛˊ ㄓㄚ】佛家的護法神。傳說是托塔天王李靖的第三子，封神演義說他曾幫助姜子牙消滅商紂。

10/7
哺 ㄅㄨˇ (bǔ)

(名)口中咀嚼的食物。如：吐哺。(動)餵食。如：哺乳。

【哺乳 ㄅㄨˇ ㄖㄨˇ】餵奶。(例)小弟出生後，媽媽決定親自哺乳。

✽反哺、嗷嗷待哺、吐哺握髮

10/7
哽 ㄍㄥˇ (gěng)

(形)因情緒激動而無法發出聲音。如：哽咽。(動)阻隔。如：哽塞。

【哽咽 ㄍㄥˇ ㄧㄝˋ】因悲痛導致喉嚨間氣流不通，哭聲斷斷續續。(例)琳琳哽咽的告訴老師被欺負的經過。

10/7
唔 ㄨˊ (wú)

(助)①表示允許。如：唔！你去吧！②表示驚訝。如：唔！你要走了？

10/7
哮 ㄒㄧㄠ (xiāo)

(名)病名。如：哮喘。(動)①野獸怒吼。如：虎哮。②發怒大叫。如：咆哮。

【哮喘】(ㄒㄧㄠ ㄔㄨㄢˇ) 一種支氣管疾病。發病時，患者呼吸急迫，喉中發出聲音，俗稱「氣喘」。

10/7
哧

ㄔ (chī)

丨 ㄇ 口 口一 口十 口土 吽 哧 哧 哧

(形) 形容突然發出的笑聲。如：噗哧。

10/7
唷

ㄧㄛ (yō)

丨 ㄇ 口 口一 口ナ 口ナ 吘 唷 唷 唷

(助) 表示驚訝或疑問。如：唷！原來是你！

10/7
哨

ㄕㄠˋ (shào)

丨 ㄇ 口 口丨 口ㄐ 口ㄐ 吖 哨 哨 哨

(名) 1軍隊中巡邏警戒的人。如：哨兵。2軍隊駐紮時的守望之處。如：前哨。3能發出尖銳聲音，有示警或作信號功能的發聲器。如：哨子。

【哨兵】(ㄕㄠˋ ㄅㄧㄥ) 軍隊中巡邏警戒的士兵。

✽崗哨、站哨、營哨

10/7
哩

丨 ㄇ 口 口丨 口ㄇ 口日 口日 口旦 哩 哩

ㄌㄧ (li) (助) 用在句尾。表示肯定。如：他不在哩！

ㄌㄧˇ (lǐ) (量) 英制的長度單位。一哩約等於一．六公里。

10/7
員

ㄩㄢˊ (yuán)

丨 ㄇ 口 𠃍 目 肙 肙 員 員 員

(名) 1團體中的一分子。如：團員。2周圍。如：幅員。(量) 計算人數的單位。如：六員大將。

【員工】(ㄩㄢˊ ㄍㄨㄥ) 指機關團體中的工作人員。

✽官員、店員、職員

10/7
哭

ㄎㄨ (kū)

丨 ㄇ 口 口丨 口ㄇ 口口 吅 哭 哭 哭

(動) 痛苦悲傷而流淚。如：大哭。

【哭泣】(ㄎㄨ ㄑㄧˋ) 啼哭流淚。

【哭笑不得】（ㄎㄨ ㄒㄧㄠˋ ㄅㄨˋ ㄉㄜˊ）哭也不是，笑也不是。形容十分尷尬。(例)小亮自以為是的行為，常讓周圍的人哭笑不得。(近)啼笑皆非。

✽啼哭、痛哭、號哭

10/7
唉
ㄞ (āi)
丶 口 口 口' 口ㄙ 口ㄙ 吢 吢 唉 唉

(助)[1]表示惋惜。如：唉！只能這樣了！[2]表示痛恨。如：唉！真差勁的人！

【唉聲嘆氣】（ㄞ ㄕㄥ ㄊㄢˋ ㄑㄧˋ）發出哀嘆的聲音。(例)小士一直唉聲嘆氣，好像遇到了困難。(近)長吁短嘆。

10/7
唆
ㄙㄨㄛ (suō)
丶 口 口 口' 口ㄙ 口ㄙ 吮 吮 唆 唆

(形)話多而令人厭煩。如：囉唆。(動)指使別人做事。如：教唆。

【唆使】（ㄙㄨㄛ ㄕˇ）指使他人去做某事。(例)黑道大哥唆使小弟去做壞事，結果被警方逮個正著。

10/7
哦
丶 口 口 口' 口ㄧ 吁 吁 哦 哦 哦

ㄜˊ (é) (動)吟詠。如：吟哦。

ㄛˊ (ó) (助)表示驚悟或感嘆。如：哦！原來是這麼一回事。

11/8
商
ㄕㄤ (shāng)
丶 亠 亠 亠 产 产 产 商 商 商 商

(名)[1]行業的一種。如：經商。[2]販賣貨物的人。如：布商。[3]五音之一。[4]二數相除所得的結果。如：商數。(動)謀議。如：商議。(專)朝代名。（前1711—前1066）為湯滅夏所建立。

【商量】（ㄕㄤ ㄌㄧㄤˊ）與人交換意見；商討衡量。(例)我們正在商量園遊會分組的事情。(近)討論。

【商業】（ㄕㄤ ㄧㄝˋ）從事商品買賣的行業。

【商標】（ㄕㄤ ㄅㄧㄠ）附屬於某一公司或產品的專有標誌，顯示它的與眾不同。

註冊後即享有專用權。

✽協商、會商、通商

11/8
啖 ㄉㄢˋ (dàn)

㊀動 吃。通「啗」。如：大啖美食。

11/8
問 ㄨㄣˋ (wèn)

動 1向人請教。如：問路。2責備；追究。如：責問。3關心。如：不聞不問。4審訊。如：審問。5表示關切而探望、拜候。如：慰問。

【問世】ㄨㄣˋ ㄕˋ 指書刊出版或新產品上市。例 電腦問世後，人類生活就進入了資訊時代。近 出品；出產。

【問候】ㄨㄣˋ ㄏㄡˋ 問安。例 聖誕節時，我寄了卡片給阿玲，傳達我的問候之意。

【問號】ㄨㄣˋ ㄏㄠˋ 1標點符號的一種，符號為「?」。用來表示疑問。2引申指存疑的事。例 對於文文的說詞，我的內心一直存有問號。

【問心無愧】ㄨㄣˋ ㄒㄧㄣ ㄨˊ ㄎㄨㄟˋ 反省自己的作為，內心覺得毫無愧疚。例 對於當初下這個決定，小福始終感到問心無愧。

✽訪問、顧問、盤問

11/8
啞

ㄧㄚˇ (yǎ) 名 聲帶不能發聲的生理缺陷。如：聾啞。形 1形容聲音乾澀、低沉。如：沙啞。2不說話的。如：啞劇。副 發音困難。如：嗓子喊啞了。

ㄧㄚ (yā) 形 1形容鳥叫聲。如：啞啞。2形容幼兒學說話的聲音。如：啞嘔。

【啞巴】ㄧㄚˇ ˙ㄅㄚ 1指不開口表示意見。2指不能說話的人。

【啞口無言】ㄧㄚˇ ㄎㄡˇ ㄨˊ ㄧㄢˊ 形容被人質問時，因理虧而說不出話來。例 唐

部長在臺上被立委質問得啞口無言。㊅張口結舌。㊇滔滔不絕。

啦 11/8

ㄌㄚ (lā) ㊋ 形容拍擊的聲音。如：劈哩啪啦。

·ㄌㄚ (la) ㊗ 表示說話完畢或感嘆。如：老師已經走啦！

啪 11/8

ㄆㄚ (pā) ㊋ 形容拍擊的聲音。如：劈哩啪啦。

啜 11/8

ㄔㄨㄛˋ (chuò) ㊍ 1 喝。如：啜飲。2 低聲哭泣。如：啜泣。

【啜泣】ㄔㄨㄛˋ ㄑㄧˋ 低聲哭泣。㊄ 小英一個人躲在角落裡啜泣。

啊 11/8

ㄚ (ā) ㊗ 1 表示驚訝。如：啊！失火了。2 表示疑問。如：啊？你再說一遍。

·ㄚ (a) ㊗ 用在句尾。無義。如：好美啊！

啄 11/8

ㄓㄨㄛˊ (zhuó) ㊍ 鳥用嘴取食。如：啄食。

【啄木鳥】ㄓㄨㄛˊ ㄇㄨˋ ㄋㄧㄠˇ 鳥類。嘴長直而強，適合啄取樹幹深處的昆蟲。

唬 11/8

ㄏㄨˇ (hǔ) ㊍ 用聲勢恐嚇別人。如：嚇唬。

【唬人】ㄏㄨˇ ㄖㄣˊ 驚嚇、威脅他人。㊄ 大雄最愛唬人了，我才不會上當！

唱 11/8

ㄔㄤˋ (chàng) ㊍ 1 發出歌聲。如：唱歌。2 高聲念。如：唱名。

【唱反調】(ㄔㄤˋ ㄈㄢˇ ㄉㄧㄠˋ) 比喻提出相反的主張。例全家人晚餐都想吃水餃，只有弟弟唱反調，堅持要吃麵。

✽吟唱、歌唱、夫唱婦隨

11/8
啃
ㄎㄣˇ (kěn)

動①用牙齒咬堅硬的物體。如：啃骨頭。②比喻辛勤用功。如：啃書本。

11/8
啣
ㄒㄧㄢˊ (xián)

動用口含著物體。如：啣著骨頭。

11/8
啡
ㄈㄟ (fēi)

見「咖啡」。

11/8
啁
ㄓㄡ (zhōu)

形形容鳥鳴聲。如：啁啾。

11/8
啕
ㄊㄠˊ (táo)

動大聲哭。如：嚎啕。

11/8
唯
ㄨㄟˊ (wéi)

副①只有。通「惟」。如：唯一。②恭敬的應答聲。如：唯唯。

【唯一】(ㄨㄟˊ ㄧ) 單一；僅有的一個。例小如是班上唯一會打籃球的人。

【唯恐】(ㄨㄟˊ ㄎㄨㄥˇ) 只怕。例小勇將成績單藏起，唯恐被媽媽發現。近生怕。

【唯我獨尊】(ㄨㄟˊ ㄨㄛˇ ㄉㄨˊ ㄗㄨㄣ) 形容人驕傲自大，自以為無人能比。例阿發唯我獨尊的態度，讓大家很反感。反妄自菲薄。

11/8
啤
ㄆㄧˊ (pí)

見「啤酒」。

【啤酒】(ㄆㄧˊ ㄐㄧㄡˇ) 英語beer的音譯。一種用大麥芽、米、啤酒花等原料發酵製成的淡酒。

11/8
啥
ㄕㄚˊ (shá)
㊹什麼。如：這是啥？

11/8
唸
ㄋㄧㄢˋ (niàn)
動誦讀。通「念」。如：唸書。

11/8
唳
ㄌㄧˋ (lì)
動鳥類高聲鳴叫。如：風聲鶴唳。

11/8
售
ㄕㄡˋ (shòu)
動賣出。如：銷售。

【售價】物品賣出的價格。

✽出售、發售、零售

12/9
啻
ㄔˋ (chì)
副但；只。如：不啻。

12/9
喜
ㄒㄧˇ (xǐ)
名①懷孕。如：有喜。②吉祥喜慶的事。如：婚喪喜慶。形①美好的。如：喜訊。②快樂的。如：喜悅。動愛好。如：喜好。

【喜悅】歡樂；高興。例舉行結婚典禮時，教堂裡充滿著喜悅的氣氛。

【喜訊】令人高興的訊息。反噩耗。

【喜愛】喜歡。例千千最喜愛的食物是布丁。反厭惡。

【喜上眉梢】歡欣的神情流露在臉上。例看大雄一副喜上眉梢的樣子，一定是有什麼好消息！反愁眉苦臉。

【喜出望外】意想不到的欣喜。例多年不見的好友突然出現在眼前，讓盧阿姨喜出望外。反大失所望。

【喜氣洋洋】(ㄒㄧˇ ㄑㄧˋ ㄧㄤˊ ㄧㄤˊ) 充滿喜悅的氣氛。例過年的時候，家家戶戶都沉浸在喜氣洋洋的氣氛中。近歡欣鼓舞。

【喜新厭舊】(ㄒㄧˇ ㄒㄧㄣ ㄧㄢˋ ㄐㄧㄡˋ) 喜歡新鮮的，而厭惡陳舊的。例小孩子對於玩具時常喜新厭舊，讓爸媽傷透腦筋。近見異思遷。反矢志不渝。

✽驚喜、可喜可賀、皆大歡喜

喪 12/9

ㄙㄤ (sāng) 名 1死亡。如：治喪。2關於辦理埋葬、哀悼死人的事。如：喪禮。

ㄙㄤˋ (sàng) 動 失去。如：喪志。

【喪失】(ㄙㄤˋ ㄕ) 失去。例阿翔因為沒帶准考證而喪失考試資格。反獲得。

【喪生】(ㄙㄤˋ ㄕㄥ) 失去生命。例小明的哥哥在一次車禍中喪生了。近過世；死亡。反存活。

【喪心病狂】(ㄙㄤˋ ㄒㄧㄣ ㄅㄧㄥˋ ㄎㄨㄤˊ) 形容失去理智，行為違背常理，有如瘋狂一般。例警方發誓要抓到那個喪心病狂的凶手。近喪盡天良。

✽沮喪、奔喪、服喪

喧 12/9

ㄒㄩㄢ (xuān) 動 大聲說話。如：喧鬧。

【喧譁】(ㄒㄩㄢ ㄏㄨㄚˊ) 聲音嘈雜吵鬧。也作「喧嘩」。例圖書館內禁止喧譁。反寧靜。

【喧賓奪主】(ㄒㄩㄢ ㄅㄧㄣ ㄉㄨㄛˊ ㄓㄨˇ) 指客人的氣勢超過主人，或是次要的超過主要的。例小花在節目中喧賓奪主，搶了主持人的光彩。近反客為主。

喀 12/9

ㄎㄚ (kā) 形 形容嘔吐或東西折斷的聲音。如：喀的一聲，吐出血來。

12/9

啼

ㄊㄧˊ (tí)

動 1 出聲哭泣。如：哭哭啼啼。2 鳥獸鳴叫。如：鳥啼。

【啼哭】ㄊㄧˊ ㄎㄨ 痛哭出聲。例 妹妹不停的啼哭，大概是生病了。近 哭泣。

【啼笑皆非】ㄊㄧˊ ㄒㄧㄠˋ ㄐㄧㄝ ㄈㄟ 哭也不是，笑也不是。形容既令人難過，又讓人發笑的尷尬樣子。例 阿寶異想天開的意見，真讓人啼笑皆非。近 哭笑不得。

12/9

喇

ㄌㄚˇ (lǎ)

見「喇叭」。

【喇叭】ㄌㄚˇ ㄅㄚ 1 銅製的吹奏樂器，上端小，身體細長，尾部呈圓形而向外擴展。2 指具有擴音功能的東西。

12/9

喔

ㄨㄛˋ (wò) 形 形容雞啼聲。如：公雞喔喔啼。

ㄛ (ō) 助 表示了解、驚嘆。如：喔！原來是這樣。

12/9

喃

ㄋㄢˊ (nán)

形 形容說話的聲音。如：喃喃細語。

【喃喃自語】ㄋㄢˊ ㄋㄢˊ ㄗˋ ㄩˇ 自言自語的樣子。例 阿發邊走邊喃喃自語，好像很慌張的樣子。

12/9

喋

ㄉㄧㄝˊ (dié)

形 形容話多。如：喋喋不休。動 踐踏。如：喋血。

【喋血】ㄉㄧㄝˊ ㄒㄧㄝˇ 踏血。形容殺人眾多，血流滿地。例 那艘漁船遇上了海盜，發生海上喋血事件。

【喋喋不休】ㄉㄧㄝˊ ㄉㄧㄝˊ ㄅㄨˋ ㄒㄧㄡ 話多而不停止的樣子。例 隔壁的蔡媽媽時常喋喋不休的罵小孩，真令人受不了。

(近) 絮絮叨叨。

喳

12/9

ㄓㄚ (zhā)

(形) 1 形容鳥叫聲。2 形容聲音吵雜的樣子。

喊

12/9

ㄏㄢˇ (hǎn)

(動) 大聲呼叫。如：呼喊。

【喊叫 ㄏㄢˇ ㄐㄧㄠˋ】大聲呼叫。(例) 弟弟每天早上都要媽媽大聲喊叫好幾次才肯起床。

❀吶喊、高喊、嘶喊

喱

12/9

ㄌㄧˊ (lí)

(量) 英制的重量單位。一喱等於○．○六四八公克。

喙

12/9

ㄏㄨㄟˋ (huì)

(名) 鳥獸尖長的嘴巴。如：鳥喙。

喝

12/9

ㄏㄜ (hē) (動) 飲。如：喝水。

ㄏㄜˋ (hè) (動) 1 大聲責備。如：喝斥。2 大聲呼叫。如：喝采。

【喝采 ㄏㄜˋ ㄘㄞˇ】大聲叫好。也作「喝彩」。(例) 臺灣跆拳道選手在奧運的優異表現，令人喝采。

❀吆喝、白吃白喝、當頭棒喝

喏

12/9

ㄖㄜˇ (rě) (動) 發聲表示敬意。如：唱喏。

ㄋㄨㄛˋ (nuò) (形) 形容應答聲。如：喏喏連聲。(助) 表示有所指示。如：喏！這是你要的書。

單

12/9

ㄉㄢ (dān) (名) 1 記錄事物的紙張。如：名單。2 一層的布或衣服。如：

床單。形 1 獨自；一個。如：單獨行動。2 奇數的。如：單日；單號。3 不複雜；少變化。如：簡單。副 只；僅。如：單罵他一個人並不公平。

ㄕㄢˋ (shàn) 專 姓。

ㄔㄢˊ (chán) （限讀）見「單于」。

【單于】ㄔㄢˊ ㄩˊ 漢朝時對匈奴君主的稱呼。

【單元】ㄉㄢ ㄩㄢˊ 把相同性質的資料編在一起，自成一個系統。

【單位】ㄉㄢ ㄨㄟˋ 1 計算物體數量的標準。如：公尺、公斤、公升。2 機關團體的部門。例 這個單位主要負責學生課後活動的指導和推行。近 組織。

【單純】ㄉㄢ ㄔㄨㄣˊ 簡單純潔。例 老師說阿金是一個單純善良的小孩。近 純真。反 複雜。

【單調】ㄉㄢ ㄉㄧㄠˋ 簡單而少變化。例 這條床單只有一種顏色，感覺很單調。近 枯燥。反 多變。

【單槍匹馬】ㄉㄢ ㄑㄧㄤ ㄆㄧ ㄇㄚˇ 形容單獨行動，不依賴他人協助。例 阿雅的爸爸單槍匹馬到大陸做生意。近 孤軍奮戰。反 成群結隊。

✽傳單、孤單、落單

12/9 **喂** ㄨㄟˋ (wèi)

助 表示向人打招呼。如：喂！有人在嗎？

12/9 **喵** ㄇㄧㄠ (miāo)

形 貓叫聲。如：喵喵。

12/9 **喟** ㄎㄨㄟˋ (kuì)

動 長聲嘆息。如：喟然而嘆。

12/9 **喘** ㄔㄨㄢˇ (chuǎn)

口

(動)呼吸急促。如：喘氣。

【喘息】(ㄔㄨㄢˇ ㄒㄧˊ) 舒氣休息。(例)為了在天黑前到達營區，登山隊一直趕路，完全沒有喘息的時間。

【喘吁吁】(ㄔㄨㄢˇ ㄒㄩ ㄒㄩ) 上氣不接下氣的樣子。(例)上課鐘響，大家喘吁吁的跑回教室。

✽哮喘、氣喘、苟延殘喘

12/9

唾 ㄊㄨㄛˋ (tuò)

(名)口水。如：唾液。(動)吐口水。如：唾他一口。

【唾棄】(ㄊㄨㄛˋ ㄑㄧˋ) 鄙棄。(例)阿三很唾棄不孝順父母的人。(近)鄙視；厭惡。(反)尊敬；欣賞。

【唾手可得】(ㄊㄨㄛˋ ㄕㄡˇ ㄎㄜˇ ㄉㄜˊ) 就像吐口水到自己手中，不需要太費力氣。形容非常容易得到。(例)第一名的寶座對聰明的小新來說，真是唾手可得。(近)易如反掌。(反)難上加難。

12/9

啾 ㄐㄧㄡ (jiū)

(形)形容蟲鳥鳴叫的聲音。如：啁啾。

12/9

喲 ㄧㄠ (yāo)

(助)表示驚訝。如：哎喲！

12/9

喚 ㄏㄨㄢˋ (huàn)

(動)[1]呼叫。如：呼喚。[2]差遣。如：使喚。

【喚醒】(ㄏㄨㄢˋ ㄒㄧㄥˇ) [1]把人從睡夢中叫醒。(例)深夜時，爸爸發現隔壁人家失火，急忙把全家喚醒。[2]比喻使人醒悟。(例)為了喚醒迷失在毒品中的小平，張老師經常利用假日輔導他。(近)點醒。

✽召喚、呼風喚雨、千呼萬喚

12/9

喉 ㄏㄡˊ (hóu)

(名)位於氣管上方的呼吸構造。如：喉嚨。

【喉嚨】(ㄏㄡˊ ㄌㄨㄥˊ) 咽喉的俗稱。

❋潤喉、歌喉、為民喉舌

12/9

喻

ㄩˋ (yù)

(動) 1 明白。如：不言可喻。2 打比方。如：譬喻。

❋比喻、不可理喻、家喻戶曉

12/9

喬

ㄑㄧㄠˊ (qiáo)

(形) 高大的。如：喬木。(副) 偽裝。如：喬裝。

【喬裝】(ㄑㄧㄠˊ ㄓㄨㄤ) 裝扮；假扮。(例) 警察喬裝成民眾埋伏，終於逮捕了嫌犯。(近) 假裝。

【喬遷之喜】(ㄑㄧㄠˊ ㄑㄧㄢ ㄓ ㄒㄧˇ) 恭賀人遷入新居或職位升遷。(例) 為了慶祝李伯伯的喬遷之喜，爸爸特地買了一盆花送他。

13/10

嗇

ㄙㄜˋ (sè)

(形) 小氣。如：吝嗇。(動) 節儉。如：嗇己奉公。

13/10

嗨

ㄏㄞ (hāi)

(助) 用來打招呼。如：嗨！最近好嗎？

13/10

嗟

ㄐㄧㄝ (jiē)

(動) 悲嘆。如：嗟悼。(助) 感嘆，表示悲傷或讚美的語氣。如：嗟夫！

13/10

嗦

ㄙㄨㄛ (suō)

見「囉嗦」。

13/10
嗎

ㄇㄚˇ (mǎ) 見「嗎啡」。

·ㄇㄚ (ma)（限讀）(助) 用在句尾。表示疑問或反問。如：你懂嗎？

【嗎啡】(ㄇㄚˇ ㄈㄟ) 一種從鴉片中提煉的白色粉末。具有麻醉的效果，可以止痛、鎮定及催眠，容易上癮且有副作用。

13/10
嗑

ㄎㄜˋ (kè) (形) 多話。如：嗑牙。(動) 咬裂硬殼。如：嗑瓜子。

ㄏㄜˊ (hé)（限讀）(名) 易經卦名。如：噬嗑。

13/10
嗜

ㄕˋ (shì)

(動) 1 喜好。如：嗜好。2 貪。如：嗜財如命。

【嗜好】(ㄕˋ ㄏㄠˋ) 對某事有特別的喜好。(例) 媽媽要爸爸趕快戒掉抽煙的不良嗜好。(近) 愛好。

13/10
嗓

ㄙㄤˇ (sǎng)

(名) 喉嚨。如：嗓子。

【嗓子】(ㄙㄤˇ ·ㄗ) 1 喉嚨。2 聲音。(例) 阿志的嗓子沙啞，唱歌不好聽。

【嗓門】(ㄙㄤˇ ㄇㄣˊ) 聲音；嗓音。(例) 小華天生大嗓門，很適合當啦啦隊隊長。

13/10
嗣

ㄙˋ (sì)

(名) 子孫。如：後嗣。(動) 繼承。如：嗣位。(副) 以後。如：嗣後。

13/10
嗯

ㄣ (en)

(助) 表示答應或疑問。如：嗯！好

吧！

嗤 13/10 ㄔ (chī)

(形) 形容笑聲。如：嗤的一聲。(動) 譏笑。如：嗤之以鼻。

【嗤之以鼻】從鼻孔發出譏笑聲。表示非常輕視的意思。(例) 小白很驕傲，對成績比他差的同學都嗤之以鼻。(近) 不屑一顧。

嗅 13/10 ㄒㄧㄡˋ (xiù)

(動) 用鼻子辨別氣味。如：嗅聞。

【嗅覺】辨別氣味的能力。

嗚 13/10 ㄨ (wū)

見「嗚咽」、「嗚呼哀哉」。

【嗚咽】低聲哭泣。(例) 妹妹因為考試成績不理想，所以一個人躲在房間裡嗚咽。

【嗚呼哀哉】①表示嘆息。②代指死亡。(例) 醫生還來不及進行急救，阿福伯就嗚呼哀哉了。

嗥 13/10 ㄏㄠˊ (háo)

(動) 號叫。如：狼嗥。

嗆 13/10 ㄑㄧㄤˋ (qiàng)

(動) ①鼻子受到食物或強烈氣味的刺激。如：嗆鼻。②異物進入氣管引起咳嗽。如：喝水嗆到了。

嗡 13/10 ㄨㄥ (wēng)

(形) 蟲鳴聲。如：嗡嗡。

口

14/11
嘉

ㄐㄧㄚ (jiā)

一 十 士 吉 吉 吉 吉 吉 壴 喜 嘉 嘉 嘉 嘉

㊅美好的。如：嘉言。㊍讚美。如：嘉許。

【嘉許】ㄐㄧㄚ ㄒㄩˇ 稱讚。㊄媽媽嘉許弟弟誠實不說謊的行為。㊇讚許。㊉責備。

【嘉賓】ㄐㄧㄚ ㄅㄧㄣ 對賓客的敬稱。㊄校慶時，有許多嘉賓蒞臨。

【嘉獎】ㄐㄧㄚ ㄐㄧㄤˇ 稱讚並給予獎勵。㊄因為本班表現優異，校長特別嘉獎我們。㊉懲處。

14/11
嘗

ㄔㄤˊ (cháng)

丨 丷 ⺌ 䒑 尚 尚 尚 尚 尝 尝 尝 嘗 嘗 嘗

㊍1用舌頭辨別滋味。如：品嘗。2試探。如：嘗試。㊊曾經。如：未嘗。

【嘗試】ㄔㄤˊ ㄕˋ 試試看。㊄小咪嘗試在卡片上黏一點小亮片，發現效果很不錯。

14/11
嘀

ㄉㄧˊ (dí)

丨 口 口 口' 口' 口' 口' 口' 口' 口' 嘀 嘀 嘀 嘀

見「嘀咕」。

【嘀咕】ㄉㄧˊ ㄍㄨ 1形容低細的私語聲。㊄小莉和阿華在教室後面嘀咕著，不知道在說什麼。㊇低語。2形容不安或猶豫不決的樣子。㊄都已經放學三個小時了，弟弟還沒回家，令媽媽心裡直嘀咕。

14/11
嗾

ㄙㄡˇ (sǒu)

丨 口 口 口' 口' 口' 吖 吖 吖 吖 吖 吖 嗾 嗾

㊍教唆他人做壞事。如：嗾使。

14/11
嘛

ㄇㄚˋ (mà)

丨 口 口 口' 口' 吖 吖 吖 吖 吖 嘛 嘛 嘛 嘛

㊋口語的「什麼」。如：

幹嘛？

·ㄇㄚ(ma) ㊁用於句末，表示疑問。通「嗎」。

14/11

嘖 ㄗㄜˊ(zé)

嘖 嘖

㊇形容讚嘆的聲音。如：嘖嘖。

【嘖嘖稱奇】讚嘆不絕。㊉阿福精彩的魔術表演，讓觀眾嘖嘖稱奇。㊊讚不絕口。

14/11

嗷 ㄠˊ(áo)

嗷 嗷

㊇形容人或動物號叫的聲音。如：嗷嗷待哺。

【嗷嗷待哺】形容飢餓哀號，等待救濟。㊉阿森目前失業，還有三個孩子在家中嗷嗷待哺，處境非常可憐。

14/11

嘔 ㄡˇ(ǒu)

㊄吐。如：嘔吐。

ㄡ(ōu) ㊄歌唱。通「謳」。如：嘔歌。

ㄡ(òu) ㊄故意惹人生氣。如：存心嘔我。

【嘔吐】反胃而將已吞進的食物吐出。㊉小喬因為暈車，一路上嘔吐不止。

【嘔氣】生悶氣。㊉哥哥和妹妹在嘔氣，所以一整天都不講話。

【嘔心瀝血】把心、血都吐出來。比喻費盡心思。㊉這幅油畫是作者嘔心瀝血的作品。

14/11

嘈 ㄘㄠˊ(cáo)

嘈 嘈

㊇形容吵雜。如：嘈嘈。

【嘈雜】(ㄘㄠˊ ㄗㄚˊ) 吵雜。㊀例 菜市場裡充斥著嘈雜的聲音。㊀反 安靜。

14/11
嗽
ㄙㄡˋ (sòu) 嗽 嗽

㊀動 氣管受到刺激而發出聲音。如：咳嗽。

14/11
嘟
ㄉㄨ (dū) 嘟 嘟

㊀形 1 形容汽笛、喇叭的聲音。如：嘟嘟。2 見「嘟囔」。㊀動 翹起嘴脣。如：嘟著嘴。

【嘟囔】(ㄉㄨ ㄋㄤˊ) 形容人話多不止、含糊不清或自言自語的樣子。㊀例 姐姐一進房門便一直嘟囔著天氣熱到讓人受不了。

14/11
嘆
ㄊㄢˋ (tàn) 嘆 嘆

通「歎」。㊀動 1 因愁悶而發出長聲。如：嘆氣。2 因讚美而發出長聲。如：讚嘆。

【嘆氣】(ㄊㄢˋ ㄑㄧˋ) 心裡感到痛苦或不舒服，而從口中發出長長的氣息。㊀例 只要想到老是闖禍的兒子，阿桐伯就只能搖頭嘆氣。㊀近 悲嘆。

【嘆為觀止】(ㄊㄢˋ ㄨㄟˊ ㄍㄨㄢ ㄓˇ) 讚嘆所看的事物美好到極點。㊀例 這件精心設計的藝術作品，令人嘆為觀止。

❀感嘆、驚嘆、惋嘆

14/11
嘎
ㄍㄚ (gā) 嘎 嘎

㊀形 形容笑聲、鳥鳴或物體摩擦時所產生的聲音。如：嘎嘎的叫。

14/11
嘍
ㄌㄡˊ (lóu) 嘍 嘍

見「嘍囉」。

【嘍囉】(ㄌㄡˊ ㄌㄨㄛˊ) 盜匪或惡人的手下。例 小黑成天帶著小嘍囉欺負同學。反 頭目。

14/11
嘓
ㄍㄨㄛ (guō)

見「嘓嘓」。

【嘓嘓】(ㄍㄨㄛ ㄍㄨㄛ) 形容青蛙叫聲。例 夏日的夜晚，處處可聽見青蛙嘓嘓的叫個不停。

15/12
噌
ㄘㄥ (cēng)

動 指責。如：被他噌了一頓。

15/12
嘮
ㄌㄠˊ (láo)

見「嘮叨」。

【嘮叨】(ㄌㄠˊ ㄉㄠ) 說個不停。例 媽媽很溫柔，從不嘮叨我該做哪些事。近 絮聒。

15/12
噎
ㄧㄝ (yē)

動 食物卡在喉嚨間。如：噎住。

15/12
嘯
ㄒㄧㄠˋ (xiào)

動 1 動物發出悠長的聲音。如：虎嘯。2 撮口作聲。如：呼嘯。

15/12
嘻
ㄒㄧ (xī)

形 1 形容喜樂的樣子。如：嘻皮笑臉。2 表示讚嘆、哀痛、驚恐的聲音。

【嘻皮笑臉】(ㄒㄧ ㄆㄧˊ ㄒㄧㄠˋ ㄌㄧㄢˇ) 形容滿臉笑容，但舉止不端莊的樣子。例 儘管媽媽已經很生氣了，佳佳還是一副嘻皮笑臉的樣子。反 一本正經。

15/12

噁 ㄜˇ (ě)

㊀動 想要嘔吐。如：噁心。

【噁心】ㄜˇ ㄒㄧㄣ ①胃部感到不舒服，想要嘔吐的感覺。例剛吃完油膩的食物，阿金現在覺得有點噁心。②表示非常厭惡。例小玄拍人馬屁的嘴臉令人噁心。

15/12

噴

ㄆㄣ (pēn) 動 激射而出。如：噴水。

ㄆㄣˋ (pèn) (限讀) 見「噴鼻」。

【噴鼻】ㄆㄣˋ ㄅㄧˊ 香味撲鼻。例一到花園，就有一股香味噴鼻而來。

【噴嚏】ㄆㄣ ㄊㄧˋ 鼻腔黏膜受刺激而引起的反射作用。先大量吸氣，然後快速呼氣作聲。

【噴灑】ㄆㄣ ㄙㄚˇ 用加壓的方式，將液體、氣體或粉末噴散出來。例果園裡，果農們正在噴灑農藥，預防蟲害。

※香噴噴、血口噴人

15/12

嘶 ㄙ (sī)

形 形容聲音沙啞。如：聲嘶力竭。動 ①馬叫。如：馬嘶人語。②鳥蟲淒楚的叫。如：雁嘶。

【嘶喊】ㄙ ㄏㄢˇ 聲音沙啞的叫喊。例體育館裡擠滿觀眾，嘶喊著為支持的球隊加油。

15/12

嘲 ㄔㄠˊ (cháo)

形 形容鳥叫的聲音。如：嘲啾。動 用言語取笑人。如：嘲笑。

【嘲笑】ㄔㄠˊ ㄒㄧㄠˋ 用戲謔的態度取笑別人。例嘲笑別人是不好的行為。近譏笑；訕笑。

✻自嘲、解嘲、冷嘲熱諷

15/12
嘹 ㄌㄧㄠˊ (liáo)

形 形容聲音清亮。如：嘹亮。

【嘹亮】ㄌㄧㄠˊ ㄌㄧㄤˋ 聲音清脆響亮。例 歌手嘹亮的歌聲，迴盪在整個體育場。

反 低沉。

15/12
嘘 ㄒㄩ (xū)

動 1 緩慢吐氣。如：噓氣。2 問候。如：噓寒問暖。助 表示制止或驅逐。如：噓！別說話！

【噓聲】ㄒㄩ ㄕㄥ 表示不滿、反對的聲音。例 演講者在臺上演說，臺下卻突然傳來一陣噓聲。

【噓寒問暖】ㄒㄩ ㄏㄢˊ ㄨㄣˋ ㄋㄨㄢˇ 問候冷暖。表示對他人的關切與愛護。例 社區居民組成愛心義工隊，每天都會到獨居老人的住處噓寒問暖。

15/12
嘿 ㄏㄟ (hēi)

助 表示驚訝。如：嘿！你怎麼會在這裡？

15/12
嘩 ㄏㄨㄚ (huā)

ㄏㄨㄚ (huā) 見「嘩啦」。

ㄏㄨㄚˊ (huá) 動 喧鬧；吵雜。通「譁」。

【嘩啦】ㄏㄨㄚ ㄌㄚ 形容東西散落一地的聲音。例 彈珠嘩啦的落了一地。

15/12
噗 ㄆㄨ (pū)

形 形容東西倒地的聲音。如：噗咚。

【噗哧】ㄆㄨ ㄔ 形容突然發出的笑聲。例 原本正在討論功課，小綠卻突

然噗哧一笑。

15/12
嘰 ㄐㄧ (jī)

見「嘰哩咕嚕」。

【嘰哩咕嚕】ㄐㄧ ㄌㄧ ㄍㄨ ㄌㄨ ①形容低聲交談，或言語含糊。例他們幾個圍在一起，嘰哩咕嚕不知道在說些什麼。②形容飢餓時肚子所發出來的聲音。例午餐時間還沒到，我卻已經餓得肚子嘰哩咕嚕叫了。

【嘰嘰喳喳】ㄐㄧ ㄐㄧ ㄓㄚ ㄓㄚ ①形容鳥叫聲。②形容吵雜細碎的聲音。例同學們在餐廳裡嘰嘰喳喳的說話。

16/13
噩 ㄜˋ (è)

形①不好的；令人震驚的。如：噩耗。②無知的樣子。如：渾渾噩噩。

【噩耗】ㄜˋ ㄏㄠˋ 不好的消息。多指人死亡的消息。例聽到戰場上傳回來的噩耗，許多人都哭了。反佳音；喜訊。

16/13
噫 ㄧ (yī)

助表示悲痛、讚嘆、鄙視。如：噫！太悲慘了！

16/13
噸 ㄉㄨㄣˋ (dùn)

量①計算重量的單位。一公噸等於一千公斤。②計算船隻容量的單位。每噸等於四十立方呎。

【噸位】ㄉㄨㄣˋ ㄨㄟˋ ①船隻載貨的容積單位。②指體重。例大胖的噸位那麼大，居然還可以輕鬆打籃球，真是太神奇了。

16/13
噤
ㄐㄧㄣˋ (jìn)

動 閉口不說話。如：噤聲。

【噤若寒蟬】ㄐㄧㄣˋ ㄖㄨㄛˋ ㄏㄢˊ ㄔㄢˊ 像秋冬時的蟬一樣不鳴叫。形容人不敢說話或不作聲。例 在法庭上，嫌犯噤若寒蟬，不敢辯解。近 啞口無言。反 侃侃而談。

16/13
噹
ㄉㄤ (dāng)

形 形容金屬或玉石撞擊的聲音。如：噹噹。

16/13
噱
ㄐㄩㄝˊ (jué) 動 發笑。如：令人發噱。

ㄒㄩㄝ (xuē) 見「噱頭」。

【噱頭】ㄒㄩㄝ ㄊㄡˊ 做一些特別的事情，吸引人們注意，以達到宣傳效果。例 百貨公司時常用一些噱頭來吸引客人。

16/13
器
ㄑㄧˋ (qì)

名 1 用具。如：容器。2 度量。如：很有器量。3 才幹；才能。如：大器。4 生物體內構成的一部分。如：器官。動 看重。如：器重。

【器官】ㄑㄧˋ ㄍㄨㄢ 動植物體內有一定機能的構造。如：胃為消化器官，眼睛為視覺器官等。

【器重】ㄑㄧˋ ㄓㄨㄥˋ 重視；重用。例 大華功課好，品行佳，老師非常器重他。反 輕視。

【器量】ㄑㄧˋ ㄌㄧㄤˋ 指人的度量。也作「氣量」。例 陳太太的器量很大，就算別人當面批評她的缺點，她也不會生氣。

口

16/13
噪
ㄗㄠˋ (zào)

(形) 嘈雜的。如：噪音。(動) ①發出吵雜的聲音。如：聒噪。②鳥蟲鳴叫。如：蟬噪蛙鳴。

【噪音】(ㄗㄠˋ ㄧㄣ) 不悅耳的聲音。(例) 工地施工時，發出了很大的噪音。(反) 天籟。

✽鼓噪、聲名大噪、名噪一時

16/13
噥
ㄋㄨㄥˊ (nóng)

(動) 小聲交談。如：嘟噥。

16/13
嘴
ㄗㄨㄟˇ (zuǐ)

(名) ①口的通稱。如：嘴巴。②形狀像口的部位。如：瓶嘴。③指說話。如：多嘴。

【嘴巴】(ㄗㄨㄟˇ ㄅㄚ˙) ①口；嘴。②臉頰。(例) 弟弟因為說髒話，而被媽媽打了一個嘴巴。

【嘴硬】(ㄗㄨㄟˇ ㄧㄥˋ) 形容人喜歡強辯，不肯認錯。(例) 明明是小青打破杯子，他還嘴硬不承認。(反) 服輸。

【嘴饞】(ㄗㄨㄟˇ ㄔㄢˊ) 形容貪吃。(例) 看到那些可口的零食，令我不禁嘴饞。

✽頂嘴、閉嘴、七嘴八舌

16/13
噯
ㄞˋ (ài)

(助) ①表示感傷或惋惜。如：噯！我真的沒想到事情會變成這樣。②表示否定。如：噯！他實在不應該這麼做的。③表示驚訝。如：噯！原來你躲在這裡。

16/13
噬
ㄕˋ (shì)

動 咬。如：吞噬。

16/13 **噢** ㄩˇ (yǔ)

見「噢咻」。

【噢咻 ㄩˇ ㄒㄩ】形容安慰病人的聲音。

16/13 **噙** ㄑㄧㄣˊ (qín)

動 含住。如：噙著淚水。

17/14 **嚀** ㄋㄧㄥˊ (níng)

見「叮嚀」。

17/14 **嚎** ㄏㄠˊ (háo)

動 大聲叫喊。如：嚎哭。

【嚎啕大哭 ㄏㄠˊ ㄊㄠˊ ㄉㄚˋ ㄎㄨ】大聲哭叫。例 弟弟不小心在路上跌倒，撞傷了膝蓋，痛得他嚎啕大哭。

17/14 **嚅** ㄖㄨˊ (rú)

見「囁嚅」。

17/14 **嚏** ㄊㄧˋ (tì)

見「噴嚏」。

17/14 **嚇**

ㄏㄜˋ (hè) 動 用言語或行為使人害怕。如：恐嚇。

ㄒㄧㄚˋ (xià) 動 1 害怕。如：驚嚇。2 使人害怕。如：嚇唬。

【嚇阻 ㄏㄜˋ ㄗㄨˇ】使人害怕而停止某種行為或言論。例 陳家養了幾條凶惡

口

的大狼狗來嚇阻小偷。

17/14
嚐 ㄔㄤˊ (cháng)

動 用舌頭辨別味道。通「嘗」。如：品嚐。

18/15
嚕 ㄌㄨ (lū)

見「嚕囌」。

【嚕囌】ㄌㄨ ㄙㄨ 話多而且瑣碎。同「囉嗦」。

18/15
嚮 ㄒㄧㄤˋ (xiàng)

動 歸向。如：嚮往。

【嚮往】ㄒㄧㄤˋ ㄨㄤˇ 對某事物、地方非常喜歡、期望。例 平平嚮往歐洲人悠閒的生活。

【嚮導】ㄒㄧㄤˋ ㄉㄠˇ 指引方向、道路的人。

19/16
嚨 ㄌㄨㄥˊ (lóng)

見「喉嚨」。

19/16
嚥 ㄧㄢˋ (yàn)

動 吞。如：狼吞虎嚥。

【嚥氣】ㄧㄢˋ ㄑㄧˋ 人死氣絕。例 阿嬤和他交代幾句話後就嚥氣了。

20/17
嚷 ㄖㄤˇ (rǎng)

動 大聲喊叫；吵鬧。如：嚷叫。

20/17
嚶 ㄧㄥ (yīng)

形 形容鳥叫聲。如：鳥鳴嚶嚶。

20/17

嚴

ㄧㄢˊ (yán)

名 1 對父親的尊稱。如：家嚴。2 警戒；戒備。如：戒嚴。形 1 事態緊急。如：嚴重。2 苛刻。如：嚴酷。3 周密。如：嚴謹。副 非常。如：嚴寒。

【嚴重】ㄧㄢˊ ㄓㄨㄥˋ 事態危急重大。例 這場地震造成嚴重的災情，許多人無家可歸。反 輕微。

【嚴格】ㄧㄢˊ ㄍㄜˊ 在執行事務或遵守某項標準時，非常認真、絕不放鬆。例 老師對我們教室的整潔，要求非常嚴格。反 寬鬆。

【嚴寒】ㄧㄢˊ ㄏㄢˊ 非常冷。例 小奇最喜歡在嚴寒的冬夜裡，喝一碗熱呼呼的紅豆湯。近 酷寒。反 炙熱。

【嚴肅】ㄧㄢˊ ㄙㄨˋ 態度認真莊重。例 校長一臉嚴肅的在臺上訓話。反 輕浮。

【嚴厲】ㄧㄢˊ ㄌㄧˋ 認真不寬容。例 宋教官管教學生非常嚴厲，大家都很怕他。

【嚴謹】ㄧㄢˊ ㄐㄧㄣˇ 嚴格而謹慎。例 班長做事嚴謹，是我們效法的好榜樣。

✽威嚴、尊嚴、莊嚴

20/17

嚼

ㄐㄧㄠˊ (jiáo) 動 1 咬碎食物。如：細嚼。2 不停的說話。有厭惡的意思。如：嚼舌。

ㄐㄩㄝˊ (jué) 見「咀嚼」。

【嚼舌】ㄐㄧㄠˊ ㄕㄜˊ 隨便亂說；搬弄是非。例 小慧最喜歡在別人背後嚼舌，議論是非。

21/18

囀

ㄓㄨㄢˇ (zhuǎn)

口

名 清脆婉轉的聲音。動 鳥鳴。如：黃鶯巧囀。

囁
21/18

ㄋㄧㄝˋ (niè)

見「囁嚅」。

【囁嚅 ㄋㄧㄝˋ ㄖㄨˊ】吞吞吐吐、欲言又止的樣子。例 妹妹囁嚅了半天，才說出她被老師處罰的經過。

囂
21/18

ㄒㄧㄠ (xiāo)

動 吵鬧。如：喧囂。

【囂張 ㄒㄧㄠ ㄓㄤ】形容人態度傲慢、目中無人的樣子。例 自從當上班長後，小魯的態度就變得很囂張。

✽叫囂、塵囂、甚囂塵上

囊
22/19

ㄋㄤˊ (náng)

名 盛放東西的袋子。如：皮囊。副 包羅。如：囊括。

【囊括 ㄋㄤˊ ㄍㄨㄚ】包含全部。例 大明在語文競賽中囊括了三個獎項的第一名，成績十分優異。

✽膠囊、慷慨解囊、探囊取物

囈
22/19

ㄧˋ (yì)

動 說夢話。如：囈語。

囉
22/19

ㄌㄨㄛˋ (luò) 助 用在句尾。表示感嘆。如：那就這樣囉！

ㄌㄨㄛ (luō) 見「囉嗦」。

【囉嗦】ㄌㄨㄛ ㄙㄨㄛ 也作「囉唆」、「嚕囌」。①話多不止。例父母的囉嗦是一種愛我們的表現。②麻煩。例這件事很囉嗦，小珍足足花了一個月才完成。

囌 23/20

ㄙㄨ (sū)

見「嚕囌」。

囑 24/21

ㄓㄨˇ (zhǔ)

動 吩咐；託付。如：叮囑。

【囑託】ㄓㄨˇ ㄊㄨㄛ 叮囑託付事情給他人。例小琪接受老師的囑託，負責準備這次的活動。近請託。

囔 24/22

ㄋㄤ (nang)

見「嘟囔」。

囗 ㄨㄟˊ 部

囚 5/2

ㄑㄧㄡˊ (qiú)

名 罪犯；俘虜。如：死囚。動 拘禁。如：囚禁。

【囚犯】ㄑㄧㄡˊ ㄈㄢˋ 關在監牢裡的犯罪者。近犯人。

【囚禁】ㄑㄧㄡˊ ㄐㄧㄣˋ 被關起來。例那所監獄裡囚禁了許多犯人。近監禁。反釋放。

四 5/2

ㄙˋ (sì)

數 大寫作「肆」，阿拉伯數字作

「4」。

【四方】（ㄙˋ ㄈㄤ）①指東、西、南、北四個方向。泛指各處。例阿金人緣很好，交友遍四方。②正方或方形的。例媽媽喜歡那張四方的桌子。

【四周】（ㄙˋ ㄓㄡ）周圍四處。例那間農舍的四周都是稻田。

【四季】（ㄙˋ ㄐㄧˋ）指一年當中的春、夏、秋、冬四個季節。每季有三個月。近四時。

【四分五裂】（ㄙˋ ㄈㄣ ㄨˇ ㄌㄧㄝˋ）形容分散破碎不完整。例這個杯子被阿美摔得四分五裂。

【四通八達】（ㄙˋ ㄊㄨㄥ ㄅㄚ ㄉㄚˊ）形容交通很方便。例這個地方的交通四通八達，是全市最熱鬧的地方。

【四腳朝天】（ㄙˋ ㄐㄧㄠˇ ㄔㄠˊ ㄊㄧㄢ）仰面跌倒，手腳向上。例小強不小心跌了個四腳朝天。

✽不三不四、朝三暮四

6/3

因

ㄧㄣ (yīn)

丨 冂 冃 冄 因 因

名事情的來由。如：原因。動①依循；藉著。如：因材施教。②沿襲。如：因襲。介因為。如：因小失大。

【因素】（ㄧㄣ ㄙㄨˋ）影響和決定事物的原因與要素。例獲得成功的因素有很多，最重要的是努力。近條件。

【因應】（ㄧㄣ ㄧㄥˋ）依隨情勢發展，而做適當的變化。例為了因應垃圾分類的環保政策，學校裡放置了許多資源回收筒。

【因小失大】（ㄧㄣ ㄒㄧㄠˇ ㄕ ㄉㄚˋ）因為貪圖小利而誤了大事。例小君貪圖一時方便，偷騎別人的腳踏車而被記過，真是因小失大。

【因材施教】（ㄧㄣ ㄘㄞˊ ㄕ ㄐㄧㄠˋ）根據受教者不同的資質給予不同的教導。例孔子的學生很多，他常依照學生不同

的性格，因材施教。

【因時制宜】（ㄧㄣ ㄕˊ ㄓˋ ㄧˊ）根據當時的情勢，做適當的處理。例小林反應敏捷，做事懂得因時制宜。反不知變通。

辨析 除了「因時制宜」以外，還有「因地制宜」、「因人制宜」、「因事制宜」，根據所依照的內容不同可作代換。

【因禍得福】（ㄧㄣ ㄏㄨㄛˋ ㄉㄜˊ ㄈㄨˊ）因為遇到的災禍而獲得好運。例阿金雖然沒趕上火車，卻因禍得福躲過了車禍。

【因噎廢食】（ㄧㄣ ㄧㄝ ㄈㄟˋ ㄕˊ）因為吃東西噎住而乾脆不吃。比喻因為偶然的小挫折就放棄該做的事。例因為怕犯錯而不敢嘗試，簡直是因噎廢食。

❀起因、病因、事出有因

6/3

囝

ㄐㄧㄢˇ (jiǎn) 丨 冂 冂 冂 囝

名 閩南方言。指兒子。

6/3

回

ㄏㄨㄟˊ (huí) 丨 冂 冂 回 回 回

形 曲折的。通「迴」。如：回廊。

動 1旋轉。如：回旋。2掉轉。如：回頭。3返；歸。如：回家。4答覆。如：回信。

量 1計算事情、動作或經驗的次數。如：一回生、二回熟。2計算小說的章節。如：第一回。

專 1宗教名。如：回教。2民族名。如：回族。

【回收】（ㄏㄨㄟˊ ㄕㄡ）把可以再利用的物品收回加工再製。例這些廢紙可以回收作為再生紙。

【回味】（ㄏㄨㄟˊ ㄨㄟˋ）1吃過食物後，再次回想其味道。例媽媽煮的咖哩飯，好吃得令人回味不已。2對往事的回憶或體會。例幼稚園無憂無慮的生活，現在想起來，仍令人回味。

【回音】（ㄏㄨㄟˊ ㄧㄣ）1回信；回覆的消息。例小威的父親出海航行已經半年

了，至今一點回音也沒有。②回聲。

【回報】ㄏㄨㄟˊ ㄅㄠˋ ①報告或回答事情的處理狀況。例班長在清點人數後，向老師回報。②報答。例媽媽總是為家人付出而不求回報。

【回憶】ㄏㄨㄟˊ ㄧˋ 回想過去的事。例別只是沉浸在回憶中，現在和未來才是更重要的。

【回頭】ㄏㄨㄟˊ ㄊㄡˊ ①把頭轉過來。例弟弟一回頭，那隻貓就不見了。②等一下。例我們先各自去參觀，回頭再到入口集合。近稍待。③改過；悔悟。例在親情的感召之下，小虎總算浪子回頭了。

【回聲】ㄏㄨㄟˊ ㄕㄥ 聲波遇到物體時反射回來的聲音。

【回響】ㄏㄨㄟˊ ㄒㄧㄤˇ ①回聲。②根據某些事情而產生的反應。例這本小說一發行，便得到讀者熱烈的回響。近響應。

【回顧】ㄏㄨㄟˊ ㄍㄨˋ ①回頭看。例小芳深夜返家時，不停回顧身後，害怕有人跟蹤。②回想過去。例這部影片帶領我們回顧了臺灣開發的歷史。

【回心轉意】ㄏㄨㄟˊ ㄒㄧㄣ ㄓㄨㄢˇ ㄧˋ 改變原來的心意。例在眾人的勸說之下，小芳終於回心轉意，願意原諒大明了。

【回味無窮】ㄏㄨㄟˊ ㄨㄟˋ ㄨˊ ㄑㄩㄥˊ 非常想念曾經嘗過的滋味或經歷過的事。例去年夏天的那一場旅行，阿欣至今想來仍回味無窮。

✽退回、值回票價、空手而回

囡 6/3

ㄋㄢ (nān)

名蘇州方言。指女兒。

囤 7/4

ㄉㄨㄣˋ (dùn) 名儲存米糧的器物。如：米囤。

ㄊㄨㄣˊ (tún) 動積存。如：囤糧。

囗

【囤積】(ㄊㄨㄣˊ ㄐㄧ) 積聚物品。例颱風還沒來，民眾卻已經開始囤積糧食了。近積貯。

困

7/4

ㄎㄨㄣˋ (kùn)

丨 冂 冃 用 困 困 困

形①貧苦的。如：窮困。②疲倦的。如：困倦。動①包圍。如：圍困。②擾亂；陷於痛苦。如：為情所困。

【困苦】(ㄎㄨㄣˋ ㄎㄨˇ) 貧窮；艱苦。例困苦的環境不但沒有打倒大強，反而令他更堅強。

【困惑】(ㄎㄨㄣˋ ㄏㄨㄛˋ) 不知道該怎麼辦；迷惑。例到底是小芳還是小芬說的對，讓我很困惑。近不解。

【困境】(ㄎㄨㄣˋ ㄐㄧㄥˇ) 艱困的環境。例爸爸最近失業，家中經濟立刻陷入困境。近逆境。反順境。

【困擾】(ㄎㄨㄣˋ ㄖㄠˇ) 被難以解決的事物困住而感到煩惱。例弟弟半夜踢被子的習慣，讓媽媽很困擾。近為難。

【困難】(ㄎㄨㄣˋ ㄋㄢˊ) ①事情不容易解決。例雖然這件工作非常困難，但我一定會努力完成。反容易；簡單。②貧窮；艱難。例阿偉的爸爸失業，媽媽又生病，家裡生活很困難。

✽疲困、紓困、坐困愁城

囪

7/4

ノ 亻 ㇓ 冂 冈 囪 囪

ㄘㄨㄥ (cōng) 名連接在爐灶上用來通煙的管道。如：煙囪。

ㄔㄨㄤ (chuāng) 異「窗」的異體字。

固

8/5

ㄍㄨˋ (gù)

丨 冂 冃 冋 冋 固 固 固

形①堅實。如：堅固。②不知變通。如：固執。③穩定。如：穩固。副①堅持。如：固守。②原來的。如：固有。

【固有】(ㄍㄨˋ ㄧㄡˇ) 本來就有的。例節儉是中國人固有的美德。近舊有。

【固定】（ㄍㄨˋ ㄉㄧㄥˋ） 穩定；長久不變。例 這個架子固定在牆上，無法拆下來。

【固執】（ㄍㄨˋ ㄓˊ） 堅持自己的意見不肯變通。例 青青的個性非常固執，別人怎麼勸說都不聽。

❀凝固、牢固、頑固

10/7

圃

ㄆㄨˇ (pǔ)

丨 冂 冂 同 同 同 圃 圃 圃 圃

名 種植花卉、蔬菜、瓜果的地方。如：花圃。

❀菜圃、苗圃、園圃

11/8

圈

丨 冂 冂 冂 冂 冂 冂 圈 圈 圈

ㄑㄩㄢ (quān) 名 1 外圓中空的物體。如：甜甜圈。2 圓形的曲線。如：圓圈。3 範圍。如：生活圈。動 1 圍住。如：圈地。2 畫圓標記。如：圈選。量 計算環形物品或圓周的單位。如：跑操場一圈。

ㄐㄩㄢˋ (juàn) 名 飼養家畜的地方。如：豬圈。

【圈套】（ㄑㄩㄢ ㄊㄠˋ） 比喻用來陷害或收買他人的計謀。例 這可能是詐騙集團所設的圈套，別上當了。近 陷阱。

❀花圈、火圈、救生圈

11/8

國

ㄍㄨㄛˊ (guó)

丨 冂 冂 冂 冂 冂 國 國 國 國

名 1 具有人民、土地、主權的政治團體。如：國家。2 古代諸侯的封地。3 地方。如：北國。

【國土】（ㄍㄨㄛˊ ㄊㄨˇ） 國家的領土。近 國境。

【國民】（ㄍㄨㄛˊ ㄇㄧㄣˊ） 1 全國人民。2 指具有某國國籍的人。

【國防】（ㄍㄨㄛˊ ㄈㄤˊ） 國家為了保護領土和主權所實行的一切措施。狹義的國防專指軍事設施，廣義的國防還包含政治、經濟、文化思想等。

【國界】（ㄍㄨㄛˊ ㄐㄧㄝˋ） 國與國之間的界線。

【國籍】ㄍㄨㄛˊ ㄐㄧˊ 指人民從屬於某個國家的身分證明。

✽愛國、祖國、盡忠報國

12/9
圍 ㄨㄟˊ (wéi)

(名)四周。如：周圍。(動)環繞。如：圍繞。(量)計算周長的單位。如：樹粗三圍。

【圍牆】ㄨㄟˊ ㄑㄧㄤˊ 圈定範圍，用來隔離外界的牆。

【圍繞】ㄨㄟˊ ㄖㄠˋ 包圍環繞。(例)下課後，同學仍圍繞在老師身旁問問題。

【圍觀】ㄨㄟˊ ㄍㄨㄢ 在四周觀看。(例)街頭藝人一邊彈吉他，一邊唱歌，表演很精彩，吸引了許多人圍觀。

✽包圍、範圍、突圍

13/10
園 ㄩㄢˊ (yuán)

(名)①種植花木蔬果的地方。如：花園。②給人遊玩休息的地方。如：公園。

【園地】ㄩㄢˊ ㄉㄧˋ ①種植花木蔬果的地方。(例)爸媽合力把屋後的空地整理成一片美麗的園地。②泛指各種活動的場所。(例)很多報紙都有讓讀者投稿的園地。(近)專欄。

✽田園、樂園、庭園

13/10
圓 ㄩㄢˊ (yuán)

(名)由平面上與某定點成等距離的所有點共同構成的封閉曲線。如：圓形。(形)①完美的。如：圓滿。②婉轉美妙的。如：字正腔圓。③周到的；通達的。如：圓滑。(動)①掩飾；補充不足。如：圓謊。②實現；達成。如：圓夢。

【圓心】ㄩㄢˊ ㄒㄧㄣ 圓的中心點。從這一點到圓周上每一點的距離都相等。

【圓周】 ㄩㄢˊ ㄓㄡ 圓的外圍周線。

【圓滑】 ㄩㄢˊ ㄏㄨㄚˊ 形容為人處事很周到，不得罪人。例 小沖是個很圓滑的人。反 率直。

【圓夢】 ㄩㄢˊ ㄇㄥˋ 實現夢想。例 奮鬥多年，他終於等到圓夢的一天。

【圓滿】 ㄩㄢˊ ㄇㄢˇ 完美沒有缺失。例 這場宴會終於圓滿結束了。

【圓謊】 ㄩㄢˊ ㄏㄨㄤˇ 掩飾謊話的矛盾或漏洞。例 小五為了圓謊，又說了更多的謊言來掩蓋，實在太可惡了。

✽團圓、渾圓、破鏡重圓

14/11

團

ㄊㄨㄢˊ (tuán)

名 1 有目標、有組織的群體。如：社團。2 球形物體。如：紙團。形 圓形的。如：團扇。動 1 聚集。如：團圓。2 結合。如：團結。量 計算球狀物品的單位。如：一團毛線。

【團結】 ㄊㄨㄢˊ ㄐㄧㄝˊ 結合眾人的力量去做某事。例 在全班同學的團結合作下，本班終於獲得拔河比賽的冠軍。

【團圓】 ㄊㄨㄢˊ ㄩㄢˊ 親人相聚在一起。例 中秋節是全家團圓相聚的日子。

【團聚】 ㄊㄨㄢˊ ㄐㄩˋ 1 聚集。例 為了討論這項活動，各班班長團聚在會議室開會。2 親人聚合。例 出外工作多年後，阿龍終於和弟弟團聚了。

【團體】 ㄊㄨㄢˊ ㄊㄧˇ 二個或二個以上的人，因共同目的而結合成的組織。

✽兵團、樂團、馬戲團

14/11

圖

ㄊㄨˊ (tú)

名 由各種線條、形狀或色彩等描繪成的形象或畫面。如：插圖。動 1 計劃。如：企圖。2 求取。如：貪

圖。

【圖書】(ㄊㄨˊ ㄕㄨ) 圖畫和書籍的總稱。

【圖章】(ㄊㄨˊ ㄓㄤ) 在木頭或金石等材質上刻上姓名或文字，以表示身分的信物。㊃印章。

【圖書館】(ㄊㄨˊ ㄕㄨ ㄍㄨㄢˇ) 將所有的書籍有系統有組織的收集、保存、分類整理，並提供借閱的機構。

【圖謀不軌】(ㄊㄨˊ ㄇㄡˊ ㄅㄨˋ ㄍㄨㄟˇ) 企圖做不正當的事。㊄那兩個人在銀行門口徘徊了很久，似乎圖謀不軌。㊃不懷好意。

※地圖、拼圖、唯利是圖

16/13

圜

丨 冂 冂 冂 冂 冂 冂 冂 冂 冂 冂 冂 冂 冂 圜 圜

ㄩㄢˊ (yuán) ㊊圓形的。通「圓」。如：圜丘。

ㄏㄨㄢˊ (huán) ㊋環繞。通「環」。如：轉圜。

土部

3/0

土 ㄊㄨˇ (tǔ)

一 十 土

㊔ 1 地上泥沙的混合物。如：泥土。2 地域。如：領土。㊊ 1 本地的。如：土產。2 粗俗的。如：土頭土腦。3 傳統的。如：土方法。

【土產】(ㄊㄨˇ ㄔㄢˇ) 本地所生產的物品。㊆舶來品。

【土壤】(ㄊㄨˇ ㄖㄤˇ) 地面上疏鬆細緻的表層。內含水、空氣、礦物質和微生物等。㊃泥土。

【土石流】(ㄊㄨˇ ㄕˊ ㄌㄧㄡˊ) 在坡度陡急的地區，因豪雨導致土石含水量過多，而形成土石快速往下流動的現象。常造成嚴重災害。

【土生土長】(ㄊㄨˇ ㄕㄥ ㄊㄨˇ ㄓㄤˇ) 在本地出生長大。㊄小芸是土生土長的臺南

人。

※黏土、泥土、水土不服

圭 6/3

ㄍㄨㄟ (guī)

名 古代測量日影的儀器。

【圭臬】ㄍㄨㄟ ㄋㄧㄝˋ 原為古代測日影、定時間的儀器。現指標準、規範。例 小詠將父親的教誨奉為圭臬。

圬 6/3

ㄨ (wū)

名 塗抹泥灰的工具。動 塗飾牆壁。

圯 6/3

一ˊ (yí)

名 橋。如：圯上老人。

地 6/3

ㄉㄧˋ (dì) 名 1萬物棲息生長的地方。與「天」相對。如：大地。2田。如：耕地。3處所。如：所在地。4區域。如：本地。

·ㄉㄜ (de) 助 用在副詞詞尾。如：慢慢地。

【地支】ㄉㄧˋ ㄓ 即子、丑、寅、卯、辰、巳、午、未、申、酉、戌、亥的總稱。和十天干配合，可用來表示時日。

【地位】ㄉㄧˋ ㄨㄟˋ 個人或團體在社會中所處的位置，通常以職位、名譽、財富、學識等作為標準。例 教宗是天主教的領袖，在宗教界擁有很高的地位。

【地址】ㄉㄧˋ ㄓˇ 指居處所在的地方。常以路名和門牌號碼表示。近 住址。

【地形】ㄉㄧˋ ㄒㄧㄥˊ 地球表面高低起伏的形狀。例 就整體而言，臺北屬於盆地地形。

【地球】ㄉㄧˋ ㄑㄧㄡˊ 人類所居住的星球。太陽系行星之一。因本身的自轉產生晝夜，因繞太陽公轉而有四季。

【地勢】ㄉㄧˋ ㄕˋ 地面高低起伏的形勢。例這片山區地勢起伏很大，要開通道路相當困難。

【地道】㊀ㄉㄧˋ ㄉㄠˋ 地下通道。例古時候的城堡通常都有地道可供逃生。㊁ㄉㄧˋ ˙ㄉㄠ 真實不虛假。也作「道地」。例這家店的牛肉麵口味很地道。

【地圖】ㄉㄧˋ ㄊㄨˊ 把地表上的自然和人文景觀縮小比例表現於紙上的圖像。

【地獄】ㄉㄧˋ ㄩˋ 1宗教上指做壞事的人死後受苦的地方。2比喻黑暗痛苦的地方。例戰爭讓人民過著有如地獄一般的生活。反天堂。

【地標】ㄉㄧˋ ㄅㄧㄠ 1標示兩地界線位置的物體。例這塊石碑是兩縣分界的地標。2具有明顯的特徵，可供辨認或指引的物體。例這棟大樓是臺北市最顯眼的地標。

【地震】ㄉㄧˋ ㄓㄣˋ 因地殼劇烈變動所引起的地表岩層震動。可能是由於地殼陷落、斷裂或火山爆發而產生。

【地點】ㄉㄧˋ ㄉㄧㄢˇ 所在的地方。例我們選擇車站當作集合地點。

【地下水】ㄉㄧˋ ㄒㄧㄚˋ ㄕㄨㄟˇ 位於地下岩層間和土壤中的水。

【地平線】ㄉㄧˋ ㄆㄧㄥˊ ㄒㄧㄢˋ 視力所看到天空與地面、海面相接的線。

【地心引力】ㄉㄧˋ ㄒㄧㄣ ㄧㄣˇ ㄌㄧˋ 使物體下墜，方向指向地心的吸引力。又稱「萬有引力」。

✽基地、五體投地、頂天立地

6/3
圳 ㄗㄨㄣˋ (zùn)
一 十 土 圵 圳 圳

名 臺灣、廣東、福建方言。田邊的水溝。如：田圳。

6/3
在 ㄗㄞˋ (zài)
一 ナ 𠂇 𡉅 存 在

動 1生存。如：健在。2居；處。

土

如：在下位。3決定；依靠。如：事在人為。副 表示正在進行的動作。如：在走路。介 表示時間、地點。如：在中午出門；在教室上課。

【在乎 ㄗㄞˋ ㄏㄨ】重視。例 小蘭很在乎這次的鋼琴比賽，所以她一有空就練習。反 忽視。

【在行 ㄗㄞˋ ㄏㄤˊ】指對某事很擅長、精通。例 爸爸對修理腳踏車非常在行。近 內行。反 外行。

【在場 ㄗㄞˋ ㄔㄤˇ】在現場。例 老師宣布這項規定的時候，全班同學都在場。

【在所不惜 ㄗㄞˋ ㄙㄨㄛˇ ㄅㄨˋ ㄒㄧ】不在乎任何代價。例 妹妹為了練好這首曲子，即使犧牲睡眠也在所不惜。

✽實在、自在、心不在焉

7/4
坊
一 十 土 圹 坊 坊

ㄈㄤ (fāng) 名 1里巷。如：街坊。2工作的地方。如：染坊。3古代表揚名節、功德的建築。如：貞節牌坊。4店鋪。如：茶坊。ㄈㄤˊ (fáng) 通「防」。名 以土石堆成，在江河湖海邊擋水的建築。如：堤坊。動 防範。如：坊止。

【坊間 ㄈㄤ ㄐㄧㄢ】街市之間。例 坊間流傳的謠言，不要輕易相信。

✽書坊、磨坊、工作坊

7/4
坑
ㄎㄥ (kēng) 坑 一 十 土 圹 圹 坑

名 低陷的地方。如：水坑。動 1活埋。如：坑殺。2陷害。如：坑人。

✽礦坑、茅坑、火坑

7/4
坏
ㄆㄟˊ (péi) 坏 一 十 土 圷 坏 坏

名 用泥土做成，而未燒製的器物。如：土坏。

7/4
址
ㄓˇ (zhǐ) 址 一 十 土 圵 圵 址

名 地點；居所。如：地址。

7/4
坍 ㄊㄢ (tān) 坍

動 崩倒；毀壞。如：坍塌。

【坍方】ㄊㄢ ㄈㄤ 土石滑動崩落。例 連日豪雨使得山區公路又坍方了。

7/4
均 ㄐㄩㄣ (jūn) 均

形 相等。如：平均。副 1 等分。如：均分。2 全部；都。如：均可。

【均勻】ㄐㄩㄣ ㄩㄣˊ 相等；勻稱。例 媽媽把巧克力粉均勻的撒在蛋糕上。近 平均。

【均衡】ㄐㄩㄣ ㄏㄥˊ 平衡；不偏。例 想要身體健康，必須攝取均衡的營養。

7/4
圾 ㄙㄜˋ (sè) 圾

見「垃圾」。

7/4
坎 ㄎㄢˇ (kǎn) 坎

名 地面低陷的地方。如：坎穴。

【坎坷】ㄎㄢˇ ㄎㄜˇ 路面不平。比喻不順利、不得志。例 雖然命運坎坷，阿郎仍不放棄希望，繼續努力，認真面對每個挑戰。近 崎嶇。

7/4
坐 ㄗㄨㄛˋ (zuò) 坐

動 1 把臀部放在物體上。如：坐下。2 居；處。如：坐北朝南。3 搭乘。如：坐船。副 1 堅守不動。如：坐鎮。2 平白的。如：坐享。

【坐視】ㄗㄨㄛˋ ㄕˋ 坐在一旁看。表示不管、不理會。例 對需要幫助的人，我們不能坐視不理。

【坐鎮】ㄗㄨㄛˋ ㄓㄣˋ 鎮守督導。例 颱風期間，市長親自坐鎮，聽取各地災情報告。

【坐井觀天】ㄗㄨㄛˋ ㄐㄧㄥˇ ㄍㄨㄢ ㄊㄧㄢ 指目光狹小、見識短淺。例 研究學問不能只是坐井觀天，要多多吸收新知。近 以管窺天。反 見多識廣。

土

【坐立不安】ㄗㄨㄛˋ ㄌㄧˋ ㄅㄨˋ ㄢ 坐也不是，站也不是。形容心神不安的樣子。例由於失蹤的親人還沒有找到，家屬顯得坐立不安。近寢食難安。反處之泰然。

【坐享其成】ㄗㄨㄛˋ ㄒㄧㄤˇ ㄑㄧˊ ㄔㄥˊ 自己沒有付出，只是享受別人努力的成果。例這份報告每個人都要負責完成一部分，沒有任何人可以坐享其成。近不勞而獲。

❀打坐、枯坐、同起同坐

7/4
坌
ㄅㄣˋ (bèn)
ノ 八 分 分 坌 坌 坌

名灰塵。動聚集。如：坌積。

8/5
垃
ㄌㄜˋ (lè)
一 十 土 圹 圹 圹 垃 垃

見「垃圾」。

【垃圾】ㄌㄜˋ ㄙㄜˋ 塵土、髒東西和廢棄物的總稱。現也指無用、沒價值的東西。

8/5
坪
ㄆㄧㄥˊ (píng)
一 十 土 圹 圷 坪 坪 坪

名平坦的地方。如：草坪。量計算土地面積的單位。一坪相當於三・三〇五七九平方公尺。

8/5
坷
ㄎㄜˇ (kě)
一 十 土 圹 圷 坷 坷 坷

見「坎坷」。

8/5
坩
ㄍㄢ (gān)
一 十 土 圹 圹 坩 坩 坩

見「坩堝」。

【坩堝】ㄍㄢ ㄍㄨㄛ 指盛物的陶土器具，用來燒熔金屬、玻璃等物，耐高溫。

8/5
坦
ㄊㄢˇ (tǎn)
一 十 土 圢 坦 坦 坦 坦

形①寬而平。如：平坦。②心地光明寬闊。如：坦白。動露出。如：坦露。

【坦白】ㄊㄢˇ ㄅㄞˊ 心地光明沒有隱藏。例小敏做人很坦白，從不欺騙別人。

(反) 隱瞞。

【坦率】(ㄊㄢˇ ㄕㄨㄞˋ) 率直不做作。(例) 大有說話太過坦率，常常不小心傷害了別人。

【坦克車】(ㄊㄢˇ ㄎㄜˋ ㄔㄜ) 英語 tank 的音譯。裝有防護鋼甲和槍炮武器的戰鬥用車輛。由齒輪帶動履帶前進，可在崎嶇地形行駛。又稱「戰車」。

8/5
坤 ㄎㄨㄣ (kūn)

(名) 易經卦名之一。代表「地」或「女性」。

8/5
坡 ㄆㄛ (pō)

(名) 地勢傾斜的地方。如：山坡。

【坡度】(ㄆㄛ ㄉㄨˋ) 地表的坡面與水平面所形成的角度。

❀ 斜坡、險坡、陡坡

8/5
坼 ㄔㄜˋ (chè)

(動) 裂開。如：地坼天崩。

9/6
型 ㄒㄧㄥˊ (xíng)

(名) 1 鑄造器物的模子。如：模型。2 樣式；種類。如：血型。3 模範。如：典型。

辨析 「型」與「形」皆有樣式的意思，但「型」本指鑄造器物的模子，因此常用來指固定的形狀；「形」則可泛指物體的各種形狀。

❀ 體型、造型、類型

9/6
垓 ㄍㄞ (gāi)

(名) 1 界限。2 荒涼偏遠的地方。如：垓極。

9/6
垠 ㄧㄣˊ (yín)

(名) 邊界。如：廣大無垠。

9/6
垣 ㄩㄢˊ (yuán)

(名)矮牆。如：牆垣。

9/6
城 ㄔㄥˊ (chéng)

(名)①古代圍繞都邑所建築的高牆。如：城郭。②都市。如：城市。

【城池】(ㄔㄥˊ ㄔˊ) 城牆和護城河。泛指城邑。(例)這座城池有大軍守護。

❀京城、不夜城、價值連城

9/6
垮 ㄎㄨㄚˇ (kuǎ)

(動)倒塌；崩解。如：垮下。

【垮臺】(ㄎㄨㄚˇ ㄊㄞˊ) 失敗；崩潰。(例)在革命先烈前仆後繼的起義後，滿清政府終於垮臺了。(近)瓦解。(反)建立。

9/6
垛

ㄉㄨㄛˇ (duǒ) (名)建築物凸出的部分。如：城垛。

ㄉㄨㄛˋ (duò) (名)①箭靶。如：射垛。②堆積的東西。如：草垛。

9/6
垢 ㄍㄡˋ (gòu)

(名)髒汙。如：汙垢。(形)不乾淨的。如：垢衣。

【垢面】(ㄍㄡˋ ㄇㄧㄢˋ) 形容臉部髒汙。(例)阿福伯蓬頭垢面的樣子，好像三天沒洗澡了。

❀牙垢、頑垢、藏汙納垢

9/6
垂 ㄔㄨㄟˊ (chuí)

(動)①由上往下掉落。如：垂淚。②流傳。如：永垂不朽。(副)①將要。如：垂老。②由上施於下。如：垂愛。

【垂危】(ㄔㄨㄟˊ ㄨㄟˊ) 非常危險。(例)即使在生命垂危的時候，他依然掛念著家人。(近)危急。

【垂釣】(ㄔㄨㄟˊ ㄉㄧㄠˋ) 釣魚。(例)哥哥常到湖邊垂釣。

【垂涎三尺】(ㄔㄨㄟˊ ㄒㄧㄢˊ ㄙㄢ ㄔˇ) ①形容想吃東西而流口水的樣子。例滿桶的糖果令妹妹垂涎三尺。近食指大動。②比喻羨慕的樣子。例表弟對那個機器人玩具，露出垂涎三尺的表情。

【垂頭喪氣】(ㄔㄨㄟˊ ㄊㄡˊ ㄙㄤˋ ㄑㄧˋ) 形容失意沮喪的樣子。例小朱看著成績不佳的考卷，一臉垂頭喪氣的樣子。近無精打采。反意氣風發。

✽低垂、下垂、披垂

埔 10/7

ㄆㄨˇ (pǔ) 一 十 土 圹 圹 圻 圻 垣 埔 埔

名福建、廣東一帶對河邊沙洲的稱呼。

埂 10/7

ㄍㄥˇ (gěng) 一 十 土 圹 圹 圻 垣 垣 埂 埂

名田邊的小路。如：田埂。

埋 10/7

ㄇㄞˊ (mái) 一 十 土 圴 圴 坦 坦 坦 埋 埋

動①掩蓋藏起。如：埋藏。②葬。如：埋葬。③忽視；隱沒。如：埋沒。

ㄇㄢˊ (mán) (限讀) 見「埋怨」。

【埋伏】(ㄇㄞˊ ㄈㄨˊ) 躲藏起來，等待機會行動。例嫌犯一出現，就被埋伏多時的警察抓個正著。

【埋沒】(ㄇㄞˊ ㄇㄛˋ) 有才華而不為人知，能力無法發揮。例為了不讓姐姐的天分被埋沒，媽媽決定送她到國外學鋼琴。

【埋怨】(ㄇㄢˊ ㄩㄢˋ) 以言語來責備或表示不滿。例遇到挫折不能只是埋怨他人，也要反省自己。近抱怨。

【埋葬】(ㄇㄞˊ ㄗㄤˋ) 把屍體埋入土中。例小狗汪汪死後，我們將牠埋葬在後山的空地。近安葬。

【埋頭苦幹】(ㄇㄞˊ ㄊㄡˊ ㄎㄨˇ ㄍㄢˋ) 形容專心一意的刻苦做事。例為了早日完成工作，大家紛紛埋頭苦幹。

埕 10/7 ㄔㄥˊ (chéng) 一 十 土 圵 圹 圻 坦 坦 埕 埕 埕

(名) 福建人對廣場的稱呼。如：稻埕。

埃 10/7 ㄞ (āi) 一 十 土 圹 圹 圹 垆 垆 埃 埃

(名) 塵土。如：塵埃。

執 11/8 ㄓˊ (zhí) 一 十 土 去 去 击 幸 幸 執 執 執

(名) 1 好友。如：父執。2 憑證。如：執照。(動) 1 拿；持。如：執筆。2 主持；掌管。如：執法。3 堅持。如：執意。

【執行】ㄓˊ ㄒㄧㄥˊ 實行；施行。(例) 這項新規定從明天起開始執行。(近) 實施。

【執著】ㄓˊ ㄓㄨㄛˊ 堅持不肯改變或放棄。(例) 小馬對於當賽車選手的夢想很執著，一直不肯放棄。(近) 固執。

【執意】ㄓˊ ㄧˋ 堅持自己的意見。(例) 弟弟不願做功課，執意要出去玩。

【執迷不悟】ㄓˊ ㄇㄧˊ ㄅㄨˋ ㄨˋ 堅持錯誤而不知省悟。(例) 雖然大家都勸阿福不要再賭了，但他還是執迷不悟。(反) 回頭是岸。

✽固執、偏執、仗義執言

堅 11/8 ㄐㄧㄢ (jiān) 一 丅 丂 丂 子 臣 臣 臥 臤 臤 堅 堅

(名) 1 人或事的核心。如：中堅。2 軍力強盛的地方。如：攻堅。(形) 1 結實；剛強。如：堅硬。2 志向確定不動搖。如：堅定。(副) 不動搖。如：堅拒。

【堅固】ㄐㄧㄢ ㄍㄨˋ 結實牢固。(例) 這張桌子十分堅固，已經用了十多年了。(反) 脆弱。

【堅持】ㄐㄧㄢ ㄔˊ 固執自己的主張不肯改變。(例) 妹妹堅持要穿這件衣服去上學。

【堅強】ㄐㄧㄢ ㄑㄧㄤˊ 堅固強韌不動搖。多指人的意志、表現或實力。(例) 因為

對手實力堅強，我們得加倍努力才行。㊎反 軟弱。

【堅定不移】(ㄐㄧㄢ ㄉㄧㄥˋ ㄅㄨˋ ㄧˊ) 堅持不動搖。例 秉持堅定不移的信心，他終於克服萬難完成任務。反 三心二意。

✽無堅不摧、老而彌堅

11/8

堊

ㄜˋ (è) 一 丆 丆 丂 亞 亞 亞 亞 亞 堊 堊

名 1白土。如：白堊。2塗飾用的泥土。如：黃堊。

11/8

基

ㄐㄧ (jī) 一 十 廾 廾 甘 甘 其 其 其 基 基

名 1建築物的底部。如：地基。2事物的根本。如：根基。形 根本的。如：基層。動 依據。如：基於。

【基本】(ㄐㄧ ㄅㄣˇ) 根本；基礎。例 要學好數學，得先學會基本的加減乘除。

【基地】(ㄐㄧ ㄉㄧˋ) 1根據地。2可作建築基址的土地。

土

【基礎】(ㄐㄧ ㄔㄨˇ) 建築物的根基。引申為事物的根本。例 健康的身心是美好人生的基礎。

【基督教】(ㄐㄧ ㄉㄨ ㄐㄧㄠˋ) 與佛教、伊斯蘭教並列為世界三大宗教。分成許多派別，包括天主教、東正教、新教（在臺灣稱為基督教）等。以聖經為唯一權威，信奉耶穌。

✽登基、路基、奠基

11/8

培

ㄆㄟˊ (péi) 一 十 士 圹 圹 圹 垃 垃 培 培 培

動 1堆土、施肥、澆水以種植花木。如：栽培。2養育。如：培育。

【培植】(ㄆㄟˊ ㄓˊ) 1栽種花木。例 伍先生在溫室裡培植了許多蘭花。2培養造就人才。例 為了取得奧運金牌，國家培植了不少優秀的運動員。

【培養】(ㄆㄟˊ ㄧㄤˇ) 1栽培養育使之繁衍。例 實驗室裡有很多人工培養的細菌。2養成。例 娟娟從小就培養了

廣泛的興趣，因此生活很充實。

11/8
埡 ㄧㄚˋ (yà)
一 十 土 圢 圢 圢 圷 埡 埡 埡 埡

見「埡口」。

【埡口】ㄧㄚˋ ㄎㄡˇ 位於懸崖山脊間的狹窄山口。

11/8
域 ㄩˋ (yù)
一 十 土 圹 圹 圻 垣 垣 域 域 域

㊔ 1 在某個固定範圍之內。如：領域。2 疆界；區域。如：域外。

✽疆域、流域、海域

11/8
堵 ㄉㄨˇ (dǔ)
一 十 土 圹 圹 圹 圹 坊 堵 堵 堵

㊔ 土牆。如：牆堵。㊍ 阻塞。如：堵住。㊐ 計算牆的單位。如：一堵牆。

【堵塞】ㄉㄨˇ ㄙㄜˋ 阻塞不流通。㊑ 過年時，大批返鄉的車流堵塞在高速公路上。㊒ 暢通。

✽圍堵、防堵、觀者如堵

11/8
堆 ㄉㄨㄟ (duī)
一 十 土 圹 圹 圻 圻 坿 坿 堆 堆

㊔ 積聚的東西。如：垃圾堆。㊍ 累積；聚集。如：堆放。㊐ 計算成堆物品的單位。如：一堆草。

【堆砌】ㄉㄨㄟ ㄑㄧˋ 1 把物品層層累積疊起。㊑ 這片牆壁是由石頭堆砌而成的。2 比喻寫作時使用大量不必要的詞句或典故。㊑ 阿勝的文章總是堆砌過多的文辭，冗長而沒有意義。

【堆積如山】ㄉㄨㄟ ㄐㄧ ㄖㄨˊ ㄕㄢ 堆聚累積得像山一般。形容很多。㊑ 才放幾天假，阿美的工作立刻堆積如山。㊖ 不計其數。㊒ 寥寥無幾。

11/8
埠 ㄅㄨˋ (bù)
一 十 土 圹 圹 圹 坢 埠 埠 埠 埠

㊔ 1 船隻停泊的地方。如：港埠。2 通商的口岸。如：商埠。3 人口聚集的地方。如：華埠。

埤 11/8

ㄅㄟ (bēi) 專 地名用字。如：虎頭埤。

ㄅㄧˋ (bì) 名 低下潮溼的地方。如：水埤。

ㄆㄧˊ (pí) 名 低牆。

堂 11/8

ㄊㄤˊ (táng)

名 1正房。如：登堂入室。2古代官府辦公的地方。如：公堂。3作為某種特定活動的場所。如：佛堂。4同祖父的親屬。如：堂兄。5尊稱別人的母親。如：令堂。形 宏偉盛大。如：堂皇。量 計算上課節數的單位。如：一堂課。

【堂堂】ㄊㄤˊ ㄊㄤˊ 1形容人相貌莊嚴端正。例 照片中的康大叔看來相貌堂堂。2形容事物或陣容盛大。例 公司成立已堂堂邁入第三十年了。

【堂堂正正】ㄊㄤˊ ㄊㄤˊ ㄓㄥˋ ㄓㄥˋ 本指軍容盛大整齊的樣子，現多指光明正大的樣子。例 老師教導我們要做一個堂堂正正的人。反 鬼鬼祟祟。

❀拜堂、祠堂、名堂

報 12/9

ㄅㄠˋ (bào)

名 1報導新聞消息的刊物。如：早報。2消息。如：情報。3指行為所造成的結果。如：善惡有報。動 1告訴；通知。如：報訊。2回答；酬謝。如：回報。

【報仇】ㄅㄠˋ ㄔㄡˊ 報復仇恨。例 故事裡的主角為了幫父母報仇，受到許多磨難。

【報名】ㄅㄠˋ ㄇㄧㄥˊ 參加活動前，填寫個人資料給主辦單位的手續。例 媽媽幫我報名參加兒童歌唱比賽。

【報告】ㄅㄠˋ ㄍㄠˋ 1就某個主題向大眾講述。例 上臺報告前要做好準備，

土

才不會緊張。(近)說明。[2]下級對上級、晚輩對長輩作陳述。(例)小惠向老師報告事情的經過。[3]說明的內容或書面資料。(例)這份讀書報告寫得非常用心。

【報案】(ㄅㄠˋ ㄢˋ) 向治安機關告知所發生的案件。(例)陳先生一發現汽車被偷，便趕緊向警方報案。

【報紙】(ㄅㄠˋ ㄓˇ) 定期發行，以報導新聞、訊息為主的印刷品。

【報答】(ㄅㄠˋ ㄉㄚˊ) 答謝別人的恩惠。(例)美雪希望自己將來能有所成就，以報答師長的栽培。

【報酬】(ㄅㄠˋ ㄔㄡˊ) 工作所獲得的金錢或物品。(近)薪資；酬勞。

【報導】(ㄅㄠˋ ㄉㄠˇ) 大眾傳播媒體對新聞和事件的陳述。

【報應】(ㄅㄠˋ ㄧㄥˋ) 本指種什麼因就得什麼果。現多指做壞事的人一定會遭受惡報。(例)大強若再繼續做壞事，總有一天會得到報應。

✽警報、登報、感恩圖報

12/9
堯
ㄧㄠˊ (yáo)

(專)古代帝王的名字。

12/9
堰
ㄧㄢˋ (yàn)

(名)擋水的土堤。如：堰堤。(動)阻擋；阻塞。如：堰塞。

【堰塞湖】(ㄧㄢˋ ㄙㄜˋ ㄏㄨˊ) 因河道堵塞而形成的湖泊。

12/9
堪
ㄎㄢ (kān)

(動)忍受；承擔。如：難堪。(副)可以；能夠。如：堪稱。

12/9
堤
ㄊㄧˊ (tí)

(名)以土石築成，在江河湖海邊擋水的建築。如：堤岸。

【堤防】ㄊㄧˊ ㄈㄤˊ 構築在岸邊，防止大水氾濫的建築物。㊜堤岸。

✽河堤、海堤、防波堤

12/9
場 ㄔㄤˇ (chǎng)

㊔①平坦寬闊的地方。如：廣場。②人群聚集的地方。如：會場。㊏計算競賽、演說或技藝表演次數的單位。如：一場比賽。

辨析 「場」和「廠」同音，意思相似。「場」可包含有房子或沒房子的地方，如：操場、浴場。「廠」則指有房子的地方或某種機構，如：工廠。

【場合】ㄔㄤˇ ㄏㄜˊ 指特定的時間、地點或情況。㊄畢業典禮是一個令人感傷的場合。

【場地】ㄔㄤˇ ㄉㄧˋ 舉辦活動的地點。㊄這個場地太小，沒辦法容納那麼多人聚會。

【場所】ㄔㄤˇ ㄙㄨㄛˇ 作為特定用途的地方。㊄在公共場所要注意禮節，不要大聲喧譁。

✽上場、捧場、當場

12/9
堝 ㄍㄨㄛ (guō)

㊔盛物的陶土器具。用來燒熔金屬、玻璃等物，耐高溫。如：坩堝。

12/9
堡 ㄅㄠˇ (bǎo)

㊔①土石建築的小城，供防禦用。如：碉堡。②北方人對村落的稱呼。如：張家堡。

【堡壘】ㄅㄠˇ ㄌㄟˇ ①軍隊為防禦敵人所築的堅固建築。㊄這座島上建有重要的軍事堡壘。㊜城堡。②比喻難以攻破的思想或事物。㊄「國家、責任、榮譽」是國軍的精神堡壘。

13/10
塞

土

ㄙㄜˋ(sè) 動 1隔絕不通。如：阻塞。2充滿。如：充塞。3應付；敷衍。如：搪塞。

ㄙㄞˋ(sài) 名 1邊境。如：邊塞。2險要的地方。如：要塞。

ㄙㄞ(sāi) 名 堵住物品出口的東西。如：瓶塞。動 1填滿。如：塞滿。2堵住不通。如：塞車。

【塞車】車流受阻，移動緩慢。例春節期間，風景區很容易塞車。

【塞翁失馬，焉知非福】比喻雖暫時損失，卻因此得到好處。例小淳沒趕上公車，但「塞翁失馬，焉知非福」，他因此躲過了一場車禍。

✽堵塞、蔽塞、活塞

13/10

塗

ㄊㄨˊ (tú)

名 1泥土。如：泥塗。2道路。通「途」。動 1抹上。如：塗飾。2刪改。如：塗改。

【塗改】刪去錯誤或修改文字。例小沖把作文一再塗改，直到滿意為止。

【塗抹】1擦；抹上。例媽媽在臉上塗抹化妝品。2劃掉；抹去。例小明時常寫錯字，以致作業簿留下許多塗抹的痕跡。

✽糊塗、一敗塗地、生靈塗炭

13/10

塑

ㄙㄨˋ (sù)

動 1用泥土做成人、物的形狀。如：塑形。2培養；創造。

【塑造】1用泥土、石膏等物捏塑成物體的形狀。例哥哥用紙黏土塑造了一隻小貓。2建立；創造。例名偵探柯南在漫畫中被塑造成精明能幹的樣子。

✽雕塑、陶塑、可塑性

13/10
塜
ㄓㄨㄥˇ (zhǒng)

塜

異「冢」的異體字。

13/10
塘
ㄊㄤˊ (táng)

塘

名 1 堤岸。如：堤塘。2 水池。如：池塘。

✽荷塘、水塘、海塘

13/10
塡
ㄊㄧㄢˊ (tián)

塡

動 1 充滿。如：義憤塡膺。2 補塞空隙。如：裝塡。3 寫上。如：塡寫。

【塡補】ㄊㄧㄢˊ ㄅㄨˇ 將缺漏地方補滿。例 這段路面有許多坑洞需要塡補。近 塡充。

【塡寫】ㄊㄧㄢˊ ㄒㄧㄝˇ 在表格或文件塡上文字。例 考卷上記得要塡寫班級、座號和姓名。

13/10
塌
ㄊㄚ (tā)

塌

動 崩倒；凹陷。如：坍塌。

【塌陷】ㄊㄚ ㄒㄧㄢˋ 崩倒陷落。例 這條公路因地震而塌陷了。

✽崩塌、倒塌、一塌糊塗

13/10
塔
ㄊㄚˇ (tǎ)

塔

名 1 高大尖頂的佛教建築物。如：寶塔。2 塔形的建築物。如：燈塔。

✽水塔、金字塔、聚沙成塔

13/10
塭
ㄨㄣ (wēn)

塭

名 養魚的池塘。如：魚塭。

13/10

塢

ㄨˋ (wù)

一 十 土 圹 圹 圹 圹 坞 坞 坞 塢 塢 塢

名 1小土堡。如：堡塢。2四周高中央低的地方。如：花塢。

13/10

塊

ㄎㄨㄞˋ (kuài)

一 十 土 圹 圹 圹 坤 坤 坤 坤 塊 塊 塊

名 成團或固體狀的東西。如：冰塊。量 1計算塊狀或方形物體的單位。如：一塊糖。2計算金錢的單位。如：一塊錢。

【塊頭】ㄎㄨㄞˋ ㄊㄡˊ 人外型的高矮、胖瘦。例 小明的塊頭很大，比同年紀的小孩子高出許多。

✽石塊、磚塊、板塊

14/11

塾

ㄕㄨˊ (shú)

丶 亠 六 古 亯 亨 亨 享 孰 孰 孰 孰 塾 塾

名 古時私人設立的講學場所。如：私塾。

14/11

塵

ㄔㄣˊ (chén)

丶 亠 广 户 庐 庐 庐 庐 庐 庐 鹿 鹿 塵 塵

名 1飛揚四散的灰土。如：塵土。2人間；俗世。如：凡塵。副 長久；久遠。如：塵封。

【塵封】ㄔㄣˊ ㄈㄥ 東西被灰塵蓋滿。形容久未使用。例 那個塵封許久的盒子裡，裝著小莉兒時的玩具。

【塵埃】ㄔㄣˊ ㄞ 飛揚的灰土。近 塵土；灰塵。

✽望塵莫及、一塵不染

14/11

墊

ㄉㄧㄢˋ (diàn)

一 十 土 圭 圭 圭 坴 坴 坴 執 執 執 墊 墊

名 鋪在下面的東西。如：椅墊。動 1把東西鋪在底下。如：墊高。2幫人代付金錢。如：墊款。

【墊底】ㄉㄧㄢˋ ㄉㄧˇ ①放在底部。例因為桌子太矮，所以小婷拿了幾塊磚頭墊底，把桌子架高起來。②空腹時，暫時吃一些食物，避免胃部受傷。例你如果太餓的話，就先喝杯麥片墊底吧！③比喻名次、成績很後面。例這次月考，弟弟的成績又是班上墊底的，所以被媽媽教訓了一頓。近倒數。

【墊腳石】ㄉㄧㄢˋ ㄐㄧㄠˇ ㄕˊ 比喻被利用來作為升遷的人或物。例不要把別人當作求取成功的墊腳石。反絆腳石。

✽床墊、坐墊、鞋墊

14/11
塹 ㄑㄧㄢˋ (qiàn)

一 厂 ㄇ 㔾 百 亘 車 車' 車ˊ 斬 斬 斬 斬 塹 塹

名①壕溝；護城河。如：溝塹。②險阻的地形。如：天塹。

✽地塹、深塹、壘塹

14/11
境 ㄐㄧㄥˋ (jìng)

一 十 土 圹 圹 圹 圹 圹 垆 垆 培 培 培 境 境

名①邊界；疆域。如：國境。②地方；區域。如：仙境。③程度；地步。如：止境。④情況；際遇。如：逆境。

【境地】ㄐㄧㄥˋ ㄉㄧˋ 情況。例一連串的誤會，使小叮和小噹的友情陷入無法挽回的境地。

【境界】ㄐㄧㄥˋ ㄐㄧㄝˋ 事物所達到的程度，或所表現的層次與特質。例這首詩所描寫的境界十分高遠。

✽夢境、永無止境、漸入佳境

14/11
墅 ㄕㄨˋ (shù)

ㄧ ㄇ ㄇ 日 旦 甲 甲 里 里 野 野 野 野 野 墅 墅

名住宅以外，供人遊玩休息的處所。如：別墅。

14/11
墓 ㄇㄨˋ (mù)

一 十 艹 艹 芇 苩 苩 莒 莫 莫 莫 墓 墓

名 埋葬死者的地方。如：墳墓。

【墓穴】ㄇㄨˋ ㄒㄩㄝˋ 埋葬死者的洞穴。近 墓室。

【墓碑】ㄇㄨˋ ㄅㄟ 立在墳墓上，用來辨識死者身分或頌揚功德的石碑。

✽掃墓、公墓、自掘墳墓

15/12
墩 ㄉㄨㄣ (dūn)

一 十 土 圵 圹 圹 垆 垆 埻 埻 埻 埻 墩 墩 墩

名 用木、石做成的厚實粗重的柱子。如：橋墩。

15/12
增 ㄗㄥ (zēng)

一 十 土 圵 圵 圵 坳 坳 坳 坳 坳 增 增 增 增

動 添加。如：增多。

【增加】ㄗㄥ ㄐㄧㄚ 加多；添增。例 最近天氣變涼，感冒的人數漸漸增加。反 減少。

【增長】ㄗㄥ ㄓㄤˇ 增加長進。例 電視上的教育性節目，讓我增長了不少知識。近 增益。

【增強】ㄗㄥ ㄑㄧㄤˊ 加強。例 因為不斷的練習，我們球隊的實力增強了不少，今年有機會晉級全國大賽前十強。反 減弱。

【增廣見聞】ㄗㄥ ㄍㄨㄤˇ ㄐㄧㄢˋ ㄨㄣˊ 增加、擴大知識與見識。例 閱讀和旅遊能使人增廣見聞。

✽有增無減、與日俱增

15/12
墳 ㄈㄣˊ (fén)

一 十 土 圵 圵 圵 坓 坓 坓 埣 埣 墳 墳 墳 墳

名 埋葬死者的地方。如：墳墓。

【墳墓】ㄈㄣˊ ㄇㄨˋ 埋葬死者的地方。近 墓地。

✽新墳、祖墳、孤墳

土

墀
15/12 ㄔˊ (chí)

墀 墀 墀

名 1臺階上的平地。2臺階。

墟
15/12 ㄒㄩ (xū)

墟 墟 墟

名 1荒廢的城鎮或村落。如：廢墟。2鄉村定期的臨時市集。如：墟市。

墜
15/12 ㄓㄨㄟˋ (zhuì)

墜 墜 墜

名 垂懸在下方的飾品。如：耳墜。

動 落下；掉落。如：墜落。

【墜落】ㄓㄨㄟˋ ㄌㄨㄛˋ 掉落。例 小欣走在路上，差點被墜落的盆栽打到頭。近 落下。反 升起。

✽下墜、搖搖欲墜、呱呱墜地

墮
15/12 ㄉㄨㄛˋ (duò)

墮 墮 墮

動 掉落；落下。如：墮地。

【墮落】ㄉㄨㄛˋ ㄌㄨㄛˋ 形容人的品行道德由好變壞，不知振作。例 自從交到壞朋友後，阿賢就越來越墮落，還經常打架鬧事。反 上進。

壅
16/13 ㄩㄥ (yōng)

壅 壅 壅

動 1堵塞。如：壅塞。2遮蔽；隔絕。如：壅蔽。3用泥土和肥料堆蓋在植物的根部。如：培壅。

【壅塞】ㄩㄥ ㄙㄜˋ 阻塞；堵住不通。例 上下班時，道路上常有大量車流壅塞。反 通暢。

壁
16/13 ㄅㄧˋ (bì)

壁 壁 壁

(名)①牆。如：牆壁。②軍隊營區；堡壘。如：壁壘。③地勢陡峭險峻的山崖。如：峭壁。

【壁虎】ㄅㄧˋ ㄏㄨˇ 守宮的俗稱。爬蟲類。可在牆壁上行走。以蚊、蟻為食。

【壁報】ㄅㄧˋ ㄅㄠˋ 貼在牆壁或看板上，用來宣傳的文字或圖畫。

【壁壘分明】ㄅㄧˋ ㄌㄟˇ ㄈㄣ ㄇㄧㄥˊ 形容對立雙方界限清楚分明。(例)比賽時兩方啦啦隊壁壘分明，加油聲此起彼落。(反)敵我不分。

✽碰壁、隔壁、面壁

壇

16/13 ㄊㄢˊ (tán)

壇 壇 壇 壇

(名)①以土、木築成的高臺，用來舉行祭祀、封將或宗教法事的場所。如：天壇。②某種團體及活動所包含的範圍或場所。如：文壇。

✽花壇、杏壇、影壇

墾

16/13 ㄎㄣˇ (kěn)

貇 貇 墾 墾

(動)開發土地。如：開墾。

【墾荒】ㄎㄣˇ ㄏㄨㄤ 開墾荒地。(例)由於先民辛勤的墾荒，才有今日的這片良田。(近)拓荒。(反)荒廢。

壕

17/14 ㄏㄠˊ (háo)

壕 壕 壕 壕

(名)①護城河。如：城壕。②深溝。如：戰壕。

【壕溝】ㄏㄠˊ ㄍㄡ 打仗時挖掘作為掩護躲避的深溝。

壓

17/14 ㄧㄚ (yā)

厭 厭 厭 壓 壓

(名)壓力的簡稱。如：氣壓。(動)①由上向下施加力量。如：壓住。②用武力或權威使人屈服。如：鎮壓。

3逼近。如：大軍壓境。4擱置。如：積壓文件。5超越。如：技壓群雄。

【壓力】 ㄧㄚ ㄌㄧˋ 1由上往下作用於物體上的力量。2壓迫人的力量或威勢。例在眾人的壓力下，大雄終於坦承錯誤。3因為受到威脅或感到不適應，而引起不安的緊張情緒。例每次考試前，妹妹都因壓力太大而睡不著覺。

【壓迫】 ㄧㄚ ㄆㄛˋ 施壓逼迫。例他的生活被龐大的債務壓迫得喘不過氣。

【壓軸】 ㄧㄚ ㄓㄡˋ 劇碼的最後一齣戲。後泛指最精彩的表演與節目。例這場晚會的壓軸是甲班的傳統舞蹈表演。

【壓歲錢】 ㄧㄚ ㄙㄨㄟˋ ㄑㄧㄢˊ 除夕過年時，長輩給晚輩賀歲的錢。

✽擠壓、電壓、泰山壓頂

17/14

壑

ㄏㄨㄛˋ (huò)

名 1山谷。如：丘壑。2溝坑。如：溝壑。

18/15

壙

ㄎㄨㄤˋ (kuàng)

名 1墓穴。如：墓壙。2郊野。

18/15

壘

ㄌㄟˇ (lěi)

名 1軍隊裡用來防禦的建築。如：堡壘。2棒、壘球比賽中，提示選手跑步得分的標示物。如：壘包。

動 堆砌疊起。如：壘高。

【壘球】 ㄌㄟˇ ㄑㄧㄡˊ 一種類似棒球的運動。起源於美國。球場比較小，球較大而軟，投球時球須低於腰部，可在室內比賽。

土

土

19/16
壟
ㄌㄨㄥˇ (lǒng)
、 亠 亠 立 产 产 音 音 音 音 音ㄧ 音ㄧ 龍 龍 龍 龍 龍 龍 龍 龍 壟

名田中高處。如：田壟。

【壟斷】ㄌㄨㄥˇ ㄉㄨㄢˋ 指操縱、獨占。例電力及自來水是影響民生甚鉅的事業，必須由國家經營以免遭到壟斷。

19/16
壞
ㄏㄨㄞˋ (huài)
一 十 土 圹 圹 圹 坊 坊 坊 坊 坊 坊 坊 坊 坊 壞 壞 壞 壞

形不好的。如：壞心。動1損毀。如：破壞。2腐敗。如：這顆蘋果壞掉了。副極；非常。如：餓壞了。

【壞人】ㄏㄨㄞˋ ㄖㄣˊ 品行不好、為非作歹的人。近惡人。反善人；好人。

【壞處】ㄏㄨㄞˋ ㄔㄨˋ 不好的地方。近缺點。反好處。

❀學壞、使壞、氣急敗壞

19/16
壢
ㄌㄧˋ (lì)
一 十 土 丬 圻 圻 圻 圻 圻 圻 壢 壢 壢 壢 壢 壢

名坑穴。如：地壢。

20/17
壤
ㄖㄤˇ (rǎng)
一 十 土 圹 圹 圹 坊 坊 坊 坊 坊 坊 坊 壤 壤 壤 壤

名1鬆軟的泥土。如：土壤。2地。如：天壤之別。3區域；地區。如：窮鄉僻壤。

24/21
壩
ㄅㄚˋ (bà)
一 十 土 圹 圹 圹 坪 坪 坪 坪 坪 坪 坪 壩 壩 壩 壩 壩 壩 壩 壩

名1設立在河谷、湖泊上擋水的建築物。如：水壩。2雲南方言。指河谷平原。如：壩子。

【壩子】ㄅㄚˋ ㄗ˙ 中國西南地區丘陵之間狹小的沖積平原。是人口聚居、農業發展之處。

士部

士 ㄕˋ (shì)

3/0

一 十 士

名 1 知識分子的通稱。如：士農工商。2 對有學識、品行或才藝者的美稱。如：壯士。3 兵卒。如：士兵。4 現代軍職的階級之一。如：士官。

【士氣】ㄕˋ ㄑㄧˋ 士兵作戰或參加比賽者的意志和勇氣。例 經過昨天的一場勝利，隊員們的士氣更加高昂。

✽人士、女士、勇士

壬 ㄖㄣˊ (rén)

4/1

丿 二 千 壬

名 天干的第九位。

壯 ㄓㄨㄤˋ (zhuàng)壯

7/4

名 指人三十歲到四十歲之間。如：壯年。形 1 強健。如：壯士。2 宏偉。如：壯觀。動 增加。如：壯聲勢。

【壯大】ㄓㄨㄤˋ ㄉㄚˋ 使強大。例 啦啦隊的加油聲不但可以鼓舞士氣，也能壯大聲勢。

【壯志】ㄓㄨㄤˋ ㄓˋ 遠大的志向。例 弟弟從小就有雄心壯志，決心長大後要當一個科學家。

【壯舉】ㄓㄨㄤˋ ㄐㄩˇ 偉大的舉動。例 張先生一行人完成攀登喜馬拉雅山的壯舉後，獲得一致的讚揚。

【壯觀】ㄓㄨㄤˋ ㄍㄨㄢ 雄偉盛大的景象或場面。例 今年的國慶煙火非常壯觀。

✽悲壯、強壯、理直氣壯

壹 ㄧ (yī)

12/9

數 「一」的大寫。

壺 ㄏㄨˊ (hú)

12/9

士

㊔以金屬或陶瓷材質製成盛裝液體的容器，形狀口小腹大。如：茶壺。㊖計算壺裝飲料的單位。如：一壺酒。

✽水壺、酒壺、懸壺濟世

14/11
壽

ㄕㄡˋ (shòu) 一 十 士 圭 圭 丰 圭 圭 壴 壴 壽 壽 壽 壽

㊔①年紀；生命。如：壽命。②生日。如：壽辰。㊕稱死後埋葬時所用的物品。如：壽具。

【壽命】ㄕㄡˋ ㄇㄧㄥˋ 生命。

【壽星】ㄕㄡˋ ㄒㄧㄥ ①南極老人星的俗稱。②指過生日的人。

【壽終正寢】ㄕㄡˋ ㄓㄨㄥ ㄓㄥˋ ㄑㄧㄣˇ 指年紀大了，自然老死於家中。現也用來稱物品使用太久後自然損壞。㊄這部老爺車已經壽終正寢，再也跑不動了。

✽拜壽、福壽雙全、延年益壽

夊部 ㄙㄨㄟ

10/7
夏

ㄒㄧㄚˋ (xià) 一 丆 丆 百 百 百 百 頁 夏 夏

㊔四季中的第二季。相當於農曆的四、五、六月。㊅①古代對中國的稱呼。如：華夏。②朝代名。⑴（前2140?—前1711）禹受舜禪讓所建。⑵（1032—1227）北宋時趙元昊在西域所建。史稱「西夏」。

【夏至】ㄒㄧㄚˋ ㄓˋ 農曆二十四節氣之一。約在陽曆六月二十一日、二十二日前後。這一天太陽直射北回歸線，是北半球一年中白晝最長、夜晚最短的日子。

【夏令營】ㄒㄧㄚˋ ㄌㄧㄥˋ ㄧㄥˊ 夏季時機關團體所舉辦具有教育性和娛樂性的活動。

✽炎夏、盛夏、仲夏

21/18

夔

ㄎㄨㄟˊ (kuí) 丶 丷 䒑 䒑 䒑 䒑 首 首 首 首 首 首 首 夔 夔 夔 夔 夔 夔 夔 夔 夔

㊔古代傳說中一種像牛而無角的獨腳怪獸。如：夔牛。

夕部

ㄒㄧˋ

3/0

夕

ㄒㄧˋ (xì) ノ ク 夕

㊔1傍晚。如：朝令夕改。2晚上。如：朝夕相處。

【夕陽 ㄒㄧˋ ㄧㄤˊ】落日。㊍朝陽；旭日。

✽一朝一夕、危在旦夕

5/2

外

ㄨㄞˋ (wài) ノ ク 夕 夘 外

㊔不在某一範圍之中。與「內」相對。如：出門在外。㊒1不是自己所屬的。如：外國。2母家、妻家或出嫁女兒、姐妹家的親屬，稱呼上多加外字。如：外婆。3妻子對丈夫的稱呼。如：外子。4非正式的。如：外號。5其他的；別的。如：另外。㊓疏遠。如：見外。

【外交 ㄨㄞˋ ㄐㄧㄠ】指一國與其他國家之間的交往與處理雙方關係的政策。㊍內政。

【外向 ㄨㄞˋ ㄒㄧㄤˋ】形容個性活潑開朗，喜歡社交和外界活動的人格特質。㊕小芬的個性很外向，經常和同學們打打鬧鬧。㊍內向。

【外號 ㄨㄞˋ ㄏㄠˋ】本名以外，根據長相、個性、興趣等特質所取的名字。㊑綽號。

【外觀 ㄨㄞˋ ㄍㄨㄢ】物品外表的樣貌。㊕這棟大樓的外觀十分宏偉。㊑外貌。㊍內在。

✽意外、格外、喜出望外

6/3
夙 ㄙㄨˋ (sù)

丿 几 凡 凤 夙 夙

㊔早晨。如：夙夜。㊢一直以來的；從前的。通「宿」。如：夙願。

【夙願】ㄙㄨˋ ㄩㄢˋ 一直以來的心願。㊣經過一番努力，阿義終於達成夙願，順利出國旅行了。

【夙夜匪懈】ㄙㄨˋ ㄧㄝˋ ㄈㄟˇ ㄒㄧㄝˋ 從早到晚都不懈怠。㊣每到考試前，哥哥總是夙夜匪懈的讀書。㊤孜孜不倦。

6/3
多 ㄉㄨㄛ (duō)

丿 ク タ 夕 多 多

㊢1數量大。如：人口多。2有餘。如：一年多。㊫勝過；超過。如：多於半數。㊟1不必要的。如：多疑。2非常。表示相差的程度。如：好得多。3經常。如：多看多聽。4非常。如：這朵花多美。

【多少】ㄉㄨㄛ ㄕㄠˇ 1問數量。㊣班上有多少同學？2或多或少。㊣這件事阿金多少可以給點意見。

【多麼】ㄉㄨㄛ ˙ㄇㄜ 表示感嘆。㊣這片花園多麼美麗啊！

【多數】ㄉㄨㄛ ㄕㄨˋ 大部分。㊣我們學校的老師，多數是年輕、充滿活力的女老師。㊦少數。

【多餘】ㄉㄨㄛ ㄩˊ 1剩下來的。㊣媽媽利用午餐多餘的材料煮出一鍋湯。㊦不足。2不必要的。㊣既然爺爺已經決定了，我們再說什麼也是多餘的。

【多虧】ㄉㄨㄛ ㄎㄨㄟ 幸好；幸虧。㊣多虧朋友的幫忙，大強才得以順利的度過難關。

【多才多藝】ㄉㄨㄛ ㄘㄞˊ ㄉㄨㄛ ㄧˋ 形容有多方面的才能和技藝。㊣小靖不但功課好，而且還多才多藝。

【多此一舉】ㄉㄨㄛ ㄘˇ ㄧˋ ㄐㄩˇ 做不必要、多餘的舉動。㊣將要扔掉的襪子洗乾淨，簡直就是多此一舉。

【多彩多姿】(ㄉㄨㄛ ㄘㄞˇ ㄉㄨㄛ ㄗ) 形容生活有情趣、富變化。也作「多采多姿」、「多姿多彩」。㊀例 小雲的童年在鄉下度過，生活非常多彩多姿。

【多管閒事】(ㄉㄨㄛ ㄍㄨㄢˇ ㄒㄧㄢˊ ㄕˋ) 插手管和自己無關的事。例 這是他們兩人之間的糾紛，你最好不要多管閒事！

✽變化多端、積少成多

8/5

夜 ㄧㄝˋ (yè)

丶 亠 广 疒 疒 疒 夜 夜

名 從日落到隔天日出的一段時間。與「日」相對。如：夜晚。

【夜市】(ㄧㄝˋ ㄕˋ) 在夜間營業的市集。

【夜景】(ㄧㄝˋ ㄐㄧㄥˇ) 夜晚的景象。例 從高樓上可以欣賞美麗的夜景。

【夜以繼日】(ㄧㄝˋ ㄧˇ ㄐㄧˋ ㄖˋ) 形容非常勤勞，沒有休息。例 經過工人夜以繼日的搶修，崩毀的山路終於恢復通車了。近 夙夜匪懈；焚膏繼晷。

夕

✽午夜、晝夜、三更半夜

11/8

夠 ㄍㄡˋ (gòu)

丿 ㄅ 夕 夕 多 多 多 多 夠 夠 夠

動 達到；接觸。如：夠不到。副 1 充足。如：足夠。2 達到一定程度。如：夠大。3 膩；厭煩。如：聽夠了。

14/11

夥 ㄏㄨㄛˇ (huǒ)

丶 口 日 日 旦 甲 果 果 果 果 果 夥 夥 夥

通「伙」。名 1 許多人組成的一群。如：大夥。2 一起做事的人。如：同夥。3 商店雇用的人。如：夥計。4 年輕人。如：小夥子。動 結伴；聯合。如：夥同。量 計算人群的單位。如：一夥人。

【夥伴】(ㄏㄨㄛˇ ㄅㄢˋ) 1 合夥做事的人。例 當年一起創業的夥伴，如今都已失去聯絡了。2 一起行動的人。例 到陌生的地方旅遊，最好有夥伴同行。

✽合夥、結夥、拆夥

14/11
夢
ㄇㄥˋ (mèng) 夢夢

(名)睡眠時腦部所產生的幻象。如：做夢。(形)虛幻的；不切實際的。如：夢想。(動)做夢。如：夢見。

【夢鄉 ㄇㄥˋ ㄒㄧㄤ】睡夢中。(例)弟弟一躺上床，很快就進入夢鄉。

【夢想 ㄇㄥˋ ㄒㄧㄤˇ】①空想；幻想。(例)你別夢想了，老師絕對不會允許你晚交功課的。②思念深切；渴望。(例)阿清夢想有一天能成為太空人。

【夢寐以求 ㄇㄥˋ ㄇㄟˋ ㄧˇ ㄑㄧㄡˊ】形容非常想得到。(例)哥哥終於買到了夢寐以求的機器人。

✽美夢、白日夢、黃粱一夢

14/11
夤
ㄧㄣˊ (yín) 夤夤

(形)深。如：夤夜。(動)攀附向上。如：夤緣附勢。

大部 ㄉㄚˋ

3/0
大
一ナ大

ㄉㄚˋ (dà) (形)①在面積、體積、數量、容量、強度、深度等方面超過所比較的對象。與「小」相對。如：大杯。②輩分最長的。如：大伯。③對人、事、物的敬稱。如：大名。④重要的。如：大人物。⑤更加；再。指時間上的更前或更後。如：大後天。(動)誇張；誇耀。如：自大。(副)①估計；概略。如：大概。②徹底的。如：大徹大悟。③非常。如：大熱天。

ㄉㄞˋ (dài) 見「大夫」。

【大人】ㄉㄚˋ ㄖㄣˊ ①古代的大官或地位高的人。②尊稱父母或長輩。如：父親大人。③成年人。

【大夫】ㄉㄞˋ ˙ㄈㄨ 醫生。

【大方】㊀ㄉㄚˋ ㄈㄤ 有名的專家、內行人。如：貽笑大方。㊁ㄉㄚˋ ˙ㄈㄤ ①慷慨。㊟小胖出手大方，時常請大家吃東西。㊞小氣。②態度從容不迫。㊟小美優雅大方的態度，令人印象深刻。

【大半】ㄉㄚˋ ㄅㄢˋ 半數以上。㊟參加這個營隊的人，大半是高年級同學。㊧大多。㊞少數。

【大名】ㄉㄚˋ ㄇㄧㄥˊ ①響亮的名聲。㊟詩人李白的大名無人不知，無人不曉。②敬稱對方的姓名。㊟請問您尊姓大名？

【大作】ㄉㄚˋ ㄗㄨㄛˋ ①尊稱他人的著作。㊟楊教授的大作我已經拜讀過了，內容十分精彩。㊧鉅作。②突然劇烈的發生。㊟午休時間，突然鈴聲大作，大家都被嚇了一跳。

【大批】ㄉㄚˋ ㄆㄧ 大量；數量很多。㊟每到週末假期，遊樂園總是湧入大批的遊客。㊞少數。

【大家】ㄉㄚˋ ㄐㄧㄚ ①眾人；所有的人。②在某方面有專門知識或技術的人。㊟王老師是有名的雕刻大家。

【大師】ㄉㄚˋ ㄕ ①對和尚的尊稱。②敬稱在學問或藝術上很有影響或成就的人。㊧巨匠。

【大氣】ㄉㄚˋ ㄑㄧˋ ①包圍地球的空氣，以氮氣和氧氣為主。②用力呼吸的氣息。㊟在上臺演講前，我緊張到連大氣都不敢喘一下。③氣度宏偉。㊟他看似大氣，但其實是個器量狹小的人。

【大眾】ㄉㄚˋ ㄓㄨㄥˋ 指多數的人。㊟這款新手機很快就受到大眾的喜愛。

大

【大陸】ㄉㄚˋ ㄌㄨˋ ①被海洋包圍的廣大陸地。如：美洲大陸。②中國大陸的簡稱。

【大意】ㄉㄚˋ ㄧˋ ①大概的意思。例校長演講的大意是鼓勵同學們用功讀書。②不小心；不注意。例小明因為一時大意，被路上的石頭絆倒了。近粗心。反小心。

【大概】ㄉㄚˋ ㄍㄞˋ ①差不多。例這套衣服大概要花二千元才買得到。②可能。例地上溼溼的，大概是剛下過雨吧。近或許。

【大話】ㄉㄚˋ ㄏㄨㄚˋ 誇張的言辭。例王小姐總是喜歡說大話，難怪大家都不太相信她。

【大夥】ㄉㄚˋ ㄏㄨㄛˇ 一大群。例一大夥人圍在球場旁邊看比賽。

【大膽】ㄉㄚˋ ㄉㄢˇ ①不害怕。例大雄敢一個人半夜走過墓地，真是大膽。近勇敢。反膽小。②指一個人的行為或言語沒有禮貌。例小玉好大膽，居然拿校長的名字開玩笑。

【大人物】ㄉㄚˋ ㄖㄣˊ ㄨˋ 指有聲望或地位的人。反小人物。

【大丈夫】ㄉㄚˋ ㄓㄤˋ ㄈㄨ 指有作為或有志氣的男子。例大丈夫敢作敢當，不會將責任推給他人。反小人。

【大自然】ㄉㄚˋ ㄗˋ ㄖㄢˊ 指自然界。常指山川景物。

【大西洋】ㄉㄚˋ ㄒㄧ ㄧㄤˊ 世界第二大洋，位於歐洲與非洲西邊、美洲東邊。

【大刀闊斧】ㄉㄚˋ ㄉㄠ ㄎㄨㄛˋ ㄈㄨˇ 比喻做事很有魄力，能果斷的從大處著手。例顏董事長為了解決公司的弊病，大刀闊斧的將不賺錢的工廠關閉。近雷厲風行。反畏首畏尾。

【大公無私】ㄉㄚˋ ㄍㄨㄥ ㄨˊ ㄙ 處事公正而不偏私。例班長必須大公無私，才能得到同學的信任。反自私自利。

【大功告成】(ㄉㄚˋ ㄍㄨㄥ ㄍㄠˋ ㄔㄥˊ) 形容重大任務或工程終於完成。例 這件工程即將大功告成，大家都很興奮。反 功虧一簣。

【大同小異】(ㄉㄚˋ ㄊㄨㄥˊ ㄒㄧㄠˇ ㄧˋ) 指事物大致相同，差異不大。例 這兩件衣服的樣式大同小異，選哪一件都可以。反 截然不同。

【大吃一驚】(ㄉㄚˋ ㄔ ㄧˋ ㄐㄧㄥ) 形容非常驚訝。例 突然聽到小美結婚的消息，我們都大吃一驚。反 毫不在意。

【大快人心】(ㄉㄚˋ ㄎㄨㄞˋ ㄖㄣˊ ㄒㄧㄣ) 讓人心裡感到非常痛快。例 警方終於抓到專門綁架小孩的歹徒，真是大快人心。

【大快朵頤】(ㄉㄚˋ ㄎㄨㄞˋ ㄉㄨㄛˇ ㄧˊ) 形容盡情享受食物的樣子。例 今天媽媽準備了豐盛的晚餐，要讓全家人大快朵頤。

【大材小用】(ㄉㄚˋ ㄘㄞˊ ㄒㄧㄠˇ ㄩㄥˋ) 能力好的人擔任不重要的職務，無法完全發揮才華與抱負。也作「大才小用」。例 讓博士去擔任清潔工，未免太大材小用了。

【大庭廣眾】(ㄉㄚˋ ㄊㄧㄥˊ ㄍㄨㄤˇ ㄓㄨㄥˋ) 指人多而公開的場合。例 在大庭廣眾之下剔牙，是很不雅觀的。近 眾目睽睽。

【大海撈針】(ㄉㄚˋ ㄏㄞˇ ㄌㄠ ㄓㄣ) 比喻東西很難找或事情難以完成。也作「海底撈針」。例 要在兩天之內找出凶手，就像大海撈針一樣困難。

【大將之風】(ㄉㄚˋ ㄐㄧㄤˋ ㄓ ㄈㄥ) 形容人很有才華，具有使人信服的風範。例 經過勤奮的練習，小明在初次比賽中的表現已有大將之風。

【大排長龍】(ㄉㄚˋ ㄆㄞˊ ㄔㄤˊ ㄌㄨㄥˊ) 形容隊伍排得很長。例 這家麵包店的門口總是大排長龍，生意很好。

【大發雷霆】(ㄉㄚˋ ㄈㄚ ㄌㄟˊ ㄊㄧㄥˊ) 形容非常生氣的樣子。例 爸爸因為弟弟考試作弊而大發雷霆。近 暴跳如雷。

【大開眼界】ㄉㄚˋ ㄎㄞ ㄧㄢˇ ㄐㄧㄝˋ 增加許多的知識和經驗。㊎這次到歐洲旅遊讓我大開眼界。

【大勢已去】ㄉㄚˋ ㄕˋ ㄧˇ ㄑㄩˋ 整件事情的發展已經無法挽回。㊎搶匪在警方的重重包圍下，自知大勢已去，只好投降。

【大飽眼福】ㄉㄚˋ ㄅㄠˇ ㄧㄢˇ ㄈㄨˊ 在視覺上得到充分的滿足。㊎這場精彩的魔術表演，令觀眾大飽眼福。

【大禍臨頭】ㄉㄚˋ ㄏㄨㄛˋ ㄌㄧㄣˊ ㄊㄡˊ 重大災難即將降臨。也作「大難臨頭」。㊎人類如果不懂得保護大自然，遲早會大禍臨頭。

❀偉大、擴大、發揚光大

4/1

天 ㄊㄧㄢ (tiān)

一 二 チ 天

㊔ 1 日月星辰所在的地方。與「地」相對。如：天空。2 自然界的主宰。如：老天爺。3 季節。如：春天。4 氣候。如：雨天。5 宗教上稱人死後靈魂的歸處，或神仙居住的地方。如：天堂。㊒ 自然的；非人力的。如：天災。㊐ 計算時間的單位。如：一天。

【天下】ㄊㄧㄢ ㄒㄧㄚˋ 1 指世界。㊎天下之大，無奇不有。2 整個國家。㊎秦始皇消滅六國，統一天下。

【天干】ㄊㄧㄢ ㄍㄢ 指甲、乙、丙、丁、戊、己、庚、辛、壬、癸。和十二地支配合可用來表示時日。

【天才】ㄊㄧㄢ ㄘㄞˊ 智能比一般人高，或擁有某種特殊才能的人。㊎阿龍從小就是個數學天才，許多連大學生都不會的數學題，他卻一看就懂。

【天文】ㄊㄧㄢ ㄨㄣˊ 宇宙中關於日月星辰的活動與現象。

【天牛】ㄊㄧㄢ ㄋㄧㄡˊ 昆蟲。體呈圓柱形，有長觸角，是林木、果樹的害蟲。

【天災】天然造成的災害。如：颱風、地震等。

【天使】神話傳說中，天帝所派遣的使者。反魔鬼。

【天氣】指某一地區在一定時間內的大氣狀態。

【天真】1形容人心地單純，沒有心機。例小弟弟天真可愛的模樣，十分惹人喜歡。近純潔。反複雜。2諷刺人想法簡單無知，不懂人情世故。例小米的想法太天真了，難怪容易被騙。

【天堂】1宗教上指做善事的人，死後靈魂所居住的美好地方。反地獄。2比喻幸福美好的生活環境。例這裡的生活悠閒，風景又美麗，簡直就是天堂。近仙境。

【天然】天生的；不是人工造成的。例這座天然的石橋，景象非常壯觀。反人工。

【天賦】天生具備的才能。同「天分」。

【天主教】基督宗教的派別之一。以聖經與教會為權威。信奉耶穌基督，並尊馬利亞為聖母。又稱「羅馬公教」。

【天花板】指位於建築物內部上方的薄板。具有裝飾、隔音的效果。

【天生麗質】形容天生具有美麗的容貌和資質。也作「麗質天生」。例那個模特兒憑著天生麗質的條件，迅速走紅。

【天衣無縫】比喻事物或詩文沒有雕琢痕跡，完美自然。例他們兩個默契很好，一起表演時總是搭配得天衣無縫。反破綻百出。

【天昏地暗】1形容天色昏暗。例外面天昏地暗的，可能是快要下雨了。2形容極度的行為。

例劉先生忙得天昏地暗，連吃飯的時間都沒有。

【天花亂墜】（ㄊㄧㄢ ㄏㄨㄚ ㄌㄨㄢˋ ㄓㄨㄟˋ）比喻言語巧妙動聽，或誇張而不切實際。例不管那位推銷員說得多麼天花亂墜，何太太還是不想買這個產品。

【天倫之樂】（ㄊㄧㄢ ㄌㄨㄣˊ ㄓ ㄌㄜˋ）家人和諧團聚的快樂。例小蓉從小在育幼院長大，非常嚮往能擁有天倫之樂。

【天馬行空】（ㄊㄧㄢ ㄇㄚˇ ㄒㄧㄥˊ ㄎㄨㄥ）①形容言談散漫，沒有邊際。例阿隆的建議太過天馬行空，對事情一點幫助也沒有。②形容才思敏捷、文筆豪放而不受限制。例阿司的小說充滿天馬行空的想像。

【天崩地裂】（ㄊㄧㄢ ㄅㄥ ㄉㄧˋ ㄌㄧㄝˋ）比喻巨大的變故或災難。例一場天崩地裂的地震，造成許多人無家可歸。近地坼天崩。

【天涯海角】（ㄊㄧㄢ ㄧㄚˊ ㄏㄞˇ ㄐㄧㄠˇ）比喻非常遙遠的地方。也作「海角天涯」。例即使相隔天涯海角，總有再見面的一天。

【天經地義】（ㄊㄧㄢ ㄐㄧㄥ ㄉㄧˋ ㄧˋ）天地間不可改變的道理。例孝順父母是天經地義的事。

【天翻地覆】（ㄊㄧㄢ ㄈㄢ ㄉㄧˋ ㄈㄨˋ）①比喻秩序混亂。例頑皮的大毛把家裡弄得天翻地覆。②形容極大的變故。例這次選舉之後，政壇即將面臨天翻地覆的改變。

【天羅地網】（ㄊㄧㄢ ㄌㄨㄛˊ ㄉㄧˋ ㄨㄤˇ）形容防備得很嚴密。例警方已布下天羅地網，準備捉拿逃亡的嫌犯。

【天壤之別】（ㄊㄧㄢ ㄖㄤˇ ㄓ ㄅㄧㄝˊ）形容差別很大。例這兩件衣服的價錢有如天壤之別。

【天無絕人之路】（ㄊㄧㄢ ㄨˊ ㄐㄩㄝˊ ㄖㄣˊ ㄓ ㄌㄨˋ）上天不會斷絕人的生路。比喻只要努

力奮鬥，就有一線希望。例天無絕人之路，失敗後還是有機會重來的。近柳暗花明又一村。
✽白天、藍天、人定勝天

4/1
夫
一 二 ナ 夫

ㄈㄨ (fū) 名 1 成年男子。如：匹夫。2 稱女子的配偶。如：丈夫。3 從事勞動工作的男子。如：馬夫。
ㄈㄨˊ (fú) 助 1 用在文言文句尾。表示感嘆、疑問或推測。如：逝者如斯夫。2 用在文言文句首。當作發語詞。如：夫易廣矣大矣。

【夫婦】ㄈㄨ ㄈㄨˋ 男女結婚後的稱呼。同「夫妻」。

【夫唱婦隨】ㄈㄨ ㄔㄤˋ ㄈㄨˋ ㄙㄨㄟˊ 比喻夫妻二人相處和諧。例他們夫唱婦隨的樣子，真令人羨慕。近琴瑟和鳴。
✽功夫、妹夫、匹夫之勇

4/1
太
ㄊㄞˋ (tài) 一 ナ 大 太

名 1 對已婚婦女的尊稱。如：陳太太。2 對長輩的敬稱。如：老太爺。
副 過於。如：太差。

【太平】ㄊㄞˋ ㄆㄧㄥˊ 平和安寧。例戰亂時期，人民最大的希望就是天下能夠太平。反動亂。

【太空】ㄊㄞˋ ㄎㄨㄥ 地球大氣層以外的空間。

【太陽】ㄊㄞˋ ㄧㄤˊ 恆星之一，能不斷散發光和熱。距離地球一四九六〇萬公里，是地球上光、熱的主要來源。

【太監】ㄊㄞˋ ㄐㄧㄢˋ 指古代割除生殖器，並在皇宮中服侍皇室成員的男人。又稱「宦官」。

【太平洋】ㄊㄞˋ ㄆㄧㄥˊ ㄧㄤˊ 位於亞洲和美洲之間的廣大海域。是地球上最大、最深、島嶼最多的海洋。

大

【太空梭】(ㄊㄞˋ ㄎㄨㄥ ㄙㄨㄛ) 可以載運人員與貨物，來往地球與太空站或人造衛星之間的飛行工具。

【太陽能】(ㄊㄞˋ ㄧㄤˊ ㄋㄥˊ) 太陽輻射出來的能量。

4/1
夭 ㄧㄠ (yāo)

丿 二 チ 夭

動 未成年而死亡。如：早夭。

【夭折】(ㄧㄠ ㄓㄜˊ) 短命早死。例 阿坤養的小狗因為生病夭折了。

5/2
央 ㄧㄤ (yāng)

丶 冂 ㄩ 央 央

形 1中間。如：中央。2窮盡；終了。如：夜未央。動 請求。如：央求。

【央求】(ㄧㄤ ㄑㄧㄡˊ) 請求；懇求。例 經過再三央求，媽媽終於答應買冰淇淋給我吃。近 拜託。

5/2
失 ㄕ (shī)

丿 𠂉 二 牛 失

名 錯誤。如：過失。動 1丟掉。如：遺失。2違背。如：失信。3錯過。如：錯失。4找不到；不見。如：迷失。5發生意外。如：失事。

【失手】(ㄕ ㄕㄡˇ) 因為不小心而造成錯誤。例 妹妹一時失手，打破花瓶了。

【失去】(ㄕ ㄑㄩˋ) 失掉。例 阿元因為作弊，失去考試的資格。反 獲得。

【失色】(ㄕ ㄙㄜˋ) 1因為驚訝或害怕而臉色改變。例 姐姐被一條蛇嚇得大驚失色。2沒有光彩。例 小寶優異的表現，讓其他選手相形失色。近 遜色。

【失足】(ㄕ ㄗㄨˊ) 1摔倒。2指人做錯事，誤入歧途。例 千萬不可接觸毒品，以免一失足而終生後悔。

【失事】(ㄕ ㄕˋ) 發生意外，造成不幸。例 遊艇在海上失事，幸好乘客都及時被救起。

【失明】ㄕ ㄇㄧㄥˊ 看不見；失去視力。(例)阿木因為生病，雙眼漸漸失明。(近)瞎眼。

【失信】ㄕ ㄒㄧㄣˋ 不守信用。(例)小寧和我約在車站見面，但她卻失信了。(反)守信。

【失眠】ㄕ ㄇㄧㄢˊ 睡不著覺，或醒來後無法繼續入睡。

【失常】ㄕ ㄔㄤˊ 失去平常應有的表現。(例)大山因為感冒，所以在比賽中表現失常了。(近)異常。(反)正常。

【失敗】ㄕ ㄅㄞˋ 沒有成功。(例)小皮經過無數次的失敗，終於學會騎腳踏車了。(反)成功。

【失望】ㄕ ㄨㄤˋ 與預期的結果不合，因而感到難過。(例)拔河比賽輸了，大家都很失望。

【失散】ㄕ ㄙㄢˋ 分散；離散。(例)她們姐妹在失散多年後，終於又團聚了。(近)走失。

【失傳】ㄕ ㄔㄨㄢˊ 指技藝或學問沒有流傳下來。(例)臺灣有許多傳統技藝已經失傳了。

【失業】ㄕ ㄧㄝˋ 有工作能力和意願，卻沒有工作機會的狀態。(例)政府希望這項計畫，可以有效解決失業問題。(反)就業。

【失誤】ㄕ ㄨˋ 因為不小心或思慮不周而造成錯誤。(例)上半場甲隊因為失誤太多，落後了十幾分。

【失聲】ㄕ ㄕㄥ 1聲音沙啞。(例)老師因為感冒而失聲了。2形容哭得很傷心。(例)聽到親人去世的消息，小安不禁痛哭失聲。3突然發出聲音。(例)小穎看到舞臺上誇張的表演，不禁失聲笑出來。

【失聰】ㄕ ㄘㄨㄥ 耳朵聽不見。(近)耳聾。

【失蹤】ㄕ ㄗㄨㄥ 失去蹤跡，不知去向。(例)小花貓失蹤二天後，又悄悄跑

回來了。

【失戀】(ㄕ ㄌㄧㄢˋ) 失去對方的愛情。例 姐姐因為失戀而心情不好。反 戀愛。

【失竊】(ㄕ ㄑㄧㄝˋ) 東西被偷。例 豆豆放學回家時，發現他的腳踏車失竊了。

【失而復得】(ㄕ ㄦˊ ㄈㄨˋ ㄉㄜˊ) 曾經失去，後又獲得。例 因為有善心人士幫忙尋找，我家的小狗才能失而復得。反 一去不返。

【失魂落魄】(ㄕ ㄏㄨㄣˊ ㄌㄨㄛˋ ㄆㄛˋ) 形容精神恍惚。例 她一副失魂落魄的樣子，不知道發生了什麼事。近 魂不守舍。

❋消失、得不償失、因小失大

6/3
夷
ㄧˊ (yí) 一 ㇇ ㇋ 弓 夷 夷

名 中國古代對東方民族或異族的稱呼。如：夷狄。形 平坦的；平地的。如：履險如夷。動 1 誅殺；消滅。如：夷滅。2 弄平。如：夷平。

❋匪夷所思、化險為夷

6/3
夸
ㄎㄨㄚ (kuā) 一 ナ 大 夲 夲 夸

形 1 奢侈。如：浮夸。2 美好。如：夸容。動 說大話。通「誇」。如：夸耀。

【夸誕】(ㄎㄨㄚ ㄉㄢˋ) 誇張不合常理。例 這則減肥廣告的內容夸誕不實，不值得相信。近 荒誕。

【夸父追日】(ㄎㄨㄚ ㄈㄨˇ ㄓㄨㄟ ㄖˋ) 形容人自不量力。夸父，神話中的人物。傳說他想追趕太陽，最後力氣用盡，口渴而死。例 以阿力現在的實力想要贏得獎盃，簡直就是夸父追日。近 蚍蜉撼樹。

7/4
夾
ㄐㄧㄚˊ (jiá) 一 ㄏ 𠂆 双 双 夾 夾

名 1 從兩面鉗住物品的用具。如：髮夾。2 兩面相對，可放置物品的扁平物。如：皮夾。形 多層合成的。如：夾板。動 1 從兩方面使力

鉗住。如：夾菜。[2]摻雜。如：夾雜。(副)從兩面攻擊。如：夾攻。

【夾帶】(ㄐㄧㄚˊ ㄉㄞˋ) 把東西夾在其他物品中，企圖暗中攜帶。(例)海關查獲一批夾帶在行李中的毒品。

【夾雜】(ㄐㄧㄚˊ ㄗㄚˊ) 摻雜。(例)小英的筆記本夾雜在這一堆書裡面。

奉

8/5

ㄈㄥˋ (fèng)　一 二 三 丰 夫 夫 叁 奉

(動)[1]恭敬的給予或接受。如：奉獻。[2]遵循；信仰。如：信奉。[3]侍候；供養。如：奉養。(副)敬詞。如：奉陪。

【奉命】(ㄈㄥˋ ㄇㄧㄥˋ) 接受尊長或上級的命令。(例)小誠奉命擔任校慶典禮的司儀。(反)違命。

【奉承】(ㄈㄥˋ ㄔㄥˊ) 用言語或行為巴結、討好別人。(例)小馬只會奉承長官，卻沒有真才實學。(近)逢迎。

【奉養】(ㄈㄥˋ ㄧㄤˇ) 照顧侍養父母。(例)吳先生奉養父母十分盡心。

【奉獻】(ㄈㄥˋ ㄒㄧㄢˋ) 貢獻；呈獻。(例)父母總是無怨無悔的為子女奉獻一切。

【奉公守法】(ㄈㄥˋ ㄍㄨㄥ ㄕㄡˇ ㄈㄚˇ) 奉行公事，遵守法令。(例)包先生是個奉公守法的好官員。

❀侍奉、供奉、無可奉告

奇

8/5

一 ナ 大 太 夳 夳 奆 奇

ㄑㄧˊ (qí) (名)特殊的事物。如：出奇制勝。(形)[1]異於尋常的。如：奇聞。[2]出人意料的。如：奇兵。(動)驚異。如：不足為奇。(副)極；非常。如：奇大無比。

ㄐㄧ (jī) (名)單數。如1、3、5。與「偶數」相對。如：奇數。

【奇妙】(ㄑㄧˊ ㄇㄧㄠˋ) 神奇奧妙。(例)看到毛毛蟲蛻變為蝴蝶的過程，令人不禁感嘆大自然的奇妙。

【奇怪】ㄑㄧˊ ㄍㄨㄞˋ 特殊而不常見。例這棟建築物的外觀很奇怪。

【奇異】ㄑㄧˊ ㄧˋ 新奇怪異。例走在西門町，時常可以看到穿著奇異的年輕人。反平常。

【奇蹟】ㄑㄧˊ ㄐㄧ 人世間或自然界異常特別的現象。例小平傷得那麼重還能存活下來，真是奇蹟。

【奇形怪狀】ㄑㄧˊ ㄒㄧㄥˊ ㄍㄨㄞˋ ㄓㄨㄤˋ 形狀稀奇怪異。例野柳海邊有許多奇形怪狀的石頭。

【奇風異俗】ㄑㄧˊ ㄈㄥ ㄧˋ ㄙㄨˊ 奇特的風俗習慣。例看過旅遊節目介紹雲南的奇風異俗後，叔叔便興起前往旅遊的念頭。

【奇恥大辱】ㄑㄧˊ ㄔˇ ㄉㄚˋ ㄖㄨˋ 非常大的恥辱。例阿寶將這次的失敗視為奇恥大辱，下定決心明年一定要把獎牌贏回來。

※好奇、稀奇、千奇百怪

奈

8/5 ㄋㄞˋ (nài)

一 ナ 大 太 夳 夲 奈 奈

副 如何。如：奈何。

【奈何】ㄋㄞˋ ㄏㄜˊ 如何；怎麼辦。例小強的壞脾氣，連父母也無可奈何。

奔

8/5 ㄅㄣ (bēn)

一 ナ 大 太 夳 夲 夲 奔

動 1 快跑。如：奔跑。2 逃走。如：夜奔。3 男女逃離家中，沒有經過合法禮節而結合。如：私奔。4 投靠。如：投奔。

【奔放】ㄅㄣ ㄈㄤˋ 1 形容性情豪邁、不受拘束。例小美熱情奔放的個性，讓她很容易結交新朋友。2 形容水勢很急，奔騰不受阻礙。3 形容文章氣勢雄偉，文思不受拘束。例這篇文章文字奔放，很有吸引力。

【奔波】ㄅㄣ ㄅㄛ 形容人勞苦奔走。例命案發生後，警察四處奔波，探查案情。

【奔馳】(ㄅㄣ ㄔˊ) 快速前進。例這條馬路上有許多砂石車來回奔馳，經過時要多加注意。

✽狂奔、疲於奔命、各奔前程

奄 8/5

一 ナ 大 大 夶 夶 夶 奄

ㄧㄢˇ (yǎn) 動 覆蓋。如：奄蓋。

ㄧㄢ (yān) 形 氣息微弱的樣子。如：奄奄。副 長久停留。如：奄留。

【奄奄一息】(ㄧㄢ ㄧㄢ ㄧˊ ㄒㄧˊ) 氣息微弱，即將死亡的樣子。例妹妹在公園的樹下，發現一隻奄奄一息的小麻雀。近命若懸絲。反生龍活虎。

奕 9/6

ㄧˋ (yì) 丶 亠 ナ 亣 亦 亦 亦 奕 奕

形 1累積。如：奕世。2光明。如：赫奕。

【奕奕】(ㄧˋ ㄧˋ) 精神煥發的樣子。例經過充分的休息，大家看起來都神采奕奕。

大

奏 9/6

ㄗㄡˋ (zòu) 一 二 三 夫 夫 夫 奏 奏 奏

名 1古代臣子上呈帝王的文書報告。如：奏章。2音樂的拍子。如：節奏。動 1古代臣子向帝王報告事情。如：上奏。2吹彈樂器。如：奏樂。3達成；呈現。如：奏效。

【奏效】(ㄗㄡˋ ㄒㄧㄠˋ) 產生效果。例這個廣告強調使用產品三天就奏效，實在太誇大了。近見效。反無效。

✽演奏、彈奏、先斬後奏

契 9/6

ㄑㄧˋ (qì) 一 二 三 丰 丰 丰刀 契 契 契

名 1合約。如：契約。2古代刻木記事的書卷。如：書契。動 心意相合。如：默契。

【契合】(ㄑㄧˋ ㄏㄜˊ) 1相符合。例犯罪現場留下的指紋和嫌犯的指紋完全契合，嫌犯只好承認罪行。近切合。2情意相投合。例他們從小一起長

大，感情非常契合。

【契約】(ㄑㄧˋ ㄩㄝ) 進行交易時雙方訂立互相遵守的事項。

❋房契、地契、賣身契

9/6 **奎** ㄎㄨㄟˊ (kuí) 一 ナ 大 太 本 夲 奎 奎 奎

名 星宿名。如：奎宿。

9/6 **奐** ㄏㄨㄢˋ (huàn) ノ ク 𠂊 ⺈ 乃 ⺈ 奐 奐 奐

形 盛大。如：美輪美奐。

10/7 **套** ㄊㄠˋ (tào) 一 ナ 大 本 本 本 套 套 套 套

名 1覆蓋在外面的物品。如：書套。2成規；慣例。如：老套。3地勢彎曲的地方。如：河套。4引誘人上當的陰謀。如：圈套。動 1覆蓋在外面。如：套上夾克。2拉攏。如：套交情。3用言語探問。如：套話。量 計算搭配成組事物的單位。如：一套衣服。

【套用】(ㄊㄠˋ ㄩㄥˋ) 模仿、依照著應用。例 這題數學只要套用公式，就可以算出答案。

【套交情】(ㄊㄠˋ ㄐㄧㄠ ㄑㄧㄥˊ) 拉攏關係。例 為了增進業績，小王必須時常和客戶套交情。

❋客套、跑龍套、不落俗套

10/7 **奘** ㄗㄤˋ (zàng) 丨 丩 丬 爿 爿 壯 壯 壯 奘 奘

形 粗大；壯大。

10/7 **奚** ㄒㄧ (xī) ノ ⺈ ⺈ 爫 爫 奚 奚 奚 奚 奚

動 嘲笑。如：奚落。

【奚落】(ㄒㄧ ㄌㄨㄛˋ) 取笑諷刺。例 小安因為身材肥胖，常遭受同學的奚落。

11/8 **奢** ㄕㄜ (shē) 一 ナ 大 太 夲 夲 奓 奢 奢

形 浪費沒有節制。如：奢侈。副 過分。如：奢求。

【奢求】(ㄕㄜ ㄑㄧㄡˊ) 過分的要求。例 爸媽從不奢求我們將來能賺大錢，只希望我們能平安、健康的長大。

【奢華】(ㄕㄜ ㄏㄨㄚˊ) 浪費；浮華。例 小光他們家很有錢，連浴室的設備都非常奢華。

12/9

奠

ㄉㄧㄢˋ (diàn)

名 祭祀的供品。如：奠儀。動 1 建立；安定。如：奠定。2 祭祀。如：祭奠。

【奠定】(ㄉㄧㄢˋ ㄉㄧㄥˋ) 使事物穩固、安定。例 學習任何事情，都應該先奠定良好的基礎。

【奠基】(ㄉㄧㄢˋ ㄐㄧ) 打下基礎。例 小美在比賽時能有這麼好的表現，是奠基於平日辛勤的練習。

13/10

奧

ㄠˋ (ào)

名 室內深處。形 隱密的；精妙的。如：深奧。

【奧妙】(ㄠˋ ㄇㄧㄠˋ) 深奧微妙。例 弟弟從小就很喜歡拿望遠鏡探究宇宙的奧妙。近 奇妙。

【奧祕】(ㄠˋ ㄇㄧˋ) 事物深奧神祕，不易了解。例 人類的大腦至今仍有許多科學難以解釋的奧祕。

【奧林匹克運動會】(ㄠˋ ㄌㄧㄣˊ ㄆㄧˇ ㄎㄜˋ ㄩㄣˋ ㄉㄨㄥˋ ㄏㄨㄟˋ) 每四年舉行一次的國際性運動會，簡稱奧運。起源於西元前七七六年，古希臘人每四年在奧林匹亞舉行的體育競賽。其間因故中斷。第一屆現代奧運於一八九六年在雅典舉行。

✽堂奧、玄奧、精奧

14/11

奩

ㄌㄧㄢˊ (lián)

名 1 女子盛放梳妝用品的鏡匣。2

嫁妝。如：嫁奩。

14/11
奪 ㄉㄨㄛˊ (duó)

奪 奪

動 1搶；強取。如：爭奪。2決定。如：定奪。3衝過。如：奪門。4消除；使失去。如：剝奪。

【奪目】ㄉㄨㄛˊ ㄇㄨˋ 光彩耀眼，吸引人的目光。例大廳的水晶吊燈散發出奪目的光芒。近炫目。反黯淡。

【奪取】ㄉㄨㄛˊ ㄑㄩˇ 用強制的手段取得。例強盜趁陳小姐不注意，奪取她肩上的皮包。

【奪門而出】ㄉㄨㄛˊ ㄇㄣˊ ㄦˊ ㄔㄨ 迅速衝出大門。例聽到大樓失火的廣播，大家紛紛奪門而出。

❋掠奪、搶奪、先聲奪人

16/13
奮 ㄈㄣˋ (fèn)

動 1高舉。如：奮臂。2猛然用力。如：奮擊。3激勵；振作。如：奮發。4拚命。如：奮不顧身。

【奮鬥】ㄈㄣˋ ㄉㄡˋ 為了達到目的或克服阻礙而努力抗爭。例阿達殘而不廢的奮鬥精神，值得我們效法。

【奮不顧身】ㄈㄣˋ ㄅㄨˋ ㄍㄨˋ ㄕㄣ 不顧生命危險勇敢向前。例消防隊員奮不顧身的從火場中救出受困的民眾。近義無反顧。反畏縮不前。

【奮發向上】ㄈㄣˋ ㄈㄚ ㄒㄧㄤˋ ㄕㄤˋ 努力求進取。例老師鼓勵我們要奮發向上，努力用功。近力爭上游。

❋振奮、勤奮、自告奮勇

女部 ㄋㄩˇ

3/0
女 ㄋㄩˇ (nǚ)

名 1與男生相對的性別。如：婦

女。2女兒。如：生兒育女。形女性的。如：女學生。

【女婿】(ㄋㄩˇ ㄒㄩˋ) 指女兒的丈夫。

❀美女、少女、郎才女貌

5/2
奴 ㄋㄨˊ (nú)

ㄑ ㄠ 女 如 奴

名1古代因犯罪而被派入官府從事雜役的人。2泛指僕人。多指男性。如：奴僕。3古代女子對自己的謙稱。如：奴家。4對他人的鄙視稱呼。如：守財奴。

【奴役】(ㄋㄨˊ ㄧˋ) 把人當奴隸一樣使喚。例萬里長城是秦始皇奴役百姓而建造的。

【奴隸】(ㄋㄨˊ ㄌㄧˋ) 沒有自由，受人使喚從事勞動工作的人。

5/2
奶 ㄋㄞˇ (nǎi)

ㄑ ㄠ 女 如 奶

名1乳房的俗稱。2乳汁。如：母奶。3祖母。如：奶奶。動哺乳。如：奶孩子。

【奶奶】(ㄋㄞˇ ˙ㄋㄞ) 1即「祖母」。爸爸的母親。2對老婦人的尊稱。例鄰居家的老奶奶非常慈祥和藹。3對已婚婦女的稱呼。例小佩整天幻想能嫁入豪門當少奶奶。

【奶油】(ㄋㄞˇ ㄧㄡˊ) 牛奶中的油脂。具有高熱量，通常用來做西點，或塗在麵包上食用。

❀鮮奶、斷奶、牛奶

6/3
妄 ㄨㄤˋ (wàng)

、 亠 亡 妄 妄 妄

形1自大驕傲；不明事理。如：狂妄。2虛幻不實的。如：妄想。副胡亂。如：妄言。

【妄動】(ㄨㄤˋ ㄉㄨㄥˋ) 未經仔細考慮就行動。例在警報沒有解除以前，還是不要輕舉妄動比較好。反慎行。

女

【妄想】(ㄨㄤˋ ㄒㄧㄤˇ) 產生非分的、不可能實現的想法。㊀例 這是弟弟最愛的玩具，別妄想他會送給你。㊀近 奢望。

【妄自菲薄】(ㄨㄤˋ ㄗˋ ㄈㄟˇ ㄅㄛˊ) 隨便看輕自己。㊀例 每個人都有長處，千萬不要妄自菲薄。㊀反 夜郎自大。

✽虛妄、無妄之災、痴心妄想

奸 6/3

ㄐㄧㄢ (jiān)

㊀名 1在內部搗亂或和敵人勾結的壞人。如：漢奸。2違法的事。如：作奸犯科。㊀形 邪惡不正的；陰險狡詐的。如：奸商。㊀動 男女私通。如：奸淫。

【奸商】(ㄐㄧㄢ ㄕㄤ) 用不正當的方法來獲取利益的商人。

【奸詐】(ㄐㄧㄢ ㄓㄚˋ) 狡猾陰險。㊀例 那群奸詐的騙徒已在昨天被警察抓到了。㊀反 老實。

✽內奸、狼狽為奸、姑息養奸

妃 6/3

ㄈㄟ (fēi)

㊀名 帝王的配偶，地位次於皇后。也指太子、諸侯的配偶。如：王妃。

她 6/3

ㄊㄚ (tā)

㊀代 第三人稱代名詞。專用於女性。

好 6/3

ㄏㄠˇ (hǎo) ㊀形 美；善。如：好人。㊀動 親愛；友善。如：友好。㊀副 1完成；辦妥。如：穿好衣服。2容易。如：好懂。3很。如：好美。4適宜。如：剛好。㊀助 表示贊成或允許。如：好，就這樣吧！

ㄏㄠˋ (hào) ㊀動 喜愛。如：偏好。

【好奇】(ㄏㄠˋ ㄑㄧˊ) 對自己不了解的事覺得新奇，非常有興趣。㊀例 弟弟對於昆蟲的生態感到非常好奇。

【好強】ㄏㄠˋ ㄑㄧㄤˊ 個性不服輸，固執己見，處處想勝過別人。例周先生好強的個性，讓他得罪了不少人。

【好處】ㄏㄠˇ ㄔㄨˋ 1長處；優點。例利用網路搜尋的好處是可以節省許多時間。反壞處。2利益。例許先生到底給了你什麼好處，讓你一直幫他說話？

【好意】ㄏㄠˇ ㄧˋ 善意；好的情意。例媽媽出於一番好意幫爸爸整理書桌，卻不小心把爸爸的重要資料弄丟了。反惡意。

【好感】ㄏㄠˇ ㄍㄢˇ 感覺很好；好印象。例小芷對阿丰很有好感，覺得他是一個親切的人。反反感。

【好像】ㄏㄠˇ ㄒㄧㄤˋ 1非常像。例中秋時，天上的月亮好像銀色圓盤，非常耀眼。2大概；似乎。例阿祥好像住在隔壁的村子裡。

【好吃懶做】ㄏㄠˋ ㄔ ㄌㄢˇ ㄗㄨㄛˋ 比喻人懶惰不勤勞。例好吃懶做的人永遠不會成功。近遊手好閒。反刻苦耐勞。

【好高騖遠】ㄏㄠˋ ㄍㄠ ㄨˋ ㄩㄢˇ 做事空有高遠的理想，而不從基礎做起。例阿義做事好高騖遠，怎麼可能會成功呢？反腳踏實地。

辨析 騖，馬快跑，引申為追求。鶩，鳥名，俗稱「野鴨」，如：趨之若鶩。小心別將二者混淆。

【好景不常】ㄏㄠˇ ㄐㄧㄥˇ ㄅㄨˋ ㄔㄤˊ 好的情況無法維持很久。例這對夫妻婚後一直很恩愛，可惜好景不常，前年丈夫竟然車禍過世了。

✽和好、嗜好、恰好

6/3
如 ㄖㄨˊ (rú)

ㄑ 女 女 如 如 如

動 1好像。如：如花似玉。2依照。如：如期。3及；趕上。如：我不如你。4舉例。如：例如。連

假使；假若。如：假如。

【如今 ㄖㄨˊ ㄐㄧㄣ】現在。例以前不努力，如今後悔已來不及了。近而今。

【如同 ㄖㄨˊ ㄊㄨㄥˊ】好像；就像。例美美的眼睛，如同星星一樣的明亮動人。

【如何 ㄖㄨˊ ㄏㄜˊ】怎麼樣。例這件衣服看起來如何？

【如果 ㄖㄨˊ ㄍㄨㄛˇ】假如。例如果明天下雨，我就不去露營了。

【如日中天 ㄖㄨˊ ㄖˋ ㄓㄨㄥ ㄊㄧㄢ】形容事物發展到最興盛的時候。例阿倫的演藝事業正如日中天，四處都可以看到他的海報。

【如火如荼 ㄖㄨˊ ㄏㄨㄛˇ ㄖㄨˊ ㄊㄨˊ】形容事情進行得很熱烈，或指景況非常興盛。例義賣活動正如火如荼進行著，到處都擠滿了人。

【如魚得水 ㄖㄨˊ ㄩˊ ㄉㄜˊ ㄕㄨㄟˇ】1比喻遇到對自己有很大幫助的人，或是非常合適自己的環境。例小芳喜歡唱歌，現在加入合唱團可說是如魚得水。2比喻兩個人感情很好，很合得來。例他們兩人相處起來如魚得水，每天都有聊不完的話。

【如痴如醉 ㄖㄨˊ ㄔ ㄖㄨˊ ㄗㄨㄟˋ】形容陶醉在其中的樣子。例演唱者的歌聲令所有聽眾如痴如醉。反不為所動。

【如影隨形 ㄖㄨˊ ㄧㄥˇ ㄙㄨㄟˊ ㄒㄧㄥˊ】形容關係密切，就像影子一直跟隨著形體一樣。例她們兩人感情很好，總是如影隨形。

【如願以償 ㄖㄨˊ ㄩㄢˋ ㄧˇ ㄔㄤˊ】心願得以實現。例努力了這麼久，小惠終於如願以償，考上理想的學校。反事與願違。

【如釋重負 ㄖㄨˊ ㄕˋ ㄓㄨㄥˋ ㄈㄨˋ】解除緊張之後，輕鬆愉快。例月考考完後，大雄如釋重負，輕鬆的和同學出去玩。

6/3

妁 ㄕㄨㄛˋ (shuò)

ㄑ ㄠ 女 女 妁 妁

(名)媒人。如：媒妁之言。

6/3
奼
ㄔㄚˋ (chà)

(名)少女。(形)豔麗。如：奼紫嫣紅。

【奼紫嫣紅】形容花朵的色彩鮮豔美麗。(例)每年春天一到，花園裡奼紫嫣紅，非常漂亮！

7/4
妝
ㄓㄨㄤ (zhuāng) 妝

(名)①修飾臉或增加光彩的用品。如：彩妝。②女子出嫁時，帶到夫家的物品。如：嫁妝。(動)打扮。如：梳妝。

【妝扮】化妝打扮。(例)吳老師今天妝扮得很俏麗。

✽淡妝、卸妝、濃妝豔抹

7/4
妥
ㄊㄨㄛˇ (tuǒ) 妥

(形)安穩，適當。如：妥善。(副)完成。如：辦妥。

【妥協】雙方意見不同，其中一方退讓或雙方互相讓步，而達成相同的意見。(例)哥哥原本堅持要參加賽車比賽，經過爸爸的規勸後，他終於妥協了。

【妥善】安穩完善。(例)在護理師妥善的照顧下，奶奶很快就復原了。

【妥當】恰當。(例)你的辦法很妥當，就這麼做吧！

7/4
妨
ㄈㄤˊ (fáng) 妨

(動)①損害。如：妨害。②阻礙。如：妨礙。

【妨害】阻礙損害。(例)我們不可以隨便妨害別人的自由。

【妨礙】阻礙；干擾。(例)將機車停放在騎樓會妨礙行人通行。

7/4
妊
ㄖㄣˋ (rèn) 妊

女

㊍懷孕。如：妊娠。

7/4 **姸** ㄧㄢˊ (yán)

㊊美好。如：姸麗。

7/4 **妓** ㄐㄧˋ (jì)

㊔1以歌舞娛樂客人的女子。如：藝妓。2從事性交易的女子。如：妓女。

✽歌妓、舞妓、娼妓

7/4 **妞** ㄋㄧㄡ (niū)

㊔對少女的稱呼。如：小妞。

7/4 **妣** ㄅㄧˇ (bǐ)

㊔1祖母或祖母輩以上的女性祖先。如：妣祖。2稱已死去的母親。如：先妣。

7/4 **妤** ㄩˊ (yú)

見「婕妤」。

7/4 **妙** ㄇㄧㄠˋ (miào)

㊊1美好的。如：美妙。2神奇的。如：奇妙。3年紀小。如：妙齡。4有趣的。如：妙極了！

【妙手回春】ㄇㄧㄠˋ ㄕㄡˇ ㄏㄨㄟˊ ㄔㄨㄣ 稱讚醫生醫術高明，能把重病的人醫好。例李醫生妙手回春，將一位重傷的病人從鬼門關前救了回來。近起死回生。反回天乏術。

【妙語如珠】ㄇㄧㄠˋ ㄩˇ ㄖㄨˊ ㄓㄨ 形容說話或作文用語精彩靈活。例他在演講時妙語如珠，得到聽眾熱烈的掌聲。

✽曼妙、微妙、奧妙

7/4 **妖** ㄧㄠ (yāo)

㊔怪異反常、會傷害人的事物。如：妖怪。㊊1不合情理的。如：妖言。2裝扮與神情樣貌豔麗而不

端莊。如：妖冶。

【妖豔】豔麗而不正經。例一個打扮妖豔的女子和他走在一起。

7/4
妒
ㄉㄨˋ (dù) 〈 ㄅ 女 女ˊ 女ㄏ 妒

動怨恨別人比自己好。如：嫉妒。

【妒忌】怨恨別人贏過自己。例看到別人成功，我們不該妒忌，反而要好好學習他的優點才對。

8/5
妾
ㄑㄧㄝˋ (qiè) 丶 亠 亠 立 立 妾 妾

名①古代男子在妻子以外再娶的女子。如：小妾。②古代女子謙稱自己。如：妾身。

8/5
妻
ㄑㄧ (qī) 一 ㄋ ㄋ ㄋ 事 妻 妻 妻

名男子合法而正式的配偶。如：妻子。

【妻離子散】形容家庭破碎。例大華只知喝酒賭博，最後妻離子散，才後悔不已。

❋夫妻、嬌妻、賢妻良母

8/5
妹
ㄇㄟˋ (mèi) 〈 ㄅ 女 女ˊ 妹 妹 妹

名①父母生的孩子中，年紀比自己小的女生。如：妹妹。②女生對同輩朋友謙稱自己。如：小妹。③泛稱同輩而較年幼的女子。

❋表妹、弟妹、胞妹

8/5
妮
ㄋㄧ (nī) 〈 ㄅ 女 女ˊ 女ㄗ 妒 妮 妮

名對小女孩的暱稱。如：小妮子。

8/5
姑
ㄍㄨ (gū) 〈 ㄅ 女 女一 女十 女古 姑 姑

名①即「婆婆」。丈夫的母親。如：翁姑。②丈夫的姐妹。如：小姑。③父親的姐妹。如：姑姑。④年輕未出嫁的女子。如：姑娘。副暫時；暫且。如：姑且。

【姑且】(ㄍㄨ ㄑㄧㄝˇ) 暫時；暫且。(例)這事姑且不談，先討論下次的活動吧！

【姑息】(ㄍㄨ ㄒㄧ) 沒有原則的寬容放縱。(例)因為父母的姑息，讓阿誠越來越任性。(近)縱容。

❀尼姑、三姑六婆、小姑獨處

8/5
姆 ㄇㄨˇ (mǔ)

姆姆

(名)替人照顧或管教小孩的婦女。如：保姆。

8/5
姐 ㄐㄧㄝˇ (jiě)

姐姐

(名) 1 父母生的孩子中，年紀比自己大的女生。通「姊」。如：姐姐。2 成年但未婚的女子。如：小姐。3 泛稱同輩而較年長的女子。

8/5
妲 ㄉㄚˊ (dá)

妲妲

見「妲己」。

【妲己】(ㄉㄚˊ ㄐㄧˇ) 商朝紂王的妃子。

8/5
妯 ㄓㄡˊ (zhóu)

妯妯

見「妯娌」。

【妯娌】(ㄓㄡˊ ㄌㄧˇ) 兄弟的妻子的合稱。

8/5
姍 ㄕㄢ (shān)

姍姍

見「姍姍」。

【姍姍】(ㄕㄢ ㄕㄢ) 指人行動慢吞吞的樣子。(例)我們約九點見面，但小唐到十點才姍姍而來。

8/5
姒 ㄙˋ (sì)

姒姒

(名) 1 古代對姐姐的稱呼。2 弟妻對兄妻的稱呼。如：姒婦。3 同嫁一個丈夫而年紀較長的婦女。如：娣姒。

始
8/5 ㄕˇ (shǐ)

㊔事情的開端。如：有始有終。㊖①才。如：始能成功。②最初的。如：始亂終棄。

【始終】ㄕˇ ㄓㄨㄥ 從開始到結束；一直。㊎從小一到小三，阿德始終早睡早起，不曾遲到。

【始料未及】ㄕˇ ㄌㄧㄠˋ ㄨㄟˋ ㄐㄧˊ 當初沒有料想到的。㊎事情會變成現在這樣，真是始料未及。

【始終如一】ㄕˇ ㄓㄨㄥ ㄖㄨˊ ㄧ 從開始到結束都沒有改變。㊎李叔叔對他妻子的愛始終如一。

✻創始、原始、周而復始

姓
8/5 ㄒㄧㄥˋ (xìng)

㊔表明家族來源的稱號。如：姓氏。

【姓名】ㄒㄧㄥˋ ㄇㄧㄥˊ 姓氏和名字。

✻百姓、改名換姓、指名道姓

妳
8/5 ㄋㄧˇ (nǐ)

㊆第二人稱代名詞。專用於女性。

姊
8/5 ㄗˇ (zǐ)

㊔①父母生的孩子中，年紀比自己大的女生。②泛稱同輩較年長的女子。

辨析 「姊姊」一詞通「姐姐」，音ㄐㄧㄝˇ ˙ㄐㄧㄝ。

【姊妹】ㄗˇ ㄇㄟˋ ①同父母所生的女子，年紀大的稱姊，年紀小的稱妹。也可用於親友間年紀相近的女性。②天主教、基督教女性教友間的稱呼。

辨析 姊妹，讀音為ㄗˇ ㄇㄟˋ，語音為ㄐㄧㄝˇ ㄇㄟˋ。

女

委 8/5

ㄨㄟˇ (wěi) 名 事情的結果。如：原委。形 1疲勞憔悴。如：委靡。2曲折的。如：委婉。動 1託付。如：委託。2推託責任，不肯承擔。如：推委。副 確實。如：委實。

ㄨㄟ (wēi) 見「委蛇」。

【委屈】ㄨㄟˇ ㄑㄩ 受到不合理的待遇，心中感到苦悶難過。例 老師以為阿丹沒有交作業而把他罵了一頓，讓他感到很委屈。

【委託】ㄨㄟˇ ㄊㄨㄛ 請別人幫忙處理某事。例 小真委託我幫她畫海報。

【委婉】ㄨㄟˇ ㄨㄢˇ 形容說話客氣溫和、不直接。例 她委婉拒絕了我的邀約。

【委蛇】ㄨㄟ ㄧˊ 也作「逶迤」。1道路或河流彎曲綿延的樣子。例 山路委蛇，開車要多加小心。2態度隨便、敷衍應付的樣子。例 那個服務生的態度委蛇，真是令人生氣。

【委靡不振】ㄨㄟˇ ㄇㄧˇ ㄅㄨˋ ㄓㄣˋ 頹廢沒有精神、不振作。例 宋伯伯生意失敗後，整個人變得委靡不振。

姜 9/6

ㄐㄧㄤ (jiāng)

專 姓。

姿 9/6

ㄗ (zī)

名 1形態。如：舞姿。2才能。通「資」。如：姿質。

【姿勢】ㄗ ㄕˋ 身體所擺出的樣子。例 閱讀時要保持正確的姿勢，才不會近視。

【姿態】ㄗ ㄊㄞˋ 1姿勢；樣子。例 阿蘭跳舞的姿態十分優美。2態度。例 小其擺出一副謙卑的姿態，希望能博取別人的同情。

✽英姿、多彩多姿、風姿綽約

9/6
威

ㄨㄟ (wēi)

一 厂 厂 厂 反 反 威 威 威

(名) 1 尊嚴。如：威信。2 權勢。如：威勢。(動) 運用權勢逼迫他人。如：威嚇。

【威力】ㄨㄟ ㄌㄧˋ 強大的力量。(例) 這顆炸彈的威力十分強大。

【威風】ㄨㄟ ㄈㄥ 神氣的樣子。(例) 阿水獲得全校跳高冠軍，威風的去領獎。

【威脅】ㄨㄟ ㄒㄧㄝˊ 用強大的力量逼迫別人順從。(例) 阿貴威脅我不能將這件事說出去。

❋權威、下馬威、狐假虎威

9/6
姦

ㄐㄧㄢ (jiān)

ㄑ ㄠ 女 女 女 女 姦 姦 姦

(名) 邪惡不正直的人。如：姦凶。(形) 邪惡不正直的；陰險狡詐的。如：姦詐。(動) 以強迫或欺騙手段和人發生性行為。如：姦淫。

❋強姦、通姦、捉姦

9/6
姣

ㄐㄧㄠˇ (jiǎo)

ㄑ ㄠ 女 女 女 女 妒 姣 姣

(形) 美好的。如：姣美。

【姣好】ㄐㄧㄠˇ ㄏㄠˇ 容貌美麗。(例) 小娟的面貌姣好，難怪很多人想找她去拍廣告。

9/6
姘

ㄆㄧㄣ (pīn)

ㄑ ㄠ 女 女 女 女 女 姘 姘

(動) 非婚姻關係而私自結合。如：姘居。(形) 與人私合的。如：姘頭。

9/6
姨

ㄧˊ (yí)

ㄑ ㄠ 女 女 女 女 女 姨 姨

(名) 1 妻子的姐妹。如：小姨子。2 母親的姐妹。如：姨媽。

9/6
娃

ㄨㄚˊ (wá)

ㄑ ㄠ 女 女 女 女 女 娃 娃

(名) 1 美女。如：嬌娃。2 小孩子。如：娃娃。

9/6
姥

ㄑ ㄠ 女 女 女 女 女 女 姥

ㄇㄨˇ (mǔ) 名 1老婦人。如：老姥。2母親或婆婆。通「母」。如：公姥。3替人養育、照顧小孩的人。通「姆」。如：乳姥。

ㄌㄠˇ (lǎo) 見「姥姥」。

【姥姥】ㄌㄠˇ・ㄌㄠ 1老婦人。2中國北方對外祖母的稱呼。

9/6

姪 ㄓˊ (zhí)

名 兄弟或朋友的子女。如：姪女。

9/6

姻 ㄧㄣ (yīn)

名 1結婚。如：聯姻。2因婚姻關係而結成的親戚。如：姻親。

【姻緣】ㄧㄣ ㄩㄢˊ 兩人結為夫妻的緣分。例 未婚的陳小姐特地到廟裡拜拜，希望能獲得好姻緣。

9/6

姚 ㄧㄠˊ (yáo)

形 美好的。如：姚冶。

10/7

娑 ㄙㄨㄛ (suō)

見「婆娑」。

10/7

娘 ㄋㄧㄤˊ (niáng)

名 1婦女的通稱。如：大娘。2母親。如：爹娘。3妻子。如：娘子。

【娘家】ㄋㄧㄤˊ ㄐㄧㄚ 已結婚的女子稱自己的父母家。

❀姑娘、新娘、美嬌娘

10/7

娣 ㄉㄧˋ (dì)

名 1古代對妹妹的稱呼。2兄妻對弟妻的稱呼。如：娣婦。3同嫁一個丈夫而年紀較輕的婦女。如：娣姒。

10/7

娜 ㄋㄨㄛˊ (nuó)

形 纖細柔美的樣子。如：婀娜多姿。

ㄋㄚˋ (nà)（限讀）（名）外國女子名的譯音字。如：蒙娜麗莎。

娓 10/7

ㄨㄟˇ (wěi)

見「娓娓」。

【娓娓 ㄨㄟˇ ㄨㄟˇ】連續不斷的說著。（例）小英將娓娓道來，聽的人都為她感到難過。

姬 10/7

ㄐㄧ (jī)

（名）①古代對婦女的美稱。②妾。如：姬妾。

※妖姬、愛姬、歌姬

娠 10/7

ㄕㄣ (shēn)

（動）懷孕。如：妊娠。

娌 10/7

ㄌㄧˇ (lǐ)

見「妯娌」。

娉 10/7

ㄆㄧㄥ (pīng)

見「娉婷」。

【娉婷 ㄆㄧㄥ ㄊㄧㄥˊ】姿態輕巧美好的樣子。多用來形容女子。（例）小怡娉婷的舞姿，好像森林中的小精靈。

娛 10/7

ㄩˊ (yú)

（名）歡樂；快樂。如：歡娛。（動）使心情愉快。如：自娛娛人。

【娛樂 ㄩˊ ㄌㄜˋ】①使人開心快樂。（例）阿水喜歡說笑話娛樂同學。②快樂有趣的活動。（例）看卡通是我最喜歡的娛樂。

娟 10/7

ㄐㄩㄢ (juān)

（形）美好的樣子。如：娟娟。

【娟秀 ㄐㄩㄢ ㄒㄧㄡˋ】秀麗動人的樣子。（例）小春留長髮、穿洋裝的樣子很娟秀。

女

娥 10/7

ㄜˊ (é)

(名)美女。如：宮娥。(形)美好的。

【娥眉】(ㄜˊ ㄇㄟˊ) 女子細長秀麗的眉毛。後用來代指美女。也作「蛾眉」。

娩 10/7

ㄨㄢˇ (wǎn) (形)①容貌嬌媚的樣子。如：娩澤。②柔順的樣子。如：婉娩。

ㄇㄧㄢˇ (miǎn) (動)生小孩。如：分娩。

婆 11/8

ㄆㄛˊ (pó)

(名)①老婦人。如：阿婆。②稱祖母輩。如：姨婆。③丈夫的母親。如：公婆。④古代稱某些職業的婦女。如：媒婆。

【婆娑】(ㄆㄛˊ ㄙㄨㄛ) ①舞動的樣子。(例)小婷隨著音樂婆娑起舞。②茂盛的樣子。(例)公園裡的樹木枝葉婆娑，好不美麗。

【婆婆】(ㄆㄛˊ ˙ㄆㄛ) ①老婦人。②丈夫的母親。

【婆婆媽媽】(ㄆㄛˊ ㄆㄛˊ ㄇㄚ ㄇㄚ) 形容說話囉嗦或做事不乾脆。(例)阿偉做事婆婆媽媽，動作慢又沒有主見。

✽老婆、巫婆、苦口婆心

娶 11/8

ㄑㄩˇ (qǔ)

(動)男子迎取女子為妻。如：娶親。

✽嫁娶、迎娶、明媒正娶

婪 11/8

ㄌㄢˊ (lán)

(動)貪心。如：貪婪。

婁 11/8

ㄌㄡˊ (lóu) (專)姓。

ㄌㄩˇ (lǚ) (副)多次。通「屢」。如：婁次。

婉 11/8 ㄨㄢˇ (wǎn)

形 1 柔順溫和。如：婉順。2 美好。如：婉麗。3 曲折；不直接。如：婉拒。

【婉約】ㄨㄢˇ ㄩㄝ 柔順溫和的樣子。例 文心的個性溫柔婉約，很好相處。

婕 11/8 ㄐㄧㄝˊ (jié)

見「婕妤」。

【婕妤】ㄐㄧㄝˊ ㄩˊ 古代女官名。漢武帝時設置。

婊 11/8 ㄅㄧㄠˇ (biǎo)

見「婊子」。

【婊子】ㄅㄧㄠˇ ㄗ˙ 指娼妓。

婦 11/8 ㄈㄨˋ (fù)

名 1 已嫁的女子。如：少婦。2 妻子。如：夫婦。3 兒子的妻子。如：媳婦。4 通稱成年女性。如：婦女。

【婦孺皆知】ㄈㄨˋ ㄖㄨˊ ㄐㄧㄝ ㄓ 比喻人人都知道。例 阿木是個婦孺皆知的大好人。

❀主婦、巧婦、孕婦

婀 11/8 ㄜ (ē)

見「婀娜」。

【婀娜】ㄜ ㄋㄨㄛˊ 1 姿態輕盈美好的樣子。2 隨風搖曳的樣子。例 向日葵在陽光下迎風婀娜，真是好看。

【婀娜多姿】ㄜ ㄋㄨㄛˊ ㄉㄨㄛ ㄗ 姿態美好的樣子。例 小春跳舞的樣子真是婀娜多姿。

娼 11/8 ㄔㄤ (chāng)

名 妓女。如：娼妓。

婢 11/8 ㄅㄧˋ (bì)

名 1古代專門讓人使喚的女子。如：婢女。2古代婦女自稱的謙詞。

✽奴婢、老婢、奴顏婢膝

婚

11/8 ㄏㄨㄣ (hūn)

名 嫁娶之事。如：婚嫁。動 結婚。如：已婚。

【婚姻】(ㄏㄨㄣ ㄧㄣ) 因兩人結婚而成立的配偶關係。

【婚禮】(ㄏㄨㄣ ㄌㄧˇ) 結婚的公開儀式。

✽新婚、訂婚、未婚

婷

12/9 ㄊㄧㄥˊ (tíng)

見「娉婷」。

婿

12/9 ㄒㄩˋ (xù)

名 1丈夫。如：夫婿。2女兒的丈夫。如：女婿。

媒

12/9 ㄇㄟˊ (méi)

名 1撮合婚姻的人。如：媒人。2居中傳播或聯繫的事物。如：媒介。動 居中傳播或聯繫。如：媒合。

【媒介】(ㄇㄟˊ ㄐㄧㄝˋ) 居中傳播、聯繫的事物。例 白線斑蚊是傳播登革熱的媒介。

【媒婆】(ㄇㄟˊ ㄆㄛˊ) 指介紹、撮合婚姻的婦人。

【媒體】(ㄇㄟˊ ㄊㄧˇ) 指大眾傳播工具。如：電視、電影、廣播、報紙、雜誌等。

✽病媒、靈媒、明媒正娶

媚

12/9 ㄇㄟˋ (mèi)

形 美好；嬌豔。如：嬌媚。動 巴結；討好。如：諂媚。

【媚眼】(ㄇㄟˋ ㄧㄢˇ) 嬌美動人的眼睛或眼神。例 那個女孩一直對我拋媚眼。

✽嫵媚、明媚、千嬌百媚

12/9
媛
ㄩㄢˊ (yuán)
㊔1美女。2婦女的美稱。如：名媛。

13/10
嫁
ㄐㄧㄚˋ (jià)
㊍1女子結婚。如：出嫁。2轉移。如：轉嫁。

【嫁禍】ㄐㄧㄚˋ ㄏㄨㄛˋ 把災禍轉移給別人。㊇小紅打破了花瓶，卻想嫁禍給我，真可惡！

【嫁雞隨雞】ㄐㄧㄚˋ ㄐㄧ ㄙㄨㄟˊ ㄐㄧ 女子無論嫁了什麼樣的丈夫，都會永遠跟隨著他。㊇古代的女子常抱著嫁雞隨雞的想法，沒有自己的主張。

❀下嫁、改嫁、為人作嫁

13/10
嫉
ㄐㄧˊ (jí)
㊍1討厭別人比自己強。如：嫉恨。2憎恨。如：嫉惡如仇。

【嫉妒】ㄐㄧˊ ㄉㄨˋ 討厭別人勝過自己。㊇志玲的美貌讓許多女性很嫉妒。

【嫉惡如仇】ㄐㄧˊ ㄜˋ ㄖㄨˊ ㄔㄡˊ 形容心地正直，不能容忍任何壞事或壞人。㊇小明的個性嫉惡如仇，難怪他想當警察。

13/10
嫌
ㄒㄧㄢˊ (xián)
㊔仇恨。如：盡釋前嫌。㊍1不滿意。如：嫌少。2討厭；厭惡。如：嫌惡。3懷疑。如：嫌疑。

【嫌棄】ㄒㄧㄢˊ ㄑㄧˋ 因為不喜歡而拋棄。㊇雖然我家的狗又老又醜，但我永遠都不會嫌棄牠。

【嫌疑】ㄒㄧㄢˊ ㄧˊ 被人懷疑做了不好的事情。㊇阿凱的錢被偷了，班上每個同學都有嫌疑。

女

女

✽罪嫌、避嫌、涉嫌

13/10
媾
ㄍㄡˋ (gòu)
媾

㊍ [1]結婚。如：婚媾。[2]人或動物雌雄交配。如：交媾。[3]和解。如：媾和。

13/10
媽
ㄇㄚ (mā)
媽

㊔ [1]母親。如：媽媽。[2]稱與母親同輩的女性尊長。如：姑媽。[3]稱中、老年的女僕。

【媽祖】ㄇㄚˇ ㄗㄨˇ 傳說宋朝人林默娘的父親出海捕魚，遇風翻船失蹤，默娘跳入海中尋父，卻不幸雙雙身亡。人們被她的孝心感動，立廟祭祀，沿海居民奉為航海的守護神。又稱「天后」、「天上聖母」、「天妃娘娘」。

✽姨媽、奶媽、婆婆媽媽

13/10
媪
ㄠˇ (ǎo)
媪

㊔ 尊稱年老的婦人。

13/10
嫂
ㄙㄠˇ (sǎo)
嫂

㊔ [1]哥哥的妻子。如：大嫂。[2]朋友的妻子。如：嫂夫人。[3]尊稱婦人。如：張嫂。

13/10
媳
ㄒㄧˊ (xí)
媳

㊔ [1]兒子的妻子。如：兒媳。[2]晚輩親屬的妻子。如：姪媳。

【媳婦】ㄒㄧˊ ㄈㄨˋ [1]妻子。[2]兒子的妻子。

✽婆媳、弟媳、童養媳

13/10 **媲** ㄆㄧˋ (pì) 媲

動 比得上。如：媲美。

【媲美 ㄆㄧˋ ㄇㄟˇ】同樣美好。例 媽媽的手藝足以媲美五星級飯店的大廚。

14/11 **嫡** ㄉㄧˊ (dí) 嫡 嫡

名 1正妻；元配。如：嫡室。2正妻所生的孩子。與「庶」相對。如：嫡子。形 正統的；正宗的。如：嫡傳。

【嫡長子 ㄉㄧˊ ㄓㄤˇ ㄗˇ】正妻所生的第一個兒子。

14/11 **嫣** ㄧㄢ (yān) 嫣 嫣

形 1豔麗的。如：奼紫嫣紅。2嫵媚微笑的樣子。如：嫣然一笑。

【嫣然一笑 ㄧㄢ ㄖㄢˊ ㄧ ㄒㄧㄠˋ】形容女子甜美嫵媚的笑容。例 女主角回頭嫣然一笑，把臺下的觀眾都迷住了。

14/11 **嫗** ㄩˋ (yù) 嫗 嫗

名 通稱婦女。如：老嫗。

14/11 **嫩** ㄋㄣˋ (nèn) 嫩 嫩

形 1初生柔弱的。如：嫩草。2柔軟的。如：細皮嫩肉。3不硬的；容易咀嚼的。如：這塊肉煮得很嫩。副 顏色淡薄的。如：嫩綠。

【嫩芽 ㄋㄣˋ ㄧㄚˊ】剛長出的新芽。

❀柔嫩、嬌嫩、鮮嫩

14/11 **嫖** ㄆㄧㄠˊ (piáo) 動 玩弄妓女。如：嫖

妓。

ㄆㄧㄠ (piāo) 形 輕快的；敏捷的。如：嫖姚。

14/11

嫦

ㄔㄤˊ (cháng)

見「嫦娥」。

【嫦娥】ㄔㄤˊ ㄜˊ 傳說中后羿的妻子。后羿從西王母那裡得到長生不死的藥，嫦娥偷吃後就奔向了月宮。

14/11

嫘

ㄌㄟˊ (léi)

見「嫘祖」。

【嫘祖】ㄌㄟˊ ㄗㄨˇ 黃帝的妻子。傳說中最早教人民養蠶的人。

15/12

嬉

ㄒㄧ (xī)

動 遊戲；玩樂。如：嬉戲。

【嬉鬧】ㄒㄧ ㄋㄠˋ 嬉笑吵鬧。例 在圖書館裡要保持安靜，不可嬉鬧。

【嬉戲】ㄒㄧ ㄒㄧˋ 遊戲；玩耍。例 在馬路旁嬉戲是很危險的。

【嬉皮笑臉】ㄒㄧ ㄆㄧˊ ㄒㄧㄠˋ ㄌㄧㄢˇ 形容耍賴而不莊重的樣子。也作「嘻皮笑臉」。例 自然課時，大家都認真做實驗，只有他嬉皮笑臉的到處找人聊天。近 油腔滑調。反 一本正經。

15/12

嫻

ㄒㄧㄢˊ (xián)

形 ①文靜的。如：嫻淑。②熟練的。如：嫻習。

【嫻熟】ㄒㄧㄢˊ ㄕㄡˊ 熟練。例 宜生是籃球隊的主將，運球和傳球的技巧都很嫻熟。

15/12

嬋

ㄔㄢˊ (chán)

見「嬋娟」。

【嬋娟】(ㄔㄢˊ ㄐㄩㄢ) 1形容女子姿態美好。也借指美女。2指月亮。

嫵

15/12

ㄨˇ (wǔ)

(形)嫵美的。如：嫵媚。

【嫵媚】(ㄨˇ ㄇㄟˋ) 姿態嬌柔的樣子。(例)小英照相時擺出許多嫵媚的姿勢。

嬌

15/12

ㄐㄧㄠ (jiāo)

(名)柔美可愛的姿態。如：撒嬌。(形)柔媚可愛。如：嬌妻。(副)過分寵愛的。如：嬌生慣養。

【嬌羞】(ㄐㄧㄠ ㄒㄧㄡ) 形容女子害羞可愛的樣子。(例)因為老師的誇讚，使小喬嬌羞的低下頭去。

【嬌豔】(ㄐㄧㄠ ㄧㄢˋ) 嬌美豔麗。(例)這朵玫瑰花開得非常嬌豔。

【嬌滴滴】(ㄐㄧㄠ ㄉㄧ ㄉㄧ) 嬌弱可愛的樣子。(例)小敏嬌滴滴的模樣讓人憐愛。

【嬌小玲瓏】(ㄐㄧㄠ ㄒㄧㄠˇ ㄌㄧㄥˊ ㄌㄨㄥˊ) 小巧可愛的樣子。(例)這個娃娃嬌小玲瓏，非常可愛。

【嬌生慣養】(ㄐㄧㄠ ㄕㄥ ㄍㄨㄢˋ ㄧㄤˇ) 從小受到過分的照顧而不能吃苦。(例)小雪從小嬌生慣養，因此養成了任性的個性。

(近)養尊處優。(反)吃苦耐勞。

❀千嬌百媚、金屋藏嬌

嬴

16/13

ㄧㄥˊ (yíng)

(形)有餘的。通「贏」。如：嬴餘。

嬝

16/13

ㄋㄧㄠˇ (niǎo)

(形)纖細柔弱的樣子。如：嬝娜。

【嬝嬝】(ㄋㄧㄠˇ ㄋㄧㄠˇ) 1體態輕盈柔美的樣子。(例)有位長相美麗的女子嬝嬝的

女

走過來。②形容樂音悠揚。例回到家中聽見樂音嬝嬝，想必是妹妹正在練琴。

17/14
嬰
ㄧㄥ (yīng)

名 出生不久的小孩。如：嬰兒。

❀育嬰、棄嬰、連體嬰

17/14
嬪
ㄆㄧㄣˊ (pín)

名 皇帝的妻妾。也泛指宮中女官。如：嬪妃。

17/14
嬤
ㄇㄚ (mā)

見「嬤嬤」。

【嬤嬤】ㄇㄚ ˙ㄇㄚ ①媽媽。②稱年老的婦人。③尊稱奶媽。

18/15
嬸
ㄕㄣˇ (shěn)

名 ①叔父的妻子。如：嬸嬸。②尊稱已結過婚的女性長輩。如：大嬸。③稱丈夫弟弟的妻子。如：小嬸。

20/17
孀
ㄕㄨㄤ (shuāng)

名 寡婦。如：遺孀。

【孀居】ㄕㄨㄤ ㄐㄩ 守寡。例自從丈夫過世後，張伯母已經孀居十幾年了。

子部 ㄗˇ

子 3/0

ㄗˇ (zǐ)

ㄱ 了 子

名 1 小孩；兒女。如：子孫滿堂。2 指兒子。如：長子。3 植物的種子或動物的卵。如：瓜子。4 人的通稱。如：學子。5 對有學問、品行高尚男子的尊稱。如：孔子。6 地支的第一位。7 時辰名。指晚上十一點到凌晨一點。8 夫妻之間的相互稱呼。如：外子。

辨析 子，當作名詞詞尾時，通常會念作輕聲·ㄗ，如：桌子、梳子。

【子夜】(ㄗˇ ㄧㄝˋ) 指晚上十一點到凌晨一點的時間。也可泛指半夜或深夜。

【子孫】(ㄗˇ ㄙㄨㄣ) 指後代。

【子宮】(ㄗˇ ㄍㄨㄥ) 雌性哺乳動物的生殖器官。人的子宮在骨盆腔中，形狀像梨子，是胎兒發育成長的地方。

【子彈】(ㄗˇ ㄉㄢˋ) 槍炮所發射的彈丸。

【子虛烏有】(ㄗˇ ㄒㄩ ㄨ ㄧㄡˇ) 比喻現實生活中完全不存在的人、事、物。例 這則新聞完全是子虛烏有，不值得相信。

❀君子、獨子、天之驕子

孑 3/0

ㄐㄧㄝˊ (jié)

ㄱ 了 孑

形 孤單的。如：孑然。

【孑孓】(ㄐㄧㄝˊ ㄐㄩㄝˊ) 蚊子的幼蟲。

【孑然一身】(ㄐㄧㄝˊ ㄖㄢˊ ㄧˋ ㄕㄣ) 只有孤單的一個人。例 他的家人都已經移民美國，只有他孑然一身留在臺灣。近 孤苦伶仃。

子

子

3/0
孓 ㄐㄩㄝˊ (jué) ㇇ 了 孓

見「孑孓」。

4/1
孔 ㄎㄨㄥˇ (kǒng) ㇇ 了 子 孔

名 1 小洞。如：毛孔。2 孔子的簡稱。如：孔孟思想。

【孔子 ㄎㄨㄥˇ ㄗˇ】（前551－前479）春秋時期魯國人。名丘，字仲尼。曾在魯國當官，因不受重用，所以帶著弟子周遊列國十四年，卻依然無法施展抱負，便於六十八歲時返回魯國，著手修訂詩、書、禮、樂、易等經典，並作春秋。孔子的思想以「仁」為中心，最大的成就在教育方面，被後人尊為「至聖先師」。

【孔雀 ㄎㄨㄥˇ ㄑㄩㄝˋ】鳥類。雄鳥有很長的尾羽，上面有藍色、金色環狀如眼睛般的花紋，在求偶時會將尾羽張開呈扇形，鮮豔美麗；雌鳥褐色，尾短。

【孔武有力 ㄎㄨㄥˇ ㄨˇ ㄧㄡˇ ㄌㄧˋ】形容人勇敢而力氣大。例 他體型高大、孔武有力，很適合當警察。反 弱不禁風。

❋瞳孔、無孔不入、七孔生煙

5/2
孕 ㄩㄣˋ (yùn) ㇓ 乃 乃 孕 孕

動 1 懷胎。如：孕育。2 包含。如：孕含。

【孕育 ㄩㄣˋ ㄩˋ】懷胎生育。後也指培養、發展某件事物。例 阿姨肚子裡正孕育著一個小生命。

❋不孕、受孕、懷孕

6/3
字 ㄗˋ (zì) 丶 丶 宀 宀 字 字

名 1 記錄語言的符號。如：文字。2 別名。如：名字。3 發出的字音。如：字正腔圓。4 憑據。如：字據。

【字典 ㄗˋ ㄉㄧㄢˇ】用來查閱字音、字形、字義的工具書。

【字彙】ㄗˋ ㄏㄨㄟˋ 單字、語詞。

【字裡行間】ㄗˋ ㄌㄧˇ ㄏㄤˊ ㄐㄧㄢ 字句之間。亦指文章所表現出的思想感情。例這封信字裡行間透出深深的歉意。

✽國字、別字、白紙黑字

存 6/3 ㄘㄨㄣˊ (cún) 一ナ才존存存

形餘留的；保留的。如：存貨。動 1在世；活著。如：存活。2儲蓄；置放。如：存款。3懷有。如：存心。

【存心】ㄘㄨㄣˊ ㄒㄧㄣ 心中預先就有的想法。例這個壞人存心不良，想要欺騙小雄。近居心。

【存款】ㄘㄨㄣˊ ㄎㄨㄢˇ 1把錢存入金融機構。2存在金融機構的錢。

【存摺】ㄘㄨㄣˊ ㄓㄜˊ 金融機構發給存戶，用來記錄存款、提款明細的簿子。

【存檔】ㄘㄨㄣˊ ㄉㄤˋ 保存下來作為檔案。例阿財先將重要的資料存檔，然後才外出吃飯。

✽倖存、殘存、生存

孝 7/4 ㄒㄧㄠˋ (xiào) 一十土耂考孝

名 1居喪時所要遵守的禮節。如：守孝。2服喪時所穿的衣服。如：披麻戴孝。動盡心奉養父母。如：孝順。

【孝悌】ㄒㄧㄠˋ ㄊㄧˋ 孝順父母，友愛兄弟。

【孝順】ㄒㄧㄠˋ ㄕㄨㄣˋ 奉養、尊敬、順從父母。例小善是個很孝順的孩子。

✽父慈子孝、忠孝兩全

孜 7/4 ㄗ (zī) 了子孑孑孜孜

見「孜孜」。

【孜孜】ㄗ ㄗ 勤奮而不感到疲倦。例大丙孜孜求學的精神令人敬佩。

子

7/4
孚 ㄈㄨˊ (fú)

(名)信用。如：孚信。(動)使人相信。如：孚眾望。

8/5
孟 ㄇㄥˋ (mèng)

(名)孟子或孟子一書的簡稱。(形)[1]兄弟姐妹中，排行最大的。如：孟兄。[2]指四季中，每季的第一個月。如：孟春。[3]輕率的；魯莽的。如：孟浪。

【孟子】ㄇㄥˋ ㄗˇ [1]（前372—前289）戰國時期鄒國人。名軻，字子輿。主張人性本善，並提倡王道、仁政、民貴君輕等思想。後世尊稱為「亞聖」。[2]記載孟子言論和思想的書。

【孟母三遷】ㄇㄥˋ ㄇㄨˇ ㄙㄢ ㄑㄧㄢ 孟子的母親為了給他良好的學習環境，搬了三次家。常用來強調母親對孩子的教育，或說明環境教育的重要。

8/5
孢 ㄅㄠ (bāo)

見「孢子」。

【孢子】ㄅㄠ ㄗˇ 低等生物用以繁殖的生殖細胞。

8/5
孤 ㄍㄨ (gū)

(名)指幼年時父親去世或父母雙亡的人。如：孤兒。(形)[1]單獨的。如：孤獨。[2]特出的；怪異的。如：孤僻。

【孤立】ㄍㄨ ㄌㄧˋ 使孤獨無助。(例)阿榮因為喜歡向老師打小報告，所以被班上的同學孤立了。

【孤單】ㄍㄨ ㄉㄢ 自己一個人，沒有依靠。(例)自從哥哥去臺北讀書以後，我常覺得很孤單。

【孤僻】ㄍㄨ ㄆㄧˋ 性情怪異，難與人相處。(例)阿玲個性孤僻，許多同學都不想接近她。

【孤軍奮戰】ㄍㄨ ㄐㄩㄣ ㄈㄣˋ ㄓㄢˋ 比喻一個人獨自奮鬥而沒有人幫助。例這場比賽光靠你一個人孤軍奮戰是不夠的，一定得和隊友合作才行。

【孤陋寡聞】ㄍㄨ ㄌㄡˋ ㄍㄨㄚˇ ㄨㄣˊ 形容學問淺薄，見識不廣。例有些人孤陋寡聞，卻偏偏喜歡指導別人，實在令人討厭！反博學多聞。

❀託孤、遺孤、一意孤行

8/5
季 ㄐㄧˋ (jì)

季 筆順：一 二 千 禾 禾 季 季

名時期。如：雨季。形1兄弟姐妹中，排行最小的。如：季子。2第三的。如：季軍。3指四季中，每季的最後一個月。量計算時間的單位。三個月為一季。

【季軍】ㄐㄧˋ ㄐㄩㄣ 比賽中的第三名。

【季節】ㄐㄧˋ ㄐㄧㄝˊ 1春、夏、秋、冬四季的統稱。2某一段特殊的時期。例現在是陽明山櫻花盛開的季節。

❀花季、旺季、換季

9/6
孩 ㄏㄞˊ (hái)

孩 筆順：了 孑 孑 孒 孩 孩 孩

名1幼童。如：孩童。2泛指子女。如：孩子。

【孩子氣】ㄏㄞˊ ˙ㄗ ㄑㄧˋ 成年人仍然有孩子般的天真。例竹竹已經二十幾歲了，說話還是很孩子氣。

❀嬰孩、小孩、女孩

10/7
孫 ㄙㄨㄣ (sūn)

孫 筆順：了 孑 孑 孒 孫 孫 孫 孫

名1子女的子女。如：孫女。2泛指孫子以下的後代。如：曾孫。

【孫子】一ㄙㄨㄣ ˙ㄗ 子女的子女。二ㄙㄨㄣ ㄗˇ 春秋時期齊國人。名武。擅長用兵，著有孫子兵法。內容記載各種軍事作戰策略，是中國現存最早的兵書。

【孫中山】(1866—1925)廣東香山人。名文，號逸仙，又稱「中山先生」。香港西醫書院畢業，一生致力於國民革命，推翻滿清，建立中華民國。曾創立三民主義、五權憲法，作為建國的最高原則。被尊為中華民國國父。

❀兒孫、外孫、含飴弄孫

11/8
孰

ㄕㄨˊ (shú)

筆順：亠 亠 亠 古 古 亨 亨 亨 享 孰 孰

㊹誰。如：孰是孰非。

【孰是孰非】誰對誰錯。㊺這件事非常複雜，很難判斷孰是孰非。

12/9
孶

ㄗ (zī)

筆順：丶 丷 丷 丷 丷 玄 玆 玆 玆 孶 孶 孶

㊼生長；繁殖。通「滋」。如：孶生。㊽不懈怠；不休息。通「孜」。如：孶孶。

【孶生】繁殖生長。也作「滋生」。㊺夏天到了，如果不經常打掃環境，就很容易孶生蚊蟲。

12/9
孱

ㄔㄢˊ (chán)

筆順：乛 コ 尸 尸 尸 尸 孱 孱 孱 孱 孱 孱

㊾虛弱的；衰弱的。如：孱弱。

14/11
孵

ㄈㄨ (fū)

筆順：丿 ⺁ ⺁ 卯 卯 卯 卯 卵 卵 卵 卵 孵 孵 孵

㊼卵生動物使卵成熟到化出幼兒，或以人工方法使卵發育成形的過程。如：孵蛋。

【孵化】卵生動物的卵在一定溫度或條件下，長成幼蟲或小動物的過程。

16/13
學

ㄒㄩㄝˊ (xué)

筆順：丶 ⺊ ⺊ ⺊ ⺊ ⺊ 𦥑 𦥑 𦥑 𦥑 𦥑 𦥯 𦥯 學 學 學

㊿①教學的地方。如：學校。②有系統、條理的專門知識。如：哲學。

㊎形 有專門知識的。如：學者。㊀動 1 模仿；效法。如：學狗叫。2 接受教育、獲得知識。如：學習。

【學位】ㄒㄩㄝˊ ㄨㄟˋ 大學院校所頒授的學術頭銜。有學士、碩士、博士三級。

【學者】ㄒㄩㄝˊ ㄓㄜˇ 在學術上有成就的人。

【學科】ㄒㄩㄝˊ ㄎㄜ 學術的科目類別。如：國文、英文、數學等。

【學問】ㄒㄩㄝˊ ㄨㄣˋ 有系統的知識。例 哲學是一門很深奧的學問。

【學習】ㄒㄩㄝˊ ㄒㄧˊ 獲得知識、技能。例 小莉正在學習芭蕾舞。

【學歷】ㄒㄩㄝˊ ㄌㄧˋ 指曾經就學的學校及所獲得的學位。

【學以致用】ㄒㄩㄝˊ ㄧˇ ㄓˋ ㄩㄥˋ 將所學的知識應用到實際生活中。例 我們要能夠學以致用，才不會變成只會讀書的書呆子。反 學非所用。

【學富五車】ㄒㄩㄝˊ ㄈㄨˋ ㄨˇ ㄐㄩ 形容一個人非常有學問。例 孫伯伯學富五車，大家遇到困難的問題時，都會去請教他。

【學無止境】ㄒㄩㄝˊ ㄨˊ ㄓˇ ㄐㄧㄥˋ 指研究學問永遠沒有終止的時候。例 學無止境，活到老可以學到老。

✽入學、留學、輟學

17/14

孺

ㄖㄨˊ (rú)

名 幼兒。如：婦孺。動 親近愛慕。如：孺慕。

【孺子可教】ㄖㄨˊ ㄗˇ ㄎㄜˇ ㄐㄧㄠˋ 稱讚很有潛力、可以造就的孩子。例 老師一解釋你就能馬上理解，而且還可以舉出其他例子，真是孺子可教啊！

20/17

孽

ㄋㄧㄝˋ (niè)

子

名 1 妾所生的兒子。如：孽子。2 災害；禍害。如：作孽。3 怪異、會害人的東西。如：妖孽。

孿 22/19 ㄌㄨㄢˊ (luán) 、 亠 亡 言 言 言 結 結 結 結 結 結 結 絲 絲 絲 絲 絲 孿 孿 孿

名 一胎雙生。

【孿生】ㄌㄨㄢˊ ㄕㄥ 雙胞胎。例 這對孿生姐妹長得幾乎一模一樣。

宀 ㄇㄧㄢˊ 部

它 5/2 ㄊㄚ (tā) 、 宀 宀 宀 它

代 第三人稱代名詞。用來指非生物。形 不同的；別的。如：它物。

宇 6/3 ㄩˇ (yǔ) 、 宀 宀 宀 宇 宇

名 1 屋簷。如：宇下。2 房屋。如：屋宇。3 上下四方的空間。如：宇宙。4 人的儀表、度量、氣概。如：器宇。

【宇宙】ㄩˇ ㄓㄡˋ 空間與時間的總稱。無論在時間還是空間上都是無限的。近 天地；寰宇。

✽廟宇、殿宇、眉宇

守 6/3 ㄕㄡˇ (shǒu) 、 宀 宀 宀 守 守

名 1 職位。如：職守。2 古代官名。如：太守。3 品行。如：操守。動 1 保持。如：守信。2 防衛。如：防守。3 看管。如：看守。4 遵行。如：守法。5 等待。如：守候。

【守法】ㄕㄡˇ ㄈㄚˇ 遵行法律和法規。例 過馬路時，紅燈停、綠燈行，才是守法的好孩子。反 違法。

【守信】ㄕㄡˇ ㄒㄧㄣˋ 遵守諾言。例 做人要守信，答應的事要盡力去做到。反

背信。

【守時】（ㄕㄡˇ ㄕˊ）遵守約定或規定的時間。例我們要養成守時的好習慣。

【守衛】（ㄕㄡˇ ㄨㄟˋ）①防守保衛。例小狗汪汪多年來一直守衛著我們家。②看守保衛的人。近警衛。

【守口如瓶】（ㄕㄡˇ ㄎㄡˇ ㄖㄨˊ ㄆㄧㄥˊ）緊守祕密，不告訴別人。例這件事關係重大，請你一定要守口如瓶。近三緘其口。

【守株待兔】（ㄕㄡˇ ㄓㄨ ㄉㄞˋ ㄊㄨˋ）比喻妄想不努力就能得到好處，或固執自己的想法，不知道變通。例如果只是守株待兔而不主動出擊，必定會錯過許多可以成功的機會。

辨析 古時候宋國有個農夫，某天到田裡耕作時，看見一隻兔子誤撞大樹而死，於是他便整天守在樹旁，希望再等到別的兔子。結果日子一天天過去，不但沒有等到兔子，田地也因此荒廢了。這便是「守株待兔」這則成語的由來。

【守望相助】（ㄕㄡˇ ㄨㄤˋ ㄒㄧㄤ ㄓㄨˋ）鄰居之間互相幫助，以防備小偷和意外災害。例我們平時應發揮守望相助的精神，並和鄰居多多來往。

✽堅守、駐守、把守

6/3

安 ㄢ (ān)

丶 丶 宀 宀 安 安

名①平靜、穩定、舒適的狀況或環境。如：居安思危。②身體健康。如：請安。形①平靜的；寧靜的。如：坐立不安。②穩定的。如：安定。動①設置；處理。如：安裝。②使穩定。如：除暴安良。③存著；懷著。如：不安好心。④滿足；樂意。如：安貧樂道。

【安心】（ㄢ ㄒㄧㄣ）放心。例把小弟獨自留在家中，我實在不安心。

【安全】（ㄢ ㄑㄩㄢˊ）平安；沒有危險。例過馬路要注意安全。

宀

【安排】(ㄢ ㄆㄞˊ) 計劃；處理。例今年過年，爸爸安排了一趟三天兩夜的旅行。

【安裝】(ㄢ ㄓㄨㄤ) 裝置。例自從教室安裝冷氣機後，同學們就不再喊熱了。

【安詳】(ㄢ ㄒㄧㄤˊ) 不受打擾，悠閒平和的樣子。例寶寶在床上睡得很安詳。

【安慰】(ㄢ ㄨㄟˋ) ①安撫慰問。例看妮妮哭得那麼傷心，大家趕緊安慰她。②內心感到欣慰，沒有遺憾。例看到姐姐今天的成就，爸媽都覺得很安慰。近欣慰。

【安撫】(ㄢ ㄈㄨˇ) 安頓撫慰。例妹妹一發脾氣就大聲哭鬧，誰都無法安撫。

【安靜】(ㄢ ㄐㄧㄥˋ) 沒有聲音。例鄉下地方一到晚上，四周就變得很安靜。

【安分守己】(ㄢ ㄈㄣˋ ㄕㄡˇ ㄐㄧˇ) 守本分、守規矩，不做不應該做的事。例小鳳為人一向安分守己，所以這件事絕對不可能是她做的。近循規蹈矩。

【安居樂業】(ㄢ ㄐㄩ ㄌㄜˋ ㄧㄝˋ) 安定的生活，快樂的工作。例在這個村子裡，人人安居樂業，過著幸福的生活。

✽問安、治安、動盪不安

6/3

宅 ㄓㄞˊ (zhái)

、 丶 宀 宀 宀 宅

名①住的地方。如：住宅。②墳墓。如：陰宅。動存著；懷著。如：宅心仁厚。

【宅心仁厚】(ㄓㄞˊ ㄒㄧㄣ ㄖㄣˊ ㄏㄡˋ) 心地仁慈寬厚。例李爺爺宅心仁厚，經常幫助貧苦人家。

✽田宅、私宅、國宅

7/4

完 ㄨㄢˊ (wán)

、 丶 宀 宀 宀 宀 完

形①齊全的。如：完整。②堅固的。如：完固。動事情做好了。如：完成。副①盡；沒有了。如：用完。②失敗。如：完了。

【完全】ㄨㄢˊ ㄑㄩㄢˊ ①全部。例我完全相信小杉所說的話。②全然。例阿宗完全沒想到，這次數學測驗竟然考不及格。

【完美】ㄨㄢˊ ㄇㄟˇ 美好而毫無缺點。例每個人都有缺點，沒有人是完美的。

【完畢】ㄨㄢˊ ㄅㄧˋ 結束；了結。例大同已經將所有事情都處理完畢了。

【完整】ㄨㄢˊ ㄓㄥˇ 沒有殘缺。例這幅明朝的山水畫還保存得很完整。

【完璧歸趙】ㄨㄢˊ ㄅㄧˋ ㄍㄨㄟ ㄓㄠˋ 比喻將物品完整的還給原來的主人。例阿丁向我借了一個多月的漫畫書，昨天終於完璧歸趙了。近物歸原主。

辨析 戰國時，秦王想要得到趙國的「和氏璧」，便欺騙趙國說願意以十五座城池來作交換；但當趙國的使者藺相如送璧玉去秦國時，發現秦王並不想遵守約定，於是他便想辦法取回璧玉，完整的送回趙國。璧，一種玉製的禮器，也是玉的通稱。小心不要寫成牆壁的「壁」。

✽沒完沒了、體無完膚

宋 7/4

ㄙㄨㄥˋ (sòng) 宋

丶 丶 宀 宀 宋 宋

專①國名。春秋時重要國家之一，戰國時被齊所滅。②朝代名。(1)(420—479)由劉裕所建，首都建康，史稱「劉宋」。(2)(960—1279)由趙匡胤所建，分為北宋（首都汴京）及南宋（首都臨安），史稱「趙宋」。

宏 7/4

ㄏㄨㄥˊ (hóng) 宏

丶 丶 宀 宀 宏 宏

形巨大；廣大。如：宏圖。動使其廣大；發揚。如：宏揚。

【宏亮】ㄏㄨㄥˊ ㄌㄧㄤˋ 聲音大而響亮。例爸爸的聲音很宏亮。

【宏偉】ㄏㄨㄥˊ ㄨㄟˇ 高大雄偉。例這間廟看起來非常宏偉。

宀

【宏揚】(ㄏㄨㄥˊ ㄧㄤˊ) 宣揚使大家都知道。例老師父雖然行動不便，卻依然堅持四處宏揚佛法。

辨析 「宏」、「弘」、「洪」都有「大」的意思，所以也可用「弘揚」、「洪亮」等。

宗 8/5

ㄗㄨㄥ (zōng) 宗宗 丶 丶 宀 宀 宇 宇

名 1祖先。如：祖宗。2同姓；同一祖先的家族。如：同宗。3派別。如：正宗。形 根本的；主要的。如：宗旨。量 計算大筆金錢或物資的單位。如：一宗貨物。

【宗旨】(ㄗㄨㄥ ㄓˇ) 主要的意旨。例這篇文章的宗旨是「助人為快樂之本」。

【宗祠】(ㄗㄨㄥ ㄘˊ) 同族的人祭拜祖先的祠堂。

【宗教】(ㄗㄨㄥ ㄐㄧㄠˋ) 運用人類對宇宙、人生的神祕所產生的恐怖、希望等心理，而創立具有教化作用、使人們心靈可以寄託的一種信仰。

※教宗、認祖歸宗、光宗耀祖

定 8/5

ㄉㄧㄥˋ (dìng) 定定 丶 丶 宀 宀 宀 宀

形 1規定的。如：定量。2不變的。如：定義。3不能移動的。如：定產。動 1使安寧；使平息。如：平定。2使確定。如：決定。3訂立。如：定約。4使固定。如：定型。副 必然。如：一定。

【定居】(ㄉㄧㄥˋ ㄐㄩ) 在一個地方長久居住下來。

【定型】(ㄉㄧㄥˋ ㄒㄧㄥˊ) 人事物的外觀、特點逐漸形成且固定下來。例小明叛逆的性格已經定型了，你很難改變他。

【定律】(ㄉㄧㄥˋ ㄌㄩˋ) 確定不變的規律。例四季的交替是大自然不變的定律。

【定義】(ㄉㄧㄥˋ ㄧˋ) 正確的意思。指對事物的本質或內容所作的說明或解釋。

【定奪】(ㄉㄧㄥˋ ㄉㄨㄛˊ) 決定。例 家族中的重大事務，都由爺爺定奪。

❋鑑定、必定、舉棋不定

8/5

宕

ㄉㄤˋ (dàng) 宕宕

形 不受拘束的。如：跌宕。動 拖延。如：延宕。

8/5

宜

ㄧˊ (yí) 宜宜

名 事情。如：事宜。形 合適的；應該的。如：適宜。動 相合；適合。如：宜室宜家。副 應當。如：不宜如此。

【宜人】(ㄧˊ ㄖㄣˊ) 適合人的心意。例 公園裡草木茂盛，風景宜人。

【宜室宜家】(ㄧˊ ㄕˋ ㄧˊ ㄐㄧㄚ) 形容女子出嫁後，能使家庭和睦。常作為祝賀人家嫁女兒的用詞。例 阿如溫柔賢慧，一定是個宜室宜家的好媳婦。

❋便宜、權宜、不合時宜

8/5

官

ㄍㄨㄢ (guān) 官官

名 1在政府機關執行公務的人員。如：官員。2政府。如：官府。3生物體的器官。如：五官。

【官司】(ㄍㄨㄢ ㄙ) 訴訟；一方控告一方或雙方互相控告的過程。例 他們兩人為了這塊土地，正在打官司。

【官僚】(ㄍㄨㄢ ㄌㄧㄠˊ) 原指官員，後也泛指政府官員敷衍應付，忽略人民權益的態度。例 那個公務員的官僚作風，令許多民眾感到不滿。

【官職】(ㄍㄨㄢ ㄓˊ) 官員的職位。

❋法官、軍官、長官

8/5

宙

ㄓㄡˋ (zhòu) 宙宙

名 時間的總稱。過去、現在和未來。如：宇宙。

宛 8/5

丶 丷 宀 宂 宆 宆 宛

ㄨㄢˇ (wǎn) 形 屈曲；不直接。如：宛轉。副 好像；似乎。如：宛若。

ㄩㄢ (yuān) 專 漢朝時西域國名。如：大宛。

【宛如】ㄨㄢˇ ㄖㄨˊ 似乎；好像。例 小丸宛如蛟龍一般，在水中自在的游著。

宣 9/6

ㄒㄩㄢ (xuān) 丶 丷 宀 宀 宁 宁 宣 宣 宣

動 1公開告示。如：宣布。2擴大；發揚。如：宣傳。3散發。如：宣洩。

【宣布】ㄒㄩㄢ ㄅㄨˋ 公開讓大家知道。例 老師剛剛宣布，下星期日將舉行家長座談會。

【宣洩】ㄒㄩㄢ ㄒㄧㄝˋ 也作「宣泄」。1發洩；抒發情緒。例 我們要適時的把情緒宣洩出來，不要悶在心裡。2疏通；排放。例 要先把水溝裡的髒東西清除，積水才能宣洩出去。

【宣揚】ㄒㄩㄢ ㄧㄤˊ 傳播給大家知道。例 這件丟臉的事，不要再到處宣揚了。

【宣傳】ㄒㄩㄢ ㄔㄨㄢˊ 用文字、語言、圖畫或歌曲，向大家傳達訊息。例 經過報紙的宣傳，看戲的人頓時多了一倍。

【宣導】ㄒㄩㄢ ㄉㄠˇ 宣傳倡導。例 政府積極宣導垃圾減量的政策。

【宣戰】ㄒㄩㄢ ㄓㄢˋ 宣布與敵方進入戰爭狀態。例 這兩個國家已經正式宣戰，隨時都有可能打起來。

✽文宣、心照不宣、不可言宣

宦 9/6

ㄏㄨㄢˋ (huàn) 丶 丷 宀 宀 宁 宁 宁 宦

名 1官員；官吏。如：群宦。2太監。如：宦官。動 做官。如：仕宦。

【宦官】ㄏㄨㄢˋ ㄍㄨㄢ 即「太監」。

9/6 **室** ㄕˋ (shì) 丶丶宀宀宀宀宝室室

㊔①房間。如：寢室。②妻子。如：家室。③機關裡的工作單位名。如：人事室。

【室友】住在同一個房間，不具有親屬關係的人。

❀王室、地下室、引狼入室

9/6 **宥** ㄧㄡˋ (yòu) 丶丶宀宀宀宀宥宥宥

㊍原諒。如：寬宥。

9/6 **客** ㄎㄜˋ (kè) 丶丶宀宀宀宂客客客

㊔外來的人。與「主」相對。如：賓客。㊒外來的；寄居在外的。如：客居。㊖計算論份出售之食品的單位。如：一客牛排。

【客戶】顧客。㊕何先生是我們公司的客戶。

【客氣】謙虛有禮貌的樣子。㊕老闆客氣的招呼我進去店裡坐。

【客廳】招待客人的大房間。

【客觀】觀察、評論事物時，不因為自己的喜歡或厭惡而影響看法。㊕擔任任何比賽的評審，一定要把握客觀公正的原則。㊎主觀。

❀乘客、觀光客、不速之客

10/7 **宰** ㄗㄞˇ (zǎi) 丶丶宀宀宀宀宰宰宰宰

㊔官名。如：宰相。㊍①治理。如：主宰。②屠殺。如：宰牛。

【宰相】古代官名。是輔助皇帝、統領百官、處理政務的最高行政長官。

【宰割】①殺掉並分割。㊕獵人們將捕獲的山豬宰割，和親朋好友共同分享。②比喻控制、欺負。㊕對手的實力太強了，整場比賽我

宀

們只能任人宰割。

宸 10/7 ㄔㄣˊ (chén) 丶 丶 宀 宀 户 户 户 宸 宸 宸

(名)帝王居住的地方。也用來借指帝王。

家 10/7 ㄐㄧㄚ (jiā) 丶 丶 宀 宀 宀 宁 宇 家 家 家

(名)①住的地方。如：民家。②由血緣或婚姻關係所組成的社會團體。如：家庭。③有專門技術或學問的人。如：科學家。④學術的派別。如：儒家。⑤經營某種行業或具有某種身分的人。如：農家。(形)①屬於家庭的。如：家務。②謙稱自己的親長。如：家兄。(量)計算店鋪、工廠、公司等的單位。如：一家麵包店。

【家世】ㄐㄧㄚ ㄕˋ 人的出身背景。(例)這家公司喜歡錄用家世清白的青年。

【家用】ㄐㄧㄚ ㄩㄥˋ 家庭的支出費用。(例)為貼補家用，姐姐利用暑假去打工。

【家事】ㄐㄧㄚ ㄕˋ 家中的事務。如：洗衣服、掃地等。

【家具】ㄐㄧㄚ ㄐㄩˋ 家中日常使用的器具。如：冰箱、沙發等。

【家計】ㄐㄧㄚ ㄐㄧˋ 家庭的生計；維持家庭生活的方法、能力。(例)爸爸靠著替人修理電腦來維持家計。

【家教】ㄐㄧㄚ ㄐㄧㄠˋ ①家庭教育。(例)小愛的家教很好，大家都很稱讚她。②家庭教師。

【家族】ㄐㄧㄚ ㄗㄨˊ 有相同血統或以婚姻方式形成的一種社會組織。

【家鄉】ㄐㄧㄚ ㄒㄧㄤ 故鄉；出生或小時候居住的地方。(近)故里。

【家境】ㄐㄧㄚ ㄐㄧㄥˇ 家中的經濟狀況。(例)阿杜家境不好，靠許多人的幫助才能完成學業。

【家屬】(ㄐㄧㄚ ㄕㄨˇ) 家人；家中的親屬。

【家喻戶曉】(ㄐㄧㄚ ㄩˋ ㄏㄨˋ ㄒㄧㄠˇ) 形容大家都知道。例這首歌家喻戶曉，每個人都會唱。反沒沒無聞。

❀回家、搬家、大家

宵 10/7

ㄒㄧㄠ (xiāo)

名晚上。如：良宵。形微小；細小。通「小」。如：宵民。

【宵小】(ㄒㄧㄠ ㄒㄧㄠˇ) 盜賊；小偷。例這附近有宵小出沒，晚上要多注意門戶。

【宵夜】(ㄒㄧㄠ ㄧㄝˋ) 夜晚所吃的點心。也作「消夜」。

❀通宵、元宵、春宵

宴 10/7

ㄧㄢˋ (yàn)

名準備菜餚招待賓客的聚會。如：喜宴。動用酒食招待客人。如：宴客。

【宴席】(ㄧㄢˋ ㄒㄧˊ) 招待賓客的酒席。

【宴會】(ㄧㄢˋ ㄏㄨㄟˋ) 準備酒菜招待賓客的聚會。

❀酒宴、盛宴、婚宴

宮 10/7

ㄍㄨㄥ (gōng)

名①房屋的通稱。如：宮室。②專指帝王居住的地方。如：皇宮。③神廟；道觀。如：指南宮。④五音之一。

【宮殿】(ㄍㄨㄥ ㄉㄧㄢˋ) 帝王居住和處理朝政的地方。

❀王宮、迷宮、龍宮

容 10/7

ㄖㄨㄥˊ (róng)

名①面貌；儀表。如：容貌。②事物所展現的狀態。如：陣容。動①包含；受納。如：容納。②原諒。如：寬容。③同意；允許。如：容

宀

許。

【容忍】(ㄖㄨㄥˊ ㄖㄣˇ) 寬容忍耐。例樓下施工的噪音，快讓人無法容忍了！

【容易】(ㄖㄨㄥˊ ㄧˋ) 簡單。例有些事說起來容易，做起來卻很難。

【容納】(ㄖㄨㄥˊ ㄋㄚˋ) 包容接納。例一個好的領導者，應該容納不同的意見。

【容許】(ㄖㄨㄥˊ ㄒㄩˇ) 答應；同意；允許。例有許多同學沒帶功課，老師容許他們明天補交。

【容光煥發】(ㄖㄨㄥˊ ㄍㄨㄤ ㄏㄨㄢˋ ㄈㄚ) 精神和氣色都很好。例他看起來容光煥發，精神飽滿。近精神奕奕。反無精打采。

✻包容、形容、美容

10/7

害 ㄏㄞˋ (hài)

丶 丷 宀 宀 宀 宇 宔 宔 害 害

名①災禍。如：有益無害。②險要的地方；關鍵的部位。如：要害。形不利於人的。如：害蟲。動①毀壞；損傷。如：傷害。②覺得；感到。如：害怕。③妨礙。如：妨害。④生病。如：害病。

【害羞】(ㄏㄞˋ ㄒㄧㄡ) 不好意思、難為情的樣子。例新娘子害羞的低下頭去。

【害處】(ㄏㄞˋ ㄔㄨˋ) 對人或事物有損害的地方。例抽菸對健康有許多害處。

【害人害己】(ㄏㄞˋ ㄖㄣˊ ㄏㄞˋ ㄐㄧˇ) 危害別人也危害自己。例酒醉駕車是害人害己的行為。

【害群之馬】(ㄏㄞˋ ㄑㄩㄣˊ ㄓ ㄇㄚˇ) 比喻危害團體的人。例小余這麼不合作，簡直就是班上的害群之馬。

✻公害、災害、傷天害理

11/8

密 ㄇㄧˋ (mì)

丶 丷 宀 宀 宓 宓 宓 宓 密 密 密

名不可告人的事。如：機密。形①不讓人知道的。如：密使。②親近的。如：親密。③細緻的；仔細的。如：細密。

【密切】(ㄇㄧˋ ㄑㄧㄝˋ) ①非常仔細。例氣象局正密切注意颱風行進的方向。②關係親近。例他們兩個人之間的關係十分密切。

【密封】(ㄇㄧˋ ㄈㄥ) 緊緊的封住。例媽媽把沒吃完的餅乾密封起來放到冰箱。反開封。

【密度】(ㄇㄧˋ ㄉㄨˋ) 單位面積或體積內，人口或物質分布的數量。

【密集】(ㄇㄧˋ ㄐㄧˊ) 稠密的聚集在一起。例臺北市的人口很密集。反分散。

【密碼】(ㄇㄧˋ ㄇㄚˇ) 為了保密而使用的文字、符號、數字等。

【密密麻麻】(ㄇㄧˋ ㄇㄧˋ ㄇㄚˊ ㄇㄚˊ) 又多又密的樣子。例螞蟻密密麻麻的爬上樹。

✽嚴密、稠密、精密

11/8

寇

ㄎㄡˋ (kòu)

名賊人；敵人。如：流寇。動侵犯；入侵。如：入寇。

【寇讎】(ㄎㄡˋ ㄔㄡˊ) 仇敵。也作「寇仇」。例他們不但為了小事大打出手，還把對方看作是寇讎。

✽倭寇、匪寇、海寇

11/8

寅

ㄧㄣˊ (yín)

名①地支的第三位。②時辰名。指凌晨三點到五點。

【寅吃卯糧】(ㄧㄣˊ ㄔ ㄇㄠˇ ㄌㄧㄤˊ) 比喻花費過多，以至於錢不夠用。也作「寅支卯糧」。例太過浪費的習慣，可能會造成寅吃卯糧的後果。

辨析 古代以天干地支配合起來，作為計年或計日的代號。「寅」是地支的第三位，「卯」是第四位。「寅吃卯糧」指在寅年就先吃了卯年的糧食，因此「寅」、「卯」不可調換位置。

11/8

寄

ㄐㄧˋ (jì)

動①交給；託付。如：寄託。②依附。如：寄生。③傳達；傳遞。如：寄信。

【寄託】(ㄐㄧˋ ㄊㄨㄛ) ①把感情交付在某樣人、事、物上。例奶奶辛苦將兒子養大，她把希望寄託在兒子身上。②在創作中放進自己的感情。例作者將對母親的思念寄託在這幅畫裡。

【寄生蟲】(ㄐㄧˋ ㄕㄥ ㄔㄨㄥˊ) ①寄生在別種生物體上，以吸取養分來維持自己生命的動物。如：蛔蟲、蟯蟲、蝨子等。②比喻自己不做事，只依靠他人生活的人。例我們應該自立自強，千萬不能做國家社會的寄生蟲。

【寄人籬下】(ㄐㄧˋ ㄖㄣˊ ㄌㄧˊ ㄒㄧㄚˋ) 比喻依靠別人生活或保護。例因為父母雙亡，小強的童年過著寄人籬下的生活。
近仰人鼻息。

11/8
寂

ㄐㄧˋ (jì)

丶 丶丶 宀 宀 宀 宇 宇 宇 宋 寂 寂

形①安靜。如：寂靜。②冷清孤單。如：寂寞。動即「涅槃」。尊稱出家人去世。如：圓寂。

【寂寞】(ㄐㄧˋ ㄇㄛˋ) 孤單冷清。例爸媽出遠門，小花一個人寂寞的待在家。

【寂靜】(ㄐㄧˋ ㄐㄧㄥˋ) 安靜；寧靜。例夜晚的山區一片寂靜。

❀孤寂、沉寂、死寂

11/8
宿

丶 丶丶 宀 宀 宀 宀 宀 宿 宿 宿 宿

ㄙㄨˋ (sù) 名停留、居住的地方。如：宿舍。形①隔夜的；前一夜的。如：宿醉。②舊的；積久的。如：宿怨。③前世的。如：宿命。動過夜。如：投宿。

ㄒㄧㄡˋ (xiù) 名群星。如：星宿。

ㄒㄧㄡˇ (xiǔ) 名晚上。如：一宿。

【宿舍】(ㄙㄨˋ ㄕㄜˋ) 機關團體或學校供人居住的地方。

【宿願】(ㄙㄨˋ ㄩㄢˋ) 一直以來的心願。也作「夙願」。例 小英一直希望能養隻可愛的小狗，如今終於達成宿願了。

✽寄宿、露宿、食宿

12/9
寒
ㄏㄢˊ (hán) 丶 丶 宀 宀 宀 宀 宑 宑 宑 寒 寒 寒

名 非常冷的季節。與「暑」相對。如：寒往暑來。形 1 非常冷的。如：寒風。2 貧窮的；貧困的。如：寒門。3 自稱的謙詞。如：寒舍。動 害怕；恐懼。如：膽寒。

【寒舍】(ㄏㄢˊ ㄕㄜˋ) 謙稱自己的家。

【寒流】(ㄏㄢˊ ㄌㄧㄡˊ) 1 由高緯度流向中緯度地區的洋流。水溫比流經地區的水溫低。2 冬季由高緯度到低緯度的冷氣團。常造成氣溫急速下降。例 寒流來襲，讓山中的梅花提早開放了。

【寒假】(ㄏㄢˊ ㄐㄧㄚˋ) 學校在冬季的假期。反 暑假。

【寒暄】(ㄏㄢˊ ㄒㄩㄢ) 見面時互相問候的客套話。例 媽媽在路上遇到鄰居時，常會寒暄幾句。

【寒酸】(ㄏㄢˊ ㄙㄨㄢ) 形容簡陋、不大方。例 學期末的同樂會只有茶水，沒有點心，實在太寒酸了。反 豪華。

✽嚴寒、禦寒、貧寒

12/9
富
ㄈㄨˋ (fù) 丶 丶 宀 宀 宀 宀 宫 宫 富 富 富 富

名 財產；資源。如：財富。形 充足的。如：豐富。動 使財物充足。如：富國強兵。

【富有】(ㄈㄨˋ ㄧㄡˇ) 財產很多。例 阿生雖然富有，但卻從不浪費。

【富翁】(ㄈㄨˋ ㄨㄥ) 有錢人。例 隔壁的錢伯伯是個大富翁。近 富豪。

【富強】(ㄈㄨˋ ㄑㄧㄤˊ) 財物充足，國家強盛。例 國家富強，才有幸福的人民。

【富貴】(ㄈㄨˋ ㄍㄨㄟˋ) 財物充足，地位尊貴。例美美從小生長在富貴家庭，從來沒吃過苦。

【富麗堂皇】(ㄈㄨˋ ㄌㄧˋ ㄊㄤˊ ㄏㄨㄤˊ) 華麗、壯觀而有氣派。多用來形容建築物或場面。例富麗堂皇的凡爾賽宮是法國有名的觀光景點。近美輪美奐。

✽致富、貧富、巨富

12/9
寓
ㄩˋ (yù)

丶 丶 宀 宀 宀 宀 宀 宀 宀 寓 寓 寓

名住所。如：公寓。動1居住。如：寓居。2寄託。如：寓意。

【寓言】(ㄩˋ ㄧㄢˊ) 有所寄託或比喻的言語或文章。例「龜兔賽跑」這則寓言，告訴我們驕傲必定失敗，勤奮不懈終能成功的道理。

12/9
寐
ㄇㄟˋ (mèi)

丶 丶 宀 宀 宀 宀 宀 宀 宀 寐 寐 寐

動睡著。如：假寐。

✽夢寐以求、夙興夜寐

14/11
寧
ㄋㄧㄥˊ (níng)

丶 丶 宀 宀 宀 宀 宀 宀 宀 寍 寍 寍 寍 寧

形1平安。如：安寧。2安靜。如：寧靜。動1探望父母。如：歸寧。2平息。如：息事寧人。副情願。表示選擇後的決定。如：寧可。

ㄋㄧㄥˋ (nìng) 專姓。

【寧靜】(ㄋㄧㄥˊ ㄐㄧㄥˋ) 安靜。例鄉村的夜晚特別寧靜。

【寧願】(ㄋㄧㄥˋ ㄩㄢˋ) 情願。例妹妹寧願在家睡覺，也不願和媽媽去百貨公司購物。

14/11
寨
ㄓㄞˋ (zhài)

丶 丶 宀 宀 宀 宀 宀 宀 宀 宀 寒 寨 寨 寨

名盜賊聚集的住處。如：山寨。

14/11
寥
ㄌㄧㄠˊ (liáo)

丶 丶 宀 宀 宀 宀 宀 宀 宀 宀 宀 宀 寥 寥

語。形1稀少的；稀疏的。如：寥寥數語。2空虛冷清。如：寂寥。

【寥寥可數】形容非常稀少。例今晚的雲層比較厚，天上的星星寥寥可數。

14/11
寡
ㄍㄨㄚˇ (guǎ)

名1婦女死了丈夫。如：守寡。2古代王侯謙稱自己。如：寡人。形1少的。如：寡言。2單獨的。如：孤男寡女。

【寡婦】死了丈夫的婦女。

【寡廉鮮恥】形容人不知羞恥。例阿忠欺負弱小的同學，還洋洋得意，簡直是寡廉鮮恥。近厚顏無恥。反潔身自愛。

❋孤寡、曲高和寡、以寡敵眾

14/11
實
ㄕˊ (shí)

名1草木所結的種子或果子。如：果實。2事情的真相。如：事實。形1不假的；真誠的。如：真實。2充滿的。如：充實。3富裕的；財物充足的。如：國實民富。動動手去做。如：實行。副的確。如：實在可愛。

【實力】真正擁有的能力。例小蔡是個很有實力的游泳選手。

【實用】真正可以用得上的。例這個水壺很實用，攜帶方便又不占太多空間。

【實在】1確實；的確。例圓圓實在是個可愛的女孩。2真實；不虛假。例朱阿姨賣的奶茶好喝，價格又實在，因此生意總是很好。

【實行】(ㄕˊ ㄒㄧㄥˊ) 確實去進行。同「實踐」。例 阿智訂了一個學習計畫，打算明天開始實行。

【實現】(ㄕˊ ㄒㄧㄢˋ) 達成願望與理想。例 我們一定要努力，理想才能實現。

【實驗】(ㄕˊ ㄧㄢˋ) 科學上為了證明某種假設、原理或推論，而用各種方法反覆觀察、試驗。

【實至名歸】(ㄕˊ ㄓˋ ㄇㄧㄥˊ ㄍㄨㄟ) 有真實的才學，並獲得了應有的名聲。例 陳先生的成就非凡，得獎可說是實至名歸。近 名副其實。反 名不副實。

✽寫實、忠實、結實

14/11

寞

ㄇㄛˋ (mò)

寞 寞

形 冷清；孤單。如：落寞。

14/11

寢

ㄑㄧㄣˇ (qǐn)

寑 寢

名 1 臥室；睡覺的房間。如：寢室。2 古代帝王的墳墓。如：陵寢。

動 睡；臥。如：晝寢。

【寢食難安】(ㄑㄧㄣˇ ㄕˊ ㄋㄢˊ ㄢ) 形容心神不寧。例 小華為了這件事，連日來寢食難安。

✽就寢、壽終正寢、廢寢忘食

14/11

寤

ㄨˋ (wù)

寤 寤

動 從睡夢中醒來。如：寤寐。

【寤寐】(ㄨˋ ㄇㄟˋ) 清醒時和睡覺時。比喻時時刻刻。例 阿美是哥哥寤寐難忘的初戀情人，他時常提起她。

14/11

察

ㄔㄚˊ (chá)

察 察

動 1 細看。如：觀察。2 知道；明白。如：覺察。3 考核。如：考察。

【察看】ㄔㄚˊ ㄎㄢˋ 詳細觀看。例校長到各個教室察看學生們的上課情形。

【察覺】ㄔㄚˊ ㄐㄩㄝˊ 發覺。例細心的小武察覺到媽媽今天似乎心情不好。

【察言觀色】ㄔㄚˊ ㄧㄢˊ ㄍㄨㄢ ㄙㄜˋ 觀察別人的言語和臉色來猜測他的心意。例老吳因為不懂得察言觀色，所以時常惹人生氣。

✽審察、監察、警察

15/12 寮 ㄌㄧㄠˊ (liáo) 丶 丷 宀 宀 宀 宊 宊 宊 宊 宊 宊 宊 寮 寮 寮

名小屋子。如：工寮。

15/12 寬 ㄎㄨㄢ (kuān) 丶 丷 宀 宀 宀 宀 宀 宀 宀 宀 宀 宀 寬 寬 寬

名四邊形或帶狀物中，相對於長邊之間的距離。如：寬度。形1廣闊。如：寬闊。2鬆。如：寬鬆。3仁慈；厚道。如：寬厚。4富足。如：寬裕。動1原諒。如：寬恕。2解開；脫下。如：寬衣。

【寬恕】ㄎㄨㄢ ㄕㄨˋ 原諒別人的過錯。例在牧師的勸告下，小鄭決定寬恕他的仇人。

【寬敞】ㄎㄨㄢ ㄔㄤˇ 形容室內的空間很大。例這間房間很寬敞。

【寬宏大量】ㄎㄨㄢ ㄏㄨㄥˊ ㄉㄚˋ ㄌㄧㄤˋ 形容度量很大。例小美為人寬宏大量，一定會原諒你的。

✽從寬、放寬、拓寬

15/12 審 ㄕㄣˇ (shěn) 丶 丷 宀 宀 宀 宀 宀 宀 宀 宀 宀 宀 審 審 審

動1推究；分析。如：審訂。2訊問。如：審問。副仔細；周密。如：審視。

【審判】ㄕㄣˇ ㄆㄢˋ 審問和判決。例法官應秉持公平公正的原則審判案件。

【審查】ㄕㄣˇ ㄔㄚˊ 仔細檢驗。例要報名這項比賽，必須先通過資格審查。

【審美】ㄕㄣˇ ㄇㄟˇ 鑑定人或事物的美醜。例每個人的審美眼光都不一樣，我們要學著尊重他人的意見。

【審核】ㄕㄣˇ ㄏㄜˊ 仔細考核。例所有藥品在販賣之前，都必須通過衛生福利部的審核。

✽複審、陪審、初審

15/12

寫

ㄒㄧㄝˇ (xiě)

丶 丶 冖 宀 宀 宀 宀 宀 宀 宀 寫 寫 寫 寫 寫

動 1 拿筆記錄。如：寫字。2 描摹。如：寫生。

【寫生】ㄒㄧㄝˇ ㄕㄥ 畫畫時，直接描繪實物實景。例阿光最喜歡到公園寫生。

【寫作】ㄒㄧㄝˇ ㄗㄨㄛˋ 創作文章。例我們每週要上兩次寫作課。

【寫實】ㄒㄧㄝˇ ㄕˊ 依照真實情形敘述描繪。例這部電影的拍攝手法非常寫實，令人印象深刻。反抽象。

✽手寫、改寫、編寫

19/16

寵

ㄔㄨㄥˇ (chǒng)

丶 丶 宀 宀 宀 宀 宀 宀 宀 宀 宀 宀 宀 寵 寵 寵 寵 寵 寵

名 1 恩惠。如：恩寵。2 尊榮。如：榮寵。動 特別疼愛；溺愛。如：寵幸。

【寵兒】ㄔㄨㄥˇ ㄦˊ 泛指受到特別疼愛及關注的人。例那個明星一夜之間成了各家媒體追逐的寵兒，到處都能看到有關她的報導。

【寵物】ㄔㄨㄥˇ ㄨˋ 飼養在家中，作為疼愛對象的動物。

【寵愛】ㄔㄨㄥˇ ㄞˋ 特別疼愛、關心。例在眾多的兒女中，她最寵愛小明。

✽失寵、嬌寵、受寵若驚

20/17

寶

ㄅㄠˇ (bǎo)

丶 丶 宀 宀 宀 宀 宀 宀 宀 宀 宀 宀 寶 寶 寶 寶 寶 寶 寶 寶

(名)珍貴的東西。如：珍寶。(形)①珍貴的。如：寶物。②傻；憨厚。如：寶裡寶氣。③尊稱和對方有關事物的用詞。如：寶號。

【寶貝】(ㄅㄠˇ ㄅㄟˋ) ①貴重的物品。(例)這個保險箱裡不知藏了多少寶貝。②珍愛的人。(例)孩子是爸媽的寶貝。③形容有趣、愛作怪的人。(例)小胖是班上的寶貝，時常逗大家開心。

【寶貴】(ㄅㄠˇ ㄍㄨㄟˋ) 珍貴；貴重。(例)時光很寶貴，我們要好好利用才是。

【寶藏】(ㄅㄠˇ ㄗㄤˋ) 珍貴的資源、金錢或物品。(近)寶物。

【寶刀未老】(ㄅㄠˇ ㄉㄠ ㄨㄟˋ ㄌㄠˇ) 比喻年齡雖老，但精力或技藝並未衰退。(例)許爺爺已經八十歲了，卻仍然寶刀未老，每天可以慢跑五公里以上。(近)老當益壯。

❋國寶、尋寶、如獲至寶

宀 寸

寸部 ㄘㄨㄣˋ

3/0

寸 ㄘㄨㄣˋ (cùn) 一 十 寸

(形)極小、極短或極少。如：寸地。(量)計算長度的單位。今標準制一公寸等於十公分。

【寸步不離】(ㄘㄨㄣˋ ㄅㄨˋ ㄅㄨˋ ㄌㄧˊ) 形容緊緊的跟在身邊，一步也不敢離開。(例)弟弟生病的時候，媽媽寸步不離的照顧他。(近)如影隨形。

【寸步難行】(ㄘㄨㄣˋ ㄅㄨˋ ㄋㄢˊ ㄒㄧㄥˊ) ①形容行動十分困難。(例)下過雨的路上滿是泥巴，簡直寸步難行。②比喻陷入困境，什麼事也做不成。(例)少了稅收，政府的建設將會寸步難行。

❋分寸、尺寸、方寸

6/3

寺 ㄙˋ (sì) 一 十 士 土 寺 寺

(名)廟宇；供人祭拜或傳播教義的場所。如：龍山寺。

【寺院】(ㄙˋ ㄩㄢˋ) 佛教的廟宇。

9/6
封
ㄈㄥ (fēng) 一 十 土 圭 圭 圭 圭 封 封

(名)包好的或用來裝東西的袋子。如：信封。(動)①帝王把土地、爵位、名號賜給臣子。如：封賞。②將事物密蓋或關閉。如：封鎖。③限制。如：故步自封。(量)計算信件或密封物品的單位。如：一封信。

【封閉】(ㄈㄥ ㄅㄧˋ) ①密閉；關閉。(例)這條路因為坍方而暫時封閉了。②指局限在狹小的領域裡。(例)這個偏遠山區的資訊非常封閉。(反)開放。

【封號】(ㄈㄥ ㄏㄠˋ) 給人的稱號。(例)那位女歌手素有「少男殺手」的封號。

【封鎖】(ㄈㄥ ㄙㄨㄛˇ) 用強制的力量關閉、阻絕交通或資訊。(例)案發現場已經被封鎖，一般人無法進入。

✽密封、拆封、塵封

10/7
射
射 射 丿 亻 门 自 自 身 身 身

ㄕㄜˋ (shè) (動)①用力將物體快速的發送出去。如：射箭。②光線映照；發出光、電、熱等能量。如：折射。③暗示。如：影射。

ㄧㄝˋ (yè) (名)①古代官名。如：僕射。②鳶尾科，多年生草本植物。如：射干。

ㄧˋ (yì)（限讀）(名)古代十二音律之一。如：無射。

【射擊】(ㄕㄜˋ ㄐㄧˊ) 將槍炮等瞄準目標，然後發射出去。

✽噴射、投射、照射

11/8
專
ㄓㄨㄢ (zhuān) 一 厂 冂 冃 甴 由 車 車 車 專 專

(形)①特別的。如：專案。②獨占的。如：專利。③集中的。如：專

心。動把持；獨自掌握。如：專政。副①全；都。如：專講別人的壞話。②特地。如：專程。③單獨；獨自。如：專攻。

【專心】ㄓㄨㄢ ㄒㄧㄣ 集中精神在某件事上。例小文常因鄰居的音響太吵而無法專心讀書。反分心。

【專制】ㄓㄨㄢ ㄓˋ 做事獨自決定，而不管別人的意見。例和專制的人一起做事，常會令人覺得沒有發揮的空間。近獨裁。

【專長】ㄓㄨㄢ ㄔㄤˊ 特別擅長的某項技能。例小芬的專長是彈鋼琴與游泳。近特長。

【專門】ㄓㄨㄢ ㄇㄣˊ ①精通某一項學術或技能。例李老師專門研究書法，各家字體都難不倒他。②特地。例小明專門找小蓉麻煩。

【專家】ㄓㄨㄢ ㄐㄧㄚ 擅長某種學術、技藝的人。

【專程】ㄓㄨㄢ ㄔㄥˊ 特地。例這間小吃店相當有名，不少人專程從外地來光顧。反順便。

【專業】ㄓㄨㄢ ㄧㄝˋ 專門從事某項工作。例他是個電腦專業人員。反業餘。

尉 11/8

一 ㄱ 尸 尸 尸 尸 尸 尸 尉 尉

ㄨㄟˋ (wèi) 名①古代官名。如：廷尉。②軍官的職階之一。如：少尉。

ㄩˋ (yù) 專 複姓用字。如：尉遲。

將 11/8

丨 丬 丬 丬 丬 丬 丬 丬 將 將 將

ㄐㄧㄤ (jiāng) 動①拿；取。如：將功贖罪。②扶持；扶助。如：扶將。副①快要；就要。如：即將。②姑且；勉強。如：將就。介把。如：將門關上。連又。如：將信將疑。

ㄐㄧㄤˋ (jiàng) 名高級軍官。如：主將。動統領軍隊。如：將兵。

寸

寸

【將來】(ㄐㄧㄤ ㄌㄞˊ) 以後。例 小雯將來想要當老師。

【將近】(ㄐㄧㄤ ㄐㄧㄣˋ) 接近。例 那個籃球員的身高將近二百公分。

【將就】(ㄐㄧㄤ ㄐㄧㄡˋ) 不滿意，但勉強可以接受。例 媽媽今天晚上不在家，我們只好將就一下吃泡麵了。

【將心比心】(ㄐㄧㄤ ㄒㄧㄣ ㄅㄧˇ ㄒㄧㄣ) 從對方的立場及角度去想。例 將心比心，如果別人摔壞你的玩具，你也同樣會不高興。

【將功贖罪】(ㄐㄧㄤ ㄍㄨㄥ ㄕㄨˊ ㄗㄨㄟˋ) 立下功勞，以抵消先前所犯的過錯。例 大家決定給小青一個將功贖罪的機會。

✽武將、麻將、手下敗將

12/9
尊 ㄗㄨㄣ (zūn)

名 對別人父親的敬稱。如：令尊。

形 1 地位高的；輩分高的。如：尊貴。2 對他人相關事物的敬稱。如：尊容。動 敬重。如：尊敬。量 計算雕像或大炮的單位。如：一尊佛像。

【尊重】(ㄗㄨㄣ ㄓㄨㄥˋ) 1 敬重；重視。例 媽媽尊重小明的決定。2 自重；行為態度表現莊重。例 小明要小鋒放尊重一點，不要在大家面前說髒話。

【尊敬】(ㄗㄨㄣ ㄐㄧㄥˋ) 敬重。例 我們要尊敬長輩。

【尊稱】(ㄗㄨㄣ ㄔㄥ) 尊敬的稱呼。例「國父」是我們對孫中山先生的尊稱。

【尊嚴】(ㄗㄨㄣ ㄧㄢˊ) 莊重嚴肅的人格，不容許他人任意侵犯。例 為了維護人格尊嚴，他決定對毀謗者提出告訴。

【尊師重道】(ㄗㄨㄣ ㄕ ㄓㄨㄥˋ ㄉㄠˋ) 敬重師長，重視應遵守的道德規範。

✽自尊、推尊、唯我獨尊

12/9
尋 ㄒㄩㄣˊ (xún)

形 平常的；普通的。如：尋常。動 找；探求。如：尋訪。

【尋找】(ㄒㄩㄣˊ ㄓㄠˇ) 找；探求事物。例她的小狗不見了，大家忙著幫她尋找。

【尋常】(ㄒㄩㄣˊ ㄔㄤˊ) 平常。例一向懶惰的弟弟今天竟然主動幫媽媽做家事，真是太不尋常了。

【尋根究底】(ㄒㄩㄣˊ ㄍㄣ ㄐㄧㄡˋ ㄉㄧˇ) 徹底追查事情的根源、原因。也作「追根究底」。例做學問如果能夠尋根究底，一定會有所收穫。

辨析 底，也作「柢」。比喻事物的本源或基礎。

✽追尋、非比尋常、無跡可尋

對 14/11

ㄉㄨㄟˋ (duì)

對 對

名1成雙的人或物。如：雙雙對對。2對聯的簡稱。如：吟詩作對。形1正確的；正常的。如：答案不對。2相向的。如：對手。3一半的。如：打對折。動1回答。如：應對。2將二件事物互相比較，看結果是否符合。如：核對。3適合；投合。如：對胃口。4向著；朝著。如：面對面。5看待；對待。如：誠實對人。副互相。如：對換。介表示動作的對象。如：我對這本書很有興趣。量計算成雙的人或物的單位。如：一對耳環。

【對手】(ㄉㄨㄟˋ ㄕㄡˇ) 和自己競爭的另一方。

【對比】(ㄉㄨㄟˋ ㄅㄧˇ) 兩種事物互相比較，而使得彼此的特徵和差異更加明顯。例他們倆站在一起，一胖一瘦，形成強烈的對比。

【對付】(ㄉㄨㄟˋ ㄈㄨˋ) 應付；面對事情，加以處理。例對付這種無恥的小人，不能心軟。

【對抗】(ㄉㄨㄟˋ ㄎㄤˋ) 對立抵抗。例劉永福帶領臺灣人民對抗日本人的統治。

反屈服。

【對象】ㄉㄨㄟˋ ㄒㄧㄤˋ 1思考或行動時當作目標的事物。例小娟以水蘊草作為自然課觀察的對象。2指有可能嫁或娶的人。例哥哥交往的對象是個小學老師。

【對稱】ㄉㄨㄟˋ ㄔㄥˋ 指事物的兩邊形式完全相同的狀況。例這棟建築物左邊高、右邊低，並不對稱。

【對調】ㄉㄨㄟˋ ㄉㄧㄠˋ 互相交換。例今天老師將阿雲和阿穎兩人的座位對調。

【對聯】ㄉㄨㄟˋ ㄌㄧㄢˊ 字數相等，互相對偶的兩組句子。如：「春暖大地，福滿人間」。

【對牛彈琴】ㄉㄨㄟˋ ㄋㄧㄡˊ ㄊㄢˊ ㄑㄧㄣˊ 比喻對不懂的人講解道理，只是浪費口舌而已。有看不起對方的意思。例和這種固執的人講道理，簡直是對牛彈琴。

【對症下藥】ㄉㄨㄟˋ ㄓㄥˋ ㄒㄧㄚˋ ㄧㄠˋ 比喻能針對問題所在作適當的處理。例我們必須好好檢討上次實驗失敗的原因，才能對症下藥，獲得進步。反隔靴搔癢。

✽反對、絕對、無言以對

16/13

導

ㄉㄠˇ (dǎo)

、 丷 䒑 䒑 䒑 首 首 首 首 首 道 道 道 道 導 導

動 1指引；引領。如：領導。2開發；疏通。如：疏導。3傳遞。如：導電。4引起；造成。如：導致。

【導致】ㄉㄠˇ ㄓˋ 造成；引起。例由於工人亂丟菸蒂，導致工廠發生大火。

【導遊】ㄉㄠˇ ㄧㄡˊ 旅行時，帶領觀光客參觀各地，並加以介紹、解說的人。

【導演】ㄉㄠˇ ㄧㄢˇ 1指導戲劇演出或電影拍攝的人。2造成；計劃安排。例這件事是小明一手導演的，他當然必須負起責任。

【導火線】ㄉㄠˇ ㄏㄨㄛˇ ㄒㄧㄢˋ 比喻引發事件的直接原因。例想不到一張彩券，竟然成了黃先生和黃太太吵架的導

火線。

❋引導、報導、宣導

小部 ㄒㄧㄠˇ

3/0 **小** ㄒㄧㄠˇ (xiǎo) 亅 小 小

㊔沒有道德的人。如：宵小。㊒1細微。與「大」相對。如：微小。2狹窄。如：狹小。3年幼的。如：小時候。4謙稱自己或跟自己有關的人事物。如：小姪。5對同輩或晚輩朋友親暱的稱呼。如：小王。6矮。如：小個兒。7沒有道德的。如：小人。㊟1短暫。如：小憩。2程度不深；稍微。如：小酌。

【小人】ㄒㄧㄠˇ ㄖㄣˊ 1謙稱自己。2見識淺薄，沒有德行的人。㊑他到處說別人壞話，真是個小人。㊍君子。

【小丑】ㄒㄧㄠˇ ㄔㄡˇ 在舞臺表演或戲劇中扮演滑稽角色，引人發笑的人。

【小名】ㄒㄧㄠˇ ㄇㄧㄥˊ 1小時候取的非正式名字。㊒乳名。2對人謙稱自己的名字。

【小吃】ㄒㄧㄠˇ ㄔ 價格便宜而簡單的菜餚。可作為宴席間的點綴，或早餐、宵夜的主要食品。

【小抄】ㄒㄧㄠˇ ㄔㄠ 考試前先抄好，準備在考試時偷看的資料。

【小看】ㄒㄧㄠˇ ㄎㄢˋ 輕視；看不起。㊑別小看阿貞，她曾是跆拳道冠軍哦！

【小時】ㄒㄧㄠˇ ㄕˊ 計算時間的單位。一天有二十四小時。

【小氣】ㄒㄧㄠˇ ㄑㄧˋ 也作「小器」。1度量小。㊑只是開個玩笑他就生氣了，阿文未免也太小氣了吧！2不願多花時間或金錢；吝嗇。㊑小芬是出了名的小氣，不可能請大家吃飯。

【小康】（ㄒㄧㄠˇ ㄎㄤ）指經濟不算富有也不算貧窮，能夠自給自足的家境。

【小販】（ㄒㄧㄠˇ ㄈㄢˋ）多指沒有店面、到處設攤做些小生意的人。

【小費】（ㄒㄧㄠˇ ㄈㄟˋ）顧客額外給服務人員的錢。

【小說】（ㄒㄧㄠˇ ㄕㄨㄛ）描寫人物故事，情節完整，主題一貫的文學作品。

【小心眼】（ㄒㄧㄠˇ ㄒㄧㄣ ㄧㄢˇ）形容人心胸狹窄。例阿仁很小心眼，凡事都愛斤斤計較。

【小聰明】（ㄒㄧㄠˇ ㄘㄨㄥ ㄇㄧㄥˊ）有一點聰明才智。通常含有貶義。例小吉仗著自己有點小聰明，而不肯好好用功。

【小心翼翼】（ㄒㄧㄠˇ ㄒㄧㄣ ㄧˋ ㄧˋ）謹慎且恭敬的樣子。例阿鋒工作時一向小心翼翼，所以很少犯錯。近兢兢業業。反粗心大意。

【小鳥依人】（ㄒㄧㄠˇ ㄋㄧㄠˇ ㄧ ㄖㄣˊ）形容小孩或女子嬌小柔順的樣子。例林先生的女兒總是一副小鳥依人的樣子，非常惹人憐愛。

【小題大作】（ㄒㄧㄠˇ ㄊㄧˊ ㄉㄚˋ ㄗㄨㄛˋ）比喻把小事擴大當成大事處理，有故意誇大的意思。例小雯只是跟人輕微擦撞，犯不著小題大作送急診吧。

【小巫見大巫】（ㄒㄧㄠˇ ㄨ ㄐㄧㄢˋ ㄉㄚˋ ㄨ）比喻相差太大而無法比較。例一般學生的球技跟國家代表隊的球員相比，簡直是小巫見大巫。

❋渺小、膽小、大同小異

4/1

少

丨 小 小 少

ㄕㄠˇ (shǎo) 形不多。如：少量。動欠缺；不足。如：少了十元。副稍微。如：少忍。

ㄕㄠˋ (shào) 名年輕人。如：惡少。形1年輕的。如：少男。2軍職中的第三階。如：少將。

【少許】ㄕㄠˇ ㄒㄩˇ 一點點；分量不多。例 媽媽在湯裡加入少許鹽巴，讓它喝起來更美味。反 大量。

【少爺】ㄕㄠˋ ㄧㄝˊ 1富貴人家子弟的通稱。2尊稱他人的兒子。近 公子。

【少數】ㄕㄠˇ ㄕㄨˋ 數量不多。例 班上少數同學家境貧困，需要大家的幫助。

【少見多怪】ㄕㄠˇ ㄐㄧㄢˋ ㄉㄨㄛ ㄍㄨㄞˋ 因為所見事物不多而常常感到驚訝。譏諷人見識不多。例 見面時互親臉頰是西方人的禮儀，你別少見多怪了。

✽減少、稀少、青春年少

尖

6/3 ㄐㄧㄢ (jiān)　丨 小 小 尘 尖 尖

名 物體末端銳利的部分。如：筆尖。形 1銳利的。如：尖刀。2音調細而高。如：聲音很尖。3刻薄的。如：尖酸。4最好的；最前端的。如：頂尖。5敏銳的。如：眼尖。

【尖兵】ㄐㄧㄢ ㄅㄧㄥ 軍隊前進時，在前方負責搜索、警戒的士兵。也比喻在工作中積極參與，且具有領導、示範作用的人。例 我們全班都是環保小尖兵。

【尖端】ㄐㄧㄢ ㄉㄨㄢ 1銳利的末端。例 這枝箭的尖端有毒，要小心！2比喻最先進、最突出的事物。例 臺灣現在正積極發展尖端科技。

【尖銳】ㄐㄧㄢ ㄖㄨㄟˋ 1銳利；鋒利。例 這把小刀很尖銳，你要小心別受傷了。2形容聲音高而刺耳。例 指甲刮到黑板，發出尖銳的聲音。3形容言辭犀利。例 這位記者問話尖銳，令政府官員答不出話來。

【尖酸刻薄】ㄐㄧㄢ ㄙㄨㄢ ㄎㄜˋ ㄅㄛˊ 形容人說話不厚道，故意說一些諷刺、讓人聽了不舒服的話。例 小清說話一向尖酸刻薄，你別放在心上。

8/5
尚 ㄕㄤˋ (shàng)

尚尚

㊎形 崇高的；有操守的。如：高尚。㊎動 尊崇；注重。如：崇尚。㊎副 還。如：尚未完成。㊎連 又；且。表示更進一步。如：尚且。

【尚且】(ㄕㄤˋ ㄑㄧㄝˇ) 表示進一步的連詞。常與「何況」連用。㊎例 我們這麼多人尚且做不完，何況只有你一個人？

【尚未】(ㄕㄤˋ ㄨㄟˋ) 還沒有。㊎例 我們的目標尚未達成，大家必須再努力才行。

❀時尚、風尚、好尚

尢部 ㄨㄤ

4/1
尤 ㄧㄡˊ (yóu)

一ナ九尤

㊎名 過錯；過失。如：以儆效尤。㊎形 特別的；優秀而突出的。如：尤物。㊎動 責怪。如：怨天尤人。㊎副 更加。如：尤其。

【尤其】(ㄧㄡˊ ㄑㄧˊ) 更加；特別。㊎例 臺上的演員每個都表現得很好，尤其是那個穿黃衣服的女演員。㊎近 格外。

【尤物】(ㄧㄡˊ ㄨˋ) 美麗動人的女子。㊎例 志玲姐姐長得漂亮，身材又好，這樣的尤物怎麼會沒人喜歡呢？

❀怨尤、群起效尤、無恥之尤

7/4
尬 ㄍㄚˋ (gà)

一ナ九尢尬尬尬

見「尷尬」。

12/9
就 ㄐㄧㄡˋ (jiù)

丶亠亠六古古亨京京京就就就

㊎動 1到；開始從事；擔任。如：就職。2順從。如：半推半就。3靠近；趨近。如：就近。4完成；成功。如：成就。㊎副 1馬上；立刻。如：說做就做。2只；僅。如：就剩這個。3即；正。表示肯定。如：這就對了。4已經；早已。如：我

早就猜到。(介)依照。如：就事論事。(連)1即使；縱使。如：就算失敗，也值得。2表示承接關係。如：只要努力，就能成功。

【就位】(ㄐㄧㄡˋ ㄨㄟˋ) 到達指定位置。(例)升旗典禮即將開始，我們得趕快就位。

【就業】(ㄐㄧㄡˋ ㄧㄝˋ) 從事某種工作。(例)許多大學生很擔心自己畢業後的就業問題。(近)任職。

【就寢】(ㄐㄧㄡˋ ㄑㄧㄣˇ) 睡覺。(例)小強每天晚上十點一定準時就寢。

【就緒】(ㄐㄧㄡˋ ㄒㄩˋ) 事情都安排好了。(例)比賽所需的器具都已經準備就緒。

【就地取材】(ㄐㄧㄡˋ ㄉㄧˋ ㄑㄩˇ ㄘㄞˊ) 在當地取得所需要的材料。(例)露營時，哥哥就地取材，搭建了一個遮陽篷。

【就事論事】(ㄐㄧㄡˋ ㄕˋ ㄌㄨㄣˋ ㄕˋ) 依照事情本身來討論。(例)小王只是就事論事，並沒有要責怪你的意思。

❋屈就、遷就、功成名就

17/14

尷 ㄍㄢ (gān)

見「尷尬」。

【尷尬】(ㄍㄢ ㄍㄚˋ) 難為情；不好意思。(例)認錯人真是件尷尬的事。

尸部 ㄕ

3/0

尸 ㄕ (shī)

(名)屍體。(動)占著職位而不做事。如：尸位素餐。

【尸位素餐】(ㄕ ㄨㄟˋ ㄙㄨˋ ㄘㄢ) 占著位置白領薪水而不做事。(例)如果員工個個都尸位素餐，公司根本無法有所進步。(反)枵腹從公。

4/1

尺 ㄔˇ (chǐ)

(名)測量長度或畫直線時所用的工

尢

尸

具。如：尺規。(量)計算長度的單位。今標準制一公尺為一百公分。

【尺寸】(ㄔˇ ㄘㄨㄣˋ) 東西的大小或長度。(例)媽媽把尺寸不合的褲子拿回店裡更換。(近)尺碼。

【尺度】(ㄔˇ ㄉㄨˋ) 標準；限度。(例)這部電影尺度開放，不適合小孩子觀賞。

❀垂涎三尺、得寸進尺

5/2
尼 ㄋㄧˊ (ní)

㇕ ㇆ 尸 尸 尼

(名)梵語「比丘尼」的簡稱。指信佛後削髮出家的女子。如：僧尼。

【尼姑】(ㄋㄧˊ ㄍㄨ) 對出家女子的通稱。

7/4
局 ㄐㄩˊ (jú)

㇕ ㇆ 尸 月 局 局 局

(名)1 政府機關單位的名稱。如：文化局。2 商店。如：書局。3 形勢。如：時局。4 聚會。如：飯局。5 害人的圈套。如：騙局。6 事物的一部分。如：局部。7 結構；組織。如：布局。(形)狹小的。如：局促。(動)限制。如：局限。(量)計算下棋或球類比賽的單位。如：一局球賽。

【局限】(ㄐㄩˊ ㄒㄧㄢˋ) 限制在固定的範圍內。也作「侷限」。(例)千萬別局限自己的能力。

【局勢】(ㄐㄩˊ ㄕˋ) 情勢；情況。大多指政治、軍事、經濟等外在大環境而言。(例)只要政治局勢安定，人民的生活就可以過得很安穩。

【局外人】(ㄐㄩˊ ㄨㄞˋ ㄖㄣˊ) 與事情沒有關聯的人。(例)這是我和他之間的事，你這個局外人別插手。(反)當事人。

❀出局、格局、結局

7/4
屁 ㄆㄧˋ (pì)

㇕ ㇆ 尸 尸 屁 屁 屁

(名)從肛門排出的臭氣。(形)罵人的話。形容不切實際或令人不屑的言語。

尿

7/4

ㄋㄧㄠˋ (niào) 尿 ㄱ コ 尸 尸 尿 尿 尿

名 即「小便」。動物體內由腎臟作用後，經尿道排出的液體。如：尿液。動 排泄小便。如：尿床。

✽撒尿、憋尿、屁滾尿流

尾

7/4

ㄨㄟˇ (wěi) 尾 ㄱ コ 尸 尸 尸 尾 尾

名 1動物脊椎末梢凸出的部分。如：尾巴。2事物的末端。如：船尾。形 殘餘的；後面的。如：尾數。動 跟隨。如：尾隨。量 計算魚的單位。如：一尾魚。

【尾牙】ㄨㄟˇ ㄧㄚˊ 農曆十二月十六日。是一年最後一次的「做牙」。這一天除了民間會祭拜土地公外，做生意的商家也會請客慰勞員工。

【尾隨】ㄨㄟˇ ㄙㄨㄟˊ 跟隨；跟在後面。例 女孩子晚上回家時，要小心尾隨在後的陌生人。

【尾聲】ㄨㄟˇ ㄕㄥ 比喻事情快要結束。例 跨年晚會已接近尾聲，人潮也漸漸散去了。

✽年尾、從頭到尾、虎頭蛇尾

屆

8/5

ㄐㄧㄝˋ (jiè) 屆 屆 ㄱ コ 尸 尸 尸 屆

動 到達。如：無遠弗屆。量 計算任期或活動次數的單位。如：第一屆。

【屆時】ㄐㄧㄝˋ ㄕˊ 到時候。例 下個星期五我要辦一場生日宴會，屆時希望大家都能來參加。

【屆滿】ㄐㄧㄝˋ ㄇㄢˇ 期限已滿。例 林老師在校服務屆滿三十年，準備退休了。

✽應屆、首屆、歷屆

居

8/5

ㄐㄩ (jū) 居 居 ㄱ コ 尸 尸 居 居

名 住的地方。如：新居。動 1住。如：居住。2位於；處在。如：居高臨下。3存著；懷著。如：居心。4占。如：居多。

尸

【居然】(ㄐㄩ ㄖㄢˊ) 竟然。指事情出乎意料之外。例賽前最不被看好的甲隊居然獲得冠軍，真是令人驚訝！

【居心不良】(ㄐㄩ ㄒㄧㄣ ㄅㄨˋ ㄌㄧㄤˊ) 懷有不好的心意。例那個人到處說你壞話，分明是居心不良。近心懷不軌。

【居安思危】(ㄐㄩ ㄢ ㄙ ㄨㄟˊ) 在安定的時候，要考慮到未來可能發生的危險。例平時要有居安思危的觀念，面臨緊急狀況才不會慌亂。

【居高臨下】(ㄐㄩ ㄍㄠ ㄌㄧㄣˊ ㄒㄧㄚˋ) 1站在高處，可以向下俯視。例站在山頂居高臨下的感覺真好！2比喻處在有利的地位，可以輕易的控制全部局面。例董事長居高臨下，對於全公司的運作情形都一清二楚。

❀同居、寄居、獨居

8/5

屈 ㄑㄩ (qū)

㇕ ㇕ 尸 屈 屈 屈 屈 屈

動1彎曲。如：屈指一算。2順從。如：寧死不屈。3降低身分。如：屈就。4被加上不該有的罪名。如：委屈。

【屈服】(ㄑㄩ ㄈㄨˊ) 低頭認輸。例儘管碰到許多挫折，但阿潘從來不願向命運屈服。

【屈就】(ㄑㄩ ㄐㄧㄡˋ) 降低身分去做。例張博士為了賺錢養家，只好屈就於這份祕書工作。

【屈指可數】(ㄑㄩ ㄓˇ ㄎㄜˇ ㄕㄨˇ) 形容數目很少。例今天晚上的星星屈指可數。近寥寥可數。反多如牛毛。

❀負屈、理屈、能屈能伸

9/6

屏

㇕ ㇕ 尸 尸 屏 屏 屏 屏

ㄆㄧㄥˊ (píng) 名1遮蔽的東西。如：畫屏。2裱成條幅的字畫。如：條屏。動遮蔽。如：屏障。

ㄅㄧㄥˇ (bǐng) 動1排除。如：屏棄。2停止；忍著。如：屏息。

【屏風】ㄆㄧㄥˊ ㄈㄥ 室內用來擋風、遮蔽或隔間的家具。

【屏除】ㄅㄧㄥˇ ㄔㄨˊ 排除。例 小雯被屏除在這份語文競賽的名單外。

【屏障】ㄆㄧㄥˊ ㄓㄤˋ ①遮蔽；護衛。例 那座平房被高樓屏障著。②可用來保護的遮蔽物。例 爸爸是孩子們最堅固的屏障。

屎 9/6

ㄕˇ (shǐ)

名 ①糞便。如：牛屎。②眼、耳、鼻中的分泌物。如：耳屎。

屋 9/6

ㄨ (wū)

名 房子。如：房屋。

【屋脊】ㄨ ㄐㄧˇ 屋頂兩斜面相交凸起的地方。

【屋頂】ㄨ ㄉㄧㄥˇ 房子上面遮風雨的頂蓋。

【屋簷】ㄨ ㄧㄢˊ 屋頂的邊緣部分。也作「屋檐」。

【屋漏偏逢連夜雨】ㄨ ㄌㄡˋ ㄆㄧㄢ ㄈㄥˊ ㄌㄧㄢˊ ㄧㄝˋ ㄩˇ 比喻災禍不斷。例 小明的腳才剛受傷，今天又扭到手，真是屋漏偏逢連夜雨。

✽空屋、鬼屋、愛屋及烏

屍 9/6

ㄕ (shī)

名 人或動物死後的軀體。如：屍體。

✽碎屍萬段、借屍還魂

展 10/7

ㄓㄢˇ (zhǎn)

動 ①轉動。如：展轉。②張開。如：愁眉不展。③放寬；延長。如：展期。④陳列；分類排列。如：展示。⑤施行。如：施展。⑥事情繼續變化。如：發展。

【展現】ㄓㄢˇ ㄒㄧㄢˋ 顯露；表現。(例)比賽時，大家積極的展現自己的才藝。

【展開】ㄓㄢˇ ㄎㄞ ①打開。(例)請將這張包裝紙展開。②開始進行。(例)校慶活動即將正式展開。

【展覽】ㄓㄢˇ ㄌㄢˇ 陳列物品供人觀賞。(例)歷史博物館正展覽秦朝的文物。

✽伸展、進展、一籌莫展

10/7
屑
ㄒㄧㄝˋ (xiè)

(名)碎末。如：餅乾屑。(形)細小；細碎。如：瑣屑。(動)認為值得。如：不屑一顧。

✽木屑、紙屑、碎屑

10/7
屐
ㄐㄧ (jī)

(名)①木底鞋子。如：木屐。②鞋子的通稱。如：草屐。

11/8
屠
ㄊㄨˊ (tú)

(名)宰殺牲畜的人。如：屠夫。(動)宰殺。如：屠宰。

【屠夫】ㄊㄨˊ ㄈㄨ ①以宰殺牲畜為業的人。②比喻很殘暴的人。(例)阿成個性殘暴，犯下了殺人罪還不知悔改，簡直是個屠夫。

11/8
屜
ㄊㄧˋ (tì)

(名)桌櫃裡的隔層，可放東西。如：抽屜。

14/11
屢
ㄌㄩˇ (lǚ)

(副)多次；常常。如：屢次。

【屢見不鮮】ㄌㄩˇ ㄐㄧㄢˋ ㄅㄨˋ ㄒㄧㄢ 常常看到，不覺得稀奇。(例)將頭髮染成金黃色，對現代人而言已經屢見不鮮了。(近)司空見慣；不足為奇。(反)前所未見。

15/12

層

ㄘㄥˊ (céng) ㄱ ㄱ 尸 尸 尸 屄 屄 屄 屄 屄 屄 層 層 層 層

(名)階級。如：階層。(形)重疊的。如：層巒。(副)重複的。如：層出不窮。(量)計算階梯、樓房、塔的單位。如：兩層樓。

【層次ㄘㄥˊ ㄘˋ】[1]事物的條理、次序。(例)插花要注意花材的搭配與層次對比，才會好看。[2]比喻境界、水準。(例)小雙的彈琴技巧已到達了很高的層次。

【層出不窮ㄘㄥˊ ㄔㄨ ㄅㄨˋ ㄑㄩㄥˊ】連續不斷的出現，沒有終止的時候。(例)小華很調皮，層出不窮的問題讓老師非常頭痛。

✽地層、雲層、表層

15/12

履

ㄌㄩˇ (lǚ) ㄱ ㄱ 尸 尸 尸 屄 屄 屄 屄 屄 屄 屄 履

(名)[1]鞋子。如：草履。[2]腳步。如：步履。(動)[1]踏；踩；走。如：如履薄冰。[2]經過。如：履歷。[3]實行。如：履行。

【履行ㄌㄩˇ ㄒㄧㄥˊ】實行。(例)答應別人的事就該履行，不要輕易反悔。

✽削足適履、劍及履及

21/18

屬

ㄱ ㄱ 尸 尸 尸 尸 尸 尸 尸 屄 屄 屄 屄 屄 屬 屬 屬 屬 屬 屬 屬

ㄕㄨˇ (shǔ) (名)[1]同類的東西。如：金屬。[2]有血統關係的人。如：親屬。[3]生物分類上所用的等級之一。[4]有管轄關係的人。如：部屬。(動)[1]歸於。如：隸屬。[2]符合。如：屬實。

ㄓㄨˇ (zhǔ) (動)[1]叮嚀；請託。通「囑」。如：屬託。[2]注意；集中在某一點上。如：屬目。

尸

【屬下】受某個主管直接管理的人。㊅部下。

【屬於】歸於。㊎臺灣大部分地區屬於亞熱帶氣候。

✽家屬、附屬、下屬

屮部

4/1 **屯** 一 匚 㔾 屯

ㄊㄨㄣˊ(tún) ㊔村莊。如：皇姑屯。㊌①聚集；儲存。如：屯糧。②軍隊駐守或開墾荒地。如：屯兵。

ㄓㄨㄣ(zhūn) ㊋艱難；困苦。如：屯邅。

【屯墾】駐守邊境，開墾荒地。㊎這塊荒地經過大家辛勤屯墾後，已經變成綠油油的農田了。

【屯積】聚集儲存。也作「囤積」。㊎颱風來臨前，應先屯積糧食，做好準備。

山部

3/0 **山** 丨 山 山

ㄕㄢ(shān) ㊔陸地上高起的地形。如：山嶺。

【山水】山和河流。也泛指大自然的景色。㊎太魯閣國家公園的山水壯麗，每年都吸引許多觀光客。

【山羊】哺乳類。體型瘦長，毛粗直，頭部長有一對角，公羊的下巴長有鬍鬚。

【山谷】兩座山之間凹陷的地方。

【山洪】下大雨時，山中突然發生的大水。㊎這次的山洪暴發，奪去了不少寶貴的生命。

【山脈】高低不同的山相連，依一定的方向成一系統。如：中央

山脈。

【山崩】ㄕㄢ ㄅㄥ 山上的泥土和石頭倒塌掉落。㊄前方的公路因為山崩，導致交通完全中斷。

【山嵐】ㄕㄢ ㄌㄢˊ 山中的霧氣。

【山腰】ㄕㄢ ㄧㄠ 一座山中間的部分。

【山腳】ㄕㄢ ㄐㄧㄠˇ 一座山最接近平地的地方。㊆山麓。

【山明水秀】ㄕㄢ ㄇㄧㄥˊ ㄕㄨㄟˇ ㄒㄧㄡˋ 形容風景優美。㊄從這面窗戶望出去，是一片山明水秀的景色。㊆山光水色。

【山珍海味】ㄕㄢ ㄓㄣ ㄏㄞˇ ㄨㄟˋ 指美味豐富的食物。㊄小胖家境很好，時常吃得到山珍海味。㊇粗茶淡飯。

✽登山、名落孫山、跋山涉水

6/3
屹 ㄧˋ (yì) 丨 山 山 山 屹 屹

㊊山勢雄偉高聳的樣子。如：屹屹。㊃堅定不動搖。如：屹立。

【屹立不搖】ㄧˋ ㄌㄧˋ ㄅㄨˋ ㄧㄠˊ 高聳直立，堅定不動搖。㊄那棵老樹經歷了百年風霜，仍然屹立不搖。

7/4
岐 ㄑㄧˊ (qí) 丨 山 山 山 山 岐 岐

㊊分岔的。通「歧」。如：分岐。㊕山名。在陝西。

7/4
岌 ㄐㄧˊ (jí) 丨 山 山 岌 岌 岌 岌

㊊[1]山高峻的樣子。如：岌岌。[2]危險的樣子。如：岌岌可危。

【岌岌可危】ㄐㄧˊ ㄐㄧˊ ㄎㄜˇ ㄨㄟˊ 非常危險的樣子。㊄這棟大樓因為地震而傾斜，情況岌岌可危，居民趕緊撤離。㊆危在旦夕。

7/4
岑 ㄘㄣˊ (cén) 丨 山 山 岑 岑 岑 岑

㊔小而高的山。㊊高。如：岑樓。

7/4
岔

ㄔㄚˋ (chà) 岔

名 1 山脈或道路分歧的地方。如：山岔。2 差錯。如：出岔。形 分歧的。如：岔路。動 轉移；移開。如：岔開。

【岔開】ㄔㄚˋ ㄎㄞ 1 泛指中間分開。例 這條河在出了山谷後岔開為兩條。2 轉移原有的話題。例 現在是討論正事的時候，請別岔開話題。

【岔路】ㄔㄚˋ ㄌㄨˋ 從一個集中點分出去的幾條道路。

8/5
岡

ㄍㄤ (gāng) 岡 岡

名 1 山的高凸處。如：高岡。2 小山。如：岡巒。

8/5
岷

ㄇㄧㄣˊ (mín) 岷 岷

專 1 山名。在四川。2 河流名。在四川。

8/5
岸

ㄢˋ (àn) 岸 岸

名 1 靠近水邊的陸地。如：河岸。2 邊際。如：無邊無岸。形 雄偉。如：偉岸。

✽沙岸、岩岸、沿岸

8/5
岩

ㄧㄢˊ (yán) 岩 岩

名 1 高峻的山崖。如：岩洞。2 構成地殼的主要物質。如：玄武岩。異 「巖」的異體字。

【岩石】ㄧㄢˊ ㄕˊ 組成地殼的主要物質。

【岩漿】ㄧㄢˊ ㄐㄧㄤ 地球內部高熱而呈熔融狀態的物質。

8/5
岫

ㄒㄧㄡˋ (xiù) 岫 岫

名 1 山洞。2 山峰；山巒。如：遠岫。

8/5
岳 ㄩㄝˋ (yuè) ㄧ ㄏ ㄏ ㄏ 丘 乒 岳 岳
名 1高大的山。通「嶽」。如：山岳。2稱呼妻子的父母。如：岳父母。

8/5
岱 ㄉㄞˋ (dài) ノ イ 亻 代 代 代 岱 岱
專 山名。即「泰山」。位於山東泰安的北方。

9/6
峙 ㄓˋ (zhì) 丨 山 山 山 山 山 峙 峙 峙
動 聳立；對立。如：兩山對峙。

9/6
峒 ㄊㄨㄥˊ (tóng) 丨 山 山 山 岬 岬 峒 峒 峒
見「崆峒」。
ㄉㄨㄥˋ (dòng) 專 地名用字。如：大龍峒。

9/6
峇 ㄅㄚ (bā) 丨 山 山 少 火 岕 岕 峇 峇
名 山洞；山窟。專 地名用字。如：峇里島。

10/7
崁 ㄎㄢˇ (kǎn) 丨 山 山 山 山 岁 岁 岁 岁 崁
名 閩南方言。指山崖、山谷。

10/7
峽 ㄒㄧㄚˊ (xiá) 丨 山 山 山 山 山 峽 峽 峽 峽
名 1兩山之間的狹長水道。如：巫峽。2陸塊之間的狹長海道。如：臺灣海峽。3兩山之間。如：山峽。
【峽谷】ㄒㄧㄚˊ ㄍㄨˇ 長而深的山谷，兩旁有峭立的山壁。

10/7
峭 ㄑㄧㄠˋ (qiào) 丨 山 山 山 山 山 屵 峭 峭 峭
形 1山勢高直而危險的樣子。如：陡峭。2寒冷刺人。如：峭寒。
【峭壁】ㄑㄧㄠˋ ㄅㄧˋ 高直而危險的山壁。

10/7
峪 ㄩˋ (yù) 丨 山 山 山 山 山 岕 岕 峪 峪
名 山谷。如：峪口。

山

10/7
峻
ㄐㄩㄣˋ (jùn)

形 1山勢高大而危險。如：險峻。2嚴厲的。如：峻法。

✽高峻、冷峻、陡峻

10/7
峨
ㄜˊ (é)

形 高大雄偉的。如：巍峨。

10/7
峰
ㄈㄥ (fēng)

名 山頂。如：山峰。

【峰迴路轉】ㄈㄥ ㄏㄨㄟˊ ㄌㄨˋ ㄓㄨㄢˇ 1山路曲折。例如果不是當地人，像這樣峰迴路轉的山區，是很容易迷路的。2比喻事情有了轉機。例這項困難的任務，因為小明的幫助而峰迴路轉，終於順利完成了。近柳暗花明。

✽高峰、尖峰、登峰造極

10/7
島
ㄉㄠˇ (dǎo)

名 四周環水的小塊陸地。如：島嶼。

✽群島、環島、離島

11/8
崇
ㄔㄨㄥˊ (chóng)

形 高大的。如：崇山峻嶺。動 尊敬；重視。如：推崇。

【崇尚】ㄔㄨㄥˊ ㄕㄤˋ 景仰；嚮往。例現代社會崇尚自由民主的風氣。

【崇拜】ㄔㄨㄥˊ ㄅㄞˋ 非常尊敬、佩服。例爸爸是我最崇拜的偶像。反鄙視。

【崇高】ㄔㄨㄥˊ ㄍㄠ 很高；高尚。例王老師在學術界享有崇高的地位。

11/8
崆
ㄎㄨㄥ (kōng)

見「崆峒」。

【崆峒】ㄎㄨㄥ ㄊㄨㄥˊ 山名。河南、江西、甘肅都有以此為名的山。

11/8
崛
ㄐㄩㄝˊ (jué)

副 突起。如：崛起。

【崛起】(ㄐㄩㄝˊ ㄑㄧˇ) 山勢高起。比喻人事物的興起。例 最近文壇崛起了許多有創意的新作家。

崎 11/8 ㄑㄧˊ (qí)
形 地形傾斜不正的樣子。如：傾崎。

【崎嶇】(ㄑㄧ ㄑㄩ) 1 路面高低不平的樣子。例 這條山路崎嶇不平，行走時必須特別小心。2 比喻處境困難。例 追逐理想的路就算再崎嶇，也要堅持下去。

崖 11/8 ㄧㄞˊ (yái)
名 陡峭的山邊。如：斷崖。

崗 11/8 ㄍㄤˇ (gǎng)
名 值勤、守衛的地方。如：崗位。
ㄍㄤ (gāng) 名 小山；山的高凸處。通「岡」。

【崗位】(ㄍㄤˇ ㄨㄟˋ) 1 警察或衛兵值勤所站的地點。例 即使風雨很大，交通警察仍站在崗位上指揮交通。2 比喻職位。例 爸爸已經在工作崗位服務滿二十年。

崑 11/8 ㄎㄨㄣ (kūn)
形 高。專 山名用字。如：崑崙山。

崢 11/8 ㄓㄥ (zhēng)
形 高峻。如：崢嶸。

【崢嶸】(ㄓㄥ ㄖㄨㄥˊ) 1 山勢高峻的樣子。2 比喻才能傑出。例 小敏一進公司就展現出崢嶸的能力，因此很受老闆重用。

崩 11/8 ㄅㄥ (bēng)
動 1 物體倒塌。如：山崩。2 毀

壞。如：崩壞。3古代稱皇帝去世。如：駕崩。

【崩塌】(ㄅㄥ ㄊㄚ) 倒塌。例那場大地震使許多的樓房崩塌。

【崩潰】(ㄅㄥ ㄎㄨㄟˋ) 形容受到打擊，無法繼續支撐下去。例在一個月內接連失去妻女和公司，他簡直快崩潰了。

崔 11/8

ㄘㄨㄟ (cuī)

形 高大。

崙 11/8

ㄌㄨㄣˊ (lún)

專 山名用字。如：崑崙山。

嵌 12/9

ㄑㄧㄢ (qiān) 動 把東西填入空隙。如：鑲嵌。

ㄎㄢˇ (kǎn) (限讀) 專 古蹟名用字。如：赤嵌(崁)樓。

嵋 12/9

ㄇㄟˊ (méi)

專 山名用字。如：峨嵋山。

嵐 12/9

ㄌㄢˊ (lán)

名 山中的霧氣。如：山嵐。

嵩 13/10

ㄙㄨㄥ (sōng)

形 高大。如：嵩高。專 山名。在河南，是五嶽之一。

嶄 14/11

ㄓㄢˇ (zhǎn)

形 山高峻的樣子。如：嶄然。動 突出；顯露。如：嶄露頭角。

【嶄新】(ㄓㄢˇ ㄒㄧㄣ) 全新。例爸爸買了一輛嶄新的腳踏車作為妹妹的生日禮物。反 陳舊。

【嶄露頭角】(ㄓㄢˇ ㄌㄨˋ ㄊㄡˊ ㄐㄧㄠˇ) 比喻人開始展現自己的才能，吸引別人注意。例 小美在全縣的田徑比賽中嶄露頭角，獲得了跳遠項目的冠軍。反 深藏不露。

14/11

嶇 ㄑㄩ (qū)

形 山路不平。如：崎嶇。

15/12

嶝 ㄉㄥˋ (dèng)

名 登山的小路。如：山嶝。

17/14

嶸 ㄖㄨㄥˊ (róng)

見「崢嶸」。

17/14

嶼 ㄩˇ (yǔ)

名 凸出水面的小塊陸地；小島。如：彭佳嶼。

17/14

嶺 ㄌㄧㄥˇ (lǐng)

名 1 山脈頂端。如：山嶺。2 高大的山脈。如：秦嶺。

✽果嶺、分水嶺、翻山越嶺

17/14

嶽 ㄩㄝˋ (yuè)

名 高大的山。如：山嶽。

21/18

巍 ㄨㄟ (wēi)

形 很高大的樣子。如：巍巍。

【巍峨】(ㄨㄟ ㄜˊ) 高大雄偉的樣子。例 每個父親都是孩子心中最巍峨的一座山。

巒 22/19 ㄌㄨㄢˊ (luán)

名 連綿不斷的山。是山的泛稱。如：山巒。

巔 22/19 ㄉㄧㄢ (diān)

名 1山頂。如：山巔。2泛指物體的頂端。如：樹巔。

【巔峰】ㄉㄧㄢ ㄈㄥ 1山頂。2比喻人、事、物的發展狀態達到最高點，再也不能超越。例 那位運動選手正處於體能的巔峰時期。近 頂峰。

巖 23/20 ㄧㄢˊ (yán)

巛部

巛 ㄔㄨㄢ 名 高峻的山崖。如：山巖。

川 3/0 ㄔㄨㄢ (chuān) 丿 川 川

名 河流。如：河川。動 用滾水稍微煮過。如：川燙。專 四川的簡稱。

【川流不息】ㄔㄨㄢ ㄌㄧㄡˊ ㄅㄨˋ ㄒㄧ 形容像水流一樣連續不斷。例 這條馬路是運貨車必經的交通要道，即使到了夜晚，車輛依然川流不息。

✽山川、名山大川、臨川羨魚

州 6/3 ㄓㄡ (zhōu)

名 1水中的陸地。通「洲」。如：沙洲。2行政單位的名稱。如：加州。

辨析 「州」和「洲」都可以指水中的陸地，但現在多半習慣用

山 巛

「洲」，如：沙洲、世界五大洲等。而「州」則用在行政單位，如：賓州、加州等。

11/8 **巢** ㄔㄠˊ (cháo) 巛 巛 巛 巛 巛 巛 巛 巛 巢 巢 巢

(名)①鳥類、昆蟲，或泛指動物用以棲息、孕育生命的窩。如：鳥巢；蜂巢。②事物聚集的地方。如：巢穴。

【巢穴】ㄔㄠˊ ㄒㄩㄝˋ ①鳥獸的窩。②敵人或盜賊住的地方。(例)經過警方長期的調查，終於發現了強盜集團的巢穴，查獲大量的贓物。

❀鳩占鵲巢、傾巢而出

工部 ㄍㄨㄥ

3/0 **工** ㄍㄨㄥ (gōng) 一 丅 工

(名)①用勞力工作的人。如：水電工。②指各種花勞力的事情。如：施工。(形)精巧的。如：工整。(動)擅長。如：工於書法。

【工夫】ㄍㄨㄥ ˙ㄈㄨ 也作「功夫」。①空閒的時間。(例)弟弟最近功課很多，沒有工夫看電視。②所花的時間、力氣或心血。(例)妹妹花了好大的工夫，才完成美勞作業。③本事、技術。(例)小明學習國畫多年，工夫十分深厚。

辨析 「工夫」和「功夫」可以通用，但武術、武功的意思寫作「功夫」。

【工作】ㄍㄨㄥ ㄗㄨㄛˋ ①事情；任務。(例)老師請班長負責登記期中考成績的工作。②職業。(例)阿姨的工作是老師。③身體或頭腦的勞動。(例)爸爸在工作的時候，不喜歡有人吵他。

【工具】ㄍㄨㄥ ㄐㄩˋ ①用來做事的器具。②指為了完成目的所用的事物。(例)

電視廣告是推銷產品的工具。

【工廠】(ㄍㄨㄥ ㄔㄤˇ) 可以容納工人、機器來製造物品的地方。

【工整】(ㄍㄨㄥ ㄓㄥˇ) 端正整齊。例 老師覺得班上同學中，小玲的字寫得最工整。反 潦草。

✽勞工、異曲同工、巧奪天工

5/2
巨
ㄐㄩˋ (jù)　一 𠃊 𠂆 𠂇 巨

形 1 大。如：巨大。2 最；極。如：巨痛。

【巨匠】(ㄐㄩˋ ㄐㄧㄤˋ) 指藝術成就傑出的人。近 大師。

【巨著】(ㄐㄩˋ ㄓㄨˋ) 偉大的著作。也作「鉅著」。例 紅樓夢是聞名中外的文學巨著。

5/2
巧
ㄑㄧㄠˇ (qiǎo)　一 丅 工 𢀖 巧

名 技能。如：技巧。形 1 美好的。如：精巧。2 靈活的；聰敏的。如：巧思。3 虛假的。如：花言巧語。副 剛好。如：恰巧。

【巧合】(ㄑㄧㄠˇ ㄏㄜˊ) 剛好相合。例 沒想到他們的生日在同一天，真是巧合。

【巧妙】(ㄑㄧㄠˇ ㄇㄧㄠˋ) 指方法或技術特別高明，超過一般人。例 巴拿馬運河是用很巧妙的方法建成的。反 拙劣。

【巧思】(ㄑㄧㄠˇ ㄙ) 特別而細緻的想法。例 這篇作文因深具巧思而獲首獎。

【巧奪天工】(ㄑㄧㄠˇ ㄉㄨㄛˊ ㄊㄧㄢ ㄍㄨㄥ) 形容人技術精妙高超，成品的美勝過天然生成的。例 美術館所收藏的雕塑作品，件件都巧奪天工。

【巧婦難為無米之炊】(ㄑㄧㄠˇ ㄈㄨˋ ㄋㄢˊ ㄨㄟˊ ㄨˊ ㄇㄧˇ ㄓ ㄔㄨㄟ) 比喻缺少必要的條件時，本領再大的人也不能成功。例 小明雖想編輯班刊，但在沒人投稿的情況下，實在是巧婦難為無米之炊。

✽乖巧、靈巧、熟能生巧

左

5/2

ㄗㄨㄛˇ (zuǒ) 一 ナ 𠂇 𠂇 左

名 左手的那一邊。與「右」相對。如：左邊。形 1 不一致。如：意見相左。2 不正當的。如：旁門左道。

【左右】ㄗㄨㄛˇ ㄧㄡˋ 1 左和右兩邊。例 小莉和坐在左右的同學感情都很好。2 影響。例 他沒什麼主見，時常被旁人左右。3 用在句尾。表示大約。例 這塊布的價錢大約二千元左右。

【左右為難】ㄗㄨㄛˇ ㄧㄡˋ ㄨㄟˊ ㄋㄢˊ 無論怎麼做，處境都很難堪。例 小英和小美同時邀請小濱當舞伴，讓他左右為難。

【左鄰右舍】ㄗㄨㄛˇ ㄌㄧㄣˊ ㄧㄡˋ ㄕㄜˋ 鄰居；住在附近的人家。例 多虧左鄰右舍的幫忙，這場火很快就被撲滅了。

巫

7/4

ㄨ (wū) 一 丅 丌 丌 丌 巫 巫

名 替人與鬼神溝通的人。如：女巫。

【巫婆】ㄨ ㄆㄛˊ 替人占卜，求神賜福，或代替鬼神說話的女巫。

差

10/7

丶 丷 䒑 䒑 羊 羊 羊 𢀖 差 差

ㄔㄚ (chā) 名 1 錯誤。如：差錯。2 不同；區別。如：差別。3 二數相減後所得的數。如：五減四的差是一。形 不好。如：表現太差。動 缺少；不足。如：還差一點。副 勉強。如：差強人意。

ㄔㄞ (chāi) 名 1 被派遣做事的人。如：郵差。2 任務。如：出差。動 派遣。如：差使。

ㄘ (cī) 形 不整齊的。如：參差。

【差別】ㄔㄚ ㄅㄧㄝˊ 不一樣；不同。同「差異」。例 爸媽對我們姐妹倆的愛沒有差別。

【差事】ㄔㄞ ㄕˋ 工作；職業。例 不論是什麼樣的差事，阿倫一定都盡全力去做。

【差錯】(ㄔㄚ ㄘㄨㄛˋ) 錯誤。例比賽前，選手們仔細的檢查裝備，就怕出了什麼差錯。

【差不多】(ㄔㄚ ㄅㄨˋ ㄉㄨㄛ) 1大致相同。例這兩副耳環的價錢差不多。2大約；大概。例王老師差不多九點才會到。

【差強人意】(ㄔㄚ ㄑㄧㄤˊ ㄖㄣˊ ㄧˋ) 勉強還能使人滿意。例鋼琴老師說小娟今天的表現還算差強人意。

✽時差、落差、陰錯陽差

己部 ㄐㄧˇ

己 3/0 ㄐㄧˇ (jǐ)

㇆ ㇆ 己

名天干的第六位。代自稱。本身；己身。如：自己。

【己飢己溺】(ㄐㄧˇ ㄐㄧ ㄐㄧˇ ㄋㄧˋ) 指關懷、同情他人所遭遇的苦難。例有理想的政治家都具有己飢己溺的精神。

✽知己、身不由己、害人害己

已 3/0 ㄧˇ (yǐ)

㇆ ㇆ 已

動停止。如：淚流不已。副表示過去的時間。如：已經。

【已經】(ㄧˇ ㄐㄧㄥ) 表示過去的時間。例小倫已經學了三年的英文，卻還是不敢開口說。

辨析 「已經」可以表示動作完成或仍在繼續。「曾經」則是動作已經完成。

✽而已、不得已、木已成舟

巳 3/0 ㄙˋ (sì)

㇆ ㇆ 巳

名1地支的第六位。2時辰名。指上午九點到十一點。

巴 4/1 ㄅㄚ (bā)

㇆ ㇆ ㇆ 巴

名1黏結成塊的東西。如：泥巴。

②下顎。如：下巴。動①急切的盼望。如：巴望。②討好。如：巴結。助用在語尾。無義。如：尾巴。

【巴結】ㄅㄚ ㄐㄧㄝˊ 奉承；討好。例小夫那副巴結老師的嘴臉真令人討厭！

近諂媚。

【巴不得】ㄅㄚ ㄅㄨˋ ㄉㄜˊ 非常盼望。例小強巴不得趕快放暑假。

✽結巴、凶巴巴、眼巴巴

9/6
巷
ㄒㄧㄤˋ (xiàng) 一 十 廾 廾 共 共 巷 巷 巷

名小街道。如：巷子。

【巷弄】ㄒㄧㄤˋ ㄌㄨㄥˋ 小巷子。

【巷議街談】ㄒㄧㄤˋ ㄧˋ ㄐㄧㄝ ㄊㄢˊ 大街小巷間人們的討論、傳言。也作「街談巷議」。例那些巷議街談聽聽就好了，不用太相信。

✽死巷、防火巷、大街小巷

12/9
巽
ㄒㄩㄣˋ (xùn) ㄱ ㄱ 巳 巳 巳巳 巳巳 巽 巽 巽 巽 巽 巽

形謙虛。通「遜」。如：謙巽。

巾部
ㄐㄧㄣ

3/0
巾
ㄐㄧㄣ (jīn) 丨 冂 巾

名用來擦拭、包裹或覆蓋的布。如：毛巾。

【巾幗】ㄐㄧㄣ ㄍㄨㄛˊ 本指古代婦女的裝飾品。後用為婦女的代稱。例花木蘭是傳說中有名的巾幗英雄。

✽絲巾、紙巾、浴巾

5/2
市
ㄕˋ (shì) 丶 亠 亠 方 市

名①聚集貨物，做買賣的地方。如：夜市。②人口集中、工商業和文化發達的地方。如：城市。③行政單位的名稱。如：宜蘭市。

【市場】ㄕˋ ㄔㄤˇ 1買賣貨物的地方。例媽媽每天都會上市場買菜。2指商品買賣的範圍。例臺灣的手工藝品已經打入歐洲市場了。

【市井小民】ㄕˋ ㄐㄧㄥˇ ㄒㄧㄠˇ ㄇㄧㄣˊ 指一般百姓。例這本書的內容傳達出許多市井小民的心聲。反達官貴人。

❋門市、上市、門庭若市

5/2
布 ㄅㄨˋ (bù)
一 ナ 𠂇 右 布

名棉、麻、化學纖維等織品的總稱。如：布料。動1公告。如：宣布。2陳列；擺設。如：布置。3安排；規劃。如：布局。4流傳；散開。如：分布。5施予；給予。如：布施。

辨析 「布」當動詞時與「佈」通用，如「宣布」也可以寫作「宣佈」。但現今法律規章中的用字一律使用「公布」、「分布」、「頒布」，而不用「佈」。

【布告】ㄅㄨˋ ㄍㄠˋ 1對大眾宣布。2張貼在公共場所給大家看的文件。

【布施】ㄅㄨˋ ㄕ 贈送財物來救助貧苦的人。例王老太太為人慈悲善良，時常布施貧苦的百姓。

【布景】ㄅㄨˋ ㄐㄧㄥˇ 按照表演的需要，在舞臺上放置的景物。

【布置】ㄅㄨˋ ㄓˋ 安排裝飾。例同學在學藝股長的帶領下一起布置教室。

【布袋戲】ㄅㄨˋ ㄉㄞˋ ㄒㄧˋ 一種將布偶套在手上表演的戲劇。也作「掌中戲」。

❋瀑布、膠布、除舊布新

6/3
帆 ㄈㄢˊ (fān)
丨 冂 巾 巾 帆 帆

名1掛在船桅上，藉著風力使船前進的布。如：船帆。2借指帆船。如：孤帆。

【帆布】ㄈㄢˊ ㄅㄨˋ 用棉、麻織成的粗厚布料，堅固耐用。

【帆船】(ㄈㄢˊ ㄔㄨㄢˊ) 裝有帆篷，利用風力前進的船。

✽揚帆、風帆、一帆風順

7/4
希 ㄒㄧ (xī)

形 少。通「稀」。如：希有。動 期盼。如：希望。

【希罕】(ㄒㄧ ㄏㄢˇ) 1 少見；少有。例 藍色的鑽石非常希罕，價錢也比較昂貴。2 珍惜。例 阿強很正直，以不當手段得到的錢他一點也不希罕。

8/5
帘 ㄌㄧㄢˊ (lián)

名 1 古代掛在店門外當招牌的旗子。如：酒帘。2 遮蔽門窗的東西。如：窗帘。

8/5
帚 ㄓㄡˇ (zhǒu)

名 掃除塵土或髒東西的用具。俗稱「掃把」。如：掃帚。

8/5
帖

ㄊㄧㄝˇ (tiě) 名 1 信函；書簡。如：喜帖。2 學書法或畫畫用的範本。如：字帖。量 計算中藥的單位。如：一帖藥。

ㄊㄧㄝ (tiē) 通「貼」。動 順服。形 適當。

8/5
帕 ㄆㄚˋ (pà)

名 擦手臉的小方巾。如：手帕。

8/5
帑 ㄊㄤˇ (tǎng)

名 國家的、公有的錢財。如：公帑。

8/5
帛 ㄅㄛˊ (bó)

名 絲織品的總稱。如：布帛。

9/6
帝 ㄉㄧˋ (dì)

名 1 古代指最高位階的天神。如：天帝。2 國君；君主。如：帝王。

【帝號】ㄉㄧˋ ㄏㄠˋ 皇帝的稱號。

✽皇帝、大帝、稱帝

帥 9/6

ㄕㄨㄞˋ (shuài)

名 軍中的最高指揮官。如：元帥。

形 俊俏；瀟灑。如：他長得很帥。

【帥氣】ㄕㄨㄞˋ ㄑㄧˋ 形容人的穿著或風度俊俏瀟灑，帶有陽剛的氣質。例 阿吉認真打球的樣子很帥氣。

✽主帥、將帥、統帥

席 10/7

ㄒㄧˊ (xí)

名 1 用草莖或竹片等材料編成的墊子，可供坐臥。通「蓆」。如：草席。2 座位。如：入席。3 職位。如：教席。4 宴會。如：酒席。量 計算職位或會議人數的單位。如：七席議員。

【席次】ㄒㄧˊ ㄘˋ 1 座位的順序。例 看電影時，觀眾必須依席次入座。2 政治團體在議會中所占的座位。藉以表示當選的人數。例 這次選舉，執政黨搶下了不少席次。

【席捲】ㄒㄧˊ ㄐㄩㄢˇ 比喻全部占有或帶走。例 程先生席捲了今年世界各大服裝比賽的設計獎。

✽主席、缺席、流水席

師 10/7

ㄕ (shī)

名 1 教授學問、知識的人。如：老師。2 有專門技術的人。如：工程師。3 泛指軍隊。如：出師。4 古代的首都。如：京師。5 對道士、僧尼的尊稱。如：法師。動 效法；學習。如：師法。

【師父】ㄕ ㄈㄨˋ 1 學徒對老師的敬稱。2 對道士或僧尼的敬稱。3 敬稱

有專門技術的人。

【師長】(ㄕ ㄓㄤˇ) 老師和長輩。也可單指老師。

✽導師、律師、尊師重道

11/8
帶
ㄉㄞˋ (dài)

(名) ①用來繫衣物的條狀物。如：腰帶。②泛指一切條狀物。如：海帶。③區域。如：熱帶。(動) ①率領。如：帶隊。②含；附。如：帶著微笑。

【帶動】(ㄉㄞˋ ㄉㄨㄥˋ) 引領推動。(例)大寶的個性活潑，很能帶動班級的氣氛，是同樂會最佳的主持人選。

【帶領】(ㄉㄞˋ ㄌㄧㄥˇ) 率領。(例)在體育股長的帶領下，我們班獲得了拔河比賽的冠軍。

✽膠帶、夾帶、聲帶

11/8
常
ㄔㄤˊ (cháng)

(名) 倫理關係。如：倫常。(形) ①普通的；平凡的。如：常人。②規律的；不變的。如：常溫。(副) 時時。有頻繁的意思。如：經常。

【常理】(ㄔㄤˊ ㄌㄧˇ) 一般的道理。(例)依照常理，人在生病時，心理也會變得比較脆弱。

【常態】(ㄔㄤˊ ㄊㄞˋ) 一般的狀態。(例)春夏秋冬的季節轉變是大自然的常態。

【常識】(ㄔㄤˊ ㄕˋ) 一般人都該知道的知識。(例)感冒時要多喝水是常識。

✽通常、往常、習以為常

11/8
帳
ㄓㄤˋ (zhàng)

(名) ①有頂的帷幕。如：蚊帳。②財物收入和支出的紀錄。通「賬」。如：記帳。

【帳目】(ㄓㄤˋ ㄇㄨˋ) 登記在帳本上的收支項目。

【帳篷】(ㄓㄤˋ ㄆㄥˊ) 臨時搭建的篷子。可供露營、遮風避雨用。

✽結帳、賴帳、流水帳

11/8
帷

ㄨㄟˊ (wéi) 丨 冂 巾 … 帷

名 把內外隔開的布。如：床帷。

【帷幕】(ㄨㄟˊ ㄇㄨˋ) 帳幕。例 舞臺上的帷幕已升起，表演即將開始。

✽窗帷、門帷、運籌帷幄

12/9
幅

ㄈㄨˊ (fú) 丨 冂 巾 … 幅

名 1布的寬度。如：布幅。2泛指寬度。如：幅員。3表示文字或書畫的分量。如：篇幅。4布帛、衣服的邊緣。如：邊幅。量 計算布帛或字畫的單位。如：一幅畫。

【幅度】(ㄈㄨˊ ㄉㄨˋ) 1物體振動的程度。2事物變化的程度。例 經過開會討論後，廚師們決定要將飯店的菜單做大幅度的修改。

【幅員】(ㄈㄨˊ ㄩㄢˊ) 領域。例 加拿大是個幅員廣大的國家。

✽漲幅、巨幅、不修邊幅

12/9
幄

ㄨㄛˋ (wò) 丨 冂 巾 … 幄

名 像屋子一樣大的帳幕。如：帷幄。

12/9
帽

ㄇㄠˋ (mào) 丨 冂 巾 … 帽

名 1戴在頭上的遮蔽物。如：帽子。2泛指作用像帽子的物品。如：螺絲帽。

✽草帽、脫帽、安全帽

12/9
幀

ㄓㄥˋ (zhèng) 丨 冂 巾 … 幀

量 計算字畫、圖片、相片的單位。如：一幀畫像。

13/10
幌

ㄏㄨㄤˇ (huǎng) 丨 冂 巾 … 幌

名 可以遮蓋的布。如：繡幌。

【幌子】(ㄏㄨㄤˇ ˙ㄗ) 1 古代酒店用來招引客人的布，類似現代的招牌。2 用來欺騙他人的言語或行為。例 弟弟以去同學家寫功課為幌子，其實是去打電動。

幣 14/11

ㄅㄧˋ (bì)

名 金錢。如：貨幣。

※銅幣、硬幣、金幣

幕 14/11

ㄇㄨˋ (mù)

名 1 垂掛的布幔。如：布幕。2 用來放映的平面物體。如：銀幕。量 計算戲劇段落的單位。如：第一幕。

【幕後】(ㄇㄨˋ ㄏㄡˋ) 在舞臺布幕的後面。引申為事物的背後。例 這次的園遊會如此成功，學藝股長是最大的幕後功臣。

【幕僚】(ㄇㄨˋ ㄌㄧㄠˊ) 協助主管處理文書和日常事務的人。

※字幕、開幕、螢光幕

幛 14/11

ㄓㄤˋ (zhàng)

名 上面有題字，用來慶賀或弔祭的布帛。如：壽幛。

幔 14/11

ㄇㄢˋ (màn)

名 懸掛起來遮擋或隔離的布。如：帷幔。

辨析 幄、帳、幕、幔、帷五字意義相近，而略有不同。幄，是像屋子一樣大的帳幕。帳，是有頂的帷幕，比幄小。幕、幔，都是覆蓋、遮蔽在頂上的布。帷，則是圍在四周的布。

巾

14/11
幗
ㄍㄨㄛˊ (guó)

㊔古代婦女的頭巾。如：巾幗英雄。

15/12
幢
ㄔㄨㄤˊ (chuáng)

㊔古代用羽毛作裝飾的一種旗子。如：旗幢。㊧計算房屋的單位。如：一幢古屋。

【幢幢】ㄔㄨㄤˊ ㄔㄨㄤˊ 搖動不定的樣子。㊥那座屋子荒廢了許久，很多人都說曾在那裡看到幢幢鬼影。

15/12
幟
ㄓˋ (zhì)

㊔旗子。如：旗幟。

❋標幟、易幟、獨樹一幟

17/14
幫
ㄅㄤ (bāng)

㊔①物體兩旁豎起的部分。如：鞋幫。②為了某種目的或利益而結合成的組織。如：黑幫。㊐①從旁協助。如：幫忙。②附和；襯托。如：幫腔。㊧計算成群的人或物。如：一幫旅客。

【幫凶】ㄅㄤ ㄒㄩㄥ 幫助別人行凶做壞事的人。㊜共犯。

【幫手】ㄅㄤ ㄕㄡˇ 助手。

【幫派】ㄅㄤ ㄆㄞˋ 不良分子所組成的團體。

❋穿幫、腮幫子、走單幫

干部

3/0
干 ㄍㄢ (gān)

一 二 干

㊔ 1古代兵器。指盾牌。如：干戈。2天干的簡稱。如：干支。3大約的數量。如：若干。4經過脫水加工製造的乾燥食品。如：筍干。㊖ 1有關；涉及。如：相干。2強行參預。如：干預。3冒犯；觸犯。如：干犯。

【干戈】ㄍㄢ ㄍㄜ 1古代兵器中的盾牌和矛。2比喻戰爭。㊎ 這兩個國家為了爭奪石油而大動干戈。

【干涉】ㄍㄢ ㄕㄜˋ 插手過問別人的事。㊎ 我們不該干涉他人的私事。㊍ 干預。㊌ 放任。

【干擾】ㄍㄢ ㄖㄠˇ 1攪亂；打擾。㊎ 凌晨的鞭炮聲，干擾了附近人家的睡眠。㊍ 妨礙。2電波受到影響而有雜訊。㊎ 廣播受到干擾，聲音一直聽不清楚。

✽豪氣干雲、化干戈為玉帛

5/2
平 ㄆㄧㄥˊ (píng)

一 ㄧ ㄈ ㄫ 平

㊔ 漢語聲調之一。如：平聲。㊒ 1沒有高低凹凸。如：平坦。2普通的。如：平時。3公正。如：持平而論。4安寧。如：和平。5均等的；不分勝負的。如：平等。㊖ 消除動亂。如：平定天下。㊓ 憑空；無緣無故。如：平白。

【平凡】ㄆㄧㄥˊ ㄈㄢˊ 很普通，沒什麼特別的。㊎ 阿強是個平凡的小學生。㊌ 出眾。

【平手】ㄆㄧㄥˊ ㄕㄡˇ 指比賽分不出輸贏。㊎ 這場比賽雙方實力相等，最後以平手收場。

【平均】 ㄆㄧㄥˊ ㄐㄩㄣ 沒有輕重大小的分別。例晚餐的花費由大家平均分攤。

【平空】 ㄆㄧㄥˊ ㄎㄨㄥ 無緣無故。也作「憑空」。例廣場上的銅像一夜之間平空消失，沒有人知道被搬到哪裡去了。近無端。

【平原】 ㄆㄧㄥˊ ㄩㄢˊ 陸地上海拔高度低，且平緩廣闊的區域。

【平息】 ㄆㄧㄥˊ ㄒㄧˊ 止息；消除。例小祥的機智平息了一場激烈的衝突。

【平常】 ㄆㄧㄥˊ ㄔㄤˊ 1一般的時候。例阿志平常都會吃完早餐才去上學。近平時。2普通；不特別。例這道小吃味道平常，沒有傳說中那樣美味。

【平等】 ㄆㄧㄥˊ ㄉㄥˇ 指人的地位、權利、義務、機會都一樣。例法律之前，人人平等。

【平衡】 ㄆㄧㄥˊ ㄏㄥˊ 事物相關或相對的部分保持均等、一致的狀態。例阿美走路不小心，身體失去平衡而跌倒。

【平靜】 ㄆㄧㄥˊ ㄐㄧㄥˋ 祥和安定。例張爺爺晚年住在鄉下，生活過得很平靜。

【平交道】 ㄆㄧㄥˊ ㄐㄧㄠ ㄉㄠˋ 鐵路和一般道路的交叉處。通常會有柵欄或警告標誌提醒行人注意安全。

【平白無故】 ㄆㄧㄥˊ ㄅㄞˊ ㄨˊ ㄍㄨˋ 沒有理由和原因。例老林出門買報紙時，平白無故被野狗咬了一口。

【平易近人】 ㄆㄧㄥˊ ㄧˋ ㄐㄧㄣˋ ㄖㄣˊ 1態度和藹親切，讓人容易親近。例翁大哥平易近人，小朋友下課後都愛找他玩。反高不可攀。2文字簡單，讓人容易理解。例這本書的內容平易近人，小朋友一定看得懂。

❀太平、打抱不平、心平氣和

并 6/3

ㄅㄧㄥˋ (bìng) 丶 丷 䒑 兰 关 并

動合在一起。如：兼并。

年 6/3

ㄋㄧㄢˊ (nián) ノ 𠂉 𠂒 𠂔 𠂕 年

㊔1五穀收成。如：豐年。2歲數。如：年齡。3時期；時代。如：童年。4年節。如：過年。㊓1年節的。如：年糕。2每年的。如：年表。㊕計算時間的單位。以地球繞太陽一周為一年，約有三百六十五又四分之一天。

【年紀】(ㄋㄧㄢˊ ㄐㄧˋ) 年齡。㊖年歲；歲數。

【年貨】(ㄋㄧㄢˊ ㄏㄨㄛˋ) 過年時所需的一切物品。

【年輕】(ㄋㄧㄢˊ ㄑㄧㄥ) 年紀不大。㊟何太太年輕時很漂亮，是鎮上公認的美女。

【年輪】(ㄋㄧㄢˊ ㄌㄨㄣˊ) 樹幹橫斷面上的同心環紋。從紋數可以推算樹木的年齡。

【年夜飯】(ㄋㄧㄢˊ ㄧㄝˋ ㄈㄢˋ) 指農曆除夕夜，家人團聚的晚餐。

【年輕力壯】(ㄋㄧㄢˊ ㄑㄧㄥ ㄌㄧˋ ㄓㄨㄤˋ) 年紀輕、體力好。㊟阿凱年輕力壯又勤快，所以老闆非常喜歡他。㊢年老力衰。

※雙十年華、度日如年

8/5

幸

ㄒㄧㄥˋ (xìng) 一 十 土 圡 圡 去 㚔 幸

㊔好運。如：幸福。㊐高興。如：幸災樂禍。㊒僥倖。如：幸免於難。

【幸運】(ㄒㄧㄥˋ ㄩㄣˋ) 好運氣。㊟小明連續猜了五次拳都贏，真是幸運。㊢不幸；厄運。

【幸虧】(ㄒㄧㄥˋ ㄎㄨㄟ) 還好；好在。通常指僥倖避免了某種災禍。㊟幸虧下了一場雨，不然田裡的菜都快枯死了。㊖幸好。

【幸災樂禍】(ㄒㄧㄥˋ ㄗㄞ ㄌㄜˋ ㄏㄨㄛˋ) 看到別人發生災禍，不但不同情，反而覺得高興。㊟幸災樂禍是缺乏同情心的表現。

※所幸、慶幸、榮幸

13/10
幹
ㄍㄢˋ (gàn)

㊔ 1事物的主要部分。如：主幹。2才能。如：才幹。㊓主要的。如：交通幹線。㊒做。如：埋頭苦幹。

【幹勁】ㄍㄢˋ ㄐㄧㄣˋ 做事的熱忱與活力。㊖新進的職員充滿了幹勁，做什麼事都十分認真。

【幹部】ㄍㄢˋ ㄅㄨˋ 在團體中擔任職務，地位較重要的人。

✽軀幹、骨幹、能幹

ㄧㄠ
幺部

4/1
幻
ㄏㄨㄢˋ (huàn)

㊓虛假的；不真實的。如：虛幻。
㊒變化。如：變幻。

【幻想】ㄏㄨㄢˋ ㄒㄧㄤˇ 想像一些不符合實際或是不可能發生的事情。㊖阿和躺在被窩裡，幻想著明天不用上學。

【幻覺】ㄏㄨㄢˋ ㄐㄩㄝˊ 感官、心理因為錯覺而產生的虛幻不真實的感覺。

✽夢幻、奇幻、迷幻

5/2
幼
ㄧㄡˋ (yòu)

㊔小孩子。如：長幼有序。㊓年紀小的；初生的。如：幼芽。

【幼苗】ㄧㄡˋ ㄇㄧㄠˊ 1剛從泥土中冒出地面的植物。2比喻兒童。㊖政府非常重視國家幼苗的培養與教育。

【幼稚】ㄧㄡˋ ㄓˋ 1形容年紀很小或指年紀很小的孩童。㊖幼稚的孩子是最天真可愛的。2形容人無知或不成熟。㊖小毛總是喜歡作弄別人，行為很幼稚。

✽年幼、長幼、扶老攜幼

9/6
幽 ㄧㄡ (yōu)

㊄形 1昏暗。如：幽暗。2雅致。如：幽美。3深遠。如：幽思。4清靜。如：幽靜。

【幽浮】ㄧㄡ ㄈㄨˊ 英語UFO的音譯。指不明來源的飛行物體。㊄近 飛碟。

【幽雅】ㄧㄡ ㄧㄚˇ 清靜高雅。例那棟小旅館位在郊外，環境十分幽雅。

【幽靜】ㄧㄡ ㄐㄧㄥˋ 幽雅寧靜。例這是校園中最幽靜的角落，也是小雲和小花談心事的祕密基地。反熱鬧。

【幽默】ㄧㄡ ㄇㄛˋ 英語humor的音譯。形容意思深遠而有趣。例她為人幽默，很好相處。近風趣。

❀清幽、尋幽訪勝、思古幽情

12/9
幾

ㄐㄧˇ (jǐ) 形 表示不確定的數目。如：來了幾百人。副 1用來問有多少數目的疑問詞。如：幾個人？2什麼。表示時間的疑問詞。如：幾時？

ㄐㄧ (jī) 副 將近。如：幾乎。

【幾乎】ㄐㄧ ㄏㄨ 接近；差一點。例小榕為了出國留學，幾乎每天都讀英文讀到深夜。

广 ㄧㄢˇ 部

7/4
庇 ㄅㄧˋ (bì)

動 保護。如：包庇。

【庇護】ㄅㄧˋ ㄏㄨˋ 保護。例有了爸媽的庇護，孩子才能平安長大。

7/4
床 ㄔㄨㄤˊ (chuáng)

名 1供人睡臥的家具。如：彈簧床。2底部。如：河床。量 計算棉被或被單的單位。如：一床棉被。

✽賴床、溫床、臨床

7/4
序
ㄒㄩˋ (xù) 序
丶 亠 广 户 户 户 序 序

名 ①商朝對學校的稱呼。如：庠序。②次第。如：次序。③文體的一種。如：自序。形 開頭的。如：序幕。

【序文】(ㄒㄩˋ ㄨㄣˊ) 文體的一種。通常放在正文的前面，內容大多關於寫書的動機、經過、全書大意或是評論。由作者自己寫的稱「自序」，由別人寫的稱「代序」。近 序言。

【序幕】(ㄒㄩˋ ㄇㄨˋ) ①戲劇正式開始前的一場戲。用來介紹戲劇的背景、劇情或主題。②比喻事情的開端。例 開學前的新生訓練，揭開了小學生涯的序幕。

✽秩序、長幼有序、循序漸進

8/5
庚
ㄍㄥ (gēng) 庚
丶 亠 广 户 户 户 庚 庚

名 ①天干的第七位。②年齡。如：貴庚。

辨析 「貴庚」是詢問他人年齡時所用的敬語，如：「請問您今年貴庚？」若對象為年輕女子，則通常用：「請問小姐芳齡？」

8/5
店
ㄉㄧㄢˋ (diàn) 店
丶 亠 广 广 广 广 店 店

名 ①賣東西的地方。如：商店。②旅館。如：旅店。

【店面】(ㄉㄧㄢˋ ㄇㄧㄢˋ) 商家陳列物品和做買賣的地方。

【店鋪】(ㄉㄧㄢˋ ㄆㄨˋ) 商店。

✽分店、專賣店、雜貨店

8/5
庖
ㄆㄠˊ (páo) 庖
丶 亠 广 广 庁 庁 庖 庖

名 ①廚房。如：庖廚。②廚師。如：庖丁。

8/5
府
ㄈㄨˇ (fǔ) 府府
丶 亠 广 广 庁 庁 府 府

㊔ 1 古代官方收藏文書或財物的地方。如：府庫。2 官員辦公的地方。如：市政府。3 尊稱別人的住家。如：貴府。

【府上】ㄈㄨˇ ㄕㄤˋ 尊稱別人的住家。㊄ 有機會一定到府上拜訪您。

❀官府、學府、打道回府

8/5
底
丶 亠 广 广 庀 庀 底 底

ㄉㄧˇ (dǐ) ㊔ 1 器物最下面的部分。如：床底。2 文書的原稿。如：底稿。3 末尾；終點。如：月底。4 詳細的原因或內情。如：謎底。㊢ 基本的。如：底薪。

·ㄉㄜ (de) ㊥ 用在名詞或代名詞之後。表示「所有」。通「的」。

【底細】ㄉㄧˇ ㄒㄧˋ 詳細的原因或內情。㊄ 在查清楚這個陌生人的底細前，你最好小心點。

【底稿】ㄉㄧˇ ㄍㄠˇ 原始的稿子；留著當依據的稿子。㊅ 原稿。

❀徹底、心底、到底

9/6
庠
ㄒㄧㄤˊ (xiáng) 庠庠庠
丶 亠 广 广 庀 庀 庀

㊔ 周朝對學校的稱呼。如：庠序。

辨析 周朝的學校稱「庠」，商朝稱「序」。後來以「庠序」泛稱學校。

9/6
度
度
丶 亠 广 广 庀 庀 庀 庀 度

ㄉㄨˋ (dù) ㊔ 1 標準；規範。如：法度。2 量長短的單位或標準。如：度量衡。3 人的胸懷、儀態。如：風度。㊍ 過。如：歡度佳節。㊧ 1 計算經驗的單位。如：二度獲獎。2 按照一定標準劃分的單位。如：九十度角。

ㄉㄨㄛˋ (duò) ㊍ 1 考慮；推測。如：揣度。2 測量。如：量度。

广

【度假 ㄉㄨˋ ㄐㄧㄚˋ】度過假日。也作「渡假」。例夏天時，我們全家常到海邊度假。

【度量 ㄉㄨˋ ㄌㄧㄤˋ】一 ㄉㄨˋ ㄌㄧㄤˋ 能包容他人的胸襟。例小美很少因同學開她玩笑而生氣，是個度量大的女孩。近器量。二 ㄉㄨㄛˋ ㄌㄧㄤˊ 測量長短大小。例買窗簾前，記得要先度量窗戶的大小。

【度日如年 ㄉㄨˋ ㄖˋ ㄖㄨˊ ㄋㄧㄢˊ】過一天像是過一年一樣長。形容生活困難或是心情很焦急。例因為賭博而背負著好幾百萬的債務，讓王叔叔覺得度日如年。

✽弧度、限度、緯度

10/7

庫

ㄎㄨˋ (kù) 、 亠 广 广 庐 启 启 启 宣 庫

名存放物品的地方。如：倉庫。

【庫存 ㄎㄨˋ ㄘㄨㄣˊ】倉庫中存放的物品。近存貨。

✽水庫、車庫、資料庫

10/7

座

ㄗㄨㄛˋ (zuò) 、 亠 广 广 庂 庂 庂 庂 座 座

名1供人坐的位子。如：高朋滿座。2器物的托架或基礎部分。如：底座。3星座的簡稱。如：處女座。量計算高大物體的單位。如：一座山。

【座位 ㄗㄨㄛˋ ㄨㄟˋ】供人坐的位子。

【座右銘 ㄗㄨㄛˋ ㄧㄡˋ ㄇㄧㄥˊ】用來警惕、勉勵自己的格言。例「有志者事竟成」是我的座右銘。

【座無虛席 ㄗㄨㄛˋ ㄨˊ ㄒㄩ ㄒㄧˊ】沒有半個座位空著。形容人很多。例當紅明星開演唱會，所有場次都座無虛席。

✽星座、講座、插座

10/7

庭

ㄊㄧㄥˊ (tíng) 、 亠 广 广 广 庄 庄 庄 庭 庭

名1屋子前面的空地。如：庭院。

2司法機關審理案件的地方。如：法庭。3家。如：家庭。4泛指寬廣的地方。如：大庭廣眾。

【庭園】ㄊㄧㄥˊ ㄩㄢˊ 庭院和花園。

❀天庭、開庭、門庭若市

11/8
康
ㄎㄤ (kāng) 丶 亠 广 户 户 户 户 庚 庚 庚 康

形 1平安的；沒有生病的。如：健康。2豐足的；安樂的。如：小康之家。3寬廣平坦的。如：康莊大道。

【康復】ㄎㄤ ㄈㄨˋ 病好了；恢復健康。例 在醫生和護理師細心照顧下，奶奶的病很快就康復了。近 痊癒。

【康莊大道】ㄎㄤ ㄓㄨㄤ ㄉㄚˋ ㄉㄠˋ 寬廣的大路。比喻平順的前途。例 經過多年的努力，大強的事業終於走上了康莊大道。

❀安康、團康、富強康樂

11/8
庸
ㄩㄥ (yōng) 丶 亠 广 户 户 户 肩 肩 肩 庸

名 功勞。如：酬庸。形 1平凡的；普通的。如：平庸。2拙劣的。如：庸醫。動 用；需要。如：無庸置疑。

【庸俗】ㄩㄥ ㄙㄨˊ 平凡俗氣。例 多讀書、多欣賞藝術，可以讓我們不致成為一個庸俗的人。

【庸人自擾】ㄩㄥ ㄖㄣˊ ㄗˋ ㄖㄠˇ 指本來沒有事，卻自尋煩惱。例 長青春痘又不是什麼大不了的事，小美卻因此而不敢出門，真是庸人自擾。近 杞人憂天。

❀昏庸、附庸、中庸

11/8
庶
ㄕㄨˋ (shù) 丶 亠 广 广 广 庐 庐 庐 庐 庶 庶

名 1平民。如：庶民。2旁支；非正妻所生的孩子。與「嫡」相對。如：庶子。

庵 11/8
ㄢ (ān) 丶亠广广庐庆庆庵庵庵庵

(名)[1]圓形的草房。[2]女性出家人居住的小寺廟。如：尼姑庵。

庾 11/8
ㄩˇ (yǔ) 丶亠广广广广庐庐庐庐庾

(名)古代沒有屋頂的穀倉。如：倉庾。

廊 12/9
ㄌㄤˊ (láng) 丶亠广广庐庐庐庐庐庐廊廊

(名)[1]屋簷下的走道，或有屋頂的走道。如：走廊。[2]展示藝術品的地方。如：藝廊。

❀長廊、畫廊、髮廊

廄 12/9
ㄐㄧㄡˋ (jiù) 丶亠广广庐庐庐庐庐庐廄廄

(名)[1]馬棚；馬房。[2]泛指動物住的房舍。

廂 12/9
ㄒㄧㄤ (xiāng) 丶亠广广广庐庐廂廂廂廂廂

(名)[1]正屋兩側的房子。如：廂房。[2]邊；面。如：一廂情願。[3]戲院等娛樂場所裡特別隔開的座位。如：包廂。

廁 12/9
ㄘㄜˋ (cè) 丶亠广广庐庐庐庐庐庐廁廁

(名)大小便的地方。如：廁所。(動)參與；夾雜在其中。如：廁身政壇。

【廁身其間】ㄘㄜˋ ㄕㄣ ㄑㄧˊ ㄐㄧㄢ 置身在當中。指參與事情。(例)今年畢業典禮的規劃，小安也廁身其間。(反)置身事外。

❀公廁、如廁、毛廁

廉 13/10
ㄌㄧㄢˊ (lián) 丶亠广广广产产庐庐庐廉廉廉

(形)[1]不貪汙的。如：清廉。[2]便宜。如：低廉。

【廉恥】ㄌㄧㄢˊ ㄔˇ 廉潔而知恥。(例)大瑋作弊被發現，還一直堅持自己沒有

做錯，真是不知廉恥。

【廉價】ㄌㄧㄢˊ ㄐㄧㄚˋ 價錢很便宜。例市場裡有一家「十元商店」，賣的都是一些廉價的日用品。

【廉潔】ㄌㄧㄢˊ ㄐㄧㄝˊ 指人品清廉高潔。例李縣長的廉潔，足以作為所有縣府官員的模範。

✽物美價廉、寡廉鮮恥

廈 13/10

ㄒㄧㄚˋ (xià)

丶 亠 广 广 庐 庐 庐 庐 庐 庐 庐 廈

名 高大的房屋。如：華廈。

廓 14/11

ㄎㄨㄛˋ (kuò)

丶 亠 广 广 广 广 庐 庐 庐 庐 庐 廓 廓

名 物體的周圍。如：輪廓。動 清除。如：廓清。

廖 14/11

ㄌㄧㄠˋ (liào)

丶 亠 广 广 广 广 庐 庐 庐 庐 庐 廖 廖

專 姓。

廚 15/12

ㄔㄨˊ (chú)

丶 亠 广 广 广 广 庐 庐 庐 庐 庐 庐 廚 廚

名 1 煮飯做菜的地方。如：廚房。2 煮飯做菜的人。如：大廚。

【廚餘】ㄔㄨˊ ㄩˊ 烹煮或用餐後所剩下不要的食物等。

✽掌廚、主廚、名廚

廝 15/12

ㄙ (sī)

丶 亠 广 广 广 广 庐 庐 庐 庐 庐 庐 廝 廝 廝

名 1 僕役。如：小廝。2 傢伙。對人輕視的稱呼。如：那廝。副 互相。如：廝守終生。

【廝守】ㄙ ㄕㄡˇ 相守在一起。例牧師祝福新郎和新娘幸福廝守一輩子。

【廝殺】ㄙ ㄕㄚ 互相打鬥。例這部電影中有些廝殺場面太過血腥，小孩子最好不要看。

广

15/12
廣
ㄍㄨㄤˇ (guǎng) 丶 亠 广 广 庐 庐 庐 庐 庐 庐 庐 庐 廣 廣 廣

名 寬度。如：地廣八丈。形 1多。如：大庭廣眾。2寬大。如：廣場。動 擴充；擴展。如：推廣。

【廣泛】ㄍㄨㄤˇ ㄈㄢˋ 範圍很大。例 阿仁喜歡運動、旅遊、唱歌等，興趣很廣泛。

【廣播】ㄍㄨㄤˇ ㄅㄛˋ 1電臺利用無線電波傳送節目的方式。2廣泛傳播。例 這件事希望你能幫我保密，不要四處廣播。

【廣闊】ㄍㄨㄤˇ ㄎㄨㄛˋ 廣大寬闊。例 每次看到廣闊的大海，心情也會跟著開朗起來。反 窄小。

❋寬廣、深廣、見多識廣

15/12
廟
ㄇㄧㄠˋ (miào) 丶 亠 广 广 广 庐 庐 庐 庐 庐 廟 廟 廟

名 1祭拜祖先的屋宇。如：宗廟。2供奉神佛或古代聖賢的屋宇。如：寺廟。

【廟祝】ㄇㄧㄠˋ ㄓㄨˋ 管理寺廟香火事務的人。近 廟公。

【廟會】ㄇㄧㄠˋ ㄏㄨㄟˋ 定期在寺廟附近舉辦的慶祝活動或市集。

15/12
廢
ㄈㄟˋ (fèi) 丶 亠 广 广 广 广 庐 庐 庐 庐 庐 庐 廢 廢 廢

形 1沒有用的；不要的。如：廢墟。2身體殘缺的。如：殘廢。動 1停止；中止。如：半途而廢。2捨棄。如：廢棄。

【廢止】ㄈㄟˋ ㄓˇ 取消不用。例 現在有許多宗教團體極力主張廢止死刑。

【廢物】ㄈㄟˋ ㄨˋ 1沒有用的東西。近 垃圾。2罵人沒有用。例 他連這點小事都辦不好，真是個廢物。

【廢棄】ㄈㄟˋ ㄑㄧˋ 因為沒有用而拋棄。例 那裡有一臺廢棄很久的腳踏車。

【廢物利用】(ㄈㄟˋ ㄨˋ ㄌㄧˋ ㄩㄥˋ) 將原本沒有用的東西，加以改裝或整修後繼續使用。例 不要的寶特瓶可以廢物利用，做成筆筒。反 暴殄天物。

【廢寢忘食】(ㄈㄟˋ ㄑㄧㄣˇ ㄨㄤˋ ㄕˊ) 既不睡覺又忘了吃飯。形容做事非常專心。例 喜兒這幾天廢寢忘食，一心要把壁報完成。

✽作廢、荒廢、報廢

15/12

廠

ㄔㄤˇ (chǎng) 丶 亠 广 广 庀 庁 庁 庁 府 府 府 府 府 廠 廠

名 製造或修理東西的地方。如：工廠。

【廠商】(ㄔㄤˇ ㄕㄤ) 製造和販賣各種物品的商家。

✽加工廠、發電廠、自來水廠

16/13

廨

ㄒㄧㄝˋ (xiè) 丶 亠 广 广 庐 庐 府 府 府 府 府 廨 廨 廨 廨 廨

名 古代官員辦公的地方。如：公廨。

19/16

龐

ㄆㄤˊ (páng) 丶 亠 广 广 庐 庐 庐 府 府 府 府 府 府 龐 龐 龐 龐 龐 龐

名 面貌。如：臉龐。形 1 巨大；高大。如：龐大。2 雜亂。如：龐雜。

【龐大】(ㄆㄤˊ ㄉㄚˋ) 巨大；非常大。例 這家出版社的規模龐大，有好幾百個員工。

【龐然大物】(ㄆㄤˊ ㄖㄢˊ ㄉㄚˋ ㄨˋ) 體積巨大的東西。例 大象和螞蟻相比，簡直是龐然大物。

19/16

廬

ㄌㄨˊ (lú) 丶 亠 广 广 广 庐 庐 庐 庐 庐 庐 庐 庐 廬 廬 廬 廬 廬 廬

名 房屋。如：廬舍。

【廬山真面目】(ㄌㄨˊ ㄕㄢ ㄓㄣ ㄇㄧㄢˋ ㄇㄨˋ) 比喻事情的真相或人的本來面目。例 等了好幾年，我終於有機會見到這位名

作家的廬山真面目。

※草廬、穹廬、三顧茅廬

25/22
廳 ㄊㄧㄥ (tīng)

名 1房屋內的正堂。如：大廳。2從事某些工作或表演的地方。如：音樂廳。3接待賓客的地方。如：交誼廳。4能容納多人的營業場所。如：餐廳。

廴 ㄧㄣˇ 部

7/4
廷 ㄊㄧㄥˊ (tíng)

名 古代帝王接見臣子和辦理政事的地方。如：朝廷。

8/5
延 ㄧㄢˊ (yán)

動 1加長；拉長。如：綿延。2聘請。如：延攬。3將時間向後推遲。如：拖延。

【延期】ㄧㄢˊ ㄑㄧˊ 將已經定下來的日期延後。例 本週開始的夏令營，因為颱風來襲而延期。

【延續】ㄧㄢˊ ㄒㄩˋ 繼續。例 媽媽希望友友早睡早起的習慣能一直延續下去。反 中斷。

【延年益壽】ㄧㄢˊ ㄋㄧㄢˊ ㄧˋ ㄕㄡˋ 延長壽命；增加歲數。例 良好的生活習慣可以延年益壽。

※順延、蔓延、周延

9/6
建 ㄐㄧㄢˋ (jiàn)

動 1修築；營造。如：建造。2創立；設立。如：建國。3提出；陳述。如：建議。

【建設】ㄐㄧㄢˋ ㄕㄜˋ 設置；興建。例 新市長的理想是要多建設美術館、博物

館、音樂廳等文化休閒空間。

【建造】建築興造。例這位建築師打算在當地建造一座世界最高的大樓。

【建築】①蓋房子、修路、造橋等工程。②建造完成的房屋、橋梁等。

【建議】①提出意見。例小武建議放學後大家一起去慢跑，訓練體力。近提議。②意見；辦法。例牙醫師給我的建議是三餐飯後都要刷牙，才能預防蛀牙。

✽改建、修建、擴建

廾部

ㄍㄨㄥ

4/1

廿

ㄋㄧㄢˋ (niàn) 一 十 廿 廿

數二十。如：廿歲。

5/2

弁

ㄅㄧㄢˋ (biàn) 𠃋 𠃋 厶 弁 弁

名①古代的帽子。如：皮弁。②古代低階層的武官。如：武弁。形急躁。通「卞」。如：弁急。

7/4

弄

一 二 千 王 王 弄 弄

ㄋㄨㄥˋ (nòng) 動①玩；戲耍。如：戲弄。②做。如：弄點吃的。③追究；探查。如：弄清楚再說。④行使；設計。如：弄花樣。

ㄌㄨㄥˋ (lòng) (限讀)見「巷弄」。

【弄巧成拙】本來想取巧，結果反而壞了事。例小強為了要討媽媽開心而幫忙打掃，卻弄巧成拙，打破了媽媽心愛的花瓶。

【弄假成真】原本只是假裝的，沒想到最後卻變成事實。例在劇中談戀愛的兩個演員，居然弄假成真，拍完戲後就結婚了。

廴
廾

✽玩弄、賣弄、擠眉弄眼

9/6

弈 ㄧˋ (yì)

丶 亠 亣 亣 亦 亦 亦 亦 弈

名 圍棋。如：博弈。動 下棋。如：兩人對弈。

14/11

弊 ㄅㄧˋ (bì)

丷 丷 丷 屵 屵 屵 敝 敝 敝 敝 敝 弊 弊

名 ①害處。如：利弊得失。②作假的事。如：作弊。形 不好的。如：弊端。

【弊病】ㄅㄧˋ ㄅㄧㄥˋ 缺點；毛病。同「弊端」。例 這間公司弊病很多，需要徹底改革才行。

✽舞弊、流弊、除弊

弋部

3/0

弋 ㄧˋ (yì)

一 七 弋

動 用繫了繩子的箭射獵。如：弋獲。

6/3

式 ㄕˋ (shì)

一 二 亍 王 式 式

名 ①種類；樣子。如：格式。②典禮。如：始業式。助 用在句首，當作發語詞。無義。如：式微。

【式微】ㄕˋ ㄨㄟˊ 衰落。例 火柴工業因為打火機的興起而逐漸式微了。反 興旺。

【式樣】ㄕˋ ㄧㄤˋ 形狀；模樣。例 這件衣服的式樣很簡單。

✽模式、方式、公式

13/10

弒 ㄕˋ (shì)

丿 㐅 乂 㐅 杀 杀 杀 杀 杀 杀 杀 弒 弒

動 ①古代稱臣子殺君王。如：弒君。②子女殺父母。如：弒親。

辨析 弒，意思為「殺」，但用於地位低的人殺地位高的人。

弓 ㄍㄨㄥ 部

3/0

弓 ㄍㄨㄥ (gōng)

ㄱ ㄱ 弓

名 射箭的器具。如：弓箭。動 彎曲。如：弓著身子。

✿張弓、左右開弓、杯弓蛇影

4/1

弔 ㄉㄧㄠˋ (diào)

ㄱ ㄱ 弓 弔

動 1 慰問死者家屬。如：弔慰。2 祭拜死者。如：弔祭。3 追想；懷念。如：憑弔。

【弔唁】ㄉㄧㄠˋ ㄧㄢˋ 祭拜死者，慰問家屬。例 昨天爸爸帶著我去弔唁家族中的一位長輩。

4/1

引 ㄧㄣˇ (yǐn)

ㄱ ㄱ 弓 引

名 即「序」。文體的一種。放在正文的前面，內容大多關於寫書的動機、經過、全書大意或是評論。動 1 拉；牽。如：穿針引線。2 帶領；指導。如：指引。3 伸長。如：引領而望。4 招來其他事物或現象發生。如：引起。5 利用書上的文句，或他人說過的句子來作例證。如：引述。量 計算長度的單位。一公引等於一百公尺。

【引用】ㄧㄣˇ ㄩㄥˋ 談話或寫文章時，利用別人寫過的文句或說過的名言來作例子，以加強自己的說服力。例 這篇文章引用了許多孔子的名言。

【引申】ㄧㄣˇ ㄕㄣ 把字詞本義推廣延伸到其他相關的意思，使定義轉變。如「虎口」原本是指老虎的嘴巴，後來被引申為「危險」的意思。

【引誘】ㄧㄣˇ ㄧㄡˋ 利用手段使人上當而去做某事。例 黑道分子常引誘無知的學生犯罪，使家長們非常擔憂。

【引導】帶領；領導。例博物館的解說員引導我們進入下一個展覽區。

【引擎】1英語 engine 的音譯。指能將各種能源，如：石油、電力、核能等，轉變成機器動力來源的機械。2亦指網際網路上的一種應用程式。使用者可透過輸入關鍵字詞，尋找到網路上的相關資訊。如：搜尋引擎。

【引人入勝】使人進入一個美妙的境地。多用於形容風景或文學作品中，令人特別欣賞注意的地方。例日月潭的風景引人入勝，吸引許多遊客前來。

❀勾引、導引、吸引

弘
5/2 ㄏㄨㄥˊ (hóng)

形大。如：弘大。動推廣；發揚。如：弘揚佛法。

【弘大】廣大。例孔子的思想弘大，對後世影響深遠。

【弘願】偉大的心願。例小明立下弘願，將來要成為一個救助貧困百姓的慈善家。

弗
5/2 ㄈㄨˊ (fú)

副不；不可。如：自嘆弗如。

弛
6/3 ㄔˊ (chí)

動解除；放鬆。如：鬆弛。

❀廢弛、外弛內張、色衰愛弛

弟
7/4 ㄉㄧˋ (dì)

名1父母生的孩子中，年紀比自己小的男生。如：弟弟。2男生對同輩朋友謙稱自己。如：小弟。3泛稱同輩而較年幼的男子。如：學弟。4學生。如：徒弟。

ㄊㄧˋ (tì) 動敬愛、順從兄弟。通

「悌」。

【弟子】(ㄉㄧˋ ㄗˇ) 學生。例李老師教書三十年，弟子滿天下。

【弟妹】(ㄉㄧˋ ㄇㄟˋ) 1弟弟和妹妹。2稱弟弟的妻子。

✽難兄難弟、兄友弟恭

8/5
弦 ㄒㄧㄢˊ (xián)

名 1弓上用來發射箭的線、繩。如：弓弦。2張在樂器上，用來振動發聲的細線。如：琴弦。3半圓的月亮。如：上弦。4指圓周上隨意兩點的連線。5指直角三角形的斜邊。

【弦月】(ㄒㄧㄢˊ ㄩㄝˋ) 半圓的月亮。農曆每月七、八日時為上弦月，每月二十二、三日為下弦月。

8/5
弧 ㄏㄨˊ (hú)

名 1指一般曲線。尤其指圓周上的任何一截。2弧形符號。如：括弧。
形 彎曲的。如：弧形。

8/5
弩 ㄋㄨˇ (nǔ)

名 用機關射箭的弓。如：劍拔弩張。

9/6
弭 ㄇㄧˇ (mǐ)

名 弓的兩端。動 停止；消除。如：弭平。

【弭兵】(ㄇㄧˇ ㄅㄧㄥ) 平息戰爭。近停戰。

10/7
弱 ㄖㄨㄛˋ (ruò)

形 1體力或能力單薄。與「強」相對。如：柔弱。2表示數量不足。如：八分之一弱。

【弱小】(ㄖㄨㄛˋ ㄒㄧㄠˇ) 力量小的；能力較弱的。例胖虎因為欺負弱小的同學，被老師狠狠罵了一頓。

【弱勢】ㄖㄨㄛˋ ㄕˋ 團體或環境中力量較小的一方。例 轉學生一開始因為比較不熟悉環境，常常在班上處於弱勢。反 強勢；優勢。

【弱不禁風】ㄖㄨㄛˋ ㄅㄨˋ ㄐㄧㄣ ㄈㄥ 身體不好，承受不住風吹。形容人纖細柔弱的樣子。例 依依每天都吃得很少，難怪看起來一副弱不禁風的樣子。反 孔武有力。

❀微弱、衰弱、體弱多病

11/8

張

ㄓㄤ (zhāng)

名 想法；意見。如：主張。動 ①展開；打開。如：張口。②看。如：東張西望。③安排；布置。如：張羅。量 計算物體的單位。如：一張紙。

【張望】ㄓㄤ ㄨㄤˋ 向四周、遠處或從縫隙裡看。例 阿威在路口不停的張望，好像在等人。

【張貼】ㄓㄤ ㄊㄧㄝ 把布告、消息貼出，以告知大眾。例 電影公司到處張貼海報來宣傳新片。

【張羅】ㄓㄤ ㄌㄨㄛˊ 安排；籌備。例 媽媽最近忙著張羅姐姐的婚禮。近 籌措。

【張口結舌】ㄓㄤ ㄎㄡˇ ㄐㄧㄝˊ ㄕㄜˊ 形容心虛或緊張害怕的樣子。例 面對大家的質問，小李張口結舌，完全說不出話來。近 瞠目結舌。

【張牙舞爪】ㄓㄤ ㄧㄚˊ ㄨˇ ㄓㄠˇ ①形容野獸發威的樣子。例 大黑熊張牙舞爪的樣子，嚇哭了來動物園玩的小朋友。②形容人凶狠作勢的樣子。例 大寶每次罵起人來，總是一副張牙舞爪的樣子。

❀慌張、誇張、明目張膽

11/8

強

ㄑㄧㄤˊ (qiáng)

形 ①健壯；有力量。與「弱」相對。如：強大。②蠻橫。

如：強盜。3數量有餘；還多一點。如：六分之一強。動 1勝過。如：甲強過乙。2使壯大。如：富國強兵。

ㄑㄧㄤˇ (qiǎng) 動 1逼迫；迫使。如：勉強。2努力去做能力所不足的事。如：強顏歡笑。

ㄐㄧㄤˋ (jiàng) 形 固執；不順從。如：倔強。

【強壯】ㄑㄧㄤˊ ㄓㄨㄤˋ 身體健康，體力好。例阿國身體很強壯，是班上參加拔河比賽時的大將。

【強制】ㄑㄧㄤˇ ㄓˋ 用法律或強大的力量約束別人。例市政府決定強制拆除這棟違章建築。

【強迫】ㄑㄧㄤˇ ㄆㄛˋ 以壓力逼迫別人去做不想做的事情。例弟弟已經連續打了兩個小時的電玩，媽媽只好強迫他關機。

【強烈】ㄑㄧㄤˊ ㄌㄧㄝˋ 形容強度很大或程度很深。例爸爸強烈反對哥哥參加跳傘活動。近激烈。

【強盛】ㄑㄧㄤˊ ㄕㄥˋ 強大興盛。例唐朝是中國歷史上最強盛的朝代之一。反衰落。

【強盜】ㄑㄧㄤˊ ㄉㄠˋ 用暴力搶奪別人財物的人。

【強暴】ㄑㄧㄤˊ ㄅㄠˋ 1凶狠殘忍。例紂王是一個非常強暴的君主。2以暴力手段迫使他人無法抵抗的性侵害。

【強調】ㄑㄧㄤˊ ㄉㄧㄠˋ 特別注重或再三提醒。例老師常跟我強調誠實的重要。

【強人所難】ㄑㄧㄤˇ ㄖㄣˊ ㄙㄨㄛˇ ㄋㄢˊ 勉強別人去做不願意或做不到的事。例她根本提不動這桶水，你別再強人所難了。

✽堅強、好強、自立自強

12/9

弼

ㄅㄧˋ (bì)

名 古代用來端正弓的器具。動 輔

佐；矯正。如：輔弼。

彆 14/11

ㄅㄧㄝˋ (biè)

動 1固執；不順從。如：彆扭。2強忍住。通「憋」。如：彆尿。

【彆扭】ㄅㄧㄝˋ ㄋㄧㄡˇ 1不順；不自然。例這個句子很彆扭，念起來一點都不通順。2因為意見不合而吵鬧或賭氣。例姐姐和我常為了要看哪一個電視節目而鬧彆扭。

彈 15/12

ㄉㄢˋ (dàn) 名 藉彈力發射的小丸。後泛指具有破壞力、殺傷力的爆炸物。如：炸彈。

ㄊㄢˊ (tán) 名 物體伸縮的能力。如：彈性。動 1用手指撥弄。如：彈奏。2用指尖把東西弄掉或射向遠方。如：把灰塵彈掉。3檢舉官員的過失。如：彈劾。

【彈丸】ㄉㄢˋ ㄨㄢˊ 1藉彈力發射的鐵丸或石丸。2比喻地方很小。例新加坡雖然只是彈丸之地，但經濟力量卻很強大。

【彈弓】ㄉㄢˋ ㄍㄨㄥ 可以發射彈丸的弓或Y型器具。

【彈性】ㄊㄢˊ ㄒㄧㄥˋ 1指物體受到外力的作用而變形，外力消失後又回復原狀的性質。2比喻處理事情可以靈活變化。例今天美勞課的主題是車子，可以彈性選擇用畫的或用剪貼的。3彈跳的能力。例小迪的彈性很好，所以被選去參加跳高比賽。

【彈無虛發】ㄉㄢˋ ㄨˊ ㄒㄩ ㄈㄚ 每一彈都打中目標。形容非常準確。例阿牛彈無虛發，是個有名的神槍手。近百發百中。

✽炮彈、反彈、動彈不得

17/14
彌 ㄇㄧˊ (mí)

㇇ ㇇ 弓 弓' 弓' 弓' 弳 弳 弥 弥 弥 弥 彌 彌 彌 彌 彌

動 1 滿；充滿。如：彌漫。2 填補。如：彌補。副 更加。如：欲蓋彌彰。

【彌補】ㄇㄧˊ ㄅㄨˇ 補償；補足。例 犯了錯，就該想辦法彌補。

【彌漫】ㄇㄧˊ ㄇㄢˋ 布滿。也作「瀰漫」。例 空氣中彌漫著淡淡的茉莉花香，聞起來相當舒服。

22/19
彎 ㄨㄢ (wān)

、 ㇐ 亠 亠 言 言 言 言 言 信 結 結 結 結 結 結 結 結 絲 絲 絲 絲 絲 絲 緣 彎 彎

名 曲折的地方。如：拐個彎。形 曲折；不直。如：彎曲。動 使物體曲折。如：把鐵絲彎一彎。

【彎腰駝背】ㄨㄢ ㄧㄠ ㄊㄨㄛˊ ㄅㄟˋ 腰和背彎曲而沒有挺直。反 抬頭挺胸。

彐 ㄐㄧˋ 部

11/8
彗 ㄏㄨㄟˋ (huì)

一 二 三 丰 丰 丰 丰 丰丰 彗 彗 彗

名 掃把。

【彗星】ㄏㄨㄟˋ ㄒㄧㄥ 環繞太陽運行的一種天體，由石塊、氣體、塵埃等組成。彗星接近太陽時，因受太陽照射的影響，形成一條長長的雲霧狀尾巴，形狀像掃把，所以俗稱「掃把星」。

13/10
彙 ㄏㄨㄟˋ (huì)

㇐ 𠂉 ⺈ 彑 彑 彑 彑 彑 彙 彙 彙 彙 彙

名 相同的物類。如：字彙。動 把同類的東西聚在一起。如：彙集。

【彙集】ㄏㄨㄟˋ ㄐㄧˊ 將同類的東西聚集在一起。例 小偉的作業彙集了許多海底生物的照片，內容相當豐富。

弓
彐

18/15

彝 一ˊ (yí)

（名）①古代祭祀的禮器。大多用來盛酒。如：彝器。②常規；法度。如：彝訓。

彡 ㄕㄢ 部

7/4

形 ㄒㄧㄥˊ (xíng)

（名）①東西的樣子；外表。如：外形。②身體。如：形影不離。（動）①表現。如：喜形於色。②比較；對照。如：相形之下。③產生。如：形成。④描寫；描述。如：形容。

【形式】ㄒㄧㄥˊ ㄕˋ 事物外在的樣子。（例）家具店裡有各種不同形式的沙發可供客人挑選。

【形狀】ㄒㄧㄥˊ ㄓㄨㄤˋ 物體或圖形的外觀。（例）天上飄過一朵雲，形狀像綿羊。

【形容】ㄒㄧㄥˊ ㄖㄨㄥˊ ①身體和容貌。（例）自從生了一場大病後，他的形容就顯得憔悴許多。②描述。（例）小海將爸爸形容成照亮全家的太陽。

【形象】ㄒㄧㄥˊ ㄒㄧㄤˋ 言行表現所給人的印象。（例）那個男明星被記者拍到隨地亂丟菸蒂，導致形象大受影響。

【形態】ㄒㄧㄥˊ ㄊㄞˋ 事物的狀態或表現的方式。（例）物質有三種形態，分別是固態、液態和氣態。

【形形色色】ㄒㄧㄥˊ ㄒㄧㄥˊ ㄙㄜˋ ㄙㄜˋ 種類很多；各式各樣。（例）櫥窗裡形形色色的商品令人忍不住想多看一眼。（近）五花八門。

【形影不離】ㄒㄧㄥˊ ㄧㄥˇ ㄅㄨˋ ㄌㄧˊ 形容非常親密。（例）他們倆是形影不離的好友。

✽變形、無形、得意忘形

7/4
彤 ㄊㄨㄥˊ (tóng)
丿 几 月 月 丹 丹 彤

形 紅色。如：彤雲。

9/6
彥 ㄧㄢˋ (yàn)
丶 亠 ㄘ 文 文 产 产 彦 彦

名 才德出眾的人。如：彥士。
✽俊彥、碩彥、群彥

11/8
彬 ㄅㄧㄣ (bīn)
一 十 木 木 木 村 林 林 林 彬 彬

形 外在文采和內在實質配合適當的樣子。如：文質彬彬。
【彬彬有禮】(ㄅㄧㄣ ㄅㄧㄣ ㄧㄡˇ ㄌㄧˇ) 文雅有禮貌的樣子。例 小龍說話總是彬彬有禮，所以班上同學都很喜歡他。

11/8
彩 ㄘㄞˇ (cǎi)
丿 ㇒ ㇒ ㇒ 爫 乎 采 采 采 彩 彩

名 1顏色；顏料。如：色彩。2獎品。如：摸彩。3受傷。如：掛彩。4讚美聲。如：喝彩。形 多種顏色的。如：彩蝶。
【彩虹】(ㄘㄞˇ ㄏㄨㄥˊ) 呈現在空中，顏色為紅、橙、黃、綠、藍、靛、紫的七色弧形光帶。
【彩排】(ㄘㄞˇ ㄆㄞˊ) 在正式演出之前，按照實際演出的情形進行排練。例 明天就要上臺表演了，因此大家都很用心的投入最後一次彩排，希望能呈現最好的一面給觀眾。
✽精彩、光彩、五彩繽紛

11/8
彫 ㄉㄧㄠ (diāo)
丿 几 月 円 円 円 周 周 周 彫 彫

形 經過雕刻裝飾的。如：彫弓。動 1刻。通「雕」。如：彫刻。2枯萎。通「凋」。如：彫落。

辨析 彫、雕都有「刻」的意思。「彫」是鏤刻的本字，「雕」原是一種猛禽的名字，但現在指鏤刻時，「雕」字反而較常用。

12/9
彭 ㄆㄥˊ (péng)
一 十 士 吉 吉 吉 吉 壴 壴 彭 彭 彭

彡

專 姓。

14/11
彰
ㄓㄤ (zhāng)
丶 亠 亣 立 产 音 音 音 章 章 章 彰 彰

動 表揚。如：彰顯。

❀惡名昭彰、欲蓋彌彰

15/12
影
ㄧㄥˇ (yǐng)
丨 口 日 日 旦 早 早 昌 昌 昌 景 景 景 影 影

名 1 指人或物因擋住光線，而造成的陰暗。如：影子。2 人或物的形象。如：背影。副 摹擬；仿照。如：影印。

【影印】ㄧㄥˇ ㄧㄣˋ 利用光學原理複製文件的技術。

【影像】ㄧㄥˇ ㄒㄧㄤˋ 1 景物經由拍攝、錄製而留在影片或錄影帶上的畫面。例 這片光碟因沒有好好保存，影像變得很不清楚。2 影子；形象。例 即使過了半年，小怡仍清楚記得小傑那日轉身離開的影像。

【影響】ㄧㄥˇ ㄒㄧㄤˇ 指對他人或事物所引起的作用。例 電腦的發明，對人類有很大的影響。

❀倩影、立竿見影、杯弓蛇影

彳部
ㄔˋ

7/4
彷
丿 彡 彳 彳' 彷 彷 彷

ㄆㄤˊ (páng) 見「彷徨」。

ㄈㄤˇ (fǎng) 見「彷彿」。

【彷彿】ㄈㄤˇ ㄈㄨˊ 似乎；不真切的樣子。也作「仿佛」。例 我彷彿來過這個地方，卻又想不起是什麼時候來的。

【彷徨】ㄆㄤˊ ㄏㄨㄤˊ 徘徊不前、意志不堅的樣子。也作「徬徨」。例 阿華對於未來要做什麼工作，感到十分彷徨。

7/4
役
ㄧˋ (yì)
丿 彡 彳 彳 彳 役 役

彡 彳

名 1 戰爭。如：戰役。2 為國家所出的勞力、所盡的義務。如：兵役。3 供人使喚的人。如：僕役。動 差遣；使喚。如：役使。

※奴役、免役、服役

8/5
往 ㄨㄤˇ (wǎng)

ノ ク 彳 彳 彳 彳 往 往

形 過去的；以前的。如：往年。動 1 到；前去。如：前往。2 交朋友。如：交往。3 歸向。如：嚮往。介 朝；向。如：往東走。

【往事】ㄨㄤˇ ㄕˋ 過去的事情。例 他怕再想起傷心的往事，因此決定搬家。

【往來】ㄨㄤˇ ㄌㄞˊ 1 去和來。例 吳先生時常往來臺北、高雄之間洽談生意。近 往返。2 相互交際；交往。例 小芝最近和阿明往來很密切。

【往往】ㄨㄤˇ ㄨㄤˇ 時常；每每。例 張小姐往往一個人去逛街。

【往常】ㄨㄤˇ ㄔㄤˊ 平時。例 這幾天有廟會，街上比往常熱鬧許多。

※來往、神往、既往不咎

8/5
征 ㄓㄥ (zhēng)

ノ ク 彳 彳 彳 彳 征 征

動 1 遠行。如：遠征。2 出兵打仗；討伐。如：出征。3 國家徵收人力或財物。通「徵」。如：征召。

【征服】ㄓㄥ ㄈㄨˊ 用武力或其他力量加以克服。例 經過數天的努力，小王終於成功征服了玉山主峰。

【征戰】ㄓㄥ ㄓㄢˋ 征伐作戰。例 多年的征戰，使這個國家的人民生活非常痛苦。

※親征、南征北討、橫征暴斂

8/5
彿 ㄈㄨˊ (fú)

ノ ク 彳 彳 彳 彳 彿 彿

見「彷彿」。

8/5
彼 ㄅㄧˇ (bǐ)

ノ ク 彳 彳 彳 彳 彼 彼

(代) [1] 第三人稱代名詞。指你、我之外的第三人。如：知己知彼。[2] 那；那個。如：彼岸。

【彼此】ㄅㄧˇ ㄘˇ 指人和人之間。(例) 我們要彼此合作，事情才能成功。

9/6
徉

ㄧㄤˊ (yáng)

見「徜徉」。

9/6
律

ㄌㄩˋ (lǜ)

(名) [1] 法令；規則。如：法律。[2] 音樂的腔調、節拍。如：旋律。[3] 古代詩體的一種。如：律詩。(動) 約束。如：嚴以律己。

【律師】ㄌㄩˋ ㄕ 受人委託或法院指派，依照法律協助人辯護、訴訟，以及處理有關法律事務的專業人員。

✽紀律、韻律、千篇一律

9/6
待

ㄉㄞˋ (dài) (動) [1] 等候。如：等待。[2] 照顧；招呼。如：對待。(副) 正要；打算。如：正待出門。

ㄉㄞ (dāi) (動) 停留；逗留。如：待會兒。

【待遇】ㄉㄞˋ ㄩˋ [1] 指對待人的態度或方式。(例) 社會上每個人都應享有平等的待遇。[2] 工作的報酬；薪水。

【待人接物】ㄉㄞˋ ㄖㄣˊ ㄐㄧㄝ ㄨˋ 與人相處；與人交往。(例) 小林待人接物一向很有禮貌。

✽招待、期待、迫不及待

9/6
很

ㄏㄣˇ (hěn)

(副) 非常。如：很棒。

9/6
徊

ㄏㄨㄞˊ (huái)

見「徘徊」。

9/6
徇

ㄒㄩㄣˋ (xùn)

(動) ①設法求取；謀求。如：徇私。②為達到目的而犧牲生命。通「殉」。如：徇節。

【徇私】(ㄒㄩㄣˋ ㄙ) 不顧公理正義而求取私利、偏袒私情。(例)何部長做事很公正，從來不徇私。

後 9/6

ㄏㄡˋ (hòu)

(名) 子孫。如：不孝有三，無後為大。(形) ①背朝向的那一方。與「前」相對。如：後面。②未來的。與「先」、「前」相對。如：後來。(動) 趕不上；比不上。如：落後。

【後天】(ㄏㄡˋ ㄊㄧㄢ) ①明天的明天。②指人出生以後的成長時期。(例)他因為後天營養不足，所以身體一直不太健康。(反)先天。

【後代】(ㄏㄡˋ ㄉㄞˋ) ①後世。(例)這些歷史古蹟，留給後代人們無限的追思。②指子孫。(例)金先生留下龐大的遺產，使他的後代不愁吃穿。

【後果】(ㄏㄡˋ ㄍㄨㄛˇ) 因為某種原因或行為，而造成的最後結果。多用在負面情形。(例)如果你再不聽我的勸告，就等著承擔嚴重的後果吧！

【後悔】(ㄏㄡˋ ㄏㄨㄟˇ) 事情發生以後，才覺得之前不應該那樣做。(例)我很後悔剛才對你發脾氣，請你不要生氣。

【後來居上】(ㄏㄡˋ ㄌㄞˊ ㄐㄩ ㄕㄤˋ) 泛指後來的人、事、物超越前者。(例)小華的成績之所以能夠後來居上，是因為他花了很多時間練習。(近)青出於藍。

【後顧之憂】(ㄏㄡˋ ㄍㄨˋ ㄓ ㄧㄡ) 日後或背後值得憂慮的事情。(例)王太太把家務打理得非常好，使王先生能夠專心工作，沒有後顧之憂。

※延後、日後、爭先恐後

徒 10/7

ㄊㄨˊ (tú)

(名) ①學生；門人。如：門徒。②同

類的人；同黨。如：信徒。③囚禁犯人的刑罰。如：徒刑。㊎空的；不憑藉任何事物的。如：徒手。㊍步行。如：徒步。㊓①僅；只。如：家徒四壁。②白費。如：徒勞。

【徒手】(ㄊㄨˊ ㄕㄡˇ) 空手。㊕那個功夫高手曾徒手打倒十幾名壞人。

【徒弟】(ㄊㄨˊ ㄉㄧˋ) 跟隨師傅學習技藝的人。

【徒勞無功】(ㄊㄨˊ ㄌㄠˊ ㄨˊ ㄍㄨㄥ) 白費力氣而沒有成果。㊕你如果學了一半就放棄，一切便等於是徒勞無功。

❀學徒、賭徒、叛徒

徑

10/7 ㄐㄧㄥˋ (jìng)

㊔①小路。如：小徑。②通過圓心到達圓周的直線。如：直徑。③比喻達到目的的方法。如：門徑。

【徑賽】(ㄐㄧㄥˋ ㄙㄞˋ) 在運動場跑道上所進行的比賽。如：賽跑、跨欄等。

❀捷徑、田徑、路徑

徐

10/7 ㄒㄩˊ (xú)

㊓緩慢。如：徐行。

【徐徐】(ㄒㄩˊ ㄒㄩˊ) 緩慢的樣子。㊕晚風徐徐吹來，非常舒服。

徜

11/8 ㄔㄤˊ (cháng)

見「徜徉」。

【徜徉】(ㄔㄤˊ ㄧㄤˊ) 悠閒自在的來回走動。㊕小畢徜徉在青青的大草原上，不自覺露出了開心的笑容。

得

11/8

ㄉㄜˊ (dé) ㊍①獲取。如：得到。②滿足；滿意。如：洋洋自得。③適合；契合。如：得體。㊓可以；能夠。如：不得無禮。

ㄉㄟˇ (děi) ㊓應該；必須。如：我得走了。

．ㄉㄜ(de) 介 用在動詞或形容詞後。表示結果或狀態。如：跑得快；天氣好得很。

【得力】ㄉㄜˊ ㄌㄧˋ 1 得到別人的幫助。例 這件工作能順利完成，都是得力於大家的支持。2 能幹的；合適的。例 阿銘是老闆的得力助手。

【得失】ㄉㄜˊ ㄕ 指成敗、利弊。例 他非常努力的投入這項任務，完全不考慮自身得失。

【得意】ㄉㄜˊ ㄧˋ 滿意；稱心如意。例 陳叔叔升了官，表情看起來很得意。

【得罪】ㄉㄜˊ ㄗㄨㄟˋ 冒犯。例 大福剛才說的那些話得罪了不少人。

【得體】ㄉㄜˊ ㄊㄧˇ 行為、言語表現很有分寸。例 葉先生風度好，應對也很得體，所以人緣極佳。反 失禮。

【得不償失】ㄉㄜˊ ㄅㄨˋ ㄔㄤˊ ㄕ 所得到的彌補不了所失去的；不划算。例 他為了賺錢而賠上健康，真是得不償失。近 因小失大。

【得天獨厚】ㄉㄜˊ ㄊㄧㄢ ㄉㄨˊ ㄏㄡˋ 指具有特別好的條件。例 他有一副得天獨厚的好歌喉，將來很有機會成為歌星。

【得心應手】ㄉㄜˊ ㄒㄧㄣ ㄧㄥˋ ㄕㄡˇ 形容技藝熟練，做起事來相當順手。例 擔任服務生多年之後，小可對於如何處理客人的要求，已經相當得心應手了。近 心手相應。反 力不從心。

✽心得、一舉兩得、心安理得

徙 11/8

ㄒㄧˇ (xǐ)

丿 彳 彳 犭 犭 犭 犭 犭 犭 徙

動 搬走。如：遷徙。

從 11/8

丿 彳 彳 犭 犭 犭 犭 犭 從 從

ㄘㄨㄥˊ (cóng) 動 1 依順。如：服從。2 跟隨。如：跟從。3 辦理。如：從事。4 參加。如：從軍。介 自；由。如：從遠方來。

ㄗㄨㄥˋ (zòng) 名 跟隨服侍的人。如：

侍從。形同謀的；附和的。如：從犯。

ㄘㄨㄥ (cōng)（限讀）見「從容」。

ㄗㄨㄥ (zōng)（限讀）形直的。通「縱」。如：從橫。

【從事】ㄘㄨㄥˊ ㄕˋ 做某種工作。例小張從事的是廣告業。

【從來】ㄘㄨㄥˊ ㄌㄞˊ 自過去到現在。例小英是個誠實的孩子，從來不說謊。近向來。

【從前】ㄘㄨㄥˊ ㄑㄧㄢˊ 以前。例老吳從前是個小販，現在則是好幾家餐廳的老闆。近往日。

【從容】ㄘㄨㄥ ㄖㄨㄥˊ 悠閒自得；不慌不忙。例小熙從容的上臺報告，一副自信滿滿的樣子。

【從長計議】ㄘㄨㄥˊ ㄔㄤˊ ㄐㄧˋ ㄧˋ 做長時間、詳盡的商討。例買房子這件事，我們必須從長計議。

❋遵從、言聽計從、病從口入

御 11/8

ㄩˋ (yù)

形古代敬稱與帝王有關的事物。如：御花園。動①駕駛車馬。如：御車。②治理；管理。如：統御。

徘 11/8

ㄆㄞˊ (pái)

見「徘徊」。

【徘徊】ㄆㄞˊ ㄏㄨㄞˊ ①來回走動的樣子。例他在路口徘徊不已，像是在等人的樣子。②比喻猶豫不決。例小華徘徊在田徑隊和籃球隊兩個社團之間，不知道該參加哪一個。

復 12/9

ㄈㄨˋ (fù)

動①回返；還原。如：回復。②回報。如：報復。③回答。如：答復。副又；再。如：復查。

【復仇】ㄈㄨˋ ㄔㄡˊ 報仇。例小柯為了替家人復仇，不惜犧牲自己的生命。

【復原】ㄈㄨˋ ㄩㄢˊ ①恢復原來的樣子。例同樂會結束後，務必將場地復原。②指疾病痊癒，恢復健康。例經過幾個月的休養，奶奶的傷口已經完全復原了。

【復健】ㄈㄨˋ ㄐㄧㄢˋ 對於生理或心理有殘障的病人進行治療或訓練，使其能重新獨立生活。

【復甦】ㄈㄨˋ ㄙㄨ 恢復生機。例春天一到，草木復甦，處處充滿生命力。

【復興】ㄈㄨˋ ㄒㄧㄥ 使衰敗的事物再度興盛起來。例孫先生一生都為了復興自己的國家而努力。近中興。

✽修復、康復、恢復

12/9
徨 ㄏㄨㄤˊ (huáng)

ノ ㇀ 彳 彳' 彳' 彳' 彳' 彳' 徨 徨 徨 徨

見「徨徨」。

【徨徨】ㄏㄨㄤˊ ㄏㄨㄤˊ 不知如何是好的樣子。例小安把錢包弄丟了，徨徨不安的跑去報警。

12/9
循 ㄒㄩㄣˊ (xún)

ノ ㇀ 彳 彳' 彳' 彳' 彳' 彳' 循 循 循 循

動①依照；遵照。如：遵循。②繼承；因襲。如：因循。

【循環】ㄒㄩㄣˊ ㄏㄨㄢˊ 依照一定的過程不斷運行。例妹妹的血液循環不好，經常會有手腳冰冷的現象。

【循序漸進】ㄒㄩㄣˊ ㄒㄩˋ ㄐㄧㄢˋ ㄐㄧㄣˋ 依照次序，逐步的向前進行。例學習任何新事物一定要循序漸進，基礎才會穩固。近按部就班。反一步登天；一蹴可幾。

13/10
徬 ㄆㄤˊ (páng)

ノ ㇀ 彳 彳' 彳' 彳' 彳' 彳' 彳' 徬 徬 徬 徬

見「徬徨」。

【徬徨】ㄆㄤˊ ㄏㄨㄤˊ 猶豫不定的樣子。也作「彷徨」。例面對未來工作的選擇，許多年輕人感到很徬徨。

彳

13/10
微 ㄨㄟˊ (wéi)

形 1 細；少。如：微小。2 精深奧妙。如：精微。3 衰落；衰敗。如：衰微。4 地位低下；卑賤。如：卑微。副 1 暗中；隱密。如：微行。2 稍；略。如：微笑。

【微弱】 ㄨㄟˊ ㄖㄨㄛˋ 細小；輕微。例 倒塌的房屋中，傳出一陣微弱的求救聲。

【微薄】 ㄨㄟˊ ㄅㄛˊ 指非常少。例 這份工作並不輕鬆，但薪水卻十分微薄。反 豐厚。

【微生物】 ㄨㄟˊ ㄕㄥ ㄨˋ 肉眼看不見，必須用顯微鏡才能看見的生物。如：細菌、病毒等。

【微不足道】 ㄨㄟˊ ㄅㄨˋ ㄗㄨˊ ㄉㄠˋ 形容非常渺小，不值得談論。例 這筆龐大的捐款對於富有的林伯伯來說，只是微不足道的數目。近 不足掛齒。反 事關重大。

【微乎其微】 ㄨㄟˊ ㄏㄨ ㄑㄧˊ ㄨㄟˊ 形容非常細小或非常少。例 被偷走的名畫能找回的機率實在微乎其微。

✽稍微、細微、體貼入微

14/11
徹 ㄔㄜˋ (chè)

形 整個；完全。如：徹夜。動 通貫；透入。如：透徹。

【徹底】 ㄔㄜˋ ㄉㄧˇ 貫徹到底；從頭到尾。例 經過了三個多月的努力，表哥終於徹底戒掉抽菸的壞習慣了。

✽貫徹、痛徹心腑、響徹雲霄

15/12
德 ㄉㄜˊ (dé)

名 1 恩惠。如：恩德。2 品行；操守。如：品德。形 美善的。如：德政。

【德行】ㄉㄜˊ ㄒㄧㄥˋ 也作「德性」。1道德和品行。2指人表現在外的樣子、態度。含有輕視的意味。例憑他那副德行，怎麼可能追到王小姐？

【德高望重】ㄉㄜˊ ㄍㄠ ㄨㄤˋ ㄓㄨㄥˋ 道德高尚，有很高的聲望。多用來稱頌年長者。例李老先生是個德高望重的長者。近年高德劭。

※仁德、道德、公德心

徵 15/12

ㄓㄥ (zhēng) 名預兆；跡象。如：徵兆。動1召集。如：徵召。2招求；選取。如：徵才。3由國家收取。如：徵稅。4驗證；證明。如：無徵不信。

ㄓˇ (zhǐ) (限讀) 名五音之一。

【徵召】ㄓㄥ ㄓㄠˋ 徵求召集。例國家徵召了許多國內知名的棒球好手，準備參加明年的奧運比賽。

【徵兆】ㄓㄥ ㄓㄠˋ 事情發生以前所表現出的跡象。例那棟房屋倒塌前一點徵兆都沒有，因此有很多人都來不及逃生。近預兆。

【徵求】ㄓㄥ ㄑㄧㄡˊ 尋求；求取。例老師徵求自願者參加作文比賽。

【徵婚】ㄓㄥ ㄏㄨㄣ 公開尋求結婚對象。

【徵詢】ㄓㄥ ㄒㄩㄣˊ 向人詢問意見。例爸爸徵詢了全家人的意見後，才開始規劃下週末的旅遊行程。

※特徵、象徵、應徵

徽 17/14

ㄏㄨㄟ (huī)

名標誌；符號。如：國徽。

【徽章】ㄏㄨㄟ ㄓㄤ 佩戴在衣服、帽子或身上，用來識別或紀念的標記。

※校徽、軍徽、帽徽

心部 ㄒㄧㄣ

4/0

心 ㄒㄧㄣ (xīn)

丶 心 心 心

(名)①心臟。②居中或重要的部分。如：圓心。③思想；感情。如：專心。④指腦。如：用心。

【心力】ㄒㄧㄣ ㄌㄧˋ 全部的精神和力氣。(例)劉老師將一生心力都花在教育上，真令人敬佩。

【心地】ㄒㄧㄣ ㄉㄧˋ 人內在所存有的念頭。有善惡好壞之分。(例)小張心地善良，常參加公益活動。

【心事】ㄒㄧㄣ ㄕˋ 藏在心中不願告訴別人的擔憂、煩惱或盼望。

【心思】㊀ㄒㄧㄣ ㄙ 精神和腦力。(例)小強費盡心思，還是無法解出這題數學的答案。㊁ㄒㄧㄣ ˙ㄙ ①想法；心機。(例)小書行事神祕，令人猜不透他的心思。②做某事的興致。(例)自從爺爺生病後，爸爸幾乎沒有心思工作。

【心疼】ㄒㄧㄣ ㄊㄥˊ 憐惜；捨不得。(例)妹妹因生病瘦了不少，真令人心疼。

【心胸】ㄒㄧㄣ ㄒㄩㄥ 舉止態度與度量。(例)吳大哥心胸寬廣，不會和你計較這些小事的。

【心動】ㄒㄧㄣ ㄉㄨㄥˋ 受到外界誘惑，使原本的決定或情緒產生動搖。(例)百貨公司裡的衣服都很漂亮，讓人看了非常心動。

【心得】ㄒㄧㄣ ㄉㄜˊ 在工作或學習等活動中，所領會的道理、想法或學到的技能。

【心情】ㄒㄧㄣ ㄑㄧㄥˊ 感覺；情緒。

【心痛】ㄒㄧㄣ ㄊㄨㄥˋ ①心臟疼痛。②內心感到悲傷、難過。(例)阿強因為車禍喪生，令他的家人感到非常心痛。

【心虛】ㄒㄧㄣ ㄒㄩ 因做錯事而感到不安。例小強因為打破媽媽的鏡子而感到心虛，所以躲在房間裡不敢出來。

【心意】ㄒㄧㄣ ㄧˋ 1心中的想法、念頭。例姐姐放棄參加作文比賽的心意已決，再怎麼勸她都沒用了。2情意；好意。例這張卡片代表我的心意，祝福老師教師節快樂。

【心算】ㄒㄧㄣ ㄙㄨㄢˋ 不用紙筆等任何工具，光靠腦力來做加減乘除的運算。

【心機】ㄒㄧㄣ ㄐㄧ 心思；計畫。常用於指壞的念頭或計謀。例小鳳用盡心機巴結老師，所以同學都瞧不起她。

【心臟】ㄒㄧㄣ ㄗㄤˋ 人體中負責血液循環的器官。形狀大小如拳頭，位於胸腔中間偏左的地方。

【心靈】ㄒㄧㄣ ㄌㄧㄥˊ 泛指人的精神、智慧、情感、思想等。

【心不在焉】ㄒㄧㄣ ㄅㄨˋ ㄗㄞˋ ㄧㄢ 不專心。例他最近老是心不在焉，難怪常被老師罵。近漫不經心。反聚精會神。

【心平氣和】ㄒㄧㄣ ㄆㄧㄥˊ ㄑㄧˋ ㄏㄜˊ 心情平靜不急躁，態度溫和不生氣。例吳老師耐性十足，每當遇到調皮搗蛋的學生，都能心平氣和的規勸他們。反暴跳如雷。

【心甘情願】ㄒㄧㄣ ㄍㄢ ㄑㄧㄥˊ ㄩㄢˋ 自己願意，一點都不勉強。例犯了錯，就要心甘情願接受懲罰。近甘之如飴。反迫不得已。

【心安理得】ㄒㄧㄣ ㄢ ㄌㄧˇ ㄉㄜˊ 做人處世都合乎道理，心中感到安心自在。例平時不做虧心事，便能過得心安理得。近問心無愧。反提心吊膽。

【心直口快】ㄒㄧㄣ ㄓˊ ㄎㄡˇ ㄎㄨㄞˋ 形容人個性爽快，有話直說。例王伯伯是個心直口快的人，常在無意中得罪人。

【心花怒放】ㄒㄧㄣ ㄏㄨㄚ ㄋㄨˋ ㄈㄤˋ 形容非常高興的樣子。例他的讚美令我心花怒放。近欣喜若狂。反愁眉苦臉。

【心急如焚】(ㄒㄧㄣ ㄐㄧˊ ㄖㄨˊ ㄈㄣˊ) 形容非常著急。例小華已經失蹤了一天一夜，他的雙親心急如焚。反不慌不忙。

【心狠手辣】(ㄒㄧㄣ ㄏㄣˇ ㄕㄡˇ ㄌㄚˋ) 心地惡毒，手段殘忍。例那個歹徒心狠手辣，不但搶劫還打傷路人，幸好已經被警察逮捕了。

【心浮氣躁】(ㄒㄧㄣ ㄈㄨˊ ㄑㄧˋ ㄗㄠˋ) 形容人情緒不穩定、靜不下來。例這麼熱的天氣，讓人感到心浮氣躁。

【心滿意足】(ㄒㄧㄣ ㄇㄢˇ ㄧˋ ㄗㄨˊ) 形容非常滿足。例只要爺爺身體健康，奶奶就心滿意足了。反大失所望。

【心曠神怡】(ㄒㄧㄣ ㄎㄨㄤˋ ㄕㄣˊ ㄧˊ) 心情開朗舒暢，精神愉快。例假日到郊外呼吸新鮮空氣，令人感到心曠神怡。近神清氣爽。反心煩意亂。

5/1

必 ㄅㄧˋ (bì)

丶 心 心 心 必

❀決心、得心應手、大快人心

副一定。如：必定。

【必定】(ㄅㄧˋ ㄉㄧㄥˋ) 一定。例天空出現厚厚的烏雲，等一下必定會下雨。

【必須】(ㄅㄧˋ ㄒㄩ) 一定要。例不管多累，我都必須完成這個科展實驗。

【必需品】(ㄅㄧˋ ㄒㄩ ㄆㄧㄣˇ) 生活中不可缺少的物品。

辨析 1「須」有「一定要」的意思，如：必須。而「需」則是較不具強制性的，如：需要。2「必須」後面通常都是加動詞；又「必需品」不可寫成「必須品」。

❀何必、想必、未必

7/3

忘 ㄨㄤˋ (wàng) 忘

丶 亠 亡 亡 忘 忘

動不記得。如：忘憂。

【忘本】(ㄨㄤˋ ㄅㄣˇ) 不記得根本、本源。例做人要懂得感恩，不能忘本。反念舊。

【忘我】(ㄨㄤˋ ㄨㄛˇ) 陶醉在某種情境裡，甚至忘了自己的存在。㊀她美妙的歌聲讓所有聽眾陶然忘我。

【忘恩負義】(ㄨㄤˋ ㄣ ㄈㄨˋ ㄧˋ) 忘記別人對自己的恩情，而做出對不起他的事。㊀師父從小把阿力帶大，他學藝有成後竟處處頂撞師父，真是忘恩負義。㊁知恩圖報。

※健忘、難忘、廢寢忘食

忙 6/3

ㄇㄤˊ (máng)　丶 丨 忄 忄 忙 忙

㊅1事情多的樣子。如：他很忙。2急迫。如：慌忙。㊆做。如：忙個不停。

【忙碌】(ㄇㄤˊ ㄌㄨˋ) 事情很多，沒有時間休息。㊀媽媽既要上班又要整理家務，每天都非常忙碌。㊁悠閒。

【忙裡偷閒】(ㄇㄤˊ ㄌㄧˇ ㄊㄡ ㄒㄧㄢˊ) 在忙碌中抽出空閒時間休息。㊀阿彥偶爾忙裡偷閒，到公司頂樓晒晒太陽，呼吸新鮮空氣。

※匆忙、幫忙、繁忙

忖 6/3

ㄘㄨㄣˇ (cǔn)　丶 丨 忄 忄 忖 忖

㊆推測；思考。如：忖量。

【忖度】(ㄘㄨㄣˇ ㄉㄨㄛˋ) 猜想；推測。㊀如如和小銘到底是不是情侶，大家忖度了許久，仍然沒有答案。㊃揣測。

忑 7/3

ㄊㄜˋ (tè)　一 丅 下 下 忑 忑 忑

見「忐忑」。

志 7/3

ㄓˋ (zhì)　一 十 士 士 志 志 志

㊂1心的意向、意念。如：立志。2記事的書或文章。如：方志。㊆1立定意向。如：志於學。2記載；記錄。通「誌」。如：志怪小說。

【志工】(ㄓˋ ㄍㄨㄥ) 在團體內貢獻力量，但不求回報的人。㊃義工。

【志氣】(ㄓˋ ㄑㄧˋ) ①奮發向上的決心和勇氣。例小學三年級的阿勇為了成為天文學家，廣泛閱讀各種天文類書籍，真是人小志氣高。②骨氣。例阿成雖然窮，卻很有志氣，從不接受他人的施捨。

【志願】(ㄓˋ ㄩㄢˋ) 志向和意願。例我的志願是當護理師，照顧生病的人。近抱負；理想。

【志同道合】(ㄓˋ ㄊㄨㄥˊ ㄉㄠˋ ㄏㄜˊ) 志向、興趣、目標都相同。例我和文文都喜歡自然科學，是志同道合的好朋友。

【志在必得】(ㄓˋ ㄗㄞˋ ㄅㄧˋ ㄉㄜˊ) 形容很有決心與信心。例這次桌球比賽的冠軍寶座，王叔叔志在必得。

✽鬥志、雄志、專心致志

7/3

忌 ㄐㄧˋ (jì)

名①人死亡的日子。如：忌日。②該戒禁的事。如：禁忌。動①憎恨。如：忌恨。②有所顧慮。如：忌憚。③戒；禁。如：忌口。

【忌妒】(ㄐㄧˋ ㄉㄨˋ) 憎恨別人勝過自己。也作「妒忌」。例小翠忌妒宜靜長得漂亮，功課又好，所以一直在私底下說她的壞話。

【忌憚】(ㄐㄧˋ ㄉㄢˋ) 因害怕而有所顧慮，不敢隨便亂來。例王老師很嚴格，調皮的學生看到他都會忌憚三分。

【忌諱】(ㄐㄧˋ ㄏㄨㄟˋ) 對某些事有所顧慮而避開不做、不說。例農曆七月俗稱鬼月，一般人忌諱在此時辦喜事。

✽童言無忌、肆無忌憚

7/3

忍 ㄖㄣˇ (rěn)

形殘酷；狠心。如：殘忍。動①包容。如：容忍。②克制；憋住。如：忍住笑。

【忍耐】(ㄖㄣˇ ㄋㄞˋ) 控制情緒使它不發作。例練習的過程雖然辛苦，但我們

必須忍耐，才能成為最後的贏家！

【忍氣吞聲】(ㄖㄣˇ ㄑㄧˋ ㄊㄨㄣ ㄕㄥ) 受了欺負不說出來，只是藏在心中自己默默承受。例 小仁個性軟弱，被人欺負時都只會忍氣吞聲。近 委曲求全。

【忍無可忍】(ㄖㄣˇ ㄨˊ ㄎㄜˇ ㄖㄣˇ) 忍受到了極限，無法再忍。例 小吉竟然說這種話侮辱小貝，真叫人忍無可忍！

✽堅忍、強忍、於心不忍

7/3 **忐** ㄊㄢˇ (tǎn)

見「忐忑」。

【忐忑】(ㄊㄢˇ ㄊㄜˋ) 心神不安寧。例 我心情忐忑的等待老師公布月考成績。

7/4 **忱** ㄔㄣˊ (chén)

形 真誠；懇切。如：熱忱。

7/4 **快** ㄎㄨㄞˋ (kuài)

名 古代捉拿犯人的役卒。如同現代的警察。如：捕快。形 1 歡樂的。如：愉快。2 豪放直爽。如：快人快語。3 敏捷；急速。與「慢」相對。如：動作很快。副 將要。如：快到了。

【快速】(ㄎㄨㄞˋ ㄙㄨˋ) 速度很快。例 下課鐘一響，萱萱就快速的衝到福利社買便當。近 迅速。

【快樂】(ㄎㄨㄞˋ ㄌㄜˋ) 高興；歡喜。例 今天老師在課堂上稱讚我，讓我一整天都很快樂。

【快馬加鞭】(ㄎㄨㄞˋ ㄇㄚˇ ㄐㄧㄚ ㄅㄧㄢ) 比喻快上加快，急速進行。例 時間緊急，再不快馬加鞭製作壁報，就來不及參加比賽了。近 馬不停蹄。

✽痛快、先睹為快、心直口快

7/4 **忸** ㄋㄧㄡˇ (niǔ)

形 慚愧；不好意思。如：忸怩。

心

【忸怩】ㄋㄧㄡˇ ㄋㄧˊ 慚愧難為情的樣子。例阿卿她都忸怩很害羞，每次老師問她問題，她都忸怩不敢開口。

忡 7/4
ㄔㄨㄥ (chōng) 忡 ㆑ ㆒ 忄 忄ㄇ 忄ㄇ 忄ㄇ
形憂愁煩惱。如：憂心忡忡。

【忡忡】ㄔㄨㄥ ㄔㄨㄥ 憂愁的樣子。例爸爸為了爺爺的病情憂心忡忡，已經好幾天睡不著覺了。

忪 7/4
㆑ ㆒ 忄 忄 忪 忪 忪
ㄓㄨㄥ (zhōng) 形害怕的樣子。
ㄙㄨㄥ (sōng) 見「惺忪」。

忝 8/4
ㄊㄧㄢˇ (tiǎn) 忝 ㆒ 二 チ 天 忝 忝 忝 忝
動羞辱。如：無忝所生。副自謙的用詞。如：忝為人師。

忠 8/4
ㄓㄨㄥ (zhōng) 忠 ㆑ ㄇ 口 中 中 忠 忠 忠
形真誠的。如：忠心。動盡心盡力做事。如：忠君。

【忠告】ㄓㄨㄥ ㄍㄠˋ 真誠的勸告。例老師給小明一個忠告，要他善用智慧。

【忠厚】ㄓㄨㄥ ㄏㄡˋ 形容人的個性純樸老實。例小傑一向忠厚老實，這件傷天害理的事絕不可能是他做的。

【忠貞】ㄓㄨㄥ ㄓㄣ 真誠而堅定。例張叔叔當了十幾年的軍人，對國家十分忠貞。

【忠實】ㄓㄨㄥ ㄕˊ 1誠實可靠。例狗是人類最忠實的朋友。2誠懇真實。例這篇報導忠實的呈現地震過後災民重建家園的辛苦過程。

❀不忠、效忠、移孝作忠

忽 8/4
ㄏㄨ (hū) 忽 ノ ㄅ 勹 勿 勿 忽 忽 忽
動不注意。如：疏忽。副突然。如：忽然。

【忽略】ㄏㄨ ㄌㄩㄝˋ 沒有注意到。例發燒是許多疾病的徵兆，絕對不可忽略。

反 留心。

【忽然】(ㄏㄨ ㄖㄢˊ) 突然。例 妹妹不知道為什麼忽然大叫一聲，嚇了我一跳。

【忽視】(ㄏㄨ ㄕˋ) 不重視；不注意。例 這次的演講比賽，甲班的阿翔實力堅強，你千萬不可忽視。

✽怠忽、輕忽、飄忽

8/4 **念** ㄋㄧㄢˋ (niàn) 念 念 ノ 人 𠆢 今 今 念

名 想法。如：貪念。動 1 懷想。如：思念。2 誦讀。通「唸」。如：念經。3 記。如：不念舊惡。4 讀；研習。如：你現在念幾年級？

【念頭】(ㄋㄧㄢˋ ㄊㄡˊ) 心中的想法、打算。例 我現在唯一的念頭，是趕快離開這兒。近 想法。

【念念不忘】(ㄋㄧㄢˋ ㄋㄧㄢˋ ㄅㄨˋ ㄨㄤˋ) 時常想起而不能忘懷。例 哥哥始終對他的前女友念念不忘，希望有一天能再和她見面。近 耿耿於懷。

✽紀念、觀念、默念

8/4 **忿** ㄈㄣˋ (fèn) 忿 忿 ノ 八 分 分 分 忿

動 生氣。如：激忿。

【忿怒】(ㄈㄣˋ ㄋㄨˋ) 生氣。例 聽到這個消息，真是令人忿怒。

【忿忿不平】(ㄈㄣˋ ㄈㄣˋ ㄅㄨˋ ㄆㄧㄥˊ) 生氣、不滿。例 看到小強欺負流浪狗，大家都忿忿不平。

辨析 以上詞語也可寫成「憤怒」、「憤憤不平」；但「憤世嫉俗」不能寫成「忿世嫉俗」。

8/5 **怦** ㄆㄥ (pēng) 怦 怦 丨 忄 忄 忄 忄

形 形容心臟急速跳動的聲音。如：怦然心動。

8/5 **怔** ㄓㄥ (zhēng) 形 害怕、驚惶的樣子。如：怔忪。 丨 忄 忄 忓 忓 怔 怔

ㄌㄥˋ (lèng) ㊀動 發呆；愣住。通「愣」。

怯 8/5 ㄑㄩㄝˋ (què) 怯 怯

形 軟弱。如：怯弱。動 害怕。如：膽怯。

【怯場】ㄑㄩㄝˋ ㄔㄤˇ 臨場緊張害怕。例 小瑋首次上臺表演，卻一點也不怯場。

※畏怯、羞怯、近鄉情怯

怩 8/5 ㄋㄧˊ (ní) 怩 怩

見「忸怩」。

怵 8/5 ㄔㄨˋ (chù) 怵 怵

動 害怕。如：怵惕。

【怵目驚心】ㄔㄨˋ ㄇㄨˋ ㄐㄧㄥ ㄒㄧㄣ 看到的景象讓人驚嚇害怕。也作「觸目驚心」。例 車禍現場留下滿地血跡，令人怵目驚心。

怖 8/5 ㄅㄨˋ (bù) 怖 怖

動 驚恐。如：怖懼。

※恐怖、驚怖、惶怖

怪 8/5 ㄍㄨㄞˋ (guài) 怪 怪

名 妖魔鬼物。如：妖怪。形 奇異。如：奇怪。動 1 驚訝。如：少見多怪。2 責備；埋怨。如：責怪。副 很。如：怪不好意思的。

【怪異】ㄍㄨㄞˋ ㄧˋ 奇特的；和大家不一樣的。例 君君怪異的舉動吸引了大家的目光。

【怪癖】ㄍㄨㄞˋ ㄆㄧˇ 指某種奇異的嗜好或習性。

【怪不得】ㄍㄨㄞˋ ㄅㄨˋ ㄉㄜˊ 1 難怪。指先前覺得奇怪，後來才發現是有原因的。例 原來小銘喜歡小玉，怪不得總是對她這麼好。2 不能責備。例 弟弟經過走廊時，花瓶湊巧掉下來摔破

了，怪不得他。

【怪力亂神】泛指奇異、荒唐、不合常理的事。例張警官向來強調科學證據，從不相信怪力亂神的事。

✽作怪、千奇百怪、大驚小怪

8/5
怏
一ㄤˋ (yàng) 怏怏 丨 忄 忄 忄 忄

形鬱悶；不快樂。如：怏然。

【怏怏不樂】不快樂的樣子。例電動玩具被老師沒收，讓小鴻怏怏不樂。近悶悶不樂。

8/5
怡
一ˊ (yí) 怡怡 丨 忄 忄 忄 怡

形快樂；愉悅。如：怡悅。

【怡然自得】喜悅閒適的樣子。例小新喜歡鄉下怡然自得、沒有壓力的生活。

8/5
性
ㄒ一ㄥˋ (xìng) 性性 丨 忄 忄 忄 忄

名①人事物自然具有的本質。如：天性。②脾氣。如：任性。③生命。如：性命。④範圍。如：全國性。⑤生物的種別。如：雌性。⑥男女間的情欲。如：性欲。

【性向】對事物的學習潛力及才能的發展傾向。

【性別】男女或雌雄的分別。

【性質】事物本身所具有的特質。例這兩件事性質不同，不能放在一起比較。

✽人性、感性、理性

8/5
怕
ㄆㄚˋ (pà) 怕怕 丨 忄 忄 忄 怕

動①心中恐懼。如：害怕。②擔心。如：我怕你累著了。副也許。表示猜想。如：恐怕。

【怕生】畏懼陌生的人或環境。例妹妹很怕生，每當客人來訪時，

她總躲在房裡不肯出來。

9/5
思 ㄙ (sī)
丶 ㄇ 日 田 田 田 思 思 思

名 1情緒；心情。如：情思。2意念；想法。如：心思。動 1考慮。如：三思而行。2想念。如：相思。

【思考】ㄙ ㄎㄠˇ 想；考慮。例 經過仔細思考後，班長決定把小遠作弊的事告訴老師。

【思念】ㄙ ㄋㄧㄢˋ 想念。例 我好幾個月都沒見到外婆，所以非常思念她。

【思想】ㄙ ㄒㄧㄤˇ 1思念懷想。例 思想起往日的一切，爸爸不禁感嘆時光飛逝。2腦中所進行的心智活動。例 爺爺的思想老舊，我總是無法和他順利溝通。

【思慮】ㄙ ㄌㄩˋ 1思考。例 小淑思慮了很久，終於決定要參加星期天的郊遊。2思想；想法。例 班長的思慮很周延，班上的同學們遇到問題時都會請教他。

❀巧思、沉思、深思

9/5
怒 ㄋㄨˋ (nù)
ㄑ ㄑ 女 女 奴 奴 奴 怒 怒 怒

形 氣勢盛大的。如：怒濤。動 生氣。如：怒不可遏。

【怒吼】ㄋㄨˋ ㄏㄡˇ 1野獸發威時大聲吼叫。例 獅子一怒吼，草原上的小動物紛紛躲了起來。2形容被壓迫的一方所發出的吶喊。例 為了保障自己的權益，勞工向政府發出了怒吼。3形容海浪、狂風巨大的樣子。例 颱風來襲，狂風怒吼，大家都緊閉門窗躲在家裡。

【怒髮衝冠】ㄋㄨˋ ㄈㄚˇ ㄔㄨㄥ ㄍㄨㄢ 形容非常生氣。例 爸爸發現哥哥說謊，氣得怒髮衝冠。近 怒火中燒。

❀憤怒、激怒、發怒

9/5
怠 ㄉㄞˋ (dài)
ㄥ ㄙ 厶 台 台 台 怠 怠 怠

心

(形) [1]不敬重。如：怠慢。[2]鬆懈；懶惰。如：懈怠。[3]累；疲倦。如：倦怠。

【怠惰】(ㄉㄞˋ ㄉㄨㄛˋ) 懶惰；不努力。(例)雖然小強安排了讀書計畫，但是常常怠惰偷懶，所以進度嚴重落後。(反)勤勞；勤奮。

【怠慢】(ㄉㄞˋ ㄇㄢˋ) 疏忽而不恭敬。是常用來表示對客人招待不周到的客氣話。(例)昨天忙著工作，怠慢了您，真是不好意思！(反)殷勤。

9/5 **怎** ㄗㄣˇ (zěn)

(副) 如何。如：怎麼。

【怎麼】(ㄗㄣˇ ㄇㄜ˙) [1]如何。(例)小芳忘記帶鑰匙，家裡又沒人，讓她不知道應該要怎麼辦才好。[2]為什麼。(例)現在時間很晚了，媽媽怎麼還不回家？

【怎樣】(ㄗㄣˇ ㄧㄤˋ) 如何。(例)你覺得這件衣服怎樣？

9/5 **怨** ㄩㄢˋ (yuàn)

(名) 仇恨。如：恩怨。(形)不滿的；哀愁的。如：怨氣。(動)責怪；不滿。如：怨天尤人。

【怨言】(ㄩㄢˋ ㄧㄢˊ) 不滿的言辭。(近)牢騷。

【怨天尤人】(ㄩㄢˋ ㄊㄧㄢ ㄧㄡˊ ㄖㄣˊ) 埋怨上天，責怪別人。(例)遇到挫折時不要只會怨天尤人，而是要好好反省自己。

辨析 尤，責怪。不可寫成「理由」的「由」。

✽結怨、以德報怨、任勞任怨

9/5 **急** ㄐㄧˊ (jí)

(名) 需要趕快解決的問題。如：救急。(形)[1]緊迫；匆促。如：緊急。[2]突然而猛烈的。如：急病。[3]暴躁。如：性急。(動)熱心去做某事。如：急公好義。(副)迅速。如：急轉

彎。

【急切】ㄐㄧˊ ㄑㄧㄝˋ 非常緊急。例弟弟急切的想知道月考成績。

【急促】ㄐㄧˊ ㄘㄨˋ 快速；緊迫。例小卿的呼吸聲聽起來很急促，好像剛跑了一千公尺一樣。反緩慢。

【急救】ㄐㄧˊ ㄐㄧㄡˋ 在意外傷害或疾病發生的當下，用簡單且正確的方法進行初步的治療。

【急診】ㄐㄧˊ ㄓㄣˇ 替有急病的病人做快速的診斷和治療。

【急劇】ㄐㄧˊ ㄐㄩˋ 快速而激烈。例奶奶的病情昨晚急劇惡化，令我們相當擔心。

【急遽】ㄐㄧˊ ㄐㄩˋ 快速；倉促。例這兩天寒流來襲，氣溫急遽下降。

辨析「急劇」和「急遽」讀音相同，但意義有些差別。「急劇」偏重於程度的激烈，「急遽」則偏重於時間的快速。

【急躁】ㄐㄧˊ ㄗㄠˋ 衝動；沒有耐性。例這件事得慢慢商量，太過急躁反而容易失敗。近毛躁。

【急中生智】ㄐㄧˊ ㄓㄨㄥ ㄕㄥ ㄓˋ 在緊急狀況中想出好辦法。例哥哥總能在發生困難時急中生智，想出解決的辦法。近情急智生。反束手無策。

【急起直追】ㄐㄧˊ ㄑㄧˇ ㄓˊ ㄓㄨㄟ 趕快設法追上去。例失敗了不要氣餒，只要現在急起直追、加強練習，下次一定能夠成功的！

✽著急、十萬火急、心急如焚

9/6
恬 ㄊㄧㄢˊ (tián)

忄 忄 忄 忊 忊 恬 恬 恬

形安適；寧靜。如：恬逸。

【恬淡】ㄊㄧㄢˊ ㄉㄢˋ 清靜淡泊，不追求名利。也作「恬澹」。例爸爸退休後搬回老家，過著恬淡的鄉村生活。

【恬不知恥】ㄊㄧㄢˊ ㄅㄨˋ ㄓ ㄔˇ 做了壞事卻態度自在，一點都不感到羞恥。例

那個歹徒做了這麼多壞事卻毫無悔意，真是恬不知恥！㊅厚顏無恥。

恃 9/6

ㄕˋ (shì) 丶 丨 忄 忄 忄 忄 恃 恃 恃

㊔母親。如：失恃。㊙依賴。如：仗恃。

【恃才傲物 ㄕˋ ㄘㄞˊ ㄠˋ ㄨˋ】仗著有才能而看不起一切。㊒她一向恃才傲物，因此得罪不少人。㊏虛懷若谷。

✽自恃、憑恃、有恃無恐

恨 9/6

ㄏㄣˋ (hèn) 丶 丨 忄 忄 忄 忄 怛 恨 恨

㊔怨仇。如：仇恨。㊙①怨憤。如：恨之入骨。②遺憾；後悔。如：遺恨。

【恨不得 ㄏㄣˋ ㄅㄨˋ ㄉㄜ˙】形容非常盼望。㊒夏天的教室就像一個超大烤箱，真恨不得能躲在家裡吹冷氣。㊅巴不得。

【恨鐵不成鋼 ㄏㄣˋ ㄊㄧㄝˇ ㄅㄨˋ ㄔㄥˊ ㄍㄤ】對期望的人表現不如預期，感到不滿、生氣，並有所責備之意。㊒爸爸會這麼嚴厲的罵你，完全是因為恨鐵不成鋼！

✽悔恨、痛恨、可恨

恢 9/6

ㄏㄨㄟ (huī) 丶 丨 忄 忄 忄 忄 恢 恢 恢

㊌廣大的。如：法網恢恢。㊙①擴大。如：恢弘。②復原。如：恢復。

【恢復 ㄏㄨㄟ ㄈㄨˋ】回復原來的樣子。㊒哥哥受傷的眼睛，經過一個月的治療，總算恢復正常。

恆 9/6

ㄏㄥˊ (héng) 丶 丨 忄 忄 忄 恆 恆 恆 恆

㊌①長久的；不變的。如：恆產。②平常的；普通的。如：恆情。

【恆心 ㄏㄥˊ ㄒㄧㄣ】持久不變的意志。㊒做事要有恆心才能成功。

✽永恆、有恆、持之以恆

心

9/6
恍 ㄏㄨㄤˇ (huǎng)

㊮神智不清的樣子。如：恍惚。㊯1突然。如：恍然。2好像。如：恍若。

【恍惚】神智不清。㊎睡夢中，小峰恍惚聽見有人在叫他。

【恍然大悟】心裡突然明白。㊎聽完老師講解，我才恍然大悟我計算上的錯誤。㊍百思不解。

9/6
恫

ㄊㄨㄥ (tōng) ㊮痛苦。如：哀恫。

ㄉㄨㄥˋ (dòng) ㊭恐嚇。如：恫嚇。

【恫嚇】恐嚇；威脅他人，使人因害怕而順從。㊎歹徒恫嚇店員交出收銀機裡的錢，否則就要開槍傷人。㊋威嚇。

9/6
恪 ㄎㄜˋ (kè)

㊯恭敬。如：恪守。

【恪守】恭敬的遵守。㊎身為一名好國民，應該恪守法律。

9/6
恤 ㄒㄩˋ (xù)

㊭憐惜。如：體恤。

9/6
恰 ㄑㄧㄚˋ (qià)

㊯適合；正好。如：恰值。

【恰巧】剛好；正好。㊎我出門時恰巧遇到嘉嘉，便和他一起走去學校。㊋碰巧。㊍不巧。

【恰當】適當；合適。㊎陳老師上課時總能用恰當的比喻，幫助同學們了解。㊋妥當。㊍不當。

【恰到好處】正好到達最適當的程度。㊎這道菜不會太鹹，也不會太辣，味道恰到好處。

10/6
恙 ㄧㄤˋ (yàng)

名疾病；災禍。如：安然無恙。

10/6
恣 ㄗˋ (zì)

冫 冫 冫 次 次 次 恣 恣 恣 恣

動放縱；不受拘束。如：恣情。

【恣意 ㄗˋ ㄧˋ】放縱心意；任意而行。例在外婆家，可以在草地上恣意奔跑、盡情嬉戲。近肆意。

10/6
恥 ㄔˇ (chǐ)

一 厂 丌 耳 耳 耳 耳 恥 恥 恥

名1羞愧的事。如：雪恥。2羞愧的心。如：無恥。動侮辱。如：恥笑。

【恥笑 ㄔˇ ㄒㄧㄠˋ】因為輕視、瞧不起而嘲笑。例小炎不顧他人的恥笑繼續練習，現在已是跆拳道國手了。

【恥辱 ㄔˇ ㄖㄨˇ】因受到侮辱所產生的羞恥感。例今天所受的恥辱，將成為我奮發向上的動力！反榮譽。

✽可恥、廉恥、恬不知恥

10/6
恭 ㄍㄨㄥ (gōng)

一 十 廾 廾 共 共 恭 恭 恭 恭

形非常有禮貌。如：謙恭有禮。動稱讚。如：恭維。

【恭喜 ㄍㄨㄥ ㄒㄧˇ】恭敬的賀喜。道賀時的客氣話。例恭喜阿姨生了一個白白胖胖的小寶寶。

【恭敬 ㄍㄨㄥ ㄐㄧㄥˋ】肅敬；有禮貌。例對長輩的態度要恭敬。

【恭維 ㄍㄨㄥ ㄨㄟˊ】用言語討好奉承他人。例小恩說的大概只有三分是真的，其餘的都是恭維的話。

✽玩世不恭、畢恭畢敬

10/6
恐 ㄎㄨㄥˇ (kǒng)

一 丅 工 玑 巩 巩 巩 恐 恐 恐

動1害怕。如：恐懼。2威脅。如：恐嚇。副也許；可能。如：恐怕。

【恐怖 ㄎㄨㄥˇ ㄅㄨˋ】非常可怕。例遊樂區裡的鬼屋非常恐怖，妹妹說什麼也

不敢進去。

【恐怕】(ㄎㄨㄥˇ ㄆㄚˋ) 大概；也許。例明天就要開學了，小彰的暑假作業都沒寫，恐怕是寫不完了吧。

【恐嚇】(ㄎㄨㄥˇ ㄏㄜˋ) 威脅他人，使人因害怕而順從。例哥哥恐嚇我不准將他打破杯子的事告訴爸爸，否則就不把電動玩具借給我。近威嚇。

❀惶恐、驚恐、爭先恐後

10/6

恩 ㄣ (ēn)

丨 冂 冃 円 円 因 因 恩 恩 恩

名1他人給予的好處或情誼。如：感恩。2愛情；情愛。如：恩愛。

形有德澤的。如：恩師。

【恩惠】(ㄣ ㄏㄨㄟˋ) 施予他人或接受他人的幫助和照顧。例我曾經接受過小辰的恩惠，現在他有困難，我不能不幫忙。

【恩愛】(ㄣ ㄞˋ) 夫妻之間深情相愛。例希望姐姐和姐夫能永遠恩愛，白頭到老。

【恩將仇報】(ㄣ ㄐㄧㄤ ㄔㄡˊ ㄅㄠˋ) 用對待仇人的態度對待恩人。例爸爸好心收留逃家的小民，他卻恩將仇報，偷了爸爸皮包裡的錢。

❀師恩、親恩、法外施恩

10/6

恕 ㄕㄨˋ (shù)

ㄑ 女 女 如 如 如 如 恕 恕 恕

名用自己的想法去推想別人的想法。如：仁恕。動原諒。如：恕罪。

❀寬恕、忠恕、饒恕

10/6

息 ㄒㄧˊ (xí)

′ 丿 白 白 自 自 自 息 息 息

名1音訊。如：信息。2呼吸。如：氣息。3兒子。如：兒息。4利錢。如：利息。動1休憩；放鬆身心。如：休息。2停止。如：息兵。

【息息相關】(ㄒㄧˊ ㄒㄧˊ ㄒㄧㄤ ㄍㄨㄢ) 彼此的關係非常密切。㊄ 視力是否正常，與閱讀的姿勢息息相關。㊅ 休戚相關。㊆ 毫無瓜葛。

✽作息、嘆息、消息

10/7 **悌** ㄊㄧˋ (tì)

㊇ 敬愛兄長。如：孝悌。

10/7 **悖** ㄅㄟˋ (bèi)

㊇ 違反；違背。如：並行不悖。

10/7 **悟** ㄨˋ (wù)

㊇ 1 明白；領會。如：領悟。2 啟發他人。如：感悟。

【悟性】(ㄨˋ ㄒㄧㄥˋ) 思考、分析與判斷的能力。㊄ 小明悟性很高，一下子就聽懂了數學老師的講解。

✽悔悟、醒悟、恍然大悟

10/7 **悚** ㄙㄨㄥˇ (sǒng)

㊇ 害怕。如：悚懼。

【悚然】(ㄙㄨㄥˇ ㄖㄢˊ) 害怕的樣子。㊄ 看完那部恐怖片，讓我覺得毛骨悚然。

10/7 **悄** ㄑㄧㄠˇ (qiǎo)

㊈ 安靜。如：靜悄悄。㊉ 偷偷的。如：悄悄的溜走。

【悄悄】(ㄑㄧㄠˇ ㄑㄧㄠˇ) 1 安靜；沒有聲音。㊄ 弟弟悄悄的待在房間裡看漫畫。2 暗中；不被人發現的。㊄ 為了給小宏一個驚喜，我們悄悄的準備了一份生日禮物。

【悄悄話】(ㄑㄧㄠˇ ㄑㄧㄠˇ ㄏㄨㄚˋ) 用很低的音量，說不想被別人聽到的話。

10/7 **悍** ㄏㄢˋ (hàn)

㊈ 1 勇猛。如：強悍。2 凶暴不講理。如：凶悍。

✽精悍、潑悍、剽悍

悅

10/7 ㄩㄝˋ (yuè)

(形)快樂。如：愉悅。(動)喜愛；喜歡。

【悅耳】ㄩㄝˋ ㄦˇ 好聽。(例)小美的歌聲悅耳，所以在歌唱比賽中得名。(近)動聽。(反)刺耳。

✽和悅、喜悅、兩情相悅

悔

10/7 ㄏㄨㄟˇ (huǐ)

(動)事後惱恨。如：後悔。

【悔改】ㄏㄨㄟˇ ㄍㄞˇ 承認錯誤並加以改正。(例)不管旁人怎麼勸他，阿鴻始終不肯悔改。

【悔不當初】ㄏㄨㄟˇ ㄅㄨˋ ㄉㄤ ㄔㄨ 後悔當時不應該這樣做。(例)小祥因為貪玩沒有寫功課，因此被老師罰寫作業十遍，如今真是悔不當初。

✽反悔、懺悔、無怨無悔

恿

11/7 ㄩㄥˇ (yǒng)

見「慫恿」。

患

11/7 ㄏㄨㄢˋ (huàn)

(名)災禍。如：內憂外患。(動)1憂慮；擔心。如：患得患失。2生病。如：患病。

【患得患失】ㄏㄨㄢˋ ㄉㄜˊ ㄏㄨㄢˋ ㄕ 比喻將得失看得很重。(例)姐姐對成績總是患得患失，反而影響念書的情緒。

【患難之交】ㄏㄨㄢˋ ㄋㄢˋ ㄓ ㄐㄧㄠ 曾經一起度過艱難時刻而能互相幫助的朋友。(例)患難之交往往比普通朋友更能長久。(反)泛泛之交。

✽後患、禍患、有備無患

悉

11/7 ㄒㄧ (xī)

(形)全部的。如：悉數。(動)知道。如：知悉。

【悉心】(ㄒㄧ ㄒㄧㄣ) 盡心；全心全意。例經過阿忠悉心的照顧，小兔子的傷已經好很多了。

※熟悉、獲悉、洞悉

11/7
悠
ㄧㄡ (yōu)

形 1久；遠。如：悠長。2飄揚的樣子。如：悠揚。3閒適；輕鬆。如：悠然。

【悠久】(ㄧㄡ ㄐㄧㄡˇ) 長久；久遠。例這座城堡的歷史很悠久，是有名的觀光景點。反短暫。

【悠閒】(ㄧㄡ ㄒㄧㄢˊ) 自在閒適的樣子。例小菁悠閒的騎著腳踏車到處逛。

【悠然自得】(ㄧㄡ ㄖㄢˊ ㄗˋ ㄉㄜˊ) 悠閒自在，不受拘束的樣子。例王伯伯在鄉下種田，生活過得悠然自得。

11/7
您
ㄋㄧㄣˊ (nín)

代「你」的敬稱。

11/8
惋
ㄨㄢˋ (wàn)

動 驚嘆；痛惜。如：嘆惋。

【惋惜】(ㄨㄢˋ ㄒㄧ) 可惜。例小娟只差一分就可以獲得數學競賽冠軍，真是令人惋惜。

※哀惋、痛惋、悲惋

11/8
悴
ㄘㄨㄟˋ (cuì)

形 消瘦；衰弱。如：憔悴。

11/8
惦
ㄉㄧㄢˋ (diàn)

動 思念；記掛。如：惦記。

【惦記】(ㄉㄧㄢˋ ㄐㄧˋ) 思念；記掛。例媽媽時常惦記著在國外念書的哥哥。

11/8
悽
ㄑㄧ (qī)

形 哀傷的；哀痛的。如：悲悽。

【悽慘】(ㄑㄧ ㄘㄢˇ) 悲傷慘痛。例小蓮很小的時候父母就過世，童年過得相

當悽慘。

11/8
情 ㄑㄧㄥˊ (qíng) 忄忄忄忄忄忄忄情情情情

名 1 內心的感觸。如：七情六欲。2 事實；狀況。如：災情。

【情人】ㄑㄧㄥˊ ㄖㄣˊ 彼此愛戀的人。

【情況】ㄑㄧㄥˊ ㄎㄨㄤˋ 事物的狀況。例 若遇到危險的情況，可以打一一〇求救。

【情急】ㄑㄧㄥˊ ㄐㄧˊ 心中著急。例 一聽到爺爺出了車禍，小達情急之下，沒拿鑰匙就從屋裡跑了出去。

【情報】ㄑㄧㄥˊ ㄅㄠˋ 1 有關敵人狀況的消息、報告。例 根據剛剛得到的情報，敵人似乎準備在今晚攻擊我方。2 泛指各種消息和狀況的最新報導。例 雜誌上常常報導各種生活情報。

【情景】ㄑㄧㄥˊ ㄐㄧㄥˇ 情形；狀況。例 回想起去年出遊的情景，大家都很開心。

【情感】ㄑㄧㄥˊ ㄍㄢˇ 感情；內心受刺激而產生的感觸。例 霖霖很害羞，從來不敢把她真正的情感表達出來。

【情節】ㄑㄧㄥˊ ㄐㄧㄝˊ 1 事情的演變和經過。2 小說、戲劇中故事發展的過程。例 這部電影情節很感人，許多觀眾都掉下了眼淚。

【情緒】ㄑㄧㄥˊ ㄒㄩˋ 由心裡產生的喜怒哀樂等不同的感受。如：開心、憤怒、害怕等。

【情誼】ㄑㄧㄥˊ ㄧˊ 交情；情分。例 妹妹和小婉從小一起玩到大，情誼非常深厚。

【情願】ㄑㄧㄥˊ ㄩㄢˋ 願意。例 上課鐘響後，阿瑋很不情願的收起籃球，回到教室。反 不甘。

【情不自禁】ㄑㄧㄥˊ ㄅㄨˋ ㄗˋ ㄐㄧㄣˋ 感情衝動而無法克制。例 看到這麼可愛的小嬰兒，我情不自禁的想抱抱他。

【情投意合】(ㄑㄧㄥˊ ㄊㄡˊ ㄧˋ ㄏㄜˊ) 感情和心意互相投合。例小阿姨和張叔叔情投意合，下個月就要結婚了。

✽友情、同情、一見鍾情

11/8
悻 ㄒㄧㄥˋ (xìng)

形 憤怒的；怨恨的。如：悻然。

11/8
悵 ㄔㄤˋ (chàng)

形 懊惱失意的樣子。如：悵惘。

【悵然若失】(ㄔㄤˋ ㄖㄢˊ ㄖㄨㄛˋ ㄕ) 迷惘、疑惑，好像失去什麼東西的樣子。例將兒子送上飛機後，李伯伯看起來悵然若失。

11/8
惜 ㄒㄧˊ (xí)

動 1悲痛。如：痛惜。2珍愛；捨不得。如：愛惜。

【惜別】(ㄒㄧˊ ㄅㄧㄝˊ) 捨不得分離。例表哥即將出國讀書，我們為他辦了一個惜別餐會。

【惜福】(ㄒㄧˊ ㄈㄨˊ) 珍惜現在擁有的福氣。例人要惜福，不要等失去了才開始後悔。

✽可惜、惋惜、憐惜

11/8
惘 ㄨㄤˇ (wǎng)

形 失意；精神恍惚。如：悵惘。

【惘然】(ㄨㄤˇ ㄖㄢˊ) 茫然失意的樣子。例認識多年的女友突然要分手，讓阿德感到一陣惘然。近悵然。

11/8
惕 ㄊㄧˋ (tì)

動 警戒；害怕。如：警惕。

【惕勵】(ㄊㄧˋ ㄌㄧˋ) 心中存著謹慎和警戒。例我們要常常心存惕勵，才會有所進步。

11/8
悼 ㄉㄠˋ (dào)

動 悲傷的追念或感懷。如：追悼。

【悼念】ㄉㄠˋ ㄋㄧㄢˋ 對死者的懷念。例阿家寫了一篇文章，來表達他對爺爺的悼念。

✽哀悼、痛悼、祭悼

11/8
惆
ㄔㄡˊ (chóu) 忄忄忄忄忄忄忄忄惆惆惆

形失意；懊惱。如：惆悵。

【惆悵】ㄔㄡˊ ㄔㄤˋ 失意懊惱。例沒有買到演唱會的門票，她感到十分惆悵。

11/8
悸
ㄐㄧˋ (jì) 忄忄忄忄忄忄忄忄悸悸悸

名心臟劇烈跳動的一種症狀。如：心悸。動驚怕。如：驚悸。

【悸動】ㄐㄧˋ ㄉㄨㄥˋ 因震驚而心跳加快。例回到分別十多年的故鄉，讓她心中悸動不已。

✽心有餘悸、餘悸猶存

11/8
惚
ㄏㄨ (hū) 忄忄忄忄忄忄忄惚惚惚

見「恍惚」。

11/8
惟
ㄨㄟˊ (wéi) 忄忄忄忄忄忄忄惟惟惟

名思想。如：思惟。副1只；僅。通「唯」。如：惟有。2但是；不過。

12/8
惠
ㄏㄨㄟˋ (huì) 一丁巨巨亘亘亘亘惠惠惠

名恩德；別人給的好處。如：恩惠。形溫和；柔順的。如：惠風。動贈送；賜贈。如：惠我良多。副請求人時的客氣話。如：惠賜。

【惠顧】ㄏㄨㄟˋ ㄍㄨˋ 敬稱他人的關懷照顧。現在多指顧客光臨。例我離開餐廳時，服務生說了句「謝謝惠顧」。

✽互惠、嘉惠、銘謝惠顧

12/8
惡
ㄜˋ (è) 一丁丁丁丁亞亞亞惡惡惡

名壞事；不好的行為。如：罪惡。形不好的。與「善」相對。如：惡習。

ㄜˇ (ě) 動 想要嘔吐。如：惡心。
ㄨˋ (wù) 動 討厭。如：厭惡。
ㄨ (wū) 副 1 怎麼；如何。如：惡乎可？2 何處；哪兒。如：惡乎成名？

【惡化】事情或疾病越來越嚴重。例 小真手上的傷若不治療，恐怕會惡化。反 好轉。

【惡劣】不好；不良。例 這裡的環境非常惡劣，不適合人類生存。反 良好；優良。

【惡耗】壞消息。也作「噩耗」。反 喜訊；佳音。

【惡臭】難聞的氣味。反 芳香；清香。

【惡習】不良的習慣。例 小寶染上了吸毒的惡習，現在後悔不已。

【惡夢】恐怖或不吉利的夢。例 慶慶昨晚做了個可怕的惡夢。

【惡作劇】故意戲弄，使人難堪。

✽好惡、邪惡、欺善怕惡

惑 12/8

ㄏㄨㄛˋ (huò)

名 疑難；煩惱。如：解惑。動 1 迷亂。如：惑人心神。2 懷疑。如：疑惑。

✽困惑、迷惑、誘惑

悲 12/8

ㄅㄟ (bēi)

名 憐憫。如：慈悲。形 1 哀痛。如：悲傷。2 淒厲的。如：悲風。

【悲傷】悲哀傷心。例 這首歌聽起來很悲傷。

【悲慘】悲傷悽慘。例 面對悲慘的遭遇，小強仍然保持積極樂觀的心態，值得我們學習。

【悲劇】1 戲劇的一種。劇中人物往往命運悲慘，結局也不圓滿。

心

反喜劇。2泛指悲慘不幸的事。

【悲觀】(ㄅㄟ ㄍㄨㄢ) 認為世事都是悲哀、沒有希望的一種人生觀。例別將事情想得太悲觀，一切總會平安度過的！反樂觀。

【悲天憫人】(ㄅㄟ ㄊㄧㄢ ㄇㄧㄣˇ ㄖㄣˊ) 憂傷時局的艱困，憐憫世人的災難。例德蕾莎修女有著悲天憫人的胸懷，終生致力於幫助窮困的人。

✽兔死狐悲、樂極生悲

12/8 **悶**

丨 ㄏ 尸 尸 門 門 門 門 門 問 悶 悶

ㄇㄣˋ (mèn) 形心裡不愉快。如：煩悶。

ㄇㄣ (mēn) 形因空氣不流通或氣壓低所引起的感覺。如：悶熱。動將器物或空間密閉，不讓熱氣散發到外面。如：將飯悶熟。

【悶氣】一ㄇㄣ ㄑㄧˋ 暫停呼吸。例路旁的垃圾發出惡臭，小婷趕緊悶氣，快步離開。近憋氣。二ㄇㄣˋ ㄑㄧˋ 糾結在心中的怨氣。例小新決定不再自己生悶氣，要將被冤枉的事情說清楚。

【悶熱】(ㄇㄣ ㄖㄜˋ) 天氣炎熱，空氣不流通。例天氣悶熱，每個人看起來都沒有活力。反涼快；涼爽。

【悶悶不樂】(ㄇㄣˋ ㄇㄣˋ ㄅㄨˋ ㄌㄜˋ) 心中憂愁煩惱而不快樂。例阿英一副悶悶不樂的樣子，不知道發生了什麼事？反心花怒放。

✽愁悶、苦悶、鬱悶

13/9 **意**

一 丶 亠 亣 立 产 音 音 音 音 意 意 意

ㄧˋ (yì)

名1心思；心裡的想法。如：善解人意。2觀念；主張。如：意見。3情趣。如：綠意盎然。動猜測；料想。如：不意。

【意外】1料想之外。例生日當天收到老師送的禮物，真是個意外的驚喜。2突然發生的不幸事件。例李爺爺昨晚發生了意外，不幸身亡。近不測。

【意志】心志力量。例叔叔憑著堅強的意志，終於度過了這次的難關。

【意見】看法；主張。例老師希望每個人都能在班會上發表意見。

【意思】1思想；心思。例這兩個好朋友只用眼神就可以了解彼此的意思。2意義。例這句話是什麼意思？3趣味。例小宏真有意思，說出來的話總是令人發笑。4敬意；心意。送人東西的客氣話。例這是一點小意思，請您收下。

【意義】1意思；涵義。例畢業典禮上，校長說了一些意義深遠的話，至今我仍牢牢記著。2價值；作用。例遇到問題要想辦法解決，光是抱怨並沒有意義。

【意願】意向、心願。例大家對參加跳遠比賽的意願都不高。

【意氣風發】形容精神振奮、志氣高昂的樣子。例小強上臺領獎時，一副意氣風發的樣子。

【意猶未盡】興致尚未滿足。例在動物園玩了一整天，弟弟仍然意猶未盡，希望還能再來一次。

✽任意、創意、同意

12/9

愜 ㄑㄧㄝˋ (qiè)

形很合自己的心意；滿足。如：愜心。

【愜意】滿足、自在的樣子。例張爺爺退休後，每天和張奶奶一同遊山玩水，過著愜意的日子。

心

12/9
慨
ㄎㄞˇ (kǎi)
忄忄忄忄忄忄忄忄忄慨

形 1 激昂；氣憤。如：憤慨。2 大方。如：慷慨。動 感嘆。如：感慨。

12/9
惰
ㄉㄨㄛˋ (duò)
忄忄忄忄忄忄忄惰惰惰

形 懶散；懈怠。如：懶惰。

【惰性】懶惰而不肯努力的習性。例 我們必須克服自己的惰性，做事才容易成功。

12/9
惻
ㄘㄜˋ (cè)
忄忄忄忄忄忄忄忄惻惻

形 1 悲痛。如：惻然。2 同情。如：惻隱。

【惻隱之心】看到人遭遇不幸，而有不忍、同情之心。例 風災後，全國同胞發揮惻隱之心，一起幫助受災戶重新振作。

12/9
惺
ㄒㄧㄥ (xīng)
忄忄忄忄忄忄忄忄惺惺

形 清醒的樣子。如：惺惺。動 明白；領悟。如：惺悟。

【惺忪】形容剛睡醒時，眼睛迷糊不清的樣子。例 看小勝一副睡眼惺忪的樣子，想必才剛起床吧！

【惺惺相惜】同類間互相憐惜。例 新一和小蘭在許多地方都有共同點，也因此成了惺惺相惜的好朋友。

12/9
愕
ㄜˋ (è)
忄忄忄忄忄忄忄忄愕愕

形 驚訝。如：驚愕。

12/9
愣
ㄌㄥˋ (lèng)
忄忄忄忄忄忄忄忄愣愣

形 痴呆的；遲鈍的。如：愣頭愣腦。動 失神；發呆。如：發愣。

【愣頭愣腦】1 形容衝動冒失，說話做事不經思考的樣子。

例小非常愣頭愣腦的亂說話，真令人擔心！2傻氣的樣子。例阿呆雖然愣頭愣腦的，心地卻非常善良。

12/9
惴 ㄓㄨㄟˋ (zhuì) 丨 忄 忄 忄 忄 忄 惴 惴 惴
形憂愁害怕。如：惴慄。
【惴惴不安】ㄓㄨㄟˋ ㄓㄨㄟˋ ㄅㄨˋ ㄢ 因憂愁害怕而心神不寧的樣子。例小旋打破了媽媽的花瓶，所以顯得惴惴不安。

12/9
惱 ㄋㄠˇ (nǎo) 丨 忄 忄 忄 忄 忄 惱 惱 惱
形心情煩悶的。如：苦惱。動生氣怨恨。如：惱恨。
【惱火】ㄋㄠˇ ㄏㄨㄛˇ 憤怒；生氣。例哥哥剛才頂撞爸爸，讓爸爸非常惱火。
【惱羞成怒】ㄋㄠˇ ㄒㄧㄡ ㄔㄥˊ ㄋㄨˋ 因羞愧而生氣。例阿正的詭計被人看穿了，所以才會惱羞成怒。
❋懊惱、煩惱、氣惱

12/9
愎 ㄅㄧˋ (bì) 丨 忄 忄 忄 忄 忄 愎 愎 愎
形固執任性。如：剛愎自用。

12/9
愀 ㄑㄧㄠˇ (qiǎo) 丨 忄 忄 忄 忄 忄 愀 愀 愀
形憂愁。如：愀愴。副臉色突然改變的樣子。如：愀然變色。
【愀然】ㄑㄧㄠˇ ㄖㄢˊ 1臉色突然改變的樣子。例老師的一句話，讓原本開心的小明愀然變色。2憂愁的樣子。例最近一連串的打擊，讓阿鋒神情愀然。

12/9
惶 ㄏㄨㄤˊ (huáng) 丨 忄 忄 忄 忄 忄 惶 惶 惶
形1害怕。如：惶怖。2匆忙。如：惶惶。
【惶恐】ㄏㄨㄤˊ ㄎㄨㄥˇ 驚慌害怕。例看到老師表情嚴肅的拿著月考成績單進來，全班同學都很惶恐。

心

12/9

愉

ㄩˊ (yú) 忄 忄 忄 忄 忄 忄 忄 忄 忄 愉 愉 愉

形 快樂。如：歡愉。

【愉快】ㄩˊ ㄎㄨㄞˋ 快樂。例這次的郊遊，大家都玩得很愉快。

13/9

慈

ㄘˊ (cí) 丶 丷 䒑 兰 玄 玆 玆 玆 玆 慈 慈 慈 慈

名 母親。如：家慈。形 仁愛的。如：仁慈。動 父母愛護子女。如：慈幼養老。

【慈祥】ㄘˊ ㄒㄧㄤˊ 慈愛祥和。例媽媽非常慈祥，從來沒有罵過我。

【慈悲】ㄘˊ ㄅㄟ 同情憐憫。例佛家勸人心存慈悲，不要隨便殺生。

❀先慈、孝慈、大發慈悲

13/9

想

ㄒㄧㄤˇ (xiǎng) 一 十 才 木 机 相 相 相 相 相 想 想 想

名 意念；念頭。如：非分之想。動 1思考。如：想想辦法。2猜測。如：猜想。3懷念。如：想家。4要；打算。如：我想吃飯。5認為。如：我想就快下雨了。

【想念】ㄒㄧㄤˇ ㄋㄧㄢˋ 思念。例在英國留學的日子裡，阿俊非常想念家人。

【想像】ㄒㄧㄤˇ ㄒㄧㄤˋ 利用以往的記憶或類似的經驗，把不在眼前的事物假想為具體存在的。例小丁閉著眼睛，想像自己在月亮上散步。

❀回想、夢想、聯想

13/9

感

ㄍㄢˇ (gǎn) 一 厂 厂 厂 后 后 后 后 后 咸 咸 感 感

名 1情緒。如：快感。2看法；想法。如：責任感。動 1觸動；影響。如：感佩。2受到外界刺激而引起反應。如：感冒。3對別人的好意表示謝意。如：感謝。4覺得。如：感到不安。

【感受】ㄍㄢˇ ㄕㄡˋ 感覺；體會。例看弟弟這麼開心，我也感受到了歡樂的氣氛。

【感冒】ㄍㄢˇ ㄇㄠˋ ①由於上呼吸道感染濾過性病毒所引起的疾病。患者會有鼻塞、流鼻涕等現象。②對某人敏感、討厭。例自從發現大強說謊之後，每個人對他都很感冒。

【感染】ㄍㄢˇ ㄖㄢˇ ①病原體和生物體接觸後，侵入生物體的過程或狀態。②影響。例她受到好友的感染，開始對棒球產生興趣。

【感動】ㄍㄢˇ ㄉㄨㄥˋ 受外界事物刺激而觸動情意。例張叔叔十年來細心照顧生病的父親，孝心令人感動。反無動於衷。

【感情】ㄍㄢˇ ㄑㄧㄥˊ ①因受到外界刺激所觸動的心理反應。如：喜、怒、哀、樂、愛、恨等。例小明的感情非常豐富，一首歌就可以讓他激動不已。②人與人之間的交情。例小麗和阿花是多年的好朋友，兩人之間有深厚的感情。

【感傷】ㄍㄢˇ ㄕㄤ 心中有所觸動而悲傷。例轉眼間就要畢業了，許多同學都顯得有些感傷。

【感想】ㄍㄢˇ ㄒㄧㄤˇ 受外物觸發而產生的想法。例聽完這則寓言，大家爭先恐後的發表感想。

【感激】ㄍㄢˇ ㄐㄧ 誠心誠意的謝謝對方。例小娟非常感激小珍對她的幫助。近感謝。反抱怨。

【感覺】ㄍㄢˇ ㄐㄩㄝˊ 受到外界刺激而產生的反應。例悶熱的天氣，令人有溼黏的感覺。

【感人肺腑】ㄍㄢˇ ㄖㄣˊ ㄈㄟˋ ㄈㄨˇ 使人深受感動。例這部電影深刻描寫母女間的親情，劇情感人肺腑，值得一看。

＊靈感、第六感、幽默感

13/9

愚

ㄩˊ (yú)

愚 丶 冂 曰 日 目 昌 禺 禺 禺 禺 愚 愚 愚

㊃用來稱呼自己的謙詞。㊄笨；無知。如：愚笨。㊅欺騙；玩弄。如：愚弄。

【愚弄】ㄩˊ ㄋㄨㄥˋ 欺騙；玩弄。㊉小華竟然愚弄小美的感情，真是可惡！

【愚蠢】ㄩˊ ㄔㄨㄣˇ 呆笨；不聰明。㊉阿彭竟然在加油站內使用打火機，真是愚蠢。

【愚公移山】ㄩˊ ㄍㄨㄥ ㄧˊ ㄕㄢ 比喻有毅力、恆心的人，一定能戰勝困難。㊉只要有愚公移山的精神，任何事情都可能成功！㊅有志竟成。

辨析 相傳有個叫愚公的人，決定將屋前阻礙出入的大山剷平。後來上天被他的毅力感動，令天神把山移走。

13/9

惹

ㄖㄜˇ (rě)

惹 丶 十 廾 艹 芏 芐 芊 若 若 若 若 惹 惹

㊅招引；挑起。如：惹禍。

【惹是生非】ㄖㄜˇ ㄕˋ ㄕㄥ ㄈㄟ 引起紛爭。也作「惹事生非」。㊉小華常常惹是生非，讓他的父母非常難過。㊅胡作非為。

✽招惹、拈花惹草

13/9

愛

ㄞˋ (ài)

愛 一 ㇀ ㇀ 爫 爫 爫 爫 恶 恶 恶 爱 愛 愛

㊔①仁德；恩惠。如：博愛。②親密的感情。如：同胞愛。③所喜歡的人或物。如：割愛。④傾慕的情緒。如：示愛。㊄被喜歡的；受寵的。如：愛女。㊅①喜歡。如：愛吃。②珍惜；憐惜。如：愛惜。

【愛心】ㄞˋ ㄒㄧㄣ 同情和關懷的心。

【愛好】喜好；喜歡。例弟弟愛好打羽毛球。

【愛情】人與人之間相戀的情意。

【愛惜】珍惜。例小艾非常愛惜學校的公物。反糟蹋。

【愛慕】愛戀思慕。例哥哥非常愛慕那位女明星。近仰慕。反嫌惡。

【愛戴】敬愛擁戴。例村長一向熱心助人，因此深受村民的愛戴。反輕慢。

【愛護】珍愛而加以保護。例我們要愛護動物，不可以隨便傷害牠們。

【愛不釋手】因為喜歡而捨不得放手。例這件衣服的花樣很特別，令小天愛不釋手。

✽可愛、戀愛、自愛

13/9

愁 ㄔㄡˊ (chóu)

愁

㇒ ㇒ 二 千 禾 禾 禾 禾 秋 秋 秋 愁 愁

名憂傷的情緒。如：離愁。形悲傷的。如：愁緒。

【愁眉苦臉】形容憂傷苦悶的樣子。例小英因為期末考考差了，所以一副愁眉苦臉的樣子。

✽哀愁、情愁、鄉愁

13/9

愈 ㄩˋ (yù)

愈

㇒ 人 亽 亼 介 介 介 俞 俞 俞 俞 愈 愈

動病好。通「癒」。如：病愈。副更加。如：愈來愈好。

【愈挫愈勇】越遭受挫折，越勇敢振作。例我們做事要有愈挫愈勇的精神，才能夠獲得最後的成功。

13/10
慄
ㄌㄧˋ (lì) 慄

忄 忄 忄 忄 忄 忄 忄 恓 慄 慄 慄 慄

動 因恐懼、寒冷而發抖。如：戰慄。

✽惴慄、股慄、不寒而慄

13/10
慎
ㄕㄣˋ (shèn) 慎

忄 忄 忄 忄 忄 忄 恉 恉 恉 愼 慎 慎

形 小心。如：謹慎。

【慎重】ㄕㄣˋ ㄓㄨㄥˋ 認真謹慎；不隨便。例 我們經過慎重的考慮後，決定搬去鄉下住。

【慎終追遠】ㄕㄣˋ ㄓㄨㄥ ㄓㄨㄟ ㄩㄢˇ 謹慎辦好父母的喪事，依禮追祭久遠的祖先。表示不忘根本。

13/10
慌
ㄏㄨㄤ (huāng) 慌

忄 忄 忄 忄 忄 忄 忙 忙 慌 慌 慌 慌

形 急迫；忙亂。如：驚慌。動 害怕不安。如：恐慌。副 很；非常。如：悶得慌。

【慌張】ㄏㄨㄤ ㄓㄤ 急促而忙亂的樣子。例 媽媽慌張的跑回家裡，不知道在找什麼東西。近 慌忙。

13/10
慍
ㄩㄣˋ (yùn) 慍

忄 忄 忄 忄 忄 忄 忄 悃 悃 慍 慍 慍

動 生氣。如：慍怒。

13/10
愾
ㄎㄞˋ (kài) 愾

忄 忄 忄 忄 忄 忄 忾 忾 忾 忾 愾 愾

動 恨；怒。如：同仇敵愾。

13/10
愧
ㄎㄨㄟˋ (kuì) 愧

忄 忄 忄 忄 忄 忄 怕 愧 愧 愧 愧 愧

形 心中感到羞恥。如：慚愧。

【愧對】ㄎㄨㄟˋ ㄉㄨㄟˋ 覺得羞恥而無法面對。例 那個小偷被抓進警察局後，覺得非常愧對自己的父母。

【愧不敢當】（ㄎㄨㄟˋ ㄅㄨˋ ㄍㄢˇ ㄉㄤ）慚愧而不敢承當。是接受別人誇獎或贈禮時的謙辭。例您的讚美，我愧不敢當。

13/10 **愴** ㄔㄨㄤˋ (chuàng)

形悲傷的。如：悽愴。

14/10 **愿** ㄩㄢˋ (yuàn)

形忠厚；誠懇。如：愿謹。

14/10 **態** ㄊㄞˋ (tài)

名1人或物的姿勢、舉止、形狀。如：神態。2事情發展的情況。如：事態。

【態度】（ㄊㄞˋ ㄉㄨˋ）1言語或行為表現出的模樣。例班長說話的態度很有禮貌，所以師長都很喜歡他。2對事情的看法。例到現在為止，小芬對這件事仍然採取支持的態度。

✽心態、狀態、生態

14/10 **慇** ㄧㄣ (yīn)

形悲痛。如：慇憂。副情意周到。如：慇懃。

【慇懃】（ㄧㄣ ㄑㄧㄣˊ）態度親切、熱誠，招待周到。也作「殷勤」。例李阿姨非常熱情，不管是誰到她家作客，她總是慇懃招待。反怠慢。

15/11 **慶** ㄑㄧㄥˋ (qìng)

名1值得賀喜的事情。如：國慶。2福氣；幸福。如：積善之家，必有餘慶。動賀喜；祝賀。如：慶祝。

【慶幸】(ㄑㄧㄥˋ ㄒㄧㄥˋ) 因幸運而感到高興。例阿丁很慶幸能擁有明理的爸媽。
❀喜慶、節慶、普天同慶

14/11
慷
ㄎㄤ (kāng)

形 1 情緒激動高昂的樣子。如：慷慨激昂。2 大方。如：慷慨大方。

【慷慨】(ㄎㄤ ㄎㄞˇ) 1 情緒激動高昂。例清朝末年，許多革命烈士慷慨赴義，令人敬佩。2 大方；不計較金錢。例大展是個慷慨的人，對於該花的錢從不小氣。反吝嗇。

14/11
慵
ㄩㄥ (yōng)

形 懶惰。如：慵懶。

【慵懶】(ㄩㄥ ㄌㄢˇ) 懶惰；懶散。例無尾熊慵懶的在樹上睡覺，看起來很舒服。

14/11
慚
ㄘㄢˊ (cán)

形 羞愧；難為情。如：面有慚色。

【慚愧】(ㄘㄢˊ ㄎㄨㄟˋ) 內心感到羞愧不安。例看到小明認真讀書的模樣，讓整日玩耍的我十分慚愧。近羞慚。
❀大言不慚、自慚形穢

14/11
慣
ㄍㄨㄢˋ (guàn)

名 長久養成的習性。如：習慣。形 長久形成的；積久養成的。如：慣例。動 放縱。如：慣壞。

【慣例】(ㄍㄨㄢˋ ㄌㄧˋ) 沿用而成習慣的程序、規矩。例依照學校慣例，開學典禮時校長都會對全校師生講話。反特例。
❀嬌生慣養、司空見慣

14/11
慢
ㄇㄢˋ (màn)
慢 慢

形 1速度不快。與「快」相對。如：緩慢。2驕傲。如：傲慢。動 輕視；看不起。如：侮慢。

【慢吞吞】ㄇㄢˋ ㄊㄨㄣ ㄊㄨㄣ 速度很慢。例 妹妹吃飯總是慢吞吞的，所以常挨罵。

【慢工出細活】ㄇㄢˋ ㄍㄨㄥ ㄔㄨ ㄒㄧˋ ㄏㄨㄛˊ 形容人做事謹慎小心，速度雖慢，但做出來的成品很優良。例 這個精美的木雕花了十年才完成，真是「慢工出細活」呀！

❀怠慢、驕慢、細嚼慢嚥

14/11
慘
ㄘㄢˇ (cǎn)
慘 慘

形 1殘暴。如：慘案。2悲傷。如：慘惻。3暗淡；淒涼。如：慘淡。副 表示程度嚴重。如：慘白。

【慘重】ㄘㄢˇ ㄓㄨㄥˋ 非常嚴重。例 這次颱風威力強大，使得農作物損失非常慘重。反 輕微。

【慘不忍睹】ㄘㄢˇ ㄅㄨˋ ㄖㄣˇ ㄉㄨˇ 情況淒慘，讓人不忍心觀看。例 這場車禍造成嚴重的傷亡，現場慘不忍睹。

14/11
慟
ㄊㄨㄥˋ (tòng)
慟 慟

形 過度悲傷。如：慟哭。

❀悲慟、哀慟、大慟

15/11
憋
ㄅㄧㄝ (biē)
憋 憋 憋

動 勉強忍住。如：憋尿。

【憋氣】ㄅㄧㄝ ㄑㄧˋ 忍住呼吸。例 阿彩在水中可以憋氣超過一分鐘。

15/11
慧
ㄏㄨㄟˋ (huì)
慧 慧 慧

形聽明。如：聽慧。

【慧根】ㄏㄨㄟˋ ㄍㄣ ①佛家指能通達真理、解惑，以至成道的智慧。②比喻具有學習某種才能的天分。例阿志對音樂很有慧根，任何曲子一教就會。

【慧眼識英雄】ㄏㄨㄟˋ ㄧㄢˇ ㄕˋ ㄧㄥ ㄒㄩㄥˊ 有眼光，能夠賞識人才。例多虧老師當年慧眼識英雄，現在籃球隊才能有小強這名大將。

✽智慧、賢慧、秀外慧中

15/11 慝 ㄊㄜˋ (tè)

一 ㄒ ㄒ ㄒ ㄒ 开 开 若 若 若 匿 匿 慝 慝 慝

名邪惡。如：邪慝。

15/11 慰 ㄨㄟˋ (wèi)

ㄱ ㄱ 尸 尸 尸 尸 尸 屏 屏 屏 尉 尉 尉 慰 慰

動用言語或行為使人感到安心。如：安慰。

【慰問】ㄨㄟˋ ㄨㄣˋ 安慰問候。例大中帶著一束花去醫院慰問受傷的同學。

【慰勞】ㄨㄟˋ ㄌㄠˋ 對有功或勞苦的人，給予物質或精神上的安撫。例運動大會結束後，老師請客慰勞所有參加比賽的同學。

✽勸慰、寬慰、撫慰

15/11 慼 ㄑㄧ (qī)

一 厂 厂 厂 厂 厂 厈 厈 厈 戚 戚 戚 慼 慼 慼

動憂傷。如：憂慼。

15/11 憂 ㄧㄡ (yōu)

一 一 ㄒ 丙 百 百 百 直 直 惪 惪 惪 憂 憂 憂

名①父母的喪事。如：丁憂。②禍患。如：內憂外患。形愁苦。如：憂憤。

【憂患】ㄧㄡ ㄏㄨㄢˋ 困苦禍患。例生活中的憂患，使得小平更加勇敢堅強。

【憂傷】(ㄧㄡ ㄕㄤ) 愁苦悲傷。例 小英因為心愛的小狗病死而憂傷不已。

【憂愁】(ㄧㄡ ㄔㄡˊ) 擔心、哀愁。例 弟弟是家裡的開心果，他總是能讓爸爸開懷大笑，忘掉憂愁。

【憂慮】(ㄧㄡ ㄌㄩˋ) 擔心；有所顧慮。例 看到兒子每天光打電玩而不讀書，楊媽媽心裡實在很憂慮。

【憂鬱】(ㄧㄡ ㄩˋ) 愁苦鬱悶。例 大偉最近失戀，看起來非常憂鬱。

✽隱憂、高枕無憂、杞人憂天

慮

15/11

ㄌㄩˋ (lǜ)

動 1 思考；謀算。如：考慮。2 擔心。如：憂慮。

✽疑慮、深思熟慮、處心積慮

慕

15/11

ㄇㄨˋ (mù)

動 1 思戀。如：思慕。2 敬仰。如：仰慕。

【慕名而來】(ㄇㄨˋ ㄇㄧㄥˊ ㄦˊ ㄌㄞˊ) 因為仰慕名聲而前來。例 這家店的蛋糕非常好吃，每天都有許多人慕名而來。

✽傾慕、愛慕、羨慕

慾

15/11

ㄩˋ (yù)

名 想要獲得滿足的念頭。通「欲」。如：物慾。

【慾望】(ㄩˋ ㄨㄤˋ) 想要滿足需求的願望。例 小奇因為一時無法克制慾望而留下偷竊的不良紀錄，令人惋惜！

✽食慾、求知慾、口腹之慾

慫

15/11

ㄙㄨㄥˇ (sǒng)

動 鼓動；勸誘。如：慫恿。

心

【慫恿】ㄙㄨㄥˇ ㄩㄥˇ 在一旁鼓勵煽動。例 小英慫恿妹妹去參加鋼琴比賽。

憲
16/12 ㄒㄧㄢˋ (xiàn)

名 1 法令。如：憲章。2 憲法的簡稱。如：立憲。

【憲法】ㄒㄧㄢˋ ㄈㄚˇ 規定國家的立國精神、領土範圍、國民的權利與義務，以及中央政府組織等的根本大法。

憧
15/12 ㄔㄨㄥ (chōng)

動 對事物的幻想。如：憧憬。

【憧憬】ㄔㄨㄥ ㄐㄧㄥˇ 由於對事物的嚮往，而激起美好的想像。例 阿明對未來有無限的憧憬。

憐
15/12 ㄌㄧㄢˊ (lián)

動 1 同情；哀憫。如：可憐。2 愛惜。如：憐才。

【憐惜】ㄌㄧㄢˊ ㄒㄧˊ 疼愛珍惜。例 看這隻小貓瘦弱的模樣，真令人憐惜！

✽哀憐、同病相憐、楚楚可憐

憎
15/12 ㄗㄥ (zēng)

動 討厭；厭惡。如：面目可憎。

【憎恨】ㄗㄥ ㄏㄣˋ 討厭、怨恨。例 阿丁最憎恨暗地裡說人壞話的小人。

憤
15/12 ㄈㄣˋ (fèn)

名 怨恨。如：公憤。動 生氣；發怒。如：憤怒。

【憤怒】ㄈㄣˋ ㄋㄨˋ 生氣。也作「忿怒」。

【憤憤不平】ㄈㄣˋ ㄈㄣˋ ㄅㄨˋ ㄆㄧㄥˊ 怨恨不滿。也作「忿忿不平」。例 聽說弟弟的

紅包比自己的多了兩百元，小金憤憤不平的向媽媽抗議。

✽悲憤、氣憤、激憤

15/12
憬
ㄐㄧㄥˇ (jǐng)

動 覺悟；突然醒悟、明白。如：憬悟。

15/12
憫
ㄇㄧㄣˇ (mǐn)

動 同情；哀憐。如：憐憫。

15/12
憚
ㄉㄢˋ (dàn)

動 害怕；畏懼。如：肆無忌憚。

15/12
憔
ㄑㄧㄠˊ (qiáo)

形 臉色無神而虛弱的樣子。如：憔悴。

【憔悴】ㄑㄧㄠˊ ㄘㄨㄟˋ 瘦弱無神的樣子。例 阿忠因為生病了，所以神情顯得有些憔悴。反 豐潤。

16/12
憑
ㄆㄧㄥˊ (píng)

名 根據；證據。如：憑據。動 1 依靠。如：憑恃。2 聽任；任由。如：聽憑。

【憑空】ㄆㄧㄥˊ ㄎㄨㄥ 沒有依據。例 魔術師輕輕一揮手，花朵竟然就憑空消失了，真是神奇！反 據實。

【憑藉】ㄆㄧㄥˊ ㄐㄧㄝˋ 依靠。例 小明憑藉著不斷的努力，打敗了許多條件比他優秀的選手。

✽任憑、依憑、真憑實據

16/12
憩
ㄑㄧˋ (qì)

(動)休息。如：休憩。

憨

16/12

ㄏㄢ (hān)

(形)正直、純樸老實的。如：憨厚。

(副)痴傻；愚笨。如：憨笑。

【憨厚】ㄏㄢ ㄏㄡˋ 忠厚老實。(例)表弟是個憨厚可愛的小男生。

憊

16/12

ㄅㄟˋ (bèi)

(形)勞累；疲倦。如：疲憊。

應

17/13

一ㄥ (yīng) (副)該；當。如：應該。

一ㄥˋ (yìng) (動)①回答。如：應答。②相和。如：呼應。③適合。如：應景。④接受。如：應考。⑤對付。如：應變。⑥供給。如：供應。⑦符合；證實。如：應驗。⑧允諾。如：答應。

【應允】一ㄥ ㄩㄣˇ 同意；允許。(例)爸爸應允我參加田徑隊。

【應付】㊀一ㄥ ㄈㄨˋ 應該給付。(例)小仁已經把看醫生應付的錢準備好了。㊁一ㄥˋ ㄈㄨˋ ①想辦法對付。(例)最近功課、考試很多，讓我不知如何應付。②敷衍；隨便回應。(例)小桃那種草率應付的態度真讓人生氣！

【應用】一ㄥˋ ㄩㄥˋ ①適合需要的；切合實用的。(例)醫學、農學等都是所謂的「應用科學」。②運用；使用。(例)小志已經規劃好如何應用今年的壓歲錢了。

【應景】一ㄥˋ ㄐ一ㄥˇ 順應節令的需要。(例)月餅和柚子是中秋節的應景食物。

【應酬】一ㄥˋ ㄔㄡˊ 往來交際。(例)爸爸有時候會跟客戶應酬到很晚才回家。

【應徵】（ㄧㄥˋ ㄓㄥ）參加徵選。例他今天要去應徵工作，所以穿得比較正式。

【應變】（ㄧㄥˋ ㄅㄧㄢˋ）對付意外的變化。例做事的時候要懂得應變，事情才會比較順利。

【應有盡有】（ㄧㄥ ㄧㄡˇ ㄐㄧㄣˋ ㄧㄡˇ）形容東西非常齊全，沒有缺少。例這間超級市場的商品應有盡有，難怪生意特別好。

❀響應、適應、反應

憶

16/13 ㄧˋ (yì)

丶 丨 忄 忄 忄 忄 忙 忙 忙 愔 愔 愔 憶 憶 憶 憶

動 [1]記住。如：記憶。[2]想念。如：回憶。

懍

16/13 ㄌㄧㄣˇ (lǐn)

丶 丨 忄 忄 忄 忄 忙 忙 愐 愐 愐 愐 懍 懍 懍 懍

形 害怕。如：懍然。

憾

16/13 ㄏㄢˋ (hàn)

丶 丨 忄 忄 忄 忄 忄 忄 忄 忄 憾 憾 憾 憾

名 內心感到不美滿的事。如：抱憾。形 不滿意的；悔恨的。如：遺憾。動 怨恨。如：憾恨。

【憾事】（ㄏㄢˋ ㄕˋ）內心感到不美滿、遺憾的事。例不能觀賞這場精彩的演出，真是人生一大憾事啊！

❀缺憾、死而無憾、遺珠之憾

懂

16/13 ㄉㄨㄥˇ (dǒng)

丶 丨 忄 忄 忄 忄 忙 忙 忙 懂 懂 懂 懂

動 明白。如：不懂。

【懂事】（ㄉㄨㄥˇ ㄕˋ）明白道理。例妹妹升上國中之後，變得越來越懂事。

懈

16/13 ㄒㄧㄝˋ (xiè)

丶 丨 忄 忄 忄 忄 忄 忄 忄 忄 懈 懈 懈 懈

動 怠惰。如：鬆懈。

心

【懈怠】(ㄒㄧㄝˋ ㄉㄞˋ) 怠惰；不努力。例像小松這樣懈怠偷懶，事情當然無法成功。

懊 16/13 ㄠˋ (ào)

丶 忄 忄 忄 忄 忄 忄 忄 忄 懊 懊 懊

動 悔恨。如：懊悔。

【懊悔】(ㄠˋ ㄏㄨㄟˇ) 悔恨；後悔。例那天妹妹和小欣因為一點小事而吵架，事後馬上就懊悔了。

【懊惱】(ㄠˋ ㄋㄠˇ) 後悔氣憤。例一不注意又錯過了公車，讓我懊惱不已！

懃 17/13 ㄑㄧㄣˊ (qín)

一 十 廾 廿 廿 廿 廿 廿 廿 勤 勤 勤 懃 懃 懃

形 情意真切。通「勤」。如：慇懃。

懇 17/13 ㄎㄣˇ (kěn)

⺈ 彡 豸 豸 豸 豸 豸 豸 貇 貇 貇 懇 懇 懇

形 真誠的。如：誠懇。

【懇求】(ㄎㄣˇ ㄑㄧㄡˊ) 誠心的請求。例小巧懇求阿福不要將這個祕密說出去。

懣 18/14 ㄇㄣˋ (mèn)

丶 氵 氵 汁 汁 汼 汼 滿 滿 滿 滿 滿 懣 懣 懣

動 煩悶。如：憤懣。

懦 17/14 ㄋㄨㄛˋ (nuò)

丶 忄 忄 忄 忄 忄 忄 忄 忄 懦 懦 懦 懦

形 膽小；軟弱。如：怯懦。

【懦弱】(ㄋㄨㄛˋ ㄖㄨㄛˋ) 軟弱；膽小怕事。例一向懦弱的阿華，今天竟然勇敢的阻止小宏欺負同學，他的勇氣真是令人佩服。反堅強。

懲 19/15 ㄔㄥˊ (chéng)

丿 彳 彳 彳 彳 徨 徨 徨 徵 徵 徵 徵 懲 懲 懲

動 1處罰。如：嚴懲。2警戒。如：懲戒。

心

【懲罰】ㄔㄥˊ ㄈㄚˊ 處罰；責罰。例小翔因為沒交功課，所以被老師懲罰。

懷 19/16 ㄏㄨㄞˊ (huái)

名 1 胸前。如：懷中。2 心情。如：悲懷。動 1 存有。如：不懷好意。2 想念。如：懷念。

【懷孕】ㄏㄨㄞˊ ㄩㄣˋ 婦女肚中有了小孩。近 妊娠。

【懷念】ㄏㄨㄞˊ ㄋㄧㄢˋ 想念。例轉學後，小畢很懷念以前的老師和朋友們。

【懷疑】ㄏㄨㄞˊ ㄧˊ 不相信；心中感到疑惑。例我懷疑躲在街角的那個男人是個小偷。

✽關懷、緬懷、正中下懷

懶 19/16 ㄌㄢˇ (lǎn)

形 怠惰不努力的樣子。如：偷懶。

【懶洋洋】ㄌㄢˇ ㄧㄤˊ ㄧㄤˊ 倦怠沒有精神的樣子。例小貓懶洋洋的躺在地上。

✽慵懶、心灰意懶、好吃懶做

懵 19/16 ㄇㄥˊ (méng)

形 糊塗無知、不明事理的樣子。如：懵然。

【懵懂】ㄇㄥˊ ㄉㄨㄥˇ 糊塗；無知。例每一個孩子都是在懵懂中逐漸長大的。

懸 20/16 ㄒㄩㄢˊ (xuán)

形 1 遙遠的。如：懸殊。2 沒有著落的；遲遲無法解決的。如：懸案。動 1 繫掛。如：明鏡高懸。2 公開揭示。如：懸賞。

【懸殊】ㄒㄩㄢˊ ㄕㄨ 差別很大。例這場比賽的結果，兩隊的分數非常懸殊。

【懸崖】(ㄒㄩㄢˊ ㄧㄞˊ) 坡度陡峭，幾乎呈垂直的山崖。

【懸掛】(ㄒㄩㄢˊ ㄍㄨㄚˋ) 將東西掛在空中。㊕媽媽將風鈴懸掛在門上。

【懸崖勒馬】(ㄒㄩㄢˊ ㄧㄞˊ ㄌㄜˋ ㄇㄚˇ) 比喻人面臨危險邊緣或誘惑時，能夠及時醒悟回頭。㊕希望表弟能夠懸崖勒馬，別再繼續錯下去了！㊅迷途知返。㊌執迷不悟。

20/17

懺 ㄔㄢˋ (chàn)

㊍心中悔悟。如：懺悔。

【懺悔】(ㄔㄢˋ ㄏㄨㄟˇ) 後悔從前的過錯而決心改過。㊕大明向大家懺悔，並且保證以後絕不會再犯同樣的錯。

21/18

懾 ㄓㄜˊ (zhé)

㊍害怕。如：震懾。

【懾服】(ㄓㄜˊ ㄈㄨˊ) 因害怕而屈服。㊕新老師的威嚴令全班同學懾服。

21/18

懼 ㄐㄩˋ (jù)

㊍害怕。如：畏懼。

【懼怕】(ㄐㄩˋ ㄆㄚˋ) 害怕。㊕阿吉懼怕站在高處，一到頂樓，他就一直發抖。

✽恐懼、臨危不懼、勇者不懼

22/18

懿 ㄧˋ (yì)

㊏美好的。如：懿德。

23/19

戀 ㄌㄧㄢˋ (liàn)

㊣動 1愛慕。如：迷戀。2眷念不捨；掛念。如：留戀。

【戀愛】彼此互相喜歡愛慕。例小宏和彩彩正在談戀愛，每天都過得很甜蜜。

✽失戀、熱戀、初戀

戈部

4/0
戈 ㄍㄜ (gē) 一 七 弋 戈

名 1古代兵器。如：枕戈待旦。2戰爭的代稱。如：大動干戈。

✽倒戈、同室操戈、金戈鐵馬

5/1
戊 ㄨˋ (wù) 一 厂 戊 戊 戊

名 1天干的第五位。2表示順序或等第的第五順位。

6/2
戎 ㄖㄨㄥˊ (róng) 一 二 ナ 戎 戎 戎

名 1與軍事相關的事物。如：投筆從戎。2泛指古代西部的少數民族。如：西戎。

【戎馬】借指軍事、戰爭。例熊伯伯半生戎馬，把青春全都奉獻給國家了。

6/2
戍 ㄕㄨˋ (shù) 一 厂 尸 戌 戌 戍

動 防守邊疆。如：戍守。

6/2
成 ㄔㄥˊ (chéng) 一 厂 万 成 成 成

名 結果；收穫。如：坐享其成。形 1已經定型的；固定的。如：成見。2完整。如：成天。3生物生長到成熟的階段。如：成蟲。動 1做完。如：完成。2變為。如：弄假成真。3可以。如：不成。4促使造成。如：成全。量 計算比例的單位。全體的十分之一叫一成。如：有八成把握。

【成分】ㄔㄥˊ ㄈㄣˋ 構成物體的元素或物質。例這罐飲料的主要成分是糖和紅茶。

【成功】ㄔㄥˊ ㄍㄨㄥ 達到目標。例雖然理論上可以將兩顆球疊起來，但是實際上卻很難成功。

【成立】ㄔㄥˊ ㄌㄧˋ ①建立；設立。例這間公司成立於民國七十年。②開會時決議通過議案。例每一條班規都須開班會討論，經過大家同意後才能夠成立。

【成全】ㄔㄥˊ ㄑㄩㄢˊ 幫助人達成願望。例為了成全這位癌症病童最後的心願，那名歌星特地前往醫院探視他。反破壞；阻撓。

【成果】ㄔㄥˊ ㄍㄨㄛˇ 成績結果。例這些獎狀是小飛從小到大努力的成果。

【成員】ㄔㄥˊ ㄩㄢˊ 組成的人員。例第二組的成員有大明、珍珍和阿丁。

【成就】ㄔㄥˊ ㄐㄧㄡˋ ①完成。例他們兄弟同心合力，成就了這個遊樂王國。②努力所得的結果。例發明電燈，是愛迪生偉大的成就之一。

【成語】ㄔㄥˊ ㄩˇ 字詞組合固定，詞義為一般人所熟知而且常用的詞語。

【成熟】ㄔㄥˊ ㄕㄡˊ ①指五穀、果實等生長到了可以收穫的程度。例現在正是西瓜成熟的季節，果農們都忙著採收。②指事情發展已到了可以得到效果的程度。例現在時機已經成熟，應該對小靜說明真相了。③個體由於內在的成長，而使身心發生變化。例妹妹上國中以後成熟許多，不再像以前那麼愛哭了。

【成績】ㄔㄥˊ ㄐㄧ 工作或學習上的收穫。例小晶的成績很好，一向都是班上的前三名。

【成人之美】ㄔㄥˊ ㄖㄣˊ ㄓ ㄇㄟˇ 成全他人的好事。例雙方家長請劉先生擔任婚

禮的證婚人，他樂得成人之美，一口答應了。

【成千上萬】(ㄔㄥˊ ㄑㄧㄢ ㄕㄤˋ ㄨㄢˋ) 形容非常多。例 成千上萬的歌迷湧入演唱會現場，希望能欣賞偶像的表演。

✽贊成、美夢成真、反目成仇

戌

6/2 ㄒㄩ (xū) 戌 一 厂 厂 戊 戌 戌

名 1 地支的第十一位。2 時辰名。指下午七點到九點。

辨析 「戌」、「戍」二字字形相近，「戍」(ㄕㄨˋ)的第三筆是側點，而「戌」(ㄒㄩ)的第三筆則是一橫，寫的時候要特別注意。

戒

7/3 ㄐㄧㄝˋ (jiè) 戒 一 二 チ 开 戒 戒

名 1 宗教中防禁身心過失的各種規定。如：十戒。2 套在手指上的裝飾品。如：鑽戒。動 1 防備。如：戒備。2 警告；勸告。如：勸戒。3 革除；去掉。如：戒酒。

【戒心】(ㄐㄧㄝˋ ㄒㄧㄣ) 防備的心理。例 我們家的看門狗對陌生人很有戒心，只要有人接近，牠就會汪汪大叫。

【戒指】(ㄐㄧㄝˋ ㄓˇ) 套在手指上的環狀裝飾品。

【戒除】(ㄐㄧㄝˋ ㄔㄨˊ) 革除；改去。例 爸爸勸舅舅戒除抽菸的習慣。

【戒備】(ㄐㄧㄝˋ ㄅㄟˋ) 防備。例 又到了腸病毒流行的季節，各地的醫院都已加強戒備。

✽懲戒、訓戒、齋戒

我

7/3 ㄨㄛˇ (wǒ) 我 ノ 二 千 手 我 我

代 第一人稱代名詞。用來稱呼自己。如：操之在我。形 自以為是；堅持自己的意見。如：我行我素。

【我行我素】(ㄨㄛˇ ㄒㄧㄥˊ ㄨㄛˇ ㄙㄨˋ) 完全依照自己的意思做事，不管別人的看法和批評。例 經過多次勸告，小華仍然

我行我素。

✽自我、渾然忘我、卿卿我我

8/4 **或** ㄏㄨㄛˋ (huò) 一 𠃌 ㄇ 𠮛 亘 或 或 或

㊅代 有人；有的。如：或老或幼。副 也許。如：或許。

【或許】ㄏㄨㄛˋ ㄒㄩˇ 也許。例 老師或許明天就會來做家庭訪問。

8/4 **戕** ㄑㄧㄤ (qiāng) 丨 ㇀ 丬 爿 爿 戕 戕 戕

動 殘害。如：自戕。

【戕害】ㄑㄧㄤ ㄏㄞˋ 殘害；殺害。例 毒品會戕害健康，千萬別試。

11/7 **戚** ㄑㄧ (qī) 一 厂 厂 厂 厈 厈 厈 戚 戚 戚 戚

名 1古代兵器。外形像斧頭。2親屬。如：親戚。動 憂愁；悲傷。如：憂戚。

【戚戚】ㄑㄧ ㄑㄧ 1憂愁的樣子。2內心受到感動的樣子。例 聽到小翎可憐的遭遇，大家都心有戚戚焉。

✽哀戚、悲戚、休戚與共

11/7 **戛** ㄐㄧㄚˊ (jiá) 一 丆 丆 百 百 百 百 亘 戛 戛 戛

名 古代兵器。指戟或長矛。形 聲音突然停止的樣子。如：戛然。

12/8 **戟** ㄐㄧˇ (jǐ) 一 十 古 古 吉 吉 直 卓 卓 戟 戟 戟

名 古代兵器。由矛和戈組合而成，可直刺、橫擊。動 用食指和中指指點。如：戟點。

13/9 **戡** ㄎㄢ (kān) 一 十 廿 廿 甘 其 其 甚 甚 戡 戡 戡 戡

動 平定。如：戡亂。

13/9 **戢** ㄐㄧˊ (jí) 丶 口 口 口 日 日 目 目 咠 咠 戢 戢 戢

動 1收藏；隱藏。如：戢影。2停止。如：戢兵。

14/10
截 ㄐㄧㄝˊ (jié)

動 1切斷；割斷。如：截取。2阻擋；擋住。如：攔截。副 分明的。如：截然不同。量 計算分段事物的單位。如：斷成三截。

【截止】ㄐㄧㄝˊ ㄓˇ 停止。例 這個活動將在本月三十號截止報名。

【截長補短】ㄐㄧㄝˊ ㄔㄤˊ ㄅㄨˇ ㄉㄨㄢˇ 取多餘的部分，補不足的地方。例 兩個不同專長的人，如果能夠截長補短，一起合作一定會有驚人的表現。

【截然不同】ㄐㄧㄝˊ ㄖㄢˊ ㄅㄨˋ ㄊㄨㄥˊ 完全不一樣。例 弟弟和哥哥一個活潑，一個文靜，個性截然不同。近 大相逕庭。

15/11
戮 ㄌㄨˋ (lù)

動 1殺。如：殺戮。2合力。如：戮力同心。

【戮力】ㄌㄨˋ ㄌㄧˋ 合力；努力。例 只要大家戮力合作，沒有什麼事情是做不到的。

16/12
戰 ㄓㄢˋ (zhàn)

名 打仗的事。如：戰爭。動 1打仗。如：戰鬥。2競爭；比賽。如：脣槍舌戰。3抖動。通「顫」。如：戰抖。

【戰果】ㄓㄢˋ ㄍㄨㄛˇ 打仗所得的成果。也泛指一切比賽活動所得的成果。例 阿金代表班上參加田徑比賽，戰果豐碩，得到了三面銀牌。近 戰績。

【戰爭】ㄓㄢˋ ㄓㄥ 打仗；用軍力來決定勝負的方式。

【戰場】ㄓㄢˋ ㄔㄤˇ 戰爭進行的地區。也泛指比賽的場所。

【戰戰兢兢】（ㄓㄢˋ ㄓㄢˋ ㄐㄧㄥ ㄐㄧㄥ）謹慎害怕的樣子。㊋走在吊橋上，大家都戰戰兢兢，深怕一不小心會掉下去。㊍小心翼翼。

※停戰、決戰、速戰速決

17/13

戴 ㄉㄞˋ (dài)

㊍ 1 把東西加在頭頂、四肢或身體上。如：戴手套。2 尊敬；支持。如：擁戴。

【戴高帽】（ㄉㄞˋ ㄍㄠ ㄇㄠˋ）指用好聽的話來吹捧人。㊋阿財戴高帽的技術一流，讓人不知不覺就飄飄然了。

※愛戴、穿戴、張冠李戴

17/13

戲 ㄒㄧˋ (xì)

㊔ 綜合動作、對白、音樂以表演故事的藝術。如：演戲。㊍ 1 開玩笑；玩弄。如：調戲。2 玩耍；玩樂。如：遊戲。

【戲弄】（ㄒㄧˋ ㄋㄨㄥˋ）玩弄；愚弄。㊋被小強騙了那麼多次，這次我可不會再被他戲弄了！

【戲院】（ㄒㄧˋ ㄩㄢˋ）上演戲劇或放映電影的地方。

【戲劇】（ㄒㄧˋ ㄐㄩˋ）用動作、對話、歌舞來表演故事的舞臺藝術。

※把戲、嬉戲、馬戲團

18/14

戳 ㄔㄨㄛ (chuō)

㊔ 印章。如：郵戳。㊍ 1 用尖銳的東西刺入。如：戳洞。2 拿指頭用力指點。如：伸手在他頭上戳了一下。

【戳記】（ㄔㄨㄛ ㄐㄧˋ）印章；圖章。㊋這張郵票上有半個戳記，表示已經使用過了。

戶部

4/0
戶 ㄏㄨˋ (hù) ˊ ㄏ ㄕ 戶

名 1古人將兩扇門稱為「門」，單扇門稱為「戶」。現多用來泛指門。如：夜不閉戶。2住家。如：住戶。量計算住家的單位。如：全村共兩百戶。

【戶口】ㄏㄨˋ ㄎㄡˇ 1住戶和人口的總稱。2戶籍。

【戶籍】ㄏㄨˋ ㄐㄧˊ 政府記錄各家人數、職業、籍貫等資料的簿冊。

※窗戶、客戶、家喻戶曉

8/4
房 ㄈㄤˊ (fáng) ˊ ㄏ ㄕ 戶 戶 戹 房 房

名 1屋子中的一間。如：臥房。2整棟屋舍。如：洋房。3家族的分支。如：遠房。量計算親族分支的單位。如：林家有三房兄弟。

【房東】ㄈㄤˊ ㄉㄨㄥ 將房屋出租的人。與「房客」相對。

【房租】ㄈㄤˊ ㄗㄨ 租房子所需支付的金錢。

※票房、套房、平房

8/4
戾 ㄌㄧˋ (lì) ˊ ㄏ ㄕ 戶 戹 戽 戾 戾

形 1殘暴的。如：暴戾。2不順從的。如：乖戾。

8/4
所 ㄙㄨㄛˇ (suǒ) ˊ ㄏ ㄕ 戶 戶 所 所 所

名 1地方。如：住所。2地方行政組織的名稱。如：衛生所。代用來指示或代稱事物。如：若有所思。量計算房屋、機關、學校等的單位。如：一所學校。

【所以】ㄙㄨㄛˇ ㄧˇ 1因此。常和「因為」一起使用，表示因果關係。例弟弟因為昨天太晚睡覺，所以今天早

上才會起不來。[2]原因；理由。㊟小胖被騙了，還不知所以。

【所有】ㄙㄨㄛˇ ㄧㄡˇ [1]全部。㊟在所有的人都離開教室後，就可以關冷氣、鎖門了。[2]擁有。㊟這個書架上的書都歸弟弟所有。

【所向無敵】ㄙㄨㄛˇ ㄒㄧㄤˋ ㄨˊ ㄉㄧˊ 形容非常厲害，沒有人可以抵擋。㊟這支隊伍在排球場上所向無敵，一連拿下好幾屆的冠軍。

❀居所、處所、派出所

扁 9/5

㇒ 厂 户 户 户 肩 肩 肩 扁

ㄅㄧㄢˇ (biǎn) ㊔懸掛在門牆上，題有大字的橫牌。通「匾」。如：扁額。㊛寬而薄的。如：扁平。

ㄆㄧㄢ (piān) (限讀) ㊛小。如：扁舟。

【扁食】ㄅㄧㄢˇ ㄕˊ 水餃、餛飩、鍋貼之類的麵食。

扇 10/6

㇒ 厂 户 户 户 肩 肩 扇 扇 扇

ㄕㄢˋ (shàn) ㊔搖動而能產生風的器具。如：紙扇。㊖計算門、窗、屏風等的單位。如：一扇窗。

ㄕㄢ (shān) ㊍[1]搖動扇子。通「搧」。如：扇風。[2]在旁邊挑撥、鼓動。通「煽」。如：扇動。

❀摺扇、涼扇、電風扇

扈 11/7

㇒ 厂 户 户 户 户 户 扈 扈 扈 扈

ㄏㄨˋ (hù) ㊔隨從。如：隨扈。㊛強橫；不講理。如：跋扈。

扉 12/8

㇒ 厂 户 户 户 户 扉 扉 扉 扉 扉 扉

ㄈㄟ (fēi) ㊔[1]門。如：門扉。[2]比喻像門的東西。如：心扉。㊛放在最前面的。如：扉頁。

手部 ㄕㄡˇ

4/0
手 ㄕㄡˇ (shǒu) 一 二 三 手

名 1 人體上肢五指和掌的部分。如：洗手。2 擔任某種工作的人。如：水手。3 擅長某種技術的人。如：神射手。動 拿；持。如：人手一冊。

【手下】ㄕㄡˇ ㄒㄧㄚˋ 1 部下；部屬。2 下手的時候。例 這次比賽若不是他手下留情，你恐怕會輸得很慘。

【手足】ㄕㄡˇ ㄗㄨˊ 1 手和腳。2 指兄弟姐妹。例 他倆是情同手足的好友。

【手段】ㄕㄡˇ ㄉㄨㄢˋ 1 處理事情的技巧和方法。例 謝老闆做生意很有手段，難怪公司越開越大。2 不正當或不名譽的方法。例 小劉常耍一些小手段來陷害他人。

【手術】ㄕㄡˇ ㄕㄨˋ 醫生使用各種醫療器材，替病人做切割、縫合的治療方式。近 開刀。

【手語】ㄕㄡˇ ㄩˇ 一種用手勢代替語言，來傳達意念的溝通方式。

【手臂】ㄕㄡˇ ㄅㄧˋ 從肩膀到手腕之間的部分。

【手續】ㄕㄡˇ ㄒㄩˋ 辦事的程序和方法。例 這個停車場要先完成繳費手續才能把車子開走。

【手忙腳亂】ㄕㄡˇ ㄇㄤˊ ㄐㄧㄠˇ ㄌㄨㄢˋ 動作混亂慌張的樣子。例 店裡客人一多，老闆便顯得手忙腳亂。反 從容不迫。

【手舞足蹈】ㄕㄡˇ ㄨˇ ㄗㄨˊ ㄉㄠˇ 形容非常興奮的樣子。例 小英聽到自己獲得歌唱比賽第一名，高興得手舞足蹈起來。近 歡欣鼓舞。反 悶悶不樂。

✽聯手、選手、得心應手

3/0
才 ㄘㄞˊ (cái) 一 十 才

(名) [1]能力；資質。如：才能。[2]有學問、有能力的人。如：英才。(副) [1]只；僅。如：弟弟才三歲。[2]剛剛；不久前。如：剛才。

【才華】(ㄘㄞˊ ㄏㄨㄚˊ) 表現在外的能力。(例)大哥才華洋溢，又會打球又會畫畫。

【才子佳人】(ㄘㄞˊ ㄗˇ ㄐㄧㄚ ㄖㄣˊ) 常用來稱讚男女才貌相當，十分相配。(例)小張和阿貞這對才子佳人，年底就要結婚了。(近)郎才女貌。

❀口才、作育英才、雄才大略

扎 4/1

一 𠃌 扌 扎

ㄓㄚˊ (zhá) (動) 用力抵抗。如：掙扎。

ㄓㄚ (zhā) (動) 刺入。如：扎針。

【扎根】(ㄓㄚ ㄍㄣ) [1]植物的根部往土裡生長。[2]比喻建立穩固的基礎。(例)年輕時要努力吸取知識，為往後的人生與事業扎根。

【扎實】(ㄓㄚ ㄕˊ) 穩固；切實。(例)出國時，行李要綁得扎實點，以免因碰撞而鬆開。

打 5/2

ㄉㄚˇ (dǎ)

一 𠃌 扌 扌 打

(動) [1]拍；敲。如：打球。[2]攻擊；鬥毆。如：打架。[3]從事某種工作。如：打工。[4]做某種動作。如：打哈欠。[5]振作。如：打起精神。(介) 從；由。如：打心底喜歡。(量) 英語dozen的音譯。計算物品的單位。十二個為一打。

【打工】(ㄉㄚˇ ㄍㄨㄥ) 利用空餘時間工作賺錢。(例)暑假時，哥哥在學校附近的便利商店打工。

【打包】(ㄉㄚˇ ㄅㄠ) 包捆行李或物品。(例)明天要去旅行，我和哥哥都忙著打包行李。

【打折】(ㄉㄚˇ ㄓㄜˊ) 商人為了吸引客人買東西，將商品降價賣出。

【打扮】ㄉㄚˇ ㄅㄢˋ 裝扮；裝飾。例為了參加喜宴，媽媽特別打扮了一番。

【打氣】ㄉㄚˇ ㄑㄧˋ 1將空氣注入皮球、輪胎等。例明天比賽前，籃球要記得先打氣！2鼓勵別人努力。例多虧了媽媽不斷為弟弟打氣，他才能完成那篇青蛙生長紀錄的精彩報告。

【打動】ㄉㄚˇ ㄉㄨㄥˋ 令人心意動搖或感動。例小明精彩的演技打動了所有觀眾的心。

【打掃】ㄉㄚˇ ㄙㄠˇ 清理髒東西。例我們全家每星期都會打掃家裡一次。

【打算】ㄉㄚˇ ㄙㄨㄢˋ 心裡有想法。例爸爸問剛退伍的哥哥，對於未來有什麼打算。

【打賭】ㄉㄚˇ ㄉㄨˇ 因為意見不同，而預先立下約定，互賭輸贏。例弟弟和爸爸打賭，這次段考他一定會進前三名。

【打擊】ㄉㄚˇ ㄐㄧˊ 1敲擊。例他是打擊樂團的成員之一。2指在棒球或壘球比賽中，用球棒擊球的動作。例小明的打擊姿勢很正確。3比喻挫折。例如果只是因為一點小小的打擊就灰心，那成功永遠與你無緣。

【打擾】ㄉㄚˇ ㄖㄠˇ 1擾亂。例小平正在讀書，你別去打擾他。2請人幫忙，或拜訪別人時的客氣話。例謝謝你的招待，今天打擾了！近打攪。

【打獵】ㄉㄚˇ ㄌㄧㄝˋ 到野外捕捉鳥獸。近狩獵。

【打聽】ㄉㄚˇ ㄊㄧㄥ 探聽；詢問。例我四處打聽小米的下落，卻還是一點消息都沒有。

【打交道】ㄉㄚˇ ㄐㄧㄠ ㄉㄠˋ 交際來往。例像小強那種壞脾氣的人，大家都不想和他打交道。

【打地鋪】ㄉㄚˇ ㄉㄧˋ ㄆㄨ 將被子或衣物等鋪在地上睡覺。例姐姐決定今晚在

阿姨家打地鋪，明天一早再回家。

【打招呼】（ㄉㄚˇ ㄓㄠ ㄏㄨ）①看到認識的人時，一種表示禮貌的舉動。例媽媽叮嚀弟弟，遇到長輩時要打招呼。②在事情進行前，先和有關的人做一些簡單的接洽，以求順利成功。例你先去和主任打招呼，將來辦事或許會容易些。

【打抱不平】（ㄉㄚˇ ㄅㄠˋ ㄅㄨˋ ㄆㄧㄥˊ）看不慣不公平的事，自動出來幫助弱者。例班長一向喜歡為人打抱不平，是大家公認的正義使者。

【打草驚蛇】（ㄉㄚˇ ㄘㄠˇ ㄐㄧㄥ ㄕㄜˊ）比喻因為貿然行事，被對方發現而有了防備。例在案情尚未調查清楚之前，我們千萬不可以打草驚蛇，以免歹徒有所準備而逃脫。

※毆打、敲打、無精打采

5/2

扔

ㄖㄥ (rēng)　一 十 扌 扔 扔

動 ①拋棄。如：扔掉。②投。如：扔球。

5/2

扒

一 十 扌 扒 扒

ㄅㄚ (bā) 動 ①攀；抓。如：用手扒住。②剝；脫除。如：扒皮。

ㄆㄚˊ (pá) 動 ①撥動。如：扒癢。②用手或爪子挖掘。如：扒土。③偷竊。如：扒手。

【扒手】（ㄆㄚˊ ㄕㄡˇ）小偷。例夜市裡扒手很多，要特別小心！

6/3

扛

一 十 扌 扌 扛 扛

ㄍㄤ (gāng) 動 用兩手把物體舉高。如：扛鼎。

ㄎㄤˊ (káng) 動 用肩膀承受東西。如：扛槍。

6/3

扣

ㄎㄡˋ (kòu)　一 十 扌 扌 扣 扣

名 用來鉤結的東西。如：鈕扣。動

①強行留下。如：扣留。②鉤結住。如：把門扣上。③減去。如：扣錢。④敲擊。如：扣門。⑤抓住；抓緊。如：扣住主題。⑥施加。如：扣上罪名。

【扣除】(ㄎㄡˋ ㄔㄨˊ) 減掉；除去。例扣除買午餐的錢，還有十元可以買飲料。

【扣人心絃】(ㄎㄡˋ ㄖㄣˊ ㄒㄧㄣ ㄒㄧㄢˊ) 形容音樂或詩文深刻感人。例小君練琴多年，彈奏出來的琴音真是扣人心絃。

※不折不扣、環環相扣

托 6/3
ㄊㄨㄛ (tuō)

名承受物品的器具。如：茶托。動①用手撐住。如：托腮。②映襯。如：烘托。③藉故不做某事。如：推托。④寄託。如：托兒所。

抖 7/4
ㄉㄡˇ (dǒu)

動①顫動。如：發抖。②甩動。如：抖去灰塵。③振作；鼓起。如：抖擻。④揭露；揭穿。如：抖出祕密。

【抖擻】(ㄉㄡˇ ㄙㄡˇ) 振作；振奮。例雖然天氣寒冷，爺爺仍然精神抖擻的去晨跑。

抗 7/4
ㄎㄤˋ (kàng)

動①抵擋；抵禦。如：抗敵。②違背。如：違抗。③對立；對等。如：抗衡。

【抗拒】(ㄎㄤˋ ㄐㄩˋ) 反抗；拒絕。例媽媽煮的菜都很美味，讓人無法抗拒。

【抗爭】(ㄎㄤˋ ㄓㄥ) 堅持自己的意見而不屈服。例那群工人為爭取自己的權益，決定走上街頭抗爭。反服從。

【抗議】(ㄎㄤˋ ㄧˋ) 對某事提出反對的意見。例因為掃地工作分配不公平，所以同學紛紛提出抗議。

※反抗、抵抗、對抗

7/4
扶 ㄈㄨˊ (fú)

動 1幫助。如：濟弱扶傾。2用手拉起倒下的人。如：扶起來。3牽；攙。如：扶老攜幼。

【扶助】ㄈㄨˊ ㄓㄨˋ 協助；幫助。例 扶助弱小是每一個具有正義感的人都應該做的事。

【扶養】ㄈㄨˊ 一ㄤˇ 對於沒有謀生能力的人，給予他金錢上的幫助。例 扶養年邁的父母是子女應盡的義務。

【扶老攜幼】ㄈㄨˊ ㄌㄠˇ ㄒ一 一ㄡˋ 形容很多人一起前往。例 全村的人都扶老攜幼一起去看花燈。

7/4
抉 ㄐㄩㄝˊ (jué)

動 挑選。如：抉擇。

【抉擇】ㄐㄩㄝˊ ㄗㄜˊ 挑選；選擇。例 小平無法抉擇要參加球隊還是樂隊。

7/4
技 ㄐ一ˋ (jì)

名 才藝；本領。如：舞技。

【技巧】ㄐ一ˋ ㄑ一ㄠˇ 精熟而巧妙的才能、方法。例 學習英語的技巧，就是多聽、多講。

【技能】ㄐ一ˋ ㄋㄥˊ 專門而熟練的才能。例 修理汽車是小杰的專業技能。

✽演技、特技、雜技

7/4
扭 ㄋ一ㄡˇ (niǔ)

動 1揪緊。如：扭打。2筋骨受傷。如：扭到腳。3擰；轉。如：扭斷。4走路時身體搖擺。如：扭腰擺臀。

【扭曲】ㄋ一ㄡˇ ㄑㄩ 1用力使物體的原形改變。例 小強用力將鐵絲扭曲成他想要的形狀。2使用手段，歪曲事情真相。例 小元竟然想要扭曲事情真相，把錯誤推給別人，真是太可

惡了！

【扭轉】(ㄋㄧㄡˇ ㄓㄨㄢˇ) 轉變方向；改變情勢。例只要大家合作努力，一定可以扭轉目前的情勢。

把 7/4

ㄅㄚˇ (bǎ) 形 估計之詞。如：個把小時。動 1 握；持。如：把持。2 看守。如：把風。3 幫忙小孩或行動不便的人大小便。如：把尿。量 1 計算有柄器物的單位。如：一把傘。2 計算成捆、成束物品的單位。如：一把蔥。介 將。如：把書打開。

ㄅㄚˋ (bà) 名 柄。如：刀把。

【把玩】(ㄅㄚˇ ㄨㄢˊ) 玩賞。例爺爺最大的樂趣就是把玩那些珍貴的古董。

【把柄】(ㄅㄚˇ ㄅㄧㄥˇ) 1 器物上讓人可以拿的部分。同「把手」。2 事情真相的證據。例他竟敢這樣威脅你，難道你有什麼把柄在他手中？

【把握】(ㄅㄚˇ ㄨㄛˋ) 1 掌握。例校長在畢業典禮上，期許我們要把握光陰，多多充實自己。2 對事情有成功的信心。例對於明天的演講比賽，小美很有把握。

✽火把、掃把、拖把

批 7/4

ㄆㄧ (pī)

名 1 評語。如：眉批。2 在公文末尾加上的意見或裁斷。如：批示。動 評判；評論。如：批評。副 大量買賣貨物。如：批發。量 計算人、物集合體的單位。如：一批貨。

【批改】(ㄆㄧ ㄍㄞˇ) 批評改正。例老師每天都要批改四十幾份作業。

【批發】(ㄆㄧ ㄈㄚ) 貨物大量買賣。例小明會批發些小飾品，到夜市擺地攤。反零售。

【批評】(ㄆㄧ ㄆㄧㄥˊ) 評論。例別人善意的批評，我們要能虛心接受。

手

抒

7/4 ㄕㄨ (shū) 抒 一 十 扌 扌 扌 抒

動 1 表達；發洩。如：抒情。

【抒發】ㄕㄨ ㄈㄚ 表達；發洩。例在日記上可以任意的抒發自己的情感。

扼

7/4 ㄜˋ (è) 扼 一 十 扌 扌 扌 扼

動 1 握持；掐住。如：扼腕。2 據守。如：扼守。

【扼要】ㄜˋ ㄧㄠˋ 說話或寫文章時能把握重點。例這本辭典的每條解釋都寫得簡單扼要，讓人一看就懂。

【扼殺】ㄜˋ ㄕㄚ 阻斷；斷絕。例人類大量汙染環境，扼殺了許多動物的生存空間。

扳

7/4 ㄅㄢ (bān) 扳 一 十 扌 扌 扌 扳

動 1 扭轉。如：扳回一城。2 用力拉扯，使東西倒下或移動。如：扳倒。

【扳手】ㄅㄢ ㄕㄡˇ 用來旋轉螺栓、螺絲帽的工具。

找

7/4 ㄓㄠˇ (zhǎo) 找 一 十 扌 扌 找 找

動 1 尋覓。如：找人。2 退回多餘的錢。如：找錢。3 招惹。如：找麻煩。

【找碴】ㄓㄠˇ ㄔㄚˊ 故意挑毛病。例他分明是故意找碴，你別理他！

扯

7/4 ㄔㄜˇ (chě) 扯 一 十 扌 扌 扌 扯

動 1 拉；撕。如：扯裂。2 牽引。如：扯在一起。3 沒有目的的閒聊。如：閒扯淡。

【扯平】ㄔㄜˇ ㄆㄧㄥˊ 1 拉緊使平順。例媽媽總是把洗好的襯衫扯平了再摺起來。2 彼此互相不虧欠。例我幫過你一次，你也幫了我一次，我們倆之間就算扯平了。

✽ 拉扯、牽扯、東拉西扯

7/4
抄 ㄔㄠ (chāo) 一 十 扌 扌 扌 扌 抄

動 1掠奪。如：抄奪。2沒收。如：抄家。3襲用。如：抄襲。4不走大路而從側面或較近的路超前。如：抄近路。5謄寫；照原本的寫一次。如：抄錄。

【抄襲】ㄔㄠ ㄒㄧˊ 照抄別人的作品當作自己的。例小寶抄襲別人的作文，所以老師叫他重寫。近剽竊。

✽小抄、照抄、手抄

7/4
投 ㄊㄡˊ (tóu) 一 十 扌 扌 扌 扌 投

動 1拋；丟。如：投球。2進入。如：自投羅網。3傳送；遞送。如：投遞。4相合；合得來。如：情投意合。5奔向；奔往。如：投靠。6照射。如：投射。

【投入】ㄊㄡˊ ㄖㄨˋ 1丟進去。2形容人非常沉醉在某事或某物中。例小美在跳舞時，表情非常投入。

【投案】ㄊㄡˊ ㄢˋ 犯罪的人主動出面，向警方或檢察機關說明犯罪事實，並接受審判或偵查。例經過父母的苦苦勸說，阿銘終於決定主動向警方投案。

【投票】ㄊㄡˊ ㄆㄧㄠˋ 選舉或表決時，用書面或舉手的方式，來表達個人意見的方法。

【投資】ㄊㄡˊ ㄗ 將錢運用在某種事業上，以獲取利益。例爸爸和張叔叔一起投資，買下一間餐廳。

【投稿】ㄊㄡˊ ㄍㄠˇ 將稿件寄給報社或出版社，希望獲得刊登或出版。例小音投稿的文章，今天被刊登出來了。

【投機取巧】ㄊㄡˊ ㄐㄧ ㄑㄩˇ ㄑㄧㄠˇ 利用時機，以巧妙的手段得到利益。多為貶義。例她做事一向投機取巧，今天終於失敗了。反腳踏實地；按部就班。

✽五體投地、話不投機

手

7/4
抑

一ˋ (yì) 抑 一 十 扌 扌 扚 抑

(形) [1]憂愁煩悶。如：抑鬱。[2]低下的。如：抑揚頓挫。(動)壓制。如：壓抑。(連)表示選擇。相當於「或」。如：抑或。

【抑制】(一ˋ ㄓˋ) 壓制；約束制止。(例)芸芸極力抑制自己的怒氣，才沒有說出傷人的話。(反)促成。

【抑揚頓挫】(一ˋ 一ㄤˊ ㄉㄨㄣˋ ㄘㄨㄛˋ) 形容聲調高低起伏，富變化又有節奏。(例)朗讀時，聲音要抑揚頓挫，才能表現文章的美感。

7/4
折

一 十 扌 扌 扩 折

ㄓㄜˊ (zhé) (動) [1]對換；相抵。如：折現。[2]截斷。如：骨折。[3]彎曲。如：曲折。[4]摺疊。通「摺」。如：折紙。[5]佩服。如：折服。[6]回轉。如：原路折回。[7]挫敗。如：百折不撓。[8]損失。如：損兵折將。

ㄕㄜˊ (shé) (動) 損失；虧損。如：折本。

ㄓㄜ (zhē) (動) 翻轉；迴旋。如：折騰。

【折扣】(ㄓㄜˊ ㄎㄡˋ) 店家給客人低於定價的優惠減價。

【折服】(ㄓㄜˊ ㄈㄨˊ) 信服；屈服。(例)小明在班會時發表的正義之言，使全班同學都折服了。

【折磨】(ㄓㄜˊ ㄇㄛˊ) 精神或身體所受到的苦難。(例)胖虎五音不全，聽他唱歌簡直就是一種折磨。

【折騰】(ㄓㄜ ˙ㄊㄥ) [1]辛苦；忙碌。(例)折騰了一整天，終於把家裡打掃完了！[2]磨難。(例)這對情人曾受到許多折騰，現在總算可以在一起了。

❋攀折、波折、一波三折

7/4
扮

ㄅㄢˋ (bàn) 扮 一 十 扌 扌 扒 扮

動 1裝飾。如：打扮。2飾演。如：扮演。

【扮演】裝扮表演。例小梅在話劇表演中扮演公主的角色。

【扮鬼臉】故意將臉部表情弄得誇張奇怪又好笑。用來開玩笑或表示譏笑、無奈。例小華喜歡扮鬼臉來娛樂大家。

7/4

抓 ㄓㄨㄚ (zhuā)

動 1用手取東西。如：抓一把花生米。2捕捉。如：抓小偷。3搔。如：抓癢。4把握。如：抓住機會。

【抓週】嬰兒滿週歲時，父母會將代表各行各業的小物品放在嬰兒面前，讓他任意抓取一件，用來預測他未來的志向和前途。也作「抓周」。

8/4

承 ㄔㄥˊ (chéng)

動 1奉；接受。如：承命。2迎合。如：承歡膝下。3擔任；負責。如：承辦。4繼續。如：繼承。5回答；表白。如：坦承。

【承受】接受。例希望他能夠承受住失去親人的打擊。

【承認】1供認某行為是自己做的。例我向媽媽承認花瓶是我打破的。反否認。2對既成的事實表示認可。例邵族在法律上已獲得政府的正式承認。

【承諾】答應某人做某件事。例爸爸承諾這個週末要帶全家人到日月潭旅遊。

【承辦】負責辦理。例校長要張老師承辦今年的運動會。

【承歡膝下】在父母身旁盡孝，使父母歡喜。例兒孫能承歡膝下，是爺爺最大的願望。

✽傳承、師承、一脈相承

8/5
拉
ㄌㄚ (lā)　一 十 扌 扌 扌 扩 拉 拉

動 ①牽挽。如：手拉手。②拖延。如：拉長時間。③排洩。如：拉屎。

【拉拔】ㄌㄚ ㄅㄚˊ ①養育。例小傑是他奶奶一手拉拔長大的。②提拔；栽培。例小盧因為受到長官的拉拔，沒幾年就升了官。

❀沙拉、拖拖拉拉、摧枯拉朽

8/5
拄
ㄓㄨˇ (zhǔ)　一 十 扌 扌 扌 扌 拄 拄

動 支撐。如：拄著枴杖。

8/5
拌
ㄅㄢˋ (bàn)　一 十 扌 扌 扌 扌 拌 拌

動 ①攪動使兩種以上的物體混合均勻。如：攪拌。②爭吵。如：拌嘴。

【拌嘴】ㄅㄢˋ ㄗㄨㄟˇ 吵架。例我和哥哥小時候常拌嘴，長大後感情卻好得不得了。近爭吵。

8/5
抨
ㄆㄥ (pēng)　一 十 扌 扌 扌 扌 抨 抨

動 批評；攻擊。如：抨擊。

【抨擊】ㄆㄥ ㄐㄧ 用言語、文字攻擊人或事。例小安在辯論賽上，毫不留情的抨擊對手。

8/5
抹
一 十 扌 扌 扌 扌 抹 抹

ㄇㄛˇ (mǒ) 動 ①塗；擦。如：抹粉。②除去。如：抹去。

ㄇㄛˋ (mò) 動 轉彎；繞轉。如：拐彎抹角。

【抹殺】ㄇㄛˇ ㄕㄚ 除去；滅掉。也作「抹煞」。例你怎麼能憑別人的幾句話，就抹殺掉我的努力？

❀塗抹、濃妝豔抹、腳底抹油

8/5
拒
ㄐㄩˋ (jù)　一 十 扌 扌 扌 扌 拒 拒

動 ①違抗；不接受。如：抗拒。②抵抗。如：拒敵。

【拒絕】(ㄐㄩˋ ㄐㄩㄝˊ) 不答應；不接受。㊀例 小葉因為身體不舒服，所以拒絕了朋友們的邀約。

✽推拒、婉拒、來者不拒

8/5

拂

ㄈㄨˊ (fú) 一 丨 扌 扌 扌 扫 拂 拂

動 ①振動；甩動。如：拂袖而去。②抹去；擦拭。如：拂拭。③輕輕的掠過。如：清風拂面。④違背；不順從。如：拂逆。

【拂袖而去】(ㄈㄨˊ ㄒㄧㄡˋ ㄦˊ ㄑㄩˋ) 表示氣憤或不滿。例 他因不滿大會的決定，當場氣得拂袖而去。

8/5

抿

ㄇㄧㄣˇ (mǐn) 一 丨 扌 扌 扌 扌 扌 抿 抿

動 ①輕輕合攏。如：抿嘴微笑。②用刷子或梳子沾水或油整理頭髮。如：抿一抿頭髮。③用嘴脣接觸液體，淺淺的喝一點。如：抿一口酒。

8/5

招

ㄓㄠ (zhāo) 一 丨 扌 扌 扌 扌 招 招

名 ①技藝；手段。如：絕招。②廣告標幟；看板。如：招牌。動 ①揮手叫人來。如：招手。②經由公告的方式，徵求人員前來。如：招集。③認罪。如：招認。④引起。如：招惹。

【招生】(ㄓㄠ ㄕㄥ) 學校或各種研習班徵求學生報名上課。例 附近的國畫研習班正在招生，我打算去報名。

【招呼】(ㄓㄠ ㄏㄨ) ①呼喚；召喚。例 大哥在遠處招呼我們，要我們快點過去。②接待；照顧。例 老闆在店裡忙著招呼客人。③用語言或動作表示問候。例 向認識的人打招呼是基本的禮貌。④吩咐。例 只要您招呼一聲，我馬上過來為您服務。

【招牌】(ㄓㄠ ㄆㄞˊ) ①商店作為標幟的牌子。②比喻最拿手的、可以作為代

表的。例「醉雞」是這家餐廳的招牌菜。

【招募】ㄓㄠ ㄇㄨˋ 徵求；募集。例這家公司最近正在招募新人，你不妨去試試。

【招數】ㄓㄠ ㄕㄨˋ 1武術動作。例他表演了幾個太極拳的招數，眾人紛紛拍手叫好。2計謀；方法。例詐騙集團騙人的招數越來越多，我們要多加注意。近花招。

【招攬】ㄓㄠ ㄌㄢˇ 吸引顧客。例廠商推出許多優惠活動，以招攬顧客。

【招兵買馬】ㄓㄠ ㄅㄧㄥ ㄇㄞˇ ㄇㄚˇ 1擴充軍事力量。2比喻從各方徵求人才。例吳先生四處招兵買馬，打算成立自己的公司。

✽高招、不打自招、樹大招風

8/5

抛 ㄆㄠ (pāo) 一 十 扌 扌 扌 扎 抛 抛

動 1丟掉。如：抛棄。2投出；擲出。如：抛繡球。

【抛棄】ㄆㄠ ㄑㄧˋ 1丟掉。例他抛棄了那只壞掉的手錶。2棄之不顧。例他狠心的將養的狗抛棄在山區。

【抛錨】ㄆㄠ ㄇㄠˊ 1船員將鐵錨或重物放入水中，使船停泊。2指車輛故障，無法行駛。例連日豪雨造成路面積水，使許多車子在路上抛錨。

8/5

拓 一 十 扌 扌 扌 扞 拓 拓

ㄊㄨㄛˋ (tuò) 動 1擴充；擴展。如：開拓。2開墾。如：拓荒。

ㄊㄚˋ (tà) 動 利用紙和墨，將器物上的字或圖形印下來。如：拓本。

【拓展】ㄊㄨㄛˋ ㄓㄢˇ 擴充發展。例董事長打算將他的事業拓展到海外。

8/5

拔 ㄅㄚˊ (bá) 一 十 扌 扌 扌 扐 拔 拔

動 1抽出；拉出。如：拔草。2挑選。如：選拔。3超出。如：出類

拔萃。4動搖；改變。如：堅忍不拔。

【拔除】(ㄅㄚˊ ㄔㄨˊ) 去除。例昨天晚上，醫生將我的蛀牙拔除了。

【拔刀相助】(ㄅㄚˊ ㄉㄠ ㄒㄧㄤ ㄓㄨˋ) 指人見義勇為，打抱不平。常和「路見不平」連用。例小強很有正義感，見到有人被欺負，一定會拔刀相助。近挺身而出。反袖手旁觀。

✽拉拔、海拔、一毛不拔

8/5

拇

ㄇㄨˇ (mǔ) 一 丨 扌 扌 扌 扌 拇 拇

名手、腳的大指頭。如：拇指。

8/5

押

ㄧㄚ (yā) 一 丨 扌 扌 扣 扣 扣 押

動1將犯人扣留，不准自由行動。如：收押。2監督；看管。如：押送。3用物品抵借金錢。如：抵押。4在文件資料上簽名、畫記號，表示負責或認可。如：畫押。5詩詞作品用韻。如：押韻。

【押金】(ㄧㄚ ㄐㄧㄣ) 作為抵押或保證的一筆錢。

【押韻】(ㄧㄚ ㄩㄣˋ) 寫作詩歌時，句尾使用相同的聲韻，使讀起來琅琅上口。

✽扣押、羈押、在押

8/5

拐

ㄍㄨㄞˇ (guǎi) 一 丨 扌 扌 扌 扌 拐 拐

名手杖；扶著走路的長棍。如：拐杖。動1誘騙；詐騙。如：誘拐。2轉彎。如：拐個彎就到了。副跛腳走路的樣子。如：走路一拐一拐的。

【拐騙】(ㄍㄨㄞˇ ㄆㄧㄢˋ) 用誘騙的手段帶走人或財物。例夜市裡發生了幼童被拐騙失蹤的案件。

【拐彎抹角】(ㄍㄨㄞˇ ㄨㄢ ㄇㄛˇ ㄐㄧㄠˇ) 比喻說話或做事不乾脆。例有話請直說，別拐彎抹角。反開門見山。

8/5

抽

ㄔㄡ (chōu)

一 十 扌 扌 扣 扣 抽 抽

動 1拔；拉。如：抽出。2從全部中取出一部分。如：抽獎。3吸入或導出。如：抽水。4打。如：抽打。5長出。如：抽芽。6收縮；縮小。如：抽筋。

【抽查】ㄔㄡ ㄔㄚˊ 取出一部分來檢查。例學校會不定期抽查同學的作業。

【抽筋】ㄔㄡ ㄐㄧㄣ 筋肉突然不正常收縮，產生疼痛。

【抽象】ㄔㄡ ㄒㄧㄤˋ 無形的，無法由眼、耳、口、鼻、皮膚等感官感覺的觀念。反具象；具體。

【抽籤】ㄔㄡ ㄑㄧㄢ 1求神問卜的方法。從籤筒中隨意抽出籤條，從籤條內的文字判斷吉凶。2必須有所選擇時，為求公平，依人數做籤，在某些籤條上做記號，並用抽取的方式來決定。例老師以抽籤的方式指派同學上臺演說。

8/5

拈

ㄋㄧㄢˊ (nián)

一 十 扌 扌 扑 扑 拈 拈

動用指尖持取物品。如：拈香。

【拈香】ㄋㄧㄢˊ ㄒㄧㄤ 燒香祭拜。

【拈花惹草】ㄋㄧㄢˊ ㄏㄨㄚ ㄖㄜˇ ㄘㄠˇ 比喻勾搭他人，到處留情。例阿彥喜歡到處拈花惹草，不會是個可靠的丈夫。近尋花問柳。

8/5

拙

ㄓㄨㄛˊ (zhuó)

一 十 扌 扌 抖 抖 拙 拙

形1遲鈍。如：笨拙。2淺薄；鄙陋。常用來自謙。如：拙作。

【拙劣】ㄓㄨㄛˊ ㄌㄧㄝˋ 粗糙且低劣。例這些商品因為品質拙劣，所以一直賣不出去。反精良。

✽樸拙、弄巧成拙、勤能補拙

8/5

拚

ㄆㄢˋ (pàn)

一 十 扌 扌 扌 扌 拚 拚

㊍ 1 捨棄；不顧。如：拚命。2 爭鬥。如：拚個你死我活。

【拚命】(ㄆㄢˋ ㄇㄧㄥˋ) 不顧生命去做。㊎ 他拚命賺錢，就是希望給家人過更好的生活。

8/5
抬 ㄊㄞˊ (tái)

抬 抬 一 扌 扌 払 抬 抬

㊍ 1 舉起；仰起。如：抬起來。2 提拔；獎勵。如：抬舉。

【抬頭】(ㄊㄞˊ ㄊㄡˊ) 1 把頭仰起。㊌ 低頭。2 寫信或公文遇需尊稱對方時，空一格或另起一行書寫。3 比喻獲得提升或伸張。㊎ 近年來，婦女意識抬頭，女性權利受到重視。4 英語 title 的音譯。支票支付時，寫上收款人的戶名。也用於統一發票和收據上。

❋ 哄抬、高抬貴手、自抬身價

8/5
拖 ㄊㄨㄛ (tuō)

拖 拖 一 扌 扌 扌 扌

㊍ 1 牽引。如：拖曳。2 垂下。如：拖著尾巴。3 延遲。如：拖拖拉拉。

【拖累】(ㄊㄨㄛ ㄌㄟˇ) 連累他人一起受害。㊎ 受到部分同學考試作弊的拖累，全班同學都必須重考一次。

【拖泥帶水】(ㄊㄨㄛ ㄋㄧˊ ㄉㄞˋ ㄕㄨㄟˇ) 比喻說話或做事不乾脆。㊎ 小王做事總是拖泥帶水，令人不放心。㊌ 乾淨俐落。

8/5
抱 ㄅㄠˋ (bào)

抱 抱 一 扌 扌 扚 扚

㊔ 人的意志、理想。如：懷抱。㊍ 1 摟；用手圈住。如：擁抱。2 懷藏在心裡。如：抱屈。

【抱怨】(ㄅㄠˋ ㄩㄢˋ) 心中懷著不滿或怨恨。㊎ 她每天都在抱怨別人，從不反省自己。㊚ 埋怨。

【抱負】(ㄅㄠˋ ㄈㄨˋ) 理想；志向。㊎ 小吳不但懷有理想抱負，且積極的朝目

手

標前進。

【抱歉】（ㄅㄠˋ ㄑㄧㄢˋ）心裡覺得對不起人而感到不安。㊀對於昨天無理的行為，我感到非常抱歉。

✽合抱、摟抱、投懷送抱

8/5
披
ㄆㄧ (pī)

㊍ 1 剖開；劈開。如：披荊斬棘。2 分散；散開。如：披頭散髮。3 把衣服搭蓋在肩背上不穿起來。引申為穿、戴。如：披衣。

【披露】（ㄆㄧ ㄌㄨˋ）發表；公布。㊀報紙披露了整起賄選事件的真相。

【披荊斬棘】（ㄆㄧ ㄐㄧㄥ ㄓㄢˇ ㄐㄧˊ）比喻在完成某事的過程中，清除障礙，克服困難。㊀因為上一代的披荊斬棘，我們才能擁有如此安樂穩定的生活。

8/5
拘
ㄐㄩ (jū)

㊍ 1 捉拿；逮捕。如：拘捕。2 約束；限制。如：不拘小節。

【拘束】（ㄐㄩ ㄕㄨˋ）1 管理；限制。㊀受到媽媽的拘束，小雄整個暑假幾乎沒有出去玩。2 態度不自在。㊀出席太正式的場合會讓我感到拘束。

【拘謹】（ㄐㄩ ㄐㄧㄣˇ）個性謹慎小心，不活潑開朗。㊀阿雅為人拘謹，不喜歡和人開玩笑。

8/5
拗
ㄋㄧㄡˋ (niù) ㊋ 固執；不順從。如：脾氣很拗。

ㄠˋ (ào) ㊋ 不順的。如：拗口。

ㄠˇ (ǎo) ㊍ 折；扭。如：拗花。

【拗口】（ㄠˋ ㄎㄡˇ）念起來不順。㊀這首詩含有太多生難字，念起來真拗口。

8/5
拊
ㄈㄨˇ (fǔ)

㊍ 1 撫摸。如：拊心。2 用手輕拍。如：拊掌。

拍

8/5

拍 ㄆㄞ (pāi) 拍 拍

一 十 扌 扌 扌 拍

名 ①音樂的節奏。如：節拍。②可以用來擊打的平面器具。如：網球拍。動 ①用手輕打。如：拍打。②照相；攝影。如：拍照。③發送電報。如：拍電報。量 計算音樂節奏的單位。如：半拍。

【拍手】ㄆㄞ ㄕㄡˇ 鼓掌。例 表演結束後，每位觀眾都拍手叫好。

【拍賣】ㄆㄞ ㄇㄞˋ ①將商品公開讓大家出價購買，最後賣給出價最高的人。例 這次拍賣所得，將用作成立孤兒院的經費。②將商品減價，大量賣出。例 林小姐總是趁著百貨公司換季拍賣時去撿便宜。

【拍攝】ㄆㄞ ㄕㄜˋ 照相；攝影。例 他決定拍攝一段短片記錄漁民的生活。

【拍馬屁】ㄆㄞ ㄇㄚˇ ㄆㄧˋ 比喻迎合他人以討取歡心。例 總經理非常討厭拍馬屁的人。

辨析 傳說明朝宦官魏忠賢的騎馬技術非常高明，只要輕拍馬的屁股，馬就會跑得飛快，皇帝因此而十分賞識他。所以後來就用「拍馬屁」比喻迎合他人以討取歡心。

✽輕拍、慢半拍、一拍即合

抵

8/5

抵 ㄉㄧˇ (dǐ) 抵 抵

一 十 扌 扌 扌 扌

動 ①抗拒；對抗。如：抵抗。②觸犯。如：抵觸。③用價值相等的物品替換。如：抵償。④到達。如：抵達。副 大略；大概。如：大抵。

【抵抗】ㄉㄧˇ ㄎㄤˋ 抗拒、防禦他人的攻擊。例 總統呼籲全國上下要團結一致，抵抗外來的侵略。反 屈服。

【抵達】ㄉㄧˇ ㄉㄚˊ 到達。例 經過三小時的車程，我們終於抵達了南投。

【抵賴】ㄉㄧˇ ㄌㄞˋ 不肯認錯。例 證據已在眼前，他再也無法抵賴。近 推卸。

㊎反 承認。

拎 8/5

ㄌㄧㄥ (līng) 一 十 扌 扌 扒 扲 拎 拎

動 用手提東西。如：拎著行李。

拆 8/5

ㄔㄞ (chāi) 一 十 扌 扌 扩 扩 拆 拆

動 1分開。如：拆開。2毀壞。如：拆毀。

【拆穿】ㄔㄞ ㄔㄨㄢ 揭穿；揭開真相。例她的謊言已經被拆穿，沒有人願意再相信她。

【拆除】ㄔㄞ ㄔㄨˊ 毀壞；除去。例政府下令拆除那些違法興建的房子。

【拆散】ㄔㄞ ㄙㄢˋ 拆開；分散。例這場戰爭拆散了無數幸福的家庭。

拜 9/5

ㄅㄞˋ (bài) ˊ 二 三 手 手 手 手 拜 拜

動 1低頭拱手或是跪地磕頭的禮節。如：跪拜。2擔任某種官職。如：官拜上將。3探望人的客氣話。如：拜見。4祝賀。如：拜壽。

【拜年】ㄅㄞˋ ㄋㄧㄢˊ 農曆新年時，向人祝賀行禮的禮俗。近賀年。

【拜託】ㄅㄞˋ ㄊㄨㄛ 請人幫忙的敬詞。例明天我要出遠門，所以得拜託你替我看家。

❀祭拜、崇拜、甘拜下風

拳 10/6

ㄑㄩㄢˊ (quán) 丶 丷 䒑 兰 半 关 关 桊 桊 拳

名 1五指彎曲緊握的形狀。如：拳頭。2徒手的武術。如：醉拳。動 彎曲。如：拳著腿。

❀摩拳擦掌、赤手空拳

挈 10/6

ㄑㄧㄝˋ (qiè) 一 二 三 丰 丰 扨 扨 挈 挈 挈

動 1提；舉。如：提綱挈領。2帶；領。如：挈帶。

按 9/6

ㄢˋ (àn) 一 十 扌 扌 扩 扩 按 按 按

名 文章或著作中編著者所做的說

明或評論。通「案」。如：按語。
(動) 1 向下壓。如：按鈴。2 停止。如：按兵不動。3 依照。如：按理。

【按照】(ㄢˋ ㄓㄠˋ) 依照。(例) 這項藥品須按照醫師的處方服用。

【按部就班】(ㄢˋ ㄅㄨˋ ㄐㄧㄡˋ ㄅㄢ) 形容做事有條理。(例) 只要你能按部就班的做，這件事一定會成功。(近) 循序漸進。(反) 本末倒置。

9/6
挖 ㄨㄚ (wā)
一 十 扌 扌 扌 扩 扩 挖 挖

(動) 用手或工具掘取。如：挖洞。

【挖掘】(ㄨㄚ ㄐㄩㄝˊ) 1 將埋在土裡的東西挖出。(例) 奶奶在竹林裡挖掘出鮮嫩的竹筍。2 探索；發現。(例) 許多企業常到大學校園裡挖掘人才。

9/6
拼 ㄆㄧㄣ (pīn)
一 十 扌 扌 扌 扌 拦 拼 拼

(動) 1 將零碎的東西湊在一起。如：拼裝。2 捨棄不顧。通「拚」。如：拼命。

【拼湊】(ㄆㄧㄣ ㄘㄡˋ) 把零散的東西湊合在一起。(例) 她將那些碎花布拼湊成一個布袋。

【拼盤】(ㄆㄧㄣ ㄆㄢˊ) 由數種菜餚或水果組合而成，盛裝在一起的食品盤。

9/6
拭 ㄕˋ (shì)
一 十 扌 扌 扌 扌 拭 拭 拭

(動) 擦；抹。如：擦拭。

【拭目以待】(ㄕˋ ㄇㄨˋ ㄧˇ ㄉㄞˋ) 比喻期待某件事的到來或成功。(例) 他很有可能在本屆比賽中打破百米賽跑紀錄，我們就拭目以待吧！

✽拂拭、舔拭、抹拭

9/6
持 ㄔˊ (chí)
一 十 扌 扌 扌 扌 持 持 持

(動) 1 拿；握。如：持槍。2 守住。如：保持。3 對抗；抗拒。如：相持不下。4 掌管；管理。如：持家。5 幫助。如：扶持。6 威脅逼迫。

如：挾持。⑦支撐。如：支持。

【持續】ㄔˊ ㄒㄩˋ 連續不斷。例媽媽靠著持續運動以維持好身材。反停頓；中斷。

【持之以恆】ㄔˊ ㄓ ㄧˇ ㄏㄥˊ 有恆的維持下去。例做任何事如果不能持之以恆，將很難成功。近鍥而不舍。反半途而廢。

✽主持、維持、堅持

9/6
拮 ㄐㄧㄝˊ (jié)

一 十 扌 扌 扌 扌 拮 拮 拮

見「拮据」。

【拮据】ㄐㄧㄝˊ ㄐㄩ 生活窮困。例雖然他經濟拮据，卻不肯低頭向人借錢。

反寬裕；富裕。

9/6
指 ㄓˇ (zhǐ)

一 十 扌 扌 扌 扌 指 指 指

名手掌前半部的分岔部分。如：手指。動①對著；向著。如：指天發誓。②挑出；表明。如：指示。③直立起來。如：令人髮指。④希望；仰賴。如：指望。⑤意思上所指。如：他說的那家店指的是路口的便利商店。

【指引】ㄓˇ ㄧㄣˇ 指出正確的方法，引導人前進。例經過路人的指引，我們終於抵達目的地。

【指示】ㄓˇ ㄕˋ ①用手指物給人家看。②長官對部屬說明處理事情的原則和方法。例小玲遵照老師的指示，將全班的作業簿送到辦公室。

【指紋】ㄓˇ ㄨㄣˊ 人類手指第一節上的凹凸紋路。每個人的指紋都不一樣，可藉以判定身分。

【指控】ㄓˇ ㄎㄨㄥˋ 指出某人的罪行並且加以控告。例阿德被人指控是這起竊盜案的主謀。

【指教】ㄓˇ ㄐㄧㄠˋ 指示教導。請教別人意見時所用的敬詞。例謝謝大家的指教，我會努力改進。

【指揮】ㄓˇ ㄏㄨㄟ 1發號施令。例班長指揮大家排好隊。2發號施令的人。例林將軍擔任本次軍事演習的總指揮。3領導樂團演奏的人。例張老師是本校交響樂團的指揮。

【指導】ㄓˇ ㄉㄠˇ 教導。例這次實驗能夠成功，多虧了老師的指導。

【指南針】ㄓˇ ㄋㄢˊ ㄓㄣ 利用磁針指示南北方向的儀器。也稱「羅盤」。

【指日可待】ㄓˇ ㄖˋ ㄎㄜˇ ㄉㄞˋ 形容很快就能實現。例只要努力，成功便指日可待。近為期不遠。反遙遙無期。

❀屈指、首屈一指、食指大動

拷 9/6

ㄎㄠˇ (kǎo)

動用刑逼人承認罪行。如：拷打。

【拷問】ㄎㄠˇ ㄨㄣˋ 用刑罰審問犯人。例古代時經常用嚴厲的刑罰拷問犯人，逼迫犯人承認罪行。

拱 9/6

ㄍㄨㄥˇ (gǒng)

形弧形的。如：拱橋。動1兩手抱拳行禮。如：拱手。2環抱；圍繞。如：眾星拱月。3隆起。如：拱起。4強迫推舉。如：他被拱出來擔任活動主辦人。

【拱手】ㄍㄨㄥˇ ㄕㄡˇ 兩手在胸前相合，表示敬意。例主人站在門口，向來訪的客人們拱手行禮。

【拱手讓人】ㄍㄨㄥˇ ㄕㄡˇ ㄖㄤˋ ㄖㄣˊ 比喻輕易的讓給別人。例這次比賽中華隊表現失常，白白的將冠軍寶座拱手讓人，觀眾們都非常失望。

拯 9/6

ㄓㄥˇ (zhěng)

動救助；援助。如：拯救。

【拯救】ㄓㄥˇ ㄐㄧㄡˋ 救助；援救。例弟弟時常幻想自己是拯救世界的超人。

拽 9/6

ㄓㄨㄞˋ (zhuài) 一 十 扌 扣 扣 扣 扣 抴 拽

動 拉；扯。如：拽著衣角。

挑 9/6

一 十 扌 扌 扌 扌 挑 挑 挑

ㄊㄧㄠ (tiāo) 動 1 揀選。如：挑食。2 用肩膀擔負物品。如：挑水。

ㄊㄧㄠˇ (tiǎo) 名 書法筆畫中的鉤筆。動 1 撥動；引起。如：挑戰。2 引誘。如：挑逗。

【挑剔】(ㄊㄧㄠ ㄊㄧ) 故意從細微的地方找出問題。例 王太太對吃非常挑剔。

【挑戰】(ㄊㄧㄠˇ ㄓㄢˋ) 公開和某人或某事進行對抗、比賽。例 小張實力堅強，不怕任何人挑戰。

✽千挑萬選、雞蛋裡挑骨頭

括 9/6

一 十 扌 扌 扌 扌 括

ㄍㄨㄚ (guā) 動 1 包含。如：包括。2 搜求。如：搜括。

ㄎㄨㄛˋ (kuò) (限讀) 見「括約肌」。

【括約肌】(ㄎㄨㄛˋ ㄩㄝ ㄐㄧ) 指人或動物身上的一種環狀肌肉，具有收縮和放鬆的功能。如尿道和肛門等處皆有此種肌肉。

✽概括、含括、總括

拴 9/6

ㄕㄨㄢ (shuān) 一 十 扌 扌 扌 扌 拴 拴 拴

名 門閂。通「閂」。如：他拉上拴，躲入屋內。動 1 綁住。如：拴馬。2 插上門閂。如：拴門。

拾 9/6

ㄕˊ (shí) 一 十 扌 扌 扌 扌 拾 拾 拾

動 1 撿取。如：拾取。2 整理。如：收拾。數 「十」的大寫。

【拾金不昧】(ㄕˊ ㄐㄧㄣ ㄅㄨˋ ㄇㄟˋ) 撿到別人遺失的東西並不據為己有。例 小祥因為拾金不昧，受到老師的表揚。

✽撿拾、不可收拾、俯拾即是

10/6
拿 ㄋㄚˊ (ná)

動 1持握。如：拿刀。2拘捕。如：捉拿。3利用；把。如：拿來做衣服。4決定。如：拿主意。5裝模作樣。如：拿翹。

【拿手】ㄋㄚˊ ㄕㄡˇ 擅長；有把握。例媽媽對烹飪很拿手。

✽推拿、追拿、十拿九穩

10/7
挪 ㄋㄨㄛˊ (nuó)

動 移動；搬移。如：挪開。

【挪用】ㄋㄨㄛˊ ㄩㄥˋ 把原本預定要做某事的經費移作其他用途。例這筆錢是準備交房租的，不能隨便挪用。

10/7
捕 ㄅㄨˇ (bǔ)

動 捉拿。如：逮捕。

【捕捉】ㄅㄨˇ ㄓㄨㄛ 1捉拿。例弟弟企圖捕捉樹上的蟬。2攝取；抓住。例攝影師捕捉了模特兒最美的笑容。

【捕風捉影】ㄅㄨˇ ㄈㄥ ㄓㄨㄛ ㄧㄥˇ 比喻說話或做事沒有根據。例八卦雜誌上的消息，全是捕風捉影。近無中生有。

✽拒捕、追捕、搜捕

10/7
捂 ㄨˇ (wǔ)

動 遮掩。通「摀」。如：捂住嘴巴。

10/7
挾 ㄒㄧㄚˊ (xiá)

動 1夾持；夾在胳膊下。如：挾帶。2控制；脅迫。如：要挾。3懷藏。如：挾恨。

【挾持】ㄒㄧㄚˊ ㄔˊ 控制；脅迫。例歹徒挾持人質，情況危急，警方只能小心應對。

【挾帶】ㄒㄧㄚˊ ㄉㄞˋ 藏在身上偷偷攜帶。例他企圖挾帶危險物品上飛機，所幸被安全人員發現。

手

10/7
振 ㄓㄣˋ (zhèn)
一 十 扌 扩 扩 扩 扩 扩 扳 振

動 1抖動；揮動。如：振臂。2奮起。如：精神一振。3震驚。通「震」。如：威振天下。

【振作】ㄓㄣˋ ㄗㄨㄛˋ 奮發興起。例經過親友們的安慰與鼓勵，小安又重新振作起來了。

【振奮】ㄓㄣˋ ㄈㄣˋ 振作奮發。例運動場上不斷傳來本班選手的好消息，令人振奮。

【振興】ㄓㄣˋ ㄒㄧㄥ 奮發努力，使事情發展興盛。例行政院院長一上任，便以振興經濟為首要的施政目標。

辨析 「振作」、「振奮」、「振興」都有「奮起、向上」的意思，但用法不同：「振作」和「振奮」多用在人的身上，指人的精神、情緒恢復或是更加積極努力；「振興」是指使某件事的發展興盛起來。

※三振、提振、共振

10/7
捎 ㄕㄠ (shāo)
一 十 扌 扌 扌 扌 扌 捎 捎 捎

ㄕㄠ (shāo) 動 1輕輕掠過。如：風捎過她的秀髮。2請人順便攜帶。如：捎個信。

ㄕㄠˋ (shào) 動 灑水。如：捎水。

10/7
捍 ㄏㄢˋ (hàn)
一 十 扌 扌 扣 扣 扣 担 担 捍

動 保衛。如：捍衛。

【捍衛】ㄏㄢˋ ㄨㄟˋ 保衛。例軍人的職責是捍衛國家，保護人民。

10/7
捏 ㄋㄧㄝ (niē)
一 十 扌 扌 扣 扣 扣 担 担 捏

動 1用手指頭夾住。如：捏鼻子。2緊握。如：捏著玉佩。3虛構。如：捏造。4用手指搓捻。如：捏麵人。

【捏造】ㄋㄧㄝ ㄗㄠˋ 虛構；假造。例這個消息是他捏造出來的，你可別當真。

【捏一把冷汗】（ㄋㄧㄝ ㄧ ㄅㄚˇ ㄌㄥˇ ㄏㄢˋ）形容極為緊張，令人擔憂。例 看到特技人員表演驚險動作，觀眾不禁為他們捏一把冷汗。

10/7
捉 ㄓㄨㄛ (zhuō) 一 十 扌 扌 扣 扣 扣 押 捉 捉

動 1 抓；捕。如：捕捉。2 戲弄。如：捉弄。

【捉弄】（ㄓㄨㄛ ㄋㄨㄥˋ）開玩笑戲弄人。例 小強老愛捉弄女生，因此大家都不喜歡跟他一起玩。

【捉摸不定】（ㄓㄨㄛ ㄇㄛ ㄅㄨˋ ㄉㄧㄥˋ）形容令人難以預料。例 王小姐的脾氣時好時壞，令人捉摸不定。

❀捕風捉影、水中捉月

10/7
捆 ㄎㄨㄣˇ (kǔn) 一 十 扌 扌 扪 扪 捆 捆 捆 捆

動 用繩索綁起來。如：捆綁。量 計算成束物品的單位。如：一捆木柴。

【捆綁】（ㄎㄨㄣˇ ㄅㄤˇ）用繩索綁起來。例 爸爸將廢紙捆綁起來，拿去回收。

10/7
捐 ㄐㄩㄢ (juān) 一 十 扌 扌 扣 扣 捐 捐 捐 捐

名 人民繳納給政府的稅金。如：稅捐。動 1 捨棄。如：捐棄。2 獻出。如：捐款。

【捐款】（ㄐㄩㄢ ㄎㄨㄢˇ）奉獻錢財。例 有了善心人士的捐款，他們一家終於可以度過難關。

❀募捐、樂捐、為國捐軀

10/7
捌 ㄅㄚ (bā) 一 十 扌 扌 扣 扣 扨 扨 捌 捌

數 「八」的大寫。

10/7
挫 ㄘㄨㄛˋ (cuò) 一 十 扌 扌 扒 扒 挫 挫 挫 挫

動 1 摧折；失敗。如：挫折。2 抑制；降低。如：挫他的威風。

【挫折】（ㄘㄨㄛˋ ㄓㄜˊ）事情遭到阻礙或失敗。例 小華個性堅強，絕不會因為一

手

點挫折而退縮。

10/7
挨 ㄞ (āi)

動 1靠近。如：挨近。2忍受；遭受。如：挨餓。3依序。如：挨家挨戶。4拖延；等待。如：挨一陣子。

【挨家挨戶】ㄞ ㄐㄧㄚ ㄞ ㄏㄨˋ 一家接著一家。例選舉前，各候選人都忙著挨家挨戶的拜票。

10/7
挺 ㄊㄧㄥˇ (tǐng)

形 1特別傑出。如：英挺。2直立的。如：筆挺。動 1撐直。如：抬頭挺胸。2支撐。如：挺住。副很；非常。如：挺好。量 計算直、長物體的單位。如：一挺機關槍。

【挺拔】ㄊㄧㄥˇ ㄅㄚˊ 1直立高聳的樣子。例那株千年神木依然非常挺拔。2獨立傑出的樣子。例那位男星長得英俊挺拔，吸引了許多女性影迷。

【挺身而出】ㄊㄧㄥˇ ㄕㄣ ㄦˊ ㄔㄨ 指人勇於擔當。例當安安被人誤會時，幸好有小祥挺身而出，證明了他的清白。近自告奮勇。

10/7
挽 ㄨㄢˇ (wǎn)

動 1拉；牽。如：挽手。2捲起。如：挽袖。3扭轉。如：力挽狂瀾。

【挽留】ㄨㄢˇ ㄌㄧㄡˊ 誠懇的請人留下來。例經過大家熱情的挽留，阿姨決定多待幾天再回去。

【挽救】ㄨㄢˇ ㄐㄧㄡˋ 盡力挽回補救。例莊醫生挽救了許多病患的生命。

11/8
控 ㄎㄨㄥˋ (kòng)

動 1操縱。如：遙控。2指責別人的錯誤；投訴。如：指控。

【控制】ㄎㄨㄥˋ ㄓˋ 支配；操縱。例火災現場終於獲得控制，大家都鬆了一

口氣。(近)掌握。

✽失控、掌控、主控

11/8

接

ㄐㄧㄝ (jiē)

一 十 扌 扌 扌 扩 扩 拧 接 接 接

(動) ①連結；相交會。如：連接。②相迎；對待。如：迎接。③會見。如：接見。④連續。如：接二連三。⑤承受。如：接受。

【接見】ㄐㄧㄝ ㄐㄧㄢˋ 會見。多指上級會見下屬或主人會見賓客。(例)總統接見來自外國的貴賓。

【接受】ㄐㄧㄝ ㄕㄡˋ 接納；收受。(例)經過再三的賠禮，他終於接受我的道歉。

【接近】ㄐㄧㄝ ㄐㄧㄣˋ 靠近；距離不遠。(例)颱風逐漸接近臺灣，民眾要儘快做好防颱準備。

【接連】ㄐㄧㄝ ㄌㄧㄢˊ 連續不斷。(例)接連幾天都下雨，出門真不方便。

【接棒】ㄐㄧㄝ ㄅㄤˋ ①接力賽跑時，下一個要跑的人在規定區域接下同隊跑者傳交的棒子。②指工作、任務的新舊接替。(例)興建焚化爐的計畫，將由新任市長接棒完成。

【接觸】ㄐㄧㄝ ㄔㄨˋ ①碰觸。(例)當我接觸到那株植物時，指尖有一種刺刺的感覺。②指人與人的交往。(例)我曾經和李小姐接觸過，她是個非常有愛心的人。

✽承接、間接、傳宗接代

11/8

掠

ㄌㄩㄝˋ (lüè)

一 十 扌 扌 扩 扩 拧 掠 掠 掠 掠

(名) 書法筆畫中的長撇。(動) ①奪取。如：劫掠。②輕輕拂過。如：拂掠。

【掠奪】ㄌㄩㄝˋ ㄉㄨㄛˊ 搶劫；強取。(例)山賊一到村子，便大肆掠奪村民的財產。

✽擄掠、浮光掠影、攻城掠地

11/8

掖

一ㄝˋ (yè)

一 十 扌 扌 扩 扩 护 掖 掖 掖

(形) 兩旁的。如：掖門。(動) 扶持；幫助。如：獎掖。

ㄧㄝ (yē) 動 塞藏。如：掖在懷裡。

探

11/8 ㄊㄢˋ (tàn)

一 十 扌 扌 扩 扩 扩 挥 挥 探 探

名 暗中查訪事情的人。如：密探。動 1 摸取。如：探囊。2 看望；訪視。如：探視。3 深入追究。如：探究。4 觀察；打聽。如：試探。

【探索】ㄊㄢˋ ㄙㄨㄛˇ 深入探討尋求。例 科學家們努力的探索宇宙的奧祕。

【探討】ㄊㄢˋ ㄊㄠˇ 深入研究討論。例 現今社會的親子問題，值得深入探討。

【探望】ㄊㄢˋ ㄨㄤˋ 拜訪；看望。例 我昨天去醫院探望陳叔叔，他的病已經好多了。

【探測】ㄊㄢˋ ㄘㄜˋ 用儀器觀察、測量。例 科學家積極的探測外太空是否有生物存在。

【探險】ㄊㄢˋ ㄒㄧㄢˇ 前往一般人很少去或不敢去的地方冒險考察。例 小華期待有一天能到無人島去探險。

【探囊取物】ㄊㄢˋ ㄋㄤˊ ㄑㄩˇ ㄨˋ 比喻事情很容易就辦到，毫不費力。例 阿仁實力堅強，國語文競賽冠軍對他而言，有如探囊取物。近 易如反掌。反 移山填海。

✽偵探、刺探、一探究竟

捲

11/8 ㄐㄩㄢˇ (juǎn)

一 十 扌 扌 扌 扌 扌 拦 拦 捲 捲

名 彎轉成圓筒狀的物品。如：蛋捲。動 1 將物品彎曲成圓筒狀。如：捲紙。2 裹取。如：捲款。3 牽連；連累。如：捲入紛爭。量 計算捲筒狀物品的單位。通「卷」。如：一捲底片。

【捲土重來】ㄐㄩㄢˇ ㄊㄨˇ ㄔㄨㄥˊ ㄌㄞˊ 比喻失敗之後，再度集結力量，重新再來。例 這次籃球比賽輸了不要灰心，只要好好準備，明年我們仍可捲土重來。近 東山再起。反 一蹶不振。

✽席捲、春捲、龍捲風

11/8

捧

ㄆㄥˇ (pěng)

動 1 用兩隻手托著。如：捧起。2 支持；擁戴。如：捧場。

【捧腹大笑】ㄆㄥˇ ㄈㄨˋ ㄉㄚˋ ㄒㄧㄠˋ 形容大笑的模樣。例 看到阿德有趣的表演，我們不禁捧腹大笑。

✽吹捧、眾星捧月、西施捧心

11/8

捷

ㄐㄧㄝˊ (jié)

形 快速。如：便捷。動 戰勝。如：連戰皆捷。

【捷徑】ㄐㄧㄝˊ ㄐㄧㄥˋ 1 比較近的路。2 比喻快速的方法或途徑。例 成功要靠努力，沒有捷徑。

【捷足先登】ㄐㄧㄝˊ ㄗㄨˊ ㄒㄧㄢ ㄉㄥ 指行動快速的人先達成目的或取得成功。例 唯有積極進取的人才能捷足先登，獲得成功。

✽敏捷、迅捷、快捷

11/8

掃

ㄙㄠˇ (sǎo) 動 1 清除汙垢。如：打掃。2 去除；消滅。如：橫掃千軍。3 迅速的掠過。如：目光一掃。

ㄙㄠˋ (sào) 見「掃帚」。

【掃帚】ㄙㄠˋ ㄓㄡˇ 清除塵土或髒汙的用具。近 掃把。

【掃墓】ㄙㄠˇ ㄇㄨˋ 到已故親友的墓前打掃、祭拜，以表示追念。例 每年清明節我們都會去掃墓祭祖。

【掃興】ㄙㄠˇ ㄒㄧㄥˋ 興致受到破壞。例 週末因颱風來襲而無法出外旅遊，真是掃興。

✽清掃、灑掃、一掃而空

11/8

掛

ㄍㄨㄚˋ (guà)

動 1 懸吊。如：懸掛。2 想念。如：牽掛。3 登記。如：掛號。

【掛念】(ㄍㄨㄚˋ ㄋㄧㄢˋ) 擔心想念。例姐姐第一次出國，媽媽非常掛念，每天都會打電話給她。

【掛羊頭賣狗肉】(ㄍㄨㄚˋ ㄧㄤˊ ㄊㄡˊ ㄇㄞˋ ㄍㄡˇ ㄖㄡˋ) 比喻外表和內容不符，蓄意欺騙。例有些精品店根本是掛羊頭賣狗肉，店內一大堆仿冒品。近表裡不一。

❀牽腸掛肚、一絲不掛

11/8
据

一 十 扌 扌 扌 护 护 护 据 据 据

ㄐㄩ (jū) 見「拮据」。

ㄐㄩˋ (jù) 動 憑藉；按照。通「據」。

11/8
掘

ㄐㄩㄝˊ (jué) 一 十 扌 扌 扌 护 折 扼 掘 掘 掘

動 挖。如：挖掘。

❀發掘、開掘、臨渴掘井

11/8
措

ㄘㄨㄛˋ (cuò) 一 十 扌 扌 扌 拌 拌 拌 措 措 措

動 1安置。如：措置。2籌辦；準備。如：籌措。

【措施】(ㄘㄨㄛˋ ㄕ) 為解決問題所使用的方法。例颱風季節來臨，大家都應該做好防颱措施。

【措手不及】(ㄘㄨㄛˋ ㄕㄡˇ ㄅㄨˋ ㄐㄧˊ) 來不及應付。例接二連三的突發狀況，令大夥兒措手不及。

❀不知所措、驚慌失措

11/8
捱

ㄞˊ (ái) 一 十 扌 扌 扌 扩 护 护 捱 捱 捱

通「挨」。動 1忍受；遭受。如：捱打。2拖延。如：捱時間。3靠近。如：捱近。4依序。如：捱次。

11/8
掩

ㄧㄢˇ (yǎn) 一 十 扌 扌 扌 抃 抃 拚 掩 掩 掩

動 1遮蔽。如：遮掩。2關閉。如：掩門。3趁人沒有防備時攻襲。如：掩殺。

【掩飾】(ㄧㄢˇ ㄕˋ) 遮掩；隱瞞。例阿淳為了掩飾臉上的黑眼圈，特地戴上一副大墨鏡。

【掩人耳目】比喻欺騙、隱瞞他人。例他企圖散播不實消息來掩人耳目，最後仍被揭穿了。

※瑕不掩瑜、迅雷不及掩耳

11/8

捫

ㄇㄣˊ (mén)

動撫摸。如：捫心。

【捫心自問】指自我反省。例哥哥的成績很差，媽媽要他捫心自問，是不是電視看太多了？

11/8

掉

ㄉㄧㄠˋ (diào)

動 1 回轉。如：掉頭。2 落下。如：掉落。3 遺失。如：掉了錢。4 對換。如：掉包。助用在動詞之後。表示動作完成。如：丟掉。

【掉以輕心】不重視；粗心大意。例身體如果有任何不舒服，千萬不要掉以輕心，最好去給醫生檢查。反鄭重其事。

11/8

授

ㄕㄡˋ (shòu)

動 1 給予。如：授旗。2 教導。如：授課。

【授予】給予。例林警官因立下大功，獲得長官授予勛章一面。

【授粉】花粉從雄蕊傳播到雌蕊子房的過程。

【授權】將權力給予他人。例長官授權我執行這個計畫。

※教授、傳授、講授

11/8

掙

ㄓㄥ (zhēng) 動用力支撐或擺脫。如：掙脫。

ㄓㄥˋ (zhèng)（限讀）動用勞力換取財物。如：掙錢。

【掙扎】用力支撐或擺脫。例徐老先生在病床上掙扎著想起身。

手

【掙錢】(ㄓㄥˋ ㄑㄧㄢˊ) 用勞力換取酬勞。例他努力掙錢，想過更好的生活。

11/8

採

ㄘㄞˇ (cǎi)

動①用手摘取。如：採茶。②尋找收集。如：採集。③開發；發掘。如：採礦。④接受；選取。如：採取。

【採用】(ㄘㄞˇ ㄩㄥˋ) 選用；使用。例小玉決定採用多動少吃的方式來減肥。

【採訪】(ㄘㄞˇ ㄈㄤˇ) 探求訪問。例校長接受記者的採訪，暢談他的治校理念。

【採購】(ㄘㄞˇ ㄍㄡˋ) 挑選購買。例小莉負責採購晚會所需的飲料。

❀開採、盜採、摘採

11/8

排

ㄆㄞˊ (pái)

名排骨肉的簡稱，或切成扁平狀的肉片。如：牛排。動①彼此不相容。如：排斥。②調解消除。如：排遣。③演練。如：排練。④編出次序。如：排隊。量計算直線成行的人或物的單位。如：三排桌子。

【排斥】(ㄆㄞˊ ㄔˋ) 排除不相容或不利於自己的人、事、物。例將相同磁極的磁鐵靠近時，會產生互相排斥的現象。

【排行】(ㄆㄞˊ ㄏㄤˊ) 兄弟姐妹出生的順序。例他在三個兄弟中排行最小。

【排泄】(ㄆㄞˊ ㄒㄧㄝˋ) ①生物將體內的廢物排出體外。例每天維持正常排泄，才能保持身體健康。反吸收。②將多餘的水排出。例因為連日的大雨，讓這條河的水排泄不出去。

【排隊】(ㄆㄞˊ ㄉㄨㄟˋ) 依照次序排成隊伍。例戲院外有許多人正在排隊買票。

【排山倒海】(ㄆㄞˊ ㄕㄢ ㄉㄠˇ ㄏㄞˇ) 形容聲勢浩大，無法阻擋。例強烈颱風以排山倒海之勢往臺灣撲來，預料將會造成嚴重災情。

【排除萬難】(ㄆㄞˊ ㄔㄨˊ ㄨㄢˋ ㄋㄢˊ) 克服一切困難。比喻達到目的前的辛苦過程。例 劉先生今日的成就，是他排除萬難、努力奮鬥所得來的。

✽安排、編排、大排長龍

11/8
掬
ㄐㄩˊ (jú)

一 扌 扌 扚 扚 扚 扚 扚 掬 掬 掬

動 兩手捧起。如：掬水。

11/8
掏
ㄊㄠ (tāo)

一 扌 扌 扚 扚 扚 扚 掏 掏 掏 掏

動 用手取出東西。如：掏錢。

【掏腰包】(ㄊㄠ ㄧㄠ ㄅㄠ) 指花錢。例 老師掏腰包買禮物，獎勵表現好的同學。

11/8
掐
ㄑㄧㄚ (qiā)

一 扌 扌 扌 扌 掐 掐 掐 掐 掐

動 1用手指捏、按。如：掐脖子。2用指甲刺入、折斷。如：掐朵花。

11/8
推
ㄊㄨㄟ (tuī)

一 扌 扌 扌 扌 扌 扌 推 推 推 推

動 1在物體上施力，使物體移動。如：推車。2擴充；使事情開展。如：推展。3介紹；擁戴。如：推舉。4拒絕。如：推卻。5追查事物的根本。如：推究。6拖延。如：推延。

【推行】(ㄊㄨㄟ ㄒㄧㄥˊ) 廣泛宣導並且實行。例 學校正在推行垃圾分類，希望每位同學都能確實做好。

【推理】(ㄊㄨㄟ ㄌㄧˇ) 用已知的或假設的條件為根據，歸納、尋求事情的真相或事物的原理。

【推測】(ㄊㄨㄟ ㄘㄜˋ) 猜測；預測。例 許多專家推測，未來一年的油價會不斷上漲。

【推廣】(ㄊㄨㄟ ㄍㄨㄤˇ) 擴充；開展。例 政府積極將臺灣農產品推廣到全世界。

【推銷】(ㄊㄨㄟ ㄒㄧㄠ) 利用某種方法向外販售物品。例 業務員努力的推銷公司的產品。

【推翻】ㄊㄨㄟ ㄈㄢ 打倒或改變原本已成立的局面或協定。例阿容的研究結果推翻了原先阿賢的說法。

【推薦】ㄊㄨㄟ ㄐㄧㄢˋ 介紹；擁戴。例老師推薦幾本書給我們閱讀。

【推三阻四】ㄊㄨㄟ ㄙㄢ ㄗㄨˇ ㄙˋ 用各種藉口拒絕。例每次請小明幫點忙，他總是推三阻四。反一口答應。

【推陳出新】ㄊㄨㄟ ㄔㄣˊ ㄔㄨ ㄒㄧㄣ 指一切事物的除舊換新。例商品的廣告要能推陳出新，才能引起顧客的注意。反墨守成規。

※類推、公推、順水推舟

11/8
捨
ㄕㄜˇ (shě) 一 十 扌 扌 扑 扑 拎 拎 拎 捨 捨

動1放棄。如：取捨。2散布。如：施捨。

【捨棄】ㄕㄜˇ ㄑㄧˋ 放棄。例英勇的戰士為了保國衛民，隨時有捨棄生命的準備。

※割捨、依依不捨、難分難捨

11/8
捻
ㄋㄧㄢˇ (niǎn) 一 十 扌 扌 扑 扴 扴 捻 捻 捻 捻

動用手指搓揉東西。如：捻鬍子。

11/8
捩
ㄌㄧㄝˋ (liè) 一 十 扌 扌 扩 扩 护 护 捩 捩 捩

動扭轉。如：轉捩點。

11/8
掄
ㄌㄨㄣˊ (lún) 一 十 扌 扌 扑 扴 扴 拎 掄 掄 掄

動選擇。如：掄才。

ㄌㄨㄣ (lūn) 動揮動。如：掄拳。

11/8
掮
ㄑㄧㄢˊ (qián) 一 十 扌 扌 扩 扩 护 护 掮 掮 掮

動用肩膀扛東西。如：掮貨。

【掮客】ㄑㄧㄢˊ ㄎㄜˋ 替人介紹買賣，並從中賺取佣金的人。

11/8
掀
ㄒㄧㄢ (xiān) 一 十 扌 扌 扩 扩 扩 折 掀 掀 掀

動1將覆蓋或遮住的東西揭開。如：掀開。2吹翻；翻動。如：狂

風把屋頂掀了。

【掀起】(ㄒㄧㄢ ㄑㄧˇ) 1拉開；翻開。例我掀起窗簾，讓陽光透進來。2興起。例由於英語能力檢測的實施，國內掀起一股學習英語的風潮。3由下往上湧起。例狂風掀起了巨浪。

12/8 **掌** ㄓㄤˇ (zhǎng)

名1手心、腳心。如：手掌。2動物的腳底部分。如：熊掌。動1主持；管理。如：掌理。2用手掌拍打。如：掌嘴。

【掌握】(ㄓㄤˇ ㄨㄛˋ) 掌管；控制。例整個活動在老師的掌握下順利進行。

【掌管】(ㄓㄤˇ ㄍㄨㄢˇ) 負責管理。例董事長雖然年事已高，仍堅持親自掌管公司的所有事務。

【掌廚】(ㄓㄤˇ ㄔㄨˊ) 親自下廚。例這頓晚餐是由奶奶親自掌廚的。

【掌上明珠】(ㄓㄤˇ ㄕㄤˋ ㄇㄧㄥˊ ㄓㄨ) 比喻極為寵愛的人。現多用來指極受父母疼愛的女兒。例她是爸媽的掌上明珠。

❀鼓掌、主掌、易如反掌

12/8 **掣** ㄔㄜˋ (chè)

動1拉住；牽引。如：掣肘。2抽出。如：掣劍。

【掣肘】(ㄔㄜˋ ㄓㄡˇ) 比喻阻礙他人行事。例阿良表面上依從大家的意見，暗地裡卻處處掣肘，真是表裡不一。

12/8 **掰** ㄅㄞ (bāi)

動用手把東西分開。如：掰開。

【掰開】(ㄅㄞ ㄎㄞ) 以雙手把東西分開。例小華把麵包掰開，分一半給妹妹。

12/9 **揮** ㄏㄨㄟ (huī)

動1舉起晃動。如：揮手。2發揚；散發。如：揮發。

手

【揮霍】(ㄏㄨㄟ ㄏㄨㄛˋ) 任意浪費財物。例 阿明將父親留給他的財產揮霍一空。

【揮汗如雨】(ㄏㄨㄟ ㄏㄢˋ ㄖㄨˊ ㄩˇ) 形容天氣非常炎熱。例 阿牛在烈日下跑步，沒多久便揮汗如雨。近 汗流浹背。

✽指揮、發揮、借題發揮

12/9
揍 ㄗㄡˋ (zòu)
一 十 扌 扌 扌 扌 扌 扶 扶 揍 揍 揍

動 打。如：揍人。

12/9
插 ㄔㄚ (chā)
一 十 扌 扌 扌 扦 扦 扦 插 插 插 插

動 1刺入。如：倒插。2栽植。如：插秧。3參與；參加。如：插手。

【插手】(ㄔㄚ ㄕㄡˇ) 參與某件事。例 在了解事情的全貌以前，最好先不要插手別人的事。

【插曲】(ㄔㄚ ㄑㄩˇ) 1在電影或戲劇中穿插播放的音樂。2比喻事情進行中，意外發生的小事件。例 在這場演唱會中，發生了歌迷昏倒的小插曲。

【插畫】(ㄔㄚ ㄏㄨㄚˋ) 書籍中為了輔助說明內容所附的圖畫。

【插嘴】(ㄔㄚ ㄗㄨㄟˇ) 不等別人把話說完就插入說話。例 隨便插嘴是一種沒有禮貌的行為。

✽穿插、無心插柳柳成蔭

12/9
揀 ㄐㄧㄢˇ (jiǎn)
一 十 扌 扌 扌 扌 扌 扌 揀 揀 揀 揀

動 1挑選；選取。如：揀選。2拾取。通「撿」。如：揀到錢。

【揀選】(ㄐㄧㄢˇ ㄒㄩㄢˇ) 挑選；選取。例 有些網站的內容不適合兒童觀看，父母應該要小心揀選。

12/9
揠 ㄧㄚˋ (yà)
一 十 扌 扌 扌 扌 扌 扌 扌 揠 揠 揠

動 拔起。如：揠苗。

【揠苗助長】(ㄧㄚˋ ㄇㄧㄠˊ ㄓㄨˋ ㄓㄤˇ) 比喻做事急切，只求速成，不但無益，反而有害。例 教育學生需要極大的耐心，

若是一味打罵，只會造成揠苗助長的效果。近 適得其反。

辨析 從前有一個農夫，想讓稻苗長得快，所以就將田裡的秧苗都拔高了一些。農夫回家後對家人說：「好累呀！我幫稻苗長高了。」他的兒子聽完後，便連忙跑去田裡看，卻發現那些稻苗都枯死了。這便是「揠苗助長」這個成語的由來。

12/9
摒 ㄅㄧㄥˋ (bìng)

動 排除。如：摒斥。

【摒除】ㄅㄧㄥˋ ㄔㄨˊ 排除；除去。例 小美被摒除在這次參賽選手名單之外，讓她非常難過。

12/9
握 ㄨㄛˋ (wò)

動 1用手掌持拿或抓緊。如：拳頭握緊。2掌管；管理。如：掌握。

【握手】ㄨㄛˋ ㄕㄡˇ 兩人的手握在一起，表示友好或親近。例 他們兩人一見面就握手問好。

✽把握、勝券在握、大權在握

12/9
揩 ㄎㄞ (kāi)

動 擦拭。如：揩擦。

【揩油】ㄎㄞ ㄧㄡˊ 比喻占別人或公家的便宜。例 阿成喜歡到處揩油，占別人便宜。

12/9
揉 ㄖㄡˊ (róu)

動 1來回擦或搓。如：揉眼睛。2用手搓弄成一團。如：揉麵團。

12/9
揆 ㄎㄨㄟˊ (kuí)

名 古代稱宰相的職位。現在指總理國政的最高級官員。如：閣揆。動 衡量；推測。如：揆度。

提 12/9

㈠ ㄊㄧˊ

一 十 扌 扌 扣 扣 押 担 担 提 提 提

動 1 將物品懸空拎著。如：提行李。2 往上；往前。如：提高。3 取出。如：提取。4 舉出。如：提議。5 振作。如：提振。6 敘說。如：舊事重提。7 防備。如：提防。

【提防】ㄊㄧˊ ㄈㄤˊ 小心防備。例 外出要注意門窗是否緊閉，以提防小偷。

【提供】ㄊㄧˊ ㄍㄨㄥ 供給；供應。例 運動比賽時，主辦單位會提供礦泉水。

【提倡】ㄊㄧˊ ㄔㄤˋ 宣傳某事物的優點，鼓勵大家使用或實行。例 為了環保，政府提倡使用再生紙，以免砍伐太多樹木。

【提醒】ㄊㄧˊ ㄒㄧㄥˇ 從旁督促，使人注意。例 老師提醒我們寫完試題後要檢查一遍。

【提議】ㄊㄧˊ ㄧˋ 向會議或大眾提出意見。例 爸爸提議星期天全家一起去爬山。近 建議。

【提心吊膽】ㄊㄧˊ ㄒㄧㄣ ㄉㄧㄠˋ ㄉㄢˇ 形容非常驚恐不安。例 自從接到恐嚇電話後，小美便一直提心吊膽，吃不下也睡不好。近 膽戰心驚。

✽前提、小提琴、耳提面命

揚 12/9

ㄧㄤˊ (yáng)

一 十 扌 扌 扣 扣 押 担 担 掲 揚 揚

動 1 高舉；舉起。如：揚帆。2 顯露；宣傳。如：宣揚。3 讚美。如：頌揚。4 在空中飄動。如：飛揚。

【揚名】ㄧㄤˊ ㄇㄧㄥˊ 名聲被大眾所知道。例 代表國家比賽，是揚名國際的好機會。

【揚眉吐氣】ㄧㄤˊ ㄇㄟˊ ㄊㄨˇ ㄑㄧˋ 因為成功或抱負得到實現而得意欣喜的樣子。例 經過不斷的努力，小強終於在本次考試拿到高分，在同學面前揚眉吐氣。

✽讚揚、飄揚、發揚光大

手

揖
12/9

ㄧ (yī)

一 十 扌 扌 扌 扌 扌 扌 揖 揖 揖 揖

㊀動 拱手行禮。如：打躬作揖。

揭
12/9

ㄐㄧㄝ (jiē)

一 十 扌 扌 扌 扌 扌 扌 揭 揭 揭 揭

動 1高舉；拉高。如：揭竿起義。2顯露；公開。如：揭開。3掀開；掀去。如：揭鍋蓋。

【揭穿】ㄐㄧㄝ ㄔㄨㄢ 把真相顯露出來。例小毛變魔術的手法被眼尖的小美揭穿了。反隱瞞。

【揭發】ㄐㄧㄝ ㄈㄚ 將壞人或壞事檢舉出來，使大眾知道。例陳議員揭發了林議員賄選的不法行為。反包庇。

【揭曉】ㄐㄧㄝ ㄒㄧㄠˇ 公布事情的結果。例聯考的錄取名單揭曉，大哥果然考上了理想的學校。近發表。

【揭露】ㄐㄧㄝ ㄌㄨˋ 使原本隱密不明的事物顯露出來。例這次的比賽，揭露了隊員間彼此沒有默契的問題。

辨析 「揭穿」、「揭發」、「揭露」都有「使事實顯露出來」的意思，但在使用上有別：「揭穿」用於揭去人或事的偽裝，使真實的情況完全暴露出來；「揭發」則用於檢舉壞事、壞人，使大眾知道；「揭露」是讓原本不明顯的事徹底顯露出來，讓大家更明白了解。

描
12/9

ㄇㄧㄠˊ (miáo)

一 十 扌 扌 扌 扌 扌 扌 描 描 描

動 1照原來的樣子畫。如：素描。2反覆塗抹。如：越描越黑。

【描述】ㄇㄧㄠˊ ㄕㄨˋ 用語言或文字形容敘述。例張小姐描述了整個車禍發生的經過。

✽白描、掃描、輕描淡寫

揹
12/9

ㄅㄟ (bēi)

一 十 扌 扌 扌 扌 扌 扌 揹 揹 揹

動 用背或肩膀負荷、承擔物品。如：揹嬰孩。

手

12/9
揣
ㄔㄨㄞˇ (chuǎi) 一 丨 扌 扌' 扌" 扌" 扌" 扌" 揣 揣 揣 揣

動 1 猜測。如：揣度。2 藏在懷裡。如：揣在懷裡。

【揣測】ㄔㄨㄞˇ ㄘㄜˋ 推測；猜測。例 大家都在揣測他們倆的關係。近 臆測。

【揣摩】ㄔㄨㄞˇ ㄇㄛˊ 1 猜測；料想。例 劉警官花了很多時間揣摩嫌犯的心理，終於在這次行動中逮捕到嫌犯。2 用心研究，並且加以模仿。例 那位演員花了很多時間揣摩這個角色，演出時果然很成功。

12/9
援
ㄩㄢˊ (yuán) 一 丨 扌 扌' 扌" 扌" 扌" 扌" 扌" 援 援 援

動 1 引用。如：援引。2 幫助。如：救援。3 持拿。如：援筆。4 攀；拉。如：援壁而上。

【援引】ㄩㄢˊ 一ㄣˇ 引用。例 小雅援引孔子的話來證明自己的論點。

【援助】ㄩㄢˊ ㄓㄨˋ 救助；幫助。例 善心人士捐款援助這次水災的受災戶。

【援救】ㄩㄢˊ ㄐ一ㄡˋ 救助。例 救難人員正在援救受困海上的漁民。近 拯救；營救。

❀支援、求援、孤立無援

12/9
捶
ㄔㄨㄟˊ (chuí) 一 丨 扌 扌' 扌" 扌" 扌" 扌" 扌" 捶 捶 捶

名 敲打所用的工具。通「錘」。如：鐵捶。動 敲打。通「搥」。如：捶背。

【捶胸頓足】ㄔㄨㄟˊ ㄒㄩㄥ ㄉㄨㄣˋ ㄗㄨˊ 形容非常悲痛或懊惱的樣子。例 比賽輸了，隊員們個個捶胸頓足，非常難過。反 欣喜若狂。

12/9
揪
ㄐ一ㄡ (jiū) 一 丨 扌 扌' 扌" 扌" 扌" 扌" 扌" 揪 揪 揪

動 抓住；扭住。如：揪住耳朵。

12/9
換
ㄏㄨㄢˋ (huàn) 一 丨 扌 扌' 扌" 扌" 扌" 扌" 扌" 換 換 換

動 1對調。如：交換。2更改；改變。如：變換。

【換取】ㄏㄨㄢˋ ㄑㄩˇ 用交換的方式得到。例大家可以憑邀請卡的截角在櫃臺換取紀念品。

❀替換、轉換、汰舊換新

13/10
搾
ㄓㄚˋ (zhà)
一 扌 扌 扌 扌 扩 扩 扩 扩 搾 搾 搾 搾

動 擠壓。如：搾取。

13/10
搞
ㄍㄠˇ (gǎo)
一 扌 扌 扌 扌 扌 扌 扌 搞 搞 搞 搞 搞

動 做；弄。如：搞什麼。

13/10
搪
ㄊㄤˊ (táng)
一 扌 扌 扌 扩 扩 扩 扩 扩 搪 搪 搪 搪

動 敷衍。如：搪塞。

【搪塞】ㄊㄤˊ ㄙㄜˋ 敷衍了事。例做錯事就要勇於承認，不應該找藉口搪塞。

13/10
搓
ㄘㄨㄛ (cuō)
一 扌 扌 扌 扌 扌 扌 扌 扌 搓 搓 搓 搓

動 用手摩擦、滾動物體。如：搓湯圓。

13/10
搏
ㄅㄛˊ (bó)
一 扌 扌 扌 扌 扌 扌 扌 扌 搏 搏 搏 搏

動 1打鬥。如：肉搏。2求取。如：搏取。3跳動。如：脈搏。

【搏命】ㄅㄛˊ ㄇㄧㄥˋ 拼命。例小松在這場電影中搏命演出，十分敬業。

【搏鬥】ㄅㄛˊ ㄉㄡˋ 1空手打鬥。例警察在與搶匪搏鬥的過程中受了傷。2比喻對抗。例張先生雖然天生是腦性麻痺患者，但他不斷和命運搏鬥，終於成為了不起的畫家。

13/10
搔
ㄙㄠ (sāo)
一 扌 扌 扌 扨 扨 扨 扨 搔 搔 搔 搔 搔

動 1用指甲輕刮。如：搔癢。2擾亂。通「騷」。如：搔動。

【搔擾】ㄙㄠ ㄖㄠˇ 擾亂使人不安。例 小梅最近常受到不明電話的搔擾，只好把電話號碼換掉。

13/10
損 ㄙㄨㄣˇ (sǔn)

一 十 扌 扌 扌' 扌口 捐 捐 捐 捐 捐 捐 損

動 1減少；失去。如：減損。2傷害。如：損傷。3嘲諷別人。如：別損人了。

【損害】ㄙㄨㄣˇ ㄏㄞˋ 傷害；造成損失。例 抽菸會損害身體健康。近 危害。

【損人利己】ㄙㄨㄣˇ ㄖㄣˊ ㄌㄧˋ ㄐㄧˇ 為了獲利而傷害他人。例 你總是做一些損人利己的事，難怪班上同學都不喜歡和你來往。近 自私自利。反 捨己為人。

✽受損、毀損、破損

13/10
搭 ㄉㄚ (dā)

一 十 扌 扌 扌 扌 扌 扌 扌 扌 搭 搭 搭

動 1架設。如：搭帳棚。2乘坐交通工具。如：搭車。3配合。如：搭調。

【搭配】ㄉㄚ ㄆㄟˋ 兩相配合。例 曉芬穿著一套紅色洋裝，搭配一雙米白色的高跟鞋，出席今晚的宴會。

【搭檔】ㄉㄚ ㄉㄤˋ 1一起合作。例 他們倆搭檔做生意，賺了不少錢。2指一起合作的伙伴。

✽一搭一唱、勾肩搭背

13/10
搽 ㄔㄚˊ (chá)

一 十 扌 扌 扌 扌 扌 扌 扌 扌 搽 搽 搽

動 敷上；塗抹。如：搽粉。

13/10
搖 ㄧㄠˊ (yáo)

一 十 扌 扌 扌 扌 扌 扌 扌 扌 搖 搖 搖

動 擺動不定。如：飄搖。

【搖晃】擺動不定。例 地震時，客廳的吊燈不斷搖晃。

【搖籃】1 可以左右搖動的嬰兒寢具。例 小弟在搖籃裡睡得非常安穩。2 比喻事物的發源地或培養人才的地方。例 尼羅河流域是孕育古埃及文明的搖籃。

【搖搖欲墜】形容非常不穩固，隨時有可能倒塌或掉落。例 那幢舊屋經過大地震，已經搖搖欲墜了。近 岌岌可危。反 穩如泰山。

✽招搖、動搖、屹立不搖

13/10

搜 ㄙㄡ (sōu)

動 尋求。如：搜尋。

【搜刮】用各種手段奪取他人的財產。也作「搜括」。例 小偷趁李先生不在家時，潛入屋內將所有貴重物品搜刮一空。

【搜查】尋找檢查。例 警察在案發現場搜查各種證據和線索。

13/10

搗 ㄉㄠˇ (dǎo)

動 1 捶打。如：搗碎。2 破壞；擾亂。如：搗亂。

【搗蛋】故意破壞、找麻煩。例 小弟愛搗蛋，家人都拿他沒辦法。

✽直搗黃龍、點頭如搗蒜

13/10

摀 ㄨˇ (wǔ)

動 1 掩住；蓋住。如：摀住。2 密封；封閉。如：摀起瓶口。

13/10

搥 ㄔㄨㄟˊ (chuí)

動 敲打。如：搥打。

手

【搥打】ㄔㄨㄟˊ ㄉㄚˇ 敲打。例經過不斷的搥打，那鍋糯米飯漸漸變成麻糬。

搶 13/10

一 十 扌 扌 扑 扲 扲 扲 搶 搶 搶

ㄑㄧㄤˇ (qiǎng) 動 奪取。如：搶劫。副 爭先的。如：搶購。

ㄑㄧㄤ (qiāng) 動 碰撞。如：呼天搶地。

【搶先】ㄑㄧㄤˇ ㄒㄧㄢ 爭先。例為了搶先買到新款的手機，阿瑋前一天晚上就去排隊了。

【搶救】ㄑㄧㄤˇ ㄐㄧㄡˋ 緊急快速的救護。例在醫生的搶救下，他終於恢復心跳。

【搶奪】ㄑㄧㄤˇ ㄉㄨㄛˊ 強行奪取他人的東西。例歹徒搶奪路人的皮包後，就騎著機車逃走了。

搬 13/10

ㄅㄢ (bān)

一 十 扌 扌 扌 扚 扚 扚 扚 搬 搬 搬 搬

動 1 挪移；遷移。如：搬運。2 挑撥使人不和。如：搬弄。

【搬弄】ㄅㄢ ㄋㄨㄥˋ 用言語挑撥，使人不和。例小美是個愛搬弄是非的人。

搧 13/10

ㄕㄢ (shān)

一 十 扌 扌 扩 扩 护 扸 扸 搧 搧 搧 搧

動 1 搖動扇子。如：搧涼。2 鼓動；挑撥。通「煽」。如：搧動。

【搧動】ㄕㄢ ㄉㄨㄥˋ 1 搖動。2 用言語鼓動他人行動。通常用在壞事上。也作「煽動」。例那些不良幫派搧動青少年犯罪。

摩 15/11

ㄇㄛˊ (mó)

丶 亠 广 广 庐 庐 庐 庘 庘 麻 麻 麻 麼 麼 摩

動 1 用手撫摸。如：按摩。2 兩物體互相搓擦。如：摩擦。3 互相討論、研究。如：觀摩。4 接近。如：摩天。

【摩擦】(ㄇㄛˊ ㄘㄚ) 1兩物相接觸或來回擦動。2指人與人之間的爭執、不愉快。例他們兩人個性不合，時常起摩擦。

【摩拳擦掌】(ㄇㄛˊ ㄑㄩㄢˊ ㄘㄚ ㄓㄤˇ) 形容精神振奮，準備動手的樣子。例比賽前大夥兒都摩拳擦掌，準備好好表現。近躍躍欲試。

摯

15/11

ㄓˋ (zhì)

一 十 土 去 去 幸 幸 幸 執 執 執 執 摯 摯

形誠懇。如：真摯。

【摯友】(ㄓˋ ㄧㄡˇ) 交情深厚的朋友。近知己。

✽誠摯、懇摯、深摯

摘

14/11

ㄓㄞ (zhāi)

一 十 扌 扌 扌 扌 扌 扌 扌 摘 摘 摘 摘 摘

動1取下；採下。如：摘花。2選取。如：摘要。3脫下。如：摘下帽子。4指責。如：指摘。

【摘要】(ㄓㄞ ㄧㄠˋ) 以簡潔文字提示重點，或指所提示的文字。例先讀過摘要，就能知道一本書的大概內容。

摔

14/11

ㄕㄨㄞ (shuāi)

一 十 扌 扌 扌 扌 扌 扌 扌 扌 扌 扌 摔 摔

動1用力往下扔。如：摔杯子。2跌倒。如：摔倒。

【摔倒】(ㄕㄨㄞ ㄉㄠˇ) 跌倒。例小明雖然在賽跑的時候摔倒，但仍爬起來繼續往前跑。

撇

14/11

一 十 扌 扌 扌 扌 扌 扌 扌 撇 撇 撇 撇 撇

ㄆㄧㄝ (piē) 動拋棄；丟掉。如：撇下不管。

ㄆㄧㄝˇ (piě) 名書法筆畫中由右向左下的斜筆。動斜垂著。如：撇嘴。

【撇開】(ㄆㄧㄝ ㄎㄞ) 把事情放在一邊不管。例阿祥撇開了工作不管，只為了

手

陪伴女友。

❀左撇子、八字還沒一撇

摺
14/11

ㄓㄜˊ (zhé)

摺 摺

(名)用紙疊成，頁數一定的本子。如：存摺。(動)折疊。如：摺成兩半。

【摺疊】ㄓㄜˊ ㄉㄧㄝˊ 重疊的折起來。(例)這種摺疊椅很方便，外出也能攜帶。

撤
14/11

ㄔㄜˋ (chè)

撤 撤

(動)①去除；解除。如：撤除。②退離。如：撤退。

【撤退】ㄔㄜˋ ㄊㄨㄟˋ 軍隊放棄或離開原本占領的地區。(例)眼見局勢不妙，總司令不得已下令全軍撤退。

【撤換】ㄔㄜˋ ㄏㄨㄢˋ 更換。(例)林經理一上任，便撤換許多不認真的員工。

摟
14/11

摟 摟

ㄌㄡ (lōu) (動)①提起；撩起。如：摟起衣裳。②搜刮。如：摟錢。③招攬。如：摟生意。

ㄌㄡˇ (lǒu) (動)擁抱。如：摟在懷裡。

摸
14/11

ㄇㄛ (mō)

摸 摸

(動)①用手輕輕接觸或摩擦。如：觸摸。②探取；尋找。如：摸索。③偷拿。如：偷雞摸狗。

【摸索】ㄇㄛ ㄙㄨㄛˇ 一邊嘗試一邊尋找出道理或方法。(例)經過一段時間的摸索，爸爸終於了解那臺相機的使用方法了。

❀不可捉摸、混水摸魚

摑
14/11

ㄍㄨㄛˊ (guó)

摑 摑

手

14/11
摧
ㄘㄨㄟ (cuī)

一 十 扌 扌 扌' 扌'' 扌'' 扌'' 扌'' 扌'' 摧 摧 摧

動 破壞。如：摧毀。

【摧殘】ㄘㄨㄟ ㄘㄢˊ 破壞；傷害。例 經過整夜風雨的摧殘，街道上一片凌亂。近 蹂躪。

【摧毀】ㄘㄨㄟ ㄏㄨㄟˇ 徹底破壞。例 戰爭摧毀了許多幸福的家庭。

14/11
摻
ㄔㄢ (chān)

一 十 扌 扌 扌 扌 扌 扌 扌 扌 摻 摻 摻 摻

動 混合。如：摻雜。

15/11
摹
ㄇㄛˊ (mó)

丶 丷 艹 艹 艹 艹 苜 苜 荁 莫 莫 莫 莫 蓦 摹

動 ①仿效。如：摹擬。②描寫。如：摹寫。

【摹仿】ㄇㄛˊ ㄈㄤˇ 照原本的樣子做。也作「模仿」。例 小毛很會摹仿各種動物的叫聲。近 臨摹。反 獨創。

15/12
撞
ㄓㄨㄤˋ (zhuàng)

一 十 扌 扌 扌 扌 扌 扌 扌 扌 扌 撞 撞 撞

動 ①敲打。如：撞鐘。②碰擊；衝擊。如：撞到人。③衝突。如：頂撞。④碰巧遇到。如：撞期。

【撞見】ㄓㄨㄤˋ ㄐㄧㄢˋ 無意中碰見。例 老師進教室時，正好撞見小青和阿威在吵架。

✽碰撞、衝撞、橫衝直撞

15/12
撈
ㄌㄠ (lāo)

一 十 扌 扌 扌 扌 扌 扌 扌 扌 扌 撈 撈 撈

動 ①將物品從水裡拿出來。如：撈魚。②獲取；取得。如：大撈一票。

✽捕撈、打撈、大海撈針

15/12
撓 ㄋㄠˊ (náo)

動 ①擾亂；阻礙。如：阻撓。②屈服。如：不屈不撓。③搔；抓。如：撓癢。

15/12
撰 ㄓㄨㄢˋ (zhuàn)

動 編寫書刊；著作文章。如：撰文。

【撰寫】ㄓㄨㄢˋ ㄒㄧㄝˇ 寫作文章。例 這期校刊的序是由校長親自撰寫的。

✽杜撰、修撰、編撰

15/12
撕 ㄙ (sī)

動 扯裂東西。如：撕裂。

【撕破臉】ㄙ ㄆㄛˋ ㄌㄧㄢˇ 比喻公開吵架，感情徹底破裂。例 朋友之間為了這點芝麻小事撕破臉，一點都不值得。近 交惡。反 和好。

15/12
撒 ㄙㄚ (sā)

動 ①放開。如：撒手。②施展。如：撒野。

ㄙㄚˇ (sǎ) 動 散布。如：撒鹽。

【撒嬌】ㄙㄚ ㄐㄧㄠ 刻意做出柔媚可愛的樣子。例 妹妹喜歡向長輩撒嬌。

【撒謊】ㄙㄚ ㄏㄨㄤˇ 說謊。例 做錯事要勇於承認，不可撒謊。

15/12
撥 ㄅㄛ (bō)

名 彈動絃樂器的用具。動 ①用手指移動物體。如：撥開。②分出；挪出。如：撥款。

【撥出】ㄅㄛ ㄔㄨ 抽出；騰出。例 小孟上週撥出時間，到醫院做健康檢查。

【撥雲見日】(ㄅㄛ ㄩㄣˊ ㄐㄧㄢˋ ㄖˋ) 比喻脫離困難或混亂的狀況。例 爺爺的手術很成功，讓小文心情如撥雲見日般開朗起來。

❀劃撥、挑撥、四兩撥千斤

15/12

撩

ㄌㄧㄠˊ (liáo)

形 雜亂；紛亂。如：眼花撩亂。動 ①整理。如：撩髮。②勾引；挑逗。如：撩人。③提起；掀起。如：撩起裙襬。

【撩起】(ㄌㄧㄠˊ ㄑㄧˇ) 提起；掀起。例 大家撩起褲管在小溪裡玩耍。

15/12

撐

ㄔㄥ (chēng)

動 ①支持。如：支撐。②用竹竿抵住水底使船前進。如：撐船。③脹滿。如：吃飽撐著。④張開。如：撐傘。

【撐腰】(ㄔㄥ ㄧㄠ) 從旁或暗中幫助、支持他人。例 阿榮仗著有老闆替他撐腰，說話做事都十分囂張。

【撐竿跳】(ㄔㄥ ㄍㄢ ㄊㄧㄠˋ) 運動項目之一。運動員手握竿狀器材，經過快速的助跑之後，將所持握的長竿撐地，並藉由竿子反彈的力量使身體彈起，躍過空中橫竿。

❀硬撐、宰相肚裡能撐船

15/12

撮

ㄘㄨㄛ (cuō)

動 ①抓取。如：撮些茶葉。②合攏。如：撮口。③拉攏。如：撮合。量 ①計算容量的單位。一公升為一千公撮。②計算成叢的細碎物品的單位。如：一撮頭髮。

【撮合】(ㄘㄨㄛ ㄏㄜˊ) 拉攏；牽合。例 他們兩人的婚事是王太太一手撮合的。

手

手

(反) 拆散。

撲

15/12 ㄆㄨ (pū)

(名) 輕拍而使物體附著的用具。如：粉撲。(動) ①拍打；打擊。如：撲打。②直衝而來。如：飛蛾撲火。③塗抹。如：撲粉。

【撲通】ㄆㄨ ㄊㄨㄥ 形容物體掉入水中所發出的聲音。(例) 青蛙撲通一聲跳下水，濺起了小水花。

【撲鼻】ㄆㄨ ㄅㄧˊ 氣味濃厚，直衝鼻孔。(例) 妹妹一進門，便聞到撲鼻的飯菜香。

【撲朔迷離】ㄆㄨ ㄕㄨㄛˋ ㄇㄧˊ ㄌㄧˊ 形容情況複雜，很難辨別清楚。(例) 這起謀殺案案情撲朔迷離，警方目前還找不出凶手。(近) 盤根錯節。

✽反撲、相撲、餓虎撲羊

播

15/12 ㄅㄛˋ (bò)

(動) ①撒放。如：播種。②散布；宣揚。如：散播。③遷移。如：播遷。

【播映】ㄅㄛˋ ㄧㄥˋ 放映電視或電影節目。(例) 電視上正播映著一部喜劇，全家看得哈哈大笑。

【播種】ㄅㄛˋ ㄓㄨㄥˇ 將種子撒放到土地上。(例) 外婆拿了些菜籽到田裡播種。

✽傳播、轉播、威名遠播

撬

15/12 ㄑㄧㄠˋ (qiào)

(動) 用工具扳開、挑起。如：撬開門板。

撫

15/12 ㄈㄨˇ (fǔ)

(動) ①輕輕的摸。如：撫摸。②安

慰。如：撫慰。③保護照顧。如：撫養。

【撫平】(ㄈㄨˇ ㄆㄧㄥˊ) 安慰而使之平復。例在親友的照顧下，終於漸漸撫平小蓮失戀的傷口。

【撫養】(ㄈㄨˇ ㄧㄤˇ) 保護養育。例小明從小由他母親撫養長大。

※安撫、平撫、愛撫

15/12
撚 ㄋㄧㄢˇ (niǎn)

動 ①用手指捏、搓。如：撚鬍鬚。②驅逐。通「攆」。如：把他撚出去。

17/13
擊 ㄐㄧˊ (jí)

動 ①敲打。如：擊球。②攻打。如：攻擊。③接觸。如：目擊。

【擊敗】(ㄐㄧˊ ㄅㄞˋ) 打敗。例經過漫長的比賽，他終於擊敗對手，獲得勝利。

※反擊、突擊、不堪一擊

17/13
擘 ㄅㄛˋ (bò)

名 ①大拇指。如：擘指。②優秀、重要的人物。如：巨擘。動 ①分開；分裂。如：擘開。②規劃；處理。如：擘劃。

16/13
擅 ㄕㄢˋ (shàn)

動 ①專斷自大，不和人商量。如：擅權。②精通於某項技能。如：擅長。

【擅自】(ㄕㄢˋ ㄗˋ) 未經許可而任意行事。例他擅自離校，被老師逮個正著。

【擅長】(ㄕㄢˋ ㄔㄤˊ) 精通於某方面的專長。例小雲最擅長的科目是英文。

手

16/13
擁 ㄩㄥˇ (yǒng) 一 十 扌 扌 扩 扩 扩 扩 扩 扩 拥 捬 擁 擁 擁

動 1 抱。如：擁抱。2 扶助；支持。如：擁護。3 占有。如：擁有。4 圍著；聚集。如：簇擁。

【擁戴】ㄩㄥˇ ㄉㄞˋ 支持愛戴。例 現任總統十分受到人民的擁戴。

【擁擠】ㄩㄥˇ ㄐㄧˇ 眾人密集在一起。例 現在剛好是下班時間，捷運車廂內非常擁擠。

❋蜂擁、前呼後擁、一擁而上

16/13
擂 ㄌㄟˊ (léi) 一 十 扌 扌 扩 扩 扩 扩 扩 扩 擂 擂 擂 擂

名 武術家比武的高臺。如：擂臺。

動 1 擊打。如：擂鼓。2 研磨。如：擂茶。

❋自吹自擂、大吹大擂

16/13
撻 ㄊㄚˋ (tà) 一 十 扌 扌 扌 扌 扌 扌 扌 扌 撻 撻 撻 撻

動 1 用鞭子或棍子打人。如：鞭撻。2 征伐；討伐。如：撻伐。

16/13
撼 ㄏㄢˋ (hàn) 一 十 扌 扌 扩 扩 扩 扩 扩 扩 扩 撼 撼 撼

動 搖動。如：撼動。

❋震撼、搖撼、蚍蜉撼樹

16/13
擋 ㄉㄤˇ (dǎng) 一 十 扌 扌 扌 扌 扌 扌 扌 扌 擋 擋 擋 擋

動 1 阻攔；抵抗。如：阻擋。2 遮蔽。如：擋風。

【擋箭牌】ㄉㄤˇ ㄐㄧㄢˋ ㄆㄞˊ 比喻用某事或某人來作為推辭的藉口。例 阿信每次被媽媽罵時，總是找疼他的奶奶當擋箭牌。

16/13

據 ㄐㄩˋ (jù)

一 扌 扌 扌 扌 扌 扩 扩 护 护 护 护 據 據 據 據

名 憑證。如：借據。動 1 依據；憑藉。如：根據。2 占領。如：據守。

【據說】ㄐㄩˋ ㄕㄨㄛ 聽別人說。例 據說許先生中了樂透的頭彩，所以才能買下那幢別墅。

【據理力爭】ㄐㄩˋ ㄌㄧˇ ㄌㄧˋ ㄓㄥ 憑著道理，盡力維護自己的觀點或利益。例 這項決議關係到班級利益，我們一定要據理力爭。

✻依據、證據、真憑實據

16/13

擄 ㄌㄨˇ (lǔ)

一 扌 扌 扌 扌 扩 扩 护 护 护 护 擄 擄 擄 擄 擄

動 搶奪；俘虜。如：擄人勒索。

【擄掠】ㄌㄨˇ ㄌㄩㄝˋ 用暴力強奪人口或財物。例 那群土匪不時來村裡擄掠，令村民相當害怕。

16/13

操 ㄘㄠ (cāo)

一 扌 扌 扌 扌 扌 扣 扣 扣 扣 扣 扣 操 操 操 操

名 1 品行；人格。如：節操。2 體力的鍛鍊或軍事演習。如：出操。動 1 持拿。如：操刀。2 掌握；控制。如：穩操勝算。3 做；從事。如：重操舊業。4 花費；使用。如：操心。5 用某種方言或腔調說話。如：操南方口音。

【操心】ㄘㄠ ㄒㄧㄣ 勞費心力。例 小潔非常乖巧懂事，從來不曾讓父母操心。近 擔心。反 放心。

【操作】ㄘㄠ ㄗㄨㄛˋ 控制機器的運作。例 這臺機器按鍵複雜，不好操作。

【操勞】ㄘㄠ ㄌㄠˊ 辛苦勞累。例 他因為太過操勞，所以生病了。

【操之過急】ㄘㄠ ㄓ ㄍㄨㄛˋ ㄐㄧˊ 做事太過急躁。例 體能訓練不可操之過急，否則容易造成運動傷害。

手

✽情操、早操、體操

擇

16/13

ㄗㄜˊ (zé)

動 挑選。如：選擇。

【擇友】ㄗㄜˊ ㄧㄡˇ 挑選朋友。例 不好的朋友會影響我們一輩子，所以擇友一定要謹慎。

✽抉擇、不擇手段、飢不擇食

擔

16/13

ㄉㄢ (dān) 名 用來挑負物品的扁長形器具。通常為竹製或木製。如：扁擔。動 1 用肩膀挑負東西。如：擔柴。2 承受。如：承擔。

ㄉㄢˋ (dàn) 名 指所負的責任。如：重擔。量 1 計算重量的單位。一百公斤為一公擔。2 計算肩上所挑負物品的單位。如：一擔水果。

【擔心】ㄉㄢ ㄒㄧㄣ 心中掛念、憂慮。例 哥哥到深夜還沒回來，讓人擔心。

【擔任】ㄉㄢ ㄖㄣˋ 負責某個職位或任務。例 本學期由吳老師擔任我們的班導師。

【擔當】ㄉㄢ ㄉㄤ 負起責任。例 小鈺是一個勇於擔當的年輕人，老闆非常欣賞他。

✽分擔、負擔、挑重擔

擒

16/13

ㄑㄧㄣˊ (qín)

動 捕捉。如：擒拿。

✽束手就擒、欲擒故縱

撿

16/13

ㄐㄧㄢˇ (jiǎn)

動 1 挑選。如：挑三撿四。2 拾取。如：撿到皮包。

17/13
擎 ㄑㄧㄥˊ (qíng)
丶 丷 艹 艹 芍 芍 苟 苟 苟 茍 茍 敬 敬 擎 擎 擎 擎
動 1高舉。如：擎燈。2拿；持。如：擎劍。3支撐。

17/14
擰 ㄧ 扌 扌 扌 扌 扌 扌 扌 扌 擰 擰 擰 擰 擰 擰 擰 擰
ㄋㄧㄥˇ (nǐng) 動 1手握住物體兩端往反方向扭轉。如：擰乾。2用手指夾住扭轉。如：他擰了我一下。副 使情況尷尬，難以解決。如：把話說擰了。
ㄋㄧㄥˋ (nìng) 形 固執；倔強。如：擰脾氣。

17/14
擦 ㄘㄚ (cā)
一 十 扌 扌 扌 扌 扌 扌 扌 扌 扌 扌 扌 擦 擦 擦 擦
名 用來拂拭的工具。如：橡皮擦。
動 1塗抹。如：擦粉。2拂拭。如：擦地板。3急速的搓、摩。如：摩擦。4貼近。如：擦肩而過。
【擦拭】ㄘㄚ ㄕˋ 將物品抹拭乾淨。例 小朱把玻璃窗擦拭得乾乾淨淨，一點灰塵都看不到。
✽板擦、挨肩擦背、摩拳擦掌

17/14
擠 ㄐㄧˇ (jǐ)
一 十 扌 扌 扌 扌 扌 扌 扌 扌 扌 扌 擠 擠 擠 擠 擠
動 1排斥；排除。如：排擠。2緊靠在一起。如：擠在一起。3用力壓榨。如：擠牛奶。4鑽入；用力進入。如：擠上公車。形 空間小而所裝內容多。如：擁擠。
【擠壓】ㄐㄧˇ ㄧㄚ 對物體兩側或上方施加壓力。例 這盒蛋糕在運送過程中，被擠壓變形了。

17/14
擬 ㄋㄧˇ (nǐ)
一 十 扌 扌 扌 扌 扌 扌 擬 擬 擬 擬 擬 擬

動 1 模仿。如：模擬。2 計劃；打算。如：研擬。3 編寫；起草。如：擬稿。4 比喻。如：比擬。

【擬定】(ㄋㄧˇ ㄉㄧㄥˋ) 預先研擬、確定。例 這項方案必須在開會前就先擬定。

【擬稿】(ㄋㄧˇ ㄍㄠˇ) 打草稿。例 他正在為下禮拜的演講擬稿，不想被人打擾。

✽虛擬、原擬、草擬

17/14

擱

ㄍㄜ (gē)

一 十 扌 扌 扌 扌 扌 扌 扪 扪 扪 扪 捫 捫 擱 擱 擱

動 1 放。如：擱在桌上。2 停頓；延遲。如：耽擱。

【擱淺】(ㄍㄜ ㄑㄧㄢˇ) 1 水生哺乳動物或船隻困在礁石或沙灘上，無法行動。例 那片海域下有許多礁石，一不小心漁船就會擱淺。2 比喻事情受到阻礙，無法順利進行。例 這次的歌唱比賽因為下大雨而擱淺了。

17/14

擤

ㄒㄧㄥˇ (xǐng)

一 十 扌 扌 扌 扌 扌 扌 扌 扌 扌 扌 擤 擤

動 用手捏住鼻子，使勁將鼻涕排出。如：擤鼻涕。

18/15

擴

ㄎㄨㄛˋ (kuò)

一 十 扌 扌 扩 扩 扩 扩 扩 扩 扩 扩 擴 擴 擴

動 放大；推廣。如：擴大。

【擴散】(ㄎㄨㄛˋ ㄙㄢˋ) 散布出去。例 衛生單位撲殺了所有受感染的家禽，以防止疫情擴散。

18/15

擲

ㄓˋ (zhì)

一 十 扌 扌 扌 扌 扌 扌 扌 扌 扌 擲 擲 擲 擲

動 丟；拋。如：投擲。

【擲地有聲】(ㄓˋ ㄉㄧˋ ㄧㄡˇ ㄕㄥ) 形容言語、文辭非常有價值。例 葉教授所發表的論文擲地有聲，相當受到學術界的重視。

✽虛擲、拋擲、一擲千金

攆 18/15

ㄋㄧㄢˇ (niǎn)

動驅逐。如：攆出家門。

擾 18/15

ㄖㄠˇ (rǎo)

形混亂。如：擾攘。動1使事物混亂。如：干擾。2受人招待的客氣話。如：叨擾。

【擾亂】ㄖㄠˇ ㄌㄨㄢˋ 破壞秩序或規律。例隔壁鄰居的吵架聲，嚴重擾亂了社區的安寧。

✽打擾、騷擾、庸人自擾

擻 18/15

ㄙㄡˇ (sǒu)

見「抖擻」。

擺 18/15

ㄅㄞˇ (bǎi)

名能夠左右搖動的物體。如：鐘擺。動1搖動。如：搖擺。2陳列；放置。如：擺設。3裝出某種姿態。如：擺架子。4排除。如：擺脫。

【擺脫】ㄅㄞˇ ㄊㄨㄛ 設法脫離某人或某一種情況。例鄭小姐走入人多擁擠的地方，企圖擺脫跟蹤她的人。

【擺架子】ㄅㄞˇ ㄐㄧㄚˋ ˙ㄗ 裝出驕傲自大的樣子，以顯示自己的身分尊貴。例白小姐說話時總愛擺架子，難怪大家都不喜歡她。

✽停擺、搖頭擺尾、大搖大擺

攀 19/15

ㄆㄢ (pān)

動1用手拉住固定的點往上爬。

如：攀岩。2牽扯；依附。如：攀親帶故。3摘；折。如：攀折。

【攀折】（ㄆㄢ ㄓㄜˊ）把東西拉下來折斷。例不可隨意攀折公園裡的花木。

【攀登】（ㄆㄢ ㄉㄥ）用手抓住東西往上爬。例想要攀登喜馬拉雅山，必須要有過人的體力和毅力。

※高不可攀、節節攀高

19/16

攏 ㄌㄨㄥˇ (lǒng)

動 1聚合；聚集。如：收攏。2靠近。如：靠攏。3梳理。如：攏一攏頭髮。

※併攏、拉攏、合攏

20/17

攘 ㄖㄤˇ (rǎng)

形 紛亂；混亂。如：擾攘。動 1排斥。如：攘夷。2侵略；掠奪。如：攘奪。3捲起。如：攘袖。

※熙熙攘攘、紛紛攘攘

20/17

攔 ㄌㄢˊ (lán)

動 抵擋；阻礙。如：阻攔。介 當；對著。如：攔腰一抱。

【攔阻】（ㄌㄢˊ ㄗㄨˇ）阻止；阻擋。例他一旦決定要做，就沒人攔阻得了。

【攔截】（ㄌㄢˊ ㄐㄧㄝˊ）從中途阻擋，截斷去路。例由於接到可靠的密報，警方成功攔截歹徒的走私活動。

20/17

攙 ㄔㄢ (chān)

動 1牽扶；挽著。如：攙扶。2混雜。如：攙合。

【攙雜】（ㄔㄢ ㄗㄚˊ）把各種不同的東西混合在一起。例這一小碗作料中，攙雜了蔥、薑、蒜及醬油。

手

手

21/18

攝 ㄕㄜˋ (shè)

動 1代理。如：攝政。2吸取；吸收。如：攝取。3捕捉；獵取。如：拍攝。

【攝取】ㄕㄜˋ ㄑㄩˇ 吸取；吸收。例在日常飲食中，要注意攝取均衡的營養。

【攝影】ㄕㄜˋ ㄧㄥˇ 照相或拍電影。例小銘的攝影作品獲得評審讚賞。

21/18

攜 ㄒㄧ (xī)

動 1帶領。如：提攜。2牽；拉。如：扶老攜幼。

【攜帶】ㄒㄧ ㄉㄞˋ 將東西帶在身上。例小莉習慣隨身攜帶手帕。

23/19

攣 ㄌㄨㄢˊ (luán)

動 手腳彎曲不能伸直。如：痙攣。

22/19

攤 ㄊㄢ (tān)

名 擺放物品販賣的地方。如：水果攤。動 1展開。如：攤開。2分擔。如：分攤。

【攤販】ㄊㄢ ㄈㄢˋ 沒有固定店面，在地上、推車等處販賣物品的商人。

【攤開】ㄊㄢ ㄎㄞ 展開；打開。例爸爸一回家就會攤開報紙來看。

【攤牌】ㄊㄢ ㄆㄞˊ 1玩牌時，把手裡所有的牌亮出來，與對方比較，以決勝負。2比喻事情發展到最後，將自己的意見、欲望和目的等，坦白

告訴對方。例陳姐姐決定向王大哥攤牌，告訴王大哥她真正的想法。

✽地攤、書攤、路邊攤

攢 22/19

一 十 扌 …… 攢

ㄗㄢˇ (zǎn) 動 積蓄。如：攢錢。

ㄘㄨㄢˊ (cuán) 動 聚集。如：攢聚。

攫 23/20

ㄐㄩㄝˊ (jué) 一 十 扌 …… 攫

動 1 鳥獸用爪捕捉獵物。如：老鷹攫了一隻兔子。2 爭奪。如：攫奪。

【攫取】ㄐㄩㄝˊ ㄑㄩˇ 奪取；抓取。例這隻老鷹準備攫取在地上覓食的小雞。

攪 23/20

ㄐㄧㄠˇ (jiǎo) 一 十 扌 …… 攪

動 1 擾亂。如：打攪。2 混合；拌合。如：攪拌。

【攪亂】ㄐㄧㄠˇ ㄌㄨㄢˋ 弄亂。例弟弟把我剛整理好的房間又攪亂了。

攬 24/21

ㄌㄢˇ (lǎn) 一 十 扌 …… 攬

動 1 把持；掌握。如：獨攬大權。2 招來；拉攏。如：招攬。3 用手臂抱住。如：攬在懷裡。

✽包攬、總攬、延攬

支部 ㄓ

支 4/0

ㄓ (zhī)

名 地支的簡稱。如：干支。形 從旁分出的。如：支流。動 1 維持；承受。如：體力不支。2 付錢。如：

收支。3領取。如：預支。4派遣；叫人離開。如：支使。副分散；不完整。如：支離破碎。量1計算隊伍的單位。如：一支軍隊。2計算歌曲的單位。如：一支民謠。

【支付】ㄓ ㄈㄨˋ 付出錢財。例由於爺爺生病住院，因此我們得支付一筆龐大的醫藥費。

【支出】ㄓ ㄔㄨ 付出；花費。例這個月支出太多，零用錢已經花光了。近開銷。反收入。

辨析「支付」與「支出」都有「花費錢財」的意思。「支付」多用來指付出某一次的花費；「支出」則多用於統計某一段時間內的總花費。

【支持】ㄓ ㄔˊ 1維持。例這間公司能夠支持這麼久，都是因為全體員工的努力。2贊成；幫助。例全班表決支持小璇好書交換的提議。

【支援】ㄓ ㄩㄢˊ 扶持；幫助。例班級事務要靠全體同學互相支援，合力完成。

【支撐】ㄓ ㄔㄥ 1承受重量或壓力。2支持；維持。例阿益雖然腳受傷，但他靠著意志力支撐，終於跑完全程。

【支支吾吾】ㄓ ㄓ ㄨˊ ㄨˊ 用勉強、不太合理的話來應付他人。例媽媽問弟弟漫畫書是哪來的，他卻支支吾吾說不清楚。近閃爍其詞。反直言不諱。

✽分支、透支、獨木難支

攴 ㄆㄨ 部

6/2 **收** ㄕㄡ (shōu) ㄴ ㄐ 屮 屮 收 收

動1捕捉。如：收押。2割取成熟的農作物。如：秋收冬藏。3接到；

支
攴

接受。如：收信。④取回屬於自己的東西。如：收回。⑤獲得；索取。如：收費。⑥結束。如：收工。⑦容納；放置。如：收留。⑧縮起來。如：收縮。⑨約束；控制。如：收心。

【收入】ㄕㄡ ㄖㄨˋ 在一定期間內所得到的錢。反支出。

【收拾】ㄕㄡ ㄕˊ ①整理散亂的東西。例媽媽把房間收拾得非常整齊。②折磨；教訓。例媽媽叫弟弟去寫作業，否則等她忙完會好好收拾他。

【收集】ㄕㄡ ㄐㄧˊ 把同類的東西集中在一起。例小彥收集了許多古錢幣。

【收藏】ㄕㄡ ㄘㄤˊ ①將東西收起來安放好。例小凱收藏了許多郵票，其中他最喜歡的是職棒明星套票。②所收集保存的各項物品。例這些模型車是弟弟最珍愛的收藏。

【收穫】ㄕㄡ ㄏㄨㄛˋ 原指割取成熟的農作物，後比喻所得到的成果或利益。例想在成績上有所收穫，就必須勤奮念書。

※回收、吸收、沒收

7/3

改 ㄍㄞˇ (gǎi)

動①變動；更換。如：更改。②修正。如：修改。

【改造】ㄍㄞˇ ㄗㄠˋ 重新製造。例那些廢棄的木板經過媽媽的巧手改造後，變成了可愛的擺飾。

【改進】ㄍㄞˇ ㄐㄧㄣˋ 使舊有的狀況進步、變得更好。同「改良」。例研發人員改進生產技術，使產品變得更好。

【改過】ㄍㄞˇ ㄍㄨㄛˋ 修正錯誤。同「改正」。例發現錯誤就要勇於改過。

【改寫】ㄍㄞˇ ㄒㄧㄝˇ ①將原先的作品修改重寫。例醜小鴨的故事被許多人改寫成不同的版本。②比喻創造新紀

錄。例吳同學跑百米的速度，改寫了校運會的紀錄。

【改邪歸正】ㄍㄞˇ ㄒㄧㄝˊ ㄍㄨㄟ ㄓㄥˋ 改掉過去不好的行為，回到正道。例大明曾因交友不慎而誤入歧途，自從接觸宗教後便決心改邪歸正，重新做人。近洗心革面。反執迷不悟。

✽悔改、痛改前非、知錯能改

攻

7/3 ㄍㄨㄥ (gōng)

動1用武力打擊敵人。如：進攻。2指責；責備。如：攻訐。3努力從事；專門研究。如：攻讀。

【攻擊】ㄍㄨㄥ ㄐㄧ 1打擊敵人。例校際躲避球決賽時，我們展開全力攻擊，最後贏得比賽。2批評；指責。例鄭教授因發表了帶有歧視女性意味的文章，受到社會大眾的攻擊。

【攻讀】ㄍㄨㄥ ㄉㄨˊ 努力讀書或專門研究某一門學問。例叔叔決定要出國攻讀醫學博士學位。

✽反攻、專攻、不攻自破

放

8/4 ㄈㄤˋ (fàng)

動1驅逐。如：流放。2解除約束；使自由。如：釋放。3擴大；擴展。如：放大。4安心。如：放心。5分發；發出。如：大放光芒。6開。如：百花齊放。7安置；擱置。如：放在桌上。

【放心】ㄈㄤˋ ㄒㄧㄣ 安心。例媽媽檢查過家中的水電、瓦斯開關後，才放心的出門。

【放棄】ㄈㄤˋ ㄑㄧˋ 捨棄不要。例因為腳踝扭傷，他只好放棄參賽。反堅持。

【放榜】ㄈㄤˋ ㄅㄤˇ 公布考試錄取者的名單。例明天會考就要放榜了，阿清緊張得睡不著覺。

【放縱】ㄈㄤˋ ㄗㄨㄥˋ 1不加管束。例奶奶放縱弟弟一直看電視，讓媽媽很苦

惱。2行為隨便，不守禮節。例大哥放縱慣了，一時無法適應規律的上班生活。

【放鬆】ㄈㄤˋ ㄙㄨㄥ 從緊繃的狀況舒展開來。例賴叔叔每年都會出國度假，讓自己放鬆一下。

✽發放、綻放、心花怒放

9/5
政 ㄓㄥˋ (zhèng)

一 丅 下 正 正 正 政 政 政

名 1眾人的事。如：國政。2國家公務部門主管的事務。如：財政。

【政府】ㄓㄥˋ ㄈㄨˇ 國家統治機構的總稱。具有為社會制定法律的權力，以及為民服務的功能。

【政治】ㄓㄥˋ ㄓˋ 治理國家一切活動的總稱。

【政黨】ㄓㄥˋ ㄉㄤˇ 一群理想、政治主張相同的人，為實現共同政見所組織的團體。

✽內政、仁政、執政

9/5
故 ㄍㄨˋ (gù)

一 十 十 古 古 古 古 故 故

名 1原因。如：緣故。2意外的事情、事件。如：事故。3好友；舊識。如：一見如故。形 1舊的；以前的。如：故鄉。2死去的。如：故總統。動 死亡。如：病故。副 存心；有意的。如：明知故犯。

【故事】ㄍㄨˋ ㄕˋ 1從前發生的事。2傳說；不真實的事情。

【故意】ㄍㄨˋ ㄧˋ 存心；有意的。例小靜故意裝出很可憐的樣子，以博取大家的同情。

【故障】ㄍㄨˋ ㄓㄤˋ 機器發生毛病。例表哥的車子故障了，只好打電話請爸爸去接他。

【故態復萌】ㄍㄨˋ ㄊㄞˋ ㄈㄨˋ ㄇㄥˊ 舊毛病或壞習慣再度出現。例老師前兩天才訓誡小祥不要欺負女生，今天他又故態復萌，完全忘了老師的話。

✽變故、世故、無緣無故

10/6
效
ㄒㄧㄠˋ (xiào) 亠 六 亣 交 交 効 効 效 效

㊔功用。如：成效。㊌①模仿。如：仿效。②盡力奉獻。如：效力。

【效果】ㄒㄧㄠˋ ㄍㄨㄛˇ ①事物所產生的作用、影響。㊞這些藥我吃了好一陣子，卻完全感受不到任何效果。②戲劇、舞臺上為配合劇情需要所製造的聲光、音響等。如：槍炮聲、風雨聲、閃電等。

【效法】ㄒㄧㄠˋ ㄈㄚˇ 學習；模仿。㊞我們要效法小菁知錯能改的勇氣。

✽功效、績效、見效

10/6
敉
ㄇㄧˇ (mǐ) 丶 丷 丬 半 米 米 米 籵 敉 敉

㊌平定。如：敉平。

11/7
敝
ㄅㄧˋ (bì) 丶 丷 丬 㣺 㣺 尚 尚 尚 敝 敝 敝

㊒①破敗的。如：破敝。②自謙的用語。如：敝人。

11/7
救
ㄐㄧㄡˋ (jiù) 一 十 才 才 求 求 求 求 求 救 救

㊌①幫助人脫離危難。如：拯救。②治療。如：急救。

【救援】ㄐㄧㄡˋ ㄩㄢˊ 拯救幫助。㊞颱風造成山區土石崩塌，對外交通中斷，有許多居民需要外界的救援。

【救濟】ㄐㄧㄡˋ ㄐㄧˋ 用金錢或物品去幫助困苦的人。㊞莊伯伯決定捐一筆錢，救濟貧困的獨居老人。㊢賑濟。

✽搶救、求救、無藥可救

11/7
敖
ㄠˊ (áo) 一 十 土 圭 圭 考 考 考 敖 敖

㊌出外遊玩。通「遨」。如：敖遊。

11/7
敕
ㄔˋ (chì) 一 ㄧ 冖 戸 戸 申 申 東 東 東 敕

㊔①帝王的命令。如：敕命。②道士畫在符上用來請神驅鬼的命令。如：敕令。

攴

教 11/7

一 十 土 耂 耂 考 孝 孝 孝 孝 教

ㄐㄧㄠˋ (jiào) 名 1禮儀；規矩。如：禮教。2因思想、信仰相同而聚集在一起的團體。如：宗教。動 1傳授；指導。如：教育。2訓誡管理。如：管教。3使；讓。如：教人受不了。

ㄐㄧㄠ (jiāo) 動 傳授知識技能給人。如：教書。

【教育】(ㄐㄧㄠˋ ㄩˋ) 1指導、啟發，使人明白道理。例馬小姐擔任老師數十年，教育出許多人才。2依一定計畫或目標，引導人達到身心健全或獲得知識技能的一切活動。

【教訓】(ㄐㄧㄠˋ ㄒㄩㄣˋ) 1訓誡。例弟弟把玩具丟了一地，被媽媽教訓了一頓。2從挫折或錯誤中所吸取的經驗。例經過這次的教訓，他以後行事應該會更加小心。

【教堂】(ㄐㄧㄠˋ ㄊㄤˊ) 天主教、基督教教徒聚集或舉行儀式的場所。

【教授】(ㄐㄧㄠˋ ㄕㄡˋ) 1大學中職等最高的教師。2傳授知識或技能。

【教養】(ㄐㄧㄠˋ ㄧㄤˇ) 1養育長大並且使之明白道理。例父母有教養子女的責任。2指人的修養。例小明是位很有教養的年輕人，不但舉止大方，對人也很有禮貌。

【教導】(ㄐㄧㄠˋ ㄉㄠˇ) 訓誡和指導。例老師除了教導我們書本上的知識外，還有許多待人接物的道理。

✽家教、身教、因材施教

敗 11/7

ㄅㄞˋ (bài)

丨 冂 冃 月 目 目 貝 貝 貝' 貝ㄅ 敗

名 戰爭失利；事情不成功。如：失敗。形 衰亡。如：衰敗。動 1毀壞。如：敗壞。2腐爛；變味。如：腐敗。

【敗北】ㄅㄞˋ ㄅㄟˇ 1戰敗逃亡。例敵軍已經敗北，近日內便會投降。2在比賽中被打敗。例這場比賽我們不幸敗北，但大家並沒有灰心，仍然努力迎接下一場比賽。

【敗壞】ㄅㄞˋ ㄏㄨㄞˋ 損毀；破壞。例那些民意代表一言不合便打起來了，真是敗壞國家形象。

✽勝敗、反敗為勝、身敗名裂

11/7
敍

ㄒㄩˋ (xù) ノ 𠆢 今 𠆢 令 余 余 叙 釸 敍 敍

名文體的一種。通常放在正文的前面，內容大多關於寫書的動機、經過、全書大意或是評論。通「序」。動1用文字記述。如：記敘。2聚會聊天。如：小敘。

【敍述】ㄒㄩˋ ㄕㄨˋ 描述；說明。例小美向朋友敘述她出國旅遊時發生的種種趣事。近陳述。

11/7
敏

ㄇㄧㄣˇ (mǐn) ノ 𠂉 𠂉 有 每 每 每 每 每 敏 敏

形1快速。如：敏捷。2聰明。如：聰敏。

【敏捷】ㄇㄧㄣˇ ㄐㄧㄝˊ 靈巧迅速。例阿龍打球時，身手敏捷，沒人守得住他。

【敏銳】ㄇㄧㄣˇ ㄖㄨㄟˋ 聰明靈活，反應迅速。例柯南的觀察力敏銳，總是能發現問題的核心。

辨析「敏銳」是形容思想、智慧機靈；「敏捷」是形容動作靈巧迅速。

✽靈敏、過敏、機敏

11/7
啟

ㄑㄧˇ (qǐ) 丶 ㄏ 戶 戶 戶 启 启 启 启 啟 啟

動1開導；使明白。如：啟發。2開始；動身。如：啟用。3打開。如：開啟。

【啟事】ㄑㄧˇ ㄕˋ 用於公開說明某事而登在刊物上或張貼出來的簡短文

字。如：尋狗啟事、徵人啟事等。

【啟發】(ㄑㄧˇ ㄈㄚ) 用開導、提醒的方式，引發他人思考某道理。例老師設計許多討論課程，希望能啟發我們的思考能力。近啟迪。

【啟程】(ㄑㄧˇ ㄔㄥˊ) 動身出發。例表哥明天一早便要啟程前往英國，開始他的留學生涯。

❀承上啟下、承先啟後

12/8
敦
ㄉㄨㄣ (dūn)

丶 亠 亠 亡 亩 亨 亨 享 享 享 敦 敦

形 忠厚；誠實。如：敦厚。動 修養。如：敦品勵學。副 誠懇的。如：敦請。

【敦厚】(ㄉㄨㄣ ㄏㄡˋ) 忠厚老實。例李先生人品敦厚，值得信賴。

【敦親睦鄰】(ㄉㄨㄣ ㄑㄧㄣ ㄇㄨˋ ㄌㄧㄣˊ) 寬厚的對待親人，與鄰居和諧相處。例如果人人都能做到敦親睦鄰，社會便會祥和安樂。

12/8
敢
ㄍㄢˇ (gǎn)

一 丅 工 干 干 干 百 百 百 百 百 敢

形 奮勇的；有膽量的。如：勇敢。副 對人說話時，表示冒昧的客氣話。如：敢問。

❀不敢、膽敢、敢做敢當

12/8
散
ㄙㄢˋ (sàn)

一 十 卄 卄 廾 昔 昔 昔 昔 散 散 散

動 1分離。如：分散。2分布；撒出。如：散播。3消失。如：消散。4排除；排遣。如：散心。

ㄙㄢˇ (sǎn) 名 粉末狀的藥物。如：胃散。形 1悠閒的；安逸的。如：閒散。2零碎的；不緊湊的。如：鬆散。

【散布】(ㄙㄢˋ ㄅㄨˋ) 分布到各處。例約翰的家人散布在美國各地。

【散步】(ㄙㄢˋ ㄅㄨˋ) 隨意走動。例爸爸和媽媽飯後都會到附近的公園散步。

【散發】(ㄙㄢˋ ㄈㄚ) 發出。例 這朵荷花散發出淡淡的香味。

【散亂】(ㄙㄢˋ ㄌㄨㄢˋ) 凌亂；雜亂。例 弟弟房裡的書總是散亂一地。

✽失散、懶散、一哄而散

12/8
敞
ㄔㄤˇ (chǎng)

形 寬闊。如：寬敞。動 張開；打開。如：敞開大門。

【敞開】(ㄔㄤˇ ㄎㄞ) 打開。例 經過朋友的勸告，小娟終於決定敞開心胸，原諒阿成。反 關閉。

13/9
敬
ㄐㄧㄥˋ (jìng)

動 1 尊重。如：尊敬。2 獻上。如：敬酒。副 慎重的；恭敬的。如：敬賀。

【敬佩】(ㄐㄧㄥˋ ㄆㄟˋ) 尊敬且佩服。例 她捨己救人的精神令人敬佩。近 欽佩。

【敬老尊賢】(ㄐㄧㄥˋ ㄌㄠˇ ㄗㄨㄣ ㄒㄧㄢˊ) 尊敬年紀大和賢能有德的人。例 如果人人都能敬老尊賢，社會將會更加和諧。

✽孝敬、致敬、相敬如賓

14/10
敲
ㄑㄧㄠ (qiāo)

動 1 擊打。如：敲門。2 詐騙錢財；勒索。如：敲詐。3 探究；琢磨。如：推敲。

【敲詐】(ㄑㄧㄠ ㄓㄚˋ) 用恐嚇、欺騙的手段，勒索他人的財物。例 最近有歹徒以幫助地震受災戶的名義向民眾敲詐，大家要特別小心。

15/11
敵
ㄉㄧˊ (dí)

名 仇人。如：敵人。形 能力相當。如：勢均力敵。動 對抗；抵拒。如：萬夫莫敵。

【敵意】(ㄉㄧˊ ㄧˋ) 對他人或團體所懷的不滿或憤恨的態度。㊄自從我不小心弄壞小明的玩具之後，小明看我的眼神就充滿了敵意。㊇善意。

※無敵、如臨大敵、棋逢敵手

15/11

敷

ㄈㄨ (fū)

㊁ 1 塗抹。如：敷藥。2 足夠。如：入不敷出。

【敷衍】(ㄈㄨ ㄧㄢˇ) 做事隨便、不認真。㊄小平做事的態度很敷衍，因此時常出差錯。

※冷敷、熱敷、冰敷

15/11

數

ㄕㄨˋ (shù) ㊔ 1 計算事物的多寡。如：人數。2 道理；規矩。如：禮數。㊂幾個；若干。表示不確定的量。如：數十個。

ㄕㄨˇ (shǔ) ㊁ 1 計算。如：數一數。2 責備。如：數落。

ㄕㄨㄛˋ (shuò) ㊓屢次；經常。如：數見不鮮。

ㄘㄨˋ (cù) (限讀) ㊂細密的。如：數罟。

【數落】(ㄕㄨˇ ㄌㄨㄛ˙) 指責他人的過錯。㊄小順又忘了把書包帶回家，因此被媽媽數落了一頓。

【數一數二】(ㄕㄨˇ ㄧ ㄕㄨˇ ㄦˋ) 形容非常出色。㊄小銘的成績在班上是數一數二的。

※變數、屈指可數、如數家珍

16/12

整

ㄓㄥˇ (zhěng)

㊂ 1 端正；齊一。如：整齊。2 完全；全部。如：完整。3 剛好達到某一數量，不帶零頭。如：整數。

㊁ 1 使散亂的事物有條理。如：整

頓。2使人吃苦頭；使人為難。如：整人。

【整理】(ㄓㄥˇ ㄌㄧˇ) 收拾；使散亂的事物變得有條理。例小志的房間好亂，我想應該整理一下了。

【整齊】(ㄓㄥˇ ㄑㄧˊ) 有秩序不凌亂。例阿祥寫的字很整齊。

✽調整、重整、衣冠不整

斃 17/13

ㄅㄧˋ (bì)

動死亡。如：槍斃。

✽擊斃、暴斃、坐以待斃

斂 17/13

ㄌㄧㄢˋ (liàn)

動1收起；停住。如：斂步。2積聚；收集。如：橫徵暴斂。3約束。如：收斂。

【斂財】(ㄌㄧㄢˋ ㄘㄞˊ) 聚集財富。多有負面的意思。例里長用不法手段斂財的事，已被人檢舉了。

文部 ㄨㄣˊ

文 4/0

、亠ㄘ文

ㄨㄣˊ (wén) 名1事物的現象。如：天文。2記錄語言的符號。如：文字。3集合字句而成的篇章。如：文章。4禮節；制度；儀式。如：繁文縟節。5外表。與「質」相對。如：文質彬彬。形1高雅；有修養。如：斯文。2溫和的。如：文火。3非軍事的。與「武」相對。如：文官。量古代計算錢幣的單位。如：一文錢。

ㄨㄣˋ (wèn) 動掩飾。如：文過飾非。

【文學】(ㄨㄣˊ ㄒㄩㄝˊ) 用語言文字表達感情、思想和想像的藝術。如：小說、詩歌、戲劇等。

【文憑】(ㄨㄣˊ ㄆㄧㄥˊ) 用來作為證明的文書資料。現多指學校發給學生的畢業證書。

【文靜】(ㄨㄣˊ ㄐㄧㄥˋ) 溫和安靜。例小靈是個文靜的女孩，下課時，常坐在位置上看書。反活潑。

【文過飾非】(ㄨㄣˊ ㄍㄨㄛˋ ㄕˋ ㄈㄟ) 掩飾過錯不使人知道。例做錯事就要勇於承認，不要總是文過飾非。

【文質彬彬】(ㄨㄣˊ ㄓˋ ㄅㄧㄣ ㄅㄧㄣ) 形容人舉止文雅端莊。例吳老師文質彬彬的氣質，在校長心中留下很好的印象。

❀散文、溫文儒雅、身無分文

12/8
斌 ㄅㄧㄣ (bīn)

形 外在和內在都很美好。通「彬」。如：文質斌斌。

12/8
斑 ㄅㄢ (bān)

名 1雜色的細點或條紋。如：雀斑。2一小部分。如：可見一斑。
形 色彩鮮明的。如：斑斕。

【斑白】(ㄅㄢ ㄅㄞˊ) 頭髮黑白交雜。表示年老。例才幾年不見，陳伯伯的頭髮已經斑白了。

【斑馬】(ㄅㄢ ㄇㄚˇ) 哺乳類。外形像馬，全身有明顯的黑白條紋。

【斑馬線】(ㄅㄢ ㄇㄚˇ ㄒㄧㄢˋ) 在交通頻繁的道路畫上斑馬紋，令車輛注意慢行、使行人優先通行的交通標誌。

12/8
斐 ㄈㄟˇ (fěi)

形 文采華麗的樣子。如：斐然。

【斐然】(ㄈㄟˇ ㄖㄢˊ) 1文采華麗的樣子。例小莉的作文斐然成章，難怪會得到老師的誇讚。2成果輝煌的樣子。例學校力行資源回收和垃圾減量

的政策，成績斐然。

斕 21/17

ㄌㄢˊ (lán)

(形) 顏色鮮明且錯雜的樣子。如：斑斕。

斗部

斗 4/0

ㄉㄡˇ (dǒu)

(名) 1 量米的工具。有柄，口大底小。2 過濾、分離或灌注液體的一種工具。如：漏斗。(形) 狹小的。如：斗室。(量) 計算容量的單位。一公斗為十公升。

【斗笠】ㄉㄡˇ ㄌㄧˋ 用竹葉或筍殼編成的寬邊帽，可以用來遮蔽日晒雨淋。

✽菸斗、熨斗、筋斗

料 10/6

ㄌㄧㄠˋ (liào)

(名) 1 泛指一切可供製造或使用的物質。如：材料。2 有某種資質或潛力的人。如：他是讀書的料。(動) 1 猜測。如：預料。2 照顧。如：照料。

【料理】ㄌㄧㄠˋ ㄌㄧˇ 1 照顧處理。(例) 爸媽忙著料理家務和工作，非常辛勞。2 烹飪或菜餚。(例) 炸豬排是道美味的料理。

【料想】ㄌㄧㄠˋ ㄒㄧㄤˇ 猜測；預測。(例) 弟弟會主動說要幫忙拖地，是媽媽作夢也料想不到的事。

✽原料、資料、真材實料

斜 11/7

ㄒㄧㄝˊ (xié)

(形) 歪；不正。如：歪斜。

【斜陽】ㄒㄧㄝˊ ㄧㄤˊ 傍晚時即將西下的太陽。(近) 夕陽。

※傾斜、偏斜、目不斜視

斛 11/7
ㄏㄨˊ (hú)

量 計算容量的單位。

斟 13/9
ㄓㄣ (zhēn)

動 1 把液體倒入杯中。如：斟酒。2 仔細考慮。如：斟酌。

【斟酌】仔細考慮是否適當。例 關於要不要參加夏令營這件事，她斟酌很久，還是無法做出決定。

斡 14/10
ㄨㄛˋ (wò)

動 運轉。如：斡旋。

【斡旋】扭轉局勢，調解糾紛。例 那筆土地交易因為有洪先生從中斡旋，終於圓滿解決了。

斤部

斤 4/0
ㄐㄧㄣ (jīn)

量 計算重量的單位。十六兩為一臺斤；一千公克為一公斤。

【斤斤計較】形容人連無關緊要的小事都計算得很清楚。例 如果連這點小事你都要斤斤計較，怎麼能適應團體生活呢？

※半斤八兩、偷斤減兩

斥 5/1
ㄔˋ (chì)

形 普遍存在的；充滿的。如：充斥。動 1 排除在外。如：排斥。2 責備。如：痛斥。

【斥責】責備；責罵。例 小祥因為和同學打架，被老師斥責了一頓。反 稱讚；讚許。

✽訓斥、怒斥、駁斥

8/4
斧
ㄈㄨˇ (fǔ) 丶 八 グ 父 父 斧 斧 斧

名 砍物的工具，也可作為兵器。如：斧頭。

✽班門弄斧、大刀闊斧

9/5
斫
ㄓㄨㄛˊ (zhuó) 一 ア 了 石 石 石 矿 矿 斫

動 用刀或斧頭砍。如：斫斬。

11/7
斬
ㄓㄢˇ (zhǎn) 一 厂 ㄇ 百 百 亘 車 車 軒 斬 斬

動 砍殺；砍斷。如：斬首。

【斬草除根】ㄓㄢˇ ㄘㄠˇ ㄔㄨˊ ㄍㄣ 比喻消滅禍患的根源，以免麻煩又出現。例 為了斬草除根，衛生單位撲殺了養豬場裡所有的豬隻，避免口蹄疫的疫情擴大。近 除惡務盡。

✽過關斬將、先斬後奏

12/8
斯
ㄙ (sī) 一 十 廾 廾 甘 其 其 其 其 斯 斯 斯

代 此；這。如：生於斯。

【斯文】一ㄙ ㄨㄣˊ 1 禮樂制度的教化。2 讀書人。二ㄙ・ㄨㄣ 形容人的舉止言談有禮貌。例 小張英挺斯文，深受眾人喜愛。

✽慢條斯理、歇斯底里

13/9
新
ㄒㄧㄣ (xīn) 丶 亠 亠 立 立 辛 辛 亲 亲 新 新 新

形 1 沒有使用過的。與「舊」相對。如：新衣服。2 剛開始的；剛出現的。如：新年。動 改進；變更。如：日新又新。專 1 朝代名。(9—23) 王莽篡西漢後所建立。2 新疆的簡稱。

【新手】ㄒㄧㄣ ㄕㄡˇ 剛從事某種工作的人。反 老手。

【新奇】ㄒㄧㄣ ㄑㄧˊ 奇特有趣。例 小兵的腦袋裡充滿著新奇有創意的點子。

【新聞】(ㄒㄧㄣ ㄨㄣˊ) ①由電視、廣播、報紙等媒體所報導的事件。②從未聽過的新鮮事。例吝於讚美人的小馬，今天居然稱讚小英，這還真是條新聞。

【新鮮】(ㄒㄧㄣ ㄒㄧㄢ) ①鮮潔不腐敗的。例牧場剛擠出的牛奶新鮮又好喝。反腐敗。②新奇。例這本雜誌常報導新鮮事，深受讀者喜愛。反老套。

【新住民】(ㄒㄧㄣ ㄓㄨˋ ㄇㄧㄣˊ) 指從國外來臺結婚、移民而定居的人。

【新陳代謝】(ㄒㄧㄣ ㄔㄣˊ ㄉㄞˋ ㄒㄧㄝˋ) ①生物體內攝取營養、排除廢物的交互作用。②事物除舊更新的現象。例公司若要長久經營，就需要適當的新陳代謝，才能常保活力。

✽嶄新、革新、溫故知新

18/14

斷 ㄉㄨㄢˋ (duàn)

動①截開。如：切斷。②中止。如：斷交。③判定。如：斷案。

【斷交】(ㄉㄨㄢˋ ㄐㄧㄠ) ①斷絕往來。例這種忘恩負義的朋友，還是早點和他斷交，以免受害。近絕交。②斷絕邦交。反建交。

【斷氣】(ㄉㄨㄢˋ ㄑㄧˋ) 死亡。例王老先生話沒說完就斷氣了。近過世。

【斷斷續續】(ㄉㄨㄢˋ ㄉㄨㄢˋ ㄒㄩˋ ㄒㄩˋ) 不連貫。例她花了將近十年的時間，斷斷續續的寫作這本小說。反一氣呵成。

✽了斷、武斷、獨斷

方部 ㄈㄤ

4/0

方 ㄈㄤ (fāng)

名①正四邊形或正四邊體。如：方形。②位置的一邊或一面。如：南方。③處所；地點。如：地方。④途徑；辦法。如：千方百計。⑤醫

生所開用藥或醫療的單子。如：藥方。⑥數目自乘的積。如：平方。(形)正直的；端正的。如：品行方正。(副)才；乃。如：書到用時方恨少。

【方向】ㄈㄤ ㄒㄧㄤˋ ①前後左右上下的區別。②比喻事物的目標或情勢。(例)不斷超越自我是小明努力的方向。

【方言】ㄈㄤ ㄧㄢˊ 某一地區特有的語言，並不普遍通行於其他地方。

【方便】ㄈㄤ ㄅㄧㄢˋ ①便利。(例)小明住的地方離車站很近，交通十分方便。②便於他人行事。(例)拜託您給個方便，讓我見見老闆。③適合。(例)珠珠正在開會，不方便接電話。④上廁所。(例)在這個荒郊野外，要找地方方便恐怕不容易。

❀比方、四面八方、落落大方

於 8/4

ㄩˊ (yú)

(介)①在。如：於公於私。②給。如：己所不欲，勿施於人。③向。如：有求於人。④對。如：於事無補。⑤從；自。如：千里之行，始於足下。⑥比；如。如：苛政猛於虎。

【於是】ㄩˊ ㄕˋ 表示因果或前後關係的連接詞。(例)妹妹生病了，於是媽媽幫她向學校請假。(近)因此。

【於事無補】ㄩˊ ㄕˋ ㄨˊ ㄅㄨˇ 助。對已發生的事物沒有幫助。(例)傷害已經造成了，再多的道歉也於事無補。(近)無濟於事。

❀由於、等於、關於

施 9/5

ㄕ (shī)

(動)①加上。如：施肥。②給予。如：法外施恩。③實行。如：施政。

【施工】ㄕ ㄍㄨㄥ 進行工程。(例)因為捷運施工，所以最近這條路的交通特別

擁擠。反停工。

【施行 ㄕ ㄒㄧㄥˊ】實行。例政府近期即將要施行多項新的交通政策。

✽措施、設施、無計可施

10/6
旁 ㄆㄤˊ (páng)

名邊側。如：路旁。形1別的；其他的。如：旁人。2不正的；偏邪的。如：旁門左道。副廣泛的。如：旁徵博引。

【旁若無人 ㄆㄤˊ ㄖㄨㄛˋ ㄨˊ ㄖㄣˊ】形容人從容自得或態度傲慢，目中無人的樣子。例班會時，阿東總是搶先發言，一副旁若無人的樣子。

✽身旁、袖手旁觀、觸類旁通

10/6
旅 ㄌㄩˇ (lǚ)

名1軍隊編制的單位。古代以五百或兩千人為一旅，今陸軍單位以三個營為一旅。2軍隊的通稱。如：軍旅。動客居；在外作客。如：旅居海外。

【旅行 ㄌㄩˇ ㄒㄧㄥˊ】到外地遊玩參觀。例學校今年春季旅行的地點是臺南。

✽商旅、勁旅、師旅

11/7
旎 ㄋㄧˇ (nǐ)

見「旖旎」。

11/7
旋

ㄒㄩㄢˊ (xuán) 動1轉動。如：旋轉。2返回；回去。如：凱旋。副立即；不久。如：旋即。

ㄒㄩㄢˋ (xuàn) 形迴轉的。如：旋風。

【旋律 ㄒㄩㄢˊ ㄌㄩˋ】高低不同而有關係的一組樂音。為音樂的基本要素。

【旋風 ㄒㄩㄢˋ ㄈㄥ】1螺旋形的強風。2來勢凶猛或引起震撼的事。例最近服裝界吹起一陣復古的旋風。3形容動作快速。例那位名人旋風式的

訪問，引起了本校的騷動。
❀迴旋、盤旋、天旋地轉

11/7
旌
ㄐㄧㄥ (jīng)
丶 亠 方 方 方' 方' 方' 方' 旌 旌 旌
名 一種古代旗子。竿頭用五彩羽毛裝飾而成，後通稱旗子。如：旌旗。

11/7
族
ㄗㄨˊ (zú)
丶 亠 方 方 方' 方' 方' 方' 方' 族 族
名 1 有血緣關係或同姓的一群人。如：宗族。2 類別。如：水族。
【族群】(ㄗㄨˊ ㄑㄩㄣˊ) 指在特定時間內，占據某一空間，由同種生物所組成的群體。例 臺灣雖小，卻住著許多不同的族群。
❀家族、種族、貴族

14/10
旗
ㄑㄧˊ (qí)
丶 亠 方 方 方' 方' 方' 方' 方' 方' 旃 旃 旗 旗
名 1 用布帛製成的一種標誌。如：旗子。2 清朝的軍制及行政區域名稱。如：八旗。
【旗鼓相當】(ㄑㄧˊ ㄍㄨˇ ㄒㄧㄤ ㄉㄤ) 比喻彼此的實力差不多或雙方聲勢不相上下。例 這次比賽的兩支隊伍旗鼓相當，看來比賽將會非常精彩。近 勢均力敵；棋逢敵手。反 以卵擊石。
❀升旗、國旗、降旗

14/10
旖
ㄧˇ (yǐ)
丶 亠 方 方 方' 方' 方' 方' 方' 方' 旖 旖 旖 旖
見「旖旎」。
【旖旎】(ㄧˇ ㄋㄧˇ) 柔媚的樣子。例 這一帶風光旖旎，吸引許多人前來遊玩。

无 ㄨˊ 部

9/5
既
ㄐㄧˋ (jì)
ㄱ ㄱ ㅋ 卩 艮 艮 艮' 既' 既
副 已經。如：既然。連 表示兩種情況同時出現，常和「又」、「也」、

「且」連用。如：她既聰明又美麗。

【既然】(ㄐㄧˋ ㄖㄢˊ) 已經這樣了。例 既然小靜不想參加，那就不要勉強吧！

【既往不咎】(ㄐㄧˋ ㄨㄤˇ ㄅㄨˋ ㄐㄧㄡˋ) 不再追究或責罰過去的錯誤。例 對於小琦過去犯的錯，老師決定既往不咎，希望她以後好好表現。近 不念舊惡。

日部 (ㄖˋ)

4/0 **日** ㄖˋ (rì) 丨 冂 日 日

名 1太陽。如：烈日。2白天。與「夜」相對。如：日夜。副 每天。如：日行一善。量 計算時間的單位。一日有二十四小時。如：三日後。

【日上三竿】(ㄖˋ ㄕㄤˋ ㄙㄢ ㄍㄢ) 指時間已經不早。例 都日上三竿了，她還在睡。

【日新月異】(ㄖˋ ㄒㄧㄣ ㄩㄝˋ ㄧˋ) 形容一直在進步，且進步速度快速。例 科技產品日新月異，使生活越來越便利。反 每況愈下。

【日積月累】(ㄖˋ ㄐㄧ ㄩㄝˋ ㄌㄟˇ) 指長時間的累積。例 為了清除廚房角落裡日積月累的油垢，媽媽忙得滿頭大汗。

✽昔日、不見天日、度日如年

5/1 **旦** ㄉㄢˋ (dàn) 丨 冂 日 日 旦

名 1早晨。如：旦夕。2戲劇中扮演女子的角色。如：花旦。

【旦夕】(ㄉㄢˋ ㄒㄧˋ) 從早到晚。比喻時間短暫。例 李伯伯的病情嚴重，命在旦夕，恐怕撐不了幾天。近 一會兒。反 長久。

✽元旦、通宵達旦、信誓旦旦

6/2 **旨** ㄓˇ (zhǐ) 丿 匕 匕 旨 旨 旨

名 1意義；意思。如：主旨。2命

无
日

令。如：奉旨實行。

【旨趣】(ㄓˇ ㄑㄩˋ) 宗旨；意義。㊎了解每篇文章的旨趣，才算真正讀了那本書。

❋要旨、題旨、宗旨

早 6/2
ㄗㄠˇ (zǎo) 丨 口 日 旦 早

㊔早晨；天亮的時候。如：一大早。㊖1較早的。與「遲」或「晚」相對。如：早婚。2初期的。如：早春。㊓從前；以前。如：早知如此。

【早晚】(ㄗㄠˇ ㄨㄢˇ) 1早晨與晚上。㊎秋天早晚溫差很大，要隨時添加衣物。2遲早；總有一天。㊎如果再這樣胡鬧下去，早晚會出問題。

【早熟】(ㄗㄠˇ ㄕㄡˊ) 1農作物的果實提早或加快成熟。2指心智或身體的發展超過其實際年齡，提早成熟。㊎小真是個早熟的孩子，非常懂得替人著想。㊚晚熟。

【早出晚歸】(ㄗㄠˇ ㄔㄨ ㄨㄢˇ ㄍㄨㄟ) 形容工作辛勤。㊎爸爸每天為了工作早出晚歸，真是辛苦。㊒夜以繼日。

❋及早、提早、大清早

旬 6/2
ㄒㄩㄣˊ (xún) ノ 勹 勹 旬 旬 旬

㊔1十天。2十年。如：年近三旬。

旭 6/2
ㄒㄩˋ (xù) ノ 九 九 旭 旭 旭

㊔初升的太陽。如：朝旭。㊖日出明亮的樣子。

【旭日東升】(ㄒㄩˋ ㄖˋ ㄉㄨㄥ ㄕㄥ) 太陽剛從東方升起。也形容朝氣蓬勃、充滿活力的樣子。㊎旭日東升，又是嶄新的一天。

旱 7/3
ㄏㄢˋ (hàn) 丨 口 日 日 旦 旱

㊖1久不下雨。如：旱災。2乾枯

的。如：旱田。

【旱災】ㄏㄢˋ ㄗㄞ 因長久不下雨而造成的災害。㊎水災。

【旱鴨子】ㄏㄢˋ ㄧㄚ ㄗˇ 指不會游泳的人。

✽乾旱、耐旱、久旱逢甘霖

8/4
昔
ㄒㄧˊ (xí) 昔昔 一 十 廾 廾 昔 昔

㊊從前的；過去的。如：昔日。

【昔日】ㄒㄧˊ ㄖˋ 過去。㊙小毛因失戀而日漸憔悴，已沒有了昔日的風采。

㊍從前。

✽往昔、今昔、今非昔比

8/4
旺
ㄨㄤˋ (wàng) 旺旺 丨 冂 日 日 日一 日二

㊊ 1 火勢猛烈。如：火燒得很旺。2 興盛。如：人丁興旺。

【旺盛】ㄨㄤˋ ㄕㄥˋ 繁多興盛；充沛壯盛。㊙阿強精力旺盛，從早忙到晚都不會累。㊎衰弱。

8/4
昆
ㄎㄨㄣ (kūn) 昆昆 丨 冂 日 日 日 昆

㊔哥哥。如：昆仲。㊊各種各類；眾多。如：昆蟲。

【昆蟲】ㄎㄨㄣ ㄔㄨㄥˊ 節肢動物的一類。種類很多。身體分頭、胸、腹三部分，頭部有一對觸角、一對複眼，胸部有三節，每節有一對步足。

8/4
昌
ㄔㄤ (chāng) 昌昌 丨 冂 日 日 日 昌

㊊興盛。如：五世其昌。

【昌盛】ㄔㄤ ㄕㄥˋ 興盛；壯盛。㊙國家昌盛，人民的生活才能富足安康。

㊍興旺。

8/4
明
ㄇㄧㄥˊ (míng) 明明 丨 冂 日 日 日) 明

㊔ 1 視力。如：失明。2 神靈。如：神明。㊊ 1 清晰。如：明顯。2 聰慧。如：聰明。3 光亮的。與「暗」相對。如：明月。4 公開的。

如：明文規定。5時間順序在現在之後的。如：明天。動 1通曉；懂得。如：明瞭。2表明；彰顯。如：證明。專 朝代名。(1368－1644)朱元璋滅元朝所建立。後被滿清所滅。

【明白】ㄇㄧㄥˊ ㄅㄞˊ 1清楚明確。例 老師已經講解得很明白了，難道你還不懂嗎？2了解。例 經過導覽人員的說明，我們終於明白東海岸地形的大致情況。近 知道。

【明亮】ㄇㄧㄥˊ ㄌㄧㄤˋ 光亮。例 小玉的房間採光明亮，布置也很高雅。反 昏黃；昏暗。

【明星】ㄇㄧㄥˊ ㄒㄧㄥ 指各行業中表現出色的人物。

【明顯】ㄇㄧㄥˊ ㄒㄧㄢˇ 明白顯著。例 廣告看板必須放在明顯的位置，才能發揮效果。近 顯眼。

【明知故犯】ㄇㄧㄥˊ ㄓ ㄍㄨˋ ㄈㄢˋ 明知道不可以還故意去做。例 何警官身為執法人員，卻酒後駕車，明知故犯，應該加重處罰。近 知法犯法。

✽透明、高明、先見之明

昀 8/4

ㄩㄣˊ (yún)

名 日光。

易 8/4

ㄧˋ (yì)

形 1簡單。如：容易。2和藹。如：平易近人。動 1改變。如：改易。2交換。如：以物易物。

【易如反掌】ㄧˋ ㄖㄨˊ ㄈㄢˇ ㄓㄤˇ 比喻事情非常簡單。例 倒立對體育班的小維來說易如反掌。近 探囊取物。反 難如登天。

✽交易、淺易、輕易

昇 8/4

ㄕㄥ (shēng)

動 泛指升高。如：昇天。

【昇平】ㄕㄥ ㄆㄧㄥˊ 指太平盛世。例人人都希望居樂業的生活。能夠活在昇平之世，過著安

昂 8/4

ㄤˊ (áng) 昂昂 ㄤˊ ㄇ ㄇ ㄇ 日 日 昂

形高張；上揚。如：高昂。動仰起；高舉。如：昂首。

【昂貴】ㄤˊ ㄍㄨㄟˋ 價格很高；不便宜。例這臺車十分昂貴，不是一般人買得起的。

✽激昂、低昂、氣宇軒昂

昕 8/4

ㄒㄧㄣ (xīn) 昕昕 丨 ㄇ 日 日 日' 昕

名清晨。如：昕夕。

昏 8/4

ㄏㄨㄣ (hūn) 昏昏 ㄏ ㄈ ㄈ 氏 氏 昏

名天剛黑的時候。如：黃昏。形①陰暗模糊。如：昏暗。②眼睛看不清楚。如：老眼昏花。③愚昧糊塗。如：昏庸。動失去知覺。如：昏迷。

【昏倒】ㄏㄨㄣ ㄉㄠˇ 失去知覺而倒地。例小明因為沒吃早餐，朝會時在操場上昏倒了。反清醒。

【昏昏欲睡】ㄏㄨㄣ ㄏㄨㄣ ㄩˋ ㄕㄨㄟˋ 精神不好，想要睡覺。例因為昨晚失眠，小祥今天上課時一直昏昏欲睡。

✽發昏、頭昏、利令智昏

春 9/5

ㄔㄨㄣ (chūn) 春春春 一 二 三 夫 夫 夫

名①四季中的第一季。相當於農曆的一、二、三月。②比喻生機。如：妙手回春。形有關春天的。如：春酒。

【春聯】ㄔㄨㄣ ㄌㄧㄢˊ 指農曆新年時，用紅紙寫上吉利話，貼在門上的對聯。

【春暖花開】ㄔㄨㄣ ㄋㄨㄢˇ ㄏㄨㄚ ㄎㄞ 春日氣候和煦，百花盛開。例在這春暖花開的時候，最適合郊遊踏青。

✽青春、一年之計在於春

日

昧 9/5
ㄇㄟˋ (mèi) 丨 ㄇ 日 日 日一 日二 旪 昧 昧

〈形〉①昏暗不明。如：曖昧。②愚蠢。如：愚昧。〈動〉①隱藏。如：拾金不昧。②違背。如：昧著良心。③冒犯。如：冒昧。

是 9/5
ㄕˋ (shì) 丨 ㄇ 日 日 旦 早 早 昰 是

〈名〉①對；正確。與「非」相對。如：是非不分。②事情。通「事」。如：國是會議。〈動〉為；乃。表示肯定的判斷。如：他是學生。

【是非 ㄕˋ ㄈㄟ】①對和錯。〈例〉做人應該要明辨是非。②爭端；過錯。〈例〉大家都想趕快離開這個是非之地。

✽於是、實事求是、自以為是

昭 9/5
ㄓㄠ (zhāo) 丨 ㄇ 日 日 日ㄱ 日刀 昭 昭 昭

〈形〉明白顯著。如：昭彰。

【昭然若揭 ㄓㄠ ㄖㄢˊ ㄖㄨㄛˋ ㄐㄧㄝ】明顯表示，毫無隱瞞。〈例〉這個神棍假借宗教來欺騙世人的行為，已經昭然若揭，你怎麼還相信他呢？〈近〉顯而易見。

映 9/5
ㄧㄥˋ (yìng) 丨 ㄇ 日 日 日ㄱ 日ㄇ 日ㄇ 昳 映

〈動〉①光線反射。如：映照。②襯托。如：映襯。

【映襯 ㄧㄥˋ ㄔㄣˋ】映照襯托。〈例〉花園裡，紅花綠葉互相映襯，真是美麗。

✽上映、反映、放映

星 9/5
ㄒㄧㄥ (xīng) 丶 ㄇ 日 日 尸 旦 昰 星 星

〈名〉①宇宙中天體的泛稱。包括恆星、行星、衛星及流星。②指受人崇拜、注目或主要的人物。如：歌星。〈形〉細微瑣碎。如：零星。

【星座 ㄒㄧㄥ ㄗㄨㄛˋ】人們為了便於認識星體，將肉眼可見的恆星按照它們在天球上的投影位置，透過想像所連

結成的各種圖形。

【星火燎原】(ㄒㄧㄥ ㄏㄨㄛˇ ㄌㄧㄠˊ ㄩㄢˊ) 比喻細小的事物會發展成廣闊的層面。㊄例 雖然說錯一句話沒什麼大不了，但若不及時澄清，恐怕星火燎原，將來會傷害到彼此多年的情誼。

❋彗星、衛星、眼冒金星

昨

9/5 ㄗㄨㄛˊ (zuó) 丨 冂 日 日 旪 旿 昨 昨 昨

㊔名 過去；往日。如：今是昨非。㊖形 前一天的。如：昨夜。

晉

10/6 ㄐㄧㄣˋ (jìn) 一 丆 丌 亚 亚 亚 晉 晉 晉 晉

動 1進；前往。如：晉見。2升級。如：晉級。專 1周朝諸侯國。春秋時據有今山西大部分與河北西南地區。後被韓、趙、魏三家分割而滅亡。2朝代名。(1)(265—316)三國時司馬炎篡魏所建立。滅吳，統一全國，史稱「西晉」。後被前趙所滅。(2)(317—420)司馬睿在南方重建晉朝，史稱「東晉」。與西晉合稱「兩晉」。後為劉裕所滅。(3)(936—946)五代時，石敬瑭滅後唐所建立。史稱「後晉」。後被契丹所滅。

【晉級】(ㄐㄧㄣˋ ㄐㄧˊ) 提升到更高一級。㊄例 小中參加射箭比賽，順利晉級前四強。反 淘汰。

晏

10/6 ㄧㄢˋ (yàn) 丶 冂 日 日 旦 旦 旦 旲 晏 晏

形 1天氣晴朗。如：天清日晏。2晚；遲。如：晏起。3寧靜安詳。如：海內晏然。

時

10/6 ㄕˊ (shí) 丨 冂 日 日 日一 日十 旪 旪 時 時

名 1季節。如：四時。2光陰；歲月。如：時不我與。3機會。如：時機。形 當下的；流行的。如：時事。副 1常常。如：時常。2偶

爾。如：時好時壞。量 1時辰。古人一日分十二時辰，配合十二地支計時。如：子時。2小時。今人一日分二十四小時。如：上午九時。

【時代】ㄕˊ ㄉㄞˋ 1時期；年代。如：石器時代。2當今的潮流。例你的想法已經跟不上時代了。

【時光】ㄕˊ ㄍㄨㄤ 時間。例時光飛逝，轉眼間我們都將畢業了。

【時常】ㄕˊ ㄔㄤˊ 經常。例阿金時常出國旅行。反很少。

【時髦】ㄕˊ ㄇㄠˊ 新穎入時。例走在臺北街頭，到處可見穿著打扮時髦的女郎。近流行；摩登。

【時機】ㄕˊ ㄐㄧ 恰當的時候；機會。例老師心情正好，現在去認錯是最好的時機。

✻守時、臨時、風靡一時

晒

10/6 ㄕㄞˋ (shài)

動 把東西放在陽光下，使吸收光和熱而變得乾燥。如：晒衣服。

✻防晒、曝晒、日晒雨淋

晟

10/6 ㄔㄥˊ (chéng)

形 明亮；光明。

晃

10/6 ㄏㄨㄤˇ (huǎng) 形 明亮。如：亮晃晃。動 很快閃過。如：一晃而逝。

ㄏㄨㄤˋ (huàng) 動 搖擺不定。如：搖晃。

晌

10/6 ㄕㄤˇ (shǎng)

名 1正午。如：晌午。2片刻。如：一晌。

【晌午】ㄕㄤˇ ˙ㄏㄨㄛ 正午。近中午。

晝

11/7 ㄓㄡˋ (zhòu)

(名)從日出到日落的時間；白天。如：白晝。

11/7

晤 ㄨˋ (wù)

(動)會面。如：晤面。

【晤談】ㄨˋ ㄊㄢˊ 面對面談話。(例)甲、乙雙方晤談許久，但仍沒有結論。

11/7

晨 ㄔㄣˊ (chén)

(名)早上。如：早晨。

【晨曦】ㄔㄣˊ ㄒㄧ 早晨的陽光。(例)柔和的晨曦照進了妹妹的房間。(近)曙光。

❀凌晨、清晨、寥若晨星

11/7

晦 ㄏㄨㄟˋ (huì)

(名)農曆每月的最後一天。(形)1不好的；倒楣的。如：晦氣。2陰暗的；不明亮的。如：晦暗。

【晦暗】ㄏㄨㄟˋ ㄢˋ 昏暗不明亮的樣子。(例)深夜的小巷內，燈光晦暗不明。

(近)昏黃。(反)光明。

11/7

晚 ㄨㄢˇ (wǎn)

(名)1夜間。如：晚間。2對長輩的自稱。為「晚生」的簡稱。(形)將盡的；快要完了的。如：晚年。(副)遲；後。如：大器晚成。

【晚年】ㄨㄢˇ ㄋㄧㄢˊ 老年的時候。(例)阿福伯沒有子女，晚年過得很寂寞。

【晚輩】ㄨㄢˇ ㄅㄟˋ 後輩；輩分較低的人。(反)長輩。

【晚霞】ㄨㄢˇ ㄒㄧㄚˊ 日落時出現的彩霞。

❀傍晚、早晚、為時已晚

12/8

普 ㄆㄨˇ (pǔ)

(形)廣大而全面的。如：普天之下。(副)達到各方面。如：普渡。

【普通】ㄆㄨˇ ㄊㄨㄥ 平常。(例)這一帶的景色很普通，沒什麼特別的。(反)特殊。

【普遍】(ㄆㄨˇ ㄅㄧㄢˋ) 普及。例櫻花在日本境內很普遍。反少見。

12/8
景
ㄐㄧㄥˇ (jǐng)
丨 ㄇ 日 日 旦 早 昌 昌 昌 昌 景 景

名1日光。如：春和景明。2風光。如：風景。3情況；處境。如：前景。動仰慕；崇拜。如：景仰。

【景仰】(ㄐㄧㄥˇ ㄧㄤˇ) 仰慕；崇拜。例王教授的學問很好，許多學生都很景仰他。反輕視。

【景色】(ㄐㄧㄥˇ ㄙㄜˋ) 風景；景致。例春天的陽明山，花開遍地，景色迷人，是個踏青的好去處。

✽情景、背景、殺風景

12/8
晾
ㄌㄧㄤˋ (liàng)
丨 ㄇ 日 日 日' 旷 旷 晾 晾 晾 晾 晾

動把物品放在陽光下或通風處使它乾燥。如：晾衣服。

12/8
晴
ㄑㄧㄥˊ (qíng)
丨 ㄇ 日 日 日一 日二 日丰 日丰 日圭 晴 晴 晴

名雲量很少，陽光普照的天氣。如：陰晴不定。形陽光普照的。如：晴天。

【晴朗】(ㄑㄧㄥˊ ㄌㄤˇ) 天空明亮，讓人感到舒暢的好天氣。例小千最喜歡在晴朗的日子裡，到郊外遊玩。

【晴天霹靂】(ㄑㄧㄥˊ ㄊㄧㄢ ㄆㄧ ㄌㄧˋ) 比喻突然發生令人震驚的事。例爸爸出車禍的壞消息，有如晴天霹靂，讓小明一時之間無法接受。

12/8
暑
ㄕㄨˇ (shǔ)
丨 ㄇ 日 日 旦 早 星 星 暑 暑 暑 暑

名1炎熱的夏季。2中醫指引發生病的一種外在因素。主要在夏天發病，症狀有頭痛、口渴、煩躁、脈搏急速等現象。如：中暑。形炎熱的。如：暑氣。

✽寒暑、避暑、酷暑

12/8
晰
ㄒㄧ (xī)
丨 ㄇ 日 日 日 旪 旪 旪 晰 晰 晰 晰

(形)明白；清楚。如：清晰。

12/8
晶
ㄐㄧㄥ (jīng)

丨 冂 日 日 日 旦 昌 昍 晶 晶 晶 晶

(名)①水晶的簡稱。②凝結的透明體。如：結晶。(形)明亮。如：晶瑩。

【晶瑩剔透】(ㄐㄧㄥ ㄧㄥ ㄊㄧ ㄊㄡˋ) 明亮清澈的樣子。(例)這顆寶石晶瑩剔透，品質很好。

❋液晶、冰晶、亮晶晶

12/8
智
ㄓˋ (zhì)

丿 𠂉 ㄘ 午 矢 矢 知 知 知 智 智 智

(名)①見識。如：不經一事，不長一智。②謀略。如：鬥智。(形)聰明的。如：智者。

【智慧】(ㄓˋ ㄏㄨㄟˋ) 智謀；才智。(例)鐵雄不但有智慧又有膽量，大家都推舉他當班長。

❋明智、機智、益智

13/9
暗
ㄢˋ (àn)

丨 冂 日 日 日' 旷 旷 旷 暗 暗 暗 暗 暗

(形)光線不足的；不明亮的。與「明」相對。如：天昏地暗。(副)不顯露的；不公開的。如：暗示。

【暗示】(ㄢˋ ㄕˋ) 不明白表示，用間接的方式讓人了解意思。(例)小美暗示男友，希望兩人結婚。(反)明示。

【暗號】(ㄢˋ ㄏㄠˋ) 祕密的記號或口令。(例)棒球比賽中，教練和捕手常對投手做暗號。(近)暗記。

❋幽暗、黑暗、化明為暗

13/9
暈
丶 冂 日 日 日 旦 昌 昌 昌 昌 暈 暈 暈

ㄩㄣ (yūn) (動)①昏迷。如：暈厥。②頭腦不清，行為混亂。如：暈頭轉向。

ㄩㄣˋ (yùn) (名)①太陽或月亮周圍的光圈。如：月暈。②發光的物體或

色彩四周模糊的部分。如：燈暈。3面頰所泛起的輪狀紅色。如：紅暈。

【暈頭轉向】(ㄩㄣ ㄊㄡˊ ㄓㄨㄢˇ ㄒㄧㄤˋ) 頭腦昏亂，無法分辨方向。用來形容事情繁忙難以應付。例成堆的工作讓她忙得暈頭轉向。近天昏地暗。

13/9
暉
ㄏㄨㄟ (huī)

名陽光。如：落日餘暉。

13/9
暇
ㄒㄧㄚˊ (xiá)

名空閒。如：閒暇。

＊應接不暇、自顧不暇

13/9
暖
ㄋㄨㄢˇ (nuǎn)

形溫和；不冷不熱。如：暖和。動把冷的東西加熱。如：暖酒。

【暖和】(ㄋㄨㄢˇ ㄏㄨㄛ˙) 溫暖。例這件毛衣穿起來很暖和。反寒冷。

＊冷暖、保暖、噓寒問暖

14/10
暨
ㄐㄧˋ (jì)

動至；到。如：暨今。連與；及。如：各位老師暨全體同學。

14/10
暝
ㄇㄧㄥˊ (míng)

形幽暗。如：昏暝。

14/10
暢
ㄔㄤˋ (chàng)

形1通達。如：暢通。2舒適；愉快。如：歡暢。副盡情的。如：暢飲。

【暢快】(ㄔㄤˋ ㄎㄨㄞˋ) 舒服痛快。例夏天運動後，喝一杯冰涼的飲料真是暢快。近舒暢。

【暢通】(ㄔㄤˋ ㄊㄨㄥ) 流暢通達，沒有阻礙。例今天馬路很暢通，沒有塞車。

【暢所欲言】(ㄔㄤˋ ㄙㄨㄛˇ ㄩˋ ㄧㄢˊ) 痛快的表達自己的意見。例喝了幾杯酒之後，小建終於能放鬆心情，暢所欲言。近知無不言。反欲言又止。

✽流暢、和暢、酣暢淋漓

15/11

暫

ㄓㄢˋ (zhàn)

一 ㄏ 百 百 百 亘 車 車 斬 斬 斬 斬 暫 暫 暫

副不久。如：短暫。

【暫時】(ㄓㄢˋ ㄕˊ) 短時間之內。例這條路正在整修，請大家暫時繞別條路走。反永久。

15/11

暱

ㄋㄧˋ (nì)

丨 ㄇ 日 日 日 旷 旷 昵 昵 昵 昵 昵 暱 暱 暱

動親近。如：親暱。

【暱稱】(ㄋㄧˋ ㄔㄥ) 親熱的稱呼。例「寶貝」是媽媽對妹妹的暱稱。

15/11

暴

丶 ㄇ 日 旦 早 早 昇 昇 昇 晃 晃 暴 暴 暴 暴

ㄅㄠˋ (bào) 形1劇烈；急驟。如：狂風暴雨。2殘酷凶惡的。如：殘暴。動糟蹋；不愛惜。如：自暴自棄。副突然。如：暴起暴落。

ㄆㄨˋ (pù) 動1曬。通「曝」。如：一暴十寒。2顯現。如：暴露。

【暴力】(ㄅㄠˋ ㄌㄧˋ) 不合理、不合法的使用武力。例暴力是無法解決事情的。

【暴發】(ㄅㄠˋ ㄈㄚ) 突然發生。例下了幾天的大雨，山區隨時都有可能暴發土石流。

【暴躁】(ㄅㄠˋ ㄗㄠˋ) 容易著急，無法控制自己的情緒。例哥哥的脾氣暴躁，很容易和別人起衝突。反溫和。

【暴露】(ㄅㄠˋ ㄌㄨˋ) ①顯現出來；沒有遮掩。例長時間暴露在紫外線下，容易造成皮膚灼傷。反隱藏。②形容穿著大膽，過分裸露。例她總愛穿著暴露的衣裳，吸引眾人的目光。

【暴跳如雷】(ㄅㄠˋ ㄊㄧㄠˋ ㄖㄨˊ ㄌㄟˊ) 形容非常生氣的樣子。例當錢先生知道自己的兒子蹺課時，氣得暴跳如雷。近大發雷霆。反心平氣和。

✽凶暴、粗暴、鎮暴

15/11

暮

ㄇㄨˋ (mù)

丶 丷 䒑 艹 艹 艹 苎 苩 苩 莫 莫 莫 暮 暮 暮

名黃昏。如：薄暮。形晚；遲。如：暮年。

【暮色】(ㄇㄨˋ ㄙㄜˋ) 傍晚昏暗的天色。反曙色。

【暮氣沉沉】(ㄇㄨˋ ㄑㄧˋ ㄔㄣˊ ㄔㄣˊ) 形容沒有精神、缺乏活力的樣子。例錦雄雖然正值壯年，卻總是顯得暮氣沉沉，一點活力也沒有。反神采飛揚。

✽歲暮、朝朝暮暮、朝三暮四

16/12

曆

ㄌㄧˋ (lì)

一 厂 厂 厂 厈 厈 厤 厤 厤 厤 厤 厤 厤 曆 曆 曆

名①計算歲時的方法。如：曆法。②記載年月歲時的書籍。如：農民曆。

【曆法】(ㄌㄧˋ ㄈㄚˇ) 依據日、月、地球運行的週期，以制訂年、月、日長度的計算法則。

16/12

曇

ㄊㄢˊ (tán)

丶 口 日 日 旦 旦 昙 昙 昙 昙 昙 昙 曇 曇 曇 曇

名①遮蔽天空的雲氣。如：彩曇。②指佛法。為梵語「曇摩」的省稱。

【曇花一現】(ㄊㄢˊ ㄏㄨㄚ ㄧˊ ㄒㄧㄢˋ) 比喻事物出現不久就消失了。例夕陽雖美，但總如曇花一現，引發詩人無限感慨。近好景不常。反與世長存。

16/12
曉
ㄒㄧㄠˇ (xiǎo)

(名)天亮；黎明。如：春曉。(動)①明白。如：曉得。②使明白；開導。如：曉以大義。

✽知曉、破曉、家喻戶曉

16/12
暹
ㄒㄧㄢ (xiān)

(動)太陽升起。

17/13
曙
ㄕㄨˋ (shù)

(名)天亮；黎明。

【曙光】ㄕㄨˋ ㄍㄨㄤ 天剛亮時的陽光。(反)晚霞。

17/13
曖
ㄞˋ (ài)

(形)昏暗不明的樣子。如：曖昧。

【曖昧】ㄞˋ ㄇㄟˋ ①昏暗不明的樣子。②含糊不清。(例)這首詩的內容曖昧，很少人看得懂。③不光明的；不可告人的。(例)聽說那兩個人的關係十分曖昧。

19/15
曠
ㄎㄨㄤˋ (kuàng)

(形)①空闊的。如：曠野。②已達適婚年齡而沒有配偶的。如：曠男。③開朗；豁達。如：心曠神怡。(動)①空缺；荒廢。如：曠課。②超絕。如：曠世奇才。

【曠課】ㄎㄨㄤˋ ㄎㄜˋ 學生沒有請假而缺課。(近)蹺課。

19/15
曝
ㄆㄨˋ (pù)

(動)在陽光下晒東西。如：曝晒。

【曝光】ㄆㄨˋ ㄍㄨㄤ ①攝影時，光線經過鏡頭，使感光材料起感光作用。②指祕密被公開或發現。例經過雜誌社的跟蹤拍攝，那位著名歌手的戀情終於曝光了。

20/16
曦
ㄒㄧ (xī)
（筆順：丨 П 日 日 日' 日'' 日˘ 日˘ 日˘ 日˘ 日˘ 日˘ 曦 曦 曦 曦 曦 曦 曦 曦）
名日光。如：晨曦。

ㄩㄝ
曰部

4/0
曰
ㄩㄝ (yuē)
丨 П 日 曰
動①說；講。如：子曰。②稱為；叫做。如：父之姐妹曰姑母。

6/2
曳
ㄧˋ (yì)
丨 П 日 日 电 曳
動①拖；拉。如：拖曳。②搖晃不定。如：搖曳生姿。

6/2
曲
丨 П 日 由 曲 曲
ㄑㄩ (qū) 名心中的隱情。如：衷曲。形彎的；不直的。如：曲線。副①委婉；婉轉。如：委曲求全。②不正確；偏於一方。如：曲解。

ㄑㄩˇ (qǔ) 名①樂歌。如：歌曲。②中國韻文的一種。盛行於元朝，分散曲、劇曲兩種。量計算歌曲的單位。如：唱一曲。

【曲折】ㄑㄩ ㄓㄜˊ ①形容道路或線條彎曲。②形容事情的發展很複雜。例這個案件很曲折，不是一天兩天就能查清楚的。反單純。

✽彎曲、插曲、扭曲

7/3
更
一 𠂉 丆 百 百 更 更
ㄍㄥ (gēng) 動①改換。如：變更。②經歷。如：少不更事。量過去計算夜晚時間的單位。一夜分五更，

自晚上七點到次日早晨五點，每二小時為一更。如：三更半夜。

ㄍㄥˋ (gèng) 副 1又；再。如：更上一層樓。2愈加。如：更好。

【更正】ㄍㄥ ㄓㄥˋ 改正。例 老師要小芬將作文中錯誤的字更正。近 訂正。

【更改】ㄍㄥ ㄍㄞˇ 改變。例 與人約定好會面的時間之後，最好不要再更改。

【更新】ㄍㄥ ㄒㄧㄣ 革新。例 這些電腦過於老舊，必須全面更新。

❀自力更生、萬象更新

曷 9/5

ㄏㄜˊ (hé)

丨 冂 日 日 曰 旦 曷 曷 曷

副 1何；為何。如：曷故。2何不。表示疑問的語氣。如：曷各言爾志。

書 10/6

ㄕㄨ (shū)

乛 ⺕ ⺕ 聿 聿 聿 書 書 書 書

名 1有文字或圖畫的冊籍。如：書本。2文件；證件。如：說明書。3字體。如：楷書。4信函。如：家書。動 記寫；寫字。如：書寫。

【書刊】ㄕㄨ ㄎㄢ 書籍和刊物。近 書冊。

【書法】ㄕㄨ ㄈㄚˇ 中國傳統藝術之一。用毛筆書寫漢字的方法。

【書呆子】ㄕㄨ ㄉㄞ ˙ㄗ 只知道讀書，不懂得社會實務和人情世故的人。

❀藏書、罄竹難書、知書達禮

曹 11/7

ㄘㄠˊ (cáo)

一 𠃍 冂 冃 冊 曲 曲 曲 曹 曹 曹

名 同輩；同儕。如：爾曹。

勗 11/7

ㄒㄩˋ (xù)

丨 冂 日 日 旦 目 冒 冒 冒 勗 勗

動 勉勵。如：勗勉。

曾 12/8

ㄗㄥ (zēng)

丶 丷 八 八 尚 尚 尚 曽 曾 曾 曾

形 重；中間隔兩代的。如：曾孫。副 乃；豈；竟然。如：曾是以為孝乎？

日

ㄘㄥˊ (céng) ㊖ 嘗；已經。如：曾經。

【曾經】ㄘㄥˊ ㄐㄧㄥ 以前經歷過。㊋ 小宜曾經是一位體操選手。㊍ 未曾。

【曾幾何時】ㄘㄥˊ ㄐㄧˇ ㄏㄜˊ ㄕˊ 沒有經過多久。㊋ 這裡原本是美麗的海岸，曾幾何時，竟被汙染得如此嚴重。

12/8

替

ㄊㄧˋ (tì)

一 二 扌 夫 夫 夫 扶 扶 扶 替 替 替

㊍ 取代；代理。如：接替。㊁ 為。如：我真替你感到難過。

【替代】ㄊㄧˋ ㄉㄞˋ 代理。也作「代替」。㊋ 因為主力球員受傷了，候補球員便替代上場。

【替死鬼】ㄊㄧˋ ㄙˇ ㄍㄨㄟˇ 替別人受罪或受過的人。㊃ 代罪羔羊。

✽更替、頂替、輪替

13/9

會

丿 人 亼 亽 合 合 侖 侖 侖 侖 會 會 會 會

ㄏㄨㄟˋ (huì) ㊔ 1 團體組織。如：農會。2 時機。如：機會。3 眾人聚集處。如：音樂會。㊍ 1 集合；聚集。如：會合。2 相見。如：會客。3 了解。如：領會。4 支付。如：會帳。㊖ 1 能夠。如：他會說英文。2 可能。如：他不會不知道。

ㄎㄨㄞˋ (kuài) ㊔ 總計。如：會計。

ㄍㄨㄟˋ (guì) ㊕ 地名用字。會稽，在浙江。

ㄏㄨㄟˇ (huǐ)（限讀）㊔ 一下子；較短的時間。如：一會兒。

【會合】ㄏㄨㄟˋ ㄏㄜˊ 集合。㊋ 畢業旅行當天，婷婷和同學們約在火車站會合。㊃ 聚合。

【會心一笑】ㄏㄨㄟˋ ㄒㄧㄣ ㄧˊ ㄒㄧㄠˋ 心裡有所領會而發出微笑。㊋ 真正的默契在於彼此之間心靈相通的會心一笑。

✽開會、心領神會、牽強附會

月部

ㄩㄝˋ

月

4/0

月 ㄩㄝˋ (yuè) 丿 几 月 月

㊔ 1指月球。2時間；光陰。如：歲月。㊒ 形狀像月亮的。如：月琴。㊖ 計算時間的單位。一年分為十二個月。

【月球】ㄩㄝˋ ㄑㄧㄡˊ 地球唯一的衛星。繞地球運行，本身不會發光，但可以反射太陽光。在運行的過程中，由於與太陽、地球的相對位置不斷改變，故會看到不同形狀的月球。俗稱「月亮」。

【月臺】ㄩㄝˋ ㄊㄞˊ 車站中為方便乘客上下車，而在鐵軌旁建置的平臺。

❀正月、滿月、經年累月

6/2

有 一 ナ 冇 有 有 有

ㄧㄡˇ (yǒu) ㊉ 某。表示不確定。如：有一天。㊒ 1豐足。如：富有。2多。如：行之有年。㊍ 與「無」、「沒」相對。如：擁有。

ㄧㄡˋ (yòu) ㊟ 更；再加。通「又」。如：十有五年。

【有限】ㄧㄡˇ ㄒㄧㄢˋ 有一定的限度。㊑ 別人的幫助有限，你還是得靠自己努力才行。㊎ 無限。

【有效】ㄧㄡˇ ㄒㄧㄠˋ 有效果；有功效。㊑ 上課專心聽講，回家用心寫作業，才是有效的學習方式。㊎ 無效。

【有志竟成】ㄧㄡˇ ㄓˋ ㄐㄧㄥˋ ㄔㄥˊ 有決心毅力，最後必能成功。㊑ 小馬憑著毅力與決心成功登上玉山，真可說是有志竟成！

【有氣無力】ㄧㄡˇ ㄑㄧˋ ㄨˊ ㄌㄧˋ 形容虛弱而沒有力氣。㊑ 經過十公里的馬拉松比賽之後，小仕有氣無力的走回休息區。㊈ 精疲力竭。

【有條有理】(ㄧㄡˇ ㄊㄧㄠˊ ㄧㄡˇ ㄌㄧˇ) 條理分明。例 珊珊有條有理的說著自己對這件事的看法。反 毫無章法。

【有機可乘】(ㄧㄡˇ ㄐㄧ ㄎㄜˇ ㄔㄥˊ) 有機會可以利用。例 逛街時要隨時注意身上財物，以免讓扒手有機可乘。

✽占有、占為己有、無奇不有

8/4
服
ㄈㄨˊ (fú)
丿 刀 月 月 肌 肌 服 服

名 衣物。如：服飾。動 1 吃；食用。如：服藥。2 擔任；從事。如：服勤。3 順從。如：順服。4 欽佩。如：佩服。5 適應。如：水土不服。6 承認。如：服輸。量 計算中藥的單位。如：一服藥。

【服用】(ㄈㄨˊ ㄩㄥˋ) 服食；食用。多指吃藥。例 小容服用了一包感冒藥之後，便感覺喉嚨舒服多了。

【服務】(ㄈㄨˊ ㄨˋ) 1 做事；工作。例 馨馨的父親在臺北市政府服務。2 為特定的對象所提供的勞務或幫助。例 媽媽對這家餐廳的服務很滿意。

✽屈服、說服、心服口服

8/4
朋
ㄆㄥˊ (péng)
丿 刀 月 月 肌 朋 朋 朋

名 友人。如：朋友。

✽親朋好友、呼朋引伴

10/6
朗
ㄌㄤˇ (lǎng)
丶 ㇇ ㇇ 自 良 良 朗 朗 朗 朗

形 明亮。如：晴朗。副 高聲的；響亮的。如：朗誦。

【朗誦】(ㄌㄤˇ ㄙㄨㄥˋ) 高聲誦讀。例 小青發音正確，聲音甜美，因此老師請她朗誦課文。近 朗讀。

✽爽朗、硬朗、開朗

10/6
朔
ㄕㄨㄛˋ (shuò)
丶 丷 䒑 屰 屰 屰 朔 朔 朔 朔

名 1 農曆每月初一。如：朔望。2 北方。如：朔風。

【朔風】(ㄕㄨㄛˋ ㄈㄥ) 北風；冷風。反 南風；暖風。

10/6
朕
ㄓㄣˋ (zhèn) 丿 刀 月 月 月 月' 肸 肸 胖 朕

代 我，古代皇帝的自稱。

11/7
望
ㄨㄤˋ (wàng) 丶 亠 亡 亡 亡 亡 亡 望 望 望 望

名 1 名聲。如：聲望。2 農曆每月的十五日。如：朔望。動 1 看。如：遠望。2 拜訪。如：探望。3 期盼。如：希望。介 朝向。如：望右走。

【望梅止渴】(ㄨㄤˋ ㄇㄟˊ ㄓˇ ㄎㄜˇ) 想到了梅子，嘴裡就流口水而止渴。比喻用空想來安慰自己。例 買不起汽車模型的小強，只好到玩具店裡望梅止渴。

✽大失所望、東張西望

12/8
期
一 十 卄 廿 甘 甘 其 其 其 期 期 期

ㄑㄧˊ (qí) 名 1 限度。如：遙遙無期。2 一段時間。如：假期。3 約定的時間。如：延期。動 1 約定。如：不期而遇。2 希望。如：期待。量 1 計算分段時間的單位。如：四期工程。2 計算期刊、雜誌出刊次數的單位。如：發行了三期。

ㄐㄧ (jī) 名 一週年。如：期年。

【期限】(ㄑㄧˊ ㄒㄧㄢˋ) 限定的時間。例 這瓶果醬的保存期限到今年。

【期望】(ㄑㄧˊ ㄨㄤˋ) 期待希望。例 阿強表哥果然不負父母的期望，考上了醫學院。近 期許。

✽學期、定期、後會有期

12/8
朝
一 十 𠂉 古 古 吉 直 卓 卓 朝 朝 朝

ㄓㄠ (zhāo) 名 1 早晨。如：朝夕。2 日；天。如：今朝有酒今朝醉。形 有活力的。如：朝氣。

ㄔㄠˊ (cháo) 名 1 古代帝王接見臣子，處理朝政的地方。如：朝廷。

2指一個帝國或一個帝王統治的時期。如：唐朝。動1古代臣子晉見君主。如：朝見。2向；對。如：坐北朝南。3教徒參拜。如：朝聖。

【朝陽】（ㄓㄠ ㄧㄤˊ）早晨剛升起的太陽。近旭日。

【朝三暮四】（ㄓㄠ ㄙㄢ ㄇㄨˋ ㄙˋ）比喻心意不定，反覆無常。例阿翔對工作朝三暮四，至今已經換了許多家公司。

【朝思暮想】（ㄓㄠ ㄙ ㄇㄨˋ ㄒㄧㄤˇ）從早到晚都在想念。比喻非常思念。例故鄉的景物，讓身在異地的劉叔叔朝思暮想，不能忘懷。近念念不忘。

【朝氣蓬勃】（ㄓㄠ ㄑㄧˋ ㄆㄥˊ ㄅㄛˊ）一大早起來精神充裕煥發。比喻充滿活力。例操場上，一群朝氣蓬勃的小朋友正在做體操。反委靡不振；死氣沉沉。

❀王朝、天朝、班師回朝

18/14

朦 ㄇㄥˊ (méng)

形模糊不清。如：朦朧。動蒙蔽。如：朦騙。

【朦朧】（ㄇㄥˊ ㄌㄨㄥˊ）1月色昏暗的樣子。例今夜月色朦朧，充滿詩情畫意。近昏黃。反明亮。2模糊不清的樣子。例清晨的霧氣使得山林間一片朦朧。反清晰。

20/16

朧 ㄌㄨㄥˊ (lóng)

形月色昏暗。如：朦朧。

木部 ㄇㄨˋ

4/0

木 ㄇㄨˋ (mù)

一 十 才 木

名1樹的總稱。如：樹木。2木

材。如：棺木。3五行之一。如：金木水火土。形1用木材做成的。如：木棒。2忠厚老實。如：木訥。

【木訥】(ㄇㄨˋ ㄋㄜˋ) 忠厚老實而不善於說話。例張叔叔個性木訥，不太主動和人說話。

【木乃伊】(ㄇㄨˋ ㄋㄞˇ ㄧ) 英語 mummy 的音譯。古埃及人用藥劑與特殊方法處理過的屍體。他們相信人死後有來生，靈魂會回到本體上，故用特殊藥劑處理屍體，使屍體能夠長久保存不腐爛。

✽神木、麻木、移花接木

5/1 **未** ㄨㄟˋ (wèi) 一 二 丰 未 未

名1地支的第八位。2時辰名。指下午一點到三點。副1不。如：未知。2不曾；還沒有。如：未卜先知。

【未免】(ㄨㄟˋ ㄇㄧㄢˇ) 實在是。後面必接表示不以為然的語氣。例他居然說太陽繞著地球轉，未免太沒有常識了。

【未卜先知】(ㄨㄟˋ ㄅㄨˇ ㄒㄧㄢ ㄓ) 不經過占卜，就能預先知道未來的事。指人有先見之明。例媽媽說下午會下雨，果真如她所料，真是未卜先知呀！近料事如神。

✽寶刀未老、前所未聞

5/1 **末** ㄇㄛˋ (mò) 一 二 丰 末 末

名1樹梢。引申為東西的尾端或頂梢。如：毫末。2粉屑。如：粉末。3傳統戲劇中扮演中年以上男子的角色。如：正末。形1最後的。如：末節。2細小。如：微末。

【末期】(ㄇㄛˋ ㄑㄧˊ) 最後一段時期。例在馬拉松比賽的過程中，初期靠體力，中期靠耐力，末期則是靠毅力。反初期。

✽歲末、週末、本末倒置

札 5/1 ㄓㄚˊ (zhá) 一 十 才 木 札

㊔ 1古代用來書寫的小木簡。如：筆札。2書信。如：信札。

【札記】ㄓㄚˊ ㄐㄧˋ 有關讀書心得、體會或見聞的紀錄。㊈筆記。

✽手札、書札、簡札

朮 5/1 ㄓㄨˊ (zhú) 一 十 才 木 朮

㊔ 菊科，多年生草本植物。葉呈橢圓形，秋天開花。白色的根可作藥，通稱「白朮」。

本 5/1 ㄅㄣˇ (běn) 一 十 才 木 本

㊔ 1草木的根、幹。2事物的基礎或主體。如：本末倒置。3原有的資金。如：資本。4書冊。如：書本。㊪ 1自己或自己的。如：本領。2原來的。如：本業。㊍ 依據。如：本著良心。㊐ 計算書冊的單位。如：一本畫冊。

【本來】ㄅㄣˇ ㄌㄞˊ 原來。㊑ 我本來打算要出門，但卻突然下起了大雨，所以只好待在家裡。

【本能】ㄅㄣˇ ㄋㄥˊ 與生俱來的能力。㊑ 餓了就要吃東西，這是動物的本能。

【本領】ㄅㄣˇ ㄌㄧㄥˇ 技藝；才能。㊑ 西遊記中的孫悟空本領高強，能夠變化七十二種形象。

【本末倒置】ㄅㄣˇ ㄇㄛˋ ㄉㄠˋ ㄓˋ 比喻事情先後順序顛倒，或事情的輕重緩急失序。㊑ 阿榮打工原本是為了賺取學費，結果卻因此疏忽了學業，真是本末倒置。㊈捨本逐末。

✽基本、根本、課本

朽 6/2 ㄒㄧㄡˇ (xiǔ) 一 十 才 木 朩 朽

㊪ 1腐爛的。如：朽木。2衰老的。如：老朽。

✽枯朽、腐朽、永垂不朽

6/2 **朴** 一 十 才 木 札 朴

ㄆㄛˋ (pò) 名 1樹皮。2榆科，落葉喬木或灌木。葉呈卵形，先端尖；花腋生；結小圓的肉果。有些種類的果實可食用。

ㄆㄨˊ (pú) 形 質樸。通「樸」。如：朴直。

ㄆㄧㄠˊ (piáo) 專 姓。

6/2 **朱** ㄓㄨ (zhū) ノ 𠂉 ⺧ 牛 牛 朱

形 紅色。如：朱色。

【朱門】ㄓㄨ ㄇㄣˊ 古代王侯宅第的大門都塗成紅色，後泛指富貴人家。近 豪門。反 寒門。

6/2 **朵** ㄉㄨㄛˇ (duǒ) ノ 几 几 朵 朵 朵

名 花；花苞。如：花朵。動 動。如：大快朵頤。量 計算花或團狀物的單位。如：一朵雲。

【朵頤】ㄉㄨㄛˇ ㄧˊ 鼓動兩頰。即吃東西的樣子。例 今晚媽媽準備了豐盛的菜餚，大家可以大快朵頤一番。

✽耳朵、雲朵、咬耳朵

7/3 **束** ㄕㄨˋ (shù) 一 𠂇 𠃍 𠂎 中 束 束

名 聚集成條狀的東西。如：光束。動 1捆紮。如：束緊。2整理。如：束裝。量 計算成綑物品的單位。如：一束玫瑰。

【束縛】ㄕㄨˋ ㄈㄨˊ 用繩索捆綁。比喻限制或拘束。例 現代的年輕人總想要擺脫傳統的束縛，嚮往著自由自在的生活。近 牽制。

【束手無策】ㄕㄨˋ ㄕㄡˇ ㄨˊ ㄘㄜˋ 形容遇到事情無法應付。例 無論老師怎麼處罰，小飛還是不交作業，老師對他已經束手無策了。近 一籌莫展。

✽拘束、約束、結束

木

7/3
杆
ㄍㄢ (gān) 杆 一 十 才 木 朩 杆

名 長木棍。如：旗杆。

7/3
村
ㄘㄨㄣ (cūn) 村 一 十 才 木 朩 村

名 1 鄉間有人聚集居住的地方。如：杏花村。2 鄉以下的行政單位。形 鄉野的。如：村姑。

【村莊】ㄘㄨㄣ ㄓㄨㄤ 鄉間人口聚居的小村落。

✽漁村、農村、鄉村

7/3
杜
ㄉㄨˋ (dù) 杜 一 十 才 木 朩 杜

名 即「杜梨」。薔薇科，落葉喬木。葉呈長卵形；花為白色。又稱「棠梨」。動 堵塞；關閉。如：杜絕。

【杜絕】ㄉㄨˋ ㄐㄩㄝˊ 堵塞斷絕。例 學校決定加強門禁，以杜絕不明人士進入校園。近 禁絕。

【杜鵑】ㄉㄨˋ ㄐㄩㄢ 1 候鳥。翅膀和頭部毛灰青色，胸腹白色而帶黑色細條橫紋，嘴紅尾長。又稱「布穀鳥」。2 杜鵑花科，常綠或落葉灌木。葉互生，春天開花，花有白、桃紅、粉紅等多種顏色。

7/3
杞
ㄑㄧˇ (qǐ) 杞 一 十 才 木 朩 杞

名 見「枸杞」。專 古國名。周武王時東樓公的封地。後為楚所滅。故地在今河南。

【杞人憂天】ㄑㄧˇ ㄖㄣˊ ㄧㄡ ㄊㄧㄢ 比喻憂慮不必要的事情。例 臺灣的社會不像你想得那麼亂，你不要杞人憂天了。近 庸人自擾。

辨析 相傳古代杞國有人因憂慮天會掉下來、地會垮掉而不吃不睡。因此而有「杞人憂天」這則成語。

7/3
材
ㄘㄞˊ (cái) 材 一 十 才 木 朩 材

名 1木料。如：木材。2泛指原料。如：藥材。3資質；才能。如：天生我材必有用。

辨析 「材」和「才」都有「能力、資質」的意思，所以「人材」也可寫作「人才」。

【材料】ㄘㄞˊ ㄌㄧㄠˋ 製作成品的原料。例 這些花是待會要用的材料。

✽器材、身材、可造之材

7/3
杖

ㄓㄤˋ (zhàng) 杖 一 十 才 木 朩 杖

名 1用來支撐身體以幫助行走的棍子。如：枴杖。2泛指棍棒。如：麵杖。3古代的一種刑法。用棒子或板子打犯人。如：杖刑。

7/3
李

ㄌㄧˇ (lǐ) 李 一 十 才 木 本 李 李

名 薔薇科，落葉喬木。葉互生，長橢圓形；春天開白花，果實球形，有深溝，呈黃或紅色，可供食用。

✽行李、張冠李戴、瓜田李下

7/3
杏

ㄒㄧㄥˋ (xìng) 杏 一 十 才 木 本 杏

名 薔薇科，落葉喬木。先開花後長葉，初春時開白色或粉紅色花，核果球形，可供食用，種子即杏仁。

【杏林】ㄒㄧㄥˋ ㄌㄧㄣˊ 指醫師或醫學界。例 張醫師醫術高明，享譽杏林。

辨析 相傳三國吳人董奉隱居廬山，免費替人治病，只要求痊癒者種植杏樹，數年後成為一大片杏林。

7/3
杉

ㄕㄢ (shān) 杉 一 十 才 木 杉 杉

名 杉科，常綠喬木。葉細長，線狀披針形。開淡紅色花，毬果有盾狀鱗片，內有種子。木材有香氣，不易被腐蝕，為製作家具的良好材料。

8/4
東

ㄉㄨㄥ (dōng) 東 一 𠃍 戸 百 亘 東 東

名 1方位名。與「西」相對。2主

人的代稱。如：房東。

【東西】㊀ㄉㄨㄥ ㄒㄧ 東方和西方。㊁ㄉㄨㄥ ˙ㄒㄧ 泛指一切事物。㊞這張桌子上堆滿東西，很雜亂。

【東奔西走】ㄉㄨㄥ ㄅㄣ ㄒㄧ ㄗㄡˇ 形容四處奔波張羅。㊞爸爸每天東奔西走，辛苦工作來維持一家人的生活。

【東張西望】ㄉㄨㄥ ㄓㄤ ㄒㄧ ㄨㄤˋ 四處張望。㊞那個陌生人站在門口東張西望，好像在找什麼人。㊒左顧右盼。

✽作東、馬耳東風、付諸東流

8/4
杰
ㄐㄧㄝˊ (jié)
一 十 才 木 杰 杰 杰 杰

㊔才能出眾的；成就不凡的。通「傑」。如：杰出。

8/4
枋
ㄈㄤ (fāng)
一 十 才 木 杧 杧 枋 枋

㊔①檀木的別稱。質地堅硬，可做車。②築堤堰的大木樁。

8/4
杭
ㄏㄤˊ (háng)
一 十 才 木 杧 杧 杭

㊕地名。杭州的簡稱。

8/4
枕
ㄓㄣˇ (zhěn)
一 十 才 木 杪 杪 枕

㊔睡覺時墊頭的寢具。如：枕頭。

ㄓㄣˋ (zhèn) ㊐用頭枕物。如：枕戈待旦。

【枕戈待旦】ㄓㄣˇ ㄍㄜ ㄉㄞˋ ㄉㄢˋ 枕著兵器，等待天明。形容士兵日夜戒備。㊞戰爭一觸即發，士兵們全都枕戈待旦，不敢掉以輕心。㊍高枕無憂。

✽共枕、安枕、抱枕

8/4
枉
ㄨㄤˇ (wǎng)
一 十 才 木 木 杆 杆 枉

㊐①歪曲；違反。如：枉法。②冤陷。如：冤枉。㊓徒然；白白的。如：枉費。

木

【枉費】(ㄨㄤˇ ㄈㄟˋ) 白白的浪費。㊪近 白費。

8/4 **枒** ㄧㄚˊ (yá)

㊔名 即「椰子樹」。

8/4 **枝** ㄓ (zhī)

㊔名 從植物主幹上旁生出來的莖條。如：樹枝。㊧量 計算帶枝的花或桿狀物的單位。如：一枝花。

❀節外生枝、花枝招展

8/4 **杷** ㄆㄚˊ (pá)

見「枇杷」。

8/4 **枇** ㄆㄧˊ (pí)

見「枇杷」。

【枇杷】(ㄆㄧˊ ㄆㄚˊ) 薔薇科，常綠喬木。全植株密生絨毛。冬季開白色花，果實橙黃色，可供食用。

8/4 **林** ㄌㄧㄣˊ (lín)

㊔名 1 聚集生長在一起的樹木。如：樹林。2 泛指人或事物的聚集處。如：武林。㊖副 群聚；眾多。如：林立。

【林立】(ㄌㄧㄣˊ ㄌㄧˋ) 比喻眾多。㊟例 北投地區溫泉旅館林立，是泡湯的好去處。

❀叢林、森林、防風林

8/4 **板** ㄅㄢˇ (bǎn)

㊔名 1 泛指片狀物。如：紙板。2 音樂的節拍。如：快板。㊫形 少變化；不活潑。如：呆板。

【板凳】(ㄅㄢˇ ㄉㄥˋ) 用木板做成的凳子。

❀古板、死板、天花板

8/4 **杯** ㄅㄟ (bēi)

㊔名 1 盛液體的器具。如：酒杯。2

杯形的東西。如：獎杯。㊜量 計算杯裝物的單位。如：一杯酒。

【杯盤狼藉】(ㄅㄟ ㄆㄢˊ ㄌㄤˊ ㄐㄧˊ) 形容宴會後杯盤零亂散落的樣子。也作「杯盤狼籍」。㊜例 晚餐時間過後，餐廳裡杯盤狼藉，看來服務生又有得忙了。

8/4
杳

ㄧㄠˇ (yǎo) 杳杳 一 十 才 木 木 杏

㊜形 1 幽暗。如：杳冥。2 深遠。如：杳渺。㊜動 不見蹤影。如：杳如黃鶴。

【杳如黃鶴】(ㄧㄠˇ ㄖㄨˊ ㄏㄨㄤˊ ㄏㄜˋ) 像飛走的黃鶴般沒有蹤影。比喻一去不返，無影無蹤。㊜例 雖然志明寄給春嬌的信杳如黃鶴，毫無回音，他仍不死心。

8/4
杵

ㄔㄨˇ (chǔ) 杵杵 一 十 才 木 木 杵

㊜名 棒槌。可用來舂米、搗衣。㊜動 1 搗；砸。如：杵藥。2 呆呆的站著。如：別像根木頭一樣杵在那裡。

8/4
枚

ㄇㄟˊ (méi) 枚枚 一 十 才 木 木 杓

㊜副 逐一。如：不勝枚舉。㊜量 計算扁平或圓錐形物體的單位。如：一枚硬幣。

【枚舉】(ㄇㄟˊ ㄐㄩˇ) 逐一列舉。㊜例 葉教授在演說中枚舉許多實例來證明他的論點。

8/4
析

ㄒㄧ (xī) 析析 一 十 才 木 木 析

㊜動 1 剖開。如：析分為二。2 離散。如：分崩離析。3 解釋。如：解析。

✽評析、剖析、賞析

8/4
松

ㄙㄨㄥ (sōng) 松松 一 十 才 木 木 朳

㊜名 松科，常綠喬木。葉針狀或線狀，毬果由許多鱗片組成。種子可食用。樹幹分泌的松脂，可提煉松香水、松香。木材是良好的建材及

木

造紙原料。

【松鼠】(ㄙㄨㄥ ㄕㄨˇ) 哺乳類。外型似鼠但體型較大，尾部密生長毛而蓬鬆，行動敏捷。以植物、種子及堅果為主食。又稱「栗鼠」。

8/4
果
ㄍㄨㄛˇ (guǒ) 丨 冂 日 日 旦 甲 甲 果

(名)①植物所結的果實。如：水果。②事情的結局。如：成果。(形)堅決。如：果斷。(動)吃飽。如：果腹。(副)確切；當真。如：果真如此。

【果然】(ㄍㄨㄛˇ ㄖㄢˊ) 事情的結果和當初預期的一樣。(例)這部電影果然像你介紹的那麼精彩。

【果斷】(ㄍㄨㄛˇ ㄉㄨㄢˋ) 當機立斷。(例)他處事果斷，卻常犯粗心的錯誤。(反)猶豫。

✽結果、前因後果、自食其果

9/5
染
ㄖㄢˇ (rǎn) 丶 丶 氵 氿 氿 氿 染 染 染

(名)男女之間不正當的關係。如：兩人有染。(動)①在布帛上著色。如：染色。②書畫時著色沾墨。如：渲染。③沾汙。如：一塵不染。④沾惹；感受。如：感染。

【染色】(ㄖㄢˇ ㄙㄜˋ) 用染料將物體著上顏色。

【染病】(ㄖㄢˇ ㄅㄧㄥˋ) 生病。(例)為了避免腸病毒傳染，老師要求染病的同學請假在家休養。(近)患病。(反)痊癒。

✽汙染、沾染、耳濡目染

9/5
柬
ㄐㄧㄢˇ (jiǎn) 一 𠃍 冂 冂 冂 冂 亩 東 柬

(名)書信；請帖。如：書柬。

【柬帖】(ㄐㄧㄢˇ ㄊㄧㄝˇ) 邀請賓客的帖子。

9/5
某
ㄇㄡˇ (mǒu) 一 十 廿 廿 甘 甘 苴 某 某

(代)指不確定或不明說的人、時、事、物。如：某人。

ㄇㄟˊ (méi) ㊈「梅」的異體字。

柱 9/5 ㄓㄨˋ (zhù) 一 十 才 木 木 朩 朾 柱 柱

㊔ ①用來支撐建築結構的長形物體。如：柱子。②形長如柱的東西。如：水柱。

✽支柱、臺柱、中流砥柱

柿 9/5 ㄕˋ (shì) 一 十 才 木 木 朩 柿 柿 柿

㊔ 柿樹科，落葉喬木。夏季開淡黃色花，果實橙黃或鮮黃色，可供食用。

柯 9/5 ㄎㄜ (kē) 一 十 才 木 朩 杇 柯 柯 柯

㊔ 殼斗科，常綠喬木或灌木。葉呈橢圓形；花呈穗狀；果實為堅果。種類很多。

柄 9/5 ㄅㄧㄥˇ (bǐng) 一 十 才 木 朩 朩 柄 柄 柄

㊔ ①把手。如：刀柄。②言語或行為可被人當作攻擊、威脅或取笑的對象。如：話柄。③權力。如：權柄。

✽把柄、笑柄、傘柄

柑 9/5 ㄍㄢ (gān) 一 十 才 木 朩 朩 柑 柑 柑

㊔ 芸香科，常綠小喬木或灌木。初夏時開白色花，果實扁球形，成熟時深橙色，可供食用。

枯 9/5 ㄎㄨ (kū) 一 十 才 木 朩 朩 枯 枯 枯

㊒ ①憔悴。如：枯瘦。②空無一物。如：枯腸。㊍ 失去水分；乾涸。如：枯萎。

【枯萎】ㄎㄨ ㄨㄟ 草木乾枯而死。㊎這一帶因為很久沒下雨，許多植物都發黃、枯萎了。㊐枯死。

【枯燥】ㄎㄨ ㄗㄠˋ 單調乏味。㊎這本書的故事劇情無聊，內容又枯燥，一點都不吸引人。㊐無趣。

木

✽海枯石爛、油盡燈枯

枷 9/5 ㄐㄧㄚ (jiā) 一 十 才 木 朸 枷 枷 枷 枷
㊔脖子。
㊔刑具名。木製，用來套住犯人的脖子。
【枷鎖】ㄐㄧㄚ ㄙㄨㄛˇ 木枷和鐵鎖，為古代的兩種刑具。後引申為束縛。㊣現代人的生活總是背負著重重枷鎖，壓力大得讓人喘不過氣來。

柩 9/5 ㄐㄧㄡˋ (jiù) 一 十 才 木 木 杧 杧 柩 柩
㊔裝了屍體的棺材。如：靈柩。

查 9/5 一 十 才 木 木 杏 杏 杳 查
ㄔㄚˊ (chá) ㊐考察；檢點。如：檢查。
ㄓㄚ (zhā) ㊕姓。
【查禁】ㄔㄚˊ ㄐㄧㄣˋ 檢查並禁止。㊣警方正大力查禁盜版唱片。
【查詢】ㄔㄚˊ ㄒㄩㄣˊ 查察詢問。㊣如果這部電腦有任何問題，可以打電話到客服中心去查詢。
【查證】ㄔㄚˊ ㄓㄥˋ 查詢資料以證明。㊣記者不應該發布未經查證的消息。
✽審查、搜查、調查

枴 9/5 ㄍㄨㄞˇ (guǎi) 一 十 才 木 朷 朷 枴 枴
㊔用來支撐身體，以便幫助行走的棍子。如：枴杖。
【枴杖】ㄍㄨㄞˇ ㄓㄤˋ 用來支撐身體，方便行走的手杖。

柚 9/5 ㄧㄡˋ (yòu) 一 十 才 木 札 杣 柚 柚 柚
㊔芸香科，常綠喬木。枝有刺；初夏時開白色花；果實大，呈球形或梨形，可供食用。

枳 9/5 ㄓˇ (zhǐ) 一 十 才 木 朩 朷 枳 枳 枳
㊔芸香科，落葉灌木或小喬木。春

天開黃白色花，果實橙黃色，葉、花、果皮可提煉芳香油。

9/5
柵

ㄓㄚˋ (zhà) 一 十 才 木 札 机 机 柵 柵

㊔用竹、木編成的籬笆。如：柵欄。

9/5
柞

柞 一 十 才 木 朳 朳 杵 柞 柞

ㄗㄨㄛˋ (zuò) ㊔殼斗科，落葉喬木。材質堅硬，可製作器具。

ㄗㄜˊ (zé) ㊫[1]狹窄。[2]大聲。㊦砍伐樹木。

9/5
枸

枸 一 十 才 木 朳 枃 枃 枸

ㄍㄡˇ (gǒu) 見「枸杞」。

ㄍㄡ (gōu) ㊫彎曲不直的。如：枸木。

【枸杞】(ㄍㄡˇ ㄑㄧˇ) 茄科，落葉灌木。夏季開淡紫色花；漿果橢圓形，成熟時呈紅或橘色。是常見的中藥材。

9/5
柏

ㄅㄛˊ (bó) 一 十 才 木 朳 朳 柏 柏 柏

㊔柏科，常綠喬木或灌木。老枝的葉子呈鱗狀，幼枝的葉子呈線形；毬果呈球形，木質，有很多種子。

9/5
柢

ㄉㄧˇ (dǐ) 一 十 才 木 朳 朳 柢 柢 柢

㊔樹根。多用來比喻事物的本源或基礎。如：根柢。

✽追根究柢、根深柢固

9/5
柳

ㄌㄧㄡˇ (liǔ) 一 十 才 木 朳 朳 柳 柳 柳

㊔楊柳科，落葉喬木或灌木。枝條細長柔韌，葉狹長針披形。花極小，密生下垂。種子帶有白色細毛，外形像棉絮，俗稱「柳絮」，會隨風飄舞。

✽垂柳、花紅柳綠、尋花問柳

9/5
架

ㄐㄧㄚˋ (jià) フ カ 加 加 加 架 架 架

木

(名)支撐或擱置東西的器具。如：書架。(動)①搭造。如：架橋。②爭吵；毆打。如：打架。③攙扶。大多帶有強制的意思。如：架住。④抵擋；承受。如：招架。(量)計算有架子或輪子之器物的單位。如：一架飛機。

【架構】(ㄐㄧㄚˋ ㄍㄡˋ) 結構；構造。(例)這篇小說架構完整，人物形象也很鮮明。

✽吵架、擔架、十字架

9/5

柔

ㄖㄡˊ (róu) フ マ 彐 予 矛 矛 柔 柔 柔

(形)①溫和；和順。如：溫柔。②軟弱。如：柔弱。(動)安撫。如：懷柔。

【柔和】(ㄖㄡˊ ㄏㄜˊ) 溫和不強硬。(例)小明親切的態度、柔和的語調，讓人很想親近他。(反)嚴酷。

【柔軟】(ㄖㄡˊ ㄖㄨㄢˇ) 軟而不堅硬。(例)體操選手的身體都很柔軟，能做出高難度的動作。(反)堅硬。

【柔腸寸斷】(ㄖㄡˊ ㄔㄤˊ ㄘㄨㄣˋ ㄉㄨㄢˋ) 形容非常悲傷。(例)聽到爺爺去世的消息，小欣哭得柔腸寸斷。(近)哀痛欲絕。

✽嬌柔、輕柔、以柔克剛

10/6

案

ㄢˋ (àn) 丶 丶 宀 它 安 安 安 宲 宲 案

(名)①長形的桌子。如：桌案。②事件。如：慘案。③處理公事的文書、例子。如：有案可循。④經過研究後所作的說明或判斷。通「按」。如：作者案。

【案情】(ㄢˋ ㄑㄧㄥˊ) 案件的實情。(例)這件縱火案的案情並不單純，還要再仔細調查。

✽報案、檔案、法案

10/6

栽

ㄗㄞ (zāi) 一 十 土 圭 丰 丰 耒 耒 栽 栽

(動)①種植。如：栽培。②捉弄；陷害。如：栽贓。③跌倒。如：栽跟

頭。

【栽培】(ㄗㄞ ㄆㄟˊ) 1種植與培養。例在花農的細心栽培下，每朵花都開得又大又美。2培育人才。例這所科技大學栽培了許多優秀的人才。

【栽贓】(ㄗㄞ ㄗㄤ) 指製造偽證或將贓物放在別人的地方，以陷害他人。例小彥並沒有偷東西，他是被人栽贓的。近嫁禍。

10/6
栗
ㄌㄧˋ (lì) 一 ㄧ 冂 冖 襾 襾 覀 覀 栗 栗

名 殼斗科，落葉喬木或灌木。夏季開花，堅果棕色，可供食用。

10/6
校
一 十 才 木 木` 朩 朩 朩 栌 校

ㄒㄧㄠˋ (xiào) 名 1教育學生的場所。如：學校。2中級的軍官階級。如：中校。

ㄐㄧㄠˋ (jiào) 動 1訂正。如：校對。

【校對】(ㄐㄧㄠˋ ㄉㄨㄟˋ) 核對原稿，找出錯誤字句，並加以訂正的工作。例我把課文抄下來，然後仔細的校對一遍。

✽母校、補校、離校

10/6
核
ㄏㄜˊ (hé) 一 十 才 木 木` 朩 朩 栌 核 核

名 1果實中心堅硬、含有果仁的部分。如：果核。2泛指中心區域。如：核心地區。動 審查；對照。如：核算。

【核心】(ㄏㄜˊ ㄒㄧㄣ) 中心；重心。例這一帶高樓林立，是臺北市的核心地區。

【核對】(ㄏㄜˊ ㄉㄨㄟˋ) 審核查對。例裁判仔細核對參加比賽的名單和選手是否吻合，以防止有人作弊。

✽察核、考核、複核

10/6
框
ㄎㄨㄤ (kuāng) 一 十 才 木 木一 朩 栃 栃 框 框

名 泛指器物的周邊。如：鏡框。

木

10/6
栩 ㄒㄩˇ (xǔ)

一 十 才 木 杓 杓 栩 栩 栩 栩

(名)殼斗科，落葉喬木。三、四月時開黃花，九月結實。(形)生動活潑的樣子。如：栩栩如生。

【栩栩如生】ㄒㄩˇ ㄒㄩˇ ㄖㄨˊ ㄕㄥ 生動逼真的樣子。(例)這幅畫中的人物栩栩如生，吸引眾人圍觀。(近)活靈活現；維妙維肖。

10/6
桂 ㄍㄨㄟˋ (guì)

一 十 才 木 木 杜 杜 桂 桂 桂

(名)植物名。有肉桂、丹桂、月桂等類別。

【桂花】ㄍㄨㄟˋ ㄏㄨㄚ 木犀科，常綠灌木。秋天開黃白色花，香味濃郁。又稱「木犀」。

【桂冠】ㄍㄨㄟˋ ㄍㄨㄢ 月桂樹葉編成的環狀帽。古希臘人用來授予傑出的詩人或競技的勝利者。後人以桂冠作為光榮的象徵。

10/6
根 ㄍㄣ (gēn)

一 十 才 木 杉 杉 杷 杷 根 根

(名)1植物的一部分，生長在土裡，有吸收和傳送水分、養分的功能。2事物的本源。如：根源。3數學方程式中未知數的解。(副)徹底。如：根治。(量)計算細長物體的單位。如：一根香蕉。

【根據】ㄍㄣ ㄐㄩˋ 依據。(例)根據雙方的戰力來評估，這場比賽我們贏定了。

【根深柢固】ㄍㄣ ㄕㄣ ㄉㄧˇ ㄍㄨˋ 根基深厚穩固。(例)這棵老樹根深柢固，雖然受到強烈颱風的侵襲，仍然屹立不拔。(反)搖搖欲墜。

❀慧根、落葉歸根、斬草除根

10/6
桓 ㄏㄨㄢˊ (huán)

一 十 才 木 杠 杠 柘 桓 桓 桓

(名)植物名。葉子似柳，皮呈黃白色。

10/6
桔
一 十 才 木 朩 杆 杜 桔 桔 桔

ㄐㄧㄝˊ (jié) 見「桔梗」。

ㄐㄩˊ (jú) 異 「橘」的異體字。

【桔梗】桔梗科，多年生草本植物。秋季開花，有白、淡藍、深藍或淡紫等顏色。

10/6
梳
ㄕㄨ (shū) 一 十 才 木 朩 杧 杧 梳 梳 梳

名 整理頭髮的用具。如：扁梳。動 整理頭髮。如：梳髮。

10/6
桐
ㄊㄨㄥˊ (tóng) 一 十 才 木 剌 机 桐 桐 桐 桐

名 玄參科，落葉喬木。初夏時開淡紫色花，蒴果卵形，木材輕軟，為良好的建材。又稱「泡桐」。

10/6
桃
ㄊㄠˊ (táo) 一 十 才 木 朳 杉 杉 朾 桃 桃

名 薔薇科，落葉小喬木。早春開粉紅色花，核果卵球形，有溝，上面布滿絨毛，可供食用。

【桃李】因為桃樹、李樹都能結果，所以用來比喻所栽培的學生或人才。例 鄭老師在教育界服務二十多年，桃李滿天下。

❋楊桃、櫻桃、水蜜桃

10/6
株
ㄓㄨ (zhū) 一 十 才 木 木 朾 朾 杵 株 株

名 露出地面的樹根。如：守株待兔。動 牽連。如：株連。量 計算植物的單位。如：一株榕樹。

【株連】一個人有罪而牽連到其他人。例 為了不讓無辜的人被株連，小金鼓起勇氣去自首了。

❋分株、新株、植株

10/6
桅
ㄨㄟˊ (wéi) 一 十 才 木 木 朾 杧 杵 柘 桅

名 船上的竹竿，用來懸掛船帆、旗號、信號燈等。如：桅杆。

木

10/6
格 ㄍㄜˊ (gé)
一 十 才 木 木 杪 枚 枚 格 格 格

名 1 橫直線交互形成的方框。如：方格。2 品質；風味。如：風格。

動 1 打鬥。如：格鬥。2 抵觸。如：扞格。

【格外】ㄍㄜˊ ㄨㄞˋ 特別；超出常規。例 在全班同學之中，班長的學業表現顯得格外優秀，大家遇到問題，都會想要去問她。近 分外。

【格言】ㄍㄜˊ ㄧㄢˊ 作為準則以砥礪品行的話。

【格格不入】ㄍㄜˊ ㄍㄜˊ ㄅㄨˋ ㄖㄨˋ 彼此互相排斥，不能配合。例 這棟屋子外形典雅，屋內的布置卻非常俗氣，顯得有點格格不入。

✽人格、性格、體格

10/6
栓 ㄕㄨㄢ (shuān)
一 十 才 木 朩 朴 朴 栓 栓 栓

名 1 器物或管路內可以供開關的機件。如：消防栓。2 瓶塞。

10/6
桑 ㄙㄤ (sāng)
フ ヌ ヌ ヌ 叒 叒 叒 桑 桑 桑

名 桑科，落葉喬木或灌木。春夏間開淡黃綠色小花，穗狀，果實稱為桑葚，可供食用，葉子可養蠶。

✽滄桑、指桑罵槐、滄海桑田

10/6
桌 ㄓㄨㄛ (zhuō)
丨 卜 卜 占 占 占 卓 卓 桌 桌

名 几案。如：書桌。量 計算宴席或球臺的單位。如：請了十桌客人。

10/6
柴 ㄔㄞˊ (chái)
丨 卜 止 止 止 此 此 柴 柴 柴

名 當燃料用的木材。如：柴火。形 乾瘦的樣子。

【柴油】ㄔㄞˊ ㄧㄡˊ 從石油加工所得到的燃料油，主要用在大型的車船上，費用較低。

✽火柴、劈柴、骨瘦如柴

桀

10/6

ㄐㄧㄝˊ (jié) 桀 桀 桀 桀 桀 桀 桀 桀 桀 桀

㊔傑出的人。通「傑」。如：英桀。

㊖凶暴。如：橫桀。

【桀驁不馴】ㄐㄧㄝˊ ㄠˋ ㄅㄨˋ ㄒㄩㄣˊ 個性凶暴而不順從。㊟阿牛的個性桀驁不馴，把父母長輩的勸告都當作耳邊風，做出了很多衝動的事情。

梁

11/7

ㄌㄧㄤˊ (liáng) 刅 汈 汈 汈 沏 沏 梁 梁 梁 梁 梁

㊔①橋。如：橋梁。②物體隆起的部分。如：脊梁。③用來支撐屋頂或各樓地板的建築結構。如：橫梁。

㊕朝代名。(1) (502－577) 南北朝時蕭衍篡齊所建。(2) (907－923) 五代時朱全忠篡唐所建。史稱「後梁」。

【梁上君子】ㄌㄧㄤˊ ㄕㄤˋ ㄐㄩㄣ ㄗˇ 小偷的代稱。㊟社區時常有梁上君子出沒，居民們損失慘重。㊣竊賊。

✽鼻梁、挑大梁、餘音繞梁

梓

11/7

ㄗˇ (zǐ) 一 十 才 木 朩 朩 朩 栌 柆 梓 梓

㊔①紫葳科，落葉喬木。夏季開黃色花，果實細長。②鄉里的代稱。如：桑梓。③兒子的代稱。如：喬梓。

㊗刻版印刷。如：付梓。

梯

11/7

ㄊㄧ (tī) 一 十 才 木 朩 朩 杉 梯 梯 梯 梯

㊔登高用的器具或設備。如：樓梯。

㊖形狀像梯的。如：梯田。

【梯田】ㄊㄧ ㄊㄧㄢˊ 沿山坡開墾的階梯式耕地。是充分利用山坡地，減緩土壤沖刷、流失的有效方法。

✽扶梯、電梯、溜滑梯

械

11/7

ㄒㄧㄝˋ (xiè) 一 十 才 木 木 朩 析 械 械 械 械

㊔①武器。如：繳械。②器具的總稱。如：器械。

【械鬥】ㄒㄧㄝˋ ㄉㄡˋ 雙方群眾各持武器互相鬥毆。㊟還好警方及時出現，

才制止了這群準備械鬥的青少年。

11/7
梗 ㄍㄥˇ (gěng) 一 十 才 木 木 木 朩 栢 桓 梗 梗

㊔ 1 植物的枝、根或莖。如：葉梗。2 大略的情形。如：梗概。㊊ 剛正的。如：梗直。㊍ 阻塞。如：梗塞。

【梗概】ㄍㄥˇ ㄍㄞˋ 大概；大略的情形。㊖ 老師將這篇課文的梗概說了一遍。㊅ 大要。

✽ 枝梗、花梗、從中作梗

11/7
梧 ㄨˊ (wú) 一 十 才 木 朩 木 栢 梧 梧 梧

見「梧桐」。

【梧桐】ㄨˊ ㄊㄨㄥˊ 梧桐科，落葉喬木。開淡黃色小花，果實為蒴果，種子可供食用或榨油。

11/7
梵 ㄈㄢˋ (fàn) 一 十 才 木 朩 朴 林 林 梵 梵

㊔ 梵語的簡稱。㊊ 1 印度的；與印度有關的。如：梵文。2 佛學的；與佛教有關的。如：梵宇。

11/7
桶 ㄊㄨㄥˇ (tǒng) 一 十 才 木 木 朩 朩 杩 梋 桶 桶

㊔ 圓柱形的容器。如：水桶。㊐ 計算桶裝物品的單位。如：一桶水。

✽ 木桶、酒桶、垃圾桶

11/7
梢 ㄕㄠ (shāo) 一 十 才 木 朩 朩 朩 梢 梢 梢

㊔ 1 樹枝的末端。如：樹梢。2 泛指事物的末端。如：眉梢。

✽ 林梢、柳梢、喜上眉梢

11/7
桿 ㄍㄢˇ (gǎn) 一 十 才 木 朩 朩 枰 桿 桿 桿

㊔ 棍狀的長條圓木。如：球桿。㊐ 1 計算桿狀器物的單位。如：一桿長槍。2 計算高爾夫球賽揮桿次數的單位。如：低於標準桿四桿。

11/7
梱 ㄎㄨㄣˇ (kǔn) 一 十 才 木 朩 朩 梱 梱 梱 梱

（名）門限；門檻。

梭

11/7 ㄙㄨㄛ (suō)

（名）織布機上牽引線左右來回交織的器具。（形）比喻往來頻繁。如：梭巡。

【梭巡 ㄙㄨㄛ ㄒㄩㄣˊ】往來巡察。（例）小貓花花在前門與後庭之間不斷來回梭巡，似乎非捉到剛才逃跑的那隻老鼠不可。（近）巡邏。

✽穿梭、太空梭、歲月如梭

梆

11/7 ㄅㄤ (bāng)

（名）打擊樂器。由兩根硬木棒所組成，演奏時，左手持粗木棒，右手執細木棒，互擊發聲。

梅

11/7 ㄇㄟˊ (méi)

（名）薔薇科，落葉喬木或灌木。嚴冬至初春之間開白色、紅色或粉紅色的花，氣味清香，果實可供食用。

【梅花 ㄇㄟˊ ㄏㄨㄚ】梅樹的花。顏色白或紅，十二月（臘月）開花的稱「臘梅」，早春開花的稱「春梅」。因為堅貞耐寒，而被選為中華民國的國花。

【梅雨 ㄇㄟˊ ㄩˇ】①指每年六、七月間，因冷、暖氣團勢力均衡，造成長江中下游連續陰雨的天氣。因為剛好是梅子成熟期，所以稱為梅雨。②臺灣在五、六月間，因鋒面滯留北部上空，所造成連續陰雨的天氣。

✽寒梅、青梅竹馬、望梅止渴

梃

11/7 ㄊㄧㄥˇ (tǐng)

（名）棍棒。

梔

11/7 ㄓ (zhī)

（名）茜草科，常綠灌木。夏天開白花，有香氣；果實呈黃色，可供藥

用及染料。

11/7
棄 ㄑㄧˋ (qì) 𠫓 亠 𠫓 𠫓 𠫓 𠫓 𠫓 𠫓 𠫓 棄 棄

㊀動 1廢置。如：丟棄。2脫離；離開。如：棄世。3違背。如：背棄。

【棄置】ㄑㄧˋ ㄓˋ 扔在一旁不理會。㊀例 颱風過後，幾輛泡水車被棄置路旁。

【棄權】ㄑㄧˋ ㄑㄩㄢˊ 放棄權利。㊀例 因為在跳高比賽前腳受傷，小銘只好棄權。

✽唾棄、放棄、自暴自棄

11/7
梨 ㄌㄧˊ (lí) ノ 二 千 千 禾 禾 利 利 利 梨 梨

㊀名 薔薇科，落葉喬木。春天開白色花；果實圓形，褐色或淡黃色，並帶點淺色斑點，可供食用。

✽水梨、鳳梨、孔融讓梨

11/7
梟 ㄒㄧㄠ (xiāo) ノ 亻 户 户 户 自 鳥 鳥 梟 梟 梟

㊀名 1鳥類。肉食性猛禽。俗稱「貓頭鷹」。2指凶狠且做不法勾當的人。如：毒梟。㊀形 勇猛；凶悍。通「驍」。如：梟勇善戰。

11/7
條 ㄊㄧㄠˊ (tiáo) ノ 亻 亻 亻 亻 亻 攸 條 條 條 條

㊀名 1細長的樹枝。如：枝條。2泛指細長的東西。如：油條。3理路；秩序。如：有條有理。㊀量 1計算細長物體的單位。如：一條繩子。2計算文書條款、項目的單位。如：民法第十一條。

【條件】ㄊㄧㄠˊ ㄐㄧㄢˋ 1事件產生或存在的因素。㊀例 郊區的生活條件很好，所以吸引了不少民眾前來購屋。2為某事提出的要求。㊀例 這次校際模範生選拔的條件很嚴格，所以符合資格的人很少。

【條理】ㄊㄧㄠˊ ㄌㄧˇ 系統；脈絡。㊀例 小妹做事很有條理，所以爸媽都很放心。

✽木條、發條、苗條

木

12/8
棗 ㄗㄠˇ (zǎo)

名 鼠李科，落葉灌木或小喬木。果實橢圓形，成熟時呈暗紅或黑褐色，可供食用。

❋紅棗、蜜棗、重棗

12/8
棘 ㄐㄧˊ (jí)

名 1鼠李科，落葉喬木。枝有刺，果實呈暗紅色，味酸。又稱「酸棗」。2泛指有刺的植物。如：荊棘。

【棘手 ㄐㄧˊ ㄕㄡˇ】荊棘刺手。比喻事情很難處理。例 這是個棘手的問題。

反 容易。

12/8
棕 ㄗㄨㄥ (zōng)

名 1見「棕櫚」。2像栗子一樣的顏色。

【棕櫚 ㄗㄨㄥ ㄌㄩˊ】棕櫚科，高大喬木。莖幹覆著黑色毛狀纖維，有細長葉柄，開淡黃色小花，果實腎形，深藍色。

12/8
棺 ㄍㄨㄢ (guān)

名 裝屍體的器具。如：棺材。

❋封棺、石棺、蓋棺論定

12/8
棒 ㄅㄤˋ (bàng)

名 木棍。如：棍棒。形 稱讚人技術好、能力強。如：真棒！動 用棒子打人。如：當頭棒喝。

【棒球 ㄅㄤˋ ㄑㄧㄡˊ】一種團體的球類比賽。每隊參賽者九人，分成兩隊對抗。攻守互換，以得分多者為勝。

❋冰棒、職棒、接棒

12/8
棲 ㄑㄧ (qī)

動 歇息；停留。如：棲息。

ㄒㄧ (xī) ㊋ 忙碌不停的樣子。

【棲息】ㄑㄧ ㄒㄧˊ 停留；休息。㊣ 在河川的出海口附近，有許多鳥類棲息。

❀水棲、兩棲、良禽擇木而棲

12/8
棣 ㄉㄧˋ (dì)

一 十 才 木 朩 朩 杼 杼 桿 桿 棣 棣

㊔ 1 植物名。果實如櫻桃，可供食用。2 弟弟。通「弟」。如：賢棣。

12/8
棟 ㄉㄨㄥˋ (dòng)

一 十 才 木 朩 杆 柜 柜 柙 柙 棟 棟

㊔ 屋頂的正梁。如：棟梁。㊖ 計算房屋的單位。如：一棟房子。

【棟梁】ㄉㄨㄥˋ ㄌㄧㄤˊ 1 支撐屋頂的大梁。2 比喻能擔負重任的人才。㊣ 青年是國家未來的棟梁。

12/8
椏 ㄧㄚ (yā)

一 十 才 木 朩 朩 杇 杇 栖 栖 椏 椏

㊔ 草木分枝的地方。如：枝椏。

12/8
棋 ㄑㄧˊ (qí)

一 十 才 木 朩 朩 柑 柑 柑 棋 棋 棋

㊔ 一種遊戲用具。使用者依規則進行比賽。

【棋逢敵手】ㄑㄧˊ ㄈㄥˊ ㄉㄧˊ ㄕㄡˇ 比喻雙方本領不相上下。㊣ 這場足球比賽，雙方棋逢敵手，你來我往，戰況激烈。㊧ 勢均力敵。㊦ 天差地遠。

❀下棋、死棋、舉棋不定

12/8
植 ㄓˊ (zhí)

一 十 才 木 朩 朩 杧 枯 枯 植 植 植

㊔ 草木的總稱。如：植物。㊗ 1 栽種。如：植樹。2 培養。如：扶植。

❀墾植、移植、培植

12/8
森 ㄙㄣ (sēn)

一 十 才 木 本 本 森 森 森 森 森 森

㊋ 1 樹木叢生的樣子。如：森林。2 陰沉幽暗的樣子。如：陰森。3 嚴肅整齊的樣子。如：森嚴。

【森嚴】ㄙㄣ ㄧㄢˊ 非常嚴密。㊣ 總統府周圍軍警戒備十分森嚴。㊧ 周密。㊦ 疏漏。

椅
12/8 ㄧˇ (yǐ)

(名) 有靠背的坐具。如：椅子。

✽桌椅、躺椅、輪椅

棧
12/8 ㄓㄢˋ (zhàn)

(名) 1 在懸崖上以木頭架成的通道。如：棧道。2 留宿客人或儲藏貨物的房間。如：客棧。

椒
12/8 ㄐㄧㄠ (jiāo)

(名) 指辛辣類的植物。如：辣椒。

棍
12/8 ㄍㄨㄣˋ (gùn)

(名) 1 木製棒子。如：棍子。2 不正派的人。如：惡棍。

✽光棍、賭棍、神棍

棵
12/8 ㄎㄜ (kē)

(量) 計算植物的單位。如：五棵椰子樹。

棹
12/8 ㄓㄠˋ (zhào)

(名) 划船的長槳，也指船。

棚
12/8 ㄆㄥˊ (péng)

(名) 用竹、木、鐵等搭蓋的篷架或小屋。如：花棚。

✽瓜棚、草棚、車棚

椎
12/8 ㄓㄨㄟ (zhuī)

(名) 1 捶擊物體的器具。如：鐵椎。2 脊椎骨。如：頸椎。(動) 捶打；敲擊。如：椎心泣血。

【椎心泣血 ㄓㄨㄟ ㄒㄧㄣ ㄑㄧˋ ㄒㄧㄝˇ】捶打心胸，哭出血淚。形容極度哀傷。(例) 小明的父母在一場意外中過世，讓他椎心泣血，哀痛不已。(近) 傷心欲絕。(反) 喜極而泣。

木

12/8
棉
ㄇㄧㄢˊ (mián) 一 十 木 杧 杧 杧 杧 杧 杧 棉 棉 棉

名 錦葵科，一年生草本植物。果實裂開時內有白色纖維和絨毛，是紡織原料。適合生長在溫暖乾燥且陽光充足的地方。

辨析 「棉」與「綿」字都讀ㄇㄧㄢˊ，但一般說來，前者是直接用棉花所做成的布料，如：棉布；後者則指棉花和羊毛經過加工後所產生的布料，如：絲綿。差異相當細微，應特別注意。

12/8
棠
ㄊㄤˊ (táng) 丨 丨 丨丨 丨丨丨 丨丨丨 丨丨丨 尚 尚 尚 棠 棠 棠

名 即「杜梨」。又稱「棠梨」。

13/9
榔
ㄌㄤˊ (láng) 一 十 木 木 杧 杧 杧 杧 杧 根 根 根 榔 榔

名 漁夫用來驅趕魚群入網的長木棍。使用時，以榔敲擊船舷，製造聲響，讓魚受到驚嚇以方便捕捉。

13/9
椿
ㄔㄨㄣ (chūn) 一 十 木 木 杧 杧 杧 杧 椿 椿 椿 椿 椿

名 1 楝科，落葉喬木。幼芽可食用，夏季開白色小花。又稱「香椿」。2 借指父親。

【椿萱並茂】(ㄔㄨㄣ ㄒㄩㄢ ㄅㄧㄥˋ ㄇㄠˋ) 指父母都健在。椿木象徵長壽，借指父親；萱草令人忘憂，借指母親。例 洪伯伯雖已年過六十，然而椿萱並茂，每天承歡膝下，實在難得。

13/9
楔
ㄒㄧㄝ (xiē) 一 十 木 木 杧 杧 杧 杧 楔 楔 楔 楔 楔

名 1 插在木器細縫裡的小木片，上平下尖，作為固定之用。如：木楔。2 戲曲、小說前面的引文。如：楔子。

概
13/9 ㄍㄞˋ (gài) 概

名 1 風度。如：氣概。2 大略的情形。如：梗概。動 總括。如：以偏概全。副 一律。如：概不退換。

【概念】ㄍㄞˋ ㄋㄧㄢˋ 對事物有整體性、概略性的了解。例 我們要有衛生概念，才能預防疾病的感染。近 觀念。

【概況】ㄍㄞˋ ㄎㄨㄤˋ 大概的狀況。例 環保署署長向大家說明河川汙染的概況。反 詳情。

極
13/9 ㄐㄧˊ (jí) 極

名 1 最高點。如：登峰造極。2 地球的南北兩端。如：南北極。3 電極的簡稱。如：正極。形 最終的。如：極端。動 窮盡；用盡。如：極力。副 表示程度最高。如：極為高興。

【極力】ㄐㄧˊ ㄌㄧˋ 用盡一切力量。例 那本成語辭典的解說清楚明白，所以老師極力推薦同學購買。近 竭力。

【極限】ㄐㄧˊ ㄒㄧㄢˋ 最大的限度。例 小強突破體能的極限，在這次運動會中改寫全國百米賽跑的紀錄。

※消極、積極、物極必反

椰
13/9 ㄧㄝˊ (yé) 椰

名 棕櫚科，常綠高大喬木。果實為椰子，長橢圓形，內含汁液，可供飲用。

楠
13/9 ㄋㄢˊ (nán) 楠

名 樟科，常綠高大喬木。開淡黃綠色小花。為良好的建築木材。

木

13/9
楣
ㄇㄟˊ (méi) 楣

一 十 オ 木 朩 朾 朷 枬 梮 楣 楣

㊔門框上的橫木。如：門楣。

13/9
楚
ㄔㄨˇ (chǔ) 楚

一 十 オ 木 木 朩 朾 林 林 林 梺 梺 楚

㊔1馬鞭草科，落葉灌木。花淡紫色，果實黑色。又稱「黃荊」。2痛苦。如：痛楚。㊕清晰。如：清楚。㊫周朝侯國。成王封熊繹於楚。為戰國七雄之一。領土含括今湖南、湖北、安徽、浙江、河南南部。

【楚楚】ㄔㄨˇ ㄔㄨˇ 鮮明華美的樣子。㊄漂亮的小怡一經打扮，更顯得楚楚動人。

【楚楚可憐】ㄔㄨˇ ㄔㄨˇ ㄎㄜˇ ㄌㄧㄢˊ 形容女子嬌弱可愛的樣子。㊄看到阿嬌那楚楚可憐的模樣，班上每個人都不禁對她產生了好感。

✽悲楚、苦楚、翹楚

13/9
楂
ㄓㄚ (zhā) 楂

一 十 オ 木 朩 朾 杧 杧 杧 楂 楂 楂

㊔薔薇科，落葉喬木。葉互生，長橢圓形；果實紅色，味酸，可供食用。

13/9
楷
ㄎㄞˇ (kǎi) 楷

一 十 オ 木 朩 朾 杙 枇 枇 枇 楷 楷 楷

㊔1典範。如：楷模。2書體的一種。如：楷書。

【楷模】ㄎㄞˇ ㄇㄛˊ 模範。㊄小茂平日熱心助人、見義勇為的行為，足以作為全校同學的楷模。㊅榜樣。

13/9
楊
ㄧㄤˊ (yáng) 楊

一 十 オ 木 朩 朾 朾 枊 枊 枊 楊 楊 楊

㊔楊柳科，落葉喬木。花序柔軟下

垂，種子有棉毛。

【楊柳】一ㄤˊ ㄌㄧㄡˇ 楊柳科植物的總稱。楊枝多硬而上揚，柳枝較軟而下垂。

【楊桃】一ㄤˊ ㄊㄠˊ 酢漿草科，常綠灌木。夏季開紫紅色小花，漿果橢圓形，有五稜，可供食用。

楫 13/9

ㄐㄧˊ (jí)

一 十 才 木 朩 朩 杩 杩 栶 楫 楫 楫 楫

㊔ 1 船槳。如：槳楫。2 指船。如：舟楫。

楨 13/9

ㄓㄣ (zhēn)

一 十 才 木 朩 朩 朩 杫 柏 楨 楨 楨 楨

㊔ 木犀科，常綠灌木或喬木。木材細緻，果實可入藥。又稱「女楨」。

楞 13/9

ㄌㄥˊ (léng)

一 十 才 木 朩 朩 朩 朩 朩 朩 朩 楞 楞

㊔ 1 方角的木頭。2 器物的銳角。如：楞角。

ㄌㄥˋ (lèng) ㊍ 發呆；恍神。通「愣」。

楹 13/9

一ㄥˊ (yíng)

一 十 才 木 朩 朷 朷 朷 朷 朷 楹 楹 楹

㊔ 廳堂前的直柱。如：楹柱。㊕ 用來計算房屋的單位。如：一楹房屋。

楓 13/9

ㄈㄥ (fēng)

一 十 才 木 朩 机 机 枫 枫 枫 楓 楓 楓

㊔ 金縷梅科，落葉喬木。春天開黃褐色小花；果實呈圓形，黑色；秋天時葉子會逐漸變紅。

榆 13/9

ㄩˊ (yú)

一 十 才 木 朩 朩 朩 朩 朩 朩 榆 榆 榆

㊔ 榆科，落葉喬木或灌木。葉子橢圓或倒卵形，葉緣呈鋸齒狀；春天開小花；果實扁平。

木

木

13/9
業
ㄧㄝˋ (yè)

㊔ 1工作。如：職業。2學習的內容或過程。如：課業。3財產。如：家業。4佛家語。指有意志的行為。如：造口業。㊢ 從事。如：業農。㊙ 已經。如：業已。

【業餘】(ㄧㄝˋ ㄩˊ) 1工作以外的時間。㊎ 表哥喜歡在業餘時間到海邊釣魚。2非專業的。㊎ 小晏是一位業餘作家，偶爾會在報紙上發表文章。㊡ 專業。

❀創業、失業、企業

14/10
榮
ㄖㄨㄥˊ (róng)

㊒ 1繁盛。如：欣欣向榮。2光彩；美譽。如：榮譽。3顯貴。如：榮華富貴。

【榮譽】(ㄖㄨㄥˊ ㄩˋ) 美好的名聲。㊎ 阿勇把榮譽當作第二生命，從來不做偷偷摸摸的事。㊣ 名譽。

【榮華富貴】(ㄖㄨㄥˊ ㄏㄨㄚˊ ㄈㄨˋ ㄍㄨㄟˋ) 地位高顯、家境富裕。㊎ 張叔叔捨棄了榮華富貴的生活，前往落後的非洲行醫救人。

14/10
榕
ㄖㄨㄥˊ (róng)

㊔ 桑科，常綠喬木或灌木。葉呈卵形或橢圓形。自枝椏間垂著許多氣根，氣根著地有支持作用，猶如樹幹。

14/10
榨
ㄓㄚˋ (zhà)

㊢ 1擠壓出汁液。如：榨果汁。2逼迫。如：壓榨。

14/10
榜
ㄅㄤˇ (bǎng)
一 十 木 木 杧 杧 杧 杧 栫 栫 栫 榜 榜 榜

㊔ 1公告考試錄取的名單。如：榜單。2模範。如：榜樣。㊍ 表揚。如：標榜。

【榜樣】ㄅㄤˇ ㄧㄤˋ 模範。㊄ 身為兄姐的要當弟妹的榜樣。㊅ 典範；示範；楷模。

✽落榜、排行榜、金榜題名

14/10
槁
ㄍㄠˇ (gǎo)
一 十 木 木 杧 杧 杧 杧 杧 杧 槁 槁 槁 槁

㊌ 樹木枯乾的樣子。如：枯槁。

【槁木死灰】ㄍㄠˇ ㄇㄨˋ ㄙˇ ㄏㄨㄟ 1比喻內心寂靜。2比喻意志消沉，毫無生氣的樣子。㊄ 遭受了一連串的挫折後，小玉整個人有如槁木死灰，完全喪失了鬥志。

14/10
榷
ㄑㄩㄝˋ (què)
一 十 木 木 杧 杧 杧 杧 杧 杧 榷 榷 榷 榷

㊔ 即「枳」。㊍ 商議。如：商榷。

14/10
榛
ㄓㄣ (zhēn)
一 十 木 木 杧 杧 杧 杧 桂 桂 榛 榛 榛 榛

㊔ 殼斗科，落葉灌木或喬木。春天開花，穗狀。堅果可供食用和榨油。

14/10
構
ㄍㄡˋ (gòu)
一 十 木 木 杧 杧 杧 杧 杧 杧 構 構 構 構

㊔ 組織。如：機構。㊍ 1架設。如：構築。2設計；圖謀。如：構思。

【構造】ㄍㄡˋ ㄗㄠˋ 事物的結構、組織。㊄ 這座橋梁的構造新奇，吸引了許多觀光客。

【構想】ㄍㄡˋ ㄒㄧㄤˇ 預先的設想。㊄ 眼前的壁報，是依據小芬的構想來製作

的。㊔想法。

✽佳構、虛構、建構

槓

14/10

ㄍㄤˋ (gàng)

槓 槓

㊔ 1 粗棍。如：木槓。2 一種體育器材。如：單槓。㊐ 1 用筆粗畫一道線。表示刪除。如：把這幾句槓掉。2 和人吵架。如：槓上。

榻

14/10

ㄊㄚˋ (tà)

榻 榻

㊔ 狹長的床。如：床榻。

【榻榻米】(ㄊㄚˋ ㄊㄚˋ ㄇㄧˇ) 日式建築地板上所鋪設的厚墊草席。

✽病榻、臥榻、下榻

榫

14/10

ㄙㄨㄣˇ (sǔn)

榫 榫

㊔ 製造器物時，使兩物接合的凹凸部分。凸形的構造稱為「榫頭」，凹形的構造稱為「榫眼」。一般榫眼會比榫頭略小，以確保兩物能緊密接合。

榭

14/10

ㄒㄧㄝˋ (xiè)

榭 榭

㊔ 建築在臺上的高屋。如：水榭。

槌

14/10

ㄔㄨㄟˊ (chuí)

槌 槌

㊔ 敲擊的器具。如：木槌。㊐ 敲擊。通「搥」。如：槌碎。

✽棒槌、鐵槌、釘槌

槐

14/10

ㄏㄨㄞˊ (huái)

槐 槐

㊔ 豆科，落葉喬木。夏秋間開黃白色花，莢果有節。

14/10
榴 ㄌㄧㄡˊ (liú)

一 十 才 木 杉 杉 杉 柳 柳 柳 榴 榴 榴 榴

名 即「石榴」。

14/10
槍 ㄑㄧㄤ (qiāng)

一 十 才 木 杉 朩 朩 朩 朩 朩 朩 槍 槍 槍 槍

名 1兵器的一種。如：手槍；長槍。2指槍形的東西。如：水槍。
量 計算槍枝發射數量的單位。如：連開五槍。

【槍林彈雨】（ㄑㄧㄤ ㄌㄧㄣˊ ㄉㄢˋ ㄩˇ）槍像樹林一樣多，彈像雨點一樣密。形容戰況激烈。例 國軍在槍林彈雨中英勇的作戰。

※單槍匹馬、臨陣磨槍

15/11
樟 ㄓㄤ (zhāng)

一 十 才 木 朩 朩 朩 朩 朩 朩 朩 樟 樟 樟 樟

名 樟科，常綠喬木。全株有特殊氣味。夏天開淡黃綠色小花；果實呈黑色。可提煉樟腦或作為建築材料。

【樟腦】（ㄓㄤ ㄋㄠˇ）由樟樹所提煉出來的白色晶塊，可用於醫藥、煙火、驅蟲等方面。

15/11
槨 ㄍㄨㄛˇ (guǒ)

一 十 才 木 朩 朩 朩 朩 朩 朩 朩 槨 槨 槨 槨

名 棺材外的套棺。如：棺槨。

15/11
樣 ㄧㄤˋ (yàng)

一 十 才 木 朩 朩 朩 朩 朩 朩 朩 樣 樣 樣 樣

名 1形狀。如：樣式。2相貌。如：樣貌。量 計算事物種類的單位。如：兩樣物品。

【樣品】（ㄧㄤˋ ㄆㄧㄣˇ）可代表買賣商品品質的物品，通常用來提供顧客了解原產品，以利銷售。

※照樣、裝模作樣、各式各樣

木

15/11
椿
ㄓㄨㄤ (zhuāng)

一 十 才 木 朩 杧 桂 椿 椿 椿 椿 椿 椿 椿

㊔插入土中，用來支撐重量的基礎結構。如：橋椿。㊕計算事情的單位。如：一椿心事。

15/11
樞
ㄕㄨ (shū)

一 十 才 木 朩 杧 柜 柜 柜 柜 柜 柜 樞 樞 樞

㊔①門的轉軸。如：戶樞。②行政中心或首要的地方。如：中樞。③天星名。北斗七星的第一顆。又稱「天樞」。

【樞紐 ㄕㄨ ㄋㄧㄡˇ】比喻重要關鍵。㊣這個路口是交通樞紐，人車往來很頻繁。㊢中心。

❀要樞、鈞樞、戶樞不蠹

15/11
槽
ㄘㄠ (cáo)

一 十 才 木 朩 朩 柜 柯 柵 構 槽 槽 槽 槽 槽

㊔①放飼料的器皿。如：馬槽。②貯存液體的器具。如：水槽。

❀凹槽、跳槽、河槽

15/11
標
ㄅㄧㄠ (biāo)

一 十 才 木 朩 朩 柜 栖 栖 栖 標 標 標 標 標

㊔①枝末。如：治標。②符號。如：商標。③模範。如：標準。④目的。如：標的。⑤以比價方式承包工程或買賣貨物時，各廠商所議定出的價錢。如：招標。㊟容貌美麗。如：標致。㊓表明；顯揚。如：標示。

【標準 ㄅㄧㄠ ㄓㄨㄣˇ】①可作為依據的法度或格式。㊣小蓉的成績已經達到申請獎學金的標準。②典型的。㊣小志是個標準的天文迷，課餘時間都在觀察或研究星星。

【標誌 ㄅㄧㄠ ㄓˋ】用以辨別的記號。㊣進入公共場所，要先注意緊急出口

的標誌。

【標新立異】言行故意與眾不同。例小傑喜歡標新立異，總是穿著奇裝異服來上課。

✽座標、奪標、音標

15/11
樓
ㄌㄡˊ (lóu)

一 十 木 朩 杒 杒 杒 杒 桿 桿 樓 樓 樓

名 1 兩層以上的房屋。如：樓房。2 指樓房的一層。如：我家住在二樓。

✽危樓、閣樓、海市蜃樓

15/11
模
ㄇㄛˊ (mó)

一 十 木 朩 朩 栉 栉 栉 栉 栉 樠 模 模

名 1 具有特定形狀，可以重複製造出同樣形狀物品的一種裝置。如：模子。2 榜樣。如：模範。3 形貌。如：模樣。形 不清楚。如：模糊。動 仿效。如：模仿。

【模仿】效法。例電視上的模仿秀非常逼真有趣。

【模型】模仿實物的形狀，依比例縮小而製成的物體。

【模樣】相貌；形狀。例小婷扮鬼臉的模樣非常有趣。

15/11
槲
ㄏㄨˊ (hú)

一 十 木 朩 朩 杓 杓 构 构 构 桷 桷 槲

名 殼斗科，落葉喬木。初夏時開花，堅果卵球形。

15/11
樅
ㄘㄨㄥ (cōng)

一 十 木 朩 朩 朲 朲 朲 朲 朲 樅 樅 樅

名 松科，常綠喬木。毬果圓柱形，呈綠褐色。可作為建築及造紙材料。

15/11
槳
ㄐㄧㄤˇ (jiǎng)

丩 丬 丬 丬 丬 丬 丬 將 將 將 將 槳 槳

名 划船用具。如：船槳。

15/11
樊

ㄈㄢˊ (fán)

(名) 1 籠子。如：樊籠。2 用竹子或木頭築成的短牆。如：樊籬。

15/11
樂

ㄩㄝˋ (yuè) (名) 和諧有節奏感的聲音。如：音樂。

ㄌㄜˋ (lè) (名) 喜悅；愉快。如：人生一大樂。(形) 令人喜悅的。如：樂園。(動) 喜愛；願意。如：樂於助人。

ㄧㄠˋ (yào) (動) 愛好。如：仁者樂山。

【樂趣】ㄌㄜˋ ㄑㄩˋ 快樂的情趣、趣味。(例) 從閱讀中可以獲得樂趣和知識。

【樂觀】ㄌㄜˋ ㄍㄨㄢ 對事情的發展充滿希望和光明正面的看法。(例) 小寧樂觀的個性幫助她度過人生中許多的挫折。(反) 悲觀。

【樂不思蜀】ㄌㄜˋ ㄅㄨˋ ㄙ ㄕㄨˇ 1 形容人忘記根本。2 比喻人快樂得忘了回去。(例) 弟弟和同學在公園玩得樂不思蜀，天都黑了還不回家。(近) 樂而忘返。

辨析 三國蜀漢的君主劉禪，在國家滅亡後被捉到魏國，他每天只知吃喝玩樂，完全沒有國家滅亡的悲痛。有一天，魏國將軍司馬昭問劉禪：「你會不會想念故鄉呢？」劉禪回答說：「我在這裡很快樂，不會想念故鄉。」所以後來用「樂不思蜀」形容人忘記根本，或比喻人快樂得忘了回去。

✽娛樂、悶悶不樂、知足常樂

16/12
樽

ㄗㄨㄣ (zūn)

(名) 盛酒的器具。如：金樽。

16/12
樹
ㄕㄨˋ (shù)

一 十 才 木 木 杧 杧 杧 杧 桔 桔 桔 桔 桔 桔 樹 樹

㊔木本植物的總稱。㊍①種植；培育。如：樹人。②建立。如：樹立。

【樹立】ㄕㄨˋ ㄌㄧˋ 建立。㊎兄姐應該為弟妹們樹立良好的榜樣。

【樹大招風】ㄕㄨˋ ㄉㄚˋ ㄓㄠ ㄈㄥ 比喻因為名聲大而容易招引別人的嫉妒和攻擊。㊎王先生成名後因為樹大招風，常遭受別人的惡意批評。

❀果樹、建樹、長青樹

16/12
橄
ㄍㄢˇ (gǎn)

一 十 才 木 木 杧 杧 杧 杧 桁 桁 桁 桁 桁 桁 橄

見「橄欖」。

【橄欖】ㄍㄢˇ ㄌㄢˇ 橄欖科，常綠喬木。果實呈青黃色，可供食用，種子可榨油。

16/12
橫
ㄏㄥˊ (héng)

一 十 才 木 木 杧 杧 杧 杧 桔 桔 桔 桔 桔 桔 橫

㊔①地理上的東西向。與「縱」相對。②寫字時由左至右的筆畫。㊏水平的；東西向的。如：橫笛。㊍①把東西放平。如：橫槊。②充滿；瀰漫。如：老氣橫秋。③跨越。如：橫渡。㊐交錯的；充滿的。如：雜草橫生。

ㄏㄥˋ (hèng) ㊏①狂暴；凶暴。如：蠻橫。②意外的。如：橫禍。

【橫跨】ㄏㄥˊ ㄎㄨㄚˋ 橫向跨越。㊎這座橋橫跨兩個縣市，在交通上的地位十分重要。

【橫行霸道】ㄏㄥˊ ㄒㄧㄥˊ ㄅㄚˋ ㄉㄠˋ 凶惡不講理。㊎警方決定加強掃蕩本地流氓，不再讓他們橫行霸道。

【橫衝直撞】ㄏㄥˊ ㄔㄨㄥ ㄓˊ ㄓㄨㄤˋ 形容慌亂奔跑或魯莽的樣子。㊎在馬路上橫衝直撞十分危險。

16/12
橘
ㄐㄩˊ (jú)

一 十 才 木 朾 杍 杍 杍 杍 杍 杍 橘 橘 橘 橘 橘

㊔芸香科，常綠小喬木。初夏開白色花，冬天結紅、黃色的果實，味酸甜可食。皮晒乾後稱「陳皮」。

16/12
橙
ㄔㄥˊ (chéng)

一 十 才 木 朾 杙 杙 杙 桴 桴 桴 橙 橙 橙 橙

㊔①芸香科，常綠小喬木。開白色花，果實色黃，酸甜可食。又稱「柳橙」、「柳丁」。②黃中帶紅的顏色。

16/12
橢
ㄊㄨㄛˇ (tuǒ)

一 十 才 木 朾 朾 朾 朾 朾 朾 朾 朾 橢 橢 橢 橢

㊔狹長的圓形。

16/12
樺
ㄏㄨㄚˋ (huà)

一 十 才 木 朩 杧 杧 杧 杧 杧 杧 樺 樺 樺 樺 樺

㊔樺木科，落葉喬木。樹皮呈白色，可用來製造家具。又稱「白樺」。

16/12
樸
ㄆㄨˊ (pú)

一 十 才 木 朩 朩 朩 朩 朩 朩 朩 朩 樸 樸 樸 樸

㊔榆科，落葉喬木。常見於臺灣低海拔處。㊊單純的；篤實的。如：質樸。

【樸素 ㄆㄨˊ ㄙㄨˋ】簡單而不華麗。㊕徐老師的穿著一向樸素大方。

❀古樸、簡樸、儉樸

16/12
橇
ㄑㄧㄠ (qiāo)

一 十 才 木 朩 朩 朩 朩 朩 朩 朩 朩 橇 橇 橇 橇

㊔在泥地或雪地上滑行的交通工具。如：雪橇。

16/12
機
ㄐㄧ (jī)

一 十 才 木 朩 朩 朩 朩 朩 朩 朩 朩 機 機 機 機

㊔①機器的簡稱。如：收音機。②

事物發生的起因。如：動機。3時宜；際遇。如：時機。形1重要的。如：機密。2靈巧。如：機智。

【機密】ㄐㄧ ㄇㄧˋ 重要而祕密的事。例總經理先將機密文件鎖在抽屜裡，然後才離開。

【機智】ㄐㄧ ㄓˋ 面對事情時迅速反應的應變能力。例小萍在辯論比賽中的機智表現，獲得大家一致的稱讚。

【機會】ㄐㄧ ㄏㄨㄟˋ 適當的時機。例大明決定好好把握這次演講比賽的機會，為校爭光。

❀班機、當機立斷、投機取巧

橡

16/12

ㄒㄧㄤˋ (xiàng)

一 十 木 木' 木'' 木'' 木' 木'' 木'' 木'' 橡 橡 橡 橡 橡 橡

名1櫟樹的果實，俗稱「橡子」，可供食用。2大戟科，常綠喬木。樹幹有乳狀漿汁，可作多種用途。

【橡膠】ㄒㄧㄤˋ ㄐㄧㄠ 橡樹樹幹中的膠狀液體乾燥凝固後的乳黃色物質，具有彈性，是天然橡膠的原料，可用來製造球類、輪胎等物品。

橋

16/12

ㄑㄧㄠˊ (qiáo)

一 十 木 木' 木' 木' 杙 杯 柸 桥 桥 橋 橋 橋 橋 橋

名架設在水面上或道路兩側，方便通行的建設物。如：跨海大橋。

❀天橋、吊橋、過河拆橋

樵

16/12

ㄑㄧㄠˊ (qiáo)

一 十 木 木 朩 村 杙 杙 桦 桦 椎 椎 樵 樵 樵 樵

名1木柴。如：採樵。2砍柴的人。如：樵夫。

檀

17/13

ㄊㄢˊ (tán)

一 十 木 木' 木' 木' 木' 柠 柠 梢 梢 梢 檀 檀 檀 檀 檀

名1常綠喬木。有黃檀、青檀、紫檀等類別，可做家具、香料、藥材。

2淺紅色。

【檀香】(ㄊㄢˊ ㄒㄧㄤ) 檀香科，常綠小喬木。質地堅硬，有濃烈的香氣。可作家具、器物或提煉成香料、藥材。

17/13
檔 ㄉㄤˇ (dǎng)

名 1電影或戲劇節目放映的時段。如：下檔。2存放文字的櫥架。如：歸檔。3分類保存的文件或資料。如：檔案。4汽車的變速器。如：自動排檔。5組合的夥伴。如：拍檔。6空隙。如：空檔。7貨品的等級。如：高檔貨。量 計算事件或節目的單位。如：這檔事。

✽建檔、搭檔、存檔

17/13
櫛 ㄐㄧㄝˊ (jié)

名 梳髮用具。如：巾櫛。動 梳理。如：櫛風沐雨。

【櫛比鱗次】(ㄐㄧㄝˊ ㄅㄧˋ ㄌㄧㄣˊ ㄘˋ) 形容緊密的排列連接。例 這一帶的房子櫛比鱗次，看起來相當擁擠。

17/13
檐 ㄉㄢˋ (dàn) 動 舉起。通「擔」。
ㄧㄢˊ (yán) 名 屋頂向外延伸的部分。通「簷」。

17/13
檄 ㄒㄧˊ (xí)

名 古代官方用來徵召、討伐、訓示的一種文體。

17/13
檢 ㄐㄧㄢˇ (jiǎn)

動 1約束。如：行為不檢。2查驗。如：檢查。

木

【檢查】ㄐㄧㄢˇ ㄔㄚˊ 檢驗查看。例老師提醒大家寫完考卷後，要再檢查一遍。

辨析 另有一詞「檢察」，是指「偵查檢舉犯罪的事實」，和「檢查」的意思不同，不可混用。

【檢討】ㄐㄧㄢˇ ㄊㄠˇ 對自己的行為或事情的得失作討論反省。例老師十分生氣的要我們好好檢討這次考試成績不理想的原因。

【檢舉】ㄐㄧㄢˇ ㄐㄩˇ 對他人的過失或非法的事提出舉發。

【檢驗】ㄐㄧㄢˇ ㄧㄢˋ 檢查驗證。例這些食物都是檢驗合格的，可以安心食用。

✽臨檢、體檢、抽檢

17/13

檜

ㄎㄨㄞˋ (kuài)

名柏科，常綠喬木。木材質地細緻，有香氣，是珍貴的建築材料。

18/14

檸

ㄋㄧㄥˊ (níng)

見「檸檬」。

【檸檬】ㄋㄧㄥˊ ㄇㄥˊ 芸香科，常綠小喬木。開白色花，果實長橢圓形，淡黃色，果肉味酸，是種含豐富維生素C的水果。

18/14

檳

ㄅㄧㄣ (bīn)

見「檳榔」。

【檳榔】ㄅㄧㄣ ㄌㄤˊ 棕櫚科，常綠喬木。羽狀複葉，果實為橢圓形，可供食用。

18/14

櫂

ㄓㄨㄛˊ (zhuó)

名古代用來盛水或飯的器具。

木

18/14
檯
ㄊㄞˊ (tái)
一 十 才 木 朩 朾 杧 桔 桔 桔 榼 檯 檯 檯 檯 檯 檯
㊔桌子。如：講檯。

18/14
櫃
ㄍㄨㄟˋ (guì)
一 十 才 木 朩 朾 柜 柜 柜 柜 柜 柜 柜 櫃 櫃 櫃 櫃 櫃
㊔存放物品、收藏東西的器具。如：書櫃。
【櫃臺】ㄍㄨㄟˋ ㄊㄞˊ 商店供人取付貨品、款項的地方。㊄咖啡店的老闆坐在櫃臺後方，一面煮咖啡，一面和客人們聊天，氣氛輕鬆愉悅。
✽衣櫃、櫥櫃、保險櫃

18/14
檻
一 十 才 木 木 朾 朾 朾 朾 柜 柜 柜 柜 柜 檻 檻 檻 檻
ㄐㄧㄢˋ (jiàn) ㊔1關禽獸的籠子。如：獸檻。2欄杆。
ㄎㄢˇ (kǎn) ㊔門框下邊的橫木。如：門檻。

18/14
檬
ㄇㄥˊ (méng)
一 十 才 木 朩 朩 朩 朩 朩 朩 朩 朩 檬 檬 檬 檬 檬
見「檸檬」。

19/15
櫥
ㄔㄨˊ (chú)
一 十 才 木 朩 朾 朾 朾 朾 朾 朾 朾 朾 櫥 櫥 櫥 櫥 櫥 櫥
㊔存放物品的櫃子。如：衣櫥。

19/15
櫝
ㄉㄨˊ (dú)
一 十 才 木 朩 朩 朩 朩 朩 朩 朩 朩 櫝 櫝 櫝 櫝 櫝 櫝 櫝
㊔收藏物品的小木盒。如：買櫝還珠。

19/15
櫚
ㄌㄩˊ (lǘ)
一 十 才 木 朾 朾 朾 朾 朾 朾 朾 朾 櫚 櫚 櫚 櫚 櫚 櫚 櫚
㊔豆科，常綠喬木。木材呈紫紅色，材質堅硬。常用來製作家具。

櫓

19/15

ㄌㄨˇ (lŭ)

一 十 才 木 朩 朩 朩 朩
朩 朩 朩 朩 朩 朩 朩 朩
櫓 櫓 櫓 櫓 櫓 櫓 櫓

名 ①即「大盾」。古代兵器的一種，如：流血漂櫓。②划船的大槳。如：搖櫓。

櫻

21/17

ㄧㄥ (yīng)

一 十 才 木 朩 朩
朩 朩 朩 朩 朩 朩
櫻 櫻 櫻 櫻 櫻 櫻
櫻

名 薔薇科，落葉喬木。春天開白色或淡紅色的花，卵形葉，果實為核果，可供食用。

欄

21/17

ㄌㄢˊ (lán)

一 十 才 木 朩 朩
朩 朩 朩 朩 朩 朩
欄 欄 欄 欄 欄 欄
欄

名 ①遮攔的東西。如：欄杆。②飼養牲畜的圈子。如：牛欄。③報章雜誌上依照內容、性質區分的版面。如：專欄。④畫在紙上的直向分格線。

【欄杆】ㄌㄢˊ ㄍㄢ 具有阻擋、分隔作用的設施，通常設於陽臺、樓梯、屋頂和窗邊。

❀柵欄、跨欄、布告欄

權

22/18

ㄑㄩㄢˊ (quán)

一 十 才 木 朩 朩
朩 朩 朩 朩 朩 朩
權 權 權 權 權 權
權 權

名 ①秤錘。②勢力。如：權勢。③人民應有的利益。如：選舉權。動 衡量；稱量。如：權度。副 暫且。如：權當。

【權力】ㄑㄩㄢˊ ㄌㄧˋ 能發生效力或指揮的力量。例 老師賦予風紀股長管理秩序的權力。

【權利】ㄑㄩㄢˊ ㄌㄧˋ 人民應該享有的利益。例 中華民國國民年滿二十歲後，依法有投票的權利。近 權益。反 義

務。

【權威】ㄑㄩㄢˊ ㄨㄟ 1權力和威勢。例校長在學校非常有權威，大家都很敬畏他。2在某種領域上最有成就和地位的人。例張教授是考古學方面的權威，學術界有任何問題都會請教他。

❋棄權、所有權、大權在握

25/19
欒 ㄌㄨㄢˊ (luán)

丶 亠 亠 言 言 言 言 結 結 結 結 結 結 結 絲 絲 絲 絲 絲 絲 欒 欒 欒 欒 欒

名無患子科，落葉喬木。葉小而圓，開黃色花，種子可做念珠。

25/21
欖 ㄌㄢˇ (lǎn)

一 十 才 木 木 木 木 杉 杉 杉 桦 桦 桦 桦 桦 桦 桦 桦 檔 檔 檔 檔 欖 欖 欖

見「橄欖」。

欠部 ㄑㄧㄢˋ

4/0
欠 ㄑㄧㄢˋ (qiàn)

ノ ㇒ 𠂊 欠

動1張口呵氣。如：呵欠。2不足；缺少。如：欠安。3向人借錢沒有還。如：欠錢。4上半身向前微彎。如：欠身。

【欠缺】ㄑㄧㄢˋ ㄑㄩㄝ 不足；缺少。例他由於欠缺練習，比賽時的表現並不好。

❋拖欠、虧欠、積欠

6/2
次 ㄘˋ (cì)

丶 冫 冫 冫 次 次

名1順序。如：次序。2處所；外出時停留住宿的地方。如：旅次。形較差的；第二的。如：次等。量計算經驗或回數的單位。如：第一次。

【次要】(ㄘˋ ㄧㄠˋ) 比最主要的次一等。例比賽的結果只是次要的，最重要的是努力的過程。

✻目次、其次、語無倫次

欣

8/4 ㄒㄧㄣ (xīn)

丿 厂 斤 斤 斤 斤 欣 欣

形 快樂；喜悅。如：欣喜。

【欣慰】(ㄒㄧㄣ ㄨㄟˋ) 心裡高興且感到安慰。例小弟知錯能改，讓媽媽感到很欣慰。

【欣賞】(ㄒㄧㄣ ㄕㄤˇ) 1以喜悅的心情享受、玩味事物。例小平站在山頂欣賞壯麗的自然景色。2喜愛；賞識。例她很欣賞阿芳不屈不撓的精神。

欲

11/7 ㄩˋ (yù)

ノ 八 グ 父 谷 谷 谷 谷 谷 欲 欲

名 願望；想望。通「慾」。如：欲望。動 想要。如：欲哭無淚。副 將要。如：搖搖欲墜。

【欲言又止】(ㄩˋ ㄧㄢˊ ㄧㄡˋ ㄓˇ) 想要說又猶豫不決沒有開口。例小風在媽媽面前欲言又止，猶豫要不要說出實話。近 吞吞吐吐。反 暢所欲言。

【欲罷不能】(ㄩˋ ㄅㄚˋ ㄅㄨˋ ㄋㄥˊ) 想要停止卻做不到。形容非常著迷。例這場音樂會十分精彩，聽眾們都覺得欲罷不能。

✻望眼欲穿、為所欲為

欸

11/7 ㄞˇ (ǎi) 見「欸乃」。ㄟˋ (èi) 助 感嘆詞，表示應答的聲音。

ㄥ ㄙ 厶 ㄙ 牟 矣 矣 矣 欸 欸 欸

【欸乃】(ㄞˇ ㄋㄞˇ) 形容划船搖槳的聲音。例欸乃一聲，小船逐漸靠向岸邊。

款

12/8 ㄎㄨㄢˇ (kuǎn)

一 十 士 士 圭 圭 圭 圭 隶 款 款 款

名 1錢財。如：存款。2條目。如：條款。3書畫上的簽名。如：

欠

落款。4樣式。如：款式。形誠懇的。如：深情款款。動招待。如：款待。副緩慢的。如：款步。

【款待】ㄎㄨㄢˇ ㄉㄞˋ 親切熱情的招待。例全班同學在婷婷的生日會上，受到熱情的款待。

✽提款、罰款、捲款潛逃

12/8
欺
ㄑㄧ (qī)

一 十 卄 廿 甘 甘 其 其 其 欺 欺 欺

動1詐騙。如：詐欺。2侮辱；凌辱。如：欺壓。

【欺騙】ㄑㄧ ㄆㄧㄢˋ 說謊話騙人。例欺騙別人是不好的行為。

【欺善怕惡】ㄑㄧ ㄕㄢˋ ㄆㄚˋ ㄜˋ 欺侮善良柔弱的人，害怕凶惡強橫的人。例別看大峰平常耀武揚威的樣子，其實是個欺善怕惡的人。近欺軟怕硬。

✽童叟無欺、自欺欺人

12/8
欽
ㄑㄧㄣ (qīn)

ノ 人 亼 今 今 余 余 金 釒 欽 欽 欽

名對皇帝的尊稱。如：欽命。動敬佩。如：欽仰。

【欽佩】ㄑㄧㄣ ㄆㄟˋ 尊重敬佩。例小智努力對抗病魔的精神，令人欽佩。

13/9
歇
ㄒㄧㄝ (xiē)

丨 口 日 日 目 昌 昌 曷 曷 曷 歇 歇 歇

動1休息。如：歇一會兒。2停止。如：歇手。

【歇業】ㄒㄧㄝ ㄧㄝˋ 停止營業。例那家餐廳因為生意不好，已經歇業很久了。反開業。

14/10
歉
ㄑㄧㄢˋ (qiàn)

丶 丷 䒑 当 当 兼 兼 兼 兼 兼 歉 歉 歉

名對不起別人的心情。如：抱歉。形收成不好的。如：歉收。

【歉意】ㄑㄧㄢˋ ㄧˋ 對別人感到過意不去。例小明為自己所犯的錯向同學表達歉意。

✽道歉、致歉、愧歉

14/10
歌 ㄍㄜ (gē)

一 丆 丆 可 可 可 哥 哥 哥 哥 哥 歌 歌

(名)配合音樂可以唱的詞曲。如：歌曲。(動)[1]唱。如：高歌。[2]頌揚。如：歌頌。

【歌頌】ㄍㄜ ㄙㄨㄥˋ 以詩文、言辭頌揚功德。(例)林老師捨己救人的偉大事蹟，受到了大家的歌頌讚揚。

【歌誦】ㄍㄜ ㄙㄨㄥˋ 吟詠、歌唱。(例)這首曲子受到很多人的歌誦傳唱，造成一股流行風潮。

✽唱歌、情歌、兒歌

15/11
歐 ㄡ (ōu)

一 丆 丆 丐 叵 叵 叵 區 區 區 區 區 歐 歐 歐

(名)歐洲的簡稱。

【歐洲】ㄡ ㄓㄡ (Europe) 位於歐亞大陸西岸的陸塊，大部分地區冬溫夏涼，氣候溫和。

16/12
歙 ㄒㄧ (xī)

丿 人 亼 今 合 合 合 合 翕 翕 翕 翕 翕 歙 歙 歙

(動)以鼻子深吸氣。

18/14
歟 ㄩˊ (yú)

丶 ㇀ 㠯 㠯 㠯 㠯 㠯 㠯 與 與 與 與 與 歟 歟 歟

(助)用在句尾。表示疑問、反詰或感嘆。相當於白話中的「呢」、「吧」、「嗎」等。

22/18
歡 ㄏㄨㄢ (huān)

丶 丷 丷 丷 丷 艹 艹 艹 艹 艹 艹 雚 雚 雚 雚 雚 雚 雚 雚 雚 歡 歡

(名)喜愛的人。如：新歡。(形)喜樂。如：歡欣鼓舞。(動)喜愛。如：喜歡。

【歡迎】ㄏㄨㄢ ㄧㄥˊ [1]高興迎接。(例)全班以熱烈的掌聲歡迎新同學。[2]誠懇

的希望與接受。㊄歡迎大家對這本新書給予批評指教。

【歡天喜地】(ㄏㄨㄢ ㄊㄧㄢ ㄒㄧˇ ㄉㄧˋ) 形容非常高興的樣子。㊄小朋友們歡天喜地的準備去郊遊。㊅興高采烈。

❀悲歡、賓主盡歡、不歡而散

止部 ㄓˇ

4/0

止 (zhǐ) ㄓˇ

丨 ト 止 止

㊔儀容;行為。如:舉止。㊕平靜的。如:心如止水。㊖1停住。如:停止。2阻擋;禁制。如:禁止。㊗僅;只。如:止是。

【止境】(ㄓˇ ㄐㄧㄥˋ) 終點;結束。㊄求知的路沒有止境,應該活到老學到老。㊅盡頭。

❀中止、休止、適可而止

5/1

正

一 丅 下 正 正

ㄓㄥˋ (zhèng) ㊕1合於標準的。如:正道。2不偏不斜的。如:正中。3精純不雜的。如:純正。4整數的。通「整」。如:五十元正。5數目大於零的。與「負」相對。如:正數。6與「偏」、「旁」相對。如:正門。7首要的;主體的。與「副」相對。如:正本。8與「反」相對。如:正面。㊖1整理。如:正衣冠。2修改錯誤。如:訂正。3分析;明辨。如:正名。4治罪。如:就地正法。㊗1剛好;恰巧。如:正好。2表示動作在持續中。如:正在下雨。

ㄓㄥ (zhēng) ㊔農曆第一個月。如:正月。

【正好】(ㄓㄥˋ ㄏㄠˇ) 剛好。㊄我們放學回家時,正好下起雨來。

【正式】(ㄓㄥˋ ㄕˋ) ①合於法律規定的。例兩家公司簽訂正式合約後，合作關係就更加密切了。②指合於某種標準的。例姐姐穿著正式的服裝，參加期待已久的畢業舞會。

【正直】(ㄓㄥˋ ㄓˊ) 公正剛直。例校長為人非常正直，受到全校師生的尊敬。

【正常】(ㄓㄥˋ ㄔㄤˊ) 合乎常態，沒有特殊或缺陷。例作息正常是保持身體健康的不二法門。反異常；失常。

【正確】(ㄓㄥˋ ㄑㄩㄝˋ) 確實；沒有錯誤。例檢討考題時，老師把正確答案抄在黑板上。

【正經八百】(ㄓㄥˋ ㄐㄧㄥ ㄅㄚ ㄅㄞˇ) 形容人態度認真嚴肅的樣子。例小鵬每次在老師面前都是一副正經八百的樣子，私下卻很頑皮。反吊兒郎當。

❋修正、更正、堂堂正正

6/2

此 ㄘˇ (cǐ)

代這；這個。如：此時。副這樣。如：如此。

【此刻】(ㄘˇ ㄎㄜˋ) 這個時候。例科展時間快到了，此刻大家都在忙著整理最後的實驗結果。

【此起彼落】(ㄘˇ ㄑㄧˇ ㄅㄧˇ ㄌㄨㄛˋ) 形容連續不斷。例馬戲團精彩的表演贏得了此起彼落的掌聲。

❋因此、從此、彼此

7/3

步 ㄅㄨˋ (bù)

名①行走時兩腳間的距離。如：寸步不離。②程度。如：進步。③程序；階段。如：步驟。④情況。如：地步。動①走路。如：散步。②追隨。如：步其後塵。量①計算邁步次數的單位。如：向前一步。②計算步驟的單位。如：畫圖時，第一步要先打草稿，第二步再上色。

止

【步調】（ㄅㄨˋ ㄉㄧㄠˋ）指事情進行的速度。例都市的生活步調通常比鄉村快。

【步驟】（ㄅㄨˋ ㄗㄡˋ）做事的順序。例爸爸依照說明書上的步驟，將書櫃組裝好了。近程序。

❀讓步、平步青雲、百步穿楊

武

8/4 ㄨˇ (wǔ)

名泛指軍事、打鬥方面的事。如：文武雙全。形勇猛的。如：威武。副主觀的；不講理的。如：武斷。

【武器】（ㄨˇ ㄑㄧˋ）1用來和人戰鬥，具有殺傷力的器具。近兵器。2用來爭鬥取勝的工具。例為了完成困難的任務，校長決定使出祕密武器。

【武斷】（ㄨˇ ㄉㄨㄢˋ）只憑片面的意見論斷事情。例在沒聽完雙方的說法之前，千萬不要武斷的說誰對誰錯。

歧

8/4 ㄑㄧˊ (qí)

形1分岔的。如：歧路。2不同；不一致。如：歧見。

【歧視】（ㄑㄧˊ ㄕˋ）輕視；不公平的對待。例社會大眾對精神病患者仍有很多偏見和歧視。

歪

9/5 ㄨㄞ (wāi) 形1不正當的。如：歪理。2偏斜的；不正的。如：歪斜。

ㄨㄞˇ (wǎi)（限讀）動扭傷。如：歪了腳。

【歪曲】（ㄨㄞ ㄑㄩ）1不正；不直。例受地震的影響，這段鐵軌已經歪曲變形了。2改變事實真相，顛倒是非。例為了逃避處罰而歪曲事實，是十分無恥的行為。近扭曲。

【歪七扭八】（ㄨㄞ ㄑㄧ ㄋㄧㄡˇ ㄅㄚ）形容扭曲不正的樣子。例阿金的字寫得歪七扭八，所以老師要她重寫。反整整齊齊。

✽東倒西歪、上樑不正下樑歪

歲

13/9

ㄙㄨㄟˋ (suì)

丨 ⺊ 屮 止 止 屵 屵 屵 屵 歲 歲 歲 歲

(名)[1]年。如：新歲。[2]時光。如：歲月。(量)計算年齡和時間的單位。如：三歲小孩。

【歲數】ㄙㄨㄟˋ ㄕㄨˋ 指年紀。(例)小穎的媽媽歲數很大時才生下她，所以對她特別疼愛。

【歲寒三友】ㄙㄨㄟˋ ㄏㄢˊ ㄙㄢ ㄧㄡˇ 指松、竹、梅三種植物。

✽守歲、虛歲、實歲

歷

16/12

ㄌㄧˋ (lì)

一 厂 厂 厂 厂 厂 厂 厂 厤 厤 厤 厤 厤 厤 歷 歷

(名)過去的經驗。如：學歷。(形)[1]過去的。如：歷代。[2]清楚分明的。如：往事歷歷。(動)經過。如：歷險。(副)盡；遍。如：歷觀。

【歷史】ㄌㄧˋ ㄕˇ [1]人類過去一切活動的發展過程或紀錄。(例)唐太宗是歷史上著名的帝王。[2]指已過去的事。(例)她和小林的愛情早已成為歷史。

【歷時】ㄌㄧˋ ㄕˊ 經過的時間。(例)學校禮堂歷時二年終於完工。

【歷歷在目】ㄌㄧˋ ㄌㄧˋ ㄗㄞˋ ㄇㄨˋ 清楚分明，有如在眼前。(例)雖然科展已經結束了，但是和同學一起努力的情景仍歷歷在目。

✽來歷、履歷、病歷

歸

18/14

ㄍㄨㄟ (guī)

丿 亻 户 户 自 自 自 自 自 ⻓ 歸 歸 歸 歸 歸 歸 歸 歸

(名)結果。如：殊途同歸。(動)[1]女子出嫁。如：之子于歸。[2]返；回來。如：歸國。[3]還。如：歸還。[4]依附。如：歸依。[5]合併；推給。如：歸功。[6]屬於。如：這事歸你管。

止

【歸途】(ㄍㄨㄟ ㄊㄨˊ) 回家的路途。㊀在遊樂園玩了一整天，我們這才依依不捨的踏上歸途。

【歸還】(ㄍㄨㄟ ㄏㄨㄢˊ) 把東西還給原主或放回原處。㊀向總務處借的手提音響，使用完畢後，請記得歸還。

【歸心似箭】(ㄍㄨㄟ ㄒㄧㄣ ㄙˋ ㄐㄧㄢˋ) 形容想回家的念頭很急切。㊀表哥在國外求學多年，畢業後歸心似箭，立刻飛回臺灣。

※回歸、賓至如歸、無家可歸

歹部 (ㄉㄞˇ)

4/0 **歹** ㄉㄞˇ (dǎi)　一 ㄏ ㄞ 歹

㊔壞事。如：為非作歹。㊢壞的；不好的。如：歹念。

【歹徒】(ㄉㄞˇ ㄊㄨˊ) 做壞事的人。

※不知好歹、好說歹說

6/2 **死** ㄙˇ (sǐ)　一 ㄏ ㄞ 歹 歹 死

㊢1呆板不靈活的。如：死腦筋。2固定不可改變的。如：死規矩。3不活動的；不通的。如：死巷。4失去生命的。如：死狗。㊁1失去生命。如：死亡。2絕望；放棄。如：死心。㊄1拚命。如：死守。2堅決；固執。如：死不認錯。3沒有知覺。如：睡死了。4非常，表示程度到達極點。如：怕死了。

【死命】(ㄙˇ ㄇㄧㄥˋ) 拚命；極力。㊀翻船之後，每個人都死命的抓住救生圈不放。

【死黨】(ㄙˇ ㄉㄤˇ) 稱志氣相投、交情很好的朋友。

【死灰復燃】(ㄙˇ ㄏㄨㄟ ㄈㄨˋ ㄖㄢˊ) 比喻已平息的事又重新開始活動。㊀去年因警方大力取締而消聲匿跡的非法賭

博，最近又有死灰復燃的跡象。

❀出生入死、大難不死

8/4
歿 ㄇㄛˋ (mò)

動死亡。如：病歿。

9/5
殃 ㄧㄤ (yāng)

名災禍。如：災殃。動禍害；殘害。如：禍國殃民。

❀遭殃、餘殃、池魚之殃

9/5
殆 ㄉㄞˋ (dài)

形[1]危險。如：危殆。[2]疲乏；竭盡。如：力殆。副[1]將近；幾乎。如：殆盡。[2]大概；恐怕。表示不確定或推測的語氣。

【殆盡】ㄉㄞˋ ㄐㄧㄣˋ 幾乎窮盡。例蔡先生將他的家產花費殆盡。近告罄。

9/5
殄 ㄊㄧㄢˇ (tiǎn)

動[1]盡；滅絕。如：殄滅。[2]浪費。如：暴殄天物。

10/6
殊 ㄕㄨ (shū)

形[1]不同的。如：殊途。[2]特別的。如：殊榮。

【殊途同歸】ㄕㄨ ㄊㄨˊ ㄊㄨㄥˊ ㄍㄨㄟ 開始的方法和過程雖然不同，但目的和成果卻一樣。例王教授和李博士雖然求學經歷不同，最後卻殊途同歸，都成為中研院的院士。

❀特殊、懸殊、不殊

10/6
殉 ㄒㄩㄣˋ (xùn)

動[1]用人或器物陪葬。如：殉葬。[2]為了某些理想或目的而犧牲生命。如：殉職。

【殉難】ㄒㄩㄣˋ ㄋㄢˋ 在災難中犧牲了性命，多指為國或因公死亡。例馬叔叔在搶救災民時被大水沖走，不幸殉

難了。

12/8
殖
ㄓˊ (zhí)

一 ㄏ 歹 歹 歹 歼 殖 殖 殖 殖 殖 殖

動 1 栽種。如：殖育。2 生長；生育。如：繁殖。

【殖民地】ㄓˊ ㄇㄧㄣˊ ㄉㄧˋ 指被強國以武力、政治或經濟優勢占領統治的移民地區。例 臺灣曾是日本的殖民地，直到一九四五年才脫離日本統治。

✻生殖、養殖、墾殖

12/8
殘
ㄘㄢˊ (cán)

一 ㄏ 歹 歹 歹 歼 殘 殘 殘 殘 殘 殘

形 1 凶惡的；暴虐的。如：殘暴。2 不完整的；剩下的。如：殘餘。3 快要結束的。如：殘冬。動 傷害。如：摧殘。

【殘忍】ㄘㄢˊ ㄖㄣˇ 凶狠惡毒。例 那隻流浪狗被人殘忍的虐待，發出痛苦的慘叫聲。

【殘破】ㄘㄢˊ ㄆㄛˋ 不完整。例 這隻拖鞋被小狗咬得殘破不堪。

✻傷殘、老弱殘兵、自相殘殺

14/10
殞
ㄩㄣˇ (yǔn)

一 ㄏ 歹 歹 歹 歹 殞 殞 殞 殞 殞 殞 殞 殞

動 1 死亡。如：殞滅。2 墜落。通「隕」。如：殞落。

15/11
殤
ㄕㄤ (shāng)

一 ㄏ 歹 歹 歹 歹 殤 殤 殤 殤 殤 殤 殤 殤 殤

名 未成年而死亡。

17/13
殭
ㄐㄧㄤ (jiāng)

一 ㄏ 歹 歹 歹 歹 殭 殭 殭 殭 殭 殭 殭 殭 殭 殭 殭

形 死而不腐朽。如：殭屍。

17/13
殮
ㄌㄧㄢˋ (liàn)

一 ㄏ 歹 歹 歹 歹 殮 殮 殮 殮 殮 殮 殮 殮 殮 殮 殮

動 替死者更衣，放入棺材。如：入

殮。

18/14 **殯** ㄅㄧㄣˋ (bìn)

㊀動 埋葬。如：出殯。

【殯儀館 ㄅㄧㄣˋ ㄧˊ ㄍㄨㄢˇ】專門為死者家屬辦理殯殮事宜的地方。

21/17 **殲** ㄐㄧㄢ (jiān)

動 殺盡；消滅。如：殲滅。

【殲滅 ㄐㄧㄢ ㄇㄧㄝˋ】完全消滅。例 經過一番激戰，那批敵軍已被我軍殲滅了。

殳 ㄕㄨ 部

4/0 **殳** ㄕㄨ (shū)

名 古代兵器的一種，多用竹、木製成，長一丈二尺，有稜而無刃。

9/5 **段** ㄉㄨㄢˋ (duàn)

名 1技藝、功夫的等級。如：空手道三段。2做事的方式。如：不擇手段。3指身體的姿態、模樣。如：身段。量 計算分段事物的單位。如：一段文章。

【段落 ㄉㄨㄢˋ ㄌㄨㄛˋ】1文章或語言結束、停頓的地方。例 這篇文章共有四個段落。2事情暫時停頓或結束的地方。例 忙了整個下午，打掃工作終於可以告一段落了。

❀階段、時段、路段

10/6 **殷** ㄧㄣ (yīn)

形 1富足；富裕。如：殷富。2深；深切的。如：殷憂。副 情意深厚；懇切周到。如：殷切。專 朝代名。即商朝。

一ㄢ (yān)（限讀）㊎形 深紅色。如：殷紅。

【殷勤 ㄧㄣ ㄑㄧㄣˊ】誠懇周到的意思。也作「慇懃」。例 小哲殷勤的招待，讓同學們有賓至如歸的感覺。

11/7
殺
ㄕㄚ (shā)

ノ メ 㐅 杀 杀 杀 杀 杀 殺 殺 殺

動 1使人或動物失去性命。如：宰殺。2消除；減少。如：殺價。3戰鬥。如：殺出重圍。4破壞；敗壞。如：殺風景。

【殺風景 ㄕㄚ ㄈㄥ ㄐㄧㄥˇ】在高雅或快樂的場合發生破壞興致的事。例 那位候選人竟然在叔叔的婚宴上發表政見，真是殺風景。近 敗興。

【殺雞警猴 ㄕㄚ ㄐㄧ ㄐㄧㄥˇ ㄏㄡˊ】比喻處罰一個人來警告其他人。也作「殺雞儆猴」。例 老師決定殺雞警猴，嚴厲處罰帶頭吵鬧的學生。近 殺一儆百。

✽屠殺、謀殺、自相殘殺

12/8
殼
ㄎㄜˊ (ké)

一 十 士 声 声 声 壳 壳 殻 殻 殼

名 物體的堅硬表皮。如：貝殼。

✽地殼、軀殼、外殼

13/9
殿
ㄉㄧㄢˋ (diàn)

㇇ ㇆ 尸 尸 屄 屄 屏 屏 展 展 殿 殿 殿

名 高大的廳堂。為君王處理政事的地方或供奉神佛的處所。如：宮殿。形 最後的。如：殿後。

【殿後 ㄉㄧㄢˋ ㄏㄡˋ】在最後。例 小明不擅長運動，每次跑步總是殿後。反 領先。

✽神殿、無事不登三寶殿

13/9
毀
ㄏㄨㄟˇ (huǐ)

ノ ㇀ 白 白 白 白 皇 皇 皇 毀 毀 毀 毀

動 1傷害；破壞。如：毀損。2說人壞話。如：毀謗。

【毀滅】(ㄏㄨㄟˇ ㄇㄧㄝˋ) 摧毀消滅。例龐貝城在一場火山爆發中毀滅了。

【毀謗】(ㄏㄨㄟˇ ㄅㄤˋ) 用不真實的言辭攻擊別人。例小美被同學無端毀謗，讓她很難過。近中傷。

✽燒毀、銷毀、摧毀

15/11

毅 ㄧˋ (yì)

形 果決、堅定的樣子。如：堅毅。

【毅力】(ㄧˋ ㄌㄧˋ) 堅定持久的意志力。例阿海很有毅力的游完橫越日月潭的泳程。

15/11

毆 ㄡ (ōu)

動 擊；打。如：互毆。

【毆打】(ㄡ ㄉㄚˇ) 擊打。例小新在回家的路上被一群不良少年毆打。

毋 部 (ㄨˊ)

4/0

毋 ㄨˊ (wú)

副 不要；不可以。如：毋忘我。助 語氣詞。無義。如：不自由，毋寧死。

4/0

母 ㄇㄨˇ (mǔ)

名 1媽媽。如：母親。2對女性長輩的尊稱。如：姑母。3根源；產生其他事物的本體。如：失敗為成功之母。形 1雌性的。如：母牛。2原本的。如：母校。

【母語】(ㄇㄨˇ ㄩˇ) 兒童小時候由父母教導的第一種語言，或指自身民族所使用的語言。

✽分母、字母、酵母

毋 比

每
6/2 ㄇㄟˇ (měi)

（形）各個。如：每人。（副）①常常；往往。如：每每。②凡是。如：每逢。

【每況愈下】ㄇㄟˇ ㄎㄨㄤˋ ㄩˋ ㄒㄧㄚˋ 指情況越來越壞。（例）爺爺的病情每況愈下，全家人都非常憂心。（反）漸入佳境。

毒
8/4 ㄉㄨˊ (dú)

（名）有害生命健康的東西。如：中毒。（形）①凶狠殘酷的。如：狠毒。②對生命和健康有危害的。如：毒品。（動）傷害；殘害。如：荼毒。

辨析 「毒」字下面是「毋」，不是「母」。

【毒品】ㄉㄨˊ ㄆㄧㄣˇ 指會讓人成癮或濫用，而對自己或社會造成危害的麻醉藥品。如：海洛英、K他命、搖頭丸等。

✽下毒、消毒、病毒

毓
12/8 ㄩˋ (yù)

（動）養育。

比部

比
4/0 ㄅㄧˇ (bǐ)

（名）甲數除以乙數所得的值，是甲乙兩數的比。（動）①競爭；較量。如：比武。②仿照；類似。如：類比。③用相似性質或特徵類似的事物來說明。如：比方。④對準；向著。如：用槍比著我。⑤用手作動作。如：比手語。

ㄅㄧˋ (bì) （動）①相並列。如：櫛比。②及；至；到。如：比及。

【比如】ㄅㄧˇ ㄖㄨˊ 譬如；舉例說明。（例）那本書有許多缺點，比如印刷不清、

錯字太多等。

【比較】(ㄅㄧˇ ㄐㄧㄠˋ)在兩個或兩個以上的人、事、物之間分別異同或優劣。例這兩個鉛筆盒之中，阿毛比較喜歡紫色的那個。

【比賽】(ㄅㄧˇ ㄙㄞˋ) 1 互相競爭、比較。 2 指比較優劣的活動。

【比比皆是】(ㄅㄧˇ ㄅㄧˇ ㄐㄧㄝ ㄕˋ)形容到處都是。例經濟不景氣，失業的人比比皆是。反寥寥無幾。

❀對比、無與倫比、將心比心

9/5

毗 ㄆㄧˊ (pí)

丨 ㄇ 日 田 田 田一 毗 毗 毗

動 1 連接。如：毗連。 2 輔助。如：毗輔。

毛部 ㄇㄠˊ

4/0

毛 ㄇㄠˊ (máo)

ノ 二 三 毛

名 1 動植物表面所生的柔細絲狀物。如：羽毛。 2 草木。如：不毛之地。形 1 粗糙；未加工的。如：毛片。 2 細小。如：毛毛雨。 3 憤怒。如：惹毛了她。量計算幣值的單位。一角俗稱一毛。

【毛孔】(ㄇㄠˊ ㄎㄨㄥˇ)皮膚上生長毛髮的細孔。

【毛病】(ㄇㄠˊ ㄅㄧㄥˋ) 1 疾病。例小姿的胃有點毛病，今天去看醫生了。 2 人、事、物的缺點或問題。例阿牛的優點很多，但是他最大的毛病就是動作慢吞吞的。

【毛筆】(ㄇㄠˊ ㄅㄧˇ)沾墨寫字的筆。是用細竹管的一端綁上兔、狼或羊等獸毛而製成。

【毛毛蟲】(ㄇㄠˊ ㄇㄠˊ ㄔㄨㄥˊ)蛾類和蝶類幼蟲的俗稱。

【毛茸茸】(ㄇㄠˊ ㄖㄨㄥˊ ㄖㄨㄥˊ)形容多毛的樣子。例那隻小狗毛茸茸的，非常可愛。

✽睫毛、一毛不拔、九牛一毛

11/7
毫 ㄏㄠˊ (háo)

名 1 動物身上的細毛。如：毫毛。2 毛筆。如：揮毫。副 極少；一點點。如：毫不在意。量 表示度、量、衡等單位的千分之一。如：毫米；毫升。

【毫髮無傷】ㄏㄠˊ ㄈㄚˇ ㄨˊ ㄕㄤ 完全沒有受傷。例 小華從二樓摔下來，居然毫髮無傷。

✽分毫、一絲一毫、明察秋毫

11/7
毬 ㄑㄧㄡˊ (qiú)

名 古代用來遊戲的一種球。外層以皮革做成，裡面裝滿羽毛，用於拍打或踢擲。

12/8
毯 ㄊㄢˇ (tǎn)

名 鋪在地上的棉毛織品。如：地毯。

13/9
毽 ㄐㄧㄢˋ (jiàn)

見「毽子」。

【毽子】ㄐㄧㄢˋ ㄗ˙ 一種用腳踢的玩具。用布包裹銅錢，錢孔上插著羽毛，玩的時候以腳連續將毽子往上踢，不使它落地。

氏部

4/0
氏 ㄕˋ (shì)

名 1 姓的支系。古代姓、氏分用，姓表示族號，氏表示子孫的支派。至漢朝以後，姓、氏兩字才混用。2 對上古部族、國名、朝代等都加上一個「氏」字作為稱呼。如：神農氏。3 尊稱有名望的人。

如：孔氏。④舊時對已婚婦女的稱呼。如：劉氏。

ㄓ (zhī) (專)古代西域國名。如：月氏。

✽姓氏、人氏、無名氏

民 5/1 ㄇㄧㄣˊ (mín)

(名)①人類；百姓。如：人民。②從事某種職業的人。如：漁民。(形)民間的。如：民歌。

【民主】ㄇㄧㄣˊ ㄓㄨˇ 國家的主權屬於全體國民的政治體制。

【民謠】ㄇㄧㄣˊ ㄧㄠˊ 同「民歌」。民間流傳的歌曲。

【民不聊生】ㄇㄧㄣˊ ㄅㄨˋ ㄌㄧㄠˊ ㄕㄥ 人民生活非常困苦。(例)北韓最近一連串的天災、人禍，使得百姓民不聊生。(反)豐衣足食。

✽貧民、移民、市井小民

氐 5/1 ㄉㄧ (dī)

(專)古代民族名。西晉末年五胡之一。

氓 8/4 ㄇㄥˊ (méng) (名)人民；百姓。

ㄇㄤˊ (máng)（限讀）見「流氓」。

气部 ㄑㄧˋ

氖 6/2 ㄋㄞˇ (nǎi)

(名)一種無色無味的氣體，裝填在霓虹燈中，可發出紅光。

氛 8/4 ㄈㄣ (fēn)

(名)①氣。如：香氛。②情境與感受。如：氛圍。

氟 9/5 ㄈㄨˊ (fú)

㊔ 一種淡黃色氣體。有毒性和特別的臭味。

氨 10/6 ㄢ (ān)

㊔ 一種無色、有刺激性臭味的氣體，易溶於水，可用來製作冷凍劑、硝酸、肥料。俗稱「阿摩尼亞」。

氦 10/6 ㄏㄞˋ (hài)

㊔ 一種無色無味的氣體。比空氣輕，可用來填充氣球。

氧 10/6 ㄧㄤˇ (yǎng)

㊔ 一種無色無味的氣體。有助燃性，為動物呼吸所必需。

【氧化】ㄧㄤˇ ㄏㄨㄚˋ 物質和氧化合的作用。如：鐵生鏽。

❀臭氧、缺氧、有氧運動

氣 10/6 ㄑㄧˋ (qì)

㊔ 1 物質三態之一。如：氣態。2 人或動物的呼吸。如：氣息。3 自然界陰晴冷暖的現象。如：天氣。4 人所表現在外的精神態度和情緒。如：朝氣。5 味道。如：香氣。6 人體內的生命力。如：元氣。7 四周的情境與感受。如：氣氛。8 人的命運。如：運氣。9 欺負。如：受了他的氣。㊍ 憤怒。如：氣惱。

【氣氛】ㄑㄧˋ ㄈㄣ 指環境中的情調與氣息。㊎ 演唱會現場的氣氛十分熱鬧。㊈ 氛圍。

【氣候】ㄑㄧˋ ㄏㄡˋ 1 一地長期的天氣平均狀況。2 指能力和見識到達的水準。㊎ 弟弟的棋藝還不成氣候，要多加練習。

【氣象】ㄑㄧˋ ㄒㄧㄤˋ 1 一切天氣變化的現象。㊎ 根據氣象預報，明天應該會

出大太陽。2事物的景象、情況。例新來的年輕老師教學方式非常活潑，讓學校顯得氣象一新。

【氣憤】(ㄑㄧˋ ㄈㄣˋ) 生氣憤怒。例柯叔叔看到停在家門口的汽車被人砸壞，感到非常氣憤。

【氣質】(ㄑㄧˋ ㄓˋ) 指人個性上的特質，多表現於情緒、行為等方面。

【氣餒】(ㄑㄧˋ ㄋㄟˇ) 因為失敗或挫折，內心感到沮喪灰心。例歷經多次失敗，貝爾仍然不氣餒，最後終於發明了可以傳遞聲音的電話。

【氣喘如牛】(ㄑㄧˋ ㄔㄨㄢˇ ㄖㄨˊ ㄋㄧㄡˊ) 形容大聲喘氣的樣子。例弟弟平時缺乏運動，才跑了二百公尺就氣喘如牛。

❀脾氣、一鼓作氣、低聲下氣

10/6 **氤** ㄧㄣ (yīn)

見「氤氳」。

【氤氳】(ㄧㄣ ㄩㄣ) 煙霧瀰漫的樣子。

11/7 **氫** ㄑㄧㄥ (qīng)

名 一種無色無味的氣體。是氣體中最輕的，可用作燃料。

12/8 **氮** ㄉㄢˋ (dàn)

名 一種無色無味的氣體。占空氣的五分之四，性質安定，是動物體內蛋白質的主要成分。

12/8 **氯** ㄌㄩˋ (lǜ)

名 一種具有刺激性臭味的黃綠色氣體。有毒，通常用來製造漂白劑、染料、農藥等。

14/10 **氳** ㄩㄣ (yūn)

見「氤氳」。

气

水部 ㄕㄨㄟˇ

水 ㄕㄨㄟˇ (shuǐ)

4/0

亅 才 水 水

(名) 1 一種無色、無臭、無味的液體，氫和氧的化合物。2 江、河、湖、海的總稱。如：水陸。3 汁液。如：淚水。4 五行之一。如：金木水火土。5 行星名。如：水星。

【水力】ㄕㄨㄟˇ ㄌㄧˋ 水流動所產生的動力。可用來發電。

【水分】ㄕㄨㄟˇ ㄈㄣˋ 物體含水的成分。(例) 雨後的土壤飽含水分，特別鬆軟。

【水手】ㄕㄨㄟˇ ㄕㄡˇ 船夫；船員。

【水庫】ㄕㄨㄟˇ ㄎㄨˋ 用來大量儲水的巨型水池，具有調節水量及提供發電、灌溉等功能。

【水源】ㄕㄨㄟˇ ㄩㄢˊ 河流發源的地方。

【水準】ㄕㄨㄟˇ ㄓㄨㄣˇ 標準；程度。(例) 日本的經濟繁榮、科技進步，人民的生活水準也很高。

【水質】ㄕㄨㄟˇ ㄓˋ 水的品質及成分。

【水汪汪】ㄕㄨㄟˇ ㄨㄤ ㄨㄤ 形容眼睛明亮有精神的樣子。(例) 妹妹有一雙水汪汪的眼睛。

【水火不容】ㄕㄨㄟˇ ㄏㄨㄛˇ ㄅㄨˋ ㄖㄨㄥˊ 比喻互相對立無法融和。(例) 小慧和小玉兩人竟然因為一點小事，鬧到水火不容的地步。(近) 誓不兩立。

【水泄不通】ㄕㄨㄟˇ ㄒㄧㄝˋ ㄅㄨˋ ㄊㄨㄥ 一滴水都漏不出來，形容非常擁擠。也作「水洩不通」。(例) 每到假日，遊樂園總是擠得水泄不通。(近) 人山人海。

【水落石出】ㄕㄨㄟˇ ㄌㄨㄛˋ ㄕˊ ㄔㄨ 比喻真相大白。(例) 警方對這件案子非常重視，

會在一個禮拜內查個水落石出。
❀山水、如魚得水、車水馬龍

永 5/1 ㄩㄥˇ (yǒng) 、 亅 刁 氶 永

(形)長久。如：永生。

【永恆】ㄩㄥˇ ㄏㄥˊ 長久不變，超越時間的限制。(例)父母對子女的愛是永恆不變的。(近)永遠。

【永無止境】ㄩㄥˇ ㄨˊ ㄓˇ ㄐㄧㄥˋ 永遠沒有停止的盡頭。(例)學問是永無止境的，所以我們要活到老學到老。

❀青春永駐、一勞永逸

汁 5/2 ㄓ (zhī) 、 ⺀ 氵 氵 汁

(名)物體中的水分。如：果汁。

❀乳汁、墨汁、絞盡腦汁

汀 5/2 ㄊㄧㄥ (tīng) 、 ⺀ 氵 氵 汀

(名)水邊平坦的沙地。如：汀洲。

氾 5/2 ㄈㄢˋ (fàn) 、 ⺀ 氵 氵 氾

(動)淹沒；漫溢。如：氾濫。

【氾濫】ㄈㄢˋ ㄌㄢˋ 也作「泛濫」。①指水過多而四處橫流。(例)這附近的堤防已經損壞，每次遇到颱風下大雨就氾濫成災。②形容到處擴散。(例)近來校園暴力的情形非常氾濫，學校已經加強對學生的管教。

求 7/2 ㄑㄧㄡˊ (qiú) 一 十 寸 才 求 求 求

(動)①尋找。如：探求。②請託；乞助。如：求助。③需要。如：供不應求。

【求救】ㄑㄧㄡˊ ㄐㄧㄡˋ 請求援救。(例)發生火災時，請打一一九求救。

【求診】ㄑㄧㄡˊ ㄓㄣˇ 到醫療院所尋求醫治。(例)最近天氣多變化，不少人因為感冒到醫院求診。(近)就醫。

水

【求學】(ㄑㄧㄡˊ ㄒㄩㄝˊ) 追求學問。例 小明因為家境不好，必須一邊打工一邊念書，求學過程格外辛苦。

✽貪求、實事求是、自求多福

汗 6/3

、 ⺀ 氵 汀 汗

ㄏㄢˋ (hàn) 名 自汗腺所排出來的液體。如：流汗。動 流汗。如：汗顏。

ㄏㄢˊ (hán) (限讀) 見「可汗」。

【汗顏】(ㄏㄢˋ ㄧㄢˊ) 臉上流汗。表示心中慚愧。例 在眾人面前被指責，讓他感到非常汗顏。近 羞愧。反 得意。

【汗流浹背】(ㄏㄢˋ ㄌㄧㄡˊ ㄐㄧㄚˊ ㄅㄟˋ) 汗流很多，背都溼了。例 今天天氣炎熱，登山客們個個汗流浹背。近 滿頭大汗。

✽發汗、血汗、揮汗如雨

汙 6/3

ㄨ (wū) 、 ⺀ 氵 汀 汙

形 1 不乾淨。如：汙穢。2 惡劣的。如：汙俗。

【汙垢】(ㄨ ㄍㄡˋ) 骯髒的東西。例 洗手臺上的汙垢必須定期清理。近 髒汙。

【汙染】(ㄨ ㄖㄢˇ) 沾染；弄髒。例 這條河川被汙染得非常嚴重。

✽貪汙、玷汙、同流合汙

江 6/3

ㄐㄧㄤ (jiāng) 、 ⺀ 氵 汀 江

名 泛指河流。如：江水。專 長江的簡稱。如：江南。

【江湖】一 ㄐㄧㄤ ㄏㄨˊ 指黑社會。例 那位黑道大哥在江湖上的聲名很響亮。二 ㄐㄧㄤ ˙ㄏㄨ 指閱歷廣博、通達世故的人。例 陳叔叔是個老江湖，說話、做事都非常圓滑。

【江郎才盡】(ㄐㄧㄤ ㄌㄤˊ ㄘㄞˊ ㄐㄧㄣˋ) 比喻文思衰竭。例 琪琪已經江郎才盡，造不出好句子了。反 妙筆生花。

辨析 南朝人江淹以文筆好而聞名，晚年卻才思衰竭，再沒有佳句

出現。這便是「江郎才盡」這個成語的典故。

6/3 **池** (chí) ㄔˊ 、 、 氵 氵 汁 池

名 1 積水的窪地。如：魚池。2 四周高、中間低的場地。如：舞池。

【池魚之殃】(ㄔˊ ㄩˊ ㄓ 一ㄤ) 比喻無故受到牽連而遭到禍害或損失。也作「殃及池魚」。例 隔壁房屋失火，我們家差點遭到池魚之殃，幸好火勢最後被控制住了。近 無妄之災。

✽水池、雷池、非池中物

6/3 **汕** (shàn) ㄕㄢˋ 、 、 氵 氵 汕 汕

形 魚群游水的樣子。

6/3 **汝** (rǔ) ㄖㄨˇ 、 、 氵 汄 汝 汝

代 你。如：汝曹。

6/3 **汎** (fàn) ㄈㄢˋ 、 、 氵 汎 汎 汎

通「泛」。動 漂浮。如：汎舟。副 廣博。如：汎愛。

6/3 **汐** (xì) ㄒㄧˋ 、 、 氵 氵 汐 汐

名 傍晚時的漲水現象。如：潮汐。

7/3 **汞** (gǒng) ㄍㄨㄥˇ 一 丅 工 千 汞 汞 汞

名 一種具有銀白光澤的液體金屬。是常溫下唯一呈液態的金屬元素，有毒性。

7/4 **汴** (biàn) ㄅㄧㄢˋ 、 、 氵 氵 汴 汴 汴

專 1 河流名。在河南。2 古代開封的別稱。又稱「汴京」或「汴梁」。

7/4 **沉** (chén) ㄔㄣˊ 、 、 氵 氵 沉 沉 沉

形 1 謹慎。如：沉著。2 大；重。如：沉甸甸。動 1 沒入水中。如：沉沒。2 泛指下陷。如：地基下沉。3 抑制。如：沉住氣。副 深切的。

如：沉思。

【沉沒】(ㄔㄣˊ ㄇㄛˋ) 淹沒在水中。例鐵達尼號沉沒在深海已將近百年了。近沒入。反浮出。

【沉重】(ㄔㄣˊ ㄓㄨㄥˋ) 1病勢很嚴重。例黃伯伯病勢沉重，讓家人非常擔心。反輕微。2形容心理壓力很大或負擔很重。例媽媽要上班，還要照顧孩子，負擔非常沉重。

【沉迷】(ㄔㄣˊ ㄇㄧˊ) 迷戀。例許多年輕人沉迷電玩，把課業放一邊，實在不應該。

【沉醉】(ㄔㄣˊ ㄗㄨㄟˋ) 陶醉在某種事物或情境中。例當新郎對新娘唱起情歌時，來賓們都沉醉在浪漫的氣氛中。

【沉默】(ㄔㄣˊ ㄇㄛˋ) 閉口不說話。例不管怎麼逼問，他就是沉默不語。

【沉魚落雁】(ㄔㄣˊ ㄩˊ ㄌㄨㄛˋ ㄧㄢˋ) 形容女子容貌美麗。例傳說古代的美女西施，有著沉魚落雁的絕世美貌。近傾國傾城。反貌似無鹽。

✽低沉、死氣沉沉、石沉大海

7/4 **沈** ㄕㄣˇ (shěn) 沈

專姓。

7/4 **沁** ㄑㄧㄣˋ (qìn) 沁

動浸透。如：沁人心脾。

【沁涼】(ㄑㄧㄣˋ ㄌㄧㄤˊ) 浸入肌骨的涼意。例在炎熱的夏天裡喝一杯冰飲，頓時感到一陣沁涼。近冰涼。反溫熱。

7/4 **汪** ㄨㄤ (wāng) 汪

形1深廣的樣子。如：汪洋。2形容狗叫聲。如：汪汪。動液體聚在一處。如：地面汪著水。

【汪汪】(ㄨㄤ ㄨㄤ) 1形容眼睛晶亮清澈或眼淚盈眶的樣子。2狗叫聲。

7/4 **沅** ㄩㄢˊ (yuán) 沅

專 河流名。自貴州流向湖南。

沛 7/4

ㄆㄟˋ (pèi) 沛

形 充裕的樣子。如：充沛。動 跌倒。如：顛沛。

沌 7/4

ㄉㄨㄣˋ (dùn) 沌

形 愚昧的樣子。如：混混沌沌。

決 7/4

ㄐㄩㄝˊ (jué) 決

動 1拿定主意。如：心意已決。2處死。如：槍決。3裁定；斷定。如：決斷。4堤防毀壞。如：潰決。副 一定。如：決不讓步。

【決心】ㄐㄩㄝˊ ㄒㄧㄣ 堅定的心志。例 小琪下定決心要把鋼琴練好。

【決定】ㄐㄩㄝˊ ㄉㄧㄥˋ 拿定主意。例 小宗考慮了好久，終於決定參加這場比賽。

✽表決、堅決、裁決

沏 7/4

ㄑㄧ (qī) 沏

動 用熱水沖泡。如：沏茶。

沐 7/4

ㄇㄨˋ (mù) 沐

動 1洗頭髮。如：沐浴。2比喻受到薰陶或恩澤。如：如沐春風。

【沐浴】ㄇㄨˋ ㄩˋ 洗頭洗澡。

汰 7/4

ㄊㄞˋ (tài) 汰

動 去除。如：淘汰。

【汰舊換新】ㄊㄞˋ ㄐㄧㄡˋ ㄏㄨㄢˋ ㄒㄧㄣ 丟棄舊的，更換新的。例 這些家用電器已經壞了，必須汰舊換新。

汨 7/4

ㄇㄧˋ (mì) 汨

見「汨羅江」。

【汨羅江】ㄇㄧˋ ㄌㄨㄛˊ ㄐㄧㄤ 位於湖南。屈原在此投江而死。

水

沖 7/4

ㄔㄨㄥ (chōng) 沖

丶 冫 氵 氵 沪 沪 沖

(形) 謙虛。如：謙沖。(動) ①被水衝擊。如：沖垮。②直直往上飛。如：一飛沖天。③衝突；冒犯。如：沖犯。④用水洗。如：沖洗。⑤用水注入或調配。如：沖牛奶。

【沖刷】ㄔㄨㄥ ㄕㄨㄚ ①流水沖擊河、海岸，使岩石、土壤產生剝蝕現象。②用水洗刷。(例) 大理石地板經他仔細沖刷後，變得平滑光亮。(近) 沖洗。

沙 7/4

ㄕㄚ (shā) 沙

丶 冫 氵 氵 沙 沙 沙

(名) ①土石的微粒。如：泥沙。②細碎成顆粒狀的東西。如：綠豆沙。(形) 粗糙不光滑的。如：沙紙。(副) 聲音粗啞。如：沙啞。

【沙啞】ㄕㄚ ㄧㄚˇ 聲音粗啞不滑順。(例) 小夫一連唱了五個小時的歌，喉嚨都沙啞了。(反) 清亮。

【沙漠】ㄕㄚ ㄇㄛˋ 一年的雨量約在二百至二百五十公釐以下，廣大乾燥，且日夜溫差大的地區。由於植物難以生長，所以景觀多為大片的沙石。

✽散沙、風沙、飛沙走石

汽 7/4

ㄑㄧˋ (qì) 汽

丶 冫 氵 氵 汽 汽 汽

(名) 固體或液體在加熱後所變成的氣體。或專指水蒸氣。

【汽車】ㄑㄧˋ ㄔㄜ 以燃油引擎為動力的交通工具。也有使用電力的電動汽車。

沒 7/4

丶 冫 氵 氵 沒 沒 沒

ㄇㄛˋ (mò) (動) ①沉入水裡。如：沉沒。②掩埋。如：埋沒。③隱藏；消失不見。如：出沒。④消滅；敗亡。如：全軍覆沒。⑤扣取財物。如：沒收。

ㄇㄟˊ (méi) (動) 無。與「有」相對。

如：沒穿鞋。

【沒收】ㄇㄛˋ ㄕㄡ 將犯罪所得或違反禁令的東西收歸公有。例 我的漫畫書被老師沒收了，要等到月考後才能領回。

【沒沒無聞】ㄇㄛˋ ㄇㄛˋ ㄨˊ ㄨㄣˊ 沒有名氣。也作「默默無聞」。例 那家小吃店雖然沒沒無聞，但食物卻非常好吃。

※吞沒、神出鬼沒、功不可沒

汲

7/4 ㄐㄧˊ (jí)

動 取水。如：汲水。副 急切的。如：汲汲。

【汲取】ㄐㄧˊ ㄑㄩˇ 本為取水之意。後引申為吸取、吸收。例 哥哥每個月都會閱讀最新一期的雜誌，以汲取科技新知。

【汲汲營營】ㄐㄧˊ ㄐㄧˊ ㄧㄥˊ ㄧㄥˊ 急切追求名利的樣子。例 許多人為了生活而汲汲營營，有時忙得連身體健康都賠上了。

沃

7/4 ㄨㄛˋ (wò)

形 潤澤肥美。如：肥沃。動 澆灌。如：沃灌。

汾

7/4 ㄈㄣˊ (fén)

專 河流名。在山西。

沱

8/5 ㄊㄨㄛˊ (tuó)

形 水勢盛大的樣子。如：滂沱。

泣

8/5 ㄑㄧˋ (qì)

名 眼淚。如：泣下如雨。動 只流淚而不發出聲音的哭，或是小聲的哭。如：掩面而泣。

【泣不成聲】ㄑㄧˋ ㄅㄨˋ ㄔㄥˊ ㄕㄥ 形容非常悲痛。例 每當舅舅談到剛過世的父母，總是泣不成聲。近 痛哭失聲。

※哭泣、啜泣、可歌可泣

水

8/5
注 ㄓㄨˋ (zhù) 注注

㊔賭博時所押的財物。如：賭注。㊐1灌進；流入。如：灌注。2凝聚；集中。如：注視。3解釋字句。通「註」。如：注釋。4命運預先決定。如：注定。

【注視】ㄓㄨˋ ㄕˋ 把視線集中在一個地方。㊚路上的行人都注視著看板上的美女廣告。

【注意】ㄓㄨˋ ㄧˋ 關注；留意。㊚沈爺爺很注意自己的身體健康，所以他不常生病。

✽全神貫注、血流如注

8/5
泳 ㄩㄥˇ (yǒng) 泳泳

㊐在水中游動。如：游泳。

✽仰泳、長泳、潛泳

8/5
泫 ㄒㄩㄢˋ (xuàn) 泫泫

㊒露水光潔的樣子。如：隔竹露光泫。㊓流淚的樣子。如：泫然流涕。

8/5
泌 ㄇㄧˋ (mì) 泌泌

㊐液體從小孔裡滲出。如：分泌。

8/5
沫 ㄇㄛˋ (mò) 沫沫

㊔1水泡。如：泡沫。2口水。如：唾沫。

✽飛沫、口吐白沫、相濡以沫

8/5
河 ㄏㄜˊ (hé) 河河

㊔水流的通稱。如：河川。㊕1黃河的簡稱。如：河洛。2指銀河。如：河漢。

【河岸】ㄏㄜˊ ㄢˋ 河邊。㊖河畔。

【河堤】ㄏㄜˊ ㄊㄧˊ 建在河邊以防止水災的隄岸。也作「河隄」。

※拔河、信口開河、口若懸河

8/5
泓
ㄏㄨㄥˊ (hóng)

㊍(形) ①水深的樣子。②水清澈的樣子。如：泓澈。㊌(量) 計算清水的單位。如：一泓泉水。

8/5
沸
ㄈㄟˋ (fèi)

㊍(形) 吵鬧。如：喧沸。㊋(動) 液體加熱到一定溫度後所產生的翻滾現象。如：沸騰。

【沸騰】ㄈㄟˋ ㄊㄥˊ ①液體加熱到一定溫度後，表面產生氣泡並翻滾的現象。②比喻情緒高漲或聲音嘈雜。㊖(例) 候選人在臺上奮力的呼喊，臺下民眾的情緒也跟著沸騰起來。

【沸沸揚揚】ㄈㄟˋ ㄈㄟˋ ㄧㄤˊ ㄧㄤˊ 比喻議論紛紛，像沸騰的水一樣翻滾升騰。㊖(例) 病死豬的問題最近在全國鬧得沸沸揚揚。(近) 滿城風雨。

※煮沸、人聲鼎沸、揚湯止沸

8/5
泯
ㄇㄧㄣˇ (mǐn)

㊋(動) 消滅；消失。如：童心未泯。

【泯除】ㄇㄧㄣˇ ㄔㄨˊ 消除。㊖(例) 在老師還沒證實小成作弊之前，我們應該泯除成見，公平看待他。

8/5
法
ㄈㄚˇ (fǎ) ㊔(名) ①律令；制度。如：法治。②處理事情的方式。如：辦法。③可供模仿的形式、標準。如：文法。④道士的方術。如：道士作法。⑤佛教的道理。如：佛法。㊍(形) 屬於佛家的。如：法號。㊋(動) 仿效。如：效法。

ㄈㄚˊ (fá) (限讀) ㊔(名) 方法。如：法子。

【法子】ㄈㄚˇ ˙ㄗ 方法。㊖(例) 小明為了想法子解決目前的難題，以致遲遲無

水

法入睡。(近)辨法。

【法則】ㄈㄚˇ ㄗㄜˊ 可供依據遵照的原理、準則。(例)做事謹慎、專心和持之以恆，是成功的重要法則。

【法律】ㄈㄚˇ ㄌㄩˋ ①經立法機關制定，國家元首公布實施的規章。②泛指包括憲法、法律及命令在內的一切規章。

✽守法、說法、以身試法

8/5

泥

丶 丶 氵 氵⁻ 氵コ 氵尸 氵尸 泥

ㄋㄧˊ (ní) (名)①水和土的混合物。如：泥土。②像泥一樣的東西。如：蘋果泥。

ㄋㄧˋ (nì) (動)固執；不知變通。如：拘泥。

【泥濘】ㄋㄧˊ ㄋㄧㄥˋ 水土混合，造成稀爛而溼滑的樣子。(例)沒有鋪柏油的路面，一到雨天就會變得泥濘不堪。

✽水泥、爛醉如泥、拖泥帶水

8/5

沽

ㄍㄨ (gū) 丶 丶 氵 氵⁻ 汁 沽 沽 沽

(動)①賣出。如：待價而沽。②購買。如：沽酒。③求取。如：沽名釣譽。

【沽名釣譽】ㄍㄨ ㄇㄧㄥˊ ㄉㄧㄠˋ ㄩˋ 故意做些讓人讚揚的事，或用不正當的方法獲得榮譽。(例)為了好名聲而做善事，只是沽名釣譽罷了，並不是真心行善。(反)實至名歸。

8/5

泄

ㄒㄧㄝˋ (xiè) 丶 丶 氵 氵⁻ 汁 汁 泄 泄

(動)①排出；抒發。如：泄恨。②漏出。如：泄密。

8/5

沼

ㄓㄠˇ (zhǎo) 丶 丶 氵 汈 汈 沼 沼 沼

(名)水池。如：池沼。

【沼澤】ㄓㄠˇ ㄗㄜˊ 地表鬆軟、潮溼而積水，水草茂密的低地。

✽泥沼、湖沼、廢沼

8/5
沮

ㄐㄩˇ (jǔ) 沮沮 丶 ㇀ 氵 氵 汩 沮

㊔ 失望。如：沮喪。

【沮喪】ㄐㄩˇ ㄙㄤˋ 灰心失望的樣子。㊑ 拔河比賽輸了，全班同學都很沮喪。

8/5
油

ㄧㄡˊ (yóu) 油油 丶 ㇀ 氵 氵 汩 油 油 油

㊔ ①由動物的脂肪或植物的種子所製成的液體。如：豬油。②提煉自礦物的液體。如：煤油。③額外的收入。多含有負面意義。如：揩油。㊔ ①不誠懇的。如：油腔滑調。②色澤光亮的。如：綠油油。③興盛、茂盛的樣子。如：油然。

【油膩】ㄧㄡˊ ㄋㄧˋ 含油量過多。㊑ 過於油膩的食物，吃多了會對身體有害。㊌ 清淡。

【油然而生】ㄧㄡˊ ㄖㄢˊ ㄦˊ ㄕㄥ 自然而然的產生。㊑ 小雲聽完小明對這道數學題的解說後，對他的崇拜之情油然而生。

✽柏油、沙拉油、火上加油

8/5
沾

ㄓㄢ (zhān) 沾沾 丶 ㇀ 氵 氵 汁 沾 沾 沾

㊍ ①浸溼。如：沾水。②受益；分享。如：沾光。③附著。如：沾手。

【沾沾自喜】ㄓㄢ ㄓㄢ ㄗˋ ㄒㄧˇ 自以為美好或僥倖得到好處，而非常自滿的樣子。㊑ 阿榮因為猜中了幾題考題而沾沾自喜。㊐ 自鳴得意。

8/5
泱

ㄧㄤ (yāng) 泱泱 丶 ㇀ 氵 氵 汩 泱 泱 泱

㊔ ①水深而廣的樣子。如：泱泱。②氣勢宏大的樣子。如：泱泱大國。

【泱泱大國】ㄧㄤ ㄧㄤ ㄉㄚˋ ㄍㄨㄛˊ 形容氣度宏偉的大國家。㊑ 中國是個歷史悠久的泱泱大國。

8/5
況

ㄎㄨㄤˋ (kuàng) 況況 丶 ㇀ 氵 氵 汩 況 況 況

㊔ 情形。如：情況。㊍ 比擬。如：

以古況今。㊄連 表示更進一層。如：況且。

【況且】(ㄎㄨㄤˋ ㄑㄧㄝˇ) 而且。例 小明不是有意踩到你的，況且他已經道歉了，你就原諒他吧！

✽實況、狀況、近況

8/5
泅
ㄑㄧㄡˊ (qiú) 泅 泅 、 ⺀ 氵 汌 汩 泅

動 游水。如：泅水。

8/5
泗
ㄙˋ (sì) 泗 泗 、 ⺀ 氵 氵 汈 泗

名 鼻涕。如：涕泗縱橫。

8/5
泛
ㄈㄢˋ (fàn) 泛 泛 、 ⺀ 氵 氵 泛 泛

形 1廣闊。如：廣泛。2不切實。如：空泛。動 1漂浮。如：泛舟。2呈現；露出。如：面泛紅光。副 普遍。如：泛論。

8/5
治
、 ⺀ 氵 氵 汁 汴 治 治

ㄓˋ (zhì) 形 安定的；太平的。如：治世。動 1管理。如：治國。2整治；整理。如：治水。3醫療。如：治病。4懲處。如：治罪。5研究。如：治學。

ㄔˊ (chí)（限讀）專 姓。

【治理】(ㄓˋ ㄌㄧˇ) 統治管理。例 新的縣長將整個縣治理得很好。近 管理。

【治療】(ㄓˋ ㄌㄧㄠˊ) 醫治。例 那位癌症病人正在接受化學治療。

✽法治、統治、主治

8/5
泡
、 ⺀ 氵 氵 泃 泃 泃 泡

ㄆㄠˋ (pào) 名 1液體因含氣所形成的球狀物。如：氣泡。2泡狀的東西。如：燈泡。動 1用水沖浸。如：泡茶。2消磨、耽擱或故意糾纏。如：泡網咖。量 計算沖泡次數的單位。如：一泡茶。

ㄆㄠ (pāo) 形 物體寬大膨鬆的樣子。

如：鬆泡泡。㊧計算大小便的單位。如：一泡尿。

【泡湯】(ㄆㄠˋ ㄊㄤ)①比喻事情沒有結果或白白受損。㊎原本全家計劃週末要到宜蘭遊玩，卻因為颱風來臨而泡湯了。②洗溫泉。

✽水泡、沖泡、浸泡

8/5 波 ㄅㄛ (bō) 氵 氵 氵 汁 汸 波 波

㊔①震盪起伏的水面。如：波濤。②介質或空間局部的擾動及能量的傳遞現象。如：聲波。③比喻目光。如：眼波。㊍①牽連；擴散。如：波及。②急走；奔跑。如：奔波。

【波及】(ㄅㄛ ㄐㄧˊ)水波擴散所及。引申為擴散、影響、牽連。㊎那間房子發生瓦斯爆炸，波及到隔壁的人家。

【波濤洶湧】(ㄅㄛ ㄊㄠ ㄒㄩㄥ ㄩㄥˇ)形容水勢盛大，波浪翻滾的樣子。㊎颱風就要來了，海上波濤洶湧，漁船紛紛進港避風。㊜風平浪靜。

✽風波、電波、軒然大波

8/5 泊 ㄅㄛˊ (bó) 氵 氵 氵 氵 泊 泊 泊

㊔湖沼。如：湖泊。㊢恬淡。如：淡泊。㊍①停靠。如：停泊。②流浪。如：飄泊。

8/5 沿 ㄧㄢˊ (yán) 氵 氵 氵 氵 氿 氿 沿 沿

㊔邊緣。如：床沿。㊍①順著。如：沿途。②承襲舊的事物或習慣。如：相沿成習。③靠近；接近。如：沿海。

【沿用】(ㄧㄢˊ ㄩㄥˋ)承繼舊有的事物或制度。㊎今年的教室布置比賽，將沿用去年的評分標準。

【沿途】(ㄧㄢˊ ㄊㄨˊ)一路上。㊎花季時，那條路上沿途都可見到開得火紅的木棉花。㊨沿路。

水

10/5
泰
ㄊㄞˋ (tài) 一 二 三 声 夫 夫 泰 泰 泰 泰

㊀形安定。如：國泰民安。㊁副過；甚。如：泰半。

【泰然自若】ㄊㄞˋ ㄖㄢˊ ㄗˋ ㄖㄨㄛˋ 安閒自得、從容不迫的樣子。㊀例儘管小孩在屋裡吵鬧，爸爸還是泰然自若的看著電視。㊀近神色自若。㊀反驚慌失措。

✽安泰、康泰、有眼不識泰山

9/5
泉
ㄑㄩㄢˊ (quán) ′ ′ 白 白 白 身 身 泉 泉

㊀名①從地底下流出的水。如：溫泉。②地下。指人死後所到的地方。如：黃泉。

【泉源】ㄑㄩㄢˊ ㄩㄢˊ ①泉水的源頭。②比喻事情的起源。㊀例書本是獲得知識的泉源。

✽山泉、清泉、甘泉

9/6
洲
ㄓㄡ (zhōu) 丶 冫 氵 氵 氵 氵 洲 洲 洲

㊀名①河流或海濱中，由泥沙淤積而成的陸地。如：沙洲。②劃分地球上大陸區塊的名稱。如：亞洲。

9/6
洋
ㄧㄤˊ (yáng) 丶 冫 氵 氵 氵 氵 洋 洋 洋

㊀名面積遼闊、鹽度一定，具有獨立潮汐與洋流的大海。如：太平洋。

㊀形①外來的；外國的。如：洋人。②盛大而眾多。如：汪洋。

【洋溢】ㄧㄤˊ ㄧˋ 充分表現在外。㊀例那群女孩很活潑，洋溢著青春的氣息。

【洋洋得意】ㄧㄤˊ ㄧㄤˊ ㄉㄜˊ ㄧˋ 形容滿足得意的樣子。㊀例小胖洋洋得意的炫耀手上的新手錶。

✽東洋、留洋、飄洋過海

9/6
津
ㄐㄧㄣ (jīn) 丶 冫 氵 氵 氵 氵 津 津 津

㊀名①渡口。如：津渡。②口水。如：生津止渴。③交通要道。如：津要。

【津津有味】(ㄐㄧㄣ ㄐㄧㄣ ㄧㄡˇ ㄨㄟˋ) 很有味道或興趣濃厚的樣子。㊄看到孩子們津津有味的吃著自己煮的晚餐，媽媽感到非常高興。㊡味同嚼蠟。

✽問津、迷津、河津

洱 9/6 ㄦˇ (ěr)

㊕河流名。在河南。

洪 9/6 ㄏㄨㄥˊ (hóng)

㊔大水。如：山洪。㊎大。如：洪福齊天。

【洪亮】(ㄏㄨㄥˊ ㄌㄧㄤˋ) 聲音響亮。也作「宏亮」。㊄梁伯伯嗓門洪亮，講話的聲音可以從街頭傳到巷尾。㊡低沉。

✽防洪、洩洪、蓄洪

流 9/6 ㄌㄧㄡˊ (liú)

㊔①分支；派別。如：流派。②等級。如：第一流。③像水流一樣的東西。如：電流。④指河流。如：支流。⑤風俗；習慣。如：潮流。㊎①無根據的。如：流言。②移動不定的；快速的。如：流星。③意外的；來處不明的。如：流彈。㊅①水或液體移動。如：水向下流。②泛指移動、變遷、傳布。如：時光倒流。

【流行】(ㄌㄧㄡˊ ㄒㄧㄥˊ) ①流傳；流布。㊄在傳染病流行期間，最好儘量減少外出。②大多數人一時的共同愛好和風尚。㊄今年春夏流行短裙。

【流利】(ㄌㄧㄡˊ ㄌㄧˋ) 靈活順暢。㊄小文的法文說得很流利。㊡結巴。

【流氓】(ㄌㄧㄡˊ ㄇㄤˊ) 不務正業，為非作歹，危害社會的人。

【流浪】(ㄌㄧㄡˊ ㄌㄤˋ) 飄泊不定。㊄小華從小就嚮往吉卜賽人四處流浪的生活。㊡定居。

【流傳】(ㄌㄧㄡˊ ㄔㄨㄢˊ) 流行傳布。例 她告訴我一個流傳已久的鬼故事。反 失傳。

【流露】(ㄌㄧㄡˊ ㄌㄨˋ) 不自覺的表現出來。例 郭先生的眼神流露出對江小姐的愛意。近 表露。

【流連忘返】(ㄌㄧㄡˊ ㄌㄧㄢˊ ㄨㄤˋ ㄈㄢˇ) 非常依戀而忘記要離開。也作「留連忘返」。例 湖邊的美景讓小寧流連忘返。近 樂不思蜀。

❀亂流、交流、從善如流

洌

9/6 ㄌㄧㄝˋ (liè)

形 1 水或液體清澈的樣子。如：洌泉。2 寒冷。通「冽」。如：冷洌。

洩

9/6 ㄒㄧㄝˋ (xiè)

動 1 漏出。通「泄」。如：洩密。2 發散。如：洩恨。

【洩洪】(ㄒㄧㄝˋ ㄏㄨㄥˊ) 水庫的蓄水量超過警戒線時，適時打開閘門，將過多的水量排出。

【洩漏】(ㄒㄧㄝˋ ㄌㄡˋ) 透露出去。也作「洩露」。例 這件事情非常機密，千萬不能洩漏出去。

❀地洞宣洩、排洩、發洩

洞

9/6 ㄉㄨㄥˋ (dòng)

名 1 窟窿；孔穴。如：山洞。2 穿破的孔。如：袋子破了個洞。副 通透。如：洞察。

【洞悉】(ㄉㄨㄥˋ ㄒㄧ) 了解非常清楚。例 陳警官洞悉歹徒的心理，所以破了很多案子。

❀地洞、漏洞、無底洞

洄

9/6 ㄏㄨㄟˊ (huí)

名 旋流的水。如：洄瀾。動 逆流而上。如：洄游魚類。

洗

9/6 ㄒㄧˇ (xǐ)

動 ①用水或其他液體清除髒汙以及附著物。如：沖洗。②除去。如：洗刷冤屈。

【洗刷】ㄒㄧˇ ㄕㄨㄚ 清除刷洗。比喻清除冤屈、恥辱。例 菲菲不斷的努力奔走，終於洗刷了父親的冤屈。

【洗心革面】ㄒㄧˇ ㄒㄧㄣ ㄍㄜˊ ㄇㄧㄢˋ 洗除壞心思，改變舊面貌。指徹底改過自新。例 為了不讓父母傷心，小雄決定洗心革面，重新做人。近 脫胎換骨。

❀乾洗、清洗、一貧如洗

活 9/6 ㄏㄨㄛˊ (huó)

名 ①工作。如：幹活。②生存。如：死活。形 ①生動。如：活潑。②不固定。如：活期存款。③有生命的。如：活魚。動 使生存。如：養家活口。副 很；非常。如：活像個小丑。

【活動】ㄏㄨㄛˊ ㄉㄨㄥˋ 動 ①為特定目的所採取的行動。例 這個禮拜將進行一系列的校慶活動。②運動。例 人要時常活動筋骨，才能保持身體健康。

【活潑】ㄏㄨㄛˊ ㄆㄛ 自然生動而不呆板。例 那群學生真是天真活潑。反 文靜。

洶 9/6 ㄒㄩㄥ (xiōng)

形 水向上湧的樣子。如：洶湧。

【洶湧】ㄒㄩㄥ ㄩㄥˇ 水勢盛大凶猛的樣子。例 海面上雖然風浪不大，但其實暗潮洶湧，潛水時要特別小心。

洛 9/6 ㄌㄨㄛˋ (luò)

專 河流名。一在河南，一在陝西。

洽 9/6 ㄑㄧㄚˋ (qià)

形 ①和諧。如：融洽。②普遍；廣博。如：該洽。動 協商；互換意見。如：洽談。

【洽詢】商量詢問。㊎到銀行辦事時，如果發現有任何的疑問，都可以向服務臺洽詢。

✽面洽、接洽、博學洽聞

派 9/6

ㄆㄞˋ (pài)

㊔①系統；流別。如：黨派。②作風。如：洋派。③英語 pie 的音譯。指用酥皮和餡配製而成的西點。如：蘋果派。④風度。如：氣派。㊍差遣；任用。如：指派。㊏計算分支系統的單位。如：分成兩派。

【派遣】差遣。㊎公司派遣業務代表到國外洽談一筆大生意。

【派頭】指說話、衣著、舉止等方面的氣勢、架勢。㊎那位明星無論到何處，都有八個保鑣保護，真是派頭十足。

✽幫派、正派、海派

涴 10/7

ㄨㄢˇ (wǎn)

㊍洗去汙垢。如：涴衣。

【涴熊】哺乳類。體圓，四肢短，毛濃密，尾部有灰至淡褐色的環形花紋，善於游泳和爬樹。

浪 10/7

ㄌㄤˋ (làng)

㊔①大水波。如：海浪。②像浪一般起伏的東西。如：麥浪。㊍①放縱。如：放浪。②飄泊。如：浪跡天涯。㊑①白白的；徒然的。如：浪得虛名。②輕率；隨意。如：浪費。

【浪費】不必要的花費。㊎琳琳很浪費，每個月都花好幾仟元買新衣服。㊋節儉。

【浪漫】想像豐富、情感熱烈、行為奔放的意思。㊎叔叔安排了一頓浪漫的燭光晚餐，打算向林小

姐求婚。

✽流浪、聲浪、驚濤駭浪

10/7
涕 ㄊㄧˋ (tì)

名 1 眼淚。如：涕如雨下。2 鼻液。如：鼻涕。動 哭泣。如：涕泣。

✽痛哭流涕、破涕為笑

10/7
浸 ㄐㄧㄣˋ (jìn)

動 1 滋潤；泡在水裡。如：浸漬。2 滲入。如：風雨浸衣。副 逐漸的。如：浸漸。

【浸泡】ㄐㄧㄣˋ ㄆㄠˋ 在溶液中泡著。例 洗衣服前先浸泡一下，較容易洗淨。

10/7
浦 ㄆㄨˇ (pǔ)

名 水邊。

10/7
浙 ㄓㄜˋ (zhè)

專 1 河流名。在浙江。2 浙江的簡稱。

10/7
涇 ㄐㄧㄥ (jīng)

專 河流名。一在陝西，一在安徽。

【涇渭分明】ㄐㄧㄥ ㄨㄟˋ ㄈㄣ ㄇㄧㄥˊ 比喻是非善惡分明或立場清楚。例 陳先生是個涇渭分明的人，應該不會說謊才對。

10/7
消 ㄒㄧㄠ (xiāo)

名 訊息；音訊。如：消息。動 1 失去；散去。如：煙消雲散。2 滅除。如：消毒。3 衰減。如：消瘦。4 排遣。如：消磨。5 享用。如：無福消受。6 需要。如：不消你說。7 耗損；花費。如：消費。

【消化】ㄒㄧㄠ ㄏㄨㄚˋ 1 食物在消化系統內，被分解成容易吸收的營養物質的過程。2 指對知識的吸收、理解。例 讀書不能死背，必須先消化書中

的知識，再把它記下來。

【消失】(ㄒㄧㄠ ㄕ) 不見。例停放在一樓大門口的機車，轉眼間就消失不見。

【消毒】(ㄒㄧㄠ ㄉㄨˊ) 利用藥劑、蒸煮、放射線等方式來殺滅病菌的過程。

【消息】(ㄒㄧㄠ ㄒㄧˊ) 訊息。例哥哥離家那麼久，卻一點消息也沒有。

【消除】(ㄒㄧㄠ ㄔㄨˊ) 消滅；除去。例爸爸為了消除疲勞，特地泡了個熱水澡。

近消去。

✽取消、打消、一筆勾消

10/7
浬
ㄌㄧˇ (lǐ)

、 ⺀ 氵 氵 汩 汩 汩 泹 浬 浬

量計算海洋上距離的單位。一浬等於一八五二公尺。

10/7
浞
ㄓㄨㄛˊ (zhuó)

、 ⺀ 氵 氵 汩 汩 汩 泦 浞 浞

動浸溼。

10/7
涉
ㄕㄜˋ (shè)

、 ⺀ 氵 氵 汁 汁 氵止 沚 涉 涉

動 1 徒步渡水。如：涉江。2 經歷。如：涉險。3 牽連。如：牽涉。

【涉及】(ㄕㄜˋ ㄐㄧˊ) 關連到；牽涉到。例這件事涉及許多政府官員，最好暗中調查。近牽連。

【涉獵】(ㄕㄜˋ ㄌㄧㄝˋ) 指有所接觸、探索，但不專精。例阿泰的專長是物理，但他對文學也有所涉獵。反專研。

✽跋涉、干涉、交涉

10/7
涓
ㄐㄩㄢ (juān)

、 ⺀ 氵 氵 汩 汩 涓 涓 涓 涓

名細小的水流。如：涓流。形微細。如：涓滴。

10/7
涔
ㄘㄣˊ (cén)

、 ⺀ 氵 氵 氵山 氵山 沙 涔 涔 涔

形流不停的樣子。如：汗涔涔。

【涔涔】(ㄘㄣˊ ㄘㄣˊ) 淚水或汗水流不止的樣子。例那名農夫汗涔涔的在大太陽底下工作。

浮 10/7 ㄈㄨˊ (fú)

形 ①虛而不實。如：浮名。②態度不莊重。如：輕浮。③不沉著。如：心浮氣躁。④在水上的或在空中的。如：浮雲。動 ①漂在水上或飄在空中。如：浮游。②顯現。如：浮現。

【浮現】ㄈㄨˊ ㄒㄧㄢˋ ①顯現。例 表姐夫的壞習慣在結婚之後慢慢浮現。②印象重現。例 當熟悉的電影配樂響起，小菊的腦海中不禁浮現電影的片段畫面。近 湧現；浮起。

✿懸浮、幽浮、沉浮

浴 10/7 ㄩˋ (yù)

形 洗澡用的。如：浴巾。動 ①洗澡。如：沐浴。②浸在裡面。如：永浴愛河。

【浴血】ㄩˋ ㄒㄧㄝˇ 形容戰鬥激烈，死傷慘重。例 士兵們浴血奮戰，終於打敗了入侵的敵人。

✿洗浴、日光浴、森林浴

浚 10/7 ㄐㄩㄣˋ (jùn)

形 深；幽深。如：浚谷。動 疏通水道。如：疏浚。

海 10/7 ㄏㄞˇ (hǎi)

名 ①面積比「洋」小而鄰接陸地的水域。如：北海。②面積較廣大的湖泊。如：死海。③沒有邊的範圍。如：苦海。④同類事物的聚集。如：人山人海。形 大；多。如：海量。

【海岸】ㄏㄞˇ ㄢˋ 沿海的陸地。

【海峽】ㄏㄞˇ ㄒㄧㄚˊ 介於兩塊陸地間，且兩端與海相連的狹長海域。如：臺灣海峽。

【海嘯】(ㄏㄞˇ ㄒㄧㄠˋ) 因地震、火山爆發或風暴造成的巨大海浪。常對沿岸的陸地造成災害。

【海鮮】(ㄏㄞˇ ㄒㄧㄢ) 新鮮的海產食品。如：魚、花枝、貝類、蝦子、螃蟹等。也稱「海產」。

【海底撈針】(ㄏㄞˇ ㄉㄧˇ ㄌㄠ ㄓㄣ) 比喻很困難或幾乎不可能做到。例 想要在操場上找一只掉落的耳環，簡直是海底撈針。反 甕中捉鱉。

【海闊天空】(ㄏㄞˇ ㄎㄨㄛˋ ㄊㄧㄢ ㄎㄨㄥ) 1 形容大自然的廣大無邊際。2 形容境界寬闊，沒有任何的拘束。例 小凱憑著海闊天空的想像力，畫出了許多令人驚喜的作品。

❀腦海、航海、石沉大海

10/7 **浩** ㄏㄠˋ (hào) 丶 丶 氵 氵 汁 汁 浩 浩 浩 浩

形 1 廣大的樣子。如：浩瀚。2 多。如：浩繁。

【浩劫】(ㄏㄠˋ ㄐㄧㄝˊ) 很大的災難。例 由於人類隨意的捕殺，使得座頭鯨面臨滅種的浩劫。

【浩浩蕩蕩】(ㄏㄠˋ ㄏㄠˋ ㄉㄤˋ ㄉㄤˋ) 1 水勢盛大的樣子。例 長江的水勢浩浩蕩蕩的一路向東奔流。近 洶湧澎湃。2 陣容壯盛。例 張叔叔一行人背著行李，浩浩蕩蕩從臺北出發，開始七天的環島之旅。

11/8 **淙** ㄘㄨㄥˊ (cóng) 丶 丶 氵 氵 氵 泞 淙 淙 淙 淙 淙

形 水流聲。如：流水淙淙。

11/8 **淳** ㄔㄨㄣˊ (chún) 丶 丶 氵 氵 氵 氵 淳 淳 淳 淳 淳

形 樸實；敦厚。如：民風淳樸。

【淳樸】(ㄔㄨㄣˊ ㄆㄨˊ) 敦厚樸實。例 她個性淳樸真誠，很受師長喜愛。反 虛華。

11/8 **涼** ㄌㄧㄤˊ (liáng) 丶 丶 氵 氵 氵 氵 氵 氵 涥 涼 涼

名 風寒。如：著涼。

(形) 1 有一點冷的。如：清涼。2 冷清。如：荒涼。3 哀愁；悲傷。如：淒涼。(動) 變冷。比喻失望。如：心涼了半截。

ㄌㄧㄤˋ (liàng) (動) 將物品放在通風處，以降低熱度。如：把茶涼一下。

【涼爽】（ㄌㄧㄤˊ ㄕㄨㄤˇ）清涼舒服。(例) 今天的天氣很涼爽，非常適合郊遊踏青。

(反) 燥熱。

淬

11/8 ㄘㄨㄟˋ (cuì)

(動) 1 打造刀劍、鐵器時，將金屬燒紅後馬上浸入水中，以增加成品的硬度和鋒利度。如：淬火。2 磨練。如：淬礪。

淤

11/8 ㄩ (yū)

(形) 積聚不暢通的。如：淤泥。(動) 堵塞。如：淤積。

【淤積】（ㄩ ㄐㄧ）泥沙沉澱而堆積。(例) 那條河流的下游，滿是淤積的泥沙和垃圾。

液

11/8 ㄧㄝˋ (yè)

(名) 流質。如：液體。

【液化】（ㄧㄝˋ ㄏㄨㄚˋ）物質由氣態轉變成液態的現象。

✽乳液、唾液、血液

深

11/8 ㄕㄣ (shēn)

(形) 1 物體表到裡、外到內、上到下的距離很大。與「淺」相對。如：海很深。2 奧妙。如：精深。3 顏色很濃。與「淺」相對。如：深藍。4 程度高的。如：交情深厚。5 形容時間的久、晚。如：深夜。(副) 非常；十分。如：深信。

【深入】（ㄕㄣ ㄖㄨˋ）1 進到最裡面。(例) 探險隊為了尋找傳說中的寶藏而深入

叢林。②更進一步的。例專家是深入了解某一個主題的人。

【深刻】(ㄕㄣ ㄎㄜˋ) ①進到內心，難以忘記。例年輕時深刻的友誼，會留下一生難忘的回憶。②意義深遠。例這部電影對於父子親情有很深刻的探討。

【深厚】(ㄕㄣ ㄏㄡˋ) ①感情濃。例林家兄弟的感情深厚，不論發生什麼事都會互相幫忙。②指在學問或技藝上的技巧高明。例外公的太極拳已經練了三十年，功力十分深厚。

【深思熟慮】(ㄕㄣ ㄙ ㄕㄡˊ ㄌㄩˋ) 謹慎而仔細的考慮。例經過深思熟慮後，表姐終於答應了李大哥的求婚。反輕舉妄動。

✽資深、艱深、根深柢固

11/8

淡 ㄉㄢˋ (dàn)

形①味道不濃。如：湯太淡了。②不熱心。如：冷淡。③色彩較淺。如：淡橘色。④不旺盛。如：淡季。⑤稀薄。如：雲淡風清。

【淡忘】(ㄉㄢˋ ㄨㄤˋ) 漸漸從記憶中消失。例隨著年齡的增長，童年的記憶也逐漸被淡忘了。反牢記。

【淡季】(ㄉㄢˋ ㄐㄧˋ) 一年中生意較少的時段。反旺季。

✽平淡、恬淡、輕描淡寫

11/8

淒 ㄑㄧ (qī)

形①寒冷。如：淒風苦雨。②悲傷。通「悽」。如：淒切。

【淒慘】(ㄑㄧ ㄘㄢˇ) 悲哀慘痛。例小怡在奶奶的喪禮上哭得非常淒慘。

11/8

清 ㄑㄧㄥ (qīng)

形①乾淨。如：清澈。②寂靜。如：冷清。③單一。如：清唱。④廉潔；正直。如：清廉。⑤明白。

如：清楚。動整理；掃除。如：清洗。副結束；完畢。如：付清。專朝代名。(1636—1911)由滿族人所建立。是中國最後一個王朝。西元一九一一年被孫中山領導的革命軍所推翻。

【清白】ㄑㄧㄥ ㄅㄞˊ 操守沒有汙點。例阿凱沒有偷東西，他是清白的。

【清秀】ㄑㄧㄥ ㄒㄧㄡˋ 乾淨秀氣而不俗。例小萍長得十分清秀，是個人見人愛的女孩。

【清爽】ㄑㄧㄥ ㄕㄨㄤˇ 涼快舒服。例運動過後沖個澡，感覺清爽多了。

【清晰】ㄑㄧㄥ ㄒㄧ 清楚明白。例這張照片拍得很清晰，連花瓣上的紋路都看得見。反模糊。

【清新】ㄑㄧㄥ ㄒㄧㄣ 乾淨新鮮。例山間的空氣很清新。

【清潔】ㄑㄧㄥ ㄐㄧㄝˊ 乾淨。例公共環境的清潔，需要大家一起維護。

✽澄清、一清二楚、眉清目秀

11/8
添
ㄊㄧㄢ (tiān)

動增加。如：增添。

【添加】ㄊㄧㄢ ㄐㄧㄚ 增加。例這道菜添加了許多香料，味道很特別。反減少。

✽畫蛇添足、錦上添花

11/8
渚
ㄓㄨˇ (zhǔ)

名水中的陸地。大的叫作「洲」，小的叫作「渚」。

11/8
涮
ㄕㄨㄢˋ (shuàn)

動1清洗；沖洗。2將生肉片放進滾熱的湯中，一燙熟馬上撈起來的烹飪方式。如：涮羊肉。

11/8
淇
ㄑㄧˊ (qí)

專河流名。在河南。

水

11/8
淋
ㄌㄧㄣˊ (lín)
丶 丶 氵 汁 汁 沐 沐 淋 淋 淋

動 液體由上往下澆。如：淋浴。

【淋漓盡致】(ㄌㄧㄣˊ ㄌㄧˊ ㄐㄧㄣˋ ㄓˋ) 形容語文或技藝非常流暢，將事物的情致表達得非常傳神。例 舞者在臺上淋漓盡致的表演，贏得全場熱烈的掌聲。

11/8
淅
ㄒㄧ (xī)
丶 丶 氵 汁 汁 沐 沐 淅 淅 淅

形 風雨或葉落的聲音。如：淅瀝。

【淅瀝】(ㄒㄧ ㄌㄧˋ) 形容風雨或葉落的聲音。例 大雨淅瀝淅瀝的下著，把街上的行人都淋溼了。

11/8
淞
ㄙㄨㄥ (sōng)
丶 丶 氵 汁 汁 沐 沐 淞 淞 淞

專 即「吳淞江」。河流名。在江蘇。

11/8
涯
ㄧㄚˊ (yá)
丶 丶 氵 汇 沂 沂 沪 涯 涯 涯 涯

名 1水邊。如：湖涯。2邊緣；邊際。如：一望無涯。

【涯際】(ㄧㄚˊ ㄐㄧˋ) 邊界。例 父母對孩子的關懷是沒有涯際的。

❀生涯、天涯海角、咫尺天涯

11/8
淺
丶 丶 氵 氵 汽 汽 浅 浅 淺 淺 淺

ㄑㄧㄢˇ (qiǎn) 形 1物體表到裡、內到外、上到下的距離很小。與「深」相對。如：淺灘。2容易；簡單。如：淺顯易懂。3顏色淡的。與「深」相對。如：淺綠。4程度低的。如：交情淺。5對事物的了解不深。如：淺見。副 少量；稍微。如：淺笑。

ㄐㄧㄢ (jiān) (限讀) 形 見「淺淺」。

【淺淺】(ㄐㄧㄢ ㄐㄧㄢ) 形容水流得很快。

【淺顯】(ㄑㄧㄢˇ ㄒㄧㄢˇ) 簡單；明白。例 這套歷史故事書的內容淺顯又生動，小朋友們都很喜歡。

【淺嘗輒止】(ㄑㄧㄢˇ ㄔㄤˊ ㄓㄜˊ ㄓˇ) 稍微嘗試一下就停止了。比喻做事不徹底，不肯深入研究。㊣例他不論學習什麼，總是淺嘗輒止，缺乏毅力。㊣近半途而廢。㊣反鍥而不舍。

✽擱淺、粗淺、膚淺

11/8
涵 ㄏㄢˊ (hán)
丶 冫 氵 汀 汈 汈 汈 涵 涵 涵 涵

動 1 飽含水分。2 包括；包含。如：涵蓋。

【涵義】(ㄏㄢˊ ㄧˋ) 所包含的意義。例用心閱讀才能了解這本小說的涵義。

【涵蓋】(ㄏㄢˊ ㄍㄞˋ) 包含；概括。例這本雜誌的內容涵蓋了文學、地理、美術等，十分豐富。

✽內涵、包涵、海涵

11/8
淹 ㄧㄢ (yān)
丶 冫 氵 氵 汁 汏 汏 汵 浛 淹 淹

動 1 被水浸沒。如：淹水。2 長時間停留。如：淹留。

【淹沒】(ㄧㄢ ㄇㄛˋ) 1 被水浸沒。例連日的豪雨，淹沒了許多農田。2 埋沒。例小明平日默默助人，即使沒被公開表揚，他的善行也絕不會被淹沒。

11/8
淌 ㄊㄤˇ (tǎng)
丶 冫 氵 氵 氵 氵 氵 氵 淌 淌 淌

動 流下。如：淌淚。

【淌血】(ㄊㄤˇ ㄒㄧㄝˇ) 流血。例小勝的傷口還在淌血，必須趕快包紮。

11/8
淑 ㄕㄨˊ (shú)
丶 冫 氵 氵 氵 氵 氵 氵 淑 淑 淑

形 1 善良。如：遇人不淑。2 美好。如：賢淑。

【淑女】(ㄕㄨˊ ㄋㄩˇ) 端莊賢慧的女子。

11/8
混 ㄏㄨㄣˋ (hùn)
丶 冫 氵 氵 氵 氵 氵 氵 混 混 混

形 1 汙濁的。如：混水摸魚。2 雜亂的。如：混亂。動 1 不同的東西摻雜在一起。如：混合。2 苟且過

日子。如：鬼混。3欺騙。如：蒙混。

【混合】ㄏㄨㄣˋ ㄏㄜˊ 把不同類的東西雜在一起。例這杯果汁混合了檸檬、草莓、蘋果、芭樂等水果，味道相當獨特。

【混濁】ㄏㄨㄣˋ ㄓㄨㄛˊ 不乾淨；不清澈。例大雨後，河水顯得更混濁。反澄淨。

【混水摸魚】ㄏㄨㄣˋ ㄕㄨㄟˇ ㄇㄛ ㄩˊ 原指趁著混亂時謀取不當利益。現多指做事不認真。也作「渾水摸魚」。例大掃除時，小毅時常混水摸魚，掃過的地方看起來跟沒掃一樣。

11/8
涸
ㄏㄜˊ (hé)

形水乾。如：乾涸。

11/8
淨
ㄐㄧㄥˋ (jìng)

名傳統戲劇中扮演勇猛、正直、剛強或奸險的角色。俗稱「花臉」。
形1純粹。如：淨重。2清潔的。如：淨土。動清洗；清潔。如：淨身。副1只是。如：淨說不做。2全；都。如：滿頭淨是白髮。

【淨化】ㄐㄧㄥˋ ㄏㄨㄚˋ 清除雜質，使東西變乾淨。例自來水廠負責水質淨化的工作。

✽澄淨、潔淨、一乾二淨

11/8
淫
ㄧㄣˊ (yín)

名不正常的性關係。如：賣淫。形1大。如：淫威。2邪惡不正的。如：淫邪。3久。如：淫雨。動迷惑。如：富貴不能淫。

【淫威】ㄧㄣˊ ㄨㄟ 勢力過大。比喻濫用權力。例大家都屈服在處長的淫威之下，即使被欺負了也不敢反抗。

11/8
淆
ㄧㄠˊ (yáo)

動擾亂。如：混淆。

11/8
淄 ㄗ (zī)

專 河流名。在山東。

11/8
淘 ㄊㄠˊ (táo)

形 頑皮。如：淘氣。動 用水沖洗，去除雜質。如：淘洗。

【淘汰】ㄊㄠˊ ㄊㄞˋ 去掉不好的，留下好的。例 阿誠在比賽中因為表現失常而遭到淘汰。

【淘氣】ㄊㄠˊ ㄑㄧˋ 頑皮。例 小丹是個非常淘氣的孩子。

11/8
淮 ㄏㄨㄞˊ (huái)

專 河流名。流經河南、安徽、江蘇。常作為中國南北氣候、人文與地理的分界。

11/8
涎 ㄒㄧㄢˊ (xián)

名 口水。如：垂涎。

11/8
淵 ㄩㄢ (yuān)

名 1 水很深的地方。如：深淵。2 根源；本源。如：淵源。3 人或物聚集的地方。如：淵藪。形 深。如：淵博。

【淵博】ㄩㄢ ㄅㄛˊ 學識豐富、精深。例 呂老師的學識淵博，什麼問題都難不倒他。近 廣博。反 膚淺。

✽如臨深淵、天淵之別

11/8
淚 ㄌㄟˋ (lèi)

名 眼睛流出的液體。如：眼淚。

【淚汪汪】ㄌㄟˋ ㄨㄤ ㄨㄤ 眼中充滿淚水的樣子。例 跌倒的小寶哭得兩眼淚汪汪。反 笑盈盈。

✽含淚、揮淚、欲哭無淚

11/8
淪 ㄌㄨㄣˊ (lún)

名 小水波。動 沉沒；墮落。如：沉

淪。

【淪落】(ㄌㄨㄣˊ ㄌㄨㄛˋ) ①流落在外。例受到戰爭的影響，王伯伯從小就淪落異鄉，非常可憐。②墮落；沉淪。例自從生意失敗後，阿彥就從大老闆淪落為街頭的小販。

12/9
渲
ㄒㄩㄢˋ (xuàn)

見「渲染」。

【渲染】(ㄒㄩㄢˋ ㄖㄢˇ) ①國畫的一種畫法。塗上墨色或顏色後再用水暈染，使顏色顯出濃淡的區別。②對事物作過分的描述。例小昌昨天不過是和小雲吃頓晚飯，今天就被同學渲染成是一對情侶。

12/9
渾
ㄏㄨㄣˊ (hún) 形 ①汙濁；不清。如：渾水。②糊塗。如：渾渾噩噩。③全部；整個。如：渾身發抖。

ㄏㄨㄣˋ (hùn) 動 將不同的東西摻雜在一起。如：渾淆。

【渾厚】(ㄏㄨㄣˊ ㄏㄡˋ) 樸實厚重。例李老師嗓音渾厚，上課從來不必用麥克風。

【渾然天成】(ㄏㄨㄣˊ ㄖㄢˊ ㄊㄧㄢ ㄔㄥˊ) 完全由天然生成，沒有經過人為的加工。例太魯閣國家公園的美景渾然天成，令人讚嘆。

✽打渾、雄渾、含渾

12/9
渡
ㄉㄨˋ (dù)

名 過河的地方。如：渡口。動 ①從此岸到彼岸；通過。如：渡江。②交付；轉手。如：讓渡。③拯救。如：普渡眾生。

【渡船】(ㄉㄨˋ ㄔㄨㄢˊ) 載人、貨過河的船。

12/9
游
ㄧㄡˊ (yóu)

名 河川的段落。如：上游。形 移動

水

不定的。如：游擊隊。動 1 在水面上浮行前進。如：游泳。2 交往；來往。通「遊」。如：交游廣闊。3 遊玩。通「遊」。

【游泳】ㄧㄡˊ ㄩㄥˇ 用手腳划、踢水，使身體前進的一種水上運動。

❀優游、力爭上游、氣若游絲

湔 12/9 ㄐㄧㄢ (jiān)

動 洗刷。如：湔洗。

滋 12/9 ㄗ (zī)

名 味道。如：滋味。動 1 生長；繁殖。如：滋生。2 發生。如：滋事。3 使東西溼潤。如：滋潤。4 增加。如：滋益。

【滋味】ㄗ ㄨㄟˋ 1 食物的味道。例 弟弟最喜歡草莓牛奶冰的滋味。2 心理或身體上的感受。例 一片好心卻被誤會成惡意，那滋味真是難受。

【滋潤】ㄗ ㄖㄨㄣˋ 水分充足，使東西不會乾枯。例 在豐沛雨水的滋潤下，今年果園的收成特別好。

湊 12/9 ㄘㄡˋ (còu)

動 1 聚在一起。如：湊錢。2 趕上；碰上。如：湊巧。3 靠近。如：湊近。

【湊巧】ㄘㄡˋ ㄑㄧㄠˇ 剛好；正好。例 小慧昨天上學時，湊巧遇到以前的老師。

❀輻湊、緊湊、七拼八湊

渤 12/9 ㄅㄛˊ (bó)

見「渤海」。

【渤海】ㄅㄛˊ ㄏㄞˇ 中國的內海。被山東半島和遼東半島所環抱。

溉 12/9 ㄍㄞˋ (gài)

動 把水引到田裡，澆灌農作物。如：灌溉。

水

12/9
渠 ㄑㄩˊ (qú)
名 人工開挖的水道。如：溝渠。

12/9
湮 ㄧㄣ (yīn)
動 1 埋沒。如：湮沒。2 堵塞。如：湮塞。
【湮滅】ㄧㄣ ㄇㄧㄝˋ 1 埋沒。例 有價值的藝術品，是不會隨著時間的流逝而湮滅的。2 消滅。例 打破茶杯的弟弟，想盡辦法湮滅證據，卻還是被媽媽發現了。

12/9
渥 ㄨㄛˋ (wò)
形 豐厚。如：優渥。

12/9
湛 ㄓㄢˋ (zhàn)
形 1 精深。如：精湛。2 清澄。如：湛藍。

12/9
湖 ㄏㄨˊ (hú)
名 大水聚集的地方。如：湖泊。
✽江湖、淡水湖、五湖四海

12/9
湄 ㄇㄟˊ (méi)
名 岸邊；水和草相交的地方。如：水湄。

12/9
港 ㄍㄤˇ (gǎng)
名 可供船隻停靠的河灣或海灣。如：臺中港。
✽軍港、漁港、避風港

12/9
渣 ㄓㄚ (zhā)
名 物質取出精華或水分後所剩下的東西。如：豆渣。
✽藥渣、煤渣、人渣

12/9
湘 ㄒㄧㄤ (xiāng)

專 1 河流名。在湖南。2 湖南的簡稱。

湧
12/9 ㄩㄥˇ (yǒng)

動 1 水向上冒出。如：湧出。2 像水一樣向上冒出。如：文思泉湧。

【湧現】ㄩㄥˇ ㄒㄧㄢˋ 大量出現。例 每到假日，遊樂區就會湧現大量的人潮。

✽波濤、洶湧、風起雲湧

減
12/9 ㄐㄧㄢˇ (jiǎn)

動 1 數學運算法的一種。用來計算兩個數字的差。如：五減二等於三。2 從全體中去除一部分。如：縮減。

【減少】ㄐㄧㄢˇ ㄕㄠˇ 把原有的東西除去一部分。例 爸媽要求小玉減少看電視的時間。反 增加。

【減肥】ㄐㄧㄢˇ ㄈㄟˊ 去掉過多的體重。例 爸爸為了身體健康，所以決定減肥。

✽遞減、削減、有增無減

湎
12/9 ㄇㄧㄢˇ (miǎn)

動 沉迷。如：沉湎。

渺
12/9 ㄇㄧㄠˇ (miǎo)

形 1 廣闊遙遠。如：渺茫。2 微小。如：渺小。

【渺茫】ㄇㄧㄠˇ ㄇㄤˊ 1 景物遼闊無邊、看不清楚的樣子。例 望著渺茫的夜空，妹妹的腦海裡充滿各種想像。2 比喻無法確定，沒有把握。例 雖然手術成功的機會很渺茫，但小貞還是願意試試看。

✽飄渺、深渺、煙波浩渺

測
12/9 ㄘㄜˋ (cè)

動 1 度量。如：測量。2 考驗。如：測試。3 猜想。如：推測。

【測試】ㄘㄜˋ ㄕˋ 測量試驗機械或儀器的性能。例 自然老師在實驗課之

水

前，會先測試設備有沒有問題。

【測驗】(ㄘㄜˋ ㄧㄢˋ) 以一定的標準去測量能力或成績。㊀老師說下週一要舉行智力測驗。㊁考試；評量。

✽猜測、預測、變幻莫測

12/9
湯
ㄊㄤ (tāng) ㊔①熱水；開水。如：赴湯蹈火。②帶大量汁水的菜餚。如：紫菜湯。

ㄕㄤ (shāng) ㊒見「湯湯」。

【湯匙】(ㄊㄤ ㄔˊ) 喝湯用的器具。又稱「調羹」。

【湯湯】(ㄕㄤ ㄕㄤ) 水流盛大的樣子。

✽清湯、泡湯、高湯

12/9
渴
ㄎㄜˇ (kě) ㊒口乾想喝水。如：口渴。㊓急切的。如：渴望。

【渴望】(ㄎㄜˇ ㄨㄤˋ) 非常希望。㊀小瑜非常喜歡寫作，渴望有天能成為作家。

12/9
渭
ㄨㄟˋ (wèi) ㊕河流名。自甘肅流向陝西。

12/9
渦
ㄨㄛ (wō) ㊔①旋轉流動成圓形，而中央往下陷的水流。如：漩渦。②泛指迴旋或凹陷的地方。如：酒渦。

12/9
湍
ㄊㄨㄢ (tuān) ㊔很急的水流。如：急湍。㊒水流很急。如：湍流。

【湍急】(ㄊㄨㄢ ㄐㄧˊ) 形容水流速度很快。㊀這裡的河水很湍急。

12/9
湃
ㄆㄞˋ (pài) ㊒水波互相撞擊的聲音。如：澎湃。

12/9
渙
ㄏㄨㄢˋ (huàn)

㊊ 水勢盛大的樣子。如：渙渙。㊋ 流散；散亂。如：人心渙散。

【渙散 ㄏㄨㄢˋ ㄙㄢˋ】散漫；精神不集中。㊎ 小華因為昨晚沒睡好，所以上課時精神渙散。

12/9
渝
ㄩˊ (yú)

㊋ 改變。如：至死不渝。

13/10
滓
ㄗˇ (zǐ)

㊔ 物質取出精華或水分後所剩下的東西。如：渣滓。

13/10
溶
ㄖㄨㄥˊ (róng)

㊋ 固體、液體或氣體化開、混合在另一液體中的現象。如：溶化。

【溶液 ㄖㄨㄥˊ ㄧㄝˋ】兩種或兩種以上物質均勻的混合在一起。多指液態的溶液。

【溶解 ㄖㄨㄥˊ ㄐㄧㄝˇ】指一物質分散於另一物質中成為溶液的過程。㊎ 方糖在熱咖啡中很快就溶解了。

13/10
滂
ㄆㄤ (pāng)

㊊ 水勢盛大的樣子。如：滂沱。

【滂沱 ㄆㄤ ㄊㄨㄛˊ】雨很大的樣子。㊎ 今天清晨下了一場滂沱大雨。

13/10
溯
ㄙㄨˋ (sù)

㊋ 1 逆流而上。如：溯溪。2 探求；推尋。如：追溯。

【溯源 ㄙㄨˋ ㄩㄢˊ】往上游尋找水流的源頭。比喻探求本源。㊎ 小強十分好學，無論什麼問題都喜歡追本溯源。

水

13/10

溢

一ˋ (yì)

溢

動 水滿了後向外流出。如：溢出。

副 過度。如：溢美。

【溢於言表】(一ˋ ㄩˊ 一ㄢˊ ㄅ一ㄠˇ) 表露在外。例 聽到明天可以去郊遊的消息，大家的興奮之情溢於言表。

13/10

溝

ㄍㄡ (gōu)

溝

名 讓水流通的水道。如：水溝。動 疏通。如：溝通。

【溝通】(ㄍㄡ ㄊㄨㄥ) 開一道溝使兩條水相通。現在泛指意見、情感的相互交流。例 經過一番溝通之後，爸爸和媽媽終於答應讓哥哥念他想讀的大學。

✽代溝、鴻溝、濠溝

13/10

溥

ㄆㄨˇ (pǔ)

溥

形 普遍。通「普」。如：溥天同慶。

13/10

溺

ㄋ一ˋ (nì)

溺

動 1 沉沒在水中。如：溺水。2 沉迷。如：沉溺。副 過度。如：溺愛。

【溺水】(ㄋ一ˋ ㄕㄨㄟˇ) 掉入水中被水淹沒。例 幸好救生員迅速救起那位溺水的小朋友，才不至於釀成重大意外。

【溺愛】(ㄋ一ˋ ㄞˋ) 過分的寵愛。例 大馬的父母很溺愛他，因而養成他任性又霸道的個性。

✽陷溺、耽溺、人溺己溺

13/10

溘

ㄎㄜˋ (kè)

溘

副 突然。如：溘然長逝。

滇 13/10
ㄉㄧㄢ (diān)

滇

專 雲南的簡稱。

滅 13/10
ㄇㄧㄝˋ (miè)

滅

動 1 斷絕；消除。如：消滅。2 熄火。如：滅火。3 淹沒。如：滅頂。

【滅頂】ㄇㄧㄝˋ ㄉㄧㄥˇ 水淹過頭頂。指淹死。例 小明沒熱身就下水游泳，差點因為抽筋而滅頂。

✽撲滅、熄滅、自生自滅

溽 13/10
ㄖㄨˋ (rù)

溽

形 溼熱。如：溽暑。

【溽暑】ㄖㄨˋ ㄕㄨˇ 潮溼悶熱的夏天。

溼 13/10
ㄕ (shī)

溼

形 沾了水或水分多的樣子。與「乾」相對。如：潮溼。動 沾水；浸水。如：溼透。

【溼潤】ㄕ ㄖㄨㄣˋ 含水分多的樣子。例 下過雨之後，花園的泥土變得非常溼潤。反 乾燥。

【溼答答】ㄕ ㄉㄚ ㄉㄚ 非常溼的樣子。例 忽然下起的一場雨，讓沒帶傘的小忠淋得全身溼答答。近 溼淋淋。

✽淋溼、浸溼、除溼

源 13/10
ㄩㄢˊ (yuán)

源

名 1 水流開始的地方。如：水源。2 事物的開端、根本。如：起源。

【源頭】ㄩㄢˊ ㄊㄡˊ 水發源的地方。泛指事物的根本。

水

【源源不絕】(ㄩㄢˊ ㄩㄢˊ ㄅㄨˋ ㄐㄩㄝˊ) 形容連續不斷。也作「源源不斷」。㊀這間餐廳的食物既美味又便宜，難怪顧客總是源源不絕。

✽資源、光源、飲水思源

13/10

滑 ㄏㄨㄚˊ (huá)

滑

形 1 光溜。如：滑溜溜。2 狡詐不誠實。通「猾」。如：滑頭。動 在光滑的地面溜著走。如：滑行。

【滑稽】(ㄏㄨㄚˊ ㄐㄧ) 指言語、動作有趣或可笑。例 小丑滑稽的表演，逗得觀眾哈哈大笑。

✽光滑、平滑、圓滑

13/10

溫 ㄨㄣ (wēn)

溫

名 冷熱的程度。如：體溫。形 1 冷熱適中。如：溫水。2 柔和。如：溫婉。動 1 使冷的變熱的。如：溫酒。2 複習。如：溫故知新。

【溫柔】(ㄨㄣ ㄖㄡˊ) 溫和柔順。例 哥哥溫柔的擦掉妹妹臉上的淚滴，輕聲鼓勵她不要放棄。反 粗暴。

【溫暖】(ㄨㄣ ㄋㄨㄢˇ) 1 暖和。例 今天天氣非常溫暖，很適合外出踏青。2 親切貼心的感覺。例 小風在我咳個不停時，遞來一杯溫開水，令我感到無比的溫暖。反 冷漠。

【溫馨】(ㄨㄣ ㄒㄧㄣ) 親和可愛的感覺。例 這間餐廳布置得很溫馨，四處都是可愛的飾品。

✽保溫、常溫、氣溫

13/10

溪 ㄒㄧ (xī)

溪

名 山間的小河。如：小溪。

【溪流】(ㄒㄧ ㄌㄧㄡˊ) 水流；河流。

13/10

滔

ㄊㄠ (tāo) 滔

(動)瀰漫。如：濁浪滔天。(副)連續不斷。如：滔滔不絕。

【滔滔不絕】ㄊㄠ ㄊㄠ ㄅㄨˋ ㄐㄩㄝˊ 連續不停。(例)班長的口才很好，演講起來滔滔不絕。(近)口若懸河。

13/10

準

ㄓㄨㄣˇ (zhǔn) 凖

(名)1 測量水平的器具。如：準繩。2 法度。如：標準。(形)接近；即將是。如：準新郎。(動)1 預先安排。如：準備。2 依照。如：準時。(副)正確。如：料得準。

【準則】ㄓㄨㄣˇ ㄗㄜˊ 標準；法則。(例)紅燈停、綠燈行，是基本的交通準則。

【準時】ㄓㄨㄣˇ ㄕˊ 依照預定的時間。(例)小慧和人約會，每次都很準時。(反)遲到。

【準確】ㄓㄨㄣˇ ㄑㄩㄝˋ 完全符合實際的情況或事實的要求。(例)氣象局的天氣預報一向很準確。

❀水準、瞄準、算準

13/10

溜

ㄌㄧㄡˋ (liù) (形)圓滑流轉。如：英文很溜。

ㄌㄧㄡ (liū) (動)1 滑行。如：溜冰。2 偷偷的進入或離開。如：溜走。(副)形容詞詞尾。表示程度深。如：烏溜溜。

【溜走】ㄌㄧㄡ ㄗㄡˇ 偷偷跑走。(例)警察到現場時，才發現歹徒早已經溜走了。(近)開溜。

❀滑溜、光溜溜、清潔溜溜

13/10

滄

ㄘㄤ (cāng) 滄

形 1寒冷。如：滄涼。2青綠色。如：滄海。

【滄海一粟】ㄘㄤ ㄏㄞˇ ㄧˊ ㄙㄨˋ 大海中的一粒小米。比喻非常渺小。例地球在整個宇宙中，不過只是滄海一粟。

14/11
演 ㄧㄢˇ (yǎn) 演 演

動 1公開表現才藝。如：演唱。2預先練習。如：演練。3根據事理加以引申、發揮。如：推演。

【演奏】ㄧㄢˇ ㄗㄡˋ 在很多人面前表演樂器。例小綠在音樂課時，用鋼琴演奏了一首歌曲。

【演習】ㄧㄢˇ ㄒㄧˊ 按照一定的規則和事先模擬好的情況進行練習。例老師為下午的防火演習講解逃生路線。

【演講】ㄧㄢˇ ㄐㄧㄤˇ 針對某個觀念或問題，以口頭說明的方式向大家發表自己的看法。例小安口才好、反應又快，常代表班上參加演講比賽。近演說。

✽上演、主演、飾演

14/11
漳 ㄓㄤ (zhāng) 漳 漳

專 河流名。在福建。

14/11
滴 ㄉㄧ (dī) 滴 滴

名 小點的液體。如：雨滴。形 形容聲音。如：滴答。動 液體一點一點往下落。如：滴下淚來。量 計算液體的單位。如：一滴水。

【滴答】ㄉㄧ ㄉㄚ 1形容雨聲。2形容時鐘運轉的聲音。

【滴水不漏】ㄉㄧ ㄕㄨㄟˇ ㄅㄨˋ ㄌㄡˋ 形容嚴密到極點。例這次珠寶展示會的防盜工作做得滴水不漏。

✽水滴、點滴、垂涎欲滴

14/11
滸 ㄏㄨˇ (hǔ)

(名) 靠近水邊的地方。如：水滸。

14/11
滾 ㄍㄨㄣˇ (gǔn)

(形) 大水奔流的樣子。如：江河滾滾。(動) 1 液體受熱，達到沸點而翻騰。如：水滾了。2 連續翻轉。如：打滾。3 在東西的外圍加邊裝飾。如：滾邊。4 叫人離開。帶有責罵的意思。如：滾出去。

【滾瓜爛熟】ㄍㄨㄣˇ ㄍㄨㄚ ㄌㄢˋ ㄕㄡˊ 比喻記得很牢，或背得很順。(例) 小明把偶像的生日背得滾瓜爛熟。(近) 倒背如流。

✽ 翻滾、搖滾、連爬帶滾

14/11
漓 ㄌㄧˊ (lí)

(形) 滲透而往下流。如：汗水淋漓。

14/11
漉 ㄌㄨˋ (lù)

(形) 溼潤的樣子。如：溼漉漉。

14/11
漩 ㄒㄩㄢˊ (xuán)

(名) 旋轉的水流。如：漩渦。

【漩渦】ㄒㄩㄢˊ ㄨㄛ 1 旋轉流動成圓形，而中央往下陷的水流。(例) 這條河因為漩渦很多，經常造成溺水意外。2 比喻糾紛、麻煩。(例) 小展不小心捲入一場打群架的漩渦。

14/11
漾 ㄧㄤˋ (yàng)

(動) 1 水波搖動。如：盪漾。2 散發。如：漾著清香。

水

漬 14/11 ㄗˋ (zì)

(名)汙點。如：油漬。(動)浸泡。如：醃漬。

❀浸漬、水漬、汙漬

漣 14/11 ㄌㄧㄢˊ (lián)

(名)水面的波紋。如：漣漪。(形)流淚的樣子。如：淚漣漣。

【漣漪 ㄌㄧㄢˊ ㄧ】①水面上的小波紋。②比喻心中小小的騷動。(例)小田寄來的情書，讓小珠平靜的心起了陣陣漣漪。

漸 14/11 ㄐㄧㄢˋ (jiàn)

(動)流入。如：西風東漸。(副)慢慢的。如：逐漸。

【漸入佳境 ㄐㄧㄢˋ ㄖㄨˋ ㄐㄧㄚ ㄐㄧㄥˋ】比喻情況越來越好，或興趣越來越濃。(例)經過半年的努力加強，小玉的英語成績總算漸入佳境。(反)每況愈下。

❀循序漸進、防微杜漸

漲 14/11

ㄓㄤˇ (zhǎng) (動)增高；升高。與「跌」相對。如：上漲。

ㄓㄤˋ (zhàng) (動)①體積擴大、膨脹。通「脹」。如：熱漲冷縮。②瀰漫。如：煙塵漲天。

【漲價 ㄓㄤˇ ㄐㄧㄚˋ】價格升高。(例)颱風過後，各類蔬菜都因為產量減少而紛紛漲價。(反)降價。

❀暴漲、飛漲、水漲船高

漕 14/11 ㄘㄠˊ (cáo)

(名)河渠；大水道。如：漕渠。(動)由

水路運送糧食或貨物。如：漕運。

14/11
漱
ㄕㄨˋ (shù)

丶 冫 氵 氵 汀 沪 沛 洓 涑 涑 漱 漱 漱

動 口中含水沖洗；清洗口腔。如：漱口。

14/11
漂
丶 冫 氵 氵 汀 汀 沪 洒 洒 洒 湮 漂 漂 漂

ㄆㄧㄠ (piāo) 動 浮在水面上。如：漂流。

ㄆㄧㄠˇ (piǎo) 動 使潔白。如：漂白。

ㄆㄧㄠˋ (piào) 形 美麗好看。如：漂亮。

【漂泊】ㄆㄧㄠ ㄅㄛˊ 比喻沒有固定的住所。例 呂大叔四處漂泊，有時睡在公園，有時睡在車站。近 流浪。

【漂亮】ㄆㄧㄠˋ ㄌㄧㄤˋ 1 美麗；很好看。例 老師今天的髮型顯得特別漂亮。2 形容事情做得非常完美，表現出色。例 這場比賽校隊後來居上，贏得太漂亮了！

14/11
漏
ㄌㄡˋ (lòu)

丶 冫 氵 氵 汀 沪 沪 沪 沪 涡 漏 漏 漏 漏

名 古代的計時器。如：沙漏。動 1 液體從縫隙中滲出。如：漏水。2 透露出去。如：消息走漏。3 遺落。如：脫漏。

【漏夜】ㄌㄡˋ ㄧㄝˋ 通宵；整個晚上。例 經過工作人員漏夜搶修，今早火車已恢復行駛。

【漏網之魚】ㄌㄡˋ ㄨㄤˇ ㄓ ㄩˊ 比喻僥倖逃脫的人。例 警方正在全力追捕嫌犯中的漏網之魚。

✽滴漏、滲漏、疏漏

14/11
漢
ㄏㄢˋ (hàn)

丶 冫 氵 汁 汁 汫 洪 浒 浒 渶 渶 漢 漢

名 1 指銀河。如：河漢。2 成年男子。如：男子漢。專 1 河流名。自

陝西流向湖北。2民族名。如：漢族。3朝代名。(1)(前202－220)劉邦滅秦、打敗項羽後所建。分西漢、東漢。(2)(221－263)漢末劉備所建。史稱「蜀漢」。(3)(947－950)五代劉知遠所建。史稱「後漢」。

✽壯漢、流浪漢、彪形大漢

14/11
滿 ㄇㄢˇ (mǎn)

滿 滿

丶 氵 氵 氵 汁 汁 泄 泄 浀 浀 湍 湍 滿 滿

形 1到處都是。如：滿街。2完美充足。如：圓滿。動 1充實；溢出。如：充滿。2驕傲。如：自滿。3到達一定限度。如：期限已滿。副 頗；相當。語氣比「很」稍弱。如：滿不在乎。專 民族名。滿洲族的簡稱。

【滿足】ㄇㄢˇ ㄗㄨˊ 感到足夠，再沒有其他要求。例 在冷冷的天氣裡吃著熱呼呼的紅豆餅，小花感覺好滿足。

【滿意】ㄇㄢˇ ㄧˋ 符合心意。例 小和對自己的作品非常滿意。

【滿頭大汗】ㄇㄢˇ ㄊㄡˊ ㄉㄚˋ ㄏㄢˋ 形容忙碌、辛苦或緊張的樣子。例 為了準備年夜飯，媽媽在廚房裡忙得滿頭大汗。

✽客滿、美滿、額滿

14/11
滯 ㄓˋ (zhì)

滯 滯

丶 氵 氵 氵 汁 汁 汫 泄 泄 浀 浀 浀 滯 滯

動 1不流通。如：凝滯。2停留。如：滯留。

【滯留】ㄓˋ ㄌㄧㄡˊ 停住；不前進。也作「留滯」。例 颱風目前正滯留在太平洋的海面上，未來動向仍待觀察。

14/11
漆 ㄑㄧ (qī)

漆 漆

丶 氵 氵 氵 汁 汁 汁 沐 沐 涉 涉 浃 淶 漆 漆

名 1漆樹科，落葉喬木。樹幹中的汁液可以塗在器物上，形成一層保

護膜。②塗料的通稱。如：油漆。(形)黑色的。如：漆黑。(動)用漆塗抹。如：漆牆壁。

【漆黑】(ㄑㄧ ㄏㄟ) 形容顏色很黑或光線很暗。(例)這段路沒有路燈，晚上一片漆黑，行人經過時都特別小心。(反)光亮。

※噴漆、烤漆、如膠似漆

14/11

澈

ㄔㄜˋ (chè)

澈 澈

(形)水很透明乾淨。如：清澈。

14/11

漫

ㄇㄢˋ (màn)

漫 漫

(形)①遍布。如：漫山遍野。②長遠；長久。如：漫漫長夜。③任性而不受拘束。如：散漫。(動)水滿出來。如：漫溢。(副)隨意。如：漫遊。

【漫長】(ㄇㄢˋ ㄔㄤˊ) 沒有盡頭。大多用來形容時間很長或距離很遠。(例)經過了漫長的旅途，阿泰終於回到故鄉。

【漫不經心】(ㄇㄢˋ ㄅㄨˋ ㄐㄧㄥ ㄒㄧㄣ) 毫不專心注意的樣子。(例)他寫作業漫不經心，錯誤一大堆。(反)全神貫注。

※浪漫、瀰漫、天真爛漫

14/11

漠

ㄇㄛˋ (mò)

漠 漠

(名)廣大沒有水草的沙地。如：沙漠。(形)冷淡。如：冷漠。

【漠不關心】(ㄇㄛˋ ㄅㄨˋ ㄍㄨㄢ ㄒㄧㄣ) 一點都不關心。(例)阿丁對班上的事情一向漠不關心。

※荒漠、大漠、廣漠

14/11

漯

漯 漯

ㄊㄚˋ (tà) (專)河流名。在山東。

ㄌㄨㄛˋ (luò) (專)地名用字。漯河縣，

在河南。

14/11
滷 ㄌㄨˇ (lǔ)

丶 冫 氵 汁 汁 汴 汴 汻 汻 汻 滷 滷

動 用鹹汁煮食物，使食物有味道。如：滷肉。

14/11
滲 ㄕㄣˋ (shèn)

丶 冫 氵 汁 汁 汁 汁 汁 汁 汁 滲 滲

動 液體由細孔慢慢的透過。如：滲入。

【滲透】ㄕㄣˋ ㄊㄡˋ 1 氣體或液體從物體表面透入或漏出。例 雨水滲透到泥土裡，滋潤了植物。2 比喻逐漸侵入別人的組織。例 這次的滲透行動很成功，敵人完全沒有察覺。

14/11
漁 ㄩˊ (yú)

丶 冫 氵 氵 氵 氵 氵 氵 漁 漁 漁 漁 漁 漁

動 1 捕魚。如：漁業。2 用不正當的手段取得。如：漁利。

【漁港】ㄩˊ ㄍㄤˇ 停靠漁船的港灣。

【漁業】ㄩˊ ㄧㄝˋ 捕撈及養殖水生動植物的事業。

【漁翁得利】ㄩˊ ㄨㄥ ㄉㄜˊ ㄌㄧˋ 比喻兩方相爭，而第三者獲得好處。常作「鷸蚌相爭，漁翁得利」。例 弟弟和妹妹為了搶最後一瓶橘子汽水而吵了起來，讓剛進門的哥哥漁翁得利，趁機喝掉汽水。

辨析 「鷸蚌相爭，漁翁得利」的故事是：有隻蚌打開殼在河邊晒太陽，一隻鷸鳥飛來要啄蚌，蚌立刻關上雙殼夾住鳥嘴，雙方相持不下，誰也不讓誰；此時有漁夫經過，毫不費力就把牠們都抓走了。

14/11
滌 ㄉㄧˊ (dí)

丶 冫 氵 氵 氵 氵 氵 氵 氵 氵 滌 滌

動洗去汙垢。如：洗滌。

14/11
滬
ㄏㄨˋ (hù)
滬 滬 沪 沪 沪 沪 滬 滬 (筆順)
專上海的簡稱。

14/11
漪
一 (yī)
漪 漪 (筆順)
名小波紋。如：漣漪。

15/11
漿
ㄐㄧㄤ (jiāng) 名流體物質。如：豆漿。動用米湯浸洗衣物。如：漿洗。
ㄐㄧㄤˋ (jiàng) 名麵粉和水調成的糊狀物，可用來黏貼物品。如：漿糊。
✽岩漿、泥漿、米漿

15/12
潼
ㄊㄨㄥˊ (tóng)
潼 潼 潼 (筆順)

專河流名。在四川。

15/12
潔
ㄐㄧㄝˊ (jié)
潔 潔 潔 (筆順)
形①乾淨。如：整潔。②語言或文辭簡要。如：簡潔。動修治；修養。如：潔身自愛。
【潔癖】ㄐㄧㄝˊ ㄆㄧˇ 過分愛乾淨的習性。例阿南有潔癖，受不了自己的房間裡有一丁點灰塵。
✽清潔、純潔、皎潔

15/12
澆
ㄐㄧㄠ (jiāo)
澆 澆 澆 (筆順)
動用水潑灑。如：澆水。

15/12
澎
ㄆㄥ (pēng) 形水波相碰撞的聲音。如：澎湃。
ㄆㄥˊ (péng) 專地名用字。如：澎湖。

【澎湃】(ㄆㄥˊ ㄆㄞˋ) 1形容波浪互相撞擊的聲音。2指情緒高漲。例一談起未來的夢想，大毛就感到胸中熱情澎湃。

15/12
潭 ㄊㄢˊ (tán)

名 深水。如：日月潭。

15/12
潺 ㄔㄢˊ (chán)

見「潺潺」。

【潺潺】(ㄔㄢˊ ㄔㄢˊ) 水流動的聲音。例鳥鳴啾啾，流水潺潺，這兒的風景宛如仙境。

15/12
潛 ㄑㄧㄢˊ (qián)

動 1在水面下游動。如：潛水。2藏起來。如：潛伏。3精深沉浸。如：潛心。副 暗中；祕密的。如：潛逃。

【潛力】(ㄑㄧㄢˊ ㄌㄧˋ) 還沒有顯現、發揮的能力。例在老師眼中，每個孩子都有獨特的潛力。

【潛伏】(ㄑㄧㄢˊ ㄈㄨˊ) 隱藏；埋伏。例員警潛伏在巷子裡，伺機圍捕搶劫犯。

【潛移默化】(ㄑㄧㄢˊ ㄧˊ ㄇㄛˋ ㄏㄨㄚˋ) 指人的思想、性格、習慣等，在不知不覺中受到外在影響而發生變化。例在何老師潛移默化的教導下，學生們都十分誠實負責。

15/12
潢 ㄏㄨㄤˊ (huáng)

動 裱裝字畫或裝飾房子內部。如：裝潢。

15/12
潮 ㄔㄠˊ (cháo)

名 1由日月引力所造成海水定時上漲和下落的現象。早潮稱「潮」，晚潮稱「汐」。2像潮水漲起般的現象。如：風潮。形 溼潤。如：潮溼。

【潮流 ㄔㄠˊ ㄌㄧㄡˊ】1由漲潮、退潮現象所導致的海水流動。2時代或社會發展的趨勢。例 小玲穿衣服從不盲目追逐潮流。

✽人潮、防潮、熱潮

潸 15/12

ㄕㄢ (shān)

形 流淚的樣子。如：潸然淚下。

澄 15/12

ㄔㄥˊ (chéng)

形 水乾淨清澈。如：澄明。

【澄清 ㄔㄥˊ ㄑㄧㄥ】1清澈。例 這條溪水澄清，處處可見水裡的小魚。2比喻將誤會解釋清楚。例 小靜向大家澄清她要轉學的謠言。

潑 15/12

ㄆㄛ (pō)

形 1蠻橫不講理。如：潑辣。2靈活生動。如：活潑。動 傾倒液體。如：潑水。

【潑冷水 ㄆㄛ ㄌㄥˇ ㄕㄨㄟˇ】指掃興。例 小英每次在班會上發言，都被同學潑冷水，漸漸的她就不敢說話了。

潦 15/12

ㄌㄧㄠˊ (liáo) 形 1粗率；不細緻。如：潦草。2頹廢。如：潦倒。

ㄌㄠˇ (lǎo) 名 水災。

【潦草 ㄌㄧㄠˊ ㄘㄠˇ】指做事不認真，或寫字不整齊。例 弟弟作業寫得太潦草，媽媽檢查後要他重寫。反 工整。

水

15/12
潤 ㄖㄨㄣˋ (rùn)

潤 潤 潤

(名) 利益；好處。如：利潤。(形) [1]潮溼。如：溼潤。[2]有光澤；有光彩。如：紅潤。(動) 修飾。如：潤飾。

【潤色】ㄖㄨㄣˋ ㄙㄜˋ 修飾文字。(例) 這首詩很創新，但文字再潤色一下會更好。

【潤滑】ㄖㄨㄣˋ ㄏㄨㄚˊ 加上油性物質，使兩個物件間的摩擦力變小。(例) 腳踏車的齒輪要潤滑，騎起來才會更省力。

✽浸潤、圓潤、滋潤

15/12
澗 ㄐㄧㄢˋ (jiàn)

澗 澗 澗

(名) 兩山間的流水。如：溪澗。

15/12
潰 ㄎㄨㄟˋ (kuì)

潰 潰 潰

(動) [1]大水沖破堤防。如：潰決。[2]敗散。如：潰不成軍。[3]腐爛。如：潰爛。

(反) 凱旋。

【潰敗】ㄎㄨㄟˋ ㄅㄞˋ 戰敗逃散。(例) 敵軍的將領一陣亡，士兵們就潰敗四散。

15/12
潘 ㄆㄢ (pān)

潘 潘 潘

(專) 姓。

【潘安再世】ㄆㄢ ㄢ ㄗㄞˋ ㄕˋ 比喻男子非常英俊。(例) 小豪的長相俊美得有如潘安再世，暗戀他的女孩子簡直多得數不清。

辨析 潘安，指的是晉朝的潘岳。相傳他的容貌非常俊美。

16/13
濂 ㄌㄧㄢˊ (lián)

濂 濂 濂

(專) 河流名。在湖南。

16/13

澱

ㄉㄧㄢˋ (diàn)

動 沉積。如：沉澱。

【澱粉 ㄉㄧㄢˋ ㄈㄣˇ】由葡萄糖分子結合而成的多醣類。普遍存在於植物的莖、根、種子中，是人類的主食之一。

16/13

澡

ㄗㄠˇ (zǎo)

動 洗滌。如：洗澡。

16/13

澧

ㄌㄧˇ (lǐ)

專 河流名。在湖南。

16/13

濃

ㄋㄨㄥˊ (nóng)

形 程度深的。如：遊興正濃。

【濃縮 ㄋㄨㄥˊ ㄙㄨㄛ】1 將溶液濃度提高的過程。例 牛奶經過濃縮後，可以製成奶粉。反 稀釋。2 把作品加以精簡，保存最精華的部分。例 這篇文章經過濃縮後，變得十分簡潔。

【濃妝豔抹 ㄋㄨㄥˊ ㄓㄨㄤ ㄧㄢˋ ㄇㄛˇ】指打扮得十分豔麗。例 小美為了參加耶誕舞會，刻意濃妝豔抹，果然成為全場注目的焦點。

❀鮮濃、香濃、情深意濃

16/13

澤

ㄗㄜˊ (zé)

名 1 水流會合、水草雜生的地方。如：沼澤。2 比喻恩惠。如：恩澤。3 光彩；光潤。如：光澤。

❀德澤、色澤、遺澤

16/13

濁

ㄓㄨㄛˊ (zhuó)

形 1不清澈。如：汙濁。2混亂。如：濁世。

【濁水溪】(ㄓㄨㄛˊ ㄕㄨㄟˇ ㄒㄧ) 臺灣最長的河流。全長約一百八十六公里。發源於合歡山南側，最後向西注入臺灣海峽。

✽混濁、清濁、濃濁

16/13

澹

ㄉㄢˋ (dàn) 形 心情寧靜，欲望很少。通「淡」。如：澹泊。

ㄊㄢˊ (tán) (限讀) 專 複姓用字。如：澹臺。

16/13

激

ㄐㄧ (jī)

形 強烈；急速。如：激情。動 1水受阻而向上飛濺。如：激起一朵浪花。2使人的情緒受到波動。如：刺激。

【激怒】(ㄐㄧ ㄋㄨˋ) 受刺激而生氣。例 小雲被小明無禮的話激怒。

【激動】(ㄐㄧ ㄉㄨㄥˋ) 情緒受刺激而十分衝動。例 老師在講臺上激動的說著岳飛的故事。

【激勵】(ㄐㄧ ㄌㄧˋ) 鼓勵。例 爸爸常激勵我們要勇敢的克服困難。

✽偏激、感激、反激

16/13

澳

ㄠˋ (ào)

名 供船隻停泊的水灣。如：灣澳。

17/14

濘

ㄋㄧㄥˋ (nìng)

名 爛泥漿。如：泥濘。

17/14

濱

ㄅㄧㄣ (bīn)

名 水邊。如：湖濱。動 靠近。如：

濱海。

濟 17/14

ㄐㄧˇ (jǐ) 形 很多的樣子。如：人才濟濟。

ㄐㄧˋ (jì) 動 1 過河。如：同舟共濟。2 救助。如：救濟。

✽接濟、懸壺濟世、無濟於事

濠 17/14 ㄏㄠˊ (háo)

名 很深的水溝；護城河。通「壕」。如：城濠。

濡 17/14 ㄖㄨˊ (rú)

動 1 沾溼。如：濡溼。2 習染；感染。如：耳濡目染。

濯 17/14 ㄓㄨㄛˊ (zhuó)

動 清洗。如：濯足。

濤 17/14 ㄊㄠ (tāo)

名 大波浪。如：波濤。

✽怒濤、松濤、浪濤

濫 17/14 ㄌㄢˋ (làn)

形 空泛的。如：陳腔濫調。動 1 淹沒。如：氾濫。2 過度；沒有節制。如：寧缺勿濫。副 過度。如：濫用。

【濫用】ㄌㄢˋ ㄩㄥˋ 沒有節制的使用。例 濫用藥物會影響身體健康。

【濫竽充數】ㄌㄢˋ ㄩˊ ㄔㄨㄥ ㄕㄨˋ 比喻沒有本領，卻混在行家中充數。例 小林根

本就不會唱歌，待在合唱團裡不過是濫竽充數罷了。㊅魚目混珠。㊄名副其實。

辨析 古代齊宣王喜歡聽三百個人一起吹奏竽，有位不會吹竽的南郭先生也混在其中。之後即位的湣（ㄇㄧㄣˇ）王喜歡聽竽的獨奏，於是不會吹竽的南郭先生只好逃走了。

17/14

澀 ㄙㄜˋ (sè)

、 冫 氵 汀 汈 汈 汈 汈 沏 沏 沏 沏 沏 沏 澀 澀 澀 澀

㊎ 1不潤滑。如：乾澀。2文字生硬難懂。如：艱澀。3味道苦而不甘滑。如：酸澀。

✽青澀、苦澀、羞澀

17/14

濬 ㄐㄩㄣˋ (jùn)

、 冫 氵 氵 汁 汁 汁 浐 浐 浐 浐 浚 浚 濬 濬 濬 濬

㊍ 疏通或挖深水道。如：疏濬。

17/14

濛 ㄇㄥˊ (méng)

、 冫 氵 汁 汁 汁 汁 泩 泩 泩 泩 泩 潆 潆 濛 濛 濛

㊎ 細雨紛飛的樣子。如：雨濛濛。

【濛濛 ㄇㄥˊ ㄇㄥˊ】1下著小雨的樣子。2迷茫不清的樣子。㊉登山隊在濛濛大霧中迷路了。

18/15

瀋 ㄕㄣˇ (shěn)

、 冫 氵 氵 汀 汀 沪 沪 浑 浑 浑 浑 瀋 瀋 瀋 瀋 瀋 瀋

㊐ 地名用字。瀋陽，在遼寧。

18/15

瀉 ㄒㄧㄝˋ (xiè)

、 冫 氵 氵 汀 沪 沪 沪 泞 泞 泞 泞 泻 瀉 瀉 瀉 瀉 瀉

㊍ 1水向下急流。如：傾瀉。2拉肚子。如：腹瀉。

✽流瀉、一瀉千里、上吐下瀉

18/15

瀆 ㄉㄨˊ (dú)

、 冫 氵 汁 汁 汁 汁 汁 渎 渎 渎 渎 渎 瀆 瀆 瀆 瀆 瀆

名 水溝。如：溝瀆。動 輕慢。如：褻瀆。

【瀆職】ㄉㄨˊ ㄓˊ 沒盡到職務上應盡的責任。例 張伯伯工作很盡責，從來不曾瀆職。

✽冒瀆、貪瀆、川瀆

濾 18/15

ㄌㄩˋ (lǜ)

動 去除液體中的雜質。如：過濾。

瀑 18/15

ㄆㄨˋ (pù) 見「瀑布」。

ㄅㄠˋ (bào) 名 急促的大雨。如：瀑雨。

【瀑布】ㄆㄨˋ ㄅㄨˋ 河水由高處垂直往低處瀉落的景象，遠看就像掛著的一匹白布。

濺 18/15

ㄐㄧㄢˋ (jiàn) 動 液體向四方飛射。如：水花四濺。

ㄐㄧㄢ (jiān)（限讀）見「濺濺」。

【濺濺】ㄐㄧㄢ ㄐㄧㄢ 形容水流聲。

瀏 18/15

ㄌㄧㄡˊ (liú)

形 水流清澈。

【瀏覽】ㄌㄧㄡˊ ㄌㄢˇ 大略的看。也作「流覽」。例 小明買書前，都會先瀏覽目次和簡介。反 精讀。

瀛 19/16

ㄧㄥˊ (yíng)

名 大海。如：瀛海。

19/16
瀨
ㄌㄞˋ (lài)

名 流過沙石上的水。

19/16
瀚
ㄏㄢˋ (hàn)

形 廣大的。如：浩瀚。

19/16
瀝
ㄌㄧˋ (lì)

形 形容雨聲。如：淅瀝。動 1 滴落。如：瀝乾。2 顯示。如：披肝瀝膽。3 去除液體中的雜質。如：瀝酒。

【瀝青】ㄌㄧˋ ㄑㄧㄥ 提煉石油後剩下的殘渣。為含有焦臭味的黑色黏稠膠質，可用做鋪設道路或防水防腐的塗料。

19/16
瀟
ㄒㄧㄠ (xiāo)

形 形容風雨聲。如：瀟瀟。專 河流名。在湖南。

【瀟灑】ㄒㄧㄠ ㄙㄚˇ 形容人個性大方，不受拘束的樣子。例 這齣戲的男主角長得英俊瀟灑。

19/16
瀕
ㄅㄧㄣ (bīn)

名 水邊。如：河瀕。動 靠近；接近。如：瀕海。

【瀕臨】ㄅㄧㄣ ㄌㄧㄣˊ 臨近；靠近。例 臺灣東部地區瀕臨太平洋。

20/17
瀰
ㄇㄧˊ (mí)

形 水深且滿的樣子。動 遍布。如：瀰漫。

【瀰漫】ㄇㄧˊ ㄇㄢˋ 遍布。㊣例新年期間，到處瀰漫著歡樂的氣氛。

20/17
瀾
ㄌㄢˊ (lán)

㊔名大的波浪。如：狂瀾。

✽波瀾、力挽狂瀾、推波助瀾

20/17
瀲
ㄌㄧㄢˋ (liàn)

形水滿溢波動的樣子。如：瀲灩。

【瀲灩】ㄌㄧㄢˋ ㄧㄢˋ 水波和光相映的樣子。例夕陽西下時，湖水波光瀲灩，十分好看。

21/18
灌
ㄍㄨㄢˋ (guàn)

形叢聚的。如：灌木。動1注入；倒進去。如：灌酒。2引水；澆水。如：灌溉。3錄製。如：灌唱片。

【灌注】ㄍㄨㄢˋ ㄓㄨˋ 1注入；輸入。2將思想或觀念單向的傳遞給他人。

【灌溉】ㄍㄨㄢˋ ㄍㄞˋ 利用人工挖掘的水道，引水到田間澆灌農作物。例在爺爺的細心灌溉下，田裡的蔬果長得又高又壯。

【灌輸】ㄍㄨㄢˋ ㄕㄨ 將思想或觀念單向的傳遞給他人。例小文從小就被父母灌輸愛護動物的觀念。

✽倒灌、澆灌、如雷灌耳

22/19
灑
ㄙㄚˇ (sǎ)

形自然不拘束。如：灑脫。動1把水散在地上。如：灑水。2泛指散落。如：灑淚。

【灑掃】ㄙㄚˇ ㄙㄠˋ 清潔；打掃。例媽媽要我定期灑掃庭院。近清掃。

【灑脫】(ㄙㄚˇ ㄊㄨㄛ) 態度自然大方，不受拘束的樣子。㊎小銘個性灑脫，不拘小節，是個很好相處的人。㊍瀟灑。㊊拘泥。

22/19
灘
ㄊㄢ (tān)

㊔[1]水邊沙石地。如：海灘。[2]水淺流急且石頭多的河床。如：險灘。㊖計算平面聚積液體或糊狀物的單位。如：一灘水。

25/22
灣
ㄨㄢ (wān)

㊔[1]水流彎曲的地方。如：河灣。[2]海岸凹陷，形成三面圍繞著陸地，一面向海的水域。灣內風浪小，可以停靠船隻。如：港灣。

※水灣、海灣、峽灣

26/23
灤
ㄌㄨㄢˊ (luán)

㊕河流名。在河北。

31/28
灩
ㄧㄢˋ (yàn)

㊒見「瀲灩」。

火部

4/0
火
ㄏㄨㄛˇ (huǒ)

㊔[1]物體燃燒時所產生的光和熱。如：燭火。[2]槍炮彈藥等武器的總稱。如：軍火。[3]五行之一。如：

金木水火土。④中醫裡致病因素的一種。感染後體溫會升高，出現口渴、臉紅等症狀。如：肝火。⑤怒氣。如：發火。㊅赤紅色的。如：火腿。㊄著急。如：十萬火急。

【火山】(ㄏㄨㄛˇ ㄕㄢ) 地殼內的岩漿噴出或流出地表後，在出口附近堆積而形成的山。

【火災】(ㄏㄨㄛˇ ㄗㄞ) 同「火警」。因為火燒而造成的災害。

【火速】(ㄏㄨㄛˇ ㄙㄨˋ) 形容非常緊急快速。例一聽到女兒受傷，張太太立刻放下工作，火速趕往醫院。近飛快。

【火焰】(ㄏㄨㄛˇ ㄧㄢˋ) 物質燃燒時產生熱和光的部分。

【火藥】(ㄏㄨㄛˇ ㄧㄠˋ) 用硫磺、木炭等物質混合而成的藥粉。點燃之後會產生爆炸力。近炸藥。

【火冒三丈】(ㄏㄨㄛˇ ㄇㄠˋ ㄙㄢ ㄓㄤˋ) 形容非常生氣。例小青知道弟弟偷看她的日記，不禁火冒三丈。近怒髮衝冠。

✽救火、縱火、赴湯蹈火

灰

6/2 ㄏㄨㄟ (huī) 一 ナ ナ ナ 灰 灰

名 ①物體燃燒之後剩下的粉末。如：煤灰。②塵土。如：灰塵。㊅失望消沉。如：灰心。

【灰心】(ㄏㄨㄟ ㄒㄧㄣ) 遇到挫折而失望、消沉。例我們的科展作品沒入選，大家都感到很灰心。近氣餒。

【灰頭土臉】(ㄏㄨㄟ ㄊㄡˊ ㄊㄨˇ ㄌㄧㄢˇ) ①形容辛苦奔波，滿臉灰塵的樣子。例為了養家活口，張叔叔每天早出晚歸，累得灰頭土臉。②形容失意受辱的樣子。例阿銘信心滿滿的去參加桌球比賽，不料卻輸得灰頭土臉。

✽石灰、菸灰、萬念俱灰

灶

7/3 ㄗㄠˋ (zào) 丶 丷 火 火 灶 灶

名 用來生火煮食物的器具或設備。

如：爐灶。

※泥灶、鍋灶、另起爐灶

灼 7/3 ㄓㄨㄛˊ (zhuó) 灼

形 1 明顯的；明確的。如：真知灼見。2 著急的。如：焦灼。動 燒。如：灼傷。

【灼熱】ㄓㄨㄛˊ ㄖㄜˋ 像火燒一樣熱。例 她不小心被熱水燙到，皮膚感到疼痛灼熱。

災 7/3 ㄗㄞ (zāi) 災

名 禍害。如：天災。形 遭遇禍害的。如：災民。

【災情】ㄗㄞ ㄑㄧㄥˊ 禍害發生的程度和情形。例 這次颱風過境，各地均傳出嚴重災情。

【災難】ㄗㄞ ㄋㄢˋ 各種天災人禍所造成的苦難與禍害。例 這場地震是近年來最重大的災難，導致許多人傷亡。

※防災、救災、幸災樂禍

灸 7/3 ㄐㄧㄡˇ (jiǔ) 灸

名 中醫的一種治療方法。用艾條在身體的穴位上燒灼或熏熱以通氣血。如：針灸。

炕 8/4 ㄎㄤˋ (kàng) 炕

名 北方地區的一種床。用磚土製成平臺，下面有孔道，可以燒柴暖床。如：火炕。形 乾燥炎熱的。如：炕旱。動 烘烤。如：炕餅。

炎 8/4 ㄧㄢˊ (yán) 炎

名 身上或體內因為細菌或病毒感染而引起紅腫、疼痛的症狀。如：皮膚炎。形 極熱的。如：炎夏。

【炎涼】ㄧㄢˊ ㄌㄧㄤˊ 原指氣候的冷熱變化，後用來比喻人情的冷暖。例 自從阿良生意失敗之後，便看盡了世間

炎涼。

✽發炎、肺炎、趨炎附勢

8/4
炒 ㄔㄠˇ (chǎo)

丶 丷 少 火 灲 灲 灲 炒

動 1 將食物放入鍋內，快速翻動加熱。如：熱炒。2 指刻意利用一些手段或方法，以達成某種效果。如：炒地皮。

【炒魷魚】ㄔㄠˇ ㄧㄡˊ ㄩˊ 開除；解雇。例 阿威因為工作時常偷懶而被老闆炒魷魚了。

8/4
炊 ㄔㄨㄟ (chuī)

丶 丷 少 火 火 灬 炒 炊

動 用火煮食物。如：炊飯。

✽斷炊、巧婦難為無米之炊

8/4
炙 ㄓˋ (zhì)

ノ ク 夕 夕 夕 夕 炙 炙

名 燒烤的肉。如：膾炙。動 1 燒烤。如：炙肉。2 受教導或薰陶。如：親炙。

【炙手可熱】ㄓˋ ㄕㄡˇ ㄎㄜˇ ㄖㄜˋ 比喻權勢很大，氣勢很盛。例 小琳當年只是個平凡的小女孩，如今卻變成炙手可熱的明星。

9/5
為

丶 ソ 为 为 為 為 為 為 為

ㄨㄟˊ (wéi) 名 動作。如：行為。動 1 做。如：為善最樂。2 當成。如：四海為家。3 治理。如：為政。4 變成。如：指鹿為馬。5 是。如：失敗為成功之母。助 被。如：不為所動。

ㄨㄟˋ (wèi) 動 幫助。如：為虎作倀。介 1 對；向。如：不足為外人道。2 由於；因。如：為正義而戰。3 替。如：為國爭光。連 提示原因。如：為什麼？

【為難】ㄨㄟˊ ㄋㄢˊ 1 感到困難。例 阿正開口向阿華借錢，讓阿華感到很為難，不知道該不該答應他。2 和人

火

作對；刁難。例你要阿誠在一天之內，把這棟大樓的玻璃都洗乾淨，這不是為難他嗎？

【為非作歹】(ㄨㄟˊ ㄈㄟ ㄗㄨㄛˋ ㄉㄞˇ) 做壞事。例阿立被壞朋友影響，到處為非作歹，讓父母非常傷心。近胡作非為。反循規蹈矩。

✽作為、大有可為、見義勇為

9/5

炫 ㄒㄩㄢˋ (xuàn)

動 1 照耀；輝映。如：炫目。2 誇耀。如：炫耀。

【炫耀】(ㄒㄩㄢˋ ㄧㄠˋ) 向他人誇耀。例弟弟四處向人炫耀爸爸買給他的玩具。

9/5

炬 ㄐㄩˋ (jù)

名 1 火把。如：火炬。2 蠟燭。如：蠟炬。

✽目光如炬、付之一炬

9/5

炳 ㄅㄧㄥˇ (bǐng)

形 顯著的。如：彪炳。

9/5

炯 ㄐㄩㄥˇ (jiǒng)

形 明亮的。如：炯炯有神。副 明顯的。如：炯戒。

【炯炯有神】(ㄐㄩㄥˇ ㄐㄩㄥˇ ㄧㄡˇ ㄕㄣˊ) 形容眼睛明亮，很有精神。例劉校長一談起教育，目光立刻變得炯炯有神。

9/5

炸 ㄓㄚˊ (zhá) 動 將食物放入高溫多量的油中烹調，直到熟脆。如：炸雞。

ㄓㄚˋ (zhà) 動 1 用火藥或彈藥爆破。如：轟炸。2 東西爆裂。如：玻璃杯炸了。

【炸彈】(ㄓㄚˋ ㄉㄢˋ) 內裝火藥，會引起爆炸的彈型武器。

✽氣炸、油炸、爆炸

火

炮 9/5

炮 丶 丷 火 火 灼 灼 灼

ㄆㄠˊ (páo) 名 古代的一種酷刑。用燒熱的鐵器燙罪犯的皮膚。如：炮烙。動 ①燒烤。如：炮肉。②煉製中藥的方法。如：炮製。

ㄆㄠˋ (pào) 名 ①一種發射炮彈的重型兵器。火力強大、射程遠，極具破壞力。如：大炮。②爆竹。如：鞭炮。

ㄅㄠ (bāo) 動 不放油，用大火乾炒。

【炮製】ㄆㄠˊ ㄓˋ 指中藥材的煉製方式。可加強藥物的效用，減低毒性，並方便貯藏及服用。

✽火炮、馬後炮、如法炮製

炭 9/5

ㄊㄢˋ (tàn) 丨 山 山 屵 屵 岸 岸 炭

名 ①古代植物長久埋在地下，受壓力和地熱影響而逐漸變成的固體燃料。如：煤炭。②木材經密閉燃燒之後，所形成的黑色塊狀物體。可當燃料使用。如：木炭。

✽泥炭、黑炭、雪中送炭

烊 10/6

ㄧㄤˊ (yáng) 丶 丷 火 火 烂 烂 烊

動 商店晚上關門休息。如：打烊。

烤 10/6

ㄎㄠˇ (kǎo) 丶 丷 火 火 灶 灶 炒 炒 烤

動 ①用火燒熟食物。如：烤肉。②燒火取暖。如：烤火。

✽燒烤、炭烤、火烤

烘 10/6

ㄏㄨㄥ (hōng) 丶 丷 火 火 灶 灶 烘 烘 烘 烘

動 ①用熱氣烤乾。如：烘乾。②襯托。如：烘托。

【烘托】ㄏㄨㄥ ㄊㄨㄛ 利用其他事物襯托，凸顯主題。例 這朵花因為綠葉的烘托，而顯得更為鮮豔美麗。

烙 10/6

ㄌㄨㄛˋ (luò) 丶 丷 火 火 灼 灼 炊 炊 烙 烙

動用燒熱的鐵燙東西。如：炮烙。

辨析 烙，讀音為ㄌㄨㄛˋ，語音為ㄌㄠˋ，但「烙餅」、「烙印」都要念ㄌㄠˋ。

【烙印】(ㄌㄠˋ ㄧㄣˋ) 1用燒熱的金屬在牲畜或器物上燙印文字或圖案，以方便辨別。2比喻留下深刻的印象。例失戀的陰影，深深烙印在他心裡。

10/6
烈 ㄌㄧㄝˋ (liè)
一 丆 歹 歹 歹 列 列 列 列 烈

名為正義犧牲生命的人。如：先烈。形1強猛。如：烈火。2堅貞剛毅。如：忠烈。3盛大。如：轟轟烈烈。

❋激烈、熱烈、興高采烈

10/6
烏 ㄨ (wū)
㇒ 𠂆 户 户 户 烏 烏 烏 烏

名烏鴉的簡稱。如：烏啼。形黑色的。如：烏雲。副沒有。如：化為烏有。

【烏溜溜】(ㄨ ㄌㄧㄡ ㄌㄧㄡ) 形容烏黑發亮而有光澤。例小美擁有一頭烏溜溜的秀髮。

【烏雲密布】(ㄨ ㄩㄣˊ ㄇㄧˋ ㄅㄨˋ) 快要下雨的樣子。例外頭烏雲密布，出門記得帶把傘。反晴空萬里。

❋金烏、慈烏、愛屋及烏

11/7
烹 ㄆㄥ (pēng)
丶 亠 亠 亡 古 亨 亨 亨 亨 烹 烹

動燒煮食物。如：烹煮。

【烹調】(ㄆㄥ ㄊㄧㄠˊ) 燒煮、調理食物。例爸爸釣到的魚，經過媽媽的精心烹調後，成為餐桌上的一道佳餚。

11/7
焗 ㄐㄩˊ (jú)
丶 丷 火 火 火 炉 炉 焗 焗 焗 焗

動先將鹽或沙石在鍋中炒熱，再將食物包好埋在其中，蓋上鍋蓋，用小火燜熟。如：鹽焗雞。

焊 11/7 ㄏㄢˋ (hàn)

(動) 用熔化的金屬連接或修補金屬器物。如：焊接。

烽 11/7 ㄈㄥ (fēng)

(名) 古代邊境的高臺上，為了示警或求救所施放的濃煙。如：烽火。

【烽火連天】ㄈㄥ ㄏㄨㄛˇ ㄌㄧㄢˊ ㄊㄧㄢ 形容到處發生戰爭。(例) 中東地區近年來烽火連天，人民飽受痛苦。(反) 天下太平。

焉 11/7 ㄧㄢ (yān)

(代) 此地；此處。如：心不在焉。(副) 哪裡；怎麼。如：塞翁失馬，焉知非福。(助) [1] 用在句尾。表示肯定或疑問。如：知過能改，善莫大焉。[2] 用在句尾。表示「的樣子」。如：心有戚戚焉。

焙 12/8 ㄅㄟˋ (bèi)

(動) 用小火烤乾。如：烘焙。

焰 12/8 ㄧㄢˋ (yàn)

(名) [1] 火苗；火光。如：火焰。[2] 氣勢。如：氣焰。

煮 12/8 ㄓㄨˇ (zhǔ)

(動) 把東西放入水裡加熱。如：煮飯。

【煮沸】ㄓㄨˇ ㄈㄟˋ 將液體加熱至沸騰。(例) 自來水須煮沸才能喝。

✽ 熬煮、烹煮、焚琴煮鶴

焚 12/8 ㄈㄣˊ (fén)

(動) 燃燒。如：焚燒。

【焚毀】ㄈㄣˊ ㄏㄨㄟˇ 燒壞；燒掉。(例) 媽媽結婚時所拍的照片，都在這場火災中焚毀了。

火

※玩火自焚、憂心如焚

無

12/8

ㄨˊ (wú) (名)空。如：無中生有。(動)沒有。與「有」相對。如：毫無消息。(副)①不。如：無須。②不論。如：事無大小。

ㄇㄛˊ (mó) （限讀）見「南無」。

【無限】ㄨˊ ㄒㄧㄢˋ 沒有窮盡。(例)每個人都有無限的潛能，有待我們努力去開發。(反)有限。

【無恥】ㄨˊ ㄔˇ 沒有羞恥心；不知羞恥。(例)阿聰一再說謊，真是無恥。

【無辜】ㄨˊ ㄍㄨ ①沒有罪過。(例)打破碗盤的人不是小明，他是無辜的。②指沒有罪過的人。(例)警察圍捕歹徒時不應隨便開槍，以免傷及無辜。

【無論】ㄨˊ ㄌㄨㄣˋ 不論；不管。(例)無論這場比賽的結果如何，我們都已經盡力了。

【無所謂】ㄨˊ ㄙㄨㄛˇ ㄨㄟˋ 沒有關係；不在乎。(例)晚餐吃什麼都好，我無所謂。

【無可救藥】ㄨˊ ㄎㄜˇ ㄐㄧㄡˋ ㄧㄠˋ 形容人或事物已經到無法挽救的地步。也作「不可救藥」、「無藥可救」。(例)他沉迷在網路遊戲中，已經到了無可救藥的地步。

【無拘無束】ㄨˊ ㄐㄩ ㄨˊ ㄕㄨˋ 不受約束，非常自由。(例)鳥兒無拘無束的在天空飛翔。

【無怨無悔】ㄨˊ ㄩㄢˋ ㄨˊ ㄏㄨㄟˇ 全心付出而沒有埋怨和後悔。(例)黃老師為教育無怨無悔的付出，令人感動。

【無理取鬧】ㄨˊ ㄌㄧˇ ㄑㄩˇ ㄋㄠˋ 故意鬧事、搗亂。(例)老師警告大雄不可以在課堂上無理取鬧。

【無微不至】ㄨˊ ㄨㄟ ㄅㄨˋ ㄓˋ 形容非常細心周到。(例)由於媽媽無微不至的照顧，妹妹的病很快就好了。

【無精打采】（ㄨˊ ㄐㄧㄥ ㄉㄚˇ ㄘㄞˇ）形容沒有精神的樣子。㊟例他昨晚熬夜看棒球比賽，所以今天上課無精打采。㊟近委靡不振。㊟反精神抖擻。

【無緣無故】（ㄨˊ ㄩㄢˊ ㄨˊ ㄍㄨˋ）沒有原因、理由。㊟例小芬無緣無故發起脾氣來，大家都很納悶。

【無論如何】（ㄨˊ ㄌㄨㄣˋ ㄖㄨˊ ㄏㄜˊ）不管怎樣。㊟例今天無論如何都要把功課做完。

✽兩小無猜、目中無人

12/8

然 ㄖㄢˊ (rán)

㊟代這樣。如：知其然。㊟形是；對。如：不以為然。㊟連表示轉折。同「但是」。如：然而。㊟助用在句尾。表示「的樣子」。如：欣然。

【然而】（ㄖㄢˊ ㄦˊ）但是；只是。㊟例這件衣服很漂亮，然而價錢太貴，媽媽只好放棄。

✽果然、一目了然、防患未然

12/8

焦 ㄐㄧㄠ (jiāo)

㊟形 1 被火燒成乾黑狀的。如：焦土。2 擔心；著急。如：焦急。㊟副被火燒到枯乾。如：烤焦。

【焦急】（ㄐㄧㄠ ㄐㄧˊ）形容非常著急。㊟例爸爸在手術房裡開刀，阿智焦急的守在門外等候。

【焦頭爛額】（ㄐㄧㄠ ㄊㄡˊ ㄌㄢˋ ㄜˊ）比喻事情進行不順，非常困擾或忙不過來的樣子。㊟例媽媽最近要上班、處理家務，又要到醫院照顧外婆，忙得焦頭爛額。

✽枯焦、燒焦、對焦

13/9

煎 ㄐㄧㄢ (jiān)

㊟動 1 用少量的油煮熟食物。如：煎蛋。2 熬汁。如：煎藥。3 折磨。如：煎熬。

火

【煎熬】（ㄐㄧㄢ ㄠˊ）形容內心受折磨而痛苦。(例)對小美來說，每次上數學課都是一種煎熬。

13/9
煉 ㄌㄧㄢˋ (liàn) 煉

(動)①用高溫加熱去除雜質，使物質更精純。如：煉油。②用火熬製藥物。如：煉藥。

❀修煉、精煉、提煉

13/9
煙 ㄧㄢ (yān) 煙

(名)①物體燃燒時所產生的氣體。如：濃煙。②指山林沼澤間的水氣。如：雲煙。③由煙凝結而成的黑灰。如：松煙。④菸草的製成品。通「菸」。如：香煙。

【煙囪】（ㄧㄢ ㄘㄨㄥ）排放爐灶或鍋爐所產生之煙氣的長管。

【煙消雲散】（ㄧㄢ ㄒㄧㄠ ㄩㄣˊ ㄙㄢˋ）比喻事物消失得無影無蹤。(例)他們兩人握手言和，彼此間的不愉快就此煙消雲散。

❀炊煙、杳無人煙、過眼雲煙

13/9
煤 ㄇㄟˊ (méi) 煤

(名)植物長期埋在地下，受壓力及地熱影響而形成的固體，可當燃料。如：煤礦。

【煤氣】（ㄇㄟˊ ㄑㄧˋ）煤在密封高溫加熱下所產生的可燃氣體。可作為燃料或化學原料。

13/9
煩 ㄈㄢˊ (fán) 煩

(形)①厭倦；不開心。如：煩悶。②雜亂的。如：煩瑣。(動)①打擾。如：別煩我。②請別人幫忙的敬詞。如：煩請轉達。

【煩惱】ㄈㄢˊ ㄋㄠˇ 煩悶不愉快；傷腦筋。例家裡的花費太大，令媽媽非常煩惱。近苦惱。

【煩躁】ㄈㄢˊ ㄗㄠˋ 心中煩悶而沒有耐性。例等了半天公車還不來，讓我越來越煩躁。

❀不厭其煩、心煩意亂

13/9
煜
ㄩˋ (yù)

形 光耀的樣子。如：煜煜。

13/9
煬
ㄧㄤˊ (yáng)

動 烘乾。如：煬乾。

13/9
煨
ㄨㄟ (wēi)

動 1 把食物放在火紅的熱灰裡燜熟。如：煨地瓜。2 用小火慢慢把食物煮到熟爛。如：煨牛肉。

13/9
煥
ㄏㄨㄢˋ (huàn)

形 光亮鮮明的樣子。如：煥然。

【煥發】ㄏㄨㄢˋ ㄈㄚ 光彩散發。例小雯打扮過後顯得容光煥發。

【煥然一新】ㄏㄨㄢˋ ㄖㄢˊ ㄧ ㄒㄧㄣ 使舊的事物呈現光亮鮮明的新面貌。例在全班同學合力布置之下，整間教室煥然一新。

13/9
煌
ㄏㄨㄤˊ (huáng)

形 明亮。如：輝煌。

13/9
煦
ㄒㄩˇ (xǔ)

形 溫暖的。如：煦日。

13/9
煞

ㄕㄚ (shā) 動 停止。如：煞車。
ㄕㄚˋ (shà) 名 凶神。如：惡煞。副 很；非常。如：急煞。

【煞車】ㄕㄚ ㄔㄜ ①控制車上的煞車器，使車子停止前進。②指緊急停止正在進行中的事。例 由於經費不足，這項摸彩活動不得不踩煞車。

✽抹煞、羨煞、大煞風景

13/9
照

ㄓㄠˋ (zhào)

名 ①陽光。如：夕照。②憑證。如：護照。③相片。如：畢業照。
動 ①光線射在物體之上。如：照射。②對著物體而反映形象。如：照鏡。③依循；根據。如：依照。④拍攝。如：照相。⑤通知。如：照會。⑥看護。如：照顧。

【照樣】ㄓㄠˋ 一ㄤˋ 依循原來的樣子。同「照舊」。例 即使天氣變冷，爺爺照樣早上五點起床到公園運動。

【照耀】ㄓㄠˋ 一ㄠˋ 光線照在物體上，產生光亮的樣子。例 陽光照耀著大地，給予萬物溫暖。

【照顧】ㄓㄠˋ ㄍㄨˋ 照料看顧。同「照料」。例 妹妹生病了，媽媽特地請假在家照顧她。

✽執照、拍照、肝膽相照

14/10
熔

ㄖㄨㄥˊ (róng)

動 用高溫將金屬或固態物質化為液態。如：熔解。

14/10
熄

ㄒ一 (xī)

動 把火撲滅。如：熄滅。

【熄滅】(ㄒㄧˊ ㄇㄧㄝˋ) 把火撲滅。㊄經過消防隊連夜搶救，這場大火終於熄滅了。

14/10
煽 ㄕㄢ (shān)
丶 丷 火 火 灲 炉 炉 炉 炉 炉 煽 煽 煽

㊅ 1 用扇子搧風使火勢變大。如：煽火。2 鼓動；慫恿。如：煽動。

【煽風點火】(ㄕㄢ ㄈㄥ ㄉㄧㄢˇ ㄏㄨㄛˇ) 比喻從旁鼓動，使事態擴大。㊄媽媽已經在氣頭上，你還在一旁煽風點火，到底居心何在？

14/10
熙 ㄒㄧ (xī)
一 丅 丅 丂 丂 丂 臣 臣 臣 巸 巸 巸 熙 熙

㊇和樂。如：雍熙。

【熙來攘往】(ㄒㄧ ㄌㄞˊ ㄖㄤˇ ㄨㄤˇ) 形容行人來往眾多的樣子。㊄火車站前的行人熙來攘往，非常熱鬧。㊈川流不息。

14/10
熊 ㄒㄩㄥˊ (xióng)
ㄥ ㄙ 𠫓 肙 肙 肙 育 能 能 能 能 能 熊 熊

㊔哺乳類。身體大而笨重，四肢短而有力。善於游泳和爬樹，喜歡在夜間活動。㊇猛烈的。如：熊熊大火。

✽狗熊、黑熊、虎背熊腰

14/10
熏 ㄒㄩㄣ (xūn)
一 二 千 台 台 台 台 台 重 重 重 熏 熏 熏

㊇暖和的。如：熏風。㊅ 1 用香料塗身體。如：熏沐。2 氣味發散。如：臭氣熏天。3 用火煙燒烤食物，使其具有特別的香味。如：熏雞。

15/11
熟 ㄕㄡˊ (shóu)
丶 亠 亡 古 亨 亨 亨 享 享 孰 孰 孰 孰 熟 熟

㊇ 1 親近的；認識的。如：熟人。2 技藝精巧的。如：純熟。3 經過

加工的。如：熟鐵。4印象深刻的。如：耳熟能詳。動1將食物煮到能吃的程度。如：煮熟。2植物長到可收成的程度。如：瓜熟蒂落。副1深沉安穩。如：熟睡。2深入；仔細。如：熟知。

【熟悉】ㄕㄡˊ ㄒㄧ 知道得很清楚。例老師對班上每位同學的個性都很熟悉。反陌生。

【熟能生巧】ㄕㄡˊ ㄋㄥˊ ㄕㄥ ㄑㄧㄠˇ 事情熟練之後，就能培養出巧妙的技術或卓越的能力。例所謂「熟能生巧」，只要多練習就會知道怎麼包粽子了。

✽成熟、半生不熟、滾瓜爛熟

15/11

熬 ㄠˊ (áo)

動1用小火乾煎。如：熬豬油。2長時間煮。如：熬粥。3勉強忍受。如：熬夜。

【熬夜】ㄠˊ ㄧㄝˋ 夜晚做事而勉強不睡覺。例他昨晚熬夜看足球比賽，難怪今天爬不起來。

15/11

熨 ㄩㄣˋ (yùn)

名用來燙平衣物的器具。如：熨斗。動燙平衣物。如：熨燙。

15/11

熱 ㄖㄜˋ (rè)

名物體因高溫所具有的能量。如：地熱。形1溫度高的。與「冷」相對。如：熱湯。2積極的。如：熱中。3親切的；誠懇的。如：熱情。4受人歡迎或喜愛的。如：熱門。5親密的。如：親熱。動使溫度升高。如：熱菜。副強烈；非常。如：熱戀。

【熱心】(ㄖㄜˋ ㄒㄧㄣ) 指富有同情心或做事積極。例劉先生為人熱心，時常幫助窮苦的人。反冷漠。

【熱門】(ㄖㄜˋ ㄇㄣˊ) 形容非常受人歡迎，或成為眾人關注的焦點。例這款相機一推出就很熱門。反冷門。

【熱鬧】(ㄖㄜˋ ㄋㄠˋ) 1形容繁華的景象。例這裡是全市最熱鬧的地方。2形容喧譁吵雜。例一下課，校園裡頓時像菜市場一樣熱鬧。反冷清。

✽散熱、酷熱、水深火熱

16/12

燙

ㄊㄤˋ (tàng)

形溫度很高的。如：水很燙。動1被高溫的東西或火所傷。如：燙傷。2用熱水或火使東西變熱或煮熟。如：燙青菜。3利用高溫使物體改變形狀。如：燙衣服。

【燙手】(ㄊㄤˋ ㄕㄡˇ) 1形容溫度很高。2比喻事情很難處理。例這件事燙手的程度，超乎我的想像。

16/12

熾

ㄔˋ (chì)

形1火勢大的。如：熾烈。2強盛的。如：熾盛。

【熾熱】(ㄔˋ ㄖㄜˋ) 1形容火勢大或溫度高。例熾熱的天氣，真是叫人吃不消。2形容情感強烈。例演唱會現場熾熱的氣氛，感染了每一個人。

16/12

燉

ㄉㄨㄣˋ (dùn)

動用小火將食物慢慢煮到熟爛。如：燉牛肉。

16/12

燐

ㄌㄧㄣˊ (lín)

火

(名) ①一種非金屬元素。②夜間在野地忽隱忽現的青色火焰。俗稱「鬼火」。如：燐火。

16/12
燒
ㄕㄠ (shāo)

(名) 體溫過高。如：發燒。(動) ①用火點燃。如：燃燒。②烹煮。如：燒菜。

【燒杯】ㄕㄠ ㄅㄟ 玻璃製的化學實驗用具。圓柱形，用來調配溶液或放在酒精燈上加熱。

【燒香】ㄕㄠ ㄒㄧㄤ 點香敬拜神明。(例) 奶奶燒香祈求全家平安。

✽焚燒、高燒、火燒眉毛

16/12
燈
ㄉㄥ (dēng)

(名) 用來照明或作其他用途的發光器具。如：電燈。

【燈塔】ㄉㄥ ㄊㄚˇ ①建在海岸或海島上的高塔，會發出燈光指引船隻航行的方向。②比喻具領導功能的人或事物。(例) 老師是學生求學路上的燈塔。

✽街燈、檯燈、跑馬燈

16/12
燎
ㄌㄧㄠˊ (liáo)

(名) 火把。如：庭燎。(動) 燃燒。如：燎原。

16/12
燜
ㄇㄣˋ (mèn)

(動) 蓋緊鍋蓋，用小火慢煮。可使食物熟爛且保有原味。如：燜牛肉。

16/12
燃
ㄖㄢˊ (rán)

(形) 可以燃燒的。如：燃料。(動) 點火

焚燒。如：燃燒。

【燃放】(ㄖㄢˊ ㄈㄤˋ) 點火引燒。例 阿華最喜歡看國慶燃放的煙火。

【燃料】(ㄖㄢˊ ㄌㄧㄠˋ) 可經由燃燒而產生熱量的材料。如：木材、石油、煤炭等。

【燃點】(ㄖㄢˊ ㄉㄧㄢˇ) 物質開始燃燒的溫度。

【燃眉之急】(ㄖㄢˊ ㄇㄟˊ ㄓ ㄐㄧˊ) 像火已燒到眉毛般緊急。比喻事情非常急迫，片刻都不能等待。例 災區交通中斷又缺乏糧食，政府趕緊派人空投物資以解決災民的燃眉之急。

✽引燃、點燃、死灰復燃

熹 16/12

ㄒㄧ (xī)

名 微弱的陽光。如：晨熹。形 光線不太明亮的樣子。如：熹微。

燕 16/12

ㄧㄢ (yān) 專 古國名。在河北。春秋時為重要諸侯國，戰國時則為七雄之一，後被秦國所滅。

ㄧㄢˋ (yàn) 名 候鳥。翅膀長，尾巴分叉像剪刀，背部羽毛為藍黑色，腹部則為灰白色。喜歡在屋簷和岩石空隙間築巢。形 悠閒安樂的樣子。如：燕居。

【燕麥】(ㄧㄢˋ ㄇㄞˋ) 禾本科，一年生草本植物。為重要的糧食作物之一。普遍種植於寒冷潮溼的地帶。

✽身輕如燕、環肥燕瘦

燄 16/12

ㄧㄢˋ (yàn)

通「焰」。名 1 火苗。如：火燄。2 比喻威勢、氣勢。如：氣燄。

火

17/13
爕
ㄒㄧㄝˋ (xiè)

動 調和。如：爕和。

17/13
燧
ㄙㄨㄟˋ (suì)

名 古代用來取火的工具。如：燧石。

17/13
營
ㄧㄥˊ (yíng)

名 1軍隊駐守的地方。如：兵營。2軍隊的編制單位。如：砲兵營。3活動的編組名稱。如：夏令營。動 1計劃；謀求。如：營救。2建設。如：營造。3管理。如：民營。

【營救】ㄧㄥˊ ㄐㄧㄡˋ 設法援救。例 消防隊營救被洪水圍困的民眾。近 解救。

【營業】ㄧㄥˊ ㄧㄝˋ 做生意；從事謀求利益的工作。例 這家店今日沒營業。

【營養】ㄧㄥˊ ㄧㄤˇ 食物中所含有益生物體成長的養分。

✽軍營、露營、步步為營

17/13
燥
ㄗㄠˋ (zào) 形 乾枯的；缺乏水分的。如：乾燥。

ㄙㄠˋ (sào) 名 切碎的肉。如：肉燥。

✽枯燥、口乾舌燥、天乾物燥

17/13
燭
ㄓㄨˊ (zhú)

名 以蠟製成的照明物品。如：蠟燭。動 察明；察見。如：洞燭機先。量 計算發光強度的單位。如：六十燭光。

✽火燭、花燭、燈燭

火

燦 17/13
ㄘㄢˋ (càn)

(形) 光彩耀眼的樣子。如：燦爛。

【燦爛奪目】ㄘㄢˋ ㄌㄢˋ ㄉㄨㄛˊ ㄇㄨˋ 明亮耀眼的樣子。(例) 櫥窗裡的珠寶散發燦爛奪目的光芒。

燬 17/13
ㄏㄨㄟˇ (huǐ)

(動) 被火燒壞。如：焚燬。

燠 17/13
ㄩˋ (yù)

(形) 炎熱。如：燠熱。

【燠熱】ㄩˋ ㄖㄜˋ 明非常炎熱。(例) 燠熱的夏天適合吃冰。(近) 酷熱。

燴 17/13
ㄏㄨㄟˋ (huì)

(動) 混合勾芡過的濃汁烹煮或把食物混在一起煮熟。如：燴飯。

燼 18/14
ㄐㄧㄣˋ (jìn)

(名) 物質燃燒之後所剩下的東西。如：灰燼。

燻 18/14
ㄒㄩㄣ (xūn)

(動) 1 煙氣向上升。如：煙火燻天。2 利用微火燒木屑等物使其生煙，令架在上面的食物帶有特殊香味。如：燻雞。

爆 19/15
ㄅㄠˋ (bào)

(動) 1 猛然炸裂。如：爆破。2 突然發作。如：爆發。3 用大火快炒。如：蔥爆牛肉。

【爆炸】(ㄅㄠˋ ㄓㄚˋ) 火藥或易燃物引燃後爆裂炸開。(例)化學工廠發生爆炸意外，損失慘重。

【爆破】(ㄅㄠˋ ㄆㄛˋ) 利用炸藥的力量，造成破壞。(例)市政府決定用爆破的方式拆除這棟危樓。

【爆發】(ㄅㄠˋ ㄈㄚ) 1爆炸；迸出。(例)這座火山極有可能在近期內爆發。2突然發生。(例)警察和抗議群眾爆發激烈衝突。

【爆冷門】(ㄅㄠˋ ㄌㄥˇ ㄇㄣˊ) 指出現了和原先所想大不相同的結果。(例)這次比賽大爆冷門，由不被看好的大強奪冠。

✽火爆、引爆、試爆

19/15

爍 ㄕㄨㄛˋ (shuò)

(形)光亮閃動的樣子。如：閃爍。(動)用火熔化金屬。通「鑠」。如：爍金。

20/16

爐 ㄌㄨˊ (lú)

(名)用來盛火的器具。如：火爐。

【爐火純青】(ㄌㄨˊ ㄏㄨㄛˇ ㄔㄨㄣˊ ㄑㄧㄥ) 比喻人的功力、技巧已經到達完美純熟的境界。(例)李師傅從事雕刻工作三十幾年，技術已經到了爐火純青的地步。

✽圍爐、暖爐、另起爐灶

21/17

爛 ㄌㄢˋ (làn)

(形)1食物因熟透而呈鬆軟的樣子。如：燜爛。2腐壞的。如：食物腐爛。3破舊的。如：破爛。4明亮的。如：燦爛。5不好的；差勁。如：這個人很爛。(動)腐敗。如：潰爛。(副)過度；非常。如：爛醉。

✽絢爛、海枯石爛、天真爛漫

29/25
爨 ㄘㄨㄢˋ (cuàn)

(名)爐灶。(動)生火煮飯。如：炊爨。

爪部

4/0
爪 ㄓㄠˇ (zhǎo)

(名)手指甲和腳趾甲的通稱。如：張牙舞爪。

辨析 爪，讀音為ㄓㄠˇ，語音為ㄓㄨㄚˇ。但「爪子」要念作ㄓㄨㄚˇ。

【爪牙】ㄓㄠˇ ㄧㄚˊ 1鳥獸的腳爪和牙齒。2指壞人的部下或助手。(近)黨羽。

✽鳳爪、獸爪、魔爪

8/4
爭 ㄓㄥ (zhēng)

(動)1追求；努力求取。如：爭光。2鬥嘴。如：爭吵。3互相比較。如：競爭。

【爭光】ㄓㄥ ㄍㄨㄤ 努力求取榮譽。(例)小欣努力練習，希望能在奧運中贏得勝利，為國爭光。

【爭吵】ㄓㄥ ㄔㄠˇ 各自堅持意見，吵鬧不停。(例)他們不知道為了什麼事，正在教室裡大聲爭吵。(近)吵架。

【爭先恐後】ㄓㄥ ㄒㄧㄢ ㄎㄨㄥˇ ㄏㄡˋ 努力搶在前面，害怕落後。(例)上下車別爭先恐後，以免發生危險。

✽戰爭、據理力爭、分秒必爭

8/4
爬 ㄆㄚˊ (pá)

(動)1用指甲抓。2手腳著地向前進。如：爬行。3向上攀登。如：爬山。

✽攀爬、跪爬、連爬帶滾

9/5
爰 ㄩㄢˊ (yuán) 爰

動改換。如：爰居。連乃；於是。常用於文言文中。

17/13
爵 ㄐㄩㄝˊ (jué) 爵

名1古代喝酒的器具。2分封貴族或功臣的等級。古代分成公、侯、伯、子、男五等。如：封爵。

父部 ㄈㄨˋ

4/0
父 ㄈㄨˋ ㄍ ㄨ ㄨ 父

ㄈㄨˇ (fǔ) 名1古代男子的美稱。通「甫」。如稱孔子為尼父。2對老年人的敬稱。如：漁父。

ㄈㄨˋ (fù) 名1爸爸。如：父親。2對男性長輩的敬稱。如：伯父。

【父慈子孝 ㄈㄨˋ ㄘˊ ㄗˇ ㄒㄧㄠˋ】形容家庭和樂，情感深厚。例小張的家庭父慈子孝，令人羨慕。

✽家父、天父、嚴父慈母

8/4
爸 ㄅㄚˋ (bà) 爸

名父親。如：爸爸。

10/6
爹 ㄉㄧㄝ (diē) 爹

名1父親。2對老年男子的稱呼。如：老爹。

13/9
爺 ㄧㄝˊ (yé) 爺

名1祖父。如：爺爺。2對父親的稱呼。如：阿爺。3對人或神的尊稱。如：王爺。

✽大爺、少爺、老天爺

爻部

爻 一ㄠˊ

4/0 (yáo)

㊔ 組成八卦的基本符號。「—」為陽爻；「--」為陰爻。

爽

11/7 ㄕㄨㄤˇ (shuǎng)

㊓ 1舒適；暢快。如：秋高氣爽。2不拘小節的。如：豪爽。㊖ 失誤；差錯。如：屢試不爽。

【爽口】入口後感覺舒爽。㊕ 這道涼拌小黃瓜吃起來十分爽口。

【爽快】1感覺舒服愉快。㊕ 炎熱的夏天來一杯冰涼的汽水，令人感到十分爽快。2個性直率開朗。㊕ 小鳳的個性很爽快。3辦事乾脆不拖延。㊕ 他爽快的答應了我的請求。

【爽朗】1形容天氣舒服晴朗。㊕ 今天天氣爽朗，適合全家到郊外野餐。2形容人的個性直接開朗。㊕ 小昆為人爽朗，臉上總是帶著陽光般的笑容。

✽涼爽、人逢喜事精神爽

爾

14/10 ㄦˇ (ěr)

㊹ 1你；你們。如：爾虞我詐。2那。如：爾時。㊗ 1用在句尾。表示「的樣子」。如：莞爾。2如此而已。如：不過爾爾。

【爾虞我詐】形容人和人之間互相欺騙，沒有誠信。㊕ 王伯伯厭倦了商場上的爾虞我詐，決定提早退休。㊮ 鉤心鬥角。㊯ 推心置腹。

✽出爾反爾、新婚燕爾

爿 ㄑㄧㄤˊ

部

17/13

牆

(qiáng) ㄑㄧㄤˊ

丨 丬 丬 爿 爿 牜 牜 牜 牜 牜 牆 牆 牆 牆 牆 牆 牆

名 用磚塊、石頭或水泥堆築而成的外圍或遮蔽物。如：城牆。

【牆頭草】ㄑㄧㄤˊ ㄊㄡˊ ㄘㄠˇ 比喻沒有主見、搖擺不定的人。

✽爬牆、銅牆鐵壁、隔牆有耳

片 ㄆㄧㄢˋ

部

4/0

片

(piàn) ㄆㄧㄢˋ

丿 丿 片 片

名 1將木頭劈成兩半之後，右邊的那一塊。2薄而扁平的東西。如：肉片。形 1單一的。如：片面。2短的；少的。如：隻字片語。量 1 2計算扁平物體的單位。如：一片樹葉。2用在面積、範圍較大的東西。如：一片空地。

【片刻】ㄆㄧㄢˋ ㄎㄜˋ 很短的時間。例 請你在門口稍待片刻，我馬上出來。

【片面】ㄆㄧㄢˋ ㄇㄧㄢˋ 單方面。例 這只是小蓉的片面之詞，事情的對錯還很難說，你不要隨便下結論。

✽刀片、照片、明信片

8/4

版

(bǎn) ㄅㄢˇ

丿 丿 片 片 片 片 版 版

名 1片狀的木頭。2用來印刷、雕刻的東西。如：銅版。3報紙的篇幅。如：頭版。量 1計算刊物印刷發行的次數。如：再版。2計算報紙頁面的單位。如：每天刊出十二版。

【版圖】ㄅㄢˇ ㄊㄨˊ 國家的領土。

✽出版、盜版、絕版

12/8
牌
ㄆㄞˊ (pái)
丿 丿' 片 片' 片' 片' 牠 牠 牌 牌 牌 牌

㊔ 1 通知大家或標示用的看板。如：招牌。2 木頭製成的神位。如：牌位。3 賭博、玩樂的用具。如：撲克牌。4 詞曲的音調名。如：曲牌。5 產品的商標。如：廠牌。6 古代防衛身體的兵器。如：盾牌。

【牌照】ㄆㄞˊ ㄓㄠˋ 政府核發的經營、行車、設攤等許可證。

❋品牌、金牌、獎牌

13/9
牒
ㄉㄧㄝˊ (dié)
丿 丿' 片 片' 片'' 片'' 牒 牒 牒 牒 牒 牒 牒

㊔ 1 古代用來寫字的薄小竹片或木片。2 文書；公文。如：通牒。

15/11
牖
ㄧㄡˇ (yǒu)
丿 丿' 片 片' 片' 片' 牖 牖 牖 牖 牖 牖 牖 牖 牖

㊔ 窗戶。如：戶牖。

19/15
牘
ㄉㄨˊ (dú)
丿 丿' 片 片' 片' 片' 牘 牘 牘 牘 牘 牘 牘 牘 牘 牘 牘 牘 牘

㊔ 1 古代用來寫字的厚木片。如：簡牘。2 文件書籍。如：案牘。3 書信。如：尺牘。

牙 ㄧㄚˊ 部

4/0
牙
ㄧㄚˊ (yá)
一 ㄈ 于 牙

㊔ 動物口中用來磨碎食物的器官。如：牙齒。

【牙牙學語】ㄧㄚˊ ㄧㄚˊ ㄒㄩㄝˊ ㄩˇ 小孩發出牙牙的聲音學習講話。㊎ 兩歲的弟弟正處於牙牙學語的階段，模樣十分可愛。

❋以牙還牙、伶牙俐齒

片

牙

牛部 ㄋㄧㄡˊ

牛

4/0

牛 ㄋㄧㄡˊ (niú)

ノ … 牛

名 哺乳類。體型壯大，草食性。可以幫助人類拉車、耕種，乳汁和肉可供食用。形 性格固執。如：牛性子。

【牛脾氣】ㄋㄧㄡˊ ㄆㄧˊ ㄑㄧˋ 比喻人的性情固執，不肯輕易改變。例 依小明的那個牛脾氣，我想要勸他恐怕很難。

【牛刀小試】ㄋㄧㄡˊ ㄉㄠ ㄒㄧㄠˇ ㄕˋ 比喻有大才能，但只稍微顯露一點點。例 今天的暖身賽對小薇來說，只是牛刀小試而已。反 大顯身手。

【牛頭不對馬嘴】ㄋㄧㄡˊ ㄊㄡˊ ㄅㄨˋ ㄉㄨㄟˋ ㄇㄚˇ ㄗㄨㄟˇ 比喻答非所問，或兩件事情不相關。例 來賓的回答非常滑稽，與主持人的問題牛頭不對馬嘴，引得大家哄堂大笑。近 風馬牛不相及。

❀黃牛、九牛二虎、對牛彈琴

6/2

牟 ㄇㄡˊ (móu)

ㄥ … 牟

形 形容牛的叫聲。動 求取。如：牟利。

【牟利】ㄇㄡˊ ㄌㄧˋ 求取利益。例 那個靠著賣毒品牟利的流氓終於被警察逮捕了。

6/2

牝 ㄆㄧㄣˋ (pìn)

ノ … 牝

名 1 雌性的鳥獸。與「牡」相對。如：牝雞。2 稱陰性的事物。

7/3

牢 ㄌㄠˊ (láo)

丶 … 牢

名 1 飼養動物的圍欄。如：牢籠。2 監獄；關犯人的地方。如：坐牢。形 1 堅固的。如：牢不可破。2 憂愁不滿。如：牢騷。

【牢固】(ㄌㄠˊ ㄍㄨˋ) 堅固。例這個櫃子很牢固，不用擔心會掉下來。

【牢騷】(ㄌㄠˊ ㄙㄠ) 心中的委屈不滿。例小如滿腹牢騷，見到人就開始抱怨。

近苦水。

✽大牢、監牢、亡羊補牢

7/3
牡 ㄇㄨˇ (mǔ)

牡 丿 𠂉 牛 牛 牜 牡

名 1 雄性的鳥獸。與「牝」相對。2 稱陽性的事物。

【牡蠣】(ㄇㄨˇ ㄌㄧˋ) 軟體動物。多生長於淡水和海水交界的淺海泥沙中。

7/3
牠 ㄊㄚ (tā)

牠 丿 𠂉 牛 牛 牜 牠

代 第三人稱代名詞。專用於動物。

8/4
物 ㄨˋ (wù)

物 物 丿 𠂉 牛 牛 牜 牞

名 1 泛指天地間有形體的東西。如：萬物。2 內容。如：言之有物。動 追求；尋求。如：物色。

【物色】(ㄨˋ ㄙㄜˋ) 尋求或選擇適合的人或物品。例唱片公司為了物色新歌手而辦了比賽。

【物以類聚】(ㄨˋ ㄧˇ ㄌㄟˋ ㄐㄩˋ) 原指同一類的人或物聚集在一起。後也用在壞人互相勾結。例他們都喜歡打籃球，所以物以類聚，成了好朋友。

【物歸原主】(ㄨˋ ㄍㄨㄟ ㄩㄢˊ ㄓㄨˇ) 將東西還給原來的主人。例小英將撿到的錢包物歸原主，因而獲得學校的表揚。

近完璧歸趙。反據為己有。

✽財物、待人接物、探囊取物

8/4
牧 ㄇㄨˋ (mù)

牧 牧 丿 𠂉 牛 牛 牜

名 放養牲畜的人。如：牧童。動 1 放養牲畜。如：牧羊。2 修養。如：謙沖自牧。

【牧師】(ㄇㄨˋ ㄕ) 基督教的傳教士。

✽畜牧、放牧、農牧

牛

9/5
牯 ㄍㄨˇ (gǔ) 牜 牯 牯

名 1 母牛。2 割去生殖器官的公牛。

9/5
牲 ㄕㄥ (shēng) 牜 牪 牲

名 1 祭祀或宴會所用的家畜。如：牲禮。2 泛指牛、羊、豬、馬等四隻腳的家畜。如：牲口。

※犧牲、畜牲、三牲

9/5
牴 ㄉㄧˇ (dǐ) 牜 牴 牴

動 有角的獸類用角互相撞擊。引申為衝突、冒犯。

【牴觸】ㄉㄧˇ ㄔㄨˋ 衝突；矛盾。例 這篇文章的論點前後牴觸。

10/6
特 ㄊㄜˋ (tè) 牜 特 特

名 1 公牛。2 泛指雄性牲畜。形 不平常的；與眾不同的。如：獨特。副 專程；專門。如：特地。

【特地】ㄊㄜˋ ㄉㄧˋ 專為某個人或某件事。例 小明特地來向你道歉，你就原諒他吧！近 專程。

【特別】ㄊㄜˋ ㄅㄧㄝˊ 和一般不一樣；與眾不同。例 她今天打扮得特別漂亮。

【特價】ㄊㄜˋ ㄐㄧㄚˋ 指比原來便宜的價格。

【特徵】ㄊㄜˋ ㄓㄥ 人及事物特別的形象和行為。例 無尾熊的特徵是愛吃尤加利葉。

※奇特、模特兒、大錯特錯

11/7
牽 ㄑㄧㄢ (qiān) 牽

動 1 拉著；引領向前。如：牽手。2 限制；拘束。如：牽制。3 拖累；連帶。如：牽連。4 想念；掛念。如：牽掛。

【牽涉】ㄑㄧㄢ ㄕㄜˋ 互相關聯；涉及。例 這次的事件牽涉到很多人，情況十

分複雜。

【牽腸掛肚】(ㄑㄧㄢ ㄔㄤˊ ㄍㄨㄚˋ ㄉㄨˋ) 形容十分操心、不放心。㊀例 哥哥整晚沒有回家，令爸媽為他牽腸掛肚。

✽順手牽羊、魂牽夢縈

11/7
犁
ㄌㄧˊ (lí)

㊔名 ①耕田的工具。如：犁耙。②毛色相雜的牛。如：犁牛。㊔動 耕種。如：犁田。

12/8
犀
ㄒㄧ (xī)

㊔名 見「犀牛」。㊔形 堅固而銳利。如：犀利。

【犀牛】(ㄒㄧ ㄋㄧㄡˊ) 哺乳類。體型大而四肢短，皮膚呈灰黑色，皮很厚且毛很少。鼻子前端有堅硬的尖角。

【犀利】(ㄒㄧ ㄌㄧˋ) ①形容武器堅固而銳利。㊀例 桌上的這把刀很犀利，請記得使用時一定要小心。②形容言辭尖銳有力，能切中重點。㊀例 小翠一向言辭犀利，往往令人難以反駁。

12/8
犄
ㄐㄧ (jī)

㊔名 獸類頭上凸出的角。如：犄角。

14/10
犖
ㄌㄨㄛˋ (luò)

㊔名 雜色的牛。㊔形 ①分明的；顯著的。如：犖犖。②特出的；傑出的。如：卓犖。

14/10
犒
ㄎㄠˋ (kào)

㊔動 用財物或酒食慰勞賞賜有功勞的人。如：犒勞。

【犒賞】(ㄎㄠˋ ㄕㄤˇ) 獎勵賞賜有功勞的人。㊀例 這次的案子替公司賺了不少錢，老闆特地犒賞員工到國外旅遊。

15/11
犛
ㄌㄧˊ (lí)

一 二 キ 未 未 未 犮 犮 犮 犮 犮 犮 犛 犛 犛

名 即「犛牛」。哺乳類。身上長有黑色的長毛。喜歡群居，生活在青藏高原上。能夠背負重物，人稱「高原之舟」。

19/15
犢
ㄉㄨˊ (dú)

ノ 𠂉 牛 牛 牜 牜 牜 牜 牜 牜 犢 犢 犢 犢 犢 犢 犢 犢 犢

名 小牛。如：初生之犢。

❀禽犢、牛犢、舐犢情深

20/16
犧
ㄒㄧ (xī)

ノ 𠂉 牛 牛 牜 牜 牜 牜 牜 牜 牜 犧 犧 犧 犧 犧 犧 犧 犧 犧

名 專門用來祭祀，毛色純正的牲畜。如：犧牲。

【犧牲】ㄒㄧ ㄕㄥ 1供祭祀用的牲畜。2為了某種目的拋棄了生命、財產或權利。例 康叔叔為了拯救溺水的孩子而犧牲了自己的生命。

犬部

4/0
犬
ㄑㄩㄢˇ (quǎn)

一 ナ 大 犬

名 即「狗」。哺乳類。口大，牙齒尖利，舌頭長而薄。聽覺、嗅覺都很敏銳。

【犬子】ㄑㄩㄢˇ ㄗˇ 對人謙稱自己的兒子。近 小犬。

【犬齒】ㄑㄩㄢˇ ㄔˇ 位在門牙和前臼齒之間的牙齒。較為銳利，可用來撕裂食物。

❀雞犬不寧、虎父無犬子

5/2
犯
ㄈㄢˋ (fàn)

ノ ㇓ 犭 犭 犯

名 違反法規而有罪的人。如：囚犯。動 1進攻；侵害。如：侵犯。2違反；違背。如：犯規。3冒著。

如：犯難。4發生。如：犯錯。副表示值得。如：犯不著。

【犯錯】(ㄈㄢˋ ㄘㄨㄛˋ) 做錯事。例小明發現自己犯錯之後，馬上向大家道歉。

【犯不著】(ㄈㄢˋ ㄅㄨˋ ㄓㄠˊ) 不值得；不需要。例弟弟年紀還小，你也犯不著對他生這麼大的氣。

❀觸犯、冒犯、井水不犯河水

8/4
狀 ㄓㄨㄤˋ (zhuàng) 狀 狀

名1樣子；形態。如：形狀。2情形。如：狀況。3證明用的文件。如：獎狀。動描寫；描述。如：不可名狀。

【狀況】(ㄓㄨㄤˋ ㄎㄨㄤˋ) 情形。例車禍的傷者正在急救，目前狀況十分危急。

❀告狀、症狀、惡行惡狀

7/4
狄 ㄉㄧˊ (dí) 狄

專古代民族名。分布在北方。

7/4
狂 ㄎㄨㄤˊ (kuáng) 狂

形1發瘋；瘋癲。如：瘋狂。2誇張；驕傲。如：口出狂言。3猛烈。如：狂風。副不受拘束的。如：狂歡。

【狂風暴雨】(ㄎㄨㄤˊ ㄈㄥ ㄅㄠˋ ㄩˇ) 形容風雨很大，快速且猛烈。例狂風暴雨過後，街道上全是雜亂的樹枝和垃圾。

❀發狂、工作狂、欣喜若狂

8/5
狒 ㄈㄟˋ (fèi) 狒 狒

見「狒狒」。

【狒狒】(ㄈㄟˋ ㄈㄟˋ) 哺乳類。性情凶暴，喜歡過團體生活。以果實、種子為主食。

8/5
狙 ㄐㄩ (jū) 狙 狙

名獼猴。動等待時機；暗中埋伏。如：狙擊。

犬

【狙擊】(ㄐㄩ ㄐㄧˊ) 暗中埋伏，等待機會攻擊敵人。㊣例 警方派出大批人力，在對面大樓準備狙擊歹徒。

狎 8/5

ㄒㄧㄚˊ (xiá)

㊣動 1 習慣；熟悉。如：狎習。2 親近；親密。如：狎近。3 戲弄；玩弄。如：狎弄。

狗 8/5

ㄍㄡˇ (gǒu)

㊣名 古代犬類大隻的稱「犬」，小隻的稱「狗」。現在則當作犬類的通稱。

【狗急跳牆】(ㄍㄡˇ ㄐㄧˊ ㄊㄧㄠˋ ㄑㄧㄤˊ) 比喻人被逼到最後，往往會做出意想不到的事情。㊣例 阿鋒一向守規矩，沒想到這回狗急跳牆，居然為了還清債務而搶銀行。

✽走狗、偷雞摸狗、雞飛狗跳

狐 8/5

ㄏㄨˊ (hú)

㊣名 哺乳類。形狀像狗，但口鼻較尖，尾巴長且毛蓬鬆。個性聰明靈敏。

【狐假虎威】(ㄏㄨˊ ㄐㄧㄚˇ ㄏㄨˇ ㄨㄟ) 比喻假借別人的威勢去恐嚇人。㊣例 小豹仗著父親是校長，狐假虎威到處欺負同學。

狩 9/6

ㄕㄡˋ (shòu)

㊣動 打獵。如：狩獵。

狡 9/6

ㄐㄧㄠˇ (jiǎo)

㊣形 多計謀、不誠實的。如：狡詐。

【狡猾】(ㄐㄧㄠˇ ㄏㄨㄚˊ) 不誠實，喜歡耍花招、欺騙人。㊣例 這名歹徒十分狡猾，要抓到他不是件容易的事。

【狡辯】(ㄐㄧㄠˇ ㄅㄧㄢˋ) 運用漂亮或無理的言辭，替自己辯解。㊣例 阿震在同學面前狡辯，不願承認自己的錯誤。

狠 9/6 ㄏㄣˇ (hěn)

形 殘忍；凶惡。如：狠毒。動 痛下決心。如：狠下心來。

【狠心】ㄏㄣˇ ㄒㄧㄣ 心地殘忍。例 把小狗丟棄在路邊的人真是太狠心了。

狼 10/7 ㄌㄤˊ (láng)

名 哺乳類。體型像狗，但毛比較長又比較密，性情凶暴，喜歡群居。常於夜晚出沒，捕食動物。

【狼藉】ㄌㄤˊ ㄐㄧˊ 形容散亂不整齊的樣子。例 園遊會結束後，整個會場看起來一片狼藉。

【狼吞虎嚥】ㄌㄤˊ ㄊㄨㄣ ㄏㄨˇ ㄧㄢˋ 形容人吃飯速度很快又很粗魯的樣子。例 狼吞虎嚥不只不禮貌，還容易造成消化不良。

❀色狼、豺狼、如狼似虎

狹 10/7 ㄒㄧㄚˊ (xiá)

形 窄小；不寬廣。如：狹窄。

【狹隘】ㄒㄧㄚˊ ㄞˋ 指地方或心胸窄小。例 小孟的心胸很狹隘，動不動就發脾氣。

狸 10/7 ㄌㄧˊ (lí)

異 「貍」的異體字。

狽 10/7 ㄅㄟˋ (bèi)

名 傳說中的野獸。體型像狼，前腳短，必須將腳架在狼身上才能行走。

狷 10/7 ㄐㄩㄢˋ (juàn)

形 1 心胸狹窄，個性急躁。如：狷急。2 公正不偏私。

猜 11/8 ㄘㄞ (cāi)

動 1 懷疑。如：猜忌。2 推測。

如：猜度。

【猜測】(ㄘㄞ ㄘㄜˋ) 推想。例小英和小華最近都不講話，大家都猜測他們應該是吵架了。

【猜謎】(ㄘㄞ ㄇㄧˊ) 依照提示的線索來推測答案。

✽瞎猜、疑猜、兩小無猜

11/8
猛 ㄇㄥˇ (měng)
ノ 犭 犭 犭 犭 犭 犭 猛 猛 猛 猛

形 1勇敢健壯。如：猛將。2凶惡的。如：猛獸。3強烈的。如：猛烈。副 1突然。如：猛然。2急速。如：突飛猛進。

【猛烈】(ㄇㄥˇ ㄌㄧㄝˋ) 強烈；激烈。例猛烈的強風吹壞了我的傘。

【猛然】(ㄇㄥˇ ㄖㄢˊ) 突然。例司機猛然煞車，乘客們都嚇了一跳。

✽勇猛、威猛、凶猛

11/8
猓 ㄍㄨㄛˇ (guǒ)
ノ 犭 犭 犭 犭 犭 猓 猓 猓 猓 猓

見「猓然」。

【猓然】(ㄍㄨㄛˇ ㄖㄢˊ) 哺乳類。即長尾猴。

11/8
猖 ㄔㄤ (chāng)
ノ 犭 犭 犭 犭 犭 猖 猖 猖 猖 猖

動任意而行、不受拘束。如：猖狂。

【猖狂】(ㄔㄤ ㄎㄨㄤˊ) 放肆隨便，任性做事。例現在唱片的盜版情形十分猖狂。

【猖獗】(ㄔㄤ ㄐㄩㄝˊ) 比喻事物的發展凶猛蔓延，導致情況嚴重。例最近小偷猖獗，社區內三天兩頭就發生機車失竊案。近囂張。

11/8
猙 ㄓㄥ (zhēng)
ノ 犭 犭 犭 犭 犭 猙 猙 猙 猙 猙

名傳說中的獸名。形狀像狐狸而有翅膀。

【猙獰】(ㄓㄥ ㄋㄧㄥˊ) 凶惡可怕的樣子。例電影中女鬼露出猙獰的面貌，嚇得觀眾尖叫聲不斷。

犬

猷
13/9

ㄧㄡˊ (yóu)

(名) [1]計謀；策略。如：嘉猷。[2]道理；法則。如：大猷。

猶
12/9

ㄧㄡˊ (yóu)

(動) [1]遲疑；一直無法做決定。如：猶豫。[2]如同；相似。如：雖死猶生。(副) 仍然；依然。如：記憶猶新。

【猶豫】ㄧㄡˊ ㄩˋ 一直無法決定。(例) 小黑還在猶豫要不要參加今年學校舉辦的夏令營。

✽言猶在耳、雖敗猶榮

猩
12/9

ㄒㄧㄥ (xīng)

(名) 見「猩猩」。(形) 血紅色。如：猩紅。

【猩猩】ㄒㄧㄥ ㄒㄧㄥ 哺乳類。體型和樣貌與人類相似。全身有紅褐色的長毛，前肢長，沒有尾巴，可以直立行走。

猥
12/9

ㄨㄟˇ (wěi)

(形) 卑賤下流。如：猥瑣。

【猥褻】ㄨㄟˇ ㄒㄧㄝˋ 卑鄙下流。今多指不禮貌的行為。(例) 阿呆因為猥褻女子而被法院判刑。

猴
12/9

ㄏㄡˊ (hóu)

(名) 哺乳類。種類很多，毛髮多而密，臉部短而扁。有些種類尾巴能捲起物品。動作靈活，通常是群居。

【猴急】ㄏㄡˊ ㄐㄧˊ 形容著急、急切。(例) 小表弟一收到生日禮物，就猴急的拆開包裝，想知道裡面是什麼玩具。

✽猿猴、瘦皮猴、尖嘴猴腮

犬

13/10
猿
ㄩㄢˊ (yuán)

猿

㊔ 哺乳類。體型像人，手臂比腿長，沒有尾巴，十分聰明。

✽心猿意馬、籠鳥檻猿

13/10
猾
ㄏㄨㄚˊ (huá)

猾

㊎ 不老實。如：狡猾。

13/10
獅
ㄕ (shī)

獅

㊔ 哺乳類。身長且強壯有力，毛短呈淡黃或棕色。尾巴長，末端有一束毛。雄獅頭大而圓，脖子處有鬃毛，母獅則沒有。性情凶猛，有「萬獸之王」的稱號。

✽舞獅、睡獅、河東獅吼

15/11
獎
ㄐㄧㄤˇ (jiǎng)

獎 獎 獎

㊔ 用來鼓勵或表揚優秀的人而給的證明文件或金錢。如：領獎。㊍ 稱讚；鼓勵。如：獎勵。

【獎勵 ㄐㄧㄤˇ ㄌㄧˋ】獎賞鼓勵。㊐ 媽媽為了獎勵我幫忙做家事，特別煮了我最喜歡喝的紅豆湯。

✽中獎、頒獎、誇獎

14/11
獐
ㄓㄤ (zhāng)

獐 獐

㊔ 哺乳類。形狀像鹿而比較小，頭上沒有角，毛皮柔軟。

【獐頭鼠目 ㄓㄤ ㄊㄡˊ ㄕㄨˇ ㄇㄨˋ】形容人長相難看，神情奸詐邪惡的樣子。㊐ 看他一副獐頭鼠目的樣子，不知道心裡在打什麼歪主意。㊒ 尖嘴猴腮。

犬

獄 15/11 ㄩˋ (yù)

獄 獄

〔名〕關犯人的地方。如：監獄。

✽地獄、牢獄、出獄

獗 15/12 ㄐㄩㄝˊ (jué)

見「猖獗」。

獠 15/12 ㄌㄧㄠˊ (liáo)

〔形〕凶惡。如：獠牙。

獨 16/13 ㄉㄨˊ (dú)

〔名〕孤單沒有依靠的人，或指年老而沒有孩子的人。〔形〕1孤單的；單一的。如：獨子。2特別的。如：獨特。〔副〕只有；但。如：唯獨。

【獨立 ㄉㄨˊ ㄌㄧˋ】1不依靠他人。〔例〕阿寶從小就很獨立，不需要父母費心。2一國脫離他國的保護或控制而有自主權，不受外來力量的干涉。〔例〕美國於西元一七七六年宣布脫離英國獨立。

【獨自 ㄉㄨˊ ㄗˋ】自己一個人。〔例〕爸媽今天都要加班，只有我獨自在家。〔近〕單獨。

【獨一無二 ㄉㄨˊ ㄧ ㄨˊ ㄦˋ】唯一的；沒有其他相同的。〔例〕這部超級跑車擁有全球獨一無二的配備。〔近〕絕無僅有。

【獨樹一幟 ㄉㄨˊ ㄕㄨˋ ㄧˊ ㄓˋ】比喻擁有自己的風格或派別。也作「獨樹一格」。〔例〕小陶的音樂曲風和歌唱技巧在流行音樂界裡獨樹一幟。〔近〕自成一家。

✽孤獨、情有獨鍾、一枝獨秀

獰 17/14
ㄋㄧㄥˊ (níng)
㊊ 凶惡殘暴。如：猙獰。

獲 17/14
ㄏㄨㄛˋ (huò)
㊔ 用勞力得到的東西。如：漁獲。
㊍ 得到。如：拾獲。
【獲勝】ㄏㄨㄛˋ ㄕㄥˋ 得到勝利。㊀ 校長宣布今年運動會的拔河比賽由甲班獲勝。㊒ 落敗。
【獲益匪淺】ㄏㄨㄛˋ ㄧˋ ㄈㄟˇ ㄑㄧㄢˇ 得到不少好處。㊀ 這次的英語學習營讓我獲益匪淺。㊃ 受益良多。㊒ 一無所獲。
✽捕獲、尋獲、不勞而獲

獸 19/15
ㄕㄡˋ (shòu)
㊔ 通稱有四條腿，全身長毛的哺乳類。如：野獸。㊊ 野蠻；沒有人性的。如：獸性。
【獸性】ㄕㄡˋ ㄒㄧㄥˋ 野獸殘忍、野蠻的本性。也指下流的心態或欲望。㊀ 那隻小狗獸性大發，咬了主人一口。
✽禽獸、猛獸、人面獸心

獷 18/15
ㄍㄨㄤˇ (guǎng)
㊊ 粗野蠻橫。如：粗獷。

獵 18/15
ㄌㄧㄝˋ (liè)
㊊ 與捕捉野獸相關的。如：獵人。
㊍ 1 捕捉野獸。如：打獵。2 追求。如：獵取。3 經歷。如：涉獵。
【獵狗】ㄌㄧㄝˋ ㄍㄡˇ 幫助獵人捕捉野獸的狗。
✽漁獵、狩獵、盜獵

獻

20/16 ㄒㄧㄢˋ (xiàn)

名 具有歷史或參考價值的書籍資料。如：文獻。動 1 呈上；奉上。如：獻花。2 表演。如：獻唱。3 故意向人表現。如：獻殷勤。

【獻殷勤】ㄒㄧㄢˋ ㄧㄣ ㄑㄧㄣˊ 以巴結的態度討好別人。也作「獻慇懃」。例 弟弟想買電動玩具，所以不停的向媽媽獻殷勤。

✽奉獻、貢獻、捐獻

獺

19/16 ㄊㄚˋ (tà)

名 哺乳類。腿短尾長，趾間有蹼，很會游泳。以魚為主要食物。

獼

20/17 ㄇㄧˊ (mí)

見「獼猴」。

【獼猴】ㄇㄧˊ ㄏㄡˊ 哺乳類。臉呈紅色，毛則是灰褐色。生性聰明，擅長爬樹。

玀

22/19 ㄌㄨㄛˊ (luó)

名 罵人的話。如：豬玀。

玄部

ㄒㄩㄢˊ

玄

5/0 ㄒㄩㄢˊ (xuán)

名 1 黑色。2 北方。如：玄天。形 幽遠深奧。如：玄妙。

【玄妙】ㄒㄩㄢˊ ㄇㄧㄠˋ 道理幽深微妙。例 老子的學說非常玄妙，值得深入體會。

率

11/6

ㄕㄨㄞˋ (shuài) ㊔榜樣。如：表率。㊊①直爽；坦白。如：直率。②粗心。如：草率。㊎①遵從。如：率性。②帶領。如：率領。

ㄌㄩˋ (lǜ) ㊔比值。如：比率。

【率直】ㄕㄨㄞˋ ㄓˊ 坦白爽直。也作「直率」。㊈小欽說話很率直，但不會惡意傷人。

【率領】ㄕㄨㄞˋ ㄌㄧㄥˇ 帶領。㊈小綠以隊長的身分率領足球隊參加比賽。

❀機率、頻率、坦率

玉部 ㄩˋ

5/0
玉 (yù) ㄩˋ 一 二 千 王 玉

㊔一種半透明而有光澤的美麗石頭。㊊①潔白光潤。如：玉手。②珍貴；精美。如：錦衣玉食。③稱美他人的敬詞。如：玉照。

【玉手】ㄩˋ ㄕㄡˇ 潔白如玉的手。㊈我很羨慕姐姐有一雙修長的玉手。

【玉照】ㄩˋ ㄓㄠˋ 對他人照片的美稱。

【玉蜀黍】ㄩˋ ㄕㄨˇ ㄕㄨˇ 禾本科，一年生草本植物。果實黃色，可供食用。又稱「玉米」。

【玉不琢，不成器】ㄩˋ ㄅㄨˋ ㄓㄨㄛˊ，ㄅㄨˋ ㄔㄥˊ ㄑㄧˋ 比喻人不經過磨練，不能成為有用之材。㊈俗語說：「玉不琢，不成器。」你若想成功，就必須忍受這段艱辛的磨練。

❀寶玉、亭亭玉立、金玉良言

4/0
王 (wáng) ㄨㄤˊ 一 二 千 王

㊔①國君。如：帝王。②同類中最傑出者。如：大胃王。

【王牌】ㄨㄤˊ ㄆㄞˊ 比喻最重要、最有影響力的人或物。㊈小強是排球隊的王牌，只要他出場比賽，就一定會

獲勝。

【王儲】（ㄨㄤˊ ㄔㄨˊ）王位的法定繼承人。

✽女王、親王、霸王

7/3 **玖** ㄐㄧㄡˇ (jiǔ)

(名)像玉般的淺黑色石頭。(數)「九」的大寫。

8/4 **玟** ㄨㄣˊ (wén)

(名)美麗的石頭。

8/4 **玨** ㄐㄩㄝˊ (jué)

(名)兩塊玉合成的玉器。

8/4 **玩** ㄨㄢˊ (wán)

(名)可供欣賞的東西。如：古玩。(動)1遊戲。如：玩耍。2欣賞；品味。如：把玩。3戲弄。如：玩弄。4輕忽；藐視。如：玩世不恭。

【玩弄】（ㄨㄢˊ ㄋㄨㄥˋ）1把玩。(例)爺爺玩弄著手中的水晶球。2愚弄；戲弄。(例)大寶說好要和我一起參賽，卻又臨時反悔，根本就是在玩弄人。

【玩笑】（ㄨㄢˊ ㄒㄧㄠˋ）玩鬧逗笑。(例)他只是開個小玩笑，卻惹得阿花怒氣衝天。

【玩世不恭】（ㄨㄢˊ ㄕˋ ㄅㄨˋ ㄍㄨㄥ）以遊戲人間、不遵守禮法的態度待人處事。(例)阿俊是個玩世不恭的公子哥兒。

✽貪玩、遊玩、遊山玩水

8/4 **玫** ㄇㄟˊ (méi)

見「玫瑰」。

【玫瑰】（ㄇㄟˊ ㄍㄨㄟ）1一種深紅或粉紅色的美玉。2薔薇科，多年生灌木。莖上有許多刺；葉互生；花色多種。果實成熟時呈現紅色。

9/5 **玷** ㄉㄧㄢˋ (diàn)

(名)1玉石上的斑點。2過失；缺

陷。如：言行無玷。動 玷辱。如：玷汙。

【玷汙】(ㄉㄧㄢˋ ㄨ) 1玉上的瑕疵或汙垢。比喻缺點。2汙辱。例李先生的自尊心很強，不容人格受到一點玷汙。反讚揚。

9/5
珊 ㄕㄢ (shān)

見「珊瑚」。

【珊瑚】(ㄕㄢ ㄏㄨˊ) 刺胞動物。體積很小，有骨骼，群體生活於淺海中，遺骨堆積常成為珊瑚礁或珊瑚石。

✽燈火闌珊、意興闌珊

9/5
玻 ㄅㄛ (bō)

見「玻璃」。

【玻璃】(ㄅㄛ ㄌㄧˊ) 以石英砂、石灰石、碳酸鈣、碳酸鉀混合加熱，融解後再經冷卻所製成的透明或半透明物體。常被用來製作鏡子、杯子等用具。

9/5
珀 ㄆㄛˋ (pò)

見「琥珀」。

9/5
玳 ㄉㄞˋ (dài)

見「玳瑁」。

【玳瑁】(ㄉㄞˋ ㄇㄟˋ) 爬蟲類。龜的一種。甲殼呈黃色與褐色相間，色彩光亮，可作飾品。

9/5
玲 ㄌㄧㄥˊ (líng)

形 形容玉石相碰撞所發出的清脆聲音。

【玲瓏】(ㄌㄧㄥˊ ㄌㄨㄥˊ) 1晶瑩剔透的樣子。2精巧的樣子。例小慧的外型玲瓏，非常可愛。

9/5
珍 ㄓㄣ (zhēn)

名 1珠玉一類的寶物。如：珍寶。

2指精美的食物。如：山珍海味。㊋貴重。如：珍品。㊏重視；愛惜。如：敝帚自珍。

【珍珠】(ㄓㄣ ㄓㄨ) 細小的東西進入貝類的殼內，貝類會因為受到刺激而分泌黏液，把異物層層包裹起來，所形成的光滑球狀物。可製成裝飾品或入藥。也作「真珠」。

【珍惜】(ㄓㄣ ㄒㄧˊ) 珍重愛惜。㊃小冠很珍惜和朋友之間的友誼。㊇輕視；忽視。

【珍貴】(ㄓㄣ ㄍㄨㄟˋ) 珍奇寶貴。㊃媽媽親手織的毛衣，對我來說特別珍貴。㊇廉價。

❀袖珍、如數家珍、奇珍異寶

10/6
班
ㄅㄢ (bān)

一 二 千 王 王 玎 玐 玐 玟 班

㊔1工作或學習時的分組組別。如：晚班。2按時間分成的工作段落。如：值班。㊏返回；回來。如：班師回朝。㊌1計算人群的單位。如：原班人馬。2計算交通工具定期開動的單位。如：一班公車。3計算班級的單位。如：全校有五班學生。4計算工作時段的單位。如：三班制的工作。5軍隊中編制的基本單位，通常由十人組成。

【班門弄斧】(ㄅㄢ ㄇㄣˊ ㄋㄨㄥˋ ㄈㄨˇ) 在魯班門前耍弄大斧。比喻自不量力。㊃張先生是名廚，你還在他面前大談做菜的方法，簡直就是班門弄斧！

辨析 魯班是戰國時代手藝很好的工匠。在魯班家門前耍弄斧頭，根本是自不量力。

❀輪班、領班、按部就班

10/6
琉
ㄌㄧㄡˊ (liú)

一 二 千 王 王 玗 玓 玹 琉 琉 琉

見「琉璃」。

【琉璃】(ㄌㄧㄡˊ ㄌㄧˊ) 1天然有光澤的寶石。2在陶土表面塗上琉璃釉之後，

玉

入窯燒製而成的工藝品。常見的有琉璃瓦。

10/6
珠
ㄓㄨ (zhū)

名 1 蛤蚌殼內由砂石和分泌物結成的小圓物體，可作裝飾品，也可入藥。如：珍珠。2 泛稱圓形顆粒狀的物體。如：彈珠。形 形容事物的豐美滑潤。如：珠圓玉潤。

【珠圓玉潤】(ㄓㄨ ㄩㄢˊ ㄩˋ ㄖㄨㄣˋ) 1 形容文筆優美流暢。2 形容歌聲婉轉。例 鄧麗君珠圓玉潤的嗓音，讓許多歌迷非常著迷。

✽掌上明珠、有眼無珠

10/6
珮
ㄆㄟˋ (pèi)

名 一種玉製的裝飾品，通常掛在衣帶、帽沿或當作項鍊的墜子。通「佩」。如：玉珮。

11/7
琅
ㄌㄤˊ (láng)

名 像玉的美石。

【琅琅上口】(ㄌㄤˊ ㄌㄤˊ ㄕㄤˋ ㄎㄡˇ) 讀書聲順暢響亮。形容對事物能夠順口說出。例 這首童謠的詞句很有韻律感，小朋友都能琅琅上口。

11/7
球
ㄑㄧㄡˊ (qiú)

名 1 一種美玉的名稱。2 通稱球形的物體。如：皮球。3 指地球。如：全球。形 球形的。如：葡萄球菌。量 計算球狀物的單位。如：兩球冰淇淋。

✽月球、氣球、眼球

11/7
琊
ㄧㄝˊ (yé)

專 地名用字。琅琊，在山東。

11/7
理
ㄌㄧˇ (lǐ)

(名)①事物的順序或層次。如：條理。②事物的概念或涵義。如：哲理。③根據；緣由。如：理由。(動)①處置；辦事。如：辦理。②回應。如：理會。

【理由】(ㄌㄧˇ ㄧㄡˊ) 事物發生或存在的原因。(例)老師問起打架的原因，阿偉低著頭，說不出一個正當的理由。

【理想】(ㄌㄧˇ ㄒㄧㄤˇ) 根據事實加以構想，經由努力而可以實現的希望。(例)他的理想是成為一個好老師。

【理解】(ㄌㄧˇ ㄐㄧㄝˇ) 了解。(例)哥哥不能理解爸媽的一片苦心，讓他們很難過。

❋地理、豈有此理、置之不理

現

11/7 ㄒㄧㄢˋ (xiàn)

(名)現金的簡稱。如：兌現。(形)當今；目前。如：現在。(動)顯露。如：出現。

【現代】(ㄒㄧㄢˋ ㄉㄞˋ) 當今；目前。(例)由於現代科技進步，使得人類的生活更加舒適美好。(近)當代。

【現象】(ㄒㄧㄢˋ ㄒㄧㄤˋ) 可以透過感官察覺的事態或事情。(例)宇宙中有許多超自然的現象，目前還無法用科學來解釋。(近)狀況。

【現實】(ㄒㄧㄢˋ ㄕˊ) ①目前存在的事實、狀況。(例)電影中的怪獸在現實生活中根本不存在。②指人短視近利。(例)隔壁的邱媽媽很現實，只願意和有錢人來往。(近)勢利。

❋呈現、表現、曇花一現

琍

11/7 ㄌㄧˋ (lì)

琺

12/8 ㄈㄚˋ (fà)

(專)人名用字。見「琺瑯」。

【琺瑯】(ㄈㄚˋ ㄌㄤˊ) 可塗在金屬、玻璃或陶瓷等器物表面的不透明玻璃物質。質地堅硬，具光澤，耐強鹼、強酸。

12/8
琶 ㄆㄚˊ (pá)
見「琵琶」。

12/8
琵 ㄆㄧˊ (pí)
見「琵琶」。

【琵琶】(ㄆㄧˊ ㄆㄚˊ) 一種彈撥樂器。具有半梨形的音箱及四根絃。彈奏的時候，橫放或直立於胸前。

12/8
琴 ㄑㄧㄣˊ (qín)
(名) 一種彈撥樂器。琴面上有七根絃，從粗到細自外向內排列。演奏時用右手撥絃。
❀鋼琴、豎琴、對牛彈琴

12/8
琪 ㄑㄧˊ (qí)
(名) 一種美玉的名稱。

12/8
琳 ㄌㄧㄣˊ (lín)
(名) 一種美玉的名稱。

【琳瑯滿目】(ㄌㄧㄣˊ ㄌㄤˊ ㄇㄢˇ ㄇㄨˋ) 眼前所見都是珍貴華麗的東西。(例) 珠寶店裡琳瑯滿目的寶石，讓人愛不釋手。

12/8
琦 ㄑㄧˊ (qí)
(名) 美玉。如：琦瑋。(形) 奇異不凡。通「奇」。如：琦行。

12/8
琢 ㄓㄨㄛˊ (zhuó)
(動) 1 雕刻玉石。如：玉不琢，不成器。2 推敲；修飾。如：雕琢字句。

【琢磨】(ㄓㄨㄛˊ ㄇㄛˊ) 比喻精心研討、用心揣摩。(例) 小玲對寫作很用心，一字一句都琢磨很久。

玉

12/8
琥 ㄏㄨˇ (hǔ)

㊔①古代調遣軍隊的玉製兵符。②刻成虎形的玉器。

【琥珀】ㄏㄨˇ ㄆㄛˋ 松柏的樹脂長期埋藏在地層下，形成透明或半透明的堅硬物質。有黃、褐及褐紅色，燃燒時有香氣。可製成飾品或藥物。

13/9
琿 ㄏㄨㄣˊ (hún)

琿

13/9
瑯 ㄌㄤˊ (láng)

瑯

㊔一種美玉的名稱。

見「琺瑯」。

13/9
瑟 ㄙㄜˋ (sè)

瑟

㊔彈撥樂器。長方形，具有木質音箱及二十五根絃，每根絃下有柱，用來調節音階。㊟風吹的聲音。如：瑟瑟。

13/9
瑚 ㄏㄨˊ (hú)

瑚

㊔祭祀用的禮器。如：瑚璉。

13/9
瑕 ㄒㄧㄚˊ (xiá)

瑕

㊔玉上的小紅斑。引申為缺點或過失。如：瑕疵。

【瑕疵】ㄒㄧㄚˊ ㄘ 玉上的斑點。引申為缺點或過失。㊐媽媽將有瑕疵的烤箱退還給電器行。

13/9
瑁 ㄇㄟˋ (mèi)

瑁

㊔古代天子接見諸侯時所拿的玉器。

13/9
瑛
ㄧㄥ (yīng) 瑛

㊔ 1玉的光彩。2像玉的美石。

13/9
瑞
ㄖㄨㄟˋ (ruì) 瑞

㊔ 用玉製成的信物，多作為出入關卡的憑證，或在祭祀時使用。㊋ 吉祥。如：瑞兆。

【瑞雪】ㄖㄨㄟˋ ㄒㄩㄝˇ 冬末春初時所下的雪。古人認為是作物豐收的預兆。

❀人瑞、祥瑞、天瑞

13/9
瑙
ㄋㄠˇ (nǎo) 瑙

見「瑪瑙」。

13/9
瑜
ㄩˊ (yú) 瑜

㊔ 1美玉。如：瑾瑜。2玉的光彩。如：瑕不掩瑜。

15/10
瑩
ㄧㄥˊ (yíng) 瑩

㊔ 像玉的美石。㊋ 光亮潔淨。如：瑩潔。

14/10
瑪
ㄇㄚˇ (mǎ) 瑪

見「瑪瑙」。

【瑪瑙】ㄇㄚˇ ㄋㄠˇ 一種由二氧化矽的化學成分所組成的礦物。呈半透明體，色澤優美，可當作裝飾品。

14/10
瑣
ㄙㄨㄛˇ (suǒ) 瑣

㊋ 1形容玉石互相碰撞所發出的細微聲音。2細小；繁碎。如：瑣碎。

【瑣事】(ㄙㄨㄛˇ ㄕˋ) 小事；雜事。㊞陳小姐最近常為了一些瑣事而煩惱。

✽繁瑣、細瑣、猥瑣

14/10 **瑤** ㄧㄠˊ (yáo)

㊔一種美玉的名稱。如：瓊瑤。

14/10 **瑰** ㄍㄨㄟ (guī)

㊔美麗的玉石。如：玫瑰。㊋珍貴；奇偉。如：瑰寶。

【瑰寶】(ㄍㄨㄟ ㄅㄠˇ) 珍貴的寶物。㊞這些書籍是劉先生非常愛惜的瑰寶，所以他很少借給別人。㊅珍寶。

15/11 **璋** ㄓㄤ (zhāng)

㊔玉器名。古代用於朝聘、祭祀、喪葬、發兵之時。

15/11 **璃** ㄌㄧˊ (lí)

見「玻璃」。

15/11 **璀** ㄘㄨㄟˇ (cuǐ)

㊔一種玉的名稱。㊋鮮明的樣子。如：璀璨。

【璀璨】(ㄘㄨㄟˇ ㄘㄢˋ) 鮮明燦爛的樣子。㊞這顆寶石閃爍著璀璨的光芒。

16/12 **璜** ㄏㄨㄤˊ (huáng)

㊔半圓形的玉器。用在祭祀、喪葬等時候，也可作為佩帶的飾品。

16/12 **璞** ㄆㄨˊ (pú)

㊔1 尚未雕琢過的玉石或還沒加

工的素材。如：璞玉。②比喻人純樸的本質。如：返璞歸真。

璣 16/12 ㄐㄧ (jī)

名 ①不圓的珠子。如：珠璣。②即「天璣」。星名。北斗七星的第三顆。

璩 17/13 ㄑㄩˊ (qú)

名 環狀的玉器。

環 17/13 ㄏㄨㄢˊ (huán)

名 ①中間有圓孔的圓形玉璧。如：環佩。②泛指圈形的東西。如：花環。動 ①圍繞。如：環繞。②遍及。如：環球。

【環境】ㄏㄨㄢˊ ㄐㄧㄥˋ 四周的境況。例 這家醫院的環境很清靜，非常適合病人休養。

【環顧】ㄏㄨㄢˊ ㄍㄨˋ 向四周觀看。例 小芳坐在音樂教室裡面，環顧四周，身邊竟然連一位認識的同學也沒有，她才發現自己走錯教室了。

❀循環、耳環、圓環

璨 17/13 ㄘㄢˋ (càn)

名 玉的光彩。形 明亮。如：璀璨。

璦 17/13 ㄞˋ (ài)

名 一種美玉的名稱。

璧 18/13 ㄅㄧˋ (bì)

名 ①一種玉製的禮器。形狀呈圓

形，中間有圓孔。②玉的通稱。

✽中西合璧、完璧歸趙

璽 19/14 ㄒㄧˇ (xǐ)

(名)印章。如：玉璽。

瓊 19/15 ㄑㄩㄥˊ (qióng)

(名)美玉。如：瓊瑤。(形)華麗的；美好的。如：瓊姿。

瓏 20/16 ㄌㄨㄥˊ (lóng)

(名)古代祈雨時所用的玉。(形)①形容玉石相擊的聲音。②晶瑩剔透的樣子。如：玲瓏。

瓜部 ㄍㄨㄚ

瓜 5/0 ㄍㄨㄚ (guā)

(名)一年生蔓生植物。葉呈掌狀，互生；花大多為黃色或白色；果實為漿果或瓜果。可生食或熟食。

【瓜分】ㄍㄨㄚ ㄈㄣ 像切瓜果一樣的分割。(例)清末政治腐敗，中國面臨被西方各國瓜分的命運。

【瓜田李下】ㄍㄨㄚ ㄊㄧㄢˊ ㄌㄧˇ ㄒㄧㄚˋ 在瓜田不要彎下腰提鞋，經過李樹下不要舉手整理帽子，以免有偷竊的嫌疑。比喻容易招致誤會的場合或狀況。(例)小周在超級市場裡打開背包，把東西拿進拿出，難免會有瓜田李下的嫌疑。

✽呆瓜、腦袋瓜、滾瓜爛熟

瓠 11/6 ㄏㄨˋ (hù)

(名)瓜科，一年生蔓生植物。葉呈心卵形，葉片上密生軟毛；花白色，

玉

瓜

果實綠白色，有圓柱形、葫蘆形等，可供食用。

16/11
瓢
ㄆㄧㄠˊ (piáo)

一 ㄧ 万 而 西 西 覀 票 票 票 票 瓢 瓢 瓢 瓢 瓢

名 1 剖開老瓠瓜製成的舀水器具。2 泛指勺子。如：湯瓢。

【瓢蟲】ㄆㄧㄠˊ ㄔㄨㄥˊ 一種昆蟲。體形很小，呈半球形，背上有鮮明的黃、黑或紅色斑點，頭、觸角和步足都很短。

19/14
瓣
ㄅㄢˋ (bàn)

丶 亠 ㄔ 立 立 辛 辛 辛 辛 辛 瓣 瓣 瓣 瓣 瓣 瓣 瓣 瓣 瓣

名 1 花片。如：花瓣。2 瓜子。量 計算花片或分片果實的單位。如：給我一瓣橘子。

瓦 ㄨㄚˇ 部

5/0
瓦
ㄨㄚˇ (wǎ)

一 ㄏ 工 瓦 瓦

名 1 以陶土為原料所製成的器物，經燃燒過後通稱為「瓦」。2 覆蓋屋頂的建築材料之一。如：屋瓦。量 計算功率的單位。

【瓦解】ㄨㄚˇ ㄐㄧㄝˇ 比喻全部解體或潰散。例 這間公司在老闆過世後就宣告瓦解了。

11/6
瓶
ㄆㄧㄥˊ (píng)

丶 丷 丷 䒑 并 并 并 瓶 瓶 瓶 瓶

名 1 汲水的器具。2 通稱小口大腹的容器。如：花瓶。量 計算瓶裝物品的單位。如：三瓶水。

【瓶頸】ㄆㄧㄥˊ ㄐㄧㄥˇ 本指瓶口下方細長的部分，後形容工作上發生阻礙或難以突破的地方。例 叔叔最近在工作上遇到瓶頸，一直無法有好的表現。

✿水瓶、奶瓶、守口如瓶

11/6

瓷 ㄘˊ (cí)

名 以黏土燒製而成的一種器物。質地比陶器細緻堅密。

【瓷器 ㄘˊ ㄑㄧˋ】由瓷土加水混合，捏製成所需的形狀，再加以燒製而成的瓷化白質器具。

14/9

甄 ㄓㄣ (zhēn)

名 製造陶器的轉盤。動 鑑別；選拔。如：甄試。

【甄選 ㄓㄣ ㄒㄩㄢˇ】以考試或比賽鑑別人才的優劣，並從中選取優秀的人。例 對面鄰居家的小嬰兒，在「可愛寶寶」的廣告甄選中得到第一名。近 選拔。

16/11

甌 ㄡ (ōu)

名 口寬底淺的瓦器，可以用來盛裝飲食。如：酒甌。

18/13

甕 ㄨㄥˋ (wèng)

名 口小腹大的瓦製容器。如：酒甕。

【甕中捉鱉 ㄨㄥˋ ㄓㄨㄥ ㄓㄨㄛ ㄅㄧㄝ】比喻想要得到的人或物在掌握之中，一伸手就能得到。例 警察已經把歹徒的住處緊緊包圍，準備來個甕中捉鱉。近 手到擒來。

✽請君入甕、好酒沉甕底

甘部

5/0

甘 ㄍㄢ (gān)

一 十 廿 廿 甘

㊔甜。與「苦」相對。㊒味道鮮美。如：甘甜。㊍情願。如：心甘情願。

【甘蔗】ㄍㄢ ㄓㄜˋ 禾本科，多年生禾本植物。莖是實心的，有節；葉子細長，互生；花有銀白色的毛。莖多汁，可供食用及製糖。

【甘願】ㄍㄢ ㄩㄢˋ 心甘情願。㊄為了家庭，爸爸甘願做任何辛苦的工作。

【甘之如飴】ㄍㄢ ㄓ ㄖㄨˊ ㄧˊ 指不論處在什麼環境都能甘心接受。㊄儘管生活中遇到許多挫折，爺爺仍然甘之如飴，從不抱怨。

【甘拜下風】ㄍㄢ ㄅㄞˋ ㄒㄧㄚˋ ㄈㄥ 承認自己不如他人，誠心的敬佩對方。㊄阿雯很會唱歌，她的歌唱實力令許多人都甘拜下風。㊖不甘示弱。

❀倒吃甘蔗、同甘共苦

9/4

甚

一 十 卄 廿 甘 甘 其 其 甚

ㄕㄣˋ (shèn) ㊓1很；極。如：甚多。2過分；厲害。如：欺人太甚。

ㄕㄣˊ (shén) ㊐表示疑問。用法同「何」。如：甚麼。

【甚囂塵上】ㄕㄣˋ ㄒㄧㄠ ㄔㄣˊ ㄕㄤˋ 比喻大家都在談論某個人、事或物。㊄這家銀行即將倒閉的傳聞甚囂塵上，許多客戶都急忙將自己的存款領出。

11/6

甜 ㄊㄧㄢˊ (tián)

一 二 千 千 舌 舌 舌 甛 甜 甜 甜

㊒1美好的。如：甜言蜜語。2安全舒適的。如：香甜的一覺。3像糖或蜜的滋味。如：甜食。

【甜言蜜語】ㄊㄧㄢˊ ㄧㄢˊ ㄇㄧˋ ㄩˇ 甜美的言語。通常指動聽誘人的話。㊄妹妹常

對媽媽甜言蜜語，逗媽媽開心。

❀甘甜、嘴甜、酸甜苦辣

生部 ㄕㄥ

5/0

生 ㄕㄥ (shēng)

ノ 𠂉 𠂊 牛 生

名 1性命。如：輕生。2學習的人。如：門生。3生計；生活。如：謀生。4傳統戲劇中，扮演男性而不勾臉譜的角色。如：小生。5泛指生物。如：放生。形 1未煮的；沒熟的。如：生魚片。2罕見的；不相識的。如：生面孔。3不熟練的。如：生手。動 1長出。如：生根。2分娩。如：生育。3發出。如：生病。4活。與「死」相對。如：生存。副 很；非常。如：生怕。量 計算一輩子的單位。如：一生一世。

【生手】 ㄕㄥ ㄕㄡˇ 指沒有經驗的人。近 初學者。反 老手。

【生肖】 ㄕㄥ ㄒㄧㄠˋ 用十二種動物配合地支，即子鼠、丑牛、寅虎、卯兔、辰龍、巳蛇、午馬、未羊、申猴、酉雞、戌狗、亥豬。再以人的出生年，配合這一年的動物。如寅年出生的人，他的生肖就是虎。

【生物】 ㄕㄥ ㄨˋ 有生命的物體。能表現新陳代謝、生長、運動、感應和生殖等生命現象。

【生活】 ㄕㄥ ㄏㄨㄛˊ 泛指日常飲食起居的事。例 鄉村的生活很悠閒，非常適合退休的人居住。

【生氣】 ㄕㄥ ㄑㄧˋ 1發脾氣。例 珍珍時常為了小事而生氣，難怪她的朋友越來越少了。近 發怒。2活潑有朝氣。例 那群在操場上運動的小朋友精神飽滿，非常有生氣。

【生病】ㄕㄥ ㄅㄧㄥˋ 得到疾病。例阿惠生病了，所以今天請假在家休息。近患病。

【生產】ㄕㄥ ㄔㄢˇ 1生小孩。例媽媽生產時，爸爸在產房外緊張的走來走去。近分娩；臨盆。2製造、創造或增加物質的效用，來滿足人類生活所需的經濟活動。例這家公司生產多種沐浴用品。

【生意】ㄕㄥ ㄧˋ 1生命力。例花園裡的植物生意盎然，非常美麗。2買賣；交易。例姨丈的火鍋店生意很好，經常一位難求。

【生態】ㄕㄥ ㄊㄞˋ 生物間及生物與環境間，相互關係的活動狀況。例工廠排放的汙水，嚴重破壞了河川的生態環境。

【生鏽】ㄕㄥ ㄒㄧㄡˋ 金屬表面因為氧化而生出雜質的現象。

【生生不息】ㄕㄥ ㄕㄥ ㄅㄨˋ ㄒㄧ 一代生一代，延續而不斷絕。例我們要保護大自然，讓萬物生生不息。

【生龍活虎】ㄕㄥ ㄌㄨㄥˊ ㄏㄨㄛˊ ㄏㄨˇ 形容體力充沛，很有精神的樣子。例經過充分的休息之後，小明又變得生龍活虎了。近活蹦亂跳。反暮氣沉沉。

【生米煮成熟飯】ㄕㄥ ㄇㄧˇ ㄓㄨˇ ㄔㄥˊ ㄕㄡˊ ㄈㄢˋ 比喻已經成為事實，無法更改。例這件事已經生米煮成熟飯，想反悔也來不及了。近木已成舟。

✽誕生、九死一生、劫後餘生

11/6
產
ㄔㄢˇ (chǎn)
丶 亠 ㄘ 文 产 产 产 産 産 産 產

名1指生長、出產的物品。如：水產。2財物。如：置產。動生；生育。如：生產。

【產生】ㄔㄢˇ ㄕㄥ 形成；製造出來。例老師的話對小平產生很大的影響。

【產品 ㄔㄢˇ ㄆㄧㄣˇ】生產出來的物品。㊅貨品。

✽特產、礦產、傾家蕩產

12/7
甦

ㄙㄨ (sū) 一 丆 𠀎 百 百 更 更 更 更 甦 甦 甦

㊀清醒過來。如：甦醒。

【甦醒 ㄙㄨ ㄒㄧㄥˇ】從昏迷中醒過來。也作「蘇醒」。㊄經過醫生們合力急救，病人終於甦醒過來。

12/7
甥

ㄕㄥ (shēng) 丿 𠂉 仁 牛 生 生 𤯓 𤯓 𤯓 𤯓 甥 甥

㊔姐妹所生的子女。如：外甥。

用部

5/0
用

ㄩㄥˋ (yòng) 丿 冂 月 月 用

㊔1效果；功能。如：功用。2花費。如：家用。㊀1實行。如：運用。2任用。如：大材小用。3進食。如：用餐。㊁需要。如：不用急。㊅因；以。如：用筷子吃麵。

【用功 ㄩㄥˋ ㄍㄨㄥ】努力修習、學習。㊄阿思很用功，所以成績一向很好。

【用途 ㄩㄥˋ ㄊㄨˊ】用處；功用。㊄電腦的用途很廣，現代人的生活已經離不開它。

✽實用、信用、物盡其用

5/0
甩

ㄕㄨㄞˇ (shuǎi) 丿 冂 月 月 甩

㊀1拋擲；丟棄。如：甩掉。2揮動；搖擺。如：甩尾巴。3理睬。如：沒人甩他。

7/2
甫

ㄈㄨˇ (fǔ) 一 丆 冂 冃 冃 甫 甫

㊔古代人對男子的美稱。㊁始；方才。如：驚魂甫定。

7/2
甬

ㄩㄥˇ (yǒng) 乛 龴 𠃌 乃 甬 甬 甬

㊔即「斛」。古代量器。

生 用

9/4
甭 ㄅㄥˊ (béng) 一 丆 不 不 不 乔 乔 乔 甭

副「不用」兩個字的合音與合義。如：甭說了。

田部 ㄊㄧㄢˊ

5/0
田 ㄊㄧㄢˊ (tián) 丨 冂 日 田 田

名①種植農作物的土地。如：農田。②蘊藏資源的地帶。如：煤田。動打獵。如：田獵。

【田徑】ㄊㄧㄢˊ ㄐㄧㄥˋ ①體育運動。包括賽跑、跳遠、標槍、鉛球等約三十種運動。②田間的小路。

✽心田、油田、瓜田李下

5/0
甲 ㄐㄧㄚˇ (jiǎ) 丨 冂 日 日 甲

名①動植物堅硬的外殼。如：龜甲。②古代戰士所穿的皮革製護身衣。如：盔甲。③天干的第一位。④表示順序或等第的第一順位。代人或地的代稱。如：某甲。動勝過；居於首位。如：桂林山水甲天下。量計算土地面積的單位。臺灣一甲等於二九三四坪。

【甲板】ㄐㄧㄚˇ ㄅㄢˇ 鋪在船梁上，將船體上下分隔為數層空間的鋼板或厚木板。

✽指甲、裝甲、鐵甲

5/0
申 ㄕㄣ (shēn) 丨 冂 日 日 申

名①地支的第九位。②時辰名。指下午三點到五點。動①表明；陳述。如：申述。②訓誡。如：申誡。

【申請】ㄕㄣ ㄑㄧㄥˇ 經由一定的手續向機關團體或上級主管提出請求。例到雪霸國家公園登山，必須先申請入山證。

✽重申、引申、三令五申

田

5/0 **由** 一ㄡˊ (yóu) 丨 冂 日 由 由

㊔原因。如：理由。㊍聽任；隨意。如：由他去。㊉1自；從。如：言不由衷。2因為。表示原因。如：由於。

【由來】起源；來源。㊄中國人在冬至吃湯圓的習俗由來已久。

【由於】因為。㊄由於颱風即將到來，本週六舉行的運動會將順延一週。

✽自由、事由、身不由己

7/2 **町** ㄊㄧㄥˇ (tǐng) 丨 冂 日 田 田一 町

㊔田界；田間小路。如：町畦。

ㄉㄧㄥ (dīng) ㊔指臺灣某些區名的舊稱。如：西門町。

7/2 **男** ㄋㄢˊ (nán) 丨 冂 日 田 田 男 男

㊔1與女生相對的性別。如：男女有別。2兒子。如：長男。3古代的爵位之一。㊑男性的。如：男學生。

【男子漢】1俗稱男子。2指勇敢剛毅、不屈不撓的男子。

7/2 **甸** ㄉㄧㄢˋ (diàn) 丿 勹 勹 句 句 甸 甸

㊔郊外。

8/3 **甽** ㄑㄩㄢˇ (quǎn) 丨 冂 日 田 田 田 甽 甽

㊔田間的小水溝。㊒「畎」的異體字。

9/4 **畏** ㄨㄟˋ (wèi) 丨 冂 日 田 田 罒 畏 畏 畏

㊑可怕的。如：畏途。㊍1敬服。如：敬畏。2恐懼。如：畏懼。

【畏懼】因害怕而退避。㊄張老師嚴肅的表情，常常令同學心生畏懼。㊅懼怕。

【畏畏縮縮】ㄨㄟˋ ㄨㄟˋ ㄙㄨㄛ ㄙㄨㄛ 害怕退縮的樣子。(例)今天是小芳第一天上學，她畏畏縮縮的站在教室門口，不敢進去。(反)大大方方。

❋人言可畏、初生之犢不畏虎

9/4
畎 ㄑㄩㄢˇ (quǎn) 丨 冂 日 田 田 田一 畂 畎 畎

(名)田間的水溝。如：畎畝。

9/4
界 ㄐㄧㄝˋ (jiè) 丨 冂 日 田 田 罒 罗 界 界

(名)①邊境。如：疆界。②指一定的地位或範圍。如：教育界。③生物分類上的最高階層。如：動物界。

【界線】ㄐㄧㄝˋ ㄒㄧㄢˋ 區分線。(例)南韓與北韓以北緯三十八度線為兩國的界線。

❋世界、境界、眼界

10/5
畝 ㄇㄨˇ (mǔ) 丶 亠 亡 亩 亩 亩 亩 亩 畝 畝

(名)田中高起的地方。如：畝丘。(量)計算土地面積的單位。一百平方公尺為一公畝。

10/5
畜 ㄔㄨˋ (chù) 丶 亠 ナ 玄 玄 玄 畜 畜 畜 畜

(名)①人所飼養的禽獸。如：六畜。②泛指禽獸。如：牲畜。

ㄒㄩˋ (xù) (動)飼養。如：畜養。

【畜生】ㄔㄨˋ ㄕㄥ ①畜養的禽獸。後來當作禽獸的通稱。②罵人不道德、不知羞恥。

【畜牧】ㄒㄩˋ ㄇㄨˋ 指飼養家禽和家畜。(例)這片草原上的人民以畜牧為生。

❋人畜、家畜、耕畜

10/5
畔 ㄆㄢˋ (pàn) 丨 冂 日 田 田 田 畔 畔 畔 畔

(名)①田地的界限。如：畔界。②邊；側。如：河畔。

10/5
畚 ㄅㄣˇ (běn) 厶 厶 厶 弁 矣 矣 畚 畚 畚 畚

(名)用草繩或竹木編成，用來盛放東

西的器具。如：畚箕。

10/5
留
ㄌㄧㄡˊ (liú)
㽞 留 留 留 留 留 留 留 留 留

動 1停止。如：停留。2保存。如：保留。3注意。如：留意。4不使離開。如：慰留。

【留心】ㄌㄧㄡˊ ㄒㄧㄣ 注意。例 深夜出門很危險，一定要特別留心。

【留學】ㄌㄧㄡˊ ㄒㄩㄝˊ 到國外求學。例 阿舜高中畢業後，就到美國留學。

✽挽留、逗留、片甲不留

11/6
畦
ㄑㄧˊ (qí)
丨 冂 日 田 田 田一 田十 田土 田圭 畦 畦

名 1田埂。2種植瓜果蔬菜的田地。如：菜畦。

11/6
畢
ㄅㄧˋ (bì)
丨 冂 日 田 田 田 田 田 田 田 畢

形 全部。如：畢生心力。動 完結；終了。如：完畢。

【畢竟】ㄅㄧˋ ㄐㄧㄥˋ 到底；終究。例 雖然小武做錯很多事，但畢竟他年紀還小，應該再給他一次機會。

【畢業】ㄅㄧˋ ㄧㄝˋ 學生在學校修業期滿而且通過考試，經主管單位核准，依法頒給證書或學位。反 肄業。

✽原形畢露、鋒芒畢露

11/6
異
ㄧˋ (yì)
丨 冂 日 田 田 田 田 田 異 異 異

形 1不同的。如：異鄉。2奇特的。如：天賦異稟。動 驚奇。如：詫異。

【異樣】ㄧˋ ㄧㄤˋ 不相同；不一樣。例 請不要用異樣的眼光看待身體有殘缺的人。

【異口同聲】ㄧˋ ㄎㄡˇ ㄊㄨㄥˊ ㄕㄥ 指大家都表示相同的意見。例 當老師詢問大家的意見時，全班同學異口同聲的說：「好。」反 眾說紛紜。

【異想天開】（ㄧˋ ㄒㄧㄤˇ ㄊㄧㄢ ㄎㄞ）不合常理的奇特想法。例那個竊賊異想天開，竟裝扮成忍者潛入民宅偷東西。

❀詭異、大同小異、日新月異

略 11/6

ㄌㄩㄝˋ (lüè)

名計謀。如：策略。形簡單。如：簡略。動侵奪。通「掠」。如：攻城略地。副稍微。如：略勝一籌。

【略微】（ㄌㄩㄝˋ ㄨㄟ）稍微。例她將頭髮略微整理，便出門了。近稍稍；大概。

❀大略、忽略、省略

畫 12/7

ㄏㄨㄚˋ (huà)

名1中國文字一筆稱一畫。如：筆畫。2圖像。如：水彩畫。動1繪圖。如：畫圖。2簽署。如：畫押。3制定分界。如：畫分。4設計；籌謀。通「劃」。如：計畫。副整齊；清楚。如：整齊畫一。

【畫分】（ㄏㄨㄚˋ ㄈㄣ）分開。例赤道把地球畫分為南北兩個半球。

【畫蛇添足】（ㄏㄨㄚˋ ㄕㄜˊ ㄊㄧㄢ ㄗㄨˊ）比喻做了多餘的事，反而不恰當。例小林在已經寫好的作文後面補上不相關的故事，真是畫蛇添足。近多此一舉。

【畫龍點睛】（ㄏㄨㄚˋ ㄌㄨㄥˊ ㄉㄧㄢˇ ㄐㄧㄥ）指繪畫或寫作時，在重要部分加上一筆，使整個作品顯得靈活有神。例這篇文章的結尾引用古人名言，很有畫龍點睛的效果。

❀漫畫、繪畫、比手畫腳

番 12/7

ㄈㄢ (fān)

名舊時稱還沒開化的民族。如：生番。動輪流。如：番代。量計算次數的單位。如：三番兩次。

【番茄】（ㄈㄢ ㄑㄧㄝˊ）茄科，一年生草本植物。葉子是羽狀複葉，互生；開黃色小花；果實為漿果，形狀大小因

品種而異，可供食用。
✽連番、幾番、輪番上陣

13/8
當 丨 丷 丷 ⺌ ⺌ 尚 尚 尚 當 當 當 當 當

ㄉㄤ (dāng) 動 1擔任。如：當老師。2作為。如：安步當車。3承受。如：不敢當。4適合；相稱。如：門當戶對。5對著；向著。如：首當其衝。6正值。如：當班。7管理。如：當政。副 1彼；那。指在事情發生的時間內。如：當時。2應該。如：應當。

ㄉㄤˋ (dàng) 名 對人設下的圈套、計謀。如：勾當。形 合宜。如：適當。動 1用物品抵押借錢。如：典當。2以為；認為。如：當他是小孩子。3英語 down 的音譯。指學生某科考試不合格，必須補考或重修。如：他這學期的數學被當了。

ㄉㄤˇ (dǎng) 動 抵擋；攔阻。通「擋」。

【當心】ㄉㄤ ㄒㄧㄣ 注意。例 這段路坑洞很多，經過要當心。近 小心；留意。

【當初】ㄉㄤ ㄔㄨ 開始的時候。例 當初這裡還是一片綠油油的稻田，沒想到現在全變成工廠了。

【當場】ㄉㄤ ㄔㄤˇ 現場。例 小娜一聽到考試不及格的消息，當場掉下淚來。

【當然】ㄉㄤ ㄖㄢˊ 理應如此。例 有這個難得的出國機會，當然要好好把握。

【當選】ㄉㄤ ㄒㄩㄢˇ 選舉時，獲得最多或合於法定標準的票數而被選上。反 落選。

【當務之急】ㄉㄤ ㄨˋ ㄓ ㄐㄧˊ 最急切需要處理的事務。例 事情已經發生了，當務之急就是該想想如何解決。

【當機立斷】ㄉㄤ ㄐㄧ ㄌㄧˋ ㄉㄨㄢˋ 在緊要關頭毫不猶豫的做出決定。例 地震發生時，老師當機立斷的叫大家跑到外面的空地去躲避。反 舉棋不定。

田

※上當、旗鼓相當、直截了當

13/8
畸 ㄐㄧ (jī)

㊔零星不整齊的田地。如：畸零地。㊒不正常的；殘缺不全的。如：畸形。

【畸形】身體的某部分發育不正常。

19/14
疆 ㄐㄧㄤ (jiāng)

㊔①國境；邊界。如：疆界。②極限；窮盡。如：萬壽無疆。

【疆域】國土；領土。

19/14
疇 ㄔㄡˊ (chóu)

㊔①田地。如：田疇。②種類。如：範疇。

22/17
疊 ㄉㄧㄝˊ (dié)

㊒重複。如：疊字。㊐①堆積。如：疊羅漢。②折。如：疊被子。㊏計算層層堆積物品的單位。如：一疊紙。

【疊羅漢】將眾人集合起來，由體格較輕、動作敏捷的人攀登在上面，強壯的人作為基底，體重堆疊成各種形狀的表演活動。

※層疊、折疊、重疊

疋 ㄕㄨ 部

5/0
疋 ㄕㄨ (shū) ㊔足；腳。

ㄆㄧˇ (pǐ) 量 計算布帛的單位。通「匹」。

疏 11/6 ㄕㄨ (shū)

名 對古代書籍所作的注釋。如：注疏。形 1不親近。如：感情疏遠。2稀少。如：稀疏。3空虛；不實在的。如：才疏學淺。動 1使暢通。如：疏通。2不小心。如：疏忽。

【疏忽】ㄕㄨ ㄏㄨ 不小心。例 妹妹一時疏忽，不小心跌傷了頭。近 大意。

【疏散】ㄕㄨ ㄙㄢˋ 將人員分散到安全的地方。例 火災警報響起，工作人員急忙疏散戲院裡的觀眾。反 聚集。

✽生疏、親疏、百密一疏

疑 14/9 ㄧˊ (yí)

動 1迷惑；不能下判斷。如：疑惑。2猜忌。如：猜疑。

【疑問】ㄧˊ ㄨㄣˋ 心中有疑惑的問題。例 在課業上有任何疑問，應該隨時請教同學或老師。

✽質疑、遲疑、嫌疑

疒部 ㄔㄨㄤˊ

疝 8/3 ㄕㄢˋ (shàn)

見「疝氣」。

【疝氣】ㄕㄢˋ ㄑㄧˋ 腹腔內的器官向外凸出的病症。以鼠蹊部的疝氣最為常見。

疙 8/3 ㄍㄜ (gē)

見「疙瘩」。

【疙瘩】ㄍㄜ ㄉㄚ 1皮膚上凸起的小硬塊。如：雞皮疙瘩。2指圓形塊狀的東西。如：麵疙瘩。3比喻心

中的芥蒂。例小明和小華大吵一架後，心裡都有疙瘩，所以彼此見面時總覺得不大自在。

8/3
疚
ㄐㄧㄡˋ (jiù)　丶 亠 广 疒 疒 疒 疒 疚 疚

動 慚愧；悔恨。如：內疚。

9/4
疤
ㄅㄚ (bā)　丶 亠 广 疒 疒 疒 疒 疒 疤

名 傷口癒合後的痕跡。如：瘡疤。

9/4
疫
ㄧˋ (yì)　丶 亠 广 疒 疒 疒 疒 疒 疫

名 流行性傳染病的通稱。如：瘟疫。

【疫苗】ㄧˋ ㄇㄧㄠˊ 用已殺死或減毒的細菌或病毒所製成的免疫液體。注入身體內能產生抗體，以預防疾病的產生。

✽防疫、鼠疫、檢疫

9/4
疥
ㄐㄧㄝˋ (jiè)　丶 亠 广 疒 疒 疒 疒 疒 疥

名 因疥癬蟲寄生而引起的皮膚病。具有傳染性，常發生在指間、腕、肘、腋窩、臀、腿等部位。感染後皮膚會發癢。如：疥瘡。

10/5
症
ㄓㄥˋ (zhèng)　丶 亠 广 疒 疒 疒 疒 疒 疒 症

名 得到疾病時所表現的不正常狀態。如：症候。

✽絕症、不治之症、對症下藥

10/5
病
ㄅㄧㄥˋ (bìng)　丶 亠 广 疒 疒 疒 疒 疒 疒 病

名 1 對身體不舒服的通稱。如：病痛。2 缺點；瑕疵。如：語病。動 指責；羞辱。如：詬病。

【病毒】ㄅㄧㄥˋ ㄉㄨˊ 一種非常小的微生物。寄生在細胞內，會危害宿主的健康。

【病症】ㄅㄧㄥˋ ㄓㄥˋ 症候；生病時顯現的症狀。

【病入膏肓】(ㄅㄧㄥˋ ㄖㄨˋ ㄍㄠ ㄏㄨㄤ) ①病勢危急，到了無藥可救的地步。例這個病人已經病入膏肓，沒辦法治療了。②比喻事情嚴重、無法挽救。例這家公司的經營情況已經病入膏肓，隨時都有倒閉的可能。

✽弊病、毛病、重病

10/5

疳

ㄍㄢ (gān) 丶 亠 广 广 疒 疒 疒 疒 疳 疳

名①中醫指營養不良或消化不良的慢性病。如：疳積。②一種腫脹、潰爛的病症。如：下疳。

10/5

痂

ㄐㄧㄚ (jiā) 丶 亠 广 广 疒 疒 疒 疒 痂 痂

名傷口癒合時所結的硬皮。如：結痂。

10/5

疽

ㄐㄩ (jū) 丶 亠 广 广 疒 疒 疒 疒 疽 疽

名一種長在肌肉筋骨間的惡瘡。

10/5

疾

ㄐㄧˊ (jí) 丶 亠 广 广 疒 疒 疒 疒 疾 疾

名病。如：疾病。形快速。如：疾風。動①疼痛。如：疾首。②憎恨。如：疾惡如仇。副敏捷；迅速。如：疾馳。

【疾惡如仇】(ㄐㄧˊ ㄜˋ ㄖㄨˊ ㄔㄡˊ) 痛恨壞人和壞事就像痛恨仇人一樣。也作「嫉惡如仇」。例阿旺從小疾惡如仇，所以立志要當警察，抓光所有壞人。

✽惡疾、瘧疾、不疾不徐

10/5

疱

ㄆㄠˋ (pào) 丶 亠 广 广 疒 疒 疒 疒 疱 疱

名皮膚上水泡狀的小瘡。如：疱疹。

10/5

疲

ㄆㄧˊ (pí) 丶 亠 广 广 疒 疒 疒 疒 疲 疲

動①厭倦。如：樂此不疲。②勞累；困頓。如：疲憊。

【疲倦】(ㄆㄧˊ ㄐㄩㄢˋ) 勞累困倦。例阿華讀書讀得很疲倦，趴在桌上就睡著了。

【疲於奔命】(ㄆㄧˊ ㄩˊ ㄅㄣ ㄇㄧㄥˋ) 指事情太多，為了處理而到處奔走，非常勞累。例昨晚市區內連續發生了多起火災，消防隊員們個個都疲於奔命。

反應付裕如。

✽精疲力竭、身心俱疲

10/5

疼

ㄊㄥˊ (téng)

丶 亠 广 广 疒 疒 疒 疚 疚 疼

動①痛。如：疼痛。②愛憐。如：疼惜。

【疼愛】(ㄊㄥˊ ㄞˋ) 愛憐；憐惜愛護。例小青十分孝順又乖巧，所以很受家中長輩的疼愛。

✽心疼、牙疼、酸疼

10/5

疹

ㄓㄣˇ (zhěn)

丶 亠 广 广 疒 疒 疒 疹 疹 疹

名因為細菌感染，而在皮膚上長出的紅色或紫色小瘡。如：溼疹。

11/6

痍

ㄧˊ (yí)

丶 亠 广 广 疒 疒 疒 疒 痍 痍 痍

名創傷。如：滿目瘡痍。

11/6

痔

ㄓˋ (zhì)

丶 亠 广 广 疒 疒 疒 疒 疒 痔 痔

名一種常見的肛門腫痛疾病。由直腸下端或肛門的靜脈受壓迫所造成。如：痔瘡。

11/6

痕

ㄏㄣˊ (hén)

丶 亠 广 广 疒 疒 疒 疒 疒 痕 痕

名①傷口痊癒後留下的疤。如：傷痕。②事物留下的跡象。如：痕跡。

【痕跡】(ㄏㄣˊ ㄐㄧ) 事物遺留下來的跡象。例上次大掃除時，鐵櫃刮到牆壁的痕跡，還清楚的留在牆上。

✽淚痕、疤痕、指痕

11/6

疵

ㄘ (cī)

丶 亠 广 广 疒 疒 疒 疒 疒 疵 疵

名過失；小缺點。如：吹毛求疵。

痊 11/6 ㄑㄩㄢˊ (quán) 丶 亠 广 广 疒 疒 疒 疒 痊 痊 痊

動 康復。如：痊癒。

【痊癒】ㄑㄩㄢˊ ㄩˋ 疾病消除，恢復健康。例 小齊上次跌倒的傷口已經痊癒了。近 復原。

痣 12/7 ㄓˋ (zhì) 丶 亠 广 广 疒 疒 疒 疒 疒 痣 痣 痣

名 皮膚上微微凸起的有色斑點。

痘 12/7 ㄉㄡˋ (dòu) 丶 亠 广 广 疒 疒 疒 疒 疒 疒 痘 痘

名 1 指人因皮脂分泌太過旺盛，而長出的小脂肪球。多發生在青春期。如：青春痘。2 發生在全身，像豆子大小的膿疱。如：水痘。

痛 12/7 ㄊㄨㄥˋ (tòng) 丶 亠 广 广 疒 疒 疒 疒 疒 痛 痛 痛

名 苦楚。如：疼痛。動 悲傷。如：哀痛。副 極力；盡情。如：痛飲。

【痛恨】ㄊㄨㄥˋ ㄏㄣˋ 非常厭惡、憎恨。例 爺爺非常痛恨偷竊和搶劫的壞人。反 喜愛。

【痛苦】ㄊㄨㄥˋ ㄎㄨˇ 身體疼痛或心裡難過。例 阿慶讀小學的時候，就嘗到了失去父親的痛苦。

【痛哭流涕】ㄊㄨㄥˋ ㄎㄨ ㄌㄧㄡˊ ㄊㄧˋ 形容非常悲痛。例 看到榜單上沒有自己的名字，小玲難過得痛哭流涕。近 淚流滿面。

✽抱頭痛哭、不痛不癢

痙 12/7 ㄐㄧㄥˋ (jìng) 丶 亠 广 广 疒 疒 疒 疒 疒 痙 痙 痙

見「痙攣」。

【痙攣】ㄐㄧㄥˋ ㄌㄨㄢˊ 肌肉呈現緊張而急速、不協調的收縮現象。又稱「抽痙」、「抽筋」。

痞 12/7 ㄆㄧˇ (pǐ) 丶 亠 广 广 疒 疒 疒 疒 疒 疒 痞 痞

名 1 因腹部氣血不順暢而感到不

舒服的症狀。2流氓；無賴。如：痦子。

12/7
痠 ㄙㄨㄢ (suān) 丶亠广广疒疒疒疒疒疒痠痠

名 肌肉因為生病或過度疲勞而產生的疼痛。

【痠痛】ㄙㄨㄢ ㄊㄨㄥˋ 痠軟疼痛。例 阿方昨天粉刷整間屋子，難怪今天全身痠痛。

12/7
痢 ㄌㄧˋ (lì) 丶亠广广疒疒疒疒疒疒痢痢

見「痢疾」。

【痢疾】ㄌㄧˋ ㄐㄧˊ 由阿米巴原蟲或痢疾桿菌所引起的腸道傳染病。症狀是多次腹瀉，大便中有血和黏液。

13/8
瘁 ㄘㄨㄟˋ (cuì) 丶亠广广疒疒疒疒疒疒疒瘁

動 勞累。如：心力交瘁。

13/8
瘀 ㄩ (yū) 丶亠广广疒疒疒疒疒疒疒瘀

名 血液積聚，無法暢通消散。如：瘀血。

13/8
痰 ㄊㄢˊ (tán) 丶亠广广疒疒疒疒疒疒疒痰

名 從呼吸道、口腔或喉嚨裡排出的黏液。平時分泌很少，肺部或氣管受感染時，量就會增加。如：咳痰。

13/8
痲 ㄇㄚˊ (má) 丶亠广广疒疒疒疒疒疒疒痲

名 1病名。見「痲疹」。2俗稱痘瘡的痕跡。通「麻」。如：痲子。

【痲疹】ㄇㄚˊ ㄓㄣˇ 由病毒所引起的一種急性傳染病。有發熱、咳嗽及發疹等現象。可以注射疫苗預防；患病後痊癒則會產生抗體，終身不再染

病。也作「痲疹」。

13/8
痴 ㄔ (chī)

痴 ㄧ、ㄧ广广疒疒疒疒疒痴痴痴

㊔迷戀某種事物的人。如：書痴。
㊋不聰明的；愚笨的。如：痴呆。
㊐對某人或某事非常迷戀。如：痴情。

【痴心】ㄔ ㄒㄧㄣ 對某個人或事物非常著迷。㊄小宏對女友非常痴心，儘管分隔兩地，依然深愛著她。

✽情痴、音痴、如痴如醉

13/8
痱 ㄈㄟˋ (fèi)

痱 ㄧ、ㄧ广广疒疒疒疒疒疒痱痱

㊔夏天流汗過多，皮膚上長出的小紅疹。如：痱子。

13/8
痿 ㄨㄟˇ (wěi)

痿 ㄧ、ㄧ广广疒疒疒疒疒疒痿痿

㊔肌肉痲痺萎縮，逐漸失去運動功能的一種疾病。如：痿痺。

13/8
痺 ㄅㄧˋ (bì)

痺 ㄧ、ㄧ广广疒疒疒疒疒疒痺痺

㊐感覺遲鈍；痲木。如：痲痺。

14/9
瘧 ㄋㄩㄝˋ (nüè)

瘧 ㄧ、ㄧ广广疒疒疒疒疒疒瘧瘧

見「瘧疾」。

【瘧疾】ㄋㄩㄝˋ ㄐㄧˊ 由瘧疾原蟲所引起的傳染病。症狀為時而發熱，時而發冷。通常發生在熱帶、亞熱帶地區，經蚊蟲叮咬而傳染。

14/9
瘍 ㄧㄤˊ (yáng)

瘍 ㄧ、ㄧ广广疒疒疒疒疒疒瘍瘍

㊔身體表面上明顯可見的皮膚疾病的總稱。

14/9
瘋
ㄈㄥ (fēng)

、亠广广疒疒疒疒疯疯疯疯疯疯瘋瘋

(形) 精神錯亂而行為失常。如：瘋癲。

【瘋狂】ㄈㄥ ㄎㄨㄤˊ ①精神錯亂而失去理智。②形容狂熱到了極點。(例)看到崇拜的偶像，歌迷們不禁瘋狂大叫。

【瘋瘋癲癲】ㄈㄥ ㄈㄥ ㄉㄧㄢ ㄉㄧㄢ 精神錯亂、行為失常的樣子。(例)阿福伯喝醉酒後，看起來總是瘋瘋癲癲的。

✽發瘋、羊癲瘋、裝瘋賣傻

14/9
瘓
ㄏㄨㄢˋ (huàn)

、亠广广疒疒疒疒疒疒疒疒瘓瘓

見「癱瘓」。

14/9
瘉
ㄩˋ (yù)

、亠广广疒疒疒疒疒疒疒疒瘉瘉

(動) 病好了。通「癒」。如：病瘉。

15/10
瘩
ㄉㄚˊ (dá)

、亠广广疒疒疒疒疒疒疒疒疒瘩瘩

見「疙瘩」。

15/10
瘟
ㄨㄣ (wēn)

、亠广广疒疒疒疒疒疒疒疒瘟瘟瘟

見「瘟疫」。

【瘟疫】ㄨㄣ ㄧˋ 由細菌和病毒引起的多種急性傳染病的總稱。特徵為發病急速而危險，容易死亡，有強烈的傳染性。

15/10
瘦
ㄕㄡˋ (shòu)

、亠广广疒疒疒疒疒疒疒疒疒疒瘦

(形) ①體型不豐滿。與「胖」相對。如：瘦弱。②不帶脂肪的。如：瘦肉。

【瘦弱】ㄕㄡˋ ㄖㄨㄛˋ 消瘦衰弱。(例)這群孤兒因為長期營養不良，看起來都很

瘦弱。㊍強壯。

※消瘦、面黃肌瘦、骨瘦如柴

15/10
瘤 ㄌㄧㄡˊ (liú)

㊔ 1 指皮膚或身體內的腫塊。有良性和惡性兩種，惡性瘤又稱「癌」。2 累贅多餘、凸起的東西。如：樹瘤。

15/10
瘠 ㄐㄧˊ (jí)

㊌ 土地不肥沃。如：貧瘠。

15/10
瘡 ㄔㄨㄤ (chuāng)

㊔ 1 皮膚腫起，潰爛流膿的病。如：毒瘡。2 傷口。通「創」。如：刀瘡。

【瘡疤】1 皮膚生瘡所留下來的疤痕。2 比喻犯下的過錯或痛苦的往事。

※百孔千瘡、滿目瘡痍

16/11
瘴 ㄓㄤˋ (zhàng)

㊔ 山林中因溼熱而形成的毒氣。人只要接觸到或吸入就會生病。如：瘴氣。

16/11
瘸 ㄑㄩㄝˊ (qué)

㊔ 本指手腳殘廢、行動不便的病。今則指跛腳。

【瘸子】俗稱跛腳的人。

17/12
癆 ㄌㄠˊ (láo)

名 肺結核的俗稱。因感染結核菌而引起。如：肺癆。

17/12

療

ㄌㄧㄠˊ (liáo)

動 治病。如：治療。

【療養 ㄌㄧㄠˊ ㄧㄤˇ】治療休養。例 國文老師因為生病，必須住院療養。

✽診療、醫療、食療

17/12

癇

ㄒㄧㄢˊ (xián)

動 見「癲癇」。

17/12

癌

ㄞˊ (ái)

名 細胞不正常增生而形成的一種惡性腫瘤。會破壞身體的正常機能，導致死亡。

18/13

癖

ㄆㄧˇ (pǐ)

名 嗜好。如：潔癖。

【癖好 ㄆㄧˇ ㄏㄠˋ】嗜好。例 阿良有收集名片的癖好。

18/13

癘

ㄌㄧˋ (lì)

名 1 惡疾；惡瘡。如：疥癘。2 疫病；瘟疫。如：時癘。

18/13

癒

ㄩˋ (yù)

動 病好了。如：病癒。

✽痊癒、治癒、不藥而癒

19/14

癟

ㄅㄧㄝˇ (biě)

形 枯瘦；乾縮。如：乾癟。

20/15
癢
ㄧㄤˇ (yǎng)

㊔皮膚受到刺激而產生想要抓的感覺。如：搔癢。

✽止癢、心癢、無關痛癢

20/15
癥
ㄓㄥ (zhēng)

㊔一種長於腹部內，會脹痛的硬塊。

【癥結】ㄓㄥ ㄐㄧㄝˊ 比喻事物糾結、疑難的地方。㊄要順利解決問題，就必須先找出問題的癥結。

21/16
癩
ㄌㄞˋ (lài)

㊔因感染疥癬而使毛髮掉落的現象。

【癩蝦蟆】ㄌㄞˋ ㄏㄚˊ ㄇㄚˊ 1指蟾蜍。2比喻粗俗醜陋或條件不足的人。

22/17
癮
ㄧㄣˇ (yǐn)

㊔很難戒掉的癖好。如：菸癮。

✽過癮、毒癮、上癮

22/17
癬
ㄒㄧㄢˇ (xiǎn)

㊔一種由黴菌所引起的傳染性皮膚病。患部會發癢或生成白色鱗狀的皮。如：足癬。

24/19
癲
ㄉㄧㄢ (diān)

㊔一種精神疾病。病人會出現精神

失常、表情淡漠、言語錯亂等症狀。

【癲癇】(ㄉㄧㄢ ㄒㄧㄢˊ) 由腦部疾病或腦外傷所引起的疾病。發作時會發生昏倒、口吐白沫、喪失意識等現象。又稱「羊癲瘋」。

24/19
癱 ㄊㄢ (tān)

丶 亠 广 广 疒 疒 … 癱

㊔ 因神經機能障礙，導致肌肉麻痺而無法行動的病變。

【癱瘓】(ㄊㄢ ㄏㄨㄢˋ) 1 由於神經機能障礙，導致肢體麻痺而無法行動的病變。2 比喻事情無法正常運作。例 跨年晚會結束後，數以萬計趕著回家的民眾讓周邊交通頓時癱瘓。

癶部 ㄅㄛ

9/4
癸 ㄍㄨㄟˇ (guǐ)

ノ ㇇ … 癸

㊔ 天干的第十位。

12/7
登 ㄉㄥ (dēng)

ノ ㇇ … 登

動 1 從下到上。如：登樓。2 書寫在文件上。如：登記。3 穀物成熟。如：五穀豐登。副 立刻；即刻。如：登時。

【登記】(ㄉㄥ ㄐㄧˋ) 記錄；記載。例 要購買愛心卡片的同學，請向班長登記。

【登場】(ㄉㄥ ㄔㄤˇ) 上場。例 好戲即將登場，請大家儘快就座。

【登峰造極】(ㄉㄥ ㄈㄥ ㄗㄠˋ ㄐㄧˊ) 比喻對某種技術或技巧的修養極高。例 那位聲樂家的歌唱技巧已到了登峰造極的境界。近 出神入化。

✽刊登、攀登、捷足先登

12/7
發 ㄈㄚ (fā)

ノ ㇇ … 發

動 1 發射。如：百發百中。2 生長；滋長。如：發芽。3 產生。如：發電。4 送出；放出。如：發信。5 起程；動身。如：出發。6 開始；引起。如：發動。7 顯露；顯現。如：臉色發紅。8 表達；宣布。如：發表議論。9 派遣。如：發兵。10 檢舉；揭露。如：舉發。量 計算槍炮個數的單位。如：一發子彈。

【發布】ㄈㄚ ㄅㄨˋ 宣布通知。例 氣象局昨天晚上發布了陸上颱風警報。

【發生】ㄈㄚ ㄕㄥ 出現原先沒有的事物或情形。例 今天早上東部地區發生了一起三級地震。

【發抖】ㄈㄚ ㄉㄡˇ 身體因為寒冷或害怕、生氣等因素所造成的抖動。近 顫抖。

【發育】ㄈㄚ ㄩˋ 生物從出生到成熟的發展過程。

【發明】ㄈㄚ ㄇㄧㄥˊ 創作出前所未有的事物。例 愛迪生發明電燈，對人類的貢獻很大。

【發洩】ㄈㄚ ㄒㄧㄝˋ 將心中的情緒或衝動表現出來。例 每當心情不好的時候，小正總是靠著運動發洩自己的情緒。近 排遣。

【發展】ㄈㄚ ㄓㄢˇ 開擴；進展。例 最近這幾年，爸爸的事業發展得非常好。

【發現】ㄈㄚ ㄒㄧㄢˋ 找到以前的人不知道或沒想到的事物。例 小明在公園發現了一隻被人遺棄的小兔子。

【發揮】ㄈㄚ ㄏㄨㄟ 把內在的潛力、想法充分表現出來。例 因為突然生病，讓小明在考試時無法發揮實力。

【發霉】ㄈㄚ ㄇㄟˊ 物品因過於潮溼而長出黴菌。

【發燒】ㄈㄚ ㄕㄠ 1 身體的溫度上升，超過正常體溫的狀態。反 退燒。2 比喻非常興盛或狂熱。例 由於電影

的推波助瀾，讓這部小說的風潮在國內持續發燒。

【發憤圖強】(ㄈㄚ ㄈㄣˋ ㄊㄨˊ ㄑㄧㄤˊ) 決心振作，以求強盛。㊀例 受到朋友的刺激，大毛發憤圖強，終於考上了理想學校。㊀近 勵精圖治。㊀反 自暴自棄。

✽啟發、意氣風發、自動自發

白部

白 5/0 ㄅㄞˊ (bái) 丿 亻 白 白 白

㊀名 1 像雪或牛奶般的顏色。2 戲劇裡的對話。如：對白。㊀形 1 潔淨的。如：潔白。2 淺顯易懂的。如：淺白。3 空無一物的。如：空白。4 無添加其他物質的。如：白開水。5 表示輕視或不滿的。如：白眼。㊀動 1 陳述；告訴。如：告白。2 清楚；彰明。如：真相大白。㊀副 1 徒然。如：白跑一趟。2 不付代價而得到好處的。如：白吃白喝。

【白費】(ㄅㄞˊ ㄈㄟˋ) 白白浪費時間、金錢或心力。㊀例 妹妹不小心將媽媽煮了兩個小時的湯弄翻，害媽媽的心血都白費了。

【白日夢】(ㄅㄞˊ ㄖˋ ㄇㄥˋ) 比喻不切實際的幻想。

【白手起家】(ㄅㄞˊ ㄕㄡˇ ㄑㄧˇ ㄐㄧㄚ) 指不靠祖先的財產，全靠自己的努力開創一番事業。㊀例 王先生白手起家，創立了規模宏大的企業集團。

✽漂白、坦白、平白無故

百 6/1 ㄅㄞˇ (bǎi) 一 丆 丆 百 百 百

㊀形 形容次數多或數量多。如：百折不撓。㊀數 十的十倍。大寫作「佰」。

【百合】(ㄅㄞˇ ㄏㄜˊ) 百合科，多年生草本植物。鱗莖呈球狀，可供食用；葉互生；夏季開花，頂生，有白、淡

紫、黃綠等顏色。

【百姓】(ㄅㄞˇ ㄒㄧㄥˋ) 人民。

【百口莫辯】(ㄅㄞˇ ㄎㄡˇ ㄇㄛˋ ㄅㄧㄢˋ) 形容很難辯解清楚的情況。例由於證據充足，歹徒百口莫辯，只好低頭認罪。近有口難言。

【百折不撓】(ㄅㄞˇ ㄓㄜˊ ㄅㄨˋ ㄋㄠˊ) 即使遭受許多挫折失敗，仍然不屈服。形容人意志堅定。例做事只要具有百折不撓的精神，哪有不成功的呢！近不屈不撓。反一蹶不振。

【百看不厭】(ㄅㄞˇ ㄎㄢˋ ㄅㄨˋ ㄧㄢˋ) 怎麼看都不會厭倦。表示十分喜愛。例這部經典電影令人百看不厭。

【百聞不如一見】(ㄅㄞˇ ㄨㄣˊ ㄅㄨˋ ㄖㄨˊ ㄧˊ ㄐㄧㄢˋ) 聽別人說了百次，也不如親自見到一面來得真實。例黃河的壯闊寬廣，真是百聞不如一見呀！

✽漏洞百出、千方百計

白

7/2

皂

ㄗㄠˋ (zào) 皂

名 1黑色。如：皂白。2清洗去汙的用品。如：肥皂。

8/3

的

ㄉㄧˋ (dì) 名 1箭靶的中心。如：眾矢之的。2目標。如：目的。

ㄉㄧˊ (dí) 副 確實；實在。如：的確。

·ㄉㄜ (de) 助 1用在名詞或代名詞後。表示所有。如：我的書。2形容詞、副詞詞尾。如：美麗的花；慢慢的走。3用在句尾。表示肯定或加強語氣。如：我不是這樣說的！

【的確】(ㄉㄧˊ ㄑㄩㄝˋ) 真切；實在。例經過研究後證實，吸菸的確對人體有不好的影響。近確實。

9/4

皆

ㄐㄧㄝ (jiē)

副 俱；都。如：中英文皆通。

【皆大歡喜】(ㄐㄧㄝ ㄉㄚˋ ㄏㄨㄢ ㄒㄧˇ) 大家都感到很欣喜滿意。例 這次的談判很成功，雙方皆大歡喜。反 怨聲載道。

❀啼笑皆非、有口皆碑

9/4
皇 ㄏㄨㄤˊ (huáng)

名 君主；天子。如：皇帝。形 1 大；偉大。如：皇天。2 對祖先的敬稱。如：皇考。3 急迫的樣子。通「遑」。如：倉皇。

【皇天不負苦心人】(ㄏㄨㄤˊ ㄊㄧㄢ ㄅㄨˋ ㄈㄨˋ ㄎㄨˇ ㄒㄧㄣ ㄖㄣˊ) 指人如果下功夫努力，一定會有收穫。例 皇天不負苦心人，經過多年的辛勞，原本擺地攤的陳媽媽終於有了自己的店面。

❀冠冕堂皇、富麗堂皇

9/4
皈 ㄍㄨㄟ (guī)

動 回；返。多用在歸順依附某種宗教。通「歸」。如：皈依。

10/5
臯 ㄍㄠ (gāo)

名 水田。如：東臯。

11/6
皎 ㄐㄧㄠˇ (jiǎo)

形 明亮潔白的樣子。如：皎皎。

【皎潔】(ㄐㄧㄠˇ ㄐㄧㄝˊ) 明亮潔白的樣子。例 今晚的月色皎潔，很適合散步賞月。

12/7
皖 ㄨㄢˇ (wǎn)

形 光明。

12/7
皓 ㄏㄠˋ (hào)

形 光明；潔白。如：皓齒朱唇。

【皓齒朱唇】(ㄏㄠˋ ㄔˇ ㄓㄨ ㄔㄨㄣˊ) 白齒和紅唇。形容女子面容皎好美麗的樣子。

13/8
晳 ㄒㄧ (xī)

㊊皮膚潔白。如：白皙。

15/10
皚 ㄞˊ (ái)
ˊ ㄏ ㄅ 白 白 白' 白' 白'' 白'' 白'' 白'' 皚 皚 皚
㊊潔白。如：皚皚。

【皚皚 ㄞˊ ㄞˊ】霜雪潔白的樣子。㊃聖母峰終年都被皚皚白雪所覆蓋。

皮部 ㄆㄧˊ

5/0
皮 ㄆㄧˊ (pí)
ノ 厂 广 皮 皮
㊔①動植物的表皮。如：牛皮。②包在物體外，具備保護或美觀作用的東西。如：書皮。③薄片狀的東西。如：鐵皮。㊊①用皮革製成的。如：皮帶。②表面的；膚淺的。如：皮毛之見。③個性頑劣的。如：調皮。

【皮膚 ㄆㄧˊ ㄈㄨ】覆蓋身體表面的構造。具有感覺、調節體溫、排泄和保護的作用。

【皮開肉綻 ㄆㄧˊ ㄎㄞ ㄖㄡˋ ㄓㄢˋ】皮肉破裂。形容受傷嚴重。㊃阿才出了車禍，全身摔得皮開肉綻。㊅遍體鱗傷。

✽果皮、頑皮、雞毛蒜皮

10/5
皰 ㄆㄠˋ (pào)
ノ 厂 广 皮 皮 皮' 皮'' 皰 皰 皰
㊔臉上所長的小瘡。如：面皰。

12/7
皴 ㄘㄨㄣ (cūn)
ㄥ ㄥ 夂 夊 夋 夋 夋' 夋' 皴 皴 皴
㊔國畫的筆法之一。在山石樹木中，表現紋理、明暗和凹凸的筆法。

15/10
皺 ㄓㄡˋ (zhòu)
ノ ㄅ 勹 句 句 匀 刍 刍 刍 刍 刍 皺 皺 皺
㊔皮膚因鬆弛而產生的紋路。也泛指一般物品的折紋。如：皺紋。㊍緊縮。如：皺眉。

皿部 ㄇㄧㄣˇ

5/0 皿 ㄇㄧㄣˇ (mǐn)

丨 ㄇ 冂 皿 皿

(名) 指裝東西的器具。如：器皿。

8/3 盂 ㄩˊ (yú)

一 二 于 于 盂 盂 盂 盂

(名) 古代用來盛物的圓形器具。口大腹大，有耳，足呈圓狀。如：痰盂。

9/4 盃 ㄅㄟ (bēi)

一 ㄏ 不 不 丕 否 否 否 盃

(量) 計算盃裝物體的單位。如：美酒一盃。(異)「杯」的異體字。

辨析 「盃」、「杯」音義相同，但今「獎杯」的「杯」多用「盃」字。

9/4 盈 ㄧㄥˊ (yíng)

丿 乃 乃 夃 夃 夃 盈 盈 盈

(形) ①飽滿。如：豐盈。②多出來的；有餘的。如：盈餘。(動) 充滿。如：熱淚盈眶。

【盈門】形容人很多。(例) 這家餐廳生意很好，天天都是顧客盈門。

✽輕盈、充盈、惡貫滿盈

9/4 盆 ㄆㄣˊ (pén)

丿 八 分 分 分 分 盆 盆 盆

(名) 底部略小而口大，形狀像盤子而較深的容器。如：臉盆。(量) 計算盆裝物品的單位。如：一盆花。

【盆栽】栽種在盆中的花木。

✽花盆、臨盆、傾盆大雨

10/5 益 ㄧˋ (yì)

丶 丷 丷 䒑 兴 兴 益 益 益 益

(形) 有利的。如：良師益友。(動) 增加。如：延年益壽。(副) 愈；更加。如：多多益善。

【益處】好處。(例) 多喝牛奶對身體很有益處。(反) 害處。

✽利益、增益、集思廣益

10/5
盇
ㄏㄜˊ (hé)
一 十 土 去 去 去 盇 盇 盇 盇

副 1為何。如：盇不。2何不。如：盇各言爾志。

10/5
盎
ㄤˋ (àng)
丶 亠 冂 央 央 央 盎 盎 盎 盎

名 一種腹大口小的瓦盆。如：瓦盎。形 充盈、充滿的樣子。如：盎然。

【盎然】ㄤˋ ㄖㄢˊ 盛大而充滿的樣子。例 小朋友們對於卡通的製作過程興趣盎然。

11/6
盔
ㄎㄨㄟ (kuī)
一 ナ ナ 大 灰 灰 灰 盔 盔 盔 盔

名 保護頭部的帽子。如：鋼盔。

【盔甲】ㄎㄨㄟ ㄐㄧㄚˇ 古代作戰時，用來保護身體的金屬器具。盔用來保護頭，甲用來保護身體。

11/6
盛
一 厂 万 成 成 成 成 成 盛 盛 盛

ㄕㄥˋ (shèng) 形 1興旺；繁茂；豐富。如：旺盛。2濃厚的；深厚的。如：盛情。3大的。如：盛名。4隆重的。如：盛事。5強壯。如：盛年。副 極；表示程度很深。如：盛怒。

ㄔㄥˊ (chéng) 動 用容器裝東西。如：盛飯。

【盛行】ㄕㄥˋ ㄒㄧㄥˊ 非常流行。例 中元普渡這種傳統習俗盛行於臺灣各地。

【盛開】ㄕㄥˋ ㄎㄞ 指花朵開得很茂盛。例 陽明山的杜鵑花盛開，吸引了許多遊客前往觀賞。反 枯萎；凋謝。

【盛況空前】ㄕㄥˋ ㄎㄨㄤˋ ㄎㄨㄥ ㄑㄧㄢˊ 場面熱鬧盛大，前所未有。例 這場啦啦隊比賽可說是盛況空前。

✽豐盛、興盛、年輕氣盛

11/6
盒
ㄏㄜˊ (hé)
ノ 人 亼 亼 合 合 盒 盒 盒 盒 盒

名 一種有蓋子的盛物器皿。如：飯

盒。量 計算盒裝物體的單位。如：一盒蛋糕。

12/7
盜 ㄉㄠˋ (dào) 次 次 次 咨 咨 盗 盗

名 偷取或搶奪財物的人。如：盜賊。動 竊取。如：盜寶。

【盜用】ㄉㄠˋ ㄩㄥˋ 非法使用他人財物。例 那名盜用公款的職員，已經被關進監獄了。

✽強盜、海盜、監守自盜

13/8
盞 ㄓㄢˇ (zhǎn) 一 七 戈 戈 戋 戋 戔 戔 盞 盞

名 小而淺的杯子。如：酒盞。量 1 計算茶、酒等的單位。如：一盞茶。2 計算燈的單位。如：一盞燈。

13/8
盟 ㄇㄥˊ (méng) 丨 冂 日 日 明 明 明 明 明 盟 盟

名 誓約。如：海誓山盟。形 有信約關係的。如：盟友。

【盟邦】ㄇㄥˊ ㄅㄤ 互結同盟條約的國家。近 盟國。

✽加盟、結盟、聯盟

14/9
盡 ㄐㄧㄣˋ (jìn) 乛 ⺕ ⺕ 聿 聿 聿 聿 盡 盡 盡 盡 盡 盡

形 完備。如：詳盡。動 1 竭；全部用出。如：盡力而為。2 終止。如：言盡於此。3 死亡。如：自盡。副 1 極；非常。如：盡善盡美。2 全；都。如：盡在不言中。

【盡情】ㄐㄧㄣˋ ㄑㄧㄥˊ 縱情；任意。例 我們在KTV裡盡情的歌唱。近 恣意。

【盡量】ㄐㄧㄣˋ ㄌㄧㄤˋ 用盡所有力量。例 這件事我會盡量幫忙，請你不用擔心。

【盡心盡力】ㄐㄧㄣˋ ㄒㄧㄣ ㄐㄧㄣˋ ㄌㄧˋ 用盡全部心力。例 小馬擔任班長期間，為同學們盡心盡力的付出。反 敷衍了事。

✽一網打盡、精疲力盡

14/9

監

ㄐㄧㄢ (jiān) 名 牢獄。如：監獄。動 督察；督導。如：監工。

ㄐㄧㄢˋ (jiàn) 名 指宦官。如：太監。

【監視】ㄐㄧㄢ ㄕˋ 監察看守。例 警方正在監視那名嫌犯。

【監督】ㄐㄧㄢ ㄉㄨ 監視督促。例 衛生股長認真的監督同學完成打掃工作。

✻舍監、總監、探監

15/10

盤

ㄆㄢˊ (pán)

名 1 一種淺底的器皿。如：盤子。2 形狀似盤，能用以承托或旋轉的物品。如：方向盤。形 纏繞的。如：盤根錯節。動 1 清點。如：盤點。2 追查；查究。如：盤問。3 環繞；旋轉。如：盤旋。量 1 計算盤裝物品的單位。如：一盤菜。2 計算下棋次數的單位。如：一盤棋。

【盤問】ㄆㄢˊ ㄨㄣˋ 反覆質問；詳細查問。例 看到小巷中一群青少年舉止可疑，警察便上前盤問他們。

【盤根錯節】ㄆㄢˊ ㄍㄣ ㄘㄨㄛˋ ㄐㄧㄝˊ 比喻事情錯綜複雜。例 這起凶殺案案情盤根錯節，警方花了很長的時間才查清真相。近 千頭萬緒。

✻拼盤、羅盤、算盤

16/11

盧

ㄌㄨˊ (lú)

名 盛飯的器皿。

16/11

盥

ㄍㄨㄢˋ (guàn)

名 洗手用的器具。動 洗手。引申為洗滌。

【盥洗】ㄍㄨㄢˋ ㄒㄧˇ 以手捧水沖洗。現在指洗手、洗臉、漱口等事。

17/12
盪 ㄉㄤˋ (dàng) 丶 丶 氵 氵 沪 沪 沪 洎 渭 渭 湯 湯 湯 湯 湯 盪

動 1推動；搖動。如：盪鞦韆。2掃除。通「蕩」。如：掃盪。

※擺盪、激盪、動盪

目部 ㄇㄨˋ

5/0
目 ㄇㄨˋ (mù) 丨 冂 月 月 目

名 1眼睛。如：雙目。2細節；條款。如：項目。3名稱。如：書目。4領導者。如：頭目。5生物學中階層分類的名稱。如：靈長目。動 看；注視。如：一目十行。

【目的】ㄇㄨˋ ㄉㄧˋ 希望達到的理想或希望實現的結果。例 爸爸加入慈善團體，目的是為了幫助他人。

【目前】ㄇㄨˋ ㄑㄧㄢˊ 眼前；現在。例 依照學校目前的規定，記三個大過就必須退學。

【目標】ㄇㄨˋ ㄅㄧㄠ 預定的地方、標準或對象。例 為了達到每科九十分以上的目標，小萍最近顯得特別認真。

【目不轉睛】ㄇㄨˋ ㄅㄨˋ ㄓㄨㄢˇ ㄐㄧㄥ 形容集中精神注視。例 弟弟看卡通看得目不轉睛，連飯都忘了吃。近 聚精會神。

【目中無人】ㄇㄨˋ ㄓㄨㄥ ㄨˊ ㄖㄣˊ 不把別人放在眼裡。形容高傲自大。例 小如自以為成績很好，總是一副目中無人的樣子。近 目空一切。

※眉清目秀、明目張膽

7/2
盯 ㄉㄧㄥ (dīng) 盯 丨 冂 月 月 目 盯

動 注視。如：盯著他。

8/3
盲 ㄇㄤˊ (máng) 盲 盲 丶 亠 亡 亡 肓 肓

名 對某種事物沒有認識的能力。

如：文盲。形 1 失明的；瞎眼的。如：盲人。2 不明事理的。如：盲目。副 胡亂；不經考慮。如：盲從。

【盲目】(ㄇㄤˊ ㄇㄨˋ) 比喻認識不清或沒有見識。例 許多人盲目追求流行，卻不考慮自己適不適合。

✽夜盲、色盲、導盲

8/3
直 ㄓˊ (zhí)

一 十 𠂇 冇 有 有 直 直

形 1 正的；不彎曲的。如：筆直。2 沒有私心的；公正的；正義的。如：正直。3 縱的。與「橫」相對。如：鉛直線。4 行為或性格坦白爽快。如：心直口快。5 僵硬；呆板。如：兩眼發直。副 沒有間隔的。如：直達。

【直接】(ㄓˊ ㄐㄧㄝ) 不經過中間的人或事物轉達。例 這臺電梯可以直接到達頂樓。反 間接。

【直率】(ㄓˊ ㄕㄨㄞˋ) 正直坦率。例 小智說話很直率，所以常不小心傷害別人。

【直升機】(ㄓˊ ㄕㄥ ㄐㄧ) 利用旋轉翼所產生的向上升力，做垂直起飛或降落的飛機。適用於地形複雜或交通不便的地區。

【直截了當】(ㄓˊ ㄐㄧㄝˊ ㄌㄧㄠˇ ㄉㄤˋ) 說話或做事很直接，不拐彎抹角。例 你有什麼話就直截了當的說吧！不用吞吞吐吐的。近 開門見山。

✽一直、垂直、理直氣壯

9/4
眉 ㄇㄟˊ (méi)

眉 眉 眉 眉 眉 眉 眉 眉 眉

名 1 眼窩上方所長的毛。2 書本上方的空白處。如：眉批。

【眉頭】(ㄇㄟˊ ㄊㄡˊ) 兩道眉毛之間。

【眉開眼笑】(ㄇㄟˊ ㄎㄞ ㄧㄢˇ ㄒㄧㄠˋ) 形容非常高興的樣子。例 弟弟眉開眼笑的抱著抽獎得到的玩具。反 愁眉不展。

※皺眉、揚眉吐氣、橫眉豎眼

相 9/4

相 一 十 才 木 札 机 相 相

ㄒㄧㄤ (xiāng) (副) [1]彼此；交互。如：相親相愛。[2]合併著說兩方面比較的結果。如：相形失色。(助)用在動詞前。表示動作是由一方對另一方進行。如：實不相瞞。

ㄒㄧㄤˋ (xiàng) (名) [1]形貌；外表。如：長相。[2]在宴會中替主人接待賓客或輔導行禮的人。如：儐相。[3]古代官名。如：宰相。(動) [1]輔助。如：相夫教子。[2]觀察；察看。如：相機行事。

【相反】ㄒㄧㄤ ㄈㄢˇ 互相違背。(例)往這條路的相反方向走，就可以到市區了。

【相片】ㄒㄧㄤˋ ㄆㄧㄢˋ 照片。

【相同】ㄒㄧㄤ ㄊㄨㄥˊ 一樣；同等。(例)他們倆的成績相同，所以並列第一名。

【相似】ㄒㄧㄤ ㄙˋ 差別很少；大概一樣。(例)這對雙胞胎的外表非常相似，讓人難以分辨。

【相信】ㄒㄧㄤ ㄒㄧㄣˋ 信任；不懷疑。(例)小雲這麼努力讀書，我相信她一定能考上第一志願。

【相處】ㄒㄧㄤ ㄔㄨˇ 在一起生活或工作。(例)小吳個性隨和，很好相處。

【相貌】ㄒㄧㄤˋ ㄇㄠˋ 容貌。(例)阿華和他哥哥的相貌十分神似。

【相依為命】ㄒㄧㄤ ㄧ ㄨㄟˊ ㄇㄧㄥˋ 互相依靠，共同生活。(例)父母過世後，小五便和祖母相依為命。(近)脣齒相依。

【相提並論】ㄒㄧㄤ ㄊㄧˊ ㄅㄧㄥˋ ㄌㄨㄣˋ 把兩個人或事物放在一起比較、談論。(例)這兩件事毫不相關，你怎能相提並論？

【相敬如賓】ㄒㄧㄤ ㄐㄧㄥˋ ㄖㄨˊ ㄅㄧㄣ 指夫妻之間感情和睦。(例)隔壁張爺爺夫婦幾十年來一直相敬如賓，真令人羨慕。

【相親相愛】（ㄒㄧㄤ ㄑㄧㄣ ㄒㄧㄤ ㄞˋ）彼此感情很好，互相關心愛護。例兄弟姐妹應該相親相愛，彼此關心才對。
✽福相、拔刀相助、萍水相逢

9/4
眈
ㄉㄢ (dān)
丨 冂 冃 月 目 目' 盯 眈
副 注視的樣子。如：虎視眈眈。

9/4
盹
ㄉㄨㄣˇ (dǔn)
丨 冂 冃 月 目 目' 盯 盹
動 閉眼小睡。如：打盹。

9/4
眇
ㄇㄧㄠˇ (miǎo)
丨 冂 冃 月 目 目| 盯 眇
名 瞎了一隻眼。

9/4
盼
ㄆㄢˋ (pàn)
丨 冂 冃 月 目 目' 盼 盼
形 眼珠黑白分明的樣子。動 1看。如：左顧右盼。2希望。如：期盼。

【盼望】（ㄆㄢˋ ㄨㄤˋ）期待；希望。例弟弟盼望能擁有一輛自己的腳踏車。

9/4
省
丨 小 小 少 省 省 省 省 省
ㄒㄧㄥˇ (xǐng) 動 1詳細察看。如：省察。2檢討。如：反省。3明白。如：省悟。4請安；問候。如：晨昏定省。
ㄕㄥˇ (shěng) 名 地方行政單位。如：福建省。動 1節約。如：省電。2減免。如：省去。

【省悟】（ㄒㄧㄥˇ ㄨˋ）明白；覺悟。例經過這次教訓後，丁丁省悟到做什麼事都要認真，不可以偷懶。

【省略】（ㄕㄥˇ ㄌㄩㄝˋ）為求簡略而刪減掉某些部分。例因為時間不夠，老師要我們省略自我介紹，直接報告主題。

【省吃儉用】（ㄕㄥˇ ㄔ ㄐㄧㄢˇ ㄩㄥˋ）形容過著節儉的生活。例秦先生夫婦倆省吃儉用，就為了供孩子上學讀書。
✽自省、節省、發人深省

目

9/4

看

看 一 二 三 手 手 看 看 看 看

ㄎㄢ (kān) 動 守著。如：看門。

ㄎㄢˋ (kàn) 動 1用眼睛注視。如：觀看。2探望。如：看朋友。3對待。如：看待。4就診。如：看病。

助 用在動詞後。表示請人嘗試。如：吃吃看。

【看守】ㄎㄢ ㄕㄡˇ 保護；管理。例 這些警衛負責看守銀行大門。

【看法】ㄎㄢˋ ㄈㄚˇ 觀感；意見。例 開班會的時候，希望大家都能提出自己的看法。

【看重】ㄎㄢˋ ㄓㄨㄥˋ 重視。例 小賴做事認真負責，所以老闆很看重他。

【看護】ㄎㄢ ㄏㄨˋ 1照顧。例 在爸媽細心的看護下，弟弟的病終於好了。2以照顧病人為職業的人。

✽察看、走馬看花、刮目相看

9/4

盾

ㄉㄨㄣˋ (dùn) 盾 盾 盾 一 厂 𠂆 𠂆 𠂆 盾

名 1可以抵擋刀箭等，用來保護身體的兵器。如：盾牌。2指形狀像盾的東西。多用作獎牌或紀念品。如：銀盾。3比喻在背後支持的力量。如：後盾。

10/5

真

ㄓㄣ (zhēn) 真 真 真 真 一 十 𠂇 冇 冇 有

名 1沒有經過人為改變的東西。指本性、本原等。如：返璞歸真。2畫像；容貌。如：寫真。形 不虛假。如：真誠。副 的確；實在。如：真棒。

【真心】ㄓㄣ ㄒㄧㄣ 誠懇、不虛假的心。例 小林對你是真心的，你怎麼不懂得珍惜呢？

【真相】ㄓㄣ ㄒㄧㄤˋ 事物真正的情況。例 事情的真相不是你想的那樣，請聽我解釋。

【真誠】(ㄓㄣ ㄔㄥˊ) 誠懇；不虛偽。㊎ 經理待人十分真誠，員工們都信賴他。

✽天真、純真、美夢成真

10/5

眩

ㄒㄩㄢˋ (xuàn)

㊍ 1 眼前發黑而看不清楚。如：頭暈目眩。2 迷亂；迷惑。如：眩惑。

10/5

眠

ㄇㄧㄢˊ (mián)

㊍ 1 睡覺。如：睡眠。2 某些動物在冬天不吃不動的生理狀態。如：冬眠。

✽失眠、催眠、不眠不休

10/5

眨

ㄓㄚˇ (zhǎ)

㊍ 眼睛一開一合。如：眨眼。

11/6

眷

ㄐㄩㄢˋ (juàn)

㊔ 親屬；家人。如：家眷。㊍ 1 回頭看。如：眷顧。2 思慕；留戀。如：眷戀。

【眷屬】(ㄐㄩㄢˋ ㄕㄨˇ) 1 家屬。2 指夫妻。㊎ 神仙眷屬。

【眷戀】(ㄐㄩㄢˋ ㄌㄧㄢˋ) 思慕愛戀。㊎ 雖事隔多年，但小真依舊眷戀著大學時期的那個男朋友。

11/6

眶

ㄎㄨㄤ (kuāng)

㊔ 眼睛四周。如：眼眶。

✽熱淚盈眶、奪眶而出

11/6

眼

ㄧㄢˇ (yǎn)

㊔ 1 視覺器官。如：眼睛。2 事物的要點；關鍵。如：節骨眼。3 音樂的節拍。如：板眼。4 圍棋術語。指布子留下的空間，為對方無法下子的地方。5 孔穴。如：肚臍眼。

【眼光】(ㄧㄢˇ ㄍㄨㄤ) 1 視線；目光。㊎ 這個人穿著怪異，路人都對他投以好奇的眼光。2 觀察事物的能力或對

事物的看法。例鄰居都說郭先生很有眼光，娶到這麼賢淑的妻子。

【眼神】ㄧㄢˇ ㄕㄣˊ 目光所顯露出的表情、氣質。例小強堅定的眼神，顯示出他的決心。

【眼淚】ㄧㄢˇ ㄌㄟˋ 因傷心哭泣，或受到外物刺激時，眼睛所分泌出的液體。

【眼熟】ㄧㄢˇ ㄕㄡˊ 好像曾經見過。例那個人看起來很眼熟，但又想不起來是在哪兒見過。

【眼鏡蛇】ㄧㄢˇ ㄐㄧㄥˋ ㄕㄜˊ 爬蟲類。毒蛇的一種。遇敵時會直立身體前半部，頸部張大，威嚇敵人。頸後有一對白邊黑心的環狀斑紋，形如眼鏡，因此得名。又稱「飯匙倩」。

【眼花撩亂】ㄧㄢˇ ㄏㄨㄚ ㄌㄧㄠˊ ㄌㄨㄢˋ 形容看到美色或複雜新奇的事物，而感到昏眩迷亂。例架子上精巧的耶誕卡，讓人看得眼花撩亂。近目不暇給。

✽心眼、眉開眼笑、丟人現眼

11/6

眺

ㄊㄧㄠˋ (tiào) 丨 冂 月 月 目 目 目丿 目儿 眺 眺 眺

動 遠望。如：遠眺。

【眺望】ㄊㄧㄠˋ ㄨㄤˋ 向遠處望。例在陽明山上可以眺望整個臺北市的夜景。

11/6

眸

ㄇㄡˊ (móu) 丨 冂 月 月 目 目' 目ㄙ 目ㄙ 目ㄙ 眸

名 眼珠。如：眼眸。

11/6

眾

ㄓㄨㄥˋ (zhòng) 丶 冂 罒 罒 罒 罒 罒 罘 眾 眾

名 大多數人。如：群眾。形 多。如：眾多。

【眾人】ㄓㄨㄥˋ ㄖㄣˊ 大家；很多人。

【眾目睽睽】ㄓㄨㄥˋ ㄇㄨˋ ㄎㄨㄟˊ ㄎㄨㄟˊ 眾人都睜大眼睛注意看。例在眾目睽睽下，他向女友下跪求婚。近大庭廣眾。

【眾所矚目】ㄓㄨㄥˋ ㄙㄨㄛˇ ㄓㄨˇ ㄇㄨˋ 形容受到大眾特別的關切注目。例美麗的明星往往是眾所矚目的焦點。

【眾望所歸】(ㄓㄨㄥˋ ㄨㄤˋ ㄙㄨㄛˇ ㄍㄨㄟ) 形容被眾人所敬仰而願意追隨。例小祥非常有才幹，這次當選班長，可說是眾望所歸。近人心所向。

✻民眾、聽眾、寡不敵眾

睏

12/7 ㄎㄨㄣˋ (kùn)

丨 ㄇ 月 目 目 目 盯 盯 睏 睏 睏 睏

動 1疲倦想睡覺。2睡。

督

13/8 ㄉㄨ (dū)

丨 ト 上 卡 上 未 叔 叔 叔 督 督 督 督

動 1視察；監察。如：監督。2率領；指揮。如：督軍。

【督促】(ㄉㄨ ㄘㄨˋ) 監管催促。例媽媽要我督促弟弟寫暑假作業，以免他又分心。

【督察】(ㄉㄨ ㄔㄚˊ) 1監督並且考察優劣。例等一下衛生組長會親自來督察，要認真打掃，千萬不可偷懶。2負責監督並考察的人員。

✻總督、提督、基督教

睫

13/8 ㄐㄧㄝˊ (jié)

丨 ㄇ 月 目 目 目 盯 盯 睫 睫 睫 睫 睫

名 眼瞼上下邊緣所生的細毛。具有防止塵埃、小蟲等異物侵入眼睛的保護作用。如：睫毛。

✻迫在眉睫、目不交睫

睛

13/8 ㄐㄧㄥ (jīng)

丨 ㄇ 月 目 目 目 盯 盯 睛 睛 睛 睛 睛

名 眼珠。如：眼睛。

✻目不轉睛、畫龍點睛

睹

13/8 ㄉㄨˇ (dǔ)

丨 ㄇ 月 目 目 目 盯 盯 睹 睹 睹 睹 睹

動 看；看見。如：目睹。

【睹物思人】(ㄉㄨˇ ㄨˋ ㄙ ㄖㄣˊ) 看到某些事物，便引起對相關人物的想念。例進到爺爺生前住的房間，爸爸睹物

思人，不禁掉下淚來。

❀先睹為快、有目共睹

13/8

睦

ㄇㄨˋ (mù)

形 親切的。如：和睦。動 親切對待；友好。如：敦親睦鄰。

13/8

睞

ㄌㄞˋ (lài)

動 看；顧念。如：青睞。

13/8

睜

ㄓㄥ (zhēng)

動 張開眼睛。如：睜眼。

【睜一眼閉一眼】ㄓㄥ ㄧˋ ㄧㄢˇ ㄅㄧˋ ㄧˋ ㄧㄢˇ 指不過分計較或要求。例 對別人的缺點可以睜一眼閉一眼，但是自己的缺點一定要馬上改過來。

13/8

睬

ㄘㄞˇ (cǎi)

動 理會。如：理睬。

13/8

睨

ㄋㄧˋ (nì)

動 斜眼看。如：睥睨。

13/8

睥

ㄅㄧˋ (bì)

見「睥睨」。

【睥睨】ㄅㄧˋ ㄋㄧˋ 斜著眼睛看人。表示輕視。

13/8

睪

ㄧˋ (yì) 動 埋伏偵察。

ㄍㄠ (gāo) 見「睪丸」。

【睪丸】ㄍㄠ ㄨㄢˊ 雄性生殖器官。可以製造精子，並分泌雄性荷爾蒙。

睿
14/9 ㄖㄨㄟˋ (ruì)

睿 睿

㊮形 明智的。如：睿智。

【睿智】ㄖㄨㄟˋ ㄓˋ 思考詳細深入；有智慧。㊮例 小云靠著睿智和勇氣，克服人生中遇到的重重困難。

睽
14/9 ㄎㄨㄟˊ (kuí)

睽 睽

㊮形 張大眼睛注視的樣子。如：眾目睽睽。㊮動 分別；分離。如：睽違。

【睽違】ㄎㄨㄟˊ ㄨㄟˊ 分離；別離。㊮例 小玫回到了睽違十多年的故鄉，不禁激動的流下眼淚。

瞄
14/9 ㄇㄧㄠˊ (miáo)

瞄 瞄

㊮動 看；注視。如：瞄準。

睡
14/9 ㄕㄨㄟˋ (shuì)

睡 睡

㊮動 閉目而眠。如：睡覺。

【睡蓮】ㄕㄨㄟˋ ㄌㄧㄢˊ 睡蓮科，多年生草本植物。根莖長在淤泥中，葉漂浮在水面上，夏季開大型花朵，有白、黃、紫、粉紅等多種顏色。因傍晚花朵就會閉合起來而得名。

✽沉睡、昏昏欲睡、呼呼大睡

瞅
14/9 ㄔㄡˇ (chǒu)

瞅 瞅

㊮動 看。如：瞅了一眼。

瞎
15/10 ㄒㄧㄚ (xiā)

瞎 瞎

㊮動 目盲；看不見。如：瞎了眼。㊮副 胡亂的。如：瞎扯。

【瞎貓碰到死老鼠】(ㄒㄧㄚ ㄇㄠ ㄆㄥˋ ㄉㄠˋ ㄙˇ ㄌㄠˇ ㄕㄨˇ) 比喻僥倖、運氣好。也作「瞎貓碰上死耗子」。(例) 阿力上課不專心，回家又不看書，能夠拿到第一名，真是瞎貓碰到死老鼠——運氣好。

瞑 15/10

ㄇㄧㄥˊ (míng) (形) 眼睛昏花，看不清楚的樣子。如：瞑瞑。(動) 閉上眼睛。如：瞑目。

ㄇㄧㄢˋ (miàn) (動) 頭暈。如：瞑眩。

瞇 15/10

ㄇㄧ (mī)

(動) 眼睛稍微合攏。如：瞇著眼。

瞌 15/10

ㄎㄜ (kē)

(動) 因疲倦而想睡覺。如：打瞌睡。

【瞌睡】(ㄎㄜ ㄕㄨㄟˋ) 因疲倦而想睡覺。(例) 小芬今天在課堂上一直打瞌睡。

瞥 16/11

ㄆㄧㄝ (piē)

(動) 目光匆匆掃過。如：驚鴻一瞥。

(副) 突然。如：瞥然。

【瞥見】(ㄆㄧㄝ ㄐㄧㄢˋ) 無意中忽然看見。(例) 小文在數學課時，瞥見隔壁的小杰和小明在互傳紙條。

瞟 16/11

ㄆㄧㄠˇ (piǎo)

(動) 斜眼看。如：瞟一眼。

瞞 16/11

ㄇㄢˊ (mán)

(動) 隱藏真相。如：欺瞞。

【瞞天過海】(ㄇㄢˊ ㄊㄧㄢ ㄍㄨㄛˋ ㄏㄞˇ) 比喻用騙人的手段暗中行動。(例) 弟弟原以為裝

病的事可以瞞天過海，沒想到卻被媽媽識破，挨了一頓罵。

瞠 16/11 ㄔㄥ (chēng)

動 張大眼睛直視。如：瞠目。

瞳 17/12 ㄊㄨㄥˊ (tóng)

名 眼珠。如：瞳仁。

【瞳孔 ㄊㄨㄥˊ ㄎㄨㄥˇ】黑眼珠內可隨外界光線變化而縮放的圓孔。

瞰 17/12 ㄎㄢˋ (kàn)

動 從高處往下看。如：俯瞰。

瞪 17/12 ㄉㄥˋ (dèng)

動 用力張大眼睛看。通常表示驚訝或生氣。如：目瞪口呆。

瞭 17/12 ㄌㄧㄠˇ (liǎo)

形 眼珠明亮的樣子。動 明白；清楚。如：明瞭。

ㄌㄧㄠˋ (liào) (限讀) 動 向遠處看。如：瞭望。

【瞭望 ㄌㄧㄠˋ ㄨㄤˋ】從高處向遠處望。例 從山頂上瞭望整個城市，有一種奇妙的感覺。

【瞭若指掌 ㄌㄧㄠˇ ㄖㄨㄛˋ ㄓˇ ㄓㄤˇ】形容很清楚、明白。例 她對我的個性瞭若指掌。

瞬 17/12 ㄕㄨㄣˋ (shùn)

名 短暫的時間。如：一瞬間。動 眼珠轉動；眨眼。如：瞬目。

【瞬間】(ㄕㄨㄣˋ ㄐㄧㄢ) 形容極短暫的時間。

【瞬息萬變】(ㄕㄨㄣˋ ㄒㄧ ㄨㄢˋ ㄅㄧㄢˋ) 形容事物變化多端且快速。(例)現代人必須有終身學習的觀念，才能適應這瞬息萬變的社會。(反)一成不變。

17/12

瞧

ㄑㄧㄠˊ (qiáo)

丨 冂 月 目 目 目' 目' 目' 目' 目' 目' 睢 睢 睢 瞧 瞧 瞧

(動)看。如：瞧一瞧。

【瞧不起】(ㄑㄧㄠˊ ㄅㄨˋ ㄑㄧˇ) 看不起；輕視。(例)阿龍非常瞧不起那些出賣朋友的人。(近)鄙夷。(反)景仰。

18/13

瞽

ㄍㄨˇ (gǔ)

一 十 士 吉 吉 吉 壴 壴 壴 鼓 鼓 鼓 鼓 瞽 瞽 瞽 瞽

(名)瞎眼的人。

18/13

瞿

丨 冂 冂 月 目 目 目 目 目目 目目 目目 瞿 瞿 瞿 瞿 瞿 瞿 瞿

ㄑㄩˊ (qú) (專)姓。ㄐㄩˋ (jù) (形)害怕、吃驚的樣子。通「懼」。如：瞿然。

18/13

瞻

ㄓㄢ (zhān)

丨 冂 月 目 目 目' 目' 目' 目' 目' 目' 瞻 瞻 瞻 瞻 瞻 瞻 瞻

(動)向前或向上看。如：瞻望。

【瞻仰】(ㄓㄢ ㄧㄤˇ) 恭敬的仰望。多用作仰慕他人或觀賞他人事物而表示尊敬的詞。(例)每次到美術館瞻仰大師的畫作，內心都會感動不已。

【瞻望】(ㄓㄢ ㄨㄤˋ) ①遠望。②仰慕。

✽高瞻遠矚、有礙觀瞻

19/14

矇

丨 冂 月 目 目 目' 目' 目' 目' 目' 目' 目' 目' 目' 目' 目' 矇 矇 矇

ㄇㄥˊ (méng) (名)瞎眼的人。(形)①模糊不清的。如：矇矓。②愚蠢而不知事理的。如：矇昧。

ㄇㄥ (mēng) 形 天將明而未明的昏暗狀態。如：矇矇亮。動 1 欺騙。如：矇騙。2 僥倖。如：矇對答案。

【矇騙】ㄇㄥˊ ㄆㄧㄢˋ 欺騙。例 阿高做錯事還企圖說謊矇騙老師，實在不應該。

【矇矓】ㄇㄥˊ ㄌㄨㄥˊ 1 模糊不清的樣子。例 夕陽落下，只見暮色矇矓，倦鳥紛紛歸巢，真是詩情畫意的美景啊！2 疲倦想睡、眼睛半睜半閉的樣子。例 看小莉兩眼矇矓，就知道她昨晚又熬夜了。

21/16
矓 ㄌㄨㄥˊ (lóng)

見「矇矓」。

24/19
矗 ㄔㄨˋ (chù)

形 高聳直立的樣子。如：矗立。

26/21
矚 ㄓㄨˇ (zhǔ)

動 注意看；注視。

【矚目】ㄓㄨˇ ㄇㄨˋ 注視。例 那位女模特兒集美麗與智慧於一身，一舉一動都是大家矚目的焦點。

✽高瞻遠矚、備受矚目

矛部 ㄇㄠˊ

矛 5/0

ㄇㄠˊ (máo) ㄱ マ 龴 予 矛

名 古代兵器。有長柄，前端有刺刃。

【矛盾】①矛和盾。矛是攻擊武器，盾是防衛武器。②比喻言行前後不一致。例 姐姐天天說要減肥，卻又光吃不運動，真是矛盾。

矜 9/4

ㄱ マ 龴 予 矛 矛 矜 矜 矜

ㄐㄧㄣ (jīn) 動 ①憐憫；同情。如：哀矜。②驕傲自誇。如：矜誇。③莊重；自制。如：矜重。

ㄍㄨㄢ (guān) 名 年老而無妻的人。通「鰥」。

【矜持】莊重；拘謹。例 長輩總是教導女孩子要矜持，才能展現良好的氣質。

✽自矜、驕矜、哀矜勿喜

矢部 ㄕˇ

矢 5/0

ㄕˇ (shǐ) ノ 𠂉 𠂉 午 矢

名 箭。如：箭矢。動 發誓。如：矢誓。

【矢口否認】完全不承認。例 明明嘴角就沾著奶油，弟弟還矢口否認偷吃蛋糕，真是太過分了。

✽弓矢、眾矢之的、無的放矢

矣 7/2

(yǐ) 一 ㄥ 厶 厶 厽 矣 矣

助 表示肯定或感嘆。

知 8/3

ㄓ (zhī) ノ 𠂉 𠂉 午 矢 知 知 知

名 ①學問；見聞。如：求知。②交情深厚的朋友。如：他鄉

遇故知。3感覺。如：知覺。動 1了解。如：知道。2告訴；使人知道。如：通知。

ㄓˋ (zhì) 名 智慧。通「智」。

【知己】ㄓ ㄐㄧˇ 指能夠了解自己，且感情很好的朋友。近 知交。

【知足】ㄓ ㄗㄨˊ 知道滿足；不貪心。例 做人要知足，太過貪心沒好處。

【知道】ㄓ ㄉㄠˋ 明白；曉得。例 大寶讀過這本書，所以知道大概的內容。

【知識】ㄓ ㄕˋ 人由學習或生活當中，所獲得的經驗和學問。

【知難而退】ㄓ ㄋㄢˊ ㄦˊ ㄊㄨㄟˋ 了解到事情難以達成，於是放棄。例 張先生知道莊小姐有個相交多年的男友後，便知難而退，打消了追求她的念頭。

❀無知、良知、明知故問

10/5

矩

ㄐㄩˇ (jǔ)

名 1畫直角或方形的工具。如：矩尺。2方形。如：矩形。3法度；禮節。如：規矩。

❀踰矩、中規中矩、循規蹈矩

12/7

短

ㄉㄨㄢˇ (duǎn)

名 缺點；過失。如：護短。形 1很小的距離與長度。與「長」相對。如：短跑。2時間不久。如：短命。3不足；缺少。如：短少。

【短缺】ㄉㄨㄢˇ ㄑㄩㄝ 不足；不夠。例 阿姨的火鍋店人手短缺，常常忙不過來。

【短處】ㄉㄨㄢˇ ㄔㄨˋ 缺點。反 長處；優點。

❀縮短、三長兩短、長話短說

13/8

矮

ㄞˇ (ǎi)

形 1身材短小。如：矮子。2不高的。如：矮凳。

【矮小】(ㄞˇ ㄒㄧㄠˇ) 短小；不高。例小新身材矮小，排座位時總排在前排。反高大。

17/12

矯

ㄐㄧㄠˇ (jiǎo)

形 勇猛健壯。如：矯健。動 1 修正。如：矯正。2 造假。如：矯情。

【矯正】(ㄐㄧㄠˇ ㄓㄥˋ) 糾正；修正。例阿財為了美化他的牙齒，特地去做牙齒矯正。

【矯捷】(ㄐㄧㄠˇ ㄐㄧㄝˊ) 勇猛強壯，行動敏捷的樣子。例陳警官身手矯捷，兩三下就把歹徒給制服了。

【矯枉過正】(ㄐㄧㄠˇ ㄨㄤˇ ㄍㄨㄛˋ ㄓㄥˋ) 過度矯正弊病，反而造成另一種偏差。例張太太怕孩子耽誤功課而禁止他參與所有課外活動，實在是矯枉過正！近過猶不及。

石ㄕˊ部

5/0

石

一 丆 丆 石 石

ㄕˊ (shí) 名 1 構成地殼的硬塊。如：岩石。2 中醫用來治病的礦物。如：藥石。3 碑碣。如：金石。

ㄉㄢˋ (dàn) 量 計算容量的單位。一百公升為一公石。

【石油】(ㄕˊ ㄧㄡˊ) 一種蘊藏在地殼岩層中黑色黏滯性大的碳氫混合液體。成分相當複雜，經過提煉可以得到天然氣、汽油、煤油、柴油等。是現代最重要的能源。

【石沉大海】(ㄕˊ ㄔㄣˊ ㄉㄚˋ ㄏㄞˇ) 比喻毫無消息。例小慶出國後，就像石沉大海一般，再也沒有聽到他的消息。

【石器時代】(ㄕˊ ㄑㄧˋ ㄕˊ ㄉㄞˋ) 史前時代的一段時期。以製造和利用石製的工

具為特徵。根據石器粗糙和精細的不同，又分為舊石器時代、中石器時代和新石器時代。

❋化石、落井下石、以卵擊石

8/3
矽 ㄒㄧˋ (xì)
一 丆 不 石 石 矽 矽 矽

(名)一種非金屬元素。常以化合物的形態出現，是重要的半導體材料，主要應用於電子零件上。

9/4
研 ㄧㄢˊ (yán)
一 丆 不 石 石 石一 石二 研 研

(動)1細磨。如：研磨。2探討；尋求。如：鑽研。

【研究】ㄧㄢˊ ㄐㄧㄡˋ 1仔細的探討、思考事物的原理。(例)小豪喜歡研究化學方面的學問。2商量；討論。(例)阿楷把困難說出來，和同學一起研究解決的辦法。

9/4
砌 ㄑㄧˋ (qì)
一 丆 不 石 石 石 石 砌 砌

(名)臺階。如：石砌。(動)堆；疊。如：砌牆。

9/4
砂 ㄕㄚ (shā)
一 丆 不 石 石 石 石 砂 砂

(名)細碎的小石粒。如：砂石。(形)細碎如砂的。如：砂糖。

【砂紙】ㄕㄚ ㄓˇ 一面均勻黏滿金剛砂的厚紙。用來磨亮或磨平器物表面。

9/4
砍 ㄎㄢˇ (kǎn)
一 丆 不 石 石 石 砍 砍 砍

(動)用刀斧劈。如：砍樹。

【砍伐】ㄎㄢˇ ㄈㄚˊ 用刀斧劈倒樹木。(例)建築公司砍伐森林來興建高爾夫球場，嚴重破壞當地的生態。

10/5
砰 ㄆㄥ (pēng)
一 丆 不 石 石 石一 石 石 石 砰

(形)形容巨大的聲響。如：砰砰。

10/5
砸 ㄗㄚˊ (zá)
一 丆 不 石 石 石 石 石 砸 砸

動 1撞擊；沉重的東西掉落下來。如：石頭砸了腳。2打壞；摔爛。如：砸碗盤。3比喻事情做壞了或失敗。如：搞砸。

10/5
砝 ㄈㄚˇ (fǎ)
見「砝碼」。

【砝碼 ㄈㄚˇ ㄇㄚˇ】使用天平時，在要測量物品重量的另一端所放，標示著標準重量的物體。多用銅、鉛製成，以重量大小不同的數個砝碼合成一組。也作「法碼」。

10/5
𥑮 ㄍㄨ (gū)
見「硓𥑮石」。

10/5
砷 ㄕㄣ (shēn)
名 一種非金屬元素。本身及其化合物都含有毒性。化合物可做殺蟲劑和醫療用途。

10/5
砧 ㄓㄣ (zhēn)
名 墊板。如：砧板。

【砧板 ㄓㄣ ㄅㄢˇ】用刀切物時，墊在下方的厚木板或硬塑膠板。

10/5
砭 ㄅㄧㄢ (biān)
名 1用石針穿刺病人經脈穴道的醫療方法。2古代治病用的石針。如：砭石。動 糾正；救治。如：針砭。

10/5
砲 ㄆㄠˋ (pào)
名 用火藥發射彈丸的武器。殺傷力強。通「炮」。

【砲火 ㄆㄠˋ ㄏㄨㄛˇ】砲彈的轟擊。例 兩軍交戰，砲火非常猛烈。

10/5
破 ㄆㄛˋ (pò)
形 1殘缺不全的。如：破爛。2差

勁；笨拙。如：他的英文很破。動1毀壞。如：破釜沉舟。2揭穿真相。如：破案。3花費；耗費。如：破費。4消除；解除。如：破除。

【破例】不按照舊例。例爸爸從不喝酒，今天一高興就破例了。

【破碎】1物品毀壞，且到處散落。例小南一氣之下，把鏡子砸得破碎不堪。2碎裂；不完整。例一場車禍，造成四個破碎的家庭。

【破舊】損壞陳舊。反嶄新。

【破壞】毀壞；弄壞。例一場地震，讓許多珍貴古蹟遭到破壞。

【破音字】指同一個字含有兩種或兩種以上的讀音，字義也不同。如「中」字在「中間」一詞裡讀ㄓㄨㄥ，在「中獎」一詞裡讀ㄓㄨㄥˋ。

【破綻百出】形容說話或做事不周密，漏洞很多。例嫌犯的供詞破綻百出，可見是在說謊。

【破鏡重圓】比喻夫妻失散或失和後又重新團圓、和好。例這對夫妻歷經種種波折，終於破鏡重圓。近重修舊好。反琵琶別抱。

✽突破、跌破眼鏡、家破人亡

10/5
砥
ㄉㄧˇ (dǐ)
一 ㄏ 丆 石 石 石′ 矷 矸 砥 砥

名細的磨刀石。動磨練。如：砥節。

【砥礪】砥、礪都是磨刀石。引申為磨練、勉勵之意。例在課業上，同學間應該互相砥礪、幫助。

11/6
硓
ㄌㄠˇ (lǎolǎo)
一 丆 丆 石 石 石′ 矷 砝 砂 硓 硓

見「硓砧石」。

【硓砧石】澎湖當地對珊瑚石灰石的俗稱。質地堅固，常用作

建築材料或圍繞田地防風。

11/6
硫 ㄌㄧㄡˊ (liú)

㊔一種黃色的非金屬元素。常發現於火山區和礦泉區。在常溫下為黃色固體，易燃。可用來製造火藥、火柴、農藥、肥料、染料等，也可作為藥品。

【硫酸】ㄌㄧㄡˊ ㄙㄨㄢ 一種無色、可溶於水的油狀液體。具有很強的腐蝕性，接觸到皮膚時，會造成嚴重的灼傷。和水混合時會產生大量的熱量。是化學工業上不可缺少的原料。

【硫磺】ㄌㄧㄡˊ ㄏㄨㄤˊ 硫的俗稱。也作「硫黃」。

11/6
硃 ㄓㄨ (zhū)

㊔一種紅色的礦物結晶。如：硃砂。

【硃砂】ㄓㄨ ㄕㄚ 一種紅色或紅棕色的礦物結晶。是水銀和硫磺的天然化合物，不溶於水，在醫學上用作鎮靜劑。又稱「朱砂」、「丹砂」。

12/7
硬 ㄧㄥˋ (yìng)

㊏1堅實緊密。如：堅硬。2剛強。如：強硬。3不純熟的；生疏的。如：生硬。㊖堅決的；頑強的。如：硬撐。

【硬朗】ㄧㄥˋ ㄌㄤˇ 身體健康，精神很好。㊣小貞的外公年近九十，身子仍很硬朗，常去公園做運動。

【硬著頭皮】ㄧㄥˋ ㄓㄜˊ ㄊㄡˊ ㄆㄧˊ 表示勉強去做。含有不顧羞愧、危險或無可奈何的意思。㊣小祥沒有準備報告的資料，只好硬著頭皮上臺亂說一通。

✽僵硬、死硬、軟硬兼施

12/7
硝 ㄒㄧㄠ (xiāo)

見「硝石」。

【硝石】(ㄒㄧㄠ ㄕˊ) 天然產的硝酸鉀。為白色、灰色或無色針狀結晶。光澤如玻璃，可溶於水。多用來製造炸藥、肥料、藥品等。

12/7 **硯** ㄧㄢˋ (yàn)

㊔ 磨墨的文具。如：硯臺。

13/8 **碗** ㄨㄢˇ (wǎn)

㊔ 盛裝飲食的餐具。如：碗筷。㊧ 計算碗裝食物的單位。如：三碗飯。

13/8 **碎** ㄙㄨㄟˋ (suì)

㊎ 1 零星；不完整。如：碎屑。2 細微；瑣屑。如：瑣碎。㊍ 完整的東西破裂成小塊狀。如：破碎。

✽敲碎、心碎、粉碎

13/8 **碰** ㄆㄥˋ (pèng)

㊍ 1 兩物相撞。如：碰撞。2 遇到。如：碰見。3 試探；嘗試。如：碰運氣。

【碰巧】(ㄆㄥˋ ㄑㄧㄠˇ) 剛好；恰好。㊇ 小華在路上碰巧遇到老師。㊅ 湊巧。

【碰見】(ㄆㄥˋ ㄐㄧㄢˋ) 遇到；遇見。㊇ 阿志在公車上碰見高中時期的老同學。

【碰撞】(ㄆㄥˋ ㄓㄨㄤˋ) 兩物相撞。㊇ 這些水果因為運送途中的碰撞，都爛掉了。

13/8 **碌** ㄌㄨˋ (lù)

㊎ 繁忙。如：忙碌。

13/8 **碘** ㄉㄧㄢˇ (diǎn)

㊔ 一種具腐蝕性，並且會昇華的紫

石

黑色固體元素。不溶於水，可供醫療、照相、顏料等用途。

【碘酒】ㄉㄧㄢˇ ㄐㄧㄡˇ 碘和碘化鉀的酒精溶液。有消毒殺菌、消腫的效用。又稱「碘酊」。

13/8
硼
ㄆㄥˊ (péng)

一 丆 丆 石 石 矴 矴 砌 砌 硼 硼 硼 硼

㊔ 一種棕色的非金屬元素。具有高硬度和高熔點，常用於玻璃、醫藥和半導體工業。

【硼砂】ㄆㄥˊ ㄕㄚ 一種白色的結晶或粉末。能溶解各種氧化金屬。常用於製造肥皂、玻璃、防腐劑和洗滌劑等。

13/8
碉
ㄉㄧㄠ (diāo)

一 丆 丆 石 石 石 矶 矶 砌 碉 碉 碉 碉

㊔ 土石築成，用來防守或瞭望的軍事建築。如：碉堡。

13/8
碑
ㄅㄟ (bēi)

一 丆 丆 石 石 石' 矿 矿 矿 砷 砷 碑

㊔ 刻有文字或圖騰，用來記功或記人事蹟的石塊。如：紀念碑。

✽墓碑、里程碑、有口皆碑

14/9
碧
ㄅㄧˋ (bì)

一 = 于 王 玎 玎 珀 珀 珀 珀 珀 珀 碧 碧

㊔ 青綠色的美石。如：碧玉。㊗ 青綠色的。如：碧草。

✽小家碧玉、金碧輝煌

14/9
磁
ㄘˊ (cí)

一 丆 丆 石 石 石' 矿 矿 矿 矿 矿 磁 磁 磁

㊔ 物質能吸引鐵、鈷、鎳等金屬的性質。如：磁石。㊗ 質地像瓷器般的。通「瓷」。如：磁磚。

【磁性】ㄘˊ ㄒㄧㄥˋ 1 物質間具有相吸、相斥的性質。2 指人的聲音具有吸

引人的魅力。例廣播節目主持人的聲音非常有磁性，讓人百聽不厭。

※地磁、電磁、白磁

14/9

碟

ㄉㄧㄝˊ (dié)

一 ㄏ 不 石 石 石一 石十 石廿 石廿 石世 石世 碟 碟 碟

名①盛裝食品的小盤。如：碗碟。②泛稱像盤子一樣扁平的圓形物體。如：飛碟。③一種電腦的資料儲存設備。可分為硬式和軟式兩種。如：硬碟。量計算小盤裝食物的單位。如：一碟小菜。

※光碟、硬碟、軟碟

14/9

碩

ㄕㄨㄛˋ (shuò)

一 ㄏ 不 石 石 石一 石丆 石丆 砳 碩 碩 碩 碩 碩

形①大。如：碩果。②很有學問。如：碩儒。

【碩士】ㄕㄨㄛˋ ㄕˋ 大學畢業後，再進入大學院校研究所繼續研究一定年限，經考試及格與論文認定合格後頒授的學位。

【碩果僅存】ㄕㄨㄛˋ ㄍㄨㄛˇ ㄐㄧㄣˇ ㄘㄨㄣˊ 唯一存留下來的人或物。例經過戰火摧殘，這座廟是這一帶碩果僅存的古蹟。

※肥碩、豐碩、壯碩

14/9

碳

ㄊㄢˋ (tàn)

一 ㄏ 不 石 石 石' 石山 石山 石山 石屵 石屵 碳 碳 碳

名一種非金屬元素。是自然界分布最廣的元素，可與其他元素形成無數的化合物。在工業或醫藥上用途很廣。

15/10

磅

ㄅㄤˋ (bàng)

一 ㄏ 不 石 石 石' 石亠 石亠 石亠 石产 石产 磅 磅 磅 磅

名稱重量的儀器。如：磅秤。動稱重量。如：磅一磅。量計算重量的單位。一磅約相當〇‧四五三六公斤。

ㄆㄤ (pāng) 形①形容石頭落地的聲

音。如：砰磅。2氣勢雄偉浩大。如：磅礴。

【磅礴】(ㄆㄤˊ ㄅㄛˊ) 廣大、充滿在天地間的樣子。例 這幅山水畫氣勢磅礴，非常壯觀。

15/10
確
ㄑㄩㄝˋ (què)
一 丆 不 石 石 石 矿 矿 矿 矿 矿 碓 碓 確

形 真實的；肯定的。如：正確。副 實在的；穩固的。如：確信。

【確定】(ㄑㄩㄝˋ ㄉㄧㄥˋ) 十分肯定。例 小華確定教室的電源都已經關閉才離開。

【確實】(ㄑㄩㄝˋ ㄕˊ) 真實。例 他確實是銀行人員，不是詐騙集團的不法分子。

✻明確、的確、千真萬確

15/10
磋
ㄘㄨㄛ (cuō)
一 丆 不 石 石 石 石 石 石 石 石 磋 磋 磋

動 1研磨；磨製。2互相討論研究。如：切磋。

【磋商】(ㄘㄨㄛ ㄕㄤ) 共同討論、協調。例 小華與小明代表全班與旅行社磋商畢業旅行的相關事宜。近 商議。

15/10
碼
ㄇㄚˇ (mǎ)
一 丆 不 石 石 矿 矿 矿 矿 碼 碼 碼 碼

名 1記數的符號。如：號碼。2計算數目的用具。如：籌碼。量 計算長度的單位。一碼約等於〇．九一四公尺。

【碼頭】(ㄇㄚˇ ㄊㄡˊ) 位於海港或河港，供船隻停泊、貨物裝卸以及旅客上下的地方。

✻密碼、砝碼、代碼

15/10
磕
ㄎㄜ (kē)
一 丆 不 石 石 石 矻 砝 砝 砝 磕 磕 磕

動 1叩頭。如：磕頭。2咬開。如：磕瓜子。

【磕牙 ㄎㄜ ㄧㄚˊ】閒聊；鬥嘴。

【磕頭 ㄎㄜ ㄊㄡˊ】跪拜並以頭觸碰地面。是舊時最具敬意的禮節。

15/10

碾

ㄋㄧㄢˇ (niǎn)

㊔把東西壓碎、壓平或去掉米穀類外皮的工具。如：石碾。㊍滾動磨去表皮或壓平。如：碾米。

【碾碎 ㄋㄧㄢˇ ㄙㄨㄟˋ】用機器把東西壓碎。

15/10

磊

ㄌㄟˇ (lěi)

㊊ 1 很多石頭堆積在一起。如：磊磊。2 高大的樣子。如：磊落。

15/10

磐

ㄆㄢˊ (pán)

㊔巨大的石頭。如：磐石。㊍徘徊不前。通「盤」。如：磐桓。

16/11

磨

ㄇㄛˊ (mó) ㊍ 1 摩擦使物體光滑或鋒利。如：磨刀。2 鍛鍊；訓練。如：磨練。3 阻礙；使人受挫折。如：折磨。4 拖延。如：磨時間。5 消滅；泯滅。如：磨滅。

ㄇㄛˋ (mò) ㊔壓碎穀物的工具。如：石磨。㊍用石磨碾碎。如：磨豆漿。

【磨練 ㄇㄛˊ ㄌㄧㄢˋ】從實際的工作體驗中，逐漸培養能力。也作「磨鍊」。㊑許多男孩子都在當兵期間，磨練出耐心與毅力。㊒鍛鍊。

✻琢磨、好事多磨、臨陣磨槍

16/11

磬

ㄑㄧㄥˋ (qìng)

㊔古代的打擊樂器。用玉或石頭製成。最早用於民間樂舞活動中，後來演變為禮器的一種。

磚 16/11

ㄓㄨㄢ (zhuān)

㊔①用黏土燒製成的長方形塊狀建材。如：磚頭。②形狀如磚頭的物體。如：茶磚。

※地磚、泥磚、拋磚引玉

磷 17/12

ㄌㄧㄣˊ (lín)

㊔一種非金屬元素。有白磷（黃磷）、紅磷（赤磷）等多種。可用來製造火柴。

磺 17/12

ㄏㄨㄤˊ (huáng)

見「硫磺」。

磴 17/12

ㄉㄥˋ (dèng)

㊔鋪在山坡上，使人便於登山的石階。

磯 17/12

ㄐㄧ (jī)

㊔水邊凸出的岩石或石堆。如：燕子磯。

礁 17/12

ㄐㄧㄠ (jiāo)

㊔由岩石或生物遺骸所形成的海底隆起地形。如：珊瑚礁。

※觸礁、岩礁、堡礁

礎 18/13

ㄔㄨˇ (chǔ)

㊔①柱子底下的基石。如：礎石。

2比喻事物的根本。如：基礎。

礙
19/14 ㄞˋ (ài)

動 1阻擋。如：阻礙。2妨害。如：妨礙。3牽掛；不放心。如：掛礙。

【礙眼】(ㄞˋ ㄧㄢˇ) 不順眼；看了不舒服。例這塊汙垢很礙眼，想辦法把它弄乾淨吧！

【礙手礙腳】(ㄞˋ ㄕㄡˇ ㄞˋ ㄐㄧㄠˇ) 妨害他人做事，使人感到不便。例媽媽忙著做飯，你別在一旁礙手礙腳的。

✽障礙、有礙觀瞻、辯才無礙

礦
20/15 ㄎㄨㄤˋ (kuàng)

名 蘊藏於地層中，供開採利用的自然物質。如：金礦。

【礦坑】(ㄎㄨㄤˋ ㄎㄥ) 為開採地下礦產所挖的坑道。

【礦物質】(ㄎㄨㄤˋ ㄨˋ ㄓˊ) 含礦物成分的物質。如人體中含有鈣、鎂、磷等二十餘種礦物質，主要功能是構造細胞組織、調節身體機能。

礪
20/15 ㄌㄧˋ (lì)

名 粗的磨刀石。如：礪石。動 磨練。如：砥礪。

礫
20/15 ㄌㄧˋ (lì)

名 小石子。如：沙礫。

礬
20/15 ㄈㄢˊ (fán)

名 一種半透明的結晶物質。通常用來製造顏料和淨化水質。俗稱「明

石

礬」。

22/17
礡 ㄅㄛˊ (bó)

筆順：一 ㄏ 不 石 石 石' 石'' 石'' 石'' 石'' 石'' 礡 礡

見「磅礡」。

示部

5/0
示 ㄕˋ (shì)

筆順：一 二 亍 亓 示

㊔將事理告知他人的文字。如：告示。㊍①顯現；展現。如：展示。②告訴；宣告。如：指示。

【示威】ㄕˋ ㄨㄟ 群眾聚集抗議。㊎附近居民群起包圍工地示威，要求政府停止興建化學工廠。

【示範】ㄕˋ ㄈㄢˋ 展現出某種標準以供人學習仿效。㊎老師示範了帶球上籃的動作，然後讓同學各自練習。

✽表示、暗示、顯示

7/3
社 ㄕㄜˋ (shè)

筆順：丶 ㇇ 礻 礻 礻 社 社

㊔①土地神。②祭祀土地神的地方。如：神社。③為某一工作或興趣而組成的團體。如：詩社。

【社區】ㄕㄜˋ ㄑㄩ 一群人居住在同一地區，享受共同的設施，所發展成的特定生活區域。

【社會】ㄕㄜˋ ㄏㄨㄟˋ ①由一群人互動所形成的，具有共同文化的組織體。②某一階級或某些範圍的人所形成的集合體。每個人之間具有一定的關聯。如：黑社會、上流社會。③國民小學的授課科目之一。內容大約是歷史與地理方面的知識。

✽報社、旅社、福利社

7/3
祀 ㄙˋ (sì)

筆順：丶 ㇇ 礻 礻 礻 祀 祀

㊍祭拜。如：祭祀。

7/3
祁 ㄑㄧˊ (qí) 祁 ｀ ㄋ ㄋ ㄋ ㄋ ㄋ 祁
副 大。如：祁寒。

8/4
祆 ㄒㄧㄢ (xiān) 祆 ｀ ㄋ ㄋ ㄋ ㄋ 祆 祆
見「祆教」。

【祆教】（ㄒㄧㄢ ㄐㄧㄠ）西元六至七世紀間，由瑣羅亞斯德所創。主張善、惡二元說，認為火象徵了光明與善，因此禮拜聖火。又稱「波斯教」、「拜火教」。

8/4
祉 ㄓˇ (zhǐ) ｀ ㄋ ㄋ ㄋ 祉 祉 祉
名 福氣；好運。如：福祉。

8/4
祇 ㄑㄧˊ (qí) ｀ ㄋ ㄋ ㄋ 祇 祇 祇
名 地神。如：神祇。
ㄓˇ (zhǐ) 副 僅。通「只」。

8/4
祈 ㄑㄧˊ (qí) ｀ ㄋ ㄋ ㄋ ㄋ 祈 祈 祈
動 1 向神禱告求福。如：祈禱。2 請求。如：祈求。

9/5
祕 ㄇㄧˋ (mì) ｀ ㄋ ㄋ ㄋ 祕 祕 祕 祕
形 1 不可知的；不讓人知的。如：祕密。2 珍奇；罕見。如：祕笈。
ㄅㄧˋ (bì)（限讀）專 國家名用字。祕魯，在南美洲。

【祕密】（ㄇㄧˋ ㄇㄧˋ）1 隱密的。例 這件事一直都是祕密進行，沒有其他人知道。反 公開。2 隱密不讓人知道的事情。例 小皮總是洩露他人的祕密，是個不可信任的傢伙。

【祕訣】（ㄇㄧˋ ㄐㄩㄝˊ）私密且有效的處理方法或關鍵。例 讀書最有效的祕訣就是「勤勞」。近 訣竅；竅門。

✽便祕、奧祕、神祕

9/5
祠 ㄘˊ (cí) ｀ ㄋ ㄋ ㄋ 祠 祠 祠 祠 祠

名奉祀祖先或先聖先賢的處所。如：忠烈祠。

祐 9/5 ㄧㄡˋ (yòu) 丶 ㇇ 礻 礻 礻 祊 祐 祐 祐

動神明護助。如：庇祐。

※保祐、天祐、神祐

祖 9/5 ㄗㄨˇ (zǔ) 丶 ㇇ 礻 礻 礻 礼 祀 祖 祖

名 1 父母的上一輩。如：外祖。2 泛指先人。如：遠祖。3 宗派或事物的創始人。如：鼻祖。

【祖先】ㄗㄨˇ ㄒㄧㄢ 泛指先人。例每年清明節我們都會祭拜祖先。

【祖傳】ㄗㄨˇ ㄔㄨㄢˊ 祖先傳授或遺留下來的事物。例這項祖傳的技藝，傳到小方已經是第五代了。近家傳。

※佛祖、曾祖、光宗耀祖

神 9/5 ㄕㄣˊ (shén) 丶 ㇇ 礻 礻 礻 礼 祀 祀 神

名 1 宗教中認為能創造萬物、顯示靈異、賜福降災的主宰者。如：天神。2 人死後的靈魂。如：神靈。3 人的意識、活力。如：精神。4 表情；臉色。如：眼神。形玄妙；奇異；不平凡的。如：神童。

【神父】ㄕㄣˊ ㄈㄨˋ 天主教的神職人員。

【神奇】ㄕㄣˊ ㄑㄧˊ 奇妙。例據說這瓶藥有神奇的功效，可以讓人在三天內減去十公斤。

【神氣】ㄕㄣˊ ㄑㄧˋ 驕傲得意的樣子。例阿義一副很神氣的樣子，原來這次他考了第一名。

【神祕】ㄕㄣˊ ㄇㄧˋ 玄妙隱祕，高深不易了解。例神祕的外太空，還隱藏著許多事物等待我們去挖掘。

【神情】ㄕㄣˊ ㄑㄧㄥˊ 表情；臉色。例小智一上臺演講，神情就變得非常嚴肅。

【神出鬼沒】ㄕㄣˊ ㄔㄨ ㄍㄨㄟˇ ㄇㄛˋ 比喻行動不可捉摸，變幻莫測。例那個小偷神

出鬼沒，警方到現在都還沒抓到他。

【神采飛揚】形容人活力充沛，心情愉快的樣子。例啦啦隊神采飛揚的為球員們加油。

【神魂顛倒】形容對某人或某事著迷而失去常態。例小鵬被美麗的小玲迷得神魂顛倒。

✽凝神、六神無主、心曠神怡

9/5
祝
ㄓㄨˋ (zhù)

、ㄋ 礻 礻 礻 祀 祀 祀 祝

名主持寺廟的人。如：廟祝。動 1 祈禱；求福。如：祝禱。2 慶賀。如：慶祝。

【祝福】祝人平安、幸福。例畢業時，老師給予全班誠摯的祝福。

反詛咒。

9/5
祚
ㄗㄨㄛˋ (zuò)

、ㄋ 礻 礻 礻 礻 祚 祚 祚

名 1 福氣；福分。如：福祚。2 帝位。如：帝祚。3 年歲。如：國祚。

10/5
祇
ㄓ (zhī)

、ㄋ 礻 礻 礻 礻 祇 祇

副恭敬的。

10/5
祟
ㄙㄨㄟˋ (suì)

丨 屮 屮 出 出 出 祟 祟 祟

名災禍；禍害。如：作祟。形偷偷摸摸；不光明正大。如：鬼祟。

10/6
祥
ㄒㄧㄤˊ (xiáng)

、ㄋ 礻 礻 礻 礻 祥 祥 祥

形 1 吉利；幸福。如：吉祥。2 和善。如：慈祥。

【祥和】和平安樂的樣子。例人民最期待的，莫過於能夠生活在祥和的社會中。

✽不祥、發祥地、龍鳳呈祥

11/6
票
ㄆㄧㄠˋ (piào)

一 𠂉 丙 襾 襾 覀 票 票 票

名 1 作為憑證的紙券。如：車票。2 被綁架的人質。如：肉票。量計算大筆錢財、物資或人的單位。如：

一票人。

【票房】(ㄆㄧㄠˋ ㄈㄤˊ) 每部戲劇、電影或藝術表演的門票銷售數量。例這部電影搶下本週票房冠軍的寶座。

❀綁票、投票、郵票

祭 11/6

ノ ク タ タ 夕 夕 夕 夕 夕 祭 祭 祭

ㄐㄧˋ (jì) 名 拜祖先或鬼神的儀式。如：公祭。動 拜祖先或鬼神。如：祭拜。

ㄓㄞˋ (zhài) 專 姓。

【祭品】(ㄐㄧˋ ㄆㄧㄣˇ) 祭祀時供鬼神享用的物品。

【祭祖】(ㄐㄧˋ ㄗㄨˇ) 祭拜祖先。

❀主祭、豐年祭、打牙祭

祺 12/8

ㄑㄧˊ (qí)

丶 ㇇ 礻 礻 礻 礻 礻 礻 祺 祺 祺 祺

名 吉祥；幸福。常用於書信結尾的祝福語。如：時祺。

祿 12/8

ㄌㄨˋ (lù)

丶 ㇇ 礻 礻 礻 礻 礻 礻 礻 祿 祿 祿

名 1 福祉。如：福祿。2 薪水。如：俸祿。

❀高官厚祿、無功不受祿

禁 13/8

一 十 才 木 木 朩 材 林 林 埜 埜 禁 禁

ㄐㄧㄣˋ (jìn) 名 1 忌諱；不准說或做的事。如：禁忌。2 含有限制性的規定或法令。如：宵禁。動 1 限制；制止。如：禁止。2 拘捕並限制行動。如：囚禁。

ㄐㄧㄣ (jīn) 動 承擔；忍受。如：弱不禁風。

【禁令】(ㄐㄧㄣˋ ㄌㄧㄥˋ) 含有限制性的規定；禁止某種行為的法令。例政府頒布獵殺保育類動物的禁令。

【禁地】(ㄐㄧㄣˋ ㄉㄧˋ) 禁止一般人出入的地方。

❀門禁、違禁品、情不自禁

13/9
福
ㄈㄨˊ (fú) 福

㊔吉祥美好的事。如：幸福。㊕吉祥美好的。如：福星。

【福利】ㄈㄨˊ ㄌㄧˋ 幸福利益。㊪政府應該為人民謀福利。

✽惜福、全家福、因禍得福

13/9
禎
ㄓㄣ (zhēn) 禎

㊔吉祥。如：禎祥。

13/9
禍
ㄏㄨㄛˋ (huò) 禍

㊔災難。如：闖禍。㊍為害；加害。如：禍國殃民。

【禍不單行】ㄏㄨㄛˋ ㄅㄨˋ ㄉㄢ ㄒㄧㄥˊ 指不幸的事件接連發生。㊪小華的父親才過世，妻子又因病住院，真是禍不單行。㊅雪上加霜。㊎雙喜臨門。

【禍從口出】ㄏㄨㄛˋ ㄘㄨㄥˊ ㄎㄡˇ ㄔㄨ 因說話不謹慎而招來禍害。㊪你說話不要這麼隨便，小心哪天會禍從口出。

✽嫁禍、幸災樂禍、因禍得福

16/11
禦
ㄩˋ (yù) 禦

㊍抵擋。如：抵禦。

【禦寒】ㄩˋ ㄏㄢˊ 抵擋寒冷。㊪天冷時應該多穿些衣服禦寒，以免感冒。

✽防禦、守禦、捍禦

16/12
禧
ㄒㄧ (xǐ) 禧

㊔吉祥；幸福。如：鴻禧。

16/12
禪
ㄔㄢˊ (chán) ㊔集中心志以思考真理的一種修行方法。如：坐禪。㊕泛

指與佛教有關的事物。如：禪房。ㄕㄢˋ(shàn) 動 古時帝王讓出王位。如：禪讓。

【禪宗】ㄔㄢˊ ㄗㄨㄥ 佛教宗派之一。相傳為印度高僧菩提達摩所創。以靜坐默念為修行的方法，重視自由領悟。六祖慧能為其代表人物之一。

✽悟禪、參禪、口頭禪

17/13
禮
ㄌㄧˇ (lǐ)

丶 ㇇ 礻 礻 礻 礻 礻 祀 祀 禮 禮 禮 禮 禮 禮 禮 禮

名 1 隆重的儀式。如：典禮。2 人類行為的準則。如：禮儀。3 表示敬意或慶賀的贈品。如：賀禮。4 恭敬、規矩的態度或行為。如：彬彬有禮。動 1 尊敬。如：禮賢下士。2 祭拜。如：禮佛。

【禮貌】ㄌㄧˇ ㄇㄠˋ 恭敬、規矩的態度和行為。

【禮讓】ㄌㄧˇ ㄖㄤˋ 客氣的相讓。例 搭乘公車或捷運時，我們應該禮讓座位給老弱婦孺。

✽失禮、敬禮、知書達禮

18/14
禱
ㄉㄠˇ (dǎo)

丶 ㇇ 礻 礻 礻 礻 礻 礻 礻 礻 礻 禱 禱 禱 禱 禱 禱 禱

動 向神祈求。如：祝禱。

【禱告】ㄉㄠˇ ㄍㄠˋ 祈求神明或祖先保佑。例 我向神明禱告，祈求全家平安。

禸 部
ㄖㄡˊ

9/4
禹
ㄩˇ (yǔ)

丿 ㇒ 白 白 白 自 禹 禹 禹

專 夏朝開國君主的名字。又稱「夏禹」、「大禹」。

13/8
萬
ㄨㄢˋ (wàn)

丶 丷 艹 艹 艹 艹 苩 苩 苩 萬 萬 萬 萬

形眾多。如：千變萬化。副極；絕對。如：萬不得已。數千的十倍。

【萬一】ㄨㄢˋ ㄧ 1指眾多中的少數。形容極少。例再多的錢財，也報答不了父母的恩情於萬一。2表示偶然或意外。例旅行時最好帶些藥物，以防萬一。

【萬分】ㄨㄢˋ ㄈㄣ 非常；極。例災難發生後，所有罹難者家屬都萬分悲痛，無法接受事實。

【萬物】ㄨㄢˋ ㄨˋ 天地間所有物種的總稱。

【萬里長城】ㄨㄢˋ ㄌㄧˇ ㄔㄤˊ ㄔㄥˊ 東起山海關，西至嘉峪關。本為戰國時代秦、趙、燕為防止北方游牧民族南侵所築的城牆，往後歷代都有增修。現在所存留的萬里長城為明朝時所修補。簡稱「長城」。

【萬無一失】ㄨㄢˋ ㄨˊ ㄧ ㄕ 絕對不會有一點差錯。例上課專心聽講，課後勤加複習，這樣準備考試自然萬無一失。反百密一疏。

❋千呼萬喚、排除萬難

13/8
禽 ㄑㄧㄣˊ (qín)

ノ 人 𠆢 今 今 今 舍 舍 禽 禽 禽 禽 禽

名鳥類的總稱。如：家禽。

【禽獸】ㄑㄧㄣˊ ㄕㄡˋ 1飛禽和走獸。2罵人品行惡劣。

❋猛禽、飛禽、珍禽異獸

禾部 ㄏㄜˊ

5/0
禾 ㄏㄜˊ (hé)

一 二 千 禾 禾

名穀類植物的總稱。如：禾苗。

7/2
私 ㄙ (sī)

一 二 千 禾 禾 私 私

名1個人的事物。如：隱私。2非法的事物。如：走私。形1個人

的；非官方的。如：私人。2非法的；不公開的。如：私刑。3不公的；偏心的。如：私心。副暗中。如：私藏。

【私下】(ㄙ ㄒㄧㄚˋ) 暗中；不公開。例阿中和小午的糾紛已經私下和解了。

【私心】(ㄙ ㄒㄧㄣ) 為自己打算的心意。例洪阿姨對自己親生的孩子和領養的孩子一樣好，一點私心也沒有。

【私自】(ㄙ ㄗˋ) 行事未經許可或不合法。例私自拿走別人的東西是不對的行為。

✽偏私、中飽私囊、鐵面無私

7/2 **秀** ㄒㄧㄡˋ (xiù) 秀

名才智傑出的人。如：後起之秀。形1優異；傑出。如：優秀。2清麗；俊美。如：清秀。動英語 show 的音譯。表演；演出。如：秀才藝。

【秀氣】(ㄒㄧㄡˋ ㄑㄧˋ) 1形容人面貌清麗，氣質優雅。例小表妹長得秀氣，很討人喜歡。2形容物品輕便精巧。例這款皮包設計得十分秀氣，受到許多女性顧客的歡迎。

【秀色可餐】(ㄒㄧㄡˋ ㄙㄜˋ ㄎㄜˇ ㄘㄢ) 1形容女子外表非常秀麗。例林小姐長得秀色可餐，身邊總是有很多追求者。2形容風景美麗。例這裡的風景秀色可餐，讓來遊玩的人暫時忘卻了心中的煩惱。

✽新秀、一枝獨秀、山明水秀

7/2 **禿** ㄊㄨ (tū) 禿

形1沒有頭髮或頭髮稀少。如：禿頭。2山上沒有草木；樹上沒有枝葉。如：禿樹。

8/3 **秉** ㄅㄧㄥˇ (bǐng) 秉

動1拿；握。如：秉燭夜遊。2按

照。如：秉公處理。量 計算容量的單位。一公秉等於一千公升或一立方公尺。

【秉持】(ㄅㄧㄥˇ ㄔˊ) 按照；遵循。例 老師秉持公正公平的原則處理阿金和小童打架的事。

9/4
科
ㄎㄜ (kē) 丿 二 千 禾 禾 禾 禾 禾 科

名 1 法律條文。如：作奸犯科。2 機關組織的單位。如：財政科。3 課程或工作項目的分類。如：國文科。4 指傳統戲劇中的動作。如：科白。5 生物學上的分類階層之一。

動 處罰；判定。如：科處罰金。

【科技】(ㄎㄜ ㄐㄧˋ) 科學技術。例 所有已開發國家的科技發展都非常先進。

【科學】(ㄎㄜ ㄒㄩㄝˊ) 根據觀察、實驗和推理，歸納出事物規律或道理的學問。

✽前科、百科、照本宣科

禾

9/4
秋
ㄑㄧㄡ (qiū) 丿 二 千 禾 禾 禾 禾 秋 秋

名 1 四季中的第三季。相當於農曆的七、八、九月。2 一年。如：千秋萬世。3 時刻；時期。如：存亡之秋。

【秋收】(ㄑㄧㄡ ㄕㄡ) 秋天收割農作物。例 現在正值秋收時節，農家都很忙碌。

【秋高氣爽】(ㄑㄧㄡ ㄍㄠ ㄑㄧˋ ㄕㄨㄤˇ) 形容秋天時天空無雲，氣候清爽舒適。例 秋高氣爽的好天氣，最適合去戶外郊遊。

✽中秋、平分秋色、春去秋來

9/4
秒
ㄇㄧㄠˇ (miǎo) 丿 二 千 禾 禾 禾 禾 禾 秒

量 計算時間的單位。一分鐘有六十秒。

10/5
秦
ㄑㄧㄣˊ (qín) 一 二 三 夫 夫 夫 夫 奉 奉 秦

專 朝代名。(1)（前 221－前 206）秦始皇滅六國所建立。後被劉邦所

滅。(2)(351—394)苻健所建立。史稱「前秦」。(3)(384—431)姚萇所建立。史稱「後秦」。(4)(385—431)乞伏國仁所建立。史稱「西秦」。

【秦晉之好】(ㄑㄧㄣˊ ㄐㄧㄣˋ ㄓ ㄏㄠˇ) 春秋時期，秦、晉兩國世代通婚。後來便用「秦晉之好」來指兩家通婚的關係。例 經過媒人的從中撮合，這兩家終於結為秦晉之好。

✽朝秦暮楚、三戶亡秦

10/5

秤

ㄔㄥˋ (chèng) 名 測量物體重量的器具。如：磅秤。動 測量輕重。如：秤重。

ㄆㄧㄥˊ (píng) 名 衡量物體輕重的工具。通「平」。如：天秤。

10/5

秣

ㄇㄛˋ (mò)

名 牛、馬等牲畜的飼料。如：糧秣。動 飼養。如：秣馬厲兵。

【秣馬厲兵】(ㄇㄛˋ ㄇㄚˇ ㄌㄧˋ ㄅㄧㄥ) 比喻做好戰前或競賽前的準備。也作「厲兵秣馬」。例 全國棒球比賽日期漸漸逼近，全體隊員秣馬厲兵，準備全力以赴迎戰對手。

10/5

租

ㄗㄨ (zū)

名 出借物品所收取的費用；向人借物應付出的費用。如：房租。動 1 將物品借給人並收取費用。如：出租。2 付出代價向人借物。如：租房子。

【租借】(ㄗㄨ ㄐㄧㄝˋ) 出租物品或向人借物。例 小玉租借了一套漂亮的衣服。

10/5

秧

ㄧㄤ (yāng)

名 1 禾苗。如：插秧。2 泛指植物的幼苗。如：樹秧。3 比喻剛生下

不久的動物。如：魚秧。

【秧苗】（ㄧㄤ ㄇㄧㄠˊ）草木初生的幼苗。多指水稻的幼苗。

10/5
秩 ㄓˋ (zhì)

丿 二 千 禾 禾 禾 秆 秆 秩 秩

名 1 先後的順序。如：秩序。2 十年稱為一秩。如：八秩大壽。

【秩序】（ㄓˋ ㄒㄩˋ）次序；條理。例 老師請風紀股長幫忙維持午休時的秩序。近 紀律。

11/6
移 ㄧˊ (yí)

丿 二 千 禾 禾 禾 移 移 移 移 移

動 1 遷徙；搬動。如：遷移。2 改變。如：物換星移。

【移民】（ㄧˊ ㄇㄧㄣˊ）1 人遷徙到外地或國外居住。例 小玲全家打算移民到紐西蘭。2 指遷徙到外地或國外居住的人。

【移花接木】（ㄧˊ ㄏㄨㄚ ㄐㄧㄝ ㄇㄨˋ）比喻暗中運用手段，以假換真，欺騙他人。例 大雄把偷來的證件移花接木，換上自己的照片使用。近 偷天換日。

※ 轉移、愚公移山、潛移默化

12/7
稍 ㄕㄠ (shāo)

丿 二 千 禾 禾 禾 秒 秒 稍 稍 稍

副 略微。如：稍微。

【稍縱即逝】（ㄕㄠ ㄗㄨㄥˋ ㄐㄧˊ ㄕˋ）稍微疏忽或放鬆，就會立即消失。多用來形容時間、機會或靈感。例 青春稍縱即逝，應該好好把握時間努力。

12/7
稈 ㄍㄢˇ (gǎn)

丿 二 千 禾 禾 禾 和 和 和 稈 稈 稈

名 穀類植物的莖。也泛指植物的莖部。如：稻稈。

12/7
程 ㄔㄥˊ (chéng)

丿 二 千 禾 禾 禾 和 和 和 程 程 程

名 1 標準；規範。如：章程。2 步驟；進度。如：議程。3 距離。如：路程。

禾

【程序】(ㄔㄥˊ ㄒㄩˋ) 一定的步驟、次序。例依照會議的程序，應該先請主席致詞。

【程度】(ㄔㄥˊ ㄉㄨˋ) 1泛指知識、技術、能力等的水準高低。例每天閱讀英文報紙和雜誌，讓小靜的英文程度增進不少。2事物變化的情況。例天氣還沒有熱到要開冷氣的程度。

✽旅程、課程、計程車

12/7

稀

ㄒㄧ (xī)

形 1疏鬆；不密。如：稀疏。2少；不多。如：地廣人稀。3濃度低的。如：稀飯。副很；非常。如：稀爛。

【稀奇】(ㄒㄧ ㄑㄧˊ) 奇特少見的。例真是稀奇！平常睡到太陽晒屁股的阿彥今天竟然這麼早起。反平常。

【稀薄】(ㄒㄧ ㄅㄛˊ) 不濃厚。例高山上空氣稀薄，令人呼吸困難。

✽依稀、人生七十古來稀

12/7

稅

ㄕㄨㄟˋ (shuì)

名政府向人民徵收財賦，作為國家經費。如：所得稅。

✽關稅、納稅、退稅

13/8

稟

ㄅㄧㄥˇ (bǐng)

名天生的資質。如：天賦異稟。動1承受。如：稟受。2下對上報告。如：稟告。

【稟性】(ㄅㄧㄥˇ ㄒㄧㄥˋ) 天生的本性。例小欣稟性聰慧，學什麼事都很快。

13/8

稜

ㄌㄥˊ (léng)

名立體物品的兩面交接處。如：稜角。

【稜線】(ㄌㄥˊ ㄒㄧㄢˋ) 山的最高點所連接成的線。

※模稜兩可、有稜有角

13/8
稠

ㄔㄡˊ (chóu)

形 1多；密。如：地狹人稠。2濃厚。如：濃稠。

【稠密】(ㄔㄡˊ ㄇㄧˋ) 又多又密。例臺北是個人口稠密的大都市。反稀少。

13/8
稚

ㄓˋ (zhì)

形 幼小。如：幼稚。

【稚氣】(ㄓˋ ㄑㄧˋ) 孩子氣。例小華的外表雖然成熟，但言談卻帶著稚氣。

【稚嫩】(ㄓˋ ㄋㄣˋ) 幼小細柔。例小嬰兒稚嫩的臉龐真是可愛，讓人忍不住想輕輕捏一下。

13/8
稔

ㄖㄣˇ (rěn)

名 年歲。如：一稔。動 1穀物成熟。如：豐稔。2熟悉。如：熟稔。

14/9
稱

ㄔㄥ (chēng) 名 名號。如：名稱。動 1用秤測量輕重。如：稱一稱。2叫；呼。如：稱呼。3頌揚；讚美。如：稱讚。

ㄔㄥˋ (chèng) 名 測量物體重量的器具。通「秤」。動 適合；相當。如：稱心如意。

【稱謂】(ㄔㄥ ㄨㄟˋ) 人們由於親屬關係或其他關係所互相稱呼的名號。如：父親、姑姑等。

【稱職】(ㄔㄥˋ ㄓˊ) 勝任；能力適合所擔當的職務。例他為人認真，讓他擔任幹部一定很稱職。

禾

【稱讚】(ㄔㄥ ㄗㄢˋ) 頌讚；讚美。例小許在演講比賽中表現很好，老師對他稱讚不已。

❀號稱、暱稱、對稱

種

14/9

丿 二 千 禾 禾 秆 秆 秆 秆 秆 秆 秆 稀 種 種

ㄓㄨㄥˇ (zhǒng) 名 1植物繁殖後代的子粒。如：播種。2後代。如：絕種。3事物的類別。如：種類。4生物學上的分類階層之一。量計算人事物類別的單位。如：兩種口味。

ㄓㄨㄥˋ (zhòng) 動 1栽植。如：種花。2注射疫苗。如：種牛痘。

【種族】(ㄓㄨㄥˇ ㄗㄨˊ) 人類的族類。人類會因遺傳、環境、文化等因素而產生不同的族群。如：漢族、朝鮮族等。

【種瓜得瓜，種豆得豆】(ㄓㄨㄥˋ ㄍㄨㄚ ㄉㄜˊ ㄍㄨㄚ，ㄓㄨㄥˋ ㄉㄡˋ ㄉㄜˊ ㄉㄡˋ) 1比喻做了什麼事就會有什麼樣的後果。2比喻只要付出便一定會有收穫。

❀接種、品種、耕種

穀

15/10

一 十 士 吉 声 声 壳 壳 壳 壳 壳 壳 穀 穀 穀

ㄍㄨˇ (gǔ) 名 糧食作物的總稱。如：五穀。

❀打穀、稻穀、布穀鳥

稼

15/10

丿 二 千 禾 禾 秆 秆 秆 秆 秆 秆 秆 稼 稼 稼

ㄐㄧㄚˋ (jià) 名 農作物的總稱。如：莊稼。動 種植。如：耕稼。

稿

15/10

丿 二 千 禾 禾 秆 秆 秆 秆 秆 秆 秆 稿 稿 稿

ㄍㄠˇ (gǎo) 名 詩文或繪畫的底本。如：草稿。

【稿子】(ㄍㄠˇ ㄗˇ) 詩文的底本。

【稿紙】(ㄍㄠˇ ㄓˇ) 用來寫稿的紙。上面多印有小方格或直行，以方便書寫。

【稿費】(ㄍㄠˇ ㄈㄟˋ) 創作文章所獲得的報酬。

❀投稿、講稿、原稿

15/10 **稽**

ㄐㄧ (jī) 動 1 查核。如：稽考。2 計較；爭論。如：反脣相稽。

ㄑㄧˇ (qǐ) 動 叩頭至地的一種跪拜禮。如：稽首。

【稽首】(ㄑㄧˇ ㄕㄡˇ) 跪拜時叩頭至地，並且稍作停頓。是最隆重的一種拜禮。

【稽查】(ㄐㄧ ㄔㄚˊ) 考查。例 為了減少交通事故的發生，警察決定在各個重要路口加強交通稽查。

❀滑稽、無稽之談

15/10 **稷**

ㄐㄧˋ (jì)

名 1 即「高粱」。禾本科，一年生草本植物。莖部高一公尺以上，是重要的雜糧作物。2 指掌管、主宰穀物生長的神明。

15/10 **稻**

ㄉㄠˋ (dào)

名 禾本科，一年生草本植物。子實呈橢圓形，有硬殼，去殼之後即為米。是人類重要的糧食作物之一。

【稻草人】(ㄉㄠˋ ㄘㄠˇ ㄖㄣˊ) 稻草做成的假人。放在田中用來嚇阻鳥類，使鳥類不敢啄食農作物。

16/11 **穎**

ㄧㄥˇ (yǐng)

名 泛指器物的尖端。如：穎端。形 比喻優秀出眾。如：穎慧。

❀新穎、聰穎、脫穎而出

16/11 **積**

ㄐㄧ (jī)

㊔兩數相乘所得的結果。如：乘積。㊎長久形成的。如：積習。㊐堆疊；儲存。如：累積。

【積極】ㄐㄧ ㄐㄧˊ 做事的態度進取、勇往直前。㊭阿平的工作態度非常積極，很受老闆欣賞。㊮消極。

【積蓄】ㄐㄧ ㄒㄩˋ 1儲存財物。㊭為了幫朋友度過生意上的難關，小馬把積蓄多年的存款都拿出來了。2指所儲存的財物。

【積少成多】ㄐㄧ ㄕㄠˇ ㄔㄥˊ ㄉㄨㄛ 累積少數，可成多數。㊭姐姐的薪水雖然不多，但積少成多，十年後也買了一層公寓。㊬聚沙成塔。

【積勞成疾】ㄐㄧ ㄌㄠˊ ㄔㄥˊ ㄐㄧˊ 因長期過度操勞而生病。㊭連日的熬夜加班讓王伯伯積勞成疾，目前正在醫院裡靜養。

❋面積、體積、日積月累

穆

16/11 ㄇㄨˋ (mù)

㊎恭敬的。如：肅穆。

穌

16/11 ㄙㄨ (sū)

通「甦」。㊐1從昏迷中醒過來。如：穌醒。2死而復生。如：復穌。

穗

17/12 ㄙㄨㄟˋ (suì)

㊔1穀類植物開的花或結的實。常成串下垂。如：麥穗。2用絲繩編織成如穗狀的飾物。如：帽穗。

❋稻穗、拾穗、吐穗

穡

18/13 ㄙㄜˋ (sè)

㊐收割農作物。也泛指耕作。如：

稼穡。

穢
18/13 ㄏㄨㄟˋ (huì)

㊔田裡的雜草。如：荒穢。㊒不清潔。如：汙穢。

❀口出穢言、自慚形穢

穫
19/14 ㄏㄨㄛˋ (huò)

㊔農作物的收成。如：收穫。

穩
19/14 ㄨㄣˇ (wěn)

㊒安定的；不易改變的。如：安穩。㊖使安定。如：穩住。㊓一定。如：穩贏。

【穩定】ㄨㄣˇ ㄉㄧㄥˋ 安定；少有變動。㊎阿民投球的表現很穩定，讓教練很有信心在決賽中打敗對手。

【穩操勝券】ㄨㄣˇ ㄘㄠ ㄕㄥˋ ㄑㄩㄢˋ 非常有把握能獲得勝利。㊎分析其他對手的實力，這次的躲避球比賽我們班是穩操勝券了。

❀平穩、沉穩、十拿九穩

穴部 ㄒㄩㄝˋ

穴
5/0 ㄒㄩㄝˋ (xuè)

㊔1洞；坑。如：洞穴。2墓洞；墓坑。如：墓穴。3動物的窩或巢。如：蟻穴。4中醫稱人體經脈會聚的地方。如：太陽穴。

❀巢穴、不入虎穴，焉得虎子

究
7/2 ㄐㄧㄡˋ (jiù)

㊖1窮盡。如：窮究。2探求事物的原理與根本。如：追根究柢。㊓畢竟；到底。如：終究。

穴

【究竟】(ㄐㄧㄡˋ ㄐㄧㄥˋ) 1真相；結果。例這支探險隊決定到傳說有野人出沒的高山上一探究竟。2到底。例你究竟要不要參加畢業旅行？

✿講究、研究、探究

8/3
空

ㄎㄨㄥ (kōng) 名 1天。如：晴空。2可以容納事物的處所。如：空間。形 1沒有東西存在。如：真空。2不切實際的。如：空言。副 徒然的；無用的。如：空忙一場。

ㄎㄨㄥˋ (kòng) 名 1閒暇的時間。如：抽空。2間隙；隙縫。如：空隙。形 尚未利用的；缺少東西的。如：空地。動 使空間保持無物。如：把位置空下來。

【空氣】(ㄎㄨㄥ ㄑㄧˋ) 構成地球外圍大氣的多種氣體混合物。以氮、氧為主要成分。

【空閒】(ㄎㄨㄥˋ ㄒㄧㄢˊ) 閒暇；不用工作的時間。例阿仁常利用空閒的時間閱讀武俠小說。

【空隙】(ㄎㄨㄥˋ ㄒㄧˋ) 隙縫；夾在兩物之間的極小空間。

【空曠】(ㄎㄨㄥ ㄎㄨㄤˋ) 地方廣大遼闊，沒有障礙物。例地震發生時，要趕快跑到空曠的地方。

【空前絕後】(ㄎㄨㄥ ㄑㄧㄢˊ ㄐㄩㄝˊ ㄏㄡˋ) 以前不曾有過，以後也不會再發生。多形容規模或場面盛大。例這場跨年演唱會的盛況，可以說是空前絕後。近舉世無雙。

✿太空、防空洞、人去樓空

8/3
穹

ㄑㄩㄥ (qióng)

名 天空。如：蒼穹。

9/4
穿

ㄔㄨㄢ (chuān)

動 1鑽透；貫通。如：穿透。2把

衣服、鞋子套在身上。如：穿衣服。
㊀副 通透；明白。如：說穿了。

【穿梭】(ㄔㄨㄢ ㄙㄨㄛ) 形容不斷的來回。例 勤勞的蜜蜂穿梭在花間採蜜。

【穿越】(ㄔㄨㄢ ㄩㄝˋ) 通過。例 穿越馬路要注意左右是否有來車。

【穿針引線】(ㄔㄨㄢ ㄓㄣ ㄧㄣˇ ㄒㄧㄢˋ) 比喻從中拉攏、撮合，以促成事情。例 多虧了王小姐的穿針引線，這筆生意才能順利談成。反 挑撥離間。

✽拆穿、望眼欲穿、滴水穿石

9/4
突 ㄊㄨˊ (tú)

動 1衝出；穿破。如：突破。2冒犯。如：衝突。3高起。如：異軍突起。副 忽然。如：突然。

【突出】(ㄊㄨˊ ㄔㄨ) 特殊；在一般水準之上。例 小芬在歌唱比賽中表現突出，成為全校同學的偶像。

【突然】(ㄊㄨˊ ㄖㄢˊ) 忽然。例 下午突然下了一場大雷雨，讓我不能去打球。

【突飛猛進】(ㄊㄨˊ ㄈㄟ ㄇㄥˇ ㄐㄧㄣˋ) 比喻進步得非常快。例 小娟升上國中之後，變得非常用功，成績也突飛猛進。

10/5
窄 ㄓㄞˇ (zhǎi)

形 狹小。如：狹窄。

10/5
窈 ㄧㄠˇ (yǎo)

形 美好。如：窈窕。

【窈窕】(ㄧㄠˇ ㄊㄧㄠˇ) 形容女子身材勻稱美好的樣子。例 李媽媽年近五十，身材卻依然窈窕。

11/6
窒 ㄓˋ (zhì)

動 阻礙不通。如：窒塞。

【窒息】(ㄓˋ ㄒㄧˊ) 呼吸道閉塞，人體無法呼吸的狀態。

11/6
窕
ㄊㄧㄠˇ (tiǎo)

形 美好。如：窈窕。

12/7
窘
ㄐㄩㄥˇ (jiǒng)

形 1貧困；窮困。如：窘迫。2難堪。如：窘態。

【窘態】ㄐㄩㄥˇ ㄊㄞˋ 尷尬得不知如何是好的樣子。例 小何在演講時，忘詞了好幾次，窘態百出。

12/7
窖
ㄐㄧㄠˋ (jiào)

名 用來收藏物品的地洞。如：地窖。

12/7
窗
ㄔㄨㄤ (chuāng)

名 建築物或其他密閉空間，用來通風、採光或取景的開口。如：天窗。

【窗明几淨】ㄔㄨㄤ ㄇㄧㄥˊ ㄐㄧ ㄐㄧㄥˋ 形容住處乾淨整潔。例 阿仁的房間窗明几淨，令人感覺很舒服。

❋同窗、櫥窗、落地窗

13/8
窟
ㄎㄨ (kū)

名 1洞穴。如：狡兔三窟。2人或物品聚集的地方。如：貧民窟。

【窟窿】ㄎㄨ ㄌㄨㄥˊ 洞穴；坑洞。

❋石窟、洞窟、火窟

13/8
窠
ㄎㄜ (kē)

名 泛指動物的巢穴。如：窠巢。

【窠臼】ㄎㄜ ㄐㄧㄡˋ 比喻老套、陳舊的方法。例 王老師的國畫作品不落窠臼，看過的人都覺得很特別。

14/9
窪
ㄨㄚ (wā)

名 小水坑；低且凹的地方。如：水窪。形 凹陷。如：窪地。

【窪地】(ㄨㄚ ㄉㄧˋ) 高度低於海平面的地形。

14/9

窩 ㄨㄛ (wō)

丶 丷 宀 宀 穴 穴 穸 穸 窝 窝 窩 窩 窩 窩

名 1 動物棲息的地方。如：鳥窩。2 凹陷的地方。如：酒窩。3 人住的地方。如：賊窩。動 1 藏匿。如：窩藏。2 停留。如：窩在家。量 計算窩或巢的單位。如：一窩鳥。

【窩心】(ㄨㄛ ㄒㄧㄣ) 心中感到甜蜜且溫暖。例 小明體貼又孝順，讓父母非常窩心。

【窩藏】(ㄨㄛ ㄘㄤˊ) 藏匿犯人或贓物。例 小江窩藏了幾個偷渡客。

❋蜂窩、被窩、眼窩

15/10

窯 ㄧㄠˊ (yáo)

丶 丷 宀 宀 穴 穴 空 空 空 穻 窐 窐 窯 窯 窯

名 1 燒陶、瓷、磚、瓦的地方。如：磚窯。2 供人居住的土洞。如：窯洞。

15/10

窮 ㄑㄩㄥˊ (qióng)

丶 丷 宀 宀 穴 穴 穷 穷 穷 穷 穷 窮 窮 窮 窮

形 1 貧困。如：貧窮。2 終止；極限。如：無窮。3 挫折；不得意。如：窮達。4 偏僻。如：窮鄉僻壤。動 探究到底。如：窮究。副 極；很。如：窮凶極惡。

【窮苦】(ㄑㄩㄥˊ ㄎㄨˇ) 生活貧困艱苦。例 阿仁雖過著窮苦的日子，但仍保有他的志氣。

【窮光蛋】(ㄑㄩㄥˊ ㄍㄨㄤ ㄉㄢˋ) 指一無所有的窮人。

穴

【窮鄉僻壤】(ㄑㄩㄥˊ ㄒㄧㄤ ㄆㄧˋ ㄖㄤˇ) 指偏僻荒遠的地方。例在印度的窮鄉僻壤，有許多人過著沒水沒電的生活。

✽技窮、層出不窮、回味無窮

窺

16/11

ㄎㄨㄟ (kuī)

動 1偷看。如：偷窺。2偵查。如：窺探。

【窺探】(ㄎㄨㄟ ㄊㄢˋ) 暗中查探。例狗仔隊想盡各種辦法窺探偶像明星的隱私。

窿

17/12

ㄌㄨㄥˊ (lóng)

名 洞穴。如：窟窿。

竅

18/13

ㄑㄧㄠˋ (qiào)

名 1洞穴；孔穴。如：七竅。2事情的關鍵、要點。如：訣竅。

【竅門】(ㄑㄧㄠˋ ㄇㄣˊ) 做事情的方法、要點。例只要抓到竅門，做起事情來就會比較容易。近祕訣。

✽一竅不通、七竅生煙

竄

18/13

ㄘㄨㄢˋ (cuàn)

動 1逃跑。如：逃竄。2更改；修改。如：竄改。

【竄改】(ㄘㄨㄢˋ ㄍㄞˇ) 任意做不實的文字更改。例小丁竄改分數的事被老師發現了，只好乖乖認錯。

竇

20/15

ㄉㄡˋ (dòu)

名 1洞穴。2器官或組織內凹入的部分。如：鼻竇。

✽疑竇、情竇、狗竇

23/18

竊

ㄑㄧㄝˋ (qiè)

竊 竊 竊

(名)小偷。如：竊賊。(動)偷取。如：偷竊。(副)暗中；私底下。如：竊笑。

【竊聽】ㄑㄧㄝˋ ㄊㄧㄥ 偷聽別人的談話。(例)小維懷疑家裡的電話遭到竊聽，所以請電信局派人來檢查。

【竊竊私語】ㄑㄧㄝˋ ㄑㄧㄝˋ ㄙ ㄩˇ 私下低聲說話，不使人聽見。(例)他們一早就坐在後面竊竊私語，不知道在說些什麼？(近)交頭接耳。(反)高談闊論。

❋失竊、行竊、慣竊

立部 ㄌㄧˋ

5/0

立

ㄌㄧˋ (lì)

丶 亠 立

(動)①站著。如：起立。②創建。如：立功。③制定。如：立法。④設置。如：公立。⑤決定。如：立志。(副)馬上。如：立刻。

【立志】ㄌㄧˋ ㄓˋ 立定志向。(例)君君從小就立志要成為作家，每天持續練習寫作，努力朝目標邁進。

【立刻】ㄌㄧˋ ㄎㄜˋ 馬上；立即。(例)一聽到老師叫他，小胖立刻跑上前去。

【立體】ㄌㄧˋ ㄊㄧˇ 具有長、寬、高的物體。如：球體、錐體、正方體等。

【立竿見影】ㄌㄧˋ ㄍㄢ ㄐㄧㄢˋ ㄧㄥˇ 比喻立刻看到效果。(例)減肥是不可能立竿見影的，必須持之以恆才行。

❋獨立、亭亭玉立、勢不兩立

10/5

站

ㄓㄢˋ (zhàn)

丶 亠 立 站 站 站

(名)①旅途中可供停留、休息的地方。如：車站。②機關團體在各地所設的小單位。如：服務站。(動)直

立。

【站崗】(ㄓㄢˋ ㄍㄤˇ) 指軍人或警察在特定地點守衛或執行任務。(例)警察在路口站崗，取締酒後駕車。

✽罰站、網站、加油站

12/7
童
ㄊㄨㄥˊ (tóng)
丶 亠 亠 亣 立 产 咅 咅 音 音 章 童 童

(名)年幼的人。如：孩童。(形)幼小的。如：童年。

【童年】(ㄊㄨㄥˊ ㄋㄧㄢˊ) 年幼的時期。

【童心未泯】(ㄊㄨㄥˊ ㄒㄧㄣ ㄨㄟˋ ㄇㄧㄣˇ) 天真純潔的心仍然沒有消失。(例)阿彬雖然已經為人父母，卻依然童心未泯，喜歡收集卡通和漫畫。

【童叟無欺】(ㄊㄨㄥˊ ㄙㄡˇ ㄨˊ ㄑㄧ) 形容商人誠實可靠，連兒童或老人也不欺騙。(例)做生意要童叟無欺，才能夠贏得客人的信任。

✽兒童、頑童、金童玉女

12/7
竣
ㄐㄩㄣˋ (jùn)
丶 亠 亣 立 立 立' 竌 竣 竣 竣 竣 竣

(動)完成。如：竣工。

【竣工】(ㄐㄩㄣˋ ㄍㄨㄥ) 完成工程。(例)這條快速道路預定今年年底竣工。(近)完工。

14/9
竭
ㄐㄧㄝˊ (jié)
丶 亠 亣 立 立 立' 竌 竌 竭 竭 竭 竭 竭 竭

(動)①用盡。如：竭力。②乾枯；乾涸。如：枯竭。

【竭力】(ㄐㄧㄝˊ ㄌㄧˋ) 盡力。(例)你有什麼需要儘管說，我一定會竭力幫忙。

【竭誠】(ㄐㄧㄝˊ ㄔㄥˊ) 非常誠懇、盡心。(例)每一位客人到這家餐廳用餐，都可以受到竭誠的服務。(近)誠摯。

✽耗竭、聲嘶力竭、筋疲力竭

14/9
端
ㄉㄨㄢ (duān)
丶 亠 亣 立 立 立' 竗 竗 竗 竗 端 端 端 端

(名)①事物的一頭、一面。如：末

端。②開頭；起頭。如：開端。③項目；方面。如：變化多端。④原因。如：無端。㊄正直的。如：端正。動①用雙手捧著。如：端菜。②審視；察看。如：端詳。

【端正】ㄉㄨㄢ ㄓㄥˋ ①行為正直。例小鈺的品行端正，是師長眼中的好學生。②整齊美好。例小美字體端正，每篇作業都得到甲上。反潦草。③導正。例政府積極掃除色情行業，端正社會風氣。

【端倪】ㄉㄨㄢ ㄋㄧˊ 事情的頭緒。例這件事我想了許久，還是看不出端倪。

【端莊】ㄉㄨㄢ ㄓㄨㄤ 行為和態度正直莊重。例小玲端莊大方，對人總是親切有禮。反輕浮。

❀極端、好端端、作惡多端

20/15

競

ㄐㄧㄥˋ (jìng)

丶 亠 亠 立 立 立 咅 音 音 竟 竟 竟 竟 竟 竟 竸 竸 竸 竸 競

動相爭；比賽。如：競爭。

【競走】ㄐㄧㄥˋ ㄗㄡˇ 在一定的距離內比賽走路快慢的徑賽項目。

【競爭】ㄐㄧㄥˋ ㄓㄥ 互相比賽，求取勝利。例適度的競爭可以激發出潛力。

【競選】ㄐㄧㄥˋ ㄒㄩㄢˇ 選舉時，候選人以合法、有計畫的方式爭取選民支持的行動。

【競賽】ㄐㄧㄥˋ ㄙㄞˋ 泛指各種比賽。

❀物競天擇、千巖競秀

竹部 ㄓㄨˊ

6/0

竹

ㄓㄨˊ (zhú)

丿 𠂉 𠂉 竹 竹 竹

名①禾本科，多年生常綠植物。莖直硬有節，中空，葉子狹長或寬長。用途十分廣泛，嫩芽俗稱「竹筍」，可供食用。②指用竹子做成的笛、

竹

簫等樂器。如：絲竹。

【竹竿】(ㄓㄨˊ ㄍㄢ) 竹子削去細枝、葉子所剩的主桿部分。

✽爆竹、胸有成竹、青梅竹馬

8/2
竺
ㄓㄨˊ (zhú)
丿 𠂉 𠂉 𥫗 𥫗 ⺮ 竺 竺

㊀專 古國名。天竺的簡稱，即現在的印度。

9/3
竿
ㄍㄢ (gān)
丿 𠂉 𠂉 𥫗 𥫗 ⺮ 竺 竺 竿

㊔名 用竹子的莖幹做成的長棍。如：晒衣竿。㊕量 計算竹竿的單位。如：二竿竹子。

✽釣竿、竹竿、日上三竿

9/3
竽
ㄩˊ (yú)
丿 𠂉 𠂉 𥫗 𥫗 ⺮ 竺 竺 竽

㊔名 古代一種竹製的吹奏樂器。形狀像笙而比較大。

10/4
笆
ㄅㄚ (bā)
丿 𠂉 𠂉 𥫗 𥫗 ⺮ 竻 笆 笆 笆

㊔名 用竹子編成的柵欄、障礙物。如：籬笆。

10/4
笑
ㄒㄧㄠˋ (xiào)
丿 𠂉 𠂉 𥫗 𥫗 ⺮ 竺 竺 笑 笑

㊀動 1露出高興的表情。如：哈哈大笑。2嘲諷；輕視。如：嘲笑。㊀副 請人接受禮物的客氣話。如：笑納。

【笑話】(ㄒㄧㄠˋ ㄏㄨㄚˋ) 1能讓人覺得好笑的話語或事情。2嘲笑；看不起。例 阿如那奇怪又不雅的裝扮常讓人笑話。

【笑容可掬】(ㄒㄧㄠˋ ㄖㄨㄥˊ ㄎㄜˇ ㄐㄩ) 形容笑容滿面的樣子。例 這位老闆娘總是笑容可掬，難怪生意興隆。

✽冷笑、取笑、破涕為笑

11/5
笠
ㄌㄧˋ (lì)
丿 𠂉 𠂉 𥫗 𥫗 ⺮ 竺 竺 竺 笠 笠

㊔名 用筍殼和竹葉編成的帽子。可以遮陽和擋雨。如：斗笠。

第

11/5 ㄉㄧˋ (dì)

名 1次序。如：等第。2住宅；房屋。如：宅第。3古代科舉考試應試合格。如：及第。4放在整數數詞之前，表示順序或等級。如：第一名。

【第一手 ㄉㄧˋ ㄧ ㄕㄡˇ】最先得到的；最原始的。例關於這則消息，這家電視臺有第一手的報導。

❀門第、次第、落第

笨

11/5 ㄅㄣˋ (bèn)

形 不聰明；不靈巧。如：愚笨。

【笨重 ㄅㄣˋ ㄓㄨㄥˋ】1形容東西大而沉重，不容易搬動。例這箱子裡不知裝了什麼，抬起來好笨重。2形容人的體型大而行動不靈活。例小胖拖著笨重的身體爬樓梯，走到三樓就爬不動了。

笛

11/5 ㄉㄧˊ (dí)

名 1由竹子製成的吹奏樂器。上面有小孔，由一端吹氣會發出聲音。2聲音尖的警示器。如：警笛。

辨析 「笛」下面從「由」，不可寫成「田」。

❀鳴笛、汽笛、橫笛

笞

11/5 ㄔ (chī)

名 古代用竹片或鞭子打人的刑罰。

動 用竹片或鞭子抽打。如：鞭笞。

笙

11/5 ㄕㄥ (shēng)

名 吹奏樂器。由十三至十四根長短不同的竹管組成，音色像風琴。

符

11/5 ㄈㄨˊ (fú)

名 1古代用來封官、傳達命令或派兵的憑證。用竹、金、玉等製成，

上面刻有文字，然後剖成兩半，朝廷和受命的人各有一半，相合之後才能成為憑證。如：兵符。②記號；標誌。如：符號。③道士用來驅鬼避邪的文字或記號。如：符咒。動 相合。如：符合。

【符合】ㄈㄨˊ ㄏㄜˊ 吻合；相合。例 小雯的成績符合這次競賽的參賽標準。

❀音符、護身符、名實相符

筐 12/6 ㄎㄨㄤ (kuāng)

名 用竹條編成的方形盛物器。如：籮筐。

筆 12/6 ㄅㄧˇ (bǐ)

名 ①用來寫字、畫圖的工具。如：鉛筆。②文字的一畫。如：筆畫。形 直直的。如：筆直。動 書寫；記錄。如：筆述。量 計算錢或交易的單位。如：一筆錢。

【筆記】ㄅㄧˇ ㄐㄧˋ ①用筆記錄的內容。②隨意記錄，不限體例的簡短文章。

【筆誤】ㄅㄧˇ ㄨˋ 不小心寫錯字。例 我一時筆誤，把自「己」寫成自「已」。

❀紙筆、毛筆、神來之筆

等 12/6 ㄉㄥˇ (děng)

名 ①品級；次序。如：優等。②種；類。如：這等事情。③表示不只一種。如：等等。動 ①停留一段時間。如：等候。②一樣；齊一。如：大小不等。

【等於】ㄉㄥˇ ㄩˊ 相同；相等。例 小弟說的話不清不楚，說了也等於沒說。

【等待】ㄉㄥˇ ㄉㄞˋ 等候。例 經過三十分鐘的等待，美味的蛋糕終於出爐了。

【等級】ㄉㄥˇ ㄐㄧˊ 依照某一標準而分出的高低次第。例 飯店的等級不同，收費也不一樣。

✽高等、平等、高人一等

策

12/6 ㄘㄜˋ (cè) ノ ⺊ ⺮ ⺮ ⺮ ⺮ 竺 笇 笧 第 第 策

名 1古代書寫文字的竹簡。通「冊」。如：史策。2計謀；謀略。如：對策。動 1鞭打。如：策馬前進。2鼓勵；督促。如：策勉。3計劃。如：策劃。4古代皇帝賞賜官位或土地。如：策封。

辨析 「策」下方從「朿」，不可寫成「束」。

【策略】ㄘㄜˋ ㄌㄩㄝˋ 計畫；謀略。例 下一場辯論賽，他已經想好攻防的策略。

【策劃】ㄘㄜˋ ㄏㄨㄚˋ 準備；計劃。例 這次的話劇表演是由學藝股長一手策劃。近 籌劃。

✽決策、計策、束手無策

筒

12/6 ㄊㄨㄥˇ (tǒng) ノ ⺊ ⺮ ⺮ ⺮ ⺮ 笇 筒 筒 筒 筒 筒

名 中空的圓柱形容器。如：竹筒。

✽筆筒、聽筒、手電筒

筋

12/6 ㄐㄧㄣ (jīn) ノ ⺊ ⺮ ⺮ ⺮ ⺮ 笇 筋 筋 筋 筋 筋

名 1肌肉中的韌帶。如：筋骨。2靜脈的俗稱。如：青筋。3具彈性，可以伸縮的東西。如：橡皮筋。

辨析 「筋」下方從「肋」，不可寫成「助」。

【筋斗】ㄐㄧㄣ ㄉㄡˇ 頭著地，將身體上下顛倒之後向前、側、後方翻轉的動作。又稱「跟斗」、「跟頭」。

【筋疲力竭】ㄐㄧㄣ ㄆㄧˊ ㄌㄧˋ ㄐㄧㄝˊ 形容非常疲倦。也作「筋疲力盡」。例 小其最近為了布置新家，忙得筋疲力竭。反 生龍活虎。

✽腦筋、抽筋、鋼筋

筍

12/6 ㄙㄨㄣˇ (sǔn) ノ ⺊ ⺮ ⺮ ⺮ ⺮ 笇 筍 筍 筍 筍 筍

名 竹子的地下莖所長出的嫩芽。可供食用。

✽竹筍、蘆筍、雨後春筍

筏 12/6

ㄈㄚˊ (fá) 丿 𠂉 𥫗 𥫗 竺 竹 笩 笩 筏 筏 筏

名 用來渡水或航行的簡易交通工具。如：竹筏。

答 12/6

丿 𠂉 𥫗 𥫗 竺 竹 笁 笒 笒 笒 答 答

ㄉㄚˊ (dá) 動 1回覆別人的問題。如：回答。2回報。如：答禮。

ㄉㄚ (dā) 動 1允許。如：答應。2接續；搭上。如：答腔。

【答案】ㄉㄚˊ ㄢˋ 問題的解答。

【答應】ㄉㄚ ˙ㄧㄥ 1允許；許可。例 爸爸答應星期天帶全家去動物園玩。2出聲回答。例 弟弟好像在發呆，我叫他半天都沒答應。

【答謝】ㄉㄚˊ ㄒㄧㄝˋ 受人幫助而向人表示謝意。例 小元特地買禮物答謝朋友的幫忙。

✽報答、應答、問答

筷 13/7

ㄎㄨㄞˋ (kuài) 丿 𠂉 𥫗 𥫗 竺 竹 笁 笁 笁 筷 筷 筷 筷

名 吃飯時夾取食物的用具。如：碗筷。

節 13/7

ㄐㄧㄝˊ (jié) 丿 𠂉 𥫗 𥫗 竺 竹 笁 笁 笁 笁 節 節 節

名 1植物枝幹連結的地方。如：枝節。2動物骨頭連結的部分。如：關節。3事物或文章的一小部分。如：章節。4人的行為和操守。如：氣節。5禮儀；準則。如：禮節。6時令的區分。如：季節。7紀念日。如：端午節。8音樂的拍子。如：節拍。動 1約束；限制。如：節制。2減少；減省。如：節儉。量 計算分段時間或事物的單位。如：一節課。

【節奏】(ㄐㄧㄝˊ ㄗㄡˋ) 音樂的強弱快慢。例這首歌的節奏輕快，令人百聽不厭。

【節儉】(ㄐㄧㄝˊ ㄐㄧㄢˇ) 不浪費財物。例許先生雖然是一個富商，生活卻很節儉。

【節骨眼】(ㄐㄧㄝˊ ㄍㄨˊ ㄧㄢˇ) 比喻關鍵的部分或時間。例在這個決賽的節骨眼上，隊長居然扭傷腳，真是糟糕！

【節外生枝】(ㄐㄧㄝˊ ㄨㄞˋ ㄕㄥ ㄓ) 比喻事情還沒有解決又發生新的問題。例這件事已經決定，你就別再節外生枝了。近橫生枝節。

❀佳節、細節、不拘小節

筠 13/7

ㄩㄣˊ (yún)

筠

名①竹子青綠色的表皮。如：翠筠。②泛指竹子。

管 14/8

ㄍㄨㄢˇ (guǎn)

管 管

名①泛指簫、笛等以管發聲的樂器。如：管樂。②泛指細長、圓柱形而中空的東西。如：吸管。動①處理；掌理。如：管理。②約束；限制。如：管教。③供應。如：管吃管住。④顧慮；考慮。如：不管死活。⑤干涉；干預。如：少管閒事。副保證。如：包管你滿意。

【管制】(ㄍㄨㄢˇ ㄓˋ) 管理控制。例為了配合春節連續假期，高速公路將進行交通管制。

【管教】(ㄍㄨㄢˇ ㄐㄧㄠˋ) 約束教導。例管教孩子是父母應盡的責任。

【管理】(ㄍㄨㄢˇ ㄌㄧˇ) 對人或事物的管制和處理。例老師請學藝股長負責管理班上的圖書。

【管樂器】(ㄍㄨㄢˇ ㄩㄝˋ ㄑㄧˋ) 靠吹奏使空氣受到震動，產生聲音的樂器。根據製造的材料又可以分成木管與銅管樂器兩種。

【管中窺豹】(ㄍㄨㄢˇ ㄓㄨㄥ ㄎㄨㄟ ㄅㄠˋ) 比喻見識淺薄。例 平時要多閱讀課外讀物，討論事情時才不會管中窺豹，以偏概全。近 坐井觀天。

❀保管、儘管、看管

14/8

箔

ㄅㄛˊ (bó)

箔 箔

名 1 金屬薄片。如：金箔。2 塗上金屬粉的冥紙。如：冥箔。

14/8

箕

ㄐㄧ (jī)

箕 箕

名 1 揚米去糠的竹器。如：簸箕。2 裝塵土或垃圾的竹器。如：畚箕。

14/8

箝

ㄑㄧㄢˊ (qián)

箝 箝

名 夾東西的用具。如：鐵箝。動 夾住。如：箝住。

14/8

箋

ㄐㄧㄢ (jiān)

箋 箋

名 1 解釋古書文句意義的文字。如：箋注。2 精美的紙張。也泛指信件。如：信箋。

❀詩箋、便箋、處方箋

14/8

算

ㄙㄨㄢˋ (suàn)

算 算

名 計策；計謀。如：勝算。動 1 核計數目。如：心算。2 推測。如：算命。3 完結；作罷。如：算了吧！4 當作；屬於。如：這算誰的錯？

【算帳】(ㄙㄨㄢˋ ㄓㄤˋ) 1 計算帳目。2 指解決糾紛。有報復、理論的意思。例 你居然在別人面前說我壞話，回家後我一定要跟你算帳。

【算盤】(ㄙㄨㄢˋ ㄆㄢˊ) 一種計算用的工具。長方形框子，裡面有珠子，中間用

橫木隔開。上面一顆代表五，下面一顆代表一。

✽換算、失算、精打細算

14/8
箏
ㄓㄥ (zhēng)

名彈撥樂器。用梧桐木製成長方形音箱，面板呈弧形。箏面有絃，每根絃距離相等，絃下有撐絃柱，可以左右移動以調節音高。古代有十二、十三絃，現已增至十八、二十一、二十五絃等。

14/8
筵
ㄧㄢˊ (yán)

名①竹席。古人把竹席鋪在地上當座位，所以也有坐席的意思。如：賓客滿筵。②宴會。如：喜筵。

✽酒筵、天下無不散的筵席

15/9
箭
ㄐㄧㄢˋ (jiàn)

名①禾本科。竹子的一種，可以用來做箭桿。②搭在弓弦上可以發射出去的尖銳武器。如：弓箭。形快速的。如：箭步。

【箭靶】ㄐㄧㄢˋ ㄅㄚˇ 射箭時的目標。

✽光陰似箭、歸心似箭

15/9
範
ㄈㄢˋ (fàn)

名①法則；規定。如：規範。②好的榜樣。如：模範。③界限。如：範圍。形值得效法、學習的。如：範本。

【範例】ㄈㄢˋ ㄌㄧˋ 可以學習、參考的例子。

【範圍(ㄈㄢˋ ㄨㄟˊ)】界限。例明天國語考試的範圍是一到五課。

❀示範、典範、風範

15/9

箱

ㄒㄧㄤ (xiāng)

箱 箱 箱

名 1 有蓋有底，可以裝物品的容器。如：紙箱。2 車上供人乘坐或裝物品的地方。如：車箱。量 計算箱裝物品的單位。如：三箱飲料。

❀冰箱、壓箱寶、翻箱倒櫃

15/9

箴

ㄓㄣ (zhēn)

箴

名 文體的一種。有勸誡的性質。如：箴銘。動 規勸；告誡。如：箴誡。

【箴言(ㄓㄣ ㄧㄢˊ)】規勸告誡的文字或言語。例老師的箴言對我幫助很大。

15/9

篆

ㄓㄨㄢˋ (zhuàn)

篆 篆 篆

名 古代字體的一種。如：小篆。

【篆文(ㄓㄨㄢˋ ㄨㄣˊ)】中國字體的一種，有大篆和小篆之分。相傳大篆為周宣王時所作，小篆為秦李斯所作。又稱「篆書」。

15/9

箬

ㄖㄨㄛˋ (ruò)

箬 箬 箬

名 竹皮。俗稱「筍殼」。

15/9

篁

ㄏㄨㄤˊ (huáng)

篁 篁 篁

名 1 竹子的一種。2 竹林。如：幽篁。

15/9

篇

ㄆㄧㄢ (piān)

篇 篇 篇

㊔書籍；文章。如：篇章。㊝計算詩文的單位。首尾完整稱為一篇。如：兩篇作文。

【篇幅】(ㄆㄧㄢ ㄈㄨˊ) ①指文章的長短。㊐這篇評論文章雖然篇幅短小，但是內容十分精彩。②指報紙雜誌的版面所能容納文字的限度。㊐報紙的篇幅有限，不可能每一條新聞都報導。

✽詩篇、千篇一律、鬼話連篇

16/10
簑
ㄙㄨㄛ (suō)
ノ ㇒ ⺮ ⺮ ⺮ ⺮ 笁 笁 笁 笁 笁 笁 箺 簑 簑 簑

㊔用草或棕葉編成的雨衣。如：簑衣。

16/10
篙
ㄍㄠ (gāo)
ノ ㇒ ⺮ ⺮ ⺮ ⺮ 笁 笁 笁 笁 笁 笁 篙 篙 篙 篙

㊔撐船的竹竿。如：竹篙。

16/10
篤
ㄉㄨˇ (dǔ)
ノ ㇒ ⺮ ⺮ ⺮ ⺮ 竺 笁 笁 笁 笁 笁 篤 篤 篤 篤

㊒①沉重的。如：病篤。②忠厚誠實的。如：篤實。㊖切實；堅定。如：篤志。

【篤志】(ㄉㄨˇ ㄓˋ) 堅定心志不改變。㊐小謙篤志將來成為一名記者，以揭發社會不公的現象。

【篤定】(ㄉㄨˇ ㄉㄧㄥˋ) 堅定不改變。形容很有把握。㊐看他一臉篤定的樣子，就知道他能贏得作文比賽第一名。

16/10
篛
ㄖㄨㄛˋ (ruò)
ノ ㇒ ⺮ ⺮ ⺮ ⺮ 竻 笉 笉 笉 笉 笉 篛 篛 篛 篛

㊄「箬」的異體字。

16/10
築
ㄓㄨˊ (zhú)
ノ ㇒ ⺮ ⺮ ⺮ ⺮ 笁 笁 笁 筑 筑 筑 筑 筑 築 築

㊔建築物。如：小築。㊍蓋；建

造。如：築路。

❀建築、修築、構築

16/10

篡 ㄘㄨㄢˋ (cuàn)

動 1以強力或非法的方式奪取。如：篡奪。2私自任意改動。如：篡改。

【篡改】ㄘㄨㄢˋ ㄍㄞˇ 任意更改事實。例他偷偷篡改考卷上的成績，但還是被發現了。近竄改。

16/10

篩 ㄕㄞ (shāi)

名 底部有細孔，可以分離粗細顆粒的器具。如：篩子。動 用篩子過濾。如：篩米。

【篩選】ㄕㄞ ㄒㄩㄢˇ 過濾挑選。例報名參賽的繪畫作品經過篩選，共有十件進入決賽。

17/11

簇 ㄘㄨˋ (cù)

名 箭頭。通「鏃」。如：箭簇。動 聚集在一起。如：花團錦簇。副 極；非常。如：簇新。量 計算成叢花木的單位。如：一簇桃花。

【簇擁】ㄘㄨˋ ㄩㄥˇ 許多人圍著。例許多人簇擁著那位偶像劇演員，想要向他索取簽名。近圍繞。

17/11

簍 ㄌㄡˇ (lǒu)

名 用竹條或柳條編成的圓桶形容器。如：竹簍。量 計算簍裝物品的單位。如：兩簍菜。

17/11

篾 ㄇㄧㄝˋ (miè)

名 劈成條狀的細竹片。如：竹篾。

竹

篷

17/11

ㄆㄥˊ (péng) ㇒ ⺊ ⺮ 𥫗 竹 竹 竹 竻 竻 笅 笅 筌 篷 篷 篷 篷 篷

名 1 用來遮陽防雨的物品。如：車篷。2 披在身上，用來保暖的外衣。如：斗篷。

✽帳篷、涼篷、敞篷車

簫

18/12

ㄒㄧㄠ (xiāo) ㇒ ⺊ ⺮ 𥫗 竹 竹 竻 笋 笋 筆 筆 筆 簫 簫 簫 簫 簫 簫

名 吹奏樂器。用竹管做成。又稱「洞簫」。

簟

18/12

ㄉㄧㄢˋ (diàn) ㇒ ⺊ ⺮ 𥫗 竹 竹 竹 竺 笁 笞 笞 笞 笛 笛 筃 箽 簟 簟

名 竹席。如：簟席。

簪

18/12

ㄗㄢ (zān) ㇒ ⺊ ⺮ 𥫗 竹 竹 竻 笁 笄 笄 笄 笄 簪 簪 簪 簪 簪 簪

名 用來固定帽子或裝飾頭髮的長針。如：髮簪。動 插；戴。如：簪花。

簧

18/12

ㄏㄨㄤˊ (huáng) ㇒ ⺊ ⺮ 𥫗 竹 竹 竺 笁 笁 笁 笙 笙 箁 箁 箁 簧 簧 簧

名 1 樂器中用來振動發聲的薄片。如：簧片。2 泛指裝有簧片的樂器。3 機器中有彈力的物件。如：彈簧。

簡

18/12

ㄐㄧㄢˇ (jiǎn) ㇒ ⺊ ⺮ 𥫗 竹 竹 竹 笁 笁 笁 笥 笥 筒 筒 簡 簡 簡 簡

名 1 古代寫字用的狹長竹片，可以連在一起成一冊。如：竹簡。2 書信。如：書簡。形 單純的；不難的。如：簡單。動 減少；省略。如：簡化。

【簡約】ㄐㄧㄢˇ ㄩㄝ 簡要單純。例 奶奶生長在物質缺乏的時代，因此養成生活簡約的習慣。反 浪費。

【簡陋】(ㄐㄧㄢˇ ㄌㄡˋ) 簡略粗陋；不完備。例阿玲住在一間設備簡陋的屋子。反豪華。

【簡稱】(ㄐㄧㄢˇ ㄔㄥ) 將一般名詞或專有名詞縮短，方便稱呼。如：美利堅合眾國簡稱美國。

【簡潔有力】(ㄐㄧㄢˇ ㄐㄧㄝˊ ㄧㄡˇ ㄌㄧˋ) 簡要明白又切合重點。例班長說話簡潔有力，讓班上同學一聽就懂。

✽木簡、精簡、化繁為簡

18/12

簣

ㄎㄨㄟˋ (kuì)

丿 𠂉 𠂉 𥫗 ⺮ ⺮ 竺 笁 笞 笛 笮 箐 箐 箐 簀 簣 簣

名 裝土的竹器。如：功虧一簣。

18/12

簞

ㄉㄢ (dān)

丿 𠂉 𠂉 𥫗 ⺮ ⺮ 竺 竺 笞 笪 笪 筸 箪 箪 簞

名 圓形有蓋的盛飯竹器。如：簞食。

【簞食瓢飲】(ㄉㄢ ㄙˋ ㄆㄧㄠˊ ㄧㄣˇ) 形容生活清貧窮苦。例甘小姐雖然過著簞食瓢飲的生活，精神上卻很滿足。近褐衣疏食。反錦衣玉食。

19/13

簿

ㄅㄨˋ (bù)

丿 𠂉 𠂉 𥫗 ⺮ ⺮ 竺 笁 笁 笻 笻 箔 箔 箔 箔 簿 簿

名 1記事用的本子。如：帳簿。2訴訟文書。如：對簿公堂。

✽相簿、筆記簿、作業簿

19/13

簾

ㄌㄧㄢˊ (lián)

丿 𠂉 𠂉 𥫗 ⺮ ⺮ 竺 笇 笇 笇 笇 箞 箞 箞 簾 簾 簾

名 遮蔽門窗的用具。如：門簾。

✽窗簾、竹簾、布簾

19/13

簸

ㄅㄛˇ (bǒ)

丿 𠂉 𠂉 𥫗 ⺮ ⺮ 竺 笇 笇 笡 笡 箕 箕 箕 簸 簸 簸

動 1搖動米穀或米粒以去除米糠或雜物。如：簸米。2搖

動；晃動。如：顛簸。

ㄅㄛˋ (bò) 名 揚米去糠的竹器。如：簸箕。

簷
19/13

ㄧㄢˊ (yán)

名 1 屋頂向外延伸的部分。用來遮擋陽光、雨水。如：屋簷。2 覆蓋物的邊緣或延伸出來的部分。如：帽簷。

✽茅簷、廊簷、飛簷走壁

簽
19/13

ㄑㄧㄢ (qiān)

名 用來標記文字或符號的紙片。通「籤」。如：簽條。動 在文件或單據上寫下名字或文字，表示負責或紀念。如：簽名。

【簽到】(ㄑㄧㄢ ㄉㄠˋ) 寫下名字表示已經到達。例 參加夏令營的同學請在明天早上八點以前簽到。

【簽訂】(ㄑㄧㄢ ㄉㄧㄥˋ) 簽字訂立合約。例 媽媽和房東約好今天簽訂租約。

籌
20/14

ㄔㄡˊ (chóu)

名 1 計算數目的用具。如：籌碼。2 計策。如：一籌莫展。動 計劃。如：籌備。

【籌劃】(ㄔㄡˊ ㄏㄨㄚˋ) 策劃；打算。例 學校為了迎接百年校慶，特別籌劃了一系列的慶祝活動。

【籌碼】(ㄔㄡˊ ㄇㄚˇ) 1 賭博時計數的器具。2 指促成某事時，可運用的條件。例 老李握有談判的籌碼，完全不理會對方的威脅。

✽技高一籌、拔得頭籌

籃
20/14

ㄌㄢˊ (lán)

名 1有提柄的器具，通常用竹子、藤條或柳條編成。如：花籃。2籃球運動中讓人投球的帶網圓框。如：投籃。量計算成籃物品的單位。如：一籃水果。

✽菜籃、搖籃、職籃

20/14
籍
ㄐㄧˊ (jí)

名 1書本；簿冊。如：古籍。2祖居地或出生地。如：祖籍。

✽戶籍、國籍、書籍

21/15
籐
ㄊㄥˊ (téng)

名 棕櫚科，多年生木本植物。通「藤」。形 用竹或籐製成的。如：籐椅。

22/16
籠
ㄌㄨㄥˊ (lóng)

名 1用竹子編成，可以盛裝或覆蓋東西的器具。如：蒸籠。2用來關動物的器具。如：鳥籠。動 遮住；覆蓋。如：籠罩。量 計算成籠物品的單位。如：一籠包子。

【籠統】ㄌㄨㄥˊ ㄊㄨㄥˇ 模糊不清；不具體。例 你的說明太籠統了，是否可以再講具體一點？近 含糊。

【籠罩】ㄌㄨㄥˊ ㄓㄠˋ 覆蓋；遮蓋。例 夕陽西下，夜色逐漸籠罩大地。

✽燈籠、牢籠、鐵籠

22/16
籟
ㄌㄞˋ (lài)

名 1即「排簫」。古代的管樂器。

2 泛指一切聲音。如：萬籟。

23/17
籤
ㄑㄧㄢ (qiān)
筆順：丿 𠂉 𠂉 ⺮ ⺮ ⺮ ⺮ 笁 笁 笁 笁 笁 笁 筀 筀 筀 筀 筀 筀 筀 籤 籤 籤

名 1 求神、占卜所用的竹片。如：抽籤。2 上面有文字或符號作為標記的竹片、紙片。如：書籤。3 尖細的東西。如：牙籤。

✽標籤、藥籤、求籤

25/19
籬
ㄌㄧˊ (lí)
筆順：丿 𠂉 𠂉 ⺮ ⺮ ⺮ 笁 笁 笁 笁 笁 笁 笁 笁 笁 笁 笁 笁 籬 籬 籬 籬 籬

名 用竹子、樹枝所編成的隔離物。如：竹籬。

【籬笆】ㄌㄧˊ ㄅㄚ 用竹子、樹枝等編成的柵欄。

✽藩籬、圍籬、寄人籬下

25/19
籮
ㄌㄨㄛˊ (luó)
筆順：丿 𠂉 𠂉 ⺮ ⺮ ⺮ 笁 笁 笁 笁 笁 笁 笁 笁 笁 笁 笁 笁 籮 籮 籮 籮 籮

名 一種用來放東西或洗米的竹器。

量 計算籮裝物品的單位。如：一籮水果。

32/26
籲
ㄩˋ (yù)
筆順：丿 𠂉 𠂉 ⺮ ⺮ ⺮ 笁 笁 笁 笁 笁 笁 笁 笁 笁 笁 笁 笁 笁 笁 笁 笁 籲 籲 籲 籲

動 呼告；請求。如：呼籲。

米部 ㄇㄧˇ

6/0
米
ㄇㄧˇ (mǐ)
筆順：丶 丷 䒑 半 米 米

名 1 穀物去殼後的實粒。現專指稻實。如：米飯。2 指植物去掉皮、

殼的種子、果仁。如：花生米。③細小像米粒的東西。如：蝦米。㊧量 即「公尺」。計算長度的單位。

【米色】ㄇㄧˇ ㄙㄜˋ 像米一樣的淺黃色。㊥例 相較於白紙，米色紙張更適合長時間閱讀。

【米蟲】ㄇㄧˇ ㄔㄨㄥˊ ①蛀米的蟲。②比喻只會吃喝不做事的人。③指控制米價，從中獲利的奸商。

✻白米、玉米、爆米花

籽 9/3

ㄗˇ (zǐ)

㊔名 植物的種子。如：菜籽。

粉 10/4

ㄈㄣˇ (fěn)

㊔名 ①細末狀的東西。如：麵粉。②擦在臉上的化妝品。如：脂粉。③用穀類粉末製成的食物。如：通心粉。㊢形 白色的。如：粉牆。㊣動 ①塗抹裝飾。如：粉刷。②變成碎裂。如：粉身碎骨。

【粉刷】ㄈㄣˇ ㄕㄨㄚ 用塗料塗刷。㊥例 為了節省工錢，爸爸決定自己粉刷牆壁。

【粉碎】ㄈㄣˇ ㄙㄨㄟˋ ①碎裂成細末狀。㊥例 弟弟不小心把花瓶摔得粉碎。②徹底破壞。㊥例 籃球校隊努力奮戰，粉碎了對手奪取冠軍的美夢。

【粉墨登場】ㄈㄣˇ ㄇㄛˋ ㄉㄥ ㄔㄤˇ 指演員上臺表演。㊥例 阿諾第一次粉墨登場，他緊張到一直流汗。

✻米粉、花粉、紅粉知己

粒 11/5

ㄌㄧˋ (lì)

㊔名 細小顆狀的固體。如：沙粒。㊧量 計算小顆物體的單位。如：一粒米。

✻顆粒、米粒、飯粒

粗 11/5

ㄘㄨ (cū)

㊢形 ①不精細的。如：粗布。②不雅；低俗的。如：粗魯。③大的。

如：粗壯。4不仔細；不小心。如：粗心。5花費體力的。如：粗工。6低沉的。如：粗聲。副大略；稍微。如：粗具規模。

【粗心】ㄘㄨ ㄒㄧㄣ 做事不謹慎、不小心。例考試時小辰因為粗心而答錯許多題目。近大意。反仔細。

【粗略】ㄘㄨ ㄌㄩㄝˋ 大概。例這篇報導我只粗略看了一下。反詳盡。

【粗魯】ㄘㄨ ㄌㄨˇ 粗野魯莽。例小智洗碗太過粗魯，摔破了好幾個碗盤。

【粗獷】ㄘㄨ ㄍㄨㄤˇ 豪放；有氣魄。例叔叔留起鬍子後，有一種粗獷的味道。反斯文。

【粗製濫造】ㄘㄨ ㄓˋ ㄌㄢˋ ㄗㄠˋ 形容隨便製造，不顧品質。例這種粗製濫造的商品，很快就會被市場淘汰。反精雕細琢。

✽動粗、財大氣粗、臉紅脖子粗

11/5

粘

ㄋㄧㄢˊ (nián)

動用膠將東西合為一體。通「黏」。如：粘在紙上。

【粘貼】ㄋㄧㄢˊ ㄊㄧㄝ 把東西貼合在一起。例他把海報粘貼在牆上。

11/5

粕

ㄆㄛˋ (pò)

見「糟粕」。

12/6

粥

ㄓㄡ (zhōu) 名稀飯。如：八寶粥。

ㄩˋ (yù) (限讀) 見「葷粥」。

12/6

粟

ㄙㄨˋ (sù)

名1糧食的通稱。2禾本科，一年生草本植物。果實呈黃色，可供食用或釀酒。俗稱「小米」。

✽罌粟、千鍾粟、滄海一粟

米

13/7
粱
ㄌㄧㄤˊ (liáng)

粱

名 即「粟」。

✽高粱、膏粱、黃粱一夢

13/7
粳
ㄍㄥ (gēng)

粳

名 晚熟而沒有黏性的稻米。

13/7
粲
ㄘㄢˋ (càn)

粲

形 光明美好。如：粲爛。動 笑。如：博君一粲。

13/7
粵
ㄩㄝˋ (yuè)

粵

專 1古代種族名。分布在中國東南方和南方各地，族類很多，故稱百粵。也作「百越」。2指百粵所住的地方。就是今天廣東、廣西一帶。3廣東的簡稱。

14/8
粽
ㄗㄨㄥˋ (zòng)

粽 粽

名 用竹葉或筍殼包裹糯米和餡做成的食品。如：肉粽。

14/8
粹
ㄘㄨㄟˋ (cuì)

粹 粹

名 1沒有雜質的白米。2精華。如：國粹。形 純淨而沒有雜質的。如：純粹。

14/8
精
ㄐㄧㄥ (jīng)

精 精

名 1純淨的上等白米。2去除雜質，經過提煉的物品。如：雞精。3活力；心神。如：精神。4神怪。如：蜘蛛精。5雄性動物生殖腺所

分泌的液體。如：精液。形①細密；細緻。如：精細。②優良的；品質好的。如：精品。③聰明能幹的。如：精明。動擅長。如：精通。副①完全。如：輸得精光。②特別。如：精選。

【精力】ㄐㄧㄥ ㄌㄧˋ 精神和力氣。例阿慈花了不少精力才完成這項美術作品。近心血。

【精心】ㄐㄧㄥ ㄒㄧㄣ 細心；用心。例媽媽精心烹調的晚餐真是營養好吃。

【精神】ㄐㄧㄥ ㄕㄣˊ ①活力；心神。例阿財昨天失眠，今天上課時精神很差，老是打瞌睡。②思想；主義。例在團隊中，合作的精神比什麼都重要。

【精彩】ㄐㄧㄥ ㄘㄞˇ 表現出色。也作「精采」。例馬戲團的表演很精彩。

【精通】ㄐㄧㄥ ㄊㄨㄥ 擅長；通曉。例哥哥精通電腦，有不懂的地方我都會去問他。

【精緻】ㄐㄧㄥ ㄓˋ 美好細緻。例這只精緻的杯子，價格非常高昂。

【精打細算】ㄐㄧㄥ ㄉㄚˇ ㄒㄧˋ ㄙㄨㄢˋ 準確仔細的計算。例媽媽總是精打細算，連買衛生紙都會貨比三家。

【精挑細選】ㄐㄧㄥ ㄊㄧㄠ ㄒㄧˋ ㄒㄩㄢˇ 謹慎小心的選擇。例這是我精挑細選要送給小英的生日禮物。

【精益求精】ㄐㄧㄥ ㄧˋ ㄑㄧㄡˊ ㄐㄧㄥ 形容不斷的追求進步。例姐姐的小說得獎後，爸爸勉勵她要精益求精，繼續努力。反每況愈下。

【精神抖擻】ㄐㄧㄥ ㄕㄣˊ ㄉㄡˇ ㄙㄡˇ 形容人奮起振作，活力十足。例星期天一大早，我們全家就精神抖擻的去爬山。近朝氣蓬勃。

❀奶精、酒精、博大精深

14/8

粼

ㄌㄧㄣˊ (lín)

粼 粼

米

見「粼粼」。

【粼粼】(ㄌㄧㄣˊ ㄌㄧㄣˊ) 波光閃爍的樣子。(例)在陽光的照射下，水面波光粼粼，十分美麗。

15/9
糊
ㄏㄨˊ (hú)

丶 丷 ⺌ 半 米 米 米 米 籵 粘 粘 糊 糊 糊

(名)有黏性且濃稠的物體。如：芝麻糊。(形)不清楚的。如：模糊。(動)1黏貼。如：糊紙。2比喻勉強維持生活。通「餬」。如：糊口。(副)燒焦；煮爛。如：飯煮糊了。

【糊口】(ㄏㄨˊ ㄎㄡˇ) 謀生；維持生活。(例)陳老伯靠著賣小吃糊口。

✽含糊、迷糊、麵糊

16/10
糖
ㄊㄤˊ (táng)

丶 丷 ⺌ 半 米 米 米 米 粐 粐 粐 粐 粐 糖 糖 糖

(名)1用米、麥、甘蔗、甜菜等提煉出的甜性物質。如：蔗糖。2用糖製成的食品。如：軟糖。(形)甜的。如：糖味。

✽花生糖、口香糖、葡萄糖

16/10
糕
ㄍㄠ (gāo)

丶 丷 ⺌ 半 米 米 米 米 米 米 米 糕 糕 糕 糕 糕

(名)用米粉、麵粉或豆粉所製成的塊狀食品。如：蛋糕。

【糕點】(ㄍㄠ ㄉㄧㄢˇ) 泛指糕餅點心。

✽糟糕、年糕、蘿蔔糕

17/11
糜
ㄇㄧˊ (mí)

丶 亠 广 广 广 广 庁 庥 庥 麻 麻 麻 麻 麻 糜 糜 糜

(名)濃稠的粥。(動)1潰爛。如：糜爛。2浪費。通「靡」。如：糜費。

【糜爛】(ㄇㄧˊ ㄌㄢˋ) 生活奢侈放縱。也作「靡爛」。(例)小東仗著家裡有錢，天天過著糜爛的生活。

17/11
糠
ㄎㄤ (kāng)
、 丷 丬 半 米 米 籵 粁 粐 粐 粐 粐 糠 糠 糠 糠 糠

(名) 穀物外殼。如：米糠。

17/11
糟
ㄗㄠ (zāo)
、 丷 丬 半 米 米 籵 粁 粡 粡 粬 粬 糟 糟 糟 糟 糟

(名) 酒過濾之後所剩下的殘渣。如：紅糟。(形) 壞；不好的。如：糟透了。(動) 用酒的殘渣醃食物。如：糟魚。

【糟粕】ㄗㄠ ㄆㄛˋ 比喻剩餘無用的東西。(例) 農夫把這些釀酒剩餘的糟粕拿去當肥料。

【糟糕】ㄗㄠ ㄍㄠ 比喻事情或狀況很壞。(例) 糟糕！我的錢包不見了。

【糟蹋】ㄗㄠ ㄊㄚˋ 1 形容不愛惜東西。(例) 你這樣糟蹋食物，實在太不應該了。(反) 珍惜。2 侮辱；嘲罵。(例) 陳先生當著大家的面辱罵小丁，簡直就是糟蹋他的尊嚴，太過分了。

✽酒糟、一團糟、亂七八糟

17/11
糞
ㄈㄣˋ (fèn)
、 丷 䒑 半 米 米 峇 畨 畨 畨 畨 畨 糞 糞 糞 糞 糞

(名) 動物的排泄物。如：牛糞。(形) 汙穢的。如：糞土。

【糞土】ㄈㄣˋ ㄊㄨˇ 1 髒的泥土。2 比喻沒有價值的東西。(例) 陶淵明個性清高，視富貴如糞土。

17/11
糢
ㄇㄛˊ (mó)
、 丷 丬 半 米 米 粁 粁 粁 粁 粁 粨 粨 糢 糢

(名) 大餅。通「饃」。

17/11
糙
ㄘㄠ (cāo)
、 丷 丬 半 米 米 粁 粁 粘 粘 粘 粘 糙 糙 糙 糙 糙

(名) 見「糙米」。(形) 不精細的。如：粗糙。

【糙米】(ㄘㄠ ㄇㄧˇ) 只去掉穀皮而碾得不精的米。營養價值較高。

18/12

糧 ㄌㄧㄤˊ (liáng)

名 穀類食物的總稱。如：乾糧。

【糧食】(ㄌㄧㄤˊ ㄕˊ) 指米穀或其他可以吃的食物。

✽斷糧、囤糧、五穀雜糧

20/14

糯 ㄋㄨㄛˋ (nuò)

名 富有黏性的稻米。如：糯米。

糸部 ㄇㄧˋ

6/0

糸 ㄇㄧˋ (mì)

名 細絲。

7/1

系 ㄒㄧˋ (xì)

名 ①有聯屬關係的事物。如：系統。②大學所設置的科別。如：歷史系。③家族譜。如：系出名門。

【系列】(ㄒㄧˋ ㄌㄧㄝˋ) 一連串的；有相關的。例 今年校慶，學校將要舉行一系列的慶祝活動。

✽旁系、科系、派系

8/2

糾 ㄐㄧㄡ (jiū)

動 ①纏繞。如：糾纏。②集合。如：糾集。③矯正。如：糾正。④告發。如：糾舉。

【糾正】(ㄐㄧㄡ ㄓㄥˋ) 改正錯誤。例 老師糾正小文咬指甲的壞習慣。近 更正。

【糾紛】(ㄐㄧㄡ ㄈㄣ) 爭執。例 小裕因為喝醉酒而和旁人發生糾紛。

【糾纏】(ㄐㄧㄡ ㄔㄢˊ) ①互相纏繞。例 這團電線糾纏在一起，要花點時間才能

分開。2打擾；煩擾。例受不了前男友的糾纏，小美只好關掉手機。

9/3
紂
ㄓㄡˋ (zhòu)　纟 纟 纟 糸 糸 糸 紂 紂 紂

專古代帝王的名字。商朝最後一位君王，非常殘暴。

9/3
紅
纟 纟 纟 糸 糸 糸 紅 紅 紅

ㄏㄨㄥˊ (hóng) 名1像血一樣的顏色。如：鮮紅。2代指花朵。如：萬紫千紅。3指工商業扣掉成本之後所賺的錢。如：分紅。形顯赫的；受人歡迎的。如：大紅大紫。

ㄍㄨㄥ (gōng)（限讀）名指婦女織布、縫紉等工作。通「工」。如：女紅。

【紅潤】ㄏㄨㄥˊ ㄖㄨㄣˋ 臉頰紅色有光澤的樣子。例經過幾天的休息，小春不但精神恢復了，臉色也變得紅潤許多。反蒼白。

❋腮紅、火紅、滿臉通紅

9/3
紀
ㄐㄧˋ (jì)　纟 纟 纟 糸 糸 糸 紀 紀 紀

名1法則；規矩。如：軍紀。2記載。如：紀錄。3年歲。如：年紀。動1治理；管理。如：經紀。2留存。如：紀念。3記載。通「記」。如：紀錄。量1記年的單位。現以一百年為一世紀。2地質時間的單位。如：泥盆紀。

【紀念】ㄐㄧˋ ㄋㄧㄢˋ 1用事物或行動表達懷念。例政府決定在海邊豎立一座銅像，紀念阿丁捨身救人的行為。2留念的物品。例這張獎狀是小如贏得比賽的紀念。

【紀錄】ㄐㄧˋ ㄌㄨˋ 1記載。2被記下來的事實。例阿廣打破了一百公尺短跑的全國紀錄。

❋違紀、風紀、目無法紀

糸

紉 9/3
ㄖㄣˋ (rèn)

紉 紉 紉

動 引線穿針。也指縫補。如：縫紉。

紇 9/3
ㄏㄜˊ (hé)

紇 紇 紇

專 即「回紇」。唐朝時西北方的民族。

約 9/3
ㄩㄝ (yuē)

約 約 約

名 1共同訂下的條文和規範。如：合約。2預先說定的事。如：赴約。形 1簡要。如：線條簡約。2節儉。如：節約。3模糊的。如：隱約。動 1限制；管束。如：約束。2事先說好。如：約定。3邀請。如：他約我去看電影。副 大概。如：大約。

【約定】ㄩㄝ ㄉㄧㄥˋ 事先用口頭或書面共同約束決定。例 小安和我約定一個月見一次面。

【約略】ㄩㄝ ㄌㄩㄝˋ 大約；大概。例 經過約略的統計，屋裡將近有五十個人。近 大略。反 詳盡。

【約會】ㄩㄝ ㄏㄨㄟˋ 事先約定的會面。例 姐姐說她下班後還有約會，要十點以後才回家。

✻契約、邀約、預約

紈 9/3
ㄨㄢˊ (wán)

紈 紈 紈

名 白色的絲織品。如：羅紈。

紊 10/4
ㄨㄣˋ (wèn)

紊 紊 紊

形 雜亂的。如：有條不紊。

【紊亂】ㄨㄣˋ ㄌㄨㄢˋ 雜亂沒有秩序。例 阿昆的桌上紊亂不堪，常常找不到需要的東西。反 整齊。

素 10/4
ㄙㄨˋ (sù)

素 素 素

名 1事物的基本成分。如：元素。

2齋食；無肉類及動物性脂肪的飲食。如：吃素。形 1白色。如：素衣。2不華麗的。如：樸素。副 平時；一向。如：素來。

【素描】(ㄙㄨˋ ㄇㄧㄠˊ) 只用線條和畫面的明暗描繪物體形象的單色畫。

【素質】(ㄙㄨˋ ㄓˊ) 本質。例 小廷的素質很好，只要加以培養一定可以成為優秀的音樂家。

✽平素、因素、我行我素

10/4
索 ㄙㄨㄛˇ (suǒ)

名 粗的繩子。如：繩索。形 1孤單的。如：離群索居。2空；無。如：索然無味。動 1尋找。如：搜索。2要；取。如：索取。

【索然無味】(ㄙㄨㄛˇ ㄖㄢˊ ㄨˊ ㄨㄟˋ) 完全沒有趣味。例 這本小說的內容索然無味，令人看得昏昏欲睡。近 枯燥乏味。反 津津有味。

✽摸索、線索、思索

10/4
紡 ㄈㄤˇ (fǎng)

名 一種柔軟細緻的絲織品。如：紡綢。動 將棉、麻、絲、毛等纖維製成紗線。如：紡紗。

【紡織】(ㄈㄤˇ ㄓ) 紡紗和織布。指將天然或人工纖維製成布料的過程。

10/4
紋 ㄨㄣˊ (wén)

名 1紡織品上的線條或圖案。2泛指一切線條或皺折。如：皺紋。動 刺上文字或圖案。如：紋面。

【紋身】(ㄨㄣˊ ㄕㄣ) 在皮膚刺上文字或圖案。近 刺青。

✽指紋、花紋、迴紋針

10/4
紜 ㄩㄣˊ (yún)

形 紛亂。如：紛紜。

糸

10/4
純
ㄔㄨㄣˊ (chún)

(形)①沒有雜質的。如：純白。②質樸；沒有雕飾的。如：純樸。③真誠的。如：純良。(副)全；都。如：純屬虛構。

【純粹】ㄔㄨㄣˊ ㄘㄨㄟˋ ①純正不雜的。(例)這杯柳橙汁很純粹，沒有添加其他物質。(反)摻雜。②完全。(例)小威純粹是為了學好英文才來補習班上課。

【純潔】ㄔㄨㄣˊ ㄐㄧㄝˊ 心地純真潔淨，沒有絲毫邪念。(例)文靜是個純潔的女孩，我擔心她會被壞人欺騙。

【純樸】ㄔㄨㄣˊ ㄆㄨˊ 純真樸實。也作「淳樸」。(例)鄉下地方民風純樸，每個人都會互相幫忙。(反)浮華。

✽單純、清純、爐火純青

10/4
紐
ㄋㄧㄡˇ (niǔ)

(名)①衣服的扣子。如：紐扣。②器物上可以用來提起或綁繩子的部分。如：門紐。③根本；關鍵。如：樞紐。

10/4
紕
ㄆㄧ (pī)

(名)錯誤。如：紕漏。

【紕漏】ㄆㄧ ㄌㄡˋ 錯誤；疏漏。(例)小志做事常常出紕漏，所以老師不敢讓他擔任幹部。

10/4
納
ㄋㄚˋ (nà)

(動)①接受。如：笑納。②交出。如：納稅。③享受。如：納涼。

【納涼】ㄋㄚˋ ㄌㄧㄤˊ 享受涼快。(例)夏天的夜晚，我們最愛坐在庭院中納涼聊天。(近)乘涼。

【納悶】ㄋㄚˋ ㄇㄣˋ 因不明白而感到疑惑。(例)小宏最近不大理人，令周遭的朋友感到很納悶。

✽容納、接納、歸納

10/4
紗 ㄕㄚ (shā)

紗

名 1用絲、棉、麻、毛等製成的輕柔細線。如：棉紗。2用絲、棉所織成的輕薄布料。如：薄紗。3縱橫交錯而有小孔的編織物。如：窗紗。

【紗窗】裝有尼龍網或鐵網的窗子。可以用來防止蚊蟲進入並保持通風。

❀面紗、婚紗、白紗

10/4
級 ㄐㄧˊ (jí)

級

名 1泛指人或物的高下等第。如：階級。2階梯。如：石級。3學校的年限班次。如：六年級。4頭。如：首級。量 1計算階梯、塔層的單位。如：百級階梯。2計算事物分級的單位。如：身分三級跳。

❀高級、升級、班級

10/4
紙 ㄓˇ (zhǐ)

紙

名 由植物纖維製成的薄片。可以用來書寫、擦拭、包裝、印刷等。如：白紙。量 計算書信、文件的單位。如：一紙公文。

【紙錢】祭祀時燒給鬼神的冥紙。

【紙老虎】比喻外表強悍，實際上卻沒有實力的人。

【紙包不住火】比喻不管怎麼隱瞞，真相早晚都會被發現。例 紙包不住火，考試不及格的事你還是早點向父母坦白比較好。

❀稿紙、面紙、牛皮紙

10/4
紛 ㄈㄣ (fēn)

紛

名 爭吵；爭執。如：糾紛。形 1雜亂。如：紛亂。2眾多。如：繽紛。

糸

【紛紛】(ㄈㄣ ㄈㄣ) 1眾多而雜亂的樣子。例對於那個叔叔奇怪的舉動，大家議論紛紛。2連續不斷的樣子。例班會上，同學們針對畢業旅行的地點，紛紛提出自己的意見。

【紛擾】(ㄈㄣ ㄖㄠˇ) 混亂不安。例林爺爺為了避開外界的紛擾而決定到深山隱居。反寧靜。

11/5
紮
ㄓㄚˊ (zhá)
一 十 才 木 札 札 紮 紮 紮 紮 紮

動1綑綁。如：包紮。2軍隊駐留在一個地方。如：駐紮。量計算成束物品的單位。如：一紮乾草。

【紮實】(ㄓㄚˊ ㄕˊ) 穩固；踏實。例這座大樓建得很紮實，難怪上次地震時，一點損傷也沒有。

✽捆紮、紙紮、穩紮穩打

11/5
累
丶 冂 日 田 田 罒 罒 罒 累 累 累

ㄌㄟˇ (lěi) 形重疊的；連續的。如：累次。動增加。如：日積月累。副頻頻。如：累戰。

ㄌㄟˋ (lèi) 名負擔。如：家累。形疲倦。如：勞累。動牽扯；相關。如：連累。

【累累】(ㄌㄟˊ ㄌㄟˊ) 1眾多的樣子。例小強不小心摔落山谷，身上傷痕累累。2一次又一次。例那個歹徒犯案累累，被法官判了重刑。

【累積】(ㄌㄟˇ ㄐㄧ) 聚集堆積。例平時多閱讀書籍，可以累積豐富的知識。

✽拖累、疲累、經年累月

11/5
絃
ㄒㄧㄢˊ (xián)
𠃋 幺 幺 糸 糸 糸 紅 紅 紜 絃 絃

名1張在樂器上，用來振動發聲的細線。通「弦」。如：琴絃。2弓上用來發射箭的細繩。通「弦」。如：弓絃。3泛指絃樂器。如：管絃。

【絃外之音】(ㄒㄧㄢˊ ㄨㄞˋ ㄓ ㄧㄣ) 比喻話中另外一層沒有講出來的意思。例老師

話中的絃外之音是：你再不努力，考試就不會過關。(近)言外之意。

✽絕絃、和絃、扣人心絃

11/5
紼 ㄈㄨˊ (fú)

(名)用來牽引靈柩入墓的大麻繩。如：執紼。

11/5
絆 ㄅㄢˋ (bàn)

(動)①拘束。如：羈絆。②腳被纏住。如：絆倒。

【絆倒 ㄅㄢˋ ㄉㄠˇ】走路時腳遇到阻礙，失去平衡而跌倒。(例)弟弟走路時不小心被石頭絆倒。

11/5
紹 ㄕㄠˋ (shào)

(動)①繼承。如：克紹箕裘。②引介。如：介紹。

11/5
統 ㄊㄨㄥˇ (tǒng)

(名)世代相傳不斷的關係。如：血統。(動)總管一切。如：統理。(副)總括。如：統稱。

【統一 ㄊㄨㄥˇ ㄧ】①將部分合為一個整體。(例)劉邦四處作戰，目的是為了統一天下。(反)分裂。②一致的；整體的。(例)全校同學統一戴上帽子到操場參加朝會。(反)散亂。

【統計 ㄊㄨㄥˇ ㄐㄧˋ】①總括計算。(例)要參加這次活動的人請早點報名，以方便我們統計人數。②把同一範圍內的事物，用數學的方法整理、計算和歸類，以作為進一步觀察、研究的依據。

✽籠統、正統、傳統

11/5
組 ㄗㄨˇ (zǔ)

(名)機關或團體中的辦事單位。如：活動組。(動)結合；構成。如：組團。(量)計算成套物品或成群人的單

糸

位。如：兩組人馬。

【組合】(ㄗㄨˇ ㄏㄜˊ) 把相關的事物依照規則合在一起。例哥哥把新買的玩具組合成一輛汽車。

【組織】(ㄗㄨˇ ㄓ) 1有目的、有規則的結合。例他們自動自發的組織一個關懷老人的義工團隊。2依照特定目的、規則結合成的團體。如：工會組織。3文章、事物的條理。例這篇小說組織架構很完整，是難得的佳作。4功能、構造相同的細胞群。如：神經組織。

❋編組、分組、群組

紳

11/5 ㄕㄣ (shēn)

名1古代官員綁在腰間的大帶子。2指官員或有地位的人。如：仕紳。

【紳士】(ㄕㄣ ㄕˋ) 地方上有身分和地位的人。現多指有禮貌、有風度的男性。

❋鄉紳、官紳、土豪劣紳

細

11/5 ㄒㄧˋ (xì)

形1微小的。如：細微。2精密；精緻。如：細緻。3完整；周密的。如：仔細。4瑣碎；不重要的。如：細故。5瘦的；窄的。如：細竹。

【細心】(ㄒㄧˋ ㄒㄧㄣ) 心思周密，能注意到一些微小的事物。例小珍做事細心，難怪很少出錯。反粗心。

【細胞】(ㄒㄧˋ ㄅㄠ) 構成生物體的最小單位。包括細胞核、細胞質和細胞膜，植物在細胞膜外面還多了細胞壁。

【細菌】(ㄒㄧˋ ㄐㄩㄣˋ) 形體十分微小的單細胞生物。絕大部分靠寄生或腐生生存，有些對人體有益，有些則會引起疾病。

【細節】(ㄒㄧˋ ㄐㄧㄝˊ) 完整詳細的情節。

❋詳細、膽大心細、精挑細選

11/5
絀 ㄔㄨˋ (chù)

ㄥ 幺 幺 糸 糸 糸 糸 糹 糾 糾 紃 絀 絀

㊎不足的。如：短絀。㊍貶退。通「黜」。如：罷絀。

11/5
終 ㄓㄨㄥ (zhōng)

ㄥ 幺 幺 糸 糸 糸 糸 糹 紁 終 終 終

㊔[1]結局。如：有始有終。[2]死亡。如：送終。㊎[1]整個的。如：終年。[2]最後的。如：終點。㊍完畢；結束。如：終了。㊓到底；畢竟。如：終於。

【終止 ㄓㄨㄥ ㄓˇ】停止；結束。㊕學校決定終止和這家廠商的合作關係。

【終究 ㄓㄨㄥ ㄐㄧㄡˋ】畢竟。㊕他終究還是個孩子，怎麼能懂得這種人生道理？

㊐終歸。

【終於 ㄓㄨㄥ ㄩˊ】到底；最後。㊕經過三個小時的努力，弟弟終於把這張拼圖完成了。

【終點 ㄓㄨㄥ ㄉㄧㄢˇ】盡頭；目的地。引申為結束、結局。㊖起點。

❀最終、年終、自始至終

12/6
紫 ㄗˇ (zǐ)

ㄧ ㅏ ㅑ 止 止 此 此 些 些 紫 紫 紫

㊔[1]像茄子一樣的顏色。[2]代指花。如：萬紫千紅。

【紫外線 ㄗˇ ㄨㄞˋ ㄒㄧㄢˋ】波長介於紫光和 X 光之間的電磁波。肉眼看不見，醫學上用來消毒、治療皮膚病等。

❀大紅大紫、紅得發紫

12/6
絮 ㄒㄩˋ (xù)

ㄑ 女 女 如 如 如 如 絮 絮 絮 絮 絮

㊔[1]彈鬆的棉花。如：棉絮。[2]泛指白色、像棉花一樣輕軟的東西。如：柳絮。㊎煩瑣多話的。如：絮煩。

【絮絮叨叨 ㄒㄩˋ ㄒㄩˋ ㄉㄠ ㄉㄠ】說話囉嗦重複的樣子。㊕妹妹一直在旁邊絮絮叨叨，害我無法專心寫功課。

✿花絮、飛絮、敗絮

12/6
絞 ㄐㄧㄠˇ (jiǎo)

(名)把犯人吊死的刑罰。(動)將繩子、布相交扭緊。如：絞毛巾。

【絞痛】ㄐㄧㄠˇ ㄊㄨㄥˋ 形容劇烈的疼痛。(例)小胖午餐吃到不乾淨的東西，現在肚子感到一陣絞痛。

【絞盡腦汁】ㄐㄧㄠˇ ㄐㄧㄣˋ ㄋㄠˇ ㄓ 比喻盡力思考。(例)小明絞盡腦汁還是解不出這道數學題。(近)嘔心瀝血。

12/6
絨 ㄖㄨㄥˊ (róng)

(名)表面有一層細毛的布料。如：天鵝絨。

【絨毛】ㄖㄨㄥˊ ㄇㄠˊ 1物體表面上披覆的柔細短毛。2動物小腸內壁的指狀小凸起，可以幫助小腸吸收養分。

12/6
結

ㄐㄧㄝˊ (jié) (名)用繩線或帶子所打成的紐。如：蝴蝶結。(動)1將繩線交錯編成東西。如：結網。2聯合；建立關係。如：結盟。3凝聚。如：結冰。4植物長出果實。如：開花結果。5構成；產生。如：結怨。6終了。如：結束。

ㄐㄧㄝ (jiē) (形)強壯健康的。如：結實。(副)說話不順的樣子。如：結巴。

【結巴】ㄐㄧㄝ ㄅㄚ 講話不流利的樣子。(例)大牛一緊張，講話就會結巴。(近)口吃。

【結局】ㄐㄧㄝˊ ㄐㄩˊ 收場；結果。(例)這部戲的結局很感人，我看得淚流滿面。

【結束】ㄐㄧㄝˊ ㄕㄨˋ 終了。(例)宴會結束後，賓客慢慢散去。(反)開始。

【結果】ㄐㄧㄝˊ ㄍㄨㄛˇ 1植物長出果實。2事物最後的結局。(例)比賽結果將由裁判公布。

【結婚】ㄐㄧㄝˊ ㄏㄨㄣ 雙方準備有兩位以上證人簽名的證明文件，親自向戶政機關辦理登記，而正式成為配偶的法律行為。㊀反離婚。

【結晶】ㄐㄧㄝˊ ㄐㄧㄥ 1物質從液態或氣態變成固態的過程。2比喻投入心血的成果。例這些工藝品是張老先生畢生的心血結晶。

【結實】一ㄐㄧㄝˊ ㄕˊ 植物長出果實。例夏天一到，庭院裡的果樹各個結實纍纍。二ㄐㄧㄝ ˙ㄕ 1堅固。例這棟房子很結實，地震來了也不怕。2強壯。例阿榮的身體看起來十分結實。

【結論】ㄐㄧㄝˊ ㄌㄨㄣˋ 最後的評論和判斷。

❀凝結、連結、打結

12/6

絕 ㄐㄩㄝˊ (jué)

ㄥ ㄠ 幺 糸 糸 糸 糹 紀 紀 絕 絕 絕

名古代詩體名。如：絕句。形1特別的。如：絕技。2沒有希望的。如：絕路。動1中斷；切斷。如：斷絕。2停止。如：滔滔不絕。3盡。如：氣絕身亡。4不接受。如：拒絕。副1一定。如：絕不原諒。2最；極。如：絕妙。

【絕交】ㄐㄩㄝˊ ㄐㄧㄠ 切斷關係，停止來往。例他們居然為了一點小事而絕交，實在太不值得。近斷交。

【絕活】ㄐㄩㄝˊ ㄏㄨㄛˊ 特別而無人能比的本事。例媽媽的拿手絕活是紅燒牛肉，吃過的人都讚不絕口。

【絕症】ㄐㄩㄝˊ ㄓㄥˋ 無法醫好的病。例他雖然得到絕症，依然積極面對人生。

【絕望】ㄐㄩㄝˊ ㄨㄤˋ 完全沒有希望。例在一連串的打擊之下，阿茂不禁對人生感到絕望。

【絕種】ㄐㄩㄝˊ ㄓㄨㄥˇ 某類生物完全滅亡，不再存在。例臺灣黑熊因為環境的變化而瀕臨絕種。

【絕無僅有】獨一無二。例 小威逢人便炫耀他的手錶是世界上絕無僅有的。近 舉世無雙。

✽滅絕、杜絕、隔絕

12/6

絢 ㄒㄩㄢˋ (xuàn)

ㄥ 幺 幺 幺 糸 糸 約 約 絢 絢 絢

形 明亮閃耀的樣子。如：絢爛。動 耀眼。如：絢目。

【絢爛】明亮閃耀的樣子。例 夜晚的臺北市閃爍著絢爛的霓虹燈。近 燦爛。

12/6

絲 ㄙ (sī)

ㄥ 幺 幺 幺 糸 糸 糸 絲 絲 絲 絲 絲

名 1 蠶所吐出的細線。如：蠶絲。2 像絲一樣細的東西。如：雨絲。3 泛指絲織品。如：絲絨。4 指絃樂器。如：絲竹。形 細小的。如：絲毫。

【絲毫】非常少的。例 小華為人很有修養，對於別人惡意的批評，他絲毫不在意。

【絲絲入扣】比喻文章或表演非常緊湊、細緻。例 交響樂團演奏得絲絲入扣，聽眾們全都陶醉其中。

✽螺絲、一絲不掛、蛛絲馬跡

12/6

絡 ㄌㄨㄛˋ (luò)

ㄥ 幺 幺 幺 糸 糸 紁 終 終 絡 絡 絡

名 1 網子。如：天網地絡。2 人體內的血管和神經。如：經絡。3 泛指網狀的東西。如：絲瓜絡。動 1 連續。如：絡繹。2 聯繫。如：聯絡。

【絡繹不絕】連續不斷；往來不停。例 臺北車站前的行人來來往往，絡繹不絕。近 川流不息。

✽活絡、筋絡、熱絡

12/6

給

ㄥ 幺 幺 幺 糸 糸 糸 紒 給 給 給

ㄍㄟˇ (gěi) 動 交付。如：給錢。介 1 與。如：借錢給他。2 替。如：給人帶信。3 被。如：給人打傷。4 向。如：給他道歉。

ㄐㄧˇ (jǐ) 名 薪水。如：月給。動 1 供應。如：自給自足。2 交付。如：給予。

【給予】ㄐㄧˇ ㄩˇ 付出；提供。也作「給與」。例 那段生病的日子，小佩給予我很大的幫助。

【給付】ㄐㄧˇ ㄈㄨˋ 支付。例 這種罕見疾病由於健保沒有給付，需要大筆的醫療費用。

※補給、供給、目不暇給

13/7

經

ㄐㄧㄥ (jīng)

經

名 1 布料的直線。2 地理學上指通過南北極而與赤道相交的假想線。如：東經。3 持久不變的道理。如：天經地義。4 能作為典範的著作。如：四書五經。5 人體的血管和神經。如：經脈。6 月經的簡稱。如：經期。動 1 策劃；治理。如：經商。2 通過；親身體驗。如：經歷。副 時常。如：經常。

【經典】ㄐㄧㄥ ㄉㄧㄢˇ 1 古代聖賢所寫的書。2 可以作為典範的作品。例 這部電影是章小姐從影以來的經典之作，值得珍藏。

【經常】ㄐㄧㄥ ㄔㄤˊ 時常；常常。例 爸爸經常帶我們去爬山。

【經過】ㄐㄧㄥ ㄍㄨㄛˋ 1 通過；走過。例 小虎每天上學都要經過這條巷子。2 一件事從開始到結束的過程。例 小弟一回到家，就急著跟大家說明棒球比賽的經過。近 始末。3 藉由；透過。例 經過全班討論後，終於決定園遊會要賣奶茶了。

【經歷】(ㄐㄧㄥ ㄌㄧˋ) ①經過；親身體驗。例經歷去年的一場大病，現在的小杰更了解健康的重要。②經驗和閱歷。例何先生在科技產業界工作了十多年，經歷相當豐富。

【經營】(ㄐㄧㄥ ㄧㄥˊ) 策劃管理。例他退休後，搬到鄉下經營一座休閒農場。

【經驗】(ㄐㄧㄥ ㄧㄢˋ) ①經歷體驗。例經驗過軍中生活後，表哥比以前更強壯了。②透過體驗所得到的知識或能力。例張醫師經驗豐富，病患都很信賴他。

✽曾經、正經、漫不經心

13/7

綑

ㄎㄨㄣˇ (kǔn)

動 綁。通「捆」。如：綑綁。量 計算可以綑束之物的單位。如：一綑稻草。

13/7

絹

ㄐㄩㄢˋ (juàn)

名 ①用生絲織成的布。也泛指絲織品。如：白絹。②手帕。如：手絹。

13/7

綏

ㄙㄨㄟ (suí)

動 安撫。

13/7

綁

ㄅㄤˇ (bǎng)

動 束縛。如：捆綁。

【綁架】(ㄅㄤˇ ㄐㄧㄚˋ) 用暴力把人抓走。例王先生遭到綁架已經三天了，家屬都十分著急。

✽反綁、鬆綁、五花大綁

14/8

緊

ㄐㄧㄣˇ (jǐn)

(形)[1]牢固；密實。如：緊密。[2]急迫的。如：緊急。[3]貧困的；貧乏的。如：手頭很緊。[4]嚴格的。如：管得很緊。[5]重要的。如：要緊。(動)收縮。如：緊縮。(副)[1]加快的。如：趕緊。[2]貼近的。如：緊跟在後。

【緊急】ㄐㄧㄣˇ ㄐㄧˊ 急切；急迫。(例)路上突然跑出一隻小狗，爸爸連忙緊急煞車。

【緊張】ㄐㄧㄣˇ ㄓㄤ [1]急迫；激烈。(例)最近這兩國關係緊張，隨時會爆發戰爭。[2]心情憂慮、不安。(例)第一次上臺演出，花花的心裡很緊張。(反)鎮定。

【緊要關頭】ㄐㄧㄣˇ ㄧㄠˋ ㄍㄨㄢ ㄊㄡˊ 緊急而重要的時刻。(例)在房屋倒塌的緊要關頭，那位媽媽抱著年幼的孩子衝到屋外，幸運的逃過一劫。

✽吃緊、貼緊、勒緊

綜 14/8

ㄗㄨㄥˋ (zòng)

綜 綜

(動)總括；聚集。如：綜合。

【綜合】ㄗㄨㄥ ㄏㄜˊ 聚集。(例)老師綜合同學的意見，決定週日帶全班去陽明山郊遊。

綻 14/8

ㄓㄢˋ (zhàn)

綻 綻

(動)[1]衣服接縫處裂開。也泛指裂開。如：綻裂。[2]開放。如：綻放。

【綻放】ㄓㄢˋ ㄈㄤˋ 開放。多指花開或露出笑容。(例)梅花在寒冬中綻放。

✽露出破綻、皮開肉綻

綰 14/8

ㄨㄢˇ (wǎn)

綰 綰

(動)繫綁。如：綰髮。

糸

糸

14/8
緒
ㄒㄩˋ (xù)
緒 緒
㇀ 乡 乡 乡 乡 乡 糹 糹 紂 紗 紨 緒

名 1 絲線的頭。如：絲緒。2 事情的開端。如：頭緒。3 心思；情感。如：愁緒。形 前面的；開始的。如：緒論。

✽情緒、思緒、千頭萬緒

14/8
綾
ㄌㄧㄥˊ (líng)
綾 綾
㇀ 乡 乡 乡 乡 乡 糹 糹 紸 紸 綾 綾

名 細薄有花紋的絲織品。如：綾羅綢緞。

14/8
綺
ㄑㄧˇ (qǐ)
綺 綺
㇀ 乡 乡 乡 乡 乡 糹 紡 紡 紡 綺 綺

名 有花紋的絲織品。形 華麗的；豐盛的。如：綺麗。

【綺麗】ㄑㄧˇ ㄌㄧˋ 美好的。例 此地風光綺麗，讓人捨不得離開。

14/8
綴
ㄓㄨㄟˋ (zhuì)
綴 綴
㇀ 乡 乡 乡 乡 乡 糹 糹 綴 綴 綴 綴

動 1 縫合。如：補綴。2 裝飾。如：點綴。

14/8
綠
ㄌㄩˋ (lǜ)
綠 綠
㇀ 乡 乡 乡 乡 乡 糹 糹 綠 綠 綠 綠

名 像草一樣的顏色。形 形容生氣、著急或受驚嚇時的表情。如：臉都綠了。

【綠化】ㄌㄩˋ ㄏㄨㄚˋ 種植花木，美化環境。例 這座公園經過綠化以後，變得美麗多了。

【綠洲】ㄌㄩˋ ㄓㄡ 沙漠中有水的地方，可以生長植物、供給水，適合人類居住。

【綠油油】ㄌㄩˋ ㄧㄡˊ ㄧㄡˊ 綠到發亮、有光澤的樣子。例 車窗外處處可見綠油油的稻田。

✽嫩綠、翠綠、碧綠

網 14/8

ㄨㄤˇ (wǎng)

ㄥ ㄠ ㄠ 幺 糸 糸 糹 紉 紉 網 網 網 網 網

(名) 1 以繩線編成，用來捕魚或鳥獸的工具。如：魚網。2 分布密集，互相聯繫的組織。如：通訊網。(動) 搜求。如：網羅人才。

【網路】ㄨㄤˇ ㄌㄨˋ 1 利用網路卡或數據機，配合電信通訊線路，將網站和電腦連接起來，達到資訊傳送、資料共享等功能。2 形容十分密集的交通路線。(例) 火車、捷運以及公車形成大臺北地區方便的交通網路。

【網羅】ㄨㄤˇ ㄌㄨㄛˊ 本指捕捉魚或鳥獸的工具。後來引申為搜索尋求人才。(例) 產業快速發展，各家公司莫不想盡辦法網羅專業人才。(近) 搜羅。

✽落網、天羅地網、漏網之魚

綱 14/8

ㄍㄤ (gāng)

ㄥ ㄠ ㄠ 幺 糸 糸 糹 紉 紉 網 網 綱 綱 綱

(名) 1 提網的大繩。2 言論或事物的主要部分。如：大綱。3 法紀。如：綱紀。4 生物分類的階層之一。如：昆蟲綱。

【綱要】ㄍㄤ ㄧㄠˋ 大綱要點。(例) 上臺報告時最好列出綱要，才容易讓人清楚明白。

✽總綱、擔綱、提綱挈領

綽 14/8

ㄔㄨㄛˋ (chuò)

ㄥ ㄠ ㄠ 幺 糸 糸 糹 糹 糹 紵 綽 綽 綽 綽

(名) 另外取的稱呼。如：綽號。(形) 1 寬裕的。如：闊綽。2 姿態柔美的。如：綽約。

【綽綽有餘】ㄔㄨㄛˋ ㄔㄨㄛˋ ㄧㄡˇ ㄩˊ 非常寬裕，足以應付且有剩下。(例) 一千元買四份晚餐綽綽有餘。(反) 捉襟見肘。

糸

14/8 **綵** ㄘㄞˇ (cǎi)

(名) ①有多種顏色的絲織品。如：綵帶。②指花紋。

14/8 **緇** ㄗ (zī)

(名) 黑色的絲織品。(形) 黑色的。如：緇衣。

14/8 **緋** ㄈㄟ (fēi)

(名) 紅色。如：緋紅。

【緋聞】ㄈㄟ ㄨㄣˊ 指男女之間的戀愛或不正當行為的傳聞。(例) 這部電影的男女主角在拍戲期間傳出緋聞。

14/8 **綢** ㄔㄡˊ (chóu)

(名) 絲織品的通稱。如：綢緞。(動) 纏繞。引申為修補，使堅固。如：未雨綢繆。

14/8 **維** ㄨㄟˊ (wéi)

(名) ①綁東西的大繩子。②細長的東西。如：纖維。③綱紀；條目。如：四維八德。(動) ①連結。如：維繫。②保持。如：維生。(助) 用在句首，無義。通「惟」。如：維妙維肖。

【維持】ㄨㄟˊ ㄔˊ 維護保持。(例) 爺爺從小便一直維持著每天運動的習慣。

【維護】ㄨㄟˊ ㄏㄨˋ 維持保護。(例) 維護環境衛生，人人都有責任。(反) 破壞。

【維生素】ㄨㄟˊ ㄕㄥ ㄙㄨˋ 對動物正常發育非常重要，但需要量非常少的物質。大多無法由體內製造，必須透過飲食才能獲取。可分為水溶性或脂溶性。又稱「維他命」。

【維妙維肖】（ㄨㄟˊ ㄇㄧㄠˋ ㄨㄟˊ ㄒㄧㄠˋ）形容非常逼真、相似。例 他模仿貓的叫聲維妙維肖，令人稱奇。近 栩栩如生。

✽恭維、思維、舉步維艱

綿 14/8

ㄇㄧㄢˊ (mián)

綿 綿

名 1 絲絮；棉絮。如：絲綿。2 質地像綿一樣的東西。如：海綿。形 微小的。如：綿薄。動 1 圍繞。如：纏綿。2 連續不斷。如：綿延。

【綿羊】（ㄇㄧㄢˊ ㄧㄤˊ）哺乳類。體型渾圓，下巴沒有鬍鬚，性情溫和，毛濃密而捲曲，是紡織原料，奶和肉則可供食用。

【綿延不絕】（ㄇㄧㄢˊ ㄧㄢˊ ㄅㄨˋ ㄐㄩㄝˊ）形容連續不斷。例 過年期間，返鄉的車流在高速公路上綿延不絕。近 源源不斷。

✽連綿、軟綿綿、細雨綿綿

綸 14/8

ㄌㄨㄣˊ (lún) 名 釣魚線。如：垂綸。

ㄍㄨㄢ (guān) 見「綸巾」。

【綸巾】（ㄍㄨㄢ ㄐㄧㄣ）古代用青絲帶編成的頭巾。相傳是三國時代的諸葛亮所創，所以又稱為「諸葛巾」。

締 15/9

ㄉㄧˋ (dì)

締 締

動 1 結合；訂立。如：締結。2 禁止。如：取締。

【締造】（ㄉㄧˋ ㄗㄠˋ）構成；創立。例 小菲在今年的奧運中，奪得八面金牌，締造了耀眼的佳績。近 創造。

【締結】（ㄉㄧˋ ㄐㄧㄝˊ）訂立；結交。例 這兩家學校去年已締結為姐妹校。

練 15/9

ㄌㄧㄢˋ (liàn)

練 練

(名)柔軟潔白的布料。如：白練。(動)反覆學習。如：練習。(副)熟悉。如：熟練。

【練習】(ㄌㄧㄢˋ ㄒㄧˊ) 反覆操作學習。(例)準備參加舞蹈比賽的小郁，正在操場練習跳舞。

✽老練、歷練、操練

15/9
緯 ㄨㄟˇ (wěi)

(名)①布料的橫線。②地理學上指和赤道平行的假想線。如：經緯。

【緯度】(ㄨㄟˇ ㄉㄨˋ) 經線上任何一點到赤道的弧度。以赤道為零度，往南北各九十度。

15/9
緻 ㄓˋ (zhì)

(名)細密的絲織品。(形)細密。如：精緻。

✽細緻、雅緻、別緻

15/9
緘 ㄐㄧㄢ (jiān)

(名)信件。(動)封閉；緊閉。如：三緘其口。

【緘默】(ㄐㄧㄢ ㄇㄛˋ) 緊閉嘴巴不說話。(例)阿山面對外界的詢問始終保持緘默。(近)沉默。

15/9
緬 ㄇㄧㄢˇ (miǎn)

(副)遙遠的；長久的。如：緬懷。(專)緬甸的簡稱。

【緬懷】(ㄇㄧㄢˇ ㄏㄨㄞˊ) 遙念；追念。(例)學校在禮堂舉行追思會，緬懷李校長不平凡的一生。

15/9
緣 ㄩㄢˊ (yuán)

名 1 衣服鑲的邊。如：衣緣。2 東西的邊沿。如：桌緣。3 機遇和情分。如：隨緣。4 原因。如：緣故。動 1 攀爬。如：緣木求魚。2 順；沿。如：緣溪而行。介 因為。如：只緣身在此山中。

【緣分】ㄩㄢˊ ㄈㄣˋ 機遇；情分。多指人和人或人和物之間發生某種聯繫的可能性。近 因緣。

【緣木求魚】ㄩㄢˊ ㄇㄨˋ ㄑㄧㄡˊ ㄩˊ 比喻做事情的方向或方法不對，而沒有功效。例 你說想減肥，卻天天吃甜點，這不是緣木求魚嗎？近 刻舟求劍。反 甕中捉鱉。

✽姻緣、邊緣、血緣

15/9
緲 ㄇㄧㄠˇ (miǎo)

形 1 細小；細微。2 高遠看不清的樣子。如：飄緲。

15/9
緝 ㄑㄧˋ (qì)

動 捉拿。如：追緝。

【緝捕】ㄑㄧˋ ㄅㄨˇ 搜捕捉拿。例 警方在深山中緝捕逃亡的罪犯。

✽查緝、偵緝、通緝

15/9
緩 ㄏㄨㄢˇ (huǎn)

形 慢；不快。如：緩步。動 放鬆。如：緩一口氣。

【緩和】ㄏㄨㄢˇ ㄏㄜˊ 情緒或事情的發展慢慢歸於平和的狀態。例 深呼吸可以緩和煩躁不安的情緒。

【緩慢】ㄏㄨㄢˇ ㄇㄢˋ 動作或速度不快。例 因為塞車很嚴重，路上的車子只能緩慢往前移動。

✽暫緩、延緩、刻不容緩

15/9
緌

ㄉㄨㄛˇ (duǒ)

名 一種細薄而有文采的絲織品。

15/9
緞

ㄉㄨㄢˋ (duàn)

名 質地厚實細密而有光澤的絲織品。如：綢緞。

15/9
線

ㄒㄧㄢˋ (xiàn)

名 1用棉、麻、絲等搓成的細長物。如：針線。2交通路徑。如：航線。3數學上指面的邊界或點移動所形成的軌跡。如：斜線。4界限；邊緣。如：海岸線。5探求事情的頭緒或門路。如：線索。

【線索】ㄒㄧㄢˋ ㄙㄨㄛˇ 探求事情的頭緒或門路。

＊斷線、連線、導火線

15/9
編

ㄅㄧㄢ (biān)

名 古代用來串聯竹簡的繩子。如：韋編三絕。動 1按照順序排列。如：編草席。2交織連結。如：編排。3收集整理。如：編纂。4捏造。如：編謊言。

【編寫】ㄅㄧㄢ ㄒㄧㄝˇ 蒐集、整理資料並創作。例我們的上課教材都是由老師親自編寫。

【編織】ㄅㄧㄢ ㄓ 將線或細長條的物品，相互交錯製成衣服或器具。例媽媽用毛線編織了一條美麗的圍巾。

＊改編、縮編、新編

16/10
縈

ㄧㄥˊ (yíng)

動 1圍繞；纏繞。如：縈繞。2牽

掛。如：魂牽夢縈。

【縈繞】(ㄧㄥˊ ㄖㄠˋ) 圍繞；環繞。例 摩天大樓的頂端，縈繞在雲霧之中。

16/10
縣 ㄒㄧㄢˋ (xiàn)
名 國家的地方行政單位。層級在鄉鎮市以上。如：宜蘭縣。

16/10
縑 ㄐㄧㄢ (jiān)
名 用雙絲織成的黃色細絹。如：縑帛。

16/10
縊 ㄧˋ (yì)
動 上吊而死。如：自縊。

16/10
縛 ㄈㄨˊ (fú)
動 捆綁；限制。如：束縛。

【縛手縛腳】(ㄈㄨˊ ㄕㄡˇ ㄈㄨˊ ㄐㄧㄠˇ) 比喻處處受約束。例 公司一大堆規定，讓人感覺縛手縛腳。

✿作繭自縛、手無縛雞之力

17/11
繁 ㄈㄢˊ (fán) 形 1眾多。如：繁多。2熱鬧盛大的。如：繁華。3複雜細碎的。如：繁瑣。
ㄆㄛˊ (pó) 專 姓。

【繁忙】(ㄈㄢˊ ㄇㄤˊ) 非常忙碌。例 金先生是個大商人，每天都過著繁忙的生活。反 清閒。

【繁重】(ㄈㄢˊ ㄓㄨㄥˋ) 事情多而負擔重。例 阿昌最近負責一項繁重的工作，常常早出晚歸。

【繁殖】(ㄈㄢˊ ㄓˊ) 孳生；生殖。例 隨著技術的進步，有些生物已經可以利

糸

用人工方式來繁殖。

【繁榮】(ㄈㄢˊ ㄖㄨㄥˊ) ①形容植物生長良好。㊟公園裡草木繁榮，充滿綠意。㊣茂盛。②形容地方富庶發達。㊟捷運的經過，讓這個地區越來越繁榮。㊣興盛。㊦衰落。

✽浩繁、頻繁、化簡為繁

17/11

縮 ㄙㄨㄛ (suō)

㇜ 幺 幺 糸 糸 糸 紵 紵 紵 紵 紵 縮 縮 縮 縮 縮 縮

㊍ ①退卻；躲避。如：畏縮。②減少。如：縮小。

【縮水】(ㄙㄨㄛ ㄕㄨㄟˇ) ①衣物入水後變短變小。②指分量減少。㊟因為麵粉的價格上漲，巷口這家麵包店的麵包也跟著縮水了。

【縮寫】(ㄙㄨㄛ ㄒㄧㄝˇ) 拼音文字中常用的字詞或片語的省略寫法。

✽退縮、萎縮、減縮

17/11

績 ㄐㄧ (jī)

㇜ 幺 幺 糸 糸 糸 紅 紅 紝 結 結 結 績 績 績 績 績

㊔ 成果；功業。如：功績。㊍ 將麻搓成線。

【績效】(ㄐㄧ ㄒㄧㄠˋ) 工作的成果。㊟老闆十分滿意員工今年的工作績效。

✽佳績、戰績、成績

17/11

繆

㇜ 幺 幺 糸 糸 糸 紀 紀 紉 紉 絅 綢 綢 綢 繆 繆 繆

ㄇㄡˊ (móu) ㊍ 纏繞；糾結。如：未雨綢繆。

ㄇㄧㄡˋ (miù) ㊊ 差錯。通「謬」。如：繆誤。

ㄇㄧㄠˋ (miào) ㊕ 姓。

17/11

縷 ㄌㄩˇ (lǚ)

㇜ 幺 幺 糸 糸 糸 紀 紀 紀 紀 絽 絽 絽 縷 縷 縷 縷

㊔ 絲線；麻線。如：布縷。㊐ 計算

細長事物的單位。如：一縷炊煙。

17/11
縲

ㄌㄟˊ (léi)

名 綁犯人的繩子。如：縲絏。

17/11
繃

ㄅㄥ (bēng) 名 背小孩的布帶。也泛指寬布條。動 拉緊。如：繃緊。

ㄅㄥˇ (běng) 動 板著。如：繃著臉。

ㄅㄥˋ (bèng) 動 裂開。如：繃開。

【繃帶】(ㄅㄥ ㄉㄞˋ) 包紮傷口的布條。通常用紗布做成。

17/11
繅

ㄙㄠ (sāo)

動 把蠶繭煮過抽出絲來。如：繅絲。

17/11
縫

ㄈㄥˊ (féng) 動 用針線接合衣服。如：縫補。

ㄈㄥˋ (fèng) 名 1 用針線接合的地方。如：鞋縫。2 空隙。如：門縫。

【縫紉】(ㄈㄥˊ ㄖㄣˋ) 剪裁布料、縫製衣物的工作。例 媽媽的縫紉技巧很好，常常自己做洋裝。

❀裁縫、接縫、天衣無縫

17/11
總

ㄗㄨㄥˇ (zǒng)

形 1 全部的；一共。如：總數。2 主要的；最高階層的。如：總局。

動 聚合。如：總合。

副 1 經常；一直。如：總是遲到。2 到底；最後。如：總有一天會成功。

【總統】(ㄗㄨㄥˇ ㄊㄨㄥˇ) 民主國家的最高領導人。對外代表國家，對內管理人民和指揮軍隊。

【總算】(ㄗㄨㄥˇ ㄙㄨㄢˋ) 終於；到底。例 辛苦這麼多年，陳先生總算擁有了一家屬於自己的公司。

【總動員】(ㄗㄨㄥˇ ㄉㄨㄥˋ ㄩㄢˊ) 出動所有人做同一件事。例 星期天我們全家總動員，把家裡打掃得乾乾淨淨。

✽匯總、夜總會、林林總總

17/11

縱

ㄗㄨㄥˋ (zòng) 動 1 不加約束、限制。如：放縱。2 釋放。如：縱虎歸山。3 騰空跳起。如：縱身一躍。4 點燃；施放。如：縱火。副 即使。如：縱然。

ㄗㄨㄥ (zōng) 名 直線。如：縱橫。

【縱使】(ㄗㄨㄥˋ ㄕˇ) 即使；雖然。例 縱使很久沒見面，我們的感情依然很好。

【縱容】(ㄗㄨㄥˋ ㄖㄨㄥˊ) 放任不加以約束、限制。例 由於父母的縱容，使得小誠一錯再錯。

【縱虎歸山】(ㄗㄨㄥˋ ㄏㄨˇ ㄍㄨㄟ ㄕㄢ) 比喻放過壞人，讓他有再度害人的機會。例 槍擊要犯必須嚴加看管，一旦縱虎歸山，後果將不堪設想。

✽操縱、欲擒故縱、稍縱即逝

18/12

織

ㄓ (zhī)

動 1 將絲或線交叉製成布。如：紡織。2 構成；組合。如：組織。

✽針織、編織、交織

18/12

繕

ㄕㄢˋ (shàn)

動 1 修理。如：修繕。2 抄寫。

如：繕寫。

18/12
繞 ㄖㄠˋ (rào)

動 1 纏束。如：纏繞。2 從周圍通過；走比較遠的路。如：繞路。

【繞道 ㄖㄠˋ ㄉㄠˋ】避免麻煩或危險，選擇較遠的路走。例 前面的馬路正在施工，我們上學都必須繞道而行。

❋環繞、圍繞、繚繞

18/12
繡 ㄒㄧㄡˋ (xiù)

名 有花紋圖案的絲織品。如：湘繡。動 用彩色絲線在布上縫成各種圖案。如：繡花。

❋錦繡、彩繡、刺繡

18/12
繚 ㄌㄧㄠˊ (liáo)

動 纏繞。如：繚繞。

【繚繞 ㄌㄧㄠˊ ㄖㄠˋ】盤旋環繞。例 山上雲霧繚繞，好像仙境一樣。

19/13
繫

ㄒㄧˋ (xì) 動 1 聯絡。如：聯繫。2 牽掛。如：繫念。

ㄐㄧˋ (jì) 動 綁；扣；結。如：繫鞋帶。

辨析 音ㄐㄧˋ時，只限用於有綁、扣、結意思的白話詞語，其餘均讀ㄒㄧˋ。

❋維繫、牽繫、縈繫

19/13
繭 ㄐㄧㄢˇ (jiǎn)

名 1 蠶或其他昆蟲吐絲所結成的橢圓形囊狀物。如：蠶繭。2 長在手腳上的厚皮。如：足繭。

✽抽絲剝繭、作繭自縛

19/13
繩
ㄕㄥˊ (shéng)

名 1用麻、絲等物絞合而成的條狀物。如：麻繩。2規矩；法則。如：準繩。動 糾正；制裁。如：繩之以法。

【繩之以法】ㄕㄥˊ ㄓ ㄧˇ ㄈㄚˇ 用法律制裁犯罪的人。例 王警官發誓一定要將這名歹徒繩之以法。

✽草繩、跳繩、絲繩

19/13
繹
ㄧˋ (yì)

動 理出事物的道理。如：演繹。副 接連不斷。如：絡繹不絕。

19/13
繳
ㄐㄧㄠˇ (jiǎo)

動 1交納。如：繳費。2歸還；退回。如：繳還。

【繳納】ㄐㄧㄠˇ ㄋㄚˋ 繳交；交納。例 每個學生在開學時都要繳納學雜費。

19/13
繪
ㄏㄨㄟˋ (huì)

動 1作畫。如：繪畫。2描述；形容。如：繪聲繪影。

【繪聲繪影】ㄏㄨㄟˋ ㄕㄥ ㄏㄨㄟˋ ㄧㄥˇ 形容描寫敘述得十分逼真。例 大雄繪聲繪影的說他看到飛碟。

✽彩繪、描繪、圖繪

20/14
辮
ㄅㄧㄢˋ (biàn)

名 分股再交叉編成的長條髮束。如：髮辮。動 編織。如：辮髮。

糸

纂 20/14 ㄗㄨㄢˇ (zuǎn)

動 編輯。如：編纂。

繽 20/14 ㄅㄧㄣ (bīn)

形 繁盛眾多的樣子。如：繽紛。

【繽紛】ㄅㄧㄣ ㄈㄣ 雜亂繁盛的樣子。例 五彩繽紛的花讓我看得目不轉睛。

繼 20/14 ㄐㄧˋ (jì)

形 後續的。如：繼母。動 1 連續。如：繼續。2 承接。如：繼承。

【繼承】ㄐㄧˋ ㄔㄥˊ 接下前人的事業或財物。例 小蔡在父母過世後，繼承了大筆財產。

【繼往開來】ㄐㄧˋ ㄨㄤˇ ㄎㄞ ㄌㄞˊ 接續前人的成果，開創未來的新局面。例 年輕人應該要有繼往開來的遠大理想。

✽夜以繼日、三餐不繼

纍 21/15 ㄌㄟˊ (léi)

形 連貫成串的樣子。如：纍纍。

【纍纍】ㄌㄟˊ ㄌㄟˊ 連貫成串的樣子。例 庭院中的龍眼樹結實纍纍。

纏 21/15 ㄔㄢˊ (chán)

動 1 圍繞。如：纏繞。2 糾結；攪擾。如：糾纏。3 應付。如：難纏。

【纏綿】ㄔㄢˊ ㄇㄧㄢˊ 形容情意深厚。例 他們兩人情意纏綿，看來很快就會請我們喝喜酒了。

【纏繞】ㄔㄢˊ ㄖㄠˋ 圍繞束縛。例 阿明躺在病床上，雙腳纏繞著繃帶，看起

來傷得很嚴重。

✽盤纏、攀纏、腰纏萬貫

21/15
續
ㄒㄩˋ (xù)

續

名 辨事的程序。如：手續。動 1 連接。如：連續。2 補充。如：續杯。

✽陸續、後續、持續

23/17
纓
ㄧㄥ (yīng)

纓 纓 纓

名 帽帶。如：帽纓。

23/17
纖
ㄒㄧㄢ (xiān)

纖 纖 纖

名 細緻的布。形 細小的。如：纖瘦。

【纖弱】ㄒㄧㄢ ㄖㄨㄛˋ 弱小無力的樣子。例 小芝纖弱的模樣，好像被風一吹就會倒。反 強壯。

【纖維】ㄒㄧㄢ ㄨㄟˊ 1 具有高強度的聚合物，韌性強。可分為天然纖維和人造纖維。2 生物體內的支持細胞。

✽光纖、化學纖維、玉手纖纖

27/21
纜
ㄌㄢˇ (lǎn)

纜

名 繫船的繩子。也泛指大繩。如：鋼纜。

【纜車】ㄌㄢˇ ㄔㄜ 利用鋼索、滑輪，以電力操縱車廂往來的交通工具，通常設在山地與坡地之間。

缶部 ㄈㄡˇ

缶 6/0
ㄈㄡˇ (fǒu)

(名)肚大口小的瓦器。可用來裝酒或水，也可當敲擊樂器。

缸 9/3
ㄍㄤ (gāng)

(名)口小、腹大、底窄的圓形容器。今泛指陶瓷、玻璃或塑膠製成的容器。如：浴缸。(量)計算缸裝東西的單位。如：一缸魚。

❀染缸、魚缸、菸灰缸

缺 10/4
ㄑㄩㄝ (quē)

(名)1物品破損處。如：缺口。2空位。如：遺缺。(形)不完美的。如：缺點。(動)1該到而沒有到。如：缺席。2少；不足。如：缺少。

【缺乏 ㄑㄩㄝ ㄈㄚˊ】短少；不足。(例)小楚缺乏勇氣，不敢站在臺上說話。(反)充足。

【缺席 ㄑㄩㄝ ㄒㄧˊ】應該到而沒有到。(例)阿國和哥哥溜去釣魚，連續三節課都缺席。(反)出席。

【缺點 ㄑㄩㄝ ㄉㄧㄢˇ】有缺失或不完美的地方。(反)優點。

❀欠缺、空缺、完好無缺

缽 11/5
ㄅㄛ (bō)

(名)1和尚、尼姑所用的食器。如：托缽。2泛指盛東西的器具。如：茶缽。

罄 17/11
ㄑㄧㄥˋ (qìng)

(動)用完；盡。如：罄竭。

【罄竹難書 ㄑㄧㄥˋ ㄓㄨˊ ㄋㄢˊ ㄕㄨ】比喻罪行極多。(例)這個罪犯的惡行罄竹難書，

希望法官從重量刑。(近)擢髮難數。

✽告罄、售罄、懸罄

罈 18/12

ㄊㄢˊ (tán)

(名)口小腹大的陶製容器。如：酒罈。(量)計算罈裝物品的單位。如：一罈酒。

罌 20/14

ㄧㄥ (yīng)

(名)口小腹大的瓦器。如：酒罌。

罐 24/18

ㄍㄨㄢˋ (guàn)

(名)泛指裝東西的器具。如：糖罐。(量)計算罐裝物品的單位。如：一罐汽水。

【罐頭】ㄍㄨㄢˋ ˙ㄊㄡ 一種罐裝食品。以鐵罐或玻璃罐裝填食物，經殺菌、密封後，可長期保存於室溫下。

✽拔罐、藥罐子、易開罐

网部

ㄨㄤˇ

罕 7/3

ㄏㄢˇ (hǎn)

(副)稀少。如：罕見。

【罕見】ㄏㄢˇ ㄐㄧㄢˋ 很少看到。(例)這種長相奇特的魚非常罕見。

✽納罕、稀罕、人跡罕至

罔 7/3

ㄨㄤˇ (wǎng)

(名)以繩子編成用來捕捉鳥獸的器具。通「網」。如：罔罟。(動)1陷害。如：誣罔。2迷惑。通「惘」。如：學而不思則罔。(副)不；沒有。如：罔顧人命。

✽欺上罔下、置若罔聞

10/5 **罟** ㄍㄨˇ (gǔ) 丶 ㄇ 冂 罒 罒 罒 罟 罟 罟 罟

名 網的總稱。如：網罟。

13/8 **署** ㄕㄨˇ (shǔ) 丶 ㄇ 冂 罒 罒 罒 罒 署 署 署 署 署 署

名 官員辦公的地方。如：官署。

ㄕㄨˋ (shù) 動 1 安排。如：部署。2 簽字。如：簽署。

【署名】ㄕㄨˋ ㄇㄧㄥˊ 在書信、文件上簽下名字。例 這封信沒有署名，不知是誰寄來的。

✽公署、連署、題署

13/8 **置** ㄓˋ (zhì) 丶 ㄇ 冂 罒 罒 罒 罝 置 置 置 置 置 置

動 1 創立；陳設。如：設置。2 安放。如：放置。3 購買。如：添置。

【置之不理】ㄓˋ ㄓ ㄅㄨˋ ㄌㄧˇ 放在一旁不理會。例 老師的規定不能置之不理，否則會被處罰。近 不聞不問。

【置身事外】ㄓˋ ㄕㄣ ㄕˋ ㄨㄞˋ 把自己放在事情之外。指對事情不關心，或指自己和事情沒關係。例 環保的問題與我們關係密切，如果大家都置身事外，最後受害的還是自己。近 袖手旁觀。

✽位置、擱置、布置

13/8 **罩** ㄓㄠˋ (zhào) 丶 ㄇ 冂 罒 罒 罒 罩 罩 罩 罩 罩 罩 罩

名 蓋在外面的器物。如：燈罩。動 1 覆蓋。如：籠罩。2 掌控。如：罩不住。

✽床罩、口罩、眼罩

13/8 **罪** ㄗㄨㄟˋ (zuì) 丶 ㄇ 冂 罒 罒 罒 罪 罪 罪 罪 罪 罪 罪

(名) [1]過錯。如：罪過。[2]刑罰；違法的行為。如：犯罪。[3]痛苦。如：受罪。(動)責備；責怪。如：怪罪。

【罪惡感】ㄗㄨㄟˋ ㄜˋ ㄍㄢˇ 因所做行為和社會上的道德標準不同，而產生一種良心不安的感覺。

【罪有應得】ㄗㄨㄟˋ ㄧㄡˇ ㄧㄥ ㄉㄜˊ 犯了過錯而受到應得的懲罰。(例)小明因為欺負同學而被老師處罰，真是罪有應得。

【罪魁禍首】ㄗㄨㄟˋ ㄎㄨㄟˊ ㄏㄨㄛˋ ㄕㄡˇ 災禍的主要原因。(例)媽媽原以為是妹妹偷吃蛋糕，後來發現弟弟才是罪魁禍首。

✽賠罪、贖罪、興師問罪

14/9 **罰** ㄈㄚˊ (fá)

、 冂 冂 罒 罒 罒 罒 罒 罒 罒 罒 罒 罰 罰

(名)處分。(動)懲治。如：懲罰。

【罰則】ㄈㄚˊ ㄗㄜˊ 規定處罰方式的法令或規則。

✽受罰、責罰、賞罰

15/10 **罵** ㄇㄚˋ (mà)

、 冂 冂 罒 罒 罒 罒 罒 罒 罒 罵 罵 罵 罵 罵

(動)用話斥責或侮辱人。如：咒罵。

✽叫罵、怒罵、痛罵

15/10 **罷**

、 冂 冂 罒 罒 罒 罒 罒 罒 罒 罷 罷 罷 罷 罷

ㄅㄚˋ (bà) (動) [1]免除。如：罷官。[2]停止。如：罷課。(副)完成；終了。如：說罷。(助)表示憤恨、無奈、失望，不想再說下去。如：罷了。

ㄆㄧˊ (pí) (形)疲勞；累。通「疲」。如：罷乏。

【罷工】ㄅㄚˋ ㄍㄨㄥ 勞工為了達成某種目的，而集體停止工作的行為。(例)這家建築公司的員工為了抗議薪水太低，決定從明天起開始罷工。

✽作罷、欲罷不能、善罷干休

16/11
罹 ㄌㄧˊ (lí)

罹罹罹罹罹罹罹罹罹罹罹罹罹罹罹罹

㊉受到；遭遇到。如：罹禍。

【罹患】ㄌㄧˊ ㄏㄨㄢˋ 遭遇。多指得病。㊀小欣罹患腸病毒，所以請假在家。

【罹難】ㄌㄧˊ ㄋㄢˋ 遭遇災難。多指死亡。㊀在這場森林大火中，有一位消防隊員不幸罹難。

19/14
羅 ㄌㄨㄛˊ (luó)

羅羅羅羅羅羅羅羅羅羅羅羅羅羅羅羅羅羅羅

㊔①捕鳥的網。如：羅網。②一種質料輕軟的絲織品。如：綾羅綢緞。
㊉①用網子捕鳥。如：門可羅雀。②收集。如：網羅人才。③排列；分布。如：星羅棋布。

【羅列】ㄌㄨㄛˊ ㄌㄧㄝˋ 排列；陳列。㊀超級市場裡，各式的貨品羅列在架上，供民眾選購。

【羅盤】ㄌㄨㄛˊ ㄆㄢˊ 運用地球本身具有磁場的特性，以磁針測定方向的圓盤形儀器。常用於飛機、船及野外測定方位上。

❀張羅、收羅、包羅萬象

24/19
羈 ㄐㄧ (jī)

羈羈羈羈羈羈羈羈羈羈羈羈羈羈羈羈羈羈羈羈羈羈羈羈

㊔馬絡頭；套馬頭的籠頭。㊉①拘束；牽制。如：放蕩不羈。②寄居在外地。如：羈旅。

【羈絆】ㄐㄧ ㄅㄢˋ 比喻牽制、拘束。㊀大哥熱愛沒有拘束的生活，不想被羈絆。㊍牽絆。㊊放縱。

羊部 ㄧㄤˊ

6/0
羊 ㄧㄤˊ (yáng)

羊羊羊羊羊羊

名哺乳類。草食性，乳汁、肉和皮毛可供人類使用。可分為山羊和綿羊兩種。

【羊入虎口】(ㄧㄤˊ ㄖㄨˋ ㄏㄨˇ ㄎㄡˇ) 比喻非常危險，沒有生還的機會。例妳居然想跟網友約會見面，要是對方是一個大色狼，豈不是羊入虎口？

✽羔羊、順手牽羊、亡羊補牢

8/2

羌

ㄑㄧㄤ (qiāng) 丶 丷 䒑 兰 ⺶ 𦍌 羊 羌

名哺乳類。全身覆蓋褐色短毛。雄性頭上有角，叫聲像狗。專古代民族名。分布在青海、甘肅、四川。是西晉末年五胡之一。

8/2

羋

丨 刂 丬 丬丨 丷丷 䒑 羋

ㄇㄧㄝ (miē) 形羊叫聲。

ㄇㄧˇ (mǐ) 專姓。

9/3

美

ㄇㄟˇ (měi) 丶 丷 䒑 兰 ⺶ 𦍌 羊 美 美

名良好的品德。如：內在美。形①可口；好吃。如：滋味鮮美。②良好。如：美德。③漂亮。如：嬌美。動①稱讚。如：讚美。②修飾；打扮。如：美容。專美國的簡稱。

【美化】(ㄇㄟˇ ㄏㄨㄚˋ) 使事物變得更美、更完善。例這裡的環境經過美化後，吸引了更多遊客來參觀。反醜化。

【美麗】(ㄇㄟˇ ㄌㄧˋ) 好看；漂亮。例小英是個美麗又善良的女孩。反醜陋。

【美不勝收】(ㄇㄟˇ ㄅㄨˋ ㄕㄥ ㄕㄡ) 指美好的事物很多，來不及一一欣賞。例這兒的湖光山色美不勝收，吸引了許多遊人前來。

【美中不足】(ㄇㄟˇ ㄓㄨㄥ ㄅㄨˋ ㄗㄨˊ) 事物雖然美好，但稍有缺點。例這件衣服雖然漂亮，可惜美中不足，破了個小洞。

✽完美、兩全其美、成人之美

10/4

羔

ㄍㄠ (gāo) 丶 丷 䒑 兰 ⺶ 𦍌 羊 羔 羔 羔

(名)小羊。如：羔羊。

11/5
羞 ㄒㄧㄡ (xiū)

(名)恥辱。如：蒙羞。(形)不好意思；慚愧；難為情。如：羞慚。

【羞怯】ㄒㄧㄡ ㄑㄩㄝˋ 害怕畏縮、不好意思的樣子。(例)小珍第一次上臺演講，神情顯得有些羞怯。(近)害羞。

【羞辱】ㄒㄧㄡ ㄖㄨˇ 侮辱。(例)林伯伯當眾被店員羞辱，氣得他破口大罵。

【羞愧】ㄒㄧㄡ ㄎㄨㄟˋ 慚愧；不好意思。(例)老師苦心勸我用功讀書的這番話，讓我覺得很羞愧。

【羞答答】ㄒㄧㄡ ㄉㄚ ㄉㄚ 不好意思的樣子。(例)我約小美看電影，她羞答答的點頭答應了。

❀含羞、嬌羞、怕羞

11/5
羚 ㄌㄧㄥˊ (líng)

(名)哺乳類。體型優美，腳細長。大部分的種類雌雄都有一對角，角不分叉，善於奔跑跳躍。

12/6
善 ㄕㄢˋ (shàn)

(名)美好的品行。如：改過遷善。(形)1美好。與「惡」相對。如：善心。2友好；親近。如：友善。3熟悉。如：面善。4穩當。如：妥善。(副)擅長。如：善於寫詩。

【善用】ㄕㄢˋ ㄩㄥˋ 好好的、充分的利用。(例)林媽媽善用房間裡的空間，把東西擺放得整整齊齊。

【善良】ㄕㄢˋ ㄌㄧㄤˊ 心地好。(例)小紫是個心地善良的女孩，都會為別人著想。

【善變】ㄕㄢˋ ㄅㄧㄢˋ 多變；容易變動。(例)小真善變的個性，讓人非常受不了。

❀改善、行善、多多益善

13/7
羨 ㄒㄧㄢˋ (xiàn)

羊

動 貪求；愛慕。如：羨慕。

【羨慕】(ㄒㄧㄢˋ ㄇㄨˋ) 心中愛慕、渴望。例 看到小李抽到今年的最大獎，大家心裡都很羨慕。

13/7
義

一ˋ (yì)

義

丷 丷 䒑 䒑 羊 羊 羊 𦍌 美 義 義 義 義

名 1 合宜、正當的事情或行為。如：見義勇為。2 道理；意思。如：意義。3 情誼。如：情義。形 1 名義上的；非親屬而認作親屬關係的。如：義父。2 人工製造的。如：義肢。3 義務性質的。如：義工。副 有益大眾的。如：義賣。

【義工】(一ˋ ㄍㄨㄥ) 自願服務而不求報酬的人。例 媽媽是社區裡的環保義工，常教大家如何資源再利用。

【義氣】(一ˋ ㄑㄧˋ) 朋友間的信用與情誼。例 阿仁很講義氣，只要朋友有困難，他一定出面幫忙。

【義務】(一ˋ ㄨˋ) 1 應盡的責任。例 納稅是每個國民應盡的義務。反 權利。2 出力做事而沒有報酬。例 爸爸會在假日義務幫忙整理社區環境。

【義不容辭】(一ˋ ㄅㄨˋ ㄖㄨㄥˊ ㄘˊ) 在道義上不容許推辭。指應該去做。例 在好朋友需要幫忙時，阿昇總是義不容辭。

近 當仁不讓。反 袖手旁觀。

✽仁義、天經地義、忘恩負義

13/7
群

ㄑㄩㄣˊ (qún)

群

ㄱ ㄱ ㄱ 尹 尹 君 君 君 君 君' 君' 群 群

名 聚在一起的同類。如：合群。形 眾多的。如：群島。副 聚在一起。如：群居。量 計算同類集合體的單位。如：一群人。

【群眾】(ㄑㄩㄣˊ ㄓㄨㄥˋ) 泛指社會上的一般人。近 民眾；大眾。

【群龍無首】(ㄑㄩㄣˊ ㄌㄨㄥˊ ㄨˊ ㄕㄡˇ) 比喻群眾失去了領導的人。例 因為隊長受傷無

法上場，我們在群龍無首的情況下，輸了排球比賽。
✽族群、鶴立雞群、成群結隊

羯 15/9 ㄐㄧㄝˊ (jié)
㊔閹割過的羊。㊕古代民族名。匈奴的別支。是西晉末年五胡之一。

羲 16/10 ㄒㄧ (xī)
㊕人名用字。如：伏羲。

羸 19/13 ㄌㄟˊ (léi)
㊌1瘦弱。如：羸弱。2疲累。如：羸憊。

羹 19/13 ㄍㄥ (gēng)
㊔用肉、菜等煮成的濃湯。如：肉羹。

羶 19/13 ㄕㄢ (shān)
㊔羊的氣味。也泛指草食動物的氣味。如：羶腥。

羽部

羽 6/0 ㄩˇ (yǔ)
㊔1鳥類的長毛。如：羽毛。2箭尾的羽飾。裝在箭的尾端，用以保持方向。也用來代指箭。如：箭羽。3五音之一。4同黨。如：黨羽。
✽鎩羽而歸、吉光片羽

羿 9/3 ㄧˋ (yì)
㊕即「后羿」。夏朝有窮氏的國君。

擅長射箭。

10/4
翅 ㄔˋ (chì)
名 1 鳥類及蟲類的飛行器官。如：翅膀。2 魚類的鰭。如：魚翅。

10/4
翁 ㄨㄥ (wēng)
名 1 父親。如：尊翁。2 年老的男子。如：漁翁。

✽富翁、不倒翁、主人翁

11/5
翌 ㄧˋ (yì)
形 第二的；其次的。如：翌日。

11/5
習 ㄒㄧˊ (xí)
名 一種慣常、不易改變的行為。如：積習。動 1 反覆誦讀、研究。如：溫習。2 學；練。如：習字。副 時常。如：習見。

【習俗】ㄒㄧˊ ㄙㄨˊ 風俗習慣。例 華人在端午節有包粽子、划龍舟的習俗。

【習慣】ㄒㄧˊ ㄍㄨㄢˋ 1 積久養成的生活方式或地方風俗。2 逐漸適應。例 來到美國多年，小賢已逐漸習慣這裡乾燥寒冷的氣候。

【習以為常】ㄒㄧˊ ㄧˇ ㄨㄟˊ ㄔㄤˊ 因為已成為習慣，所以覺得很平常。例 妹妹動不動就愛哭，我們早就習以為常了。

✽學習、複習、練習

11/5
翎 ㄌㄧㄥˊ (líng)
名 1 昆蟲或鳥類的翅膀。如：蝶翎。2 為了平衡箭體尾部所裝設的羽毛。如：箭翎。3 清朝官員帽上用羽毛製成的裝飾品，可以用來區別品級。如：紅頂花翎。

12/6
翔 ㄒㄧㄤˊ (xiáng)
形 詳細。通「詳」。如：翔實。動

1盤旋飛行。如：翱翔。2憑藉氣流，翅膀不擺動的飛行。如：滑翔。

【翔實】ㄒㄧㄤˊ ㄕˊ 詳明而確實。例這本書的記載非常翔實，讓我們能更了解當地的歷史。

翕 12/6 ㄒㄧˋ (xì)

形和順；安定。如：翕然。動收斂；閉合。如：翕張。

翠 14/8 ㄘㄨㄟˋ (cuì)

名1水鳥。翠鳥的簡稱。嘴為黑色，腳為紅色，頭上至後頸為暗綠色，眼至耳的羽毛為橙紅色，喉為白色，胸以下為橙色。2即「翡翠」。青綠色的玉。形青綠色。如：翠綠。

❋蒼翠、青翠、珠翠

翟 14/8 ㄉㄧˊ (dí) 名1長尾的山雉。2作為服飾或跳舞用具的雉羽。

ㄓㄞˊ (zhái) 專姓。

翡 14/8 ㄈㄟˇ (fěi)

名1鳥類。見「翡翠1」。2一種色彩鮮豔的天然硬玉。

【翡翠】ㄈㄟˇ ㄘㄨㄟˋ 1水鳥。嘴為黑色，腳為紅色，頭為黑色，背部、雙翼、尾巴皆為深藍色，腹為橙黃色。2半透明翠綠色的硬玉。色澤優美，常被琢磨成各種飾品。

翩 15/9 ㄆㄧㄢ (piān)

形1搖曳飄忽。2風采美好。動快速飛行。

羽

【翩翩】(ㄆㄧㄢ ㄆㄧㄢ) ①鳥輕快飛翔的樣子。㊞空中有一群燕子翩翩飛過。②動作輕快的樣子。㊞小芳翩翩的舞姿，讓人印象深刻。③風采美好的樣子。㊞莊叔叔的風度翩翩，言談舉止溫文有禮。

16/10

翰

ㄏㄢˋ (hàn)

一 十 𠫓 古 古 古 卓 卓 卓 𠦝 𠦝 𠦝 翰 翰 翰 翰

㊔①鳥類。身上有紅色的羽毛。又稱「錦雞」。②毛筆。如：揮翰。③文章。如：文翰。

16/10

翺

ㄠˊ (áo)

′ 亻 白 白 白 皀 皀 皋 皋 皋 翺 翺 翺 翺

㊒悠閒自在的樣子。如：翺遊。㊍飛。如：翺翔。

【翺翔】(ㄠˊ ㄒㄧㄤˊ) 飛翔。㊞老鷹在空中展翅翺翔，姿態非常威武。

17/11

翼

ㄧˋ (yì)

㇆ ㇆ 习 习 习习 羽 羽 羽 翌 翌 翌 翌 翼 翼 翼 翼

㊔①蟲鳥的翅膀。也泛指其他飛行物體的翅膀。如：機翼。②隊伍的兩側或左右兩軍。如：右翼。㊍①遮蔽；保護。如：羽翼。②輔助。如：輔翼。

✽滑翔翼、如虎添翼、小心翼翼

17/11

翳

ㄧˋ (yì)

一 丆 下 至 𠂤 医 医 殹 殹 殹 殹 翳 翳 翳 翳 翳 翳

㊔①羽毛做成的傘蓋。②角膜被一層退化性障膜所遮蔽的眼睛疾病。如：白翳。㊍遮蔽。如：翳日。

18/12

翹

ㄑㄧㄠˊ (qiáo)

一 十 土 𡈼 垚 垚 垚 堯 堯 翹 翹 翹 翹 翹

㊔鳥尾的長羽毛。㊒傑出；優秀。如：翹楚。㊍高舉；仰起。如：翹

首。

辨析 翹，讀音作ㄑㄧㄠˊ，語音作ㄑㄧㄠˋ。但「翹首」、「翹楚」習慣讀ㄑㄧㄠˊ。

【翹楚】(ㄑㄧㄠˊ ㄔㄨˇ) 比喻出眾優秀的人才。例 阿德的反應很快，動作靈活，是足球隊裡的翹楚。

【翹辮子】(ㄑㄧㄠˋ ㄅㄧㄢˋ ˙ㄗ) 死亡的俗稱。

18/12

翻

ㄈㄢ (fān)

動 1飛翔。如：翻飛。2轉向。如：翻身。3掀動。如：翻書。4越過。如：翻山越嶺。5變；反。如：翻臉。6把一種語言文字轉換成另一種語言文字。如：翻譯。副 重新。如：翻印。

【翻臉】(ㄈㄢ ㄌㄧㄢˇ) 因生氣而變臉色。表示與對方決裂。例 爸爸和叔叔因意見不合而翻臉。反 和好。

【翻譯】(ㄈㄢ ㄧˋ) 將一種語言或文字，用另一種語言或文字表達出來。例 小朱將這本小說翻譯成英文，介紹給外國朋友。

【翻箱倒櫃】(ㄈㄢ ㄒㄧㄤ ㄉㄠˇ ㄍㄨㄟˋ) 指到處翻找，弄得很凌亂的樣子。例 弟弟翻箱倒櫃，終於把故事書找出來了。

✽推翻、人仰馬翻、天翻地覆

20/14

耀

ㄧㄠˋ (yào)

名 光輝。如：日月之耀。動 1照射；照亮。如：照耀。2誇示。如：炫耀。3顯揚。如：光宗耀祖。

【耀眼】(ㄧㄠˋ ㄧㄢˇ) 光線強烈，使眼睛不能正視。引申為一個人的表現非常傑出。例 爸爸在工作上耀眼的表現，得到主管的讚賞。近 奪目。

【耀武揚威】（ㄧㄠˋ ㄨˇ ㄧㄤˊ ㄨㄟ）向人誇示、示威。㊎阿慶仗著爸爸是鄉長，就到處耀武揚威。㊚橫行霸道。

✽光耀、榮耀、誇耀

老部（ㄌㄠˇ）

6/0

老 ㄌㄠˇ (lǎo)　一 十 土 耂 耂 老

㊔ 1 年紀大的人。如：老弱婦孺。2 對尊長的敬稱。如：張老。3 老子的簡稱。如：老莊思想。㊋ 1 年紀大的。如：老丈。2 陳舊的；歷時長久的。如：老顧客。3 熟練的。如：老手。4 原來的。如：老地方。㊓ 1 總是。如：老愛吵鬧。2 很；非常。表示程度高。如：老遠。㊒ 常用於名詞或人的姓氏之前。無義。如：老虎。

【老大】（ㄌㄠˇ ㄉㄚˋ）1 年紀大。㊎少壯不努力，老大徒傷悲！2 兄弟姐妹排行第一的人。3 非常。㊎哥哥今天被老師罵了一頓，心裡老大不高興。4 團體中的領袖。5 幫派首領的俗稱。

【老手】（ㄌㄠˇ ㄕㄡˇ）對某事經驗豐富的人。㊛生手。

【老到】（ㄌㄠˇ ㄉㄠˋ）熟練而不容易出差錯。㊎小鈞辦事經驗老到，這次就派他去歐洲出差吧！

【老套】（ㄌㄠˇ ㄊㄠˋ）和從前一樣，沒有變化。㊎這個魔術手法太老套，一下子就被看穿了！㊛新奇；創新。

【老實】（ㄌㄠˇ ㄕˊ）善良誠實，沒有心機。㊎小雅做人老實，說話又和氣，所以人緣很好。㊛狡猾；奸詐。

【老闆】（ㄌㄠˇ ㄅㄢˇ）稱公司行號的主管人。也作「老板」。

【老字號】(ㄌㄠˇ ㄗˋ ㄏㄠˋ) 有名的老店鋪。例這家老字號的小吃店，生意很好。

【老少咸宜】(ㄌㄠˇ ㄕㄠˋ ㄒㄧㄢˊ ㄧˊ) 老人和小孩都適合。例那是一部老少咸宜的影片，全家都可以一起觀看。

【老生常談】(ㄌㄠˇ ㄕㄥ ㄔㄤˊ ㄊㄢˊ) 泛指沒有創意的言論。例那些市長候選人的政見都是老生常談，一點新意也沒有。近陳腔濫調。

【老當益壯】(ㄌㄠˇ ㄉㄤ ㄧˋ ㄓㄨㄤˋ) 年紀大而身體仍然健壯。例爺爺老當益壯，每天早晨都慢跑五公里。

✽古老、天荒地老、白頭偕老

考
6/0 ㄎㄠˇ (kǎo) 一 十 土 耂 耂 考

名稱呼已死去的父親。如：先考。形年老的；長壽的。如：壽考。動 1 檢查；查核。如：考察。2 測驗。如：考驗。3 探究；研究。如：考古。

【考古】(ㄎㄠˇ ㄍㄨˇ) 研究古代的文字、器物、化石、遺蹟等，以推斷當時的生活和文化狀況。

【考慮】(ㄎㄠˇ ㄌㄩˋ) 仔細想；思量。例經過長時間的考慮，小寶終於決定參加科展。近思考。

【考驗】(ㄎㄠˇ ㄧㄢˋ) 試驗；驗證。例英文老師今天特地用英語講課來考驗我們的聽力。

✽參考、段考、期中考

者
10/4 ㄓㄜˇ (zhě) 一 十 土 耂 耂 者 者 者

代人或事物的代稱。如：長者。助用在句中或句尾。表示停頓或結束。如：或者。

✽作者、學者、記者

耆
10/4 ㄑㄧˊ (qí) 一 十 土 耂 耂 老 老 耆 耆 耆

名老年人。如：耆舊。形年老的。如：耆德。

老

【耆老】ㄑㄧˊ ㄌㄠˇ 老年人。例 王爺爺知識淵博，是一位受人尊敬的耆老。

而部

6/0 **而** ㄦˊ (ér) 一 ㄏ ㄏ 丙 丙 而

名 鬚；兩頰上的毛。動 到。如：由南而北。連 1如果。如：人而無信，不知其可也。2則；於是。如：脣亡而齒寒。3卻；然而。如：殘而不廢。4又；並且。如：高而胖。助 用在形容詞及副詞後。無義。如：鋌而走險。

✽反而、半途而廢、不翼而飛

9/3 **耐** ㄋㄞˋ (nài) 一 ㄏ ㄏ 丙 丙 而 而一 耐 耐

名 才能。如：能耐。動 忍受；經得起。如：吃苦耐勞。副 持久；經久。如：耐穿。

【耐力】ㄋㄞˋ ㄌㄧˋ 忍耐的能力。例 阿宏很有耐力的跑完十公里。

【耐心】ㄋㄞˋ ㄒㄧㄣ 不急躁、不厭煩的心。例 小鈴是個很有耐心的老師。

【耐用】ㄋㄞˋ ㄩㄥˋ 可長久使用而不容易損壞。例 這個鉛筆盒非常耐用，已經用了三年了，還沒有任何損壞。

【耐人尋味】ㄋㄞˋ ㄖㄣˊ ㄒㄩㄣˊ ㄨㄟˋ 意味深遠，可以讓人仔細思考、咀嚼玩味。例 這套漫畫中蘊含著做人處世的道理，十分耐人尋味。

✽忍耐、難耐、俗不可耐

9/3 **耍** ㄕㄨㄚˇ (shuǎ) 一 ㄏ ㄏ 丙 丙 而 耍 耍 耍

動 1嬉戲；遊戲。如：玩耍。2戲弄；施展。如：耍大旗。3展現。含有負面意義。如：耍大牌。

【耍賴】ㄕㄨㄚˇ ㄌㄞˋ 表現不負責、不講理的態度。例 今天輪到你掃廁所，可別耍賴喔！

【耍寶】(ㄕㄨㄚˇ ㄅㄠˇ) 表演好笑的動作或說笑話來逗大家高興。例小弟最喜歡耍寶了，有他在的地方就會有歡笑。

耒部 ㄌㄟˇ

耒 6/0 ㄌㄟˇ (lěi)

名 農具。犁上彎曲的木柄。

耘 10/4 ㄩㄣˊ (yún)

動 除草。如：耕耘。

耕 10/4 ㄍㄥ (gēng)

動 翻鬆田土。如：耕田。

【耕耘】(ㄍㄥ ㄩㄣˊ) 1翻土除草。泛指農事。2比喻付出勞力或心力。例在辛勤的耕耘之後，才能享受歡樂的收穫。

【耕種】(ㄍㄥ ㄓㄨㄥˋ) 翻土種植。泛指農事。例爺爺在後院耕種了一片菜圃。

✽農耕、一分耕耘，一分收穫

耙 10/4 ㄆㄚˊ (pá)

名 1犁田後用來擊碎土塊的農具。2用以聚攏穀物、平整泥土的農具。如：鐵耙。

耗 10/4 ㄏㄠˋ (hào)

名 消息；音訊。如：噩耗。動 1減損。如：損耗。2花費。如：消耗。3拖延。如：耗時間。

【耗費】(ㄏㄠˋ ㄈㄟˋ) 花費。例我耗費了三天的時間，終於完成這個大型拼圖。

✽乾耗、貓哭耗子假慈悲

耜 11/5 ㄙˋ (sì)

名 耒下端用來翻土的部分，形狀像鍬。如：耒耜。

耳部 ㄦˇ

耳 6/0 ㄦˇ (ěr)

(名) 1 動物的聽覺器官。如：耳朵。2 附在物體兩邊，方便提拿的部位。如：杯耳。3 形狀像耳朵的東西。如：木耳。(動) 聽聞。如：耳熟能詳。

【耳聞】(ㄦˇ ㄨㄣˊ) 聽說。(例) 我們班要換新老師的消息，大家早有耳聞。

【耳語】(ㄦˇ ㄩˇ) 1 靠近耳邊低聲說話。2 私下傳播的消息。(反) 高談。

【耳目一新】(ㄦˇ ㄇㄨˋ ㄧ ㄒㄧㄣ) 事物改變後，讓人有新穎的感覺。(例) 家裡大掃除之後，讓人有耳目一新的感覺。(近) 煥然一新。

【耳熟能詳】(ㄦˇ ㄕㄡˊ ㄋㄥˊ ㄒㄧㄤˊ) 因為經常聽說而知道得很清楚。(例) 白雪公主是大家耳熟能詳的童話故事。

【耳濡目染】(ㄦˇ ㄖㄨˊ ㄇㄨˋ ㄖㄢˇ) 經常聽到看到，慢慢的受到影響。(例) 奶奶喜歡看歌仔戲，妹妹從小耳濡目染，也會唱兩句。

❀刺耳、交頭接耳、忠言逆耳

耶 9/3 ㄧㄝˊ (yé)

(助) 用在句尾。表示疑問。如：是耶？非耶？

耽 10/4 ㄉㄢ (dān)

(動) 1 沉迷；過度喜愛。如：耽溺。2 延誤。如：耽誤。

【耽擱】(ㄉㄢ ㄍㄜ) 事情受到拖延而停頓。(例) 因為突然的一場大雨，使得我們的旅遊行程被耽擱了。

耿 10/4 ㄍㄥˇ (gěng)

(形) 剛正。如：耿介。

【耿直】(ㄍㄥˇ ㄓˊ) 忠誠正直。例 風紀股長個性耿直，所以時常得罪人。

【耿耿於懷】(ㄍㄥˇ ㄍㄥˇ ㄩˊ ㄏㄨㄞˊ) 心中牽掛而煩躁不安。例 姐姐對臉上的胎記一直耿耿於懷，所以最討厭人家盯著她看。

11/5
聊
ㄌㄧㄠˊ (liáo)

一 厂 丌 丌 月 耳 耳 耶 耶 聊 聊

動 1 依賴；憑藉。如：民不聊生。2 閒談。如：閒聊。副 暫且；姑且。如：聊表心意。

【聊天】(ㄌㄧㄠˊ ㄊㄧㄢ) 閒談。例 我們在院子裡乘涼聊天，聽叔叔分享趣事。

【聊表心意】(ㄌㄧㄠˊ ㄅㄧㄠˇ ㄒㄧㄣ ㄧˋ) 略微表示心意。例 為了謝謝張叔叔的幫忙，爸爸準備了一份禮物送他，聊表心意。

✽窮極無聊、百無聊賴

11/5
聆
ㄌㄧㄥˊ (líng)

一 厂 丌 丌 月 耳 耳 耳' 聆 聆 聆

動 聽。如：聆賞。

【聆聽】(ㄌㄧㄥˊ ㄊㄧㄥ) 專心傾聽。例 當音樂響起時，每個人都安靜的聆聽這美妙的樂聲。

12/6
聒
ㄍㄨㄚ (guā)

一 厂 丌 丌 月 耳 耳 耳' 聒 聒 聒 聒

形 吵雜。如：絮聒。

【聒噪】(ㄍㄨㄚ ㄗㄠˋ) 吵雜。例 那群小孩很聒噪，常常吵得鄰居不得安寧。

13/7
聘
ㄆㄧㄥˋ (pìng)

一 厂 丌 丌 月 耳 耳 耳 耳 聃 聃 聃 聘

動 1 徵請；招請。如：禮聘。2 訂婚。如：下聘。

【聘書】(ㄆㄧㄥˋ ㄕㄨ) 請人擔任某職務時所使用的證明文件。

【聘請】(ㄆㄧㄥˋ ㄑㄧㄥˇ) 邀請擔任職務。例 學校聘請了一位新的音樂老師。

13/7
聖
ㄕㄥˋ (shèng)

一 厂 丌 丌 月 耳 耳 耳 耶 耶 聖 聖 聖

耳

(名)①人格崇高，對人類社會貢獻很大的人。如：至聖。②在學問或技藝上有很高成就的人。如：畫聖。(形)①品德崇高的。如：聖人。②聰明有智慧的。如：聖明。③君主時代和皇帝相關事物的尊稱。如：聖駕。

【聖賢】ㄕㄥˋ ㄒㄧㄢˊ 在才德學問方面達到完善境界的人。

【聖母峰】ㄕㄥˋ ㄇㄨˇ ㄈㄥ 或作「埃佛勒斯峰」、「珠穆朗瑪峰」。位於西藏自治區與尼泊爾間，是喜馬拉雅山山脈的主峰，也是世界第一高峰。高約八八四八公尺。

✽神聖、樂聖、至聖先師

14/8

聚 ㄐㄩˋ (jù)

(名)村落；村鎮。如：聚落。(動)會合；集攏；湊在一起。如：聚餐。

【聚集】ㄐㄩˋ ㄐㄧˊ 集合在一起。(例)每年除夕，全家人都會聚集在爺爺家吃年夜飯。(反)分散。

【聚會】ㄐㄩˋ ㄏㄨㄟˋ 指許多人集合在一起活動。

【聚精會神】ㄐㄩˋ ㄐㄧㄥ ㄏㄨㄟˋ ㄕㄣˊ 集中精神，專心一意。(例)同學們都聚精會神的聽著社會老師講廖添丁的故事。(反)心不在焉。

✽團聚、歡聚、物以類聚

14/8

聞 ㄨㄣˊ (wén)

(名)①消息；見識。如：新聞。②名聲；名譽。如：默默無聞。(動)①聽見。如：聞風而至。②嗅；用鼻子辨別氣味。③傳播。如：名聞天下。

【聞名】ㄨㄣˊ ㄇㄧㄥˊ 著名；有名氣。(例)這家餐廳遠近聞名，每天都吸引許多客人前來光顧。

【聞訊】ㄨㄣˊ ㄒㄩㄣˋ 聽到消息。例超市今天大特價，許多家庭主婦聞訊紛紛趕來搶購。

❀見聞、充耳不聞、博學多聞

17/11
聱 ㄠˊ (áo)

形文辭艱深不通暢。如：詰屈聱牙。

17/11
聲 ㄕㄥ (shēng)

名1音響。如：聲音。2曲調；音樂。如：聲樂。3言語。如：不出惡聲。4名望；名譽。如：聲望。5氣勢。如：聲威。6字音的聲調。如：平聲。動宣布；宣稱。如：聲明。

【聲明】ㄕㄥ ㄇㄧㄥˊ 公開說明。例阿金聲明他考試絕對沒作弊。

【聲望】ㄕㄥ ㄨㄤˋ 名聲；名望。例馬老師在體育界很有聲望，大家都尊稱他是前輩。

【聲援】ㄕㄥ ㄩㄢˊ 支持響應。例學校發起愛心捐款，師生們都全力聲援。

【聲勢】ㄕㄥ ㄕˋ 聲威與氣勢。例廟會遊行的隊伍聲勢浩大，鑼鼓震天。

【聲東擊西】ㄕㄥ ㄉㄨㄥ ㄐㄧˊ ㄒㄧ 比喻虛張聲勢，以轉移對方的注意力。例小龍採用聲東擊西的戰術，假裝要出拳，結果卻起腳踢中對方。

【聲淚俱下】ㄕㄥ ㄌㄟˋ ㄐㄩˋ ㄒㄧㄚˋ 形容非常傷痛或悲憤。例看到小莉哭得聲淚俱下，大家也為她感到難過。

❀歌聲、異口同聲、鴉雀無聲

17/11
聯 ㄌㄧㄢˊ (lián)

名字數相等，音韻和排列有一定方式的對句。如：門聯。動1連續；

銜接。通「連」。如：聯綿。2 結合。如：聯盟。

【聯手】(ㄌㄧㄢˊ ㄕㄡˇ) 合作。例 阿龍和阿三聯手發動快攻，為球隊再添兩分。

【聯合】(ㄌㄧㄢˊ ㄏㄜˊ) 結合。例 三班和四班聯合舉辦同樂會，讓我們班很羨慕。

【聯絡】(ㄌㄧㄢˊ ㄌㄨㄛˋ) 互相接觸、維繫。例 好朋友要經常聯絡，互相關心。

【聯想】(ㄌㄧㄢˊ ㄒㄧㄤˇ) 由一事物、情境而想到其他相關事物。例 每到鳳凰花開的季節，就會讓人聯想到畢業時的離情依依。

✽春聯、對聯、蟬聯

17/11

聰

ㄘㄨㄥ (cōng)

一 厂 丌 F 耳 耳 耳' 耳' 聍 聍 聦 聦 聰 聰 聰 聰 聰

名 1 聽力；聽覺。如：失聰。形 1 聽覺靈敏。如：耳聰目明。2 天資高；領悟力強。如：聰慧。

【聰明】(ㄘㄨㄥ ㄇㄧㄥˊ) 天資高，領悟力和學習能力強。反 愚笨。

✽啟聰、小聰明、自作聰明

17/11

聳

ㄙㄨㄥˇ (sǒng)

丿 ㇀ 彳 彳 彳' 彳' 𢓊 𢓊 從 從 從 從 聳 聳 聳 聳 聳

動 1 高起；直立。如：聳肩。2 驚動。如：危言聳聽。

【聳人聽聞】(ㄙㄨㄥˇ ㄖㄣˊ ㄊㄧㄥ ㄨㄣˊ) 讓人聽了吃驚。形容言辭誇大或事件特異。例 聽到那則聳人聽聞的報導，讓阿銘驚訝得說不出話來。近 駭人聽聞。

✽直聳、高聳、毛骨聳然

18/12

職

ㄓˊ (zhí)

一 厂 丌 F 耳 耳 耳' 耳' 聍 聍 聍 聍 聕 聕 職 職 職 職

名 1 分內應做的事。如：盡職。2 官位；執行事務所處的地位。如：文職。動 掌管。如：職司。

【職務】(ㄓˊ ㄨˋ) 在工作上所擔任的事務。

【職責】(ㄓˊ ㄗㄜˊ) 工作上所應盡的責任。㊀交通警察的職責是指揮交通，取締違規駕駛。

【職業】(ㄓˊ 一ㄝˋ) 為謀生而從事的工作。㊀鄰居陳阿姨的職業是教師。

✽任職、兼職、稱職

18/12
聶

ㄋ一ㄝˋ (niè)

一 丆 丌 丌 月 耳 耳 耳 耳 耳 聑 聑 聶 聶 聶 聶 聶 聶

㊁ 附在耳邊小聲說話。如：聶語。

22/16
聾

ㄌㄨㄥˊ (lóng)

丶 亠 亠 产 产 产 音 音 音 音 背 背 龍 龍 龍 龍 龍 龍 壟 聾 聾 聾

㊄ 耳朵聽不到聲音。如：耳聾。

【聾子】(ㄌㄨㄥˊ ˙ㄗ) 耳朵聽不見或聽不清楚的人。

✽震耳欲聾、裝聾作啞

22/16
聽

一 丆 丌 丌 丌 耳 耳 耳 耳 耳 耳 耳 耳 耳 耳 耳 聽 聽 聽 聽 聽 聽

ㄊ一ㄥ (tīng) ㊁ 1 用耳朵感受聲音。如：聽聞。2 服從；接受。如：聽從。3 探問消息。如：打聽。

ㄊ一ㄥˋ (tìng) ㊁ 任憑。如：聽憑。

【聽信】(ㄊ一ㄥ ㄒ一ㄣˋ) 相信；接受。㊀謠言不能隨便聽信，更不該四處傳播。

【聽眾】(ㄊ一ㄥ ㄓㄨㄥˋ) 聆聽言語或音樂的人。

【聽說】(ㄊ一ㄥ ㄕㄨㄛ) 據說；聽到別人所說。㊀聽說今年的校慶，將會舉辦一場大型的園遊會。

【聽天由命】(ㄊ一ㄥ ㄊ一ㄢ 一ㄡˊ ㄇ一ㄥˋ) 任憑上天和命運的安排。㊀與其聽天由命，不如及時努力。

✽收聽、聆聽、洗耳恭聽

耳

聿 ㄩˋ 部

聿
6/0 ㄩˋ (yù)

名 寫字的工具。

肆
13/7 ㄙˋ (sì) 肆

名 市場；店鋪。如：茶樓酒肆。動 1放縱；任意。如：肆意。2竭力；用盡。如：肆力。數「四」的大寫。

【肆虐 ㄙˋ ㄋㄩㄝˋ】任意作惡、為害。例 颱風肆虐，把樹木吹得東倒西歪。

【肆無忌憚 ㄙˋ ㄨˊ ㄐㄧˋ ㄉㄢˋ】任意放縱，毫無顧忌。例 爸爸一不在家，弟弟就肆無忌憚的玩了起來。

✽大肆、放肆、恣肆

肅
13/7 ㄙㄨˋ (sù)

形 威嚴；莊重。如：嚴肅。動 清除；整飭。如：整肅。副 恭敬；謹慎。如：肅立。

【肅靜 ㄙㄨˋ ㄐㄧㄥˋ】氣氛凝重而安靜。例 會場內一片肅靜，沒有人敢站起來發言。反 鼓噪；喧譁。

【肅然起敬 ㄙㄨˋ ㄖㄢˊ ㄑㄧˇ ㄐㄧㄥˋ】恭敬的樣子，或產生恭敬的心理。例 叔叔認真工作的態度，令人肅然起敬。

肄
13/7 ㄧˋ (yì) 肄

動 學習。如：肄業。

【肄業 ㄧˋ ㄧㄝˋ】修習學業。今指沒畢業就離開學校。

肇
14/8 ㄓㄠˋ (zhào) 肈 肇

動1開始。如：肇始。2引起。如：肇禍。

【肇事】ㄓㄠˋ ㄕˋ 引發事端；惹禍。例這起車禍的肇事者，已出面自首。

肉部 ㄖㄡˋ

6/0 **肉** ㄖㄡˋ (ròu) 丨 冂 内 内 肉 肉

名1動物皮膚下，附著在骨骼的柔韌纖維。如：肌肉。2蔬果皮層內可食用的部分。如：果肉。3軀體。如：靈肉。

【肉眼】ㄖㄡˋ ㄧㄢˇ 人的眼睛。指不倚賴任何光學儀器幫助的基本視力。

【肉票】ㄖㄡˋ ㄆㄧㄠˋ 被歹徒綁架以勒索財物的人質。

【肉麻】ㄖㄡˋ ㄇㄚˊ 對於難堪、色情的事物或虛偽、輕浮的言行所產生的感覺。例那對情侶的對話非常肉麻，讓旁人感到很不自在。

❀骨肉、血肉相連、弱肉強食

6/2 **肋** ㄌㄜˋ (lè) 丿 刀 月 月 肋 肋

見「肋骨」。

【肋骨】ㄌㄜˋ ㄍㄨˇ 組成人體胸廓的骨骼。共十二對，以弧狀橫列胸部兩旁。主要作用是保護內臟及控制呼吸。

6/2 **肌** ㄐㄧ (jī) 丿 刀 月 月 肌 肌

名1動物的筋肉。如：肌肉。2皮膚。如：肌膚。

【肌肉】ㄐㄧ ㄖㄡˋ 構成皮膚和皮下筋肉的收縮性細胞。可分為骨骼肌、心肌和平滑肌三類。

7/3 **肓** ㄏㄨㄤ (huāng) 肓 丶 亠 亡 亡 肓 肓

名心臟以下、橫膈膜以上的部位。俗稱「膏肓」，是中醫認為藥力無法到達的部位。

聿 肉

7/3
育
ㄩˋ (yù) 育

動 1生孩子。如：育有一女。2泛指滋生、長大。如：發育。3撫養。如：養育。4培植。如：教育。

✽五育、培育、孕育

7/3
肖
ㄒㄧㄠˋ (xiào) 肖

形 好；善。如：不肖。動 像；類似。如：維妙維肖。

【肖像】ㄒㄧㄠˋ ㄒㄧㄤˋ 用繪畫、攝影、雕刻等方式製作的人物像。

7/3
肝
ㄍㄢ (gān) 肝

名 1五臟之一。一種腺體器官。可貯存及過濾血液、分泌膽汁、排出體內各器官所造成的廢物，並具有新陳代謝的作用。2比喻心志。如：忠肝義膽。

【肝腸寸斷】ㄍㄢ ㄔㄤˊ ㄘㄨㄣˋ ㄉㄨㄢˋ 比喻悲傷到了極點。例 小宛聽到親人發生意外的消息後，當場哭得肝腸寸斷。

✽心肝、豬肝、披肝瀝膽

7/3
肘
ㄓㄡˇ (zhǒu) 肘

名 上下臂交接的關節處。如：手肘。

✽懸肘、掣肘、捉襟見肘

7/3
肛
ㄍㄤ (gāng) 肛

見「肛門」。

【肛門】ㄍㄤ ㄇㄣˊ 消化道末端排泄糞便的出口。

7/3
肚
ㄉㄨˋ (dù) 名 腹部。如：肚皮。

ㄉㄨˇ (dǔ) 名 動物的胃。如：豬肚。

【肚量】ㄉㄨˋ ㄌㄧㄤˋ 1食量。例 阿牛的肚量很大，每餐都吃五碗飯。2人的氣

度、胸襟。也作「度量」。例做人要有肚量，不要對小事斤斤計較。

8/4
肯
ㄎㄣˇ (kěn) 肯肯 丨 ⺊ 屮 止 屮 肯

名 關鍵或要害的地方。如：中肯。

動 1願意。如：不肯走。2許可。如：首肯。

【肯定】ㄎㄣˇ ㄉㄧㄥˋ 1承認事物的價值。例對於他精湛的表演，大家都很肯定。反否定。2一定；必定。例看天上烏雲這麼厚，待會肯定會下雨。

8/4
肴
ㄧㄠˊ (yáo) 肴肴 丿 㐅 㐅 𠂹 肴 肴

名 煮熟的魚肉類食物。如：佳肴。

※菜肴、酒肴、嘉肴

8/4
肪
ㄈㄤˊ (fáng) 肪肪 丿 刀 月 月 月 肪

見「脂肪」。

8/4
肺
ㄈㄟˋ (fèi) 肺肺 丿 刀 月 月 肝 肝

名 五臟之一。呼吸系統中氣體交換的器官。位於胸腔，由許多薄而小的肺泡所組成。

【肺活量】ㄈㄟˋ ㄏㄨㄛˊ ㄌㄧㄤˋ 人體做最大的吸氣動作後，再盡可能呼出的氣體總量。是評價肺功能的重要指標。

【肺腑之言】ㄈㄟˋ ㄈㄨˇ ㄓ ㄧㄢˊ 發自內心的話。例小白的一番肺腑之言，感動了在場的所有人。反花言巧語。

※狼心狗肺、感人肺腑

8/4
肫
ㄓㄨㄣ (zhūn) 肫肫 丿 刀 月 月 肝 肝

名 鳥類的胃。又稱「砂囊」。如：雞肫。

8/4
肢
ㄓ (zhī) 肢肢 丿 刀 月 月 肝 肚

名 人或動物的手腳。如：四肢。

【肢體語言】ㄓ ㄊㄧˇ ㄩˇ ㄧㄢˊ 不用言語而經由表情、動作等傳播訊息的方式。如：手語、舞蹈。

✽義肢、截肢、腰肢

8/4
肥 ㄈㄟˊ (féi)
丿 刀 月 月 月ㄱ 月ㄇ 肥 肥

(名) 使植物生長的養分。如：肥料。
(形) 1 肉太多；脂肪太多。如：肥胖。2 養分豐富。如：肥沃。3 利益豐富的。如：肥水不落外人田。

【肥沃】ㄈㄟˊ ㄨㄛˋ 土壤中含有豐富的養分。(例) 這裡的土地肥沃，種植的水果特別甜。(反) 貧瘠。

【肥料】ㄈㄟˊ ㄌㄧㄠˋ 可使土壤肥沃，提供植物養分的物質。

【肥水不落外人田】ㄈㄟˊ ㄕㄨㄟˇ ㄅㄨˋ ㄌㄨㄛˋ ㄨㄞˋ ㄖㄣˊ ㄊㄧㄢˊ 比喻利益全由自己人享受。(例) 肥水不落外人田，這麼好吃的糖果當然是先給家人囉！

✽堆肥、減肥、環肥燕瘦

8/4
肱 ㄍㄨㄥ (gōng)
丿 刀 月 月 月一 肚 肱 肱

(名) 上臂；手臂由肩關節到肘關節的部分。

8/4
股 ㄍㄨˇ (gǔ)
丿 刀 月 月 月 肌 股 股

(名) 1 大腿。2 分支；部分。如：合股。3 機關編制單位名。如：總股。4 直角三角形斜邊以外的兩個邊。(量) 1 計算細條狀物或氣味的單位。如：一股香味。2 計算股份的單位。如：十萬股股票。

【股東】ㄍㄨˇ ㄉㄨㄥ 出錢投資公司，且對公司負有義務、享有權利的人。

✽屁股、懸梁刺股、一股腦兒

8/4
肩 ㄐㄧㄢ (jiān)
丶 ㇒ 户 户 户 肩 肩 肩

(名) 脖子以下，身體和兩臂連接的部位。如：肩膀。(動) 擔負。如：肩負。

【肩負】ㄐㄧㄢ ㄈㄨˋ 擔負。(例) 軍人肩負著保家衛國的責任。

✽並肩、披肩、摩肩擦踵

胥 9/5 ㄒㄩ (xū)

胥 胥 胥

㊔ 古代的小官員。如：胥吏。

胡 9/5 ㄏㄨˊ (hú)

一 十 古 古 古 胡 胡 胡

㊔ 古代對北方邊地和西域各族的通稱。如：五胡。㊢ 產自胡地的。如：胡桃。㊙ 隨意；隨便。如：胡鬧。

【胡塗】ㄏㄨˊ ㄊㄨˊ 頭腦混亂，不明事理。也作「糊塗」。㊣ 小明很胡塗，常常忘記做功課。

【胡說】ㄏㄨˊ ㄕㄨㄛ 亂說。㊣ 這一切都是謊言，你不要聽他胡說！㊭ 瞎說。

【胡鬧】ㄏㄨˊ ㄋㄠˋ 隨意亂吵；無理取鬧。㊣ 弟弟只要找不到他的玩具，就會開始胡鬧。

【胡作非為】ㄏㄨˊ ㄗㄨㄛˋ ㄈㄟ ㄨㄟˊ 任意作為。㊣ 那群胡作非為的流氓砸壞巷口商店的門窗，還好及時被警察逮捕。

【胡思亂想】ㄏㄨˊ ㄙ ㄌㄨㄢˋ ㄒㄧㄤˇ 雜亂而不切實際的思想。㊣ 媽媽告訴大哥，與其整天胡思亂想，倒不如去找份工作比較實在。㊡ 腳踏實地。

胃 9/5 ㄨㄟˋ (wèi)

丨 冂 冂 田 田 田 胃 胃 胃

㊔ 消化系統中的重要器官。形如囊袋，上連食道，下接十二指腸，能分泌胃液以消化食物。

【胃口】ㄨㄟˋ ㄎㄡˇ 1 食欲。2 比喻興趣、喜好。㊣ 打棒球不合小廷的胃口，他比較喜歡打籃球。

冑 9/5 ㄓㄡˋ (zhòu)

丨 冂 冂 由 由 由 冑 冑 冑

㊔ 後代。如：炎黃世冑。

辨析 「冑」下面是「月」，不可寫成「月」。

背 9/5 ㄅㄟˋ (bèi)

丨 十 ㅓ 北 北 背 背 背

㊔ 1 胸腔後面，介於頸與

腰之間的部位。如：腹背受敵。2 事物的後面或反面。如：刀背。形 不順利的。如：手氣很背。動 1 以背部相對。如：背對太陽。2 違反。如：違背。3 離開。如：離鄉背井。4 記誦。如：背誦。

ㄅㄟ (bēi) 動 用背或肩膀負荷、承擔物品。如：背書包。

【背叛】ㄅㄟˋ ㄆㄢˋ 反叛。例 小力背叛了我，將我的祕密告訴別人。

【背後】ㄅㄟˋ ㄏㄡˋ 1 後面。2 暗中。例 阿花常在背後說別人的壞話。

【背負】ㄅㄟˋ ㄈㄨˋ 擔負；承擔。例 那個單親媽媽要養三個孩子，背負著沉重的經濟壓力。

【背景】ㄅㄟˋ ㄐㄧㄥˇ 1 人物或事件的經歷或前因。例 西遊記以唐三藏至西天取經作為故事的背景。2 戲劇中角色所處的環境。多用舞臺設計或布景來表現。3 繪畫上用來襯托主體的景物或環境。例 用綠葉當背景，是為了讓紅花更醒目。

【背影】ㄅㄟˋ ㄧㄥˇ 人物在光線下所投射出來的陰影。

✽汗流浹背、望其項背

胖 9/5

ㄆㄤˋ (pàng) 形 肥大的樣子。如：胖嘟嘟。

ㄆㄢˊ (pán) 形 安適；舒服。通「般」。如：心寬體胖。

✽肥胖、發胖、白白胖胖

胚 9/5

ㄆㄟ (pēi)

名 1 生物生成過程中，由受精卵發育而成的早期構造。如：胚胎。2 泛指器物粗具的形體。如：陶胚。

【胚芽】ㄆㄟ ㄧㄚˊ 種子內的小嫩芽。會發育成為莖、葉及枝條。

胛 9/5 ㄐㄧㄚˇ (jiǎ)
丿 刀 月 月 肌 肌 胛 胛 胛

名 手臂與背相連的部位。又稱「肩胛」。

胎 9/5 ㄊㄞ (tāi)
丿 刀 月 月 肸 肸 胎 胎 胎

名 1母體內還沒出生的幼體。如：懷胎十月。2事物的根源。如：禍胎。量 計算懷孕、生育次數或數量的單位。如：生了三胎。

【胎記】ㄊㄞ ㄐㄧˋ 嬰兒出生時皮膚上留存的斑點。又稱「胎痣」。

【胎教】ㄊㄞ ㄐㄧㄠˋ 指婦女在懷孕時的思想、行為、心情等，會影響胎兒出生以後的行為與個性。

✽怪胎、雙胞胎、脫胎換骨

胞 9/5 ㄅㄠ (bāo)
丿 刀 月 月 肑 肑 胊 胊 胞

名 1包裹在胎兒外的皮膜。2生物體的基本構造。如：細胞。3稱同父母所生的兄弟姐妹。如：胞兄。

✽同胞、僑胞、民胞物與

胝 9/5 ㄓ (zhī)
丿 刀 月 月 肊 肊 肹 胝 胝

手掌和腳底因摩擦而形成的厚皮。俗稱「繭」。如：胼胝。

胗 9/5 ㄓㄣ (zhēn)
丿 刀 月 月 肸 肸 胗 胗 胗

名 鳥類的胃。

胤 9/5 ㄧㄣˋ (yìn)
丿 丿 ㇀ 㐅 户 肩 肩 肩 胤

名 後代。如：胤嗣。動 子孫世代繼承。

脅 10/6 ㄒㄧㄝˊ (xié)
㇇ 力 力 劦 劦 劦 脅 脅 脅 脅

名 從兩腋下至肋骨盡處的部位。如：胸脅。動 1挾持；逼迫。如：威脅。2聳起。如：脅肩。

【脅迫】ㄒㄧㄝˊ ㄆㄛˋ 逼迫；以壓力強迫。例 歹徒脅迫那位店員交出收銀機內

的錢。(近)脅逼。

10/6
能
ㄋㄥˊ (néng)

(名)①本領；才幹。如：才能。②有才幹的人。如：選賢與能。③能量的簡稱。如：原子能。(動)擅長。如：能言善道。(副)可以。如：不能出去。

【能耐】ㄋㄥˊ ㄋㄞˋ 本領。(例)為了試試自己的能耐，所以小明主動報名參加下個月的長跑比賽。

【能幹】ㄋㄥˊ ㄍㄢˋ 辦事能力強。(例)班長很能幹，是老師的好幫手。

【能源】ㄋㄥˊ ㄩㄢˊ 產生能量的來源。如：煤、天然氣、水、電等。

【能言善道】ㄋㄥˊ ㄧㄢˊ ㄕㄢˋ ㄉㄠˋ 口才好，會說話。(例)小明一向能言善道，是班上最適合參加演講比賽的人選。

✽功能、可能、本能

10/6
胺
ㄢˋ (àn)

(名)①腐臭的肉。②見「胺基酸」。

【胺基酸】ㄢˋ ㄐㄧ ㄙㄨㄢ 構成蛋白質的基本單元。可作為藥物和食料。多數的胺基酸可在動物或人體內自行合成，少數必須從食物中攝取。

10/6
胼
ㄆㄧㄢˊ (pián)

(名)手掌和腳底因摩擦而形成的厚皮。俗稱「繭」。

【胼手胝足】ㄆㄧㄢˊ ㄕㄡˇ ㄓ ㄗㄨˊ 形容工作辛勞。(例)祖先們胼手胝足，開墾土地，我們才有今日富足的生活。

10/6
胰
ㄧˊ (yí)

(名)體內的一種腺體器官。能分泌消化液幫助消化，也能分泌胰島素，以調整醣類的新陳代謝。

肉

10/6
脂
ㄓ (zhī)
丿 刀 月 月 月 月' 月ᐟ 月ᐟ 脂 脂 脂

㊔ 1 油膏。如：油脂。2 古代女子的化妝品。如：胭脂。

【脂肪】ㄓ ㄈㄤˊ 一種存在於動、植物體內的酯類化合物。在常溫下是固體，比水輕，不溶於水，能產生大量的熱量。

❀樹脂、低脂、脫脂

10/6
胯
ㄎㄨㄚˋ (kuà)
丿 刀 月 月 月 月' 月ᐟ 胯 胯 胯

㊔兩大腿之間。如：胯下。

10/6
胱
ㄍㄨㄤ (guāng)
丿 刀 月 月 月' 月' 月' 胱 胱 胱

見「膀胱」。

10/6
胴
ㄉㄨㄥˋ (dòng)
丿 刀 月 月 月 月 月 胴 胴 胴

㊔軀體；身體。如：胴體。

10/6
胭
ㄧㄢ (yān)
丿 刀 月 月 月 月 月 胭 胭 胭

見「胭脂」。

【胭脂】ㄧㄢ ㄓ 化妝用的紅色顏料。

10/6
胸
ㄒㄩㄥ (xiōng)
丿 刀 月 月 月' 肑 肑 胸 胸 胸

㊔ 1 位於身體正面頸部以下、腹部以上的部分。如：胸部。2 心中。如：心胸。

【胸懷】ㄒㄩㄥ ㄏㄨㄞˊ 1 心中。2 意志；抱負。㊀小彬胸懷遠大，立志要成為一名救人的醫生。

【胸襟】ㄒㄩㄥ ㄐㄧㄣ 比喻人的意志、抱負、氣度。㊀我們應該要有廣大的胸襟，才能包容別人的缺點。

【胸有成竹】ㄒㄩㄥ ㄧㄡˇ ㄔㄥˊ ㄓㄨˊ 比喻做事前已有確定的看法或完整的計畫，所以很有自信。也作「成竹在胸」。㊀秀秀胸有成竹，認為這次一定可以贏得選美冠軍。

❀挺胸、擴胸、捶胸頓足

10/6 **脆** ㄘㄨㄟˋ (cuì)

丿 刀 月 月 月 月 月 肸 肸 脆

形 1容易折斷、碎裂。如：脆裂。2聲音清亮。如：清脆。3懦弱；不堅強。如：脆弱。4說話做事簡潔爽快。如：乾脆。

【脆弱】ㄘㄨㄟˋ ㄖㄨㄛˋ 1器物不堅固，容易破裂。例這個花瓶很脆弱，搬運的時候要小心。2個性軟弱不堅強。例阿里脆弱的心靈，承受不起太大的挫折和打擊。

10/6 **胳** ㄍㄜ (gē)

丿 刀 月 月 月 肸 肸 胳 胳 胳

名 1腋下。2從肩膀到手的部分。

【胳膊】ㄍㄜ ㄅㄛ˙ 手臂從肩到肘的部分。

【胳肢窩】ㄍㄜ ㄓ ㄨㄛ 腋下。

10/6 **脈**

丿 刀 月 月 月 月 月 脈 脈 脈

ㄇㄞˋ (mài) 名 1人體中遍布全身，以流通血液的血管。如：動脈。2樹葉上呈網狀分布的紋路。如：葉脈。3連貫而有系統的事物。如：山脈。

ㄇㄛˋ (mò) 見「脈脈」。

【脈脈】ㄇㄛˋ ㄇㄛˋ 含情凝視而不說話的樣子。例他們含情脈脈的互相望著對方，眼神裡充滿了愛意。

【脈絡】ㄇㄞˋ ㄌㄨㄛˋ 1中醫指人身上的血管和經絡。2條理。例只要掌握到事情發展的脈絡，問題很快就可以解決。

【脈搏】ㄇㄞˋ ㄅㄛˊ 動脈隨心臟收縮而產生的搏動。正常成人的脈搏每分鐘平均約七十二次。

✽命脈、把脈、來龍去脈

10/6 **脊** ㄐㄧˇ (jǐ)

丶 丷 丷 火 夾 夾 脊 脊

名 1人和動物背部的骨柱。如：脊

梁。2物體中間高起的部分。如：屋脊。

【脊椎】(ㄐㄧˇ ㄓㄨㄟ) 在身體背部支撐軀幹的中軸骨骼。

【脊髓】(ㄐㄧˇ ㄙㄨㄟˇ) 脊椎骨中的圓條形神經組織。顏色灰白而質軟，可將外界刺激傳到大腦。

✽山脊、背脊、書脊

脣

11/7

ㄔㄨㄣˊ (chún) 一 厂 厂 尸 尸 尼 辰 辰 辰 脣 脣

名 嘴的邊緣。如：嘴脣。

【脣亡齒寒】(ㄔㄨㄣˊ ㄨㄤˊ ㄔˇ ㄏㄢˊ) 比喻彼此利害相關，只要一方不存在了，另一方也會跟著受害。例附近的商家都反對將車站遷離，深怕脣亡齒寒，以後人潮不再，生意會大受影響。

✽兔脣、紅脣、反脣相譏

脖

11/7

ㄅㄛˊ (bó) 丿 刀 月 月 月 月 月 月 脖 脖 脖

名 頸子；頭和身體相連的部位。

脯

11/7

丿 刀 月 月 月 月 月 脯 脯 脯 脯

ㄈㄨˇ (fǔ) 名 1乾肉。如：肉脯。2乾的果肉。如：棗脯。

ㄆㄨˊ (pú) 名 胸部。如：胸脯。

脫

11/7

ㄊㄨㄛ (tuō) 丿 刀 月 月 月 月 月 月 脫 脫 脫

形 不拘形式的。如：灑脫。動 1解開；除去。如：脫衣。2掉落；漏掉。如：脫漏。3逃離；避開。如：逃脫。

【脫逃】(ㄊㄨㄛ ㄊㄠˊ) 逃走。也作「逃脫」。例弟弟的金龜子從盒子裡脫逃了。

【脫離】(ㄊㄨㄛ ㄌㄧˊ) 離開。例經過醫生的急救，車禍的傷者終於脫離險境。

【脫口而出】(ㄊㄨㄛ ㄎㄡˇ ㄦˊ ㄔㄨ) 沒有經過考慮而很快的說出來。例阿國常常一看到題目，答案就脫口而出了。

【脫胎換骨】(ㄊㄨㄛ ㄊㄞ ㄏㄨㄢˋ ㄍㄨˇ) 比喻原有的東西經徹底改變後，呈現新的面貌。

也泛指人徹底改變，重新做人。例經過一番整修，原本的老屋已脫胎換骨，像新的一樣。近改頭換面。

【脫穎而出】(ㄊㄨㄛ ㄧㄥˇ ㄦˊ ㄔㄨ) 比喻超越他人而有突出的表現。例欣欣平常表現普通，想不到卻在這次作文比賽中脫穎而出，令人驚訝。

※解脫、超脫、擺脫

脩 11/7 ㄒㄧㄡ (xiū)

ノ 亻 亻 仢 仢 仢 攸 攸 脩 脩 脩

名乾肉條。後用來指學費。如：束脩。形高；長。通「修」。如：脩長。動通「修」。1研習；研究。如：脩習。2整治；整理。如：脩築。

腐 14/8 ㄈㄨˇ (fǔ)

丶 亠 广 广 庐 庐 府 府 府 府 府 腐 腐 腐

名古代割去男性生殖器的刑罰。又稱「宮刑」。形老舊固執、不通事理。如：腐儒。動潰爛發臭。如：腐爛。

【腐敗】(ㄈㄨˇ ㄅㄞˋ) 1朽爛敗壞。例因為停電的關係，冰箱裡的魚肉都腐敗了。2指思想老舊或行為敗壞。例滿清末年的政治十分腐敗。

【腐蝕】(ㄈㄨˇ ㄕˊ) 1物體受到風雨或化學作用的侵蝕，使本質逐漸消損或毀傷的現象。2指不好的環境或思想，對人逐漸形成不良影響。例不良的書籍會腐蝕兒童的心靈。

※豆腐、防腐、陳腐

腎 12/8 ㄕㄣˋ (shèn)

一 丅 丂 丂 臣 臤 臤 臤 腎 腎 腎

名五臟之一。泌尿系統的主要器官。位於腹部腰側，左右各一個。主要功能是製造尿液，以排除體內的廢物。俗稱「腰子」。

腕 12/8 ㄨㄢˋ (wàn)

丿 刀 月 月 肜 肜 肸 肸 肸 腕 腕 腕

名 1前臂與手掌相連的關節部位。如：懸腕。2手段。如：手腕。

✽扼腕、斷腕、鐵腕

12/8

腔 ㄑㄧㄤ (qiāng)

名 1體內中空的部位。如：胸腔。2口音。如：腔調。3曲調。如：秦腔。

【腔調】ㄑㄧㄤ ㄉㄧㄠˋ 1樂曲的音律。2說話的聲音和語調。

✽幫腔、陳腔濫調、字正腔圓

12/8

腋 ㄧㄝˋ (yè)

名 1手臂內側與身體交接的部位。俗稱「胳肢窩」。如：腋下。2鳥獸翅膀或前腿內側與胸部相連的部位。

12/8

腑 ㄈㄨˇ (fǔ)

名 人體的內臟。如：五臟六腑。

✽肺腑之言、痛徹心腑

12/8

脹 ㄓㄤˋ (zhàng)

動 1皮肉腫大。如：腫脹。2泛指體積變大。如：膨脹。

12/8

腆 ㄊㄧㄢˇ (tiǎn)

形 害羞的樣子。如：靦腆。動 挺出；抬起。如：腆著肚子。

12/8

腓 ㄈㄟˊ (féi)

名 1小腿後方筋肉凸出的部分。2古代剔除膝蓋骨或斷足的刑罰。

12/8

脾 ㄆㄧˊ (pí)

名 五臟之一。人體內最大的淋巴器官。在胃的左下側。具有造血、儲血、破壞老弱血球及調節淋巴細胞等功能。

【脾氣】(ㄆㄧˊ ㄑㄧˋ) ①人的習性；性情。例芸芸的脾氣好，大家都喜歡她。②怒氣。例妹妹因沒糖吃而發脾氣。

13/9
腱 ㄐㄧㄢˋ (jiàn)

名 位於筋肉兩端的組織。色白而富於韌性，可使筋肉固定附著在骨骼上。

13/9
腰 ㄧㄠ (yāo)

名 ①人體胯骨以上、肋骨以下的部位。如：彎腰。②腎臟的俗稱。如：腰子。③事物的中間部分。如：山腰。

【腰斬】(ㄧㄠ ㄓㄢˇ) ①古代的一種酷刑。將犯人從腰部中間斬為兩段。②泛指中斷事情或計畫的進行。例這部連續劇因為收視率不好，播不到二十集就被腰斬了。

❋挺腰、插腰、虎背熊腰

13/9
腩 ㄋㄢˇ (nǎn)

名 ①乾肉。②動物腹部靠近肋骨部位的肉。如：牛腩。

13/9
腸 ㄔㄤˊ (cháng)

名 ①消化器官之一。由小腸和大腸構成。②心地。如：古道熱腸。

【腸枯思竭】(ㄔㄤˊ ㄎㄨ ㄙ ㄐㄧㄝˊ) 比喻沒有靈感，寫不出東西來。例今天的作文題目令我感到腸枯思竭，寫不出半個字。近搜索枯腸。反文思泉湧。

❋心腸、香腸、鐵石心腸

13/9
腥 ㄒㄧㄥ (xīng)

名 1生肉。如：葷腥。2動物的血液或生肉所發出的臭味。如：腥味。

【腥羶】ㄒㄧㄥ ㄕㄢ 牛羊魚肉等的臭味。比喻殘暴凶殺的氣息。例這個電視節目太腥羶暴力，不適合兒童及青少年收看。

13/9

腮

ㄙㄞ (sāi)

名 面頰的下半部。如：香腮。

✽托腮、落腮鬍、尖嘴猴腮

13/9

腳

ㄐㄧㄠˇ (jiǎo)

名 1動物下肢，膝蓋以下、踝部以上的部位；小腿。2下肢的總稱。如：手腳並用。3指物體的下部、末端、基底。如：山腳。

【腳踏車】ㄐㄧㄠˇ ㄊㄚˋ ㄔㄜ 用腳踩踏而行進的兩輪車。又稱「單車」、「自行車」、「鐵馬」。

【腳踏實地】ㄐㄧㄠˇ ㄊㄚˋ ㄕˊ ㄉㄧˋ 比喻做事實在，不誇大。例做事要腳踏實地，不要總想著一步登天。反好高騖遠。

✽七手八腳、臨時抱佛腳

13/9

腦

ㄋㄠˇ (nǎo)

名 1頭內中樞神經的主體。主要包括大腦、小腦和延腦三部分。2泛稱頭部。如：腦袋。3首要、中心的部分。如：首腦。

【腦海】ㄋㄠˇ ㄏㄞˇ 腦中。例一來到海邊，我的腦海中就浮現小時候爸媽帶我們在海邊玩水的情景。

【腦袋】ㄋㄠˇ ㄉㄞˋ 1頭部。2思想。例小新的腦袋很靈光，只要老師教一次，他就記住了。

【腦筋】ㄋㄠˇ ㄐㄧㄣ 1思想。例小淳真是個死腦筋，無論怎麼說都說不聽。

2 指思考、記憶等腦力。例 老師在課堂上出了個謎語，讓我們動腦筋。

※電腦、笨頭笨腦、頭昏腦脹

13/9

腫

ㄓㄨㄥˇ (zhǒng) 腫

丿 刀 月 月 月 肝 肝 肝 胎 胎 胎 腫

形 1 浮脹的。如：紅腫。2 肥厚的。如：臃腫。

【腫瘤】ㄓㄨㄥˇ ㄌㄧㄡˊ 細胞不正常增生的病變所產生的新生組織。分良性和惡性兩種。

※水腫、浮腫、鼻青臉腫

13/9

腹

ㄈㄨˋ (fù) 腹

丿 刀 月 月 月 肝 肝 脂 脂 脂 脂 腹

名 1 胸部以下、腿部以上的部位。俗稱「肚子」。2 物體居中的部分。如：山腹。3 指人身的前面。如：腹背受敵。4 比喻內心或內在。如：腹案。

【腹背受敵】ㄈㄨˋ ㄅㄟˋ ㄕㄡˋ ㄉㄧˊ 比喻被兩面夾攻，處境艱難危急。例 在警方的圍攻下，腹背受敵的歹徒只好投降。

※捧腹、滿腹、推心置腹

13/9

腺

ㄒㄧㄢˋ (xiàn) 腺

丿 刀 月 月 月 肝 胪 胪 胪 腺 腺 腺

名 體內能分泌激素、消化液，或排泄廢物的細胞組織器官。如：甲狀腺。

※淚腺、汗腺、淋巴腺

14/10

膏

ㄍㄠ (gāo) 膏

丶 亠 亠 亠 亠 亠 亠 高 高 高 高 亭 膏 膏

名 1 肥油；脂肪。如：膏油。2 恩惠。如：膏澤。3 古人稱心臟以下、橫膈膜以上的部位。如：膏肓。4 濃稠的糊狀物。如：藥膏。形 肥沃。如：膏腴之地。

【膏藥】(ㄍㄠ ㄧㄠˋ) 煎煉成脂狀的藥。通常攤在紙片或布片上，用來貼在受傷或病痛的部位。

✽民脂民膏、病入膏肓

14/10 **膀** 膀 膀

ㄅㄤˇ (bǎng) (名) 1 肩部和肩部以下、手肘以上的部位。如：肩膀。2 鳥類和昆蟲的飛行器官。如：翅膀。

ㄆㄤˊ (páng) 見「膀胱」。

ㄆㄤ (pāng) (形) 肌肉浮腫。如：膀腫。

【膀胱】(ㄆㄤˊ ㄍㄨㄤ) 泌尿系統中，存放尿液的囊狀器官。

✽臂膀、蹄膀、挨肩擦膀

14/10 **腿** ㄊㄨㄟˇ (tuǐ) 腿 腿

(名) 動物用來支持身體和走路的部位。分成小腿和大腿兩部分。

✽火腿、跑腿、飛毛腿

14/10 **膊** ㄅㄛˊ (bó) 膊 膊

(名) 1 切成塊的乾肉。2 身體上肢靠近肩膀的部位。即肩骨。如：臂膊。3 泛指上半身。如：打赤膊。

14/10 **膈** ㄍㄜˊ (gé) 膈 膈

(名) 動物體腔中分隔胸腔和腹腔的肌膜。如：橫膈膜。

15/11 **膚** ㄈㄨ (fū) 膚 膚 膚

(名) 身體的表皮。如：皮膚。(形) 淺薄；浮淺。如：膚淺。

【膚淺】(ㄈㄨ ㄑㄧㄢˇ) 淺薄；不深刻。(例) 他的想法很膚淺，難怪沒有人認同他。

✽肌膚、身體髮膚、體無完膚

15/11

膠

ㄐㄧㄠ (jiāo)

丿 刀 月 月 … 膠 膠 膠

名 ①用動物的皮、角或骨熬成的黏性濃汁。如：鹿角膠。②泛指帶有黏性的東西。如：膠水。動 黏合。如：膠固。

【膠著】(ㄐㄧㄠ ㄓㄨㄛˊ) ①黏固；黏著。②比喻相持不下、無法解決。例 這兩隊的實力相當，使比賽陷入了膠著。

✽塑膠、橡膠、如膠似漆

15/11

膝

ㄒㄧ (xī)

丿 刀 月 月 … 膝 膝 膝

名 連接大腿和小腿而可屈伸的部位。如：膝蓋。

✽促膝、抱膝、卑躬屈膝

15/11

膛

ㄊㄤˊ (táng)

丿 刀 月 月 … 膛 膛 膛

名 ①胸腔。如：胸膛。②器物中空的地方。如：槍膛。

15/11

膜

ㄇㄛˊ (mó)

丿 刀 月 月 … 膜 膜 膜

名 ①指一切扁平而薄的構造。用來包覆生物體的組織或器官周圍，具有保護作用。如：耳膜。②泛指像薄皮一類的東西。如：橡皮膜。動 見「膜拜」。

【膜拜】(ㄇㄛˊ ㄅㄞˋ) 雙手合十舉到額頭前，下跪俯身，雙手撐地，以頭叩地的拜禮。表示極端恭敬。

✽薄膜、保護膜、視網膜

16/12

膳

ㄕㄢˋ (shàn)

丿 刀 月 月 … 膳 膳 膳

名 飲食。如：供膳。

✽用膳、進膳、藥膳

16/12
膩 ㄋㄧˋ (nì)

(形) 1 油脂過多的。如：油膩。2 滑潤的。如：纖膩。3 親密的。如：膩友。(動) 黏著；纏著。如：弟弟總愛膩著媽媽。(副) 厭煩；厭倦。如：我已經吃膩三明治了。

✽細膩、滑膩、煩膩

16/12
膨 ㄆㄥˊ (pēng)

(動) 脹滿。如：膨脹。

【膨脹】ㄆㄥˊ ㄓㄤˋ 1 物體因吸熱而引起體積、面積、長度增加，或氣體因減壓而導致體積增大的現象。2 泛指擴大。(例) 這個社團今年很受新生的歡迎，才短短一個禮拜，參加人數就膨脹了二倍。(反) 縮減。

17/13
膺 ㄧㄥ (yīng)

(名) 胸；心中。如：義憤填膺。(動) 承受。如：榮膺。

17/13
臀 ㄊㄨㄣˊ (tún)

(名) 即「屁股」。大腿後側與腰相接的部位。如：臀部。

17/13
臂 ㄅㄧˋ (bì)

(名) 1 由肩部到手腕的部位。如：手臂。2 昆蟲、獸類的前肢。如：螳臂當車。

✽胳臂、三頭六臂、失之交臂

17/13
臆 ㄧˋ (yì)

肉

㊔ 1 胸部。如：胸臆。2 主觀的意見。如：臆測。

17/13
臃
ㄩㄥ (yōng)

丿 月 月 月 月 月 ⺼ 胪 ⺼ 胪 胪 胪 胪 臃 臃

㊕ 皮肉因發炎而腫脹。如：臃腫。

【臃腫】ㄩㄥ ㄓㄨㄥˇ 形容體態肥胖不靈活。㊐ 我發現小平的身材越來越臃腫。

17/13
臊
ㄙㄠ (sāo) ㊔ 腥臭的氣味。如：腥臊。

丿 月 月 月 ⺼ 胛 胛 胛 胛 胛 胛 胛 臊

ㄙㄠˋ (sào) ㊔ 碎肉。如：肉臊。㊕ 害羞；羞愧。如：害臊。

17/13
膿
ㄋㄨㄥˊ (nóng)

丿 月 月 月 月 月 月 月 月 膿 膿 膿 膿 膿

㊔ 細胞感染病菌而壞死、腐敗所流出的液體。是受傷部位壞死的組織、白血球和病菌的混合液。如：化膿。

17/13
膽
ㄉㄢˇ (dǎn)

丿 月 月 月 月 月 月 月 月 月 膽 膽 膽 膽 膽

㊔ 1 消化器官之一。位在肝臟下方，呈囊狀，具有儲存膽汁的功能。2 勇氣。如：一身是膽。

【膽怯】ㄉㄢˇ ㄑㄩㄝˋ 害怕。㊐ 看到對手那麼強，小峰的內心不免有些膽怯。

【膽大包天】ㄉㄢˇ ㄉㄚˋ ㄅㄠ ㄊㄧㄢ 形容膽量很大，沒有害怕或顧忌。㊐ 那個小偷真是膽大包天，竟敢在警察局旁邊的商店偷東西。㊊ 膽小如鼠。

【膽戰心驚】ㄉㄢˇ ㄓㄢˋ ㄒㄧㄣ ㄐㄧㄥ 形容非常害怕。也作「膽顫心驚」。㊐ 颱風夜的風雨聲，讓妹妹嚇得膽戰心驚。

✽大膽、壯膽、提心吊膽

17/13

臉 ㄌㄧㄢˇ (liǎn)

㊔ 1 面頰。也指整個面部。如：洗臉。2 面子；顏面。如：丟臉。

【臉孔】ㄌㄧㄢˇ ㄎㄨㄥˇ 面孔；長相。

【臉色】ㄌㄧㄢˇ ㄙㄜˋ 1 臉上的氣色。2 表情。㊞ 老師臉色一變，同學們馬上停止了吵鬧。

【臉紅脖子粗】ㄌㄧㄢˇ ㄏㄨㄥˊ ㄅㄛˊ ˙ㄗ ㄘㄨ 形容生氣或急躁不安的樣子。

✽笑臉、扮鬼臉、愁眉苦臉

17/13

膾 ㄎㄨㄞˋ (kuài)

㊔ 切細的魚或肉。

【膾炙人口】ㄎㄨㄞˋ ㄓˋ ㄖㄣˊ ㄎㄡˇ 比喻美好的事物被大家傳頌、稱讚。㊞ 這首膾炙人口的童謠，不斷被人傳唱。

18/14

臏 ㄅㄧㄣˋ (bìn)

㊔ 1 膝蓋骨。2 古代切斷膝蓋骨的一種刑罰。

18/14

臍 ㄑㄧˊ (qí)

㊔ 1 胎兒出生後，將臍帶剪斷而逐漸乾癟脫落所留下的痕跡。如：肚臍。2 蟹的腹部。雌的呈圓形，雄的呈三角形。

【臍帶】ㄑㄧˊ ㄉㄞˋ 連接胎兒和胎盤間的繩索狀構造。是胎兒獲取養分和排除廢物的管道。

19/15

臘 ㄌㄚˋ (là)

㊔ 1 年尾舉行的祭祀。2 農曆十二月。如：臘月。3 經過醃烤或風乾

的肉類食品。如：臘腸。

【臘八】(ㄌㄚˋ ㄅㄚ) 農曆十二月八日。又稱「臘日」。

【臘肉】(ㄌㄚˋ ㄖㄡˋ) 用鹽或醬油醃漬後，經過風乾、晒乾或燻乾的肉。

臚 20/16

ㄌㄨˊ (lú)

㊔皮膚或腹部。㊍①陳列；鋪排。如：臚列。②詳細敘述。如：臚情。

臟 22/18

ㄗㄤˋ (zàng)

㊔胸、腹腔內器官的總稱。如：內臟。

✽五臟六腑、五臟廟

臣 部 (ㄔㄣˊ)

臣 6/0

ㄔㄣˊ (chén)

㊔①帝王時代做官的人。如：大臣。②帝王時代官吏對帝王的自稱。③古人謙稱自己。秦漢以前稱臣，漢以後稱僕。㊍屈服。如：臣服。

【臣服】(ㄔㄣˊ ㄈㄨˊ) 屈服；聽命於人。㊎妹妹一看媽媽生氣，就不敢再頂嘴，乖乖臣服了。

✽君臣、奸臣、忠臣

臥 8/2

ㄨㄛˋ (wò)

㊒供睡覺或休息用的。如：臥室。㊍①倒下；躺下。如：躺臥。②潛伏。如：臥底。

【臥底】(ㄨㄛˋ ㄉㄧˇ) 潛伏在敵人的陣營裡，探聽消息或做內應。㊎臥底警察

的工作既辛苦又危險，隨時都要提高警覺。

【臥病】(ㄨㄛˋ ㄅㄧㄥˋ) 生病躺在床上。例 小君臥病這幾天，常有同學來探望他。

❋橫臥、睡臥、高臥

臧

14/8

ㄗㄤ (zāng)

臧 臧

形 善；美好。如：人謀不臧。動 稱讚。如：臧否。

【臧否】(ㄗㄤ ㄆㄧˇ) 稱讚、批評。指評論。例 張教授時常在報紙上發表文章，臧否時事。

臨

17/11

ㄌㄧㄣˊ (lín)

臨 臨 臨 臨 臨

動 1由上看下。如：居高臨下。2面對。如：如臨大敵。3靠近。如：臨街的入口。4到。如：光臨。5照著別人的字畫模仿。如：臨帖。

副 當；正。如：臨走。

【臨時】(ㄌㄧㄣˊ ㄕˊ) 1正當其時。例 老師臨時要阿任上臺表演，害他緊張得說不出話來。2暫時。例 這個地方只能臨時停車。

【臨終】(ㄌㄧㄣˊ ㄓㄨㄥ) 人將死的時候。例 富翁臨終前，決定將財產捐出來，幫助學校蓋一座圖書館。近 瀕死。

【臨危不亂】(ㄌㄧㄣˊ ㄨㄟˊ ㄅㄨˋ ㄌㄨㄢˋ) 在危險困難的時候，仍能保持鎮定而不慌亂。例 這次多虧小銘臨危不亂，我們才能平安逃出火場。

【臨陣脫逃】(ㄌㄧㄣˊ ㄓㄣˋ ㄊㄨㄛ ㄊㄠˊ) 軍人在面對敵人時，因為害怕而逃走。比喻為沒有勇氣面對，因而選擇逃避。例 媽媽替哥哥安排相親，沒想到他竟然臨陣脫逃，讓大家空等一個下午。

❋來臨、蒞臨、事到臨頭

ㄗˋ 自部

6/0
自 ㄗˋ (zì)

丿 亻 冂 白 自 自

(名)起源。如：其來有自。(代)本身；己身。如：自己。(副)1必然；一定。如：努力自能成功。2主動的。如：自願。(介)從；由。如：自去年開始。

【自由】ㄗˋ ㄧㄡˊ 1隨自己的想法去行動，不受拘束。(例)人要有自由，才會活得快樂。2在法律規定的範圍內，依自己的想法去行動的權利。(例)民主國家的人民都有言論自由。

【自私】ㄗˋ ㄙ 只顧自己，不管別人。(例)做人不能太自私，凡事要多為別人著想。

【自制】ㄗˋ ㄓˋ 自我克制、約束。(例)美食當前，實在令人難以自制。

【自卑】ㄗˋ ㄅㄟ 看輕自己，認為處處比不上別人。(例)雖然家境不好，小紅卻從不自卑，始終努力向上。

【自信】ㄗˋ ㄒㄧㄣˋ 對自己有信心。(例)經過一個月的練習，小馬對自己越來越有自信。

【自首】ㄗˋ ㄕㄡˇ 犯罪的人，在案件被發覺以前，主動向檢察官或司法警察人員承認犯罪事實，表明願意接受制裁。

【自動】ㄗˋ ㄉㄨㄥˋ 不受外力影響而自己去做。(例)弟弟放學回家後，就會自動將作業寫完，從不用媽媽操心。(反)被動。

【自尊】ㄗˋ ㄗㄨㄣ 自我的尊嚴。(例)每個人都有自尊，所以應該互相尊重。

【自傳】ㄗˋ ㄓㄨㄢˋ 敘述自己生平事蹟的作品。(例)老師要我們寫一篇自傳來介紹自己。

【自豪】(ㄗˋ ㄏㄠˊ) 自己感到光榮和驕傲。例她對自己的作品感到自豪。

【自個兒】(ㄗˋ ㄍㄜˇ ㄦ) 自己。例這整桌菜都是我自個兒做的。

【自不量力】(ㄗˋ ㄅㄨˋ ㄌㄧㄤˋ ㄌㄧˋ) 不衡量自己的能力，而做自己做不到的事。也作「不自量力」。例這張桌子要四個人才搬得動，阿牛卻自不量力，想一個人搬。

【自以為是】(ㄗˋ ㄧˇ ㄨㄟˊ ㄕˋ) 以為自己都是對的。例大衛一向自以為是，不把別人放在眼裡。

【自由自在】(ㄗˋ ㄧㄡˊ ㄗˋ ㄗㄞˋ) 不受任何拘束與限制，而且安閑舒適。例看到鳥兒自由自在的在空中飛翔，真令人嚮往。

【自作自受】(ㄗˋ ㄗㄨㄛˋ ㄗˋ ㄕㄡˋ) 自己做的事，自己承擔責任和後果。例阿彥想拿鞭炮嚇人，卻不小心炸傷自己，真是自作自受。

【自作聰明】(ㄗˋ ㄗㄨㄛˋ ㄘㄨㄥ ㄇㄧㄥˊ) 自以為聰明，不接受別人的勸告，按照自己的想法輕率行事。例在做決定之前，要多聽別人的想法，不要自作聰明。

【自告奮勇】(ㄗˋ ㄍㄠˋ ㄈㄣˋ ㄩㄥˇ) 主動要求負責某項任務。例他自告奮勇擔任班上的數學小老師。近毛遂自薦。

【自相矛盾】(ㄗˋ ㄒㄧㄤ ㄇㄠˊ ㄉㄨㄣˋ) 指自己的言行前後不同或相反。例阿福要大家維護環境整潔，自己卻亂丟垃圾，真是自相矛盾。

【自相殘殺】(ㄗˋ ㄒㄧㄤ ㄘㄢˊ ㄕㄚ) 自己人互相爭鬥、迫害。例他們兄弟為了爭財產，竟然自相殘殺，真是可悲。近同室操戈。

【自得其樂】(ㄗˋ ㄉㄜˊ ㄑㄧˊ ㄌㄜˋ) 自己享受樂趣，不受外界影響。例儘管別人覺得學游泳很辛苦，但哈利仍然自得其樂，每天都到游泳池報到。

【自欺欺人】（ㄗˋ ㄑㄧ ㄑㄧ ㄖㄣˊ）欺騙自己也欺騙別人。㊣大家已知道真相，你就別再自欺欺人了。㊍掩耳盜鈴。

【自圓其說】（ㄗˋ ㄩㄢˊ ㄑㄧˊ ㄕㄨㄛ）對自己說的話或做的事，給予圓滿的解釋。㊣小琳想找理由自圓其說，卻沒人相信她。

【自暴自棄】（ㄗˋ ㄅㄠˋ ㄗˋ ㄑㄧˋ）輕視自己，不求上進。㊣小芳輸了比賽之後，變得自暴自棄，連練習都不參加了。

✽擅自、孤芳自賞、不打自招

10/4 **臬** ㄋㄧㄝˋ (niè) ノ 亻 白 白 白 自 自 臬 臬 臬

㊔1箭靶。2測量日影的標竿。引申為法度。如：圭臬。

10/4 **臭** 臭 臭 ノ 亻 白 白 白 自 自 臭

ㄒㄧㄡˋ (xiù) ㊔氣味；味道。如：無色無臭。㊗用鼻子聞氣味。通「嗅」。

ㄔㄡˋ (chòu) ㊔1難聞的氣味。如：口臭。2不好的名聲。如：遺臭萬年。㊖難聞的。如：臭味。㊘狠狠的；劇烈的。如：臭罵一頓。

【臭味相投】（ㄔㄡˋ ㄨㄟˋ ㄒㄧㄤ ㄊㄡˊ）譏諷人因為有相同的不良嗜好或習性而相交。㊣他們倆因為愛打電動而成為好朋友，真可說是臭味相投。

【臭氣沖天】（ㄔㄡˋ ㄑㄧˋ ㄔㄨㄥ ㄊㄧㄢ）形容非常臭。㊣這條水溝臭氣沖天，經過的人無不捏著鼻子快速離開。

✽發臭、腐臭、惡臭

至部 ㄓˋ

6/0 **至** ㄓˋ (zhì) 一 ㄈ 云 云 至 至

㊖親密的；情誼深厚的。如：至友。㊗抵達；到來。如：賓至如歸。㊘極；最。如：至尊。

【至今 ㄓˋ ㄐㄧㄣ】到現在。㊣例我家的小黃狗前天走失了，至今還沒找回來。

【至少 ㄓˋ ㄕㄠˇ】最少；起碼。例你至少要吃點東西，休息一下，才能繼續工作。

【至聖先師 ㄓˋ ㄕㄥˋ ㄒㄧㄢ ㄕ】對孔子的尊稱。

✽如獲至寶、無微不至

9/3

致 ㄓˋ (zhì)

一 ㄗ 𠫔 𠫔 至 至 到 到 致

㊔名 情趣意態。如：興致。㊕動 1 給予。如：致贈。2 招來；獲取。如：致富。3 傳達；表示。如：致謝。4 竭盡。如：致力。

【致力 ㄓˋ ㄌㄧˋ】盡力；竭盡所能完成某事。例陳老師一生致力於推廣太極拳運動，教過的學生有好幾千人。近竭力。

【致命 ㄓˋ ㄇㄧㄥˋ】喪失性命。例眼鏡蛇的毒性很強，一旦被咬傷，就有致命的危險。

【致詞 ㄓˋ ㄘˊ】集會時，向眾人發表意見或表示祝賀、歡迎、答謝、哀悼等的講話。也作「致辭」。例依依代表畢業生在畢業典禮上致詞。

✽大致、招致、極致

14/8

臺 ㄊㄞˊ (tái)

一 十 士 吉 吉 吉 声 壴 臺 臺 臺 臺 臺

名 1 高而平的建築物。如：陽臺。2 器物的底座。如：鏡臺。3 對人的尊稱。如：兄臺。量 1 計算機器、儀器或大型器物的單位。如：一臺電視機。2 計算戲劇演出次數的單位。如：演了三臺戲。專 臺灣的簡稱。

【臺風 ㄊㄞˊ ㄈㄥ】在臺上所展現的風度。例小明的臺風很穩健，不像是第一次演講。

至

【臺詞（ㄊㄞˊ ㄘˊ）】表演節目裡，演員所說的話。

※舞臺、炮臺、塔臺

16/10

臻

ㄓㄣ (zhēn) 一 ㄧ 工 五 至 至 到 到 到 珐 臻 臻 臻 臻 臻 臻

動 達到。如：漸臻佳境。

臼部

6/0

臼

ㄐㄧㄡˋ (jiù) ′ ⺊ ⺊ 臼 臼 臼

名 搗去穀類外皮、外殼的器具。如：石臼。形 形狀像臼的。如：臼齒。

【臼齒（ㄐㄧㄡˋ ㄔˇ）】靠近喉部兩旁的牙齒。形狀和臼相似，主要功能為磨碎食物。

※脫臼、窠臼、井臼

8/2

臾

ㄩˊ (yú) ′ ⺊ ⺊ 臼 臼 臼 臾 臾

名 很短的時間。如：須臾。

10/4

舀

ㄧㄠˇ (yǎo) ′ ⺈ ⺈ ⺈ ⺈ ⺈ 舀 舀 舀 舀

動 用瓢、勺、湯匙等撈取液體。如：舀水。

11/5

舂

ㄔㄨㄥ (chōng) 一 二 三 夫 夫 夫 舂 舂 舂 舂 舂

動 搗去穀物的外皮、外殼。如：舂米。

13/7

與

ㄩˇ (yǔ) ′ ⺊ ⺊ 𦥑 𦥑 𦥑 𦥑 𦥑 𦥑 𦥑 與 與 與

動 1 協助；幫助。如：與人為善。2 等候。如：時不我與。3 給予。如：交與。連 和；及。如：我與他。

ㄩˋ (yù) 動 參加。如：參與。

【與日俱增（ㄩˇ ㄖˋ ㄐㄩˋ ㄗㄥ）】隨著時間而增加。例 環境汙染的程度與日俱增

增，令人擔憂。

【與眾不同】(ㄩˇ ㄓㄨㄥˋ ㄅㄨˋ ㄊㄨㄥˊ) 指風格獨特，和一般人不一樣。㊀阿泰的作品與眾不同，因此受到大家的注意。㊁不同凡響。㊂平凡無奇。

✽給與、無與倫比、事與願違

13/7 **舅** ㄐㄧㄡˋ (jiù)

㊔ 1 稱母親的兄弟。如：母舅。2 稱妻子的兄弟。如：妻舅。

15/9 **興** ㄒㄧㄥ (xīng)

㊖ 旺盛；昌盛。如：興隆。㊕ 1 起。如：復興。2 發動。如：興師問罪。3 開辦。如：興辦。4 流行。如：時興。

ㄒㄧㄥˋ (xìng) ㊖ 喜悅。如：高興。

【興建】(ㄒㄧㄥ ㄐㄧㄢˋ) 建設；建造。㊀縣政府預定在這座公園裡興建一座圖書館。㊁營建。

【興趣】(ㄒㄧㄥˋ ㄑㄩˋ) 對某種事物或活動有特別的喜好。㊀我的興趣是彈琴。

【興奮】(ㄒㄧㄥ ㄈㄣˋ) 精神和情趣都非常高昂、激動。㊀看到喜愛的偶像出現在眼前，影迷們都非常興奮。

【興師問罪】(ㄒㄧㄥ ㄕ ㄨㄣˋ ㄗㄨㄟˋ) 本指出兵討伐有罪的人。現指質問他人的過錯。㊀在興師問罪前，一定要先弄清楚事情的真相，不然會鬧笑話。

【興高采烈】(ㄒㄧㄥˋ ㄍㄠ ㄘㄞˇ ㄌㄧㄝˋ) 形容非常愉快。㊀妹妹一到動物園，就興高采烈的拉著我到處跑。㊂悶悶不樂。

✽振興、盡興、雅興

16/10 **舉** ㄐㄩˇ (jǔ)

㊔ 行為。如：一舉一動。㊖ 全部。如：舉國。㊕ 1 抬高；拿起。如：高舉。2 發動；興起。如：舉兵。

③推薦。如：推舉。④辦理；施行。如：舉行。

【舉動】(ㄐㄩˇ ㄉㄨㄥˋ) 行為。例阿德在公共場合挖鼻孔的舉動，實在很不雅。

【舉辦】(ㄐㄩˇ ㄅㄢˋ) 辦理；施行。例學校將在月底舉辦一年一度的運動會。

【舉一反三】(ㄐㄩˇ ㄧ ㄈㄢˇ ㄙㄢ) 比喻從一件事情，能推論知道許多事情。例小冰很聰明，對於學過的東西往往能舉一反三。近觸類旁通。

【舉手投足】(ㄐㄩˇ ㄕㄡˇ ㄊㄡˊ ㄗㄨˊ) 指日常生活中的種種行為動作。例明星的舉手投足，往往是眾人注目的焦點。

【舉世聞名】(ㄐㄩˇ ㄕˋ ㄨㄣˊ ㄇㄧㄥˊ) 形容非常著名。例阿里山和日月潭都是舉世聞名的觀光景點。

【舉足輕重】(ㄐㄩˇ ㄗㄨˊ ㄑㄧㄥ ㄓㄨㄥˋ) 比喻地位重要，對事情有極大影響。例隊長是一個球隊的靈魂人物，具有舉足輕重的影響力。反微不足道。

✽選舉、不勝枚舉、輕而易舉

18/12

舊

ㄐㄧㄡˋ (jiù)

名老朋友。如：故舊。形①古老。如：陳舊。②以前。如：舊日。

【舊雨新知】(ㄐㄧㄡˋ ㄩˇ ㄒㄧㄣ ㄓ) 指新舊朋友或顧客。例本店即將搬遷至對面一樓，擴大營業，希望舊雨新知能繼續光臨。

✽照舊、除舊布新、喜新厭舊

舌部 ㄕㄜˊ

6/0

舌

ㄕㄜˊ (shé)

一 二 千 千 舌 舌

名動物口中能辨別食物味道，並能幫助咀嚼和發音的器官。如：舌頭。

【舌粲蓮花】(ㄕㄜˊ ㄘㄢˋ ㄌㄧㄢˊ ㄏㄨㄚ) 形容人口才很好。也作「舌燦蓮花」。例那位

推銷員真是舌粲蓮花，竟然能說服她買下這麼多東西。㊟近 能言善道。

✽長舌、七嘴八舌、脣槍舌劍

舍 8/2

ㄕㄜˋ (shè) ㊔名 房屋；住宅。如：屋舍。㊔形 謙稱自己的晚輩。如：舍妹。

ㄕㄜˇ (shě) ㊔動 放棄；除去。通「捨」。如：舍我其誰。

【舍下】(ㄕㄜˋ ㄒㄧㄚˋ) 謙稱自己的家。㊟近 寒舍。

✽宿舍、鍥而不舍、魂不守舍

舐 10/4

ㄕˋ (shì)

㊔動 用舌頭舔。如：舐犢情深。

【舐犢情深】(ㄕˋ ㄉㄨˊ ㄑㄧㄥˊ ㄕㄣ) 比喻父母對子女深厚的愛心。㊟例 舐犢情深是人的天性，所以父母對子女從來不求回報。

舒 12/6

ㄕㄨ (shū)

㊔形 1 緩慢的。如：舒緩。2 安適的。如：舒服。㊔動 伸展。如：舒張。

【舒服】(ㄕㄨ ㄈㄨˊ) 身心感到安適、愉快。㊟例 在寒冷的冬天泡個熱水澡，感覺一定很舒服。

【舒展】(ㄕㄨ ㄓㄢˇ) 伸展；開展。㊟例 體育課時，老師要我們先做暖身操，舒展筋骨，以避免運動傷害。

【舒暢】(ㄕㄨ ㄔㄤˋ) 非常舒服、愉快。㊟例 運動完沖個澡，讓人覺得全身舒暢。

【舒適】(ㄕㄨ ㄕˋ) 安適；舒服。常用來形容對外在環境的感受。㊟例 我們把新家布置得非常舒適，連陽臺上都擺滿了盆栽。

舔 14/8

ㄊㄧㄢˇ (tiǎn)

動 用舌頭吃東西或接觸東西。如：舔冰淇淋。

舛部

ㄔㄨㄢˇ

舛 6/0 ㄔㄨㄢˇ (chuǎn)

形 1 錯誤；錯亂。如：舛誤。2 不順利；困厄。如：命運多舛。

舜 12/6 ㄕㄨㄣˋ (shùn)

專 古代帝王名。因為非常孝順，堯便將帝位讓給他，國號虞，因此又稱「虞舜」。

舞 14/8 ㄨˇ (wǔ) 舞 舞

名 隨音樂節奏搖擺，表演出各種姿態的運動。如：芭蕾舞。動 1 跳舞。2 揮動。如：舞劍。3 伸張；展示。如：張牙舞爪。4 興起；鼓勵。如：鼓舞。

【舞弊】ㄨˇ ㄅㄧˋ 用欺騙的方式做不正當的行為。例 考試時，不可以有舞弊的行為。近 作弊。

【舞臺】ㄨˇ ㄊㄞˊ 1 表演歌舞、戲劇的場地。2 比喻供某種事件、人物發展表現的場合。例 這次選舉失敗，使阿火失去了政治舞臺。

【舞蹈】ㄨˇ ㄉㄠˋ 身體隨著音樂節奏所作的各種優美動作。

✽歌舞、眉飛色舞、手舞足蹈

舟部

ㄓㄡ

舟 6/0 ㄓㄡ (zhōu)

名 船。如：泛舟。

【舟車勞頓】ㄓㄡ ㄔㄜ ㄌㄠˊ ㄉㄨㄣˋ 指旅途勞累。例 經過一整天的舟車勞頓，我們

終於回到溫暖的家。

❋龍舟、同舟共濟、破釜沉舟

9/3
舢
ㄕㄢ (shān) ′ 丿 力 月 月 舟 舟 舡 舢 舢

見「舢舨」。

【舢舨 ㄕㄢ ㄅㄢˇ】一種行駛快速，構造簡單的小船。

10/4
舫
ㄈㄤˇ (fǎng) ′ 丿 力 月 月 舟 舟 舟` 舟' 舫 舫

㊔船。如：畫舫。

10/4
航
ㄏㄤˊ (háng) ′ 丿 力 月 月 舟 舟 舟` 舟' 舟' 航

㊍ 1 行船。如：航海。2 飛行。如：航空。

【航行 ㄏㄤˊ ㄒㄧㄥˊ】船在水中行駛，或飛機在空中飛行。㊟船隻在海上航行，最怕遇上暴風雨。

【航空 ㄏㄤˊ ㄎㄨㄥ】在空中從事飛行的活動。

❋出航、返航、衛星導航

10/4
舨
ㄅㄢˇ (bǎn) ′ 丿 力 月 月 舟 舟 舟` 舟' 舨 舨

見「舢舨」。

10/4
般
ㄅㄢ (bān) ′ 丿 力 月 月 舟 舟 舟` 舟' 般 般

㊔種類。如：十八般武藝。㊫一樣；相同。如：像蘋果般紅。

ㄅㄛ (bō) 見「般若」。

ㄆㄢˊ (pán) ㊍安樂。如：般樂。

【般若 ㄅㄛ ㄖㄜˇ】佛家語，指智慧。

11/5
舵
ㄉㄨㄛˋ (duò) ′ 丿 力 月 月 舟 舟 舟` 舟' 舟' 舵

㊔用來控制船隻行駛方向或飛機升降的裝置。

【舵手 ㄉㄨㄛˋ ㄕㄡˇ】1 行船時，掌舵控制航向的人。2 比喻領導者。㊟總統是領導國家發展的舵手。

11/5

舷 ㄒㄧㄢˊ (xián)

㊔船隻的左右兩邊。如：船舷。

11/5

舴 ㄗㄜˊ (zé)

見「舴艋」。

【舴艋 ㄗㄜˊ ㄇㄥˇ】小船。

11/5

舶 ㄅㄛˊ (bó)

㊔海中大船。如：船舶。

【舶來品 ㄅㄛˊ ㄌㄞˊ ㄆㄧㄣˇ】由外國進口的商品。(例)許多人喜歡買舶來品，卻不知道國產品的品質其實更好。

11/5

船 ㄔㄨㄢˊ (chuán)

㊔①水上交通工具。如：帆船。②航空工具。如：太空船。

【船夫 ㄔㄨㄢˊ ㄈㄨ】操縱船隻行進的人。

【船舶 ㄔㄨㄢˊ ㄅㄛˊ】泛指各種船隻。通常稱較大的船。

✽漁船、商船、渡船

13/7

艇 ㄊㄧㄥˇ (tǐng)

㊔①輕便的小船。如：快艇。②可以潛到水底的船艦。如：潛艇。

✽艦艇、遊艇、救生艇

14/8

艋 ㄇㄥˇ (měng)

見「舴艋」。

16/10

艘 ㄙㄠ (sāo)

(量)計算船隻的單位。如：一艘貨輪。

16/10
艙 ㄘㄤ (cāng)

(名)船或飛機內部空間的統稱。如：客艙。

20/14
艦 ㄐㄧㄢˋ (jiàn)

(名)大型戰船。如：艦隊。

【艦艇】ㄐㄧㄢˋ ㄊㄧㄥˇ 海軍船隻的通稱。(例)這艘看起來老舊的艦艇曾經參與過第二次世界大戰，很有紀念價值。

❀旗艦、軍艦、航空母艦

艮部 ㄍㄣˋ

6/0
艮

ㄍㄣˇ (gěn) (形)個性耿直。

ㄍㄣˋ (gèn) (名)①易經卦名之一。②方位名。指東北方。(形)堅固。如：艮固。

7/1
良 ㄌㄧㄤˊ (liáng)

(形)①好；善。如：優良。②天生具有的；本能的。如：良知。(副)很；非常。如：良多。

【良心】ㄌㄧㄤˊ ㄒㄧㄣ ①天生就有的善心。(例)有良心的商人，絕不會販賣過期的食品。②評斷是非的內在標準。(例)你說話要憑良心，不要到處編造謊言說別人的不是。

【良藥苦口】ㄌㄧㄤˊ ㄧㄠˋ ㄎㄨˇ ㄎㄡˇ 能治好病的藥，往往是味苦難吃的。也比喻規勸或批評的話雖然不中聽，卻是有益的。(例)小偉深知良藥苦口的道理，所以他常常將朋友的勸告放在心上。(近)忠言逆耳。

❀忠良、精良、除暴安良

17/11

艱

ㄐㄧㄢ (jiān)

一 十 廾 廿 廿 昔 昔 昔 革 莫 莫 莫 莫 莫 艱 艱 艱

㊔父母的喪事。如：丁艱。㊞困難的；險阻的。如：艱難。

【艱難】ㄐㄧㄢ ㄋㄢˊ 艱苦困難。㊑雖然遇到許多艱難的挑戰，小星仍然不放棄，終於獲得冠軍。㊒艱辛。

❋共體時艱、創業維艱

色部

ㄙㄜˋ

6/0

色

ノ ク 㔾 𠂊 名 色

ㄙㄜˋ (sè) ㊔①光線反射到眼睛所引起的視覺作用。如：五顏六色。②臉上的表情。如：神色。③美豔的姿容。多指女性而言。如：好色之徒。④種類。如：形形色色。⑤景象。如：景色。⑥品質，多指金、銀。如：成色。⑦情欲。如：色欲。

ㄕㄞˇ (shǎi)（限讀）㊔「色子」一詞，即「骰子」。

【色盲】ㄙㄜˋ ㄇㄤˊ 無法辨認顏色的疾病。多為遺傳造成，以紅綠色盲較為常見。

【色彩】ㄙㄜˋ ㄘㄞˇ 物體的顏色。㊑奶奶穿了一件色彩鮮豔的上衣。

【色澤】ㄙㄜˋ ㄗㄜˊ 顏色和光澤。㊑小玉的頭髮色澤烏黑亮麗。

❋天色、眉飛色舞、和顏悅色

艸部

ㄘㄠˇ

6/0

艸

ㄘㄠˇ (cǎo)

ㄴ 凵 屮 屮 艸 艸

㊔草本植物的總稱。

6/2

艾

丶 丷 丷 丷 艹 艾

ㄞˋ (ài) ㊔①菊科，多年生草本植

物。葉呈橢圓形；夏秋間開花。有特殊香氣，味苦，可當作藥材。②比喻老人。如：耆艾。③美好、漂亮的人。如：少艾。

ㄧˋ (yì) 動 ①收割。通「刈」。②治理。如：自怨自艾。

芒 7/3 ㄇㄤˊ (máng) 芒

名 ①禾本科，多年生草本植物。葉細長而尖。生長在山坡草地或河邊溼地。②果實或草葉的尖端。如：麥芒。③物體的尖端。如：鋒芒。④四射的光線。如：光芒。

【芒果】ㄇㄤˊ ㄍㄨㄛˇ 漆樹科，常綠喬木。春天開花；果實形狀隨品種而有大小、色澤的差異，味道甘美。

【芒刺在背】ㄇㄤˊ ㄘˋ ㄗㄞˋ ㄅㄟˋ 形容因害怕或深感威脅而不安。例 聽說樓上住了個流氓，害得這棟大樓的住戶個個有如芒刺在背，無法安心。

芋 7/3 ㄩˋ (yù) 芋

名 天南星科，多年生草本植物。葉大；地下塊莖呈圓卵形，可供食用。俗稱「芋頭」。

芍 7/3 ㄕㄠˊ (sháo) 芍

見「芍藥」。

【芍藥】ㄕㄠˊ ㄧㄠˋ 毛茛科，多年生草本植物。葉互生；花大而美麗，有紅、白等色。根部是常用的中藥材。

芳 8/4 ㄈㄤ (fāng) 芳

名 ①美好的德行或名聲。如：流芳百世。②指香花、香草。③花草的香氣。如：芳香。形 美好的。如：芳名。

【芳名】ㄈㄤ ㄇㄧㄥˊ ①指美好的名聲。例 經過新聞媒體的報導，王奶奶樂善好施的芳名遠播。近 美名。②對女

艸

性名字的美稱。

【芳草】(ㄈㄤ ㄘㄠˇ) ①香草。泛指花草。②比喻女子。例老師對失戀的阿偉說「天涯何處無芳草」，要他看開一點，不要太傷心。

【芳齡】(ㄈㄤ ㄌㄧㄥˊ) 對女子年齡的美稱。

✽芬芳、孤芳自賞、一親芳澤

芝

8/4 ㄓ (zhī) 芝 芝

名 菌類。寄生在枯木上，古人認為是瑞草，傳說吃了之後可以長壽。又稱「靈芝」。

【芝麻】(ㄓ ㄇㄚˊ) 胡麻科，一年生草本植物。種子為黑或白色，可供食用或榨油。又稱「胡麻」。

芯

8/4 ㄒㄧㄣ (xīn) 芯 芯

名 ①燈心草莖中可以用來點燈的部分。②物體中心的引線。如：燭芯。

芸

8/4 ㄩㄣˊ (yún) 芸 芸

名 即「芸香」。芸香科，多年生草本植物。莖的下部為木質；葉互生，呈羽狀；花為黃綠色。花、葉有特殊香味，可當作藥材。

芙

8/4 ㄈㄨˊ (fú) 芙 芙

見「芙蓉」。

【芙蓉】(ㄈㄨˊ ㄖㄨㄥˊ) ①荷花。②錦葵科，落葉灌木或小喬木。葉呈掌狀，長有細毛；花瓣中的色素會受到日光及溫度的影響而產生變化，初開時為白或粉紅色，盛開時轉為深紅色。又稱「木芙蓉」。

芽

8/4 ㄧㄚˊ (yá) 芽 芽

名 ①植物初生的幼嫩部分。如：豆芽。②比喻事物剛開始的階段。如：

萌芽。
✽嫩芽、新芽、發芽

芭 8/4 ㄅㄚ (bā)

見「芭蕉」。

【芭蕉】ㄅㄚ ㄐㄧㄠ 芭蕉科，多年生草本植物。葉大，呈橢圓形；夏天開淡黃色的花。果實也稱作「芭蕉」，可供食用。

芟 8/4 ㄕㄢ (shān)

名 大鐮刀。動 割去；除去。如：芟草。

花 8/4 ㄏㄨㄚ (huā)

名 1植物的生殖器官。通常由花萼、花冠、花蕊所組成。2指能開花供觀賞的植物。如：花卉。3比喻女子。如：名花有主。4形狀像花的物體。如：浪花。形 1模糊不清。如：眼花。2雜色的。如：花貓。3種類繁多的。如：花式。4虛假的；巧妙的。如：花言巧語。5用情不專；好玩樂的。如：花花公子。動 耗費。如：花錢。

【花心】ㄏㄨㄚ ㄒㄧㄣ 1花蕊。2用情不專。例 表哥很花心，常同時和好幾個女生交往。

【花圃】ㄏㄨㄚ ㄆㄨˇ 種植花卉的地方。近 花園。

【花紋】ㄏㄨㄚ ㄨㄣˊ 由線條交織而成的紋彩。例 那隻貓身上黑白花紋交錯。

【花費】ㄏㄨㄚ ㄈㄟˋ 耗費；費用。例 王叔叔為了婚禮花費了不少錢。

【花樣】ㄏㄨㄚ ㄧㄤˋ 1式樣。近 花色。2騙人或害人的詭計。例 詐騙集團的花樣很多，讓一向謹慎小心的蕭伯伯也上當了。近 花招。3像花一樣美好的。例 姐姐正值花樣年華，全身充滿青春氣息。

艸

【花言巧語】ㄏㄨㄚ ㄧㄢˊ ㄑㄧㄠˇ ㄩˇ 動聽但虛假的話。例阿力總是用花言巧語討老師歡心，所以同學都不喜歡他。

【花枝招展】ㄏㄨㄚ ㄓ ㄓㄠ ㄓㄢˇ 形容打扮得很豔麗。例她每天都打扮得花枝招展，引人注目。

【花容失色】ㄏㄨㄚ ㄖㄨㄥˊ ㄕ ㄙㄜˋ 形容女子因受到驚嚇而改變臉色。例妹妹被突如其來的雷聲嚇得花容失色。

✽雪花、火花、走馬看花

8/4

芹 ㄑㄧㄣˊ (qín) 芹 芹 丶 丄 艹 艹 芹 芹

名繖形花科，一年生或二年生草本植物。莖直而中空；葉為羽狀複葉，邊緣呈鋸齒狀；夏秋開綠白色花。可供食用。

8/4

芬 ㄈㄣ (fēn) 芬 芬 丶 丄 艹 艹 芬 芬

名①香氣。如：芬芳。②比喻美好的德行和名聲。如：高芬遠揚。

【芬芳】ㄈㄣ ㄈㄤ 芳香。例媽媽在花市買了一束野薑花，才一拿進門，立刻滿室芬芳。

8/4

芥 ㄐㄧㄝˋ (jiè) 芥 芥 丶 丄 艹 艹 芥 芥

名①十字花科，一年生或二年生草本植物。葉長而橢圓，邊緣呈鋸齒狀；花為黃色。莖葉有辛辣味。②小草。泛指微小的事物。如：草芥。

【芥蒂】ㄐㄧㄝˋ ㄉㄧˋ 比喻彼此有過節或心中不愉快。例大華和小明兩個人因為打掃工作分配不均的事情而心存芥蒂。近疙瘩。

10/4

芻 ㄔㄨˊ (chú) 芻 芻 芻 芻 ノ 勹 勺 㔾 芻 芻

名①飼養牲口的草料。如：芻秣。②割草的人。指鄉野草民。

9/5

苧 ㄓㄨˋ (zhù) 苧 苧 苧 丶 丄 艹 艹 艹 苧

見「苧麻」。

【苧麻】蕁麻科，多年生草本植物。葉呈卵形對生，邊緣呈鋸齒狀。莖部纖維可紡紗織布。

范 9/5 ㄈㄢˋ (fàn)

㊕姓。

茉 9/5 ㄇㄛˋ (mò)

見「茉莉」。

【茉莉】木犀科，常綠蔓生灌木。葉呈寬卵形，對生；夏天開白色花，味道清香，常作為薰茶香料。

苴 9/5 ㄐㄩ (jū)

見「萵苴」。

苛 9/5 ㄎㄜ (kē)

㊒①嚴厲；暴虐。如：嚴苛。②刻薄。如：苛待。

【苛求】不合理、過分的要求。㊄一味苛求考試成績，並不是良好的教育方式。

苦 9/5 ㄎㄨˇ (kǔ)

㊔難以忍受的狀況。如：吃苦耐勞。㊒①有苦味的。如：苦茶。②勞累；艱辛。如：苦日子。㊍為難；牽累。如：苦了他了。㊎盡力。如：苦讀。

【苦心】深切的思慮和用心。㊄在老師苦心教導下，大家的成績都有很大的進步。

【苦難】痛苦和災難。㊄談起那場大地震所帶來的苦難，許多人忍不住紅了眼眶。

【苦口婆心】以懇切的言語、慈愛的心腸規勸開導。㊄颱風即將來襲，大家都苦口婆心的勸呂大叔放棄出海釣魚的念頭。

【苦盡甘來】ㄎㄨˇ ㄐㄧㄣˋ ㄍㄢ ㄌㄞˊ 困苦的境遇已過去，美好的日子就要到來。例林阿姨辛苦將獨子撫養長大，如今兒子成家立業，總算苦盡甘來。

❀辛苦、同甘共苦、良藥苦口

9/5
茄
茄 丶 亠 卄 艹 艻 茄 茄 茄

ㄑㄧㄝˊ (qié) 名 茄科，一年生草本植物。葉呈卵形，開淡紫色或白色花，果實呈暗紫色長圓柱形，可供食用。

ㄐㄧㄚ (jiā) 名 荷莖；荷梗。

9/5
茅
ㄇㄠˊ (máo) 茅 丶 亠 卄 艹 芧 茅 茅

名 禾本科，多年生草本植物。是一種生命力極強、分布廣泛的雜草。古人常用來製繩或蓋屋。

【茅塞頓開】ㄇㄠˊ ㄙㄜˋ ㄉㄨㄣˋ ㄎㄞ 經人指引而獲得啟發開悟。例老師詳盡的講解，讓他茅塞頓開。近豁然開朗。

❀名列前茅、初出茅廬

9/5
若
若 丶 亠 卄 艹 芏 芓 若 若

ㄖㄨㄛˋ (ruò) 代 第二人稱代名詞。指「你」。副 好像；似。如：旁若無人。連 如果；假如。如：天若有情。

ㄖㄜˇ (rě) 見「般若」。

【若非】ㄖㄨㄛˋ ㄈㄟ 如果不是。例若非老師的提醒，媽媽早就忘了要來參加家長會。

【若無其事】ㄖㄨㄛˋ ㄨˊ ㄑㄧˊ ㄕˋ 態度自然，好像沒有這回事。例小馬雖然挨老師罵，回教室後卻若無其事的樣子。

【若隱若現】ㄖㄨㄛˋ ㄧㄣˇ ㄖㄨㄛˋ ㄒㄧㄢˋ 形容隱約不明顯的樣子。例發亮的螢火蟲在草叢間若隱若現。

❀欣喜若狂、瞭若指掌

9/5
茂
ㄇㄠˋ (mào) 丶 亠 卄 艹 芦 芪 茂 茂

形 1 草木繁盛的樣子。如：茂林。

2美；好。如：茂才。3興盛。如：圖文並茂。

【茂盛】(ㄇㄠˋ ㄕㄥˋ) 草木生長繁盛的樣子。例在他的照顧下，庭院裡的樹木都很茂盛。近茂密。

❀枝繁葉茂、文情並茂

9/5

苜

ㄇㄨˋ (mù)

丶 丷 丷 艹 艹 芇 苩 苜 苜

見「苜蓿」。

【苜蓿】(ㄇㄨˋ ㄙㄨˋ) 豆科，多年生草本植物。莖細長多分枝。通常作為牧草、飼料和肥料。

9/5

苗

ㄇㄧㄠˊ (miáo)

丶 丷 丷 艹 艹 芇 苗 苗 苗

名1初生的動植物。如：麥苗。2事物的開端。如：愛苗。3露出地面的礦藏。如：礦苗。4後代。如：苗裔。5能使身體產生免疫力的藥劑。如：疫苗。

【苗條】(ㄇㄧㄠˊ ㄊㄧㄠˊ) 形容女子身材纖細。例小婷為了保持苗條的身材，每天勤加運動。

【苗頭】(ㄇㄧㄠˊ ˙ㄊㄡ) 1事情已顯露的一點跡象。例那個小偷看苗頭不對，竟然丟下同伴先逃跑了。2本領；能耐。例小可和小邦總愛互別苗頭，看誰才是班上的運動高手。

❀豆苗、幼苗、揠苗助長

9/5

苒

ㄖㄢˇ (rǎn)

丶 丷 丷 艹 艹 芇 苒 苒 苒

形草茂盛的樣子。如：芳草苒苒。

9/5

英

ㄧㄥ (yīng)

丶 丷 丷 艹 艹 芢 苂 英 英

名1植物的花。如：落英繽紛。2事物精華的部分。如：精英。3才德出眾的人。如：一世之英。形優秀；傑出；美好的。如：英名。專英國的簡稱。

【英俊】(ㄧㄥ ㄐㄩㄣˋ) 形容男子容貌俊美。例那位英俊的男老師受到許多女同學的歡迎。近俊帥。

【英勇】(ㄧㄥ ㄩㄥˇ) 勇敢。例消防員衝入火場英勇救人的精神，真令人佩服。

【英雄】(ㄧㄥ ㄒㄩㄥˊ) 才能出眾的傑出人士或為大家景仰的人。例文天祥是中國著名的民族英雄。

【英雄無用武之地】(ㄧㄥ ㄒㄩㄥˊ ㄨˊ ㄩㄥˋ ㄨˇ ㄓ ㄉㄧˋ) 指有才能卻沒有機會施展。例運動會沒有跳遠項目，讓擅長跳遠的小毅覺得英雄無用武之地。

茁

9/5 ㄓㄨㄛˊ (zhuó)

形 1 草剛長出來的樣子。2 生長壯大的樣子。如：茁壯。

【茁壯】(ㄓㄨㄛˊ ㄓㄨㄤˋ) 生長健壯旺盛。例小樹苗在園丁的照料下，漸漸成長茁壯。反枯萎。

苔

9/5 ㄊㄞˊ (tái)

名 苔蘚植物類。根、莖、葉區分不明顯，多生長於陰溼之地，貼著地面生長。分布廣泛。又名「地衣」。

✽海苔、青苔、舌苔

苞

9/5 ㄅㄠ (bāo)

名 包著未開花朵的小葉片。如：含苞待放。

苟

9/5 ㄍㄡˇ (gǒu)

形 草率；隨便。如：一絲不苟。副 1 假如。如：苟非如此。2 暫且；勉強。如：苟延性命。

【苟且】(ㄍㄡˇ ㄑㄧㄝˇ) 馬虎草率，得過且過。例我們不能苟且度日，應該趁早訂立目標，才能有所成就。

【苟延殘喘】(ㄍㄡˇ ㄧㄢˊ ㄘㄢˊ ㄔㄨㄢˇ) 勉強拖延著殘留的性命。例那隻困在大水溝

中的小狗，正苟延殘喘的等待救援。

✽不苟言笑、蠅營狗苟

苑 9/5

ㄩㄢˋ (yuàn)

名 1 古代飼養動物的園子。如：御苑。2 集會的場所。如：文苑。

✽學苑、林苑、藝苑

苻 9/5

ㄈㄨˊ (fú)

專 姓。

苓 9/5

ㄌㄧㄥˊ (líng)

名 菌類。如：茯苓。

茫 10/6

ㄇㄤˊ (máng)

形 1 廣大無邊、看不清楚的樣子。如：蒼茫。2 無所知的樣子。如：茫然。

【茫然】ㄇㄤˊ ㄖㄢˊ 一無所知的樣子。例 老師教的內容太深，同學們都一臉茫然。

✽渺茫、迷茫、白茫茫

荒 10/6

ㄏㄨㄤ (huāng)

名 1 還沒開墾的土地。如：墾荒。2 農作物收成不好。如：饑荒。3 事物嚴重缺乏的狀況。如：水荒。4 廢棄不用的破爛物品。如：拾荒。形 1 偏僻；冷清。如：荒郊。2 不合理；誇張的。如：荒唐。動 廢棄。如：荒廢。

【荒唐】ㄏㄨㄤ ㄊㄤˊ 言行誇張不合理。例 那位政治人物荒唐的言論引起大家的批評。

【荒涼】ㄏㄨㄤ ㄌㄧㄤˊ 冷清；人煙稀少。例 昔日熱鬧的商港，因泥沙淤積，如今變得很荒涼。

【荒廢】ㄏㄨㄤ ㄈㄟˋ 1 廢棄不加治理。例 前任屋主搬走後，這間房子就荒廢了。2 懈怠停頓。例 爸爸最近工作

相當忙碌，早上運動的習慣也因而荒廢了。

【荒腔走板】(ㄏㄨㄤ ㄑㄧㄤ ㄗㄡˇ ㄅㄢˇ) 1指唱歌的音調不準、節拍不對。例雖然阿亮唱歌荒腔走板，但他卻很喜歡當眾表演。2指做事不按規矩，任意胡來。例小美在演講比賽時荒腔走板的表現，讓臺下的師長非常訝異。

❀拓荒、蠻荒、破天荒

10/6

茭

ㄐㄧㄠ (jiāo)

名1飼養牲畜的乾草。如：芻茭。2見「茭白」。

【茭白】(ㄐㄧㄠ ㄅㄞˊ) 禾本科，多年生草本植物。葉狹長，莖肥大可食，稱「茭白筍」，多生長在淺水沼澤。

10/6

荊

ㄐㄧㄥ (jīng)

名1馬鞭草科，落葉喬木或灌木。葉呈掌狀，上有刺，古人用來做刑杖。又稱「楚」。2謙稱自己的妻子。如：拙荊。

【荊棘】(ㄐㄧㄥ ㄐㄧˊ) 1叢生的有刺灌木。2比喻人生中的障礙和困難。例即使人生道路充滿荊棘，也要勇敢前行。近坎坷。

❀披荊斬棘、負荊請罪

10/6

茸

ㄖㄨㄥˊ (róng)

名1柔細的毛。2初生的鹿角，上有細短的毛。如：鹿茸。形草初生柔細的樣子。

【茸茸】(ㄖㄨㄥˊ ㄖㄨㄥˊ) 1毛髮濃密柔細的樣子。例那隻毛茸茸的小狗非常可愛。2花草叢生的樣子。例張叔叔一家人躺在綠茸茸的草地上，享受難得的冬日暖陽。

10/6

荔

ㄌㄧˋ (lì)

名1鳶尾科，多年生草本植物。根

鬚長而堅硬；葉呈條形。葉可造紙，根可做刷子。又稱「馬荔」。2見「荔枝」。

【荔枝】ㄌㄧˋ ㄓ 無患子科，常綠喬木。葉為羽狀複葉；果實呈暗紅色，表面有小凸起，可供食用。

10/6
荐 ㄐㄧㄢˋ (jiàn)

名草席。動推舉。通「薦」。如：推荐。

10/6
草 ㄘㄠˇ (cǎo)

名1草本植物的總稱。如：草木。2荒野；田野。如：草澤。3書法字體的一種。如：草書。4文稿。如：起草。形1粗率；隨便。如：草率。2尚未決定的。如：草案。副剛開始。如：草創。

【草原】ㄘㄠˇ ㄩㄢˊ 雨量稀少，只能生長灌木和雜草的地區。

【草率】ㄘㄠˇ ㄕㄨㄞˋ 粗率隨便。例做事要認真仔細，不可草率。

【草莓】ㄘㄠˇ ㄇㄟˊ 薔薇科，多年生草本植物。春夏開白色花；果實為漿果，呈紅色，可供食用。

【草草了事】ㄘㄠˇ ㄘㄠˇ ㄌㄧㄠˇ ㄕˋ 指粗率敷衍的解決事情。例開學前一天，小華才將資料隨便剪貼至暑假作業上，這種草草了事的作法真不應該。

✽花草、牧草、潦草

10/6
茵 ㄧㄣ (yīn)

名坐臥的墊子。如：碧草如茵。

10/6
茴 ㄏㄨㄟˊ (huí)

見「茴香」。

【茴香】ㄏㄨㄟˊ ㄒㄧㄤ 繖形科，多年生草本植物。葉細長，有強烈香氣。莖葉可供食用，果實可做香料。

10/6
茹 ㄖㄨˊ (rú)

動 吞；吃。如：含辛茹苦。

【茹毛飲血】(ㄖㄨˊ ㄇㄠˊ ㄧㄣˇ ㄒㄧㄝˇ) 連毛帶血生吃。形容未開化的生活。例 原始人尚未學會用火之前，過著茹毛飲血的生活。

10/6
茱 ㄓㄨ (zhū)

見「茱萸」。

【茱萸】(ㄓㄨ ㄩˊ) 落葉喬木。香味強烈，果實可入藥。常在重陽節佩帶，被認為可去邪避災。

10/6
荀 ㄒㄩㄣˊ (xún)

專 姓。

10/6
茗 ㄇㄧㄥˊ (míng)

名 1茶的嫩芽。2茶的別稱。如：品茗。

10/6
茲 ㄗ (zī)

名 年。如：來茲。代 此。如：念茲在茲。副 現在；今。如：於茲。

ㄘˊ (cí) (限讀) 專 漢朝西域國名用字。見「龜茲」。

10/6
荏 ㄖㄣˇ (rěn)

名 即大豆。形 漸進；推移。如：時光荏苒。

【荏苒】(ㄖㄣˇ ㄖㄢˇ) 指時間漸漸消逝。例 光陰荏苒，轉眼又是畢業季節。

10/6
茯 ㄈㄨˊ (fú)

見「茯苓」。

【茯苓】(ㄈㄨˊ ㄌㄧㄥˊ) 菌類。生於枯松根部，呈塊狀，乾燥後可當作藥材。

10/6
茶 ㄔㄚˊ (chá)

名 [1]茶科，多年生常綠灌木或喬木。葉子呈長橢圓形，嫩葉加工可做成茶葉，種子可製油。[2]泛稱熬煮或沖泡的飲料。如：杏仁茶。

【茶餘飯後】指空閒的時候。例 爺爺喜歡在茶餘飯後和朋友下棋。

【茶不思飯不想】指因思念或煩惱某事而沒有食欲的樣子。例 自從家中的狗走失後，妹妹每天茶不思飯不想，讓媽媽好擔心。

❀泡茶、喝茶、採茶

荇 10/6

ㄒㄧㄥˋ (xìng)

名 龍膽科，多年生草本植物。葉子呈圓形，生長在池塘或水流平緩的河中，可供食用。

莞 11/7

ㄨㄢˇ (wǎn) 見「莞爾」。

ㄍㄨㄢˇ (guǎn) 專 地名用字。東莞，在廣東。

ㄍㄨㄢ (guān) 名 莎草科，多年生草本植物。葉呈鱗狀，生長在河溪或沼澤；莖可織成草席。

【莞爾】微笑的樣子。例 小孩子天真的對話讓人不禁莞爾。

莎 11/7

ㄕㄚ (shā) 見「莎雞」。

ㄙㄨㄛ (suō) 見「莎草」。

【莎草】莎草科，多年生草本植物。葉呈線形。塊根為白色，稱為「香附」，可當作藥材。

【莎雞】即「紡織娘」。

莘 11/7

ㄕㄣ (shēn)

形 眾多的。如：莘莘。

【莘莘學子】(ㄕㄣ ㄕㄣ ㄒㄩㄝˊ ㄗˇ) 眾多的學生。例 教育部頒布的這項新措施，對全國莘莘學子來說是個好消息。

11/7
荸
ㄅㄧˊ (bí)

見「荸薺」。

【荸薺】(ㄅㄧˊ ㄑㄧˊ) 莎草科，多年生水生草本植物。地上莖為圓柱狀，末端呈塊狀，皮黑肉白，可供食用。

11/7
莖
ㄐㄧㄥ (jīng)

名 植物體的主幹，具有輸送養分、水分和支撐的功能。

11/7
莢
ㄐㄧㄚˊ (jiá)

名 豆科植物果實的外殼。如：豆莢。

11/7
莽
ㄇㄤˇ (mǎng)

名 叢生的草地。如：草莽。形 粗率；冒失。如：莽撞。

【莽撞】(ㄇㄤˇ ㄓㄨㄤˋ) 言行粗魯冒失。例 爸爸再三告誡我們做事要謹慎，千萬不可莽撞。

11/7
莫
ㄇㄛˋ (mò)

副 1 不可；不能。如：高深莫測。2 沒有；無。如：莫不難過。

【莫非】(ㄇㄛˋ ㄈㄟ) 莫不是；難道。例 阿姨家的電話一直沒人接，莫非她出門了？

【莫名其妙】(ㄇㄛˋ ㄇㄧㄥˊ ㄑㄧˊ ㄇㄧㄠˋ) 指事情或現象讓人無法了解，無法用言語解釋。例 對於老師為什麼責備他，小新到現在仍感到莫名其妙。

【莫逆之交】(ㄇㄛˋ ㄋㄧˋ ㄓ ㄐㄧㄠ) 形容意氣相投、非常要好的朋友。例 志銘和阿豪兩人不打不相識，最後竟成為莫逆之交。

11/7
莊 ㄓㄨㄤ (zhuāng)

名 1 鄉野村落。如：村莊。2 店鋪。如：茶莊。3 賭局的主持人。如：莊家。4 四通八達的道路。如：康莊大道。形 嚴肅。如：莊重。

【莊重】ㄓㄨㄤ ㄓㄨㄥˋ 端莊穩重。例 那位主播神情莊重的播報新聞。

【莊嚴】ㄓㄨㄤ ㄧㄢˊ 莊重嚴肅。例 佛寺大殿裡的氣氛非常莊嚴。

※山莊、端莊、別莊

11/7
莒 ㄐㄩˇ (jǔ)

名 即「芋頭」。專 古地名。在山東。

11/7
莓 ㄇㄟˊ (méi)

見「草莓」。

11/7
莉 ㄌㄧˋ (lì)

見「茉莉」。

11/7
莠 ㄧㄡˇ (yǒu)

名 禾本科，一年生草本植物。稈無毛；葉薄長而平滑；花穗生於莖頂，花穗間長有許多硬毛。又稱「狗尾草」。形 不良的。如：良莠不齊。

11/7
荷

ㄏㄜˊ (hé) 名 睡蓮科，多年生水生草本植物。葉呈圓形；夏天開粉紅或白色花，花托為蓮蓬，莖為蓮藕，種子為蓮子，可供食用。又稱「蓮」、「芙蓉」。

ㄏㄜˋ (hè) 動 1 扛；擔。如：荷物。2 承受。如：負荷。

【荷包】ㄏㄜˊ ㄅㄠ 隨身攜帶的小錢包。

【荷槍實彈】ㄏㄜˋ ㄑㄧㄤ ㄕˊ ㄉㄢˋ 指高度戒備，隨時準備戰鬥的狀態。例 警方荷槍實彈包圍嫌犯藏匿的房子，準備

進屋抓人。

11/7
荼 ㄊㄨˊ (tú)

(名) 菊科，二年生或多年生草本植物。又稱「苦菜」。(動) 傷害；毒害。如：荼毒。

【荼毒】ㄊㄨˊ ㄉㄨˊ 殘害；傷害。(例) 不良的電視節目會荼毒兒童的心靈，父母們應該多加注意。

11/7
荻 ㄉㄧˊ (dí)

(名) 禾本科，多年生草本植物。形狀像蘆葦，葉狹長，生長於河濱。

12/8
菅 ㄐㄧㄢ (jiān)

(名) 禾本科，多年生草本植物。根短而葉狹長。葉可做刷帚。(動) 輕視；輕賤。如：草菅人命。

12/8
萍 ㄆㄧㄥˊ (píng)

(名) 浮萍科，一年生草本植物。葉呈扁平狀，有鬚根下垂到水中，會隨著水流四處漂動。又稱「浮萍」。

【萍水相逢】ㄆㄧㄥˊ ㄕㄨㄟˇ ㄒㄧㄤ ㄈㄥˊ 不認識的人偶然相遇。(例) 阿鋒和小芬兩個人雖然是萍水相逢，但卻一見如故，聊得非常愉快。

12/8
菠 ㄅㄛ (bō)

見「菠菜」。

【菠菜】ㄅㄛ ㄘㄞˋ 藜科，一年生草本植物。莖中空，根呈紅色，富含維他命、鐵質，可供食用。

12/8
菩 ㄆㄨˊ (pú)

(名) 草名。可用來作席子。

【菩薩】ㄆㄨˊ ㄙㄚˋ 梵語音譯。指能自覺而普渡眾生的修行者，品位僅低於佛。

艸

萃 12/8 ㄘㄨㄟˋ (cuì)

(名)類；群。如：出類拔萃。(形)草聚集叢生的樣子。(動)聚集。如：薈萃。

【萃取】ㄘㄨㄟˋ ㄑㄩˇ 將混合物中可溶解的成分分離出來的方法。(近)提煉。

菸 12/8 ㄧㄢ (yān)

(名)茄科，多年生草本植物。葉呈橢圓，可製造香菸和殺蟲劑。

【菸斗】ㄧㄢ ㄉㄡˇ 用來吸食菸草的器具。一端為球狀容器，可裝填菸葉，點燃後由另一端吸食。

萋 12/8 ㄑㄧ (qī)

(形)草茂盛的樣子。如：萋萋。

【萋萋】ㄑㄧ ㄑㄧ 草木茂盛的樣子。(例)小木屋旁芳草萋萋，充滿綠意。

菁 12/8 ㄐㄧㄥ (jīng)

(名)物之精華。通「精」。如：菁華。(形)花葉茂盛的樣子。如：菁菁。

【菁英】ㄐㄧㄥ ㄧㄥ 比喻最傑出的人才。(例)老師期望我將來成為社會的菁英。

✽蕪菁、茶菁、去蕪存菁

華 12/8

ㄏㄨㄚˊ (huá) (名)①光彩。如：光華。②時光。如：年華。③事物精粹的部分。如：精華。(形)①虛浮的。如：華而不實。②花白。如：華髮。③美麗光彩。如：華麗。(專)中國的簡稱。

ㄏㄨㄚ (huā) (名)植物的花朵。通「花」。如：春華秋實。

ㄏㄨㄚˋ (huà) (專)山名。在陝西。

【華人】ㄏㄨㄚˊ ㄖㄣˊ 外國人對中國人的稱呼。泛指具有漢人血統的人。反洋人。

【華埠】ㄏㄨㄚˊ ㄅㄨˋ 海外華人聚集的地方。又稱「中國城」。

【華僑】ㄏㄨㄚˊ ㄑㄧㄠˊ 住在國外的華人後裔。近華裔。

【華麗】ㄏㄨㄚˊ ㄌㄧˋ 豪華美麗。例這個房間的裝飾很華麗，卻一點也不實用。反樸實。

【華而不實】ㄏㄨㄚˊ ㄦˊ ㄅㄨˋ ㄕˊ 比喻虛浮不切實際。例別看小旺外表光鮮，其實是個華而不實的人。

❀豪華、才華、繁華

12/8
著

丶 十 艹 艹 芏 芏 芓 芓 著 著 著

ㄓㄨˋ (zhù) 名 作品的通稱。如：名著。形 明顯。如：顯著。動 撰寫；記載。如：著述。

ㄓㄨㄛˊ (zhuó) 名 事情的結果。如：著落。動 1 穿上。如：著裝。2 塗抹。如：著色。3 到；及。如：著陸。

ㄓㄠˊ (zháo) 動 1 燃燒。如：著火。2 沉溺；陷入。如：著迷。副 1 得到；切合。如：猜著。2 表示狀態或結果。如：睡著了。

ㄓㄠ (zhāo) 動 1 受。如：著涼。2 發生。如：著急。

˙ㄓㄜ (zhe) 助 1 表示動作或事情正持續進行。如：坐著。2 表示動作存在的狀態。如：貼著。3 表示某種情形的程度。如：日子還苦著呢！4 表示命令或囑咐的語氣。如：記著。

【著手】ㄓㄨㄛˊ ㄕㄡˇ 開始動手做。例主題確定之後，學藝股長便開始著手製作壁報。

【著名】ㄓㄨˋ ㄇㄧㄥˊ 很有名。例這座湖是當地著名的觀光景點。

【著急】(ㄓㄠˊ ㄐㄧˊ) 感到焦慮急躁。例小花發現錢包不見了，因此著急得不得了。

【著迷】(ㄓㄠˊ ㄇㄧˊ) 入迷；迷戀。例哥哥對賽車非常著迷，常常半夜不睡覺收看比賽轉播。

【著涼】(ㄓㄠˊ ㄌㄧㄤˊ) 受寒。例天氣變冷了，要注意保暖，不要著涼。

【著想】(ㄓㄠˊ ㄒㄧㄤˇ) 設想；打算。例為了健康著想，還是不要常熬夜吧！

✽沉著、執著、編著

12/8 **菱** ㄌㄧㄥˊ (líng)

名柳葉菜科，一年生草本植物。葉呈卵狀菱形，浮於水面；果實為菱角，可供食用。生長在河塘湖沼中。

【菱形】(ㄌㄧㄥˊ ㄒㄧㄥˊ) 四邊相等，兩對角亦相等的四邊形。

12/8 **萁** ㄑㄧˊ (qí)

名豆莖。可作燃料。如：豆萁。

12/8 **萊** ㄌㄞˊ (lái)

名藜科，一年生草本植物。葉呈卵形。莖直立，老莖可作杖。又稱「藜」。

12/8 **菴** ㄢ (ān)

通「庵」。名1草屋。2尼姑供佛的小寺廟。

12/8 **菰** ㄍㄨ (gū)

名1即「茭白」。2菌類。通「菇」。

12/8 **菽** ㄕㄨˊ (shú)

名豆類的總稱。

12/8 **萌** ㄇㄥˊ (méng)

名草木的芽。如：抽萌。動1草木

艸

發芽。如：萌芽。②發生。如：萌生。

【萌芽】(ㄇㄥˊ ㄧㄚˊ) 草木剛生出的幼苗。比喻事情剛開始。㊎這項計畫還在萌芽階段，等到確定就會向外宣布。

12/8
菌
ㄐㄩㄣˋ (jùn)

丶 丷 艹 艹 艹 芇 芇 芮 菌 菌 菌 菌

㊔①隱花植物。不含葉綠素，多寄生於陰溼地方或枯木。②細菌的簡稱。

※殺菌、病菌、黴菌

12/8
菜
ㄘㄞˋ (cài)

丶 丷 艹 艹 艹 芒 苎 苎 苹 苹 菜 菜

㊔①蔬類植物的總稱。如：蔬菜。②配飯的食物。如：飯菜。㊌①指笨拙、差勁。如：菜鳥。②營養不良。如：面有菜色。

【菜色】(ㄘㄞˋ ㄙㄜˋ) ①菜餚的種類。㊎今天營養午餐的菜色不錯，大家都吃得津津有味。②形容人營養不良的臉色。㊎小威為了減肥，長期飲食不均衡，導致他面有菜色。

【菜鳥】(ㄘㄞˋ ㄋㄧㄠˇ) 缺乏經驗或做事差勁的新人。㊀老鳥。

※種菜、青菜、野菜

12/8
菇
ㄍㄨ (gū)

丶 丷 艹 艹 艹 苂 苂 苂 菇 菇 菇 菇

㊔菌類。如：草菇。

12/8
菲
ㄈㄟ (fēi) ㊌花草美麗。如：芳菲。
ㄈㄟˇ (fěi) ㊌微薄的。如：菲薄。

丶 丷 艹 艹 艹 芀 芀 芀 菲 菲 菲 菲

【菲薄】(ㄈㄟˇ ㄅㄛˊ) ①微少。㊎謹奉上這份菲薄的禮物，聊表謝意。㊀豐厚。②輕視。㊎老師告訴我們，每個人都有自己的優點，千萬別妄自菲薄。

12/8
菊
ㄐㄩˊ (jú)

丶 丷 艹 艹 艹 芍 芍 芍 芶 菊 菊 菊

㊔菊科，多年生草本植物。葉互生，呈卵形，邊緣呈鋸齒狀；秋季

開花。

12/8
萎 ㄨㄟˇ (wěi)

動①草木枯黃。如：枯萎。②指人體或事物逐漸衰敗或體積變小。如：萎縮。

【萎縮】ㄨㄟˇ ㄙㄨㄛ 指人體或事物逐漸衰敗或體積變小的現象。例因為長期臥病在床，讓明明的雙腿逐漸萎縮。

12/8
萄 ㄊㄠˊ (táo)

見「葡萄」。

12/8
萸 ㄩˊ (yú)

見「茱萸」。

13/9
萱 ㄒㄩㄢ (xuān)

名①即「萱草」。百合科，多年生草本植物。葉狹長；初夏開黃紅色花，可供食用。俗稱「金針」。②借指母親。如：椿萱並茂。

13/9
落 ㄌㄨㄛˋ (luò)

名聚居之處。如：村落。形冷清；稀疏。如：寥落。動①除去。如：落髮。②降下；掉下。如：落淚。③衰敗。如：家道中落。④脫漏。如：脫落。⑤跟不上；掉在後面。如：落後。⑥歸屬。如：花落誰家。⑦停留；留下。如：落腳。⑧寫下。如：落款。

ㄌㄠˋ (lào) 名北方的曲藝，稱「落子」或「蓮花落」。

ㄌㄚˋ (là) 動①遺漏；忘記。如：丟三落四。②掉在後面。如：落在後頭。

【落伍】ㄌㄨㄛˋ ㄨˇ 原指跟不上隊伍。現多指思想和行動跟不上時代潮流。例大毛的觀念太落伍了，應該多吸

收新知。

【落後】(ㄌㄨㄛˋ ㄏㄡˋ) 跟不上；掉在後頭。例 老師決定要對成績落後的同學加強指導。

【落空】(ㄌㄨㄛˋ ㄎㄨㄥ) 沒有絲毫獲得。例 一場颱風使大家計畫已久的旅行計畫落空了。

【落寞】(ㄌㄨㄛˋ ㄇㄛˋ) 寂寞孤獨的樣子。例 表哥最近神情落寞，原來是女友出國留學了。

【落網】(ㄌㄨㄛˋ ㄨㄤˇ) 比喻罪犯被捕獲。例 經過警方連日的追捕，犯人終於落網。反 逃脫。

【落魄】(ㄌㄨㄛˋ ㄊㄨㄛˋ) 貧困潦倒不得志。也作「落拓」。例 洪大叔曾是富家子弟，如今卻因經商失敗而變得如此落魄，真令人感嘆。近 潦倒。

【落湯雞】(ㄌㄨㄛˋ ㄊㄤ ㄐㄧ) 比喻全身溼淋淋的。

【落井下石】(ㄌㄨㄛˋ ㄐㄧㄥˇ ㄒㄧㄚˋ ㄕˊ) 比喻乘人危難時加以陷害。例 同學遇到困難時，應該出手幫忙，怎麼可以落井下石呢？反 雪中送炭。

【落荒而逃】(ㄌㄨㄛˋ ㄏㄨㄤ ㄦˊ ㄊㄠˊ) 指因失敗而倉皇逃跑。例 那個小偷犯案被發現之後，立即落荒而逃。

【落落大方】(ㄌㄨㄛˋ ㄌㄨㄛˋ ㄉㄚˋ ㄈㄤ) 舉止自然，不受拘束。例 小琳在面試時表現得落落大方。反 畏畏縮縮。

✽段落、流落、光明磊落

13/9 **蒂** ㄉㄧˋ (dì)

名 花果與枝幹相連的部分。如：瓜蒂。

✽芥蒂、並蒂、瓜熟蒂落

13/9 **葷** ㄏㄨㄣ (hūn) 名 1 肉類食物。如：葷

食。②指蔥蒜等有辛辣味的蔬菜。ㄒㄩㄣ (xūn) 見「葷粥」。

【葷粥】(ㄒㄩㄣ ㄩˋ) 古代種族名。堯舜以前對匈奴的稱呼。

葦 13/9

ㄨㄟˇ (wěi)

名 ①長成的蘆草。也作「蘆葦」。②小船。

葚 13/9

ㄕㄣˋ (shèn)

名 桑樹的果實。如：桑葚。

葉 13/9

ㄧㄝˋ (yè) 名 ①植物的營養器官，可進行光合作用與蒸散水分。②時期；世代。如：清朝中葉。③成片的東西。如：百葉窗。

ㄕㄜˋ (shè) 專 姓。

【葉綠素】(ㄧㄝˋ ㄌㄩˋ ㄙㄨˋ) 植物體內所含的綠色色素。是行光合作用所必需的物質。

✽樹葉、粗枝大葉、金枝玉葉

葫 13/9

ㄏㄨˊ (hú)

名 ①大蒜。②見「葫蘆」。

【葫蘆】(ㄏㄨˊ ㄌㄨˊ) 瓜科，一年生蔓生草本植物。葉心形；開白色花，果實兩端膨大，中間細窄，可供食用，成熟後果皮木質化，剖開可做裝水容器。

葵 13/9

ㄎㄨㄟˊ (kuí)

名 向日葵的簡稱。

葬 13/9

ㄗㄤˋ (zàng)

艸

動 掩埋死者。如：安葬。

【葬身】(ㄗㄤˋ ㄕㄣ) 埋葬屍體。亦比喻遇難、死亡。例 那名消防隊員為了救人不幸葬身火海。

【葬送】(ㄗㄤˋ ㄙㄨㄥˋ) 埋沒；斷送。例 他因為毒品葬送了未來。

※送葬、埋葬、合葬

葛

13/9 ㄍㄜˊ (gé) 葛

名 豆科，多年生蔓生草本植物。莖細長，纖維可供織布；根可當作藥材。

※杯葛、糾葛、瓜葛

萼

13/9 ㄜˋ (è) 萼

名 花朵底部的葉狀薄片，多為綠色。如：花萼。

萵

13/9 ㄨㄛ (wō) 萵

見「萵苣」。

【萵苣】(ㄨㄛ ㄐㄩˋ) 菊科，一年或二年生草本植物。上部葉無柄，包於莖上，下部葉則呈針狀；開黃色花。果實和葉可供食用。

董

13/9 ㄉㄨㄥˇ (dǒng) 董

名 1 監督管理事務的人。如：校董。2 器物。如：古董。動 監督；管理。如：董理。

葡

13/9 ㄆㄨˊ (pú) 葡

見「葡萄」。

【葡萄】(ㄆㄨˊ ㄊㄠˊ) 葡萄科，落葉蔓生木本植物。葉呈掌狀；果實成串，為淡

綠或紫色，味甘美，可供食用或釀酒。

葩 13/9 ㄆㄚ (pā) 葩

㊔草木的花。如：奇葩。

葆 13/9 ㄅㄠˇ (bǎo) 葆

㊒草木茂盛的樣子。㊍隱藏。

蓉 14/10 ㄖㄨㄥˊ (róng) 蓉 蓉

㊔1見「芙蓉」。2豆類瓜果製成的糕點內餡。如：蓮蓉。

蒲 14/10 ㄆㄨˊ (pú) 蒲 蒲

㊔香蒲科，多年生草本植物。葉狹長，可編成席子。

蒞 14/10 (一) ㄌㄧˋ 蒞 蒞

㊍到；臨。如：蒞臨。

【蒞臨】ㄌㄧˋ ㄌㄧㄣˊ 光臨。㊦總統蒞臨運動會場幫選手加油。

蒙 14/10 ㄇㄥ (mēng) 蒙 蒙

㊔1松蘿科。多附生在松樹上，呈絲狀下垂。又稱「女蘿」、「松蘿」。2愚昧幼稚的心智。如：啟蒙。㊍1遮蓋；覆蓋。如：蒙頭就睡。2欺騙。如：蒙騙。3承受。如：蒙受。4遭遇。如：蒙難。

【蒙羞】ㄇㄥˊ ㄒㄧㄡ 承受恥辱。㊦阿毛的所作所為讓他的父母蒙羞。㊡光榮。

【蒙蔽】ㄇㄥˊ ㄅㄧˋ 隱瞞真相，欺騙他人。㊦媽媽一直被弟弟的謊言蒙蔽，以為他去同學家寫作業，事實上他

都在玩樂。㊣欺瞞。

【蒙騙】(ㄇㄥˊ ㄆㄧㄢˋ) 蒙蔽欺騙。㊣李小姐被朋友蒙騙，損失了一大筆錢。㊣蒙蔽。

❀承蒙、童蒙、費洛蒙

14/10

蒿

ㄏㄠ (hāo)

蒿 蒿

㊔菊科艾屬植物的通稱。一年生或二年生草本植物。

14/10

蓆

ㄒㄧˊ (xí)

蓆 蓆

㊔可供坐臥的墊子。通「席」。如：草蓆。

14/10

蓄

ㄒㄩˋ (xù)

蓄 蓄

㊍1儲存；積聚。如：蓄水。2包容；含藏。如：蓄意。3留。如：蓄髮。

【蓄意】(ㄒㄩˋ ㄧˋ) 心裡早藏有某種意念。㊣蓄意殺人者必須加重刑罰。㊣故意。㊣無意。

【蓄勢待發】(ㄒㄩˋ ㄕˋ ㄉㄞˋ ㄈㄚ) 儲存隨時可以展現的實力，等待機會施展。㊣選手們在起跑線上蓄勢待發。㊣伺機而動。

❀儲蓄、含蓄、積蓄

14/10

蒜

ㄙㄨㄢˋ (suàn)

蒜 蒜

㊔石蒜科，多年生草本植物。葉狹長；地下鱗莖呈球狀；莖葉辛辣，可供食用。

❀搗蒜、裝蒜、雞毛蒜皮

14/10

蓋

ㄍㄞˋ (gài)

蓋 蓋

㊔遮蔽物的總稱。如：車蓋。㊍1

搭建。如：蓋房子。2遮掩；遮蔽。如：掩蓋。3吹牛；胡說。如：亂蓋。4超過；壓倒。如：蓋世。5壓；印。如：蓋印章。

【蓋世】(ㄍㄞˋ ㄕˋ) 超越當代，沒有人可以相比。例這本武俠小說中的主人翁是個蓋世英雄。

【蓋棺論定】(ㄍㄞˋ ㄍㄨㄢ ㄌㄨㄣˋ ㄉㄧㄥˋ) 指人的是非功過要等到死後才能論定。例巫先生一生的所作所為，終於可以蓋棺論定了。

❀膝蓋、遮蓋、欲蓋彌彰

蒸 14/10

ㄓㄥ (zhēng)

動1水氣上升。如：蒸發。2用水的熱力使食物變熟或加熱。如：蒸魚。

【蒸發】(ㄓㄥ ㄈㄚ) 液體高溫時揮發為氣體的氣化作用。

【蒸餾】(ㄓㄥ ㄌㄧㄡˋ) 把液體加熱氣化，冷卻後又凝結為液體的方式。可用來除去液體中的雜質。

【蒸籠】(ㄓㄥ ㄌㄨㄥˊ) 用來蒸煮食物的圓形器具。

【蒸蒸日上】(ㄓㄥ ㄓㄥ ㄖˋ ㄕㄤˋ) 形容蓬勃發展，不斷進步。例這家店在阿金的努力經營下，業績蒸蒸日上。反每況愈下。

蓀 14/10

ㄙㄨㄣ (sūn)

名香草名。

蓓 14/10

ㄅㄟˋ (bèi)

名蓓蕾的簡稱。

【蓓蕾】(ㄅㄟˋ ㄌㄟˇ) 含苞未開的花。

艸

蒐

14/10 ㄙㄡ (sōu)

（名）植物名。可供藥用。（動）聚集。通「搜」。如：蒐集。

【蒐集】ㄙㄡ ㄐㄧˊ 搜尋聚集。（例）弟弟有蒐集郵票的嗜好。

蒼

14/10 ㄘㄤ (cāng)

（形）1深青色的。如：蒼松。2灰白的。如：蒼白。

【蒼白】ㄘㄤ ㄅㄞˊ 白中帶青的顏色。（例）小偉全身發抖，臉色蒼白，我們趕緊送他到保健室。

【蒼老】ㄘㄤ ㄌㄠˇ 形容人形貌、聲音的老態。（例）一場大病之後，朱爺爺變得更加蒼老了。

【蒼翠】ㄘㄤ ㄘㄨㄟˋ 深綠色。（例）國家公園裡一大片蒼翠的樹林，是珍貴鳥類的棲息地。

【蒼蠅】ㄘㄤ ㄧㄥˊ 蠅的俗稱。

❋上蒼、白雲蒼狗、無頭蒼蠅

蓊

14/10 ㄨㄥˇ (wěng)

（形）草木茂盛的樣子。如：蓊鬱。

蓿

15/11 ㄙㄨˋ (sù)

見「苜蓿」。

蔗

15/11 ㄓㄜˋ (zhè)

見「甘蔗」。

蔽

15/11 ㄅㄧˋ (bì)

（動）1遮蓋。如：蔽日。2隱藏；掩

藏。如：掩蔽。③阻隔；欺騙。如：蔽塞。④總括。如：一言以蔽之。

【蔽塞】(ㄅㄧˋ ㄙㄜˋ) 思想阻隔不通。例陳爺爺的思想太過蔽塞，已經不符合時代潮流。反開明。

15/11
蓮 ㄌㄧㄢˊ (lián)
丶 亠 ⺾ 艹 芢 芢 苩 苩 苩 荁 莗 莗 蓮 蓮 蓮

名即「荷」。

【蓮藕】(ㄌㄧㄢˊ ㄡˇ) 蓮的地下莖，可供食用。

✽睡蓮、採蓮、金蓮

15/11
蔚 ㄨㄟˋ (wèi)
丶 亠 ⺾ 艹 苎 苎 芦 芦 蔚 蔚 蔚 蔚 蔚 蔚

形草木繁盛的樣子。如：蓊蔚。副盛大。如：蔚為風氣。

ㄩˋ (yù) 專姓。

【蔚藍】(ㄨㄟˋ ㄌㄢˊ) 深藍色。例海豚在蔚藍的海水中，自由自在的游著。近湛藍。

【蔚為大觀】(ㄨㄟˋ ㄨㄟˊ ㄉㄚˋ ㄍㄨㄢ) 盛大壯觀的場面。例各種兵器陳列在軍事博物館之中，蔚為大觀。

15/11
蔬 ㄕㄨ (shū)
丶 亠 ⺾ 艹 苎 苎 芷 芷 芷 芷 芷 蔬 蔬 蔬 蔬

名泛指可食用的草本植物。如：蔬菜。

15/11
蔭 ㄧㄣˋ (yìn)
丶 亠 ⺾ 艹 苎 苎 芦 芦 苡 苡 蔭 蔭 蔭 蔭 蔭

名草木的陰影。如：樹蔭。

✽綠蔭、庇蔭、林蔭大道

15/11
蔓 ㄇㄢˋ (màn)
丶 亠 ⺾ 艹 苎 苎 苩 苩 苩 萬 萬 萬 蔓 蔓 蔓

名莖細長而不能直立，會纏繞在他物上的植物。動擴大延展。如：蔓延。

艸

【蔓延】(ㄇㄢˋ ㄧㄢˊ) 擴展延伸。例消防員在火場極力灌救，以防止大火繼續蔓延，波及兩旁住家。近播散。

15/11
蓽 ㄅㄧˋ (bì)

丶 ⺊ 艹 艹 芇 芇 苗 苗 苗 苗 苗 萆 萆 蓽

名用荊條、竹枝編織的門。如：蓽門。

【蓽路藍縷】(ㄅㄧˋ ㄌㄨˋ ㄌㄢˊ ㄌㄩˇ) 形容開創事業的艱辛。例爸爸的公司開創以來歷經蓽路藍縷，如今已頗具規模。

15/11
蔣 ㄐㄧㄤˇ (jiǎng)

丶 ⺊ 艹 艹 艹 艹 艹 艹 艹 艹 艹 蒋 蔣 蔣

名「茭白筍」的別稱。專姓。

15/11
蔑 ㄇㄧㄝˋ (miè)

丶 ⺊ 艹 艹 艹 苎 苎 苗 苗 苗 苗 萈 萈 蔑

動①欺負；陷害。如：侮蔑。②輕視；瞧不起。如：輕蔑。

【蔑視】(ㄇㄧㄝˋ ㄕˋ) 輕視；鄙視。例大雄蔑視法律的行為，遲早會惹禍上身。反重視。

15/11
蔔 ㄅㄛˊ (bó)

丶 ⺊ 艹 艹 艹 芍 芍 芍 芍 芍 芍 芍 蔔 蔔 蔔

見「蘿蔔」。

15/11
蓬 ㄆㄥˊ (péng)

丶 ⺊ 艹 艹 艹 艹 芝 芝 芝 芝 芝 芝 逄 逄 蓬

名菊科，多年生草本植物。乾枯後連根隨風飛散，所以又稱「飛蓬」。形散亂不整齊的樣子。如：蓬頭垢面。

【蓬勃】(ㄆㄥˊ ㄅㄛˊ) 興盛的樣子。例小光每天都朝氣蓬勃的去上學。

【蓬頭垢面】(ㄆㄥˊ ㄊㄡˊ ㄍㄡˋ ㄇㄧㄢˋ) 形容儀表散亂骯髒，不加修飾的樣子。例那個蓬頭垢面的乞丐看起來很可憐。近披頭散髮。

15/11
蔡
ㄘㄞˋ (cài)

(名)野草。

15/11
蔥
ㄘㄨㄥ (cōng)

(名)石蒜科，多年生草本植物。葉圓長中空，莖呈白色，全株辛辣，可供食用。(形)青綠色的。如：蔥翠。

16/12
蕩
ㄉㄤˋ (dàng)

(形)①平坦。如：坦蕩。②放縱不受拘束。如：浪蕩。③寬闊；廣大。如：浩浩蕩蕩。(動)①搖動。如：搖蕩。②洗滌；清除。如：掃蕩。③毀壞；耗盡。如：傾家蕩產。

【蕩漾】ㄉㄤˋ ㄧㄤˋ 水波搖動的樣子。(例)風吹過湖面，引起一陣水波蕩漾。(反)靜止。

【蕩氣迴腸】ㄉㄤˋ ㄑㄧˋ ㄏㄨㄟˊ ㄔㄤˊ 形容非常感人。(例)這部電影蕩氣迴腸的結局，令許多人淚流滿面，不能自已。(近)感人至深。

【蕩然無存】ㄉㄤˋ ㄖㄢˊ ㄨˊ ㄘㄨㄣˊ 一點都沒有留下。(例)經過這次事件後，我對阿夏的好感已經蕩然無存了。(近)消失殆盡。

✽放蕩、掃蕩、空蕩

16/12
蕊
ㄖㄨㄟˇ (ruǐ)

(名)植物的生殖器官，分成雌、雄二種。如：花蕊。

16/12
蕭
ㄒㄧㄠ (xiāo)

(形)冷清。如：蕭條。

【蕭條】ㄒㄧㄠ ㄊㄧㄠˊ ①冷清寂寥。例在人煙罕至的曠野上，景色一片蕭條。近蕭瑟；冷落。②衰敗；不景氣。例最近的經濟仍然十分蕭條，讓附近許多商家大嘆生意難做。反景氣。

【蕭蕭】ㄒㄧㄠ ㄒㄧㄠ ①馬叫聲。②風聲。

16/12
蕙
ㄏㄨㄟˋ (huì)

名豆科，多年生草本植物。古人將它帶在身上，用來避瘟疫。形高雅的；高潔的。如：蕙心。

【蕙質蘭心】ㄏㄨㄟˋ ㄓˊ ㄌㄢˊ ㄒㄧㄣ 比喻女性聰慧高雅、心地純潔。例楊小姐蕙質蘭心，是公司裡很多男士心中理想的結婚對象。

16/12
蕈
ㄒㄩㄣˋ (xùn)

名菌類。生於林木中或草地上。有些可食用，有些有毒性。如：松蕈。

16/12
蕨
ㄐㄩㄝˊ (jué)

名碗蕨科，多年生草本植物。葉為羽狀複葉。以孢子繁殖，嫩葉可供食用。

16/12
蕃
ㄈㄢ (fān) 名古代對外國或邊境少數民族的稱呼。

ㄈㄢˊ (fán) 形草木茂盛的樣子。如：蕃茂。

16/12
蕪
ㄨˊ (wú)

形 雜亂。如：蕪亂。動 田地荒廢不耕。如：荒蕪。

16/12
蕉

ㄐㄧㄠ (jiāo)

名 芭蕉科植物的通稱。如：香蕉。

17/13
薄

ㄅㄛˊ (bó) 形 1不厚的。如：薄冰。2淡的；稀的。如：薄酒。3微少的。如：薄酬。4土地貧瘠不肥沃。如：薄田。5命運不好。如：薄命。動 1輕視。如：厚此薄彼。2迫近。如：日薄西山。

ㄅㄛˋ (bò) （限讀）見「薄荷」。

【薄弱】ㄅㄛˊ ㄖㄨㄛˋ 微弱；柔弱。例 阿鳳的意志力很薄弱。

【薄荷】ㄅㄛˋ ㄏㄜˊ 脣形花科，多年生草本植物。葉呈卵形；莖葉有特殊香氣，可以提煉精油、薄荷腦。

※ 刻薄、微薄、紅顏薄命

17/13
薪

ㄒㄧㄣ (xīn)

名 1供燃燒的柴草。如：柴薪。2工資；俸祿。如：薪資。

【薪水】ㄒㄧㄣ ㄕㄨㄟˇ 工作所得的酬勞。近 薪資。

【薪傳】ㄒㄧㄣ ㄔㄨㄢˊ 指師生傳授承續不絕。例 歌仔戲是值得薪傳的傳統戲曲。反 斷絕。

【薪火相傳】ㄒㄧㄣ ㄏㄨㄛˇ ㄒㄧㄤ ㄔㄨㄢˊ 比喻學問、技藝或文化傳統代代相傳，延續下去。例 傳統技藝必須要薪火相傳，好好加以發揚光大。

※ 加薪、月薪、釜底抽薪

17/13
蕾

ㄌㄟˇ (lěi)

㊔含苞未開的花。如：花蕾。
✽味蕾、蓓蕾、芭蕾

薑 17/13 ㄐㄧㄤ (jiāng)

㊔薑科，多年生草本植物。地下莖呈塊狀，色黃，味辛辣，可供食用，常用於調味，並可作為藥材。

薜 17/13 ㄅㄧˋ (bì)

見「薜荔」。

【薜荔】桑科，常綠蔓生灌木。葉呈橢圓形，互生。又稱「木蓮」。

薔 17/13 ㄑㄧㄤˊ (qiáng)

見「薔薇」。

【薔薇】薔薇科，落葉灌木。莖有刺；葉為羽狀複葉；花色多種，有香氣。

薯 17/13 ㄕㄨˇ (shǔ)

㊔甘薯或馬鈴薯的簡稱。

薊 17/13 ㄐㄧˋ (jì)

㊔菊科，多年生草本植物。葉呈羽狀分裂，莖葉邊緣有刺，開紫紅或白色花。

薛 17/13 ㄒㄩㄝ (xuē)

㊔即「莎草」。

薈 17/13 ㄏㄨㄟˋ (huì)

(形)草木繁盛的樣子。如：薈蔚。(動)聚集。如：薈萃。

【薈萃】(ㄏㄨㄟˋ ㄘㄨㄟˋ) 聚集。(例)臺北是個人文薈萃的城市，常舉辦各種藝文活動。

17/13

薇 ㄨㄟˊ (wéi)

(名) 1 見「薔薇」。2 紫萁科，多年生草本植物。屬蕨類。葉為羽狀複葉，嫩葉可供食用。

18/14

薺

ㄐㄧˋ (jì) (名)十字花科，一年或二年生草本。嫩葉可供食用。又稱「薺菜」。

ㄑㄧˊ (qí)（限讀）見「荸薺」。

18/14

藍 ㄌㄢˊ (lán)

(名) 1 蓼科，一年生草本植物。葉呈卵形，可做染料。2 像無雲晴空一樣的顏色。

【藍圖】(ㄌㄢˊ ㄊㄨˊ) 1 一種藍色的複製圖，常用於工程設計施工圖或印刷校對用。2 指建設或行事的計畫或步驟。(例)小凡已經規劃好未來生涯的藍圖，希望能順利考上第一志願。

❀蔚藍、青出於藍、甘藍

18/14

藏

ㄘㄤˊ (cáng) (動) 1 儲存；收存。如：收藏。2 躲；隱匿。如：躲藏。

ㄗㄤˋ (zàng) (名) 1 收藏財物的地方。如：寶藏。2 佛教或道教的經典。如：大藏經。(專) 1 民族名。2 西藏

的簡稱。

【藏匿】(ㄘㄤˊ ㄋㄧˋ) 躲藏；隱匿。例嫌犯藏匿於這棟廢棄的房屋。近隱藏。

【藏汙納垢】(ㄘㄤˊ ㄨ ㄋㄚˋ ㄍㄡˋ) 1隱藏骯髒汙穢的塵垢。例桌子下很容易藏汙納垢，打掃時要特別注意。2比喻包容壞人壞事。例那棟大樓進出的人很複雜，是個藏汙納垢的地方。

※庫藏、珍藏、潛藏

18/14
薩
ㄙㄚˋ (sà)

見「菩薩」。

18/14
藐
ㄇㄧㄠˇ (miǎo)

形幼小；微弱。如：藐小。副輕視。如：藐視。

【藐視】(ㄇㄧㄠˇ ㄕˋ) 輕視。例在法庭上大聲咆哮或者嬉戲，都是藐視法律的行為。近鄙視。反尊重。

18/14
藉
ㄐㄧㄝˋ (jiè) 動1依賴；依靠。如：憑藉。2假借。如：藉口。

ㄐㄧˊ (jí) 見「狼藉」。

【藉口】(ㄐㄧㄝˋ ㄎㄡˇ) 假託的理由。例阿泰每次遲到都有藉口。

【藉機】(ㄐㄧㄝˋ ㄐㄧ) 利用機會。例那個扒手在人潮擁擠時藉機行竊。近趁機。

※蘊藉、慰藉、杯盤狼藉

18/14
薰
ㄒㄩㄣ (xūn)

名1豆科，多年生草本植物。又稱「蕙草」。2花草香氣。如：草薰風暖。形溫和的。如：薰風。動1感染。如：薰陶。2用火煙燻烤東西。通「熏」。如：薰肉。

【薰陶】(ㄒㄩㄣ ㄊㄠˊ) 因長期接觸某人或某事，而在思想行為上逐漸獲得感染陶冶。㊟在父母親的薰陶下，小宏從小就非常喜歡閱讀，奠定了他的文學基礎。㊨教養；教化。

19/15 **藩** ㄈㄢ (fán)

㊔ 1 籬笆。如：藩籬。2 古代分給諸侯的封國。如：藩國。

【藩籬】(ㄈㄢ ㄌㄧˊ) 1 用竹木編成的圍牆。引申為保護防衛的意思。㊟連綿的山脈往往被視為一國屏障疆土的最佳藩籬。2 範圍；界線。㊟網際網路的無遠弗屆，打破距離的藩籬。

19/15 **藝** ㄧˋ (yì)

㊔ 技能。如：技藝。

【藝人】(ㄧˋ ㄖㄣˊ) 以表演技藝為職業的人。

【藝術】(ㄧˋ ㄕㄨˋ) 凡是含有技巧與思考，具有審美價值，表現人的情感與觀念的創作產物。如：詩歌、戲曲、音樂、繪畫、舞蹈、雕刻、建築等。

✽園藝、武藝、多才多藝

19/15 **藪** ㄙㄡˇ (sǒu)

㊔ 1 大的湖泊和水澤。如：林藪。2 人物聚集的地方。如：淵藪。

19/15 **藕** ㄡˇ (ǒu)

㊔ 蓮的地下莖，肥大可食。

【藕斷絲連】(ㄡˇ ㄉㄨㄢˋ ㄙ ㄌㄧㄢˊ) 比喻表面上斷絕關係，實際上仍有牽連。多指男女感情方面。㊟表哥雖因家人反對而和女朋友分手，卻藕斷絲連，

艸

私下還在往來。㊍一刀兩斷。

藤 19/15

ㄊㄥˊ (téng)

㊔ 1 棕櫚科，多年生蔓生木本植物。羽狀複葉，莖細長有節，煙燻後會變光滑，可編織家具。2 通稱蔓生植物的枝幹。如：葡萄藤。

藥 19/15

ㄧㄠˋ (yào)

㊔ 1 可以用來治病的物品。如：草藥。2 某些具有特定效用的化學物質。如：火藥。㊋ 治療。如：不可救藥。

【藥材】ㄧㄠˋ ㄘㄞˊ 製藥的原料。㊄ 這鍋湯是由數種藥材熬成的。

【藥品】ㄧㄠˋ ㄆㄧㄣˇ 治病的物品。㊇ 藥物。

【藥罐子】ㄧㄠˋ ㄍㄨㄢˋ ˙ㄗ 比喻身體不好經常吃藥的人。㊄ 妹妹從小多病，是個標準的藥罐子。

❋毒藥、對症下藥、不藥而癒

藻 20/16

ㄗㄠˇ (zǎo)

㊔ 1 水草植物的總稱。如：綠藻。2 文采；文辭。如：辭藻。

藹 20/16

ㄞˇ (ǎi)

㊏ 慈祥；和善。如：和藹。

蘑 20/16

ㄇㄛˊ (mó)

見「蘑菇」。

【蘑菇】ㄇㄛˊ ㄍㄨ 菌類。多生於枯樹幹上，傘小柄大，菌傘純白色或稻草色，質厚，可供食用。

蘆 20/16 ㄌㄨˊ (lú)

見「蘆葦」。

【蘆葦】ㄌㄨˊ ㄨㄟˇ 禾本科，多年生禾本植物。莖中空，可編織成掃帚和蘆席，多生長於河湖、溼地或沼澤。

【蘆薈】ㄌㄨˊ ㄏㄨㄟˋ 百合科，多年生草本植物。葉狹長肥厚，邊緣有鋸齒，叢生於底部，葉片汁液可做藥物。

藺 20/16 ㄌㄧㄣˋ (lìn)

㊔燈心草科，多年生草本植物。莖細長，可編草席。又稱「燈心草」。

蘋 20/16 ㄆㄧㄣˊ (pín) ㊔蘋科，水生蕨類植物。由四片小葉合成的複葉有如田字，多生在淺水沼澤中。又稱「田字草」。

ㄆㄧㄥˊ (píng)（限讀）見「蘋果」。

【蘋果】ㄆㄧㄥˊ ㄍㄨㄛˇ 薔薇科，灌木或小喬木。葉卵形，有各種品種；果實味甜，可供食用。

蘊 20/16 ㄩㄣˋ (yùn)

㊔深奧精微的部分。如：精蘊。動 積聚；包含。如：蘊藏。

【蘊含】ㄩㄣˋ ㄏㄢˊ 包含；藏有。例 這封信的內容蘊含了師長的教誨。

【蘊藏】ㄩㄣˋ ㄘㄤˊ 積藏。例 海洋中蘊藏許多珍貴的資源，我們要好好愛惜。

蘇 20/16 ㄙㄨ (sū)

㊔即「紫蘇」。脣形花科，一年生草本植物。莖、葉和果實可作藥。

艸

動 死而復活，或從昏迷中覺醒。如：蘇醒。

蘗 21/17

ㄅㄛˋ (bò)

名 芸香科，落葉喬木。又稱「黃木」。

蘭 21/17

ㄌㄢˊ (lán)

名 蘭科，多年生草本植物。葉細長；花有香氣。種類繁多。

✽義結金蘭、蕙質蘭心

蘚 21/17

ㄒㄧㄢˇ (xiǎn)

名 苔蘚植物類。植物體呈葉狀，成群生長在陰暗潮溼的地方。

蘸 23/19

ㄓㄢˋ (zhàn)

動 拿東西沾上液體。如：蘸墨水。

蘿 23/19

ㄌㄨㄛˊ (luó)

見「蘿蔔」。

【蘿蔔】ㄌㄨㄛˊ ㄅㄛ˙ 十字花科，一年生或二年生草本植物。葉作羽狀分裂，根肥大，呈長圓柱形或球形，可供食用，有白色和紅色二種。

辨析 「蘿蔔」在口語中讀作ㄌㄨㄛˊ ㄅㄛ˙。

虍部 ㄏㄨ

虎 8/2
ㄏㄨˇ (hǔ)

(名)哺乳類。外形像貓，全身黃褐色，夾雜黑色條紋，性凶猛。(形)威武勇猛。如：虎將。

【虎口】ㄏㄨˇ ㄎㄡˇ 1大拇指與食指相連的地方。2比喻危險的地方。(例)馬路如虎口，要留意交通安全。

【虎視眈眈】ㄏㄨˇ ㄕˋ ㄉㄢ ㄉㄢ 比喻心懷不軌，想要伺機掠奪的凶狠模樣。(例)釣魚臺列嶼因為有重要的軍事價值，所以鄰近國家都對它虎視眈眈。

【虎頭蛇尾】ㄏㄨˇ ㄊㄡˊ ㄕㄜˊ ㄨㄟˇ 做事有始無終。(例)弟弟玩拼圖總是虎頭蛇尾，從來沒有完成任何一件作品。(近)半途而廢。(反)有始有終。

✽暴虎馮河、生龍活虎

虐 9/3
ㄋㄩㄝˋ (nüè)

(名)殘暴。如：助紂為虐。(形)殘忍。如：虐政。(動)殘害。如：虐民。(副)苛刻。如：虐待。

【虐待】ㄋㄩㄝˋ ㄉㄞˋ 殘暴的對待。(例)虐待小動物是不對的行為。

✽肆虐、暴虐、受虐

虔 10/4
ㄑㄧㄢˊ (qián)

(形)恭敬的。如：虔誠。

【虔誠】ㄑㄧㄢˊ ㄔㄥˊ 態度恭敬，內心有誠意。(例)她是個虔誠的基督徒，每個星期都會上教堂做禮拜。(近)虔敬。

處 11/5
ㄔㄨˋ (chù) (名)1居住的地方。如：居處。2機關團體的單位。如：學務處。

ㄔㄨˇ (chǔ) (動)1居住。如：穴居野

處。2置身；存在。如：處於。3治理；辦理。如：處理。4懲戒；制裁。如：處罰。5交往；共同生活。如：相處。

【處分】ㄔㄨˇ ㄈㄣˋ 1安排處理。例那些走私的貨物，都由海關銷毀處分。2處罰。例作弊的同學必須接受校規的處分。近懲罰。反獎勵。

【處理】ㄔㄨˇ ㄌㄧˇ 辦理；安排。例爸爸今晚得加班處理公事，無法回家和我們一起吃晚餐。

【處罰】ㄔㄨˇ ㄈㄚˊ 依法懲罰。例老師處罰了調皮搗蛋的學生。反嘉獎。

【處變不驚】ㄔㄨˇ ㄅㄧㄢˋ ㄅㄨˋ ㄐㄧㄥ 處在變動的局面中，仍能鎮定不慌張。例遇到意外事件時，必須處變不驚，才有機會逃生。反驚慌失措。

✽待人處世、一無是處

11/5

彪

ㄅㄧㄠ (biāo) 丨 ⺊ 上 广 卢 虍 虎 虎 虎 彪 彪

名老虎身上的花紋。形體格健壯。如：彪形。

【彪形大漢】ㄅㄧㄠ ㄒㄧㄥˊ ㄉㄚˋ ㄏㄢˋ 身材魁梧高大的男子。例董事長身邊的保鏢個個都是彪形大漢。

12/6

虛

ㄒㄩ (xū) 丨 ⺊ 上 广 卢 虍 虍 虍 虚 虚 虚 虛

形1不真實的。如：虛榮。2謙遜不自滿。如：謙虛。3衰弱。如：虛弱。4內心愧疚膽小。如：心虛。動空缺。如：虛席以待。副白白的。如：虛度。

【虛心】ㄒㄩ ㄒㄧㄣ 1謙虛不自滿。例小銘只要遇到不會的數學問題，都會虛心的向同學請教。近謙遜。反高傲。2內心有所愧疚而膽怯。例小華因為說謊而感到很虛心。

【虛弱】ㄒㄩ ㄖㄨㄛˋ 身體衰弱。例弟弟從小就身體虛弱，讓媽媽擔心不已。反強壯。

【虛偽】(ㄒㄩ ㄨㄟˇ) 作假不真實。例 電視上的減肥食品廣告大多是虛偽不實的，千萬不要受騙。

【虛榮】(ㄒㄩ ㄖㄨㄥˊ) 不切實際的榮譽。例 老師勉勵我不要當愛慕虛榮的人。

【虛構】(ㄒㄩ ㄍㄡˋ) 憑空構想。例 小說家以豐富的想像力，虛構出精彩的故事。反 寫實。

【虛有其表】(ㄒㄩ ㄧㄡˇ ㄑㄧˊ ㄅㄧㄠˇ) 徒有美好的外表，沒有內在。例 他看起來見多識廣的樣子，沒想到只是虛有其表。

【虛張聲勢】(ㄒㄩ ㄓㄤ ㄕㄥ ㄕˋ) 故意誇大聲勢嚇人，其實沒有足夠實力。例 小虎看起來很凶悍，其實只是虛張聲勢罷了。近 裝腔作勢。

✽名不虛傳、故弄玄虛

虜 13/7

ㄌㄨˇ (lǔ)

[筆順]

名 1 在戰爭中捉到的敵人。如：俘虜。2 對外族或敵人鄙視的稱呼。如：胡虜。動 1 擒獲；捉住。如：虜獲。2 掠奪。如：虜掠。

【虜掠】(ㄌㄨˇ ㄌㄩㄝˋ) 掠奪；強取。例 近來殺人虜掠的案件頻傳，讓人不禁感嘆我們的社會到底出了什麼問題。近 搶劫。

虞 13/7

ㄩˊ (yú)

[筆順]

動 1 憂慮。如：衣食無虞。2 欺騙。如：爾虞我詐。專 朝代名。(前2179?—前2140?)舜繼堯為帝所建立。

號 13/7

[筆順]

ㄏㄠˊ (háo) 動 1 大叫。如：呼號。2 大聲哭。如：號啕。

ㄏㄠˋ (hào) 名 1 名稱。如：外號。2 命令。如：發號施令。3 標誌。

如：記號。④商店。如：公司行號。⑤樣子；種類。如：這號人物。⑥排定順序的數目。如：編號。⑦物品的大小型式。如：特大號。⑧樂團或軍隊所使用的喇叭。如：法國號。㊍①召喚。如：號召。②宣稱。如：號稱。

【號召】(ㄏㄠˋ ㄓㄠˋ) 藉某種名義召集大眾合力完成事情。㊀百貨公司號召有自信的兒童來參加童裝走秀活動。

【號外】(ㄏㄠˋ ㄨㄞˋ) 發生重大新聞時，報社在非出刊的時間臨時刊印的特別報導。

【號稱】(ㄏㄠˋ ㄔㄥ) ①以某種名號著稱。㊀弟弟因為食量很大，在他們班上號稱「大胃王」。②宣稱。多指不實的估計。㊀阿寬號稱會說十種外語，其實熟練的只有二種。

【號誌】(ㄏㄠˋ ㄓˋ) 以聲光、文字指示交通的記號或標誌。

【號碼】(ㄏㄠˋ ㄇㄚˇ) 記數的數字。

✽暗號、符號、口號

17/11

虧 ㄎㄨㄟ (kuī)

㊔①欠缺；缺損。如：月有盈虧。②損失。如：吃虧。㊖虛弱。如：腎虧。㊍①耗損；損失。如：虧本。②辜負。如：虧待。③短少；欠缺。如：功虧一簣。㊓①僥倖；幸好。如：幸虧。②斥責或譏笑之詞。如：虧你那麼聰明，竟然不懂他的意思。

【虧欠】(ㄎㄨㄟ ㄑㄧㄢˋ) ①欠缺；短少。②辜負或對不起人。㊀阿亮為人正直，從來不肯虧欠別人。㊅虧待。

【虧本】(ㄎㄨㄟ ㄅㄣˇ) 損失資本。㊀這家小吃店因為一直虧本，所以老闆決定結束營業。㊅賠本。

【虧損】ㄎㄨㄟ ㄙㄨㄣˇ 損失；減損。㊀這家商店因為經營不善連連虧損，終於關門大吉。㊁盈餘。

❋多虧、理虧、悶虧

虫部 ㄏㄨㄟˇ

6/0
虫 丶 ㄇ 口 中 虫 虫

ㄏㄨㄟˇ (huǐ) ㊔小毒蛇。ㄔㄨㄥˊ (chóng) ㊕「蟲」的異體字。

8/2
虱 乁 乁 ⺄ 虱 虱 虱 虱 虱

ㄕ (shī) ㊕「蝨」的異體字。

9/3
虹 丶 ㄇ 口 中 虫 虫 虫 虫 虹 虹

ㄏㄨㄥˊ (hóng) ㊔雨後出現在太陽相對方向的弧形光圈。因大氣中的水滴經日光照射，發生折射和反射作用而形成。包含紅、橙、黃、綠、藍、靛、紫七種顏色。

❋彩虹、霓虹燈、氣勢如虹

10/4
蚤 ㄗㄠˇ (zǎo)

㊔昆蟲。黑褐色，沒有翅膀，善於跳躍。以吸食人和動物的血液為生，會傳播疾病。俗稱「跳蚤」。

10/4
蚪 ㄉㄡˇ (dǒu)

見「蝌蚪」。

10/4
蚊 ㄨㄣˊ (wén)

㊔昆蟲。通常分布在炎熱潮溼的地區。有翅膀。雄蚊只吸食花果的汁液，雌蚊則吸食人和動物的血液，並能傳染疾病。幼蟲生活在水中，稱「孑孓」。

❋捕蚊燈、電蚊香、病媒蚊

10/4
蚓 ㄧㄣˇ (yǐn)

見「蚯蚓」。

10/4
蚜 ㄧㄚˊ (yá)

見「蚜蟲」。

【蚜蟲】(ㄧㄚˊ ㄔㄨㄥˊ) 昆蟲。體型微小，常成群棲息在植物上，會破壞農作物。

10/4
蚌 ㄅㄤˋ (bàng)

（名）軟體動物。生活在淡水中，身體外有兩片硬殼，可用來當裝飾品，肉可食用。有的蚌在受到外物侵入時，會分泌特殊物質包裹住異物，形成珍珠。

✽老蚌生珠、鷸蚌相爭

10/4
蚣 ㄍㄨㄥ (gōng)

見「蜈蚣」。

10/4
蚩 ㄔ (chī)

（名）[1]毛蟲名。如：蚩蟲。[2]無知；傻。如：蚩愚。

11/5
蛋 ㄉㄢˋ (dàn)

（名）鳥類或爬蟲類的卵。表面有殼保護，內有蛋白、蛋黃。如：雞蛋。

【蛋糕】(ㄉㄢˋ ㄍㄠ) 用雞蛋、麵粉、糖等材料所做成的點心。

【蛋白質】(ㄉㄢˋ ㄅㄞˊ ㄓˋ) 由多種胺基酸所組成的聚合物。是構成動、植物細胞的主要物質。

✽完蛋、壞蛋、調皮搗蛋

11/5
蛇

ㄕㄜˊ (shé)（名）爬蟲類。身體圓長，全身有鱗片。肉食性。種類很多。

ㄧˊ (yí) 見「委蛇」。

【蛇行】(ㄕㄜˊ ㄒㄧㄥˊ) 像蛇一樣彎彎曲曲的前進。（例）開車在馬路上蛇行是很危險的行為。

✽畫蛇添足、打草驚蛇

11/5
蛀
ㄓㄨˋ (zhù)

名 會咬樹木、衣服、書本等東西的小蟲。如：蛀蟲。動 東西被蛀蟲咬壞。如：書被蟲蛀了一個洞。

【蛀牙】(ㄓㄨˋ ㄧㄚˊ) 牙齒被細菌腐蝕成洞的一種病。又稱「齲齒」。

11/5
蚵
ㄎㄜ (kē) 名 昆蟲。金龜子的一種。ㄜˊ (é)（限讀）名 閩南方言。指牡蠣。如：蚵仔煎。

11/5
蚶
ㄏㄢ (hān)

名 軟體動物。有二片厚而堅硬的外殼，殼面有輻射狀凹凸花紋。生長在淺海的泥中。

11/5
蛄
ㄍㄨ (gū)

見「螻蛄」。

11/5
蛆
ㄑㄩ (qū)

名 蠅類的幼蟲。通常生活在糞便或動物屍體等不乾淨的地方。

11/5
蚱
ㄓㄚˋ (zhà)

見「蚱蜢」。

【蚱蜢】(ㄓㄚˋ ㄇㄥˇ) 昆蟲。身體圓長，綠或褐色，有一對觸角，後肢發達，擅長跳躍。種類繁多，部分蚱蜢會成群遷移覓食。

11/5
蚯
ㄑㄧㄡ (qiū)

見「蚯蚓」。

【蚯蚓】(ㄑㄧㄡ ㄧㄣˇ) 環節動物。身體細長而圓，有無數的環節。沒有眼睛、耳朵，用皮膚呼吸。生活在潮溼的土壤中，能使土壤疏鬆，有利植物生長。

12/6
蛟 ㄐㄧㄠ (jiāo)

㊔古代傳說中的一種龍類動物。形態像蛇，有四隻腳而沒有角。能引發洪水、吞食人類。又稱「蛟龍」。

12/6
蛙 ㄨㄚ (wā)

㊔兩棲動物。種類很多。身體短而前尖後圓，沒有脖子和尾巴。前腳短、後腳長，擅長跳躍和游泳。幼時生活於水中，有尾巴，叫做「蝌蚪」。

【蛙式】一種模仿青蛙游水動作的游泳方式。

❀牛蛙、樹蛙、井底之蛙

12/6
蛭 ㄓˋ (zhì)

㊔環節動物。體形扁長而柔軟，表面光滑，前後兩端各有一個吸盤，會吸食人和動物的血液。俗稱「螞蝗」。

12/6
蛐 ㄑㄩ (qū)

見「蛐蛐兒」。

【蛐蛐兒】北方人對蟋蟀的稱呼。

辨析 在口語中，應讀為ㄑㄩ ㄑㄩㄦ。

12/6
蛔 ㄏㄨㄟˊ (huí)

見「蛔蟲」。

【蛔蟲】圓形動物。是一種寄生蟲。長得很像蚯蚓但沒有環節，通常寄生於人或動物的腸子裡，會造成營養不良、肚子痛、腸穿孔等疾病。

12/6
蛛 ㄓㄨ (zhū)

見「蜘蛛」。

【蛛絲馬跡】(ㄓㄨ ㄙ ㄇㄚˇ ㄐㄧ) 比喻事情隱約的線索、跡象。例 這起殺人案的犯罪現場沒有留下任何蛛絲馬跡，看來很難偵辦。

12/6
蛞
ㄎㄨㄛˋ (kuò)

見「蛞蝓」。

【蛞蝓】(ㄎㄨㄛˋ ㄩˊ) 軟體動物。形狀像沒有殼的蝸牛，柔軟而黏滑，頭上有長短觸角各一對。生活在陰暗潮溼的地方。又稱「鼻涕蟲」。

12/6
蛤

ㄍㄜˊ (gé) 名 軟體動物。有二片大小一樣的殼，生活在近海泥沙中。如：文蛤。

ㄏㄚˊ (há) 名 蝦蟆。如：蛤蟆。

【蛤蜊】(ㄍㄜˊ ㄌㄧˊ) 文蛤的俗稱。

13/7
蜇
ㄓㄜˊ (zhé)

名 刺胞動物。形狀像傘，體透明，傘緣有許多觸手。又稱「水母」。
動 蟲類刺人。如：被蜜蜂蜇一口。

13/7
蜃
ㄕㄣˋ (shèn)

名 一種大的蛤蜊。

13/7
蛹
ㄩㄥˇ (yǒng)

名 由幼蟲變態為成蟲過程中的昆蟲。此時期不吃不動，表面有保護的外殼。如：蛹期。

13/7
蜈
ㄨˊ (wú)

見「蜈蚣」。

虫

【蜈蚣】（ㄨˊ ㄍㄨㄥ）節肢動物。身體長而扁，由許多環節構成，每一個環節有一對腳，第一對腳有毒爪。頭部有一對鞭狀觸角。多在夜間出沒，吃小蟲為生。俗稱「百足蟲」。

13/7
蜉
ㄈㄨˊ (fú) 蜉

見「蜉蝣」。

【蜉蝣】（ㄈㄨˊ 一ㄡˊ）1 昆蟲。生活在水流附近，生命非常短促。成蟲的壽命大約一到二天，交配產卵後便死亡。2 比喻短暫的生命。

13/7
蛻
ㄊㄨㄟˋ (tuì) 蛻

㊔ 節肢動物或爬蟲類在生長期間脫下的皮。㊍ 1 脫去；掉落。如：蛻化。2 變化。如：蛻變。

【蛻變】（ㄊㄨㄟˋ ㄅ一ㄢˋ）1 節肢動物或爬蟲類在生長期間脫去皮或殼，而轉變成不同形態的現象。2 比喻人或事物的形質改變。㊕ 頑皮的小強在老師教導下，蛻變成乖巧又懂事的好學生。

13/7
蜓
ㄊ一ㄥˊ (tíng) 蜓

見「蜻蜓」。

13/7
蛾
ㄜˊ (é) 蛾

㊔ 昆蟲。身體肥大而布滿細毛，頭上有一對觸角。靜止不動時，翅膀打開左右平擺。多在夜間活動。

✽燈蛾、蠶蛾、飛蛾撲火

13/7
蜂
ㄈㄥ (fēng) 蜂

㊔昆蟲。種類很多，身體大小、顏色差異很大。具有一對複眼，尾巴有刺針。有些種類會過分工的社會生活。

【蜂蜜】ㄈㄥ ㄇㄧˋ 蜜蜂採取花中汁液所釀成的濃稠狀液體。有甜味，可供食用。

【蜂擁】ㄈㄥ ㄩㄥˇ 像蜂一樣擁擠。比喻眾多。也作「蜂湧」。㊟這家店經電視節目報導後，喜愛美食的客人便蜂擁而來。

✽工蜂、一窩蜂、招蜂引蝶

13/7
蜍 ㄔㄨˊ (chú)

見「蟾蜍」。

13/7
蜀 ㄕㄨˇ (shǔ)

㊕ 1 朝代名。(1)(221—263)三國時代劉備所建。史稱「蜀漢」。(2)(907—925)五代時王建所建。史稱「前蜀」。(3)(934—965)五代時孟知祥所建。史稱「後蜀」。2 四川的簡稱。

✽樂不思蜀、得隴望蜀

14/8
蜜 ㄇㄧˋ (mì)

㊔蜜蜂採取花液所釀成的稠狀物。可供食用或當作藥材。㊒甜美的。如：甜蜜。

【蜜月】ㄇㄧˋ ㄩㄝˋ 新婚後的第一個月。

【蜜蜂】ㄇㄧˋ ㄈㄥ 昆蟲。身體為黑褐色，布滿了細毛，前翅比後翅大。成群聚居在巢穴中，每個巢裡有女王蜂、雄蜂和工蜂三個層級。

✽花蜜、甜言蜜語、口蜜腹劍

虫

虫

14/8
蜚

ㄈㄟˇ (fěi) (名) 1 專門吃稻花的一種害蟲。2 中國傳說中的怪獸。形狀像牛，一出現天下就會發生嚴重的傳染病。

ㄈㄟ (fēi) (形) 沒有根據的；不實的。通「飛」。

【蜚短流長】(ㄈㄟ ㄉㄨㄢˇ ㄌㄧㄡˊ ㄔㄤˊ) 在眾人間流傳的閒話或謠言。(例) 學校裡關於小美的那些蜚短流長大家聽聽就算了，不要當真。

14/8
蜿

ㄨㄢ (wān)

見「蜿蜒」。

【蜿蜒】(ㄨㄢ ㄧㄢˊ) 1 蛇類爬行的樣子。2 彎曲延伸的樣子。(例) 沿著這條蜿蜒的小路一直走，就可以到達這次歌唱比賽的會場。

14/8
蜻

ㄑㄧㄥ (qīng)

見「蜻蜓」。

【蜻蜓】(ㄑㄧㄥ ㄊㄧㄥˊ) 昆蟲。頭部有一對大而圓凸的複眼，腹部細長，薄膜狀的大翅呈水平狀伸展。以捕食蚊蠅為生，是一種益蟲。

【蜻蜓點水】(ㄑㄧㄥ ㄊㄧㄥˊ ㄉㄧㄢˇ ㄕㄨㄟˇ) 雌蜻蜓用尾部點水的方式在水面上產卵。比喻對事情只接觸表面，而沒有深入體會。(例) 研究學問要深入，不可只是蜻蜓點水，否則便不能夠專精。

14/8
蜥

ㄒㄧ (xī)

見「蜥蜴」。

【蜥蜴】(ㄒㄧ ㄧˋ) 爬蟲類。有四肢，尾巴細長，身體表面有鱗片。生活在草叢中，以捕食昆蟲為生。俗稱「四

腳蛇」。

蜢 14/8 ㄇㄥˇ (měng)

見「蚱蜢」。

蜴 14/8 ㄧˋ (yì)

見「蜥蜴」。

蜘 14/8 ㄓ (zhī)

見「蜘蛛」。

【蜘蛛】ㄓ ㄓㄨ 節肢動物。分為頭胸部、腹部，有八隻腳；腹部圓形，能吐絲結網，以捕捉昆蟲。

蜒 14/8 ㄧㄢˊ (yán)

見「蜿蜒」。

蝕 14/8 ㄕˊ (shí)

動 1 太陽或月亮的光被遮住。通「食」。如：日蝕。2 損傷。如：侵蝕。3 虧損。如：蝕本。

✽腐蝕、偷雞不著蝕把米

蝨 15/9 ㄕ (shī)

名 昆蟲。體型小而沒有翅膀，呈橢圓形。寄生在人或動物身上吸食血液，會傳播疾病。如：頭蝨。

螂 15/9 ㄌㄤˊ (láng)

見「蟑螂」、「螳螂」。

蝣 15/9 ㄧㄡˊ (yóu)

見「蜉蝣」。

15/9
蝠 ㄈㄨˊ (fú)

見「蝙蝠」。

15/9
蝶 ㄉㄧㄝˊ (dié)

見「蝴蝶」。

✽撲蝶、彩蝶、招蜂引蝶

15/9
蝴 ㄏㄨˊ (hú)

見「蝴蝶」。

【蝴蝶 ㄏㄨˊ ㄉㄧㄝˊ】昆蟲。種類很多。頭上有觸角，翅膀上有美麗的顏色和花紋。

15/9
蝦 ㄒㄧㄚ (xiā)

㊔節肢動物。外殼半透明，尾部為扇狀，觸角細長。

ㄏㄚˊ (há)（限讀）見「蝦蟆」。

【蝦米 ㄒㄧㄚ ㄇㄧˇ】1外殼剝掉後晒乾的蝦肉。2小蝦子。

【蝦蟆 ㄏㄚˊ ˙ㄇㄚ】蛙的一種。體型像蟾蜍而較小，背部有黑點。也作「蛤蟆」。

15/9
蝟 ㄨㄟˋ (wèi)

㊔哺乳類。形狀似鼠而稍大。頭小，嘴尖，全身長有短而密的硬刺，遇到敵人時會全身蜷曲成球狀來保護自己。以捕食昆蟲和小動物為生。俗稱「刺蝟」。

15/9
蝸 ㄍㄨㄚ (guā)

見「蝸牛」。

【蝸牛】ㄍㄨㄚ ㄋㄧㄡˊ 軟體動物。具有螺旋形外殼，頭部有長、短觸角各一對。腹部有扁平寬大的足。爬行時會分泌黏液。以植物的莖葉為食物。

15/9
蝌
ㄎㄜ (kē)

丶 ㄇ ㄇ 中 虫 虫 虫 虫 虷 虷 蚪 蚪 蝌 蝌 蝌

見「蝌蚪」。

【蝌蚪】ㄎㄜ ㄉㄡˇ 蛙或蟾蜍的幼體。身體橢圓，有長尾巴。生活在水中，草食性。

15/9
蝗
ㄏㄨㄤˊ (huáng)

丶 ㄇ ㄇ 中 虫 虫 虫 虫 蚍 蚼 蚼 蝗 蝗 蝗 蝗

見「蝗蟲」。

【蝗蟲】ㄏㄨㄤˊ ㄔㄨㄥˊ 昆蟲。後腳強而有力，善於跳躍。吃植物為生，習慣一大群一起遷移，會嚴重危害農作物。

15/9
蝙
ㄅㄧㄢ (biān)

丶 ㄇ ㄇ 中 虫 虫 虫 虫 虫 蚧 蚧 蚧 蝙 蝙 蝙

見「蝙蝠」。

【蝙蝠】ㄅㄧㄢ ㄈㄨˊ 唯一能飛的哺乳類。頭部和身體長得像老鼠，四肢和尾部之間有飛膜。視力不好，靠體內發出的高頻音波引導自己飛行。習慣在夜間活動。

15/9
蝓
ㄩˊ (yú)

丶 ㄇ ㄇ 中 虫 虫 虫 蚧 蚧 蚧 蚧 蝓 蝓 蝓 蝓

見「蛞蝓」。

16/10
螢
ㄧㄥˊ (yíng)

丶 丷 丷 火 火 火 炏 炏 炏 炏 炏 烡 烡 螢 螢 螢

㊔ 昆蟲。體形橢圓而扁，尾部有發光器。生活在潮溼地區或溪河邊的草叢中，習慣晝伏夜出。俗稱「螢火蟲」、「火金姑」。

※流螢、飛螢、囊螢映雪

16/10
融
ㄖㄨㄥˊ (róng)

動 ①溶解。如：融化。②調和。如：水乳交融。形 和樂的樣子。如：其樂融融。

【融合】ㄖㄨㄥˊ ㄏㄜˊ 把幾種不同的事物合在一起。例 這幅畫融合各派風格，形成了自己的特色。

【融洽】ㄖㄨㄥˊ ㄑㄧㄚˋ 彼此的感情很好。例 小祥和班上的同學相處得很融洽。近 和諧。

【融融】ㄖㄨㄥˊ ㄖㄨㄥˊ ①和樂的樣子。例 乙班的班級氣氛和樂融融，就像一個大家庭。②形容暖和。例 春光融融，暖洋洋的太陽晒得人舒服極了。

【融會貫通】ㄖㄨㄥˊ ㄏㄨㄟˋ ㄍㄨㄢˋ ㄊㄨㄥ 將各種知識或道理加以整合，做全面而徹底的理解。例 讀書要能融會貫通是最重要的。近 心領神會。反 生吞活剝。

※圓融、通融、消融

16/10
螃
ㄆㄤˊ (páng)

見「螃蟹」。

【螃蟹】ㄆㄤˊ ㄒㄧㄝˋ 蟹的俗稱。

16/10
螟
ㄇㄧㄥˊ (míng)

名 昆蟲。一種專門吸食稻作的汁液，使稻子枯死的有害蟲類。如：螟蛾。

16/10
螓
ㄑㄧㄣˊ (qín)

名 蟬的一種。頭方正，額頭寬廣，鳴聲清亮。

螞

16/10

ㄇㄚˇ(mǎ)見「螞蟻」。

ㄇㄚˋ(mà)（限讀）見「螞蚱」。

【螞蟻 ㄇㄚˇ ㄧˇ】蟻的通稱。

【螞蚱 ㄇㄚˋ ˙ㄓㄚ】北方人對蝗蟲的稱呼。

辨析 「螞蚱」在口語中應讀作ㄇㄚˋ ˙ㄓㄚ。

螯

17/11

ㄠˊ(áo)

名 螃蟹等節肢動物的第一對腳。前端的形狀像鉗子，用來獵取食物或保護自己。

蟄

17/11

ㄓˊ(zhí)

動 蟲類冬眠躲在洞穴裡，不吃不動。

【蟄伏 ㄓˊ ㄈㄨˊ】1 蟲類冬眠藏在土中。2 比喻人躲藏起來或隱居。例 那位歌星蟄伏數年後，終於推出新專輯。

【蟄居 ㄓˊ ㄐㄩ】隱居。例 他退休後，蟄居在山區裡研究學問。

螫

17/11

ㄓㄜ(zhē)

動 蛇、蟲等用毒牙或尾針刺傷人或動物。如：被蠍子螫了一下。

蟑

17/11

ㄓㄤ(zhāng)

見「蟑螂」。

【蟑螂 ㄓㄤ ㄌㄤˊ】昆蟲。身體扁平，有細長的觸角，腳長而多刺。喜歡棲息在潮溼陰暗的地方。

17/11
蟀
ㄕㄨㄞˋ (shuài)

見「蟋蟀」。

17/11
螳
ㄊㄤˊ (táng)

見「螳螂」。

【螳螂】（ㄊㄤˊ ㄌㄤˊ）昆蟲。頭呈三角形，前腳的形狀像鐮刀，用以捕捉獵物。身體顏色和生活環境相近，能隨著季節變色。

【螳臂當車】（ㄊㄤˊ ㄅㄧˋ ㄉㄤ ㄔㄜ）螳螂舉起雙臂企圖阻擋車子。比喻自不量力。也作「螳臂擋車」。例哥哥是跆拳道高手，叫我跟他對打簡直是螳臂當車。近以卵擊石。反量力而為。

【螳螂捕蟬，黃雀在後】（ㄊㄤˊ ㄌㄤˊ ㄅㄨˇ ㄔㄢˊ ㄏㄨㄤˊ ㄑㄩㄝˋ ㄗㄞˋ ㄏㄡˋ）比喻只注意眼前的小利益，而沒有想到隨之而來的禍患。例他老愛貪小便宜，卻不知螳螂捕蟬，黃雀在後，哪天被詐騙集團盯上就慘了。

17/11
螻
ㄌㄡˊ (lóu)

見「螻蛄」。

【螻蛄】（ㄌㄡˊ ㄍㄨ）昆蟲。身體呈圓柱形，背部為茶色，腹面為灰黃色；頭尖，前肢為鏟狀，善於挖土。常破壞稻麥的幼根，是一種害蟲。生活在潮溼的地下，習慣晝伏夜出。

17/11
蟒
ㄇㄤˇ (mǎng)

名 爬蟲類。產於熱帶河邊的大蛇，無毒。捕食時，以身體纏繞獵物使其窒息而死。身體可長達六公尺以上，外表有明顯的暗褐色橢圓形環狀花紋。俗稱「蟒蛇」。

17/11
蟆
ㄇㄚˊ (má)

名 1 像蚊子的黑色小蟲。2 見「蝦蟆」。

17/11
蟈
ㄍㄨㄛ (guō)

名 1 蛙的別名。2 見「蟈蟈兒」。

【蟈蟈兒】ㄍㄨㄛ ㄍㄨㄛ ㄦ 北方人對螽斯的稱呼。

辨析 在口語中，應讀為ㄍㄨㄛ ˙ㄍㄨㄛ ㄦ。

17/11
螺
ㄌㄨㄛˊ (luó)

名 1 軟體動物。身體外有錐形或紡錘形的硬殼，殼上有迴旋的花紋。種類很多，有些可供食用。2 泛指螺旋形的東西。如：螺帽。

【螺絲釘】ㄌㄨㄛˊ ㄙ ㄉㄧㄥ 1 連接或固定物體的零件，上有螺旋形紋路。2 比喻平凡但不可或缺的人物。例 每個人就像是社會裡的小螺絲釘，雖然小卻有它的用處。

❀田螺、陀螺、法螺

17/11
蟋
ㄒㄧ (xī)

見「蟋蟀」。

【蟋蟀】ㄒㄧ ㄕㄨㄞˋ 昆蟲。頭上有一對細長的觸角，後腳強而有力，善於跳躍。雄蟲兩翅互相摩擦時會發出聲響。喜歡吃草木的幼根，是一種害蟲。又稱「促織」、「蛐蛐兒」。

17/11
螽
ㄓㄨㄥ (zhōng)

名 蝗蟲類的總名。

虫

【螽斯】(ㄓㄨㄥ ㄙ) 昆蟲。外形像蝗蟲。通常為綠色或褐色。頭部有細長的觸角，後腿發達，善於跳躍。雄蟲能摩擦前翅以發出聲響。

18/12
蟳
ㄒㄩㄣˊ (xún)

㊔蟹的一種。有青色的外殼，生活在海中。

18/12
蟯
ㄖㄠˊ (ráo)

見「蟯蟲」。

【蟯蟲】(ㄖㄠˊ ㄔㄨㄥˊ) 圓形動物。是一種寄生蟲。寄生在大腸中，吸取宿主的營養，雌蟲會在夜間爬出來產卵，引起肛門發癢。以兒童最容易被感染。

18/12
蟬
ㄔㄢˊ (chán)

㊔昆蟲。種類很多。以吸食樹汁為生。有兩對薄而透明的翅膀，雄蟲的腹部有發音器，夏秋時會鳴叫。幼蟲藏在土中，時間長達數年。蛻變時所脫下的外殼可當作藥材。又稱「知了」。

【蟬聯】(ㄔㄢˊ ㄌㄧㄢˊ) 再度當選或再次獲得某種成就、地位。㊟小景非常認真負責，所以連續兩年蟬聯班長。

✽金蟬脫殼、噤若寒蟬

18/12
蟲
ㄔㄨㄥˊ (chóng)

㊔[1]泛指較小型的無脊椎動物。如：昆蟲。[2]泛指動物。如：爬蟲。[3]用來比喻有某種不好的特質的人。如：懶惰蟲。

【蟲害】(ㄔㄨㄥˊ ㄏㄞˋ) 害蟲對農作物所造成的災害。

※米蟲、益蟲、雕蟲小技

19/13
蟻
ㄧˇ (yǐ)

丶 口 中 虫 虫 虫 虻 虻 蛘 蛘 蛘 蛘 蛘 蛘 蟻 蟻 蟻 蟻

名 昆蟲。身體分頭、胸、腹三部分。採群居生活的方式，分為蟻后、工蟻、兵蟻等。種類很多。

19/13
蠍
ㄒㄧㄝ (xiē)

丶 口 口 中 虫 虫 虫 虫 蚂 蚂 蝎 蝎 蝎 蝎 蝎 蝎 蝎 蠍 蠍

名 節肢動物。頭部有一對鉗，胸部有四對腳，尾部末端有毒鉤，用來防衛或捕食。多在夜間活動。

19/13
蠅
ㄧㄥˊ (yíng)

丶 口 口 中 虫 虫 虫 虫 虫 虫 蚆 蚆 蚆 蠅 蠅 蠅 蠅 蠅 蠅

名 昆蟲。頭上有一對很大的複眼，翅膀薄而透明。繁殖能力很強，是一種會傳播疾病的害蟲。如：蒼蠅。

【蠅營狗苟】(ㄧㄥˊ ㄧㄥˊ ㄍㄡˇ ㄍㄡˇ) 像蒼蠅一樣追逐腐敗的食物，像狗一樣苟且覓食。比喻人不知廉恥的追求私利。例 小王為人正直，從來不做蠅營狗苟的事，所以他受到大家的信任。

19/13
蟾
ㄔㄢˊ (chán)

丶 口 口 中 虫 虫 虫 虫 虫 虫 蚧 蚧 蜂 蟾 蟾 蟾 蟾 蟾 蟾

名 1 蟾蜍的簡稱。2 因傳說月亮中有蟾蜍，而用來代稱月亮。如：銀蟾。

【蟾蜍】(ㄔㄢˊ ㄔㄨˊ) 兩棲動物。長得像蛙，但體型比較大。皮膚上有許多凸起的小肉瘤。會分泌毒液。

19/13
蟹
ㄒㄧㄝˋ (xiè)

丶 ㄅ 户 角 角 角 角 角 角 角 角 角 解 解 解 解 解 蟹 蟹

名 節肢動物。全身有硬殼，有一對螯和四對腳。只能橫著爬行。種類

虫

很多，有些可供食用。俗稱「螃蟹」。
✽毛蟹、寄居蟹、蝦兵蟹將

蠔 20/14 ㄏㄠˊ (háo)
名 牡蠣的別名。如：生蠔。

蠕 20/14 ㄖㄨˊ (rú)
動 蟲類緩慢爬行。如：蠕動。
【蠕動 ㄖㄨˊ ㄉㄨㄥˋ】1 像蟲一樣的緩慢爬行。2 管狀器官藉著肌肉的運動，使其內的物質向前推進。

蠢 21/15 ㄔㄨㄣˇ (chǔn)
形 笨。如：蠢蛋。動 蟲在爬動。如：蠢動。
【蠢蠢欲動 ㄔㄨㄣˇ ㄔㄨㄣˇ ㄩˋ ㄉㄨㄥˋ】比喻企圖想做什麼事。例 新奇的玩具擺滿了整個房間，小朋友們全都興奮得蠢蠢欲動。

蠡 21/15
ㄌㄧˊ (lí) 名 用瓠瓜做成的水瓢。如：以蠡測海。
ㄌㄧˇ (lǐ) 動 蟲子蛀食木頭。

蠣 21/15 ㄌㄧˋ (lì)
見「牡蠣」。

蠟 21/15 ㄌㄚˋ (là)
名 從動、植物或礦物等提煉出來的

油性物質。通常用來照明或增加物體表面的光澤。如：打蠟。(形)用蠟做成的。如：蠟燭。

【蠟像】(ㄌㄚˋ ㄒㄧㄤˋ) 用蠟做成的塑像。

❋上蠟、封蠟、味如嚼蠟

23/17

蠱

ㄍㄨˇ (gǔ)

(名)人工培養用來害人的毒蟲。泛指所有害人的東西。如：蠱毒。(動)迷惑。如：蠱惑。

24/18

蠹

ㄉㄨˋ (dù)

(名)蛀蟲。通常以書本、木頭或衣服為食物。如：書蠹。(動)蛀蝕。如：戶樞不蠹。

24/18

蠶

ㄘㄢˊ (cán)

(名)昆蟲。吃桑葉，經過四次蛻皮後，會吐絲作繭將自己包住，變成蛹，破繭之後便化成蛾。蠶絲的顏色呈黃或白，是紡織業重要原料之一。

【蠶食鯨吞】(ㄘㄢˊ ㄕˊ ㄐㄧㄥ ㄊㄨㄣ) 像蠶一樣慢慢的小口吃，像鯨魚一樣大口大口的吞。比喻利用各種不同的手段，侵占別國的領土或他人的財物。(例)滿清末年，西方列國對中國的土地蠶食鯨吞。

24/18

蠵

ㄒㄧ (xī)

(名)一種大龜。如：綠蠵龜。

25/19
蠻 ㄇㄢˊ (mán)

名 古代對南方民族的泛稱。如：南蠻。形 1 霸道；不講理。如：野蠻。2 落後的；未開化的。如：蠻荒。副 很；非常。如：蠻好的。

【蠻橫】ㄇㄢˊ ㄏㄥˋ 態度強硬、不講理。例 弟弟生氣的時候非常蠻橫，怎麼勸都不聽。近 霸道。

血部 ㄒㄧㄝˇ

6/0
血 ㄒㄧㄝˇ (xiě)

ノ 亻 白 白 皿 血

名 在動物體內循環流動的紅色液體。由紅血球、白血球、血小板和血漿所組成。如：鮮血。形 1 有血緣關係的。如：血親。2 剛強的；激烈的。如：血性男兒。

【血型】ㄒㄧㄝˇ ㄒㄧㄥˊ 血液的類型。主要可以分成A、B、O、AB四種。是輸血或鑑定親子關係時的重要依據。

【血清】ㄒㄧㄝˇ ㄑㄧㄥ 血液凝固後，從血漿分離出來的清澄液體。具有免疫和維持酸鹼平衡等作用。

【血球】ㄒㄧㄝˇ ㄑㄧㄡˊ 血液中的球狀成分，有紅血球和白血球兩種。

【血腥】ㄒㄧㄝˇ ㄒㄧㄥ 血液腥臭的氣味。比喻手段凶殘或屠殺慘烈。例 這部電影的場面太血腥，不適宜兒童觀賞。

【血管】ㄒㄧㄝˇ ㄍㄨㄢˇ 血液流通的管道。有動脈、靜脈和微血管三種。

【血壓】ㄒㄧㄝˇ ㄧㄚ 心臟收縮及舒張時，血液對血管壁產生的壓力。正常人的收縮壓約一一〇到一二〇公釐水銀柱，舒張壓約七〇到八〇公釐水銀柱。

【血淋淋】(ㄒㄧㄝˇ ㄌㄧㄣˊ ㄌㄧㄣˊ) 1鮮血一直流的樣子。例戰場上一片血淋淋，讓人看了不禁落淚。2形容非常嚴酷、慘痛。例這場車禍，就是給酒醉駕車的人一個血淋淋的教訓。

【血口噴人】(ㄒㄧㄝˇ ㄎㄡˇ ㄆㄣ ㄖㄣˊ) 用惡毒的話或謊話冤枉別人、陷害別人。例阿坤為了逃避責任，竟然血口噴人，把罪過都推到別人身上。

【血流如注】(ㄒㄧㄝˇ ㄌㄧㄡˊ ㄖㄨˊ ㄓㄨˋ) 形容流血很多的樣子。例妹妹今天不小心從樓梯上摔下來，額頭立刻血流如注。

✽冷血、混血、一針見血

21/15

衊

ㄇㄧㄝˋ (miè)

名汙血。動編造罪名陷害他人。如：誣衊。

行部

行

6/0

ㄒㄧㄥˊ (xíng) 名1書法字體的一種。如：行書。2古代詩體的一種。如：琵琶行。形能幹。如：他真行。動1走動。如：步行。2流通各處。如：發行。3做；從事。如：行善。4可以。如：這樣做行不行。

ㄒㄧㄥˋ (xìng) 名行為舉止。如：德行。

ㄏㄤˊ (háng) 名1直排。如：行列。2次序；輩分。如：排行。3店鋪；營業的地方。如：茶行。4職業。如：三百六十行。量計算直排的人或物的單位。如：兩行樹木。

【行李】(ㄒㄧㄥˊ ㄌㄧˇ) 外出時所帶的衣服和物品。近行囊。

行

【行星】沿著橢圓形的軌道，繞著恆星運行的星球。如：地球、金星、火星等。

【行為】表現在外的舉止行動。㊀在公車上讓座給老弱婦孺，是一種值得稱讚的行為。

【行家】對某種事物非常專門的人。㊃內行人。

【行書】一種介於楷書和草書之間的字體。寫起來比楷書方便，又比草書容易辨認。

【行動】①走動。㊀阿凱自從跌傷了腿之後，行動就一直不太方便，上下樓梯都需要同學幫忙。②行為舉動。㊀對於小華作弊的事，班上同學決定採取行動，告訴老師。

【行駛】駕駛車、船、飛機等交通工具。㊀行駛在高速公路上時，要與前車保持安全距離。

【行竊】偷東西。㊀小偷趁著屋主不在家的時候，溜進屋裡行竊。

【行屍走肉】比喻沒有生活理想的人。㊀小優既沒有夢想，也沒有笑容，活得像行屍走肉。

✽流行、寸步難行、禍不單行

9/3
衍
ㄧㄢˇ (yǎn)

㊁擴展；延伸。如：繁衍。㊇多餘的。如：衍文。

【衍生】連帶產生；引發出。㊀這個興建停車場的計畫會衍生出那麼多問題，是當初誰都沒想到的。

✽推衍、敷衍、曼衍

11/5
術
ㄕㄨˋ (shù)

㊂①技藝。如：武術。②方法；策略。如：戰術。

【術語】學術上的專門用語。㊀這篇文章使用了許多醫學上的術

語，讓很多人都看不懂。
✽醫術、學術、分身乏術

12/6
街 ㄐㄧㄝ (jiē)

名 [1] 一般馬路。如：大街小巷。[2] 某種行業集中的商業區。如：小吃街。

【街道】ㄐㄧㄝ ㄉㄠˋ 可以讓人車通行的路。

【街頭巷尾】ㄐㄧㄝ ㄊㄡˊ ㄒㄧㄤˋ ㄨㄟˇ 泛指街巷的各個地方。例 選舉的時候，街頭巷尾到處都是宣傳的旗子跟海報，看起來顯得十分凌亂。

✽逛街、上街、老街

13/7
衙 ㄧㄚˊ (yá)

名 古代官員的辦公處。如：衙門。

15/9
衛 ㄨㄟˋ (wèi)

名 擔任守護工作的人。如：警衛。

動 保護；防守。如：保家衛國。

【衛生】ㄨㄟˋ ㄕㄥ 用健康常識來保護身體、預防疾病。例 這間自助餐廳既衛生又好吃，難怪生意很好。

【衛星】ㄨㄟˋ ㄒㄧㄥ [1] 繞著行星轉的天體。[2] 人造衛星的簡稱。

【衛冕】ㄨㄟˋ ㄇㄧㄢˇ 在比賽中繼續保持優勝的地位。例 這項比賽的競爭非常激烈，想要衛冕冠軍並不是一件容易的事。

✽自衛、防衛、捍衛

15/9
衝

ㄔㄨㄥ (chōng) 名 重要的交通位置。如：要衝。動 [1] 向前闖。如：衝向前方。[2] 直立起來；向上頂。如：

怒髮衝冠。3猛烈的衝撞。如：衝擊。

ㄔㄨㄥˋ (chòng) 形 強烈；激烈。如：說話很衝。副 對；向。如：衝著大家一笑。

【衝突】ㄔㄨㄥ ㄊㄨˊ 因為意見不同而發生爭執。例 爸爸喜歡看動作片，媽媽喜歡看愛情片，每次要看電影時，兩人都會發生小衝突。

【衝動】ㄔㄨㄥ ㄉㄨㄥˋ 沒有經過思考的情緒或行為。例 小阿姨因為一時的衝動，在百貨公司大特價時買了許多不必要的東西回來。

【衝鋒陷陣】ㄔㄨㄥ ㄈㄥ ㄒㄧㄢˋ ㄓㄣˋ 形容作戰非常英勇。例 我們最愛聽爺爺講他年輕時在戰場上衝鋒陷陣的故事。

❋緩衝、橫衝直撞、首當其衝

16/10

衡

ㄏㄥˊ (héng)

名 1車轅前端的橫木。如：衡木。2即「秤」。量輕重的工具。如：度量衡。形 均勻；平正。如：均衡。動 稱重量。引申為考慮、斟酌。如：衡量。

【衡量】ㄏㄥˊ ㄌㄧㄤˊ 考慮；思量。例 經過再三的衡量，小芬終於決定要參加畢業旅行了。近 斟酌。

❋平衡、抗衡、失衡

24/18

衢

ㄑㄩˊ (qú)

名 四通八達的大路。如：衢道。

衣部

6/0

衣

丶 亠 ナ 衣 衣

ㄧ (yī) 名 1穿在身上的服裝。如：

衣服。②包在物體外的一層東西。如：糖衣。

一ˋ (yì) 動 穿上服裝。如：衣錦還鄉。

【衣缽】ㄧ ㄅㄛ 泛指上一輩或師長所傳下的學問、技能。例 小如繼承了父親的衣缽，成為知名的裁縫師傅。

【衣裳】ㄧ ㄕㄤ˙ 衣服。

【衣衫襤褸】ㄧ ㄕㄢ ㄌㄢˊ ㄌㄩˇ 形容衣服非常的破爛。例 那個衣衫襤褸的流浪漢在冬天的寒風裡冷得發抖。

【衣錦還鄉】ㄧˋ ㄐㄧㄣˇ ㄏㄨㄢˊ ㄒㄧㄤ 在外地獲得成功後，光榮的返回故鄉。例 跆拳道選手贏得了奧運金牌之後，風光的衣錦還鄉。

✽天衣無縫、錦衣玉食

7/2 初 ㄔㄨ (chū)

初

名 開始。如：起初。形 ①第一次；第一個。如：初戀。②原先的。如：初衷。副 第一次的；剛剛開始的。如：初出茅廬。

【初出茅廬】ㄔㄨ ㄔㄨ ㄇㄠˊ ㄌㄨˊ 比喻剛進入社會，沒有工作經驗。例 雖然只是初出茅廬的年輕人，但小華認真勤快的態度，很受老闆的肯定。

✽大病初癒、悔不當初

8/3 衫 ㄕㄢ (shān)

衫

名 ①衣服的通稱。如：青衫。②上衣。如：襯衫。

✽汗衫、運動衫、衣衫不整

8/3 表 ㄅㄧㄠˇ (biǎo)

表

名 ①事物外在的一面或最外層的部分。如：外表。②模範。如：為人師表。③姑、舅、姨方面的親戚。如：表妹。④將事物分格、分類的文書。如：課表。⑤測量的工具。

通「錶」。如：電表。【形】外在的；最外層的。如：表面。【動】顯示。如：表明。

【表決】(ㄅㄧㄠˇ ㄐㄩㄝˊ) 開會時，決定議案是否能通過的一種程序。有舉手、投票、唱名等方式。

【表情】(ㄅㄧㄠˇ ㄑㄧㄥˊ) 臉上顯現出的神情。

【表現】(ㄅㄧㄠˇ ㄒㄧㄢˋ) 將想法、感情或能力顯露出來。【例】小方在音樂課上表現得特別出色。

【表演】(ㄅㄧㄠˇ ㄧㄢˇ) 把事物的特性或內容用聲音、動作等表現出來，讓人欣賞或學習。【例】那齣戲表演得非常成功，觀眾全都拍手叫好。

【表裡不一】(ㄅㄧㄠˇ ㄌㄧˇ ㄅㄨˋ ㄧ) 外在言行和內心思想不一致。【例】小芳明明討厭阿強，卻裝出很親切的樣子，真是表裡不一。

✽發表、出人意表、虛有其表

衰 10/4

ㄕㄨㄞ (shuāi) 【動】由強變弱。如：衰老。

ㄘㄨㄟ (cuī) 【名】用粗麻做成的喪服。

【衰老】(ㄕㄨㄞ ㄌㄠˇ) 隨著年紀變大而體力變差。【例】爺爺已經漸漸衰老，無法像從前那樣精力充沛。【反】青春。

【衰退】(ㄕㄨㄞ ㄊㄨㄟˋ) 逐漸變差。【例】這支棒球隊今年的成績衰退很多，恐怕會遭到解散。

✽盛衰、興衰、年老色衰

衷 10/4

ㄓㄨㄥ (zhōng)

【名】內心。如：言不由衷。【形】真誠的；發自內心的。如：衷情。

【衷心】(ㄓㄨㄥ ㄒㄧㄣ) 發自內心。【例】大家衷心的祝福老師健康快樂。

✽苦衷、初衷、熱衷

袂 9/4 ㄇㄟˋ (mèi)
、 ㄋ 礻 衤 衤 衤 衤 袂 袂

(名) 衣袖。如：連袂。

袁 10/4 ㄩㄢˊ (yuán)
一 十 土 土 吉 吉 声 袁 袁 袁

(專) 姓。

袞 10/5 ㄍㄨㄣˇ (gǔn)
、 亠 广 六 六 六 六 袞 袞 袞

(名) 古代的禮服。如：龍袞。(形) 眾多的樣子。如：袞袞諸公。

袒 10/5 ㄊㄢˇ (tǎn)
、 ㄋ 礻 衤 衤 衤 衵 袒 袒 袒

(動) 1 解開衣服，讓身體露出來。如：袒胸露背。2 表白。如：袒露心情。3 偏心。如：偏袒。

【袒護】ㄊㄢˇ ㄏㄨˋ 偏心的維護。(例) 老師應該公平，不可袒護個別的學生。

袖 10/5 ㄒㄧㄡˋ (xiù)
、 ㄋ 礻 衤 衤 衤 衵 衵 袖 袖

(名) 衣服從肩膀到手腕的部分。如：短袖。

【袖珍】ㄒㄧㄡˋ ㄓㄣ 原指可以放在袖子裡把玩的東西。後用來形容事物小巧。(近) 迷你。

【袖手旁觀】ㄒㄧㄡˋ ㄕㄡˇ ㄆㄤˊ ㄍㄨㄢ 比喻置身事外，不想幫忙。(例) 同學有困難的時候，大家要盡量幫忙，不應該袖手旁觀。

✽領袖、拂袖而去、兩袖清風

袍 10/5 ㄆㄠˊ (páo)
、 ㄋ 礻 衤 衤 衤 衪 袍 袍 袍

(名) 泛指一般的長衣服。如：睡袍。

✽同袍、浴袍、旗袍

被 10/5
、 ㄋ 礻 衤 衤 衤 衤 衤 被 被

ㄅㄟˋ (bèi) (名) 睡覺時蓋在身上保暖的東西。如：棉被。(助) 遭受；受到。如：被打。

ㄆㄧ (pī) 通「披」。(動) 1 穿著。2 披散。如：被髮。

【被迫】ㄅㄟˋ ㄆㄛˋ 被外在的力量所勉強，去做自己不想做的事。例因為大水沖毀了家園，村民們只好被迫搬家。反自願。

【被動】ㄅㄟˋ ㄉㄨㄥˋ 受到外力影響才有所行動。例被動的妹妹連寫作業也要媽媽提醒。反自動。

11/5

袈

ㄐㄧㄚ (jiā) フ カ か 加 加 加 加 加 袈 袈 袈 袈

見「袈裟」。

【袈裟】ㄐㄧㄚ ㄕㄚ 出家人所穿的法衣。

11/5

袋

ㄉㄞˋ (dài) ノ イ 仁 代 代 代 代 代 袋 袋 袋

名用來裝東西的物品。將裡外分隔，只留一個開口。如：口袋。量計算袋裝物品的單位。如：一袋麵粉。

【袋鼠】ㄉㄞˋ ㄕㄨˇ 哺乳類。草食性。前腳短小，後腿強而有力，擅長跳躍。雌袋鼠的腹部有一個育兒袋，提供給小袋鼠發育哺乳的環境。

❋紙袋、腦袋、手提袋

11/6

袱

ㄈㄨˊ (fú) 丶 ㇇ 衤 衤 衤 衤 衤 袱 袱 袱 袱

名包東西的布。如：包袱。

12/6

裁

ㄘㄞˊ (cái) 一 十 土 丰 丰 丰 丰 裁 裁 裁 裁 裁

名形式；體制。如：體裁。動1用利器將物品割開。如：裁衣服。2殺。如：自裁。3減少。如：裁軍。4決定；判斷。如：裁決。

【裁判】ㄘㄞˊ ㄆㄢˋ 1決定比賽或是訴訟的勝負。2在比賽中執行規則、判決勝負的人。

【裁決】ㄘㄞˊ ㄐㄩㄝˊ 判斷決定。例經過評審裁決，這場比賽是由中華隊獲勝。

【裁縫】一ㄘㄞˊ ㄈㄥˊ 製作衣服。例奶奶對裁縫很在行，身上的衣服都是她自己做的。二ㄘㄞˊ ˙ㄈㄥ

做衣服的人。

✽制裁、剪裁、別出心裁

12/6
裂 ㄌㄧㄝˋ (liè)

一 ㄏ ㄌ ㄌ 歹 列 列 列 列 裂 裂 裂

㊀動 分離；破壞。如：割裂。

【裂痕】ㄌㄧㄝˋ ㄏㄣˊ 1 物品破裂的痕跡。2 比喻感情的不和諧。㊀例 經過這次的爭吵，小忠和美惠兩個人的感情已出現了裂痕。

【裂開】ㄌㄧㄝˋ ㄎㄞ 破裂分開。㊀例 開刀後應多休息，以免傷口裂開。㊀反 癒合。

✽破裂、四分五裂、天崩地裂

12/7
裟 ㄕㄚ (shā)

、 ⺀ ⺀ 氵 氵 沙 沙 沙 沙 娑 裟 裟

見「袈裟」。

12/7
裙 ㄑㄩㄣˊ (qún)

、 ⺈ 衤 衤 衤 衤 衤 衤 衤 衤 衤 裙

㊀名 穿在腰部以下的服裝。如：裙子。

✽長裙、圍裙、迷你裙

12/7
補 ㄅㄨˇ (bǔ)

、 ⺈ 衤 衤 衤 衤 衤 衤 衤 衤 補 補

㊀名 1 幫助。如：於事無補。2 滋養。如：冬令進補。㊀動 1 將損壞的地方修好。如：縫補。2 事後把不足的部分添足。如：補充。

【補充】ㄅㄨˇ ㄔㄨㄥ 補足不夠的地方。㊀例 老師在上課時，經常為同學補充一些課外知識。

【補償】ㄅㄨˇ ㄔㄤˊ 補足或償還他人的損失。㊀例 玲玲不小心撞壞隔壁鄰居的機車，只好拿二千元來補償對方。

✽彌補、亡羊補牢、勤能補拙

12/7
裡 ㄌㄧˇ (lǐ)

、 ⺈ 衤 衤 衤 衤 衤 衤 衤 衤 裡 裡

㊀名 1 泛指內部。如：表裡。2 指在某個地方或在某段時間中。如：這裡。

【裡應外合】（ㄌㄧˇ ㄧㄥˋ ㄨㄞˋ ㄏㄜˊ）外面攻打，裡面接應。指內外串通。㊄小偷和內部的員工裡應外合，搬光了整間店的珠寶。

✽懷裡、死裡逃生、表裡如一

裕

12/7 ㄩˋ (yù)

㊇充足；豐富。如：充裕。㊉使富足。如：富國裕民。

✽餘裕、寬裕、優裕

裔

13/7 ㄧˋ (yì)

㊔後代子孫。如：後裔。

裘

13/7 ㄑㄧㄡˊ (qiú)

㊔皮衣。如：輕裘。

✽克紹箕裘、集腋成裘

裝

13/7 ㄓㄨㄤ (zhuāng)

㊔①衣服。如：西裝。②行李。如：整裝待發。③書本裝訂或貨物包裝的方式。如：精裝。㊉①修飾；打扮。如：裝扮。②扮演；作假。如：假裝。③將物品放入。如：裝箱。④安放配置。如：安裝。

【裝扮】（ㄓㄨㄤ ㄅㄢˋ）修飾打扮。㊄為了參加頒獎典禮，她用心的裝扮了一番。

【裝飾】（ㄓㄨㄤ ㄕˋ）①裝扮修飾。②泛指有修飾功能的物品。㊄老師在辦公桌上擺了一個小盆栽作裝飾。

【裝潢】（ㄓㄨㄤ ㄏㄨㄤˊ）①指房屋內部的設計及布置。㊄這間咖啡廳的裝潢十分雅緻，吸引很多客人上門。②布置；裝飾。㊄那間餐廳重新裝潢後，準備下週開始營業。㊈裝修。

【裝神弄鬼】(ㄓㄨㄤ ㄕㄣˊ ㄋㄨㄥˋ ㄍㄨㄟˇ) 假裝神鬼或藉神鬼的名義來欺騙人。㊄社會上有許多裝神弄鬼的騙子，專門欺騙迷信又無知的民眾。

【裝模作樣】(ㄓㄨㄤ ㄇㄛˊ ㄗㄨㄛˋ ㄧㄤˋ) 形容態度做作不自然。㊄阿強在國文老師進教室之後，立刻裝模作樣的讀起書來。

✽偽裝、改裝、盛裝

裊

13/7 ㄋㄧㄠˇ (niǎo) 裊

㊁柔軟細長的樣子。如：裊娜。㊀繚繞。如：裊繞。

【裊裊】(ㄋㄧㄠˇ ㄋㄧㄠˇ) 1形容音樂悠揚動聽。㊄音樂教室裡傳來一陣裊裊的鋼琴聲。2形容煙霧繚繞上升的樣子。㊄這間廟宇的香客眾多，整天都香煙裊裊。

裹

14/8 ㄍㄨㄛˇ (guǒ) 裹

㊔包起來的東西。如：包裹。㊀纏繞包紮。如：裹腳。

【裹足不前】(ㄍㄨㄛˇ ㄗㄨˊ ㄅㄨˋ ㄑㄧㄢˊ) 停住腳步，不敢向前走。比喻因猶豫或有所顧慮而不敢去做。㊄雖然這間餐廳很有名氣，但是它過於昂貴的價格卻使得許多人裹足不前。㊅勇往直前。

裱

13/8 ㄅㄧㄠˇ (biǎo) 裱

㊀將紙或布貼在字畫背面做襯底。如：裱背。

褂

13/8 ㄍㄨㄚˋ (guà) 褂

㊔穿在最外面的衣服。如：馬褂。

衣

13/8
裾
ㄐㄩ (jū)

㊔ 衣服的前襟或後襟。如：裙裾。

13/8
褚
ㄔㄨˇ (chǔ)

㊍ 把棉絮裝到衣服的夾層中。如：褚衣。

13/8
裸
ㄌㄨㄛˇ (luǒ)

㊊ 光著身體的。如：裸照。㊍ 光著身體。如：全裸。

13/8
裨
ㄅㄧˋ (bì) ㊍ 增補；添加。如：裨補。

ㄆㄧˊ (pí) ㊊ 副的。如：裨將。

【裨益】ㄅㄧˋ ㄧˋ 助益；幫助。㊐ 運動對健康有很大的裨益。

14/8
裳
ㄔㄤˊ (cháng) ㊔ 下半身的服裝。也泛指服裝。如：霓裳。

·ㄕㄤ (shang) (限讀) 見「衣裳」。

14/8
裴
ㄆㄟˊ (péi)

㊕ 姓。

14/8
製
ㄓˋ (zhì)

㊔ 文章；作品。如：長篇鉅製。㊍ 造；作。如：製造。

【製作】ㄓˋ ㄗㄨㄛˋ 設計並造出。㊐ 陳師傅花了一天的時間，製作出一個超級大蛋糕。

【製造】ㄓˋ ㄗㄠˋ 用原料或半成品做成完整的成品。㊐ 這些電器產品是在日本製造的。

✽特製、複製、粗製濫造

褒 15/9

ㄅㄠ (bāo)

動 讚美；獎勵。如：褒揚。

【褒獎】ㄅㄠ ㄐㄧㄤˇ 讚美獎勵。例 校長在朝會時褒獎了拾金不昧的同學。

褐 14/9

ㄏㄜˊ (hé)

名 用粗毛線或粗麻做成的衣服。如：短褐。形 黃黑色。如：褐色毛衣。

複 14/9

ㄈㄨˋ (fù)

形 1 重疊；相同。如：重複。2 數量多。如：複雜。

【複眼】ㄈㄨˋ ㄧㄢˇ 由許多小眼睛構成的大眼睛。對物體的移動非常敏感。為昆蟲、蝦、蟹等的視覺器官。

【複習】ㄈㄨˋ ㄒㄧˊ 溫習已經學過的知識或技能。例 小敏每天晚上都會複習白天上過的課程內容。反 預習。

【複製】ㄈㄨˋ ㄓˋ 造出和原物品一模一樣的東西。例 他是複製名畫的高手。

【複雜】ㄈㄨˋ ㄗㄚˊ 不單純；不簡單。例 這道題目很複雜，幾乎沒有人答對。

褓 14/9

ㄅㄠˇ (bǎo)

名 包嬰兒的小被子。如：襁褓。

褲 15/10

ㄎㄨˋ (kù)

名 穿在下半身，有襠的衣物。如：短褲。

褪 15/10

ㄊㄨㄣˋ (tùn)

㊀動 1 脫掉衣服。如：褪衣。2 消失；消去。如：褪色。

【褪色】(ㄊㄨㄣˋ ㄙㄜˋ) 顏色消失或變淡。㊀例 媽媽那條昂貴的紅色裙子洗過後就褪色了，讓她十分難過。

15/10

褥

ㄖㄨˋ (rù)

㊀名 坐著或躺著用的墊子。如：被褥。

15/10

褫

ㄔˇ (chǐ)

㊀動 剝奪。如：褫奪。

【褫奪公權】(ㄔˇ ㄉㄨㄛˊ ㄍㄨㄥ ㄑㄩㄢˊ) 剝奪犯人的公民權利。包括擔任公務員、公職候選人資格，行使選舉、罷免、創制、複決四權。

17/11

褻

ㄒㄧㄝˋ (xiè)

㊀名 貼身的內衣。如：褻衣。㊀動 輕慢；不敬。如：褻瀆。

【褻瀆】(ㄒㄧㄝˋ ㄉㄨˊ) 輕慢不尊敬。㊀例 你到寺廟拜拜時，記得態度一定要恭敬，千萬不可以褻瀆神明。

❀猥褻、輕褻、狎褻

17/11

襄

ㄒㄧㄤ (xiāng)

㊀動 輔助。如：襄理。

【襄助】(ㄒㄧㄤ ㄓㄨˋ) 幫助。㊀例 這次比賽幸好有小琦的襄助和支持，不然小敏一個人一定辦不到。

16/11

褶

ㄉㄧㄝˊ (dié) ㊀名 即「夾衣」。雙層布料做成的衣服。

ㄓㄜˊ (zhé) 名 衣物上的折痕。如：百褶裙。

襁 16/11 ㄑㄧㄤˇ (qiǎng)

名 背嬰兒用的布巾。如：襁褓。

【襁褓 ㄑㄧㄤˇ ㄅㄠˇ】背嬰兒時所用的小布巾和背帶。用來借指幼年時期。例 阿彩在襁褓時就失去了父母，幸好還有奶奶照顧她。

褸 16/11 ㄌㄩˇ (lǚ)

形 衣服破爛。如：襤褸。

襟 18/13 ㄐㄧㄣ (jīn)

名 1 衣服的交領或前幅。如：前襟。2 姐妹丈夫的互稱。如：連襟。3 胸懷；抱負。如：胸襟。

✽捉襟見肘、正襟危坐

襠 18/13 ㄉㄤ (dāng)

名 1 指衣物褲管相連的地方。如：褲襠。2 兩腿中間。如：下襠。

襖 18/13 ㄠˇ (ǎo)

名 有襯裡的上衣。如：棉襖。

襤 19/14 ㄌㄢˊ (lán)

名 沒有縫邊的上衣。

【襤褸 ㄌㄢˊ ㄌㄩˇ】形容衣服破爛的樣子。例 街上有一位衣衫襤褸的流浪漢，模樣很可憐。

襪 20/15 ㄨㄚˋ (wà)

衣 襾

襪。

㊔穿在腳上的紡織品。如：長筒

20/15
襬 ㄅㄞˇ (bǎi)

㊔裙子、衣褲的下端。如：裙襬。

22/16
襲 ㄒㄧˊ (xí)

㊔有裡的衣服。也泛指衣服。㊄①加穿衣服。也泛指穿衣。如：襲衣。②繼承而不變。如：襲故。③趁人不注意時攻擊。如：偷襲。④撲向；觸及。如：熱氣襲人。㊐計算成套衣服或被褥的單位。如：一襲床單。

【襲擊】ㄒㄧˊ ㄐㄧˊ 趁人不注意時加以攻擊。㊑我方的軍隊趁天黑的時候襲擊敵人。

✽空襲、來襲、抄襲

21/16
襯 ㄔㄣˋ (chèn)

㊔內衣。如：襯衣。㊄①烘托；對照。如：襯托。②在一旁幫忙。如：幫襯。

【襯托】ㄔㄣˋ ㄊㄨㄛ 用其他事物作對照，使主題更加明顯。㊑在綠葉的襯托下，紅花顯得更加美麗。㊒烘托。

✽陪襯、映襯、相襯

襾部 ㄧㄚˋ

6/0
西 ㄒㄧ (xī)

㊔①方位名。指日落的方向。與「東」相對。②泛指歐美各國。如：中西交流。③佛教所說的西方極樂世界。如：一命歸西。

【西元】(ㄒㄧ ㄩㄢˊ) 西方國家計年的方式。以耶穌誕生的那年為西元元年。又稱「公元」。

【西域】(ㄒㄧ ㄩˋ) 漢朝泛指玉門關、陽關以西的地區。

❀東西、學貫中西、聲東擊西

9/3

要

要

ㄧㄠˋ (yào) (名)重點。如：摘要。(形)重要的。如：身居要職。(動)①索討。如：要債。②請求；命令。如：老師要學藝股長三天內做好教室布置。③希望擁有。如：他想要喝水。(副)即將。如：熱得要死。(連)如果。如：要是他在就好了。

ㄧㄠ (yāo) (動)①請求。如：要求。②約定。如：要約。③威脅；壓迫。如：要挾。

【要求】(ㄧㄠ ㄑㄧㄡˊ) 請求；命令。(例)媽媽要求弟弟要在晚飯前把功課寫完。

【要害】(ㄧㄠˋ ㄏㄞˋ) ①身上容易受傷致命的部位。(例)警察射出的那一槍，直接命中了歹徒的要害。②指軍事、地理位置十分重要的地方。

【要脅】(ㄧㄠ ㄒㄧㄝˊ) 利用對方的弱點，逼迫對方答應自己的要求。(例)歹徒綁走吳家小妹，要脅吳伯伯付一大筆錢才肯放人。(近)要挾。

【要素】(ㄧㄠˋ ㄙㄨˋ) 事物的必要因素。(例)陽光、空氣和水是人類存活的要素，缺一不可。

【要訣】(ㄧㄠˋ ㄐㄩㄝˊ) 做事的關鍵方法。(例)老師正在講解這個實驗的要訣。

【要塞】(ㄧㄠˋ ㄙㄞˋ) 軍事上的重要據點。

❀主要、需要、重要

12/6

覃

ㄊㄢˊ (tán) (形)深；長。如：覃思。

ㄑㄧㄣˊ (qín) (專)姓。

覆 18/12

ㄈㄨˋ (fù)

㊀動 1翻倒。如：翻覆。2毀滅。如：覆亡。3掩蓋。如：覆蓋。4回答。如：答覆。副 再一次。如：覆查。

【覆沒】ㄈㄨˋ ㄇㄛˋ 指失敗或滅亡。例這一仗，敵方陣營全軍覆沒。近覆滅。

【覆蓋】ㄈㄨˋ ㄍㄞˋ 掩蓋。例太陽下山了之後，黑夜就覆蓋了這整片大地。

【覆議】ㄈㄨˋ ㄧˋ 再次討論；重新審議。例贊成這個提案的人還不到全班的半數，必須要經過覆議。

【覆水難收】ㄈㄨˋ ㄕㄨㄟˇ ㄋㄢˊ ㄕㄡ 比喻已成定局的事，沒有辦法改變。例傷人的話一旦說出口就覆水難收了，所以說話前要仔細考慮才行。

❋反覆、回覆、天翻地覆

見部 ㄐㄧㄢˋ

見 7/0

ㄐㄧㄢˋ (jiàn) 名 對事物的看法。如：意見。動 1看到；遇到。如：相見。2訪問；拜會。如：引見。助 1用在動詞前。表示被動。如：見疑。2用在動詞後。表示結果。如：聽見。

ㄒㄧㄢˋ (xiàn) 動 顯現。通「現」。

【見怪】ㄐㄧㄢˋ ㄍㄨㄞˋ 1看到奇怪的事物。2責怪；抱怨。例我弟弟不小心惹你生氣，請你不要見怪。

【見面】ㄐㄧㄢˋ ㄇㄧㄢˋ 相見。近會面。

【見解】ㄐㄧㄢˋ ㄐㄧㄝˇ 對某一件事經過觀察思考之後而有的想法。例對於時事，小智一向有自己的見解。近看法。

【見聞】(ㄐㄧㄢˋ ㄨㄣˊ) 所看到所聽見的事物。例阿蓮正在跟朋友說她到印度遊玩的種種見聞。

【見死不救】(ㄐㄧㄢˋ ㄙˇ ㄅㄨˋ ㄐㄧㄡˋ) 看到別人有困難，卻不願意出手幫助。例好友急需幫忙，小信卻見死不救，真是太過分了。近冷眼旁觀。

【見義勇為】(ㄐㄧㄢˋ ㄧˋ ㄩㄥˇ ㄨㄟˊ) 看到合乎正義的事，就會勇敢去做。例多虧路人見義勇為，才把行搶的歹徒送進警局。近拔刀相助。反袖手旁觀。

※偏見、各持己見、視而不見

11/4
視 ㄕˋ (shì)

丶 ㇇ 礻 礻 礻 初 初 祖 祖 視 視

名眼睛可以清楚看見東西的能力。如：視力。動1觀看；察看。如：巡視。2對待；看待。如：視如己出。

【視野】(ㄕˋ ㄧㄝˇ) 眼睛所能看得到的範圍。

【視線】(ㄕˋ ㄒㄧㄢˋ) 看東西時，眼睛和物體所形成的假想直線。例順著視線看去，就能見到遠方那棟紅色大樓。

【視死如歸】(ㄕˋ ㄙˇ ㄖㄨˊ ㄍㄨㄟ) 把死亡當成是回家一樣。形容不怕死。例英勇的戰士抱著視死如歸的信念上戰場，終於獲得勝利。反貪生怕死。

【視而不見】(ㄕˋ ㄦˊ ㄅㄨˋ ㄐㄧㄢˋ) 雖然看見卻當作沒看到。形容不注意、不關心。例那位貴婦人總是說自己很有愛心，卻對路旁的行乞老人視而不見。近視若無睹。

※凝視、忽視、一視同仁

11/4
規 ㄍㄨㄟ (guī)

一 二 キ 夫 夫 知 知 規 規 規 規

名1畫圓的工具。如：圓規。2法則；標準。如：規矩。3法律條文。如：法規。動1計劃。如：規劃。2勸誡；矯正。如：規勸。

見

【規定】ㄍㄨㄟ ㄉㄧㄥˋ 1制訂限制的範圍。例這家餐廳規定不能攜帶寵物入內。2預先的條文和標準。例參加比賽前，得先注意比賽的規定，以免不小心犯規。近規則。

【規律】ㄍㄨㄟ ㄌㄩˋ 1法則；標準。2整齊有秩序的。例我們的心臟規律的跳動著，將氧氣及養分送至全身。反紊亂。

【規矩】ㄍㄨㄟ ㄐㄩˇ 1法則；標準。例老師希望我們成為守規矩、愛整潔的好學生。2行為端正，依照標準辦事。例小田是個規矩的人，從來不亂來，大家都很信任他。

【規模】ㄍㄨㄟ ㄇㄛˊ 1格局；制度。例這間公司的規模很大，員工至少有上千名。2派頭；排場。例那位千金小姐辦了一場規模很大的慶生會。

✽家規、校規、墨守成規

覓 11/4

ㄇㄧˋ (mì)

動尋找。如：尋覓。

【覓食】ㄇㄧˋ ㄕˊ 尋找食物。例傍晚時分，蝙蝠飛出洞穴覓食。

親 16/9

ㄑㄧㄣ (qīn) 名1和自己有血緣或因婚姻而建立關係的人。如：親人。2指結婚的事。如：成親。3父母。如：雙親。動1接近。如：親近。2愛；對別人好。如：親愛。3用嘴巴接觸。如：親吻。副自身從事、參與。如：親手。

ㄑㄧㄥˋ (qìng) 見「親家」。

【親切】ㄑㄧㄣ ㄑㄧㄝˋ 形容態度熱情而關心的樣子。例這位服務生態度親切，讓人有賓至如歸的感覺。近親和。反冷漠。

【親身】ㄑㄧㄣ ㄕㄣ 自己；本身。例小明在課堂上分享自己在美國留學的親身經歷。近自身。

【親近】ㄑㄧㄣ ㄐㄧㄣˋ 接近。例小美個性隨和，大家都很喜歡親近她。反疏遠。

【親家】ㄑㄧㄥˋ ㄐㄧㄚ˙ ①夫妻雙方的父母彼此的稱呼。②因為婚姻而產生親戚關係的通稱。

【親密】ㄑㄧㄣ ㄇㄧˋ 關係很密切的。例小瑩一家人感情很親密，有什麼問題都會提出來討論。反疏遠。

【親戚】ㄑㄧㄣ ㄑㄧ 和自己有血緣關係或因為婚姻而產生關係的人。近親屬。

【親熱】ㄑㄧㄣ ㄖㄜˋ 關係密切而表現出熱情的樣子。例許久不見的好友親熱的向純純打招呼。反冷淡。

❀血親、單親、相親相愛

16/9

覦 ㄩˊ (yú)

動 想獲得不屬於自己的東西。如：覬覦。

17/10

覬 ㄐㄧˋ (jì)

動 希望。如：覬望。

【覬覦】ㄐㄧˋ ㄩˊ 希望獲得本來不屬於自己的東西。例陳先生中了樂透，但是怕引起歹徒的覬覦，所以不敢告訴別人。

18/11

覲 ㄐㄧㄣˋ (jìn)

動 ①諸侯朝見皇帝。如：朝覲。②進見；拜謁。如：覲見。

19/12

覷 ㄑㄩˋ (qù)

動 ①暗中察看。如：覷探。②看。如：面面相覷。

20/13
覺

ㄐㄩㄝˊ (jué) 名 對外界事物的判斷能力。如：聽覺。動 1 明白了解。如：覺悟。2 感受。如：不知不覺。

ㄐㄧㄠˋ (jiào) 名 睡眠。如：一覺醒來。

【覺悟】ㄐㄩㄝˊ ㄨˋ 對於不清楚的事，突然明白了解。例 看完了這部探討人生的電影後，黃叔叔突然覺悟自己過去的所作所為是錯的，決定重新振作。近 領悟。反 沉迷。

❀感覺、直覺、錯覺

21/14
覽

ㄌㄢˇ (lǎn)

動 觀看。如：遊覽。

❀展覽、導覽、一覽無遺

25/18
觀

ㄍㄨㄢ (guān) 名 1 景象。如：奇觀。動 2 對事情的想法。如：人生觀。動 看。如：觀察。

ㄍㄨㄢˋ (guàn) 名 道士居住的地方。如：道觀。

【觀光】ㄍㄨㄢ ㄍㄨㄤ 遊覽；參觀。例 暑假時爸爸帶全家到花蓮觀光。

【觀念】ㄍㄨㄢ ㄋㄧㄢˋ 對事物的看法或想法。

【觀察】ㄍㄨㄢ ㄔㄚˊ 仔細察看。例 弟弟每天放學回家，就立刻觀察綠豆發芽的狀況。

【觀賞】ㄍㄨㄢ ㄕㄤˇ 用高興的心情看事物。例 老師利用自習課播放與課程相關的電影給全班觀賞。近 欣賞。

❀美觀、樂觀、袖手旁觀

角部 ㄐㄧㄠˇ

7/0
角 ㄐㄧㄠˇ
ノ ㄅ ⺈ ⺆ 角 角 角

ㄐㄧㄠˇ (jiǎo) ㊔ ①動物頭頂或鼻子前面所生出的硬物。有防守、攻擊等功能。如：牛角。②邊緣。如：角落。③兩條直線所夾成的部分。如：直角。④古代的吹奏樂器，常用在軍隊中。如：號角。㊍比較；競爭。如：角逐。㊖計算錢幣的單位。十角等於一元。

ㄐㄩㄝˊ (jué) ㊔ ①五音之一。②演員所扮演的人物。如：主角。

【角色】ㄐㄩㄝˊ ㄙㄜˋ ①戲劇中依照人物的性別、個性、身分而分出來的類型。㊑小咪在這部電影裡的角色是一個楚楚可憐的女孩。②指個人在團體當中的地位或責任。㊑小王在這個工作團隊中的角色，主要是負責資料收集。

【角度】ㄐㄧㄠˇ ㄉㄨˋ ①兩條直線相交夾成角的大小。②指評論或看待事情的方向。㊑何老師站在公平的角度，處理學生之間的糾紛。㊋觀點。

【角逐】ㄐㄧㄠˇ ㄓㄨˊ 競爭；比賽。㊑這次共有五位同學角逐全校模範生，競爭十分激烈。

【角落】ㄐㄧㄠˇ ㄌㄨㄛˋ 兩面物體相接的凹處。㊑那隻小貓躲在屋子的角落。

✽口角、死角、勾心鬥角

9/2
觔 ㄐㄧㄣ
ノ ㄅ ⺈ 角 角 角 角 角 觔 觔

ㄐㄧㄣ (jīn) ㊔ 筋絡。通「筋」。如：觔脈。㊖計算重量的單位。通「斤」。

【觔斗】ㄐㄧㄣ ㄉㄡˇ 倒著翻轉身體的動作。也作「筋斗」。

13/6
解
ノ ㄅ ⺈ 角 角 角 角 角 角 角 角 角 角 解

ㄐㄧㄝˇ (jiě) 名 想法；意見。如：見解。動 1分開；切開。如：解剖。2散開；分裂。如：溶解。3脫去；除去。如：解開繩子。4排泄。如：小解。5說明。如：解釋。6懂得；明白。如：了解。

ㄐㄧㄝˋ (jiè) 動 押送犯人。如：押解。

ㄒㄧㄝˋ (xiè) 專 1地名。在山西。2姓。

【解決】(ㄐㄧㄝˇ ㄐㄩㄝˊ) 1排除困難。例阿呆花了幾個月，終於將實驗中碰到的問題解決了。近克服。2結束。例那件車禍糾紛經警方的協調後，終於圓滿解決。3除去。例小明只噴了一些殺蟲劑，就把那些蟑螂解決了。近消滅。

【解除】(ㄐㄧㄝˇ ㄔㄨˊ) 消除；免除。例氣象局在今天下午解除了陸上颱風警報。近卸除。

【解渴】(ㄐㄧㄝˇ ㄎㄜˇ) 消除口渴。例炎夏最適合來杯西瓜汁解渴。

【解答】(ㄐㄧㄝˇ ㄉㄚˊ) 1說明回答。例老師為全班詳細解答這次段考的問題。2答案。

【解釋】(ㄐㄧㄝˇ ㄕˋ) 1分析說明。例老師為我們解釋花的構造。2對於文字的說明。例「有志者事竟成」的解釋是：只要持續努力就會成功。近注釋。

❋理解、誤解、諒解

18/11

觴

ㄕㄤ (shāng)

丿 ⺈ ⺈ 角 角 角 角 角 角 觴

名 酒杯。如：舉觴。

20/13

觸

ㄔㄨˋ (chù)

丿 ⺈ ⺈ 角 角 角 角 角 角 觸

動 1碰到。如：接觸。2冒犯；侵犯。如：觸法。3感動；引起。如：

感觸。

【觸電】①指動物的身體碰到電流。例用潮溼的手觸摸插座，很容易觸電。②比喻男女互相愛慕的感覺。例陳叔叔和鄭阿姨兩人第一次見面就有一種觸電的感覺。

【觸礁】①船撞到海中的礁石。例那艘油輪因為觸礁而沉沒了。②比喻事情受到阻礙。例校外教學的計畫，因為某些家長的反對而觸礁了。近受阻。

【觸目驚心】看到嚴重的情況，內心感到害怕。例南亞大海嘯造成的殘破景象，令人觸目驚心。

✽筆觸、碰觸、一觸即發

言部

7/0

言 ㄧㄢˊ (yán)

言 丶 亠 亠 亖 言 言

名①所說的話。如：發言。②文字。如：五言絕句。動講話；說話。如：不言不語。

【言論】言談議論，表示想法的文字或話。近言談。

【言不由衷】所說的話不是發自內心的真心話。例這件衣服不適合媽媽，爸爸卻說很好看，真是言不由衷。近口是心非。

【言外之意】話中含有沒說明白的意思。例爸爸說他很忙，言外之意就是全家的旅遊計畫要延期了。近絃外之音。

【言過其實】言語太過誇張，超出實際的情況。例事情沒阿翔講得那麼嚴重，他有點言過其實了。近誇大其辭。

【言聽計從】完全接受他人的意見。形容對人很相信。例劉伯伯對老婆言聽計從，凡事都會問

太太的意見。反 我行我素。

✽謠言、諾言、金玉良言

計

9/2 ㄐㄧˋ (jì)

、 亠 亠 亠 言 言 言 計

名 1策略。如：妙計。2測量度數、數字或時間的儀器。如：溫度計。3金錢的收入支出。如：家計。動 1測量；算。如：合計。2謀劃；打算。如：設計。

【計劃】ㄐㄧˋ ㄏㄨㄚˋ 也作「計畫」。1事先打算。例 爸爸計劃在結婚十週年紀念日那天，帶媽媽上餐廳吃飯。近 籌劃。2指預先想好的辦法。例 在爸媽的支持下，小瑞的留學計劃終於可以實現了。

【計較】ㄐㄧˋ ㄐㄧㄠˋ 1比較。例 趙媽媽是個斤斤計較的人。2爭論對錯或有理無理。例 三歲的表弟弄壞哥哥的玩具，哥哥看在表弟年紀小，就不跟他計較了。

【計算】ㄐㄧˋ ㄙㄨㄢˋ 核算數目。例 老師正在計算參加畢業旅行的人數。

✽統計、千方百計、無計可施

訂

9/2 ㄉㄧㄥˋ (dìng)

、 亠 亠 亠 言 言 言 訂

動 1修改；修正。如：訂正。2商量。如：商訂。3事先約好。如：訂位。4固定東西。如：裝訂。

【訂正】ㄉㄧㄥˋ ㄓㄥˋ 修改錯誤的地方。例 小偉將訂正好的考卷交給老師。近 改正。

【訂定】ㄉㄧㄥˋ ㄉㄧㄥˋ 制定；約好。例 開學第一天，老師訂定了許多生活公約，要全班同學共同遵守。近 訂立。

✽修訂、增訂、預訂

訃

9/2 ㄈㄨˋ (fù)

、 亠 亠 亠 言 言 言 訃

名 喪事。動 告知喪事。如：訃聞。

【訃聞】ㄈㄨˋ ㄨㄣˊ 告知喪事的文件。

言

10/3

訐

ㄐㄧㄝˊ (jié)

丶 亠 亠 亖 言 言 言 訁 訐 訐

動 揭發別人的隱私，或攻擊別人的缺點。如：攻訐。

10/3

討

ㄊㄠˇ (tǎo)

丶 亠 亠 亖 言 言 言 訁 討 討

動 1 攻打。如：討伐。2 研究；尋找。如：探討。3 乞求。如：討錢。4 惹來；招來。如：自討苦吃。5 娶。如：討老婆。

【討好】ㄊㄠˇ ㄏㄠˇ 配合別人的意思，以得到別人的喜愛。例 阿棟為了討好女朋友，特地送給她一大束玫瑰花。

【討厭】ㄊㄠˇ ㄧㄢˋ 讓人不喜歡。例 說話沒禮貌，很容易讓人討厭。近 厭惡。反 喜歡。

【討論】ㄊㄠˇ ㄌㄨㄣˋ 互相研究，尋找結果或交換意見。例 自然課時，老師讓同學們分組討論。

✽檢討、乞討、催討

10/3

訌

ㄏㄨㄥˊ (hóng)

丶 亠 亠 亖 言 言 言 訁 訂 訌

動 爭吵。如：內訌。

10/3

記

ㄐㄧˋ (jì)

丶 亠 亠 亖 言 言 言 訁 記 記

名 1 描寫事情的文章或書。如：遊記。2 印章；圖章。如：印記。3 標誌、圖象或文字。如：胎記。動 1 把事物寫下來或留下來。如：登記。2 留在腦中不忘。如：記憶。

【記號】ㄐㄧˋ ㄏㄠˋ 作為標示、讓人清楚知道的文字或圖象。

【記憶】ㄐㄧˋ ㄧˋ 將學過或遇到的事物留在腦中的能力或過程。

【記錄】ㄐㄧˋ ㄌㄨˋ 把聽到或看到的事物寫下來。例 小美負責記錄班會中同學的發言內容。近 抄錄；記載。

✽筆記、日記、忘記

10/3

訊

ㄒㄩㄣˋ (xùn)

丶 亠 亠 亖 言 言 言 訁 訊 訊

名 消息。如：資訊。動 問；審問。如：偵訊。

【訊息】ㄒㄩㄣˋ ㄒㄧ 消息。例 爸爸每天看新聞，以獲得最新的訊息。近 信息。

✻簡訊、喜訊、視訊

10/3

訕 ㄕㄢˋ (shàn)

形 不好意思、覺得丟臉的樣子。如：訕訕。動 說別人的壞話；嘲笑。如：訕笑。

✻搭訕、譏訕、嘲訕

10/3

訖 ㄑㄧˋ (qì)

動 1 停止；終止。如：銀貨兩訖。2 至；到。通「迄」。如：訖今。副 完畢。如：編訖。

✻付訖、收訖、查訖

10/3

託 ㄊㄨㄛ (tuō)

動 1 寄放。如：託嬰。2 委任；交付。如：委託。3 請求。如：拜託。4 依賴；靠著。如：託您的福。5 藉著理由推掉。如：推託。

【託付】ㄊㄨㄛ ㄈㄨˋ 交給；交付。例 簡大哥將照顧父母的責任託付給弟弟。

✻假託、寄託、請託

10/3

訓 ㄒㄩㄣˋ (xùn)

名 可以當作參考學習的話。如：校訓。動 1 教導。如：教訓。2 解釋字的意思。如：訓詁。

【訓話】ㄒㄩㄣˋ ㄏㄨㄚˋ 指上對下講勸勉的話。例 小明因為調皮，被老師叫進辦公室訓話。

【訓練】ㄒㄩㄣˋ ㄌㄧㄢˋ 經過教導，使人可以學到技能。例 經過密集的訓練之後，阿炎即將代表國家出國比賽。

✻培訓、集訓、受訓

11/4

訪 ㄈㄤˇ (fǎng)

動 1尋求。如：查訪。2探望。如：拜訪。

【訪客】(ㄈㄤˇ ㄎㄜˋ) 來探望的客人。

【訪問】(ㄈㄤˇ ㄨㄣˋ) 探望並且問問題。例 我們已經約好星期天一起去訪問朱老師了。近 採訪。

✽出訪、來訪、受訪

訝 ㄧㄚˋ (yà) 11/4

丶 亠 亠 亠 言 言 言 訂 訝 訝

動 奇怪；嚇到。如：驚訝。

【訝異】(ㄧㄚˋ ㄧˋ) 感覺到奇怪意外。例 看到多年沒聯絡的好友出現在家門口，爸爸訝異得說不出話來。

訣 ㄐㄩㄝˊ (jué) 11/4

丶 亠 亠 亠 言 言 言 訂 訐 訣 訣

名 1有效的方法。如：祕訣。2將事情的內容編成好念、方便記住的句子。如：口訣。動 離開；告別。如：永訣。

【訣竅】(ㄐㄩㄝˊ ㄑㄧㄠˋ) 有效而厲害的方法。近 竅門。

訥 ㄋㄜˋ (nè) 11/4

丶 亠 亠 亠 言 言 言 訂 訥 訥

形 言語遲鈍、不順暢。如：木訥。

許 ㄒㄩˇ (xǔ) 11/4

丶 亠 亠 亠 言 言 言 訁 許 許

名 1大約的數量。如：少許。2地方。如：何許人。動 1答應。如：准許。2稱讚。如：讚許。3期待；希望。如：期許。副 1很；非常。如：許多。2可能；有。如：或許。

【許可】(ㄒㄩˇ ㄎㄜˇ) 答應；同意。例 想進入這座花園，必須經過主人的許可。

近 允許。反 反對。

✽默許、些許、容許

設 ㄕㄜˋ (shè) 11/4

丶 亠 亠 亠 言 言 言 訁 設 設

動 1放置；陳列。如：擺設。2建立；制定。如：設校。3籌劃。如：

設計。(連)假使；假如。如：假設。

【設立】ㄕㄜˋ ㄌㄧˋ 建立；開創。(例)學校設立獎學金，幫助家境清寒的學生。

【設法】ㄕㄜˋ ㄈㄚˇ 想辦法。(例)姐姐設法說服媽媽讓她參加畢業舞會。

【設計】ㄕㄜˋ ㄐㄧˋ 1構圖；想法。(例)爸爸最近迷上室內設計，看了很多這方面的書籍。2謀劃；算計。(例)為了這次的同樂會，小風設計了許多遊戲，保證讓大家玩得很開心。

【設備】ㄕㄜˋ ㄅㄟˋ 器物的設置；裝備。(例)新禮堂設備齊全，非常適合舉辦大型活動。(近)設施。

【設身處地】ㄕㄜˋ ㄕㄣ ㄔㄨˇ ㄉㄧˋ 從別人的立場著想。(例)凡事設身處地為別人著想，就能減少紛爭。(近)將心比心。

✽建設、預設、附設

訛

11/4 ㄜˊ (é)

、 亠 亠 言 言 訁 訁 訁 訛

(名)1謠言。如：以訛傳訛。2錯誤。(動)欺騙。如：訛人。

【訛誤】ㄜˊ ㄨˋ 錯誤。(例)這份報告的訛誤很多，到底是誰寫的？

訟

11/4 ㄙㄨㄥˋ (sòng)

、 亠 亠 言 言 訁 訟 訟 訟

(動)爭論是非對錯。如：訴訟。

✽爭訟、纏訟、興訟

註

12/5 ㄓㄨˋ (zhù)

、 亠 亠 言 言 訁 訁 註 註 註

(動)1解釋文句的意義。通「注」。如：註解。2登記。如：註冊。

【註冊】ㄓㄨˋ ㄘㄜˋ 1將法律上或經濟上的事實，向相關單位申請登記。如：註冊結婚。2學生在開學前向學校報到登記的手續。

【註定】ㄓㄨˋ ㄉㄧㄥˋ 先天就已經決定。(例)不願意接觸新事物的人註定會錯過很多寶貴的經驗。

✽備註、附註、批註

12/5
詠
ㄩㄥˇ (yǒng)
丶 亠 亠 亠 言 言 言 訁 訂 訶 詠 詠

名 指詩詞。如：佳詠。動 歌唱；用有高低起伏的聲調吟唱。如：歌詠。

12/5
評
ㄆㄧㄥˊ (píng)
丶 亠 亠 亠 言 言 言 訁 訁 訐 評 評

名 判斷人、事、物對錯好壞的文章。如：影評。動 判斷對錯好壞。如：批評。

【評估】ㄆㄧㄥˊ ㄍㄨ 根據事先訂好的標準，來判斷效果及未來施行的方向。

例 專家評估這裡的地質鬆軟，不適合蓋房子。

【評語】ㄆㄧㄥˊ ㄩˇ 判斷人事物的對錯好壞的話。

✽好評、講評、佳評如潮

12/5
証
ㄓㄥˋ (zhèng)
丶 亠 亠 亠 言 言 言 言 訂 訐 訐 証

動 勸說。如：証諫。異 「證」的異體字。

12/5
詞
ㄘˊ (cí)
丶 亠 亠 亠 言 言 言 訂 訂 詞 詞 詞

名 1 語文中的最基本單位。可以獨立使用，表示一個完整的觀念。如：名詞。2 有組織或片段的語言文字。如：歌詞。3 文體的一種。興起於唐朝，流行於宋朝。句子長短不一，需要押韻，並按照固定的音樂曲調填詞。

【詞性】ㄘˊ ㄒㄧㄥˋ 根據詞的意義、功能所產生的分類。如：動詞、名詞、形容詞等。

【詞彙】ㄘˊ ㄏㄨㄟˋ 一種語言中所有語詞的總和。

✽臺詞、強詞奪理、念念有詞

12/5
詁
ㄍㄨˇ (gǔ)
丶 亠 亠 亠 言 言 言 言 計 計 詁 詁

動 用現在的語言解釋古語或方言。如：訓詁。

言

12/5
詔
ㄓㄠˋ (zhào)
、亠亠亠言言 言訁訒訒詔詔

名 帝王對大臣人民公布事情的文書。如：遺詔。動 告示。如：詔告。

12/5
詛
ㄗㄨˇ (zǔ)
、亠亠亠言 言訁訂訂詛詛

動 用難聽的話罵人。如：詛罵。

【詛咒】ㄗㄨˇ ㄓㄡˋ 用難聽的話罵人。近 咒罵。

12/5
詐
ㄓㄚˋ (zhà)
、亠亠亠言 言訁訐訐詐詐

形 狡猾；虛假。如：狡詐。動 欺騙；假裝。如：詐死。

【詐騙】ㄓㄚˋ ㄆㄧㄢˋ 欺騙。例 詐騙集團手法不斷翻新，我們應該提高警覺。

✽奸詐、敲詐、兵不厭詐

12/5
詆
ㄉㄧˇ (dǐ)
、亠亠亠言 言訁訂詆詆詆

動 罵人；說別人壞話。如：詆毀。

【詆毀】ㄉㄧˇ ㄏㄨㄟˇ 用言語或文字說別人不好的地方。例 小文得知小花在全班同學面前詆毀他，感到非常難過。

12/5
訴
ㄙㄨˋ (sù)
、亠亠亠言 言訁訂訢訴訴

動 1講；說。如：告訴。2控告。如：上訴。3求助；藉著。如：訴諸暴力。

【訴苦】ㄙㄨˋ ㄎㄨˇ 向人訴說心中的痛苦。例 心情不好的時候，我習慣找好朋友訴苦。

【訴說】ㄙㄨˋ ㄕㄨㄛ 講；說明。例 這本書訴說一名女子如何克服困難，努力向上的故事。

✽傾訴、投訴、控訴

12/5
診
ㄓㄣˇ (zhěn)
、亠亠亠言 言訁訡訡診診

動 檢查。如：診斷。

【診所】(ㄓㄣˇ ㄙㄨㄛˇ) 有執照的醫生所開設的看病場所。

【診斷】(ㄓㄣˇ ㄉㄨㄢˋ) 檢查身體而判斷生病的情況。例醫生診斷爸爸得了感冒，必須多休息。

✽急診、聽診、義診

13/6

詫

ㄔㄚˋ (chà)

丶 亠 亠 亠 言 言 言 訁 訁 訁 詑 詫 詫

動驚訝。如：詫異。

【詫異】(ㄔㄚˋ ㄧˋ) 驚訝。例班上新來的轉學生居然是我幼稚園的同學，令我十分詫異。近訝異。

13/6

該

ㄍㄞ (gāi)

丶 亠 亠 亠 言 言 言 訁 訁 訁 該 該 該

代指所提過的人或事。多用在公文上。如：該生。動輪到。如：該你了。副應當。如：該做功課了。

✽應該、總該、活該

13/6

詳

ㄒㄧㄤˊ (xiáng)

丶 亠 亠 亠 言 言 言 訁 訁 詳 詳 詳 詳

形1完整的；周全的。如：詳細。2從容；莊重。如：安詳。動1知道；明白。如：姓名不詳。2仔細說明。如：內詳。副謹慎的；仔細的。如：詳談。

【詳細】(ㄒㄧㄤˊ ㄒㄧˋ) 完整的；周全的。例這本手冊詳細的說明了這臺電腦的使用方法。反粗略。

✽周詳、端詳、耳熟能詳

13/6

試

ㄕˋ (shì)

丶 亠 亠 亠 言 言 言 訁 訁 訁 試 試 試

名測驗。如：考試。動1探察。如：試探。2懷疑；猜測。如：試問。3非正式的做做看、使用。如：試用。4比較。如：比試。

言

【試圖】(ㄕˋ ㄊㄨˊ) 有所打算或計畫。例 小達深吸一口氣，試圖讓自己不要太緊張。近 企圖。

【試驗】(ㄕˋ ㄧㄢˋ) ①實際做做看，以得知結果或功用。例 媽媽在滷肉中加入可樂，試驗是否能讓肉更柔軟。②考試。

✽嘗試、測試、躍躍欲試

詩

13/6

ㄕ (shī) 詩

丶 亠 亠 言 言 言 訁 計 計 計 詩 詩

名 ①文體的一種。用最少的文字，表現出和諧的音調、優美的情感。②詩經的簡稱。

【詩人】(ㄕ ㄖㄣˊ) 擅長寫詩的人。

【詩情畫意】(ㄕ ㄑㄧㄥˊ ㄏㄨㄚˋ ㄧˋ) 形容風景或文章優美動人。例 黃昏的陽光灑落在海面上的景象，充滿詩情畫意。

詰

13/6

ㄐㄧㄝˊ (jié) 詰

丶 亠 亠 言 言 言 訁 計 計 詁 詰 詰

形 彎曲不直。如：詰屈。動 查問；責問。如：詰問。

【詰問】(ㄐㄧㄝˊ ㄨㄣˋ) 查問；用嚴格的語氣問話。例 面對爸爸的詰問，弟弟只好乖乖認錯。近 質問。

詣

13/6

ㄧˋ (yì) 詣

丶 亠 亠 言 言 言 訁 訁 訁 詣 詣 詣

名 所達到的程度。如：造詣。動 拜訪。如：詣見。

詼

13/6

ㄏㄨㄟ (huī) 詼

丶 亠 亠 言 言 言 訁 訁 訁 詼 詼 詼

形 言語有趣的。如：詼諧。動 嘲笑；捉弄。如：詼笑。

【詼諧】(ㄏㄨㄟ ㄒㄧㄝˊ) 令人覺得好笑。例 譚老師詼諧的言語，逗得大家哈哈大笑。

笑。㊈幽默。

13/6
誠
ㄔㄥˊ (chéng)
誠：丶 亠 亠 言 言 言 言 訁 訁 訂 訪 誠 誠

㊊真實不假的。如：誠心。㊋真的；確實。如：誠然。

【誠實】ㄔㄥˊ ㄕˊ 真實不說謊、不騙人。㊅說話不誠實的人，一定無法得到別人的信任。

【誠懇】ㄔㄥˊ ㄎㄣˇ 態度實在不虛假。㊅老師勉勵班上同學誠懇做人、認真做事。㊊虛偽。

✽坦誠、虔誠、真誠

13/6
誇
ㄎㄨㄚ (kuā)
誇：丶 亠 亠 言 言 言 言 訁 訁 訁 訁 誇

㊄[1]向別人炫耀；說吹牛的話。如：自誇。[2]讚美；說好話。如：誇獎。

【誇張】ㄎㄨㄚ ㄓㄤ 為了引人注意，故意使言語和動作超過實際的情形。㊅廣告中有許多誇張而有趣的內容。

【誇獎】ㄎㄨㄚ ㄐㄧㄤˇ 讚美。㊅妹妹因為熱心幫助班上同學而得到老師的誇獎。㊈誇讚。

13/6
誅
ㄓㄨ (zhū)
誅：丶 亠 亠 言 言 言 言 訁 訁 訁 誅 誅

㊄[1]討伐。如：誅伐。[2]殺；毀滅。如：天誅地滅。[3]懲罰；責備。如：口誅筆伐。

13/6
話
ㄏㄨㄚˋ (huà)
話：丶 亠 亠 言 言 言 言 訁 訁 訁 話 話

㊔言語。如：無話不談。㊄討論；談論。如：話當年。

【話劇】ㄏㄨㄚˋ ㄐㄩˋ 用人物間的對話或動作來表現劇情的戲。

【話題】(ㄏㄨㄚˋ ㄊㄧˊ) 可以討論或聊天的材料。

【話匣子】(ㄏㄨㄚˋ ㄒㄧㄚˊ ˙ㄗ) 比喻愛說話的嘴或話多的人。例林媽媽一打開話匣子就停不下來。

✻對話、童話、悄悄話

詢

13/6 ㄒㄩㄣˊ (xún)

丶 亠 亠 亠 言 言 言 訁 訇 訇 詢 詢 詢

動 1 問。如：質詢。2 尋求意見。如：諮詢。

【詢問】(ㄒㄩㄣˊ ㄨㄣˋ) 問。例媽媽打電話詢問有線電視的收費方式。

詭

13/6 ㄍㄨㄟˇ (guǐ)

丶 亠 亠 亠 言 言 言 訁 訡 詭 詭 詭 詭

形 1 欺騙的；不真實的。如：詭計。2 奇怪；特別。如：詭異。

【詭計】(ㄍㄨㄟˇ ㄐㄧˋ) 欺詐的計策。例幸好爺爺反應快，詐騙集團的詭計才沒有得逞。近陰謀。

【詭異】(ㄍㄨㄟˇ ㄧˋ) 奇怪；奇異。例隨著環境汙染日益嚴重，地球的氣候也變得十分詭異。

詮

13/6 ㄑㄩㄢˊ (quán)

丶 亠 亠 亠 言 言 言 訁 訃 詅 詮 詮 詮

名 真理。動 解釋；說明。如：詮釋。

【詮釋】(ㄑㄩㄢˊ ㄕˋ) 解釋；說明。例小君在話劇中，成功的詮釋了正義、善良的醫生角色。

詬

13/6 ㄍㄡˋ (gòu)

丶 亠 亠 亠 言 言 言 訁 訂 訢 詬 詬 詬

名 恥辱。動 用難聽的話罵人。如：詬罵。

【詬病】(ㄍㄡˋ ㄅㄧㄥˋ) 指出不對的地方，加以批評、責罵。例小育欺負小動物的行為，遭到班上同學詬病。

詹 13/6

ㄓㄢ (zhān)

丿 ⺈ 乊 户 户 产 产 产 产 产 产 詹 詹

動 選定。如：謹詹於某月某日舉行結婚典禮。

誡 14/7

ㄐㄧㄝˋ (jiè)

丶 亠 亠 言 言 言 言 訁 訁 訁 訁 訁 訁 誡 誡

名 勸人要遵守的條文。如：十誡。

動 警告。通「戒」。如：告誡。

❋警誡、訓誡、申誡

誌 14/7

ㄓˋ (zhì)

丶 亠 亠 言 言 言 言 訁 訁 訁 訁 訁 訁 誌 誌

名 ①紀錄。如：日誌。②記號；標記。如：交通號誌。③文體的一種。用來記事。如：墓誌。

動 ①記住。如：永誌不忘。②表示。如：誌慶。

❋標誌、雜誌、路誌

語 14/7

ㄩˇ (yǔ)

丶 亠 亠 言 言 言 言 訁 訁 訁 訁 訁 訁 語 語

名 ①所說的話或文字。如：國語。②用來表達意思的動作或記號。如：手語。

動 說話。如：自言自語。

【語重心長】ㄩˇ ㄓㄨㄥˋ ㄒㄧㄣ ㄔㄤˊ 說話十分誠懇，用意深遠。通常表示勉勵、期望的意思。例 老師語重心長的告訴大家，要好好珍惜年輕的時光。近 苦口婆心。

【語無倫次】ㄩˇ ㄨˊ ㄌㄨㄣˊ ㄘˋ 說話雜亂沒有條理。例 陳爺爺只要喝醉酒，就會變得語無倫次。近 胡言亂語。

❋成語、謎語、千言萬語

認 14/7

ㄖㄣˋ (rèn)

丶 亠 亠 言 言 言 言 訁 訁 訁 訁 訁 訁 認 認

動 ①知道；分辨。如：認字。②表

示接受、同意。如：認輸。③當作；以為。如：認為。④與無血緣關係的人結成親屬。如：認養。

【認同】個人對某人或某事表示贊成或同意。例老師認同大家在班會時舉辦同樂會的決議。

【認真】①專心不隨便。例姐姐正在房間裡認真念書，暫時不要吵她。反散漫。②當作真的。例小賢只是跟你開玩笑，你不用太認真。

【認錯】①承認錯誤。例不管別人怎麼勸他，阿輝始終都不肯認錯。②看錯。例小芬和小芳是雙胞胎，老師常常會認錯。

【認識】①相識；知道。例爸爸和黃伯伯是認識多年的好朋友。②指人對世界上事物的確定和了解。例爸爸趁著星期假日帶我們到郊外認識植物。

✽承認、否認、確認

14/7
誣
ㄨ (wū)

、亠亠亠言言訂訂訐訐誣誣

動 隨便編一件事陷害他人。如：誣陷。

【誣賴】隨便指別人有錯。例沒有任何證據，小翠就誣賴宛宛偷了她的筆。

14/7
誦
ㄙㄨㄥˋ (sòng)

、亠亠亠言言訂訂訂訂誦誦誦誦

動 ①大聲念出來。如：朗誦。②稱讚。如：誦揚。

✽傳誦、吟誦、背誦

14/7
誤
ㄨˋ (wù)

、亠亠亠言言訂訂誤誤誤誤

名 過錯。如：失誤。動 ①拖延；耽擱。如：誤事。②超過。如：誤點。副 ①不是故意的；不小心的。如：

誤傷。②不正確的。如：誤判。

【誤會】(ㄨˋ ㄏㄨㄟˋ) ①判斷錯誤。㊎媽媽誤會妹妹打破杯子，其實是弟弟不小心弄破的。㊍搞錯。②不正確的見解。㊎現在誤會已經解釋清楚，伶伶和小惠又變成好朋友了。

【誤點】(ㄨˋ ㄉㄧㄢˇ) 超過一定的時間。㊎火車誤點讓爸爸晚了一個小時才到家。㊈準點。

※耽誤、錯誤、延誤

說 14/7

丶 亠 亠 亠 言 言 言 訁 訁 訁 訁 訁 訁 說

ㄕㄨㄛ (shuō) ㊔言論；主張。如：學說。㊐①講；談。如：說話。②解釋。如：說明。③罵；責備。如：說了他一頓。

ㄕㄨㄟˋ (shuì) ㊐用言語勸別人接受。如：說服。

ㄩㄝˋ (yuè) ㊒喜悅。通「悅」。

【說明】(ㄕㄨㄛ ㄇㄧㄥˊ) ①解釋清楚。㊎老師向大家說明考試的注意事項。㊍講解。②解釋或補充內容的文字。㊎使用任何機器前，最好先看過產品說明。

【說服】(ㄕㄨㄟˋ ㄈㄨˊ) 用言語勸別人同意或接受自己的看法。㊎哥哥努力說服爸爸讓他買電腦。

【說法】(ㄕㄨㄛ ㄈㄚˇ) 看法；意見。㊎關於那場車禍的發生，每個人的說法都不一樣。

【說謊】(ㄕㄨㄛ ㄏㄨㄤˇ) 說不符合事實的話。㊍撒謊。

※聽說、道聽塗說、自圓其說

誨 14/7

丶 亠 亠 亠 言 言 言 訁 訁 訁 誨 誨 誨 誨

ㄏㄨㄟˋ (huì)

㊐教導。如：教誨。

【誨人不倦】(ㄏㄨㄟˋ ㄖㄣˊ ㄅㄨˋ ㄐㄩㄢˋ) 喜歡教導別人，不會覺得厭煩。㊎林老師誨人

言

不倦，因此很多學生畢業後依然很想念她。

✽訓誨、勸誨、戒誨

誥 14/7

ㄍㄠˋ (gào)

丶 亠 亠 亠 言 言 言 言 訁 訁 計 誥 誥 誥

名 古代文體的一種。通常用在上對下。如：誥命。

誘 14/7

ㄧㄡˋ (yòu)

丶 亠 亠 亠 言 言 言 言 訁 訁 訐 訐 誘 誘

動 ①引導；教導。如：循循善誘。②想辦法打動人心。如：誘惑。

【誘惑】ㄧㄡˋ ㄏㄨㄛˋ 想辦法打動人心，使人迷惑。例 大慶已經吃得很飽了，但是受不了蛋糕的誘惑，忍不住又吃了兩個。

【誘導】ㄧㄡˋ ㄉㄠˇ 用好話勸人往好的方向發展。例 在老師的誘導下，阿建已經慢慢脫離那群壞朋友了。

✽拐誘、引誘、威脅利誘

誑 14/7

ㄎㄨㄤˊ (kuáng)

丶 亠 亠 亠 言 言 言 言 訁 訁 訂 訂 誑 誑

動 欺騙。如：誑騙。

誓 14/7

ㄕˋ (shì)

一 十 扌 扌 扌 扌 折 折 折 折 折 折 誓 誓

名 表示約定或決心的話。如：山盟海誓。動 告誡。如：誓師。

【誓言】ㄕˋ ㄧㄢˊ 表示決心的話。例 小音這次月考考得不好，她立下誓言要更用功。

【誓不兩立】ㄕˋ ㄅㄨˋ ㄌㄧㄤˇ ㄌㄧˋ 形容仇恨很深。例 張伯伯和王叔叔合夥做生意，後來因為錢財分配不均而誓不兩立，兩人已經互不往來了。近 勢如水火。

✽發誓、宣誓、立誓

誼 15/8

一ˋ (yì)

丶 亠 亠 言 言 言 言 言 訁 訂 訂 訂 誼 誼 誼

(名)交情。如：友誼。

✽情誼、聯誼、地主之誼

諄 15/8

ㄓㄨㄣ (zhūn)

丶 亠 亠 言 言 言 言 言 訁 訁 訁 訁 諄 諄 諄

(形)誠懇的；熱切的。

【諄諄】ㄓㄨㄣ ㄓㄨㄣ 誠懇、熱切的樣子。(例)在老師的諄諄教誨下，班上同學都很團結友愛。

諒 15/8

ㄌㄧㄤˋ (liàng)

丶 亠 亠 言 言 言 言 言 訁 訁 訁 訁 諒 諒 諒

(動)①寬恕別人。如：原諒。②料想。如：諒你不敢。

【諒解】ㄌㄧㄤˋ ㄐㄧㄝˇ 了解情況而寬恕人。(例)小志因為生病而遲到，所以老師很能諒解。(近)體諒。

談 15/8

ㄊㄢˊ (tán)

丶 亠 亠 言 言 言 言 言 訁 訁 訁 訁 談 談 談

(名)言論。如：無稽之談。(動)對話；討論。如：交談。

【談判】ㄊㄢˊ ㄆㄢˋ 彼此討論解決雙方之間的問題。(例)甲、乙兩國正為外交問題而進行談判。

【談論】ㄊㄢˊ ㄌㄨㄣˋ 討論。(例)吃晚餐的時候，我們全家總是在餐桌上談論今天所發生的事。

✽言談、閒談、紙上談兵

請 15/8

ㄑㄧㄥˇ (qǐng)

丶 亠 亠 言 言 言 言 言 訁 訁 訁 訁 請 請 請

(動)①懇求；有禮貌的要求。如：請求。②邀約；引來。如：請客。③問候。如：請安。(副)表示希望對方做某件事。如：請坐。

【請求】(ㄑㄧㄥˇ ㄑㄧㄡˊ) 有禮貌的要求。例 弟弟要姐姐陪他玩，但姐姐因為要準備考試，所以沒有答應他的請求。

【請帖】(ㄑㄧㄥˇ ㄊㄧㄝˇ) 邀約客人的通知。通常會列出時間、地點等。

【請客】(ㄑㄧㄥˇ ㄎㄜˋ) 指邀約客人吃飯或出錢請人吃飯。例 為了感謝大家，這頓飯由我請客。

【請假】(ㄑㄧㄥˇ ㄐㄧㄚˋ) 因事或病而請求放假。例 小美因為生病，今天請假在家。

【請教】(ㄑㄧㄥˇ ㄐㄧㄠˋ) 請別人給予教導。例 小珍向姐姐請教唱歌技巧。近 求教。

✽申請、邀請、不請自來

15/8

諸

ㄓㄨ (zhū)

丶 亠 亠 言 言 言 言 言 計 計 訃 詳 諸 諸 諸

形 很多的；各個。如：諸位。介 「之於」兩字的合音。如：訴諸。

【諸如此類】(ㄓㄨ ㄖㄨˊ ㄘˇ ㄌㄟˋ) 指和這種東西很像的種種事物。例 像食品、衣物、家電等諸如此類的生活用品，到大賣場都可以買得到。

✽付諸流水、反求諸己

15/8

課

ㄎㄜˋ (kè)

丶 亠 亠 言 言 言 言 言 訁 訂 訂 訂 評 課 課

名 1 學業。如：功課。2 機關團體中負責辦事的單位。如：人事課。3 有計畫的分段教學。如：上課。動 徵收；抽取。如：課稅。量 計算教材內容的單位。如：一冊有十課。

【課餘】(ㄎㄜˋ ㄩˊ) 課堂以外的時間。例 課餘時間，哥哥喜歡到公園打球。

✽代課、停課、補課

15/8

諍

ㄓㄥ (zhēng)

丶 亠 亠 言 言 言 言 言 訁 訁 訁 訁 諍 諍 諍

動 直接勸告他人或是指正錯誤。如：諫諍。

誹 15/8

ㄈㄟˇ (fěi)

、 亠 亠 亠 言 言 言 訁 訁 訁 訁 訁 誹 誹 誹

動 編出假的事情，陷害他人。如：誹謗。

【誹謗】ㄈㄟˇ ㄅㄤˋ 編出假的事情，說人壞話，陷害他人。例 小玟忌妒班長人緣好，就故意誹謗她。近 中傷。

調 15/8

、 亠 亠 亠 言 言 言 訁 訂 訂 訂 訂 調 調 調

ㄊㄧㄠˊ (tiáo) 形 和諧的。如：風調雨順。動 1 使和諧、恰當。如：調味。2 嘲笑；捉弄。如：調戲。3 保養；維護健康。如：調養。4 訓練。如：調教。5 幫兩方化解爭執。如：調解。

ㄉㄧㄠˋ (diào) 名 1 講話或音樂的高低起伏。如：曲調。2 講話的習慣語氣。如：腔調。動 1 更動；變換。如：調職。2 徵召；派出。如：調兵遣將。3 計算；察看。如：調查。

【調皮】ㄊㄧㄠˊ ㄆㄧˊ 不乖；喜歡捉弄人。例 弟弟很調皮，常常惹爸爸生氣。近 頑皮。反 乖巧。

【調查】ㄉㄧㄠˋ ㄔㄚˊ 四處察看以了解事情的真相。例 經過警方調查，發現這個人就是凶手。

【調解】ㄊㄧㄠˊ ㄐㄧㄝˇ 解決雙方的爭執。例 陳叔叔和王爺爺為了停車位的問題爭吵不休，最後只好請里長來調解。近 調停。

【調適】ㄊㄧㄠˊ ㄕˋ 更改情況，變得能夠適應。例 開學前要調適自己的心態，不能像放假時那麼懶散。

【調養】ㄊㄧㄠˊ ㄧㄤˇ 保養；維護身體健康。例 爺爺靠著慢跑、多吃蔬果來調養身體。

✽強調、聲調、油腔滑調

言

15/8
諉
ㄨㄟˇ (wěi)

丶 亠 亠 亠 言 言 言 言 訁 訁 訐 訐 諉 諉 諉

動 推卸責任。如：諉過。

15/8
諂
ㄔㄢˇ (chǎn)

丶 亠 亠 亠 言 言 言 訁 訁 訁 諂 諂 諂

動 順從、討好別人。如：諂媚。

【諂媚】ㄔㄢˇ ㄇㄟˋ 以言語或行為討好人。例 小芊的諂媚功力一流，見到人必說好聽的話。近 巴結。

15/8
誰
ㄕㄟˊ (shéi)

丶 亠 亠 亠 言 言 言 訁 訁 訁 誰 誰 誰

代 1什麼人。如：誰在外面。2任何人。如：誰都知道。

❀鹿死誰手、捨我其誰

15/8
諛
ㄩˊ (yú)

丶 亠 亠 亠 言 言 言 訁 訁 訁 諛 諛 諛

動 用言語討好人。如：阿諛。

15/8
誕
ㄉㄢˋ (dàn)

丶 亠 亠 亠 言 言 言 訁 訁 訁 誕 誕 誕

名 生日。如：壽誕。形 誇張；怪異。如：荒誕。動 生育。如：誕生。

【誕生】ㄉㄢˋ ㄕㄥ 1出生。2產生。例 科技產品的誕生，讓生活更加便利。近 問世。

❀放誕、華誕、虛誕

15/8
論
ㄌㄨㄣˋ (lùn)

丶 亠 亠 亠 言 言 言 訁 訁 論 論 論 論 論

名 1文體的一種。用來分析說明事情。如：社論。2學說；主張。如：進化論。動 1分析說明。如：辯論。2判斷；判定。如：論罪。3按照。如：論功行賞。4看待。如：以棄權論。5考慮；顧及。如：無論如何。

ㄌㄨㄣˊ (lún)（限讀）㊔ 論語的簡稱。

【論文】ㄌㄨㄣˋ ㄨㄣˊ 1 分析說明的文章。2 發表研究結果的文章。

【論語】ㄌㄨㄣˊ ㄩˇ 由孔子弟子和再傳弟子所編成。記錄孔子和弟子之間的對話，是研究儒家思想的重要書籍。

✽討論、理論、結論

16/9 **諦** ㄉㄧˋ (dì)

丶 亠 亠 亖 言 言 言 訁 訁 訁 訁 諦 諦 諦 諦 諦

㊔ 真實不會改變的道理。如：真諦。㊟ 仔細的；注意的。如：諦聽。

16/9 **諳** ㄢ (ān)

丶 亠 亠 亖 言 言 言 訁 訁 訁 訁 諳 諳 諳 諳 諳

㊍ 明白；熟悉。如：熟諳。

16/9 **諺** ㄧㄢˋ (yàn)

丶 亠 亠 亖 言 言 言 訁 訁 訁 訁 諺 諺 諺 諺 諺

㊔ 俗語。如：古諺。

【諺語】ㄧㄢˋ ㄩˇ 指流傳在民間，通俗又有意義的話。如：有志者，事竟成。

✽俗諺、西諺、俚諺

16/9 **諮** ㄗ (zī)

丶 亠 亠 亖 言 言 言 訁 訁 訁 訁 諮 諮 諮 諮 諮

㊍ 詢問；商量。如：諮商。

【諮詢】ㄗ ㄒㄩㄣˊ 問；請教。㊙ 如果有借還書方面的問題，都可以諮詢圖書館人員。

16/9 **諫** ㄐㄧㄢˋ (jiàn)

丶 亠 亠 亖 言 言 言 訁 訁 訁 訁 諫 諫 諫 諫 諫

㊍ 勸告他人改正過錯。如：進諫。

✽苦諫、力諫、勸諫

16/9 **諱** ㄏㄨㄟˋ (huì)

丶 亠 亠 亖 言 言 言 訁 訁 訁 訁 諱 諱 諱 諱 諱

(名)指避忌的事物。如：名諱。(動)因為某種理由而隱藏不讓人知道。如：隱諱。

※忌諱、避諱、不可諱言

16/9
謀
ㄇㄡˊ (móu)

、 亠 亠 亠 言 言 言 言 計 計 計 計 計 謀 謀 謀

(名)方法；計策。如：計謀。(動)1計劃討論。如：謀議。2想辦法求到。如：謀生。

【謀生】ㄇㄡˊ ㄕㄥ 想辦法維持生活。(例)黃叔叔在傳統市場賣水果謀生。(近)維生。

【謀求】ㄇㄡˊ ㄑㄧㄡˊ 想辦法求到。(例)小明是個正人君子，絕不會用不正當的手段謀求成功。

※陰謀、預謀、有勇無謀

16/9
諜
ㄉㄧㄝˊ (dié)

、 亠 亠 亠 言 言 言 言 計 計 計 計 計 諜 諜 諜

(名)埋伏在敵方，打聽敵人消息的人。如：間諜。(形)話很多的樣子。通「喋」。如：諜諜不休。

16/9
諧
ㄒㄧㄝˊ (xié)

、 亠 亠 亠 言 言 言 言 言 言 言 言 諧 諧 諧 諧

(形)好笑的；有趣的。如：詼諧。(動)配合恰當。如：諧和。

16/9
謁
ㄧㄝˋ (yè)

、 亠 亠 亠 言 言 言 言 言 言 言 言 謁 謁 謁 謁

(動)拜見；進見。如：謁見。

16/9
諾
ㄋㄨㄛˋ (nuò)

、 亠 亠 亠 言 言 言 言 言 言 言 言 諾 諾 諾 諾

(名)答應人的話。如：諾言。(動)答應。如：承諾。

【諾言】ㄋㄨㄛˋ ㄧㄢˊ 答應他人的話。(例)爸爸遵守諾言，在暑假時帶全家到遊樂園玩。

✽允諾、應諾、一諾千金

16/9
謂 ㄨㄟˋ (wèi)

名 名稱。如：稱謂。動 說。如：所謂。

16/9
諷 ㄈㄥˋ (fěng)

動 1 以含蓄的話勸告人。如：諷諫。2 用間接的方式嘲笑人。如：嘲諷。

【諷刺】ㄈㄥˋ ㄘˋ 用含蓄曲折的話嘲笑人。例 電影導演用一個小故事來諷刺貪心的人。

✽譏諷、反諷、冷嘲熱諷

16/9
諭 ㄩˋ (yù)

名 上對下的命令或文件。如：面諭。動 告訴。如：曉諭。

✽手諭、諷諭、口諭

17/10
謗 ㄅㄤˋ (bàng)

動 用誇張不真實的話陷害他人。如：誹謗。

✽毀謗、譏謗、訕謗

17/10
謐 ㄇㄧˋ (mì)

形 安靜。如：靜謐。

17/10
謙 ㄑㄧㄢ (qiān)

形 不驕傲。如：謙虛。

【謙虛】ㄑㄧㄢ ㄒㄩ 不驕傲；不自大。例 小廷老是以為自己很厲害，完全不懂謙虛。反 自大。

言

17/10

謎 ㄇㄧˊ (mí)

、 亠 亠 亠 言 言 言 言' 言'' 訁' 訁米 訁米 訁米 訁米 訁米 謎

(名)隱含某種意思在句子中，讓人猜測的詞語。如：猜謎。(形)很難讓人了解的。如：謎團。

【謎團】ㄇㄧˊ ㄊㄨㄢˊ 始終很難讓人了解或解釋的事件或問題。(例)埃及金字塔是怎麼建成的，至今還是個謎團。

【謎語】ㄇㄧˊ ㄩˇ 用人、事、物或文字當答案，然後根據答案的特色，用比喻、暗示的方式出題目。

✽解謎、燈謎、打啞謎

17/10

講 ㄐㄧㄤˇ (jiǎng)

、 亠 亠 亠 言 言 言 言 言 言 言 訁 訁 訁 講 講 講

(動)①說；談。如：講話。②說明；解釋。如：講解。③商量；討論。如：講和。④注重；重視。如：講究。⑤研習。如：講習。

【講究】ㄐㄧㄤˇ ㄐㄧㄡˋ ①重視；注重。(例)阿義講究衛生，所以很少買路邊攤的食物。②精美。(例)王先生家裡的裝潢很講究。

【講理】ㄐㄧㄤˇ ㄌㄧˇ 根據事實來判斷對錯。(例)莊媽媽很講理，從來不會隨便發脾氣。

【講義】ㄐㄧㄤˇ ㄧˋ 老師所編寫的教學資料。

【講解】ㄐㄧㄤˇ ㄐㄧㄝˇ 分析說明，使人清楚。(例)阿國已經跟我講解過這個遊戲的玩法了。(近)解說。

✽主講、聽講、雞同鴨講

17/10

謊 ㄏㄨㄤˇ (huǎng)

、 亠 亠 亠 言 言 言 言 言 訁 訁 訁 謊 謊 謊

(名)騙人的話。如：說謊。(形)騙人的。如：謊言。

【謊話】ㄏㄨㄤˇ ㄏㄨㄚˋ 騙人的話。(反)實話。

✻撒謊、扯謊、圓謊

17/10
謅
ㄗㄡ (zōu)

㊍ 亂講話。如：胡謅。

17/10
謠
ㄧㄠˊ (yáo)

㊔ 泛指歌曲。如：歌謠。㊋ 沒有根據，不真實的話。如：謠言。

【謠言】ㄧㄠˊ ㄧㄢˊ 沒有事實根據的消息或說法。

✻民謠、童謠、造謠

17/10
謝
ㄒㄧㄝˋ (xiè)

㊍ 1 拒絕。如：謝絕推銷。2 離開。如：謝世。3 對別人給的好處表示感激。如：感謝。4 認錯。如：謝罪。5 草木凋落。如：凋謝。

【謝罪】ㄒㄧㄝˋ ㄗㄨㄟˋ 承認自己的過錯，請求原諒。㊎ 那位明星做出了酒後駕車的危險行為，因而公開向大眾謝罪。

✻答謝、道謝、新陳代謝

17/10
謄
ㄊㄥˊ (téng)

㊍ 抄寫。如：謄錄。

【謄本】ㄊㄥˊ ㄅㄣˇ 正式文件的抄本或影印本。㊇ 副本。㊌ 正本。

18/11
謫
ㄓㄜˊ (zhé)

㊍ 懲罰。通常指古代將官員降職調到偏遠的地方。如：貶謫。

18/11
謬
ㄇㄧㄡˋ (miù)

㊔ 錯誤。如：荒謬。

【謬論】(ㄇㄧㄡˋ ㄌㄨㄣˋ) 錯誤的言論。例 捐血會造成貧血的說法根本是謬論。

18/11
謳
ㄡ (ōu)

、 亠 亠 亠 言 言 言 言 訂 訂 訂 訂 訂 謳 謳 謳 謳 謳 謳

名 歌曲。動 唱。如：謳歌。

【謳歌】(ㄡ ㄍㄜ) ①唱歌。②讚美。例 自古以來，詩人們留下不少謳歌母愛的詩篇。近 歌頌。

18/11
謹
ㄐㄧㄣˇ (jǐn)

、 亠 亠 亠 言 言 言 言 言 言 言 訁 訁 訁 訁 謹 謹 謹 謹 謹 謹

形 小心仔細的。如：謹慎。副 恭敬的。如：謹緘。

【謹記】(ㄐㄧㄣˇ ㄐㄧˋ) 牢牢記住。例 小婷出外總是謹記母親的叮嚀，絕不喝陌生人給的飲料。

【謹慎】(ㄐㄧㄣˇ ㄕㄣˋ) 小心仔細。例 從事攀岩這類活動時，要特別小心謹慎。

✽拘謹、嚴謹、恭謹

18/11
謾
、 亠 亠 亠 言 言 言 言 訁 訁 訁 訁 謁 謁 謁 謁 謾 謾

ㄇㄢˊ (mán) 動 ①欺騙。如：謾欺。②說壞話傷害人。如：遭謾。

ㄇㄢˋ (màn) 形 隨便的；廣泛的。通「漫」。如：謾罵。動 輕視；驕傲。通「慢」。如：輕謾。

【謾罵】(ㄇㄢˋ ㄇㄚˋ) 隨意罵人。例 張叔叔脾氣很差，常常謾罵家人。

18/11
謨
ㄇㄛˊ (mó)

、 亠 亠 亠 言 言 言 言 言 訁 訁 訁 謨 謨 謨 謨 謨

名 計畫；計策。如：良謨。

19/12
識
、 亠 亠 亠 言 言 言 言 言 訁 訁 訁 訁 訁 訁 訁 識 識 識

ㄕˋ (shì) 名 ①心志；精神。如：意識。②見解；判斷事物對錯的能力。如：見識。③互相都知道的朋友。

如：舊識。動1知道；明白。如：不識時務。2欣賞。如：賞識。

ㄓˋ(zhì) 名 能讓人分辨的標記。通「幟」。如：標識。

【識破】ㄕˋ ㄆㄛˋ 看穿。例 大偉變魔術的技巧太不高明，很快就被大家識破。

【識貨】ㄕˋ ㄏㄨㄛˋ 能夠分辨東西的好壞。例 這雙全球限量的球鞋，早被識貨的人預購一空。

✽常識、辨識、目不識丁

19/12 **譜** ㄆㄨˇ (pǔ)

言 言 言 言 言 言 言 訁 訁 訁 訁 訁 誁 誁 誁 譜 譜 譜 譜

名 1按照事物的規則或順序所編成的書。如：族譜。2利用圖形或符號編成可以讓人學習的書。如：琴譜。動 按歌詞編歌。如：譜曲。

✽歌譜、離譜、五線譜

19/12 **譚** ㄊㄢˊ (tán)

言 言 言 言 言 言 言 言 訁 訁 訁 訁 訁 譚 譚 譚 譚 譚 譚

名 言論。通「談」。如：怪譚。

19/12 **譎** ㄐㄩㄝˊ (jué)

言 言 言 言 言 言 言 言 訁 訁 訁 訁 訁 譎 譎 譎 譎 譎 譎

形 奇怪的；變化多端的。如：詭譎。動 欺騙。如：譎詐。

19/12 **證** ㄓㄥˋ (zhèng)

言 言 言 言 言 言 言 言 訁 訁 訁 訁 訁 證 證 證 證 證 證

名 可以用來表明事實的憑據或物品。如：身分證。動 以憑據或親自看到的情況來判斷事實。如：查證。

【證實】ㄓㄥˋ ㄕˊ 確定某一件事是真的。例 專家證實多運動能預防疾病。

【證據】ㄓㄥˋ ㄐㄩˋ 確定事實的資料。例 由於沒有直接的證據，所以法官判決小王無罪。

✽保證、求證、驗證

19/12

譁

ㄏㄨㄚˊ (huá)

丶 亠 亠 亠 言 言 言 言 訁 訁 訁 詳 詳 詳 譁 譁

動 大聲吵鬧。如：喧譁。

【譁然】ㄏㄨㄚˊ ㄖㄢˊ 人多聲音吵鬧的樣子。例 老師突然宣布要小考，引起同學們一陣譁然。

【譁眾取寵】ㄏㄨㄚˊ ㄓㄨㄥˋ ㄑㄩˇ ㄔㄨㄥˇ 用誇張奇怪的言語或行為引人注意。例 電視新聞喜歡用與暴力、色情有關的消息來譁眾取寵，增加收視率。

19/12

譏

ㄐㄧ (jī)

丶 亠 亠 亠 言 言 言 言 訁 訁 訁 訁 譏 譏 譏 譏 譏 譏 譏

動 用言語嘲笑他人。如：譏笑。

【譏笑】ㄐㄧ ㄒㄧㄠˋ 用言語嘲笑他人。例 大雄身材高大，膽子卻很小，因此常被同學譏笑。近 取笑；訕笑。

20/13

議

ㄧˋ (yì)

丶 亠 亠 亠 言 言 言 言 訁 訁 訁 訁 詳 詳 詳 詳 議 議 議 議

名 1 言論。如：建議。2 文體的一種。用來講道理、討論事情和表達意見。如：奏議。動 1 討論；商量。如：商議。2 判定；評論。如：評議。

【議論紛紛】ㄧˋ ㄌㄨㄣˋ ㄈㄣ ㄈㄣ 指對某個人或某件事的批評討論特別多。例 自從升上了高年級之後，同學們對於新任班長的人選議論紛紛，一直都沒結論。近 七嘴八舌。

✽會議、抗議、不可思議

20/13

譯

ㄧˋ (yì)

丶 亠 亠 亠 言 言 言 言 訁 訁 訁 訁 譯 譯 譯 譯 譯 譯 譯 譯

動 將一種語言文字換成另一種語言文字。如：翻譯。

【譯本】(ㄧˋ ㄅㄣˇ) 翻譯自外國文字的書。

✽音譯、編譯、口譯

20/13

譬

ㄆㄧˋ (pì)

ㄱ ㄱ 尸 尸 吊 吊 吊 吊
启 启 启 启 启 辟 辟 辟
辟 辟 辟 辟 辟 譬 譬 譬

(動) 比如。如：譬喻。

【譬如】(ㄆㄧˋ ㄖㄨˊ) 比如；舉例來說明。(近) 例如。

20/13

警

ㄐㄧㄥˇ (jǐng)

丶 丷 艹 艹 艹 艹 芍
芍 苟 苟 苟 苟 苟 苟
敬 敬 敬 敬 警 警 警 警 警

(名) 1 維護安全的人。如：員警。2 緊急的消息。如：火警。(形) 反應快的。如：機警。(動) 1 告誡。如：警告。2 小心防備。如：警惕。

【警告】(ㄐㄧㄥˇ ㄍㄠˋ) 1 告誡提醒他人。(例) 小明被老師警告上課不可以吃東西。2 一種對犯錯的人的處罰。(例) 表哥因為遲交作業又不聽從老師勸導，因此被記警告一次。

【警戒】(ㄐㄧㄥˇ ㄐㄧㄝˋ) 提醒人們注意防備。(例) 強烈颱風來襲，氣象局提醒民眾加強警戒。

✽刑警、義警、報警

21/14

譴

ㄑㄧㄢˇ (qiǎn)

丶 亠 亠 亠 言 言 言
言 言 言 訁 訁 訁 訁 訁
訁 訁 訁 譴 譴 譴 譴 譴

(動) 責罵。如：譴責。

【譴責】(ㄑㄧㄢˇ ㄗㄜˊ) 責罵他人的過錯。(例) 家長們譴責學校不該用體罰的方式管教學生。(近) 斥責。

21/14

護

ㄏㄨˋ (hù)

丶 亠 亠 亠 言 言 言
言 言 言 言 訁 訁 訁 訁
訁 訁 訁 訁 護 護 護 護

(動) 1 守衛；保衛。如：保護。2 救助。如：救護。3 疼愛；關心。如：愛護。4 掩蓋；隱藏。如：掩護。

5照顧。如：護理。

【護短】(ㄏㄨˋ ㄉㄨㄢˇ) 隱藏自己或別人的缺點。例他處事一向公平，從不護短。

【護照】(ㄏㄨˋ ㄓㄠˋ) 由政府所發的身分證明文件。本國人到國外可以用來證明國籍身分，請求當地保護，以及准許居住、停留或行動。

※呵護、守護、看護

譽 21/14

ㄩˋ (yù)

名美好的名聲。如：榮譽。動稱讚；讚美。如：讚譽有加。

※名譽、校譽、信譽

讀 22/15

ㄉㄨˊ (dú) 動1說出；念出。如：朗讀。2觀看。如：閱讀。3上學；研究。如：就讀小學。

ㄉㄡˋ (dòu) 名文句中停頓的地方。通「逗」。如：句讀。

【讀物】(ㄉㄨˊ ㄨˋ) 書本、文章、報紙或雜誌等可以讓人閱讀的刊物。

【讀者】(ㄉㄨˊ ㄓㄜˇ) 閱讀書本、報紙或雜誌等刊物的人。

※導讀、解讀、研讀

變 23/16

ㄅㄧㄢˋ (biàn)

名突然發生的事故。如：變故。動1更改事物的情況，使和原本不一樣。如：改變。2適當的調整。如：變通。3因為需要而轉賣資產。如：變賣家產。

【變化】(ㄅㄧㄢˋ ㄏㄨㄚˋ) 事物的型態和性質有了更改，和原先不一樣。例最近天氣變化很大，出門要多帶件衣服，

以免著涼。

【變故】(ㄅㄧㄢˋ ㄍㄨˋ) 突然發生的事故。例 小峰家裡突然發生重大變故，需要大家伸出援手。

【變動】(ㄅㄧㄢˋ ㄉㄨㄥˋ) 改變更動。例 地震之後，臺灣的地形有了很大的變動。

【變換】(ㄅㄧㄢˋ ㄏㄨㄢˋ) 更改。例 利用電腦打字，可以變換多種字型和顏色。

【變質】(ㄅㄧㄢˋ ㄓˊ) 事物的本來樣子發生改變。例 這瓶牛奶放了太久，已經變質了。

【變遷】(ㄅㄧㄢˋ ㄑㄧㄢ) 事物因為種種原因而改變。例 網際網路的發達使人類的生活型態產生重大變遷。

【變化多端】(ㄅㄧㄢˋ ㄏㄨㄚˋ ㄉㄨㄛ ㄉㄨㄢ) 形容變化很多。例 變化多端的煙火讓觀眾們充滿驚奇。

【變本加厲】(ㄅㄧㄢˋ ㄅㄣˇ ㄐㄧㄚ ㄌㄧˋ) 本指事物變得更好。現在多半指事情變得更壞。例 小強原來只是上學愛遲到，後來變本加厲，常常不來學校上課。

✻演變、千變萬化、隨機應變

24/17

讓

ㄖㄤˋ (ràng)

丶 亠 亠 亠 言 言 言 訁 訁 訁 訁 訁 訁 訁 訁 訁 訁 訁 訁 讓

動 1 推辭。如：禮讓。2 把物品轉給別人。如：廉讓。3 躲避。如：讓開。4 任；隨著。如：讓他走。5 令；使。如：讓我害怕。介 被；給。如：讓他騙了。

【讓位】(ㄖㄤˋ ㄨㄟˋ) 把自己的職務、位子給別人。例 搭乘大眾交通工具時，應該讓位給老人、小孩、孕婦及行動不便的人。

【讓步】(ㄖㄤˋ ㄅㄨˋ) 雙方發生爭執時，為了避免衝突，願意放棄自己的主張，而讓事情和平解決。例 媽媽決定讓步，同意爸爸買汽車。近 退讓。

✻割讓、忍讓、轉讓

言

24/17
讖
ㄔㄣˋ (chèn)

(名) 1 預言。如：一語成讖。2 專門討論算命占卜的書。如：讖緯。

24/17
讒
ㄔㄢˊ (chán)

(名) 1 壞話。如：進讒。2 小人。如：讒邪。

【讒言】ㄔㄢˊ ㄧㄢˊ 陷害別人的壞話。(例) 屈原因為遭受小人的讒言，而失去國君的信任。

26/19
讚
ㄗㄢˋ (zàn)

(動) 稱許；說別人的好話。如：稱讚。

【讚美】ㄗㄢˋ ㄇㄟˇ 誇獎。(例) 班長認真的表現，得到老師的讚美。

【讚不絕口】ㄗㄢˋ ㄅㄨˋ ㄐㄩㄝˊ ㄎㄡˇ 一直誇獎不停。(例) 媽媽炒菜的手藝真是一流，吃過的人都讚不絕口。

谷部
ㄍㄨˇ

7/0
谷
ㄍㄨˇ (gǔ)

(名) 1 兩座山之間的河流或低地。如：山谷。2 困難的處境。如：進退維谷。

✽河谷、峽谷、虛懷若谷

17/10
豁
ㄏㄨㄛˋ (huò) (名) 前後相通的山谷。(形) 開通的。如：豁達。(動) 1 捨棄；犧

牲。如：豁出性命。2免去；免除。如：豁免。副 一下子。如：豁地。

ㄏㄨㄚˊ (huá)（限讀）動「豁拳」一詞，指以手出數目決定勝負的遊戲。也作「划拳」。

【豁達】形容人心胸開闊。例 小李個性十分豁達，從不計較小事情。

【豁出去】不顧一切，毫無顧忌的去做。例 為了讓校慶活動能夠更加熱鬧，校長決定豁出去，扮成小丑上臺表演。

17/10

谿 ㄒㄧ (xī)

名 1山谷。如：谿谷。2山間的河流。通「溪」。如：深谿。

豆 部

7/0

豆 ㄉㄡˋ (dòu)

名 1古代裝食物的器具。後來多用在祭祀上。2豆科植物種子的總稱。

【豆豉】一種將豆類蒸熟、發酵，加鹽攪拌之後密封在容器中而成的食品。

❋目光如豆、煮豆燃萁

10/3

豈 ㄑㄧˇ (qǐ)

副 難道；怎麼。表示反問。如：豈敢。

【豈有此理】哪裡有這種道理。表示不合理。例 這家便利商店竟然不讓顧客更換有問題的商品，真是豈有此理。

11/4
豉 ㄔˇ (chǐ)

一 ㄒ ㄖ ㄖ ㄖ 豆 豆 豆一 豆十 豉 豉

見「豆豉」。

15/8
豌 ㄨㄢ (wān)

一 ㄒ ㄖ ㄖ ㄖ 豆 豆 豆 豆 豆 豆 豆 豌 豌 豌

見「豌豆」。

【豌豆 ㄨㄢ ㄉㄡˋ】豆科，一年生草本植物。莢果長而扁平，熟的時候會裂開，種子則是圓球狀，有綠色或黃色。莢果和嫩莖葉可供食用。

15/8
豎 ㄕㄨˋ (shù)

一 ㄒ ㄢ ㄢ ㄢ ㄢ 臣 臤 臤 臤 臤 豎 豎 豎 豎 豎

㊔直的筆畫。與「橫」相對。㊜直立。如：豎立。

【豎立 ㄕㄨˋ ㄌㄧˋ】直立；建立。㊀運動器材旁豎立著許多標語，提醒同學使用時要注意安全。

18/11
豐 ㄈㄥ (fēng)

一 十 キ 丰 丰 丰 丰 丰 丰 丰 豐 豐 豐 豐 豐 豐 豐 豐

㊆①充足；多。如：豐富。②肥美；飽滿。如：豐滿。

【豐沛 ㄈㄥ ㄆㄟˋ】很多的樣子。㊀颱風為臺灣帶來豐沛的雨量。

【豐盛 ㄈㄥ ㄕㄥˋ】非常多。㊀每年的除夕夜，桌上都擺滿豐盛的菜餚。

【豐富 ㄈㄥ ㄈㄨˋ】充足富裕。㊀牛奶含有豐富的營養，很適合發育中的兒童飲用。

【豐滿 ㄈㄥ ㄇㄢˇ】①形容女子的容貌體型飽滿美好。㊀她看起來豐滿又健康。②富足、飽滿。㊀小鳥的羽毛日漸豐滿，不久就會離巢，獨立生活。

【豐衣足食 ㄈㄥ ㄧ ㄗㄨˊ ㄕˊ】形容生活富裕舒服。㊀在我們過著豐衣足食的生活時，別忘了幫助需要幫助的人。

28/21
豔 ㄧㄢˋ (yàn)

㊅ 1 美麗的。如：美豔。2 色彩明亮的。如：鮮豔。㊇ 羨慕。如：豔羨。

【豔陽高照】ㄧㄢˋ ㄧㄤˊ ㄍㄠ ㄓㄠˋ 形容陽光非常燦爛的樣子。㊋ 海邊豔陽高照，戲水的人潮一波又一波，好不熱鬧。

❋妖豔、爭奇鬥豔、濃妝豔抹

豕部 ㄕˇ

7/0
豕 ㄕˇ (shǐ)

㊔ 豬的總稱。

11/4
豚 ㄊㄨㄣˊ (tún)

㊔ 小豬。如：豚肉。

12/5
象 ㄒㄧㄤˋ (xiàng)

㊔ 1 陸地上現存最大的哺乳類。皮膚有灰或棕色。特徵為耳朵大、腿粗，鼻子長而能伸捲自如。口中有兩隻彎長的門牙。性情溫和，可以做粗重的工作。2 形狀；狀態。如：圖象。3 表現在外面的狀態。如：表象。4 代表。如：象徵。5 預兆。如：跡象。

【象徵】ㄒㄧㄤˋ ㄓㄥ 用符號或比較具體的事物來表達抽象的概念。㊋ 過年吃橘子象徵著大吉大利。

❋印象、對象、包羅萬象

13/6
豢 ㄏㄨㄢˋ (huàn)

㊔ 吃穀物的家畜。如：芻豢。㊇ 1 飼養家畜。如：豢畜。2 收買；利用。如：豢養。

【豢養】ㄏㄨㄢˋ ㄧㄤˇ ①飼養動物。②比喻利用或收買他人為自己做壞事。例他豢養一批手下，專門替他走私販毒，警方已經開始注意了。

14/7
豪 ㄏㄠˊ (háo)

丶 亠 亠 古 古 古 亨 亨 亭 亭 豪 豪 豪 豪

名①才能智慧出色的人。如：英豪。②有權有錢的人。如：富豪。形①大的；量多的。如：豪雨。②率性不拘小節的。如：豪邁。副①野蠻不講理的。如：巧取豪奪。②放縱沒有節制的。如：豪賭。

【豪傑】ㄏㄠˊ ㄐㄧㄝˊ 才能和勇氣都出眾的人。

【豪華】ㄏㄠˊ ㄏㄨㄚˊ 華麗氣派。例這家五星級飯店的裝潢十分豪華。

【豪邁】ㄏㄠˊ ㄇㄞˋ 性情奔放，不受任何拘束。例爸爸每次跟朋友吃飯，總是豪邁的划拳乾杯。近豪爽。

❋自豪、文豪、土豪

15/8
豬 ㄓㄨ (zhū)

一 丆 豕 豕 豕 豕 豕 豕 豖 豖 豬 豬 豬 豬 豬

名哺乳類。身體肥胖，四肢短小，鼻子凸起呈柱狀，鼻孔在中央。

16/9
豫 ㄩˋ (yù)

ㄱ ㄱ 予 予 予 予 豫 豫 豫 豫 豫 豫 豫 豫 豫 豫

動遲疑。如：猶豫。

豸部 ㄓˋ

10/3
豺 ㄔㄞˊ (chái)

丿 𠂊 𠂊 乡 乎 乎 豸 豸 豺 豺

名哺乳類。體型像狗而較小，性情凶猛殘暴，喜歡群居生活。

【豺狼虎豹】ㄔㄞˊ ㄌㄤˊ ㄏㄨˇ ㄅㄠˋ 比喻凶惡殘暴的壞人。例阿良的朋友都是些豺狼虎豹，你最好離他們遠一點。

10/3
豹 ㄅㄠˋ (bào)

㊔哺乳類。肉食性。身體的底色為黃色，上面有斑點或花紋。擅長爬樹，動作靈敏，多半在夜間活動。

✽雲豹、海豹、管中窺豹

12/5
貂 ㄉㄧㄠ (diāo)

㊔哺乳類。肉食性。身體和尾巴細長，腿短，多半在夜間活動。毛皮輕柔溫暖，十分珍貴。

13/6
貊 ㄇㄛˋ (mò)

㊔古代民族名。分布在朝鮮。

13/6
貉 ㄏㄜˊ (hé)

㊔一種像貍的野獸。毛皮可作皮衣。

14/7
貍 ㄌㄧˊ (lí)

㊔哺乳類。形狀像狐而略小，但毛較長，且身體圓胖。毛皮具有經濟價值。

14/7
貌 ㄇㄠˋ (mào)

㊔①臉；面容。如：容貌。②外表；外觀。如：外貌。

【貌合神離】表面上看起來好像彼此相合，但實際上雙方的心志已經背離。㊀林先生和太太表面上恩愛，但其實是對貌合神離的夫妻。㊃同床異夢。㊅心心相印。

✽以貌取人、人不可貌相

16/9
貓 ㄇㄠ (māo)

(名)哺乳類。腳掌有肉墊，走路不會發出聲音，行動敏捷，善於捕鼠。

【貓頭鷹】(ㄇㄠ ㄊㄡˊ ㄧㄥ) 鳥類。梟的俗稱。身體上的羽毛多黑斑，眼睛大而圓，視覺、聽覺都很敏銳。習慣在夜晚時出來活動。

貝部 ㄅㄟˋ

7/0 **貝** ㄅㄟˋ (bèi) 貝 丨 冂 冃 月 目 貝

(名)[1]軟體動物。外表有殼，殼的形狀或花紋隨種類而不同。如：貝殼。[2]古代的貨幣。如：貝幣。

【貝殼】(ㄅㄟˋ ㄎㄜˊ) 貝類的外殼。

❀拷貝、寶貝、護貝

9/2 **貞** ㄓㄣ (zhēn) 貞 丨 ⺊ 𠂌 占 占 卣 貞 貞 貞

(形)意志堅定的。如：忠貞。

【貞節】(ㄓㄣ ㄐㄧㄝˊ) 指婦女堅定不移的節操。

9/2 **負** ㄈㄨˋ (fù) 負 ノ ⺈ ⺈ 𠂊 负 負 負 負 負

(名)[1]失敗。如：勝負難分。[2]責任。如：如釋重負。(形)相反的。與「正」相對。如：負面。(動)[1]承擔。如：負責。[2]虧欠。如：負債。[3]具有。如：頗負盛名。[4]違背。如：負心漢。[5]背東西。如：負荊請罪。[6]仗恃。如：自負。

【負責】(ㄈㄨˋ ㄗㄜˊ) 擔負責任。(例)班長很負責，總能完成老師交待的任務。

【負擔】(ㄈㄨˋ ㄉㄢ) 比喻加在身上的工作或責任。(例)陳先生有父母妻兒要養，生活的負擔很重。(近)負荷。

【負荊請罪】(ㄈㄨˋ ㄐㄧㄥ ㄑㄧㄥˇ ㄗㄨㄟˋ) 比喻親自向人道歉。(例)我今天為了上次打破你心愛的杯子來負荊請罪。

❀抱負、辜負、肩負

10/3
貢
ㄍㄨㄥˋ (gòng) 一 丅 工 𢀖 𢀚 𢀛 育 育 貢 貢

(名)向朝廷進獻的物品。如：進貢。(動)進獻。如：貢獻。

【貢獻】ㄍㄨㄥˋ ㄒㄧㄢˋ 把自己的生命、才能或財物奉獻出來。(例)愛迪生對人類最大的貢獻就是發明了電燈。

10/3
財
ㄘㄞˊ (cái) 丨 冂 冃 目 目 貝 貝 貝 財 財

(名)錢幣、貨物、產業的總稱。如：財產。

【財產】ㄘㄞˊ ㄔㄢˇ 所擁有財物的總稱。(近)家當。

【財大氣粗】ㄘㄞˊ ㄉㄚˋ ㄑㄧˋ ㄘㄨ 仗著有錢而專橫俗氣的樣子。(例)阿福那種財大氣粗的樣子，真是令人討厭。

✽和氣生財、勞民傷財

11/4
責
ㄗㄜˊ (zé) 一 二 キ 丰 𡗗 青 青 青 青 責

(名)自己分內應盡的義務。如：責任。(動)[1]要求。如：責成。[2]罵別人。如：指責。[3]處罰。如：責罰。

【責任】ㄗㄜˊ ㄖㄣˋ 本分應該做的事。(例)學生最大的責任就是認真學習，並且培養端正的人格。

【責備】ㄗㄜˊ ㄅㄟˋ 斥罵別人的過錯。(例)媽媽責備弟弟放學後不寫功課，卻一直玩電動玩具。(近)責罵。

【責無旁貸】ㄗㄜˊ ㄨˊ ㄆㄤˊ ㄉㄞˋ 責任無可推卸，應該負責到底。(例)小志是科展的負責人，完成科展作品是他責無旁貸的事。

✽自責、盡責、重責大任

11/4
貫
ㄍㄨㄢˋ (guàn) ㄴ 口 口 毌 毌 毌 毌 貫 貫 貫

(名)[1]古代穿錢的繩索。[2]姓氏或血統的來源地。如：籍貫。(動)[1]穿；通。如：貫穿。[2]接連不斷。如：連貫。[3]灌注。如：如雷貫耳。(量)古代計算錢幣的單位。一千枚錢幣

貝

為一貫。如：家財萬貫。

【貫穿】(ㄍㄨㄢˋ ㄔㄨㄢ) 穿透。例北宜高速公路貫穿雪山，連接臺北和宜蘭。

【貫徹始終】(ㄍㄨㄢˋ ㄔㄜˋ ㄕˇ ㄓㄨㄥ) 貫通到底，始終如一。例做什麼事都該貫徹始終，不應半途而廢。

✽一貫、滿貫、橫貫

11/4 **販** ㄈㄢˋ (fàn) 丨 冂 月 目 貝 貝 貝 貝 販 販

名做小生意的人。如：攤販。動賣。如：販售。

【販賣】(ㄈㄢˋ ㄇㄞˋ) 賣東西。例大雄因販賣盜版的遊戲光碟而被警察逮捕。反購買。

✽小販、魚販、量販店

11/4 **貨** ㄏㄨㄛˋ (huò) ノ 亻 亻 化 化 化 貨 貨 貨 貨

名①錢幣。如：貨幣。②可買賣的物品。如：雜貨。

【貨色】(ㄏㄨㄛˋ ㄙㄜˋ) 商品的種類或品質。例老闆對這批新品的貨色很滿意。

【貨物】(ㄏㄨㄛˋ ㄨˋ) 可以買賣的商品。近貨品。

【貨幣】(ㄏㄨㄛˋ ㄅㄧˋ) 為社會上所接受，可以用來買東西、作為價值標準，具有保存價值的所有工具。

【貨真價實】(ㄏㄨㄛˋ ㄓㄣ ㄐㄧㄚˋ ㄕˊ) ①指商品的品質好、價錢合理。例這件羊毛衣貨真價實，不信的話，你試穿一下就知道了。②形容真實不假。例為了讓我們練習英語，老師請了一位貨真價實的英國人來到班上，和同學們進行會話練習。

✽國貨、訂貨、二手貨

11/4 **貪** ㄊㄢ (tān) ノ 人 𠆢 今 今 含 含 含 貪 貪 貪

動①希望太多，不知滿足。如：貪心。②過分愛惜。如：貪生怕死。

【貪心】(ㄊㄢ ㄒㄧㄣ) 不知足。例哥哥已經有一臺腳踏車了，卻還想要一臺變速越野車，真是貪心。

【貪汙】(ㄊㄢ ㄨ) 用非法的手段謀取不應得的財物。例何部長在任內，因為貪汙而下臺。反清廉。

【貪圖】(ㄊㄢ ㄊㄨˊ) 想得到非分的東西。例那名女子因為貪圖李老闆的錢而故意接近他。

【貪生怕死】(ㄊㄢ ㄕㄥ ㄆㄚˋ ㄙˇ) 比喻不勇敢，遇到危難時不敢犧牲自己。例我們的軍隊裡，沒有貪生怕死的軍人。近苟且偷生。反視死如歸。

貧 11/4 ㄆㄧㄣˊ (pín)

形 1 沒錢；窮。如：貧窮。2 缺乏的；不足的。如：貧乏。

【貧乏】(ㄆㄧㄣˊ ㄈㄚˊ) 缺少。例偏遠地區的小學，圖書資源比較貧乏。

【貧窮】(ㄆㄧㄣˊ ㄑㄩㄥˊ) 沒有錢。例學校為貧窮的學生提供「清寒獎學金」的補助。近貧苦。

✽赤貧、安貧樂道、一貧如洗

貳 12/5 ㄦˋ (èr)

動改變；不專一。如：忠貞不貳。副再次。如：不貳過。數「二」的大寫。

費 12/5 ㄈㄟˋ (fèi)

名金錢。如：繳費。動耗損；消耗。如：費時。

【費力】(ㄈㄟˋ ㄌㄧˋ) 消耗精力或體力。例用手搬書太費力了，為什麼不用推車呢？反省力。

【費用】(ㄈㄟˋ ㄩㄥˋ) 花用的金錢。

【費時】(ㄈㄟˋ ㄕˊ) 消耗時間。例從臺北開車到新竹，約需費時一個小時。

✽免費、學費、收費

12/5
賁

一 十 土 去 去 去 卉 卉 賁 賁 賁 賁

ㄅㄧˋ (bì) 副 形容貴賓來臨。如：賁臨。

ㄅㄣ (bēn) 形 勇敢敏捷。如：虎賁。

12/5
賀

ㄏㄜˋ (hè)

ㄱ 力 力 加 加 加 賀 賀 賀 賀 賀 賀

動 慶祝。如：賀喜。

【賀禮 ㄏㄜˋ ㄌㄧˇ】向人道喜時所送的金錢或禮物。

✽恭賀、祝賀、可喜可賀

12/5
貯

ㄓㄨˇ (zhǔ)

丨 冂 日 月 目 貝 貝 貝 貝 貯 貯 貯

動 儲存。如：貯藏。

【貯存 ㄓㄨˇ ㄘㄨㄣˊ】儲存。例 小英將零用錢貯存在小豬撲滿裡。

12/5
貼

ㄊㄧㄝ (tiē)

丨 冂 日 月 目 貝 貝 貝 貝 貼 貼 貼

形 剛好；合適。如：妥貼。動 1 黏附。如：剪貼。2 靠近。如：貼近。3 補償。如：補貼。

【貼切 ㄊㄧㄝ ㄑㄧㄝˋ】合適；恰當。例 這篇作文所使用的成語都非常貼切。

【貼心 ㄊㄧㄝ ㄒㄧㄣ】切合心意。例 爸爸貼心的在媽媽咳嗽時，遞上一杯溫開水。近 窩心。

✽張貼、服貼、體貼

12/5
貶

ㄅㄧㄢˇ (biǎn)

丨 冂 日 月 目 貝 貝 貝 貝 貶 貶 貶

動 1 減損。如：貶值。2 降低職位。如：貶職。3 批評別人的過錯。如：貶斥。

【貶值 ㄅㄧㄢˇ ㄓˊ】貨幣的相對價值降低。反 升值。

12/5
貽

ㄧˊ (yí)

丨 冂 日 月 目 貝 貝 貝 貝 貽 貽 貽

動 1 贈送。如：貽贈。2 留下。如：貽害。

【貽害】(一ˊ ㄏㄞˋ) 留下禍害。例現在隨意汙染環境，就是在貽害後世子孫。

12/5
貴 ㄍㄨㄟˋ (guì)

丶 口 口 中 中 虫 冉 冉 冉 貴 貴 貴

名1地位很高的人。如：權貴。2重要。如：以和為貴。形1價錢高。如：昂貴。2地位高。如：貴族。3受到看重的。如：珍貴。4敬稱跟對方有關的事。如：貴姓。動崇尚。如：貴古賤今。

【貴人】(ㄍㄨㄟˋ ㄖㄣˊ) 對自己有很大幫助的人。

【貴重】(ㄍㄨㄟˋ ㄓㄨㄥˋ) 價值很高。例很抱歉，這麼貴重的禮物我不能收。

【貴賓】(ㄍㄨㄟˋ ㄅㄧㄣ) 對客人的尊稱。近嘉賓；貴客。

❀高貴、尊貴、寶貴

12/5
買 ㄇㄞˇ (mǎi)

丶 冂 罒 罒 罒 罒 買 買 買 買 買 買

動拿錢換東西。如：買糖果。

【買單】(ㄇㄞˇ ㄉㄢ) 付錢。近結帳。

【買賣】(ㄇㄞˇ ㄇㄞˋ) 指彼此用錢交易、換取物品。例李爺爺做買賣最實在了，保證「一分錢一分貨」。

❀採買、購買、招兵買馬

12/5
貸 ㄉㄞˋ (dài)

ノ 亻 仁 代 代 代 代 貸 貸 貸 貸 貸

動1把錢借進來或借出去。如：貸款。2原諒。如：寬貸。3推卸。如：責無旁貸。

【貸款】(ㄉㄞˋ ㄎㄨㄢˇ) 借錢。例陳先生為了買車子而向銀行貸款。

❀借貸、房貸、高利貸

12/5
貿 ㄇㄠˋ (mào)

ㄑ ㄈ ㄈ 卯 卯 卯 貿 貿 貿 貿 貿 貿

形輕率的。如：貿然行事。動做買賣。如：貿易。

【貿易】(ㄇㄠˋ 一ˋ) 商品的買賣、交易。例她的叔叔從事國際貿易的生意。

【貿然】ㄇㄠˋ ㄖㄢˊ 輕率的樣子。例在沒探聽清楚敵情前，千萬別貿然行動。

※國貿、外貿、經貿

13/6
資
ㄗ (zī) 資

名 1財產。如：資本。2費用。如：郵資。3才能。如：天資。4材料。如：資源。5經歷。如：年資。6資本家的簡稱。如：勞資雙方。動提供；幫忙。如：資助。

【資助】ㄗ ㄓㄨˋ 用金錢幫助別人。例這間公司經常資助一些藝術團體。

【資格】ㄗ ㄍㄜˊ 應具備的條件。例他資格不符，所以無法參加游泳比賽。

【資訊】ㄗ ㄒㄩㄣˋ 資料；訊息。例哥哥都會上網吸收最新的汽車資訊。

【資源】ㄗ ㄩㄢˊ 可供利用的人力或物質。例臺灣四面臨海，擁有豐富的海洋資源。

【資質】ㄗ ㄓˊ 天生具有的能力。例小梅很有跳舞的資質，年紀輕輕就進入了一個著名的舞蹈團。

※師資、薪資、投資

13/6
賈
ㄐㄧㄚˇ (jiǎ) 專姓。
ㄍㄨˇ (gǔ) 名商人。如：富商大賈。動招致。如：賈禍。

13/6
賅
ㄍㄞ (gāi) 賅

形充足；完備。如：言簡意賅。

13/6
賊
ㄗㄟˊ (zéi) 賊

名 1小偷。如：竊賊。2危害社會國家的人。如：賣國賊。形奸詐的。如：賊頭賊腦。動傷害。如：賊害。

貝

✽叛賊、盜賊、作賊心虛

13/6
賄

ㄏㄨㄟˋ (huì)

丨 冂 冃 月 目 貝 貝 貝 財 財 賄 賄 賄

名 他人有所請託而贈送的財貨。如：收賄。動 有不正當的請託，而送人財物。如：行賄。

【賄賂】ㄏㄨㄟˋ ㄌㄨˋ 有不正當的請託而送人財物，拜託他人幫忙。例 林處長一向公正行事，絕對不接受任何賄賂。

13/6
賂

ㄌㄨˋ (lù)

丨 冂 冃 月 目 貝 貝 貝 敗 敗 賂 賂 賂

動 贈送他人財物，而有所請託。如：賄賂。

13/6
貲

ㄗ (zī)

丨 ㅏ 止 止 此 此 此 柴 柴 柴 柴 貲

名 財產。通「資」。如：貲產。動 計算。如：所費不貲。

13/6
賃

ㄌㄧㄣˋ (lìn)

丿 亻 仁 任 任 任 任 侍 侍 侍 侍 賃 賃

動 租借。如：租賃。

14/7
賓

ㄅㄧㄣ (bīn)

丶 丶 宀 宀 宀 宀 宀 宀 宀 宀 宀 宀 賓 賓

名 尊稱客人。如：來賓。

【賓館】ㄅㄧㄣ ㄍㄨㄢˇ 旅館。近 旅舍。

【賓至如歸】ㄅㄧㄣ ㄓˋ ㄖㄨˊ ㄍㄨㄟ 作客時感覺就好像在自己家裡一樣。形容主人招待客人的親切周到。例 小米熱情的招呼，讓我有賓至如歸的感覺。

✽嘉賓、外賓、相敬如賓

14/7
賑

ㄓㄣˋ (zhèn)

丨 冂 冃 月 目 貝 貝 貝 貝 貝 賑 賑 賑 賑

動 救濟。如：賑災。

【賑災】(ㄓㄣˋ ㄗㄞ) 救助受災害的民眾。㊄ 水災後，政府積極的在各地賑災。

14/7
賒
ㄕㄜ (shē)

丨 冂 冃 月 目 貝 貝' 貝ㅅ 貝仒 貝仒 貝余 賒 賒 賒

㊍ 買東西暫時不付款。如：賒欠。

【賒帳】(ㄕㄜ ㄓㄤˋ) 買東西暫時不付錢而記帳。㊄ 你已經賒帳三個月了，請快點還錢好嗎？

15/8
賢
ㄒㄧㄢˊ (xián)

一 丆 丂 丂 臣 臣 臤 臤 臤 臤 賢 賢 賢 賢 賢

㊔ 1 有才又有德的人。如：聖賢。2 對輩分相同或較低的人所用的敬稱。如：賢弟。㊓ 1 良善；美善。如：賢淑。2 有才能。如：賢士。

【賢能】(ㄒㄧㄢˊ ㄋㄥˊ) 品德好，又有能力。㊄ 由賢能的人擔任官員，才能造福民眾。

【賢慧】(ㄒㄧㄢˊ ㄏㄨㄟˋ) 讚美女子品德好，又聰明能幹。㊄ 王太太很賢慧，將家庭照顧得很好。

✽見賢思齊、敬老尊賢

15/8
賣
ㄇㄞˋ (mài)

一 十 士 士 声 声 声 声 声 声 賣 賣 賣 賣 賣

㊍ 1 出售。如：賣西瓜。2 炫耀。如：倚老賣老。

【賣力】(ㄇㄞˋ ㄌㄧˋ) 盡力；努力。㊄ 校慶時，樂隊賣力的演奏，獲得大家熱烈的掌聲。

【賣弄】(ㄇㄞˋ ㄋㄨㄥˋ) 炫耀本事。㊄ 小宏一見到女生，就開始賣弄自己的歌藝。

【賣座】(ㄇㄞˋ ㄗㄨㄛˋ) 影片或表演受人欣賞，票房紀錄很高。㊄ 這部電影上映後便場場爆滿，十分賣座。

15/8
賞
ㄕㄤˇ (shǎng)

丨 ⺌ ⺌ 𫩏 尚 尚 尚 尚 尚 賞 賞 賞 賞 賞 賞

(名)所賜予的東西。如：重賞。(動)1把東西賜給有功勞的人。如：賞賜。2把玩；品評。如：賞月。3讚美；嘉許。如：讚賞。4對他人施予自己恩惠的敬稱。如：賞臉。

【賞識】(ㄕㄤˇ ㄕˋ) 看出別人的才華並加以重視、讚揚。(例)老師非常賞識小豪的作文，還鼓勵他報名文學獎。

【賞心悅目】(ㄕㄤˇ ㄒㄧㄣ ㄩㄝˋ ㄇㄨˋ) 眼睛看到美好的東西，心情感到很愉快。形容事物非常美好。(例)這間咖啡廳布置得很漂亮，令人賞心悅目。

✽欣賞、懸賞、觀賞

賠 15/8 ㄆㄟˊ (péi)

(動)1用財物補償別人的損失。如：賠償。2虧損。如：賠本。3向人道歉或認錯。如：賠不是。

【賠本】(ㄆㄟˊ ㄅㄣˇ) 虧損本錢。(例)這麼大一碗什錦海鮮麵居然只賣三十元，肯定會賠本。(反)賺錢。

【賠罪】(ㄆㄟˊ ㄗㄨㄟˋ) 向人道歉認錯。(例)他都特地來賠罪了，你就原諒他吧！

【賠償】(ㄆㄟˊ ㄔㄤˊ) 用財物彌補別人的損失。(例)廖先生撞壞別人的車，賠償對方不少錢。

✽理賠、索賠、認賠

賦 15/8 ㄈㄨˋ (fù)

(名)1稅。如：賦稅。2資質。如：天賦。3文體的一種。介於詩和散文之間。如：辭賦。(動)給予。如：賦予。

【賦予】(ㄈㄨˋ ㄩˇ) 給。(例)老天賦予我們生命，我們就該好好珍惜。

✽稟賦、天賦異稟

貝

賬

15/8 ㄓㄤˋ (zhàng)

丨 ㄇ 月 月 目 貝 貝 貝 貝 貝 貝 貝 賬 賬 賬

通「帳」。(名)①記錄財務收支的簿子。如：賬冊。②債務。如：欠賬。

賭

15/8 ㄉㄨˇ (dǔ)

丨 ㄇ 月 月 目 貝 貝 貝 貝 貝 貝 賭 賭 賭 賭

(動)①用財物作籌碼來比輸贏的遊戲。如：賭博。②意氣用事不肯屈服；好強。如：賭氣。③發誓。如：賭咒。

【賭徒】ㄉㄨˇ ㄊㄨˊ 沉迷於賭博的人。

【賭氣】ㄉㄨˇ ㄑㄧˋ 因為生氣而任性行動。(例)小白和小黑大吵一架後，便賭氣離開了。(近)負氣。

✽聚賭、打賭、十賭九輸

賤

15/8 ㄐㄧㄢˋ (jiàn)

丨 ㄇ 月 月 目 貝 貝 貝 貝 貝 貝 賤 賤 賤 賤

(名)低下的身分。如：貧賤。(形)①謙稱有關自己的事物。如：賤內。②不好的。如：賤貨。③價格低。如：賤價。(動)輕視。如：貴古賤今。

【賤內】ㄐㄧㄢˋ ㄋㄟˋ 謙稱自己的妻子。(近)拙荊。

✽低賤、貧賤夫妻百事哀

賜

15/8 ㄙˋ (sì)

丨 ㄇ 月 月 目 貝 貝 貝 貝 貝 貝 賜 賜 賜 賜

(名)恩惠。如：恩賜。(動)上級送東西給下級。如：賞賜。

【賜予】ㄙˋ ㄩˇ 賞給。(例)老天賜予阿光一副美妙的歌喉。

✽天賜、厚賜、惠賜

質

15/8

丿 厂 斤 斤 斤 所 所 所 所 質 質 質 質 質 質

ㄓˋ(zhì) 名 1事物的根本。如：性質。2人的天賦。如：資質。形 單純；簡單。如：質樸。動 查問；盤問。如：質問。

ㄓˋ(zhì) 名 抵押品。如：人質。動 抵押。如：典質。

【質料】ㄓˋ ㄌㄧㄠˋ 物品所用的材料。近 質地。

【質問】ㄓˋ ㄨㄣˋ 詢問；責問。例 老師質問小美上學遲到的原因，並對她做出處罰。

【質樸】ㄓˋ ㄆㄨˊ 單純踏實。例 他的個性質樸，一點也不會說謊。近 淳樸。

❀品質、體質、文質彬彬

16/9

賴

ㄌㄞˋ (lài)

形 壞；不好。如：吃得不賴。動 1推卸；不承認。如：抵賴。2依靠。如：仰賴。3亂指他人有罪。如：誣賴。4故意拖延或停留。如：賴著不走。

【賴皮】ㄌㄞˋ ㄆㄧˊ 耍賴而不守信用。例 弟弟答應要把自動鉛筆送給我，後來卻又反悔，真是賴皮。

【賴床】ㄌㄞˋ ㄔㄨㄤˊ 睡醒後仍躺在床上，不肯起來。例 小新時常因為早晨賴床而上學遲到。

❀依賴、信賴、耍賴

17/10

賽

ㄙㄞˋ (sài)

動 1酬謝神明。如：賽神。2超越；勝過。如：賽西施。3競爭；較量。如：賽馬。

❀比賽、球賽、田徑賽

17/10

賺

ㄓㄨㄢˋ (zhuàn)

動 獲得；得到。如：賺錢。

【賺取】(ㄓㄨㄢˋ ㄑㄩˇ) 獲得金錢或利益。㊐ 他靠撿破爛賺取生活費。

17/10
購
ㄍㄡˋ (gòu)

丨 冂 月 月 目 貝 貝 貝 貝 貝 貝 貝 賗 賗 購 購 購

㊅ 買。如：採購。

【購物】(ㄍㄡˋ ㄨˋ) 買東西。㊐ 媽媽上街購物了，所以現在不在家。

【購買】(ㄍㄡˋ ㄇㄞˇ) 用金錢買東西。㊐ 爸爸購買了幾套兒童圖書給我，內容都很有趣。

✽搶購、添購、選購

18/11
贅
ㄓㄨㄟˋ (zhuì)

一 十 土 丰 耂 考 考 耂 敖 敖 敖 贅 贅 贅 贅 贅 贅 贅

㊔ 指男方到女方家成親，成為女方家裡的一員。如：入贅。㊖ 多餘的。如：贅肉。

✽招贅、累贅、冗贅

19/12
贈
ㄗㄥˋ (zèng)

丨 冂 月 月 目 貝 貝 貝 貝 貝 貝 貝 貝 贈 贈 贈 贈 贈 贈

㊅ 把東西送給別人。如：贈送。

【贈品】(ㄗㄥˋ ㄆㄧㄣˇ) 贈送的物品。㊐ 買這個鉛筆盒的贈品是兩隻鉛筆。

19/12
贊
ㄗㄢˋ (zàn)

丿 ㄣ 𠂉 生 牛 先 先 先 先 先 先 兟 兟 替 替 替 替 贊 贊

㊔ 文體的一種。在傳記後面用簡短文字對人或事物作評論。如：序贊。㊅ 1 輔佐；幫助。如：贊助。2 讚美。通「讚」。如：贊許。3 同意。如：贊成。

【贊成】(ㄗㄢˋ ㄔㄥˊ) 同意他人的行為或意見。㊐ 老師贊成班長的提議，這堂課讓大家自習。

20/13
贏
ㄧㄥˊ (yíng)

丶 亠 亡 亡 吂 吂 吂 吂 吂 吂 嬴 嬴 嬴 嬴 嬴 嬴 贏 贏 贏 贏

名 1勝利。與「輸」相對。如：輸贏。2收支相抵後所得的利潤。如：贏利。動 勝過。如：贏了三分。

贍 20/13

ㄕㄢˋ (shàn)

動 提供人財物。如：贍養。

贓 21/14

ㄗㄤ (zāng)

名 用不正當方法取得的財物。如：貪贓枉法。

【贓款 ㄗㄤ ㄎㄨㄢˇ】以不正當方法得來的金錢。

※分贓、栽贓、人贓俱獲

贗 22/15

ㄧㄢˋ (yàn)

形 假的；偽造的。如：贗品。

【贗品 ㄧㄢˋ ㄆㄧㄣˇ】仿冒、偽造的物品。反 真品。

贖 22/15

ㄕㄨˊ (shú)

動 1用財物換回抵押品或人質。如：贖回。2彌補或抵掉罪過。如：將功贖罪。

【贖罪 ㄕㄨˊ ㄗㄨㄟˋ】用行動或金錢等彌補或抵掉罪過。例 為了贖罪，那個酒駕肇事的明星特地站出來向民眾宣導不要酒後開車。

※救贖、自贖、擄人勒贖

贛 24/17

ㄍㄢˋ (gàn)

專 1河流名。在江西。2江西的簡

稱。

赤部

7/0
赤 ㄔˋ (chì)

赤 一 十 土 赤

形 1紅色。如：面紅耳赤。2真誠。如：赤膽忠心。3空的。如：赤手空拳。動 裸露。如：赤身露體。

【赤道】ㄔˋ ㄉㄠˋ 和南、北極距離相等，繞地球一周且與地軸垂直的假想圓圈。緯度為零。赤道以北稱北半球，赤道以南稱南半球。

【赤膊】ㄔˋ ㄅㄛˊ 上身不穿衣服。例 因為天氣熱，所以修馬路的工人打著赤膊工作。

【赤子之心】ㄔˋ ㄗˇ ㄓ ㄒㄧㄣ 純真善良的心。例 阿誠的赤子之心並不因為年歲的增長而改變。

【赤手空拳】ㄔˋ ㄕㄡˇ ㄎㄨㄥ ㄑㄩㄢˊ 1形容手中沒有任何武器。例 小炎是跆拳道高手，能赤手空拳對付多個壯漢。2形容沒有任何憑藉，只靠自己努力。例 當年何先生赤手空拳的打拼，如今已建立起員工百人的大公司。

11/4
赧 ㄋㄢˇ (nǎn)

赤 赧

動 因為害羞或慚愧而臉紅。如：羞赧。

11/4
赦 ㄕㄜˋ (shè)

赤 赦

動 減輕或免除罪刑。如：大赦。

【赦免】ㄕㄜˋ ㄇㄧㄢˇ 減輕或免除罪犯應受的刑罰。例 因為林先生願意供出搶劫案的幕後主使者，所以法官赦免了他的刑責。

✽特赦、罪無可赦、十惡不赦

14/7

赫 ㄏㄜˋ (hè)

一 十 土 ナ 赤 赤 赤 赤 赤 赤 赤 赤 赫 赫

㊋形 明顯；盛大。如：顯赫。㊋量 赫茲(hertz)的簡稱。計算頻率的單位。一秒鐘振動一次就是一赫茲。

【赫然】 ㄏㄜˋ ㄖㄢˊ 突然發現或想到事情的樣子。㊋例 阿山赫然發現，在不知不覺間爸爸竟長了好多白髮。

【赫赫有名】 ㄏㄜˋ ㄏㄜˋ 一ㄡˇ ㄇ一ㄥˊ 非常有名氣。㊋例 沈老師是赫赫有名的數學老師，總是能用簡單的方法，讓學生理解困難的題目。㊋近 大名鼎鼎。

15/8

赭 ㄓㄜˇ (zhě)

一 十 土 ナ 赤 赤 赤 赤 赤 赤 赤 赤 赭 赭 赭

㊋名 紅土。

走部

7/0

走 ㄗㄡˇ (zǒu)

走 一 十 土 キ 卡 走

㊋形 [1]供差遣的。如：販夫走卒。[2]供行走的。如：走道。㊋動 [1]步行。如：走路。[2]離去。如：走開。[3]洩露。如：走漏。[4]改變。如：走味。[5]運轉。如：錶走得太慢了。[6]人與人之間的往來。如：他們最近走得很近。

【走火】 ㄗㄡˇ ㄏㄨㄛˇ [1]電流發生短路而冒出火花。㊋例 街角的房子因電線走火而引發火災。[2]不小心碰到槍的扳機而射出子彈。㊋例 軍營裡發生槍枝走火的意外，幸好沒有人受傷。

【走向】 ㄗㄡˇ ㄒ一ㄤˋ [1]移動往某個地方。[2]趨勢。㊋例 這篇文章分析了近年來經濟發展的走向。[3]指岩層、礦層、

赤

走

山脈等的延伸方向。例臺灣的山脈大部分是南北走向。

【走私】ㄗㄡˇ ㄙ 不遵守法令，私自運送貨物進出國境。例警方今天查獲大批走私的毒品。

【走音】ㄗㄡˇ ㄧㄣ 改變了原來的音調。例小花唱歌走音得很嚴重。

【走動】ㄗㄡˇ ㄉㄨㄥˋ ①行走使身體活動。例奶奶很喜歡四處走動，因此雖然年紀大了仍然很健康。②人與人之間的來往。例陳阿姨和媽媽是好朋友，所以時常來我們家走動。

【走火入魔】ㄗㄡˇ ㄏㄨㄛˇ ㄖㄨˋ ㄇㄛˊ 形容人過分沉迷於某種事物。例小美以為紅色能帶來好運，就將身邊所有東西都換成紅的，真是走火入魔！

✽逃走、一走了之、東奔西走

9/2

赴 ㄈㄨˋ (fù)

動前往。如：赴宴。

【赴約】ㄈㄨˋ ㄩㄝ 前往參加約會。例我在赴約途中遇上大塞車，所以遲到了半小時。

【赴湯蹈火】ㄈㄨˋ ㄊㄤ ㄉㄠˇ ㄏㄨㄛˇ 形容不怕危險，勇於承擔困難。例為了你，就算是赴湯蹈火，我也不在乎。

✽押赴、遠赴、全力以赴

9/2

赳 ㄐㄧㄡ (jiū)

副威武勇敢的樣子。如：雄赳赳。

10/3

起 ㄑㄧˇ (qǐ)

動①站。如：起立。②發動；產生。如：起風。③高漲。如：起落。④開始。如：起步。⑤建築；建立。如：起高樓。量計算事件發生次數的單位。如：一起車禍。助放在動詞之後，表示動作的進行。如：唱起歌來。

【起火】ㄑㄧˇ ㄏㄨㄛˇ ①發生火災。例那棟大樓昨天晚間突然起火，幸好沒有人受傷。②點火；生火。例他們撿來枯樹枝和乾樹葉，準備起火烤肉。

【起伏】ㄑㄧˇ ㄈㄨˊ 忽高忽低。例這條山路的起伏很大，讓容易暈車的妹妹感到非常不舒服。

【起因】ㄑㄧˇ ㄧㄣ 事情發生的原因。

【起勁】ㄑㄧˇ ㄐㄧㄣˋ ①努力。例小陳一向工作得很起勁，所以深受老闆欣賞。②高興。例姐姐下午和好久不見的朋友碰面，兩人聊得很起勁。

【起程】ㄑㄧˇ ㄔㄥˊ 出發。例等小蕾一到，我們就立刻起程。

【起源】ㄑㄧˇ ㄩㄢˊ 根源；開端。例小展對生命的起源充滿興趣。

【起碼】ㄑㄧˇ ㄇㄚˇ 最少；至少。例阿和每餐起碼要吃兩碗飯。

【起點】ㄑㄧˇ ㄉㄧㄢˇ 開始的地方。反終點。

【起死回生】ㄑㄧˇ ㄙˇ ㄏㄨㄟˊ ㄕㄥ ①比喻醫術高明。例戴醫生醫術高明，曾讓許多病人起死回生。②比喻挽救看起來已經沒有希望的事。例經過陳先生的努力，終於讓這家快倒閉的公司起死回生。

❀提起、一時興起、東山再起

12/5

超

ㄔㄠ (chāo)

一 十 土 キ キ 未 走 起 起 超 超 超

動①越過。如：超車。②高出；勝過。如：超群。

【超級】ㄔㄠ ㄐㄧˊ 超過一般等級。例小張很喜歡鄧麗君，是她的超級歌迷。

【超載】ㄔㄠ ㄗㄞˋ 運輸工具裝載的人或貨品超過規定的載重量。例那艘渡輪上擠滿了人，嚴重超載的情形，不禁令人為他們的安全捏把冷汗。

走

【超過】(ㄔㄠ ㄍㄨㄛˋ) 高出；多出。例 這道數學題目太難了，超過了小學生的理解能力。

12/5
越
ㄩㄝˋ (yuè)
一 十 土 キ キ 走 走 赱 赱 越 越 越

形 聲音悠揚。如：清越。動 1 度過；經過。如：翻山越嶺。2 超出。如：越軌。3 搶奪。如：殺人越貨。副 更加。如：越來越好。

【越洋】(ㄩㄝˋ 一ㄤˊ) 橫跨海洋。引申為橫跨國際。例 妹妹打了一通越洋電話給在美國的外婆。

【越發】(ㄩㄝˋ ㄈㄚ) 更加。例 天氣越冷，梅花就開得越發漂亮。

【越過】(ㄩㄝˋ ㄍㄨㄛˋ) 1 穿過；經過。例 越過那排教室就是運動場。2 超過。例 在躲避球比賽中只要腳越過白線就算出界。

✽優越、超越、穿越

12/5
趁
ㄔㄣˋ (chèn)
一 十 土 キ キ 走 走 赱 赱 趁 趁 趁

動 利用時間、機會。如：打鐵趁熱。

【趁早】(ㄔㄣˋ ㄗㄠˇ) 趕快；提前。例 颱風就要來了，要趁早做好防颱準備。

【趁機】(ㄔㄣˋ ㄐ一) 利用機會。例 小偷在一團混亂中，趁機逃走了。

14/7
趙
ㄓㄠˋ (zhào)
一 十 土 キ キ 走 走 赱 赱 赱 趙 趙 趙

專 古代諸侯國名。在山西、河北一帶，是戰國七雄之一。

14/7
趕
ㄍㄢˇ (gǎn)
一 十 土 キ キ 走 走 赱 赱 赱 赱 赱 趕 趕

動 1 加快速度。如：趕工。2 追逐；驅逐。如：趕走。

【趕快】(ㄍㄢˇ ㄎㄨㄞˋ) 快一點。例 火車就要到了，你還不趕快進站！

【趕路】(ㄍㄢˇ ㄌㄨˋ) 加快速度走路，好早點到目的地。例 天要黑了，大家快點趕路吧！

❀驅趕、追趕、迎頭趕上

15/8
趣 ㄑㄩˋ (qù)

一 十 土 キ キ 走 走 走 赴 赳 赳 趄 趄 趣 趣

名 興味。如：有趣。形 有興味的。如：趣事。

【趣事】(ㄑㄩˋ ㄕˋ) 有趣的事。例 我們喜歡聽媽媽說她年輕時的趣事。

【趣味】(ㄑㄩˋ ㄨㄟˋ) 情趣和意味。例 這本童話書一打開就有音樂聲傳出，增添了閱讀時的趣味。

❀妙趣、無趣、自討沒趣

15/8
趟 ㄊㄤˋ (tàng)

一 十 土 キ キ 走 走 走 赴 赴 赴 趟 趟 趟 趟

量 計算走動次數的單位。如：跑一趟藥局。

17/10
趨 ㄑㄩ (qū)

一 十 土 キ キ 走 走 走 赴 赳 赳 趍 趍 趨 趨 趨 趨

動 1 快走；奔赴。如：趨前。2 朝著一定的方向。如：趨吉避凶。3 依附。如：趨炎附勢。

【趨勢】(ㄑㄩ ㄕˋ) 事情發展的方向。例 兩性平等是社會發展的趨勢。

【趨之若鶩】(ㄑㄩ ㄓ ㄖㄨㄛˋ ㄨˋ) 像野鴨爭食一般，成群的跑過去。形容嚮往、追求的人很多。例 每當百貨公司大打折，有許多民眾就會趨之若鶩的去撿便宜。

❀亦步亦趨、大勢所趨

足部 ㄗㄨˊ

7/0
足 ㄗㄨˊ (zú)

丶 ㄇ 口 口 早 早 足

名 1 人或動物的腳。如：雙足。2

走

足

足

支撐器物的腳。如：鼎足。形充分；完全。如：充足。副可以；值得。如：足以自豪。

【足夠】ㄗㄨˊ ㄍㄡˋ 足以滿足；不缺乏。例小胖一餐的飯量，足夠一般人吃三餐了。

【足智多謀】ㄗㄨˊ ㄓˋ ㄉㄨㄛ ㄇㄡˊ 形容人聰明，很有謀略。例諸葛亮是個足智多謀的政治家，幫助劉備打天下。

✽美中不足、畫蛇添足

9/2 **趴** ㄆㄚ (pā) 丶 口 口 早 早 足 足 趴 趴

動身體向下伏著。如：趴著。

11/4 **趾** ㄓˇ (zhǐ) 丶 口 口 早 早 足 足 趴 趾 趾 趾

名腳。也專指腳指頭。

【趾高氣昂】ㄓˇ ㄍㄠ ㄑㄧˋ ㄤˊ 比喻驕傲自滿、得意忘形的樣子。也作「趾高氣揚」。例小華一當上班長就一副趾高氣昂的模樣。

12/5 **跎** ㄊㄨㄛˊ (tuó) 丶 口 口 早 早 足 足 跎 跎 跎 跎

見「蹉跎」。

12/5 **距** ㄐㄩˋ (jù) 丶 口 口 早 早 足 足 距 距 距 距 距

名公雞腳爪後面，凸出像腳趾的部分。如：雞距。動相隔；相離。如：距離。

【距離】ㄐㄩˋ ㄌㄧˊ ①兩者之間相隔的遠近。可指有形、無形，時間、空間的相隔遠近。例希望我倆的友誼長存，不因時空的距離而變淡。②相隔。例我家距離學校很近，走路只要五分鐘就到了。

✽差距、焦距、間距

12/5 **跋** ㄅㄚˊ (bá) 丶 口 口 早 早 足 足 跋 跋 跋 跋

名文體的一種。寫在文章或書畫後面的文字。如：題跋。形蠻橫不講理。如：跋扈。動走山路。如：跋

涉。

【跋涉】(ㄅㄚˊ ㄕㄜˋ) 爬山涉水。形容旅途艱辛。例經過一番長途跋涉後，大家都累壞了。

【跋扈】(ㄅㄚˊ ㄏㄨˋ) 形容人的態度驕縱不講理。例這戶人家仗恃著有錢，態度跋扈，所以附近鄰居都不願意和他們有所來往。

12/5

跚

ㄕㄢ (shān)

丶 口 口 ㄗ ㄗ 𧾷 𧾷 趴 趴 跚 跚 跚

見「蹣跚」。

12/5

跆

ㄊㄞˊ (tái)

丶 口 口 ㄗ ㄗ 𧾷 𧾷 跆 跆 跆 跆 跆

動 踐踏。

【跆拳道】(ㄊㄞˊ ㄑㄩㄢˊ ㄉㄠˋ) 拳術的一種。講求以手、足、拳、肘快速而有效的制服對手。

12/5

跌

ㄉㄧㄝˊ (dié)

丶 口 口 ㄗ ㄗ 𧾷 𧾷 跌 跌 跌 跌 跌

動 1摔倒。如：跌了一跤。2落下；降低。如：跌價。

【跌破眼鏡】(ㄉㄧㄝˊ ㄆㄛˋ ㄧㄢˇ ㄐㄧㄥˋ) 比喻出乎意料。例原本實力堅強的小仁竟然輸了比賽，真是令人跌破眼鏡。

❀下跌、漲跌、回跌

12/5

跑

ㄆㄠˇ (pǎo)

丶 口 口 ㄗ ㄗ 𧾷 𧾷 跑 跑 跑 跑 跑

動 1快速前進。如：奔跑。2逃開。如：跑掉。3為某事奔走忙碌。如：跑新聞。

【跑道】(ㄆㄠˇ ㄉㄠˋ) 1運動場上專供跑步用的道路。2飛機起飛和降落用的滑行道。3比喻人的志趣、方向。例叔叔在銀行工作多年，最近轉換跑道，當起了業務員。

【跑腿】(ㄆㄠˇ ㄊㄨㄟˇ) 幫別人做雜事。例老師請我幫忙跑腿，到辦公室拿作業本回教室。

❀晨跑、逃跑、東奔西跑

足

足

12/5
跛

ㄅㄛˇ (bǒ)

(形) 腳有殘疾，走路不正常。如：跛腳。

12/5
跗

ㄈㄨ (fū)

(名) [1] 腳趾。[2] 腳背。

13/6
跤

ㄐㄧㄠ (jiāo)

(名) [1] 一種角力比賽。如：摔跤。[2] 筋斗。如：跌跤。

13/6
跡

ㄐㄧ (jī)

(名) [1] 腳印；行蹤。如：足跡。[2] 事物留下來的遺痕。如：筆跡。

【跡象】ㄐㄧ ㄒㄧㄤˋ 事情顯露出來可供追查探究的現象。(例) 看今天的天色有下雨的跡象。

✽絕跡、字跡、蛛絲馬跡

13/6
跟

ㄍㄣ (gēn)

(名) [1] 腳掌的後半部。如：腳跟。[2] 鞋子的後半部。如：鞋跟。(動) 隨行在後。如：跟從。(介) 向；對。如：我跟你說。(連) 和。如：花跟草。

【跟蹤】ㄍㄣ ㄗㄨㄥ 暗中跟在別人後面，觀察對方的行動。(例) 那個明星不時回頭察看自己是否被狗仔隊跟蹤。

(近) 尾隨。

13/6
跨

ㄎㄨㄚˋ (kuà)

(動) [1] 越過。如：跨過。[2] 騎；乘。如：跨上馬。[3] 橫架在上方。如：跨海大橋。

【跨越】ㄎㄨㄚˋ ㄩㄝˋ 超越。(例) 等待列車時請不要跨越月臺黃線，以確保安全。

足

13/6
跳
ㄊㄧㄠˋ (tiào)
丨 ㄇ 口 ㄗ ㄗ 𧾷 𧾷 𧿒 𧿒 𧿒 趴 跳 跳

(動) 1用腳蹬地，使身體向上或向前。如：跳遠。2越過；略過。如：跳頁。3逃脫；脫離。如：跳出火坑。4振動。如：心跳。

【跳舞】ㄊㄧㄠˋ ㄨˇ 配合音樂的節奏，身體手腳所做的優美動作。

【跳躍】ㄊㄧㄠˋ ㄩㄝˋ 跳動。(例) 狗狗小白一個跳躍，輕鬆咬住爸爸丟出的飛盤。

✽心驚肉跳、雞飛狗跳

13/6
跺
ㄉㄨㄛˋ (duò)
丨 ㄇ 口 ㄗ ㄗ 𧾷 𧾷 趴 趴 跺 跺 跺

(動) 以腳用力踏地。如：跺腳。

【跺腳】ㄉㄨㄛˋ ㄐㄧㄠˇ 用腳猛力踏地。形容著急或生氣的樣子。(例) 小彥已經遲到三十分鐘了，小龍等得直跺腳。

13/6
跪
ㄍㄨㄟˋ (guì)
丨 ㄇ 口 ㄗ ㄗ 𧾷 𧾷 𧾷 跄 跄 跪 跪

(動) 膝蓋彎曲著地，腰打直的動作。如：下跪。

✽長跪、罰跪、三跪九叩

13/6
路
ㄌㄨˋ (lù)
丨 ㄇ 口 ㄗ ㄗ 𧾷 𧾷 𧾷 跁 跁 路 路

(名) 1供通行的途徑。如：道路。2條理。如：思路。3方面；方向。如：兵分二路。

【路程】ㄌㄨˋ ㄔㄥˊ 兩地距離的遠近。(例) 從她家到學校的路程約是五分鐘。

【路過】ㄌㄨˋ ㄍㄨㄛˋ 經過。(例) 路過便利商店時，弟弟一直吵著要買飲料喝。

✽迷路、網路、走投無路

14/7
踉
ㄌㄧㄤˊ (liáng)
丨 ㄇ 口 ㄗ ㄗ 𧾷 𧾷 𧾷 𧾷 踉 踉 踉 踉 踉

(動) 跳躍。如：跳踉。

ㄌㄧㄤˋ (liàng) 見「踉蹌」。

【踉蹌】(ㄌㄧㄤˋ ㄑㄧㄤˋ) 走路歪歪斜斜的樣子。例那個酒鬼腳步踉蹌的走回家。

14/7 **跼** ㄐㄩˊ (jú)

動 受限制而無法伸展。通「局」、「侷」。如：跼促。

15/8 **踫** ㄆㄥˋ (pèng)

異「碰」的異體字。

15/8 **踐** ㄐㄧㄢˋ (jiàn)

動 1踩。如：踐踏。2實現。如：實踐。

【踐踏】(ㄐㄧㄢˋ ㄊㄚˋ) 1用腳踩踏。2形容任意摧毀、糟蹋。例阿強動不動就罵別人很笨，這種任意踐踏別人自尊的舉動，大家都很討厭。

15/8 **踝** ㄏㄨㄞˊ (huái)

名 小腿與腳掌相連處，兩旁所凸起的圓骨。

15/8 **踢** ㄊㄧ (tī)

動 用腳觸擊。如：踢球。

15/8 **踏** ㄊㄚˋ (tà)

動 以腳踩地或物品。如：踏步。

【踏青】(ㄊㄚˋ ㄑㄧㄥ) 到郊外遊玩。例他因為明天要去踏青而興奮得睡不著。

【踏實】(ㄊㄚˋ ㄕˊ) 1心中覺得實在。例準備科展的過程雖然辛苦，但是一步一步完成計畫，讓他們覺得很踏實。2比喻做事認真、確實。例爸

爸做事一向很認真踏實。

✽踩踏、踐踏、腳踏車

踩 15/8

ㄘㄞˇ (cǎi)

丶 口 口 𠯁 𠯁 𧾷 𧾷 𧿹 𧿹 𧿹 𧿹 跴 跴 踩

動 用腳踏。如：踩髒了地板。

踟 15/8

ㄔˊ (chí)

丶 口 口 𠯁 𠯁 𧾷 𧾷 𧿹 𧿹 𧿹 跢 跢 踟

見「踟躕」。

【踟躕】ㄔˊ ㄔㄨˊ 猶豫不前。例 他站在十字路口踟躕不前，不知該往哪個方向走才好。

蹄 16/9

ㄊㄧˊ (tí)

丶 口 口 𠯁 𠯁 𧾷 𧾷 𧿹 𧿹 𧿹 𧿹 𧿹 蹄 蹄

名 豬、牛、羊、馬等動物腳趾前端的厚角質，具有保護作用。如：馬蹄。

踱 16/9

ㄉㄨㄛˋ (duò)

丶 口 口 𠯁 𠯁 𧾷 𧾷 𧿹 𧿹 𧿹 𧿹 𧿹 踱 踱

動 慢步走。如：踱步。

【踱來踱去】ㄉㄨㄛˋ ㄌㄞˊ ㄉㄨㄛˋ ㄑㄩˋ 慢慢的走來走去。例 爸爸在客廳裡踱來踱去，不知道有什麼心事？

蹂 16/9

ㄖㄡˊ (róu)

丶 口 口 𠯁 𠯁 𧾷 𧾷 𧿹 𧿹 𧿹 𧿹 𧿹 蹂 蹂

動 踐踏。如：蹂躪。

【蹂躪】ㄖㄡˊ ㄌㄧㄣˋ 踐踏。比喻摧殘、迫害。例 南部地區遭受強烈颱風的蹂躪，災情十分慘重。

踴 16/9

ㄩㄥˇ (yǒng)

丶 口 口 𠯁 𠯁 𧾷 𧾷 𧿹 𧿹 𧿹 𧿹 𧿹 踴 踴

動 跳躍。如：踴躍。

【踴躍】ㄩㄥˇ ㄩㄝˋ 形容熱烈積極。例 學校發起樂捐活動，大家都踴躍捐款。

足

16/9
踹 ㄔㄨㄞˋ (chuài)

動 用力踢。如：踹門。

16/9
踵 ㄓㄨㄥˇ (zhǒng)

名 腳後跟。如：舉踵。

17/10
蹉 ㄘㄨㄛ (cuō)

動 錯失；虛度光陰。如：蹉跎。

【蹉跎】ㄘㄨㄛ ㄊㄨㄛˊ 浪費時間，虛度光陰。例 每個人都該及時努力，別蹉跎了光陰。

17/10
蹋 ㄊㄚˋ (tà)

動 1 以腳踩地。通「踏」。如：蹋步。2 見「糟蹋」。

17/10
蹊 ㄒㄧ (xī)

名 小路。如：蹊徑。

【蹊蹺】ㄒㄧ ㄑㄧㄠ˙ 奇怪；可疑。例 這件事聽起來有點蹊蹺，你確定他們沒說謊嗎？

17/10
蹈 ㄉㄠˋ (dào)

動 1 踏；踩。如：手舞足蹈。2 投入。如：赴湯蹈火。3 遵循；實行。如：循規蹈矩。

17/10
蹌 ㄑㄧㄤ (qiāng) 形 走路有節奏。
ㄑㄧㄤˋ (qiàng) 動 走。如：踉蹌。

蹙 18/11
ㄘㄨˋ (cù)

形 1急迫危險。如：國勢日蹙。2窮困。如：窘蹙。動 1皺；縮。如：蹙眉。2減少。如：財源日蹙。

蹟 18/11
ㄐㄧ (jī)

名 前人遺留下來的事物。如：古蹟。

✽奇蹟、遺蹟、史蹟

蹣 18/11
ㄇㄢˊ (mán)

見「蹣跚」。

【蹣跚】ㄇㄢˊ ㄕㄢ 走路一拐一拐的樣子。例 上體育課時小俊不小心扭傷了腳，只能步伐蹣跚的走回教室。反 健步如飛。

蹦 18/11
ㄅㄥˋ (bèng)

動 跳躍。如：活蹦亂跳。

【蹦蹦跳跳】ㄅㄥˋ ㄅㄥˋ ㄊㄧㄠˋ ㄊㄧㄠˋ 走路跳躍的樣子。例 小希在花園裡蹦蹦跳跳的追著小狗玩。

蹤 18/11
ㄗㄨㄥ (zōng)

名 1足跡。如：蹤跡。2泛指事物的痕跡。如：無影無蹤。

【蹤跡】ㄗㄨㄥ ㄐㄧ 足跡；痕跡。例 解說員帶著我們尋找野鹿的蹤跡。

✽失蹤、行蹤、追蹤

蹲 19/12
ㄉㄨㄣ (dūn)

動 1兩腿彎曲，像坐的樣子，但臀部不著地。如：蹲下。2閒居。如：

足

你整天蹲在家裡做什麼？

19/12
蹭
ㄘㄥˋ (cèng)

動 1 摩擦。如：磨蹭。2 慢慢走。如：蹭到這邊來。

19/12
蹺
ㄑㄧㄠ (qiāo)

動 1 舉起。如：蹺二郎腿。2 溜走；逃跑。如：蹺課。

【蹺課】ㄑㄧㄠ ㄎㄜˋ 故意不上課。例 哥哥蹺課去玩，媽媽知道後狠狠罵了他一頓。近 逃學。

19/12
蹶
ㄐㄩㄝˊ (jué)

動 1 跌倒。如：蹶躓。2 失敗；受挫。如：一蹶不振。

19/12
蹬
ㄉㄥˋ (dèng)

動 1 用力踏。如：用腳一蹬。2 穿。如：蹬上鞋子。

19/12
躇
ㄔㄨˊ (chú)

見「躊躇」。

19/12
蹼
ㄆㄨˊ (pú)

名 在水裡游的家禽或兩棲類動物腳趾間的薄膜，可以輔助划水。

20/13
躉
ㄉㄨㄣˇ (dǔn)

副 大批的。如：躉售。

20/13

躂

ㄊㄚˋ (tà)

㊀動 踏。如：踢躂。

20/13

躁

ㄗㄠˋ (zào)

形 性急；不冷靜。如：躁進。動 擾動。如：稍安勿躁。

【躁動】(ㄗㄠˋ ㄉㄨㄥˋ) 因急躁而坐立不安的樣子。例 偶像明星突然出現在街頭，引起路人的一陣躁動。

【躁進】(ㄗㄠˋ ㄐㄧㄣˋ) 急於求進。例 學書法得慢慢來，千萬別躁進。

✽急躁、焦躁、心浮氣躁

20/13

躅

ㄓㄨˊ (zhú)

名 足跡。形 見「躑躅」。

21/14

躋

ㄐㄧ (jī)

動 登；升。如：躋升。

21/14

躍

ㄩㄝˋ (yuè)

動 1 快跑。如：飛躍。2 跳動；跳起。如：躍升。

【躍躍欲試】(ㄩㄝˋ ㄩㄝˋ ㄩˋ ㄕˋ) 很想嘗試的樣子。例 學校最近要選拔排球校隊，很多同學都躍躍欲試。

✽踴躍、雀躍、一躍而起

21/14

躊

ㄔㄡˊ (chóu)

見「躊躇」。

【躊躇】(ㄔㄡˊ ㄔㄨˊ) 難以下決定的樣子。例究竟要選電腦課還是舞蹈課，姐姐躊躇不決。近遲疑。

22/15
躕
ㄔㄨˊ (chú)

見「踟躕」。

22/15
躑
ㄓˊ (zhí)

見「躑躅」。

【躑躅】(ㄓˊ ㄓㄨˊ) 徘徊不前的樣子。例他在商店外躑躅半天，最後還是買了那個玩具。

25/18
躡
ㄋㄧㄝˋ (niè)

動提起腳跟走路。如：躡足。

【躡手躡腳】(ㄋㄧㄝˋ ㄕㄡˇ ㄋㄧㄝˋ ㄐㄧㄠˇ) 形容輕步行走，不敢發出聲音的樣子。例大家都已趴在桌上午睡，貪玩的小胖才躡手躡腳的回到座位上吃午飯。

27/20
躪
ㄌㄧㄣˋ (lìn)

動踐踏。如：蹂躪。

身部

7/0
身
ㄕㄣ (shēn)

名①軀體的總稱。如：身體。②物品的主要部分。如：車身。③自己。如：以身作則。④懷孕。如：有身。

副親自。如：身歷其境。

【身分】(ㄕㄣ ㄈㄣˋ) 指人在社會上的地位。

【身材】(ㄕㄣ ㄘㄞˊ) 身體的外型，如：高、矮、胖、瘦等。

【身教】(ㄕㄣ ㄐㄧㄠˋ) 用自己的行為做別人的榜樣。

【身不由己】(ㄕㄣ ㄅㄨˋ ㄧㄡˊ ㄐㄧˇ) 被外在環境影響或控制，自己無法做決定。例 一聽到班長說放學後還要留下來補課，同學們齊聲抗議，班長無奈的說：「這是老師的命令，我也是身不由己呀！」

【身歷其境】(ㄕㄣ ㄌㄧˋ ㄑㄧˊ ㄐㄧㄥˋ) 親自經歷。也作「身臨其境」。例 這部卡通影片非常逼真，讓我好像身歷其境般的隨著片中人物去冒險。

【身體力行】(ㄕㄣ ㄊㄧˇ ㄌㄧˋ ㄒㄧㄥˊ) 親自努力實踐。例 道理人人會講，重要的是要身體力行。

✽挺身而出、奮不顧身

身

10/3

躬

ㄍㄨㄥ (gōng)

丿 亻 冂 冃 自 自 身 身 躬 躬

名 身體。如：卑躬屈膝。動 彎身。如：躬身行禮。副 親自。如：躬耕。

【躬逢其盛】(ㄍㄨㄥ ㄈㄥˊ ㄑㄧˊ ㄕㄥˋ) 親自參與盛大的事。例 這場百年校慶我能躬逢其盛，真是令人開心啊！

✽鞠躬、打躬作揖、反躬自省

13/6

躲

ㄉㄨㄛˇ (duǒ)

丿 亻 冂 冃 自 自 身 身 躲 躲 躲 躲 躲

動 1 把身體藏起來。如：躲藏。2 避開。如：躲雨。

【躲藏】(ㄉㄨㄛˇ ㄘㄤˊ) 把身體藏起來，不讓別人看到。例 松鼠一看到有人接近，就急忙躲藏到樹林間。近 隱匿。

15/8

躺

ㄊㄤˇ (tǎng)

丿 亻 冂 冃 自 自 身 身 躺 躺 躺 躺 躺 躺 躺

㊍平臥。如：躺下。

18/11

軀 ㄑㄩ (qū)

㊔ 1 身體。如：軀體。2 生命。如：為國捐軀。

✽身軀、全軀、血肉之軀

車部

7/0

車 ㄔㄜ (chē)

㊔ 1 陸地上靠輪子前進的交通工具。如：汽車。2 靠輪軸轉動的機器。如：風車。㊍利用機械運轉製造東西。如：車衣服。

辨析 車，讀音作ㄐㄩ，語音作ㄔㄜ。兩者意義上沒有區別，但某些文言詞彙現在習慣上仍使用讀音，如：學富五車。

【車站】ㄔㄜ ㄓㄢˋ 供車子停靠，讓人或物上下車的固定地點。

【車禍】ㄔㄜ ㄏㄨㄛˋ 因駕駛車輛不小心而發生的災禍。

【車水馬龍】ㄔㄜ ㄕㄨㄟˇ ㄇㄚˇ ㄌㄨㄥˊ 形容車子很多，街道熱鬧的樣子。㊄夜市附近車水馬龍，非常熱鬧。㊅絡繹不絕。

✽開車、自行車、閉門造車

8/1

軋 一ㄚˋ (yà) ㊍ 1 輾壓。如：軋棉花。2 排擠。如：傾軋。ㄍㄚˊ (gá) ㊍ 1 查對。如：軋帳。2 同時進行，忙著辦理。如：軋戲。3 調借。如：軋頭寸。

9/2

軍 ㄐㄩㄣ (jūn)

㊔ 1 士兵的通稱。如：三軍。2 部隊。如：軍紀。

身 車

【軍火】ㄐㄩㄣ ㄏㄨㄛˇ 武器和彈藥的總稱。

【軍事】ㄐㄩㄣ ㄕˋ 泛指一切跟軍隊有關的事務。(近)軍務。

【軍隊】ㄐㄩㄣ ㄉㄨㄟˋ 捍衛國家的武裝部隊。

✽將軍、童子軍、千軍萬馬

9/2
軌 ㄍㄨㄟˇ (guǐ) 一 厂 百 百 亘 車 軋 軌

(名) 1 車子經過所留下的痕跡。如：軌跡。2 天體運行或火車、電車行駛的固定路線。如：鐵軌。3 規則。如：常軌。

【軌跡】ㄍㄨㄟˇ ㄐㄧ 車輪壓過的痕跡。也比喻依循的途徑。(例)對手的戰術靈活，沒有軌跡可尋，我們必須小心應戰。

✽出軌、脫軌、正軌

10/3
軒 ㄒㄩㄢ (xuān) 一 厂 百 百 亘 車 軒 軒 軒

(名)古代貴族坐的車子，高頂而有布簾遮住左右。(形)高揚的。如：軒昂。

【軒然大波】ㄒㄩㄢ ㄖㄢˊ ㄉㄚˋ ㄅㄛ 比喻很大的風波或糾紛。(例)小羽將頭髮染成綠色的，在班上引起了軒然大波。

11/3
軔 ㄖㄣˋ (rèn) 一 厂 百 百 亘 車 軔 軔 軔

(名)放在車輪前後，防止車子滑動的木塊。(量)古代計算長度的單位。通「仞」。

11/4
軛 ㄜˋ (è) 一 厂 百 百 亘 車 軛 軛 軛 軛

(名)車子前端架在牛、馬等牲口脖子上的木器。形狀像人字。如：牛軛。

11/4
軟 ㄖㄨㄢˇ (ruǎn) 一 厂 百 百 亘 車 軟 軟 軟 軟

(形) 1 與「硬」相對。如：柔軟。2 溫和的。如：軟語。

【軟弱】（ㄖㄨㄢˇ ㄖㄨㄛˋ）①個性不剛強。例阿芳的個性比較軟弱，所以時常被人欺負。反堅強。②身體虛弱。例一早起來就覺得全身都軟弱無力，該不會是感冒了吧？

【軟硬兼施】（ㄖㄨㄢˇ ㄧㄥˋ ㄐㄧㄢ ㄕ）同時使用溫和與強硬的方法。例在老師軟硬兼施的盤問之下，小忠終於坦承東西是他偷的。近剛柔並濟。

✽心軟、鬆軟、吃軟不吃硬

12/5
軻
ㄎㄜ (kē)

名車軸由兩根木頭相接的車子。

12/5
軸
ㄓㄡˊ (zhóu)

名①貫穿車輪中心，用來控制車輪轉動的橫木。如：車軸。②收捲書畫的橫桿。如：畫軸。③中心。如：軸心。④數學上的座標數線。如：橫軸。量計算有軸物品的單位。如：一軸字畫。

【軸心】（ㄓㄡˊ ㄒㄧㄣ）中心；核心。例小梅不但長得漂亮，又很聰明，是我們班上的軸心人物。

✽主軸、轉軸、壓軸

12/5
軼
ㄧˋ (yì)

形散失的。通「逸」、「佚」。如：軼聞。

【軼事】（ㄧˋ ㄕˋ）正史沒有記載的傳說。

13/6
載

ㄗㄞˋ (zài) 動①裝運。如：載貨。②承受。如：載重二百公斤。③刊登；記錄。如：刊載。④充滿。如：怨聲載道。副又；且。如：載歌載舞。

ㄗㄞˇ (zǎi) 名年。如：一年半載。

【載歌載舞】(ㄗㄞˋ ㄍㄜ ㄗㄞˋ ㄨˇ) 一邊唱歌，一邊跳舞。例 全班同學在小珍的慶生派對上載歌載舞，玩得非常高興。

※記載、裝載、滿載而歸

13/6 **較** ㄐㄧㄠˋ (jiào)

動 事物相比。如：比較。副 略微。如：較多。

【較量】(ㄐㄧㄠˋ ㄌㄧㄤˋ) 比較高低、好壞。例 阿志和阿明兩人約在操場上較量，看誰跑步的速度比較快。

※計較、一較高下、斤斤計較

13/6 **軾** ㄕˋ (shì)

名 古代車廂前的橫木。可以當作扶手。

13/6 **輊** ㄓˋ (zhì)

名 車後較低的部分。

14/7 **輔** ㄈㄨˇ (fǔ)

名 車輪兩旁夾住車輪中心圓木，使車輪穩固的木頭。動 協助；幫忙。如：輔助。

【輔導】(ㄈㄨˇ ㄉㄠˇ) 從旁引導。例 在哥哥的輔導下，我的作文進步很多。

14/7 **輒** ㄓㄜˊ (zhé)

副 1 每每；總是。如：動輒得咎。2 就；立刻。如：淺嘗輒止。

14/7 **輕** ㄑㄧㄥ (qīng)

(形) 1重量小。如：體重輕。2分量少。如：工作輕。3微弱。如：雲淡風輕。4隨便；不莊重。如：輕浮。5方便；快捷。如：輕快。(副) 1不重視。如：輕視。2隨意；任性。如：輕舉妄動。

【輕快】(ㄑㄧㄥ ㄎㄨㄞˋ) 1動作輕便不費力。例小蝶在舞臺上輕快的跳著舞。2輕鬆愉快。例我很喜歡這首風格輕快的曲子。

【輕忽】(ㄑㄧㄥ ㄏㄨ) 輕視疏忽。例打噴嚏可能是感冒的徵兆，千萬不能輕忽。

【輕易】(ㄑㄧㄥ ㄧˋ) 1簡單；不困難。例本校籃球校隊在比賽中輕易的打敗對手，獲得冠軍。2隨便；任意。例不要輕易相信陌生人的話。

【輕便】(ㄑㄧㄥ ㄅㄧㄢˋ) 簡單便利。例外出踏青不用帶太多東西，輕便就好。

【輕視】(ㄑㄧㄥ ㄕˋ) 看不起。例他因常說謊而遭人輕視。近鄙視。反重視。

【輕微】(ㄑㄧㄥ ㄨㄟ) 細小；程度不深。例小昆陪輕微發燒的小展去保健室休息。反嚴重。

【輕聲】(ㄑㄧㄥ ㄕㄥ) 1國語聲調的一種。發音輕而且短。符號為「˙」。2壓低聲音。例為了不吵醒午睡中的爺爺，我們在客廳輕聲的討論功課。

【輕鬆】(ㄑㄧㄥ ㄙㄨㄥ) 1輕快而不緊張。例考完試之後，大家的心情都變得比較輕鬆。2工作簡單且分量不重。例打掃音樂教室的工作很輕鬆。

【輕而易舉】(ㄑㄧㄥ ㄦˊ ㄧˋ ㄐㄩˇ) 形容事情很簡單，容易做到。例那個大力士輕而易舉的將擋在路上的巨石搬開。

【輕描淡寫】(ㄑㄧㄥ ㄇㄧㄠˊ ㄉㄢˋ ㄒㄧㄝˇ) 只作簡單的敘述，不作過多的描寫。例小龍把和小虎打架的經過輕描淡寫的告訴老師。反加油添醋。

✽年輕、減輕、避重就輕

輓 14/7

ㄨㄢˇ (wǎn)

一 ㄏ 百 百 百 亘 車 軋 軜 軜 軨 軨 輓 輓 輓

(形) 哀悼死者的。如：輓歌。

【輓聯】ㄨㄢˇ ㄌㄧㄢˊ 為哀悼死者而寫的對聯。

輦 15/8

ㄋㄧㄢˇ (niǎn)

一 二 夫 夫 夫 夫 扶 扶 扶 扶 替 替 替 輦 輦

(名) 1 漢朝以後專稱天子所乘坐的車。2 一種用人力拉動的車子。

輛 15/8

ㄌㄧㄤˋ (liàng)

一 ㄏ 百 百 百 亘 車 軒 軒 斬 斬 斬 輛 輛 輛

(量) 計算車子的單位。如：五輛汽車。

輟 15/8

ㄔㄨㄛˋ (chuò)

一 ㄏ 百 百 百 亘 車 軋 軗 輟 輟 輟 輟 輟 輟

(動) 中止。如：中輟。

【輟學】ㄔㄨㄛˋ ㄒㄩㄝˊ 中途停止上學。(例) 小如在小四時因為家境貧困而輟學。

輜 15/8

ㄗ (zī)

一 ㄏ 百 百 百 亘 車 軋 軗 輜 輜 輜 輜 輜 輜

(名) 1 古代一種車廂後有布幔的車子。如：輜車。2 泛指車子。

輪 15/8

ㄌㄨㄣˊ (lún)

一 ㄏ 百 百 百 亘 車 軋 軡 軡 軡 軡 輪 輪 輪

(名) 1 機械或車船上的圓形旋轉零件。如：車輪。2 泛指圓形的物體。如：摩天輪。3 輪船的簡稱。如：油輪。(形) 高大的樣子。如：美輪美奐。(副) 按照順序一個接一個。如：輪流。(量) 1 計算時間的單位。十二年為一輪。2 計算電影上映次數的單位。如：二輪片。

【輪流】ㄌㄨㄣˊ ㄌㄧㄡˊ 按照順序，一個接一個。(例) 我們在保健室門口排隊，輪

車

流量身高體重。

【輪廓】（ㄌㄨㄣˊ ㄎㄨㄛˋ）①物體的外圍或邊緣。例 青青是個混血兒，難怪她的輪廓特別深。②事情大概的情況。例 這個歷史故事，我只知道輪廓而已。

✽年輪、渡輪、風水輪流轉

15/8

輝 ㄏㄨㄟ (huī)

名 光彩。如：光輝。

【輝煌】（ㄏㄨㄟ ㄏㄨㄤˊ）①光彩耀眼。例 國慶晚會上燈火輝煌，活動盛大。近 燦爛。②成就很大。例 阿輝在手臂受傷前，是棒球場上戰績輝煌的投手。

✽金碧輝煌、清輝

15/8

輩 ㄅㄟˋ (bèi)

名 ①同類。如：我輩。②尊卑長幼的順序。如：晚輩。③一生。如：一輩子。

【輩分】（ㄅㄟˋ ㄈㄣˋ）長幼尊卑的順序。

✽同輩、泛泛之輩、等閒之輩

16/9

輻 ㄈㄨˊ (fú)

名 車輪中間連接軸心和輪圈的木條。如：車輻。

【輻射】（ㄈㄨˊ ㄕㄜˋ）由物質內部放射出的粒子或電磁波，不需經傳導物質就能傳到遠方的現象。包括自然輻射（如：太陽光、紫外線等）和人造輻射（如：微波爐、無線電等）。

16/9

輯 ㄐㄧˊ (jí)

動 收集材料進行編排。如：編輯。

✽邏輯、專輯、剪輯

16/9

輸 ㄕㄨ (shū)

一 ㄏ 百 百 亘 亘 車 軒 軩 軩 輸 輸 輸 輸 輸 輸

動 1載送。如：運輸。2捐獻。如：捐輸。3失敗。如：輸了比賽。4表達。如：輸誠。5注入。如：輸血。

【輸血】ㄕㄨ ㄒㄧㄝˇ 將可用的血液注入病人體內。例馮先生因為車禍受傷而需要緊急輸血。

【輸送】ㄕㄨ ㄙㄨㄥˋ 運送；傳送。例紅血球將氧氣輸送到全身。

✽服輸、認輸、灌輸

17/10

轂 ㄍㄨˇ (gǔ)

一 十 士 士 吉 吉 吉 吉 吉 吉 壹 壹 壹 壹 轂 轂

名 1車輪中間輻木湊集的中空圓環，車軸可貫穿而過。2泛指車子。

ㄍㄨ (gū) 見「轂轆」。

【轂轆】ㄍㄨ ˙ㄌㄨ 1車輪。2迅速的樣子。

17/10

轄 ㄒㄧㄚˊ (xiá)

一 ㄏ 百 百 亘 亘 車 軒 軒 軒 軒 軒 轄 轄 轄 轄

動 管理。如：管轄。

【轄區】ㄒㄧㄚˊ ㄑㄩ 歸入管理的區域。例發現家裡遭小偷後，他馬上向轄區派出所報案。

17/10

轅 ㄩㄢˊ (yuán)

一 ㄏ 百 百 亘 亘 車 軒 軒 軒 軒 軒 轅 轅 轅 轅

名 車廂前端用來拉動車子的兩根直木。左右各一根。

17/10

輾 ㄓㄢˇ (zhǎn)

一 ㄏ 百 百 亘 車 軒 軒 軒 軒 輾 輾 輾 輾 輾 輾

動 轉動。如：輾轉。

ㄋㄧㄢˇ (niǎn) 動 壓碎。通「碾」。

車

【輾轉】ㄓㄢˇ ㄓㄨㄢˇ ①不直接的。例輾轉得知小菲要轉學的消息，阿志很難過。②翻來覆去。指睡不著。例媽媽掛念生病的外婆，一夜輾轉難眠。

17/10
輿
ㄩˊ (yú)

一 厂 冂 冃 冃 亘 亘 車 俥 俥 俥 俥 俥 俥 俥 輿 輿 輿

名車子。形群眾的。如：輿論。

【輿論】ㄩˊ ㄌㄨㄣˋ 大眾的言論。例今年實施的春節交通疏導方案不夠周全，受到了輿論的批評。

18/11
轆
ㄌㄨˋ (lù)

一 厂 冂 冃 冃 亘 亘 車 車 軡 軡 軡 轆 轆 轆 轆 轆 轆

形形容車子行進的聲音。如：車行轆轆。

18/11
轉
ㄓㄨㄢˇ (zhuǎn)

一 厂 冂 冃 冃 亘 車 車 車 軒 軻 軻 輔 輔 輔 輔 轉 轉

動①改變方向。如：向左轉。②迴旋；翻動。如：轉動。③變換；改變。如：回心轉意。④傳送；傳遞。如：轉告。

ㄓㄨㄢˋ (zhuàn) 動繞。如：轉圈。

【轉眼】ㄓㄨㄢˇ ㄧㄢˇ 形容很短的時間。例一轉眼，快樂的暑假就結束了。

【轉播】ㄓㄨㄢˇ ㄅㄛˋ 把廣播或電視節目播放給大眾收聽或收看。通常分為現場與錄影播放兩種形式。

【轉變】ㄓㄨㄢˇ ㄅㄧㄢˋ 改變。例上了國中後，大雄的個性有所轉變，不再像小學時一樣任性。

【轉捩點】ㄓㄨㄢˇ ㄌㄧㄝˋ ㄉㄧㄢˇ 改變的關鍵。例當選跆拳道國手是小欣生命中的一個轉捩點，讓她找到人生的目標。

【轉敗為勝】ㄓㄨㄢˇ ㄅㄞˋ ㄨㄟˊ ㄕㄥˋ 從失敗變為勝利。例甲隊在球賽結束前十秒投進一球，意外的轉敗為勝。

✽見風轉舵、目不轉睛

18/11
轍

一 ｢ 冂 百 百 亘 車 車 軒 軒 軒 輎 輎 輎 輎 輎 轍 轍

ㄔㄜˋ (chè) 名 車輪壓過的痕跡。如：車轍。

ㄓㄜˊ (zhé) 名 北方方言。指辦法。如：沒轍了。

✽如出一轍、南轅北轍

19/12
轔

ㄌㄧㄣˊ (lín)

一 ｢ 冂 百 百 亘 車 車 軒 軒 軒 軒 軼 轔 轔 轔 轔 轔

形 形容車子行進的聲音。如：車轔轔。

19/12
轎

ㄐㄧㄠˋ (jiào)

一 ｢ 冂 百 百 亘 車 車 軒 軒 軒 軒 軿 軿 轎 轎 轎 轎

名 一種由人力扛抬的交通工具。如：轎子。

【轎車】ㄐㄧㄠˋ ㄔㄜ 讓人乘坐的小型汽車。近 房車。

✽抬轎、神轎、花轎

21/14
轟

ㄏㄨㄥ (hōng)

一 ｢ 冂 百 百 亘 車 車 車 車 車 車 轟 轟 轟 轟 轟 轟 轟 轟 轟

形 形容巨大的聲響。如：轟然一聲。動 1 用大炮或炸彈攻擊。如：轟炸。2 趕出去。如：轟走。

【轟炸】ㄏㄨㄥ ㄓㄚˋ 用炸彈或飛彈攻擊。例 那座城市連續好幾週遭到敵軍的轟炸，到處都殘破不堪。

【轟動】ㄏㄨㄥ ㄉㄨㄥˋ 造成很大的騷動或引起眾人的注意。例 田徑校隊獲得全國比賽冠軍的消息轟動了全校。

【轟隆】ㄏㄨㄥ ㄌㄨㄥˊ 形容巨大的聲響。例 轟隆一聲，一聲響雷劃破天空，便開始落下傾盆大雨。

【轟轟烈烈】ㄏㄨㄥ ㄏㄨㄥ ㄌㄧㄝˋ ㄌㄧㄝˋ 形容功業或氣勢盛大的樣子。例 爸媽年輕時曾談過一場轟轟烈烈的戀愛。

車

22/15
轡
ㄆㄟˋ (pèi)

一 ｢ 戸 百 百 亘 亘 車 車' 連 連 連 連 連 縺 縺 縺 縺 縺 縺 轡 轡

名 用來控制馬的韁繩。如：轡頭。

23/16
轤
ㄌㄨˊ (lú)

一 ｢ 戸 百 百 亘 車 車' 車' 車' 車' 車' 軲 軲 軲 軲 軲 軲 軲 轤 轤 轤

名 井上的汲水裝置。如：轆轤。

辛部
ㄒㄧㄣ

7/0
辛
ㄒㄧㄣ (xīn)

丶 亠 亠 立 立 辛 辛

名 天干的第八位。形 1 辣。如：辛辣。2 勞苦。如：辛苦。3 悲哀。如：辛酸。

【辛苦 ㄒㄧㄣ ㄎㄨˇ】1 身心勞累、困苦。例 在大太陽下採收西瓜是件辛苦的事。2 慰問或感謝他人幫忙的客氣話。例 真是不好意思，辛苦你了。

【辛勤 ㄒㄧㄣ ㄑㄧㄣˊ】辛苦勤勞。例 小蜜蜂辛勤的採花蜜。反 懶惰。

✽含辛茹苦、不辭辛勞

12/5
辜
ㄍㄨ (gū)

一 十 十 古 古 古 古 古 古 古 辜 辜

名 過錯。如：無辜。動 違背；虧欠。如：辜負。

【辜負 ㄍㄨ ㄈㄨˋ】違背別人的好意。例 我們要用功讀書，不要辜負了父母的苦心。

13/6
辟
ㄅㄧˋ (bì)

ㄱ ㄱ 尸 尸 𡰱 𡰱 𡰱 𡰱 𡰱 辟 辟 辟 辟

ㄅㄧˋ (bì) 名 天子或諸侯的通稱。如：復辟。動 迴避；躲避。通「避」。如：辟世。ㄆㄧˋ (pì) 名 殺頭的刑罰。如：大辟。形 1 不正的。如：邪辟。2 偏遠的。通「僻」。如：辟陋。

辣 14/7

ㄌㄚˋ (là)

(形) 1 高溫。如：火辣辣的陽光。2 狠毒。如：心狠手辣。3 像薑蒜般刺激味道的。如：辣醬。

✽潑辣、麻辣、吃香喝辣

辨 16/9

ㄅㄧㄢˋ (biàn)

(動) 判別。如：分辨。

【辨認】ㄅㄧㄢˋ ㄖㄣˋ 分別；認清。(例) 今天的校外教學，老師教我們辨認野生植物。

辦 16/9

ㄅㄢˋ (bàn)

(動) 1 處理。如：承辦。2 創設；經營。如：創辦。3 懲罰。如：嚴辦。4 購買。如：採辦。5 準備。如：辦酒席。

【辦理】ㄅㄢˋ ㄌㄧˇ 處理。(例) 小琴今天到學校辦理入學手續。

✽查辦、法辦、公事公辦

辭 19/12

ㄘˊ (cí)

(名) 1 敘述、說明的語言或文字。通「詞」。如：辭令。2 古代文體的一種。以屈原為代表作家。(動) 1 告別；離別。如：告辭。2 推讓；不接受。如：推辭。

【辭世】ㄘˊ ㄕˋ 死亡。(近) 去世；逝世。

【辭典】ㄘˊ ㄉㄧㄢˇ 依照一定方式編排，可供查詢字詞的形、音、義及其來源的工具書。也作「詞典」。

【辭職】ㄘˊ ㄓˊ 解除職務。(例) 小剛叔叔對洗車的工作沒興趣，所以決定辭職。

✽請辭、修辭、義不容辭

21/14
辯 ㄅㄧㄢˋ (biàn) 辛 … 辯

(形)很會講話；有口才。如：辯才無礙。(動)用言語爭論對錯。如：爭辯。

【辯解】ㄅㄧㄢˋ ㄐㄧㄝˇ 解釋事實或理由。(例)你考試作弊的事實已經擺在眼前了，再怎麼跟老師辯解也沒有用。

【辯論】ㄅㄧㄢˋ ㄌㄨㄣˋ 為維護自己的主張，而反駁他人的看法。(例)小欣和阿典對這題數學的解法有不同的意見，在教室裡展開激烈的辯論。

✽狡辯、強辯、百口莫辯

辰部 ㄔㄣˊ

7/0
辰 ㄔㄣˊ (chén) 辰 一 厂 尸 尸 乕 辰

(名)1地支的第五位。2時辰名。指上午七點到九點。3日子；時光。如：生辰。4日、月、星的總稱。如：星辰。

✽良辰、時辰、誕辰

10/3
辱 ㄖㄨˇ (rǔ) 一 厂 尸 尸 乕 辰 辰 辰 辱 辱

(名)羞恥。如：恥辱。(動)1使受到羞恥。如：侮辱。2辜負。如：不辱使命。

【辱罵】ㄖㄨˇ ㄇㄚˋ 侮辱責罵。(例)無論什麼情況，都不該辱罵別人。

✽奇恥大辱、自取其辱

13/6
農 ㄋㄨㄥˊ (nóng) 丶 冂 曲 曲 曲 農

(名)1耕種的人。如：花農。2耕種的行業。如：士農工商。(形)與耕種有關的。如：農產品。

【農業】(ㄋㄨㄥˊ ㄧㄝˋ) 在土地上以栽種植物為主、供應人類生活所需的事業。

【農曆】(ㄋㄨㄥˊ ㄌㄧˋ) 中國的傳統曆法，又稱「夏曆」、「陰曆」、「舊曆」。農曆以太陽和地球的相對位置劃分一年二十四節氣，是農業生產的重要參考；並以月亮繞地球一周為一個月，每月平均有二九．五三天，於是有大月三十天，小月二十九天的差別。許多重要的民俗節日，如春節、元宵節、端午節、中秋節等，都是按照農曆推算。

【農作物】(ㄋㄨㄥˊ ㄗㄨㄛˋ ㄨˋ) 農家耕種的植物。如：稻米、蔬菜等。

✿務農、菜農、自耕農

辵部 (ㄔㄨㄛˋ)

7/3 **迂** ㄩ (yū) 迂 一 二 于 于 汙 迂

形 1 曲折。如：迂迴。2 言行不切實際。如：迂腐。

【迂腐】(ㄩ ㄈㄨˇ) 守舊固執，不切實際。例張伯伯的思想太迂腐了，很難和他溝通。反開通。

7/3 **迅** ㄒㄩㄣˋ (xùn) 迅 ㇆ 几 卂 訊 訊 迅

形 快速。如：迅速。

7/3 **迆** ㄧˊ (yí) 迆 ㇆ 𠀉 也 池 池 迆

見「迆邐」。

【迆邐】(ㄧˊ ㄌㄧˇ) 1 接連不斷的樣子。2 曲折連綿的樣子。

7/3 **巡** ㄒㄩㄣˊ (xún) 巡 ㄑ 巛 巛 巡 巡 巡

動 到各地察看。如：巡視。量 計算斟酒奉客的單位。如：酒過三巡。

【巡迴】(ㄒㄩㄣˊ ㄏㄨㄟˊ) 按照一定的路線或範圍往來各地。例那位歌手在全臺舉辦巡迴演唱會。

【巡邏】(ㄒㄩㄣˊ ㄌㄨㄛˊ) 四處視察警戒。例深夜時，時常能見到警察在大街小巷巡邏。

迄 7/3

ㄑㄧˋ (qì)

動 至；到。如：迄今。

【迄今】(ㄑㄧˋ ㄐㄧㄣ) 到現在。例那件搶案發生迄今還找不到嫌犯。

返 8/4

ㄈㄢˇ (fǎn)

動 回；歸。如：往返。

【返鄉】(ㄈㄢˇ ㄒㄧㄤ) 回到故鄉。例每到過年時，在外地讀書或工作的人都會返鄉與家人團聚。

【返璞歸真】(ㄈㄢˇ ㄆㄨˊ ㄍㄨㄟ ㄓㄣ) 除去外在的一切牽絆與裝飾，回復淳樸原始的自然本性。也作「反璞歸真」。例張老師打算在退休後，回鄉下過著返璞歸真的生活。

✽流連忘返、一去不返

迎 8/4

ㄧㄥˊ (yíng)

動 1 接。如：歡迎。2 朝著；向著。如：迎向。

【迎面】(ㄧㄥˊ ㄇㄧㄢˋ) 當面；從正面來。例在炎熱的夏夜裡，一陣輕風迎面吹來，感覺特別涼快。

【迎接】(ㄧㄥˊ ㄐㄧㄝ) 上前接待。例我和媽媽到車站去迎接從花蓮來的外婆。

【迎頭趕上】(ㄧㄥˊ ㄊㄡˊ ㄍㄢˇ ㄕㄤˋ) 努力直追，向前趕上。例小玲不甚聰明，為了迎頭趕上其他同學，只能加倍用功。

✽親迎、恭迎、送往迎來

近 8/4

ㄐㄧㄣˋ (jìn)

形 不遠的；時間或空間的距離小。如：附近。動 接近；靠近。如：近朱者赤。

【近來】(ㄐㄧㄣˋ ㄌㄞˊ) 最近這段時間。例阿龍近來失眠，所以上課常打瞌睡。

【近況】(ㄐㄧㄣˋ ㄎㄨㄤˋ) 最近的狀況。例爸爸和張叔叔開心的聊著彼此的近況。

【近朱者赤，近墨者黑】(ㄐㄧㄣˋ ㄓㄨ ㄓㄜˇ ㄔˋ，ㄐㄧㄣˋ ㄇㄛˋ ㄓㄜˇ ㄏㄟ) 比喻人容易因為外在環境的影響，而改變個性或習慣。例近朱者赤，近墨者黑，所以選擇朋友必須小心。

✽接近、就近、平易近人

9/5
迢
ㄊㄧㄠˊ (tiáo) フ 刀 刀 召 召 召 迢 迢 迢

形 遙遠。如：迢遙。

【迢迢】(ㄊㄧㄠˊ ㄊㄧㄠˊ) 遙遠的樣子。例小明全家千里迢迢的到美國參加哥哥的畢業典禮。

9/5
迦
ㄐㄧㄚ (jiā) フ 力 力 加 加 加 迦 迦 迦

名 譯音用字。如：迦葉。

9/5
述
ㄕㄨˋ (shù) 一 十 才 木 朮 朮 述 述 述

動 說明；記錄。如：申述。

【述說】(ㄕㄨˋ ㄕㄨㄛ) 說明。例小芸向老師述說今天上學遲到的原因。

✽敘述、陳述、描述

9/5
迪
ㄉㄧˊ (dí) 丨 口 日 由 由 由 迪 迪 迪

動 開導。如：啟迪。

9/5
迥
ㄐㄩㄥˇ (jiǒng) 丨 冂 冂 冋 冋 冋 迥 迥 迥

形 遙遠。如：迥遠。副 差別很大。如：迥異。

9/5
迭
ㄉㄧㄝˊ (dié) ノ 𠂉 ⺈ 牛 失 失 迭 迭 迭

動 1更替；輪流。如：更迭。2停止。如：叫苦不迭。副 多次；屢次。如：迭起。

9/5
迫
ㄆㄛˋ (pò) ノ 亻 白 白 白 白 迫 迫 迫

形 1狹窄。如：侷迫。2緊急。如：急迫。動 1接近。如：迫近。2逼。如：強迫。

【迫切】ㄆㄛˋ ㄑㄧㄝˋ 緊急。例奶奶受傷送醫，由於事情迫切，爸爸來不及向公司請假就趕往醫院了。

【迫不及待】ㄆㄛˋ ㄅㄨˋ ㄐㄧˊ ㄉㄞˋ 形容非常緊急，不能再等。例她一收到禮物，便迫不及待的打開。近刻不容緩。

【迫不得已】ㄆㄛˋ ㄅㄨˋ ㄉㄜˊ ㄧˇ 情勢所逼,不得不如此。也作「逼不得已」。例眼看快遲到了，公車還不來，丁丁迫不得已只好搭計程車去上學。

✽壓迫、逼迫、從容不迫

送 10/6

ㄙㄨㄥˋ (sòng)

動 1陪著別人走一段路。如：護送。2告別。如：送舊迎新。3贈與。如：雪中送炭。4結束；了結。如：斷送。5傳遞；運輸。如：送貨。

【送行】ㄙㄨㄥˋ ㄒㄧㄥˊ 送人去遠方。例表哥要出國讀書，好友都到機場為他送行。近送別。

【送命】ㄙㄨㄥˋ ㄇㄧㄥˋ 失去性命。例阿力因吸毒而送命，實在是太不值得了。

【送往迎來】ㄙㄨㄥˋ ㄨㄤˇ ㄧㄥˊ ㄌㄞˊ 形容人忙著應酬的情形。也作「迎來送往」。例做生意的王伯伯每個月花不少錢在送往迎來上。

✽接送、贈送、運送

逆 10/6

ㄋㄧˋ (nì)

名背叛的人。如：叛逆。形不順的。如：逆境。動違背；不順從。如：忤逆。

【逆境】ㄋㄧˋ ㄐㄧㄥˋ 不順利的環境。例人生難免會遇到挫折，但我們應該要學習如何在逆境中成長。近困境。

【逆來順受】ㄋㄧˋ ㄌㄞˊ ㄕㄨㄣˋ ㄕㄡˋ 遭受惡劣的環境或不合理的對待，都能順從忍受。例阿福非常堅強，遇到不如意的事都能逆來順受。

✽莫逆、違逆、忠言逆耳

10/6
迷 ㄇㄧˊ (mí)
丶 丷 丷 半 半 米 米 米 迷 迷

名 沉醉於某種事物的人。如：球迷。形 1 分辨不清、令人困惑的。如：迷宮。2 心中昏亂、意識模糊。如：昏迷。動 1 困惑；惑亂。如：財迷心竅。2 沉醉；陶醉。如：入迷。3 分不清方向。如：迷路。

【迷人】ㄇㄧˊ ㄖㄣˊ 吸引人。例 小玲迷人的笑容，令我印象深刻。

【迷你】ㄇㄧˊ ㄋㄧˇ 英語 mini 的音譯。小；短。例 這部迷你冰箱既好看又實用。反 巨大。

【迷信】ㄇㄧˊ ㄒㄧㄣˋ 1 盲目的崇拜或信仰神仙鬼怪。例 奶奶迷信廟公說的話，所以被騙了好多錢。2 泛指超自然、科學無法解釋的信仰。如：靈異、占卜、風水等。

【迷糊】ㄇㄧˊ ㄏㄨˊ 比喻人做事糊塗大意。例 妹妹個性迷糊，常把書包放在學校忘記帶回家。

【迷戀】ㄇㄧˊ ㄌㄧㄢˋ 喜歡某人或某事物到了沉迷難捨的地步。例 自從小明迷戀上電玩後，功課明顯退步了很多。

✽著迷、捉迷藏、執迷不悟

10/6
退 ㄊㄨㄟˋ (tuì)
㇇ ㇇ ㇇ 艮 艮 艮 艮 退 退 退

動 1 向後走。如：進退兩難。2 離去。如：功成身退。3 減少。如：衰退。4 取消。如：退婚。5 歸還。如：退貨。

【退休】ㄊㄨㄟˋ ㄒㄧㄡ 員工因年齡或服務年資達到一定條件，或其他原因而辭離原有的職位。反 在職。

【退步】ㄊㄨㄟˋ ㄅㄨˋ 比以前差。例 小貞因為貪玩，所以成績退步很多。反 進步。

【退潮】ㄊㄨㄟˋ ㄔㄠˊ 潮汐運動中，海水水位由高至低下降的現象。反 漲潮。

辵

【退還】（ㄊㄨㄟˋ ㄏㄨㄢˊ）把東西還給原來的主人。例林姐姐把這份貴重的禮物退還給對方。近歸還。

【退避三舍】（ㄊㄨㄟˋ ㄅㄧˋ ㄙㄢ ㄕㄜˋ）為避免正面衝突或因害怕而主動讓步逃避。例那個酒鬼一身的酒臭味，行人看到他都不禁退避三舍。

✽節節敗退、以退為進

10/6 **迺** ㄋㄞˇ (nǎi)

通「乃」。代①第二人稱代名詞。你。如：迺翁。②此；這。如：迺子。副才；方；始。如：今迺知之。

10/6 **迴** ㄏㄨㄟˊ (huí)

形曲折；環繞。如：迴廊。動①轉動；旋轉。如：迴旋。②折回。如：迴車。

【迴盪】（ㄏㄨㄟˊ ㄉㄤˋ）旋轉飄浮。也作「迴蕩」。例合唱團美妙的歌聲迴盪在禮堂中。

【迴轉】（ㄏㄨㄟˊ ㄓㄨㄢˇ）掉頭轉回去。例這裡是單行道，只能直走，不能迴轉。

【迴響】（ㄏㄨㄟˊ ㄒㄧㄤˇ）①回聲；回音。②因刺激所引發的回應行動。例這次的愛心捐款活動，獲得了全校師生熱烈的迴響。

✽輪迴、巡迴、迂迴

10/6 **逃** ㄊㄠˊ (táo)

動離開；跑走；躲避。如：潛逃。

【逃亡】（ㄊㄠˊ ㄨㄤˊ）離開原來的地方，躲到別處去。例警方正全力追捕那批逃亡的歹徒。

【逃走】（ㄊㄠˊ ㄗㄡˇ）偷偷的離開。例那隻小黑狗咬斷繩子逃走了。

【逃避】（ㄊㄠˊ ㄅㄧˋ）逃走；避開。例遇到挫折就逃避，將永遠解決不了問題。

【逃難】ㄊㄠˊ ㄋㄢˋ 為躲避災難而逃走。例颱風來襲導致溪水暴漲，村長緊急通知大家逃難。

※臨陣脫逃、落荒而逃

10/6

追

ㄓㄨㄟ (zhuī)

丿 ㇓ 𠂆 ⺈ 户 白 𠂤 ⻌𠂤 ⻌𠂤 追

動 1從後面趕上。如：急起直追。2跟隨。如：追隨。3事後增加或補救。如：追加。4催討；索還。如：追討。5尋求探究。如：追根究柢。6想要求得對方的情愛。如：追女朋友。

【追求】ㄓㄨㄟ ㄑㄧㄡˊ 努力求取。例張叔叔為了追求平淡的生活，寧願放棄高薪的工作，回鄉下種田。

【追究】ㄓㄨㄟ ㄐㄧㄡˋ 事後深入調查。例老闆念在小榮有心悔改，便不再追究他偷竊的事了。

【追問】ㄓㄨㄟ ㄨㄣˋ 一再地查問。例我一再的追問，小美才說出她心情不好的原因。

【追逐】ㄓㄨㄟ ㄓㄨˊ 1從後面追趕。例在馬路上奔跑追逐是非常危險的事。2尋求。例有些人為了追逐名利，不惜陷害昔日好友。

【追隨】ㄓㄨㄟ ㄙㄨㄟˊ 跟隨。例大哥決定追隨爸爸的腳步，選擇醫學院就讀。

【追蹤】ㄓㄨㄟ ㄗㄨㄥ 1根據線索探查人、物的行跡或事情的真相。例為了搶得獨家報導，這些記者不分日夜的追蹤那位巨星的行動。2做持續性的觀察。例醫生希望李先生能夠住院幾天，以便追蹤他的病情。

【追根究柢】ㄓㄨㄟ ㄍㄣ ㄐㄧㄡˋ ㄉㄧˇ 追查事物最初的原因或根源。也作「追根究底」。例阿利求知欲旺盛，遇到疑問一定要追根究柢，找出答案才肯罷休。

※窮追不捨、慎終追遠

辵

10/6 **逅** ㄏㄡˋ (hòu) ㇒ 厂 尸 斤 后 后 后 逅 逅 逅

見「邂逅」。

11/7 **這** ㄓㄜˋ (zhè) 丶 亠 亠 亠 言 言 言 這 這 這

(代) 此。指較近的人、事、時、地。如：這時。(副) 馬上；立刻。如：我這就去。

11/7 **逗** ㄉㄡˋ (dòu) 一 𠃌 𠮛 日 豆 豆 豆 逗 逗 逗

(動) 1 停留；停頓。如：逗留。2 招引。如：逗弄。

【逗留】ㄉㄡˋ ㄌㄧㄡˊ 停留。(例) 這裡的風景美得讓人想多逗留一會兒。

【逗趣】ㄉㄡˋ ㄑㄩˋ 說話或行動很有趣，讓人想笑。(例) 阿寶逗趣的表演，讓同學們忍不住哈哈大笑。

11/7 **連** ㄌㄧㄢˊ (lián) 一 𠃌 𠮛 日 旦 車 連 連 連 連

(動) 1 聯貫；接續不斷。通「聯」。如：藕斷絲連。2 結合。如：連接。

(連) 1 表示層進的關係。如：連鳥都嚇跑了。2 和；包括在內。如：連同。

【連忙】ㄌㄧㄢˊ ㄇㄤˊ 趕忙；趕快。(例) 丁丁一聽到妹妹在操場上昏倒的消息，就連忙趕了過去。

【連累】ㄌㄧㄢˊ ㄌㄟˋ 拖累；牽連受害。(例) 哥哥偷溜出去玩，卻連累我和弟弟也被罵。

【連絡】ㄌㄧㄢˊ ㄌㄨㄛˋ 互相有消息來往。也作「聯絡」。

【連續】ㄌㄧㄢˊ ㄒㄩˋ 接續不斷。(例) 本地已經連續二個月沒下雨了。

【連綿不絕】ㄌㄧㄢˊ ㄇㄧㄢˊ ㄅㄨˋ ㄐㄩㄝˊ 接續不斷。也作「連綿不斷」。(例) 連綿不絕的山嶺，好像一波波綠色的海浪。

❋牽連、關連、血肉相連

11/7 **速** ㄙㄨˋ (sù) 一 𠃌 𠮛 日 申 束 束 涑 涑 速

(形)快。如：迅速。(動)邀請。如：不速之客。

【速度】ㄙㄨˋ ㄉㄨˋ ①物體在一定時間內移動多少距離的比值。②指快慢。(例)妹妹跑步的速度很快，我常常追不上。

【速食】ㄙㄨˋ ㄕˊ 用簡單的方式調理，馬上就能吃的食物。

❋加速、超速、高速

逝 11/7

ㄕˋ (shì)

一 十 扌 扌 扩 扩 折 浙 浙 浙 逝

(動)①離開；消失。通常指時間或流水。如：光陰流逝。②死亡。如：逝世。

❋消逝、飛逝、稍縱即逝

通 11/7

ㄊㄨㄥ (tōng)

ㄱ マ 乊 乃 乃 甬 甬 甬 涌 涌 通

(名)熟悉某方面事物的人。如：中國通。(形)①整個的；全部的。如：通宵。②普通的；一般的。如：通常。③順暢而沒有阻礙。如：打通。(動)①知道。如：精通。②傳達。如：通知。③來往。如：通信。(副)全；都。如：通通有獎。(量)計算電報、電話的單位。如：一通電話。

【通行】ㄊㄨㄥ ㄒㄧㄥˊ ①順暢而沒有阻礙。(例)前面的路口在施工，無法通行。②普遍應用。(例)英語是國際通行的語言。

【通車】ㄊㄨㄥ ㄔㄜ ①開放行車。(例)這條公路在去年正式通車。②上班或讀書的人，以搭乘交通工具的方式上下班或上下學。(近)通勤。

【通知】ㄊㄨㄥ ㄓ 用書面或口頭等方式告知他人。(例)颱風警報一發布，學校立即通知同學提早放學。

【通風】ㄊㄨㄥ ㄈㄥ 空氣流通。(例)這間房間很通風，不用開冷氣就很涼爽。

【通宵】ㄊㄨㄥ ㄒㄧㄠ 整個晚上。(近)徹夜。

【通常】(ㄊㄨㄥ ㄔㄤˊ) 平常；一般。例 他通常都先吃早餐才去上學。

【通順】(ㄊㄨㄥ ㄕㄨㄣˋ) 順暢。例 這篇作文字句通順，內容豐富，難怪會得到首獎。

【通過】(ㄊㄨㄥ ㄍㄨㄛˋ) 1 經過。例 當跛腳的選手跑完全程，通過終點時，全場觀眾都為他鼓掌。2 議案獲得超過法定人數的支持。例 全班表決通過由小美擔任班長。

【通力合作】(ㄊㄨㄥ ㄌㄧˋ ㄏㄜˊ ㄗㄨㄛˋ) 大家一起合作，為了某個目標而努力。例 在全班的通力合作下，終於完成了這張海報。近 同心協力。

❋交通、溝通、水洩不通

11/7
逕
ㄐㄧㄥˋ (jìng) 一 乛 巛 巛 巠 巠 巠 逕 逕 逕 逕

名 小路。通「徑」。如：花逕。副 直接。如：逕稱。

11/7
逐
ㄓㄨˊ (zhú) 一 丆 丁 豕 豕 豕 豕 逐 逐 逐 逐

動 1 追趕；尋求。如：追逐。2 趕走。如：驅逐。3 依照順序。如：逐次。4 競爭。如：角逐。

【逐步】(ㄓㄨˊ ㄅㄨˋ) 一步一步的。指有計畫的漸進。例 班長正逐步規劃這次交換禮物的活動。

【逐漸】(ㄓㄨˊ ㄐㄧㄢˋ) 漸漸。例 天氣逐漸變冷，媽媽要妹妹多穿點衣服。

❋隨波逐流、笑逐顏開

11/7
逍
ㄒㄧㄠ (xiāo) 丨 丨 小 肖 肖 肖 肖 消 消 逍 逍

見「逍遙」。

【逍遙】(ㄒㄧㄠ ㄧㄠˊ) 悠閒自在、不受拘束的樣子。例 呂大叔在深山裡過著逍遙自在的生活。

【逍遙法外】(ㄒㄧㄠ ㄧㄠˊ ㄈㄚˇ ㄨㄞˋ) 犯法而沒有受到法律的制裁。例 絕不能讓這個綁架兒童的歹徒逍遙法外！

11/7
逞
ㄔㄥˇ (chěng) 丶 口 口 旦 早 呈 呈 逞 逞 逞

動 1炫耀；誇耀。如：逞能。2達到目的。如：得逞。3施展。如：逞凶。

【逞強】(ㄔㄥˇ ㄑㄧㄤˊ) 為了顯示自己能力強，而不顧一切勉強去做。例 阿月總是喜歡逞強，結果反而將事情越弄越糟。

11/7
途
ㄊㄨˊ (tú) 余 ノ 人 𠆢 今 全 牟 余 余 涂 涂 涂 途

名 道路。如：路途。

【途徑】(ㄊㄨˊ ㄐㄧㄥˋ) 1路徑；路線。2比喻方法。例 要達成這個目標有很多種途徑。

✽前途、沿途、半途而廢

11/7
造
ㄗㄠˋ (zào) ノ 𠂉 𠂇 牛 生 告 告 告 造 造 造

名 打官司的原告及被告。如：兩造。動 1到達。如：造訪。2培養。如：造就。3製作；建設。如：製造。

【造成】(ㄗㄠˋ ㄔㄥˊ) 形成；致使。例 取消制服的提案，在學校造成很大的風波。近 釀成。

【造型】(ㄗㄠˋ ㄒㄧㄥˊ) 設計出來的形狀和式樣。例 媽媽最近換了個捲髮造型。

【造訪】(ㄗㄠˋ ㄈㄤˇ) 拜訪。例 老師趁著假日，帶全班造訪臺南著名的古蹟。

【造就】(ㄗㄠˋ ㄐㄧㄡˋ) 培養人才，使他有成就。例 蔡導演花了許多心力，才造就出小琦這名出色的演員。

✽創造、建造、編造

11/7
透
ㄊㄡˋ (tòu) 一 二 千 千 禾 禾 秀 秀 秀 透 透 透

動 1穿過；通暢。如：透風。2顯露。如：白裡透紅。3超出。如：透支。副 極；非常。如：糟透了。

【透支】(ㄊㄡˋ ㄓ) 支出超過限定或可以承受的標準。例 大福這個月的零用錢已經透支了。

【透明】（ㄊㄡˋ ㄇㄧㄥˊ）光線可以完全通過，通徹明亮。例隔著櫥窗的透明玻璃，那件時髦的洋裝吸引了我的目光。

【透徹】（ㄊㄡˋ ㄔㄜˋ）詳盡而深入。例陶老師對課文的解釋非常透徹，讓同學一聽就懂。

【透露】（ㄊㄡˋ ㄌㄨˋ）洩漏。例小薇完全不肯透露她送了什麼禮物給阿美。

✽滲透、看透、穿透

逢 11/7

ノ ク 夂 夂 夅 夅 夆 夆 逢 逢 逢

ㄈㄥˊ (féng) 動 1 遇到。如：相逢。2 迎合。如：逢迎。

ㄆㄥˊ (péng) 專 姓。

【逢迎】（ㄈㄥˊ ㄧㄥˊ）刻意說某些話或做某些事去討好別人。例阿力那副逢迎老師的嘴臉，真讓人看不慣。近奉承；諂媚。

【逢凶化吉】（ㄈㄥˊ ㄒㄩㄥ ㄏㄨㄚˋ ㄐㄧˊ）遇到凶險也能平安無事。例小明一定會逢凶化吉，平安回來的。近轉危為安。

✽萍水相逢、棋逢敵手

逖 11/7

ノ 犭 犭 犭 犭 狄 狄 狄 逖 逖 逖

ㄊㄧˋ (tì) 形 遙遠。

逛 11/7

ノ 犭 犭 犭 犭 狂 狂 狂 逛 逛 逛

ㄍㄨㄤˋ (guàng) 動 隨意走動。如：閒逛。

【逛街】（ㄍㄨㄤˋ ㄐㄧㄝ）隨意走走；到處看看。例我和小雙上個星期日去百貨公司逛街。

逮 12/8

ㄱ ㅋ 彐 聿 聿 聿 隶 隶 逮 逮 逮 逮

ㄉㄞˋ (dài) 動 及；到。如：力有未逮。

ㄉㄞˇ (dǎi) 動 捉拿。如：逮捕。

【逮捕】（ㄉㄞˇ ㄅㄨˇ）捉拿。例那些在路上飆車的青少年，全部被警察逮捕了。反釋放。

逵

12/8 ㄎㄨㄟˊ (kuí)

一 十 土 夫 夫 夫 坴 坴 逵 逵 逵

(名)四通八達的大路。

週

12/8 ㄓㄡ (zhōu)

丿 冂 月 円 用 用 周 周 凋 凋 凋 週

(名)①一個區域的外圍。如：繞場一週。②滿一年。如：週歲。(形)①一星期一次的。如：週刊。②普遍；全。如：週身。(動)環繞。如：週而復始。(量)計算時間的單位。七天為一週。

【週期】ㄓㄡ ㄑㄧˊ 事物具有重複出現的特徵時，連續兩次中間所經過的時間就稱為週期。也作「周期」。

【週歲】ㄓㄡ ㄙㄨㄟˋ 滿一歲。也作「周歲」。

逸

12/8 ㄧˋ (yì)

ノ ク ク 么 各 争 免 免 逸 逸 逸 逸

(形)①安樂。如：一勞永逸。②傑出脫俗。如：俊逸。③遺失的。如：逸事。(動)①逃跑。如：逃逸。②隱居。如：逸居。③散失。如：亡逸。

【逸事】ㄧˋ ㄕˋ 史書沒有記載的事情。也作「軼事」、「佚事」。

✽安逸、飄逸、好逸惡勞

進

12/8 ㄐㄧㄣˋ (jìn)

ノ 亻 亻 亻 仹 仹 隹 隹 淮 淮 淮 進

(動)①向前或向上移動。如：前進。②從外面到裡面。如：進門。③收入。如：日進斗金。④奉上。如：進獻。

【進口】ㄐㄧㄣˋ ㄎㄡˇ 從國外買進產品。(例)這家公司只進口外國的名牌服飾。

【進化】ㄐㄧㄣˋ ㄏㄨㄚˋ 生物的演進與變化，是由簡單而變成複雜，由低等而變成高等。(反)退化。

【進行】ㄐㄧㄣˋ ㄒㄧㄥˊ 實行；辦理。(例)今天的活動進行得很順利。

【進步】ㄐㄧㄣˋ ㄅㄨˋ 比原來更好。(例)這次月考全班的成績都進步了。(反)退步。

【進度】ㄐㄧㄣˋ ㄉㄨˋ 完成事情的階段或速度。例這條捷運目前完成了三分之二的工程進度。

【進展】ㄐㄧㄣˋ ㄓㄢˇ 發展。例科展的實驗計畫一直毫無進展，實在令人擔心。

【進退兩難】ㄐㄧㄣˋ ㄊㄨㄟˋ ㄌㄧㄤˇ ㄋㄢˊ 比喻處境尷尬，令人為難。例老師建議小如繼續留在合唱團，爸爸卻希望她退出，令她進退兩難。

※上進、突飛猛進、循序漸進

13/9

運 ㄩㄣˋ (yùn)

名①人生的遭遇。如：命運。②運動會的簡稱。如：奧運。動①移動；轉動。如：運行。②使用；應用。如：運筆。③輸送；搬運。如：運貨。

【運用】ㄩㄣˋ ㄩㄥˋ 使用；應用。例媽媽運用網路購物的次數越來越多了。

【運氣】ㄩㄣˋ ㄑㄧˋ ①用意念導引體內的氣，使它流動順暢。是中國傳統練功方法之一。②命中注定的遭遇。例你的運氣真好，竟然抽中頭獎。

【運動】ㄩㄣˋ ㄉㄨㄥˋ ①物體改變位置的現象。②活動身體，以促進健康。例奶奶每天早起運動，所以身體一直很健康。③向大眾公開宣傳某種思想或主義的群體活動。例班上發起愛護校園花木的運動，希望大家共同參與。

【運輸】ㄩㄣˋ ㄕㄨ 用交通工具將人或物從一個地點送到另一個地點。例一輛輛的大卡車將新鮮蔬菜運輸到各個市場。

※幸運、捷運、空運

13/9

遊 ㄧㄡˊ (yóu)

形不固定的。如：遊魂。動①隨意

走動。如：遊蕩。②出外旅行。如：遊學。③交往。如：交遊。④玩樂。如：旅遊。

【遊說】ㄧㄡˊ ㄕㄨㄟˋ 用言語去說動對方，使對方同意某種看法或要求。㊀校長與家長會委員正努力遊說市長，希望能在校門口興建天橋以保障學生的安全。

【遊戲】ㄧㄡˊ ㄒㄧˋ ①泛指有趣味又能增進智力或體力的活動。②玩耍嬉戲。例媽媽叮嚀弟弟不可以在馬路上遊戲，以免發生危險。

【遊手好閒】ㄧㄡˊ ㄕㄡˇ ㄏㄠˋ ㄒㄧㄢˊ 整天閒逛，沒有正當工作。也作「游手好閒」。例小祥整天遊手好閒，一點正事也不做。

✽唱遊、郊遊、舊地重遊

13/9
道 ㄉㄠˋ (dào)

丶 丷 䒑 䒑 䒒 首 首 首 首 渞 渞 道

名①路；途徑。如：車道。②方法。如：門道。③宗教的教義。如：傳道。④事理。如：道理。動①說。如：能言善道。②表示；表達。量①計算條狀物的單位。如：一道彩虹。②計算有出入口設施的單位。如：一道門。③計算題目、命令等的單位。如：一道題目。④計算工作次數的單位。如：省一道手續。⑤計算菜餚的單位。如：兩道菜。

【道別】ㄉㄠˋ ㄅㄧㄝˊ 告別。例小英出國前，向鄰居們一一道別。

【道具】ㄉㄠˋ ㄐㄩˋ 電影、電視、戲劇或技藝表演中的各種擺設與使用工具。

【道歉】ㄉㄠˋ ㄑㄧㄢˋ 向人陪禮，表示歉意。例阿才不小心將同學的桌子撞倒了，趕忙向他道歉。

【道聽塗說】(ㄉㄠˋ ㄊㄧㄥ ㄊㄨˊ ㄕㄨㄛ) 在路上聽到的事，不去分辨真假，又立刻在路上向人傳播。後指毫無根據的話。也作「道聽途說」。例 媽媽對那些道聽塗說的消息一概不信。

✽霸道、跑道、胡說八道

13/9
遂 ㄙㄨㄟˋ (suì)

遂

動 1 成就。如：功成名遂。2 順暢；滿足。如：遂心。連 於是。

✽順遂、未遂、半身不遂

13/9
達 ㄉㄚˊ (dá)

達

形 1 暢通。如：通達。2 顯貴。如：顯達。動 1 至；到。如：欲速則不達。2 理解；明白。如：知書達禮。3 表明；表現。如：辭不達意。

【達官貴人】(ㄉㄚˊ ㄍㄨㄢ ㄍㄨㄟˋ ㄖㄣˊ) 職位很高的官員或很有社會地位的人物。例 出入這家俱樂部的都是達官貴人，所以保全做得很嚴密。反 平民百姓。

✽到達、四通八達、飛黃騰達

13/9
逼 ㄅㄧ (bī)

逼

動 強迫。如：逼迫。副 極；非常。如：逼近。

【逼迫】(ㄅㄧ ㄆㄛˋ) 施加壓力，使人服從。例 在學校如果受到同學不當的逼迫，應該馬上報告老師。近 威嚇。

【逼真】(ㄅㄧ ㄓㄣ) 很像真的。例 這幅畫非常逼真，畫裡的人物好像活生生就在眼前。

✽苦苦相逼、咄咄逼人

13/9
違 ㄨㄟˊ (wéi)

違

如：久違。

動 1不遵守。如：違背。2離別。

【違反】(ㄨㄟˊ ㄈㄢˇ) 不遵守規定。例爸爸違反交通規則，被交通警察開了一張罰單。近違背。

【違法】(ㄨㄟˊ ㄈㄚˇ) 做出法律所禁止的事。例濫殺保育類動物是違法的行為。反合法。

✽事與願違、陽奉陰違

遐 13/9

ㄒㄧㄚˊ (xiá)

𠃌 ㄱ 尸 尸 尸 尸 叚 叚 叚 遐 遐 遐

形 遙遠。如：名聞遐邇。

【遐想】(ㄒㄧㄚˊ ㄒㄧㄤˇ) 幻想。例阿勇看到美麗女明星的海報，不禁產生了遐想，希望她能變成自己的女朋友。

遇 13/9

ㄩˋ (yù)

丨 ㄇ 日 日 旦 禺 禺 禺 禺 遇 遇 遇

動 1相逢。如：相遇。2遭受。如：遇難。3對待。如：禮遇。

【遇難】(ㄩˋ ㄋㄢˋ) 遇到災難。也指死亡。例幸好在山洪爆發前居民都已逃離，才沒有人遇難。

✽奇遇、遭遇、不期而遇

遏 13/9

ㄜˋ (è)

丨 ㄇ 日 日 旦 曷 曷 曷 曷 遏 遏 遏

動 阻止。如：遏阻。

【遏止】(ㄜˋ ㄓˇ) 阻止。例經過消防人員全力的搶救，終於遏止了這場森林大火的蔓延。

過 13/9

ㄍㄨㄛˋ (guò)

丨 ㄇ 日 日 円 冎 冎 咼 咼 咼 過 過

名 錯失。如：改過。形 以往的。如：過去。動 1經；歷。如：過門不入。2度日。如：過日子。3超越。如：才氣過人。4轉移。如：過戶。助 1表示動作的趨向。如：走過來。2用在動詞後面，

辵

表示已經或曾經。如：看過。

ㄍㄨㄛ (guō) (專)姓。

【過分】ㄍㄨㄛˋ ㄈㄣˋ 超過本分或所允許的程度。(例)他這樣隨便亂罵人，實在太過分了。

【過世】ㄍㄨㄛˋ ㄕˋ 死亡。(例)自從奶奶過世後，爺爺就變得很孤單。(近)去世。

【過敏】ㄍㄨㄛˋ ㄇㄧㄣˇ 指吃下或接觸某些東西後，身體出現不正常反應的現象。

【過程】ㄍㄨㄛˋ ㄔㄥˊ 事情的經過。(例)每個人在發育的過程中，都需要攝取營養的食物。

【過癮】ㄍㄨㄛˋ ㄧㄣˇ 形容很滿足。(例)冬天泡在溫泉裡吃冰棒，感覺很過癮。

【過目不忘】ㄍㄨㄛˋ ㄇㄨˋ ㄅㄨˋ ㄨㄤˋ 指記憶力很好，看過就不會忘記。(例)他的記憶力很好，無論什麼書都能過目不忘。

【過河拆橋】ㄍㄨㄛˋ ㄏㄜˊ ㄔㄞ ㄑㄧㄠˊ 比喻忘恩負義，利用完了就翻臉。(例)做人做事要懂得知恩圖報，不可以過河拆橋。

✽難過、經過、無心之過

13/9

逾

ㄩˊ (yú)

丿 人 亼 今 介 俞 俞 俞 逾 逾 逾 逾 逾

(動)超越。如：逾越。

【逾期】ㄩˊ ㄑㄧˊ 過期。(例)今天是申請獎學金的最後一天，逾期就無法申請了唷！

13/9

遑

ㄏㄨㄤˊ (huáng)

丿 ㇒ 白 白 白 皀 皇 皇 皇 遑 遑 遑 遑

(名)閒暇。如：不遑多讓。(副)1急迫。如：遑急。2何；怎能。如：遑論。

13/9

遍

ㄅㄧㄢˋ (biàn)

丶 ㇐ 戶 戶 戶 扁 扁 扁 扁 遍 遍 遍 遍

(動)普及。如：遍及。(量)計算經驗的單位。如：唱一遍。

【遍布】(ㄅㄧㄢˋ ㄅㄨˋ) 分布各處。例 盛開的金針花遍布整座山頭，像一片黃色的地毯。

【遍地】(ㄅㄧㄢˋ ㄉㄧˋ) 到處。例 河床上，遍地都是小巧可愛的鵝卵石。近 滿地。

✽普遍、漫山遍野

13/9

遁 ㄉㄨㄣˋ (dùn)

丿 厂 尸 斤 斤 斤 盾 盾 盾 遁 遁 遁 遁

動 1 逃走。如：遁逃。2 躲藏。如：遁形。

【遁形】(ㄉㄨㄣˋ ㄒㄧㄥˊ) 隱藏形體。例 在海關的X光機照射下，所有違禁物品都無所遁形。反 現形。

14/10

遘 ㄍㄡˋ (gòu)

一 二 亠 艹 丗 丗 冓 冓 冓 冓 冓 遘 遘 遘

動 1 遭遇。如：遘禍。2 造成。通「構」。如：遘患。

14/10

遠 ㄩㄢˇ (yuǎn)

一 十 土 土 吉 吉 声 声 声 袁 袁 袁 遠 遠

形 1 距離長或時間長。如：久遠。2 深奧。如：深遠。3 關係不親密。如：疏遠。

【遠大】(ㄩㄢˇ ㄉㄚˋ) 高遠宏大。例 阿凱的志向很遠大，他希望未來能成為一個傑出的太空人。

【遠足】(ㄩㄢˇ ㄗㄨˊ) 徒步郊遊。例 明天老師要帶我們去郊外遠足。

【遠近馳名】(ㄩㄢˇ ㄐㄧㄣˋ ㄔˊ ㄇㄧㄥˊ) 不論遠近都知道。形容非常有名。也作「遠近知名」。例 日月潭的美景可說是遠近馳名。近 名聞遐邇。

✽好高騖遠、聲名遠播

14/10

遜 ㄒㄩㄣˋ (xùn)

了 了 孑 孑 孙 孫 孫 孫 孫 孫 遜 遜 遜 遜

形 差勁。如：太遜了。動 1 謙順。

辵

如：謙遜。②比不上。如：略遜一籌。③辭讓。如：遜位。

【遜色】（ㄒㄩㄣˋ ㄙㄜˋ）不如人。例臺灣小吃和世界各國的名菜相比毫不遜色。反突出；出色。

14/10 **遣** ㄑㄧㄢˇ (qiǎn)

動①送走。如：遣送。②指派。如：差遣。③消解。如：消遣。

【遣散】（ㄑㄧㄢˇ ㄙㄢˋ）解散；解除雇約。例工廠即將歇業，老闆決定遣散所有員工。反雇用。

✽排遣、派遣、調兵遣將

14/10 **遙** ㄧㄠˊ (yáo)

形遠；長。如：遙遙。

【遙遠】（ㄧㄠˊ ㄩㄢˇ）指時間很久或距離很長。例臺灣與英國相隔非常遙遠。

【遙遙領先】（ㄧㄠˊ ㄧㄠˊ ㄌㄧㄥˇ ㄒㄧㄢ）領先很長一段距離，指超越別人很多。例今天的田徑比賽，她遙遙領先其他參賽者，輕鬆拿下冠軍。近一馬當先。

✽逍遙法外、路遙知馬力

14/10 **遛** ㄌㄧㄡˋ (liù)

動①散步；慢慢走。如：到街上遛一遛。②帶著動物慢慢走。如：遛狗。

14/10 **遞** ㄉㄧˋ (dì)

動傳送。如：傳遞。副依照次序。如：遞減。

【遞增】（ㄉㄧˋ ㄗㄥ）依次增加。例學校學生人數每年遞增，教室已經快要不敷使用了。

✽投遞、郵遞、快遞

辵

15/11
適
ㄕˋ (shì)
丶 亠 亠 亣 产 产 产 啇 啇 啇 啇 啇 啇 滴 滴 適

形 舒服。如：舒適。動 歸向；歸從。如：無所適從。副 正好；剛好。如：適當。

【適合】ㄕˋ ㄏㄜˊ 配合得很好；兩者很相宜。例 這件衣服簡單大方，很適合你。

【適應】ㄕˋ 一ㄥˋ 1 指生物在生理機能方面，做某種程度的調整，以適合在環境中生存的過程。例 仙人掌為了適應沙漠氣候，葉子演化成針狀，以減少水分的蒸發。2 指個人調整其心理、生理或社會行為，以符合新情境需求的歷程。例 嫁到國外多年，許太太總算適應了當地的生活。

❋安適、閒適、調適

15/11
遮
ㄓㄜ (zhē)
丶 亠 广 户 户 庐 庐 庐 庐 庶 庶 庶 庶 遮 遮 遮

動 1 掩蓋。如：遮住。2 阻擋。如：遮擋。

【遮掩】ㄓㄜ 一ㄢˇ 掩藏蓋住。例 小玲發現裙子上有一個破洞，只好暫時用外套遮掩。近 遮蓋。

【遮蔽】ㄓㄜ ㄅ一ˋ 掩藏遮蓋。例 大胖站在我前面，遮蔽了我的視線，害我看不到舞臺上的表演。

❋一手遮天、口無遮攔

15/11
遨
ㄠˊ (áo)
一 十 土 丰 声 寺 寺 寺 考 考 考 敖 敖 敖 遨

動 出遊。如：遨遊。

【遨遊】ㄠˊ 一ㄡˊ 逍遙自在的遊玩。例 那對老夫婦退休之後便四處遨遊，生活得很快樂。

15/11
遭 ㄗㄠ (zāo)

一 ㄏ 冂 冂 冇 曲 曲 曲 曹 曹 曹 曹 遭 遭 遭

名 四周。如：周遭。動 遇到；受到。如：遭殃。量 次；回。如：頭一遭。

【遭殃】ㄗㄠ ㄧㄤ 遭受災禍。例 工廠將汙水排入河裡，不僅河水變髒，就連魚蝦也遭殃。

【遭遇】ㄗㄠ ㄩˋ 1 遇到；碰到。例 我們在橫貫公路遭遇落石，幸好最後大家都平安無事。2 泛指人生的境遇。例 陳小弟被野狗咬成重傷的遭遇，引起許多人的同情。近 際遇。

15/11
遷 ㄑㄧㄢ (qiān)

一 ㄏ 冂 币 襾 西 西 覀 覀 覀 䙴 䙴 遷 遷 遷

動 1 轉移；更動。如：遷移。2 調動職位。如：遷謫。

【遷怒】ㄑㄧㄢ ㄋㄨˋ 把怨憤發洩在不相干的人或事物上。例 阿寬一生氣就遷怒於書本，把書丟得滿地都是。

※事過境遷、孟母三遷

16/12
遵 ㄗㄨㄣ (zūn)

丶 丷 亠 产 芮 芮 酋 酋 酋 尊 尊 尊 遵 遵 遵

動 依照。如：遵行。

【遵守】ㄗㄨㄣ ㄕㄡˇ 服從。例 穿越馬路應該遵守「紅燈停，綠燈行」的交通規則。反 違反。

16/12
遴 ㄌㄧㄣˊ (lín)

丶 丷 䒑 半 米 米 米 粦 粦 粦 粦 粦 粦 遴 遴 遴

動 謹慎選擇。如：遴選。

16/12
選 ㄒㄩㄢˇ (xuǎn)

ㄱ ㄱ 巳 巳' 巳巳 巳巳 巳巳 巽 巽 巽 巽 巽 巽 選 選 選

名 被挑中的人或物。如：人選。動 挑取。如：挑選。

【選擇】(ㄒㄩㄢˇ ㄗㄜˊ) 挑選。例林爺爺不敢坐飛機，所以選擇搭火車到高雄。

【選舉】(ㄒㄩㄢˇ ㄐㄩˇ) 指以舉手或投票方式選出適當的人。

✻推選、一時之選、精挑細選

16/12
遲

ㄔˊ (chí)

ㄱ ㄱ 尸 尸 尸 尸 屄 屄 屖 屖 犀 犀 遲 遲 遲 遲

形①緩慢；不靈敏。如：遲鈍。②晚。如：太遲了。動猶豫。如：遲疑。

【遲早】(ㄔˊ ㄗㄠˇ) 早晚；終究。例你再繼續搗蛋，遲早會被老師處罰。

【遲到】(ㄔˊ ㄉㄠˋ) 過了預定時間才到。例從一年級到現在，阿金上學從不遲到。

【遲疑】(ㄔˊ ㄧˊ) 猶豫不決。例朋友們都鼓勵他去參加歌唱比賽，但小君還是有些遲疑。近猶疑。反肯定。

16/12
遼

ㄌㄧㄠˊ (liáo)

一 ナ 大 大 大 太 夵 夵 夵 夵 尞 尞 尞 潦 潦 遼

形開闊；遙遠。如：遼闊。專①朝代名。(916—1125)後梁時由契丹族耶律阿保機所建。後為金朝所滅。②遼寧的簡稱。

【遼闊】(ㄌㄧㄠˊ ㄎㄨㄛˋ) 遼遠而廣闊。例這片遼闊的牧場到處可見乳牛和綿羊。反狹窄。

16/12
遺

ㄧˊ (yí)

丶 口 口 中 虫 虫 冑 冑 冑 貴 貴 貴 貴 潰 遺 遺

名丟失的東西。如：路不拾遺。形留下來的。如：遺言。動①丟失。如：遺失。②丟棄。如：遺棄。③留存。如：遺愛人間。④缺漏。如：遺珠之憾。

ㄨㄟˋ (wèi) 動贈送。如：遺贈。

【遺失】(ㄧˊ ㄕ) 丟失不見。例小芬遺失了家門鑰匙，只好呆坐在門口，

等姐姐回來開門。

【遺忘】ㄨㄤˋ 忘記。例有些小時候的事情漸漸被遺忘了。

【遺棄】ㄑㄧˋ 拋棄。例這隻小黃狗因為被主人遺棄，只好在街上流浪。

【遺傳】ㄔㄨㄢˊ 生物體的構造、特徵經由基因傳遞到後代的情形。例妹妹遺傳了媽媽的音樂細胞，對唱歌非常在行。

【遺憾】ㄏㄢˋ 感到不滿、惋惜或歉疚。例阿榮小時候不愛念書，現在回想起來總覺得很遺憾。近憾恨。

【遺囑】ㄓㄨˇ 當事人在去世前，對於死後自身的財產或其他事務如何處理的交代。

✽一覽無遺、不遺餘力

17/13

避 ㄅㄧˋ (bì)

動 1 躲開。如：避不見面。2 離去；隱遁。如：避世。

【避免】ㄅㄧˋ ㄇㄧㄢˇ 想辦法讓某種情況不要發生。例為了避免意外發生，同學們最好不要在溼滑的走道上奔跑。近避開。

【避重就輕】ㄅㄧˋ ㄓㄨㄥˋ ㄐㄧㄡˋ ㄑㄧㄥ 1 指說話故意避開重點，用無關緊要的話敷衍。例對於警方的盤問，主嫌只是一味的避重就輕，不肯坦白。2 避開困難複雜的，選擇輕鬆容易的來做。例秀秀做事老是避重就輕，專挑輕鬆容易的工作。

✽躲避、逃避、退避三舍

17/13

遽 ㄐㄩˋ (jù)

形 急忙；緊迫。如：急遽。副 突然。如：遽聞。

【遽然】ㄐㄩˋ ㄖㄢˊ 忽然；突然。例對於外公遽然去世，媽媽一直無法接受。

17/13

邁 ㄇㄞˋ (mài)

丶 亠 艹 艹 艹 芇 苩 苩 苜 萬 萬 萬 萬 邁 邁 邁 邁

形 1 豪放。如：豪邁。2 年老。如：老邁。動 前進。如：邁入。

【邁進】ㄇㄞˋ ㄐㄧㄣˋ 努力前進。例 雖然遭遇了許多困難，小薇仍然勇敢的向目標邁進。反 後退。

17/13

還 ㄏㄨㄢˊ (huán)

丶 冖 冖 罒 罒 罒 罒 罒 睘 睘 睘 睘 睘 還 還 還 還

ㄏㄨㄢˊ (huán) 動 1 返回。如：還家。2 償付。如：還錢。3 回報；報復。如：還手。4 回復；恢復。如：還原。

ㄏㄞˊ (hái) 副 1 尚；猶。如：還沒。2 更。如：你比他還高。

【還是】ㄏㄞˊ ㄕˋ 1 仍是。例 多年不見，小雄還是像以前一樣活潑。近 仍舊。2 或者。例 你比較喜歡喝茶還是咖啡？

【還原】ㄏㄨㄢˊ ㄩㄢˊ 恢復到原來的樣子。例 同樂會結束後，記得要將教室內的桌椅還原。

✽ 交還、退還、討價還價

17/13

邂 ㄒㄧㄝˋ (xiè)

丿 ⺈ ⺈ 角 角 角 角 角 角 角 解 解 解 解 邂 邂 邂

見「邂逅」。

【邂逅】ㄒㄧㄝˋ ㄏㄡˋ 偶然相遇。例 那次邂逅，讓他們成為了好朋友。

17/13

邀 一ㄠ (yāo)

丿 亻 白 白 白 白 皂 皂 皂 皂 皂 皂 敫 敫 激 激 邀

動 約請。如：邀請。

【邀請】一ㄠ ㄑㄧㄥˇ 禮貌的約請他人參加。例 阿旺邀請阿邦到他的老家住幾晚。近 邀約。

✽ 受邀、應邀、力邀

辵

18/14 **邃** ㄙㄨㄟˋ (suì)

㊄深；遠。如：深邃。

18/14 **邇** ㄦˇ (ěr)

㊄近。如：遐邇。

18/14 **邈** ㄇㄧㄠˇ (miǎo)

㊄遠；久。如：邈然。

19/15 **邊** ㄅㄧㄢ (biān)

㊔①旁；側。如：河邊。②方位；方向。如：前邊。③國與國或兩地相接的地方。如：邊界。④平面的周圍或際限。如：床邊。㊓並；同時進行兩件事。如：邊走邊吃。

【邊境】ㄅㄧㄢ ㄐㄧㄥˋ 邊界附近的地區。

【邊緣】ㄅㄧㄢ ㄩㄢˊ 靠近外圍界限的地方。㊀他在花圃邊緣圍籬笆。

❀天邊、手邊、花邊

23/19 **邐** ㄌㄧˇ (lǐ)

見「迤邐」。

23/19 **邏** ㄌㄨㄛˊ (luó)

㊁巡行。如：巡邏。

【邏輯】ㄌㄨㄛˊ ㄐㄧˊ 英語logic的音譯。①研究思想本質和過程的科學。②合乎一般常情的條理。㊀你說的話完全不合邏輯！

邑部

邑 7/0

ㄧˋ (yì)

名 1古代諸侯與大夫封地的通稱。如：城邑。2城市；聚落。如：采邑。

邕 10/3

ㄩㄥ (yōng)

形 和樂；和睦。如：邕穆。動 堵塞。

邢 7/4

ㄒㄧㄥˊ (xíng)

專 古國名。在河北。

那 7/4

ㄋㄚˋ (nà) 代 指單一的人、事或物。如：那本書。

ㄋㄚˇ (nǎ) 代 表示疑問。如：那有東西？副 相當於「怎麼」。如：那會想到。

ㄋㄚ (nā) 專 姓。

˙ㄋㄚ (na) 助 表示驚嘆。通「哪」。

邪 7/4

ㄒㄧㄝˊ (xié) 名 1妖異怪誕的事。如：撞邪了。2中醫指風、寒、暑、溼等病因。如：風邪。形 不正。如：奸邪。

ㄧㄝˊ (yé) 助 表示疑問或感嘆。通「耶」。專 古地名。如：琅邪。

【邪惡】ㄒㄧㄝˊ ㄜˋ 奸惡不正當。例 許多人相信，善良的人死後會上天堂，邪惡的人死後會下地獄。近 奸邪。

【邪不勝正】ㄒㄧㄝˊ ㄅㄨˋ ㄕㄥ ㄓㄥˋ 邪惡終究敵不過正義。例 邪不勝正，狡猾的歹徒終究被逮。

✽目不邪視、天真無邪

7/4
邦
ㄅㄤ (bāng) 邦

㊔國家。如：友邦。

【邦交】指互相承認的兩國所建立的正式外交關係。

8/5
邯
ㄏㄢˊ (hán) 邯

見「邯鄲」。

【邯鄲】地名。在河北西南部。為戰國時趙國的都城。

8/5
邵
ㄕㄠˋ (shào) 邵

㊕①古國名。在河南。②民族名。聚居在日月潭一帶。

8/5
邱
ㄑㄧㄡ (qiū) 邱

㊔小山丘；小土堆。

8/5
邸
ㄉㄧˇ (dǐ) 邸

㊔達官顯要的住所。如：官邸。

9/6
郎
ㄌㄤˊ (láng) 郎

㊔①少年男子的美稱。如：周郎。②妻子對丈夫或女子對情人的暱稱。如：情郎。③稱他人的兒子。如：令郎。

【郎才女貌】男子才華洋溢，女子容貌出眾。多用來讚美情侶或新婚夫妻。㊎這對郎才女貌的新人在婚禮上受到大家的祝福。

✽新郎、江郎才盡、如意郎君

9/6
郊
ㄐㄧㄠ (jiāo) 郊

㊔城市周圍。如：郊區。

【郊區】城市外圍的地區。

【郊遊】到郊外遊玩。㊎班上安排了一個郊遊的活動。

✽市郊、近郊、荒郊野外

郁 9/6

ㄩˋ (yù) 一 ナ 才 冇 有 有 有 有' 有阝 郁

(形) 1 溫暖。如：溫郁。2 香氣濃烈。如：濃郁。

郡 10/7

ㄐㄩㄣˋ (jùn) ㄱ ㄱ ヨ 尹 尹 君 君 君' 君阝 郡

(名) 古代行政區域名。

郝 10/7

ㄏㄠˇ (hǎo) 一 十 土 ナ 赤 赤 赤 赤' 赤阝 郝

(專) 古地名。在陝西。

部 11/8

ㄅㄨˋ (bù) 丶 亠 亠 立 立 辛 音 音 音' 音阝 部

(名) 1 官署或機構中的單位名。如：經濟部。2 全體中的一分子。如：部分。3 門類。如：部首。(動) 布置安排。如：部署。(量) 1 計算影片、書籍的單位。如：一部辭典。2 計算車輛的單位。如：一部汽車。

【部門】ㄅㄨˋ ㄇㄣˊ 整體組織中，因不同性質而區分的單位。如：會計部門、廣告部門。

【部署】ㄅㄨˋ ㄕㄨˋ 布置安排。(例) 嫌犯住家附近部署了強大的警力，準備趁機將他逮捕歸案。

✽內部、外部、幹部

郭 11/8

ㄍㄨㄛ (guō) 丶 亠 亠 古 古 亨 享 享' 享阝 郭

(名) 外城。如：城郭。

都 11/8

一 十 土 耂 耂 者 者 者' 者阝 都

ㄉㄨ (dū) (名) 1 中央政府所在地。如：首都。2 泛指大都市。如：都會。

ㄉㄡ (dōu) (副) 1 皆；全。如：他們都走了。2 況且。如：你自己都不想吃的東西，怎麼能勉強人吞下去呢？

【都市】ㄉㄨ ㄕˋ 指人口密集、交通及工商業發達的地區。

✽港都、國都、古都

邑

12/9
鄂
ㄜˋ (è)

專 1古地名。2湖北的簡稱。3某種境界或狀態。如：夢鄉。4祖籍；出生地。如：故鄉。

12/9
郵
ㄧㄡˊ (yóu)

名 1信件。如：郵件。2郵票的簡稱。如：集郵。形 與信件有關的。如：郵局。

【郵差】ㄧㄡˊ ㄔㄞ 負責到各地收送郵件的郵局人員。

【郵票】ㄧㄡˊ ㄆㄧㄠˋ 貼在郵件上，表示已付郵費的紙票。

【郵戳】ㄧㄡˊ ㄔㄨㄛ 郵局用來註銷郵票，表示處理日期、時刻及地點的戳記。

12/9
鄉
ㄒㄧㄤ (xiāng)

名 1縣以下的地方行政單位。在現行體制上與鎮同級，但人口聚落較分散，以農業為主，交通較不便利。2泛指郊野地區。如：窮鄉僻壤。3某種境界或狀態。如：夢鄉。4祖籍；出生地。如：故鄉。

✽返鄉、同鄉、夢鄉

13/10
鄒
ㄗㄡ (zōu)

專 1古國名。在山東。2民族名。散布在玉山、阿里山山區及高屏溪上游。

14/11
鄙
ㄅㄧˇ (bǐ)

形 1低下；卑賤。如：卑鄙。2自稱的謙詞。如：鄙見。副 輕視。如：鄙夷。

【鄙視】ㄅㄧˇ ㄕˋ 瞧不起。例 阿誠家裡有錢，竟然鄙視那些繳不出學費的同學，真沒同情心。

15/12
鄭

ㄓㄥˋ (zhèng)

丷 䒑 䒑 芇 芇 芮 芮 酋 酋 莫 莫 奠 奠 鄭 鄭

副 謹慎；莊重。如：鄭重。專 古國名。在河南。春秋初強盛，後被韓國攻滅。

【鄭重】ㄓㄥˋ ㄓㄨㄥˋ 謹慎莊重。例 阿甫鄭重的向女友求婚。近 慎重。

15/12
鄰

ㄌㄧㄣˊ (lín)

丶 丷 䒑 米 米 米 粦 粦 粦 粦 粦 粦 鄰 鄰 鄰

名 1村里的編組單位。一鄰通常包括十數戶到數十戶不等。2住在附近的人家。如：鄰居。動 接連；附近。如：鄰近。

【鄰近】ㄌㄧㄣˊ ㄐㄧㄣˋ 靠近；附近。例 這裡鄰近夜市，飲食方便。

15/12
鄧

ㄉㄥˋ (dèng)

フ ヲ ヲ ヺ 癶 癶 癶 癸 登 登 登 登 登 鄧 鄧

專 1古國名。在河南。2古地名。在河南。

15/12
鄱

ㄆㄛˊ (pó)

丿 丿 丿 亠 平 平 采 采 香 香 番 番 番 鄱 鄱

見「鄱陽湖」。

【鄱陽湖】ㄆㄛˊ ㄧㄤˊ ㄏㄨˊ 湖名。位在江西北部，有水道與長江相通，因此湖的面積隨季節不同與長江水量的多寡而變化。古稱「彭蠡」、「彭澤」。

17/14
鄹

ㄗㄡ (zōu)

一 厂 冂 冃 冃 耳 耳 取 取 取 取 取 聚 聚 聚 聚 鄹

專 1古國名。在山東。2古地名。為孔子的故鄉。在山東曲阜。

酉部

ㄧㄡˇ

7/0
酉

ㄧㄡˇ (yǒu)

一 丆 丙 丙 西 西 酉

名 1地支的第十位。2時辰名。指下午五點到七點。

酋 9/2 ㄑㄧㄡˊ (qiú)

名 部落的首領。也指盜匪的頭目。如：酋長。

酊 9/2 ㄉㄧㄥˇ (dǐng) 見「酩酊」。

ㄉㄧㄥ (dīng) 名 含動物性、植物性或化學性藥物的酒精或酒精製溶液。如：碘酊。

酒 10/3 ㄐㄧㄡˇ (jiǔ)

名 用穀類或水果作原料，經過發酵、蒸餾而成的含酒精飲料。

【酒席】ㄐㄧㄡˇ ㄒㄧˊ 備有酒的宴席。

【酒肉朋友】ㄐㄧㄡˇ ㄖㄡˋ ㄆㄥˊ ㄧㄡˇ 指只能一起享樂，而不能共患難的朋友。例他決心和那群酒肉朋友徹底斷交。近 狐群狗黨。

✽戒酒、飲酒、滴酒不沾

配 10/3 ㄆㄟˋ (pèi)

名 妻子。如：元配。形 相稱；相當。如：相配。動 1男女結為夫妻。如：婚配。2分發；分派。如：配給。3旁附。如：搭配。4調製；安排。如：配藥。5增補物品或組件。如：配一副鑰匙。

【配合】ㄆㄟˋ ㄏㄜˊ 互相協調、合作。例他們的表演配合得剛好。

【配備】ㄆㄟˋ ㄅㄟˋ 所擁有的裝備。

✽匹配、支配、調配

酌 10/3 ㄓㄨㄛˊ (zhuó)

動 1倒酒。如：自酌自飲。2飲酒。如：月下獨酌。3估量；商量。

如：參酌。

【酌量】(ㄓㄨㄛˊ ㄌㄧㄤˋ) 估計事物的輕重、多寡。例 炒菜時，可以依口味酌量加入調味料。

11/4
酗 ㄒㄩˋ (xù)

動 飲酒過量。如：酗酒。

【酗酒】(ㄒㄩˋ ㄐㄧㄡˇ) 飲酒過量而沒有節制。例 長期酗酒的伯父身體越來越糟，真讓人擔心。

12/5
酣 ㄏㄢ (hān)

形 形容喝酒喝得很高興。如：酒酣。副 1 縱情。如：酣飲。2 激烈。如：酣戰。3 深；沉。如：酣睡。

【酣睡】(ㄏㄢ ㄕㄨㄟˋ) 熟睡。例 小寶寶酣睡的模樣非常可愛。

12/5
酥 ㄙㄨ (sū)

名 1 用乳酪做成的膏油。可供食用、點燈。如：牛酥。2 用油、麵粉製成的鬆脆食品。如：鳳梨酥。形 1 疲軟。如：酥麻。2 形容東西柔滑、有光澤。如：酥胸。

【酥軟】(ㄙㄨ ㄖㄨㄢˇ) 身體軟弱無力。例 在按摩師的巧手之下，小蓉頓時全身酥軟，沉沉睡去。

13/6
酬 ㄔㄡˊ (chóu)

動 1 報答。如：酬謝。2 實現；完成。如：壯志未酬。3 交際往來。如：應酬。

【酬謝】(ㄔㄡˊ ㄒㄧㄝˋ) 報答恩惠。例 阿昌特地買了家鄉名產來酬謝大家的幫忙。近 答謝。

13/6
酩 ㄇㄧㄥˇ (mǐng)

酉

見「酩酊」。

【酩酊】(ㄇㄧㄥˇ ㄉㄧㄥˇ) 形容大醉的樣子。(例)舅舅在表姐的婚禮上喝了許多酒，現在已經酩酊大醉了。

13/6

酪

ㄌㄨㄛˋ (luò)

酪　一 ㄏ 币 币 两 酉 酉 酌 酪 酪 酪

(名) 1 用牛、羊、馬等乳汁所製成的食物。有乾酪、溼酪兩種。如：乳酪。2 果漿；果凍。如：杏酪。

14/7

酵

ㄒㄧㄠˋ (xiào)

酵 酵　一 ㄏ 币 币 两 酉 酉 酉 酐 酵 酵

見「酵素」。

【酵素】(ㄒㄧㄠˋ ㄙㄨˋ) 存在於生物體內的活性蛋白質。能促進生物體的化學變化。又稱「酶」。

14/7

酸

ㄙㄨㄢ (suān)

酸 酸　一 ㄏ 币 币 两 酉 酉 酉 酢 酸 酸

(名) 化學名詞。如：酸鹼中和。(形) 1 像醋的味道。如：檸檬很酸。2 食物變壞的味道。如：酸臭。3 悲痛。如：酸楚。4 身體痠軟的感覺。通「痠」。如：腰酸背痛。5 貧窮；不大方。如：寒酸。

【酸甜苦辣】(ㄙㄨㄢ ㄊㄧㄢˊ ㄎㄨˇ ㄌㄚˋ) 對各種滋味的總稱。(例)在異鄉打拼的酸甜苦辣只有自己能懂。

✿辛酸、鼻酸、尖酸刻薄

14/7

酶

ㄇㄟˊ (méi)

酶 酶　一 ㄏ 币 币 两 酉 酉 酉 酢 酶 酶

(名) 即「酵素」。

14/7

酷

ㄎㄨˋ (kù)

酷 酷　一 ㄏ 币 币 两 酉 酉 酉 酐 酷 酷

(形) 1 殘暴。如：殘酷。2 很有個性；很有個人風格的。如：這件衣服很酷。(副) 極；甚。如：酷似。

【酷愛】ㄎㄨˋ ㄞˋ 非常喜愛。例他酷愛音樂創作，時常熬夜編曲。

✽冷酷、嚴酷、慘酷

14/7
醅 ㄆㄟ (pēi)
一 ㄏ ㄇ ㄇ 两 两 酉 酉 酉 酉 酉 酫 酫 醅 醅 醅

名還沒過濾的酒。如：新醅。

15/8
醇 ㄔㄨㄣˊ (chún)
一 ㄏ ㄇ ㄇ 两 两 酉 酉 酉 酉 酉 酉 醇 醇 醇

名含有羥基的有機化合物。如：乙醇。形1精純；純一。如：醇粹。2敦厚；樸實。如：醇厚。3酒質濃厚。如：醇酒。

【醇厚】ㄔㄨㄣˊ ㄏㄡˋ 1味道純正濃厚。例典藏了二十年的酒，味道醇厚。2個性很忠厚老實。例叔叔是個性醇厚的好人。

✽甘醇、香醇、大醇小疵

15/8
醉 ㄗㄨㄟˋ (zuì)
一 ㄏ ㄇ ㄇ 两 两 酉 酉 酉 酉 酉 酉 醉 醉 醉

動1喝酒過量以至於神智不清。如：喝醉。2因藥物作用而暫時昏迷。如：麻醉。3沉迷。如：醉心。

【醉醺醺】ㄗㄨㄟˋ ㄒㄩㄣ ㄒㄩㄣ 酒醉的樣子。例叔叔喝得醉醺醺的，連走路都不穩。

✽陶醉、沉醉、如痴如醉

15/8
醋 ㄘㄨˋ (cù)
一 ㄏ ㄇ ㄇ 两 两 酉 酉 酉 酉 酉 酉 醋 醋 醋

名1用米、麥、高粱釀成的酸性液體。2嫉妒的心理。如：吃醋。

【醋罈子】ㄘㄨˋ ㄊㄢˊ ㄗ˙ 比喻嫉妒心重的人。例阿姨是個醋罈子，只要姨丈和別的女性說話，她就會生氣。

✽加油添醋、爭風吃醋

酉

15/8

醃

ㄧㄢ (yān)

(動)用鹽和其他佐料或香料浸泡食物。如：醃漬。

16/9

醒

ㄒㄧㄥˇ (xǐng)

(形)明顯；清楚。如：醒目。(動)[1]恢復知覺。如：夢醒。[2]覺悟；明白。如：覺醒。

【醒目】ㄒㄧㄥˇ ㄇㄨˋ 明顯而引人注意。(例)那家商店的招牌很醒目。

【醒悟】ㄒㄧㄥˇ ㄨˋ 覺悟；明白領會。(例)大家用盡各種辦法勸小張，希望他能夠早日醒悟。

❀嚇醒、甦醒、大夢初醒

17/10

醣

ㄊㄤˊ (táng)

(名)由碳、氫、氧三種元素組成的化合物。可分單醣、雙醣、多醣三種，是構成生物體重要成分和能量的來源。如：葡萄糖、蔗糖、澱粉等。

辨析 「醣」和「糖」讀音相同但意思不同。「醣」是碳、氫、氧組成的有機化合物，所指範圍較廣，如葡萄糖、澱粉等；「糖」則是由植物提煉出來的甜性物質，範圍較狹隘，如方糖、砂糖等，都含有醣的成分。

17/10

醚

ㄇㄧˊ (mí)

(名)一種有機化合物，醫學上常用於麻醉。如：乙醚。

17/10

醞

ㄩㄣˋ (yùn)

(形)含蓄；深厚。如：醞藉。(動)[1]釀

酒。如：醞酒。2逐漸變成或形成。如：醞釀。

【醞釀】(ㄩㄣˋ ㄋㄧㄤˋ) 1製酒。2比喻事情逐漸達到成熟的準備過程。例這些員工因不滿公司遲遲不發薪水，正醞釀罷工。

17/10
醜 ㄔㄡˇ (chǒu)

一 厂 丆 丙 丙 丙 酉 酊 酌 酌 酌 酌 酬 酬 醜 醜 醜

名不好的事情。如：家醜。形1卑劣的；不好的。如：醜行。2長相不好看的。如：美醜。

【醜陋】(ㄔㄡˇ ㄌㄡˋ) 1長相不好看。反美麗。2指心腸或言行惡劣。例想不到皇后心地這麼醜陋，竟然暗地裡陷害公主。

【醜態百出】(ㄔㄡˇ ㄊㄞˋ ㄅㄞˇ ㄔㄨ) 做出各種難看、不雅觀的樣子。例阿國昨天喝醉酒後醜態百出。

✽出醜、獻醜、遮醜

18/11
醫 一 (yī)

一 ㄒ 丆 歹 歹 歹 医 医 医 殹 殹 殹 毉 毉 毉 醫 醫 醫

名替人治病的人。如：良醫。動治療。如：醫治。

【醫生】(一 ㄕㄥ) 替人治病療傷的人。近大夫；醫師。

【醫治】(一 ㄓˋ) 治療疾病和傷口。例多虧醫生細心的醫治，小龍的傷口才能好得這麼快。

【醫療】(一 ㄌㄧㄠˊ) 治病；治療。例外島居民因為地處偏遠，所以缺乏良好的醫療照顧。

✽就醫、獸醫、西醫

18/11
醬 ㄐㄧㄤˋ (jiàng)

丬 丬 丬 爿 爿 爿' 爿' 爿' 爿' 將 將 將 將 將 將 將 醬 醬

名1將豆、麥、米等發酵釀製成的調味品。如：豆瓣醬。2搗爛成泥狀的食物。如：果醬。

【醬油】(ㄐㄧㄤˋ ㄧㄡˊ) 一種調味品，味鹹，使用豆、麥和鹽所製成。

21/14
醺
ㄒㄩㄣ (xūn)

㊍ 酒醉。如：微醺。

24/17
釀
ㄋㄧㄤˋ (niàng)

㊔ 酒。如：佳釀。㊍ 1 製造。如：釀酒。2 比喻事情慢慢演變而成。如：醞釀。

【釀成】(ㄋㄧㄤˋ ㄔㄥˊ) 逐漸形成。㊐ 這問題遲早會釀成更大的災禍。

✽私釀、酒釀、新釀

25/18
釁
ㄒㄧㄣˋ (xìn)

㊔ 1 即「血祭」。古人用動物的血塗在鐘、鼓上的祭祀儀式。2 縫隙；嫌隙。如：挑釁。

釆部
ㄅㄧㄢˋ

7/0
釆
ㄅㄧㄢˋ (biàn)

㊍ 辨別。

8/1
采
ㄘㄞˇ (cǎi)

㊔ 1 彩色的布。通「綵」。如：張燈結采。2 儀容、風度。如：風采。3 色彩。通「彩」。如：五采。㊍ 1 收集。如：采詩。2 摘取。通「採」。

✽喝采、無精打采、興高采烈

13/6

釉

ㄧㄡˋ (yòu)

釉

(名)混合的矽酸鹽。塗抹在陶、瓷器表面，可達到美觀、不透氣、防止滲透和增加強度的目的。如：彩釉。

20/13

釋

ㄕˋ (shì)

釋

(名)釋迦牟尼的簡稱。也泛稱佛門或佛教。如：儒、釋、道三家。(動)[1]解除；放下。如：如釋重負。[2]赦免。如：假釋。[3]溶解；消失。如：誤會冰釋。[4]解說；說明。如：解釋。

【釋放 ㄕˋ ㄈㄤˋ】[1]使被拘禁者恢復人身自由。(例)因為證據不足，法官宣布將嫌犯無罪釋放。(反)逮捕。[2]將所含的能量或物質排放出來。(例)植物的光合作用會釋放出氧氣。

✽注釋、稀釋、愛不釋手

里部

ㄌㄧˇ

7/0

里

ㄌㄧˇ (lǐ)

里

(名)[1]地方政府行政區域之一，比鎮小，比鄰大，與村同級。[2]居住的地方，多指故鄉。如：故里。[3]街坊、巷弄。如：里巷。(量)計算長度的單位。一千公尺為一公里。

【里程碑 ㄌㄧˇ ㄔㄥˊ ㄅㄟ】[1]設於路旁，用以記載里程數字的木牌或石碑。[2]比喻在一過程中可作為標誌的重大事件。(例)登上了玉山山頂，是我的登山生涯中的一個里程碑。

✽千里迢迢、一日千里

9/2

重

重

ㄓㄨㄥˋ (zhòng) ㊔ 物體或人體的分量。如：體重。㊊ 1 濃厚。如：口味重。2 端莊；謹慎。如：莊重。3 大；緊要。如：重臣。4 物體的分量大。如：笨重。5 劇烈。如：病重。6 嚴厲。如：重罰。㊍ 1 推崇。如：尊重。2 偏好。如：重色輕友。

ㄔㄨㄥˊ (chóng) ㊊ 一層一層的。如：重門。㊖ 再；一再。如：舊地重遊。㊐ 計算層次的單位。如：二重唱。

【重心】ㄓㄨㄥˋ ㄒㄧㄣ 1 物體全部重量的集中點。㊀ 楊老伯爬樓梯時，一時重心不穩而跌倒。2 最重要的部分。㊀ 學生應該將生活重心放在讀書上。

【重要】ㄓㄨㄥˋ ㄧㄠˋ 重大緊要。㊀ 守信是與人交往時的重要美德。

【重視】ㄓㄨㄥˋ ㄕˋ 看重；認為重要。㊀ 爸爸很重視休閒品質，所以常常帶全家到郊外踏青。

【重量】ㄓㄨㄥˋ ㄌㄧㄤˋ 物理學上稱物體所受地心引力的大小。

【重複】ㄔㄨㄥˊ ㄈㄨˋ 相同的事物一再出現。㊀ 我不能忍受他一直重複犯錯。

【重見天日】ㄔㄨㄥˊ ㄐㄧㄢˋ ㄊㄧㄢ ㄖˋ 比喻脫離困境。㊀ 經過搶修，那群被困住的人終於重見天日。

【重蹈覆轍】ㄔㄨㄥˊ ㄉㄠˋ ㄈㄨˋ ㄔㄜˋ 比喻再犯同樣的錯誤。㊀ 記取上次的失敗，別再重蹈覆轍。

❀德高望重、心事重重

11/4

野

ㄧㄝˇ (yě)

丨 ㄇ 日 日 旦 甲 里 里 里' 野 野 野

㊔ 1 郊外。如：原野。2 民間。如：朝野。3 界限；區域。如：視野。㊊ 1 粗魯；不馴服。如：粗野。2 自然而非人工的。如：野花。

3非正式的。如：野史。

【野餐】(ㄧㄝˇ ㄘㄢ) 在郊外用餐。例我昨天和同學去公園野餐。

【野蠻】(ㄧㄝˇ ㄇㄢˊ) 例 1沒有經過開發及教化的。據說這個小島上還住著一些野蠻民族。反文明。2強橫不講理的樣子。例這個故事裡的反派角色，是個野蠻的女孩。近蠻橫。

❀荒郊野外、漫山遍野

量 12/5

ㄌㄧㄤˋ (liàng) 名 1計算物體容積的器具。如：斗、斛等。2能夠容納或接受的程度。如：食量。3數目；多少。如：降雨量。動估計。如：量入為出。

ㄌㄧㄤˊ (liáng) 動 1以工具計算物體的輕重、長短。如：測量。2商酌；考慮。如：商量。

【量力而為】(ㄌㄧㄤˋ ㄌㄧˋ ㄦˊ ㄨㄟˊ) 評估自己的能力，依照能力做事。也作「量力而行」。例做任何事情都要量力而為，千萬不要太逞強了。反不自量力。

❀力量、雅量、寬宏大量

釐 18/11

ㄌㄧˊ

動更改；修正。如：釐正。量1計算長度的單位。十公釐為一公分。2計算土地面積的單位。一百釐等於一畝。3計算重量的單位。一千釐等於一兩。4計算利率的單位。年利率一釐是本金的百分之一，月利率一釐是本金的千分之一。

【釐訂】(ㄌㄧˊ ㄉㄧㄥˋ) 整理制定。也作「釐定」。例學校釐訂了資源回收的新規定，要求大家遵守。

金部

ㄐㄧㄣ

8/0

金

ㄐㄧㄣ (jīn)

ノ 人 𠆢 今 全 𠓛 金

名 1 一種具黃色光澤的金屬元素。柔軟而富延展性，主要用來製造貨幣、裝飾品等。2 金屬的通稱。如：五金。3 錢。如：現金。4 五行之一。如：金木水火土。形 1 堅固的。如：固若金湯。2 珍貴的；尊貴的。如：金枝玉葉。專 朝代名。(1115—1234) 女真族完顏阿骨打所建。後被蒙古與宋聯兵消滅。

【金牌】(ㄐㄧㄣ ㄆㄞˊ) 金質獎牌。頒給競賽中獲得第一名的人。

【金枝玉葉】(ㄐㄧㄣ ㄓ ㄩˋ ㄧㄝˋ) 比喻皇族或富貴人家的子孫。也形容非常嬌貴的樣子。例 像她那樣的金枝玉葉，怎麼可能做這種粗重的工作呢？

【金榜題名】(ㄐㄧㄣ ㄅㄤˇ ㄊㄧˊ ㄇㄧㄥˊ) 考試被錄取。例 祝你金榜題名，考上理想的學校。反 名落孫山。

【金碧輝煌】(ㄐㄧㄣ ㄅㄧˋ ㄏㄨㄟ ㄏㄨㄤˊ) 形容建築物或其內部裝飾非常華麗。例 這間屋子裝飾得金碧輝煌，宛如皇宮一般。

✽一諾千金、點石成金

10/2

針

ㄓㄣ (zhēn)

ノ 𠂉 𠆢 全 𠓛 金 釒 針

名 1 用來引線縫衣的尖形工具。如：針線。2 形尖如針的東西。如：松針。形 形尖如針的。如：針葉。量 計算用針次數的單位。如：傷口縫了三針。

【針對】(ㄓㄣ ㄉㄨㄟˋ) 專門對著。例 老師針對同學們不懂的地方舉例說明。

【針鋒相對】(ㄓㄣ ㄈㄥ ㄒㄧㄤ ㄉㄨㄟˋ) 雙方用銳利的言辭及態度互相辯論攻擊。例 張先生和王先生時常因政治立場不同而針鋒相對。

❀別針、指針、大海撈針

10/2
釘

ㄉㄧㄥ (dīng) (名)用鋼鐵或竹木製成，頭圓身長，可用來貫穿物體使其固定的尖形東西。如：鐵釘。

ㄉㄧㄥˋ (dìng) (動)[1]用釘子固定東西。如：釘得非常牢。[2]用針線縫住東西。如：釘鈕扣。

❀圖釘、碰釘子、眼中釘

10/2
釗

ㄓㄠ (zhāo)

(動)勉勵。如：勉釗。

10/2
釜

ㄈㄨˇ (fǔ)

(名)即「鍋子」。烹飪用具的一種。如：破釜沉舟。

【釜底抽薪】(ㄈㄨˇ ㄉㄧˇ ㄔㄡ ㄒㄧㄣ) 比喻從根本上解決問題。(例)既然你對那個朋友總是叫你去做壞事感到很困擾，釜底抽薪的辦法就是不要再和他往來了。(反)揚湯止沸。

11/3
釵

ㄔㄞ (chāi)

(名)婦女髮飾的一種。如：金釵。

11/3
釦

ㄎㄡˋ (kòu)

(名)衣服的鈕扣。通「扣」。如：衣釦。

11/3
釣

ㄉㄧㄠˋ (diào)

(動)[1]用鉤捕魚。如：釣魚。[2]謀取；盜取。如：沽名釣譽。

【釣餌】(ㄉㄧㄠˋ ㄦˇ) 引誘魚兒上鉤吃的食物。用來比喻引人進入圈套的誘因。(例)詐騙集團通常以小錢為釣餌，誘騙貪心的民眾上當。

❀海釣、垂釣、磯釣

11/3
釧

ㄔㄨㄢˋ (chuàn)

(名)手鐲。如：玉釧。

12/4
鈣 ㄍㄞˋ (gài)

(名)一種白色的金屬元素。質軟，地層中蘊藏量豐富，可供有機合成或作為還原劑。

12/4
鈍 ㄉㄨㄣˋ (dùn)

(形)①反應很慢；不靈活。如：遲鈍。②不鋒利。如：這把刀很鈍。

12/4
鈕 ㄋㄧㄡˇ (niǔ)

(名)①印章上端凸出的部分。可方便用手拿取。一般都會刻成吉祥的圖紋或鳥獸。如：獅鈕印。②扣牢衣物的東西。如：鈕扣。③器物用來開關的按扣。如：按鈕。

12/4
鈉 ㄋㄚˋ (nà)

(名)一種銀白色金屬元素。質軟，具延展性，化學性質活潑，會在空氣和水中產生劇烈反應，所以常貯存在石油中。在自然界裡，主要以化合物型態存在，如食鹽。可作為還原劑、熔劑等。

12/4
鈔 ㄔㄠ (chāo)

(名)①紙幣。如：鈔票。②文學作品選錄編成的書。如：詩鈔。(動)謄寫。通「抄」。如：鈔錄。

✽大鈔、舊鈔、新鈔

12/4
鈞 ㄐㄩㄣ (jūn)

(名)下對上的敬詞。如：鈞鑒。(量)古代計算重量的單位。三十斤為一鈞。

【鈞啟】ㄐㄩㄣ ㄑㄧˇ 信封上請長官或長輩打開信封的敬詞。

✽雷霆萬鈞、千鈞一髮

12/4
鈐 ㄑㄧㄢˊ (qián)

㊔ 1鎖；關鍵。如：鈐鍵。2印章；圖章。如：鈐記。㊍ 蓋章。如：鈐印。

13/5
鉅 ㄐㄩˋ (jù)

㊒ 巨大。如：鉅款。

【鉅細靡遺】ㄐㄩˋ ㄒㄧˋ ㄇㄧˇ ㄧˊ 大小事情都不會遺漏。㊎ 這本書鉅細靡遺的介紹了梅花的種類、習性和栽種方法。

13/5
鉗 ㄑㄧㄢˊ (qián)

㊔ 用來夾住或夾斷東西的金屬工具。如：鐵鉗。㊍ 夾持；控制。如：鉗制。

【鉗制】ㄑㄧㄢˊ ㄓˋ 脅迫；控制。㊎ 電視新聞播報中，搶案現場有幾位人質正受到歹徒的鉗制。

13/5
鈷 ㄍㄨˇ (gǔ)

見「鈷鉧」。ㄍㄨ (gū)（限讀）㊔ 一種微帶紅色的銀白色金屬元素。具磁性，不易生鏽。主要用來製造合金。放射性鈷則能代替鐳治療惡性腫瘤。

【鈷鉧】ㄍㄨˇ ㄇㄨˇ 即「熨斗」。

13/5
鈸 ㄅㄚˊ (bá)

㊔ 打擊樂器。由兩個中央隆起為半球形的圓形銅片組成，互相敲擊以發出聲音。

13/5
鈽 ㄅㄨˋ (bù)

㊔ 一種人造放射性金屬元素。可製

造核子武器或作核子反應爐的燃料。

13/5
鉧 ㄇㄨˇ (mǔ) 鉧
見「鈷鉧」。

13/5
鉀 ㄐㄧㄚˇ (jiǎ) 鉀
㊔一種銀白色金屬元素。蠟狀、質軟，化學性質活潑，易氧化，需貯存在煤油或乙醚中，常用作還原劑，對動、植物的生長和發育極為重要。

13/5
鈾 ㄧㄡˋ (yòu) 鈾
㊔一種白色重金屬元素。質硬，富延展性，易溶於酸，具有高毒性和放射性，在空氣中會自燃。可作核子彈、燃料等。

13/5
鉋 ㄅㄠˋ (bào) 鉋
㊔用來刮平木材或鋼鐵的工具。如：鉋刀。

13/5
鉤 ㄍㄡ (gōu) 鉤
㊔1用來探取或懸掛東西的器具。如：掛鉤。2國字的筆畫。如：橫鉤。㊎彎曲的。如：鷹鉤鼻。㊍1挑取；探求。如：鉤取。2用鉤針編織衣物。如：鉤毛衣。3畫出大略的輪廓。如：鉤臉譜。

【鉤心鬥角】ㄍㄡ ㄒㄧㄣ ㄉㄡˋ ㄐㄧㄠˇ 比喻人與人之間互相明爭暗鬥、各用心機。也作「勾心鬥角」。㊕那間公司的員工為了爭取升遷機會，時常鉤心鬥角。㊅明爭暗鬥。㊊同心協力。

13/5

鉑

ㄅㄛˊ (bó)

鉑

名 1金屬薄片；金箔。2一種銀色、有光澤的金屬元素。富延展性，是電和熱的良導體，常用於製造電極、筆尖和裝飾品。俗稱「白金」。

13/5

鉛

ㄑㄧㄢ (qiān)

鉛

名 一種灰色的重金屬元素。質軟，可用來製造排水管、蓄電池等。其合金熔點低，導電、導熱性佳，所以廣用於製造焊條、保險絲等。

13/5

鈴

ㄌㄧㄥˊ (líng)

鈴

名 1形狀像鐘而略小的一種樂器。如：鈴鐺。2作用像鈴的響器。如：電鈴。3形狀像鈴的東西。如：啞鈴。

【鈴鐺】ㄌㄧㄥˊ ˙ㄉㄤ 一種搖時會響的小鐘。金屬圓殼內有鐵丸。

❋門鈴、風鈴、警鈴

14/6

鉸

ㄐㄧㄠˇ (jiǎo)

鉸 鉸

名 1剪刀。如：鉸剪。2工業鑽孔的一種加工法。如：鉸孔。

14/6

銀

ㄧㄣˊ (yín)

銀 銀

名 1一種具有白色光澤的金屬元素。導電性、導熱性佳，主要用來製造貨幣和裝飾品。2貨幣。如：銀兩。形 1色白如銀的。如：銀髮。2與貨幣有關。如：銀行。

【銀行】ㄧㄣˊ ㄏㄤˊ 以經營存放款、匯兌為主要業務的金融機構。

金

【銀河】(ㄧㄣˊ ㄏㄜˊ) 夜空可見由無數星球集合所組成的光帶，又稱「河漢」、「天河」、「星河」。

【銀幕】(ㄧㄣˊ ㄇㄨˋ) 供放映電影或幻燈片用的布幕。有時也代稱電影。

✽水銀、收銀機、穿金戴銀

14/6

銬

ㄎㄠˋ (kào)

(名) 把手腳扣起來的刑具。如：手銬。(動) 加上手銬。如：把他銬牢。

14/6

銅

ㄊㄨㄥˊ (tóng)

(名) 1 一種黃紅色金屬元素。富延展性，導電性、導熱性佳，常用來製造合金，供製電線和器具等。2 泛指金錢。如：一身銅臭。

【銅像】(ㄊㄨㄥˊ ㄒㄧㄤˋ) 用銅鑄成的人像。

【銅牆鐵壁】(ㄊㄨㄥˊ ㄑㄧㄤˊ ㄊㄧㄝˇ ㄅㄧˋ) 形容防禦設施非常堅固嚴密。(例) 這座城就像銅牆鐵壁般非常安全。(近) 固若金湯。

✽白銅、青銅器、破銅爛鐵

14/6

銖

ㄓㄨ (zhū)

(形) 比喻細微。如：錙銖必較。(量) 古代重量單位。二十四銖等於一兩。

14/6

銘

ㄇㄧㄥˊ (míng)

(名) 金石或器物上的刻文，用來記述事蹟、警惕自己或讚揚他人。如：座右銘。(動) 鏤刻。比喻牢記。如：銘記。

【銘心刻骨】(ㄇㄧㄥˊ ㄒㄧㄣ ㄎㄜˋ ㄍㄨˇ) 形容深深記在心裡，無法忘記。也作「刻骨銘心」。(例) 感謝您幫我度過這個難關，這份恩惠我銘心刻骨，永遠難忘。

14/6
鉻 ㄍㄜˋ (gè)
ノ ㇒ ㇒ 亼 全 牟 牟 釒 金 釞 釞 鈙 鉻 鉻 鉻

㊔ 一種銀白色金屬元素。質地硬而脆，耐蝕性強，可鍍在其他金屬表面以防鏽、防蝕，或製造耐蝕合金。

14/6
銓 ㄑㄩㄢˊ (quán)
ノ ㇒ ㇒ 亼 全 牟 牟 釒 金 釞 釞 鈐 鈐 銓 銓

㊍ 1衡量。如：銓衡。2考評。如：銓敘。

14/6
銜 ㄒㄧㄢˊ (xián)
ノ ノ 彳 彳 彳 彳 彳 彳 彳 彳 彳 彳 銜 銜

㊔ 1勒馬口的橫鐵。如：馬銜。2官階；職稱。如：頭銜。㊍ 1用口含著。如：銜枚。2懷藏在心。如：銜恨。3領受；奉接。如：銜命。4連接。如：銜接。

【銜接 ㄒㄧㄢˊ ㄐㄧㄝ】互相連接。也作「啣接」。㊑這兩棟大樓靠著天橋銜接。

✻官銜、職銜、領銜

15/7
鋅 ㄒㄧㄣ (xīn)
ノ ㇒ ㇒ 亼 全 牟 牟 釒 金 釒 釒 釒 鋅 鋅 鋅

㊔ 一種青白色金屬元素。質硬而脆，主要用來鍍鐵和製造合金、乾電池等。

15/7
鋃 ㄌㄤˊ (láng)
ノ ㇒ ㇒ 亼 全 牟 牟 釒 金 釒 釒 釒 鋃 鋃 鋃

見「鋃鐺」。

【鋃鐺 ㄌㄤˊ ㄉㄤ】拘鎖犯人的鐵鍊。

15/7
銻 ㄊㄧˋ (tì)
ノ ㇒ ㇒ 亼 全 牟 牟 釒 金 釒 釒 釒 鋿 銻 銻

㊔ 一種類似雲母，顏色黃紅如金的美石。

ㄊㄧ (tī)（限讀）（名）一種銀灰色金屬元素。質硬而易碎，遇冷體積會膨脹。用於製造鉛字。

15/7
鋪

ㄆㄨ (pū)（動）①布置；陳設。如：鋪排。②敘述。如：鋪敘。

ㄆㄨˋ (pù)（名）①商店。如：店鋪。②床。如：上鋪。

【鋪張】ㄆㄨ ㄓㄤ 擴大場面；講究場面。（例）奶奶今年過生日時，不想鋪張宴客，只想和家人一起在家度過就好了。

【鋪路】ㄆㄨ ㄌㄨˋ ①開闢新道路或將路上的坑洞填平。②指為了以後的事情能順利進行，預先做安排。（例）那位立委出來競選市長，是為之後的總統大選鋪路。

✽臥鋪、當鋪、打地鋪

15/7
銷

ㄒㄧㄠ (xiāo)

（動）①熔化金屬。如：銷鎔。②消滅；消散。通「消」。如：銷愁。③賣出。如：銷路。④刪除；取消。如：註銷。

【銷售】ㄒㄧㄠ ㄕㄡˋ 販賣；售出。（例）這項產品的銷售成績非常好。

【銷毀】ㄒㄧㄠ ㄏㄨㄟˇ 將物品燒掉或毀壞。（例）警方將這批盜版光碟全部銷毀。

【銷聲匿跡】ㄒㄧㄠ ㄕㄥ ㄋㄧˋ ㄐㄧ 隱藏形跡，不公開露面。（例）那位女明星結婚後就銷聲匿跡了。

✽促銷、推銷、行銷

15/7
鋤

ㄔㄨˊ (chú)

（名）用以鬆土或除草的一種農具。俗稱「鋤頭」。（動）①用鋤頭鬆土或除

草。如：鋤禾。2泛指剷除。如：鋤奸。

15/7
鋁
ㄌㄩˇ (lǚ)

ノ 𠂉 亼 今 全 金 金 釒 釕 釦 鈤 鉊 鋁 鋁

名 一種銀白色金屬元素。重量輕，容易傳熱，不生鏽且無毒性，因延展性大，可製成鋁箔，供包裝用。

15/7
銳
ㄖㄨㄟˋ (ruì)

ノ 𠂉 亼 今 全 金 金 釒 釞 鈋 鈗 鈗 銳

名 1鋒利的兵器。如：披堅執銳。2精良強大的力量。如：養精蓄銳。形 1鋒利。如：鋒銳。2精明；靈敏。如：敏銳。副 快速。如：銳減。

【銳利】ㄖㄨㄟˋ ㄌㄧˋ 1刀刃鋒利。2言辭或眼光尖銳鋒利。例 他的眼光十分銳利，常能看出問題的關鍵所在。

【銳不可當】ㄖㄨㄟˋ ㄅㄨˋ ㄎㄜˇ ㄉㄤ 氣勢威猛，難以抵擋。例 阿龍在球場上來去自如，銳不可當。

15/7
銼
ㄘㄨㄛˋ (cuò)

ノ 𠂉 亼 今 全 金 金 釒 釒 鈥 鈥 鈥 銼

名 1銼刀的簡稱。是一種以鋼鐵製成，表面有均勻交錯的細密刻痕的工具。一般為長條形。可用來磨平物體的表面。如：三角銼。2一種口大的鍋子。如：土銼。動 用銼刀磨東西。如：銼平。

✽圓銼、扁銼、鼎邊銼

15/7
鋒
ㄈㄥ (fēng)

ノ 𠂉 亼 今 全 金 金 釒 釒 釸 鈈 鈈 鋒

名 1兵器的尖端或最銳利的部位。如：劍鋒。2泛指物體的尖端。如：筆鋒。3隊伍的前列。如：先鋒。4鋒面的簡稱。如：冷鋒。

【鋒利】(ㄈㄥ ㄌㄧˋ) ①銳利。例這把劍非常鋒利，是少見的寶物。②形容文筆或言辭尖銳逼人。例那位政論家的文筆鋒利，評論常能切中要害。

【鋒芒畢露】(ㄈㄥ ㄇㄤˊ ㄅㄧˋ ㄌㄨˋ) 指人的銳氣、才華完全顯露出來。多用來形容人喜愛表現，不知收斂。例小英因為鋒芒畢露，所以引起同學的嫉妒。

✽刀鋒、前鋒、衝鋒陷陣

錠

16/8

ㄉㄧㄥˋ (dìng)

ノ 𠆢 亼 今 今 全 金 金 釒 釒 釒 鈩 鈩 錠 錠 錠

名 熔鑄成一定形式的金屬。如：金錠。量 計算塊狀物品的單位。如：一錠銀子。

錶

16/8

ㄅㄧㄠˇ (biǎo)

ノ 𠆢 亼 今 今 全 金 金 釒 釒 釒 鈘 鈘 錶 錶 錶

名 ①可隨身攜帶的小型計時器。如：手錶。②表示度數的儀器。如：電錶。

✽水錶、鐘錶、懷錶

鋸

16/8

ㄐㄩˋ (jù)

ノ 𠆢 亼 今 今 全 金 金 釒 釒 釒 鈩 鈩 鋸 鋸 鋸

名 一種鋼製的長條形工具。切邊有尖齒，可截斷金屬、石料或木料。如：電鋸。動 用鋸子割開東西。

【鋸齒】(ㄐㄩˋ ㄔˇ) 鋸子尖銳的齒狀部分。

錯

16/8

ㄘㄨㄛˋ (cuò)

ノ 𠆢 亼 今 今 全 金 金 釒 釒 鉪 鉪 錯 錯 錯 錯

名 過失。如：過錯。形 ①不正確；不對。如：錯字。②壞的。如：交情不錯。動 ①交雜；混雜。如：交錯。②岔開；失去。如：錯失。

【錯過】(ㄘㄨㄛˋ ㄍㄨㄛˋ) 比喻失去機會。例我早上錯過一班公車，所以上學遲到。

【錯誤】(ㄘㄨㄛˋ ㄨˋ) 不正確；不對。

【錯綜複雜】(ㄘㄨㄛˋ ㄗㄨㄥ ㄈㄨˋ ㄗㄚˊ) 形容事情繁雜，難以處理。㊞這件事錯綜複雜，不是三言兩語可以說明。㊎盤根錯節。

✽出錯、改錯、大錯特錯

錢 16/8

ㄑㄧㄢˊ (qián)

㊔貨幣。也泛指財物。如：金錢。

㊐重量單位。臺制以十錢為一兩，標準制以十公克為一公錢。

【錢財】(ㄑㄧㄢˊ ㄘㄞˊ) 金錢財富的通稱。

✽存錢、壓歲錢、零用錢

錳 16/8

ㄇㄥˇ (měng)

㊔一種略帶紅色的銀灰色金屬元素。質堅硬而脆，用為煉鋼原料中的添加物來增加硬度，可製造各種合金。

錄 16/8

ㄌㄨˋ (lù)

㊔記錄事物的書冊。如：回憶錄。

㊍1 記載；抄寫。如：記錄。2 採取。如：錄用。

【錄取】(ㄌㄨˋ ㄑㄩˇ) 考取或錄用。㊞姐姐聽到被航空公司錄取的消息，高興得不得了。

【錄音】(ㄌㄨˋ ㄧㄣ) 用機械方式，將聲音記錄在唱片、膠片或其他媒介物上，以供播放。

✽目錄、附錄、抄錄

鋼 16/8

ㄍㄤ (gāng)

㊔以鐵為主要成分，加少量的碳所

金

製成的合金。根據某些特殊用途，尚可加入鉻、鎳、錳、鎢等金屬，主要應用在建築物、車船、機器之結構。

【鋼盔】(ㄍㄤ ㄎㄨㄟ) 用鋼鐵所製造而成的帽子。是軍警或運動員用來保護頭部的裝備。

【鋼琴】(ㄍㄤ ㄑㄧㄣˊ) 鍵盤樂器。有八十五或八十八鍵，按下琴鍵，琴槌就敲打琴絃而發聲。音域廣大，音色和美，被譽為「樂器之王」。

✽煉鋼、不鏽鋼、恨鐵不成鋼

16/8
錫
ㄒㄧ (xí)

ノ 𠆢 亼 今 今 全 金 金 釒 釦 釦 鈤 鈤 鍚 鍚 錫

名 一種銀白色金屬元素。質軟，延展性佳。主要用來製造馬口鐵以製作罐頭，又可製成保險絲和各種合金。

16/8
錚
ㄓㄥ (zhēng)

ノ 𠆢 亼 今 今 全 金 金 釒 釒 釒 釒 錚 錚 錚 錚

名 古代樂器的一種。形狀像銅鑼。形 形容金屬或玉器相擊的聲音。如：錚錚。

16/8
錙
ㄗ (zī)

ノ 𠆢 亼 今 今 全 金 金 釒 釒 釒 釒 錙 錙 錙 錙

形 比喻細微。如：錙銖。量 古代重量單位。四錙等於一兩。

【錙銖必較】(ㄗ ㄓㄨ ㄅㄧˋ ㄐㄧㄠˋ) 形容人過分計較。例 大家有緣成為同學，何必凡事錙銖必較呢？近 斤斤計較。

16/8
錐
ㄓㄨㄟ (zhuī)

ノ 𠆢 亼 今 今 全 金 金 釒 釒 釒 釒 錐 錐 錐 錐

名 1 鑽孔用的尖銳器具。如：錐子。2 頭尖如錐的東西。如：圓錐。

16/8
錦
ㄐㄧㄣˇ (jǐn)

ノ 𠆢 亼 仒 全 令 金 金' 釒 釒 釣 釣 鈅 鈅 錦 錦

㊔有彩色花紋、圖案的絲織品。㊎色彩鮮豔美麗。如：錦雲。

【錦標】ㄐㄧㄣˇ ㄅㄧㄠ 泛指比賽中頒給優勝者的獎品。

【錦上添花】ㄐㄧㄣˇ ㄕㄤˋ ㄊㄧㄢ ㄏㄨㄚ 比喻美上加美或喜上加喜。㊎小彤剛當選全校模範生，作文又得到全縣冠軍，真可說是錦上添花。

【錦衣玉食】ㄐㄧㄣˇ ㄧ ㄩˋ ㄕˊ 華麗精美的衣食。㊎這些官員個個錦衣玉食，完全不知人民困苦。㊎粗衣惡食。

✽衣錦還鄉、花團錦簇

17/9
鍍
ㄉㄨˋ (dù)

ノ 𠆢 亼 仒 全 令 金 金 釒 釒 釒 釒 鈩 鈩 鈩 鍍 鍍

㊏在金屬表面加上一層一定厚度的某種材料，或是利用化學或電氣的方法，將原材料表面處理成一種氧化層。可使產品更耐磨、耐蝕與美觀。

17/9
鎂
ㄇㄟˇ (měi)

ノ 𠆢 亼 仒 全 令 金 金 釒 釒 鉡 鉡 鉡 鎂 鎂 鎂 鎂

㊔一種銀白色金屬元素。重量輕，燃燒時會產生刺眼的白光，通常用於閃光燈、照明彈等。

【鎂光燈】ㄇㄟˇ ㄍㄨㄤ ㄉㄥ 照相時，用來加強光度的照明設備。也作「閃光燈」。

17/9
鍥
ㄑㄧㄝˋ (qiè)

ノ 𠆢 亼 仒 全 令 金 金 釒 釒 釒 釒 鉆 鉺 鍥 鍥 鍥

㊏刻。如：鍥而不捨。

【鍥而不捨】ㄑㄧㄝˋ ㄦˊ ㄅㄨˋ ㄕㄜˇ 比喻不斷努力，堅持到底。也作「鍥而不舍」。

㊎由於警察鍥而不捨的追查，終於抓到真凶。

鍵 17/9

ㄐㄧㄢˋ (jiàn)

名 ①供人用手按壓的小板。如：琴鍵。②事物重要的部分。如：關鍵。

鍊 17/9

ㄌㄧㄢˋ (liàn)

名 連接金屬環而成的繩狀物。如：鎖鍊。動 ①用火燒或高溫加熱等方法，取得精純或適用的物質。通「煉」。如：鍊鋼。②磨練。如：鍛鍊。

錨 17/9

ㄇㄠˊ (máo)

名 有鐵鍊和船身相連，拋進水中使船隻固定的鐵器。如：鉛錨。

鍋 17/9

ㄍㄨㄛ (guō)

名 一種可以盛水直接烹煮東西的器具。如：湯鍋。

【鍋巴】ㄍㄨㄛ ㄅㄚ 黏附在鍋底的焦飯。

✽電鍋、砂鍋、平底鍋

鍰 17/9

ㄏㄨㄢˊ (huán)

名 金錢。如：罰鍰。

鍾 17/9

ㄓㄨㄥ (zhōng)

名 盛酒的器具；酒杯。如：酒鍾。動 聚集；匯聚。如：一見鍾情。

【鍾愛】ㄓㄨㄥ ㄞˋ 特別喜愛。例 小表弟才剛滿週歲，他那活潑可愛的模樣，受到了全家人的鍾愛。

❀情有獨鍾、老態龍鍾

17/9
錘 ㄔㄨㄟˊ (chuí)

名 1 即「秤錘」。懸於秤桿上用來測定重量的金屬塊。2 兵器的一種，柄的上端是一個金屬的圓球。3 敲打東西的用具。如：鼓錘。動 敲擊。如：千錘百鍊。

【錘鍊】ㄔㄨㄟˊ ㄌㄧㄢˋ 1 冶煉金屬。2 比喻磨練、考驗。例 只有經得起錘鍊的人，才能成就不平凡的事業。

17/9
鍬 ㄑㄧㄠ (qiāo)

名 挖土用具。如：鐵鍬。

【鍬形蟲】ㄑㄧㄠ ㄒㄧㄥˊ ㄔㄨㄥˊ 昆蟲。特徵為頭部的前端有把像大剪刀一般的大顎。生存環境主要為森林中的雜木林。

17/9
鍛 ㄉㄨㄢˋ (duàn)

動 將金屬放入火中燒紅，再用鐵錘捶打。如：鍛造。

【鍛鍊】ㄉㄨㄢˋ ㄌㄧㄢˋ 1 冶煉金屬。2 比喻磨練、考驗。例 小武每天做一小時的運動來鍛鍊他的肌肉。

18/10
鎔 ㄖㄨㄥˊ (róng)

名 鑄造金屬器皿的模型。動 高溫熔化金屬。如：鎔鑄。

18/10
鎊 ㄅㄤˋ (bàng)

名 英語 pound 的音譯。英國的貨幣名稱。

18/10

鎮

ㄓㄣˋ (zhèn)

（名）1壓物的用具。如：紙鎮。2較大的市集。如：城鎮。3受縣級管轄的地方行政單位。與鄉同級。（形）整；全。如：鎮日。（動）1壓制。如：鎮壓。2用冰使飲料或水果冰涼。如：冰鎮。

【鎮定】ㄓㄣˋ ㄉㄧㄥˋ 冷靜安定不慌亂。（例）他演講時表現得很鎮定。

✽小鎮、市鎮、重鎮

18/10

鎖

ㄙㄨㄛˇ (suǒ)

（名）1關閉門戶、箱櫃的用具。如：門鎖。2刑具的一種。指鏈條。如：枷鎖。（動）1用鎖關閉。如：鎖上。2聚合。如：眉頭緊鎖。

【鎖鑰】ㄙㄨㄛˇ ㄧㄠˋ 1鎖和鑰匙。2比喻軍事要地或關鍵的地方。（例）金門、馬祖屬於重要的軍事基地，是維護臺灣安全的鎖鑰。

✽反鎖、封鎖、開鎖

18/10

鎳

ㄋㄧㄝˋ (niè)

（名）一種銀白色金屬元素。性質堅韌，導電性與抗腐性強。用於製造錢幣及抗蝕合金。

18/10

鎢

ㄨ (wū)

（名）一種銀灰色金屬元素。質地堅硬而重，熔點高。用於製造高速鋼和燈絲。

19/11

鏖

ㄠˊ (áo)

（名）用來煮食物的一種器具。（動）激戰；苦鬥。如：鏖戰。

19/11

鏡

ㄐㄧㄥˋ (jìng)

（名）①將銅磨亮或在玻璃背面塗上水銀，使可以反射光線，映現事物影像的用品。②用玻璃製成，可矯正視力或做光學實驗用的器具。如：眼鏡。③比喻可供觀摩、警惕的事情。如：借鏡。

【鏡頭】ㄐㄧㄥˋ ㄊㄡˊ ①照相機、攝影機上用來攝取畫面的光學裝置。②電影或電視影集拍攝過程中，攝影機連續運轉一次所攝取的連貫畫面。

✽放大鏡、望遠鏡、顯微鏡

19/11

鏑

ㄉㄧˊ (dí)

（名）①箭；箭頭。如：鳴鏑。②一種銀色金屬元素。抗腐蝕性強，和不鏽鋼做成的合金可用於核子反應器中的控制設備。

19/11

鏟

ㄔㄢˇ (chǎn)

（名）挖削用的鐵製器具。用於農事或烹飪。如：鐵鏟。（動）削除。如：鏟除。

【鏟除】ㄔㄢˇ ㄔㄨˊ 除去；清除。（例）為了讓菜苗吸收足夠的養分，必須鏟除四周的雜草。

19/11

鏃

ㄗㄨˊ (zú)

（名）箭頭。如：箭鏃。

19/11

鏈

ㄌㄧㄢˋ (liàn)

（名）用金屬環相連而成的繩狀物。

如：鎖鏈。

鏗
19/11　ㄎㄥ (kēng)

〔形〕彈擊金屬、瓦石或琴瑟的聲音。如：鏗鏘。

【鏗鏘】ㄎㄥ ㄑㄧㄤ ①彈擊金屬、瓦石或琴瑟的聲音。②形容清脆響亮的聲響。〔例〕李老師的演講一向鏗鏘有力，很能夠振奮人心。

鏢
19/11　ㄅㄧㄠ (biāo)

〔名〕①古代一種呈三角形的金屬暗器。如：飛鏢。②古代由鏢局保護運送的行李或財物。如：保鏢。

鏜
19/11　ㄊㄤ (tāng)

〔名〕小鑼。如：鏜鑼。〔形〕形容鐘鼓聲。如：鏜鏜。

鏤
19/11　ㄌㄡˋ (lòu)

〔動〕雕刻。如：鏤刻。

【鏤空】ㄌㄡˋ ㄎㄨㄥ 在物體上雕刻出空隙或孔洞，以呈現花紋或圖案。

鏝
19/11　ㄇㄢˋ (màn)

〔名〕①塗牆抹泥的用具。又稱「瓦刀」。如：鏝刀。②古代銅錢的背面。也借指錢。如：銅鏝。

鏍
19/11　ㄌㄨㄛˊ (luó)

〔名〕古代用來溫熱東西的器具。

鏘
19/11　ㄑㄧㄤ (qiāng)

㊄撞擊金石的聲音。如：鏘鳴。

20/12
鐘
ㄓㄨㄥ (zhōng)

㊔ 1 樂器的一種。銅製，中空，可敲擊發聲。2 計時的器具。如：鬧鐘。

【鐘擺 ㄓㄨㄥ ㄅㄞˇ】一種時鐘的零件。根據單擺的原理製成，會左右來回擺動。

✽分鐘、時鐘、敲鐘

20/12
鐃
ㄋㄠˊ (náo)

㊔ 打擊樂器的名稱。1 銅製，形狀像鈴。古代用於軍中，敲鐃表示停止擊鼓。2 銅製，一副兩片，形狀像鈸，但中間隆起部分較小。

【鐃鈸 ㄋㄠˊ ㄅㄚˊ】1 銅製、圓盤狀的合擊樂器，小的稱為鐃，聲音較響亮；大的稱為鈸，聲音較渾厚。2 專指鈸。

20/12
鏽
ㄒㄧㄡˋ (xiù)

㊔ 金屬表面所生成的一層黃色氧化物。如：生鏽。

✽防鏽、鐵鏽、不鏽鋼

21/13
鐮
ㄌㄧㄢˊ (lián)

㊔ 用來收割或割草用的工具，形狀彎曲如鉤子。如：鐮刀。

21/13
鐳
ㄌㄟˊ (léi)

㊔ 一種銀白色金屬元素。具放射性，能殺死癌細胞。

21/13
鐵
ㄊㄧㄝˇ (tiě)

名 1 一種銀白色金屬元素。具有延展性及感磁性，質地脆而硬度小。用來製造磁鐵和貧血治療劑等。2 泛指兵器。如：手無寸鐵。形 強固的；堅定的。如：鐵證。

【鐵定】ㄊㄧㄝˇ ㄉㄧㄥˋ 必定。例 你借我的那本奇幻小說，我鐵定會在一個禮拜內把它看完。

【鐵公雞】ㄊㄧㄝˇ ㄍㄨㄥ ㄐㄧ 比喻一個人非常小氣、吝嗇。

【鐵石心腸】ㄊㄧㄝˇ ㄕˊ ㄒㄧㄣ ㄔㄤˊ 形容人冷酷無情。例 像你這麼鐵石心腸的人，你再求下去也是沒用的！

✽打鐵、磁鐵、斬釘截鐵

21/13
鐺
ㄉㄤ (dāng)

見「鋃鐺」。

ㄔㄥ (chēng) 名 1 古代一種有足的鍋。如：茶鐺。2 用來烙餅或炒菜的平底淺鍋。

21/13
鐸
ㄉㄨㄛˊ (duó)

名 古代打擊樂器。形狀像鈴，體短有柄，體腔內有舌，拿著柄搖動便可發出聲音。如：木鐸。

21/13
鐲
ㄓㄨㄛˊ (zhuó)

名 1 古代打擊樂器。銅製，形狀像

小鐘，用於行軍時敲擊以配合鼓的節奏。2套在手腕上的環狀飾品。如：手鐲。

鑒

22/14

ㄐㄧㄢˋ (jiàn)

動 書信用語。表示請對方看信。如：鈞鑒。異「鑑」的異體字。

鑄

22/14

ㄓㄨˋ (zhù)

動 1將金屬熔化倒入模型中冷卻凝固，製成器物。如：鑄造。2造成。如：鑄成大錯。

【鑄成大錯】ㄓㄨˋ ㄔㄥˊ ㄉㄚˋ ㄘㄨㄛˋ 造成嚴重的錯誤。例小白因為不小心而鑄成大錯，心中感到十分後悔。

鑑

22/14

ㄐㄧㄢˋ (jiàn)

名 1鏡子。2可以作為警戒或警惕的事。如：借鑑。3作為證明的信物。如：印鑑。動 1映照。如：光可鑑人。2明察。如：鑑定。

【鑑定】ㄐㄧㄢˋ ㄉㄧㄥˋ 判定事物的是非真假。例買鑽石一定要經過鑑定，以免買到假貨。

【鑑賞】ㄐㄧㄢˋ ㄕㄤˇ 辨析欣賞。例多閱讀優美的文章，可以提升我們的文學鑑賞能力。

✽前車之鑑、引以為鑑

鑣

23/15

ㄅㄧㄠ (biāo)

名 1馬口所銜的鐵環。又稱「馬

銜」。如：分道揚鑣。②古代的一種金屬暗器。通「鏢」。如：飛鑣。③古代由鏢局保護運送的行李或財物。通「鏢」。如：保鑣。

鑠 23/15

ㄕㄨㄛˋ (shuò)

㊋明亮閃耀的樣子。如：閃鑠。㊍熔化。如：眾口鑠金。

鑲 25/17

ㄒㄧㄤ (xiāng)

㊍把東西嵌入另一物體之中。如：鑲牙。

【鑲嵌】ㄒㄧㄤ ㄑㄧㄢ 把東西填在某個物件的空隙。㊄姊姊把寶石鑲嵌在別針的中間，感覺很別致。

鑰 25/17

ㄧㄠˋ (yào)

㊔①開鎖的器具。如：鑰匙。②比喻事情關鍵或重要的防衛處。如：鎖鑰。

鑾 27/19

ㄌㄨㄢˊ (luán)

㊔①繫在馬口鐵環兩旁的響鈴。②皇帝的車駕。也用來代稱皇帝。如：鑾駕。

鑼 27/19

ㄌㄨㄛˊ (luó)

㊔打擊樂器。用銅製成，形狀像圓盤，用槌敲擊而發聲。

【鑼鼓喧天】(ㄌㄨㄛˊ ㄍㄨˇ ㄒㄩㄢ ㄊㄧㄢ) 形容敲鑼打鼓，很熱鬧的樣子。例 外面鑼鼓喧天，原來是廟會活動已經開始了。反 冷冷清清。

27/19

鑽

ㄗㄨㄢ (zuān) 動 1 用尖銳的東西在物體上旋轉穿洞。如：鑽洞。2 深入研究。如：鑽研。

ㄗㄨㄢˋ (zuàn) 名 1 穿孔的工具。如：電鑽。2 見「鑽石」。

【鑽石】(ㄗㄨㄢˋ ㄕˊ) 一種碳的結晶礦物。通常為無色透明，是硬度最大的礦物，對於光的折射率高，耐高熱及酸。可用來裁切玻璃或製成珍貴飾品。又稱「金剛石」、「金剛鑽」。

【鑽牛角尖】(ㄗㄨㄢ ㄋㄧㄡˊ ㄐㄧㄠˇ ㄐㄧㄢ) 比喻人固執不知變通，自尋煩惱。例 遇到問題時不要一直鑽牛角尖，可以向師長或朋友請教解決方法。

❋水鑽、扁鑽、刁鑽

28/20

鑿

ㄗㄠˊ (záo) 名 一種挖槽或打孔用的工具。長條形，前端有刃，使用時用重物敲擊後端。如：鐵鑿。形 確實。如：證據確鑿。動 1 穿刺；挖穿。如：挖鑿。2 牽強附會；硬把不相干的事物湊在一起。如：穿鑿附會。

長部 (ㄔㄤˊ)

8/0

長

ㄔㄤˊ (cháng) 名 1 兩端的距離。如：繩長五尺。2 優點；特殊的技能。

如：專長。3長方形較長的一邊。形 1距離不短；遙遠。如：長途。2時間久遠。如：長壽。動 善於；專精於。如：長於游泳。

ㄓㄤˇ (zhǎng) 名 1年紀大、輩分高的人。如：尊長。2負責人；領導人。如：校長。形 排行第一的。如：長子。動 1發育。如：成長。2生成；顯得。如：她長得很可愛。3增加；增進。如：長他人志氣。4年齡高過別人。如：長我三歲。

【長期】ㄔㄤˊ ㄑㄧˊ 很久的時間。例 因為長期住國外，所以阿吉的英語講得比中文好。近 長年。反 短期。

【長進】ㄓㄤˇ ㄐㄧㄣˋ 進步。例 看到弟弟的成績有了長進，我感到非常高興。反 退步。

【長篇大論】ㄔㄤˊ ㄆㄧㄢ ㄉㄚˋ ㄌㄨㄣˋ 指規模宏大、冗長繁複的言論或文章。例 葉教授的演講長篇大論，讓人聽得昏昏欲睡。

✽一技之長、語重心長

門 ㄇㄣˊ 部

8/0 **門** ㄇㄣˊ (mén) 丨 冂 冂 冂 門 門 門 門

名 1在建築物或車、船進出口所安裝可開關、轉動的裝置。如：玻璃門。2泛稱形狀、作用或性質像門的東西。如：水閘門。3要點；方法。如：不二法門。4家庭；家族。如：豪門。5宗派；學派。如：佛門。6類別。如：五花八門。7生物分類上的階層之一。如：軟體動物門。量 計算科目、大炮等的單位。如：一門科目。

【門診】ㄇㄣˊ ㄓㄣˇ 醫院或診所中，醫生為非住院的病人提供治療。

【門外漢】ㄇㄣˊ ㄨㄞˋ ㄏㄢˋ 外行人；不懂其中道理或方法的人。㊎內行人。

【門庭若市】ㄇㄣˊ ㄊㄧㄥˊ ㄖㄨㄛˋ ㄕˋ 門前和庭院好像市場一樣。形容客人很多。㊕這家小吃店食物又便宜又好吃，所以經常門庭若市。㊎門可羅雀。

【門當戶對】ㄇㄣˊ ㄉㄤ ㄏㄨˋ ㄉㄨㄟˋ 彼此的家庭環境或社會地位相當。㊕阿村和小蓮兩個門當戶對，感情又好，是一對幸福的夫妻。

✽入門、專門、正門

9/1
閂 ㄕㄨㄢ (shuān)

㊔關緊門戶用的橫木。如：門閂。㊁把門關上，並插上門閂。如：把門閂好。

10/2
閃 ㄕㄢˇ (shǎn)

㊔差錯；危險。如：閃失。㊖亮光耀動的樣子。如：金光閃閃。㊁1突然顯現或忽隱忽現。如：閃爍。2事物突然出現並快速消失。如：身影一閃。3側身躲避。如：閃開。4扭傷。如：閃了腰。

【閃電】ㄕㄢˇ ㄉㄧㄢˋ 1天空中雲層放電時所產生的閃光。2比喻行動非常快速。㊕小雯閃電結婚，讓親友們都嚇了一跳。

【閃爍】ㄕㄢˇ ㄕㄨㄛˋ 1光線忽明忽滅。㊕星星在夜空中閃爍著。2說話吞吞吐吐，好像有事隱瞞。㊕看小芬言辭閃爍的樣子，她一定瞞了什麼事情沒有說。

11/3
閉 ㄅㄧˋ (bì)

㊁1關上；合上。如：閉門造車。2堵塞不通。如：密閉。3停止。如：閉幕。4禁止；斷絕。如：禁閉。

門

【閉幕】(ㄅㄧˋ ㄇㄨˋ) 泛指活動或事件結束。㊎開幕。

【閉門思過】(ㄅㄧˋ ㄇㄣˊ ㄙ ㄍㄨㄛˋ) 在家虛心檢討自己的過錯。㊀這次失敗的經驗，讓阿宗決定好好閉門思過。

【閉門造車】(ㄅㄧˋ ㄇㄣˊ ㄗㄠˋ ㄐㄩ) 比喻只憑自己的想像做事，不考慮是否符合實際情形。㊀研發產品不能只是閉門造車，要多吸收新知識才行。

❀遮閉、關閉、倒閉

閔 12/4 ㄇㄧㄣˇ (mǐn) 丨 冂 冂 冂 門 門 門 門 閂 閃 閔 閔

㊔ 體諒；憐惜。通「憫」。

閏 12/4 ㄖㄨㄣˋ (rùn) 丨 冂 冂 冂 門 門 門 門 閂 閏 閏 閏

㊔ 由於曆法的紀年與紀月，與地球繞太陽一周、月球繞地球一周的天數時間不能配合，為調整曆法與天象間的差距，在適當年分中增加一日或一個月作為彌補。

【閏月】(ㄖㄨㄣˋ ㄩㄝˋ) 農曆中，為彌補曆法與天象間的差距，而在曆年中加插一個獨立的月分，稱為閏月。閏月穿插在某月之後，就稱為閏某月。大致來說，每十九年要加插七個閏月。

開 12/4 ㄎㄞ (kāi) 丨 冂 冂 冂 門 門 門 門 閂 閂 開 開

㊔ 1啟；張。如：開門。2創始；起始。如：開始。3舉行。如：開會。4綻放；舒張。如：百花盛開。5分離。如：分開。6條列；列出。如：開藥方。7發動；駕駛。如：開車。8沸騰。如：水開了。9解除。如：開除。10拓展。如：開發。11揭曉；宣布結果。如：開獎。12支付。如：開銷。㊓1表示通透豁達。如：想開。2表示擴張、擴大。如：散開。㊐計算紙張大小的單位。切割一大張紙為若干分之一。

如：八開。

【開心】(ㄎㄞ ㄒㄧㄣ) 高興；快樂。例我最喜歡看甜甜開心大笑的模樣。近愉快。反憂愁。

【開始】(ㄎㄞ ㄕˇ) 1最初；最早的時候。近開頭。2起頭去做。例弟弟吃過晚飯後開始寫功課。反結束。

【開放】(ㄎㄞ ㄈㄤˋ) 1取消限制，讓人自由出入或表達意見。例這座博物館平日免費開放給民眾參觀。反關閉。2思想不固執保守。例小陳的思想很開放，有什麼想法就儘管和他溝通吧！反封閉。3花開。例春天一到，花兒紛紛開放。反凋謝。

【開明】(ㄎㄞ ㄇㄧㄥˊ) 思想開通不固執。例小其的父母很開明，鼓勵他朝自己喜歡的興趣發展。

【開朗】(ㄎㄞ ㄌㄤˇ) 個性爽朗樂觀。例亭亭個性開朗，總是帶給身邊的人許多快樂。反憂鬱。

【開除】(ㄎㄞ ㄔㄨˊ) 取消人的職務或名籍。近解雇；炒魷魚。

【開創】(ㄎㄞ ㄔㄨㄤˋ) 開發創造。例大寶決定和朋友一起開創事業。

【開幕】(ㄎㄞ ㄇㄨˋ) 泛指會議、比賽、營業、表演的開始。反閉幕。

【開源節流】(ㄎㄞ ㄩㄢˊ ㄐㄧㄝˊ ㄌㄧㄡˊ) 開發新的財源增加收入，節省花費。例開源節流是致富的不二法門。

✽展開、拉開、異想天開

12/4
閑
ㄒㄧㄢˊ (xián)
丨 𠃌 ㄗ 戶 門 門 門 閂 閅 閑 閑 閑

形 1空閒；安閒。通「閒」。如：清閑。2熟練。通「嫻」。如：閑習。

12/4
閎
ㄏㄨㄥˊ (hóng)
丨 𠃌 ㄗ 戶 門 門 門 閂 閅 閎 閎 閎

形 大；高。如：閎論。

12/4
間
丨 𠃌 ㄗ 戶 門 門 門 門 間 間 間 間

ㄐㄧㄢ (jiān) (名) [1]介於兩者之中；當中。如：居間。[2]處所；地方；一定面積的建築。如：房間。[3]時候。如：晨間。(量)計算房屋的單位。如：一間房子。

ㄐㄧㄢˋ (jiàn) (名) [1]空隙；縫隙。如：間隙。[2]奸細。如：間諜。(動) [1]分隔。如：間隔。[2]分化；挑撥。如：離間。[3]夾雜。如：間雜。

【間接】ㄐㄧㄢˋ ㄐㄧㄝ 不直接的。(例)我從阿福口中間接得知大飛即將轉學。

【間隔】ㄐㄧㄢˋ ㄍㄜˊ 相隔；兩件事物之間的距離。(例)這兩家店間隔一公里。

【間斷】ㄐㄧㄢˋ ㄉㄨㄢˋ 中斷；不連續。(例)自從三年前小如搬家後，我和她的聯絡就間斷了。

❀瞬間、一念之間、合作無間

12/4 **閒** ㄒㄧㄢˊ (xián) 丨 ㄗ 尸 尸 尸 門 門 門 門 閒 閒 閒

(名) 空暇沒事的時候。如：忙裡偷閒。(形) [1]空暇沒事。如：閒暇。[2]安逸平靜。如：悠閒。[3]和正事無關的；不重要的。如：閒書。(副)隨意的；沒有用心的。如：閒聊。

【閒暇】ㄒㄧㄢˊ ㄒㄧㄚˊ 空閒沒事的時候。(例)弟弟在閒暇時喜歡看漫畫、打電動。

【閒言閒語】ㄒㄧㄢˊ ㄧㄢˊ ㄒㄧㄢˊ ㄩˇ 背後議論別人是非的言語。(例)只要做好自己的本分，不必在意那些閒言閒語。

❀清閒、休閒、游手好閒

13/5 **閘** ㄓㄚˊ (zhá) 丨 ㄗ 尸 尸 尸 門 門 門 門 問 閘 閘 閘

(名) 控制水流大小和船隻通行的水門。如：水閘。

14/6 **閡** ㄏㄜˊ (hé) 丨 ㄗ 尸 尸 尸 門 門 門 門 門 閂 閡 閡 閡

(動) 阻隔；妨礙。如：隔閡。

14/6
閨
ㄍㄨㄟ (guī)
閨 閨
丨 ｢ ｢ ｢ 𠁣 門 門 門 門 門 門 閂

名 1上圓下方的小門。2女子所住的屋室。如：香閨。形 女子的。如：閨房。

【閨房】ㄍㄨㄟ ㄈㄤˊ 女子居住的房間。近 香閨。

【閨中密友】ㄍㄨㄟ ㄓㄨㄥ ㄇㄧˋ ㄧㄡˇ 女子的親密好友。

❀大家閨秀、待字閨中

14/6
閩
ㄇㄧㄣˇ (mǐn)
閩 閩
丨 ｢ ｢ ｢ 𠁣 門 門 門 門 問 問 閘

專 1民族名。分布於福建及浙江東部一帶。2朝代名。(892—946)十國之一。為王審知所建立。據有福建地方，為南唐李璟所滅。3福建的簡稱。

【閩南語】ㄇㄧㄣˇ ㄋㄢˊ ㄩˇ 福建南部、廣東潮州汕頭一帶、海南島、臺灣等地的方言。

14/6
閣
ㄍㄜˊ (gé)
閣 閣
丨 ｢ ｢ ｢ 𠁣 門 門 門 門 閂 閃 閃

名 1古代一種類似樓房的建築。如：亭臺樓閣。2在屋子裡所隔出的夾室或夾層。如：閣樓。3女子的房間。如：閨閣。4古代藏書的地方。如：文淵閣。

【閣樓】ㄍㄜˊ ㄌㄡˊ 在屋頂或天花板下另外搭建的低矮樓層。

14/6
閥
ㄈㄚˊ (fá)
閥 閥
丨 ｢ ｢ ｢ 𠁣 門 門 門 門 閂 閂 閥

名 1家世地位。如：門閥。2擁有某種特殊勢力的團體或個人。如：財閥。3控制氣體或液體的流量大小、流動方向的裝置。如：氣閥。

14/6

閤

ㄍㄜˊ (gé) (名)樓房。通「閣」。如：閨閤。

ㄏㄜˊ (hé) (形)全；總。通「闔」。如：閤府。(動)閉。通「合」、「闔」。如：閤上眼睛。

15/7

閭

ㄌㄩˊ (lǘ) (名)①里巷的大門。②泛指鄉里。如：閭里。

15/7

閱

ㄩㄝˋ (yuè) (名)經歷。如：閱歷。(動)①看。如：閱報。②檢驗；視察。如：閱兵。

【閱歷】ㄩㄝˋ ㄌㄧˋ 經歷；經驗。(例)邱大哥的人生閱歷豐富，有任何問題都能請教他。

【閱讀】ㄩㄝˋ ㄉㄨˊ 觀看誦讀。(例)閱讀好書是一件快樂的事。

❋查閱、翻閱、訂閱

16/8

閻

ㄧㄢˊ (yán) (名)里巷。

【閻羅王】ㄧㄢˊ ㄌㄨㄛˊ ㄨㄤˊ 佛家稱主宰地獄的神，也掌管人的生死。又稱「閻王」。

17/9

闊

ㄎㄨㄛˋ (kuò) (形)①寬大；廣大。如：遼闊。②非常有錢的；奢侈浪費。如：闊少。③胸襟寬大。如：闊達。④久遠。如：闊別。

【闊綽】ㄎㄨㄛˋ ㄔㄨㄛˋ 出手大方，豪華奢侈。(例)阿美家境富有，生活過得非常闊綽。(反)寒酸。

✽寬闊、開闊、海闊天空

闌 17/9 ㄌㄢˊ (lán)

丨 … 闌

(名)柵欄。通「欄」。(形)①快要結束。如：夜闌人靜。②衰敗；衰落。如：闌珊。(動)阻隔。通「攔」。如：遮闌。

【闌尾】ㄌㄢˊ ㄨㄟˇ 盲腸尾端分歧出來的蚯蚓狀凸起物。其黏膜層容易感染而發炎。近來醫學家發現，它的淋巴組織對傳染病能產生抗體。

【闌珊】ㄌㄢˊ ㄕㄢ 衰落；將盡。(例)一過午夜，原本繁華的街道，也變得燈火闌珊了。

闈 17/9 ㄨㄟˊ (wéi)

丨 … 闈

(名)①古代宮中相通的小門，或指后妃居住的地方。如：宮闈。②父母所住的房間。引申指父母。如：庭闈。③舊稱科舉考試的會場。今指考試時命題及印製試卷的場所。如：闈場。

闋 17/9 ㄑㄩㄝˋ (què)

丨 … 闋

(量)計算歌、詞、曲的單位。如：一闋詞。

闆 17/9 ㄅㄢˇ (bǎn)

丨 … 闆

見「老闆」。

闖 18/10 ㄔㄨㄤˇ (chuǎng)

丨 … 闖

(動)①猛衝。如：亂闖。②經歷；歷練。如：闖蕩江湖。③惹起；引起。如：闖禍。

【闖禍 ㄔㄨㄤˇ ㄏㄨㄛˋ】惹禍。例那群闖禍的青少年全被帶回警察局。

【闖空門 ㄔㄨㄤˇ ㄎㄨㄥ ㄇㄣˊ】小偷趁屋內沒人時，偷偷到屋裡盜取財物。例他們全家去旅行，竟被小偷闖空門。

18/10
闔
ㄏㄜˊ (hé)

丨 𠃍 𠃍 𠃍 𠃍 門
門 門 門 門 門 門
闔 闔 闔 闔 闔

名門板。形全。如：闔家。動掩蓋；關閉。如：闔眼。

【闔府 ㄏㄜˊ ㄈㄨˇ】尊稱對方全家人。近闔家；闔第。

18/10
闐
ㄊㄧㄢˊ (tián)

丨 𠃍 𠃍 𠃍 𠃍 門
門 門 門 門 門 門
闐 闐 闐 闐 闐

形聲音很大。如：喧闐。動充滿。如：賓客闐門。

19/11
關
ㄍㄨㄢ (guān)

丨 𠃍 𠃍 𠃍 𠃍 門
門 門 門 門 門 門
關 關 關 關 關 關

名①門閂；把門合起來不讓人進出的橫木。②國境或邊險重要防守地的出入口。如：海關。③事物或時間演進過程中的重要時刻。如：難關。④控制機器開始運轉或停止的零件。如：開關。動①閉合。如：關門。②貫通；疏通。如：關說。③牽連；連繫。如：相關。④拘禁。如：關在籠中。⑤使作用或功能停止。如：關電視。⑥顧念。如：關心。

【關心 ㄍㄨㄢ ㄒㄧㄣ】注意；掛念。例爸爸很關心國內政治的發展。

【關於 ㄍㄨㄢ ㄩˊ】表示事物、動作所牽涉的一定範圍。例關於這件事，我會好好考慮一下。

【關係 ㄍㄨㄢ ㄒㄧˋ】彼此間的連帶作用。例她們兩人是母女關係。

【關閉 ㄍㄨㄢ ㄅㄧˋ】①閉合。例每天晚上六點，校警伯伯就會關閉校門，不

讓一般人進入。反打開。2商店、公司停止營業。例因為店面的租金太貴，這家餐廳開不到三個月就關閉了。反開設。

【關鍵】(ㄍㄨㄢ ㄐㄧㄢˋ) 比喻事物最重要的部分，或事情發展的決定性原因。近樞紐。

※無關、過關、息息相關

闡 20/12

ㄔㄢˇ (chǎn)

動顯露；弘揚。如：闡明。

【闡揚】(ㄔㄢˇ 一ㄤˊ) 宣揚；傳布發揚。例趙老師四處演講，闡揚教育理念。

闢 21/13

ㄆㄧˋ (pì)

動1開拓；開墾。如：闢地。2排除。如：闢邪。

【闢謠】(ㄆㄧˋ 一ㄠˊ) 澄清謠言，說明事情的真相。例小黃決定站出來闢謠，將這件事從頭到尾說清楚。反造謠；抹黑。

※開闢、精闢、另闢蹊徑

阜部 ㄈㄨˋ

阜 8/0

ㄈㄨˋ (fù)

名土山。如：阜陵。

阡 6/3

ㄑㄧㄢ (qiān)

名田間的小路。南北向為阡。如：阡陌。

防 7/4

ㄈㄤˊ (fáng)

名1用來擋水的建築物。如：堤防。2戒備的工作。如：國防。動1戒備；禁止。如：防疫。2遮蔽；

門
阜

遮擋。如：防風。

【防止】預先制止。例颱風來臨前，我們要檢查居家環境的安全，防止災害發生。

【防守】守衛；保衛。例每個軍事要地，都有軍隊駐紮防守。反攻擊。

【防火巷】房屋後方為火災逃生時所留的巷道。

【防患未然】災禍還沒發生前就加以防備。例如果人人都有防患未然的觀念，那麼傷害將可以減到最低。近未雨綢繆。

✽提防、消防、海防

7/4

阱 ㄐㄧㄥˇ (jǐng)

名為了捕捉野獸所挖掘的深洞。如：陷阱。

7/4

阮 ㄖㄨㄢˇ (ruǎn)

名阮咸的簡稱。一種彈撥樂器。古稱「秦琵琶」或「月琴」。

7/4

阪 ㄅㄢˇ (bǎn)

8/5

陀 ㄊㄨㄛˊ (tuó)

名1山坡。2山腰小路。

見「陀螺」。

【陀螺】一種圓錐形玩具。下端有鐵尖，繞上細繩，急甩出去，落地後能在地上直立旋轉。

8/5

阿

ㄜ (ē) 名角落；彎曲的地方。如：山阿。動迎合；偏袒。如：剛正不阿。

ㄚ (ā) 名詞頭。1加在稱謂前。如：阿娘。2加在名字前。如：阿明。

【阿諛奉承】故意說些話或做些事來討好別人。例許多人為

了升官，不惜阿諛奉承自己的長官，真令人不齒。㊇逢迎巴結。

8/5
阻 ㄗㄨˇ (zǔ)

阻阻

㊔①險要的地方。如：險阻。②障礙。如：通行無阻。㊐①隔斷。如：阻隔。②妨礙；禁止。如：阻攔。③推辭；拒絕。如：推三阻四。

【阻止】ㄗㄨˇ ㄓˇ 制止。㊈即使眼前有許多困難，依然不能阻止哥哥追求夢想的決心。

【阻塞】ㄗㄨˇ ㄙㄜˋ 有障礙而無法暢通。㊈水管被東西阻塞，所以水無法流通。㊇壅塞。

【阻礙】ㄗㄨˇ ㄞˋ 妨礙；使事情不能順利進行。㊈雖然途中受到許多阻礙，我們還是完成了任務。

❋風雨無阻、暢行無阻

8/5
陂 ㄆㄧˊ (pí)

陂陂

㊔水池。

8/5
附 ㄈㄨˋ (fù)

附附

㊐①靠近；依傍。如：附耳過來。②黏；依著。如：魂不附體。③應和。如：附和。㊃連帶的；外加的。如：附送。

【附和】ㄈㄨˋ ㄏㄜˋ 贊成別人的主張。㊈小新提議週末舉辦班遊，全班同學都連聲附和。

【附近】ㄈㄨˋ ㄐㄧㄣˋ 周圍不遠的地方。㊈我家附近有個小公園。

【附設】ㄈㄨˋ ㄕㄜˋ 順帶設置。㊈這所大學有個附設的幼稚園。

【附著】ㄈㄨˋ ㄓㄨㄛˊ 依附；黏著。㊈灰塵附著在衣服表面，難怪衣服看起來髒髒的。

9/6
限 ㄒㄧㄢˋ (xiàn)

限限

㊔①門檻；門下的橫木。②一定的

範圍。如：期限。(動)指定；在制定的範圍內不許超越。如：限期。

【限制】(ㄒㄧㄢˋ ㄓˋ) 1不能超越、違反的規定。(例)這條路的時速限制是六十公里。2拘束。(例)哥哥生性愛好自由，不喜歡受到太多限制。

【限期】(ㄒㄧㄢˋ ㄑㄧˊ) 在規定的期間以內。(例)那家咖啡館正推出買一送一的優惠，限期一個禮拜，要買要快喲！

❋局限、無限、界限

9/6

陋 ㄌㄡˋ (lòu)

(形)1粗劣。如：簡陋。2卑賤。如：出身寒陋。3不好的。如：陋規。4醜惡。如：醜陋。5學問、見識淺薄。如：孤陋寡聞。6狹窄。如：陋巷。

【陋習】(ㄌㄡˋ ㄒㄧˊ) 不好的習慣。(近)惡習。

❋粗陋、淺陋、鄙陋

9/6

陌 ㄇㄛˋ (mò)

(名)1田間的小路。東西向為陌。如：阡陌。2巷道。如：巷陌。

【陌生】(ㄇㄛˋ ㄕㄥ) 沒見過的、不認識的或不熟悉的。(例)這個陌生男人大概是外地來的吧！

9/6

降 ㄐㄧㄤˋ (jiàng)

(動)1落下。如：從天而降。2壓低；貶低。如：降價。

ㄒㄧㄤˊ (xiáng) (動)1向對方屈服。如：投降。2制服對方。如：降妖伏魔。

【降低】(ㄐㄧㄤˋ ㄉㄧ) 向下降。(例)這兩天氣溫突然降低，很多人都感冒了。(近)下降。(反)升高。

❋升降、空降、喜從天降

10/7

院 ㄩㄢˋ (yuàn)

(名) 1 圍牆內房屋四周的空地。如：庭院。2 泛指機構、場所。如：醫院。3 政府機關名。如：立法院。

✽戲院、劇院、法院

10/7 **陣** ㄓㄣˋ (zhèn)

(名) 1 軍隊打仗時所布置的隊伍行列。如：陣法。2 表示時間的段落。如：一陣子。(量) 計算事情或動作經歷次數的單位。如：引起一陣騷動。

【陣容】ㄓㄣˋ ㄖㄨㄥˊ 1 隊伍排列的形式或氣勢。(例) 這次遊行的陣容很盛大。2 團體中成員配置的情形。(例) 我們的陣容堅強，一定可以打敗對手。

【陣營】ㄓㄣˋ ㄧㄥˊ 因共同的目標或利益而聯合起來的團體。

✽臨陣磨槍、衝鋒陷陣

10/7 **陡** ㄉㄡˇ (dǒu)

(形) 坡度大，近於垂直。如：陡峻。

【陡峭】ㄉㄡˇ ㄑㄧㄠˋ 山勢高峻，坡度大。(例) 這座山很陡峭，攀登的難度非常高。(反) 平緩。

10/7 **陛** ㄅㄧˋ (bì)

(名) 天子面前的臺階。如：金陛。

10/7 **陝** ㄕㄢˇ (shǎn)

(專) 1 古地名。在河南。2 陝西的簡稱。

10/7 **陞** ㄕㄥ (shēng)

(動) 由下而上。

10/7 **除** ㄔㄨˊ (chú)

(名) 數學運算法的一種。用來計算二個數字的商。如：八除以四等於二。(動) 清掃；去掉。如：掃除。(連) 表示不計算在內。如：除非。

阜

【除夕】(ㄔㄨˊ ㄒㄧ) 指農曆十二月的最後一夜或最後一日。

【除非】(ㄔㄨˊ ㄈㄟ) 即「只有如此」的意思。表示唯一的條件。例你要我答應這麼無理的要求，除非太陽從西邊出來！

【除舊布新】(ㄔㄨˊ ㄐㄧㄡˋ ㄅㄨˋ ㄒㄧㄣ) 清除舊事物，展示新氣象。例新年快要到了，家家戶戶都在除舊布新。

✽排除、清除、解除

11/8

陪

ㄆㄟˊ (péi)

阝 阝 阝 阝 阝 阝 陪 陪 陪

動 1伴隨。如：陪同。2輔助。如：陪審。

【陪伴】(ㄆㄟˊ ㄅㄢˋ) 伴隨；作伴。例我很感謝小雙這三年來陪伴我度過許多難關。近陪同。

【陪襯】(ㄆㄟˊ ㄔㄣˋ) 襯托主要的人或物品。例鮮花需要有綠葉陪襯，才更能顯出它的嬌美。

✽作陪、奉陪、敬陪末座

11/8

陳

阝 阝 阝 阝 阝 阝 陣 陣 陳

ㄔㄣˊ (chén) 形舊的；年代很久的。如：陳年。動 1鋪設；排列。如：鋪陳。2敘述；述說。如：陳述。專 1古國名。在河南。2朝代名(557—589)由陳霸先篡梁朝所建。是南朝版圖最小的王朝。後被隋文帝所滅。

ㄓㄣˋ (zhèn) 名 行列；戰陣。通「陣」。

【陳列】(ㄔㄣˊ ㄌㄧㄝˋ) 依照次序排列。例老闆把商品陳列在玻璃櫃裡供人選購。近擺設；羅列。

【陳舊】(ㄔㄣˊ ㄐㄧㄡˋ) 老舊。可用來形容具體的物品或抽象的思想。例這雙陳舊的鞋，是多年前祖母買給父親的。

【陳腔濫調】(ㄔㄣˊ ㄑㄧㄤ ㄌㄢˋ ㄉㄧㄠˋ) 指老舊而沒有創意的言論。例王先生每次演講

都是這些陳腔濫調，聽多了感覺真無趣。近 老生常談。

✽乏善可陳、推陳出新

陸 11/8

ㄌㄨˋ (lù) 名 水平面以上的地面。如：海陸。

ㄌㄧㄡˋ (liù) 數「六」的大寫。

【陸續】ㄌㄨˋ ㄒㄩˋ 接連不斷。例 演奏會即將開始，聽眾陸續入座。

✽內陸、登陸、著陸

陵 11/8

ㄌㄧㄥˊ (líng)

名 1 小山。也指高大的土山。如：丘陵。2 帝王的墳墓。如：陵寢。

陶 11/8

ㄊㄠˊ (táo)

名 用黏土燒製的器物。如：彩陶。形 和樂；喜悅。如：樂陶陶。動 製造陶器。比喻培養、教育。如：陶鑄。

【陶冶】ㄊㄠˊ ㄧㄝˇ 製造陶器和冶煉金屬。比喻培養、教育。例 音樂和美術可以陶冶心靈。

【陶醉】ㄊㄠˊ ㄗㄨㄟˋ 熱中或沉迷於某種事物或境界裡。例 這首曲子旋律非常優美，讓許多聽眾陶醉不已。

陷 11/8

ㄒㄧㄢˋ (xiàn)

名 缺失；缺點。如：缺陷。動 1 落下；沉沒。如：凹陷。2 設計害人。如：陷害。3 攻破；被攻破。如：淪陷。

【陷阱】ㄒㄧㄢˋ ㄐㄧㄥˇ 1 為誘捕野獸所做的坑洞或機關。2 比喻害人的計謀。近 圈套。

【陷害】ㄒㄧㄢˋ ㄏㄞˋ 設下計謀使人受害。例 小王被人陷害入獄，親友們紛紛出面證明他的清白。

✽攻陷、誣陷、地層下陷

11/8
陴 ㄆㄧˊ (pí)
㊔城上留有洞口可供觀望的短牆。如：登陴。

11/8
陰 ㄧㄣ (yīn)
㊔1方位名。山的北面，水的南面。如：淮陰。2月亮。如：太陰。3日、月光照射物體而產生的影子。如：樹陰。4時光；歲月。如：光陰。5生殖器官。如：外陰部。㊋1不光亮的；昏暗的。如：陰暗。2祕密的；不光明的。如：陰謀。3雌性的；柔性的。如：陰柔。4與死亡或鬼魂相關的。如：陰曹地府。㊖暗地裡；偷偷的。如：陽奉陰違。
ㄧㄣˋ (yìn) ㊏庇護；庇佑。通「蔭」。
【陰暗】ㄧㄣ ㄢˋ 昏暗；不明亮。㊐晚上回家時，儘量不要走陰暗的小路，以免危險。
【陰影】ㄧㄣ ㄧㄥˇ 1光線被不透光物體阻擋所產生的影子。2比喻深藏在心中的悲傷或痛苦。㊐童年受虐的經驗，使阿華的心裡蒙上一層陰影。
【陰謀】ㄧㄣ ㄇㄡˊ 祕密的計畫。通常指暗中做壞事的計畫。㊅詭計。
✽寸陰、月陰、光陰似箭

12/9
隊 ㄉㄨㄟˋ (duì)
㊔1多人組成的團體。如：球隊。2行列。如：排隊。㊕計算團體或眾多人數的單位。如：一隊人馬。
【隊伍】ㄉㄨㄟˋ ㄨˇ 有組織、有秩序的群眾行列。
✽團隊、軍隊、啦啦隊

12/9
階 ㄐㄧㄝ (jiē)
㊔1樓梯。如：臺階。2等級。如：官階。

【階段】(ㄐㄧㄝ ㄉㄨㄢˋ) 事情發展的順序或劃分的段落。例這項工程將分三個階段完成。

【階級】(ㄐㄧㄝ ㄐㄧˊ) 1樓梯的層級。2比喻等級、地位。例軍隊裡階級分明，絕不允許破壞紀律的事發生。3指社會上生活標準、價值觀、經濟能力相似的同一群體。如：白領階級。

12/9
隋
ㄙㄨㄟˊ (suí)
ㄱ ㄋ 阝 阝一 阝ナ 阝ナ 阝ナ 阝左 陏 陏 隋 隋

專朝代名。(581—618) 楊堅篡北周所建。後為唐所滅。

12/9
隄
ㄊㄧˊ (tí)
ㄱ ㄋ 阝 阝' 阝口 阝口 阝日 阝旦 阝早 阝早 隄 隄

名沿岸修築的長形防水建築物。通「堤」。如：長隄。

12/9
陽
ㄧㄤˊ (yáng)
ㄱ ㄋ 阝 阝' 阝口 阝口 阝日 阝旦 阝旦 陽 陽 陽

名1方位名。山的南面，水的北面。2指太陽。3男性生殖器官。如：壯陽。形1雄性的；強壯的。如：陽剛。2人間的。如：陽世。副表面的。如：陽奉陰違。

【陽曆】(ㄧㄤˊ ㄌㄧˋ) 以地球繞太陽公轉的週期所制定的曆法。大月有三十一天，小月有三十天。其中二月平年有二十八天，閏年有二十九天。故平年一年共三百六十五天，閏年一年則有三百六十六天。每四年中有三個平年，一個閏年。

【陽奉陰違】(ㄧㄤˊ ㄈㄥˋ ㄧㄣ ㄨㄟˊ) 表面上假裝遵從，私底下卻違反命令。例小強對父母的叮嚀總是陽奉陰違。近口是心非。

❀向陽、夕陽、朝陽

12/9
隅
ㄩˊ (yú)
ㄱ ㄋ 阝 阝' 阝口 阝口 阝日 阝日 隅 隅 隅 隅

名1角落。如：向隅。2偏遠的地方。如：邊隅。

阜

12/9
陲 ㄔㄨㄟˊ (chuí)

(名)邊界；邊疆。如：邊陲。

12/9
隆 ㄌㄨㄥˊ (lóng)

(形)[1]興盛；繁榮。如：興隆。[2]盛大；豐厚。如：隆重。[3]程度深的。如：隆冬。(動)高起；增高。如：隆鼻。

【隆重】ㄌㄨㄥˊ ㄓㄨㄥˋ 盛大而莊重。(例)畢業典禮隆重而莊嚴，在場的人都深受感動。(反)草率。

✽昌隆、豐隆、轟隆

12/9
隍 ㄏㄨㄤˊ (huáng)

(名)沒有水的護城河。

13/10
隘 ㄞˋ (ài)

(名)險要的地方。如：關隘。(形)狹窄。如：狹隘。

13/10
隔 ㄍㄜˊ (gé)

(動)[1]阻斷；遮蔽。如：分隔。[2]距離；相距。如：相隔一年。

【隔絕】ㄍㄜˊ ㄐㄩㄝˊ 阻斷；斷絕。(例)黃先生退休後，過著與外界隔絕的生活。

【隔壁】ㄍㄜˊ ㄅㄧˋ 相鄰的人家。(例)媽媽與隔壁的黃太太是好朋友。

【隔牆有耳】ㄍㄜˊ ㄑㄧㄤˊ ㄧㄡˇ ㄦˇ 勸人說話要小心謹慎，以免被人偷聽。多用來指所說的內容非常祕密，不能讓別人聽見。(例)這件事還是換個地方再說，當心隔牆有耳。

✽區隔、間隔、天人永隔

13/10
隕 ㄩㄣˇ (yǔn)

(動)[1]下墜；墜落。如：隕落。[2]死

亡。通「殞」。

【隕落】ㄩㄣˇ ㄌㄨㄛˋ ①從高空掉落。②比喻死亡或滅亡。例那位影壇巨星的隕落，令影迷十分悲傷。

14/11
障
ㄓㄤˋ (zhàng) 阝 阝' 阝' 阝' 阝' 阝' 阝' 阝' 阝' 阝' 陪 障 障

名用來阻隔或遮蔽的東西。如：屏障。動①遮蔽。如：障蔽。②保衛。如：保障。

【障礙】ㄓㄤˋ ㄞˋ 阻礙。例阿傑最大的心理障礙就是缺乏自信。

✽故障、殘障、路障

14/11
隙
ㄒㄧˋ (xì) 阝 阝' 阝' 阝' 阝' 阝' 阝' 阝' 阝' 阝' 隙 隙

名①裂縫；小孔。如：縫隙。②機會；漏洞。如：乘隙。③怨恨。如：嫌隙。④空閒。如：農隙。

14/11
際
ㄐㄧˋ (jì) 阝 阝' 阝' 阝' 阝' 阝' 阝' 阝' 阝' 阝' 際 際

名①兩者中間；彼此之間。如：人際。②邊緣；盡頭。如：天際。③時候。如：危急之際。④經歷；遭遇。如：際遇。動會合。如：風雲際會。

【際遇】ㄐㄧˋ ㄩˋ 遭遇；經歷。例同學們畢業之後各自有不同的際遇。近境遇。

✽國際、實際、一望無際

16/13
隧
ㄙㄨㄟˋ (suì) 阝 阝' 阝' 阝' 阝' 阝' 阝' 阝' 阝' 阝' 阝' 隊 隊 隧 隧

名地道。如：隧道。

【隧道】ㄙㄨㄟˋ ㄉㄠˋ 貫穿山脈或地層，供人車等通行的通道。

16/13

隨

ㄙㄨㄟˊ (suí)

動 1跟從；順從。如：跟隨。2放任；聽任。如：隨意。3順便。如：隨手。副 立即；馬上。如：隨即。

【隨口】ㄙㄨㄟˊ ㄎㄡˇ 沒有經過考慮便說出口。例 小明只是隨口說說，沒想到小英居然當真。

【隨和】ㄙㄨㄟˊ ㄏㄜˊ 容易與人相處。例 阿才為人隨和，大家都喜歡和他相處。

【隨便】ㄙㄨㄟˊ ㄅㄧㄢˋ 1無論。例 媽媽隨便煮什麼菜，爸爸都吃得津津有味。2不認真。例 阿威因為工作態度太隨便，所以被老闆開除。近 馬虎。

【隨時】ㄙㄨㄟˊ ㄕˊ 一直；不論何時。例 出門在外，要隨時注意自身的安全。

【隨心所欲】ㄙㄨㄟˊ ㄒㄧㄣ ㄙㄨㄛˇ ㄩˋ 按照自己的心意做事。例 來到這座遊樂園，每個小朋友都可以隨心所欲的玩耍。

【隨機應變】ㄙㄨㄟˊ ㄐㄧ ㄧㄥˋ ㄅㄧㄢˋ 隨著事情的變化靈活應付。也作「臨機應變」。例 遇到緊急的危難時，要懂得如何隨機應變。

✱伴隨、夫唱婦隨、如影隨形

16/13

險

ㄒㄧㄢˇ (xiǎn)

名 1地勢重要的地方。如：天險。2危急不安的情勢。如：冒險。3意外災害的保險。如：學生平安險。形 1危急；惡劣。如：險境。2邪惡的。如：陰險。副 幾乎；差一點。如：險遭不測。

【險惡】ㄒㄧㄢˇ ㄜˋ 1形容情況、局勢或地形惡劣可怕。例 這條公路所經地形險惡，在興建時遇到許多困難。2指人心奸詐狠毒。例 小強認為人心險惡，所以不輕易相信任何人。

【險象環生】ㄒㄧㄢˇ ㄒㄧㄤˋ ㄏㄨㄢˊ ㄕㄥ 危險的狀況不斷出現。例大雄喜歡騎機車在馬路上蛇行，險象環生。

✽保險、探險、有驚無險

17/14
隱 ㄧㄣˇ (yǐn)

筆順：ㄱ 阝 阝 阝' 阝' 阝' 阝'' 阝'' 阝''' 阝''' 隱 隱 隱 隱 隱 隱

名祕密的事。如：難言之隱。形潛藏的；不明顯的。如：隱疾。動1遮掩；藏匿。如：隱形。2憐憫。如：惻隱。

【隱私】ㄧㄣˇ ㄙ 祕密而不願讓人知道的事。例我們應尊重別人的隱私。

【隱瞞】ㄧㄣˇ ㄇㄢˊ 掩蓋真相不使人知。例小光說話吞吞吐吐的，一定是隱瞞了什麼重要的事情。

【隱藏】ㄧㄣˇ ㄘㄤˊ 藏起來，使人看不到。例小廣總是隱藏自己真正的感覺，所以沒有知心的朋友。

✽歸隱、退隱、若隱若現

19/16
隴 ㄌㄨㄥˇ (lǒng)

筆順：ㄱ 阝 阝 阝' 阝' 阝'' 阝'' 阝'' 阝'' 阝'' 隴 隴 隴 隴 隴 隴

名田間小路。通「壟」。如：隴畝。專甘肅的簡稱。

隶部 ㄉㄞˋ

17/9
隸 ㄌㄧˋ (lì)

筆順：一 十 才 木 本 本 李 李 李 隸 隸 隸 隸 隸 隸 隸 隸

名1奴僕；地位卑賤的人。如：奴隸。2書法字體的一種。如：隸書。動附屬。如：隸屬。

【隸書】ㄌㄧˋ ㄕㄨ 書法字體的一種。字型呈扁狀，筆畫方折。

隹 ㄓㄨㄟ 部

隻 10/2
ㄓ (zhī) ノ 亻 亻 亻 亻 亻 隹 隹 隻 隻

形 單一的；孤獨的。如：形單影隻。量 1計算鳥獸、昆蟲的單位。如：一隻鳥。2計算成雙物品單件數量的單位。如：一隻鞋子。

【隻身】ㄓ ㄕㄣ 單獨一人。例小華大學畢業之後，便隻身前往美國留學。

雀 11/3
ㄑㄩㄝˋ (què) 丨 ⺌ 小 少 少 少 雀 雀 雀 雀 雀

名 鳥類。嘴多呈短圓錐形。

【雀躍】ㄑㄩㄝˋ ㄩㄝˋ 形容非常興奮。例阿民又拿下勝投，球迷感到十分雀躍。

✽孔雀、麻雀雖小，五臟俱全

雅 12/4
ㄧㄚˇ (yǎ) 一 ㄈ 牙 牙 牙 牙 牙 雅 雅 雅 雅 雅

形 1合乎規範的；正直的。如：雅言。2高尚的；不凡的。如：高雅。

【雅觀】ㄧㄚˇ ㄍㄨㄢ 外觀大方有氣質。例邊走邊吃東西，實在是不太雅觀。

✽文雅、典雅、溫文儒雅

雄 12/4
ㄒㄩㄥˊ (xióng) 一 ナ 厷 厷 厷 厷 雄 雄 雄 雄 雄 雄

名 1傑出的人。如：英雄。2強盛的國家。如：戰國七雄。形 1公的。與「雌」相對。如：雄兔。2偉大的；有氣勢的。如：雄壯。

【雄壯】ㄒㄩㄥˊ ㄓㄨㄤˋ 威武強壯。例軍人們唱起軍歌的樣子，真是雄壯威武。

【雄偉】ㄒㄩㄥˊ ㄨㄟˇ 氣勢壯闊宏偉。例市中心那棟大樓看起來非常雄偉。

【雄赳赳】ㄒㄩㄥˊ ㄐㄧㄡ ㄐㄧㄡ 威武的樣子。例林大哥穿上軍服之後，看起來一副雄赳赳、氣昂昂的模樣。

【雄心壯志】ㄒㄩㄥˊ ㄒㄧㄣ ㄓㄨㄤˋ ㄓˋ 遠大的理想抱負。例雖然歷經多次失敗，小強的雄心壯志卻依然不減。

❀梟雄、群雄、稱雄

12/4
雁 ㄧㄢˋ (yàn)

一 厂 厂 厂 厂 厂 厂 厂 雁 雁 雁 雁

（名）候鳥。嘴寬扁，頸長；腳趾間有蹼，善於游泳；性溫和，喜群居，飛行能力強。

❀魚雁往返、沉魚落雁

12/4
集 ㄐㄧˊ (jí)

ノ 亻 亻 亻 亻 亻 隹 隹 隹 隼 集 集

（名）1交易的場所。如：市集。2結合多篇作品所編成的書。如：文集。

（動）聚合。如：聚集。

【集中】ㄐㄧˊ ㄓㄨㄥ 把分散的人或物聚合在一起。（例）媽媽把廢紙集中在一起做資源回收。

【集合】ㄐㄧˊ ㄏㄜˊ 聚集會合。（例）老師要我們到操場集合，為比賽做練習。

【集體】ㄐㄧˊ ㄊㄧˇ 由許多個體結合成一整體。（例）這本書是他們三人的集體創作。

【集思廣益】ㄐㄧˊ ㄙ ㄍㄨㄤˇ ㄧˋ 集合眾人的看法，採取有利的意見。（例）開會的目的是要集思廣益。（近）群策群力。

❀召集、密集、百感交集

12/4
雇 ㄍㄨˋ (gù)

一 厂 户 户 户 户 户 户 户 户 雇 雇

（動）1出錢請人做事。如：雇用。2花錢租用東西。如：雇車。

【雇員】ㄍㄨˋ ㄩㄢˊ 1公家機關中，不是經由考試制度所另外雇用的人員。2泛指受人雇用的人員。（反）雇主。

❀聘雇、解雇、受雇

12/4
雋 ㄐㄩㄢˋ (juàn)

ノ 亻 亻 亻 亻 隹 隹 隹 隹 隹 雋 雋

ㄐㄩㄢˋ (juàn)（形）意義深長。如：雋永。

ㄐㄩㄣˋ (jùn)（形）才智出眾。通「俊」。

【雋永】ㄐㄩㄢˋ ㄩㄥˇ 意義深長。（例）這首詩清新雋永，值得細細品味。

13/5

雍

ㄩㄥ (yōng)

(形)和諧。如：雍和。

【雍容華貴】ㄩㄥ ㄖㄨㄥˊ ㄏㄨㄚˊ ㄍㄨㄟˋ 儀容高貴，大方端莊的樣子。(例)阿姨打扮得雍容華貴，準備參加朋友的婚宴。

13/5

雉

ㄓˋ (zhì)

(名)鳥類。不善飛翔，但雙腳強而有力，善於奔走。雌雉尾羽較短，毛色暗淡；雄雉尾羽較長，色彩鮮豔。多在田野或森林間覓食。

14/6

雌

ㄘ (cī)

(形)母的。與「雄」相對。如：雌兔。

16/8

雕

ㄉㄧㄠ (diāo)

(名)1鳥類。生性凶猛，視覺敏銳，愛吃兔、鼠等小動物。通「鵰」。2刻有圖文的物品。如：木雕。(形)富有彩畫或刻鏤裝飾的。如：雕欄。

(動)刻鏤。如：雕刻。

【雕刻】ㄉㄧㄠ ㄎㄜˋ 在玉、石、金屬、木材或竹片等材料上，刻鏤花紋或圖像。

【雕蟲小技】ㄉㄧㄠ ㄔㄨㄥˊ ㄒㄧㄠˇ ㄐㄧˋ 形容微小、不足以誇耀的技藝。(例)王師傅能煮出滿漢全席，這種把蘿蔔雕成一朵花的工夫，對他來說只是雕蟲小技。

✽精雕細琢、朽木不可雕

17/9

雖

ㄙㄨㄟ (suī)

(連)即使。如：雖然。

【雖敗猶榮】ㄙㄨㄟ ㄅㄞˋ ㄧㄡˊ ㄖㄨㄥˊ 即使失敗，仍感到光榮。㊎參加運動比賽若能始終保持鬥志和風度，則雖敗猶榮。

18/10
雜 ㄗㄚˊ (zá)

㊊ 1多而混亂。如：龐雜。2各種不同的。如：雜貨。3主要項目之外的。如：雜費。㊍混合。如：摻雜。

【雜誌】ㄗㄚˊ ㄓˋ 定期出版的刊物，內容含有不同作者所創作的各類圖文。

【雜質】ㄗㄚˊ ㄓˊ 不屬於該物的成分。㊎這臺濾水器可以過濾水中雜質。

【雜亂無章】ㄗㄚˊ ㄌㄨㄢˋ ㄨˊ ㄓㄤ 亂七八糟；沒有條理。㊎這本筆記的內容雜亂無章，實在讓人看不懂在寫些什麼。㊌井井有條。

✽吵雜、混雜、複雜

18/10
雞 ㄐㄧ (jī)

㊔ 鳥類。現為普遍飼養的家禽。

【雞毛蒜皮】ㄐㄧ ㄇㄠˊ ㄙㄨㄢˋ ㄆㄧˊ 比喻事情瑣碎、細微。㊎媽媽每天做家事很辛苦，我們不要拿一些雞毛蒜皮的小事去煩她。

【雞飛狗跳】ㄐㄧ ㄈㄟ ㄍㄡˇ ㄊㄧㄠˋ 形容非常吵鬧。㊎老師一離開教室，大家就鬧得雞飛狗跳。

✽鐵公雞、偷雞摸狗、鶴立雞群

18/10
雛 ㄔㄨˊ (chú)

㊔ 泛指初生的禽鳥。如：孤雛。㊊初生的；幼小的。如：雛鳥。

【雛形】ㄔㄨˊ ㄒㄧㄥˊ 事物初步發展的模樣、形態。㊎經過多次的開會討論，這個計畫漸漸有了雛形。

18/10
雙
ㄕㄨㄤ (shuāng)

(形) ①偶數的。如：雙數。②加倍的。如：雙薪。(量) 計算成對物品的單位。如：一雙鞋。

【雙方】(ㄕㄨㄤ ㄈㄤ) 相對的兩個人或團體。(例) 這場籃球決賽雙方實力接近，戰況十分激烈。

【雙料】(ㄕㄨㄤ ㄌㄧㄠˋ) 兩種；兩項。(例) 今年的運動會中，小銘拿下了賽跑與游泳的雙料冠軍。

【雙管齊下】(ㄕㄨㄤ ㄍㄨㄢˇ ㄑㄧˊ ㄒㄧㄚˋ) 比喻兩件事情同時進行或兩種方法一起使用。(例) 小娟一邊節制飲食，一邊勤做運動，雙管齊下，減肥效果頗佳。

❋舉世無雙、一箭雙雕

19/11
離
ㄌㄧˊ (lí)

(動) ①分開。如：分離。②違背。如：背離。③相距。如：離這五公里。

【離奇】(ㄌㄧˊ ㄑㄧˊ) 奇怪；不尋常。(例) 這起綁票案件相當離奇，警方至今仍找不出凶手。

【離婚】(ㄌㄧˊ ㄏㄨㄣ) 兩人依照法律程序解除婚姻關係。(反) 結婚。

【離開】(ㄌㄧˊ ㄎㄞ) 走開。(例) 他離開圖書館時，忘了把雨傘帶走。

【離鄉背井】(ㄌㄧˊ ㄒㄧㄤ ㄅㄟˋ ㄐㄧㄥˇ) 離開家鄉，到外地生活。(例) 阿鋒叔叔離鄉背井到臺北工作，不知不覺已經過了五年了。(近) 作客他鄉。

❋偏離、脫離、形影不離

19/11
難
ㄋㄢˊ (nán)

(形) ①不容易。如：困難。②不好。如：難吃。

ㄋㄢˋ (nàn) 名 災禍。如：災難。動 責備。如：責難。

【難民】ㄋㄢˋ ㄇㄧㄣˊ 遭受戰爭、天災或其他變故而生活艱困的人。

【難免】ㄋㄢˋ ㄇㄧㄢˇ 無法避免。例 人難免有心情不好的時候，就別去煩他了。

【難忘】ㄋㄢˋ ㄨㄤˋ 令人印象深刻，不易忘記。例 學生時代的生活令人難忘。

【難怪】ㄋㄢˋ ㄍㄨㄞˋ 怪不得；沒什麼好奇怪。例 小芬昨天淋雨回家，難怪會感冒。

【難得】ㄋㄢˊ ㄉㄜˊ ①不容易得到；很珍貴。②很少見。例 阿金今天這麼早起，真是難得。

【難道】ㄋㄢˊ ㄉㄠˋ 莫非。用於疑問句中，加強反問的語氣。例 明天是返校的日子，難道你不知道嗎？

【難過】ㄋㄢˊ ㄍㄨㄛˋ ①生活不好過。例 戰爭爆發後，大家的日子都很難過。②指生理或心理上的不舒服。例 阿偉因考試成績不佳而感到難過，同學們都紛紛上前安慰他。

【難為情】ㄋㄢˊ ㄨㄟˊ ㄑㄧㄥˊ 害羞；不好意思。例 小明個性內向，每次跟女生說話都很難為情。

【難以置信】ㄋㄢˊ ㄧˇ ㄓˋ ㄒㄧㄣˋ 很難令人相信。例 每學期都第一名的小芳，這次月考竟然有三科不及格，真令人難以置信。

✽艱難、為難、有口難言

雨部 ㄩˇ

8/0

雨 ㄩˇ (yǔ)

一 丆 冂 币 币 币 雨 雨

名 水蒸氣上升凝結成雲，當累積到不能飄浮在空中時，所降下的水滴。

【雨具】ㄩˇ ㄐㄩˋ 遮雨的器具。如：雨衣、雨傘。

雨

【雨季】ㄩˇ ㄐㄧˋ 在一個地區內，一年當中降雨最多的時期。

【雨後春筍】ㄩˇ ㄏㄡˋ ㄔㄨㄣ ㄙㄨㄣˇ 比喻事物蓬勃生長。㊀例 這幾年來經濟高度發展，高樓大廈有如雨後春筍般出現。

❋梅雨、揮汗如雨、槍林彈雨

11/3

雪

ㄒㄩㄝˇ (xuě) 一 ㄧ 丆 币 币 币 雨 雨 雪 雪 雪

㊔名 空氣中的水氣因氣溫下降到攝氏零度以下而凝結成的固體結晶。形 像雪一樣白的。如：雪肌。動 洗去；擦拭。如：雪恥。

【雪恥】ㄒㄩㄝˇ ㄔˇ 洗刷恥辱。例 小傑最近非常用功，準備在這次考試雪恥。

【雪上加霜】ㄒㄩㄝˇ ㄕㄤˋ ㄐㄧㄚ ㄕㄨㄤ 比喻不幸的事情接連發生。例 地震過後，又有颱風來襲，真是雪上加霜。近 禍不單行。反 雙喜臨門。

【雪中送炭】ㄒㄩㄝˇ ㄓㄨㄥ ㄙㄨㄥˋ ㄊㄢˋ 比喻救助別人的急難。例 同胞的雪中送炭，讓受災戶得以安心過年。反 落井下石。

❋冰天雪地、冰雪聰明

12/4

雯

ㄨㄣˊ (wén) 一 ㄧ 丆 币 币 币 雨 雨 雨 雯 雯 雯

名 有花紋的雲。

12/4

雲

ㄩㄣˊ (yún) 一 ㄧ 丆 币 币 币 雨 雨 雨 雲 雲 雲

名 由空中的水氣、水滴所聚積形成的團狀飄浮物。形 高聳的。如：雲梯。副 比喻眾多。如：雲集。

【雲梯】ㄩㄣˊ ㄊㄧ 1古代用來攻城或窺探敵軍的高梯。2裝在消防車上，用於高處救火或救人的折疊式梯子。

【雲集】ㄩㄣˊ ㄐㄧˊ 形容聚集很多。例 這次的演講比賽高手雲集。

❋白雲、烏雲、撥雲見日

13/5

電

ㄉㄧㄢˋ (diàn) 一 ㄧ 丆 币 币 币 雨 雨 雨 雷 雷 雷 電

名 1 能源的形式之一。可發光、發熱和產生動力。2 指閃電。如：雷電交加。3 電話或電報的簡稱。如：回電。形 與電能相關的；利用電能為動力的。如：電燈。

【電池】(ㄉㄧㄢˋ ㄔˊ) 利用化學反應產生電能的裝置。

【電扇】(ㄉㄧㄢˋ ㄕㄢˋ) 一種送風的裝置。利用電力使扇葉旋轉，加強空氣流動，以達到涼爽或通風的目的。又稱「風扇」、「電風扇」。

【電腦】(ㄉㄧㄢˋ ㄋㄠˇ) 能夠執行運算及其他工作的電子機器。可以儲存大量的資料，並進行複雜的運算。又稱「電子計算機」。

【電影】(ㄉㄧㄢˋ ㄧㄥˇ) 把人物的動作、言語攝製成影片，利用強光映射在銀幕上，供人觀賞。

【電子書】(ㄉㄧㄢˋ ㄗˇ ㄕㄨ) 以數位資料形式儲存的書籍，可使用電腦、平板電腦、閱讀器或手機等閱覽。

【電動車】(ㄉㄧㄢˋ ㄉㄨㄥˋ ㄔㄜ) 使用電能為動力來源的車子。

【電子郵件】(ㄉㄧㄢˋ ㄗˇ ㄧㄡˊ ㄐㄧㄢˋ) 藉由網際網路傳遞郵件的系統，英文簡稱為“E-mail”。

※停電、導電、漏電

雷

13/5 ㄌㄟˊ (léi)

名 1 空氣中帶有電的雲，在大量放電時發出的聲響。如：打雷。2 爆炸性的武器。如：魚雷。副 響亮大聲的。如：雷鳴。

【雷同】(ㄌㄟˊ ㄊㄨㄥˊ) 指說法和行為處處與人相同。例 現在的綜藝節目內容雷同，沒什麼新意。

【雷射】(ㄌㄟˊ ㄕㄜˋ) 英 英語 laser 的音譯。一種使光波在介質內來回反射，放射出強化光束的裝置。可作切割、焊

出強化光束的裝置。可作切割、焊接等工作。應用十分廣泛。

【雷達】英語 radar 的音譯。利用無線電波發現目標，並測出其位置的電子裝置。通常用於軍事、航空和航海上。

【雷厲風行】形容辦事嚴厲迅速，聲勢猛烈。例在新市長雷厲風行的改革之下，各地都開始嚴格實施垃圾分類。近大刀闊斧。

✽暴跳如雷、歡聲雷動

13/5 雹 ㄅㄠˊ (báo) 一 ㄏ 𠂉 币 币 币 雨 雨 雨 雪 雹 雹 雹

名空氣中的水蒸氣遇冷凝結成冰雪，並呈粒狀落下。常發生在夏季對流旺盛的環境下。如：冰雹。

13/5 零 ㄌㄧㄥˊ (líng) 一 ㄏ 𠂉 币 币 币 雨 雨 雨 雨 雨 零 零

形不完整的；剩餘的。如：零散。動草木凋謝。如：凋零。數阿拉伯數字作「0」。

【零件】各種機械設備組成的基本單位。

【零星】①稀疏；不多。例今天麵店的生意不大好，只有零星的幾個客人。②不完整；細碎的。例這些零星的布料可以拿去當抹布。

【零食】正餐以外的食物。如：餅乾、糖果。近零嘴。

【零亂】散亂；不整齊。也作「凌亂」。例妹妹的房間很零亂，該找時間整理一下了。

【零用錢】零碎花用的錢。例小明把零用錢都存在撲滿裡。

✽飄零、孤零零、七零八落

14/6 需 ㄒㄩ (xū) 一 ㄏ 𠂉 币 币 币 雨 雨 雨 雨 雨 需 需 需

㊔費用。如：軍需。㊍欲求。如：需求。

【需要】(ㄒㄩ ㄧㄠˋ) 必要。㊕阿強現在非常需要朋友的幫忙，我們應該想辦法幫助他。

※供需、必需品、不時之需

15/7

震

ㄓㄣˋ (zhèn)

㊔地震。如：強震。㊍撼動；動盪。如：震撼。

【震動】(ㄓㄣˋ ㄉㄨㄥˋ) 物體因受力而大幅搖動。

【震撼】(ㄓㄣˋ ㄏㄢˋ) 指人心因受到強大刺激而撼動。㊕小雲不顧身體殘缺而追求夢想的勇氣和決心，令人震撼。

【震驚】(ㄓㄣˋ ㄐㄧㄥ) 非常震撼且驚訝。㊕聽到全校模範生因為偷東西而被抓到警察局的消息，大家都十分震驚。

【震耳欲聾】(ㄓㄣˋ ㄦˇ ㄩˋ ㄌㄨㄥˊ) 形容聲音很大。㊕過年期間街上的鞭炮聲震耳欲聾。㊑響徹雲霄。

※地震、腦震盪、威震八方

15/7

霄

ㄒㄧㄠ (xiāo)

㊔天空。如：雲霄。

15/7

霉

ㄇㄟˊ (méi)

㊔衣服或物品因環境潮溼而使黴菌滋生。如：發霉。

【霉運】(ㄇㄟˊ ㄩㄣˋ) 壞運氣。

15/7

霆

ㄊㄧㄥˊ (tíng)

㊔雷；雷聲。如：雷霆萬鈞。

雨

16/8
霑 ㄓㄢ (zhān)

動 浸溼。

16/8
霎 ㄕㄚˋ (shà)

形 短暫的。如：霎時。

【霎時 ㄕㄚˋ ㄕˊ】形容極短的時間。例 原本晴朗的天空霎時間烏雲密布，不一會兒便下起了大雨。近 頃刻；轉眼。

16/8
霖 ㄌㄧㄣˊ (lín)

名 連續三天以上的雨。如：天降甘霖。

16/8
霏 ㄈㄟ (fēi)

名 雲氣。形 雨雪綿密飄散的樣子。如：細雨霏霏。

16/8
霍 ㄏㄨㄛˋ (huò)

名 見「霍亂」。副 快速的；突然的。如：霍然。

【霍亂 ㄏㄨㄛˋ ㄌㄨㄢˋ】一種急性傳染病。由霍亂弧菌引起，患者會有腹痛、上吐下瀉、體溫下降等現象，甚至會脫水致死。

16/8
霓 ㄋㄧˊ (ní)

名 大氣中的懸浮水滴經兩次折射、兩次反射日光所產生的現象，與虹同時發生，但顏色比較淺，顏色排列順序也與虹相反。

【霓虹燈 ㄋㄧˊ ㄏㄨㄥˊ ㄉㄥ】在真空玻璃管中充填氖氣，通電後能放出各色的

光，多用於裝飾、廣告、信號等。

霜 17/9

ㄕㄨㄤ (shuāng)

㊔ 1 接近地面的水蒸氣，遇冷凝結成白色的微小顆粒。2 白色如霜的東西。如：糖霜。㊋ 白色的。如：霜鬢。

❀面霜、風霜、雪上加霜

霞 17/9

ㄒㄧㄚˊ (xiá)

㊔ 陽光照射在雲層上所映出的彩色光芒。以紅色為主，夾雜金黃、粉紅等顏色。如：彩霞。

霪 19/11

ㄧㄣˊ (yín)

㊔ 下了很久的雨。如：霪雨。

霧 19/11

ㄨˋ (wù)

㊔ 1 氣溫下降時，空氣中所含的水蒸氣凝結成小水滴，飄浮在地面或水面的現象。2 形態像霧一樣的物體。如：噴霧。

【霧裡看花】(ㄨˋ ㄌㄧˇ ㄎㄢˋ ㄏㄨㄚ) 1 形容視力模糊，看不清楚。㊞ 爺爺沒戴老花眼鏡時，看什麼都像是霧裡看花。2 比喻看不清楚事情的真相。㊞ 幾個當事人的說詞都不一樣，使得大家對這件事情如同霧裡看花，越搞越糊塗。

❀騰雲駕霧、一頭霧水

霹 21/13

ㄆㄧ (pī)

㊔ 迅速而響亮的雷。

【霹靂】(ㄆㄧ ㄌㄧˋ) 迅速而響亮的雷聲。

霸

21/13

ㄅㄚˋ (bà)

一 ㄧ 二 干 干 干 雨 雨 雨 雨 雨 雨 雨 雲 雲 霅 霸 霸 霸 霸

(名) 1 古代諸侯的領袖。通「伯」。如：春秋五霸。2 欺壓好人的壞人。如：惡霸。(動) 把持；操控。如：獨霸天下。(副) 強橫的；無理的。如：霸占。

【霸道】(ㄅㄚˋ ㄉㄠˋ) 做事蠻橫不講理。(例) 小安的個性霸道，都是因為小時候被父母寵壞了。

✽路霸、巨無霸、橫行霸道

露

21/13

一 ㄧ 二 干 干 干 雨 雨 雨 雨 雨 雨 雨 雨 雨 雨 雨 露 露 露 露

ㄌㄨˋ (lù) (名) 1 空氣中的水蒸氣遇冷凝結在物體表面上的小水滴。如：露水。2 芳香甘醇的液體。如：花露。(動) 沒有遮掩；沒有遮蓋。如：暴露。

ㄌㄡˋ (lòu) (動) 向外顯現。如：露面。

【露天】(ㄌㄨˋ ㄊㄧㄢ) 在室外的；沒有遮蔽的。(例) 這是一場露天的演唱會。

【露營】(ㄌㄨˋ ㄧㄥˊ) 在室外搭建帳篷住宿。

【露出馬腳】(ㄌㄨˋ ㄔㄨ ㄇㄚˇ ㄐㄧㄠˇ) 比喻真相被發現。(例) 經過警方不斷的追查，歹徒終於露出馬腳，被逮捕歸案了。(反) 瞞天過海。

✽流露、透露、原形畢露

霽

22/14

ㄐㄧˋ (jì)

一 ㄧ 二 干 干 干 雨 雨 雨 雨 雨 雨 雨 雨 雨 雨 雨 雨 雨 霽 霽 霽

(形) 明朗的。如：霽月。(動) 雨雪停後，天氣放晴。如：雪霽。

22/14
霾
ㄇㄞˊ (mái)

名 飄浮在大氣中的煙、塵微粒聚集而成的昏暗現象。如：陰霾。

24/16
靄
ㄞˇ (ǎi)

名 飄浮在空氣中的細微水滴所形成的薄霧。如：暮靄。

24/16
靂
ㄌㄧˋ (lì)

見「霹靂」。

24/16
靈
ㄌㄧㄥˊ (líng)

名 1鬼神。如：神靈。2指肉體之外的精神。如：靈魂。3人的精神。如：心靈。形 1聰明敏捷的。如：機靈。2神奇；巧妙。如：靈驗。動 通曉；明白。如：冥頑不靈。

【靈活】ㄌㄧㄥˊ ㄏㄨㄛˊ 1敏捷。例 他的身手靈活，是個運動健將。反 僵硬。2活潑；不呆板。例 小鋒喜歡把課堂上學到的知識靈活運用在生活中。

【靈感】ㄌㄧㄥˊ ㄍㄢˇ 因受外界景物或情緒上的刺激，而引發出的創作構想。例 這篇作文的靈感，來自爸爸說的一句話。

【靈機一動】ㄌㄧㄥˊ ㄐㄧ ㄧˊ ㄉㄨㄥˋ 突然想到的巧思。例 正為晚餐傷腦筋的媽媽靈機一動，利用冰箱裡的剩菜做成什

錦炒飯，大家都吃得津津有味。

✽地靈人傑、活靈活現

青部 ㄑㄧㄥ

8/0 **青** ㄑㄧㄥ (qīng) 青青

一 = 丰 主 丰 青

㊔泛指綠色的事物。如：踏青。㊒1綠色的。如：青草。2藍色的。如：青天。3黑色的。如：青絲。4未熟的；年輕的。如：青澀。㊕青海的簡稱。

【青春】ㄑㄧㄥ ㄔㄨㄣ 指青少年時期。

【青睞】ㄑㄧㄥ ㄌㄞˋ 特別重視、喜愛。㊑小芬因為工作態度認真，待人又和氣，所以受到上司的青睞。

【青出於藍】ㄑㄧㄥ ㄔㄨ ㄩˊ ㄌㄢˊ 比喻學生比老師成就要高，或後輩比前輩優秀。㊑小何的鋼琴現在彈得比王老師還要好，真是青出於藍。

【青梅竹馬】ㄑㄧㄥ ㄇㄟˊ ㄓㄨˊ ㄇㄚˇ 指小時一起遊玩的伴侶。常引申指男女間幼年的親密情誼。㊑小芳和阿仁從小就是青梅竹馬，感情很深厚。

✽鼻青臉腫、雨過天青

13/5 **靖** ㄐㄧㄥˋ (jìng) 靖

㊒安定；平安。如：平靖。㊓平定變亂。如：靖亂。

16/8 **靛** ㄉㄧㄢˋ (diàn)

㊔1青藍色的染料。2顏色的一種。為藍色和紫色的中間色。

16/8 **靜** ㄐㄧㄥˋ (jìng)

㊒1停止不動的。如：靜態。2沒

有聲音。如：安靜。③莊重。如：文靜。

【靜止】(ㄐㄧㄥˋ ㄓˇ) 停止不動。㊄根據我的觀察，水族箱裡的那隻烏龜已經靜止不動一整個上午了。

【靜脈】(ㄐㄧㄥˋ ㄇㄞˋ) 將血液帶回心臟的血管。靜脈的血色較暗，因此多呈藍色或紫色。

【靜悄悄】(ㄐㄧㄥˋ ㄑㄧㄠˇ ㄑㄧㄠˇ) 很安靜；沒有一點聲音。㊄老師一走進教室，全班就變得靜悄悄的。㊇鬧哄哄。

✽風平浪靜、夜深人靜

非部 ㄈㄟ

8/0

非 ㄈㄟ (fēi)

㊔①壞事；違背常理的事。如：為非作歹。②錯誤；過失。如：是非。

㊒①不好的。如：非人。②不同的。如：非法。㊖反對；指責。如：非議。㊓和「不」連用，表示一定要去做。如：非贏不可。

【非凡】(ㄈㄟ ㄈㄢˊ) 不平凡；特殊。㊄雖然李伯伯在學術界成就非凡，但他仍舊保持謙虛的態度，深受眾人的愛戴。㊇平庸。

【非但】(ㄈㄟ ㄉㄢˋ) 不只；不但。㊄吸菸非但會危害自己的健康，也會讓身旁的人受二手菸之害。

【非法】(ㄈㄟ ㄈㄚˇ) 違法；不合法。㊄恐嚇別人是非法的行為。

【非常】(ㄈㄟ ㄔㄤˊ) ①特殊的；和平常不同的。㊄現在是缺水的非常時期，請大家節約用水。②很；十分。

✽口是心非、惹是生非

15/7

靠 ㄎㄠˋ (kào)

㊖①接近。如：靠近。②依著；憑

藉。如：靠努力。3信任；信賴。如：可靠。4車、船停泊。如：停靠。5倚著。如：靠牆。

【靠山】ㄎㄠˋ ㄕㄢ 1接近山邊。2比喻可以依靠的人或勢力。例小玉有當校長的爸爸做靠山，難怪個性特別嬌縱。近後臺。

✽投靠、牢靠、無依無靠

19/11

靡

ㄇㄧˇ (mǐ)

丶 亠 广 广 庁 庁 庍 庥 麻 靡

形1柔弱；衰頹。如：委靡。2奢侈。如：奢靡。動順勢倒下。如：所向披靡。

✽風靡、頹靡、鉅細靡遺

面部 ㄇㄧㄢˋ

9/0

面

ㄇㄧㄢˋ (miàn)

一 ㄏ 丆 而 而 而 面 面 面

名1臉。如：顏面。2物體的外表。如：表面。3事物的一部分。如：獨當一面。4方向。如：四面八方。5數學名詞。指有長度、寬度，但沒有高度的二度空間。如：平面。動向著。如：面對。副當面的；直接的。如：面談。量1計算平面物體的單位。如：一面鏡子。2計算人和人相見的次數。如：見過一面。

【面子】ㄇㄧㄢˋ ˙ㄗ 1光榮；榮耀。例阿光這次比賽拿到冠軍，令父親很有面子。2情分；人情。例阿倫不小心打破了鄰居的玻璃，鄰居看在阿倫父親的面子上，沒有要求賠償。

【面試】ㄇㄧㄢˋ ㄕˋ 當面測驗。近口試。

【面熟】ㄇㄧㄢˋ ㄕㄡˊ 對某人或某物有熟悉的感覺，好像曾經見過。例阿鋒在路上看到一個很面熟的女生，原

來是他的小學同學。

【面不改色】(ㄇㄧㄢˋ ㄅㄨˋ ㄍㄞˇ ㄙㄜˋ) 形容鎮定沉著的樣子。㊟小英膽子很大，聽完恐怖的鬼故事後依然面不改色。㊟神色自若。

【面紅耳赤】(ㄇㄧㄢˋ ㄏㄨㄥˊ ㄦˇ ㄔˋ) 1 形容羞愧的樣子。例 小美在舞臺上忘詞，羞得面紅耳赤。2 形容與人爭執、發怒的樣子。例 小明和大雄兩人吵得面紅耳赤，誰也不肯讓誰。

※別開生面、拋頭露面

16/7

靦

一 丆 丆 丙 丙 而 而 面 面 面 靣 靣 靣 靣 靣 靦

ㄇㄧㄢˇ (miǎn) 見「靦腆」。

ㄊㄧㄢˇ (tiǎn) 形 慚愧的。如：靦顏。

【靦腆】(ㄇㄧㄢˇ ㄊㄧㄢˇ) 害羞；難為情。例 小珍生性靦腆，動不動就臉紅。

23/14

靨

一ㄝˋ (yè)

一 厂 厂 厂 厂 厂 厂 厂 厂 厂 厂 厂 厂 厭 厭 厭 厭 厭 厭 厭 靨 靨 靨

名 酒窩。如：笑靨。

革部

ㄍㄜˊ

9/0

革

ㄍㄜˊ (gé)

一 十 廿 廿 廿 苎 苫 苎 革

名 去毛的獸皮。如：皮革。動 1 變更；改變。如：改革。2 除去。如：革除。

【革命】(ㄍㄜˊ ㄇㄧㄥˋ) 1 推翻舊政權，建立新政權。例 國父歷經了十一次的革命，終於推翻清朝，建立民國。2 泛指各種現象的重大改變或進步。例 工業革命改善了人類的生活。

【革新】(ㄍㄜˊ ㄒㄧㄣ) 除去舊的，建立新的。例 這家工廠不斷革新生產技術，

以提高工作效率。

❋沿革、變革、洗心革面

靶 13/4

ㄅㄚˇ (bǎ) 名 射擊的目標。如：打靶。

ㄅㄚˋ (bà) 名 器物上便於持拿的地方。如：刀靶。

【靶場】ㄅㄚˇ ㄔㄤˇ 射擊的場地。

靴 13/4

ㄒㄩㄝ (xuē) 名 長筒的鞋。如：馬靴。

❋雨靴、皮靴、隔靴搔癢

靼 14/5

ㄉㄚˊ (dá) 名 1質地柔軟的皮革。2見「韃靼」。

鞅 14/5

一ㄤ (yāng) 名 套在馬頸上，用來駕馬的皮帶。

鞍 15/6

ㄢ (ān) 名 置於馬背的坐具，中央凹下，前後翹起，左右下垂並固定於馬腹。如：馬鞍。

鞋 15/6

ㄒㄧㄝˊ (xié) 名 穿在腳上，用來保護腳以便於行走的東西。如：運動鞋。

【鞋匠】ㄒㄧㄝˊ ㄐㄧㄤˋ 製鞋或修鞋的工匠。

【鞋油】ㄒㄧㄝˊ ㄧㄡˊ 塗抹在皮鞋外面，用以保護鞋面、增加美觀的油脂。

15/6
鞏
ㄍㄨㄥˇ (gǒng)

形 牢固。如：鞏固。

【鞏固】ㄍㄨㄥˇ ㄍㄨˋ 加強力量，使更加堅固牢靠。例 政府計劃添購新武器以鞏固國防。

16/7
鞘
ㄑㄧㄠˋ (qiào)

名 裝刀、劍的套子。如：劍鞘。

17/8
鞠
ㄐㄩˊ (jú)

名 古代一種用腳踢的皮球。動 彎曲。如：鞠躬。

【鞠躬】ㄐㄩˊ ㄍㄨㄥ 身體自腰部以上向前彎曲，表示恭敬。

18/9
鞣
ㄖㄡˊ (róu)

名 熟皮；柔軟的皮。動 將生皮浸泡在化學藥物中使之柔軟。

18/9
鞦
ㄑㄧㄡ (qiū)

名 套在拉車的牛、馬、騾、驢等牲畜臀部後的皮帶。

【鞦韆】ㄑㄧㄡ ㄑㄧㄢ 遊戲器材名。以兩條繩索或鐵鍊繫住一塊木板，吊在高架上或者是粗的樹幹上，可以前後擺盪。

18/9
鞭
ㄅㄧㄢ (biān)

名 1用來打人或趕牲畜的工具。如：鞭子。2古代兵器名。3指雄性獸類的生殖器官。如：鹿鞭。動

用鞭子抽打。如：鞭打。

【鞭炮】ㄅㄧㄢ ㄆㄠˋ 成串的爆竹，多於節慶時使用。

【鞭策】ㄅㄧㄢ ㄘㄜˋ 打馬的鞭子。比喻督促、勉勵。例在師長的鞭策下，小明的成績越來越進步。

【鞭長莫及】ㄅㄧㄢ ㄔㄤˊ ㄇㄛˋ ㄐㄧˊ 比喻勢力無法到達或能力無法辦到。例哥哥獨自在外地求學，就算爸媽想管他，也是鞭長莫及。近力不從心。

※投鞭斷流、快馬加鞭

22/13
韃 ㄉㄚˊ (dá)

見「韃靼」。

【韃靼】ㄉㄚˊ ㄉㄚˊ 種族名。元代之後，泛指蒙古人。

22/13
韁 ㄐㄧㄤ (jiāng)

名 繫馬繩。如：韁繩。

※脫韁野馬、名韁利索

24/15
韆 ㄑㄧㄢ (qiān)

見「鞦韆」。

韋部

9/0
韋 ㄨㄟˊ (wéi)

名 去毛加工製成的柔軟皮革。

12/3
韌 ㄖㄣˋ (rèn)

形 柔軟而堅固。如：堅韌。

【韌性】（ㄖㄣˋ ㄒㄧㄥˋ）①材料能接受塑造、變形的能力。包括彎曲性、延展性等。②指人堅毅不屈的個性。例小華是個很有韌性的人，即使遇到挫折，也不輕言放棄。

17/8
韓 ㄏㄢˊ (hán)

專 古國名。戰國七雄之一，後被秦所滅。

19/10
韜 ㄊㄠ (tāo)

名 ①裝弓或劍的袋子。如：弓韜。②謀略。如：韜略。動 隱藏。如：韜光。

韭部 ㄐㄧㄡˇ

9/0
韭 ㄐㄧㄡˇ (jiǔ)

名 石蒜科，多年生草本植物。葉細長而扁，夏秋間開白色小花。花葉可供食用，種子可做藥材。

音部 ㄧㄣ

9/0
音 ㄧㄣ (yīn)

名 ①物體受振動，由空氣傳遞而發出的聲響。如：聲音。②有節奏、悅耳的聲響。如：音樂。③說話的腔調。如：口音。④消息；訊息。⑤字的讀法。如：字音。

【音色】（ㄧㄣ ㄙㄜˋ）聲音的特色。發音體、發音條件或方法的不同，都會造

成不同的特色。

【音符 ㄧㄣ ㄈㄨˊ】五線譜上表示音的長短高低的符號。

【音樂 ㄧㄣ ㄩㄝˋ】人或樂器所發出有節奏、悅耳的聲音，也是一種表演藝術。透過演唱或演奏，可以傳達人的思想、情感。

【音響 ㄧㄣ ㄒㄧㄤˇ】①聲音。②播放音樂的電子設備。

✽回音、雜音、五音不全

11/2 **章** ㄓㄤ (zhāng) 丶 亠 亠 亣 立 产 音 音 音 章 章

(名)①樂曲的段落。如：樂章。②詩文的段落。如：文章。③法規；條款。如：規章。④印信。如：印章。

✽出口成章、約法三章

11/2 **竟** ㄐㄧㄥˋ (jìng) 丶 亠 亠 亣 立 产 音 音 音 竟 竟

(形)全部；整個。如：竟日。(動)完畢；結束。如：未竟。(副)居然。如：竟敢。

【竟然 ㄐㄧㄥˋ ㄖㄢˊ】居然。表示感到意外的語氣。(例)這麼晚了，你竟然還沒去上學！

✽畢竟、究竟、有志竟成

14/5 **韶** ㄕㄠˊ (sháo) 丶 亠 亠 亣 立 产 音 音 音 韵 韵 韶 韶 韶

(名)相傳為上古時的樂曲名。(形)美好的。如：韶光。

19/10 **韻** ㄩㄣˋ (yùn) 丶 亠 亠 亣 立 产 音 音 音 韵 韵 韵 韵 韵 韻 韻 韻 韻 韻

(名)①和諧的聲音。如：雅韻。②語音學上字音收尾的部分。如：韻母。③神態；風度。如：風韻。(形)風雅的；雅致的。如：韻事。

【韻味 ㄩㄣˋ ㄨㄟˋ】優雅獨特的氣質。(例)陳小姐容貌出眾、身材姣好，穿上旗袍時更是韻味十足。

【韻律】(ㄩㄣˋ ㄌㄩˋ) ①某種現象週期性的規律循環。②音樂或詩歌的旋律、節奏。

❋神韻、聲韻、琴韻

21/12

響 ㄒㄧㄤˇ (xiǎng)

鄉 鄉 鄉 鄉 響 響 響 響 響

㊔聲音。如：聲響。㊓聲音很大。如：響亮。㊍①發出聲音。如：不聲不響。②回應。如：回響。㊐計算聲音的單位。如：鐘聲十二響。

【響應】(ㄒㄧㄤˇ ㄧㄥˋ) 附和；贊同。㊒在市長的呼籲之下，民眾紛紛響應愛心捐血活動。

❋影響、交響樂、不同凡響

頁部 ㄧㄝˋ

9/0

頁 ㄧㄝˋ (yè)

一 丆 丆 百 百 百 百 頁 頁

㊔紙張。如：活頁。㊐計算書籍、簿冊中紙張面數的單位。如：本書共三百頁。

❋扉頁、插頁、網頁

11/2

頂 ㄉㄧㄥˇ (dǐng)

一 丁 丁 丁 丁 丁 頂 頂 頂 頂 頂

㊔泛指人或物最高、最上端的地方。如：山頂。㊍①支撐。如：頂住。②觸犯；冒犯。如：頂撞。③代替；冒充。如：頂罪。④出價承受或標價賣出。如：頂讓。㊖極；最。如：頂好。㊐計算帽子或有頂用具的單位。如：一頂帳篷。

【頂替】(ㄉㄧㄥˇ ㄊㄧˋ) 代替；冒充。㊒頂替他人考試等同於作弊。

【頂嘴】ㄉㄧㄥˇ ㄗㄨㄟˇ 和尊長爭辯。例小新不但不肯認錯，還和老師頂嘴。

【頂天立地】ㄉㄧㄥˇ ㄊㄧㄢ ㄌㄧˋ ㄉㄧˋ 形容人有氣概，行事光明正大。例小誠是個頂天立地的男子漢，絕不會做這種偷偷摸摸的事。

※滅頂、千斤頂、五雷轟頂

11/2
頃 ㄑㄧㄥˇ (qǐng)

形 短暫的時間。如：頃刻。量 計算土地面積的單位。一公頃為一萬平方公尺。

【頃刻】ㄑㄧㄥˇ ㄎㄜˋ 短暫的時間。例阿強因為肚子很餓，頃刻間就吃掉了兩個便當。近霎時。

12/3
項 ㄒㄧㄤˋ (xiàng)

名 1 指脖子的後部，也泛指脖子。2 種類。如：項目。量 計算事物的單位。如：十項建設。

【項目】ㄒㄧㄤˋ ㄇㄨˋ 事物分類的條目。例這次運動會，阿仁自告奮勇報名了大隊接力和跳高這兩個項目。

※款項、要項、望其項背

12/3
順 ㄕㄨㄣˋ (shùn)

形 有條理。如：通順。動 1 依循；依照。如：順著。2 馴服；降服。如：歸順。3 整理。如：順一順頭髮。4 向著相同的方向。如：順水推舟。5 就便。如：順手關門。6 適合。如：順心。

【順利】ㄕㄨㄣˋ ㄌㄧˋ 沒有阻礙和波折。例由於事先的妥善規劃，使得整個活動進行得非常順利。反坎坷。

【順序】ㄕㄨㄣˋ ㄒㄩˋ 排列的次序。例老師要我們按照高矮順序排隊。

【順便】ㄕㄨㄣˋ ㄅㄧㄢˋ 趁著方便一起做另一件事。例媽媽要小春放學回家時順便買一瓶醬油。反特地。

【順從】(ㄕㄨㄣˋ ㄘㄨㄥˊ) 服從；聽從。例小仁順從家人的意思，把就讀醫學院當作自己的第一志願。反抗拒。

【順手牽羊】(ㄕㄨㄣˋ ㄕㄡˇ ㄑㄧㄢ ㄧㄤˊ) 比喻趁機竊取他人的財物。例小偷在超市順手牽羊，卻被老闆逮個正著。

✽名正言順、一帆風順

12/3

須

ㄒㄩ (xū)

動 必要；一定。如：必須。

【須知】(ㄒㄩ ㄓ) 一定要知道的事項。例吃藥前要先看用藥須知。

13/4

頊

ㄒㄩˋ (xù) 頊

形 茫然失意的樣子。如：頊頊。

13/4

頑

ㄨㄢˊ (wán) 頑

形 1愚笨；魯鈍。如：頑劣。2固執。如：頑固。3調皮；淘氣。如：頑皮。動 遊戲。通「玩」。如：頑耍。

【頑皮】(ㄨㄢˊ ㄆㄧˊ) 指小孩淘氣調皮，喜歡嬉鬧。例阿力竟把小貓的毛剃光，真是太頑皮了。

【頑固】(ㄨㄢˊ ㄍㄨˋ) 固執保守，不知變通。例爺爺很頑固，要說服他改變心意很難。

13/4

頓

ㄉㄨㄣˋ (dùn) 頓

形 疲乏；疲倦。如：困頓。動 1叩頭觸地。如：頓首。2用腳跺地。如：頓腳。3暫停。如：停頓。4處理；安置。如：安頓。副 突然；立刻。如：茅塞頓開。量 計算吃飯、打罵次數的單位。如：大吃一頓。

【頓悟】ㄉㄨㄣˋ ㄨˋ 突然了解。例這場大病讓他頓悟了健康勝於財富之理。

【頓時】ㄉㄨㄣˋ ㄕˊ 立刻；立即。例一場交通意外，讓這個家庭頓時失去了經濟支柱。

✽舟車勞頓、捶胸頓足

13/4

預 ㄩˋ (yù)

ㄱ ㄱ ㄋ 予 予ˊ 予ˊ 預 預 預 預 預 預 預

動參與；干涉。如：干預。副事先；事前。如：預備。

【預先】ㄩˋ ㄒㄧㄢ 事先；事前。例颱風即將來襲，得預先做好防颱措施。

【預防】ㄩˋ ㄈㄤˊ 事先防備。例預防勝於治療。

【預備】ㄩˋ ㄅㄟˋ 事先準備。例隔天上課要用的文具和書本，最好在前一晚就先預備好。

【預期】ㄩˋ ㄑㄧˊ 事前期望達到的目標。例這項工程的進度，和預期的相差不遠。

【預測】ㄩˋ ㄘㄜˋ 事前的猜測。例許多經濟學家預測今年的景氣會轉好。

13/4

頒 ㄅㄢ (bān)

ノ ハ 分 分 分ˊ 分ˊ 頒 頒 頒 頒 頒 頒 頒

動 1 發給。如：頒獎。2 公布；發布。如：頒布。

【頒布】ㄅㄢ ㄅㄨˋ 公布；發布。是指政府將應遵守的法令或條規告訴一般民眾。

【頒發】ㄅㄢ ㄈㄚ 發給。指上位者發給下位者。例校長親自頒發獎狀給各班的模範生。

13/4

頌 ㄙㄨㄥˋ (sòng)

ノ ハ 公 公 公 公ˊ 公ˊ 頌 頌 頌 頌 頌 頌 頌

名以讚美、表揚為主要內容的文體。動 1 讚美。如：歌頌。2 朗讀。通「誦」。如：頌詩。

【頌揚】ㄙㄨㄥˋ ㄧㄤˊ 讚美。例這是一篇頌揚父母恩德的文章。

※稱頌、傳頌、歌功頌德

14/5

領

ㄌㄧㄥˇ (lǐng)

丿 人 亽 今 今 令 令 邻 邻 領 領 領 領 領

名 1脖子。如：引領而望。2衣服上環繞脖子的部分。如：衣領。3引導眾人的人。如：將領。4才能。如：本領。5大綱；要點。如：要領。形 所擁有的；所管轄的。如：領地。動 1引導；統率。如：帶領。2了解；理解。如：領會。3接受。如：心領。量 計算衣物的單位。如：一領長衫。

【領土】ㄌㄧㄥˇ ㄊㄨˇ 一國可以獨立行使主權的空間範圍。包括陸地、河川湖泊、沿海島嶼及部分海面，以及這些範圍的天空。

【領先】ㄌㄧㄥˇ ㄒㄧㄢ 位居超前的地位。例小偉跑得飛快，遙遙領先其他參賽者。反落後。

【領悟】ㄌㄧㄥˇ ㄨˋ 體會；了解。例小雪很聰明，一下子就領悟了老師所說的話。近領會。

【領域】ㄌㄧㄥˇ ㄩˋ 1同「領土」。2比喻活動或事物的範圍。例張博士的研究領域是生物學。

【領袖】ㄌㄧㄥˇ ㄒㄧㄡˋ 引導、統率眾人的人。

【領導】ㄌㄧㄥˇ ㄉㄠˇ 1統率；指揮。例在隊長的領導之下，本隊的戰績越來越好。2統率眾人的人。

※首領、率領、一路領先

14/5

頗

ㄆㄛˇ (pǒ)

丿 厂 广 皮 皮 皮 皮 皮 頗 頗 頗 頗 頗 頗

形 傾斜不正。如：偏頗。副 非常；相當。如：頗佳。

頁

15/6
頡
一 十 士 吉 … 頡 頡 頡

ㄒㄧㄝˊ (xié) 動 1直著脖子。2鳥向上飛。

ㄐㄧㄝˊ (jié) 動 減扣；掠除。

16/7
頭
ㄊㄡˊ (tóu)
一 … 豆 … 頭 頭 頭 頭

名 1腦袋。如：人頭。2借指頭髮。如：梳頭。3物體最高、最上端的地方。如：山頭。4開始；起點。如：起頭。5首領。如：頭子。6面子；名聲。如：有頭有臉。7人的代稱。如：冤大頭。形 位居第一的；在前的。如：頭獎。量 計算大型獸類的單位。如：一頭牛。

辨析 「頭」用在詞尾而不具有意義時，通常變讀為˙ㄊㄡ。如：舌頭、饅頭。

【頭痛】ㄊㄡˊ ㄊㄨㄥˋ 1頭部疼痛的症狀。2令人感到煩惱或厭煩。例 這真是個令人頭痛的難題。近 頭疼。

【頭腦】ㄊㄡˊ ㄋㄠˇ 1指頭顱。2智力；腦力。

【頭破血流】ㄊㄡˊ ㄆㄛˋ ㄒㄧㄝˇ ㄌㄧㄡˊ 形容受傷嚴重。例 阿鋒邊走路邊看小說，一不小心跌得頭破血流。近 鼻青臉腫。

【頭頭是道】ㄊㄡˊ ㄊㄡˊ ㄕˋ ㄉㄠˋ 說話、做事很有條理。例 她說起話來頭頭是道，很有說服力。近 井井有條。

✽探頭探腦、灰頭土臉

16/7
頤
ㄧˊ (yí)
一 … 頤 頤 頤 頤

名 下巴。如：頤指氣使。動 保養。如：頤養天年。

【頤指氣使】ㄧˊ ㄓˇ ㄑㄧˋ ㄕˇ 形容指使別人時，驕橫無理的態度。例 童話故事裡的壞公主，總是對人頤指氣使。

※解頤、支頤、大快朵頤

頸 16/7 ㄐㄧㄥˇ (jǐng)

(名) [1]脖子。[2]器物開口下端收小的部分。如：瓶頸。

頰 16/7 ㄐㄧㄚˊ (jiá)

(名) 臉兩旁的部位。

※面頰、緩頰、齒頰留香

頻 16/7 ㄆㄧㄣˊ (pín)

(副) 屢次；接連。如：頻仍。

【頻率】ㄆㄧㄣˊ ㄌㄩˋ [1]物體作週期性運動時，每秒重複的次數。[2]在某段時間內，事情發生的次數。(例)那女星最近在螢光幕上出現的頻率很高。

【頻繁】ㄆㄧㄣˊ ㄈㄢˊ 次數很多。(例)這段山路交通事故頻繁，務必小心駕駛。

頷 16/7 ㄏㄢˋ (hàn)

(名) 下巴。(動)點頭。如：頷首。

頹 16/7 ㄊㄨㄟˊ (tuí)

(形) 衰敗；消沉。如：衰頹。(動)[1]崩壞；倒塌。如：頹壞。[2]墜落；落下。如：頹落。

【頹廢】ㄊㄨㄟˊ ㄈㄟˋ 精神不振作。(例)小趙因為工作忙碌，好幾天沒刮鬍子，看起來非常頹廢。

顆 17/8 ㄎㄜ (kē)

(量) 計算圓狀或粒狀物品的單位。如：一顆紅豆。

18/9

額 ㄜˊ (é)

名 1 臉部眉毛和頭髮之間的部位。如：額頭。2 橫匾。如：匾額。3 規定的數量或範圍。如：名額。

【額外】ㄜˊ ㄨㄞˋ 在限定的數量之外。例 阿威晚上到餐廳打工，賺取額外的收入。

✽總額、餘額、焦頭爛額

18/9

顏 ㄧㄢˊ (yán)

名 1 面容；臉色。如：容顏。2 色彩。如：五顏六色。

【顏色】ㄧㄢˊ ㄙㄜˋ 1 色彩。2 厲害的手段；教訓。例 既然他們這麼不識相，就給他們一點顏色瞧瞧。

✽汗顏、紅顏、和顏悅色

18/9

題 ㄊㄧˊ (tí)

名 1 詩文、書籍或演講的標目名稱。如：標題。2 考試時要求考生回答的問項。如：考題。動 書寫。如：題字。量 計算問題的單位。如：十題選擇題。

【題材】ㄊㄧˊ ㄘㄞˊ 作品內容的材料。例 只要用心體會，生活中的點點滴滴都可以成為寫作的題材。

✽借題發揮、小題大作

18/9

顎 ㄜˋ (è)

名 構成口腔上下部分的骨骼。如：上顎。

18/9

顓 ㄓㄨㄢ (zhuān)

㊎1愚昧無知的。2善良的。如：顓民。

類 19/10
ㄌㄟˋ (lèi)

㊔性質相同或相似的人事物的種別。如：人類。㊕相像。如：類似。㊖計算事物種別的單位。如：比賽分五類。

【類別】ㄌㄟˋ ㄅㄧㄝˊ 事物的種別。㊙書店裡的書按照類別整齊排列。

【類型】ㄌㄟˋ ㄒㄧㄥˊ 指具有共同點的人事物所形成的種類。㊙文靜的阿偉和活潑的阿華是兩個不同類型的人。

✽分類、歸類、物以類聚

顛 19/10
ㄉㄧㄢ (diān)

㊔頂端。如：山顛。㊎瘋狂；精神錯亂。通「癲」。如：瘋顛。㊕1下墜；倒地。如：顛仆。2搖動；震盪。如：顛簸。3倒置。如：顛倒。

【顛倒】ㄉㄧㄢ ㄉㄠˇ 錯亂；相反。㊙弟弟一著急，竟把制服穿顛倒了。

【顛三倒四】ㄉㄧㄢ ㄙㄢ ㄉㄠˇ ㄙˋ 神智不清，說話沒有條理的樣子。㊙他一喝醉，說話就顛三倒四。㊅語無倫次。

願 19/10
ㄩㄢˋ (yuàn)

㊔欲望。如：心願。㊕1希望。如：但願。2樂意。如：甘願。

【願望】ㄩㄢˋ ㄨㄤˋ 希望。㊙阿明的願望是成為著名的小說家。

【願意】ㄩㄢˋ ㄧˋ 同意；樂意。㊙小胖為人熱心，很願意幫人解決困難。

✽許願、志願、發願

頁

21/12

顧 ㄍㄨˋ (gù)

動 1 看；回頭看。如：回顧。2 照料；關懷。如：照顧。3 探望。如：三顧茅廬。

【顧及】ㄍㄨˋ ㄐㄧˊ 注意到；考慮到。例 方先生因忙於事業，所以無法顧及家庭生活。

【顧客】ㄍㄨˋ ㄎㄜˋ 客人。

【顧問】ㄍㄨˋ ㄨㄣˋ 專門接受詢問，提供意見的人。

【顧名思義】ㄍㄨˋ ㄇㄧㄥˊ ㄙ ㄧˋ 看到名稱，便推想其意義。例 這家店取名「旺來」，顧名思義是希望生意很好。

❋不顧一切、奮不顧身

22/13

顫 ㄓㄢˋ (zhàn)

動 抖動。如：顫抖。

【顫抖】ㄓㄢˋ ㄉㄡˇ 因害怕、緊張或覺得冷而引起身體發抖。例 寒流來襲，小美因為穿得太少而不停的顫抖。

❋打顫、寒顫、冷顫

23/14

顯 ㄒㄧㄢˇ (xiǎn)

形 1 清楚；明白。如：明顯。2 有名氣；有地位。如：顯達。3 尊稱已過世的直系親屬。如：顯考。動 1 表現；露出。如：大顯身手。2 使人感到榮耀。如：顯揚。

【顯示】ㄒㄧㄢˇ ㄕˋ 清楚的呈現出來。例 根據調查顯示，臺灣的人口有老年

化的趨勢。

【顯然】(ㄒㄧㄢˇ ㄖㄢˊ) 很清楚明白的樣子。例今天下課時，大雄和小明誰也不理誰，顯然兩人正在冷戰。

【顯著】(ㄒㄧㄢˇ ㄓㄨˋ) 非常清楚，讓人一眼就可以注意到。多指成效很大。例在老師耐心的教導下，小明的成績有了顯著的進步。

【顯露】(ㄒㄧㄢˇ ㄌㄨˋ) 明白的表現出來。例看見弟弟的成績單，爸爸顯露出滿意的笑容。

❋淺顯、彰顯、各顯神通

24/15

顰 ㄆㄧㄣˊ (pín)

丶 ⺊ 屮 屮 屮 屮 步 步 步 步 步 频 頻 頻 頻 頻 頻 頻 頻 頻 顰 顰 顰 顰

動 皺眉。如：一顰一笑。

25/16

顱 ㄌㄨˊ (lú)

丶 ⺊ 上 广 广 卢 卢 卢 卢 卢 卢 盧 盧 盧 盧 盧 盧 盧 顱 顱 顱 顱 顱 顱

名 頭蓋骨。也指整個頭部。如：頭顱。

風部 ㄈㄥ

9/0

風 ㄈㄥ (fēng)

丿 几 凡 凡 凤 凤 凧 風 風

名 1流動的空氣。如：微風。2習俗。如：傷風敗俗。3氣質；舉止。如：作風。4消息。如：口風。5景象。如：風景。6中醫上稱某些病症為「風」。如：風寒。7指男女間的情愛。如：爭風吃醋。形 傳說的；沒有根據的。如：風言風語。

【風光】(ㄈㄥ ㄍㄨㄤ) 1同「風景」。2光榮；榮耀。例小宏風光的上臺領取

冠軍獎盃。

【風俗】ㄈㄥ ㄙㄨˊ 一個地區經長期醞釀形成的特殊文化現象。㊀華人在端午節有吃粽子、划龍舟的風俗。

【風度】ㄈㄥ ㄉㄨˋ ①言談舉止；氣質。㊀吳先生風度翩翩，是許多女孩的夢中情人。②氣度。㊀雖然輸了比賽，我們還是要保持風度。

【風流】ㄈㄥ ㄌㄧㄡˊ ①有才學而不拘束於禮法。㊀李白是一位風流不羈的詩人。②指男女間的感情。㊀王老先生很喜歡提他年輕時的風流事。③形容男子好色，處處留情。㊀小張雖然已經結婚了，卻還是很風流。

【風格】ㄈㄥ ㄍㄜˊ 人、事、物的特色。㊀這本故事書的風格幽默溫馨，深受小朋友的喜愛。

【風景】ㄈㄥ ㄐㄧㄥˇ 自然界的景色。

【風險】ㄈㄥ ㄒㄧㄢˇ 比喻可能遭遇的危險。㊀做生意前，要先考慮可能發生的風險。

【風靡】ㄈㄥ ㄇㄧˇ 流行；轟動。㊀這部連續劇風靡全國，成了每個人都關心的話題。

【風平浪靜】ㄈㄥ ㄆㄧㄥˊ ㄌㄤˋ ㄐㄧㄥˋ ①無風無浪。㊀今天海面風平浪靜，是個適合釣魚的好日子。②比喻平靜無事。

【風光明媚】ㄈㄥ ㄍㄨㄤ ㄇㄧㄥˊ ㄇㄟˋ 形容景色優美動人。㊀南投地區風光明媚，是休閒度假的好去處。

【風雨無阻】ㄈㄥ ㄩˇ ㄨˊ ㄗㄨˇ 指事情不受風雨的影響，照樣進行。㊀小誠每天早晨都慢跑五公里，而且風雨無阻，令人欽佩。

【風雲人物】ㄈㄥ ㄩㄣˊ ㄖㄣˊ ㄨˋ 形容非常出眾或非常具有影響力的人物。㊀籃球校隊的隊長不僅功課好，個性也很隨和，是我們學校的風雲人物。

【風塵僕僕】(ㄈㄥ ㄔㄣˊ ㄆㄨˊ ㄆㄨˊ) 形容奔波辛勞的樣子。例他風塵僕僕的從國外趕來替兒子慶生。近舟車勞頓。

✻威風、避風港、弱不禁風

14/5 **颯** ㄙㄚˋ (sà)

丶 亠 亠 立 立 立 颯 颯 颯 颯 颯 颯 颯 颯

形 1 風吹的聲音。如：秋風颯颯。2 衰落。如：蕭颯。

14/5 **颱** ㄊㄞˊ (tái)

丿 几 凡 凡 凡 凡 風 風 風 風 風 風 颱 颱

見「颱風」。

【颱風】(ㄊㄞˊ ㄈㄥ) 發生在西太平洋地區熱帶海面上的強烈低氣壓。中心氣壓極低，空氣迴旋很快，風力強勁，水氣充足，常挾帶狂風大雨，造成嚴重的災害。

15/6 **颳** ㄍㄨㄚ (guā)

丿 几 凡 凡 凡 凡 風 風 風 風 風 風 颳 颳 颳

動 吹起風。通「刮」。如：颳風。

17/8 **颶** ㄐㄩˋ (jù)

丿 几 凡 凡 凡 凡 風 風 風 風 風 風 颶 颶 颶 颶 颶

名 海上的大風。

【颶風】(ㄐㄩˋ ㄈㄥ) 發生在熱帶海面上的強烈低氣壓。中心氣壓極低，空氣迴旋很快，風力強勁，水氣充足，常挾帶狂風暴雨，造成嚴重的災害。發生於北大西洋、加勒比海、墨西哥灣等處，相當於西太平洋地區的颱風。

18/9 **颺** ㄧㄤˊ (yáng)

丿 几 凡 凡 凡 凡 風 風 風 風 風 風 颺 颺 颺 颺 颺 颺

動 飛起。如：遠颺。

19/10

颼 ㄙㄡ (sōu)

丿 几 凡 凡 凡 凡 風 風 風 風 風 風 颼 颼 颼 颼 颼 颼 颼

㊢形 1 風吹的聲音。如：北風颼颼的吹。2 東西很快飛過的聲音。如：子彈颼颼的飛過。

20/11

飄 ㄆㄧㄠ (piāo)

一 丆 冂 襾 襾 襾 覀 票 票 票 票 飄 飄 飄 飄 飄 飄 飄 飄 飄

㊢動 隨風飛揚。如：飄揚。

【飄浮】ㄆㄧㄠ ㄈㄨˊ 浮在水面上或飄在空中。也作「漂浮」。㊢例 有艘小船飄浮在海面上。

【飄飄然】ㄆㄧㄠ ㄆㄧㄠ ㄖㄢˊ 形容人很快樂或很得意的樣子。㊢例 小青得了畫畫比賽第一名，又被老師誇獎，整個人顯得飄飄然！

21/12

飆 ㄅㄧㄠ (biāo)

一 ナ 大 犬 犬 犬 犬 猋 猋 猋 猋 猋 飆 飆 飆 飆 飆 飆 飆 飆 飆

㊢名 暴風。㊢副 快速的；激烈的。如：飆漲。

【飆車】ㄅㄧㄠ ㄔㄜ 開快車以求刺激。㊢例 在馬路上飆車是一種危險的行為。

飛 部 ㄈㄟ

9/0

飛 ㄈㄟ (fēi)

乁 飞 飞 飞 飞 飞 飛 飛 飛

㊢形 1 沒有根據的。如：流言飛語。2 意外發生的。如：飛禍。㊢動 在空中活動。如：飛行。㊢副 迅速的。如：飛快。

【飛翔】ㄈㄟ ㄒㄧㄤˊ 飛行。㊢例 真希望能擁有一雙翅膀，讓我可以自由自在的飛翔，想去哪裡就去哪裡。

【飛機】(ㄈㄟ ㄐㄧ) 泛指各種飛行的交通工具。

【飛來橫禍】(ㄈㄟ ㄌㄞˊ ㄏㄥˋ ㄏㄨㄛˋ) 意外的災禍。例阿明走在路上，竟然被頂樓掉下的玩具砸傷，真是飛來橫禍。

【飛黃騰達】(ㄈㄟ ㄏㄨㄤˊ ㄊㄥˊ ㄉㄚˊ) 比喻人事業順利或升遷很快。例想不到幾年不見，小徐已經飛黃騰達，從一個小職員變成總經理了。近青雲直上。反窮途潦倒。

※起飛、不翼而飛、雞飛狗跳

食部 (ㄕˊ)

9/0

食

ㄕˊ (shi) 名吃的東西。如：美食。動①吃。如：飲食。②日月虧蝕。通「蝕」。如：日食。

ㄙˋ (si) 名飯。如：一簞食。

【食量】(ㄕˊ ㄌㄧㄤˋ) 所吃東西的數量。

【食不知味】(ㄕˊ ㄅㄨˋ ㄓ ㄨㄟˋ) 形容有心事或忙碌勞累的樣子。例這幾天姐姐為了準備考試而忙得食不知味，真令人擔心。

【食言而肥】(ㄕˊ ㄧㄢˊ ㄦˊ ㄈㄟˊ) 罵人說話不算話。例小平常常食言而肥，所以沒有人願意再相信他。近言而無信。反一言九鼎。

【食指大動】(ㄕˊ ㄓˇ ㄉㄚˋ ㄉㄨㄥˋ) 指美食當前，令人胃口大開。例一回家就看見滿桌佳餚，真令人食指大動。近垂涎三尺。反味如嚼蠟。

※糧食、零食、弱肉強食

10/2

飢

ㄐㄧ (ji) 形肚子餓；想吃東西的感覺。如：飢渴。異「饑」的異體字。

【飢餓】(ㄐㄧ ㄜˋ) 肚子餓。㊎飢餓的感覺真教人難受。

【飢不擇食】(ㄐㄧ ㄅㄨˋ ㄗㄜˊ ㄕˊ) 肚子餓到極點時，便不挑選食物，有什麼就吃什麼。㊎街上的流浪漢餓了好幾天，一看到食物便飢不擇食的吃了起來。

12/3
飧
ㄙㄨㄣ (sūn)
ノ ク タ タ' 夕𠆢 夕𠆢 夕今 夕今 夕令 飧 飧 飧

㊔①煮熟的飯菜。如：誰知盤中飧，粒粒皆辛苦。②晚餐。

12/4
飪
ㄖㄣˋ (rèn)
ノ 𠆢 𠆢 今 今 今 飠 飠 飠 飣 飪 飪

㊍把食物煮熟。如：烹飪。

12/4
飩
ㄉㄨㄣˋ (dùn)
ノ 𠆢 𠆢 今 今 今 飠 飠 飠 飣 飩 飩

見「餛飩」。

12/4
飯
ㄈㄢˋ (fàn)
ノ 𠆢 𠆢 今 今 今 飠 飠 飠 飣 飯 飯

㊔①煮熟的五穀食物。如：米飯。②每天定時要吃的正餐。如：晚飯。

【飯店】(ㄈㄢˋ ㄉㄧㄢˋ) 提供餐飲、住宿的地方。

【飯碗】(ㄈㄢˋ ㄨㄢˇ) ①裝飯的碗。②指工作、職業。㊎劉叔叔因為在工作上犯錯而丟了飯碗。

❋酒足飯飽、茶不思飯不想

12/4
飭
ㄔˋ (chì)
ノ 𠆢 𠆢 今 今 今 飠 飠 飠 飣 飭 飭

㊍①整頓；治理。如：整飭。②命令。如：飭令。③告誡。如：申飭。

12/4
飲
ㄧㄣˇ (yǐn)
ノ 𠆢 𠆢 今 今 今 飠 飠 飠 飣 飲 飲

㊔可以喝的食物。如：冷飲。㊍①喝。如：飲水。②含忍；心裡懷著。如：飲恨。

【飲恨】(ㄧㄣˋ ㄏㄣˋ) 心中有怨恨而無法發洩。㊎這場比賽本班選手雖然用盡全力，卻仍然以一分之差飲恨。㊟抱憾。

【飲食】①吃和喝。例飲食正常均衡，才能擁有健康的身體。②指各種吃喝的食品。例糖尿病患者的飲食，需要控制糖分的攝取。

【飲水思源】比喻不忘本。例做人要飲水思源，不能忘記曾經幫助過自己的人。反數典忘祖。

✽暢飲、熱飲、暴飲暴食

13/5

飼

ㄙˋ (sì) 飼

ノ 𠆢 亽 今 今 今 𩙿 𩛃 飠 飣 飼 飼

動拿東西給人或牲畜吃。如：飼養。

13/5

飴

ㄧˊ (yí) 飴

ノ 𠆢 亽 今 今 今 𩙿 𩛃 飠 飠 飴 飴

名穀類加工製成的糖漿或軟糖。如：含飴弄孫。

13/5

飽

ㄅㄠˇ (bǎo) 飽

ノ 𠆢 亽 今 今 今 𩙿 𩛃 飠 飠 飽 飽

動滿足。如：大飽眼福。副①充足的；十分的。如：飽讀詩書。②吃夠了。如：吃飽。

【飽和】指事物發展已達到最高限度。例市區的飯店數量已經飽和了，要另開一間新的飯店恐怕很難經營。

【飽滿】充足；旺盛。例小娟每天都精神飽滿的來上學。

✽酒足飯飽、中飽私囊

13/5

飾

ㄕˋ (shì) 飾

ノ 𠆢 亽 今 今 今 𩙿 𩛃 飠 飠 飣 飾

名裝扮、修整用的東西。如：首飾。動①裝扮；整修。如：修飾。②遮掩。如：粉飾。

【飾演】(ㄕˋ ㄧㄢˇ) 扮演。例阿光在話劇中飾演一個可憐的孤兒。

養 15/6

丶 丷 䒑 兰 羊 羊 羌 美 美 養 養 養 養 養 養

一ㄤˇ (yǎng) 名 有助於身體健康，或能幫助生長的成分。如：營養。形 有利於生長的。如：養分。動 1 撫育；照顧。如：撫養。2 修煉；形成。如：培養。3 飼育並照顧動物。如：養狗。4 栽種植物。如：養蘭。5 讓身心休息，恢復健康或放鬆。如：休養。6 保護；維修。如：保養。

一ㄤˋ (yàng) 動 侍奉長輩。如：奉養。

【養分】(一ㄤˇ ㄈㄣˋ) 有助於生長的成分。

【養成】(一ㄤˇ ㄔㄥˊ) 培養形成。例師長教我們從小就要養成好的生活習慣。

【養育】(一ㄤˇ ㄩˋ) 照顧長大並且加以教導。例父母養育的恩情，我們一輩子也報答不完。

【養精蓄銳】(一ㄤˇ ㄐㄧㄥ ㄒㄩˋ ㄖㄨㄟˋ) 充分休息，儲備精神和體力。例經過兩天的養精蓄銳，隊員們信心滿滿，立志要抱回冠軍獎座。近 休養生息。

※滋養、領養、閉目養神

餃 14/6

ノ 𠆢 亽 今 今 今 食 食 飠 飠 飣 飣 飣 餃 餃

ㄐㄧㄠˇ (jiǎo) 名 用薄麵皮包裹菜肉餡做成的一種食物。如：水餃。

餅 14/6

ノ 𠆢 亽 今 今 今 食 食 飠 飠 飣 飣 餅 餅

ㄅㄧㄥˇ (bǐng) 名 1 一種扁圓形的食品。如：月餅。2 泛指各種扁圓形的東西。如：鐵餅。

【餅乾】(ㄅㄧㄥˇ ㄍㄢ) 以麵粉為主要材料，做成薄片烘烤而成的點心。也作「餅干」。

✻燒餅、糕餅、畫餅充飢

餌 14/6

ㄦˇ (ěr)

ノ 𠆢 亽 今 今 今 食 食 食 飣 飣 飣 餌 餌

名 1 用來引誘動物的東西。如：魚餌。2 泛指各種讓人上當的事物。如：誘餌。

餉 14/6

ㄒㄧㄤˇ (xiǎng)

ノ 𠆢 亽 今 今 今 食 食 食 飤 餉 餉 餉 餉

名 軍警的糧食、薪水。如：發餉。

餐 16/7

ㄘㄢ (cān)

丨 卜 ⺊ 步 步 歺 歺 歺 奴 奴 奴 奴 餐 餐 餐 餐

名 飯菜；食物。如：用餐。動 吃。如：餐風露宿。量 計算飲食的單位。如：一日吃三餐。

【餐風露宿】ㄘㄢ ㄈㄥ ㄌㄨˋ ㄙㄨˋ 形容野外生活或長途旅行的艱苦。例 古代交通工具不發達，旅人常過著餐風露宿的生活。

✻聚餐、野餐、三餐不繼

餒 15/7

ㄋㄟˇ (něi)

ノ 𠆢 亽 今 今 今 食 食 食 食 食 飠 餒 餒 餒

形 1 飢餓。如：飢餒。2 失去勇氣；沮喪。如：氣餒。3 腐敗；腐壞。如：魚餒。

餓 15/7

ㄜˋ (è)

ノ 𠆢 亽 今 今 今 食 食 食 飣 飣 飣 餓 餓 餓

形 飢；不飽。如：飢餓。動 使飢；故意不給東西吃。如：餓他一頓。

餘 15/7

ㄩˊ (yú)

ノ 𠆢 亽 今 今 今 食 食 飠 飲 飲 飲 餘 餘 餘

名 空閒的時間。如：課餘。形 1 多出的。如：多餘。2 剩下的。如：餘額。

食

【餘地】(ㄩˊ ㄉㄧˋ) 可供言語或行為緩衝的彈性空間。例反對提案的一方態度堅決，完全沒有商量的餘地。

【餘興】(ㄩˊ ㄒㄧㄥˋ) 聚會或宴會之後，所進行的娛樂節目。例餐會結束之後，大家以上臺唱歌作為餘興節目。

【餘悸猶存】(ㄩˊ ㄐㄧˋ ㄧㄡˊ ㄘㄨㄣˊ) 恐懼的心情尚未恢復平靜。例大地震發生至今已過了五年，但許多受災戶仍餘悸猶存。

❀不遺餘力、綽綽有餘

館

16/8

ㄍㄨㄢˇ (guǎn)

ノ 𠆢 𠆢 今 今 今 食 食 飠 飠 飠 飠 飠 館 館 館

名 1招待賓客的屋舍。如：旅館。2房子；屋舍。如：別館。3場所；商店。如：美術館。

餞

16/8

ㄐㄧㄢˋ (jiàn)

ノ 𠆢 𠆢 今 今 今 食 食 飠 飠 飠 飠 餞 餞 餞 餞

名 水果晒乾後，用糖、蜜加工製成的零嘴。如：蜜餞。動 設宴會替人送行。如：餞別。

【餞行】(ㄐㄧㄢˋ ㄒㄧㄥˊ) 準備酒菜替人送別。例阿美明天就要去美國唸書了，全班同學特地為她餞行。

餛

16/8

ㄏㄨㄣˊ (hún)

ノ 𠆢 𠆢 今 今 今 食 食 飠 飠 飠 飠 餛 餛 餛 餛

見「餛飩」。

【餛飩】(ㄏㄨㄣˊ ˙ㄉㄨㄣ) 一種用薄麵皮包餡做成的食品。外皮較餃類薄，呈方形。又稱「雲吞」、「抄手」。

餚

16/8

ㄧㄠˊ (yáo)

ノ 𠆢 𠆢 今 今 今 食 食 飠 飠 飠 飠 餚 餚 餚 餚

名 煮熟的魚肉類食物。如：佳餚。

餡

16/8

ㄒㄧㄢˋ (xiàn)

ノ 𠆢 𠆢 今 今 今 食 食 飠 飠 飠 飠 餡 餡 餡 餡

(名)包裹在食品內部的作料。如：紅豆餡。

17/9
餵
ㄨㄟˋ (wèi)

(動)拿東西給人或動物吃。如：餵狗。

【餵食】(ㄨㄟˋ ㄕˊ) 拿東西給人或動物吃。(例)動物園內禁止遊客餵食動物。

18/10
餿
ㄙㄡ (sōu)

(形)不高明的。如：餿主意。(動)食物壞掉而發出臭味。如：飯餿了。

【餿主意】(ㄙㄡ ㄓㄨˇ ㄧˋ) 不高明的辦法。(例)小強出的餿主意害我損失慘重。(反)妙計。

18/10
餽
ㄎㄨㄟˋ (kuì)

(動)贈送；贈給。通「饋」。如：餽送。

【餽贈】(ㄎㄨㄟˋ ㄗㄥˋ) 贈送。(例)她出國時，買了許多禮物，準備餽贈親朋好友。

18/10
餾
ㄌㄧㄡˋ (liù)

(動)1用蒸氣把飯菜蒸熟。如：飯餾熟了。2加熱使液體變成氣體，再將氣體冷卻，以變成純淨的液體。如：蒸餾。

19/11
饈
ㄒㄧㄡ (xiū)

(名)美食。如：珍饈。

19/11
饅
ㄇㄢˊ (mán)

見「饅頭」。

食

【饅頭】(ㄇㄢˊ ·ㄊㄡ) 一種用麵粉發酵蒸熟、沒有包餡的食品。

19/11
饃
ㄇㄛˊ (mó)

㊔一種餅類食品。如：泡饃。

20/12
饒
ㄖㄠˊ (ráo)

㊒富足。如：豐饒。㊍寬恕。如：求饒。

【饒恕】(ㄖㄠˊ ㄕㄨˋ) 原諒。㊑阿娟饒恕了多年前欺騙她的朋友。㊢寬恕。

✽討饒、富饒、得理不饒人

20/12
饋
ㄎㄨㄟˋ (kuì)

㊍贈送。如：饋贈。

20/12
饑
ㄐㄧ (jī)

㊔穀物收成不好的荒年。如：饑年。㊒餓。通「飢」。如：饑不擇食。

【饑荒】(ㄐㄧ ㄏㄨㄤ) 農作物收成不好。㊢饑歉。㊣豐年。

23/14
饜
ㄧㄢˋ (yàn)

㊍滿足。如：貪得無饜。

25/17
饞
ㄔㄢˊ (chán)

㊒貪吃的。如：嘴饞。

首部 ㄕㄡˇ

9/0

首 ㄕㄡˇ (shǒu)

丶 丷 䒑 䒑 产 䒑 首 首 首

(名) 1 頭。如：首級。2 領導的人；主要者。如：群龍無首。(形) 第一。如：首次。(動) 自己認罪。如：自首。(量) 計算詩歌的單位。如：一首歌。

【首先】ㄕㄡˇ ㄒㄧㄢ 最先。(例) 如果想要有好成績，首先得用功讀書。(反) 最後。

【首都】ㄕㄡˇ ㄉㄨ 一國的中央政府所在地。(近) 國都。

【首領】ㄕㄡˇ ㄌㄧㄥˇ 領袖；領導者。(近) 首腦。

【首屈一指】ㄕㄡˇ ㄑㄩ ㄧˋ ㄓˇ 彎下手指計算時，會先彎曲拇指。表示第一或最優秀。(例) 這家餐廳是附近首屈一指的名店，每天都有很多客人。

【首當其衝】ㄕㄡˇ ㄉㄤ ㄑㄧˊ ㄔㄨㄥ 處於首先受到攻擊或壓力的地位。(例) 這次的颱風，東部地區首當其衝，災情也最嚴重。

❀元首、不堪回首、痛心疾首

香部 ㄒㄧㄤ

9/0

香 ㄒㄧㄤ (xiāng)

丿 二 千 禾 禾 禾 香 香 香

(名) 1 芬芳的氣味。如：芳香。2 指香料的製成品。如：檀香。3 指女子。如：憐香惜玉。(形) 1 氣味美好的。如：香甜。2 與女子有關的。如：香閨。(動) 親吻。如：香一個。(副) 濃盛；舒服。如：睡得很香。

【香煙】ㄒㄧㄤ ㄧㄢ 1 將菸絲用薄紙捲成細長筒形所製成的紙菸。也作「香菸」。2 指燃燒香時所產生的煙。

【香噴噴】香氣濃郁的樣子。例香噴噴的麵包一出爐，很快就被顧客買光了。

【香消玉殞】比喻女子死亡。例那位女明星不幸在一次車禍中香消玉殞，令人惋惜。

✽古色古香、鳥語花香

18/9
馥 ㄈㄨˋ (fù)
筆順：一 二 千 禾 禾 禾 香 香 香 香 香 香 馥 馥 馥 馥 馥 馥

形 香氣濃厚。如：馥郁。

【馥郁】香氣濃烈。例百貨公司的化妝品區瀰漫馥郁的香水味。

20/11
馨 ㄒㄧㄣ (xīn)
筆順：一 十 士 士 吉 吉 吉 声 声 殸 殸 殸 殸 殸 殸 殸 殸 馨 馨 馨

名 1芳香。指可以傳送到遠處的香氣。如：馨香。2比喻流傳久遠的德聲。如：德馨。

馬部 ㄇㄚˇ

10/0
馬 ㄇㄚˇ (mǎ)
筆順：丨 厂 F F 厍 馬 馬 馬 馬 馬

名 哺乳類。草食性。性情溫和，四肢長而善奔跑。

【馬上】1馬背上。2立刻。例一接到消息，記者就馬上趕到事發地點去採訪。

【馬桶】大小便用的器具。舊式為木製，現今大多用陶瓷製成，具有自動給水裝置，可隨時沖洗。

【馬拉松】(marathon) 指長距離的跑步比賽。西元前四九〇年，希臘軍人斐德匹第斯為了傳達希臘軍隊大敗波斯十萬大軍的消息，從馬拉松海灣奮力跑到雅典而死，後人為了紀念他而設立馬拉松比賽。

【馬不停蹄】(ㄇㄚˇ ㄅㄨˋ ㄊㄧㄥˊ ㄊㄧˊ) 比喻不停的奔波忙碌。例為了生活，爸爸馬不停蹄的工作，每天都很晚才回家。

【馬到成功】(ㄇㄚˇ ㄉㄠˋ ㄔㄥˊ ㄍㄨㄥ) 戰馬所到的地方，立刻成功。形容迅速達成任務。例排球隊出發比賽前夕，大家都祝福他們馬到成功，獲得好成績。近旗開得勝。反出師不利。

【馬馬虎虎】(ㄇㄚˇ ㄇㄚˇ ㄏㄨˇ ㄏㄨˇ) 形容做事態度隨便而不認真。例他做事總是馬馬虎虎，粗心大意。反一絲不苟。

辨析 馬馬虎虎，在口語中也讀作ㄇㄚˇ ·ㄇㄚ ㄏㄨ ㄏㄨ。

✽害群之馬、青梅竹馬

馮 12/2

ㄈㄥˊ (féng) 專 姓。

ㄆㄧㄥˊ (píng) 動 依靠。通「憑」。如：馮恃。

馭 12/2

ㄩˋ (yù) 動 1 駕；乘。如：馭馬。2 統治；支配。如：馭下。

馳 13/3

ㄔˊ (chí) 動 1 鞭打馬使牠快跑。也泛指快跑。如：奔馳。2 傳播；傳揚。如：馳名。3 嚮往。如：心馳神往。

【馳騁】(ㄔˊ ㄔㄥˇ) 1 鞭打馬匹使牠快速奔跑。例小明喜歡騎馬馳騁在草原上。2 活動；活躍。例這位作家馳騁文壇十幾年，得了許多文學大獎。

【馳名中外】(ㄔˊ ㄇㄧㄥˊ ㄓㄨㄥ ㄨㄞˋ) 名聲從國內傳揚到國外去。例這家法國餐廳的烤田螺馳名中外。近遠近皆知。

✽並馳、飛馳、背道而馳

馱 13/3

ㄊㄨㄛˊ (tuó) 動 將貨物背負在馬、驢的背上。如：馱運。

ㄉㄨㄛˋ (duò) 名 牲畜背上所背負的物品。如：馱子。

13/3

馴

ㄒㄩㄣˊ (xún) 一 厂 F F F 馬 馬 馬 馬 馬 馴 馴

形 1柔順；順從。如：溫馴。2善良。如：馴良。動 畜養動物並使牠們聽從人的指揮。如：馴馬。

【馴服】ㄒㄩㄣˊ ㄈㄨˊ 順從。例 牧人將那匹野馬給馴服了。

14/4

駁

ㄅㄛˊ (bó) 一 厂 F F F 馬 馬 馬 馬 馬 馭 駁 駁

形 混雜不純。如：駁雜。動 1糾正。如：駁斥。2轉載貨物。如：接駁。

【駁斥】ㄅㄛˊ ㄔˋ 辯駁、斥責。例 小芬的意見一提出，立刻被所有人駁斥。

反 誇獎。

※斑駁、反駁、批駁

15/5

駝

ㄊㄨㄛˊ (tuó) 一 厂 F F F 馬 馬 馬 馬 馬 馿 駝 駝

形 背部隆起。如：駝背。

【駝背】ㄊㄨㄛˊ ㄅㄟˋ 背脊彎曲不直。例 走路要抬頭挺胸，千萬不要駝背。

15/5

駐

ㄓㄨˋ (zhù) 一 厂 F F F 馬 馬 馬 馬 馬 馬 駐 駐 駐

動 1停住；停留。如：駐足。2保持。如：青春永駐。

【駐守】ㄓㄨˋ ㄕㄡˇ 駐紮防守。例 總統府四周，全年都有憲兵與警察駐守。

近 駐防。

※留駐、停駐、進駐

15/5

駛

ㄕˇ (shǐ) 一 厂 F F F 馬 馬 馬 馬 馬 馴 駛 駛 駛

動 1指馬或車等跑得很快。如：疾駛。2操控交通工具。如：駕駛。

15/5
駟

ㄙˋ (sì)

丨 ㄏ F F 用 馬 馬 馬 馬 馬 馬 駟 駟 駟 駟

名 1古代用四匹馬拉的車子。2指馬匹。

【駟馬難追】ㄙˋ ㄇㄚˇ ㄋㄢˊ ㄓㄨㄟ 比喻話一說出口，就無法收回。例君子一言既出，駟馬難追，你說過的話，可不能反悔喔！

15/5
駒

ㄐㄩ (jū)

丨 ㄏ F F 用 馬 馬 馬 馬 馬 馬 駒 駒 駒 駒

名 良馬。如：千里駒。

15/5
駙

ㄈㄨˋ (fù)

丨 ㄏ F F 用 馬 馬 馬 馬 馬 馬 駙 駙 駙 駙

名 駕副車或備用的馬。

15/5
駕

ㄐㄧㄚˋ (jià)

ㄱ 力 力 加 加 加 架 架 架 架 駕 駕 駕 駕 駕

名 1對車輛的總稱。如：車駕。2古時尊稱皇帝。如：護駕。3對他人的敬稱。如：大駕光臨。動 1騎乘。如：騰雲駕霧。2控制；管理。如：駕馭。3操控車船等交通工具。如：駕車。4超越。如：凌駕。

【駕駛】ㄐㄧㄚˋ ㄕˇ 1控制車、船或飛機的行駛。例駕駛飛機必須經過特別的專業訓練，不是一般人可以做得到的。2指操縱車、船或飛機的人。反乘客。

【駕輕就熟】ㄐㄧㄚˋ ㄑㄧㄥ ㄐㄧㄡˋ ㄕㄡˊ 乘著輕便的馬車，走熟悉的道路。比喻對事情很熟悉，做起來很容易。例他年輕的時候當過飯店主廚，做菜對他來說已是駕輕就熟。近輕車熟路。

馬

15/5
駑 ㄋㄨˊ (nú)

(名)能力很差的馬。如：駑馬。(形)才能低劣。如：駑鈍。

16/6
駭 ㄏㄞˋ (hài)

(形)令人害怕的。如：驚濤駭浪。(動)受驚；驚擾。如：駭人聽聞。

【駭客】ㄏㄞˋ ㄎㄜˋ 英語 hacker 的音譯。原指對於電腦技術非常著迷，且具有高超的電腦技術，與網路使用能力的人。後指電腦網路的惡意侵入者。

【駭人聽聞】ㄏㄞˋ ㄖㄣˊ ㄊㄧㄥ ㄨㄣˊ 使人聽了覺得震驚。也作「聳人聽聞」。(例)日本最近發生了幾件駭人聽聞的謀殺案，使得觀光客人數大幅減少。

16/6
駢 ㄆㄧㄢˊ (pián)

(名)文體的一種。如：駢文。(動)並列。如：駢肩。

【駢文】ㄆㄧㄢˊ ㄨㄣˊ 文體的一種。以四字、六字的句型為主，採用對仗的形式，重視聲律協調，用詞華麗和使用典故。盛行在六朝與初唐。

16/6
駱 ㄌㄨㄛˋ (luò)

(名)有黑色鬃毛的白馬。

【駱駝】ㄌㄨㄛˋ ㄊㄨㄛˊ 哺乳類。體型大，脖子長，頭及耳朵都小。分單峰和雙峰兩種。能背著重物走上很長的路，並能長期不吃不喝，只靠著駝峰的脂肪供給熱量。有雙重眼瞼，可以擋風沙。腳下有肉墊，適合在沙漠行走。有「沙漠之舟」的美譽。

17/7
騁

ㄔㄥˇ (chěng)

丨 厂 F F F 馬 馬 馬 馬 馬 馬 駟 駟 駟 駟 駟 騁

動 1放縱馬匹快跑。如：馳騁。2放任。如：騁懷。3發揮；施展。如：騁能。

17/7
駿

ㄐㄩㄣˋ (jùn)

丨 厂 F F F 馬 馬 馬 馬 馬 馬 馬 駿 駿 駿 駿 駿

名 優良的馬。形 巨大；偉大。如：駿業。

18/8
騎

ㄑㄧˊ (qí)

丨 厂 F F F 馬 馬 馬 馬 馬 馬 馬 騎 騎 騎 騎 騎 騎

名 指乘坐的馬。如：坐騎。動 指兩腿分開跨坐。如：騎車。

【騎士】ㄑㄧˊ ㄕˋ 1騎馬的兵士。2歐洲中古時期的武士。3騎車或騎馬的人。

【騎虎難下】ㄑㄧˊ ㄏㄨˇ ㄋㄢˊ ㄒㄧㄚˋ 比喻做事受情勢所逼而無法停止。例 王先生在和客戶簽約之後，才發現這筆生意賺不到錢，雖然想要反悔，卻已經是騎虎難下了。

19/9
騙

ㄆㄧㄢˋ (piàn)

丨 厂 F F F 馬 馬 馬 馬 馬 馬 騙 騙 騙 騙 騙 騙 騙 騙

動 說謊；欺詐。如：欺騙。

【騙子】ㄆㄧㄢˋ ㄗ˙ 欺騙他人的人。

【騙局】ㄆㄧㄢˋ ㄐㄩˊ 騙人的圈套或計畫。

❀詐騙、招搖撞騙、連哄帶騙

19/9
騖

ㄨˋ (wù)

ㄱ ㄱ ㄡ 予 矛 矛 矛 矛 敄 敄 敄 敄 敄 騖 騖 騖 騖 騖 騖

動 1追逐；追求。如：好高騖遠。2奔馳；快跑。如：馳騖。

20/10
騫

ㄑㄧㄢ (qiān)

丶 丷 宀 宀 宀 宀 宔 宔 宔 寒 寒 寒 寒 騫 騫 騫 騫 騫 騫 騫

動 拔取。通「搴」。如：騫旗。

20/10
騷

ㄙㄠ (sāo)

丨 厂 F F 馬 馬 馬 馬 馬 馬 馬 馬 馬 馬 馬 馬 馬 馬 騷 騷 騷

名 憂愁。如：牢騷。形 1 腥臭。通「臊」。如：騷臭。2 風流；放蕩。如：風騷。動 攪動；擾亂。如：騷擾。

【騷動】ㄙㄠ ㄉㄨㄥˋ 驚擾不安。例 動物園裡的猴子突然跑到柵欄外，引起了一陣騷動。

【騷擾】ㄙㄠ ㄖㄠˇ 打擾。例 邱小姐最近常常接到騷擾電話，為了安全，她已經報警處理。

20/10
騰

ㄊㄥˊ (téng)

丿 月 月 月 月 月 月 月 月 月 月 月 月 月 月 月 騰 騰 騰 騰 騰 騰

動 1 馬奔馳。如：萬馬奔騰。2 跳躍。如：騰躍。3 抽出；空出。如：騰出。

【騰空】一 ㄊㄥˊ ㄎㄨㄥ 在空中。例 特技人員騎著越野機車騰空翻了一圈，觀眾不禁大聲叫好。二 ㄊㄥˊ ㄎㄨㄥˋ 挪出空間的時間。例 林董事長在百忙之中，特別騰空到醫院探視因意外而住院的員工，令員工非常感動。近 抽空。

✽沸騰、熱騰騰、殺氣騰騰

21/11
驁

ㄠˊ (áo)

一 十 土 耂 耂 考 考 考 敖 敖 敖 敖 敖 敖 驁 驁 驁 驁 驁 驁 驁

名 一種能夠日行千里的馬。形 馬不馴服，或人驕傲不謙遜。如：桀驁不馴。

21/11
驅
ㄑㄩ (qū)

動 1逼迫；迫使。如：驅策。2趕走。如：驅逐。3行進；前進。如：長驅直入。4奔馳；奔走。如：驅馳。

【驅除】ㄑㄩ ㄔㄨˊ 趕走、除掉。例奶奶用蚊香驅除房間內討厭的蚊子。

【驅逐】ㄑㄩ ㄓㄨˊ 趕走。例擅自闖入這棟大樓的人，將會立刻遭到警衛的驅逐。

✽先驅、前驅、並駕齊驅驅逐。

21/11
驃
ㄆㄧㄠˋ (piào)

名 身體黃色，而頸、尾是白色的馬。形 1馬跑得很快的樣子。如：驃騎。2形容人很強悍、有勇氣。如：驃悍。

21/11
騾
ㄌㄨㄛˊ (luó)

名 公驢和母馬雜交所生的後代。體型比驢大，耳朵長、蹄小，能背負重物而走長遠的路。因為是雜交品種，所以沒有生殖能力。

21/11
驀
ㄇㄛˋ (mò)

動 1上馬。2超越。副 突然；忽然。如：驀然。

【驀然回首】ㄇㄛˋ ㄖㄢˊ ㄏㄨㄟˊ ㄕㄡˇ 忽然回頭。例中年時他驀然回首，才發現過去錯失了許多機會。

22/12
驕
ㄐㄧㄠ (jiāo)

丨 𠂉 𠃍 𠃍 𠃍 馬 馬 馬 馬 馬 馬 馬 馯 馯 馯 駤 駤 駤 驕 驕 驕 驕

㊒ 1 馬高大壯健的樣子。2 高傲；傲慢無禮。如：驕傲。3 盛；烈。如：驕陽。4 受寵愛的。如：天之驕子。

【驕陽】ㄐㄧㄠ ㄧㄤˊ 炎熱的陽光。㊚ 豔陽；烈日。

【驕傲】ㄐㄧㄠ ㄠˋ 傲慢自大。㊑ 阿平是一個很驕傲的人，即使有不懂的地方，也不肯向別人請教。㊍ 謙卑。

✽恃寵而驕、勝不驕，敗不餒

23/13
驛
ㄧˋ (yì)

丨 𠂉 𠃍 𠃍 𠃍 馬 馬 馬 馬 馬 馹 馹 馹 馹 騜 騜 騜 騜 驛 驛 驛 驛 驛

㊔ 古代供傳遞公文的使者休息及更換馬匹的地方。如：驛站。

23/13
驗
ㄧㄢˋ (yàn)

丨 𠂉 𠃍 𠃍 𠃍 馬 馬 馬 馬 馬 馬 馬 駼 駼 駼 駼 駼 驗 驗 驗 驗 驗 驗

㊔ 證據；憑證。㊓ 1 檢查；測試。如：試驗。2 結果與預期相合。如：應驗。

【驗收】ㄧㄢˋ ㄕㄡ 檢驗和查收貨物或工程的完成情形。㊑ 這座橋經過有關單位驗收後，短期內就能開放通車。

【驗算】ㄧㄢˋ ㄙㄨㄢˋ 檢查計算的結果是否正確。㊑ 這道數學題如果沒有驗算，很容易就會因為粗心而寫錯。

✽經驗、考驗、體驗

23/13
驚
ㄐㄧㄥ (jīng)

丶 丷 丷 艹 艹 芍 芍 苟 苟 苟 敬 敬 敬 敬 敬 敬 驚 驚 驚 驚 驚 驚 驚

㊒ 急速；快速。如：驚雷。㊓ 1 震動。如：驚天動地。2 恐懼；害怕。

如：驚怕。

【驚訝】ㄐㄧㄥ ㄧㄚˋ 驚奇訝異。例當阿彥說出那個隱瞞多年的祕密時，所有的人都驚訝得不敢相信。

【驚喜】ㄐㄧㄥ ㄒㄧˇ 事出突然而令人欣喜。例住在高雄的姑媽特地前來參加我的畢業典禮，讓我感到非常驚喜。

【驚險】ㄐㄧㄥ ㄒㄧㄢˇ 非常危險，令人害怕。例那部電影有許多驚險的鏡頭。

【驚嘆號】ㄐㄧㄥ ㄊㄢˋ ㄏㄠˋ 標點符號的一種。符號為「！」，表示感嘆、命令、祈禱、請求、驚訝等語氣。

【驚天動地】ㄐㄧㄥ ㄊㄧㄢ ㄉㄨㄥˋ ㄉㄧˋ 形容聲勢浩大。例九二一大地震是一件驚天動地的大新聞。

【驚慌失措】ㄐㄧㄥ ㄏㄨㄤ ㄕ ㄘㄨㄛˋ 形容非常害怕驚慌，不知如何處理。也作「驚惶失措」。例突發的火災，讓電影院裡的觀眾驚慌失措。近手足無措。反處之泰然。

❋吃驚、大驚小怪、心驚膽戰

24/14

驟

ㄗㄡˋ (zòu)

形急速。如：驟雨。副突然；忽然。如：驟至。

【驟然】ㄗㄡˋ ㄖㄢˊ 突然。例這件事情非常重要，你要仔細考慮清楚，不要驟然下決定。

❋步驟、急驟、風狂雨驟

26/16

驢

ㄌㄩˊ (lǘ)

名哺乳類。外形像馬，但體型較小，毛呈灰或棕色，耳朵長，腿短。可以協助人類做許多粗重的工作。

❋騎驢找馬、黔驢技窮

26/16
驥
ㄐㄧˋ (jì)
一 厂 F F F 馬 馬 馬 馬 馬 馬 馬 馬 馬 馬 馬 馬 驥 驥 驥 驥 驥 驥 驥 驥 驥 驥
名 日行千里的良馬。

29/19
驪
ㄌㄧˊ (lí)
一 厂 F F F 馬 馬 馬 馬 馬 馬 馬 馬 馬 馬 馬 馬 驪 驪 驪 驪 驪 驪 驪 驪 驪 驪
名 1深黑色的馬。也指黑色。2由兩匹馬駕的車。

【驪歌ㄌㄧˊ ㄍㄜ】離別時所唱的歌。

骨ㄍㄨˇ部

10/0
骨
丨 冂 冂 冎 冎 冎 冎 骨 骨 骨
ㄍㄨˇ (gǔ) 名 1構成脊椎動物身體的支架，可以支持個體、保護內部器官，並能與肌肉共同完成運動機能。如：骨骼。2指人的軀幹。如：骨瘦如柴。3指人的品格、氣概。如：骨氣。
ㄍㄨˊ (gú) (限讀) 見「骨頭」。
ㄍㄨ (gū) (限讀) 見「骨碌」。

【骨肉ㄍㄨˇ ㄖㄡˋ】指父母兄弟子女等血緣親近的親人。

【骨氣ㄍㄨˇ ㄑㄧˋ】指剛正不屈的氣概。例 小明很有骨氣，即使家境貧窮，也不靠別人幫忙，自己半工半讀完成了學業。

【骨架ㄍㄨˇ ㄐㄧㄚˋ】1動物骨骼的架構。2支撐物體的架子。例 這座涼亭的骨架不穩，隨時會有倒塌的危險。3指作品的結構。

【骨碌ㄍㄨ ·ㄌㄨ】形容物體滾動的聲音。也指物體滾動的樣子。例 只見小花眼珠子骨碌一轉，馬上就想到解

決問題的辦法了。

【骨頭】(ㄍㄨˇ ˙ㄊㄡ) 指構成脊椎動物身體的支架。

【骨瘦如柴】(ㄍㄨˇ ㄕㄡˋ ㄖㄨˊ ㄔㄞˊ) 形容身體非常消瘦。例 在偏遠山區失蹤多日的李先生，被人發現時早已骨瘦如柴、奄奄一息了。

※粉身碎骨、脫胎換骨

14/4

骯 ㄤ (āng)

丨 冂 冂 冎 冎 冎 骨 骨 骨 骨 骨 骯 骯

見「骯髒」。

【骯髒】(ㄤ ㄗㄤ) 不乾淨。例 這家餐廳的廚房非常骯髒，已經被衛生單位開了很多次罰單。近 汙穢。反 乾淨。

14/4

骰 ㄊㄡˊ (tóu)

丨 冂 冂 冎 冎 冎 骨 骨 骨 骨 骨 骰 骰

名 賭具名。如：骰子。

【骰子】(ㄊㄡˊ ˙ㄗ) 一種賭具。正方體，六面分別刻上一到六不同的點數，以丟擲的點數決定勝負。也作「色子」。

辨析 骰子，一名「色子」。但二者讀音不相同，「骰子」音ㄊㄡˊ ˙ㄗ；「色子」音ㄕㄞˇ ˙ㄗ。

15/5

骷 ㄎㄨ (kū)

丨 冂 冂 冎 冎 冎 骨 骨 骨 骨 骨 骷 骷

見「骷髏」。

【骷髏】(ㄎㄨ ㄌㄡˊ) 無肉的死人頭骨或枯骨。

16/6

骸 ㄏㄞˊ (hái)

丨 冂 冂 冎 冎 冎 骨 骨 骨 骨 骨 骸 骸 骸

名 1 小腿骨。2 骨骼。

【骸骨】(ㄏㄞˊ ㄍㄨˇ) 1 骨頭的通稱。2 指人的屍骨。也作「骨骸」。

※殘骸、遺骸、屍骸

骼 16/6

ㄍㄜˊ (gé)

【名】骨頭的通稱。如：骨骼。

髏 21/11

ㄌㄡˊ (lóu)

見「骷髏」。

髓 23/13

ㄙㄨㄟˇ (suǐ)

【名】[1]指一個硬質的組織中，中空部分內含的軟質物質。如硬骨中央的骨髓、牙齒中央的牙髓、脊柱中央的脊髓等。[2]比喻精華的部分。如：精髓。

※腦髓、神髓、食髓知味

髒 23/13

ㄗㄤ (zāng)

【形】不乾淨。如：骯髒。

【髒亂】ㄗㄤ ㄌㄨㄢˋ 骯髒凌亂。【例】那些在路邊傾倒垃圾、製造髒亂的人，真是沒有公德心。

體 23/13

ㄊㄧˇ (tǐ)

【名】[1]身軀。頭、身、手、足的總稱。[2]規格或形式。如：字體。[3]狀態。如：液體。【動】[1]詳察；領會。如：體悟。[2]實行；實踐。如：身體力行。【副】親自的。如：體認。

【體力】ㄊㄧˇ ㄌㄧˋ 身體活動的狀況、能力。

【體貼】(ㄊㄧˇ ㄊㄧㄝ) 關懷體諒，為人著想。例妹妹非常體貼，時常主動幫媽媽做家事。

【體會】(ㄊㄧˇ ㄏㄨㄟˋ) 體察領會。例經過暑假的打工，阿發終於體會到父母賺錢的辛苦。

【體溫】(ㄊㄧˇ ㄨㄣ) 身體的溫度。人體的正常溫度為攝氏三十六至三十七度之間。

【體諒】(ㄊㄧˇ ㄌㄧㄤˋ) 設身處地為他人著想。同「體貼」。例小雲體諒父母工作辛勞，所以每天寫完作業後，都會幫忙做家事。

【體驗】(ㄊㄧˇ ㄧㄢˋ) 由親身經歷來認識、了解周圍的事物。例小倫去年到印度旅行，體驗了許多新奇的事物。

【體無完膚】(ㄊㄧˇ ㄨˊ ㄨㄢˊ ㄈㄨ) 1受到重傷，身體沒有一處完整的肌膚。例爆炸意外中的傷者被火燒得體無完膚，有生命危險。近傷痕累累。反毫髮無傷。2形容遭到嚴厲的批判。例小明的美術作品被批評得體無完膚，令他難過得大哭。

❋團體、肉體、遍體鱗傷

高(ㄍㄠ)部

10/0

高 ㄍㄠ (gāo)

高 高 高 高

(筆順) 丶 亠 亣 亯 高 高

形 1上下的距離大。與「低」相對。如：高樓大廈。2年老。如：高齡。3尊貴。如：位高權重。4超過一般標準的。如：高手。5熱烈。如：興高采烈。

【高手】(ㄍㄠ ㄕㄡˇ) 才能或技藝出眾的人。

【高尚】(ㄍㄠ ㄕㄤˋ) 指人的品行清高。例他高尚的人格，受到許多人的尊敬。

【高貴】(ㄍㄠ ㄍㄨㄟˋ) 1指人的氣質高尚尊貴。例新娘高貴的氣質，讓所有賓

客讚嘆不已。②形容物品高級珍貴。

【高傲】驕傲自大。反謙卑。

【高潮】①指人的情緒或小說、戲劇的情節最緊張而熱烈的地方。例當我正看到這本小說的高潮處時，媽媽突然叫我去倒垃圾，真是掃興。②潮汐運動中，海面因漲潮所達到的最高水位。反低潮。

【高興】很愉快的樣子。例阿利今年生日收到許多禮物，高興得不得了。反難過。

【高不可攀】形容人的態度驕傲，令人難以親近。例家境富有的小蓮，態度總是高不可攀。

【高朋滿座】形容賓客眾多。例哥哥的結婚喜宴高朋滿座，爸爸媽媽都忙著招呼客人。近座無虛席。反門可羅雀。

【高瞻遠矚】形容眼光遠大。例董事長高瞻遠矚，對公司的經營有良好的規畫。反目光如豆。

✽水漲船高、勞苦功高

髟部 ㄅㄧㄠ

14/4 **髦** ㄇㄠˊ (máo)

名①古代小孩的髮型。前額頭髮垂到眉毛。②古代的一種旗幟。形流行的。如：時髦。

15/5 **髮** ㄈㄚˇ (fǎ)

名頭上的毛。如：頭髮。

✽怒髮衝冠、千鈞一髮

15/5
髯
ㄖㄢˊ (rán)

㊔ 臉頰上的鬚毛。

16/6
髻
ㄐㄧˋ (jì)

㊔ 將頭髮綁在頭頂所形成的結。如：髮髻。

16/6
髭
ㄗ (zī)

㊔ 嘴唇上方的短鬚。

16/6
髹
ㄒㄧㄡ (xiū)

㊔ 赤黑色的漆。用漆漆物。

18/8
鬃
ㄗㄨㄥ (zōng)

㊔ 馬、豬等獸類脖子上的長毛。如：鬃毛。

18/8
鬆
ㄙㄨㄥ (sōng)

㊊ 1 不緊的；散亂的。如：鬆弛。2 不嚴格的。如：管理太鬆。

【鬆口 ㄙㄨㄥ ㄎㄡˇ】1 將咬住的東西放開。㊑守門的大狼犬咬住壞人的褲子，不肯鬆口。2 語氣放鬆，不再堅持原有的意見或不再保守祕密。㊑今天晚上舉辦的義賣會邀請到哪些明星，主辦單位一直不肯鬆口。

【鬆懈 ㄙㄨㄥ ㄒㄧㄝˋ】鬆散懈怠。㊑期末考試快到了，同學們絕不能鬆懈，要把握時間準備。㊋放鬆。

❀寬鬆、蓬鬆、輕鬆

19/9
鬍
ㄏㄨˊ (hú)

(名) 鬍的俗稱。如：鬍子。

【鬍鬚】(ㄏㄨˊ ㄒㄩ) 長在嘴唇上方、下巴的毛。

22/12 **鬚** ㄒㄩ (xū)

(名) 1 下巴的長毛。如：鬍鬚。2 動物的觸鬚。如：虎鬚。

【鬚眉】(ㄒㄩ ㄇㄟˊ) 鬍鬚和眉毛。代指成年男人。(例) 現代女性可以從軍報效國家，不讓鬚眉。

23/13 **鬟** ㄏㄨㄢˊ (huán)

(名) 古代婦女的一種環狀髮型。

24/14 **鬢** ㄅㄧㄣˋ (bìn)

(名) 兩頰上靠近耳朵的毛髮。如：鬢毛。

鬥部 ㄉㄡˋ

10/0 **鬥** ㄉㄡˋ (dòu)

(動) 1 打架。如：打鬥。2 較量。如：鬥智。3 招惹；逗引。通「逗」。如：鬥趣。

【鬥志】(ㄉㄡˋ ㄓˋ) 努力求勝的意志。(例) 在遭遇一連串挫折後，楊老闆早已失去了鬥志。

【鬥嘴】(ㄉㄡˋ ㄗㄨㄟˇ) 吵架；互相爭辯。(例) 頑皮的弟弟跟妹妹又在鬥嘴了，吵得一旁的哥哥無法專心唸書。

✽決鬥、明爭暗鬥、龍爭虎鬥

15/5
鬧 ㄋㄠˋ (nào)

鬥鬧鬧

㊍不安靜；喧擾。如：吵鬧。㊌1戲弄。如：鬧洞房。2發作。如：鬧脾氣。

【鬧哄哄 ㄋㄠˋ ㄏㄨㄥ ㄏㄨㄥ】熱鬧吵雜的樣子。㊕老師一不在，整間教室就鬧哄哄的。㊎靜悄悄。

✽笑鬧、胡鬧、無理取鬧

16/6
鬨 ㄏㄨㄥˋ (hòng)

鬥鬨鬨鬨

㊍喧鬧的樣子。如：鬨然。㊌爭吵；交戰。如：內鬨。

鬯 ㄔㄤˋ 部

29/19
鬱 ㄩˋ (yù)

鬱

㊍1草木叢生而茂盛的樣子。如：蓊鬱。2愁悶。如：憂鬱。㊌閉塞。如：積鬱。

【鬱鬱寡歡 ㄩˋ ㄩˋ ㄍㄨㄚˇ ㄏㄨㄢ】整日煩憂，很少有開心的時候。㊕小甄因為這次的月考成績不好而顯得鬱鬱寡歡，讓人很替她擔心。㊔悶悶不樂。㊎笑口常開。

鬲 鬼

鬲部 ㄌㄧˋ

10/0
鬲
一 ㄏ 冂 冋 冋 鬲 鬲 鬲 鬲 鬲

ㄍㄜˊ (gé) (動) 阻隔。通「隔」。

ㄌㄧˋ (lì) (名) 古代一種烹煮器皿。大口，腹如袋形，有三足。樣子像鼎，足部中空。

鬼部 ㄍㄨㄟˇ

10/0
鬼 ㄍㄨㄟˇ (guǐ)
丿 ㇒ 白 白 甶 甶 鬼 鬼 鬼 鬼

(名) 1 人死後的靈魂。如：鬼魂。2 萬物的精怪。如：鬼魅。3 有不良嗜好的人。如：賭鬼。(形) 1 行為不正派。如：鬼鬼祟祟。2 靈巧、機智的樣子。如：鬼靈精。(副) 胡亂的。如：鬼混。

【鬼斧神工】ㄍㄨㄟˇ ㄈㄨˇ ㄕㄣˊ ㄍㄨㄥ 形容事物製作很精巧。(例) 那件鬼斧神工的藝術品，讓入館參觀的民眾都嘖嘖稱奇。(近) 巧奪天工。

【鬼鬼祟祟】ㄍㄨㄟˇ ㄍㄨㄟˇ ㄙㄨㄟˋ ㄙㄨㄟˋ 形容行為不正大光明。(例) 小明鬼鬼祟祟的在房間門口探看，不知道他想做什麼？(近) 偷偷摸摸。

✻魔鬼、搞鬼、酒鬼

14/4
魂 ㄏㄨㄣˊ (hún)
一 二 云 云 云 䰟 䰟 䰟 䰟 䰟 魂 魂 魂 魂

(名) 1 人的一種精氣。如：靈魂。2 心靈；精神。如：神魂顛倒。

【魂魄】ㄏㄨㄣˊ ㄆㄛˋ 人的精神與靈氣。

【魂不守舍】ㄏㄨㄣˊ ㄅㄨˋ ㄕㄡˇ ㄕㄜˋ 形容心神恍惚、不專心。(例) 小山今天上課時一副魂不守舍的樣子，不知道他心裡在想些什麼？(近) 失魂落魄。(反) 聚精

會神。

【魂不附體】ㄏㄨㄣˊ ㄅㄨˋ ㄈㄨˋ ㄊㄧˇ 形容驚嚇過度，心神無主。例今天早上小咪打開房門，發現房間裡竟然有一隻大老鼠，頓時被嚇得魂不附體。反泰然自若。

✽鬼魂、驚魂、失魂落魄

14/4
魁
ㄎㄨㄟˊ (kuí)

丿 ㇄ 白 白 甶 甶 鬼 鬼 鬼 鬼 鬿 魁 魁

名星名。北斗第一到第四顆星。古人認為是主文運的星。形1首要的；第一的。如：魁甲。2高大。如：魁梧。

【魁梧】ㄎㄨㄟˊ ㄨˊ 身材高大健壯。例這次代表學校參賽的籃球隊員們個個體型魁梧，球技一流。反矮小。

✽奪魁、黨魁、罪魁禍首

15/5
魄
丿 ㇄ 白 白 白 白' 白' 的 的 的 的 的 魄 魄 魄

ㄆㄛˋ (pò) 名人的精氣。如：氣魄。

ㄊㄨㄛˋ (tuò) 見「落魄」。

【魄力】ㄆㄛˋ ㄌㄧˋ 精神和毅力。例陳老闆做事很有魄力，絕不會猶豫不決。

✽驚心動魄、魂飛魄散

15/5
魅
ㄇㄟˋ (mèi)

丿 ㇄ 白 白 甶 甶 鬼 鬼 鬼 鬼 鬿 魅 魅 魅

名傳說中害人的鬼怪。如：精魅。形迷人的。如：魅力。動媚惑。通「媚」。如：蠱魅。

【魅力】ㄇㄟˋ ㄌㄧˋ 吸引力。例這位巨星的魅力十足，她的演唱會往往可以吸引數萬人購票入場。

✽妖魅、鬼魅、狐魅

18/8
魏
ㄨㄟˋ (wèi)

丿 二 千 千 禾 禾 委 委 委 委 委 委 委 委 魏 魏 魏 魏

專1戰國時的國名。在今河南北部、山西西南一帶。後被秦所滅。

2朝代名。(1)(220－265)開國君主曹丕代漢稱帝，與蜀、吳並稱三國。(2)(386－534)東晉時拓跋珪所建。史稱「北魏」或「後魏」。

21/11
魔
ㄇㄛˊ (mó)

名1指會害人、迷惑人的鬼怪。如：妖魔。2如妖魔一樣的惡人。如：色魔。3過度的嗜好或對某件事入迷。如：著魔。形1神祕而不可思議的。如：魔法。2可怕的；凶惡的。如：魔爪。

【魔鬼】ㄇㄛˊ ㄍㄨㄟˇ 妖魔鬼怪。也泛指一切邪惡的象徵。近妖怪。

【魔術】ㄇㄛˊ ㄕㄨˋ 用道具和快速的障眼法，創造出不尋常幻象的技術。

✽惡魔、病魔、走火入魔

24/14
魘
ㄧㄢˇ (yǎn)

名妖魔鬼怪。如：魘魅。動做惡夢。如：夢魘。

魚部
ㄩˊ

11/0
魚
ㄩˊ (yú)

名水生脊椎動物的總稱。種類很多。通常體表都有鰭和鱗，用鰓呼吸，體溫會隨著環境溫度而改變。

【魚塭】ㄩˊ ㄨㄣ 人工開鑿用來養魚的池塘。

【魚餌】ㄩˊ ㄦˇ 引誘魚兒上鉤的食物。

【魚目混珠】ㄩˊ ㄇㄨˋ ㄏㄨㄣˋ ㄓㄨ 用魚眼睛混充珍珠。比喻以假亂真。例有些不

良商人將劣等茶葉和上等茶葉摻雜在一起，意圖魚目混珠，消費者購買時要仔細挑選。㊥濫竽充數。

【魚貫而入】(ㄩˊ ㄍㄨㄢˋ ㄦˊ ㄖㄨˋ) 形容人一個接著一個進入。㊎電影院外，觀眾們魚貫而入，準備欣賞這部電影。

❀池魚之殃、如魚得水

14/3
魟 ㄏㄨㄥˊ (hóng)

㊔軟骨魚類。身體呈扁平的盤狀，胸鰭向兩側伸展；尾像鞭一樣細長，上有毒刺；兩眼位於頭部背面，口、鼻孔及鰓裂在腹面。生活於海底層。

15/4
魷 ㄧㄡˊ (yóu)

見「魷魚」。

【魷魚】(ㄧㄡˊ ㄩˊ) 軟體動物。身體呈長圓錐形；顏色蒼白，有淡褐色斑；有五對觸腕，上有吸盤。遇到危險時會噴出墨汁，趁機逃生。

15/4
魯 ㄌㄨˇ (lǔ)

㊊ 1 遲鈍的。如：愚魯。2 粗野的。如：粗魯。㊕ 1 古國名。周成王封周公長子伯禽為魯侯。國境大部分在山東南部。2 山東的簡稱。

【魯莽】(ㄌㄨˇ ㄇㄤˇ) 言行粗魯莽撞。㊎大毛做事很魯莽，時常得罪別人。㊥莽撞。㊍謹慎。

16/5
鮑 ㄅㄠˋ (bào)

㊔ 1 醃漬過的鹹魚。2 軟體動物。貝殼為橢圓形，上有螺旋狀條紋，外緣有一列小孔。生活在海岸礁岩

魚

間。

鮫 17/6 ㄐㄧㄠ (jiāo)

(名)即「鯊魚」。軟骨魚類。體型大，身體呈圓柱狀，有鰓裂。生性凶猛，游速極快。魚鰭即俗稱的「魚翅」。

鮮 17/6 ㄒㄧㄢ (xiān) (名)新鮮美味的食物。如：生鮮。(形)1新的；潔淨的。如：新鮮。2味美的。如：鮮美。3色彩明亮的。如：鮮明。

ㄒㄧㄢˇ (xiǎn) (副)很少。如：鮮少。

【鮮少】ㄒㄧㄢˇ ㄕㄠˇ 很少；不多。(例)這間廟因為建在深山之中，所以鮮少有遊客來訪。(反)眾多。

【鮮豔】ㄒㄧㄢ ㄧㄢˋ 鮮明華麗。(例)小怡買了一束鮮豔的玫瑰花。

※海鮮、保鮮膜、屢見不鮮

鮪 17/6 ㄨㄟˇ (wěi)

(名)硬骨魚類。身體呈紡錘形，肥壯；背為藍黑色，腹為灰白色；尾鰭呈深叉形。生活在遠洋中，經濟價值很高。

鯊 18/7 ㄕㄚ (shā)

(名)1鮫的俗稱。2硬骨魚類。體型小，腹鰭癒合成一個吸盤。

鯽 18/7 ㄐㄧˋ (jì)

見「鯽魚」。

【鯽魚】ㄐㄧˋ ㄩˊ 硬骨魚類。外形像鯉魚，身體扁而高，呈紡錘形；腹大而白，背為青褐色；口小無鬚。

18/7
鯉 ㄌㄧˇ (lǐ)

㊔ 1 硬骨魚類。身體扁而高，腹緣鈍圓，有大圓鱗，一枚背鰭。嘴部有兩根鬚，生活在淡水中。2 書信的代稱。如：鯉素。

18/7
鯀 ㄍㄨㄣˇ (gǔn)

㊕ 人名。大禹的父親。受舜的命令治理洪水，但因失敗而被處死。

19/8
鯨 ㄐㄧㄥ (jīng)

㊔ 哺乳類。為現今世界上最龐大的動物。外型像魚，身體呈流線型，無毛；尾鰭左右水平拓展，前肢變成胸鰭，後肢萎縮；用肺呼吸，鼻孔位於頭頂，露出水面呼吸時，可見噴水柱。

19/8
鯧 ㄔㄤ (chāng)

㊔ 硬骨魚類。身體扁平，略呈卵圓形，體表覆蓋細小的鱗片；頭、口都很小；尾鰭分叉如燕；體呈銀白或灰黑色。

19/8
鯝 ㄍㄨˋ (gù)

㊔ 1 魚腸；魚胃。2 硬骨魚類，外形狀似白魚，扁身細鱗。又稱「黃鯝」。

20/9
鰓 ㄙㄞ (sāi)

㊔ 水生動物的呼吸器官。如：魚鰓。

魚

魚

20/9

鰍

ㄑㄧㄡ (qiū)

㊔硬骨魚類。外形像鰻，體圓長而小，尾部側扁；身體黏滑，沒有鱗片。生活在河流、池沼和水田等淡水中。俗稱「泥鰍」。

21/10

鰭

ㄑㄧˊ (qí)

㊔魚類或其他水生脊椎動物從身體表面伸展出的膜狀游泳構造。有調節游泳速度、控制方向等作用，功用如同船槳。依所在的部位，分為胸鰭、腹鰭、背鰭、臀鰭和尾鰭。

21/10

鰥

ㄍㄨㄢ (guān)

㊔指年老而沒有妻子，或喪妻的人。如：鰥夫。

22/11

鱉

ㄅㄧㄝ (biē)

㊔爬蟲類。外形像龜。甲殼呈圓形，外表有柔質軟皮；脖子長；四肢粗短，各趾間有厚蹼。游泳迅速。生活於河流或其他淡水中。又稱「甲魚」。

22/11

鰱

ㄌㄧㄢˊ (lián)

㊔硬骨魚類。身體呈紡錘形，布滿細小鱗片。生活在淡水中。

鰾

22/11 ㄅㄧㄠˋ (biào)

(名)魚類消化管前部向背面凸出的囊狀物。內部可自由充氣，以調節身體的比重，使魚能在水中上升或下沉。

鰻

22/11 ㄇㄢˊ (mán)

(名)硬骨魚類。身體呈圓柱狀，像蛇；體表有黏液，沒有鱗片；背面黑，腹部白。生活在淡水中；成熟的鰻會游到海中產卵。

鱔

23/12 ㄕㄢˋ (shàn)

(名)硬骨魚類。身體圓長像鰻魚；體表有黏液，沒有鱗片；背呈赤褐色，腹部黃色。又稱「黃鱔」。

鱒

23/12 ㄗㄨㄣ (zūn)

(名)硬骨魚類。全身有細小的圓鱗片。生活於海水或淡水中；在生殖季節會溯游至淡水河中產卵。

鱗

23/12 ㄌㄧㄣˊ (lín)

(名)覆蓋在動物表皮，由表皮或真皮變形而成的小型薄片狀構造。質地很硬，具有保護作用。如：鱗片。如：鱗次櫛比。(形)排比整齊

【鱗次櫛比】(ㄌㄧㄣˊ ㄘˋ ㄐㄧㄝˊ ㄅㄧˇ) 形容像魚鱗、梳子般密密麻麻、整整齊齊的排

列。例這一區的國民住宅鱗次櫛比，非常整齊。
✽遍體鱗傷、一鱗半爪

23/12
鱘
ㄒㄩㄣˊ (xún)
丿 ⺈ ⺈ 各 各 各 各 魚 魚 魚 魚 魚 魚 魚 鱼 魚ˊ 鱘 鱘 鱘 鱘 鱘 鱘 鱘 鱘 鱘 鱘 鱘

名硬骨魚類。身體呈紡錘形。體色為黃青色，腹部白；身體表面有五縱列硬鱗；口鼻部長，下頷有四根觸鬚。

23/12
鱖
ㄍㄨㄟˋ (guì)
丿 ⺈ ⺈ 各 各 各 各 魚 魚 魚 魚 魚 魚 魚 鱼 魚ˊ 鱖 鱖 鱖 鱖 鱖 鱖 鱖 鱖 鱖 鱖 鱖

名硬骨魚類。身體側扁，顏色青黃或淡褐，有不規則黑斑；皮厚，魚鱗細小。為淡水魚類。又稱「花鯽」、「桂花魚」。

27/16
鱷
ㄜˋ (è)
丿 ⺈ ⺈ 各 各 各 各 魚 魚 魚 魚 魚 魚 魚 鱼 魚ˊ 鱷 鱷 鱷 鱷 鱷 鱷 鱷 鱷 鱷 鱷 鱷 鱷 鱷 鱷 鱷

名爬蟲類。身體龐大，全身被覆硬皮與厚鱗片；頭大而扁，嘴長而凸出，牙齒尖銳；尾側扁而長，四肢粗短，趾間有蹼。善於游泳，生活在池沼河流中。

27/16
鱸
ㄌㄨˊ (lú)
丿 ⺈ ⺈ 各 各 各 各 魚 魚 魚 魚 魚 魚 魚 鱼 魚ˊ 鱸 鱸 鱸 鱸 鱸 鱸 鱸 鱸 鱸 鱸 鱸 鱸 鱸 鱸 鱸

名硬骨魚類。身體狹長；口大，下顎稍微凸出；背部有黑斑。生活在海中，夏季由海游向河，冬季由河游入海。

鳥部 ㄋㄧㄠˇ

11/0
鳥
丿 亻 户 户 白 自 鳥 鳥 鳥 鳥 鳥

ㄋㄧㄠˇ (niǎo) ㊔ 脊椎動物的一類。屬於恆溫動物，用肺呼吸。卵生，種類繁多。體表有羽毛，前肢變化成翅膀，大部分能飛翔，有的則會游泳、潛水。

ㄉㄧㄠˇ (diǎo) ㊔ 男性生殖器的俗稱。如：鳥兒郎當。

【鳥瞰 ㄋㄧㄠˇ ㄎㄢˋ】從高處俯視低處。㊖ 從三樓的教室可以鳥瞰整個操場。

㊜ 俯瞰。㊞ 仰望。

【鳥語花香 ㄋㄧㄠˇ ㄩˇ ㄏㄨㄚ ㄒㄧㄤ】小鳥鳴唱，花朵芬芳。形容春天的美好。㊖ 陽明山上鳥語花香，空氣清爽，是郊遊的好地方。

✻一石二鳥、驚弓之鳥

13/2
鳩
ㄐㄧㄡ (jiū)
丿 九 九 九' 九' 九' 鳩 鳩 鳩 鳩 鳩

㊔ 鳥類。外形像鴿子，頭小胸凸；羽毛灰色，有斑紋；尾巴短，翅膀長。㊍ 聚集。如：鳩集。

【鳩占鵲巢 ㄐㄧㄡ ㄓㄢˋ ㄑㄩㄝˋ ㄔㄠˊ】鳩鳥不會築巢而占據鵲的巢居住。比喻占據別人的居處或產業。㊖ 阿力原本只是借住的房客，現在卻霸占整間房子，不肯搬走，真是鳩占鵲巢。

13/2
鳧
ㄈㄨˊ (fú)
丿 亻 户 户 白 自 鳥 鳥 鳥 鳥 鳧 鳧

㊔ 鳥類。嘴扁平，尾圓形，常棲息於湖沼間。為候鳥。俗稱「野鴨」。

14/3
鳶
ㄩㄢ (yuān)
一 七 弋 弋 弋 弋 弋 鳶 鳶 鳶 鳶 鳶 鳶 鳶

㊔ 鳥類。羽毛呈褐色；嘴鉤曲有

力；腳趾有銳利的爪；視覺非常敏銳；翅膀大而有力。俗稱「老鷹」。

14/3

鳴

ㄇㄧㄥˊ (míng)

丨 ㄇ 口 口' 叩 叩 叩 叩 叩 鳴 鳴 鳴 鳴 鳴

(動) ①鳥叫。如：鳥鳴。②使物品發出聲音。如：鳴鑼。③泛指發聲。如：不平則鳴。④表示。如：鳴謝。

✽耳鳴、共鳴、孤掌難鳴

14/3

鳳

ㄈㄥˋ (fèng)

丿 几 几 凡 凡 凡 凧 凧 凧 凧 凧 凧 鳳 鳳

(名) 傳說中的神鳥。古人認為是吉祥的象徵。雄的稱鳳，雌的稱凰。

✽攀龍附鳳、龍飛鳳舞

15/4

鴆

ㄓㄣˋ (zhèn)

丶 冖 ⺌ 冘 冘 冘 冘 冘 冘 鴆 鴆 鴆 鴆 鴆 鴆

(名) ①鳥類。外型似貓頭鷹，羽毛為紫黑色，有劇毒。以蛇為食物。②毒酒。如：飲鴆止渴。(動) 用毒酒害人。如：鴆殺。

15/4

鴉

ㄧㄚ (yā)

一 ㄷ 于 牙 牙 邪 邪 邪 邪 邪 鴉 鴉 鴉 鴉 鴉

(名) 鳥類。全身黑或黑褐色。嘴大，翅膀長，腳有力，常棲息在樹林中。

【鴉雀無聲】(ㄧㄚ ㄑㄩㄝˋ ㄨˊ ㄕㄥ) 形容非常安靜。(例) 午休時教室一片鴉雀無聲。

(反) 人聲鼎沸。

✽烏鴉嘴、天下烏鴉一般黑

16/5

鴣

ㄍㄨ (gū)

一 十 古 古 古' 古' 古' 古' 古' 古' 鴣 鴣 鴣 鴣 鴣 鴣

見「鷓鴣」。

16/5

鴨

ㄧㄚ (yā)

丨 ㄇ 日 日 甲 甲' 甲' 甲' 甲' 甲' 甲' 鴨 鴨 鴨 鴨 鴨

(名) 鳥類。嘴寬扁；腳短，趾間有蹼，善於游泳。一般由人們豢養的

鴨子已失去飛行能力，野鴨則隨氣候南北遷移。

✽填鴨、旱鴨子、雞同鴨講

16/5
鴦
一ㄤ (yāng)

見「鴛鴦」。

16/5
鴒
ㄌㄧㄥˊ (líng)

見「鶺鴒」。

16/5
鴛
ㄩㄢ (yuān)

見「鴛鴦」。

【鴛鴦】ㄩㄢ 一ㄤ 鳥類。雄鳥顏色豔麗，雌鳥羽翼長，能飛翔；腳短，趾間有蹼，善於游泳。生活在河湖間。喜歡成對出沒，因此常用來比喻夫婦。

16/5
鴕
ㄊㄨㄛˊ (tuó)

見「鴕鳥」。

【鴕鳥】ㄊㄨㄛˊ ㄋㄧㄠˇ 鳥類。頭小，頸長，嘴短而扁平；腿部健壯，裸露無毛，善奔跑而不能飛行。奔跑時展開兩翼以維持平衡。視覺、聽覺都很敏銳。

17/6
鴻
ㄏㄨㄥˊ (hóng)

名 1 指大雁。2 即「鵠」。俗稱「天鵝」。形 大的。如：鴻願。

【鴻運當頭】ㄏㄨㄥˊ ㄩㄣˋ ㄉㄤ ㄊㄡˊ 形容人正面臨非常好的運氣。例 阿彥最近既升官又娶得美嬌娘，真是鴻運當頭。

17/6
鴿
ㄍㄜ (gē)

㊔鳥類。羽毛灰、灰藍或白色，腳紅色。善於飛行，記憶力非常強，古代常被訓練來傳送書信。

✽乳鴿、白鴿、和平鴿

18/7

鵑

ㄐㄩㄢ (juān)

見「杜鵑」。

18/7

鵠

ㄏㄨˊ (hú) ㊔候鳥。脖子特別長，嘴寬而扁；腿短，腳趾有蹼；翅膀很長，善於飛翔及游泳。俗稱「天鵝」。

ㄍㄨˇ (gǔ) ㊔箭靶的中心。如：鵠的。

【鵠的】ㄍㄨˇ ㄉㄧˋ 箭靶的中心。也指目標、目的。㊎這次參加游泳比賽，小陳以奪得冠軍為鵠的。

18/7

鵝

ㄜˊ (é)

㊔鳥類。身體壯碩，羽毛白或灰色；脖子長，嘴寬扁，上方有肉疣；足大，腳趾有蹼，善於游泳。

【鵝黃】ㄜˊ ㄏㄨㄤˊ 一種像小鵝細毛般的黃色。

【鵝卵石】ㄜˊ ㄌㄨㄢˇ ㄕˊ 圓滑像鵝卵的石頭。

✽企鵝、癩蝦蟆想吃天鵝肉

19/8

鶉

ㄔㄨㄣˊ (chún)

見「鵪鶉」。

19/8

鵡

ㄨˇ (wǔ)

見「鸚鵡」。

19/8
鶇 ㄉㄨㄥ (dōng)
一 厂 冂 百 亘 申 東 東 東 東 東 鶇 鶇 鶇 鶇 鶇 鶇 鶇

㊔鳥鳥類。地棲性，以蚯蚓、昆蟲種子等為食。

19/8
鵲 ㄑㄩㄝˋ (què)
一 十 卄 廾 廾 昔 昔 昔 昔 昔 昔 鵲 鵲 鵲 鵲 鵲 鵲

㊔鳥類。背部羽毛呈黑褐色，帶有青紫色光澤，腹面白色，叫聲吵雜。古代以鵲鳥叫為好兆頭，所以又稱「喜鵲」。

✽鳩占鵲巢、聲名鵲起

19/8
鵪 ㄢ (ān)
一 ナ 大 大 在 奄 奄 奄 奄 奄 奄 奄 鵪 鵪 鵪 鵪 鵪

見「鵪鶉」。

【鵪鶉 ㄢ ㄔㄨㄣˊ】鳥類。外形像小雞，短小圓胖，嘴短而有力。羽毛短，赤褐色雜有黃色斑點，不善於飛翔。生活在曠野中，以小蟲子、種子、嫩葉等為食。

19/8
鵬 ㄆㄥˊ (péng)
丿 刀 月 月 肌 朋 朋 朋 朋 朋 朋 朋 鵬 鵬 鵬 鵬 鵬

㊔傳說中一飛就能飛數千里的大鳥。

【鵬程萬里 ㄆㄥˊ ㄔㄥˊ ㄨㄢˋ ㄌㄧˇ】比喻前途廣大。大多作為臨別時的祝賀詞。㊣老師祝福每位同學畢業後都能鵬程萬里，成就非凡。㊈前途無量。

19/8
鵰 ㄉㄧㄠ (diāo)
丿 冂 月 円 用 周 周 周 周 周 周 周 鵰 鵰 鵰 鵰 鵰

㊔鳥類。一種像老鷹的凶猛大鳥。嘴像鉤子；羽毛深褐色；視覺非常敏銳，以捕食小動物為生。又稱「鷲」。

鳥

鳥

21/10

鶴

ㄏㄜˋ (hè)

(名)候鳥。頭小，脖子、嘴、腳都很細長。羽毛呈褐、蒼灰或白色。有些種類頭頂有冠毛；善於涉水。生活於沼澤或平原，壽命可達五十年之久。

【鶴立雞群】(ㄏㄜˋ ㄌㄧˋ ㄐㄧ ㄑㄩㄣˊ) 鶴站在雞群之中，非常突出。比喻才能超群，不同凡俗。(例)小元聰明又有才華，在班上有如鶴立雞群，同學們都很崇拜他。(近)出類拔萃。

＊仙鶴、風聲鶴唳、駕鶴西歸

21/10

鶯

ㄧㄥ (yīng)

(名)鳥類。背上羽毛呈黃黑或帶綠褐色，腹面灰白或淡黃；嘴短而尖細；腿細，體態輕盈，鳴聲清亮悅耳。

【鶯聲燕語】(ㄧㄥ ㄕㄥ ㄧㄢˋ ㄩˇ) 形容女子婉轉動聽的聲音。(例)選美會上，處處可聽見佳麗們的鶯聲燕語。

21/10

鶺

ㄐㄧˊ (jí)

見「鶺鴒」。

【鶺鴒】(ㄐㄧˊ ㄌㄧㄥˊ) 鳥類。頭頂為黑色，前額是純白色，嘴纖細，尾羽特別長，走路時會上下晃動。

21/10

鷂

ㄧㄠˋ (yào)

(名)鳥類。外形像鷹，但較小。背部羽毛為青灰色，腹部白色。性情凶

猛，以小魚為食物。

22/11
鷓 ㄓㄜˋ (zhè)

丶 亠 广 广 庐 庐 庐 庐 庐 庐 庶 庶 庶 庶 庶 鷓 鷓 鷓 鷓 鷓 鷓 鷓

見「鷓鴣」。

【鷓鴣】ㄓㄜˋ ㄍㄨ 鳥類。頭頂羽毛暗紫紅色，背為灰褐色，腹部帶黃色。嘴呈紅色，腳深紅。群體棲息於地上。

22/11
鷗 ㄡ (ōu)

一 丆 丆 丆 丆 丆 丆 品 品 品 品 品 區 區 區 區 區 區 區 鷗 鷗 鷗 鷗 鷗

㊔水鳥。種類繁多。多為灰或白色；嘴微彎而有力；趾間有蹼。

23/12
鷲 ㄐㄧㄡˋ (jiù)

丶 亠 亠 六 古 古 亨 京 京 京 京 就 就 就 就 就 就 就 鷲 鷲 鷲 鷲 鷲 鷲 鷲 鷲

㊔即「鵰」。

23/12
鷸 ㄩˋ (yù)

一 マ 又 予 矛 矛 矛 矛 矛 矛 矛 矞 矞 矞 鷸 鷸 鷸 鷸 鷸 鷸 鷸 鷸 鷸

㊔候鳥。羽毛多為黃、灰或褐色；喙細長，腿長；以小魚、貝類及昆蟲為食。常群居於河口、海岸地帶。

【鷸蚌相爭】ㄩˋ ㄅㄤˋ ㄒㄧㄤ ㄓㄥ 比喻雙方互不相讓，使第三者得利。㊀例弟弟和妹妹一直吵著要吃那一塊大蛋糕，結果鷸蚌相爭，媽媽被他們兩人吵煩了，索性就把蛋糕送給住在隔壁的小玉。

23/12
鷥 ㄙ (sī)

ㄥ 幺 幺 糸 糸 糸 糹 糹 絲 絲 絲 絲 絲 絲 絲 絲 絲 鷥 鷥 鷥 鷥 鷥 鷥

見「鷺鷥」。

鳥

24/13
鷹 一ㄥ (yīng)

丶 亠 广 广 广 广 广 广 广 广 广 广 广 庐 庐 庐 庐 庐 庐 庐 庐 庐 鷹 鷹 鷹 鷹

㊔鳥類。雙翼寬廣，喙鉤曲有力；視覺敏銳，趾有銳利的鉤爪；飛行疾速。肉食性，生性凶猛。

【鷹架】一ㄥ ㄐㄧㄚˋ 為方便在高處施工所搭建的臨時高架。

❀老鷹、禿鷹、貓頭鷹

24/13
鷺 ㄌㄨˋ (lù)

丶 口 口 早 早 𧾷 𧾷 𧾷 𧾷 路 路 路 路 路 路 路 路 路 鷺 鷺 鷺 鷺 鷺 鷺

㊔鳥類。外形像鶴，但較小。頸細長，直立時彎曲成S形，嘴直長而尖，腳趾前端有鉤爪，適合涉水捕食。通常在水田、沼澤地覓食。

【鷺鷥】ㄌㄨˋ ㄙ 指若干種羽毛雪白如絲的鷺。

28/17
鸚 一ㄥ (yīng)

丨 冂 冃 目 目 貝 貝 貝 貝 則 則 則 則 則 嬰 嬰 嬰 嬰 嬰 嬰 嬰 嬰 鸚 鸚 鸚 鸚 鸚 鸚

見「鸚鵡」。

【鸚鵡】一ㄥ ㄨˇ 鳥類。羽毛色澤鮮豔；頭大而圓，嘴大，下彎成鉤狀，腳短粗壯。會學習人類說話和模仿其他鳥類的叫聲。群居於森林中，現在被人類廣泛飼養。

29/18
鸛 ㄍㄨㄢˋ (guàn)

丶 十 廾 廾 廾 廾 廾 廾 廾 廾 廾 廾 雚 雚 雚 雚 雚 雚 雚 雚 雚 雚 雚 雚 鸛 鸛 鸛 鸛 鸛

㊔鳥類。毛白或灰色；腳、頸、嘴皆長。通常在淺水或田野覓食。

30/19
鸞
ㄌㄨㄢˊ (luán)

㊔傳說中的鳥。外形像鳳凰。

【鸞翔鳳集】ㄌㄨㄢˊ ㄒㄧㄤˊ ㄈㄥˋ ㄐㄧˊ 比喻聚集了許多有才能的人。㊎在吳老師的號召下，這個壁報小組真是鸞翔鳳集，幾乎把全校最優秀的美工人才都找齊了。

✽孤鸞、紅鸞、別鶴離鸞

30/19
鸝
ㄌㄧˊ (lí)

㊔即「黃鸝」。鳥類。叫聲很好聽。又稱「黃鶯」。

鹵部
ㄌㄨˇ

20/9
鹹
ㄒㄧㄢˊ (xián)

㊋鹽味。如：鹹魚。

24/13
鹽
ㄧㄢˊ (yán)

㊔泛指帶有鹹味的化合物，一般食用的是氯化鈉。

【鹽巴】ㄧㄢˊ ㄅㄚ 即「氯化鈉」。味道鹹，可作為食物的調味料。

【鹽酸】ㄧㄢˊ ㄙㄨㄢ 氯化氫的水溶液。是一種強酸，腐蝕性很強。可用來去除鐵鏽和製造化學藥品。

✽粗鹽、食鹽、海鹽

24/13

鹼

ㄐㄧㄢˇ (jiǎn)

丨 ⺊ ⺊ 𠁣 𠂆 卤 卤 卤 卤 鹵 鹵 鹵 鹵 鹵 鹵 鹵 鹹 鹹 鹹 鹼 鹼 鹼 鹼 鹼

㊔ 1 鹹地凝結的鹽塊。2 化學名詞。如：酸鹼中和。

【鹼性】ㄐㄧㄢˇ ㄒㄧㄥˋ 鹼類物質所具有的共通特性。例如：有澀味、使石蕊試紙變藍等。

鹿部

ㄌㄨˋ

11/0

鹿

ㄌㄨˋ (lù)

丶 亠 广 户 户 庐 庐 庐 庐 鹿 鹿

㊔ 哺乳類。種類很多，體型大小差異很大。雄鹿頭頂通常有一對角，有些種類角分岔；腿長，善於奔跑，生性溫馴，機警靈敏。群居，棲息在沙漠、凍原、沼澤或高原地帶。

【鹿茸】ㄌㄨˋ ㄖㄨㄥˊ 還未長成、硬化的鹿角。質軟，表面有一層薄膜，含有許多微血管，可供應鹿角成長時所需要的營養。

※麋鹿、梅花鹿、指鹿為馬

13/2

麂

ㄐㄧˇ (jǐ)

丶 亠 广 户 户 庐 庐 庐 庐 鹿 鹿 麂 麂

㊔ 哺乳類。鹿的一種。體型小，毛色隨種類而有不同，角短。

16/5

麈

ㄓㄨˇ (zhǔ)

丶 亠 广 户 户 庐 庐 庐 庐 鹿 鹿 麈 麈 麈 麈

㊔ 即「駝鹿」。哺乳類。身體為淡褐色；耳朵小，尾巴長，蹄大。雄性頭上有一對分枝的長角。因為麈的頭像鹿、脖子像駱駝、蹄像牛、尾巴像驢，所以又稱「四不像」。

麋
17/6

ㄇㄧˊ (mí)

丶 亠 广 户 户 庐 庐 庐 庐 庐 鹿 鹿 麋 麋 麋 麋 麋

㊔ 哺乳類。鹿中形體最大的一種。腿長，頸短。通常單獨生活，喜歡棲息於水邊。

麒
19/8

ㄑㄧˊ (qí)

丶 亠 广 户 户 庐 庐 庐 庐 庐 鹿 鹿 鹿 麒 麒 麒 麒 麒 麒

見「麒麟」。

【麒麟】(ㄑㄧˊ ㄌㄧㄣˊ) 傳說中的動物。形狀像鹿，頭上有角，身上有鱗。古代人將牠視為吉祥的象徵。雌的稱麒，雄的稱麟。

麗
19/8

一 𠃍 丙 丙 丽 丽 丽 丽 丽 丽 丽 严 麗 麗 麗 麗 麗 麗 麗

ㄌㄧˋ (lì) ㊒ 華美。如：美麗。

ㄌㄧˊ (lí) ㊕ 國名用字。如：高麗。

✽壯麗、風和日麗、光鮮亮麗

麓
19/8

ㄌㄨˋ (lù)

一 十 才 木 朩 村 村 林 林 林 林 林 埜 埜 麓 麓 麓 麓 麓

㊔ 山腳。如：山麓。

麝
21/10

ㄕㄜˋ (shè)

丶 亠 广 户 户 庐 庐 庐 庐 庐 鹿 鹿 鹿 麝 麝 麝 麝 麝 麝 麝 麝

㊔ 1 哺乳類。鹿的一種，體毛灰褐色，尾短、耳大、無角。雄性分泌的麝香是著名的香料。2 麝香的簡稱。也泛指香氣。

麟
23/12

ㄌㄧㄣˊ (lín)

丶 亠 广 户 户 庐 庐 庐 庐 庐 鹿 鹿 鹿 麟 麟 麟 麟 麟 麟 麟 麟 麟 麟

㊔ 1 大雄鹿。2 麒麟的簡稱。

【麟兒】(ㄌㄧㄣˊ ㄦˊ) 稱讚聰明不凡的小孩。後來也指倍受疼愛的嬰兒。

麥 麻

麥部 ㄇㄞˋ

11/0 **麥** ㄇㄞˋ (mài)

(名)禾本科，一年生或二年生草本植物。分大麥、小麥、燕麥和黑麥四種不同作物。

15/4 **麩** ㄈㄨ (fū)

(名)小麥的皮。如：麥麩。

19/8 **麴** ㄑㄩˊ (qú)

(名)①釀酒時，使原料發酵的添加物。又稱「酒母」。②酒的別稱。

20/9 **麵** ㄇㄧㄢˋ (miàn)

(名)①由麥所磨成的粉。俗稱「麵粉」。②用麵粉製成的食物。如：牛肉麵。

麻部 ㄇㄚˊ

11/0 **麻** ㄇㄚˊ (má)

(名)①麻類植物的總稱。②用麻布做成的喪服。如：披麻戴孝。③表皮上的痘疤。如：麻子。(形)繁多而細碎的。如：密密麻麻。(動)感覺神經暫時失去知覺。如：麻痺。

【麻煩】ㄇㄚˊ ㄈㄢˊ ①瑣碎而難以處理。(例)這件凶殺案處理起來很麻煩。②請人幫忙的客氣話。(例)能麻煩你幫我開個門嗎？

【麻痺】ㄇㄚˊ ㄅㄧˋ ①肢體或身體某部分失去知覺或運動能力。(例)因為趴在桌上睡午覺，所以手麻痺了。②比

喻對事物失去常人應有的反應及感受。例看了太多家庭暴力的案件，讓檢警人員對這類事情都麻痺了。近麻木。

【麻醉】(ㄇㄚˊ ㄗㄨㄟˋ) 利用藥物或針刺等方法，使傷患暫時失去知覺，以便進行診治或外科手術的醫療方法。

❋芝麻、肉麻、快刀斬亂麻

14/3 **麼** 丶 亠 广 广 庁 庁 庁 庥 庥 麻 麼 麼 麼

ㄇㄛˊ (mó) 形 細小。如：么麼。

·ㄇㄜ (me)（限讀）助 1 表示疑問的詞。如：什麼。2 表停頓。如：那麼。

ㄇㄚˊ (má)（限讀）助 放在語尾，表示疑問。如：幹麼。

15/4 **麾** ㄏㄨㄟ (huī) 丶 亠 广 广 庁 庁 庁 庥 庥 麻 麻 麼 麼 麾

名 指揮用的旗子。如：麾下。動 指揮。如：麾軍。

黃 ㄏㄨㄤˊ 部

12/0 **黃** ㄏㄨㄤˊ (huáng) 一 十 廾 廾 廾 廾 昔 昔 畨 畨 黄 黃

名 1 像土地一樣的顏色。古人以黃為土色。2 黃帝的簡稱。如：炎黃子孫。形 有關色情的。如：黃色書刊。

【黃昏】(ㄏㄨㄤˊ ㄏㄨㄣ) 太陽下山，天色快黑的時候。

【黃金】(ㄏㄨㄤˊ ㄐㄧㄣ) 1 金的俗稱。2 泛指最珍貴、最重要的。例 學生時期是人生的黃金階段。

❋泛黃、金黃、信口雌黃

黍部 ㄕㄨˇ

12/0 **黍** ㄕㄨˇ (shǔ)

(名)禾本科，一年生草本植物。稷的別稱。

15/3 **黎** ㄌㄧˊ (lí)

(形)①眾多的。如：黎民。②黑色。如：黎面。(副)將；及。如：黎明。

【黎明】ㄌㄧˊ ㄇㄧㄥˊ 天快亮的時候。(近)清晨。

17/5 **黏** ㄋㄧㄢˊ (nián)

(形)具有黏性的。如：黏土。(動)膠合；附著。如：黏貼。

黑部 ㄏㄟ

12/0 **黑** ㄏㄟ (hēi)

(名)像煤或墨的顏色。如：黑白。(形)①沒有光線。如：黑暗。②隱密的；非法的。如：黑市。③邪惡的。如：黑心。

【黑馬】ㄏㄟ ㄇㄚˇ 比喻出乎意料的競爭者或得勝者。

【黑暗】ㄏㄟ ㄢˋ ①烏黑；沒有半點光亮。(例)走在黑暗的小路上，讓小玲十分害怕。(近)漆黑。②比喻醜惡，毫無公理。(例)商場的黑暗，不是一般人能夠了解的。

【黑黝黝】ㄏㄟ ㄧㄡˇ ㄧㄡˇ 形容烏黑發亮。(例)海軍陸戰隊的隊員，個個都有一身黑黝黝的肌膚。(反)白森森。

✽掃黑、漆黑、烏黑

15/3
墨 ㄇㄛˋ (mò)

名 ①書畫所用的黑色顏料。如：筆墨。②古代在犯人額頭上刺字的刑罰。如：墨刑。③墨家的簡稱。形 黑色的。如：墨鏡。

【墨守成規】ㄇㄛˋ ㄕㄡˇ ㄔㄥˊ ㄍㄨㄟ 固執己見或規定，不肯變通革新。例 總經理做事只會墨守成規，完全不知變通，真是太古板了。近 食古不化。

✽水墨、油墨、粉墨登場

16/4
默 ㄇㄛˋ (mò)

形 不出聲的。如：默劇。副 ①暗中的。如：默許。②憑記憶讀出或寫出。如：默寫。

【默契】ㄇㄛˋ ㄑㄧˋ 彼此心意相通，非常了解。例 這對姐妹非常有默契，時常做出相同的事情。

【默認】ㄇㄛˋ ㄖㄣˋ 不明說但內心承認。例 因為小丁一直不說話，同學們就當他默認了打破窗戶的事。

【默默無聞】ㄇㄛˋ ㄇㄛˋ ㄨˊ ㄨㄣˊ 沒有名氣。也作「沒沒無聞」。例 這家餐廳雖然默默無聞，但無論是環境或是食物，都相當出色。反 名聞遐邇。

✽緘默、沉默、潛移默化

16/4
黔 ㄑㄧㄢˊ (qián)

形 黑色。如：黔首。專 貴州的簡稱。

17/5
點 ㄉㄧㄢˇ (diǎn)

名 ①細小的黑色斑痕。如：斑點。②書法筆畫的一種。如：點橫豎撇。③句讀的符號。如：逗點。④所在

黑

的地方。如：地點。5一定的限度。如：燃點。6點心食物的簡稱。如：西點。7滴狀的液體。如：雨點。8規定的時間。如：準點。9數學上稱沒有長、寬、厚、薄，只有位置的為點。如：點線面。形形容少數的。如：吃一點東西。動1一接觸就離開的動作。如：蜻蜓點水。2注入；滴入。如：點眼藥水。3指定。如：點唱。4一一檢查、核驗。如：點收。5指示；暗示。如：點醒。6讓火燃燒。如：點火。7修改文字。如：評點。8裝飾。如：點綴。9頭或手向前動。如：點頭。量1計算點狀物的單位。如：三點水。2計算時間的單位。如：五點半。3計算事項的單位。如：以下三點說明。

【點滴】(ㄉㄧㄢˇ ㄉㄧ) 1一點一滴。形容零星稀少。例銀行那筆錢是母親辛辛苦苦，點滴存下來的，你千萬要好好利用。2一種注射的液體。必須懸吊在較高處，緩緩注入人體靜脈。

【點石成金】(ㄉㄧㄢˇ ㄕˊ ㄔㄥˊ ㄐㄧㄣ) 比喻化腐朽為神奇。例不起眼的木頭一經過張大叔的雕刻，便成了莊嚴的佛像，這種點石成金的技術真令人佩服。

❀優點、終點、畫龍點睛

黜 17/5

ㄔㄨˋ (chù)

（筆順）

動1免職。如：罷黜。2摒除；排斥。如：黜惡。

黝 17/5

ㄧㄡˇ (yǒu)

（筆順）

形深黑。如：黝黑。

黛 17/5

ㄉㄞˋ (dài)

（筆順）

黑

(名) 1 古代女子用來畫眉的青黑色顏料。如：黛筆。2 婦女的眉毛。用來比喻美女。如：粉黛。3 青黑色。如：黛綠。

18/6
黠
ㄒㄧㄚˊ (xiá)

(形) 1 機靈聰敏。如：慧黠。2 狡猾。如：狡黠。

【黠慧】ㄒㄧㄚˊ ㄏㄨㄟˋ 機靈聰敏。也作「慧黠」。(例) 妹妹天生黠慧，許多事情學一次就會了。(反) 愚笨。

20/8
黨
ㄉㄤˇ (dǎng)

(名) 1 意氣相投的朋友。如：死黨。2 有組織的群眾或團體。如：政黨。

❋結黨、金光黨、狐群狗黨

21/9
黯
ㄢˋ (àn)

(形) 1 深黑；昏暗。如：黯淡。2 沮喪的樣子。如：黯然。

【黯淡】ㄢˋ ㄉㄢˋ 也作「暗淡」。1 昏暗；不明。(例) 到了夜晚，街道上黯淡無光，氣氛也顯得格外冷清。2 悽慘；悲慘。(例) 由於經濟不景氣，大家都擔心前途會一片黯淡。

【黯然】ㄢˋ ㄖㄢˊ 失意、沮喪的樣子。(例) 知道自己的作品沒有被評審們選上，小和神情黯然的走出了比賽的會場。(反) 欣然。

【黯然失色】ㄢˋ ㄖㄢˊ ㄕ ㄙㄜˋ 指兩相比較之下，遠遠不及對方。(例) 小明的這幅畫作若和老師的作品相比，就顯得黯然失色了。(近) 相形失色。(反) 更勝一籌。

23/11

黴

ㄇㄟˊ (méi)

名 1 物品因為潮溼而長出的小青黑點。如：發黴。2 黑色。如：黴黑。

【黴菌】ㄇㄟˊ ㄐㄩㄣˋ 泛指由許多菌絲錯綜而成的菌絲體，屬於真菌界。有些種類可作為工業原料，有些可提煉成抗生素，有些則會使人類和動植物產生疾病。

27/15

黷

ㄉㄨˊ (dú)

動 1 貪汙。如：貪黷。2 濫用。如：窮兵黷武。

黹部

12/0

黹

ㄓˇ (zhǐ)

名 指刺繡、縫補一類的女紅。如：針黹。

黽部

13/0

黽

ㄇㄧㄣˇ (mǐn) 副 勤勉。如：黽勉。

ㄇㄥˇ (měng) 名 蛙的一種。

24/11

鼇

ㄠˊ (áo)

名 傳說中海中的大鱉或大龜。

鼎部 ㄉㄧㄥˇ

13/0

鼎 ㄉㄧㄥˇ (dǐng)

鼎

名 1 一種三足兩耳的容器，可用來烹煮及裝食物，也可作為喪葬、宴客、祭祀時使用的器具。如：鐘鼎。2 象徵王位。形 盛大。如：鼎盛。

【鼎盛】(ㄉㄧㄥˇ ㄕㄥˋ) 壯盛；興盛。例 龍山寺是一間香火鼎盛的大廟。反 式微。

【鼎足而立】(ㄉㄧㄥˇ ㄗㄨˊ ㄦˊ ㄌㄧˋ) 比喻三方對立的情勢。例 東漢滅亡後，魏、蜀、吳三國呈現鼎足而立的局面。近 鼎足之勢。反 一統天下。

【鼎鼎大名】(ㄉㄧㄥˇ ㄉㄧㄥˇ ㄉㄚˋ ㄇㄧㄥˊ) 非常有名。例 愛迪生是個鼎鼎大名的發明家。近 赫赫有名。反 默默無聞。

鼓部 ㄍㄨˇ

13/0

鼓 ㄍㄨˇ (gǔ)

鼓

名 一種用皮革蒙在中空的桶上所製成的打擊樂器。動 1 敲擊。如：鼓瑟。2 拍擊。如：鼓掌。3 震動。如：鼓動。4 凸出。如：鼓起腮幫子。5 激發；激勵。如：鼓舞。

【鼓手】(ㄍㄨˇ ㄕㄡˇ) 打鼓的人。

【鼓吹】(ㄍㄨˇ ㄔㄨㄟ) 提倡；宣揚。例 自從病癒出院後，阿誠四處向人鼓吹運動對健康的重要性。

【鼓掌】(ㄍㄨˇ ㄓㄤˇ) 拍手。表示歡喜、讚賞、贊同等。例 臺上精彩的表演，讓臺下的觀眾鼓掌叫好。

【鼓勵】(ㄍㄨˇ ㄌㄧˋ) 激勵。例經過老師和身旁好友的鼓勵，拉拉終於恢復自信，願意重新提筆投稿。

※大張旗鼓、敲鑼打鼓

18/5
鼕 ㄉㄨㄥ (dōng)
一 十 士 吉 吉 吉 吉 壴 壴 鼓 鼓 鼓 鼓 鼕 鼕 鼕 鼕 鼕

形 形容鼓聲。如：鼓聲鼕鼕。

21/8
鼙 ㄆㄧˊ (pí)
一 十 士 吉 吉 吉 吉 壴 壴 鼓 鼓 鼓 鼓 鼙 鼙 鼙 鼙 鼙 鼙 鼙 鼙

名 古代的一種戰鼓。

鼠部

13/0
鼠 ㄕㄨˇ (shǔ)
丶 丿 𠂊 臼 臼 臼 臼 臼 臼 鼠 鼠 鼠 鼠

名 哺乳類。軀幹圓長，有毛、背部暗褐、腹部灰白、四肢短、嘴巴尖削、眼圓耳小、尾巴細長。繁殖力強，嗅覺靈敏，在夜間活動，是傳播疾病的一種媒介。

※滑鼠、獐頭鼠目、膽小如鼠

18/5
鼬 ㄧㄡˋ (yòu)
丶 丿 𠂊 臼 臼 臼 臼 臼 臼 鼠 鼠 鼬 鼬 鼬 鼬

名 哺乳類。身體瘦長、毛短且密。四肢短小、尾巴長，視覺、嗅覺、聽覺都很靈敏，會分泌強烈惡臭的液體。

20/7
鼯 ㄨˊ (wú)
丶 丿 𠂊 臼 臼 臼 臼 臼 臼 鼠 鼠 鼠 鼯 鼯 鼯 鼯 鼯 鼯

名 即「鼯鼠」。哺乳類。是一種夜行性動物，體毛鬆軟，頭圓眼大，前後肢間有寬大的皮膜，能從上往下滑翔，又稱「飛鼠」。

22/9

鼴 ㄧㄢˇ (yǎn)

(名)哺乳類。體型小，毛短而柔軟，眼睛小或已退化，鼻部延長成管狀，尾巴與四肢皆短，善於挖掘與游泳，身體有惡臭。

鼻部 ㄅㄧˊ

14/0

鼻 ㄅㄧˊ (bí)

(名)動物的呼吸和嗅覺器官。如：鼻子。(形)初始的；開端的。如：鼻祖。

【鼻祖】ㄅㄧˊ ㄗㄨˇ 最早發現、發明或從事某種事物的人。(近)始祖。

【鼻青臉腫】ㄅㄧˊ ㄑㄧㄥ ㄌㄧㄢˇ ㄓㄨㄥˇ 形容臉部瘀青腫脹的樣子。(例)小英騎腳踏車不小心摔得鼻青臉腫。

※掩鼻、隆鼻、嗤之以鼻

17/3

鼾 ㄏㄢ (hān)

(名)熟睡時打呼所發出的聲音。如：鼾聲。

齊部 ㄑㄧˊ

14/0

齊 ㄑㄧˊ (qí)

(形)1平整；一致。如：整齊。2完備。如：齊備。(動)1整理；整治。如：齊家治國。2使同等；使一樣。如：見賢思齊。(副)共同；同時。如：齊唱。(專)1周朝的諸侯國名。周武王封太公望於齊，

春秋時，齊桓公稱霸中原。戰國時被大夫田和所篡，後被秦所滅。②朝代名。⑴(479—502)南北朝時蕭道成篡宋所建立，後被蕭衍所滅。⑵(550—577)南北朝時高洋篡東魏所建。史稱「北齊」。

ㄐㄧˋ (jì) 名 分量；劑量。通「劑」。如：齊藥。

ㄗ (zī) 名 邊緣縫齊的喪服。如：齊衰。

【齊全】ㄑㄧˊ ㄑㄩㄢˊ 完備無缺。例 這是一臺配備齊全的高級電腦。近 齊備。反 殘缺。

【齊名】ㄑㄧˊ ㄇㄧㄥˊ 名氣相當。例 在中國文學史上，李白與杜甫齊名，並稱「李杜」。

✽對齊、看齊、參差不齊

17/3 **齋** ㄓㄞ (zhāi)

名 ①素食。如：吃齋。②居住的房屋；商店的店號。如：書齋。動 祭祀前潔淨身心的行為。如：齋戒。

【齋戒】ㄓㄞ ㄐㄧㄝˋ 舉行重要典禮或祭祀前，禁止吃葷食、戒除雜念以表示虔敬。

✽早齋、素齋、長齋

齒部 ㄔˇ

15/0 **齒** ㄔˇ (chǐ)

名 ①口腔內咀嚼食物的器官。如：牙齒。②指年齡。如：馬齒徒長。③像牙齒般整齊排列的東西。如：鋸齒。動 ①依序排列。如：齒列。②說；言談。如：何足掛齒。

【齒輪】ㄔˇ ㄌㄨㄣˊ 靠輪周上的齒與另一輪周上的齒互相咬合而傳遞動力的

輪子。

✽伶牙俐齒、咬牙切齒

20/5

齟 ㄐㄩˇ (jǔ)

㊢ 牙齒不整齊。

【齟齬 ㄐㄩˇ ㄩˇ】上下牙齒不相合。比喻人意見不合。㊥他們兩兄弟上個月在學校為了一點小事而齟齬，已經很久不和對方說話了，連見了面也不打招呼。㊚爭執。

20/5

齣 ㄔㄨ (chū)

㊧ 計算戲劇的單位。如：一齣戲。

20/5

齡 ㄌㄧㄥˊ (líng)

㊔ 年歲。如：學齡。

✽妙齡、樹齡、稚齡

21/6

齦 ㄧㄣˊ (yín)

㊔ 牙根肉。如：牙齦。

21/6

齜 ㄗ (zī)

㊢ 1張口露牙的樣子。2牙齒不整齊的樣子。㊐ 牙齒互相切磨。如：齜牙。

【齜牙咧嘴 ㄗ ㄧㄚˊ ㄌㄧㄝˇ ㄗㄨㄟˇ】形容非常痛苦或憤怒的樣子。㊥醫生在為小明消毒跌倒造成的傷口時，他痛得齜牙咧嘴，不斷哀叫。

22/7

齬 ㄩˇ (yǔ)

見「齟齬」。

齪

22/7 ㄔㄨㄛˋ (chuò)

見「齷齪」。

齷

24/9 ㄨㄛˋ (wò)

見「齷齪」。

【齷齪】ㄨㄛˋ ㄔㄨㄛˋ ①骯髒；汙穢。例那個流浪漢不知道有多久沒洗澡了，身上齷齪不堪。②形容人品格低劣。例王三是個齷齪的人，為了賺錢，什麼壞事他都做得出來。

齲

24/9 ㄑㄩˇ (qǔ)

名蛀牙。如：齲齒。

【齲齒】ㄑㄩˇ ㄔˇ 牙齒被細菌腐蝕成洞的一種病變，大多因為個人體質與口腔衛生習慣不良所引起。俗稱「蛀牙」。

龍部 ㄌㄨㄥˊ

龍

16/0 ㄌㄨㄥˊ (lóng)

名①傳說中的一種靈異動物。有角、有鬚、有鱗及四足五爪，能興起雲氣引起下雨。②古生物中一種巨大的爬蟲類動物。如：恐龍。③比喻首領或豪傑才俊。如：人中之龍。形與帝王有關的事物。如：龍袍。

【龍舟】ㄌㄨㄥˊ ㄓㄡ ①帝王所乘坐的船。②裝飾成龍形的船。在端午節划船

比賽時使用。

【龍爭虎鬥】ㄌㄨㄥˊ ㄓㄥ ㄏㄨˇ ㄉㄡˋ 比喻兩個強者間激烈的競爭。例這兩位選手實力相當，看來這場比賽會是一場龍爭虎鬥。

【龍潭虎穴】ㄌㄨㄥˊ ㄊㄢˊ ㄏㄨˇ ㄒㄩㄝˋ 龍虎居住的地方。1比喻英雄豪傑聚集的地方。例水滸傳中的梁山泊是個龍潭虎穴，聚集了各方的英雄好漢。2比喻非常危險的地方。例那個地方簡直是龍潭虎穴，你別去了！

【龍盤虎踞】ㄌㄨㄥˊ ㄆㄢˊ ㄏㄨˇ ㄐㄩˋ 龍盤伏，虎蹲踞。形容地勢險要雄偉。也作「龍蟠虎踞」。例南京的地勢龍盤虎踞，是歷來許多朝代的首都所在。

❀臥虎藏龍、大排長龍

22/6 **龔** ㄍㄨㄥ (gōng)

丶 亠 亠 立 产 产 育 育 育 背 背 龍 龍 龍 龍 龍 龍 龍 龔 龔

動 供給。

龜部

16/0 **龜** ㄍㄨㄟ

丿 𠂊 𠂊 ⺈ ⺈ ⺈ 龟 龟 龟 龟 龟 龜 龜 龜 龜 龜

ㄍㄨㄟ (guī) 名 1爬蟲類。種類很多，背、腹兩面都有硬甲，生活在陸地或水中，行動十分緩慢。2占卜時所用的龜甲。如：龜卜。

ㄐㄩㄣ (jūn) (限讀) 動 乾裂。如：龜裂。

ㄑㄧㄡ (qiū) (限讀) 專 漢朝西域國名用字。見「龜茲」。

【龜甲】ㄍㄨㄟ ㄐㄧㄚˇ 龜的甲殼。古代用作貨幣或占卜。晒乾後可製成藥物。

【龜茲】ㄑㄧㄡ ㄘˊ 古代西域國名。在今新疆。

【龜裂】ㄐㄩㄣ ㄌㄧㄝˋ 皮膚或泥土乾裂或凍裂。例寒冷而乾燥的冬季，很容易

造成皮膚的龜裂。

❀海龜、烏龜、金龜

龠 ㄩㄝˋ 部

17/0

龠 ㄩㄝˋ (yuè)

丿 人 亼 亼 亼 亼 亼 亼 亼 亼 亼 亼 龠 龠 龠 龠

㊔古代的吹奏樂器，外型像笛而較短，有三孔、六孔的分別。㊕古代容量單位。十龠為一合，十合為一升。

附錄

【目次】

標點符號用法表（※依據教育部重訂標點符號手冊修訂版增訂）

名稱	符號	說明	例子	備註
句號	。	用於語義完整的句末。	去年暑假，小明參加了夏令營的活動。	*句號占一格，居正中。 *不用在疑問句或感嘆句的句末。 *單一句號不成行。
逗號	，	用於： (1)隔開複句內各分句。 (2)標示句子內語氣的停頓。	(1)陽明山的風景優美，鳥語花香，真是旅遊的好地方。 (2)休息，是為了走更長遠的路。	*逗號占一格，居正中。
頓號	、	用於： (1)並列連用的詞、語之間。 (2)標示條列次序的文字之後。	(1)彩虹有紅、橙、黃、綠、藍、靛、紫七個顏色。 (2)以下有兩篇小故事：一、亡羊補牢；二、刻舟求劍，請各位同學回家先預習。	*頓號占一格，居正中。 *用在阿拉伯數字之後時，可用小圓點標示，不占格。如： 1.…… 2.……

名稱	符號	用法	舉例	說明
分號	；	用於分開複句中平列的句子。	燕子去了，有再來的時候；楊柳枯了，有再青的時候；桃花謝了，有再開的時候。	＊分號占一格，居正中。
冒號	：	用於：(1)總起下文。(2)舉例說明上文。	(1)俗語說：「天下無難事，只怕有心人。」(2)小語很有音樂天分，她會的樂器也很多，例如：鋼琴、小提琴、長笛等。	＊冒號占一格，居正中。
引號	單引號「」 雙引號『』	用於：(1)標示說話。(2)標示引語。(3)標示特別指稱。(4)標示特別強調的詞語。	(1)我問弟弟：「你要去哪裡？」他說：「我要去學校。」(2)論語裡說：「有朋自遠方來，不亦樂乎？」(3)臺灣被葡萄牙人譽為「福爾摩沙」。(4)天空中的候鳥有時會排成「人」字型。	＊前後符號各占一格。 ＊使用引號時，先用單引號，在單引號內還要引用文字時，再使用雙引號。 ＊一般引文的句尾符號標在引號之內（如例(1)(2)）；若引文用作全句結構中的一部分，則下引號之前不加標點符號

標點符號用法表

				（如例(3)(4)）。
夾注號	甲式：（　） 乙式：——　——	用於： (1)行文中需要注釋。 (2)行文中需要補充說明。	(1)字典會解釋單字的形（正確寫法）、音（讀音）和義（意義）。 (2)生活中無論食、衣、住、行，都需要遵照新生活六項原則——整齊、清潔、簡單、樸素、迅速、確實——切實的做到。	*甲式符號各占一格，居正中；乙式符號各占二格，居正中。 *在文章中純屬解釋性質的，大多使用甲式符號；屬於補充說明性質，而文氣可以連貫的，大多使用乙式符號。
問號	？	用於： (1)疑問句之後。 (2)歷史人物生死或事件始末時間不詳。	(1)怎樣才是一個好學生呢？ (2)商湯（？—西元前一六四六年）	*問號占一格，居正中。
驚嘆號	！	用於感嘆語氣及加重語氣的詞、語、句之後。	(1)唉！我真是太笨了。 (2)快點把功課寫完！ (3)請你救救他吧！ (4)天呀！已經十二點了！	*驚嘆號占一格，居正中。
破折號	——	用於： (1)語意的轉變。	(1)他頭腦很聰明——可惜不太用功。	*破折號占二格。

名稱	符號	用法	舉例	說明
		(2)聲音的延續。 (3)行文中補充說明之處，而此說明後文氣需要停頓。	(2)下課鐘聲噹——噹——噹——的響。 (3)他的桌上擺著文房四寶——筆、墨、紙、硯，看來是個愛讀書的人。	
刪節號	……	用於： (1)節略原文。 (2)語句未完意思未盡。 (3)表示語句斷斷續續。	(1)當媽媽輕輕讀著童話故事：「從前從前，有一個美麗的公主，她的皮膚白皙得像雪一樣……」妹妹就在不知不覺中睡著了。 (2)我在班上有王小明、陳大勇、林美美……這些好朋友。 (3)媽媽邊喘氣邊大喊：「小蓮！小蓮！你在哪裡？快……快快出來呀！」	*刪節號占二格，點數為六點，不能隨意延長或縮短。 *用來表示意思還沒說完時，可以用「等」或「等等」代替，但不可和刪節號同時使用。
書名號	甲式：﹏﹏﹏	用來標示書名、篇名、歌曲名、	甲式： 論語、差不多先生傳、聽	*甲式：文章以直式書寫時，書名號放在文字左

符號名稱	符號	用法說明	舉例	說明
	乙式：《》〈〉	影劇名、文件名、字畫名等。	海、國語日報 乙式：《臺灣省地圖》、《中華民國憲法》、〈清明上河圖〉、〈丟丟銅仔〉	邊；以橫式書寫時，放在文字下方。 *乙式：前後符號各占一格。前符號不放在一行之末，後符號不放在一行之首。 *用《》表示書名、影劇節目名、報刊雜誌名等；另用〈〉表示篇名、詩詞曲名或文章題目等。
專名號	｜	用來標示人名、族名、國名、地名、時代名、機構名等專有名詞。	大文豪蘇東坡、朝鮮族、日本、北京、陽明山、開元之治、國立政治大學	*當文章以直式書寫時，專名號放在文字的左邊；以橫式書寫時，放在文字的下方。 *舊稱私名號。
間隔號	・	用於： (1)書名號乙式書名與篇章卷名之間。	(1)《論語・學而》篇 (2)《世紀人物100系列・林則徐》 (3)瓦歷斯・諾幹	*間隔號占一格，居正中。 *畫專名號時，也必須連同間隔號一起畫。 *整數與小數分界處也可

		(2)書名號乙式套書與單本書名之間。 (3)原住民命名習慣之間隔。 (4)翻譯外國人名字與姓氏之間。	(4)麥可‧喬丹是美國一位很有名的籃球員。	使用間隔號。如：一‧五公尺。
連接號	甲式：— 乙式：～	用於： (1)連接時空的起止。 (2)連接數量的多寡。	(1)胡適先生享年七十二歲（一八九一—一九六二）。 (2)這場活動預計吸引五千～一萬人參與	*連接號占一格，居正中。

國語詞類表

詞類	說明	例子
名詞	表示人或事物名稱的詞。	＊故宮博物院收藏了許多珍貴的文物。 ＊他今天看起來精神很好。
代名詞	能夠替代或指示名詞的詞。	＊她很喜歡小動物。 ＊這題數學題目太難了，全班沒有人答對。 ＊誰打電話來？
形容詞	用來區別人、事、物形態和性質的詞。可以修飾名詞，也可以被副詞修飾。	＊妹妹的個性很活潑。 ＊這朵美麗的玫瑰花送給你。 ＊小玟今天穿件紅外套。
動詞	表示動作、行為或事件發生的詞。	＊我們今天晚餐吃火鍋。
副詞	用來修飾或區別動作、形態的詞。常和動詞或形容詞連用。	＊他跑得很快。 ＊微風輕輕吹在我臉上。
數詞	表示數目多少的詞。	＊安安家裡共有五個人。 ＊今天臺北市要舉辦萬人路跑賽。
量詞	表示事物或動作單位的詞。	＊桌上放了一本書。 ＊我把考試的內容複習過一遍。

詞類	說明	例子
介詞	用於名詞、代名詞或名詞性詞組之前，用來表示地方、時間、方向、對象等意思。	*我在公園散步。 *自從畢業後，我就沒見過他了。 *對於我來說，身體健康比什麼都重要。
連接詞	連接兩個以上詞語或句子的詞。	*我和媽媽一起去逛菜市場。 *他很聰明，但是不愛念書。
助詞	附在詞的前面或詞語、句子的後面，有輔助作用，表示某種結構、時態和語氣的詞。	*這本字典的內容很實用。 *我看過這部電影。 *你最近好嗎？

【補充說明】

1.中文詞類基本上可分為「實詞」與「虛詞」兩大類。「實詞」是本身能表示一種概念的詞，包括：名詞、動詞、形容詞、副詞、數詞、量詞和代名詞。「虛詞」本身不能表示一種概念，僅能作為語文的結構，包括：介詞、連接詞和助詞。「虛詞」雖然沒有實際意義，但並不表示無義，它在句子之中仍發揮了某些作用，所以不可省略。

2.中文的字詞雖有不同的詞性，然而在實際應用上，除少數特例外，一個字的詞性仍必須從它的上下文來判斷。比方說「我愛唱歌」的「愛」是動詞，但如果說「父母對我們的愛」時，「愛」就變成名詞（指心中的那分情意）；「種植花草」的「花」是名詞，但如果換成「他穿得很花」，「花」就變成形容詞（形容某人的衣著顏色繁多）。讀者在分辨時，必須靈活判斷才行。

常用量詞表

筆畫	量詞	說明	例子
2	刀	(1)計算切割次數的單位。	切了三刀
		(2)計算紙張的單位。一百張紙為一刀。	五刀紙
3	下	計算次數的單位。	敲三下鐘
	口	計算人、牲畜或具有口徑器物的單位。	一家五口 一口井
4	元	計算錢幣的單位。也作「圓」。	十元
	分	(1)計算成績的單位。	考六十分
		(2)計算時間的單位。	計時十分
		(3)計算定量事物的單位。也作「份」。音ㄈㄣˋ。	一分早餐
		(4)計算利息的單位。	一分利

筆畫	量詞	說明	例子
4	匹	(1)計算布料的單位。音ㄆㄧˇ。	三匹布
		(2)計算馬、驢、騾、狼等動物的單位。音ㄆㄧ。	一匹狼 兩匹馬
	天	計算時間的單位。	過了三天
	戶	計算住家的單位。	兩戶人家
	支	(1)計算隊伍的單位。	兩支隊伍
		(2)計算歌曲的單位。	三支曲子
	片	(1)計算扁平物體的單位。	一片餅乾
		(2)計算地面物的單位。	一片草地
5	付	計算成套物品的單位。也作「副」。	一付撲克牌

筆畫	量詞	說明	例子
5	代	(1)計算王朝的單位。	夏、商、周三代
		(2)計算子孫世系的單位。	三代同堂
	冊	計算書籍、簿本的單位。	一冊習作簿
	包	計算包裝物的單位。	一包糖果
	只	計算器物的單位。	三只茶杯
	打	計算物品的單位。十二個為一打。	一打鉛筆
	本	計算書籍、簿本的單位。	一本書
	生	計算一輩子的單位。	三生三世
6	任	計算擔任某種職務期間的單位。	連做三任班長
	件	(1)計算事情的單位。	兩件事情
		(2)計算物品的單位。	三件毛衣

筆畫	量詞	說明	例子
6	份	計算定量事物的單位。	一份報紙
	列	(1)計算橫排的人或物的單位。	每班排成三列
		(2)計算火車或成隊汽車的單位。	一列火車
	名	(1)計算人數的單位。	十名學生
		(2)計算排名的單位。	全校第三名
	回	(1)計算行為、動作的單位。	去過高雄兩回
		(2)計算小說篇數的單位。	這本小說共有十回
	年	計算時間的單位。	花了六年
	成	計算比例的單位。十分之一為一成。	八成的把握
	曲	計算歌曲的單位。	高歌一曲

常用量詞表

筆畫	量詞	說明	例子
6	朵	計算花或雲彩等團狀物的單位。	一朵白雲
	次	計算經驗的單位。	來過三次
	行	計算直排的人或物的單位。	罰寫三行
7	串	計算成串物品的單位。	一串香蕉
	位	計算人數的單位。多含有尊敬之意。	四位老師
	局	計算棋類或球類活動的單位。	一局球賽
	尾	計算魚的單位。	一尾魚
	床	計算被毯的單位。	一床棉被
	把	(1)計算有柄或有把手器物的單位。	一把槍 兩把傘
		(2)計算握滿一手之物品的單位。	一把米
		(3)計算成捆、成束之物品的單位。	一把蔥
		(4)計算手部動作的單位。	拉他一把
		(5)計算火的單位。	點一把火
	批	計算成群的人或物的單位。	一批學生
	束	計算成捆物品的單位。	一束鮮花
8	具	計算器物或屍體的單位。	一具電話
	卷	計算成卷物品的單位。也作「捲」。	一卷畫 三卷底片
	味	計算食物或中藥材的單位。	五味菜餚
	帖	計算藥劑的單位。	一帖藥
	宗	計算大筆交易或事物的單位。	一宗買賣

筆畫	量詞	說明	例子
8	屆	計算任期或聚會活動次數的單位。	連任兩屆校長
8	所	計算房屋、機關、學校等的單位。	兩所國小
8	拍	計算音樂節奏的單位。	八拍
8	房	計算親族家數的單位。	三房親戚
8	枝	計算細長物體的單位。	一枝花 兩枝冰棒
8	杯	計算杯裝物的單位。	一杯牛奶
8	枚	計算扁平物體或火箭、彈藥的單位。	一枚硬幣 兩枚火箭
8	泡	(1)計算茶葉沖泡次數的單位。	一泡茶
		(2)計算小便的單位。音ㄆㄠ。	一泡尿
8	版	(1)計算同一書籍不同時間出版的單位。	這本書已出了五版
		(2)計算報紙、雜誌頁面的單位。	報紙共有十六版
8	股	(1)計算條狀物或氣味的單位。	一股香味
		(2)計算股份的單位。	十萬股股票
		(3)計算力氣的單位。	一股力量
8	門	(1)計算科目、技藝的單位。	三門功課
		(2)計算大炮的單位。	兩門大炮
9	則	計算成段文字的單位。	一則笑話
9	客	計算論份出售之食品的單位。	一客牛排

筆畫	量詞	說明	例子
9	封	計算信件的單位。	一封信
	度	(1)計算次數的單位。	他兩度當上班長
		(2)計算依一定標準劃分的單位。	九十度
	架	計算飛機或機器的單位。	一架飛機
	段	計算分段之事、物的單位。	兩段木頭 一段時間
	派	計算派別的單位。	兩派意見
	炷	計算蠟燭、香的單位。	一炷香
	盆	計算盆裝物品的單位。	一盆水
	缸	計算缸裝物品的單位。	一缸水
	面	計算平面物體的單位。	四面牆壁

筆畫	量詞	說明	例子
9	頁	計算書籍、文件面數的單位。	本書共一百頁
	首	計算詩、詞、歌的單位。	一首新詩
10	個	計算人或物的單位。	兩個人
	員	計算人數的單位。	五員大將
	套	計算成組物品的單位。	一套百科全書
	家	計算家庭、公司行號的單位。	三家銀行
	座	計算高大物體的單位。	一座山
	扇	計算門、窗、屏風等的單位。	一扇門
	捆	計算成束物品的單位。	三捆木柴
	根	計算細長物的單位。	一根棍子

筆畫	量詞	說明	例子
10	桌	計算宴席或球臺的單位。	十桌酒席
	班	(1)計算交通工具定時開動的單位。	等了兩班公車
		(2)計算班級的單位。	一年級共有十班
		(3)計算工作時段的單位。	三班制的工作
	級	(1)計算階梯、塔層的單位。	百級階梯
		(2)計算事物分級的單位。	七級陣風
	紙	計算書信、文件的單位。	一紙公文
	記	計算敲擊次數的單位。	他打了我一記耳光
	起	計算事件發生的單位。	一起車禍

筆畫	量詞	說明	例子
10	針	計算用針次數或注射藥品的單位。	縫了三針 打了一針
	陣	計算事情或動作的單位。	一陣騷動 一陣風
	隻	(1)計算鳥獸、昆蟲等的單位。	一隻鳥
		(2)計算物體件數的單位。	兩隻襪子
11	副	計算成套器物的單位。也作「付」。	兩副眼鏡
	圈	計算環形物或圓周的單位。	一圈鐵絲跑了三圈
	堵	計算牆壁的單位。	兩堵牆
	堆	計算成堆物品的單位。	一堆垃圾
	堂	計算上課節數的單位。	上八堂課

常用量詞表

筆畫	量詞	說明	例子
11	張	計算平面物或能張開物體的單位。	一張車票 一張嘴巴
	捲	計算捲筒狀物品的單位。	一捲膠帶
	排	計算成行列的人或物的單位。	三排桌子
	桶	計算桶裝物品的單位。	一桶水
	條	(1)計算細長物體的單位。	一條緞帶
		(2)計算文書條款、項目的單位。	九條規定
	球	計算球狀物體的單位。	三球冰淇淋
	瓶	計算瓶裝物品的單位。	三瓶汽水
	盒	計算盒裝物品的單位。	一盒餅乾

筆畫	量詞	說明	例子
11	票	計算大批人或物的單位。	兩票人馬
	粒	計算粒狀物的單位。	一粒米
	組	計算成套物品或人員組合的單位。	兩組零件 三組人員
	袋	計算袋裝物品的單位。	一袋垃圾
	部	(1)計算書籍、戲劇等的單位。	一部字典 一部電影
		(2)計算車輛的單位。	一部汽車
	頂	計算帽子或有頂用具的單位。	一頂帽子 三頂帳篷
	通	計算電報、電話的單位。	一通電話
12	場	計算活動次數的單位。	三場比賽
	壺	計算壺裝飲料的單位。	一壺咖啡

筆畫	量詞	說明	例子
12	尊	計算神像、銅像或大炮的單位。	一尊佛像 兩尊大炮
	幅	計算書畫或布帛的單位。	一幅畫
	期	(1)計算分段時間的單位。	四期工程
		(2)計算期刊、雜誌出刊次數的單位。	發行了三期
	棟	計算房屋等建築物的單位。	一棟房子
	棵	計算植物的單位。	三棵木棉樹
	發	計算槍彈、炮彈數量的單位。	五發子彈
	筆	計算錢或交易的單位。	一筆錢
	開	計算紙張大小尺寸的單位。	八開圖畫紙

筆畫	量詞	說明	例子
12	間	計算房屋等建築物的單位。	兩間房屋
	隊	計算成隊的人或物的單位。	三隊人馬
	項	計算分類事物的單位。	十項建設
13	塊	(1)計算塊狀或片狀物的單位。	一塊土地
		(2)計算金錢的單位。	五塊錢
	歲	計算年紀的單位。	三歲小孩
	盞	計算燈的單位。	一盞燈
	碗	計算碗裝物的單位。	三碗白米飯
	節	計算分段事物或時間的單位。	兩節竹子 三節課
	群	計算聚集的人或物的單位。	一群學生

筆畫	量詞	說明	例子
13	道	(1)計算條狀物的單位。	一道彩虹
		(2)計算有出入口設施的單位。	三道關卡
		(3)計算題目、命令的單位。	一道命令
		(4)計算工作次數的單位。	一道手續
		(5)計算菜餚的單位。	五道菜
	遍	計算動作從頭到尾經歷次數的單位。	罰寫課文三遍
	頓	計算吃飯或打罵次數的單位。	一頓美食 打了一頓
14	團	計算球狀物品的單位。	兩團毛線
	對	計算成雙的人或物的單位。	一對姐妹

筆畫	量詞	說明	例子
14	幕	計算舞臺劇幕布起落次數的單位。	三幕悲劇
	截	計算分成數段之物品的單位。	斷成三截
	滴	計算液體下滴數量的單位。	一滴水
	碟	計算小盤裝食物的單位。	一碟小菜
	種	計算人或事物類別的單位。	兩種人 四種方式
	窩	計算窩或巢的單位。	一窩小雞
	綹	計算絲、線、頭髮等的單位。	一綹長髮
	臺	計算機器或電子設備的單位。	一臺電視機
15	層	計算階梯、樓房、塔、臺等層級的單位。	三層樓 兩層蛋糕

筆畫	量詞	說明	例子
15	幢	計算房屋的單位。	一幢別墅
	樣	計算事物種類的單位。	兩樣菜
	樁	計算事情件數的單位。	一樁婚事
	盤	(1)計算盤裝物品的單位。	五盤菜
		(2)計算棋局的單位。	兩盤棋
	箱	計算箱裝物品的單位。	三箱書本
	篇	計算文章或詩作的單位。	六篇作文
	課	計算教材課數的單位。	教了三課
	趟	計算走動次數的單位。	跑了一趟
	輛	計算車子的單位。	一輛汽車

筆畫	量詞	說明	例子
15	輪	(1)計算電影上映次數的單位。	二輪片
		(2)計算時間的單位。十二年為一輪。	他們年紀差了一輪
16	劑	計算經調配後的藥物的單位。	一劑藥
	艘	計算船隻的單位。	一艘小船
	頭	計算牛、羊、驢、豬等牲畜的單位。	一頭大象
	餐	計算飲食次數的單位。	一天吃三餐
17	檔	計算事件或節目的單位。	這檔事
	簍	計算簍裝物品的單位。	兩簍水果
	闋	計算歌、詞、曲的單位。	一闋詞
	顆	計算粒狀物的單位。	一顆紅豆

常用量詞表

筆畫	量詞	說明	例子
17	點	計算條文項目的單位。	三點事項
18	罈	計算罈裝物品的單位。	一罈美酒
18	雙	計算成對物品的單位。	一雙筷子
18	題	計算題目的單位。	五題是非題
19	瓣	計算花片或分片果實的單位。	梅花有五瓣 兩瓣橘子
19	類	計算事物類別的單位。	分成三類
20	籃	計算籃裝物品的單位。	兩籃水梨
20	齣	計算戲劇的單位。	一齣戲
22	灘	計算平面聚積液體的單位。	一灘水
22	疊	計算層層堆積物的單位。	一疊紙
22	籠	計算成籠物品的單位。	一籠包子
22	襲	計算成套衣物的單位。	一襲禮服
24	罐	計算罐裝物品的單位。	一罐咖啡

親屬稱謂表

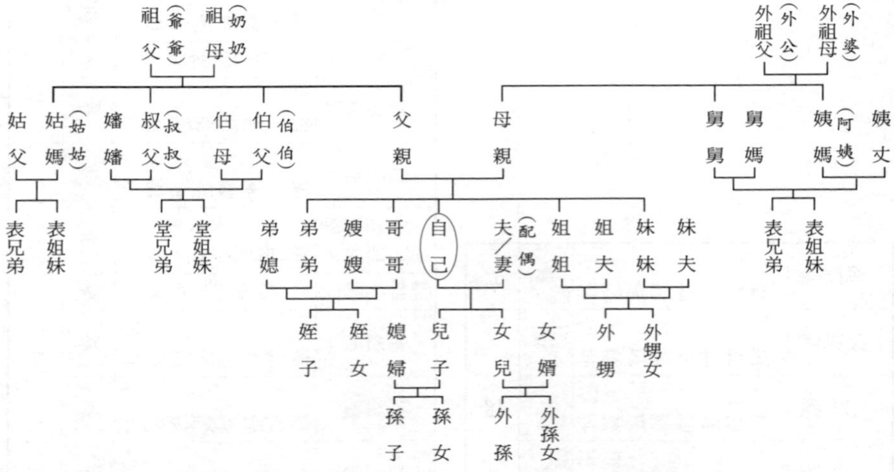

小提醒：①同一輩的親戚中，同姓的稱「堂」（如：叔、伯的子女），異姓的稱「表」（如：姑、舅、姨的子女）。
②晚一輩的親戚中，姐妹的孩子稱「甥」，兄弟的孩子稱「姪」。

簡易書信寫法

各位小朋友，你曾經收過信、寫過信嗎？你知道什麼是「書信」嗎？簡單的說，書信就是我們用來聯絡感情、相互溝通的好幫手。想想看，在母親節時送給媽媽一張小卡片，寫上你對她的感謝與祝福，媽媽收到卡片後，不知會有多高興呢！就讓瓢蟲姐姐教你們簡單又上手的書信寫法，只要掌握幾個重點，你也能寫出一篇文情並茂的書信唷！

1 稱謂。寫信總要有個對象，不管是爸爸、媽媽、小咪還是小花，總之，收信者是誰，絕對不能少的唷！

大寶：

暑假以來，我們一直沒有機會見面，不知道你過得好嗎？上星期你因為家裡有事無法參加聚會，大家都覺得好可惜！

下個星期天，阿威、小真都有空閒，不如大家一起去動物園玩吧！我們早上九點半會在學校門口集合，希望你能一起參加這次的郊遊，大家都很想念你！祝

平安

同學 小育 上

○月○日

2 正文。寫信的目的是什麼，總得說清楚。這個部分，就是讓你「說清楚，講明白」的地方。提醒一下，正文中每段的開頭要空二格，好讓收信者看得更明白！

3 問候語。當該說的話都說完了，轉頭就走似乎有點沒禮貌。所以在結尾的部分，你可以問候或祝福對方，如果收信者還在讀書，你就祝他「學業進步」；如果對方生了一場病，你可以祝他「早日康復」。一點貼心的小問候，就能讓人感受到你的關懷唷！

4 自稱、署名與末啟詞。寫完信別忘了加上自稱、名字和末啟詞，收信人才知道這封信是誰寫的。其中的自稱和末啟詞都必須和開頭的稱謂相呼應，詳情可參考後頁附錄一。

5 寫信時間。這是許多人經常忽略的地方，少了時間，就不知道這封信是什麼時候寫的，難免會為收信人帶來困擾，所以千萬別忘了唷！

附錄一：稱人與自稱

稱人	自稱
爺爺/奶奶	孫子/孫女
外公/外婆	孫子/孫女
爸爸/媽媽	兒子/女兒
伯伯/伯母	姪兒/姪女
叔叔/嬸嬸	姪兒/姪女
姑姑/姑丈	姪兒/姪女
舅舅/舅媽	外甥/外甥女
阿姨/姨丈	外甥/外甥女
哥哥/嫂嫂	弟/妹
弟弟/弟媳	兄/姐
姐姐/姐夫	弟/妹
妹妹/妹夫	兄/姐
老師/師丈/師母	學生/生/受業
學長/學姐	學弟/學妹
仁兄（兄）/仁姐（姐）	弟/妹

【說明】

1. 稱丈夫的父母為「公公」和「婆婆」；稱妻子的父母為「岳父」和「岳母」。
2. 稱兒子的妻子為「媳婦」；稱女兒的丈夫為「女婿」。兄弟的妻子互稱「妯娌」；姐妹的丈夫互稱「連襟」。
3. 稱男老師的妻子為「師母」；稱女老師的丈夫為「師丈」。
4. 對人自稱家中兄姐長輩時，加上「家」字。如：家父、家兄；自稱弟妹晚輩時，則用「舍」字。如：舍弟、舍妹。
5. 平輩朋友中，如果交情深厚者，可以稱「吾兄」、「我兄」；對晚輩朋友可以稱「世兄」。
6. 結尾末啟詞，對祖父母、父母可用「叩上」、「敬稟」；對親友長輩用「謹上」、「敬上」；對平輩用「敬啟」、「鞠躬」、「上」；對晚輩用「手書」、「字」、「示」。

附錄二：信封的寫法

㈠直式信封書寫方式

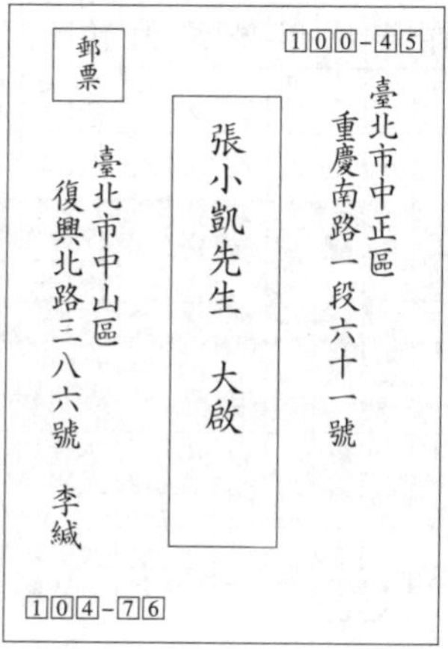

㈡橫式信封書寫方式

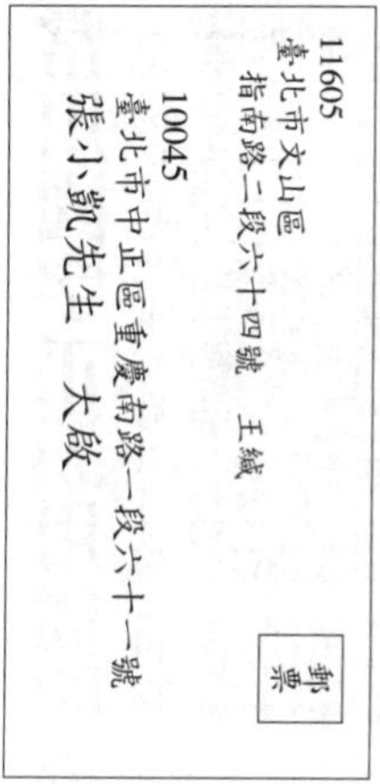

【說明】

1. 直式信封中，收信人的地址寫在右欄，但第一個字須略低於收信人的姓。
2. 橫式信封中，寫信人姓名及地址書寫於信封的左上方或背面，並一律由左至右書寫。
3. 寫信人的姓名下方要有緘封詞，是給收信人看。對長輩用「謹緘」，平輩、晚輩則用「緘」。
4. 收信人名字下方的啟封詞必須依照雙方的關係而定，如：對祖父母用「福啟」，對父母用「安啟」，對長輩用「鈞啟」，對師長用「道啟」，對平輩用「台啟」、「大啟」，對晚輩用「收」、「啟」、「收啟」。
5. 「啟」是請收信人打開信封的意思，所以絕對不可用「敬啟」，因為要收信人「恭敬的打開信封」，是非常沒有禮貌的言辭。
6. 明信片不封口，所以不用「啟」，改用「收」；也不用「緘」，改用「寄」。

常用國字正誤用簡明對照表

（※依據臺北市政府教育局常用國字正誤用簡明對照表增訂）

國字	注音	部首	正確用法	錯誤用法
世	ㄕˋ	一	去「世」	去「逝」
事	ㄕˋ	亅	尋人啟「事」	尋人啟「示」
享	ㄒㄧㄤˇ	亠	坐「享」其成	坐「想」其成
仁	ㄖㄣˊ	人	「仁」民愛物	「人」民愛物
代	ㄉㄞˋ	人	交「代」事情	交「待」事情
佗	ㄊㄨㄛˊ	人	華「佗」再世	華「陀」再世
俯	ㄈㄨˇ	人	「俯」首認罪	「伏」首認罪
候	ㄏㄡˋ	人	小時「候」	小時「後」
偕	ㄒㄧㄝˊ	人	白頭「偕」老	白頭「諧」老
催	ㄘㄨㄟ	人	「催」促	「摧」促
兢	ㄐㄧㄥ	儿	戰戰「兢兢」	戰戰「競競」
其	ㄑㄧˊ	八	出「其」不意	出「奇」不意
再	ㄗㄞˋ	冂	不「再」說一次	不「在」說一次
刻	ㄎㄜˋ	刀	「刻」苦	「克」苦
券	ㄑㄩㄢˋ	刀	優惠「券」	優惠「卷」

國字	注音	部首	正確用法	錯誤用法
到	ㄉㄠˋ	刀	禮數周「到」	禮數周「道」
制	ㄓˋ	刀	出奇「制」勝	出奇「致」勝
劍	ㄐㄧㄢˋ	刀	「劍」及履及	「箭」及履及
勞	ㄌㄠˊ	力	「勞」燕分飛	「牢」雁分飛
即	ㄐㄧˊ	卩	「即」使	「既」使
及	ㄐㄧˊ	又	迫不「及」待	迫不「急」待
名	ㄇㄧㄥˊ	口	「名」存實亡	「明」存實亡
合	ㄏㄜˊ	口	天作之「合」	天作之「和」
味	ㄨㄟˋ	口	一「味」指責	一「昧」指責
咎	ㄐㄧㄡˋ	口	歸「咎」	歸「究」
哄	ㄏㄨㄥˋ	口	一「哄」而散	一「轟」而散
唾	ㄊㄨㄛˋ	口	「唾」手可得	「垂」手可得
嘗	ㄔㄤˊ	口	未「嘗」忘記	未「常」忘記
器	ㄑㄧˋ	口	大「器」晚成	大「氣」晚成
嚮	ㄒㄧㄤˋ	口	「嚮」往	「響」往

國字	注音	部首	正確用法	錯誤用法
固	ㄍㄨˋ	口	「固」有	「故」有
在	ㄗㄞˋ	土	不「在」家	不「再」家
執	ㄓˊ	土	仗義「執」言	仗義「直」言
塌	ㄊㄚ	土	死心「塌」地	死心「踏」地
奇	ㄑㄧˊ	大	出「奇」制勝	出「其」制勝
奈	ㄋㄞˋ	大	無「奈」	無「耐」
奕	ㄧˋ	大	精神「奕奕」	精神「弈弈」
嬌	ㄐㄧㄠ	女	「嬌」生慣養	「驕」生慣養
宵	ㄒㄧㄠ	宀	元「宵」節	元「霄」節
察	ㄔㄚˊ	宀	明「察」秋毫	明「查」秋毫
尤	ㄧㄡˊ	尢	怨天「尤」人	怨天「由」人
屈	ㄑㄩ	尸	「屈」指可數	「曲」指可數
嶄	ㄓㄢˇ	山	「嶄」露頭角	「展」露頭角
已	ㄧˇ	己	「已」經	「以」經
常	ㄔㄤˊ	巾	老生「常」談	老生「長」談
度	ㄉㄨˋ	广	虛「度」光陰	虛「渡」光陰
弔	ㄉㄧㄠˋ	弓	憑「弔」古蹟	憑「吊」古蹟
彗	ㄏㄨㄟˋ	ヨ	「彗」星	「慧」星

國字	注音	部首	正確用法	錯誤用法
待	ㄉㄞˋ	彳	以逸「待」勞	以逸「代」勞
心	ㄒㄧㄣ	心	「心心」相印	「惺惺」相印
快	ㄎㄨㄞˋ	心	大「快」朵頤	大「塊」朵頤
怦	ㄆㄥ	心	「怦」然心動	「砰」然心動
恬	ㄊㄧㄢˊ	心	「恬」不知恥	「忝」不知恥
悚	ㄙㄨㄥˇ	心	毛骨「悚」然	毛骨「聳」然
悍	ㄏㄢˋ	心	短小精「悍」	短小精「幹」
惕	ㄊㄧˋ	心	警「惕」	警「剔」
愎	ㄅㄧˋ	心	剛「愎」自用	剛「復」自用
意	ㄧˋ	心	「意」氣用事	「義」氣用事
惺	ㄒㄧㄥ	心	「惺惺」相惜	「心心」相惜
惱	ㄋㄠˇ	心	煩「惱」	煩「腦」
慘	ㄘㄢˇ	心	「慘」無人道	「殘」無人道
憤	ㄈㄣˋ	心	發「憤」圖強	發「奮」圖強
應	ㄧㄥ	心	「應」該	「因」該
截	ㄐㄧㄝˊ	戈	「截」止報名	「結」止報名
戴	ㄉㄞˋ	戈	不共「戴」天	不共「帶」天
扣	ㄎㄡˋ	手	環環相「扣」	環環相「叩」

國字	注音	部首	正確用法	錯誤用法
投	ㄊㄡˊ	手	「投」機取巧	「偷」機取巧
抱	ㄅㄠˋ	手	不斷「抱」怨	不斷「報」怨
披	ㄆㄧ	手	「披」荊斬棘	「劈」荊斬棘
搔	ㄙㄠ	手	「搔」首弄姿	「騷」首弄姿
摧	ㄘㄨㄟ	手	「摧」殘	「催」殘
撩	ㄌㄧㄠˊ	手	眼花「撩」亂	眼花「瞭」亂
擁	ㄩㄥˇ	手	簇「擁」	簇「湧」
撼	ㄏㄢˋ	手	震「撼」	震「憾」
故	ㄍㄨˋ	攴	「故」步自封	「固」步自封
數	ㄕㄨˋ	攴	渾身解「數」	渾身解「術」
斑	ㄅㄢ	文	可見一「斑」	可見一「般」
既	ㄐㄧˋ	无	「既」然	「即」然
昧	ㄇㄟˋ	日	素「昧」平生	素「味」平生
是	ㄕˋ	日	獨行其「是」	獨行其「事」
晰	ㄒㄧ	日	畫面清「晰」	畫面清「析」
暄	ㄒㄩㄢ	日	寒「暄」	寒「喧」
暇	ㄒㄧㄚˊ	日	目不「暇」給	目不「遐」給
柢	ㄉㄧˇ	木	追根究「柢」	追根究「底」
概	ㄍㄞˋ	木	英雄氣「概」	英雄氣「慨」
歉	ㄑㄧㄢˋ	欠	稻米「歉」收	稻米「欠」收
氣	ㄑㄧˋ	气	「氣」墊船	「汽」墊船
涵	ㄏㄢˊ	水	「涵」養	「含」養
混	ㄏㄨㄣˊ	水	魚目「混」珠	魚目「渾」珠
渝	ㄩˊ	水	恆久不「渝」	恆久不「逾」
漠	ㄇㄛˋ	水	態度冷「漠」	態度冷「寞」
濫	ㄌㄢˋ	水	「濫」竽充數	「爛」竽充數
炷	ㄓㄨˋ	火	一「炷」香	一「柱」香
炮	ㄆㄠˋ	火	一「炮」而紅	一「泡」而紅
烏	ㄨ	火	愛屋及「烏」	愛屋及「屋」
煞	ㄕㄚˋ	火	「煞」車失靈	「剎」車失靈
煽	ㄕㄢ	火	「煽」惑人心	「搧」惑人心
牢	ㄌㄠˊ	牛	發「牢」騷	發「勞」騷
犯	ㄈㄢˋ	犬	冒險「犯」難	冒險「患」難
獲	ㄏㄨㄛˋ	犬	大「獲」全勝	大「穫」全勝
畢	ㄅㄧˋ	田	「畢」竟	「必」竟
疾	ㄐㄧˊ	疒	不「疾」不徐	不「急」不徐

國字	注音	部首	正確用法	錯誤用法
盈	ㄧㄥˊ	皿	自負「盈」虧	自負「贏」虧
益	ㄧˋ	皿	集思廣「益」	集思廣「義」
省	ㄒㄧㄥˇ	目	反「省」	反「醒」
碧	ㄅㄧˋ	石	金「碧」輝煌	金「壁」輝煌
示	ㄕˋ	示	不甘「示」弱	不甘「勢」弱
			獲得啟「示」	獲得啟「事」
祥	ㄒㄧㄤˊ	示	「祥」和	「詳」和
稟	ㄅㄧㄥˇ	禾	「稟」告	「秉」告
筆	ㄅㄧˇ	竹	西裝「筆」挺	西裝「畢」挺
節	ㄐㄧㄝˊ	竹	盤根錯「節」	盤根錯「結」
箭	ㄐㄧㄢˋ	竹	歸心似「箭」	歸心似「劍」
範	ㄈㄢˋ	竹	防「範」災害	防「犯」災害
簣	ㄎㄨㄟˋ	竹	功虧一「簣」	功虧一「潰」
籠	ㄌㄨㄥˊ	竹	「籠」罩	「攏」罩
粱	ㄌㄧㄤˊ	米	黃「粱」一夢	黃「梁」一夢
緒	ㄒㄩˋ	糸	就「緒」	就「序」
綵	ㄘㄞˇ	糸	張燈結「綵」	張燈結「彩」
綢	ㄔㄡˊ	糸	未雨「綢」繆	未雨「稠」繆

國字	注音	部首	正確用法	錯誤用法
績	ㄐㄧ	糸	成「績」優異	成「積」優異
翼	ㄧˋ	羽	小心「翼翼」	小心「奕奕」
耐	ㄋㄞˋ	而	「耐」心	「奈」心
耽	ㄉㄢ	耳	「耽」溺	「擔」溺
肄	ㄧˋ	聿	在校「肄」業	在校「肆」業
脅	ㄒㄧㄝˊ	肉	「脅」迫	「協」迫
胯	ㄎㄨㄚˋ	肉	「胯」下之辱	「跨」下之辱
至	ㄓˋ	至	「至」理名言	「致」理名言
致	ㄓˋ	至	興「致」勃勃	興「緻」勃勃
般	ㄅㄢ	舟	十八「般」武藝	十八「班」武藝
艱	ㄐㄧㄢ	艮	「艱」難	「堅」難
茅	ㄇㄠˊ	艸	名列前「茅」	名列前「矛」
荼	ㄊㄨˊ	艸	如火如「荼」	如火如「茶」
菲	ㄈㄟˇ	艸	妄自「菲」薄	妄自「匪」薄
菅	ㄐㄧㄢ	艸	草「菅」人命	草「管」人命
蔓	ㄇㄢˋ	艸	「蔓」延	「漫」延
觀	ㄍㄨㄢ	見	「觀」念清晰	「關」念清晰
言	ㄧㄢˊ	言	察「言」觀色	察「顏」觀色

國字	注音	部首	正確用法	錯誤用法
詳	ㄒㄧㄤˊ	言	安「詳」	安「祥」
詭	ㄍㄨㄟˇ	言	陰謀「詭」計	陰謀「鬼」計
誦	ㄙㄨㄥˋ	言	大聲朗「誦」	大聲朗「頌」
誨	ㄏㄨㄟˋ	言	教「誨」	教「悔」
豈	ㄑㄧˇ	豆	「豈」有此理	「其」有此理
貢	ㄍㄨㄥˋ	貝	「貢」獻	「供」獻
貫	ㄍㄨㄢˋ	貝	如雷「貫」耳	如雷「摜」耳
費	ㄈㄟˋ	貝	浪「費」	浪「廢」
貸	ㄉㄞˋ	貝	絕不寬「貸」	絕不寬「待」
躬	ㄍㄨㄥ	身	事必「躬」親	事必「恭」親
軒	ㄒㄩㄢ	車	「軒」然大波	「喧」然大波
輕	ㄑㄧㄥ	車	年「輕」有為	年「青」有為
輩	ㄅㄟˋ	車	人才「輩」出	人才「倍」出
迥	ㄐㄩㄥˇ	辵	「迥」然不同	「迴」然不同
遐	ㄒㄧㄚˊ	辵	令人「遐」想	令人「暇」想
部	ㄅㄨˋ	邑	按「部」就班	按「步」就班
重	ㄔㄨㄥˊ	里	浴火「重」生	浴火「從」生

國字	注音	部首	正確用法	錯誤用法
釜	ㄈㄨˇ	金	破「釜」沉舟	破「斧」沉舟
銷	ㄒㄧㄠ	金	「銷」聲匿跡	「消」聲匿跡
鍾	ㄓㄨㄥ	金	老態龍「鍾」	老態龍「鐘」
鑠	ㄕㄨㄛˋ	金	眾口「鑠」金	眾口「爍」金
隅	ㄩˊ	阜	以免向「隅」	以免向「偶」
需	ㄒㄩ	雨	「需」要	「須」要
須	ㄒㄩ	頁	必「須」	必「需」
頌	ㄙㄨㄥˋ	頁	讚「頌」不已	讚「誦」不已
題	ㄊㄧˊ	頁	金榜「題」名	金榜「提」名
騖	ㄨˋ	馬	好高「騖」遠	好高「鶩」遠
鴉	ㄧㄚ	鳥	塗「鴉」	塗「鴨」
鵲	ㄑㄩㄝˋ	鳥	鳩占「鵲」巢	鳩占「雀」巢
鶩	ㄨˋ	鳥	趨之若「鶩」	趨之若「騖」
麟	ㄌㄧㄣˊ	鹿	鳳毛「麟」角	鳳毛「鱗」角
鼎	ㄉㄧㄥˇ	鼎	「鼎鼎」大名	「頂頂」大名
鼓	ㄍㄨˇ	鼓	一「鼓」作氣	一「股」作氣
齒	ㄔˇ	齒	令人不「齒」	令人不「恥」

一字多音審訂初稿、現行音對照表

⊙本表依據二〇二〇年九月教育部頒布的國語一字多音審訂表國中小國語文教科書用字審訂成果初稿整理，表內字以收錄於本辭書且差異較大者為原則。在教育部尚未公告正式版本之前，現行注音仍以一九九九年公布的為準。

部首	國字	現行版注音	初稿版注音	初稿版詞例或用法	備註
亠	亡	(1)ㄨㄤˊ (2)ㄨˊ	(1)ㄨㄤˊ (2)ㄨˊ (3)ㄨㄤˋ	(1)亡國、流亡、傷亡 (2)不如諸夏之亡也（論語） (3)亡其甲子（論衡）	＊現行版、初稿版ㄨˊ音，通「無」。＊初稿版ㄨㄤˋ音，通「忘」。
人	仆	ㄆㄨ	(1)ㄆㄨ (2)ㄆㄨˊ	(1)仆倒 (2)「僕」的異體字	
	仔	ㄗˇ	(1)ㄗˇ (2)ㄗㄞˇ	(1)仔細、菜仔 (2)牛仔、公仔、擔仔麵、歌仔戲	
	伽	(1)ㄐㄧㄚ (2)ㄑㄧㄝˊ	(1)ㄐㄧㄚ (2)ㄑㄧㄝˊ	(1)伽瑪射線、瑜伽、伽利略（人名） (2)楞伽經、伽藍	＊初稿版ㄐㄧㄚ音為翻譯外文的常用字。其中「伽利略」現行版

	人						刀
	佃	佛	佻	偺	偕	價	剎
	ㄉㄧㄢˋ	(1)ㄈㄛˊ (2)ㄈㄨˊ (3)ㄅㄧˋ	ㄊㄧㄠˊ	ㄗㄢˊ	ㄒㄧㄝˊ	ㄐㄧㄚˋ	ㄔㄚˋ
	(1)ㄉㄧㄢˋ (2)ㄊㄧㄢˊ	(1)ㄈㄛˊ (2)ㄈㄨˊ	ㄊㄧㄠ	(1)ㄗㄢˊ (2)ㄗㄚˊ	(1)ㄒㄧㄝˊ (2)ㄐㄧㄝ（限讀）	(1)ㄐㄧㄚˋ (2)˙ㄍㄚ	(1)ㄔㄚˋ
	(1)佃農、佃租 (2)佃具、佃作	(1)佛教 (2)仿佛	輕佻	(1)偺們 (2)偺家	(1)白頭偕老 (2)馬偕	(1)代價、價格 (2)嗤嗤價響(語尾助詞)	(1)羅剎、古剎、剎那
讀作ㄑㄧㄝˊ，今依譯音讀作ㄐㄧㄚˊ。 *初稿版ㄑㄧㄝˊ音為梵語譯音用字。	*初稿版說明：作耕作義時，音ㄊㄧㄢˊ。	*現行版ㄅㄧˋ音，輔助，通「弼」。或作為姓氏。	*初稿版依口語取ㄊㄧㄠ音。		*初稿版ㄐㄧㄝ音限於「馬偕」，人名。		

部首	字	初稿	現行	詞例	附註
			(2)ㄕㄚ	(2)剎車	
ㄅ	包	ㄅㄠ	(1)ㄅㄠ (2)ㄆㄠˋ	(1)包裝、書包、一包糖果、包君滿意 (2)車馬包	＊初稿版ㄆㄠˋ音，通「炮」。
匕	匙	(1)ㄔˊ (2)˙ㄕ(限讀)	(1)ㄔˊ (2)ㄕˊ	(1)湯匙、茶匙 (2)鎖匙、鑰匙	＊現行版˙ㄕ音限於「鑰匙」，今讀作ㄕˊ。
匸	匱	ㄎㄨㄟˋ	(1)ㄎㄨㄟˋ (2)ㄍㄨㄟˇ	(1)匱乏 (2)「櫃」的本字	
十	午	(1)ㄨˇ (2)˙ㄏㄨㄛ(限讀)	ㄨˇ	午時、晌午	＊現行版˙ㄏㄨㄛ音限於「晌午」，正午，併讀ㄨˇ。
卜	卡	(1)ㄎㄚˇ (2)ㄑㄧㄚˇ(限讀)	ㄎㄚˇ	卡車、關卡、卡通、卡路里	＊現行版ㄑㄧㄚˇ音限於指夾頭髮或物品的小夾子。
口	吃	(1)ㄐㄧˊ(限讀) (2)ㄔ	(1)ㄐㄧˊ (2)ㄔ	(1)口吃、吃吃作笑（形容笑聲） (2)吃飯、吃力、吃虧	＊現行版ㄐㄧˊ音限於「口吃」，說話結巴。
	呵	(1)ㄏㄜ (2)ㄛ	ㄏㄜ	呵護、呵欠、笑呵呵	＊現行版ㄛ音，助詞，表示驚嘆。

口

咖	咯	哇	哈	哩	喀	嗒
ㄎㄚ	(1)˙ㄌㄜ (2)ㄍㄜ (3)ㄎㄚˇ	ㄨㄚ	(1)ㄏㄚ (2)ㄏㄚˇ (3)ㄎㄚ(限讀)	(1)ㄌㄧ (2)ㄌㄧˇ	ㄎㄚ	ㄊㄚˋ
(1)ㄎㄚ (2)ㄍㄚ	(1)˙ㄌㄨㄛ (2)ㄍㄜ (3)ㄎㄚˇ	(1)ㄨㄚ (2)˙ㄨㄚ	ㄏㄚ	(1)˙ㄌㄧ (2)ㄌㄧˇ	(1)ㄎㄚ (2)ㄎㄜˋ	(1)ㄊㄚˋ
(1)咖啡 (2)咖哩	(1)來咯、當然咯 (2)咯咯叫、咯咯作響 (3)咯痰、咯血	(1)哇哇叫 (2)好哇！(語助詞)	哈腰、哈密瓜、哈雷彗星、哈哈大笑	(1)很美哩！(語助詞) (2)咖哩、一哩(量詞)	(1)喀嚓 (2)喀血、喀斯特地形	(1)嗒然(失意；沮喪)
	*現行版˙ㄌㄜ音，今讀˙ㄌㄨㄛ。		*現行版ㄏㄚˇ音，用於「哈巴狗」、「哈德門」(地名)。 *現行版ㄎㄚ音限於「哈喇呢」，毛織物的一種。	*現行版ㄌㄧ音，用於「哩哩囉囉」、「哩嚕」，說話冗雜不清。		

口					土		
	嘍	噌	噴	囉	圳	坏	垛
	ㄌㄡˊ	ㄘㄥ	(1)ㄆㄣ (2)ㄆㄣˋ（限讀） (3)·ㄈㄣ（限讀）	(1)ㄌㄨㄛ (2)ㄌㄨㄛˊ	ㄗㄨㄣˋ	ㄆㄟˊ	(1)ㄉㄨㄛˇ (2)ㄉㄨㄛˋ
(2)ㄉㄚ	(1)ㄌㄡˊ (2)·ㄌㄡ	ㄗㄥ	ㄆㄣ	(1)ㄌㄨㄛ (2)ㄌㄨㄛˊ (3)·ㄌㄨㄛ	(1)ㄗㄨㄣˋ (2)ㄓㄣˋ	(1)ㄆㄟ (2)ㄏㄨㄞˋ	(1)ㄉㄨㄛˇ (2)ㄉㄨㄛˋ
(2)啪嗒（狀聲詞）	(1)捅嘍子、嘍囉 (2)吃飯嘍！（語助詞）	味噌	噴嚏、噴泉、噴水、香噴噴	(1)囉唆 (2)嘍囉 (3)上學囉！（語助詞）	(1)田圳 (2)深圳（地名）	(1)捏坏、拉坏 (2)「壞」的異體字	(1)箭垛、城垛 (2)堆垛、草垛
		＊初稿版依口語取ㄗㄥ音。	＊現行版ㄆㄣˋ音限於「噴香」。＊現行版·ㄈㄣ音限於「嚏噴」。			＊現行版ㄆㄟˊ音，今讀ㄆㄟ。	＊初稿版說明：「箭垛」的「垛」，現行版音ㄉㄨㄛˋ。

部首	字	初稿音	現行音	詞例	說明
土	埤	(1)ㄆㄧˊ (2)ㄅㄧˋ (3)ㄅㄟ	(1)ㄆㄧˊ (2)ㄅㄧˋ	(1)埤益、水埤、埤頭鄉、虎頭埤 (2)埤溼	*現行版ㄅㄟ音為地名用字，如：埤頭鄉、虎頭埤，今讀ㄆㄧˊ音。
女	姊	ㄗˇ	(1)ㄗˇ (2)ㄐㄧㄝˇ	(1)小弟聞姊來（木蘭詩） (2)姊姊、姊妹	*初稿版說明：文言中或讀為ㄗˇ，指父母生的孩子中，年紀比自己大的女生；或泛稱較年長的女子。
女	婁	(1)ㄌㄡˊ (2)ㄌㄩˇ	ㄌㄡˊ	離婁、捅婁子	*現行版ㄌㄩˇ音，多次。
彳	徊	ㄏㄨㄞˊ	(1)ㄏㄨㄟˊ (2)ㄏㄨㄞˊ	(1)徘徊、低徊 (2)天光雲影共徘徊（觀書有感）	*初稿版說明：現行版ㄏㄨㄞˊ音，併讀ㄏㄨㄟˊ。但疊韻詞「徘徊」或古詩詞押韻時，仍可讀ㄏㄨㄞˊ。
手	拗	(1)ㄋㄧㄡˋ (2)ㄠˋ (3)ㄠˇ	(1)ㄋㄧㄡˋ (2)ㄠˋ (3)ㄠˇ (4)ㄠ	(1)拗脾氣、執拗、拗不過 (2)拗口、拗句 (3)拗花、拗曲	*初稿版說明：性情不順音ㄋㄧㄡˋ；行事不順音ㄠˋ。 *初稿版ㄠ音源於閩

一字多音審訂初稿、現行音對照表

	手				日	日
	捎	播	擔	攘	晟	更
	(1) ㄕㄠ (2) ㄕㄠˋ	ㄅㄛˋ	(1) ㄉㄢ (2) ㄉㄢˋ	ㄖㄤˊ	ㄔㄥˊ	(1) ㄍㄥˋ (2) ㄍㄥ
	ㄕㄠ	(1) ㄅㄛˋ (2) ㄅㄛ	(1) ㄉㄢ (2) ㄉㄢˋ	(1) ㄖㄤˊ (2) ㄖㄤˇ	(1) ㄔㄥˊ (2) ㄕㄥˋ（限讀）	(1) ㄍㄥˋ (2) ㄍㄥ
(4) 硬拗	捎信、捎帶	(1) 播遷、播種 (2) 播報、廣播、插播	(1) 扁擔、擔心、負擔、擔水 (2) 重擔、一擔米、擔擔麵	(1) 攘除、尊王攘夷、安內攘外 (2) 熙來攘往、熙熙攘攘	(1) 日晟（光明） (2) 大晟府（宋代掌管音樂的官署）	(1) 更加、更好 (2) 變更、少不更事、三
語，指強詞奪理。	＊現行版ㄕㄠˋ音，灑水。	＊初稿版說明：作宣揚、放送義時，音ㄅㄛ，文言中或讀為ㄅㄛˋ。	＊初稿版ㄉㄢˋ音增「擔擔麵」，小吃名。			＊「更生人」、「自力更生」現行版讀ㄍㄥˋ，

部首	字	初稿音	現行音	詞例	說明
日				更半夜、更生人、自力更生	指「再生」。今義指「改變」，初稿版改讀ㄍㄥ。
木	朴	(1)ㄆㄛˋ (2)ㄆㄨˊ (3)ㄆㄧㄠˊ	(1)ㄆㄛˋ (2)ㄆㄨˊ	(1)桑朴、厚朴（植物名） (2)抱朴子、素朴	*現行版ㄆㄧㄠˊ音，姓氏。
木	椎	ㄓㄨㄟ	(1)ㄓㄨㄟ (2)ㄔㄨㄟˊ	(1)脊椎、泣血椎心 (2)鏈椎（槌子）	
水	涼	(1)ㄌㄧㄤˊ (2)ㄌㄧㄤˋ	ㄌㄧㄤˊ	涼爽、淒涼、著涼、涼了半截	*現行版ㄌㄧㄤˋ音，將物品放在通風處，以降低熱度。
水	液	ㄧㄝˋ	(1)ㄧㄝˋ (2)ㄧˋ	(1)液態、液體、血液 (2)漿液甘酸如醴酪（本草綱目）	*初稿版說明：文言中或讀為ㄧˋ。
水	濕	(1)ㄕ (2)ㄒㄧˊ	(1)ㄕ (2)ㄊㄚˋ	(1)「溼」的異體字 (2)濕水（古水名）	*現行版ㄒㄧˊ音，低溼的地方。
火	燜	ㄇㄣˋ	ㄇㄣ	燜燒、燜煮	*現行版ㄇㄣˋ音，今讀ㄇㄣ。
玉	玩	ㄨㄢˊ	(1)ㄨㄢˊ	(1)玩弄、玩具、玩耍	*初稿版說明：文言

部首	字	初稿音	現行音	詞例	說明
			(2)ㄨㄢˋ	(2)古玩、玩物喪志	中或讀為ㄨㄢˋ。
瓦	瓦	ㄨㄚˇ	(1)ㄨㄚˇ (2)ㄨㄚˋ	(1)弄瓦之喜、瓦片、瓦楞紙 (2)屋上未瓦	*初稿版說明：作施瓦於屋的動詞義時，音ㄨㄚˋ。
疒	癖	ㄆㄧˇ	ㄆㄧˋ	癖好、怪癖、潔癖	*現行版ㄆㄧˇ音，今讀ㄆㄧˋ。
	癟	ㄅㄧㄝˇ	(1)ㄅㄧㄝˇ (2)ㄅㄧㄝ(限讀)	(1)乾癟 (2)癟三	*初稿版ㄅㄧㄝ音限於「癟三」及其衍生詞彙，指流氓、無賴。
石	碌	ㄌㄨˋ	(1)ㄌㄨˋ (2)ㄌㄨ(限讀)	(1)忙碌、勞碌、庸庸碌碌 (2)骨碌	*初稿版ㄌㄨ音限於「骨碌」。
示	祕	(1)ㄇㄧˋ (2)ㄅㄧˋ(限讀)	ㄇㄧˋ	便祕、祕密、祕書	*現行版ㄅㄧˋ音限於「祕魯」，國名。
米	粘	ㄋㄧㄢˊ	(1)ㄋㄧㄢˊ(讀音) (2)ㄓㄢ(語音)	(1)粘貼、沾粘；姓氏 (2)腸粘連	*初稿版說明：依口語習慣增ㄓㄢ音，用於「粘連」，體內黏膜因發炎黏結。
糸	紮	ㄓㄚˊ	(1)ㄓㄚˊ	(1)紮營、駐紮	

部首	字	音（一）	音（二）	詞例	說明
糸			(2) ㄗㄚ	(2) 包紮、結紮、紮辮子、一紮線香	
糸	絜	(1) ㄒㄧㄝˊ (2) ㄐㄧㄝˊ	ㄒㄧㄝˊ	度長絜大	*現行版ㄐㄧㄝˊ音，通「潔」。
糸	繆	(1) ㄇㄡˊ (2) ㄇㄧㄡˋ (3) ㄇㄨˋ (4) ㄇㄧㄠˋ	(1) ㄇㄡˊ (2) ㄇㄧㄡˋ (3) ㄇㄨˋ (4) ㄌㄧㄠˊ	(1) 繆篆、綢繆 (2) 繆巧、繆思、錯繆 (3) 昔繆公求士（諫逐客書） (4) 山川相繆（赤壁賦）	*現行版ㄇㄧㄠˋ音，姓氏。 *現行版、初稿版ㄇㄨˋ音，通「穆」。 *初稿版ㄌㄧㄠˊ音，通「繚」。
网	罷	(1) ㄅㄚˋ (2) ㄆㄧˊ	(1) ㄅㄚˋ (2) ㄆㄧˊ (3) ˙ㄅㄚ	(1) 罷了、罷官、欲罷不能 (2) 罷乏 (3) 快去罷！（語助詞）	
肉	膏	ㄍㄠ	(1) ㄍㄠ (2) ㄍㄠˋ	(1) 膏壤、油膏 (2) 膏點兒油	*初稿版說明：作動詞用時，音ㄍㄠˋ。
艸	苔	ㄊㄞˊ	(1) ㄊㄞˊ (2) ㄊㄞ	(1) 米苔目、海苔、苔蘚 (2) 舌苔	*初稿版ㄊㄞ音，通「胎」。
艸	莘	ㄕㄣ	ㄒㄧㄣ	莘莘學子、細莘（植物	*現行版ㄕㄣ音，今讀

一字多音審訂初稿、現行音對照表

				名）	ㄒㄧㄣ。
艸	蕃	(1)ㄈㄢ (2)ㄈㄢˊ	(1)ㄈㄢ (2)ㄈㄢˊ (3)ㄅㄛ（限讀）	(1)蕃茄、蕃薯 (2)蕃衍 (3)吐蕃（民族名）	*現行版「吐蕃」歸於ㄈㄢ音，今限讀ㄅㄛ。
虍	虎	ㄏㄨˇ	(1)ㄏㄨˇ (2)ㄏㄨ（口語異讀音）	(1)老虎、虎將 (2)馬虎	*初稿版「馬虎」之「虎」，音ㄏㄨˇ，口語中或讀為ㄏㄨ，隨便、不謹慎。
血	血	ㄒㄧㄝˇ	(1)ㄒㄧㄝˇ (2)ㄒㄩㄝˋ	(1)血液、血緣、氣血、心血、熱血 (2)血口噴人	*初稿版說明：文言中或讀為ㄒㄩㄝˋ。
見	見	(1)ㄐㄧㄢˋ (2)ㄒㄧㄢˋ	ㄐㄧㄢˋ	拜見、看見、見解、見笑	*現行版ㄒㄧㄢˋ音，通「現」。
角	角	(1)ㄐㄧㄠˇ (2)ㄐㄩㄝˊ (3)ㄌㄨˋ	(1)ㄐㄧㄠˇ (2)ㄐㄩㄝˊ	(1)角力、角落、角色、名角、口角、直角、主角 (2)角宿、宮商角徵羽	*現行版作戲劇表演人物義時，音ㄐㄩㄝˊ，今讀作ㄐㄧㄠˇ，文言中或讀為ㄐㄩㄝˊ如：名角、主角。 *現行版ㄌㄨˋ音，或作「用」，如：角里。

言	誼	一ˋ	(1)一ˊ (2)一ˋ	(1)聯誼、情誼、友誼 (2)誼母、誼兄弟	*初稿版一ˋ音，通「義」。 *初稿版「誼」於文言詞彙或讀一ˊ。
足	躂	ㄊㄚˋ	(1)ㄊㄚˋ (2)ㄉㄚ(限讀)	(1)踢躂 (2)蹓躂	*初稿版ㄉㄚ音限於「蹓躂」，閒逛。
車	車	(1)ㄔㄜ(語音) (2)ㄐㄩ(讀音)	(1)ㄔㄜ (2)ㄐㄩ(限讀)	(1)汽車、車縫、閉門造車、學富五車、安步當車 (2)車馬炮	*現行版「車」於文言詞彙讀ㄐㄩ、口語讀ㄔㄜ，今併讀ㄔㄜ；ㄐㄩ音限於象棋子名。
酉	酢	(1)ㄗㄨㄛˋ (2)ㄘㄨˋ	(1)ㄗㄨㄛˋ (2)ㄘㄨˋ	(1)酬酢 (2)酢漿草	*現行版ㄘㄨˋ音，「醋」的本字。 *初稿版「酢漿草」之「酢」，音ㄘㄨˋ，口語中或讀為ㄗㄨㄛˋ。
金	鏑	ㄉㄧˊ	(1)ㄉㄧˊ (2)ㄉㄧ(限讀)	(1)鳴鏑 (2)限於化學元素名	
長	長	(1)ㄓㄤˇ (2)ㄔㄤˊ	(1)ㄓㄤˇ (2)ㄔㄤˊ (3)ㄓㄤˋ	(1)首長、生長、尊長 (2)擅長、長度、長遠 (3)身無長物（多餘的）	

隹	雌	ㄘ	(1)ㄘˊ (2)ㄘ	(1)雌雄、雌蕊、雌激素 (2)信口雌黃	*初稿版說明：文言中或讀為ㄘ。
雨	露	(1)ㄌㄡˋ (2)ㄌㄨˋ	(1)ㄌㄡˋ (2)ㄌㄨˋ	(1)露臉、暴露、顯露、露出馬腳、外露 (2)露天、露水、露營	*初稿版說明：作顯現義時，音ㄌㄡˋ，文言中或讀為ㄌㄨˋ，如：表露、暴露。
非	靡	(1)ㄇㄧˇ (2)ㄇㄧˊ	ㄇㄧˇ	靡靡之音、靡麗、所向披靡	*現行版ㄇㄧˊ音，通「糜」。
馬	騎	ㄑㄧˊ	(1)ㄑㄧˊ (2)ㄐㄧˋ	(1)騎馬、騎車、騎縫章 (2)驃騎、輕騎	*初稿版說明：作名詞用時，文言詞彙或讀為ㄐㄧˋ。
骨	骨	(1)ㄍㄨˇ (2)ㄍㄨˊ(限讀) (3)ㄍㄨ(限讀)	(1)ㄍㄨˇ (2)ㄍㄨˊ（口語異讀音） (3)ㄍㄨ(限讀)	(1)骨骼、鋼骨、筋骨 (2)骨頭 (3)骨碌	*初稿版「骨頭」之「骨」，音ㄍㄨˇ，口語中或讀為ㄍㄨˊ。 *現行版、初稿版ㄍㄨ音限於「骨碌」。
鳥	鳥	(1)ㄋㄧㄠˇ (2)ㄉㄧㄠˇ	ㄋㄧㄠˇ	鳥類、鳥瞰、水鳥	*現行版ㄉㄧㄠˇ音，通「屌」。

難檢字總筆畫索引

五畫

九畫

十三畫

十六畫

十七畫

十八畫

十九畫

二十畫

國語注音、漢語拼音對照表

注音符號		漢語拼音	
聲母	ㄅ	b	
	ㄆ	p	
	ㄇ	m	
	ㄈ	f	
	ㄉ	d	
	ㄊ	t	
	ㄋ	n	
	ㄌ	l	
	ㄍ	g	
	ㄎ	k	
	ㄏ	h	
	ㄐ	j	
	ㄑ	q	
	ㄒ	x	
	ㄓ	zh	zhi
	ㄔ	ch	chi
	ㄕ	sh	shi
	ㄖ	r	ri
	ㄗ	z	zi
	ㄘ	c	ci
	ㄙ	s	si
韻母	帀 (一)	i	
	ㄚ	a	
	ㄛ	o	
	ㄜ	e	
	ㄝ (二)	ê	
	ㄞ	ai	
	ㄟ	ei	
	ㄠ	ao	
	ㄡ	ou	

注音符號		漢語拼音	
韻母	ㄢ	an	
	ㄣ	en	
	ㄤ	ang	
	ㄥ	eng	
	ㄦ (三)	er	
	ㄧ (四)	yi	-i
	ㄧㄚ	ya	-ia
	ㄧㄛ	yo	
	ㄧㄝ	ye	-ie
	ㄧㄞ	yai	-iai
	ㄧㄠ	yao	-iao
	ㄧㄡ	you	-iu
	ㄧㄢ	yan	-ian
	ㄧㄣ	yin	-in
	ㄧㄤ	yang	-iang
	ㄧㄥ	ying	-ing
	ㄨ (五)	wu	-u
	ㄨㄚ	wa	-ua
	ㄨㄛ	wo	-uo
	ㄨㄞ	wai	-uai
	ㄨㄟ	wei	-ui
	ㄨㄢ	wan	-uan
	ㄨㄣ	wen	-un
	ㄨㄤ	wang	-uang
	ㄨㄥ	weng	-ong
	ㄩ (六)	yu	-ü；-u
	ㄩㄝ	yue	-üe；-ue
	ㄩㄢ	yuan	-üan；-uan
	ㄩㄣ	yun	-ün；-un
	ㄩㄥ	yong	-iong

※韻母中的「-」符號：表示這個音的前面加上聲母時，拼法上所產生的變化。

漢語拼音書寫說明

㈠帀 [ï] 稱為「空韻」，是ㄓ、ㄔ、ㄕ、ㄖ、ㄗ、ㄘ、ㄙ這七個音節的韻母，不能單獨使用。如：知、蚩、詩、日、資、雌、思等字在漢語拼音中拼作 zhi，chi，shi，ri，zi，ci，si。

㈡韻母ㄝ單用的時候寫成 ê。

㈢韻母ㄦ寫成 er，用作韻尾的時候寫成 r。如：「兒童」拼作 ertong，「花兒」拼作 huar。

㈣ㄧ類韻母的寫法：

1. 前面沒有聲母的時候，寫如：yi（衣），ya（呀），yo（唷），ye（耶），yai（崖），yao（腰），you（憂），yan（煙），yin（因），yang（央），ying（英）。
2. ㄧㄡ [you] 的前面加聲母的時候，拼法變化成 [-iu]。如：niu（牛）。

㈤ㄨ類韻母的寫法：

1. 前面沒有聲母的時候，寫如：wu（烏），wa（蛙），wo（窩），wai（歪），wei（威），wan（彎），wen（溫），wang（汪），weng（翁）。

2. ㄨㄟ [wei]、ㄨㄣ [wen]、ㄨㄥ [weng] 的前面加聲母的時候，拼法變化成 [-ui]、[-un]、[-ong]。如：hui（灰），lun（論），kong（空）。

㈥ㄩ類韻母的寫法：

1. 前面沒有聲母的時候，寫如：yu（迂），yue（約），yuan（冤），yun（暈），yong（雍），ü 上兩點省略。

2. 和聲母ㄐ [j]、ㄑ [q]、ㄒ [x] 拼的時候，寫如：ju（居），qu（區），xu（虛），ü 上兩點省略。但和聲母ㄋ [n]、ㄌ [l] 拼的時候，ü 上兩點不省略，寫如：nü（女），nüe（虐），lü（呂），lüe（略）。

3. ㄩㄥ [yong] 的前面加聲母的時候，拼法變化成 [-iong]。如：xiong（胸）。

㈦聲調符號：陰平（ˉ）；陽平（ˊ）；上聲（ˇ）；去聲（ˋ），它們標示在音節的主要母音上。輕聲不標。如：媽 [mā]，婆 [pó]，主 [zhǔ]，快 [kuài]，呀 [ya]。

㈧在使用漢語拼音的時候，a、o、e 開頭的音節連接在其他音節後面時，如造成音節的界限發生混淆，可以用隔音符號「'」隔開，如：pí'ǎo（皮襖）。另外，為了使拼式簡短，[-ng] 可以省作 [-ŋ]。

注音符號與漢語拼音對照檢字索引

ㄅ (b) 六二
ㄆ (p) 六四
ㄇ (m) 六七
ㄈ (f) 六九
ㄉ (d) 七一
ㄊ (t) 七四
ㄋ (n) 七六
ㄌ (l) 七八
ㄍ (g) 八二
ㄎ (k) 八五
ㄏ (h) 八六
ㄐ (j) 八九
ㄑ (q) 九三
ㄒ (x) 九六
ㄓ (zh) 九九
ㄔ (ch) 一〇三
ㄕ (sh) 一〇五
ㄖ (r) 一〇八
ㄗ (z) 一〇九
ㄘ (c) 一一一
ㄙ (s) 一一二
ㄚ (a) 一一三
ㄛ (o) 一一四
ㄜ (e) 一一四
ㄞ (ai) 一一四
ㄟ (ei) 一一四
ㄠ (ao) 一一四
ㄡ (ou) 一一四
ㄢ (an) 一一五
ㄣ (en) 一一五
ㄤ (ang) 一一五
ㄦ (er) 一一五
ㄧ (yi) 一一五
ㄨ (wu) 一一八
ㄩ (yu) 一二〇

※此索引根據注音符號檢索原則，先以聲母排序，同聲母的，再依韻母順序排列。如果聲母、韻母都相同，便根據一聲、二聲、三聲、四聲、輕聲的聲調排序。

【ㄅ】b

迫 1107
魄 1257

ㄆㄞ pāi

拍 477

ㄆㄞˊ pái

俳 76
徘 402
排 492
牌 707

ㄆㄞˋ pài

派 642
湃 658

ㄆㄟ pēi

呸 193
胚 904
醅 1139

ㄆㄟˊ péi

坏 242
培 249
裴 1010
賠 1069
陪 1184

ㄆㄟˋ pèi

佩 65
沛 629
珮 726
轡 1102
配 1136

ㄆㄠ pāo

拋 472
泡 636

ㄆㄠˊ páo

刨 126
匏 149
咆 194
庖 376
炮 687
袍 1005

ㄆㄠˇ pǎo

跑 1081

ㄆㄠˋ pào

泡 636
炮 687
疱 749
皰 763
砲 786

ㄆㄡˇ pǒu

剖 131

ㄆㄢ pān

攀 517
潘 674

ㄆㄢˊ pán

盤 767
磐 793
胖 904
般 931

ㄆㄢˋ pàn

判 124
叛 170
拚 474
畔 742
盼 771

ㄆㄣ pēn

噴 222

ㄆㄣˊ pén

盆 764

ㄆㄣˋ pèn

噴 222

ㄆㄤ pāng

乓 29
滂 659
磅 791
膀 915

ㄆㄤˊ páng

龐 383
彷 396
徬 403
旁 538
膀 915
螃 990

ㄆㄤˋ pàng

胖 904

ㄆㄥ pēng

怦 413
抨 470
澎 671
烹 688
砰 785

ㄆㄥˊ péng

彭 395
朋 559
棚 585
澎 671
硼 790
篷 833
膨 917
蓬 964
逢 1116
鵬 1269

ㄆㄥˇ pěng

捧 489

ㄆㄥˋ pèng

碰 789
踫 1084

ㄆㄧ pī

丕 21
劈 135
匹 152
批 465
披 476
紕 848
被 1005
霹 1203

ㄆㄧˊ pí

ㄈ
ㄉ

【ㄊ】t

ㄌ

ㄌ

ㄌ

ㄌ
ㄍ

ㄎ ㄏ

ㄏ

ㄐ

ㄑ

部首索引

國家圖書館出版品預行編目資料

三民國語小辭典／陳佳君總審訂;三民書局辭典編輯委員會編著.——二版一刷.——臺北市：三民，2024
面；　公分

ISBN 978-957-14-7763-3（精裝）
1.漢語辭典

802.3　　113001631

三民國語小辭典

總審訂｜陳佳君
編著者｜三民書局辭典編輯委員會

創辦人｜劉振強
發行人｜劉仲傑
出版者｜三民書局股份有限公司(成立於1953年)

三民網路書店
https://www.sanmin.com.tw

地址｜臺北市復興北路386號（復北門市）(02)2500-6600
臺北市重慶南路一段61號(重南門市）(02)2361-7511

出版日期｜二版一刷 2024年3月
書籍編號｜S838381
ISBN｜978-957-14-7763-3

三民書局

一
ㄨ

【ㄙ】 s

【ㄘ】 c

【ㄗ】 z

ㄔ